BASTEI
LÜBBE

DIE ABENTEURER

Auf den Spuren von Atlantis

Neun Romane
von Hubert H. Simon,
Frank Thys
und Marten Veit

Mit einem Vorwort
von Wolfgang Hohlbein

BASTEI LÜBBE

BASTEI-LÜBBE-TASCHENBUCH
Band 13765

Erste Auflage
Mai 1996

Lektorat: Michael Schönenbröcher
Titelbild: Sanjulian,
Norma Agency, Barcelona
Umschlaggestaltung:
Quadro Grafik, Bensberg
Satz: KCS GmbH,
Buchholz/Hamburg
Druck und Verarbeitung:
Cox & Wyman
Printed in Great Britain

ISBN 3-404-13765-5

Der Preis dieses Bandes
versteht sich einschließlich der
gesetzlichen Mehrwertsteuer

Inhalt

Vorwort

Wer kennt nicht Indiana Jones, den Archäologen, der immer wieder seine Vorlesungen ruhen läßt, um sich mit Hut und Peitsche ausgerüstet in die gefährlichsten Abenteuer zu stürzen, und wer …

Moment mal. So fangen doch alle Vorworte an, oder? Wer will das schon lesen … ach: Sie? Na, meinetwegen – aber noch nicht gleich, okay? Ich meine, zum einen wäre es einigermaßen peinlich, wenn ausgerechnet ich ›DIE ABENTEURER‹ mit Indiana Jones vergleichen würde (Wer's nicht weiß: Ich habe selbst das eine oder andere ›Indy‹-Abenteuer in Taschenbuch-Form verbrochen …), zum anderen hat keine der beiden Serien diesen Vergleich wirklich verdient.

Aber Spaß beiseite: Es kommt nicht von ungefähr, daß Michael Schönenbröcher, der ehemalige Redakteur der ABENTEURER, ausgerechnet mich gebeten hat, das Vorwort für diesen ersten Sammelband zu schreiben. Anfangs argwöhnte ich ja, das läge daran, daß er der Meinung sei, ich hätte mit eingestellten Heftromanserien so meine Erfahrungen, aber diesen – zugegebenermaßen bösen – Verdacht konnte ich bisher noch nicht beweisen.

Eine ebenfalls unbewiesene Behauptung von ihm lautet, daß ich zumindest indirekt mit bei den ›ABENTEURERN‹ Pate gestanden hätte (sprich: Ich war von Anfang an dabei, wenn über die Serie geredet wurde).

Ich erinnere mich gut: Es war vor fünf oder sechs Jahren. Ich war zusammen mit Michael und drei der späteren ›ABENTEURER-Autoren‹ auf einem totenöden SF-Con in einer niederrheinischen Kleinstadt. Nachdem wir uns flüchtig die vier Stände mit Secondhandromanen, die zwei Stände mit überteuertem STAR-WARS-Krempel und etwas ausgiebiger die Cafeteria angesehen hatten, verschlug es uns auf den interessantesten Platz des Cons: eine kleine Wiese hinter dem Hauptgebäude, auf der man wenigstens den schönen Tag genießen konnte, ohne ständig von dick bebrillten Fans mit angeklebten Spock-Ohren und dem Gegenwert von fünf Monaten Taschengeld in Form gebrauchter

Perry-Rhodan-Romane unterm Arm niedergerannt zu werden.

Man kam ins Reden, und ich glaube, damals entstand bei uns – auch wenn das Konzept der ›ABENTEURER‹ da noch nicht vorlag und auch von anderen Autoren kommen sollte – die vage Idee, doch einmal eine etwas ›andere‹ Romanserie zu konzipieren. Sicherlich haben Indiana Jones und Co. dabei kräftig mitgeholfen, aber ich denke, der wirkliche Grund war ein anderer. George Lucas und Steven Spielberg machten ›Indy‹ mit insgesamt drei der erfolgreichsten Filmen aller Zeiten zwar zu einer Legende, sozusagen zum Inbegriff des Abenteurers schlechthin. Die pausenlose Abfolge neuer, immer gefährlicherer Situationen, in denen der Held sich bewähren mußte, begeisterten Millionen von Zuschauern. Aber auch Indiana Jones hat historische Quellen, aus denen seine Schöpfer sich bedient haben.

Abenteuer- und Reisegeschichten haben ja eine lange Tradition. Erwähnt seien hier nur die phantastisch angehauchten Romane von Jules Verne, Arthur Conan Doyle und Henry Rider Haggard, die Werke von Karl May oder die Reiseerzählungen von Mark Twain und Jack London. Auch der Abenteuerfilm stand mit Helden wie Errol Flynn und Douglas Fairbanks bereits in den dreißiger bis fünfziger Jahren hoch im Kurs. Wahrscheinlich gibt es eine Menge schlauer und wissenschaftlich abgesicherter Theorien, warum ausgerechnet solche Geschichten so gut ankommen, und ebenso wahrscheinlich – nein, sicher – kann uns jeder Psychologe erklären, wieso wir eine solch infantile Freude an so ›billigen‹ Abenteuergeschichten haben.

Meine Theorie sieht jedenfalls so aus: Ich glaube, daß in uns allen ein Abenteurer steckt, vielleicht nicht in jedem ein kleiner Indy Jones, aber doch ein Hans im Glück, der hinaus in die Welt ziehen und Neues und vor allem Aufregendes erleben will. Die Erfolge von Winnetou, Indiana Jones oder auch Captain Kirk kommen nicht von ungefähr, sondern einfach daher, weil sie eines unserer stärksten Grundbedürfnisse befriedigen: die Neugier. Unsere Welt hat sich in den letzten hundert Jahren vielleicht radikaler verändert als in den tausend Jahren zuvor, aber bei allem Phantastischen, was wir erschaffen haben, bei aller Bequemlichkeit, die wir heute genießen, ist sie doch um eines ärmer geworden: Es gibt die großen Abenteuer eigentlich nicht mehr, jedenfalls nicht mehr für Menschen wie du und ich (es sei denn, man heißt Reinhold Messner und stürzt sich von Burgmauern).

Unsere Welt ist klein geworden, aber auch sehr sicher und vielleicht ein bißchen langweilig. Die weißen Flecken auf der Landkarte verschwinden immer mehr, und mal ehrlich: Welcher moderne, klimaanlagen- und zentralheizungsverwöhnte Mensch würde schon seinen Acht-Stunden-Tag, das Krankenhaus um die Ecke, die Stammkneipe und das Fernsehprogramm gegen Hut und Rucksack eintauschen, um statt dessen zu Fuß durch die Kalahari zu wandern?

Ganz ehrlich?

Ich nicht.

Trotzdem verspüre natürlich auch ich diese Sehnsucht, von der ich spreche: das Abenteuer. Das Fremde und Aufregende und meinetwegen auch ein bißchen Gefährliche. Ich liebe solche Geschichten, gleich, ob nun im Film oder im Buch, und ich stehe damit ganz gewiß nicht allein da.

Entsprechend offen stand man dann im Bastei-Lübbe-Verlag auch einem von Hubert H. Simon (alias Hubert Haensel) und Manfred Wegener erdachten Konzept über einen Helden in der Art von Indiana Jones gegenüber. 1991, als besagte niederrheinische Kleinstadt sich längst von den Nachwirkungen des Cons erholt und wir fünf Besucher unseren gemütlichen Nachmittag im Grünen schon längst vergessen hatten, begannen die konkreten Planungen für ›DIE ABENTEURER‹. Aus verschiedenen Gründen konnte Manfred Wegener letztlich nicht an der Serie selbst mitschreiben, dafür wurden die bereits erwähnten drei Autoren rekrutiert: Zusammen mit Hauptautor Hubert H. Simon machten sich Frank Thys, Marten Veit und Robert deVries mit Feuereifer an die Arbeit. Später stieß auch noch K. H. Prieß zum Team, und auch ich habe einen Roman zur Serie beigesteuert – aber dazu später mehr.

Held der Serie ist Tom Ericson. Genau wie Indy (was für ein Zufall!) arbeitet auch er als Dozent für Archäologie an einer Universität und begibt sich zwischenzeitlich gelegentlich (hört, hört!) auf gefährliche Forschungsreisen – aber damit hören die Ähnlichkeiten auch schon auf. Abgesehen davon, daß ›DIE ABENTEURER‹ in der Gegenwart spielen, dürfte der grundlegendste Unterschied der sein, daß Tom nicht allein arbeitet. Ihm zur Seite steht von Anfang an eine Kollegin, die Anthropologin Gudrun Heber (der von Lesern mehrfach als zu bieder gescholtene Name ›Gudrun‹ ist übrigens der Vorname von Huberts Frau, um auch dieses Rätsel an dieser Stelle einmal zu lösen). Schon nach kurzer Zeit schließen sich Tom und Gudrun einer Organisation namens A. I. M. an, die von dem einflußreichen Millionär Sir Ian Sutherland geleitet wird, der ähnliche Ziele wie die beiden verfolgt. Und nun kann das Abenteuer erst richtig beginnen …

Natürlich mußte für eine vierzehntäglich erscheinende Heftserie ein wesentlich größerer Background ausgearbeitet werden. Dies schloß auch einen negativen Gegenspieler ein. Zu einem solchen wurde der Grabräuber Richard Dean Karney, der auf eine geheimnisvolle Pyramide stößt und sich dort an einer Flüssigkeit infiziert, die eine immer stärker voranschreitende körperliche und geistige Verwandlung in ihm auslöst. Karney gelingt es, sich die Hinterlassenschaften einer uralten, längst untergegangenen Macht zunutze zu machen. Mit fortschreitender Verwandlung ändern sich auch seine Ziele … aber ich will hier nicht zuviel verraten.

Ein wichtiger Themenkomplex zu Beginn der Serie war Atlantis. Die zahlreichen Legenden um den untergegangenen Kontinent bildeten einen riesigen Fundus an Ideen und Anregungen, um das Bild der Weltgeschichte in spielerischer Form ein wenig anders zu gestalten, als man es uns in der Schule gelehrt hat.

Unversehens werden Tom und Gudrun mit Geheimnissen

konfrontiert, die seit Jahrtausenden im dunkeln verborgen ruhten und von denen manche so fremdartig sind, daß man sie am ehesten mit ›Magie‹ umschreiben kann. Sie begegnen den ›Männern in Schwarz‹, beschäftigen sich mit den Rätseln der Kornkreise, von Stonehenge und des Bermuda-Dreiecks. Dabei wird immer deutlicher, daß die Spuren vieler Geheimnisse auf Atlantis hindeuten, und so beschäftigt sich bereits der zweite Zyklus innerhalb der Serie gezielt mit der Suche eines Weges dorthin, kurz: ›DIE ABENTEURER‹ plündern fröhlich alle Ideen und Klischees des gängigen Abenteuerromans aus – aber das meine ich jetzt keineswegs negativ. Ganz im Gegenteil. Ich war zwar nur peripher mit der Serie befaßt, habe aber immerhin genug davon mitbekommen, um immer wieder über den Ideenreichtum und die unerwarteten Wendungen und Haken, die die Geschichten schlugen, in Erstaunen zu geraten (und manchmal ein bißchen neidisch zu sein).

Ich selbst stand einer so komplexen Serie wie den ›ABENTEURERN‹ von Anfang an skeptisch gegenüber und habe sogar gewettet, daß sie nicht mehr als zwanzig Bände überstehen würde. Nun, diese Wette (um ein Abendessen) habe ich verloren und mich sogar breitschlagen lassen, einen Band zur Serie beizusteuern. Und damit nicht genug: Wie es der Zufall (oder böse Absicht?) wollte, war der Band, für den Michael mich einplante, ausgerechnet die Nummer 21 – also der auf das von mir prophezeite »Aus« folgende Roman. Zufälle gibt's …

Daß sich meine Prophezeiung verspätet doch noch erfüllte, hat mich dann aber keineswegs gefreut. Auch wenn ich nur Gelegenheitsleser war und lediglich einige Ideen zur Handlung beigesteuert habe, war die Serie sehr gut geschrieben, bot eine spannende und facettenreiche Handlung und stellte ein interessantes Experiment auf dem Heftmarkt dar. Ihr Scheitern war vorhersehbar, aber dennoch unverdient.

Immerhin zeigte sich, daß Leserstimmen keineswegs ungehört verhallen, denn gerade die vielen Briefe bewegten den

Verlag, die ›ABENTEURER‹ nun in Buchform neu aufzulegen. Sollte dieser Band erfolgreich sein, steht weiteren nichts im Wege, und in diesem Fall würde die Serie auch über das damalige Ende hinaus fortgeführt.

Ganz ohne Beispiel wäre das nicht; einer meiner eigenen Schöpfungen ist es bereits ganz ähnlich ergangen. Auch ›Der Hexer‹ wurde ja in Form dicker Taschenbücher nachgedruckt und hat sich zu einem ganz beachtlichen Erfolg entwickelt, der in unregelmäßigen Abständen fortgesetzt werden wird. Möglicherweise finden ja auch ›DIE ABENTEURER‹ im Taschenbuch eine neue Heimat. Sie hätten es verdient.

Wolfgang Hohlbein
Neuss, den 18. Dezember 1995

ERSTES BUCH

DAS MAGISCHE AUGE

von Hubert H. Simon

Jack Ryan war Geschäftemacher – einer von der Sorte, die die Gutgläubigkeit ihrer Mitmenschen weidlich ausnutzen und keineswegs zimperlich mit den Gesetzen umgehen.

Mehrfach in verschiedenen Ländern vorbestraft, insgesamt acht Jahre hinter schwedischen Gardinen; Hehler, Dealer, Mädchenhändler – sein Lebenslauf las sich spannender als mancher Kriminalroman. Er lebte nicht schlecht von seinen illegalen Geschäften, wirkte aber mit achtunddreißig Jahren schon wie ein Fünfundfünzigjähriger. Sein aufgeschwemmtes Gesicht mit den kleinen, listig blickenden Schweinsäuglein kannten die Bewohner der Fidschiinseln ebenso wie die Menschen im östlichen Neuguinea.

Es war eine Ironie des Schicksals, daß Ryan unter Höhenangst litt, aber dennoch nicht auf sein eigenes Flugzeug verzichten konnte. Seine alte Noorduyn Norseman, eine einmotorige, mit Schwimmern ausgerüstete Maschine, bot Platz für einige Passagiere und ausreichend Gepäck. Die Produktion der äußerst robusten Norseman war zwar 1951 eingestellt worden, in Kanada und der Arktis war sie aber selbst nach vierzig Jahren noch häufig anzutreffen.

Nach der Begegnung mit einem philippinischen Frachter und der Übernahme heißer Ware war Ryan nachts auf offener See gestartet.

Bei Sonnenaufgang verwandelte sich der Ozean in ein gleißendes Lichtermeer. Die Blendwirkung und das satte Motorgeräusch wirkten einschläfernd. Immer öfter blinzelte Ryan und wischte sich mit dem Handrücken über die Augen.

Irgendwann zuckte er jäh zusammen. Er glaubte, urplötzlich eine Stimme zu hören, die zu ihm sprach – obwohl er allein im Flugzeug saß!

Benommen schüttelte Jack den Kopf. Aber nichts veränderte sich. Knapp siebenhundert Fuß unter ihm erstreckte sich die endlose Wasserwüste.

Die Schmerzen überfielen ihn wie ein Blitz aus heiterem Himmel. Es war, als würden glühende Nadeln seinen Schädel durchbohren. Jack Ryan schrie auf und verriß die Maschine.

Während sich das Motorgeräusch änderte und zu einem bösartigen Summen wurde, kippte der Horizont in die Senkrechte. Die Noorduyn Norseman begann über die linke Tragfläche abzuschmieren.

Die Schmerzen und das Entsetzen lähmten Ryans Überlegungen. Oft hatte er nur bei dem Gedanken daran, eines Tages mit dem Flugzeug abzustürzen, Wasser und Blut geschwitzt.

Rasend schnell kam die Wasserfläche näher.

Ryan blieb kaum Zeit, darüber nachzudenken. Verzweifelt bemühte er sich, dem Motor eine höhere Schubkraft abzuringen und mit dem Seitenruder die Fluglage zu stabilisieren. Die Luftströmung an den Tragflächen durfte nicht abreißen.

Dicht über der See fing er das Flugzeug ab. Für eine sichere Wasserung wäre die Geschwindigkeit allerdings viel zu hoch gewesen.

»Bei allen Heiligen!« stieß er halblaut im Selbstgespräch hervor. »Jack, du bist dem Sensemann gerade noch von der Klinge gesprungen.«

In den wenigen Sekunden hatte er Todesqualen durchlitten. Vor Entsetzen, aber auch vor Erleichterung zitternd, zwang er die Norseman in den Steigflug.

Am Horizont tauchte eine dicht bewaldete größere Insel auf. Vorgelagerte Korallenbänke färbten das Meer türkis.

Ryan fischte eine Zigarette aus dem silbernen Etui, schaffte es aber nicht mehr, sie anzuzünden. Eine neue Welle der Übelkeit überfiel ihn wie aus heiterem Himmel.

Ihm wurde schwarz vor Augen.

Nun war er sicher, nicht mehr allein zu sein. Unbarmherzig sprang ihn die Angst an. Wie Feuer brannten die Blicke eines Fremden in seinem Nacken.

Mit der rechten Hand griff er unter sein Sakko und zog den Revolver aus dem Schulterholster.

»Na los!« rief er halb über die Schulter nach hinten. »Komm schon raus aus deinem Versteck!«

Nichts regte sich.

Die Waffe entsichert, wandte er sich im Pilotensitz um.

Die Kabine war vollgestellt mit Kisten und wasserdicht verschweißten Plastiksäcken. Unter Freunden hatte das Zeug einen Wert von drei Millionen Dollar. Kein Wunder, wenn jemand versuchte, sich eine Scheibe vom Kuchen abzuschneiden.

»Treib es nicht auf die Spitze, Freundchen! Ich weiß, daß du da bist.«

Ryans Unbehagen wuchs. Das Gefühl, beobachtet zu werden, trieb ihm den Schweiß aus allen Poren. Da die Norseman keine automatische Steuerung hatte, durfte er den Pilotensitz während des Fluges nicht verlassen. Der Unbekannte konnte ihn leicht mit einem gezielten Schuß niederstrecken.

»Was willst du?« fragte er heiser.

Ein seltsames rötliches Leuchten, winzigen Elmsfeuern gleich, huschte über die Holme der Frontscheibe. Als sich Ryan darauf konzentrierte, nahm das unstete Flackern Gestalt an.

Das waren die Anzeichen eines beginnenden Höhenkollers.

Ich muß verrückt sein! schoß es ihm durch den Sinn.

Zwei große rote Augen starrten ihn von außerhalb der Scheibe an, sie durchdrangen das Glas, als wäre es überhaupt nicht vorhanden, und schwebten langsam auf ihn zu.

Ryan stieß ein ersticktes Gurgeln aus. Mit einer heftigen Handbewegung wollte er das unheimliche Gebilde zur Seite wischen. Er schaffte es nicht.

In seinem Schädel explodierte eine fremde Stimme: *Ich brauche dich! Du kannst mir nicht entrinnen.*

Jack Ryan stieß einen heiseren Schrei aus. Daß die leuchtende Projektion zu ihm sprach, überstieg sein Begriffsvermögen. Wer hatte ihm dieses verfluchte Kuckucksei ins Nest gelegt?

Du wirst das Flugzeug vor der Insel wassern …

»Niemals! Lieber fahre ich zur Hölle, als euch den Triumph zu gönnen.«

Jack war jetzt überzeugt davon, daß die schmutzige Konkurrenz die Hände im Spiel hatte. Er ignorierte die fluoreszierenden Augen und blickte suchend nach hinten. Der Projektor, der das Abbild erzeugte, stand vermutlich irgendwo zwischen der Fracht. Aber auf jeden Fall gut verborgen.

Die Insel war inzwischen deutlicher zu erkennen. Dichter Regenwald überzog sie wie ein undurchdringlicher Panzer, der vor neugierigen Blicken schützte. Jack ahnte, daß zwischen den Mangroven des Uferdickichts Ferngläser auf sein Flugzeug gerichtet waren. Wahrscheinlich warteten Kerle in schnellen Motorbooten auf ihn.

Nie und nimmer würde er auf dem Wasser niedergehen. Obwohl ihm das Herz bis zum Hals schlug, zog er die Norseman weiter in die Höhe.

Im nächsten Moment rang er nach Luft. Seine Kehle war wie zugeschnürt.

Den Motor drosseln! hämmerte es in ihm. *Versuche nicht, dich zu widersetzen!*

Verkrampft hielt er die Maschine im Steigflug. Der Höhenmesser zeigte inzwischen über tausend Fuß. Selbst mit Gewehren würden ihn seine Widersacher nicht vom Himmel holen können.

Doch das Unheil war nicht mehr aufzuhalten.

Öliger Qualm kräuselte sich über die Frontscheibe. Gleich darauf schlugen Flammen aus dem Motor.

Ryan handelte instinktiv. Der beginnende Vergaserbrand war nur bei abgestelltem Motor und schnellem Sturzflug zu löschen. Dann würde der scharfe Fahrtwind das Feuer ausblasen, bevor es weiter um sich griff.

Aber noch ehe er die Benzinzufuhr unterbrechen konnte, verschwanden die Ölflecken von der Scheibe. Auch die Flammen waren wie weggewischt.

»Verrückt!« murmelte Ryan ungläubig. »Ich weiß doch, was ich sehe.«

Gierig nahm er den Klang der eigenen Worte in sich auf. Sie waren so etwas wie der letzte Halm, nach dem ein Ertrinkender griff. Das Gefühl, langsam, aber sicher den Boden unter den Füßen zu verlieren, wurde unerträglich.

Das war nur eine Warnung! hörte er wieder jene Stimme, deren Ursprung er sich nicht erklären konnte, die jedoch direkt in seinen Gedanken zu entstehen schien. *Ich habe die Macht, deinen Willen zu brechen.*

»Du kannst mich …«, sagte er laut und bestimmt. Wahrscheinlich hatte sein Gegner Wanzen installiert. »Wer bist du, du verdammter Hurensohn?«

Diese rot leuchtenden, jeweils faustgroßen Augen, die ihn unentwegt anstarrten, hatten sich nicht verändert. Langsam schwebten sie heran und verharrten über der Instrumententafel.

Du siehst mich, aber du ignorierst meine Existenz. Sind heute alle Menschen so?

»Wer bist du?« fragte Ryan mit Nachdruck. Er war verrückt, daß er mit einer Projektion redete. Obwohl – jede solche Abbildung erlosch, sobald man den Lichtstrahl des Projektors unterbrach.

Er bewegte den Arm vor den beiden fluoreszierenden Augen hin und her, aber nichts geschah.

Ich habe lange Zeit geruht und wurde erst durch ungewöhnliche Vorkommnisse geweckt.

Das Unheimliche war fast körperlich spürbar. Ryan begann zu verstehen, daß er die Gefahr völlig falsch eingeschätzt hatte. Dieses Ding, was immer es war, konnte ihn jederzeit töten.

Jack kannte nur ein Gesetz: Du oder ich – das war alles, was für ihn zählte. Er riß den Revolver hoch und drückte ab. Zweimal hintereinander.

Das erste 38er Geschoß ließ die Frontscheibe splittern. Der eindringende Fahrtwind wirbelte die Kartenblätter hoch und verstreute sie in der Kabine.

Der zweite Schuß beschädigte die Instrumententafel. Eine knisternde Entladung verriet, daß wichtige Teile getroffen worden waren. Zudem breitete sich der beißende Geruch schmorender Isolierungen aus.

Der Motor begann zu spucken.

Die Augen waren immer noch da. Obwohl beide Kugeln durch sie hindurchgegangen waren, zeigte sie keinerlei Wirkung.

Die Noorduyn Norseman verlor Öl. Diesmal war es bitterer Ernst. Ryan hatte keine andere Wahl mehr, als den Vogel nach unten zu bringen.

Die Küste lag nur noch eine halbe Meile voraus. Unter dem Flugzeug erstreckten sich die ersten Korallenriffe.

Das Seitenruder klemmte.

Noch fünfhundert Fuß Höhe.

Die Norseman blieb unbeirrbar auf Kurs.

Dreihundertfünfzig Fuß…

Ein riesiger Schwarm Fregattvögel stieg aus dem Mangrovendickicht auf, als das lärmende Ungetüm den Küstenstreifen überflog. Einige Tiere klatschten gegen die Tragflächen und die Schwimmkufen. Vergeblich versuchte Ryan, die Höhe zu halten.

Bei hundert Fuß über Null setzte der Motor endgültig aus. Jeden Moment konnte die Maschine die höchsten Baumwipfel berühren und danach wie ein Stein in die Tiefe stürzen.

Jack Ryans Alptraum wurde schreckliche Realität.

Das Grün des Regenwaldes sprang ihm förmlich entgegen. Nur Sekundenbruchteile bevor die Schwimmer ins Laubwerk krachten, wichen die starken Bäume üppiger Buschvegetation. Trotzdem brach ein wahres Inferno los, ein Dröhnen, Krachen und Bersten, als würde das Flugzeug mit riesigen Schmiedehämmern bearbeitet.

Ryan hatte nicht einmal mehr die Kraft zu schreien. Während Äste die Tragflächen abfetzten und den Rumpf aufrissen, kauerte er scheinbar zur Salzsäule erstarrt im Pilotensitz und starrte blicklos geradeaus.

Das Flugzeug brach eine lange Schneise in die bis dahin unberührte Natur, bis es schließlich als Torso zwischen großen Bäumen zur Ruhe kam. Die Schwimmer, die Tragflächen, das Leitwerk und sogar der hintere Teil des Rumpfes lagen weit verstreut voneinander.

Der metallene Vogel, von dem sich heller Rauch in den Morgenhimmel kräuselte, würde nie wieder in die Lüfte steigen.

Geraume Zeit verging, bis Jack Ryan aus seiner Ohnmacht in die Welt der Schmerzen und Mühsal zurückkehrte. Sein eigenes gequältes Stöhnen weckte ihn.

Schwerfällig löste er die Gurte, die ihn noch an den Sitz fesselten. Er brauchte etliche Atemzüge, bis endlich die Benommenheit von ihm abfiel. Daß er den Absturz überlebt hatte, erschien ihm wie ein Wunder.

Ab dem hinteren Einstieg zeugten nur noch Verstrebungen davon, daß der Rumpf des Flugzeugs früher einige Meter länger gewesen war. Kisten und Säcke lagen aufgeplatzt durcheinander. Ein weißes Pulver rieselte auf den Waldboden hinab. Nicht der Verlust der Norseman und ebensowenig die Prellungen und Abschürfungen, die er davongetragen hatte, veranlaßten Ryan zu den deftigsten Verwünschungen, sondern die Erkenntnis, daß er soeben mindestens eine Million Dollar in den Sand gesetzt hatte.

Der vom Motorblock aufsteigende Qualm versetzte ihn fast in Panik. Falls das Wrack explodierte und ausbrannte, verlor er auch noch den Rest der Fracht.

Fünf Minuten später hatte er die Gefahr mit Hilfe des Feuerlöschers gebannt. Es war allerhöchste Zeit gewesen, denn aus einer gebrochenen Treibstoffleitung tropfte Benzin und bildete bereits eine ansehnliche Lache.

Ziemlich nahe beim Wrack entdeckte Ryan die vom Dschungel überwucherten Überreste steinerner Mauern, wahrscheinlich eines verfallenen Tempels. Bislang hatte ihn an den Hinterlassenschaften früherer Völker nur das Geld interessiert, das mit dem Verkauf archäologischer Fundstücke zu verdienen war. Aber heutzutage gab es kaum noch unberührte Bauten, die Gold- und Silberschätze bargen.

Trotzdem ließ er die Ruinen nicht unbeachtet. Sie waren ein guter Platz, an dem er seine Ware verstecken konnte. Den 38er schußbereit in der Rechten, bahnte er sich einen Weg durchs Unterholz.

Aus der Nähe wirkten die aus mächtigen Blöcken aufgeschichteten Steinmauern düster und unheimlich. Eine stumme Drohung strahlte von ihnen aus. Ryan ertappte sich dabei, daß er unwillkürlich nach allen Seiten sicherte.

»Du wolltest, daß ich die Insel betrete«, murmelte er halblaut. »Hier bin ich.«

Keine gedankliche Stimme antwortete ihm. Je länger er über den Spuk an Bord der Norseman nachdachte, desto unwirklicher erschien ihm alles. Hatte der Stoff im Laderaum die Halluzinationen ausgelöst? Er war von ungewöhnlicher Reinheit, aber …

Ein Rascheln hinter seinem Rücken erschreckte ihn. Nur weil er sich instinktiv zur Seite fallen ließ, wurde er nicht von dem Bambusspeer durchbohrt, der gegen die Mauer klatschte und in schrägem Winkel abprallte.

Zwei Gestalten gafften ihn an. Sie trugen einfache, aus buntem Tuch gewebte Lendenschurze und auf der Stirn ein aufgemaltes oder tätowiertes drittes Auge. Ihr Haar war schlohweiß. Was ihn aber am meisten erschreckte – so sehr, daß er gut zehn Sekunden wie erstarrt stehenblieb –, war ihre schier unglaubliche Größe. Er hatte schon viele Südseeinseln besucht und kannte die Physiognomie der Menschen, die hier lebten. Die meisten wurden nicht größer als einen Meter siebzig.

Diese hier waren gut zwei Meter zwanzig groß. Und ihre Haut war auffallend bleich …

Ryan überwand seine Starre und riß den Abzug seines 38er durch. Die Eingeborenen hatten ihm keine Chance gelassen, und er zahlte mit gleicher Münze zurück. Das war das Geschäftsleben, wie er es verstand.

Mit fliegenden Fingern lud er die Trommel nach. Der Teufel mochte wissen, wo die Burschen hergekommen waren. Die

Ruinen waren offenbar nicht so unbewohnt, wie es den Anschein hatte.

Einer der Toten trug eine Kette um den Hals. Sie bestand aus dünnen Goldplättchen, in die rätselhafte Symbole eingraviert waren. Mit einem Ruck zerriß Jack die Kette und ließ sie in seiner Jackentasche verschwinden. Das Gold versöhnte ihn ein wenig mit seinem Schicksal.

Im Laufe des Vormittags schleppte er sämtliche Benzinkanister aus dem Flugzeugwrack zu den Ruinen. Er überstürzte nichts, ließ sich aber auch nicht mehr Zeit als unbedingt nötig. Zweimal wurde er angegriffen, und beide Male erledigte er die Wilden mit gezielten Schüssen.

Sein Vorhaben, die Eingeborenen auszuräuchern, festigte sich, als er den Zugang zu einem offenbar unterirdischen Reich entdeckte und das steinerne Tor allen Bemühungen widerstand, es zu öffnen. Drei Stangen Dynamit – mehr hatte er nicht an Bord des Flugzeugs – befestigte er mit Plastikmasse über den gut sichtbaren Fugen des zurückgesetzten Tores. Er verdämmte die Ladung, legte Lunten und deponierte die Kanister mit dem Flugbenzin in der Nähe der Stellen, an denen die Wilden angegriffen hatten. Sie würden wie Brandbomben wirken.

Als er endlich die Zündschnüre anbrachte, hatte er das Gefühl, das beste Geschäft seines Lebens zu machen.

Aus sicherer Distanz beobachtete Ryan. Als eine halbe Stunde später schlanke bleiche Körper im Grün des Dschungels erschienen, zündete er die Lunte. Die Explosion schleuderte große Felsbrocken in die Luft. Kurz danach stand rings um die Ruinen das Unterholz in Flammen.

Die gedankliche Stimme hatte er fast schon vergessen.

Deshalb schrie er erschrocken auf, als sie plötzlich wieder in seinem Kopf ertönte.

Du wirst sterben! dröhnte es in ihm. *Denn Leben bedeutet dir nichts. Und ohne das Flugzeug bist du mir nicht einmal mehr von Nutzen. Der Eingang ist offen. Nun benutze ihn. Komm zu mir!*

Zwei Wochen später
Yale-Universität, New Haven (Connecticut, USA)

Mit festen Schritten ging Thomas Ericson durch die um diese Zeit leeren, fast labyrinthartig verzweigten Korridore der Universität. Er war so in Gedanken versunken, daß er fast mit der jungen dunkelhaarigen Frau zusammengeprallt wäre, die direkt vor ihm aus einem Seitengang geeilt kam. Erst im letzten Moment konnte er bremsen.

»Hallo, Gudrun.« Er begrüßte sie mit einem leicht verlegenen Lächeln.

»Hallo, Tom.« Gudrun Heber erwiderte sein Lächeln, doch ihre Augen glitzerten leicht spöttisch. Sie trug ein bequemes Jeans-Kostüm und sah eher wie eine Studentin als wie eine Wissenschaftlerin aus. »Du scheinst in Gedanken ja schon in Südamerika zu sein.«

Tom ging auf die Spöttelei seiner Kollegin ein. »Mit dir zusammen«, erklärte er augenzwinkernd. »Ich war gerade dabei, dich in einem bislang unentdeckten Hochtal vor einem Stamm kannibalistischer Wilder zu retten. Als du freiwillig in einen Kochtopf gesprungen bist, nur um ihre Bräuche genauestens zu studieren, ging mir der wissenschaftliche Eifer etwas zu weit.«

»Das hättest du wohl gern.« In den grünen Augen der Anthropologin blitzte es auf. In diesem Moment wirkte sie wie eine sprungbereite Katze, die soeben eine fette Maus erspäht hat. Tatsächlich war das Verhältnis zwischen Ericson und ihr so etwas wie ein Katz-und-Maus-Spiel, das eine unterschwellige Spannung in ihr berufliches Miteinander brachte.

Gudrun wechselte das Thema und wurde schlagartig ernst. »Ich nehme an, du bist auch auf dem Weg zu Radcliffe?«

Tom nickte. »Er hat mich sogar mitten aus meiner Vorlesung holen lassen. Meine Studentinnen werden wahrscheinlich gerade heiße Tränen vergießen.«

Thomas Ericson war Doktor der Archäologie und wußte,

daß er bei seinen Studenten sehr beliebt war. Seine Vorträge zeichneten sich durch Anschaulichkeit und Lebendigkeit aus, er hielt nichts davon, Lehrstoff nur trocken herunterzuleiern, wie es manche seiner älteren Kollegen taten. Was ihm darüber hinaus besonders bei dem weiblichen Teil seiner Zuhörerschaft einen dicken Stein im Brett verschaffte, war sein gutes Aussehen. Darauf bildete er sich allerdings nicht viel ein, im Gegenteil, manchmal störte es ihn geradezu, wenn sich die Aufmerksamkeit seiner Studentinnen mehr auf ihn als auf den Lehrstoff richtete. Und es erwies sich als geradezu lästig, wenn sie jeden Vorwand nutzten, um ihn nach Ende der Vorlesungen in seinem Büro aufzusuchen und ihm die Zeit stahlen.

»Sie werden sich schon darüber hinwegtrösten«, kommentierte Gudrun ironisch. »Selbst Liebe kann ja nicht völlig blind machen.«

Tom war froh, in ihrer Stimme keinen Neid zu hören, mit dem manche Kollegen seine Beliebtheit registrierten, denn auch das machte ihm zu schaffen. So etwas schuf im Kollegium Spannungen, die das Arbeitsklima beeinträchtigten.

Seit einiger Zeit trug er bei seinen Vorlesungen deshalb bewußt schlecht sitzende Anzüge und hatte es sich angewöhnt, vor dem Betreten des Hörsaals seine Nickelbrille aufzusetzen. Eigentlich brauchte er sie nur zum Lesen, aber sie paßte absolut nicht zu seinem Typ.

Der Bewunderung seiner Studentinnen für ihn hatte jedoch auch das keinen Abbruch getan. So hatte er sich schließlich seufzend in sein Schicksal ergeben und beschränkte sich darauf, Scherze über seine Beliebtheit zu machen und dadurch zu zeigen, daß er sich selbst in dieser Hinsicht nicht allzu ernst nahm.

Er zuckte mit den Schultern, ging aber nicht weiter auf das Thema ein. Gemeinsam gingen sie weiter.

»Wenn Radcliffe uns beide zu sich bestellt, kann es eigentlich nur um die Expedition gehen«, ergriff Gudrun wieder das Wort.

»Wahrscheinlich sind jetzt auch die letzten Unstimmigkeiten geklärt, und er wird uns gleich die Flugkarten in die Hand drücken«, vermutete Tom und seufzte. »Am liebsten würde ich schon morgen fliegen. Diese Universität kommt mir manchmal vor wie ein Mausoleum, in dem ich den größten Teil des Jahres lebendig begraben bin.«

»Aber da das Semester noch nicht beendet ist, wirst du dich schon noch etwas gedulden müssen. Und außerdem bin ich mir noch nicht ganz so sicher wie du, was Radcliffe betrifft«, dämpfte Gudrun seinen Übermut. »Ich habe ein mulmiges Gefühl. Seine Bedenken und Einwände gegen diese Expedition klangen bei unserem letzten Gespräch ziemlich ernst. Und auch stichhaltig.«

»Ach was«, fegte Ericson ihren Einwand weg. »Radcliffe ist zwar manchmal etwas altmodisch und übervorsichtig, aber er ist auch ein vernünftiger Mann. Ich werde ihn schon rumkriegen. Du wirst sehen, er wird uns keine Schwierigkeiten machen.«

Gudrun schien nicht ganz so überzeugt wie Tom zu sein, schwieg aber.

Sie erreichten das Vorzimmer. Radcliffes Sekretärin wies sie an, direkt ins Büro des Dekans durchzugehen.

Ernest Radcliffe war ein Mann Mitte Fünfzig. Sein Haar war an den Schläfen ergraut und begann sich bereits zu lichten, so daß sich an seiner Stirn hohe Geheimratsecken gebildet hatten.

Er erwartete sie hinter seinem klobigen, peinlich genau aufgeräumten Schreibtisch. »Miss Heber, Mister Ericson, nehmen Sie Platz.« Er wartete, bis die beiden sich auf die vor dem Schreibtisch bereitstehenden Stühle gesetzt hatten, bevor er fortfuhr: »Sie können sich sicherlich denken, weshalb ich Sie habe rufen lassen.«

»Wegen unserer diesjährigen Forschungsexpedition nach Südamerika«, sagte Tom.

»Ganz recht.« Radcliffe nickte. »Es tut mir leid, Doktor Ericson, aber ich habe keine besonders guten Nachrichten für

Sie.« Er unterstrich seine Worte mit einer bedauernden Geste und rückte seine Brille zurecht. »Das Risiko dieser Expedition erscheint uns einfach zu groß, als daß wir unsere Zustimmung und vor allem die finanzielle Unterstützung aufrechterhalten könnten. Die Aufständischen und die Ausweitung der Choleraepidemie sind Probleme, mit denen vor einigen Monaten niemand rechnen konnte – zumindest nicht in dem jetzigen Ausmaß.«

Die Worte des Dekans trafen Tom wie ein Schlag in die Magengrube. Er konnte einfach nicht glauben, was er hörte.

»Das … das ist nicht Ihr Ernst!« stieß er hervor und schnappte hörbar nach Luft. »Das können Sie doch unmöglich so meinen. Was Sie da anführen, sind doch lächerliche Argumente. Schwierigkeiten sind dazu da, überwunden zu werden.«

Radcliffe zuckte mit den Schultern. »Das ist Ihre Ansicht, aber vergessen Sie nicht, daß es nicht allein um Sie geht. Ich glaube kaum, daß Miss Heber ein ähnliches Draufgängertum entwickelt.«

Ericson warf der neben ihm sitzenden Anthropologin einen bittenden Blick zu.

»Sag's ihm, Gudrun!« forderte er sie auf. »Du freust dich doch genauso wie ich auf diese Expedition und weißt, wie wichtig sie ist. Sag ihm, daß uns nichts und niemand davon abbringen kann.«

Gudrun zögerte. »Da bin ich mir nicht so sicher«, erwiderte sie bedächtig. »Es gibt harmlosere Vergnügungen als Cholera oder eine verirrte Kugel.«

»Das ist auch meine Meinung«, erklärte Radcliffe.

»Wirklich toll!« Tom konnte nicht mehr ruhig sitzen bleiben. Er sprang auf und ging aufgeregt ein paar Schritte in dem Büro auf und ab. »Aber ich hätte es mir gleich denken können. Wo Kleinmut waltet, kann es keinen Fortschritt geben«, grollte er, zwang sich mühsam zur Ruhe und setzte sich wieder. »Wo wäre denn die Wissenschaft heute ohne den Wagemut einzelner?«

»Ich wußte, daß Sie das sagen würden.« Radcliffe seufzte ergeben. »Deshalb noch einmal in aller Klarheit: Die Expedition nach Südamerika wird in diesem Jahr nicht durchgeführt. Das ist beschlossene Sache.«

»... dann bleibt mir nichts anderes übrig, als den Universitätsgarten umzugraben?«

»Keine schlechte Idee«, bestätigte Radcliffe. »Zuvor sollten Sie sich aber das hier ansehen und mir sagen, was Sie davon halten.« Er zog einen Umschlag aus der Innentasche seines Blazers und legte ihn vor Ericson auf den Tisch. »Das gilt natürlich auch für Sie, Miss Heber.«

Der Umschlag enthielt ein halbes Dutzend Fotografien. Auf der ersten war eine von Korallenbänken und Atollen umgebene Insel zu erkennen, die nächsten, mit Teleobjektiv geschossen, zeigten tropischen Regenwald.

Ericson drehte die Fotos um. Achselzuckend stellte er fest, daß sie lediglich ein Datum, aber keine weitergehende Beschriftung trugen.

»Südsee?« fragte er.

Radcliffe nickte. »Die Aufnahmen wurden vom Flugzeug aus gemacht. Sie sind nicht gerade Meisterwerke, lassen aber trotz der Sonnenreflexe genug erkennen.«

Gudrun Heber legte die Bilder der Reihe nach auf. Fünf davon zeigten in leicht schrägem Blickwinkel eine unregelmäßige Lichtung in dem ansonsten dichten Blätterdach.

Auf der Insel hatte ein Feuer gewütet.

Ericson tippte mit dem Zeigefinger auf ein verwirrendes Linienmuster, das sich in dem geschwärzten Bereich abzeichnete.

»Das sind Ruinen«, stellte er sachkundig fest. »Offenbar sogar eine verfallene Pyramide. Ich nehme an, die Gegend ist bislang unerforscht?«

Ein Lächeln huschte über Radcliffes Gesicht.

»Das Eiland gehört zur Gruppe der Phoenix-Inseln«, erklärte er. »Genauer gesagt ist es die am weitesten westlich liegende Insel Gardner.«

»Soweit ich weiß, sind die Phoenix-Inseln Bestandteil der Republik Kiribati ...«

»Richtig.«

»... und archäologisch alles andere als bedeutend.«

»Das ist Ansichtssache. Einige Funde beweisen immerhin, daß die Inseln von Polynesiern bewohnt waren. Als die ersten Europäer kamen, lebte aber schon niemand mehr dort.« Radcliffe begann aus alter Gewohnheit zu dozieren. »Im 19. Jahrhundert wurde auf den Inseln Guano abgebaut, doch die Vorräte waren bald erschöpft. England annektierte die Inselgruppe 1889, obwohl die Vereinigten Staaten ebenfalls Anspruch erhoben. Ab 1937 wurde das Gebiet mit den Ellice- und Gilbert-Inseln als britische Kolonie verwaltet, 1939 gab es eine gemeinsame Verwaltung von Amerikanern und Engländern. Die Inselgruppe diente auf der Route Fidschi–Honolulu als Flughafen für Zwischenlandungen, außerdem zeichnete sich der Krieg schon ab und damit eine strategische Bedeutung.«

»Vermutlich war das Interesse nur von kurzer Dauer«, wandte Gudrun Heber ein. »Andernfalls wären die Ruinen früher entdeckt worden. Von wem stammen die Fotos?«

»Der Bruder eines unserer Studenten hat sie geschossen«, antwortete Radcliffe. »Ohne das Feuer, das vielleicht durch Blitzschlag entstand, lägen die Ruinen womöglich weitere Jahrhunderte unter dem üppigen Laubdach verborgen. In einigen Wochen wird der Dschungel ohnehin das verlorene Terrain zurückerobert haben.«

»Falls es überhaupt so lange dauert«, schränkte Ericson ein. Er ahnte, worauf Radcliffe hinauswollte, dachte aber nicht daran, seinerseits die Initiative zu ergreifen. Der Präsident reagierte zumeist ablehnend, sobald ihm jemand das Heft des Handelns aus der Hand nahm. Diese Manie war seinem übersteigerten Verantwortungsgefühl zuzuschreiben.

»Ich will es kurz machen«, sagte Radcliffe. »Viele Daten kann ich ohnehin nicht anbieten.

Ab dem Jahr 1952 bestand kein Interesse mehr an den Phoenix-Inseln, zumal das Grundwasser salzig wurde und schwere Dürreperioden hereinbrachen. Die wenigen Bewohner litten außerdem unter der Isolation und den zu hoch gesteckten Erwartungen. Sie wurden auf die Salomonen umgesiedelt. Bis 1964 hatte der letzte Insulaner das Gebiet verlassen.«

»Nie war von Ruinen die Rede?«

»Ich fand in keiner Datenbank entsprechende Hinweise.« Radcliffe zögerte kurz und bedachte erst den Archäologen und danach die Frau an seiner Seite mit forschenden Blicken.

»Was halten Sie von einer dreiwöchigen Reise in die Südsee?« fragte er geradeheraus.

»Dagegen verliert der Universitätsgarten jeden Reiz«, erwiderte Ericson. »Palmen, Sonne, Strand und Meer – davon träumen viele Menschen ihr Leben lang.«

Die Anthropologin begann zu lächeln, während sich um Radcliffes Mundwinkel ein kantiger Zug abzeichnete.

»Wenn ich nicht genau wüßte, Doktor, daß Sie kein Freund von Müßiggang sind, würde ich mir jetzt lieber die Zunge abbeißen, als Sie auf Universitätskosten nach Gardner zu schicken. Das ist Ihnen doch klar?«

Schweigend unterzog Ericson die Fotos einer eingehenderen Betrachtung. Er wechselte einige Blicke mit der Anthropologin, nahm dann die runde, altmodisch wirkende Nickelbrille von der Nase und verstaute sie sorgfältig in der Brusttasche seines Hemdes. Die Brille setzte er mitunter zum Lesen auf, vor allem aber, wenn es galt, Feinheiten auf Fotografien oder anderen Unterlagen zu erkennen.

»Die Ruinen sind offenbar wirklich unberührt«, sagte er.

»Die Sache ist, um es salopp auszudrücken, brandheiß«, bestätigte Radcliffe.

»Miss Heber ist mit von der Partie?«

»Natürlich.«

»Wer außerdem?«

»Nur Sie beide. Der Kostenfaktor …«

Großzügig winkte Ericson ab. »Das ist Ihre Angelegenheit,

Professor. Ich bin nur für den bescheidenen Rest zuständig.«

Mancher in Yale munkelte hinter vorgehaltener Hand über eine intime Beziehung zwischen Thomas Ericson und Gudrun Heber. Aber geredet wurde viel. Tom war ein guter Archäologe mit dem Hang zum Abenteurertum. Für ihn, und das galt uneingeschränkt auch für Gudrun, war der Beruf zugleich Berufung. Mit seinen vierunddreißig Jahren hatte er schon interessantere Funde zu verzeichnen als mancher alte Hase, dessen Denken in eingefahrenen Gleisen verlief.

»Wir sind uns also einig?« fragte Radcliffe.

»Glaubten Sie ernsthaft, ich könnte auch nur in Erwägung ziehen, so ein Angebot auszuschlagen? Wissenschaftler von Yale waren bei der Erforschung von Neuland immer führend. Ich brauche nur an Machu Picchu zu denken, die von Hiram Bingham entdeckt wurde.«

Radcliffe ergriff die ihm dargebotene Hand und erwiderte den festen Druck.

»Wichtiger als weltbewegende Entdeckungen ist mir, daß Sie beide gesund zurückkehren. Für Vorbereitungen bleibt wenig Zeit – ich werde mich deshalb darum kümmern, daß Sie Gardner ohne große Schwierigkeiten erreichen.«

Der Steinquader, dessen Gewicht gut und gerne mehrere Tonnen betrug, war nahtlos in die Mauer eingepaßt. Nichts deutete darauf hin, daß er mehr war als die anderen glattgeschliffenen Blöcke, die unbekannte Baumeister vor Jahrtausenden aufeinandergeschichtet hatten. Dennoch schwang er, von einer verborgenen Mechanik geführt, lautlos zurück.

Eine dreieckige, nach oben spitz zulaufende Öffnung wurde frei, gerade groß genug, daß ein Mensch in gebückter Haltung hindurchgehen konnte.

Der dahinter befindliche Raum hatte die Form einer gleichseitigen Pyramide mit einer Kantenlänge von siebzehn Metern. Professor Richard Dean Karney – Archäologe, Chemiker und Weltveränderer in genau dieser Reihenfolge – hatte erst nach mehreren Monaten harter, schweißtreibender Arbeit den Zugang gefunden.

Er nannte den Raum die *Bibliothek*.

Zum einen, weil darin eine geradezu unirdische Stille herrschte, zum anderen, weil die Wände ebenso wie der Monolith im Zentrum des Raumes mit Schriftzeichen übersät waren. Manche Symbole erinnerten an altägyptische Hieroglyphen, die in der einfacheren Papyrusform wiedergegeben waren. Die Zeichen für *Göttin, vornehme Frau* und für *Schöpfer* wurden öfter wiederholt. Ein Teil des Textes schilderte außerdem ein imposantes Schlachtengemälde, denn Begriffe wie *Krieger, Feind* und *Niederlage* ließen keine andere Deutung zu.

Darüber hinaus hatte das häufig verwendete Symbol *Reptilien* für Karney unerwartet eine persönliche Bedeutung gewonnen.

Der Zugang zur *Bibliothek* schloß sich hinter ihm.

Das war seine Welt, sein Reich – ein Garten Eden, hatte er anfangs geglaubt; inzwischen erschien es ihm mitunter als Hölle. Aber eine Hölle, die ihm gehörte, die Macht und Reichtum versprach. Er würde Jahre, wenn nicht Jahrzehnte brauchen, um alles zu erforschen, aber er würde es schaffen. Weil er genug getreten und kommandiert worden war. Er hatte nicht die geringste Demütigung vergessen.

Wenn er es richtig bedachte, hatte er vierundfünfzig Jahre lang auf etwas gewartet, was ihn über die Masse hinaushob. An verschiedenen amerikanischen Universitäten hatte er Archäologie und Chemie studiert und in beiden Fächern den Professorentitel erworben. Trotzdem war er stets von einer inneren Unruhe gequält worden, auch als er zuletzt in der freien Wirtschaft federführend gentechnische und biochemische Forschungsarbeiten geleitet hatte.

Private archäologische Studien und seine gelegentlichen Kontakte zu Geheimsekten hatten ihm Informationen in die Hände fallen lassen, deren Inhalt mehr als nur brisant war.

Den Hinweisen folgend, war er vor nunmehr gut einem Jahr im pazifischen Inselreich fündig geworden. Das verschüttete pyramidenartige Königsgrab, dessen wahres Alter er bis heute nicht kannte, hatte sein Leben danach endgültig verändert.

Karney war besessen von dem Wunsch, sich einen Platz in der Geschichte zu sichern.

Das plötzliche brennende Jucken im linken Unterarm holte ihn jäh auf den Boden der Tatsachen zurück.

Von der Hand ausgehend, hatte sich der Arm zuerst gerötet und war später von einer Schuppenflechte befallen worden, die nun schon vom Handballen bis zur Ellenbeuge reichte. Gleichzeitig waren ihm alle Haare des linken Armes ausgefallen.

Mittlerweile wußte Karney, daß dieser Haarausfall das erste Anzeichen für eine beginnende Schuppenbildung war. Seine linke Hand wirkte seit kurzer Zeit wie von winzigen Metallplättchen überzogen, deren Grundfarbton eine Mischung von Ocker, Bronze und grünlichem Schimmer zu sein schien.

Die Hieroglyphe für *Reptilien* verfolgte Karney sogar im Schlaf. Ihr häufiges Vorkommen in den Schriften ließ ihn an eine Art Pharaonenfluch glauben, der ihn getroffen hatte.

Er würde daran nicht sterben, dessen war er sicher, aber wenn die Veränderung weiter fortschritt, würde er eines Tages gezwungen sein, sich aus der menschlichen Gesellschaft zurückzuziehen. Nur Reichtum und Macht konnten dann noch seine Ziele sichern.

Den ersten Schritt dazu hatte er getan, als es ihm gelungen war, wenigstens einige Absätze der Schriften zu deuten. Sie hatten ihm ein unglaublich hohes technisches und naturwissenschaftliches Niveau der versunkenen Kultur offenbart.

Karney schreckte aus seinen Überlegungen auf, als unvermittelt die ihn umgebende Helligkeit fahler wurde.

Eigentlich hätte in der Bibliothek völlige Finsternis herrschen müssen; der kristalline Überzug auf den Wänden änderte nichts daran. Daß dennoch entsprechend der Tageszeit ein angenehm gleichmäßiges Licht den Raum erfüllte, erklärte sich Karney mit dem Vorhandensein einer raffinierten Spiegeltechnik. Gleichwohl hatte er bislang nicht einen der dazugehörigen Spiegel oder gar Lichtschächte entdeckt.

Unmittelbar vor dem Monolithen begann die Luft zu flimmern. Eine weibliche Gestalt formte sich aus dem Nichts heraus.

Die Frau war einen Meter achtundsechzig groß, schlank und eine Schönheit mit asiatischem Einschlag. Die leicht schräg stehenden Augen, ihre zarte Haut und die hohen Wangenknochen waren das Erbe ihrer chinesischen Mutter.

Offen hing ihr langes schwarzes Haar über die Schultern. Es kontrastierte gut zu dem enganliegenden, knöchellangen, hellroten Kleid.

»Suzy«, sagte Karney überrascht, »ich habe dich nicht so schnell zurückerwartet. Was ist geschehen?«

Suzy Duvall – den Nachnamen hatte sie von ihrem Vater, einem französischen Ingenieur übernommen – wirkte ungewöhnlich ernst. Sie stand jetzt oben, am Fuß der Felswand und unmittelbar vor dem Zugang zu den unterirdischen Anlagen. Ihr Abbild wurde, sogar seitenrichtig, durch das vermutete Spiegelsystem übertragen. Wie die Unterhaltung über eine Distanz von mehreren hundert Yards möglich war, wußte Karney ebenfalls noch nicht. Er sprach mit Suzy in keiner anderen Lautstärke, als stünde sie tatsächlich neben ihm.

»Wir kriegen Konkurrenz«, erklärte sie. »Ein Team der Yale-Universität ist unterwegs zu den Phoenix-Inseln. Das kann kaum Zufall sein.«

»Bist du sicher?«

Suzy Duvall lächelte wissend. Ihr Spiegelbild wirkte so echt, daß Karney versucht war, auf sie zuzugehen und sie an den Armen zu fassen. Sie war eine Schlange, genauso unberechenbar und gefährlich, und sie war nur deshalb bei ihm geblieben, weil sie sich davon Vorteile versprach, inzwischen vielleicht noch mehr als früher. Andererseits fungierte sie als sein verlängerter Arm, denn er konnte nicht an zwei Orten gleichzeitig sein. Suzy war, obwohl Karney über andere

Transportmöglichkeiten verfügte, mit einem schnellen Motorboot unterwegs gewesen.

»Die Wissenschaftler von Yale haben Suva an Bord einer Hochseejacht verlassen«, sagte Suzy. »Sie sollen vor Gardner abgesetzt werden.«

»Dann handelt es sich nur um eine Handvoll Leute«, stellte Karney fest. »Sie zu beseitigen, dürfte kaum Schwierigkeiten bereiten. Mir bleibt genügend Zeit, ihnen zuvorzukommen.«

Die Schwüle nach dem vorangegangenen Wolkenbruch war unerträglich. Dichter Nebel, der den Rest des Tages und die Nacht hindurch anhalten würde, senkte sich wie ein Leichentuch aus der Höhe herab. Die allgegenwärtige Geräuschkulisse des Dschungels klang nur noch dumpf und seltsam verzerrt, als entstamme sie einer fernen, fremden Welt.

Verbissen bahnte sich Dr. Thomas Ericson einen Weg durch die dampfende Wildnis. Er bewegte sich mit der plumpen Geschicklichkeit eines Roboters, er redete nicht und hielt nur hin und wieder inne, um sich mit den Unterarmen den Schweiß aus den Augen zu wischen. Seine Hände hatten sich schier unlösbar um den Griff der Machete verkrampft.

»Wir ertrinken im Nebel«, sagte Gudrun, die ihm fast auf Tuchfühlung folgte. »Bald sehen wir nicht einmal mehr, wo wir hintreten.«

Sie hatte beim Boot bleiben und den Regen abwarten wollen, bevor sie in den Dschungel eindrangen. »Was zählt schon ein Tag mehr oder weniger?« hatte sie herausfordernd gefragt und Tom mit ihren unergründlichen grünen Augen fixiert. »Die Ruinen sind seit Jahrhunderten da, sie bleiben auch noch vierundzwanzig Stunden länger stehen.«

Für einen kurzen Moment ließ sich Ericson ablenken. Er dachte an die Hochseejacht, deren Mannschaft Gudrun und ihn fünf Seemeilen vor der Küste von Gardner in einem kleinen Motorboot ausgesetzt hatte. Die Rückfahrt sollte mit diesem Boot nach Canton erfolgen, der größten und nördlichsten der Phoenix-Inseln. In den dreißiger Jahren hatten die Amerikaner am Nordwestende von Canton einen Landestreifen gebaut, der bis zum Zweiten Weltkrieg von Pan American Airlines für Zwischenlandungen benutzt worden war. Professor Radcliffe wollte dafür sorgen, daß zum Abschluß der Ausgrabungen ein Flugzeug die beiden Wissenschaftler auf der nördlichen Insel abholte.

Eine der vielen Lianen, die wie ein dichter Baldachin von den Bäumen herabhingen, zuckte plötzlich hoch und entblößte dabei zwei nadelspitze Zähne. Instinktiv schlug Ericson mit der Machete zu. Aber sein Hieb ging fehl, weil sich der Rucksack in der Drehung an einem Ast verfing und ihn nach vorn stolpern ließ. Statt von der Klinge zweigeteilt zu werden, prallte das Reptil gegen den rechten Unterarm des Archäologen, zuckte an seiner Wange vorbei und schlug die Giftzähne in das Nylongewebe des Rucksacks.

Als der rauhe Schlangenleib seinen Nacken streifte, ließ Ericson die Machete fallen und hieb mit beiden Fäusten auf den Öffnungsmechanismus der Schulterriemen.

»Laß den Kopf unten!«

Gudrun schlug hart und kompromißlos mit dem Gewehrlauf zu. Irgend etwas zersplitterte in seinem Rucksack, aber das war ihm im Augenblick egal.

Das Reptil wurde durch die Luft gewirbelt, klatschte drei Schritt entfernt auf den Boden und griff sofort erneut an. Doch da hatte die Anthropologin das Gewehr schon umgedreht und schlug mit dem Kolben wie mit einem Dreschflegel zu. Ihr Gesichtsausdruck sprach Bände.

»Ich hasse diese Viecher!« keuchte sie. »Eva hätte sie im Paradies schon erschlagen sollen.«

»Du tätest besser daran, dich an sie zu gewöhnen. Das wird nicht die letzte Schlange gewesen sein, der wir begegnen.«

Wenn Gudrun wütend war, funkelten ihre Augen wie Smaragde. In diesem Zustand verhaltener Erregung gefiel sie Ericson fast noch besser. Obwohl sie sich inzwischen lange kannten, war ihre Beziehung zueinander nie über ein gewisses

Anfangsstadium hinausgekommen. Thomas, den die Anthropologin (wie alle anderen auch) Tom nannte, hatte bislang vergeblich versucht, ihr privat näherzukommen. Gudrun war mit ihrer Wissenschaft verheiratet, und Kompromisse lagen ihr ebensowenig wie ihm.

Ericson ertappte sich bei dem Gedanken daran, wie es wohl sein würde, wenn er sie zum erstenmal wirklich in die Arme schloß. Sie waren jung und ungebunden, er vierunddreißig, sie dreißig ... Dazu das Flair der einsamen Südseeinsel ...

Die verfluchte Schwüle verwirrte die Gedanken. Außerdem machte die allmählich am Leib trocknende Kleidung jegliche Phantasie überflüssig.

Der Archäologe bückte sich nach der Machete, wog die Klinge abschätzend in der Hand und begann von neuem, das Unterholz beiseite zu schlagen. Seine Hiebe waren wuchtiger als zuvor.

»Natürlich kannst du die Nacht auf dem Boot verbringen«, sagte er und kam damit einer noch unausgesprochenen Frage zuvor. »Aber ich für meinen Teil denke nicht daran, einen Schritt in die falsche Richtung zu gehen.«

3114 v. Chr.
Kernach, der Auserwählte

Das langgezogene, klagende Heulen eines Wolfes schreckte ihn aus seinen Träumen auf, in denen er schon auf der Insel der Götter weilte.

Der Kienspan war längst niedergebrannt. Finsternis umgab ihn, und nur durch die Ritzen im strohgedeckten Dach fiel fahl der silberne Schein des Mondes herein.

Dies war Kernachs letzte Nacht in der Heimat. Längst hatte er sich auf die Reise ohne Wiederkehr eingestimmt.

Morgen, am Tag der Wintersonnenwende, würde er alles Vertraute aufgeben. Aber er war nicht traurig darüber. Sein

Leben sollte die höchste Vollendung erfahren, derer ein Mensch je teilhaftig werden konnte.

Er, Kernach, war auserwählt, die Insel zu betreten, auf der Menschen zu Göttern wurden.

Schaurig klang das Wolfsgeheul durch die Nacht. Das Rudel bellte den Mond an. Obwohl am Abend wieder Schnee gefallen war, scheuten die Tiere noch vor dem Dorf und der Nähe der Menschen zurück.

Kernach schloß die Augen und versuchte, seinen Traum wiederzufinden. Fantastische Gerüchte kursierten über die Insel der Götter, aber nicht einmal der Hohepriester konnte ihm mehr als vage Andeutungen mit auf den Weg geben.

Das Heulen der Wölfe schreckte Kernach abermals auf. Inzwischen mußten die Tiere sehr nahe sein.

Tödliche Gefahren säumen den Weg, und die Insel ist ein Hort unglaublicher Geschehnisse und magischer Dinge. Unvorstellbare Wesen leben zu Füßen der Götter. Niemand, der nicht dazu bestimmt ist, wird jemals dieses Land erreichen.

Diese Sätze waren das erste, was er gelernt hatte. Gleich nach seiner Geburt war er auserwählt worden, weil er das Zeichen der Götter auf der Stirn trug. Alle vier Jahre zur Wintersonnenwende ging ein anderer junger Krieger den Weg ins Glück ...

Das Heulen erklang aus unmittelbarer Nähe. Es war ein schlechtes Omen, wenn ein Rudel schon zu dieser Zeit so nahe heran kam.

Kernachs Jagdinstinkt erwachte. Er richtete sich halb auf und lauschte, seine Hand tastete nach dem Speer mit der geschliffenen Steinspitze. Lautlos murmelte er eine Beschwörungsformel.

Ein Schrei erklang.

Der Todesschrei eines Menschen.

Kernach sprang auf. Im selben Moment wurde die Tür zu seiner Hütte von draußen aufgestoßen. Zwei halbnackte Wilde stürmten herein, jeder von ihnen im Gesicht und am Oberkörper grell bemalt.

Die Eroberer aus dem Norden waren gefährlicher als ein Wolfsrudel, das nur aus Hunger und um zu überleben tötete.

Kernach entging einem Speerwurf nur um Haaresbreite. Einen gellenden Kampfschrei ausstoßend, stürmte er los, stieß jedoch ins Leere, weil die Angreifer ihn in die Zange nahmen. Eine Keule schmetterte gegen seine Hüfte und riß ihn von den Beinen. Er stürzte, wälzte sich zur Seite, und unmittelbar neben ihm riß der nächste Schlag den Lehmboden auf. Der dumpfe Schmerz hinderte ihn daran, sofort wieder hochzukommen.

Und noch etwas machte ihm zu schaffen, ein Gefühl, das er früher nicht gekannt hatte, das aber während der letzten Tage stärker geworden war und beinahe sein Denken lähmte. Er hatte Angst – davor, daß sein Leben plötzlich jeden Sinn verlor, daß er die Insel der Götter, aus welchen Gründen auch immer, nicht erreichte.

Schattenhaft zeichnete sich eine dritte Gestalt in der Türöffnung ab. Kernach handelte instinktiv und schleuderte noch im Liegen seinen Speer. Ein dumpfes Gurgeln verriet, daß er getroffen hatte.

Gleichzeitig prellte ein heftiger Fußtritt seine Rippen und hinterließ den Geschmack von Blut auf seinen Lippen. Kernach brüllte auf. Mit der Wildheit eines gereizten Stieres rammte er dem Nordmann den Schädel in den Unterleib, wuchtete den Kerl über sich hinweg und setzte sofort nach. Er ließ ihm keine Chance. Knackend brachen die Nackenwirbel des Angreifers. Den schlaff werdenden Körper wie einen Schild vor sich haltend, ging er den zweiten Kerl an, der ihn breitbeinig und mit erhobener Keule erwartete.

»Na los, schlag zu!« stieß Kernach hervor.

Der Keulenschwinger war bullig, mit breiten, massigen Schultern. Kernach wartete nicht, bis er angegriffen wurde, sondern stieß den Toten von sich, fintierte und war mit zwei Sätzen bei dem kurzschäftigen Speer, der sich tief in die Wand hineingebohrt hatte.

Schnaubend stürmte der Angreifer hinter ihm her. Erst

machte er Bekanntschaft mit dem stumpfen Ende des Speerschafts, einen keuchenden Atemzug später mit der Steinklinge, die quer über seiner Brust eine gräßliche, blutende Narbe hinterließ. Sein Versuch, den Speer zur Seite zu schlagen, wirkte plötzlich ungelenk. Und dann bohrte sich die Klinge tief in seinen Leib. Ein Ausdruck ungläubigen Entsetzens erschien im Gesicht des Nordmanns. Sein Mund öffnete sich zum halb erstickten Schrei, während sich seine Finger um den Speer verkrampften, als wollten sie ihn aus der Wunde reißen. Noch bevor er zu Boden stürzte, verließ Kernach die Hütte und griff in den draußen tobenden Kampf ein.

Eine Horde von fünfzig oder sechzig Kriegern hatte das Dorf überfallen. Sie waren wild und grausam, und das eigene Leben schien ihnen nicht mehr zu gelten als das ihrer Feinde. Niemand wußte, wo sie lebten – sie kamen, schlugen zu und verschwanden hinterher ebenso spurlos wieder.

Der Blutzoll war auf beiden Seiten hoch. Als Kernach endlich keinen Gegner mehr fand, war der Mond am Himmel gut zwei Handbreit weitergewandert, und im Osten zeichnete sich die beginnende Morgenröte ab.

Leichter Schneefall setzte ein. Bald bedeckten die Flocken den blutgetränkten Boden.

Kernach erschrak, als er den sich rasch verfärbenden Himmel sah. Viel Zeit blieb ihm nicht mehr. Trotzdem mußte er mithelfen, den Scheiterhaufen für die getöteten Angreifer aufzuschichten und den toten Jägern des eigenen Volkes einen würdigen Heimgang zu ermöglichen.

»Kernach!« Die Stimme des Hohepriesters ließ ihn herumfahren. Besorgnis schwang darin mit. »Willst du verwundet und besudelt vor die Götter hintreten?«

Mit zerschlissener, blutverkrusteter Kleidung bot er wahrhaft keinen würdigen Anblick.

Der Hohepriester stimmte einen beschwörenden Singsang an, hob die Hände gen Osten und drehte sie langsam so, daß die Handflächen zum Zenit wiesen. Winzige Irrlichter schienen auf seinen Fingerspitzen zu tanzen.

»Zum höchsten Sonnenstand mußt du das Meer erreicht haben, Kernach, oder schlimme Zeiten brechen über unser Land herein. Das Schiff der Götter wartet nicht.«

»Aber … die Toten …«

»Ihre Ruhe ist heilig, doch manchmal gibt es Wichtigeres. Jetzt folge mir in den Tempel!«

Die Zeremonie der Anbetung fiel deutlich kürzer aus als sonst. Die Stille im Inneren des Heiligtums, von dem es hieß, es sei vor hundert Generationen von den Göttern erbaut worden, wirkte bedrückend.

»Säubere deine Wunden mit dem Quellwasser!«

Nur ein einziges Mal hatte Kernach die Grotte bislang betreten. Das Wasser, das aus einem ovalen, in allen Farben des Regenbogens schillernden Stein sickerte, war Sommer wie Winter gleichmäßig warm. Ein eigenartiger, betäubender Duft hing ihm an.

Der Odem der Unsterblichkeit, sagten die Priester. *Wer sich ihm hingibt, der sieht Anfang und Ende der Welt.*

Für den Preis, daß sein Geist auf immer vom Körper getrennt blieb … Kernach schreckte unwillkürlich zurück, als er den süßen Geruch wahrnahm und sein Spiegelbild im Wasser sah.

»Schöpfe mit der hohlen Hand!« befahl der Hohepriester. »Und dann benetze deine Wunden!«

Das Wasser brannte auf der Haut. Aber Kernach sah auch, daß sich seine Verletzungen schlossen.

Der Hohepriester nickte zufrieden. »Du bist wahrhaft auserwählt, Kernach. Jedem anderen würde das Wasser das Fleisch von den Knochen fressen …« Er schwieg, denn in dem Moment fiel ein gleißender Lichtstrahl aus der Höhe herab und traf den Stein. Ein hoher, anschwellender, singender Ton erklang.

»Die Sonne geht auf. Es ist Zeit, Abschied zu nehmen.«

Wenig später saß Kernach auf dem von Ochsen gezogenen Schlitten, der durch eine verschneite Hügellandschaft nach Westen holperte. Er war nicht allein. Drei Tempeljungfrauen begleiteten ihn, die am Ende der Fahrt, zum Mittag, keine Jungfrauen mehr sein würden. Für sie war es das höchste Glück, das Kind eines von den Göttern Auserwählten zu empfangen.

Den Rest des Weges, von den Dünen zum Meer hinab, ging Kernach allein.

Die See gleißte im Schein der Mittagssonne.

Aber da war noch etwas – ein Schimmer wie von flüssigem Gold, der größer wurde und näher kam. Mit einer Geschwindigkeit, die kein normales Boot je erreichen konnte. Noch dazu, wenn es gegen den auffrischenden Wind segeln mußte.

Das Schiff der Götter.

Kernach beschattete die Augen mit beiden Händen, aber die Blendung hielt an. Er wollte stehenbleiben, doch ein unheimlicher Zwang verhinderte es. Gleichmäßig setzte er einen Fuß vor den anderen, bis die auflaufenden Wellen seine Füße umspülten.

Haushoch ragte inzwischen das goldene Schiff auf. Nur noch sieben oder acht Steinwürfe vom Ufer entfernt, drehte es bei. Feiner Rauch wölkte sich in den Himmel empor, trotzdem sah Kernach kein Feuer, das diesen Rauch erzeugt hätte.

Ein Boot löste sich von dem riesigen Gebilde. Kernach atmete erleichtert auf. Männer saßen in dem Boot. Aber sie ruderten nicht, sondern winkten nur, während sie sich mit geradezu irrwitziger Geschwindigkeit dem Strand näherten.

Ein verhaltenes Summen wie von einem Insektenschwarm erfüllte die Luft.

Die Männer waren fremdartig gekleidet. Ihre Gewänder lagen eng an und wirkten wie aus einem Stück gewebt.

»Komm!« sagten sie. »Hab keine Furcht vor den Dingen, die du noch nicht kennst.«

Für Kernach war das alles wie ein neuer gewaltiger Traum. Zumal er sich später nur noch bruchstückhaft erinnern konnte. Noch nach Tagen fragte er sich, wie er erst das Boot und danach das goldene Schiff betreten hatte. Sein bewußtes Denken setzte erst wieder ein, als er die Hände um eine dünne, kühle Stange verkrampfte, die ihn daran hinderte, kopfüber ins Meer zu stürzen. Die Stange befand sich in Brusthöhe, und unter ihr hing ein netzartiges Geflecht, das sich aber selbst dann als unwahrscheinlich widerstandsfähig erwies, als er heftig mit dem Fuß zutrat.

Die Küste verschwand in der Ferne.

Kernach beschloß, zunächst die seltsamen Geräusche und Gerüche zu ignorieren, die von allen Seiten her auf ihn einstürzten. Er stand nur da und starrte aufs Meer hinaus, das zunehmend stürmischer wurde. Trotz der gischtgekrönten Wellenkämme spürte er nicht, daß sich das Schiff bewegte. Segel suchte er nach wie vor vergeblich.

Die schnelle Fahrt führte nach Westen. Bald tauchte aus dem Dunst im Süden Land auf.

»Wir nennen das Meer Biscaya«, sagte einer der Männer, die Kernach vom Strand abgeholt hatten, und der nun fast lautlos an seine Seite getreten war. »Die Insel, nach der du dich sehnst, liegt von hier aus hinter dem Sonnenuntergang. Wir werden sie in den nächsten Tagen nicht anlaufen, weil wir vorher einen weiteren Auserwählten an Bord nehmen müssen. Ich zeige dir jetzt deine Kammer, in der du schlafen kannst.«

In dem Labyrinth von engen Gängen fühlte sich Kernach alles andere als wohl. Die Wände waren glatter und kälter als geschliffener Stein, und die unaufhörlichen Erschütterungen, die den Boden durchliefen, ließen ihn befürchten, daß irgendwann alles zusammenstürzen würde. Deshalb stand er wenig später wieder an Deck.

Der Mann, der sich Kantiri nannte, lachte belustigt.

»Zum Glück sind nicht alle Völker so mißtrauisch«, sagte er. »Wir hätten wahrhaft mehr Schwierigkeiten.«

Kernach verstand herzlich wenig davon. Er fühlte sich wie ein Fisch auf dem Trockenen und fragte sich verzweifelt, ob dieser Zustand von Dauer sein würde. Dann war das vermeintliche Glück, ein Auserwählter zu sein, wohl eher eine Last.

Eine winzige Lichtung inmitten des Regenwaldes erschien als Lagerplatz wie geschaffen. Tom Ericson beseitigte das Unterholz und warf es auf einem Haufen zusammen. Weiterzugehen hatte bei der inzwischen herrschenden Dunkelheit wirklich keinen Sinn. Obwohl das Blätterdach nicht so dicht war, daß der Himmel gänzlich verborgen blieb, zeigten sich weder Sterne noch der im letzten Drittel stehende Mond. Das Wetterleuchten in der Ferne war als Vorbote eines nahenden Gewitters zu deuten.

Der Schein von Gudruns Stablampe lockte einen rasch größer werdenden Schwarm schillernder Insekten an.

Tom lachte leise. »Wenn du vermeiden willst, daß dich die Moskitos auffressen, mach das Licht aus!«

Ruckartig richtete Gudrun den hellen Strahl auf ihn.

»Ich wollte nur sichergehen, daß wir den Lagerplatz nicht mit Schlangen teilen müssen.«

»Falls ich die Wahl habe zwischen zwei Übeln, entscheide ich mich für das kleinere«, sagte Ericson. »Schlangen sind mir lieber als Raubtiere, die nachts durch den Wald streifen.«

»Weißt du, was das Problem ist?« Gudrun stellte die Lampe so auf, daß der Lichtkegel trotz des Nebels Teile des lückenhaften Blätterdaches der Dunkelheit entriß. »Im Gegensatz zu dir war ich nie an Ausgrabungen im Regenwald beteiligt.«

»Ich weiß. Das Tal der Könige hält einem Vergleich mit hiesigen Verhältnissen in keiner Weise stand. Dort haben andere vor dir den Weg geebnet.«

Gudrun beeilte sich, ihren Schlafsack auszubreiten. Tom nestelte inzwischen an seinem Rucksack herum. Bis er die Schnallen offen hatte, kroch Gudrun schon in die dünne Folienhülle, die gleichermaßen gut vor Kälte und Nässe schützte. Ein spöttisches Lächeln umspielte ihre Mundwinkel, als sie die Lampe ausschaltete.

»Was soll der Unsinn?« protestierte Ericson. »Ein bißchen Licht brauche ich schon.«

»Bevor uns die Moskitos zerfleischen, lege ich mich lieber aufs Ohr. Übrigens: Ich habe mich rechtzeitig mit den Inseln des Stillen Ozeans beschäftigt. Die Tierwelt an Land ist artenarm. Nur Ratten sind eigentlich überall anzutreffen. Aber weder sie noch Fledermäuse, Flughunde oder Geckos würde ich als nächtliche Räuber bezeichnen. Genügt dir das, oder willst du eine ausführliche Beschreibung der hiesigen Verhältnisse?«

Ericson verzichtete auf eine Antwort. Im Widerschein des stärker werdenden Wetterleuchtens begann er, den Inhalt seines Rucksacks zu kontrollieren.

Nach einer Weile sog Gudrun prüfend die Luft ein. »Etwas riecht eigenartig«, stellte sie fest.

»Das ist der Sekt«, sagte Tom bedauernd. »Ich hatte ein Fläschchen eingepackt für den Fall, daß wir vor bedeutenden Entdeckungen stehen. Du hättest eben nicht so fest zuschlagen dürfen.«

»Woher soll ich wissen, mit was du dich abschleppst?« Unvermittelt brach das Gewitter los. Ein gewaltiger Donnerschlag zerriß die Luft, gefolgt von einem grellen Blitz, der die Nebelwand aufglühen ließ. Für die Dauer von Sekundenbruchteilen verschwand Ericson inmitten der feurigen Aura, wurde von dem Moloch Nebel verschluckt und als monströse, schattenhafte Gestalt wieder ausgespien. Nur mit Mühe unterdrückte Gudrun einen entsetzten Aufschrei. Vor ihren Augen tanzten grelle Reflexe einen sinnverwirrenden Reigen. Sie blinzelte, aber die Blendwirkung hielt an, und danach bestand die Welt nur noch aus dem splitternden Bersten und Krachen eines in allernächster Nähe stürzenden Baumriesen.

Ein gewaltiger Sog verwirbelte den Nebel in der Höhe und ließ ein Meer von Flammen sichtbar werden, die geisterhaft aufzuckten.

»Die Baumkronen brennen!« brüllte Ericson. »Wir müssen hier weg!«

Er zerrte die Anthropologin hoch und warf ihr den Rucksack über die Schultern. Den dünnen Schlafsack schob Gudrun zerknüllt unter die Gurte.

Schon regnete die erste Glut herab. Ein weit ausladender

Brotfruchtbaum brannte wie eine gigantische Fackel. Hie und da loderten auch schon am Boden Flammen gierig auf, fanden in der herrschenden Nässe aber wenig Nahrung und erloschen wieder.

Die Furcht, in dem unwegsamen Gelände vom Feuer eingeschlossen zu werden, saß beiden Wissenschaftlern im Nacken. Ohne auf die Richtung zu achten, schlug sich Ericson mit der Machete den Weg frei.

»In die Nacht hinein aufzubrechen, war unverantwortlich«, schimpfte Gudrun. »Was ist mit den Gefahren, vor denen du deine Studenten immer warnst?«

Den letzten Satz mußte sie schreien. In unaufhörlicher Folge rollte der Donner heran, und die Blitze erfüllten den Dschungel mit unheimlichem Leben. Im Widerstreit von Licht und Schatten wurden Kreaturen geboren, die selbst nüchtern denkende Wissenschaftler erschrecken konnten.

Als eine riesige, gehörnte Gestalt hinter dem Wurzelgeflecht einer Schraubenpalme hervortrat, riß Gudrun das Gewehr hoch. Es fehlte nicht viel und sie hätte abgedrückt. Gerade noch rechtzeitig wurde der Schatten von flackernder Helligkeit ausgelöscht.

Gudrun hätte sich selbst für ihre Schreckhaftigkeit ohrfeigen können. Mit einem raschen Seitenblick überzeugte sie sich davon, daß Tom den Zwischenfall nicht bemerkt hatte.

Was um alles in der Welt war mit ihr los? Machte ihr das Dschungelklima zu schaffen, oder hatte sie sich die Erzählungen der Kollegen mehr zu Herzen genommen, als sie sich eingestehen wollte? Immerhin war von versunkenen Urwaldstädten die Rede gewesen, von wilden Tieren und unbarmherzigen Flüchen, von Krankheiten und mordgierigen Eingeborenen, aber Gudrun hatte von Anfang an nur Neid als die Triebfeder aller haarsträubenden Geschichten erkannt. Jeder hätte liebend gerne mit ihr getauscht und die Herausforderung angenommen, Neuland zu betreten.

Dicke Regentropfen klatschten herab. Das Gewitter tobte

unvermindert heftig. Außerhalb des Dschungels war es vermutlich taghell.

»Bis zum Morgen halten wir das nicht durch.« Gudrun mußte schreien, um den anhaltenden Donner zu übertönen. »Wir hätten wirklich auf dem Boot bleiben sollen.«

»Mir macht das verdammte Wetter genausowenig Spaß.«

Tom hielt für einen Moment inne, die Machete mit beiden Händen über den Kopf erhoben. Dann ließ er die Klinge mit aller Wucht herabsausen. Von links oben nach rechts unten wurden fingerdicker Bambus, Lianen und halb mannshohe Farnwedel abrasiert. Mit einer geschickten Drehung seines Oberkörpers schlug er anschließend von der anderen Seite her zu. In seiner Jugend hatte er drei Jahre lang Fechtunterricht genommen und mit dem Florett sogar bei Wettkämpfen gewonnen; jetzt war der Dschungel sein Gegner, den es zu besiegen galt. Ein Gegner, der erbarmungslos sein konnte.

Mit einem weiteren wuchtigen Hieb reagierte Tom seinen angestauten Ärger ab.

Diesmal schlug der Regenwald zurück.

Ericson schrie auf, als er jäh auf Widerstand stieß. Ein stechender Schmerz jagte von seinen Fingerspitzen bis in die Schultern hoch, und die Machete wurde ihm aus der Hand geprellt.

Gudrun, drei Schritte hinter ihm, hörte das metallische Klirren nicht. Aber sie sah, daß Tom taumelte und die Klinge seitlich ins Unterholz flog. Erschrocken riß sie das Gewehr hoch und entsicherte es, während der Archäologe mit bloßen Händen in das Pflanzendickicht hineinfaßte und es auseinanderzerrte. Im nächsten Moment zog er das Messer aus seinem Gürtel und hackte wie wild auf die Schlingpflanzen ein.

»Gudrun, hilf mir! Da ist etwas, das wahrscheinlich nicht hergehört.«

Je mehr von dem üppigen verfilzten Grün die beiden entfernten, desto deutlicher wurde, daß sie einen von Menschenhand behauenen Stein vor sich hatten.

Im Widerschein der Blitze starrte ihnen ein kantiges

Gesicht entgegen. Mit bloßen Fingern kratzte Gudrun Moose und Flechten aus dem verwitterten Antlitz, während Tom die letzten Pflanzen rings um die Statue entfernte.

Der Stein war rauh. Das feucht-schwüle Klima des Regenwaldes, Mikroorganismen und der Pflanzenwuchs hatten ihr Zerstörungswerk schon vor Hunderten von Jahren begonnen.

Ericson hob die Machete wieder auf, trat so weit zurück, wie es das Dickicht erlaubte, und taxierte die Statue mit abschätzenden Blicken. Anschließend richtete er den gebündelten Lichtstrahl seiner Stablampe auf den Stein.

Ein strenges Gesicht starrte die beiden Eindringlinge an. Der quadratische Schädel saß ohne erkennbaren Übergang auf den schmalen Schultern. Von der Nase zeugte lediglich ein zersplittertes Fragment. Der Mund war, ebenso wie die Augen, nur angedeutet. Senkrechte Falten, zwischen denen Schriftzeichen eingemeißelt waren, rahmten die Wangen ein.

»Eine monolithische Götterdarstellung«, bemerkte Gudrun. »Auf den ersten Blick erinnert mich die Art an die Skulpturen von Tiahuanaco.« Sie hatte mehr hinzufügen wollen, unterbrach sich aber jäh und ließ einen Laut der Überraschung vernehmen. »Die Augen!« stieß sie hervor. »Sieh doch, wie sie leuchten!«

Zumindest aus seinem Blickwinkel heraus hatte sich für Ericson nichts verändert. Erst als Gudrun zu stöhnen begann, reagierte er und schaltete die Lampe ab.

Die Düsternis offenbarte ein schwaches rötliches Glühen, das tatsächlich von den steinernen Augen ausstrahlte. Allerdings verlor es rasch an Intensität und erlosch innerhalb von Sekunden.

»Fluoreszierendes Material«, vermutete der Archäologe.

Nur ein verhaltenes Wimmern drang über Gudruns Lippen.

Sie bot ein Bild des Jammers. Das dunkle Haar hing ihr in triefenden Strähnen in die Stirn, und der anhaltende Regen hinterließ glitzernde Spuren auf ihren Wangen. Außerdem war sie bleich wie eine frisch gekalkte Wand.

Ihr Blick, starr und ohne die Lider zu bewegen, verlor sich in unendlicher Ferne.

»He«, sagte Ericson sanft. »Vielleicht war es wirklich ein Fehler, so spät aufzubrechen, aber die nassen Klamotten trocknen wieder, und sobald wir erst die Ruinen vor uns ...«

Irritiert hob er die Hand vor ihr Gesicht. Gudrun spielte nicht die Beleidigte, sie nahm ihn gar nicht mehr wahr.

Tom war inzwischen an einem Punkt angelangt, an dem er seinen Eifer verwünschte. Aber weder der Regen noch das Gewitter zermürbten ihn, sondern das Verhalten seiner Begleiterin. Sie würde Tage brauchen, sich an die Bedingungen im Regenwald zu gewöhnen. Manche schafften es nie.

Zögernd wandte er sich der Statue zu. Sie war, das bemerkte er erst jetzt, bis fast zu den Knien in den weichen Boden eingesunken. Ihre Größe lag also bei mindestens einen Meter achtzig.

Den Archäologen interessierten vorerst vor allem die Augen der Skulptur. Selbst aus der Nähe betrachtet, schienen sie aus Stein zu bestehen wie alles andere.

Entschlossen richtete er seine Lampe auf den kantigen Schädel, der in dem Moment, als das Licht aufflammte, in einer grellen Eruption zu bersten schien.

Wie von einer unsichtbaren Faust getroffen, taumelte Tom Ericson rückwärts. Die Lampe entglitt seinen Fingern und rollte über den Waldboden. Geisterhaft fahl huschte der Lichtkegel durchs Dickicht, bis er zitternd an einem knorrigen Stamm verharrte.

Tom nahm das alles nicht mehr wahr. Das Gefühl, irrsinnig schnell in einen endlos tiefen Abgrund zu stürzen, raubte ihm die Besinnung.

3114 v. Chr.
Kalyssos, der Auserwählte

Totenstille umgab die beiden Reiter, als sie durch das große Haupttor in die Orakelstadt ritten. Vor ihnen erstreckten sich einsame, menschenleere Tempelplätze und Gassen. Das einzige Geräusch war das Hufgeklapper ihrer Rosse; es brach sich an den weißen Steinbauten und hallte hohl und überlaut durch die verlassenen Straßen.

Kalyssos, einer der beiden Reiter, sah sich verunsichert um. Er hatte geschäftiges Treiben erwartet, Priester in langen Gewändern, geschwätzige Händler, die ankommenden Reisenden allerlei Erfrischungen und Waren feilboten, und das fröhliche Lachen von Frauen und Kindern.

Er hatte alles mögliche erwartet, nicht aber eine ausgestorbene Stadt!

Es schien, als hätte sich ein Totentuch, gewebt aus Stille und Schweigen, über die Ansiedlung hier oben in den Bergen gelegt. Wo waren die Bewohner geblieben, die Tempelpriester, die Schriftgelehrten? Nichts deutete auf einen kriegerischen Zwischenfall hin. Keine Zerstörungen, kein getrocknetes Blut, keine Anzeichen von gewaltsamen Auseinandersetzungen. Es schien, als wäre die Stadt geräumt worden – aus welchen Gründen auch immer.

Kalyssos erschauderte bei dem Gedanken. Was, wenn selbst das Orakel nicht mehr hier weilte, die Instanz, für die die gesamte Tempelstadt gebaut worden war? Was, wenn dies der Grund für die verlassenen Straßen war?

Er wagte gar nicht, daran zu denken. Dann hätte er nicht nur die anstrengende Reise umsonst unternommen, sondern – was weitaus schwerer wog – auch seine drängenden Fragen würden für immer unbeantwortet bleiben. Fragen von äußerster Dringlichkeit. Und das Orakel von Delphi war die einzige Instanz, von der er sich Antwort darauf erhoffen durfte.

Die beiden Reiter kamen schließlich zu einem übermannshohen Schlund, der in eine steil ansteigende Felswand gehauen und von zwei prächtigen Säulen eingerahmt war. Der Soldat auf dem anderen Pferd gab das Zeichen zum Halten und stieg ab.

»Bis hierher, Herr, kann ich Euch begleiten«, sagte er, während er Kalyssos aus dem Sattel half. »Nun müßt Ihr allein weiter. Dies ist die Orakelstätte. Keinem Krieger ist es erlaubt, sie zu betreten.«

Kalyssos bedachte die Öffnung im Fels mit einem ehrfürchtigen Blick und mußte schaudernd daran denken, daß sogar die alten, mächtigen Götter hierhergekommen waren, um Rat zu erbitten. Er sah zu den Schriftzeichen empor, die darüber in den Stein gemeißelt waren: ERKENNE DICH SELBST – das Motto des Orakels! Er hätte es nicht einmal lesen können, hätte ihm als Auserwählten nicht das Vorrecht zugestanden, die Schrift der Götter in jahrelanger Mühe erlernen zu dürfen.

»Wohin mögen die Bewohner nur geflohen sein?« grübelte er. »Und vor allen Dingen – wovor?«

»Fragt nicht mich, Herr«, erwiderte sein Begleiter und senkte ergeben den Kopf. »*Ihr* seid der Auserwählte. Ich bin nur ein einfacher Soldat. Gern opfere ich mein Leben für Euch, aber erwartet von mir keine Antworten auf Fragen, die vielleicht niemand beantworten kann.«

Kalyssos nickte nachdenklich. Richtig, er war der Auserwählte! Aber im Moment schien das nichts weiter als ein wohlklingender Titel zu sein. Dabei hatte er sein gesamtes Leben dieser Aufgabe gewidmet. Seine Eltern kannte er nicht. Die Obrigkeit Athens hatte ihn bereits kurz nach der Geburt seiner Familie entrissen. Ihm war die beste Erziehung zuteil geworden, die besten Lehrer hatten ihn unterrichtet – und wozu?

Seit den Jahren, da sich Athen* im Krieg mit den Göttern befunden hatte, war kein Auserwählter mehr zu der legendären Insel im westlichen Ozean geschickt worden. Es schien, als müßte auch er das Schicksal seiner Vorgänger teilen und in

* Zu jener Zeit wurde das heutige Griechenland Athen genannt.

Hoffnungslosigkeit und Verzweiflung sterben, ohne seine Bestimmung je erfüllen zu dürfen.

Nein! Er ballte die Hände zu Fäusten. Nicht er! Er würde zur Insel der Götter gelangen, und wenn es sein mußte, auf eigene Faust! Er würde all die Wunder, von denen man sich staunend erzählte, mit eigenen Augen sehen.

Er wurde aus seinen Gedanken gerissen, als der Soldat unvermittelt sein Kurzschwert aus der Scheide riß und auf eine Gestalt richtete, die aus dem Schlund heraustrat. Doch es war nur ein weißhaariger Greis im langen Gewand eines Priesters.

Als er die auf sich gerichtete Klinge sah, verzog er seinen zahnlosen Mund zu einem spöttischen Lachen.

»Ihr müßt wahrlich ein großer Krieger sein, wenn Ihr Angst vor einem unbewaffneten Alten habt! Warum suchst du dir keine Gegner, die dir mehr zur Ehre gereichen?«

Betreten steckte der Soldat das Schwert wieder ein. Die Aufmerksamkeit des Greises richtete sich auf Kalyssos.

»Du suchst den Rat des Orakels?«

»Ja, deshalb bin ich gekommen. Aber ich … ich hatte bereits befürchtet, daß es nicht mehr hier ist.«

»Warum sollte es gehen?« fragte der Greis. »Seine Stätte ist hier. Hier ist der *Nabel der Welt*. Wußtest du das nicht?«

»Doch, schon, aber …« Kalyssos blickte sich hilflos um. »Wo sind all die Leute geblieben?«

Der Greis senkte den Kopf.

»Fort«, sagte er traurig. »Das Orakel hat sie weggeschickt. Es fürchtete um ihre Sicherheit.«

»Und du? Warum bist du nicht gegangen?«

Wieder lachte der Greis.

»Ich? Ich bin zu alt zum Fliehen. Mich vermag der Tod nicht mehr zu schrecken. Und jemand muß ja hier bei dem Orakel bleiben und wissenshungrige Wanderer empfangen, so wie Ihr es seid.«

Kalyssos begriff den sachten Verweis. Dabei brannten ihm so viele Fragen auf der Zunge. Und jede Auskunft des Greises warf weitaus mehr neue auf, als sie beantwortete.

Er drängte diese Gedanken beiseite und erinnerte sich, weswegen er hier war.

»Wie komme ich zum Orakel?« fragte er.

Der Greis deutete auf den Schlund, der mit einemmal viel größer, dunkler und bedrohlicher erschien.

»Geht einfach dort hinein. Dort findet Ihr die Antworten auf all Eure Fragen.« Ein neuerliches Lachen. »Ich weiß aber nicht, ob sie Euch gefallen werden. Und nun geht! Geht!«

Kalyssos versuchte vergeblich, den Kloß in seiner Kehle herunterzuschlucken. Er straffte sich. Ein letzter Blick zur Sonne empor, so als befürchte er, sie niemals wieder zu sehen – dann schritt er in den Schlund hinein.

Dunkelheit empfing ihn und eine fast schon angenehme Kühle, aber auch fremde Gerüche und beunruhigende Geräusche. Ein dumpfes Pochen, das aus den Wänden des Stollens zu dringen schien.

Zögernd schritt er weiter.

Bald blieb das Tageslicht hinter ihm zurück, doch Fackeln an den Wänden wiesen ihm den Weg weiter in den Berg hinein. Ein bunter Reigen von flackernden Schattengestalten tanzte an den Wänden.

Kalyssos zwang sich, nicht hinzusehen. Er war nie ein wagemutiger Mann gewesen, eher ein Mann der Wissenschaften. Nun jedoch, wo er schon so weit gekommen war, war es zum Umkehren zu spät. Also ging er weiter, und es erleichterte ihn ein wenig, als er feststellte, daß das dumpfe Pochen, das aus den Wänden zu quellen schien, nur das aufgeregte Schlagen seines eigenen Herzens war.

Irgendwann, ein paar Biegungen weiter, trat Nebel aus Felsspalten hervor und verschleierte die Sicht. Kalyssos tauchte in die wirbelnden Schwaden ein, die von den Fackeln in diffuses Licht getaucht wurden. Er konnte kaum weiter sehen, als sein Arm reichte, und nur der Klang seiner Schritte zeigte ihm, daß sich der Gang irgendwann zu einem größeren Saal öffnete.

Unsicher blieb er stehen und wandte den Kopf. Der Nebel war auf allen Seiten undurchdringlich.

»Tritt näher, Auserwählter!« erreichte ihn eine Frauenstimme.

Kalyssos zuckte zusammen. Es war nicht zu hören gewesen, aus welcher Richtung die Stimme gekommen war.

»Du weißt, daß ich der Auserwählte bin?« fragte er zögernd, während er der Aufforderung nachkam.

»Ist es nicht meine Aufgabe, die Antworten auf Fragen zu wissen?« Täuschte er sich, oder schwang da ein Hauch von Belustigung in den Worten mit? »Und bist du nicht einen weiten Weg gegangen, um Antworten auf deine Fragen zu bekommen?«

»Also bist du das … das Orakel?«

»So ist es!«

Kalyssos wagte kaum zu atmen. Er hatte es endlich geschafft. Er war am Ziel!

»Wo bist du?« fragte er. »Warum kann ich dich nicht sehen?«

»Du wirst mich sehen. Doch zuvor …«

Die Stimme machte eine kurze Pause, der Nebel lichtete sich zu einer Seite hin und gab einen meterhohen, metallenen Opferkelch frei – keine zwei Meter von dem Athener entfernt. »… erbitte ich deine Opfergabe! Jede Vorhersage hat ihren Preis, wußtest du das nicht?«

Kalyssos erschrak. Eine Opfergabe! Warum nur bei allen alten Göttern hatte er nicht daran gedacht?

Er sah hilflos an sich und seiner Toga herab. Ein Auserwählter wie er hatte keinen Privatbesitz. Er benötigte nichts, denn überall sorgte der Staat für ihn. Und deshalb trug er nichts bei sich. Nichts außer …

Er zog sich die Kette vom Hals, an der ein kleiner schwarzer Stein hing. Einen materiellen Wert hatte er nicht, aber er trug ihn dennoch seit vielen Jahren. Es war sein Glücksbringer, der ihm einst von einem Lehrer geschenkt worden war.

»Dies ist alles, was ich dir bieten kann«, sagte er, während er die Kette in die Opferschale warf. »Ich hoffe, sein Wert ist nicht zu gering, als daß du mich nicht anhörst!«

Sekundenlang kam keine Antwort. Der Nebel schloß sich wieder um die Opferschale, um kurz darauf an einer anderen Stelle aufzureißen, und dann stand er ihm gegenüber – dem Orakel von Delphi!

Es war eine Frau, eine uralte Frau, gekleidet in lange, lose fallende Gewänder, und sie thronte auf einem knapp einen Meter hohen, ehernen Dreifuß.

Langsam hob sie den Kopf, und ihre unergründlich tiefen Augen richteten sich ernst auf den Ankömmling.

»Es ist kein zu geringer Preis, den du zahlst«, entgegnete sie. »Du gibst all dein Glück für ein paar Antworten her. Und dein Glück ist alles, was du besitzt.«

»Ich gebe es gerne her!« rief Kalyssos impulsiv. »Was ist ein Auserwählter schon, wenn ihm das Recht verweigert wird, zur Insel der Götter zu reisen?«

»Das also ist deine Frage an das Orakel. Du suchst zu erfahren, ob du die Insel der Götter sehen wirst?«

»Ja, das ist die Frage. Ich würde alles tun, um dorthin zu gelangen. Selbst wenn ich dafür sterben müßte.«

Die alte Frau auf dem Hocker nickte bedächtig. Dann schloß sie die Augen, und ihr Kinn sank langsam auf die Brust. Einen Moment lang glaubte Kalyssos fast, sie würde schlafen.

Doch dann zuckte ihr Kopf wieder nach oben, und ihre Augen funkelten in einer unirdischen Intensität, als sie die nächsten Worte sprach:

So vernehme die Antwort des Orakels:
Die Flucht wird dir trotz der Wachen gelingen,
bereits in der nächsten Nacht wird das sein.
Über das Wasser wird dich dein Weg führen,
und beide Wünsche werden sich dir erfüllen!

Kalyssos stand wie erstarrt da.

Beide Wünsche werden sich dir erfüllen, hallte es in seinem Kopf wider. Also würde es wahr werden! Er würde die Insel der Götter erreichen.

Was aber war der zweite Wunsch? Er rief sich die Worte seiner Frage in den Sinn zurück: *Ich würde alles tun, um dorthin zu gelangen. Selbst wenn ich dafür sterben müßte.*

Der Auserwählte wurde bleich. Waren das die beiden Wünsche, die ihm erfüllt werden würden? Würde er sein Leben verlieren?

»Also ... also werde ich sterben?« fragte er atemlos.

Die uralte Frau erhob sich von dem Hocker und trat langsam zu ihm. Der unnatürliche Glanz war aus ihren Augen verschwunden; jetzt wirkten sie nur noch glanzlos und stumpf.

»Was ist schon ein Tod in Anbetracht von Millionen und Abermillionen Toten, die die Erde überschwemmen werden?« fragte sie müde. Es schien, als wäre sie jetzt nur noch eine normale alte Frau. »Freue dich! Dir wird es noch vergönnt sein, die Insel der Götter zu sehen. Deine Bestimmung wird sich erfüllen, aber all die anderen werden in Unwissenheit sterben. Welchen Grund hast du da, dich zu bedauern?«

Kalyssos wußte keine Antwort darauf.

Du wirst sterben, hämmerte es in seinem Kopf, immer wieder nur dieser eine Gedanke.

»Was ... was wird geschehen?«

»Komm. Ich zeige es dir!«

Sie gingen ein paar Schritte. Auf eine Handbewegung der Greisin teilte sich der Nebel und gab den Blick auf einen tiefen Abgrund frei. Kalyssos prallte zurück. Zu seinen Füßen fiel der Fels fast senkrecht ab, und tief unten brodelten dunkle, bedrohliche Schatten in der Finsternis. Sie schienen nach ihm zu greifen.

»Siehst du den Hades?« fragte die Priesterin. »Spürst du die Kraft, die ihm innewohnt? Er ist der Inbegriff des Dunklen, Bedrohlichen, und wer Angst hat, der wird sich ihm ausliefern.«

Der Athener schloß entsetzt die Augen.

»Ich ...«, begann er, wurde jedoch sofort unterbrochen.

»Die Furcht wird fette Beute halten. Der Hades wird über die gesamte Welt ausgeschüttet werden, und die wenigen

Überlebenden werden sich seinem verderblichen Einfluß ausgesetzt sehen. Die Erde wird ins Chaos geschleudert werden, und fortan werden böse Mächte ihren Einfluß stark vermehren. Finsternis wird sich ausbreiten, und sie wird sich nähren von der Angst. Die Welt, die du gekannt hast, wird es schon bald nicht mehr geben. Und das Orakel wird schweigen, für Jahrhunderte, für Jahrtausende ...«

»Ich glaube, ich verstehe nicht.«

»Wer versteht es schon? Die Gesetzmäßigkeiten sind nur wenigen Eingeweihten bekannt, und für sie ist es Segen und Fluch zugleich.« Sie hielt inne. »Und nun geh, Kalyssos. Deine Zeit ist gekommen. Geh, und geh in Frieden!«

Nebelschwaden zogen herbei, hüllten die Greisin ein und trugen sie mit sich fort.

Kalyssos drehte sich um und torkelte wie betäubt zum Ausgang zurück. Was er gesehen hatte, war mehr, als sein Geist zu fassen vermochte, und in seinem Kopf pochte nur ein einziger, entsetzlicher Gedanke – so stark wie eine Gewißheit:

Du wirst sterben! Sterben!

Die ganze Welt wird sterben!

Das Erwachen war schlimmer als nach einem grauenvollen Alptraum. Dr. Thomas Ericson sah noch immer diese großen, fluoreszierenden Augen vor sich, deren Blick wie Dutzende glühender Nadeln unter seiner Schädeldecke tobte. Nie zuvor hatte er einen ähnlich intensiven Schmerz gespürt. Das Gefühl, als sei schlagartig sein Innerstes nach außen gekehrt worden, trug nicht gerade zur Besserung bei.

Er spürte die Macht, die den Augen innewohnte, doch sein Verstand weigerte sich zu begreifen, daß grob behauener Stein mehr sein konnte als tote Materie.

Jemand stöhnte gequält.

Bis Tom begriff, daß er selbst diese Laute produzierte, verging geraume Zeit.

Das Gewitter flaute ab. Nur noch aus der Ferne drang Donnergrollen heran. Ericson lag auf dem Rücken und sah über sich die Baumkronen und einen winzigen Ausschnitt des wolkenverhangenen Himmels. Der schwache Widerschein eines Blitzes holte ihn endgültig in die Wirklichkeit zurück, und plötzlich hatte er keine Mühe mehr, eine plausible Erklärung zu finden. Die Statue war vermutlich eisenhaltig und hatte eine starke elektrische Ladung aufgebaut, die auf ihn übergesprungen war.

Mit seinen Überlegungen an diesem Punkt angelangt, stemmte er sich endlich auf den Unterarmen hoch.

Gudrun stand schon wieder vor der Figur. Der steinerne Schädel reichte ihr gerade bis in Schulterhöhe. Zögernd, wie in Trance, streckte sie beide Arme aus.

»Warte!« rief Ericson. »Faß den Stein nicht an!«

Sie hörte nicht auf ihn. Ihre Fingerspitzen berührten das markante Kinn der Skulptur und glitten aufwärts zu den Augen. Sie hantierte wie eine Marionette an unsichtbaren Fäden. Ein seltsamer Bann schien von ihr Besitz ergriffen zu haben.

Tom raffte sich auf. Er taumelte und ihm wurde übel, dennoch versuchte er, seine Begleiterin zurückzuhalten. Er schaffte es nicht. Gudrun berührte die Augen der Statue – und drückte sie scheinbar mühelos nach innen.

Ein scharfes, knackendes Geräusch erklang, vermischt mit dem verwirrten Aufschrei der Anthropologin, als sich der Boden unter ihr auftat. Ihr Versuch, noch einen sicheren Halt zu finden, war von vornherein zum Scheitern verurteilt. In einer Lawine von Dreck und entwurzelten Pflanzen verschwand sie in unergründlicher, düsterer Tiefe.

Auch unter Toms Füßen kippte der Boden weg, aber ihn fingen Sträucher auf, ein Dickicht aus Laub und Ästen, in denen er sich wie ein Ertrinkender verkrallte, während in der Tiefe Gudruns Schreie verhallten.

Lediglich zwei Meter über ihm lag die Abbruchkante. Hätte er mit den Füßen Halt gefunden, wäre es leicht gewesen, der mißlichen Lage zu entrinnen, doch er baumelte hilflos in der Luft und mußte darauf vertrauen, daß die Sträucher standhielten.

Sie taten es nicht. Das Wurzelwerk löste sich.

Einem ersten merklichen Ruck folgte Sekunden später ein zweiter, stärkerer. Lockere Erde prasselte auf Ericson herab. Bäuchlings rutschte er über eine Rampe, deren Neigungswinkel mit jedem Meter Höhenunterschied zunahm. Sein Sturz beschleunigte sich; loses Geröll schürfte ihm Bauch und Hände auf und ließ seine Fingernägel splittern, als er versuchte, sich im Untergrund zu verkrallen. Alles ging wahnsinnig schnell.

Dann wurde der Schräghang zur Senkrechten. Tom versteifte sich, aber ehe er richtig begriff, fand sein Sturz ein unerwartetes Ende. Im wirklich freien Fall hatte er nicht mehr als zwei Meter überbrückt.

Unaufhörlich prasselten Dreck und kleinere Steine auf ihn herab. Wie tief er gefallen war, konnte Ericson nur schätzen. Vierzig Meter, vielleicht mehr, möglicherweise aber auch weniger.

Vorsichtig bewegte er Arme und Beine. Sie taten so weh, daß er glaubte, alle Knochen im Leib zu spüren, aber glücklicherweise schien er sich nichts gebrochen zu haben. Offenbar war er noch einmal glimpflich davongekommen – ganz im Gegensatz zu einigen der zum Teil empfindlichen Geräte, die in seinem Rucksack verdächtig klirrten.

Um ihn herum herrschten tiefe Finsternis und eine geradezu beängstigende Stille.

»Gudrun!« rief er. »Bist du in Ordnung?«

Die Anthropologin antwortete nicht. Tom lauschte angestrengt, aber nicht einmal ein Stöhnen war zu vernehmen.

Panische Angst, ihr könnte etwas passiert sein, keimte in ihm auf und hielt seine Gedanken umfangen. Die Vorstellung, daß ihr etwas zugestoßen sein könnte, daß sie sich bei dem Sturz möglicherweise sogar das Genick gebrochen hatte, war unerträglich.

Verzweifelt schrie Tom noch ein paarmal so laut er nur

konnte ihren Namen. Seine Stimme hallte hohl von den Wänden wider, aber auch jetzt bekam er keine Antwort.

Wäre nur die verfluchte Finsternis nicht gewesen! Kein noch so schwacher Lichtschimmer reichte bis auf den Grund des Schachtes, und seine Lampe hatte Ericson verloren. Sie wiederzufinden glich der Suche nach der berüchtigten Nadel im Heuhaufen. Er schnallte den hinderlichen Rucksack ab und tastete sich auf den Knien rutschend vorwärts. Die Angst um Gudrun trieb ihn voran.

Trotz der herrschenden Schwüle fröstelte Ericson. Die feuchte Kleidung war ebenso daran schuld wie der abklingende Schock.

Irgendwann fiel ihm das Feuerzeug ein, das in einem Seitenfach des Rucksacks steckte.

Die winzige Gasflamme ließ ihn mehr von seiner Umgebung erkennen.

Hinter ihm führte eine steile, gewundene Rinne in die Höhe. An den Seiten ragten senkrechte Mauern gut drei Meter hoch auf. Sie waren aus Felsblöcken fast nahtlos zusammengefügt. Einige Quader wiesen eingeritzte Zeichen auf, andere trugen Bildmotive, deren Bedeutung ihm fremd war. Ähnliche Symbole hatte er nie zuvor gesehen.

Unter anderen Umständen hätte ihn nichts und niemand daran hindern können, umfangreiche Skizzen anzufertigen, zu vermessen und zu fotografieren. Jetzt aber widmete er den Symbolen nur einen flüchtigen Blick. Wichtiger war es, Gudrun zu finden.

Eine der Seitenwände war eingestürzt und hatte den Zugang zu einer hüfthoch mit Geröll verschütteten Höhle freigelegt. Als Ericson den Raum ausleuchtete, brannte die Flamme des Feuerzeugs ruhig und gleichmäßig. Wo kein Luftzug festzustellen war, existierte auch keine Verbindung zu anderen Hohlräumen.

Endlich, der Archäologe verbrannte sich schon die Finger am Feuerzeug, fand er seine Lampe. Und gleich darauf wühlte er mit bloßen Händen einen frisch aufgeschütteten

Erdhaufen auf, unter dem durchaus ein Mensch begraben liegen konnte. Erst nach einer ganzen Weile hielt er schweißüberströmt inne.

Gudrun hatte sich nicht einfach in Luft aufgelöst. Für alles gab es eine rationale Erklärung. Selbst der Fluch der Pharaonen, dem am 5. April 1923, nur sechs Wochen nach der Öffnung der Grabkammer Tut-ench-Amuns als erster Lord Carnavon und in der Folge andere Teilnehmer an der Ausgrabung zum Opfer gefallen waren, ließ sich auf normale Weise erklären. Daran änderte auch der Fund einer Vase nichts, deren unmißverständliche Inschrift gelautet hatte: *»Der Tod wird auf raschen Schwingen zu demjenigen kommen, der das Grab des großen Pharao anrührt.«*

Oder gab es am Ende zwischen Himmel und Erde doch Dinge, die sich jedem Versuch einer nüchternen Erklärung entzogen?

Erschöpft, ratlos und niedergeschlagen ließ Ericson sich in die Hocke sinken.

»Tom ...!«

Gudruns Stimme war leise und kaum wahrzunehmen. Trotzdem fiel Tom ein Stein vom Herzen. Wie elektrisiert fuhr der Archäologe hoch.

»Gudrun! Wo bist du?«

»Ich habe keine Ahnung.«

»Bist du verletzt?«

»Nein, jedenfalls nicht ernstlich.«

Während sie sprach, versuchte Ericson die Richtung zu bestimmen, aus der Gudruns Stimme kam. Er war sich nicht sicher, aber es kam ihm so vor, als würde sie direkt aus der Wand vor ihm dringen.

Er ließ den Lichtkegel der Lampe erneut über die Steine huschen. Jeden Quader leuchtete er ab. Schriftzeichen und Symbole traten teilweise reliefartig hervor, andere waren nur sehr schwach eingeritzt. Diesmal betrachtete er sie genauer.

»Glyphen«, murmelte er überrascht. Bei den Symbolen

handelte es sich ohne jeden Zweifel um Monatsglyphen der Mayas.

Die Mayas hatten über zwei Zeitrechnungen verfügt. Das eine Jahr, zu zweihundertundsechzig Tagen, wurde *tzolkin* genannt und war in erster Linie ein Wahrsagekalender der Priester für ihre Prophezeiungen gewesen. Das zweite Mayajahr war in achtzehn Monatszeichen zu jeweils zwanzig Tagen zusammengefaßt, zuzüglich der fünf überschüssigen Tage ohne Namen, die als Unglückstage galten. Regelmäßig alle zweiundfünfzig Jahre hatten sich beide Kalender in einem Tag vereint.

Niemand hatte bisher nachweisen können, daß eine Verbindung zwischen Ostasien und Mittelamerika in frühen Jahrhunderten möglich gewesen war. Sollte hier nun doch der langgesuchte Beweis vorliegen? Auf einer unbedeutenden Insel der Phoenix-Gruppe?

Phönix war der sagenhafte Vogel der alten Ägypter, der sich ins Feuer stürzte und aus der Asche neu erstand. Er galt als Symbol der Auferstehung und der Unsterblichkeit. – Flüchtig dachte Tom an das Feuer, das die Ruinen freigelegt hatte. War eine uralte Kultur im Begriff, aus den Abgründen der Geschichte neu zu erstehen?

Ohne länger zu zögern, berührte er die Zeichen, die er zu erkennen glaubte: die fünf namenlosen Unglückstage …

Ein Geräusch wie wenn Stein über Stein schliff, durchbrach die Stille. Langsam begann sich ein Stück der Wand zu drehen und gab den Blick auf einen dahinterliegenden Stollen frei.

Dr. Thomas Ericson begann zu begreifen, daß die einsame Insel zum Meilenstein in seinem Leben werden würde.

3114 v. Chr.
Kalyssos, der Auserwählte

Er wurde strenger bewacht als ein Dieb und Mörder. Fünf Krieger sollten jede Flucht vereiteln, und vielleicht hatten sie sogar den Befehl, ihn bei einem Fluchtversuch zu töten. Kalyssos wußte, daß er plötzlich nicht mehr wichtig war. Der bevorstehende Krieg veränderte die Welt. Dabei war fraglich, ob Athen wirklich die Stärke hatte, einen Waffengang für sich zu entscheiden.

Dumm und töricht war es gewesen, der Obrigkeit zu widersprechen. Das Schiff, das ihn hatte nach Westen bringen sollen, würde an seiner Stelle Hunderte von Kriegern aufnehmen …

Das Orakel hatte ihm den Tod prophezeit, aber weitaus schlimmer war ein Leben ohne Sinn. Jahrelang hatte Kalyssos gelernt, wie wichtig seine Aufgabe war (obwohl niemand wußte, was ihn *wirklich* erwartete), und plötzlich sollte alles anders sein. Er weigerte sich, die Tatsachen anzuerkennen. Zugleich wußte er, daß er rasch handeln und noch in dieser Nacht in See stechen mußte.

Sorgsam barg er die Karte unter seinem Obergewand, die er von Tarinius erhalten hatte, dem Kapitän, der als einziger den Treffpunkt kannte. Der Küstenverlauf war auf fast weißes Material gezeichnet, das dünner war als jede noch so gut gewalkte Rinde und widerstandsfähiger als der beste gewebte Stoff. Vergeblich hatte Kalyssos versucht, eine Ecke der Karte einzureißen. Seither war er überzeugt davon, daß die Krieger Athens sang- und klanglos untergehen würden. Wer solche Seekarten fertigte, der stand noch immer mit den Göttern auf einer Stufe.

Kalyssos erdachte mindestens ein Dutzend verschiedener Vorgehensweisen und verwarf alle wieder. Er grübelte noch, als die Nacht hereinbrach. Vorübergehend waren Stimmen vor dem Haus zu hören – die Wachen wurden ausgetauscht. Dann herrschte wieder die gewohnte Ruhe.

Sein Blick saugte sich an dem brennenden Docht fest, der spärliche Helligkeit verbreitete. Vor seinem inneren Auge entstand die Vision eines Kriegers, der schreiend versuchte, seine in Brand geratene Kleidung zu löschen. War das die Lösung, nach der er verzweifelt gesucht hatte?

Kurze Zeit später hatte er alles in seinem Besitz befindliche Öl zusammengetragen. Es war nicht gerade überwältigend viel, aber wegen seiner Kostbarkeit war die brennbare Flüssigkeit ohnehin nur einer kleinen Oberschicht vorbehalten. Sorgfältig darauf bedacht, nicht einen Tropfen zu vergeuden, füllte Kalyssos das Öl in eine dünnwandige Tonkanne. Anschließend stieg er über die Leiter auf das Dach des Hauses.

Die Wachen waren ahnungslos. Kalyssos schirmte die Flamme mit der Hand ab, damit sie ihn nicht vorzeitig verriet. In Gedanken ging er noch einmal alle Einzelheiten seiner Flucht durch. Einen Wasserschlauch trug er um die Hüfte, mehrere Brotfladen und getrocknete Datteln unter dem Gewand. Drei bis vier Tage würde er auf See aushalten können, ohne Not zu leiden. Dann mußte er ohnehin den Treffpunkt erreicht haben, oder alles war vergebens.

Er wollte die Wache nicht töten, nur eben so viel Verwirrung stiften, daß ihm die Flucht gelang.

Endlich verschwand der Mond hinter einer Wolkenwand. Kalyssos entzündete einige weitere Dochte, mit denen er die Glut zusätzlich anfachte. Bäuchlings schob er sich bis an den Rand des Daches. Irgendwo seitlich bröckelte Mauerwerk aus. Das Knistern der Steinbrocken war verräterisch laut.

Schritte näherten sich. Unwillkürlich hielt der Auserwählte den Atem an. Fast zum Greifen nahe unter ihm blieb die Wache stehen.

»Heda, ist da wer?«

Jeden Moment konnte der Mann nach oben sehen und den Lichtschimmer bemerken. Hastig raffte Kalyssos einige Steine zusammen und schleuderte sie von sich. Das Rascheln, das sie im Laub der Olivenbäume erzeugten, war unüberhörbar. Prompt fuhr der Wachtposten herum.

Zugleich schleuderte Kalyssos das Gefäß mit dem brennenden Öl.

Der Mann schrie auf, als er zwischen den Schulterblättern getroffen wurde. Dann ging alles wahnsinnig schnell. Das Öl ergoß sich aus dem zersplitternden Tonkrug über seinen Rücken. Kalyssos sah winzige blaue Flammen aufzucken und wieder erlöschen. Der Fehlschlag schien offenbar. Aber von einem Moment zum anderen loderte der Umhang des Mannes grell auf, und er selbst begann wie ein Besessener zu schreien und um sich zu schlagen.

Kalyssos wartete nicht länger. Bevor die anderen Wachen, von dem Geschrei und den Flammen angelockt, heran waren, huschte er fast lautlos auf die andere Seite des Hauses und sprang in den Garten hinab. Die Nacht verschluckte ihn in Gedankenschnelle.

Den Weg zum Hafen, den steilen Olivenhain hinab, hätte Kalyssos sogar im Schlaf gefunden. Bald blieben die Rufe der Wachen, die Stimmen der aus dem Schlaf aufgeweckten Menschen und das Bellen der Hunde hinter ihm zurück, und nach einer Weile hörte er nur noch das Knistern des Gerölls unter seinen Füßen und sein eigenes hastiges Atmen. Obwohl ihn der Wasserschlauch behinderte, kam er gut voran.

Der östliche Teil des Hafens lag in Dunkelheit versunken vor ihm. Er erkannte die Silhouetten zweier großer Schiffe und etliche kleine Boote. Erst nach Mitternacht würden die Fischer zum Fang hinausfahren.

Als er die Leinen eines der Boote löste, tanzte weit hinter ihm ein Meer von Flammen auf den Hängen. Im ersten Erschrecken reagierte Kalyssos verwirrt, doch dann erkannte er, daß einige Dutzend Männer ihm mit Fackeln folgten. Sie kamen auf jeden Fall zu spät, um ihn noch aufzuhalten.

Er stakte das Boot vom Ufer weg, ehe er das kleine, brüchige Segel aufzog. Der Wind wehte seewärts und trieb ihn schnell ins Myrtonische Meer hinaus.

Das Glück blieb ihm auch weiterhin treu. Während der Nacht wehte der Wind stetig von Norden, und als der Morgen graute, war weit und breit kein Land mehr zu sehen. Auch Verfolger zeigten sich nicht.

Tagsüber orientierte Kalyssos sich am Lauf der Sonne, nachts richtete er sich nach den Gestirnen. Sein Wissen sicherte ihm das Überleben. Mit den Brotfladen ging er sparsam um, und auch den Wasservorrat teilte er sich so ein, daß er eher für einen Tag länger reichen würde.

Am zweiten Tag, als der Wind noch stärker wurde, begann das Segel aufzutrennen. Später zog das Boot Wasser. Mit bloßen Händen schöpfte Kalyssos. Tag und Nacht, aber trotzdem stieg das Wasser höher. Das Boot reagierte schwerfälliger auf den Druck des Ruders.

Im Morgengrauen des dritten Tages, Kalyssos hatte während der Nacht kein Auge zugetan und war am Ende seiner Kräfte angelangt, zeigte sich rechter Hand eine Landspitze. Bald darauf tauchte auch voraus Land aus dem Dunst des Tages auf: die Insel Kythira, unweit deren Südufer der Treffpunkt lag.

Noch einmal forderte Kalyssos das Schicksal heraus. Er schöpfte und ruderte, bis er bewußtlos zusammenbrach.

Eine Zeitlang schwebte er träumend auf den Wolken der Glückseligkeit – aber dann stand ihm das Wasser bis zum Hals. Das Boot sackte unter ihm weg, und er konnte sich gerade noch an aufschwimmenden Planken festklammern.

Die Sonne stand im Mittag. Erbarmungslos brannte sie auf ihn herab und laugte ihn aus.

Trugbilder narrten ihn. Er sah Schiffe, die nicht existierten, hörte Ruderer im Takt singen und das gräßliche Krachen und Splittern, wenn sich Rammsporne in den Rumpf des Gegners bohrten und dicke Planken zerbarsten.

Die Schiffe verschwanden ebenso wie das Krachen und Bersten. Nur das Singen blieb – ein heller, summender Ton, der melodisch anschwoll und wieder abebbte, bis Kalyssos endlich den Kopf hob. Die Sonne blendete ihn, und das Salzwasser verklebte seine Lider. Trotzdem blinzelte er hilflos, denn was er sah, konnte nur ein weiterer Traum sein.

Ein Schiff aus purem Gold schwebte vor ihm auf dem Wasser, ein Palast, schöner und größer, als er es sich in seinen kühnsten Erwartungen ausgemalt hatte. Kalyssos begann zu winken und zu rufen, aber er brachte nur ein heiseres Krächzen hervor und rutschte endgültig von der glitschigen Planke ab.

Das Schiff zog an ihm vorüber, ohne daß ihn jemand bemerkte. Viel zu hastig und ungestüm begann Kalyssos zu schwimmen. Eine Welle überrollte ihn, er wurde untergetaucht, schluckte kräftig Salzwasser und kam prustend und spuckend wieder hoch. Nichts war von seiner Selbstbeherrschung der letzten Tage geblieben, verzweifelt begann er um sich zu schlagen und sackte doch wieder weg.

Du wirst sterben! hämmerte es in seinen Gedanken. *Der Hades wartet auf dich!*

»Ägyptische Königsgräber haben kaum mehr Fallen zu bieten«, erklang ironisch Gudruns Stimme aus dem Halbdunkel. »Ich fühle mich schon richtig heimisch.«

Offenbar war sie nach dem Sturz über die Rutsche in den Gang getaumelt und hatte dabei den Mechanismus ausgelöst, der das Schließen der Mauer bewirkte.

Die Platzwunde auf ihrer Stirn sah schlimmer aus als sie wirklich war. Das Blut hatte sich inzwischen mit Dreck, Staub und jeder Menge Spinnweben zu einer unansehnlichen Kruste vermischt. Vergeblich versuchte die Anthropologin, das klebrige Gespinst wieder loszuwerden.

Ericson leuchtete den Stollen aus, der rund fünfzig Meter geradeaus führte, sich danach aber hinter einer Biegung verlor. »In Zukunft sei bitte vorsichtiger«, murmelte er wie beiläufig, sein Augenmerk nur auf den Gang gerichtet und nicht auf Gudrun, die sich immer mehr in den klebrigen Netzen verstrickte und schon wie eine schlecht bandagierte Mumie wirkte. Zu allem Überfluß baumelte plötzlich eine fette, behaarte Spinne vor ihrem Gesicht und fühlte sich bemüßigt, ihr zerstörtes Netz zu rächen.

Gudrun stieß einen kurzen, spitzen Schrei aus, der immerhin bewirkte, daß das widerliche Tier mindestens so sehr erschrak wie sie selbst eben. Aber noch während sie angewidert mit dem Handrücken zuschlug, stellte sie fest, daß längst Hilfstruppen unterwegs waren. Fünf, sechs, sieben dieser faustgroßen haarigen Kreaturen hatten bereits ihre wadenhohen Lederstiefel überwunden und kletterten rachelüstern an ihrer Hose hoch, und weitere Spinnen befanden sich im Anmarsch.

Schon Don Quichotte war vergeblich gegen Windmühlenflügel angerannt. Den Spinnen, die es mittlerweile geschafft hatten, Gudruns Kostümjacke zu erobern, erging es nicht anders.

»Tom, verdammt, warte auf mich!«

Der Steptanz, den sie inmitten einer aufsteigenden Staubwolke hinlegte, hätte sogar Fred Astaire Ehre bereitet. Gudrun hatte es plötzlich eilig, dem Archäologen zu folgen, der soeben hinter der Gangbiegung verschwand.

»Tom!« schnaubte sie. »Ist dir egal, was mit mir geschieht?«

Er wandte sich nur flüchtig um und richtete kurz die Stablampe auf sie. »Ich habe nicht zugehört«, gestand er und kniff im nächsten Moment mißbilligend die Brauen zusammen. »Du hängst voll Spinnweben. Sieh dich vor, die Biester müssen nicht unbedingt harmlos sein.«

Gudrun zerbiß eine heftige Verwünschung zwischen den Zähnen. »Ist das alles?« wollte sie wissen. »Du hast nicht zugehört?«

»Beweg dich nicht!«

»Ich ...«

Toms Rechte zuckte vor und wischte eine weitere Spinne von ihrer Schulter.

»Bleib lieber dicht hinter mir«, sagte er warnend. »Wo eine Falle funktioniert, müssen wir mit weiteren unliebsamen Überraschungen rechnen. – Hörst du mir überhaupt zu?«

Gudruns Blick, eben noch voll verhaltenem Zorn, hatte sich verändert. Aus glasigen Pupillen starrte sie ins Leere.

»Fang nicht schon wieder damit an!« Tom rüttelte sie an den Schultern, bis sie verwirrt zu blinzeln begann. »Träumst du?«

»Mir war, als hätte jemand meinen Namen gerufen«, murmelte sie entschuldigend.

»Du spinnst!« Kaum gesagt, bereute Ericson seine Impulsivität auch schon, denn die Art, wie Gudrun sich aus seinem Griff löste, verriet ihre Verärgerung nur zu deutlich.

»Reden wir eben von etwas anderem«, schlug er deshalb vor. »Woher wußtest du, wie der Schacht zu öffnen war?«

»Ich wußte es nicht.« Die Anthropologin reagierte jetzt beinahe wütend. »Ich hatte nicht die geringste Ahnung.«

Diesmal war sie es, die voranging.

Professor Richard Dean Karney verfolgte seine Ziele mit texanischer Beharrlichkeit und einem entsprechenden Dickschädel. Längst hatte er herausgefunden, daß es sich bei der uralten Anlage östlich des Kermadec-Tonga-Grabens nicht nur um ein Königsgrab handelte, und daß das pyramidenförmige Bauwerk weitaus wertvollere Schätze enthielt als Gold und Silber. Er bediente sich inzwischen der Hinterlassenschaften einer untergegangenen Hochkultur, deren Wirkungsweise er zwar noch nicht verstand, deren Bekanntwerden aber eine technische Revolution ähnlich dem Beginn des Industriezeitalters auslösen würde.

Allerdings dachte er nicht daran, auch nur einen Zipfel des Geheimnisses für die Weltöffentlichkeit zu lösen. Er hatte andere Pläne.

»Eines Tages wird die Welt vor mir auf den Knien liegen«, murmelte er im Selbstgespräch, und sein Grinsen war wahrhaft diabolisch. »Dann werde ich die als erste in den Dreck treten, die mir stets im Wege standen.« Sein wirres Lachen hallte in vielfachem Echo aus der Tiefe des Bauwerks zurück.

Die Anlage besaß Pyramidenform mit einer geschätzten Seitenlänge von mindestens dreihundert Metern. Karney vermutete, daß das Bauwerk früher im Zentrum einer größeren Landmasse gestanden hatte, die infolge von Bewegungen der Erdkruste auseinandergebrochen und untergegangen war. Inseln und Atolle in der näheren Umgebung sowie die teilweise geringe Meerestiefe von weniger als fünfzig Metern stützten die Vermutung. Indes mußte der Vorgang des Absinkens über einen längeren Zeitraum erfolgt sein, ähnlich der Entstehung eines Atolls, denn die Außenmauern der Pyramide waren von abgestorbenen Korallenbänken wie von einem undurchdringlichen Panzer umgeben. Diese Ablagerungen verhinderten auch bis heute eine Überflutung der unter der Meeresoberfläche liegenden Räume.

Ungefähr einhundert Meter tief existierten technische Anlagen, die in ihrer Art einmalig waren. Karney hatte den Zugang erst nach Wochen gefunden, als er schon glaubte, das Königsgrab berge keine Geheimnisse mehr.

Die fünf bis sechs Meter langen walzenförmigen Aggregate, die vermutlich der Energieversorgung dienten, bestanden entweder aus purem Silber oder einer noch unbekannten Legierung. Sie wiesen weder Schweißnähte noch Verschraubungen auf. Ebenfalls silbern schimmerten sieben dünne Säulen, die eine beidseitig geschliffene und polierte ovale Kristallplatte trugen. Ihre Oberfläche zeigte ein verwirrendes Linienmuster, von dem Professor Karney inzwischen wußte, daß es keineswegs unveränderlich war, sondern besonders strukturierte Erdmagnetfelder abbildete.

Nach einem Erdbeben vor wenigen Wochen, Tausende von Meilen entfernt, hatten einige Linien Intensität und Verlauf verändert. Erst dadurch war es ihm möglich geworden, Koordinaten zu bestimmen und nicht mehr nur wie ein blindes Huhn hie und da zufällig nach Körnern zu picken.

Wie eine süchtig machende Droge sog er das Gefühl der Macht in sich auf. Seine Fingerspitzen berührten skurrile Schriftzeichen. Fluoreszierende Leuchterscheinungen huschten, winzigen Lichtblitzen gleich, über die Platte und vereinten sich im Bereich des magnetischen Nordpols.

Über der Kristallplatte, innerhalb eines kugelförmigen Bereichs von dreißig Zentimetern Durchmesser, begann die Luft zu flimmern. Langsam entstand das Abbild sturmgepeitschter See. Dann wurde Land sichtbar – eine Insel mit hellen Stränden und tief eingekerbten Schluchten.

Professor Karney war auf der Suche nach neuen Helfern – willenlosen Sklaven, die für ihn die Kastanien aus dem Feuer holten, oder die starben, weil doch nicht alles so funktionierte, wie es eigentlich sollte. Während des letzten Transportvorgangs hatte er fünf kräftige Männer verloren; sie waren einfach verschwunden, spurlos, als hätten sie nie existiert.

Seit wenigen Minuten hing ein dumpfes Grollen in der Luft. Bedrohlich stieg es aus dem Inneren der Erde empor, wurde aber vom Singen der Rotorblätter und dem Lärmen der auf Vollast laufenden Turbine übertönt.

»Jetzt!« befahl Marine-Lieutenant Wilson Hamby.

Aus der halb geöffneten Tür feuerte einer seiner Männer die Signalpistole ab. Die Leuchtkugel zog eine horizontale Spur über den Abendhimmel und zerfiel zu einem flirrenden Sternenmeer. Wie Aasgeier würden nun die Verfolger von allen Seiten heranstürzen.

Lieutenant Hamby blickte in ausdruckslose, verkniffen wirkende Gesichter. Sonderlich begeistert war keiner seiner Männer von der Übung, die auf einer Wette beruhte, aber einen Rückzieher zu machen, hätte bedeutet, sich dem Gespött der Kameraden auszusetzen.

Wie eine flinke silberne Libelle raste der Helikopter die unzugängliche Schlucht entlang. Mitunter traten die Felswände so dicht zusammen, daß sogar Hamby einen eisigen Schauder spürte. Doch Jim Wymen handhabte den Steuerknüppel mit unerschütterlicher Ruhe.

»Wir nähern uns dem ersten Zielpunkt!«

Jeden Moment konnten die Verfolger auftauchen. Ihre Maschinen waren mit neuen Laser-Zielgeräten ausgerüstet, die den Abschuß von Luftraketen simulierten. Einen Treffer würden die Bordrechner von Freund und Feind gleichzeitig registrieren.

In haarsträubender Schräglage raste die Silberlibelle an einer Felssäule vorbei. Dahinter weitete sich die Schlucht. Das Bordradar erfaßte die Konturen einer einsamen Hütte.

Über dem strohgedeckten Dach verharrte der Helikopter. Zwei Soldaten sprangen nach draußen, rollten sich ab und rannten sofort los. In der Hütte hatten sie Störsender und Waffen versteckt. Wilson Hamby war nicht der Mann, der eine von vornherein als verloren geltende Wette mit fairen Mitteln beendete.

Zum erstenmal war das dumpfe Rumoren auch im Inneren der Maschine zu vernehmen. Aber nur für die wenigen Sekunden, in denen die Tür vollständig geöffnet war.

»Hört ihr?« fragte einer der Soldaten.

Schulterzucken bei den anderen. Noch schätzungsweise fünf Minuten bis zum Zielpunkt. Eine verdammt lange Zeitspanne.

Die Libelle raste surrend weiter und folgte einem mäandernden Bachlauf im Tiefstflug, daß jeden Moment Baumwipfel den Rumpf aufschlitzen konnten. Aber Wymen hielt die Maschine auch in dieser kritischen Phase unter Kontrolle.

Für den Bruchteil eines Augenblicks erfaßte das Radar ein Objekt bei vier Uhr. Die Distanz betrug sechs Meilen.

»Abdrehen!« befahl Hamby.

Ein Hochplateau, vierhundert Yards weit kaum Deckung, danach ein steiler Felssturz. Wie ein Stein sackte der Helikopter in die Tiefe und fädelte sich in die nächste Schlucht ein. Nicht weit voraus, rechter Hand, stiegen schwarze Rauchwolken auf. Dahinter war Feuerschein zu sehen, unruhig noch, aber rasch stärker werdend.

»Der Kilauea bricht aus!«

Tatsächlich spuckte ein Seitenkrater Asche und glühende Lava in den Himmel. Hawaii, die jüngste Insel des Archipels, hatte ihre Bewohner jahrhundertelang in Angst und Schrecken versetzt, wenn die Erde bebte und flüssiges Feuer gebar. Heutzutage waren die Menschen an die unruhige Feuergöttin Pele gewöhnt.

»Auf Kurs bleiben!« befahl der Lieutenant. »Der Ausbruch wird die Verfolger ablenken.«

Jemand lachte. Nicht sehr zuversichtlich allerdings.

Plötzlich hing Dunst in der Luft. Wahrscheinlich Rauch, der durch Kanäle und Schächte unter der Erde nach oben quoll.

»Wir kriegen eine ziemliche Suppe«, bemerkte der Pilot. »Das wird böse.«

»Ausweichmöglichkeit?«

»Im Umkreis von mehreren Meilen sieht es inzwischen überall so aus.«

Der Rauch wurde dichter. Nur das Radar zauberte noch die tödlichen Felszacken auf den kleinen Bildschirm.

»Das ist die reinste Hexenküche«, fluchte jemand. »Sichtweite gleich Null.«

Wie ein unersättlicher Moloch griff der wogende Dunst nach dem Helikopter, um ihn zu verschlingen. Die Fluglage der Maschine schien sich mit jeder Sekunde zu verändern.

»Ich kann den Vogel nicht mehr halten, Lieutenant«, stöhnte der Pilot. »Die Turbulenzen sind unberechenbar.«

»Wir müssen durch. – Thomelli, rufen Sie die Basis!«

»Keine Verbindung zu kriegen, Lieutenant. Der Äther ist taub, nicht einmal das Rauschen der Statik.«

»Wollen Sie mir erzählen, daß die lächerlichen Eruptionen den Funkverkehr behindern?«

»Ich habe keine andere Erklärung, Sir.«

»Dann bleiben Sie dran, bis Sie es besser wissen!«

Die Geräuschkulisse veränderte sich. Nur noch dumpf war das Schlagen der Rotorblätter zu vernehmen. Jim Wymen drosselte weiter.

»Das ist die dickste Suppe, die ich je erlebt habe. Durch die Hölle zu fliegen ist dagegen wahrscheinlich ein Kinderspiel.«

Radar und Höhenmesser fielen fast gleichzeitig aus. Aber sie hatten ohnehin nur noch völlig sinnlose Werte angezeigt.

»Verfluchte Technik!« schnaubte der Pilot. »Sobald man auf den Mist angewiesen ist, funktioniert gar nichts mehr.«

»Mich erinnert die Suppe da draußen an den Himmel über Kuwait«, bemerkte Thomelli. »Leute, ich sage euch, dort war selbst am Tag die Sonne nicht mehr zu sehen. Nur noch der vage Feuerschein der brennenden Ölquellen diente zur Orientierung.«

»Ich war auch am Golf stationiert«, widersprach Wymen. »Das hier ist anders, dafür habe ich keine Erklärung.«

»Ein Naturphänomen …«

»Das Funkwellen ebenso verschluckt wie Radarstrahlen? Im übrigen sollten wir längst aufgesetzt haben. Trotzdem befinden wir uns noch im Sinkflug.«

»Du hast dich verschätzt, Jim. Das ist alles.«

»Bei lausigen vierzig Yards Höhe? Ich bin doch kein Anfänger.« Wymen hatte noch mehr sagen wollen, unterbrach sich aber abrupt, klopfte mit den Fingern auf den Radarschirm und stieß eine deftige Verwünschung aus.

»Das Mistgerät zeigt völlig verrückte Daten an«, schnaubte er. »Demnach befinden wir uns über einem Atoll. Lieutenant – sehen Sie!«

Auf dem Schirm zeichneten sich, langsam deutlicher werdend, die Umrisse einer Insel ab. Der Landstreifen war gut und gerne eine halbe Meile breit, und die Lagune wies etliche kleine Erhebungen auf, wahrscheinlich Korallenriffe.

»Nie im Leben ist das Hawaii!« stellte Wilson Hamby ungläubig fest.

»Natürlich nicht«, bekräftigte Wymen. »Das habe ich auch nie behauptet.«

»Die Anzeige ist falsch.«

»Daran habe ich zuerst gedacht.«

»Und?«

Der Pilot zuckte mit den Schultern. »Alle Systeme in Ordnung. Ich weiß nicht, was los ist.«

Aufgeregt deutete Thomelli nach draußen, wo sich der Dunst endlich zu lichten begann. Sekunden später konnten die Männer mit bloßem Auge erkennen, was ihnen das Radar schon offenbart hatte: Hawaii war spurlos verschwunden – dafür erstreckte sich ein ausgedehntes Atoll rund zweitausend Fuß unter dem Helikopter.

»Das ist verrückt!« stieß Wilson Hamby ungläubig hervor. »Wymen, wie ist das möglich?«

»Ich habe keine Ahnung, Lieutenant. Ich weiß nur, daß wir eben noch in der Nähe des Kilauea waren.«

»Und? Wo sind wir jetzt?«

Schulterzucken war die einzige Antwort. Nach allen Seiten erstreckte sich bis an den Horizont eine endlose Wasserwüste.

»Funkkontakt?«

»Nach wie vor alle Frequenzen taub, Sir. Ich kriege nichts herein.«

»Ich verliere die Kontrolle!« Wymens Stimme überschlug sich schrill. »Etwas zieht uns unwiderstehlich in die Tiefe.«

»Reden Sie keinen Unsinn, Mann!«

Die Turbine heulte unter Vollast. Trotzdem sackte der Helikopter weiter durch.

»Lieutenant«, fragte Thomelli respektlos, »haben Sie uns wirklich alles über diese Übung erzählt?«

Hamby starrte ihn mit offenem Mund an, gleichwohl erschüttert über die respektlose Frechheit wie über die zwischen den Worten anklingende Unterstellung.

»Ich denke nur an die *U.S.S. Eldridge*, Sir«, erklärte Thomelli. »Und an das Jahr 1943.«

Wilson Hamby begriff, daß sein Funker auf das ›Philadelphia Experiment‹ der Kriegsmarine anspielte. Angeblich war der Zerstörer *Eldridge* samt Besatzung, ungewöhnlich starken elektromagnetischen Feldern ausgesetzt, in einer Art leuchtendem Nebel verschwunden und fast gleichzeitig an einem rund tausend Kilometer entfernten Ort gesichtet worden.

»Das sind Hirngespinste!« wehrte der Lieutenant schnaubend ab.

»Dann erklären Sie mir doch, was mit uns geschieht!«

Jim Wymen hatte seinen vergeblichen Kampf inzwischen aufgegeben. Mit dem Ärmel wischte er sich den Schweiß aus dem Gesicht.

»Wir werden zur Landung gezwungen«, sagte er resignierend. »Ob wir wollen oder nicht.«

3114 v. Chr.
Kernach und Kalyssos

Ihm fehlte die Sonne ebenso wie des Nachts die Sterne. So bequem und voll von Wundern die Kabine unter Deck auch war – es gab eine kleine Quelle, die nach Berührung aus der Wand sprudelte, und ein seltsames, gleichbleibend helles Licht –, Kernach fühlte sich nur unter dem freien Himmel wohl. Der rauhe Wind und die nach Salz riechende Seeluft vertrieben die langsam aufkeimende Trübsal.

Kernachs Ungeduld wuchs mit jedem Tag, der ereignislos verstrich. Anstatt die Insel der Götter anzulaufen, fuhr das goldene Schiff nur der Morgendämmerung entgegen.

Er stand an Deck und starrte ins Wasser – und träumte von der Insel, die seinem Leben die Erfüllung bringen würde.

Der gleißende Schein der Mittagssonne ließ das Meer wie flüssiges Silber erscheinen. Für einen Moment glaubte Kernach dennoch, einen Schatten zu sehen, eine Bewegung, die sofort wieder in der Helligkeit verschwand.

Mit beiden Händen beschattete er seine Augen. Ein Stück Holz, eine geborstene Planke vielleicht, trieb auf dem Wasser.

Eine Welle verschluckte das Treibgut.

Aus dem einen dunklen Fleck wurden zwei. Der zweite war kleiner, erhob sich ein wenig aus dem Wasser und verschwand abermals.

»Kantiri!« brüllte Kernach aus voller Kehle. Mühelos übertönte seine Stimme den monotonen Gesang der Decksleute.

Als der Aufseher kam, streckte Kernach wortlos einen

Arm aus. Kantiri folgte der angegebenen Richtung mit seinem Blick, kniff die Brauen zusammen und schüttelte den Kopf.

»Da ist nichts«, sagte er. »Aber wir werden unser Ziel bald erreicht haben, und anschließend gehen wir auf Westkurs.«

»Ich habe einen Menschen gesehen!« beharrte Kernach. »Er versuchte zu winken, bevor er versank.«

Kantiri rief einige Befehle. Ein Decksmann brachte ihm daraufhin jenes seltsame Rohr, das Fernes nahe heranholte, sobald man hindurchblickte. Es gab viele seltsame und unbegreifliche Dinge an Bord des Schiffes, mehr als Kernach je für möglich gehalten hätte.

Der Aufseher stieß einen überraschten Laut aus, und plötzlich hatte er es sehr eilig. Eines der kleinen Boote wurde zu Wasser gelassen. Es entfernte sich summend und mit schäumender Hecksee.

Kernach beobachtete, wie die Decksleute tatsächlich einen Schiffbrüchigen aus dem Wasser zogen. Der Mann, den sie schließlich auf das Schiff brachten, war groß, aber nicht allzu kräftig. Sein Gesicht wirkte außergewöhnlich ebenmäßig und fein geschnitten. Daß die Sonne die Haut großflächig verbrannt hatte und erste Fetzen sich schon ablösten, tat dem keinen Abbruch.

»Ist er tot?« fragte Kernach.

Der Aufseher warf ihm einen bedeutungsvollen Blick zu. »Er hat sehr viel Wasser geschluckt, aber deshalb stirbt er nicht. Weißt du, wen wir da aus dem Wasser gezogen haben?« Er machte eine bedeutungsvolle Pause, konnte dann aber doch nicht mit der Antwort hinter dem Berg halten: »Der Mann ist Kalyssos, der zweite Auserwählte.«

Der Stollen zog sich schier endlos hin, führte aber trotz seiner mitunter abrupten Richtungswechsel hauptsächlich inseleinwärts. Die Kompaßweisung war eindeutig.

Gudrun Heber schritt zügig aus. Nicht einmal die in unregelmäßigen Abständen in die Gangwände eingeritzten Schriftzeichen beachtete sie.

Toms Gesichtsausdruck wechselte ziemlich schnell von Irritation hin zu deutlicher Verärgerung. Schließlich konnte er sich eine lautstarke Verwünschung nicht länger verkneifen.

»Was ist nur in dich gefahren?« fügte er hinzu. »Mal willst du zurück, dann rennst du wie blind durch die Gegend …«

Unter normalen Umständen hätte Gudrun jeden Quadratmeter Wandfläche untersucht und fotografiert. Nicht umsonst stand die aus dem Griechischen stammende Bezeichnung Anthropologie für Menschenkunde und bezeichnete unter anderem die Kunst- und Kulturgeschichte sowie die Sprachwissenschaft.

Etwas stimmte nicht mit ihr.

Sie verschwand, ohne sich umzuwenden, hinter der nächsten Biegung.

Augenblicke später erklang ihr gellender Schrei. Entsetzen und Todesangst drückten sich darin aus.

Ericson begann zu laufen. Schon bei früheren Vorhaben war der Tod sein Begleiter gewesen. Vor drei Jahren wäre er beinahe in Treibsand versunken und erstickt, und zwei Jahre länger lag es zurück, da hatten ihn Askaris erst nach einwöchiger Suche halb verhungert und verdurstet aus einer verschütteten Höhle geborgen.

Damals war sein Spitzname geboren worden: *Cave-man*, was soviel bedeutete wie Höhlenbewohner. Seine Studenten verwendeten den Namen zumeist dann, wenn sie sich unbeobachtet fühlten. Er ließ sie gewähren, weil sie mit einer gewissen Achtung von seinen Abenteuern sprachen. Manchmal fragte er sich jedoch insgeheim, ob er etwas an sich hatte, was die Gefahr anzog wie Licht die Motten.

Wieder erklang Gudruns Schrei – und brach gurgelnd ab.

Der Gang gabelte sich. Für einen Moment war Ericson unschlüssig, wohin er sich wenden mußte, dann wies ihm ein ersticktes Keuchen den Weg.

Gudrun lehnte mit dem Rücken an der Wand, hatte die

Hände vors Gesicht geschlagen und sich nach vorne gebeugt. Sie schwankte, bückte sich noch weiter – und übergab sich würgend.

Selbst der Archäologe schluckte krampfhaft, als er die Ursache ihrer Übelkeit sah.

Der Mann konnte noch nicht lange tot sein. Zwei Wochen, vielleicht auch drei, kaum länger. Die Verwesung hatte schon eingesetzt, war aber nicht weit fortgeschritten.

Tom ignorierte den Leichengeruch. In alten Grüften herrschte mitunter eine Luft zum Schneiden. Früher hatte sein Magen noch rebelliert, heute war er längst daran gewöhnt.

Zwei Ratten, die ihn als willkommene neue Beute ansahen, verscheuchte er mit Fußtritten. Quiekend verschwanden sie in der Düsternis.

Der Tote war schrecklich entstellt. An seinem Schädel traten schon die Knochen hervor. Sie waren blank abgenagt. Das Sakko seines Tropenanzugs wirkte wie ein ausgebreitetes Leichentuch.

Der Mann schien unter großen Schmerzen gestorben zu sein. Jedenfalls lag er zusammengekrümmt auf der Seite. Lediglich sein rechter Arm war ausgestreckt, die Hand hielt einen länglichen, im Licht der Lampe glitzernden Gegenstand umklammert.

»Ein goldener Opferdolch ...«, stieß Ericson überrascht aus. »Halbrunde Klingen wie diese dienten meist rituellen Zwecken.« Dann erst wandte er sich wieder Gudrun zu: »Warum bist du davongelaufen? Ich hatte Angst um dich.«

Ihr Blick wirkte leer, als weile sie in Gedanken unendlich weit entfernt. Erst nach einer Weile richtete sie die Augen auf Tom, und ein merklicher Ruck durchlief ihren Körper.

»Wer mag er gewesen sein?« fragte sie stockend.

»Ein Forscher, ein Abenteurer ...« Ericson zuckte mit den Schultern. »Mir ist nicht bekannt, daß eine zweite Gruppe zu den Ruinen aufgebrochen wäre. Aber ...«, mit Daumen und Zeigefinger der linken Hand massierte er sich die Nasenflügel, »vor etwa drei Wochen muß das Feuer die verfallenen

Bauten freigelegt haben. Ungefähr so lange, schätze ich, ist er schon tot.«

Gudrun nickte stumm und seltsam ruckartig.

Dutzende abgemagerter Ratten, von der Nähe der beiden Menschen angelockt, quollen jetzt aus ihren Löchern hervor. Von allen Seiten stürmten sie heran und ließen sich nicht mehr so leicht vertreiben wie zuvor.

Gudrun achtete nicht auf die gefräßigen Nager. Für Ericson war das der letzte Beweis, daß sie sich verändert hatte. Etwas Unheimliches schien von ihr Besitz ergriffen zu haben – etwas, von dem sich ein nüchtern denkender Mensch keine Vorstellung machen konnte.

Tom benutzte den Klappspaten, um sich der Ratten zu erwehren. Die Biester waren hartnäckig. Innerhalb von Minuten erschlug er mindestens zwanzig von ihnen. Jene, die überlebten, fielen sofort über ihre toten Artgenossen her.

Gudrun stöhnte leise. Ihre grünen Augen, sonst so unergründlich tief wie Bergseen, waren glanzlos und wurden von dunklen Schatten eingerahmt.

Ericson berührte ihre Stirn mit der flachen Hand. »Du hast Fieber«, stellte er fest. »Rühr dich jetzt nicht von der Stelle, bis ich den Toten begraben habe.«

Eine Viertelstunde später hatte er eine ausreichend tiefe Grube ausgehoben. Der Boden bestand überwiegend aus lehmigem Material, das lediglich von kleineren Steinen durchsetzt war. Mißtrauisch betrachtete Tom den Opferdolch. Die Finger des Toten waren schier unlösbar um das kurze Griffstück verkrampft.

»Du denkst, er wurde vergiftet?« fragte Gudrun zögernd, die allmählich wieder zu sich selbst zu finden schien. Wahrscheinlich hatte sie doch nur einen Koller durchlitten. Das machte jeder irgendwann durch.

»Ich halte es nicht für ausgeschlossen.« Tom kniete neben dem Leichnam nieder und betrachtete die halbkreisförmige Klinge. »Wenn du genau hinsiehst, erkennst du eine Art Patina, wie von angetrockneter Flüssigkeit.«

»Sei vorsichtig!« warnte Gudrun.

Ericson holte aus seinem Rucksack Schutzhandschuhe und einen verschließbaren Kunststoffbeutel hervor, streifte die Handschuhe über und begann, die Finger des Toten zu lösen.

Der Opferdolch war ungefähr dreiundzwanzig Zentimeter lang, das Griffstück an seinem Ende mit Rasseln besetzt und obenauf mit einer zoomorphen Figur geschmückt, einer Mischung von Hund, Kalb und Fabelwesen. Die unproportional großen Augen des Tieres bestanden aus Türkisen.

»Das ist schätzungsweise ein Pfund massives Gold«, erklärte Tom, als er sorgsam die Handschuhe abstreifte und sie ebenfalls in den Beutel fallen ließ. »Durchaus verständlich, daß der Mann das gute Stück bis zuletzt umklammert hat.«

Als er den Toten dann umdrehte, fand er einen Revolver. Mit geübtem Blick stellte er fest, daß alle sechs Kammern des 38er Smith & Wesson leergeschossen waren, die Patronenhülsen aber noch in ihnen steckten. Da keine weitere Munition vorhanden war, hatte die Waffe jedoch wenig Wert für ihn.

Das goldene Kettchen, das er aus einer Tasche des Sakkos hervorzog und das Symbole ähnlich denen an den Gangwänden trug, wanderte in den Beutel zu dem Opferdolch.

Eine knappe Stunde später, inzwischen war es gegen zwei Uhr nachts Ortszeit, hatte sich Gudruns Zustand vollends wieder normalisiert. Die hektische Röte ihrer Wangen war ebenso wie der glasige Schimmer ihrer Augen verblaßt.

»Ich bin völlig in Ordnung«, sagte sie, als sie zum wer weiß wievielten Male Ericsons forschenden Blick auf sich ruhen fühlte. »Wirklich. Ich weiß selbst nicht, was mit mir los war.«

Tom wollte achtlos an einer der häufiger werdenden Abzweigungen vorbeigehen – immerhin führte der Seitengang abwärts, wohingegen der Hauptstollen nun merklich anstieg –, doch Gudrun blieb abrupt stehen.

»Wir müssen abbiegen!« sagte sie bestimmt.

Tom sah sie nur durchdringend an und hielt ihr den Kompaß hin. »Wir haben höchstens noch einige hundert Meter, dann befinden wir uns unter der Ruinenstadt.«

»Trotzdem ...«

»Wenn du mehr weißt als ich, dann heraus mit der Sprache!«

Gudrun Heber wirkte unschlüssig. Sie wollte etwas sagen, schwieg aber, weil Tom in dem Moment erklärte: »Ich spiele ungern den Vorgesetzten. Doch diesmal muß es sein.«

Mitunter waren beide wie Hund und Katze. Die Umstände ihrer ersten Begegnung wirkten immer noch nach. Vor zwei Jahren hatten sie sich um die Datierung einer Keilschrifttafel gestritten, deren wirkliches Alter bis heute nicht einwandfrei nachgewiesen werden konnte.

Ericson war damals für die dunkelhaarige, schlanke Frau entflammt, weil sie ihren Standpunkt mit Vehemenz gegen alle Angriffe namhafter Wissenschaftler verteidigt hatte.

»Tom! Geh nicht weiter!«

Ihr Ruf schreckte ihn auf. Anklagend die Augen verdreht, wandte er sich um.

Gudrun war wie angewurzelt stehengeblieben. »Ich spüre die Gefahr!« raunte sie.

Ericson ließ den Lichtkegel der Stablampe von einer Seite zur anderen wandern. Kahler Fels, einige eingeritzte Hieroglyphen und halb verdorrte Flechten – mehr gab es nicht zu sehen. Und nichts davon wirkte irgendwie bedrohlich.

»Da ist nichts«, sagte er achselzuckend.

Als wäre dies ein geheimes Kommando gewesen, erklang plötzlich ein feiner, singender Ton, gerade noch an der Grenze des Hörbaren.

Nur seiner blitzschnellen Reaktion – er warf sich mit einem wahren Hechtsprung nach vorne – verdankte es der Archäologe, daß er nicht von den spitzen Eisenstangen aufgespießt wurde, die in Brusthöhe aus der rechten Seitenwand hervorschossen und sich dumpf dröhnend in die linke Wand hineinbohrten. Ohne Gudruns Warnung hätte er womöglich zu lange gezögert.

Es war eine tödliche Falle – die Eisenstangen hatten weniger als dreißig Zentimeter Abstand zueinander und deckten einen Gangabschnitt von vier Metern Länge ab.

Vorsichtig richtete sich Tom auf die Knie auf und packte eine der Stangen, als Gudrun mit sich überschlagender Stimme aufschrie.

»Festhalten, Tom!«

Die Eisenstangen, die ihn eben noch fast durchbohrt hätten, trugen mit einemmal sein ganzes Gewicht.

Denn unter ihm brach der Boden auf, teilte sich und glitt seitlich in die Wände zurück. Ein kühler, schneidender Luftzug aus der Tiefe ließ ihn frösteln.

Alles spielte sich innerhalb von Sekunden ab. Die Stablampe, die Tom verloren hatte, fiel in die Tiefe. Ihr Lichtschein offenbarte sekundenlang bizarre Felsen mit messerscharfen Graten.

Wild hämmerte Ericsons Herz gegen die Rippen. Die Stangen lagen nicht weit auseinander. Er konnte sich an ihnen entlanghangeln und mit ein wenig Schwung auf festen Boden springen. Trotzdem sträubte sich alles in ihm dagegen, die Finger vom einzig sicheren Halt zu lösen, den er noch hatte. Seine Hände verkrampften sich um das kühle Metall, das kaum Spuren von Rost aufwies, und der Schweiß brach ihm in Strömen aus.

Ein neuerlicher Ruck. Entsetzt erkannte Tom, daß die Stangen in die Wand zurückgezogen wurden!

»Gudrun!« brüllte er. »Du mußt den Vorgang stoppen!«

»Ich weiß nicht, wie.«

Er rutschte ab. Millimeter um Millimeter glitten seine Finger am Eisen entlang.

»Eines Tages holt der Sensenmann jeden von uns«, hatte sein Doktorvater einst gesagt. »Das ist das einfachste und zugleich unausweichlichste aller Naturgesetze. Aber dir, Thomas, prophezeie ich schon heute, daß du nicht im Bett sterben wirst. Archäologen sind Menschen, die notfalls ein Leben lang Wüstensand sieben, in der Hoffnung, einige alte Scherben zu finden. Du verwechselst jedoch Archäologie mit Abenteurertum, und das ist nicht gut.«

Sein alter Professor war vor zwei Monaten gestorben. Zu Hause, im Lehnstuhl.

Tom Ericson schaffte es tatsächlich, eine Hand zu lösen und nach dem nächsten Eisen zu greifen. Aber ihm blieb zu wenig Zeit. Schon ragten die Stangen höchstens noch achtzig Zentimeter weit über den Abgrund.

Er war klatschnaß, und der Schweiß brannte wie Feuer in seinen Augen und ließ ihn unaufhörlich blinzeln. Aber vielleicht war es gut, wenn er die mörderischen Grate nicht sah.

»Aufpassen, Tom!«

Etwas klatschte schwer auf seine Schulter und rutschte den Rücken hinunter. Im ersten Erschrecken glaubte er an eine neue Gefahr, dann erst erkannte er, daß ihm Gudrun ein Seil zugeworfen hatte.

Gleichzeitig griff seine Rechte ins Leere. Die Stange vor ihm war bis auf wenige Zentimeter in der Wand verschwunden.

Gudruns neuerlicher gellender Aufschrei – als würde nicht er, sondern sie selbst in den nächsten Sekunden von Felszacken durchbohrt – hallte in schaurigem Echo von allen Seiten wider.

Tom glitt ab, doch wurde aus dem Sturz eine schwingende Bewegung, die ihn hart gegen gewachsenen Fels krachen ließ. Seine Finger hatten sich um das Seil verkrampft, als wollten sie es nie wieder loslassen. Überdeutlich spürte er, daß er sich trotzdem nicht lange halten konnte, und dann sackte er jäh weiter ab – vielleicht nur einen Meter weit, vielleicht aber auch mehr –, während Gudrun ebenso verzweifelt wie vergeblich versuchte, sein Gewicht aufzufangen.

Bis er endlich mit den Füßen Halt fand und sich abstützen konnte, vergingen Äonen. Endlich war er wenigstens in der Lage, sich das fingerdicke Nylonseil ums linke Handgelenk zu winden.

»Nichts überstürzen, Gudrun!« stieß er gepreßt hervor.

»Erst wenn du wirklich glaubst, daß du es schaffen kannst, zieh mich hoch.«

Als Antwort zerrte die Anthropologin wie wild am Seil.

»Dann schau endlich nach oben, du … du Höhlenmensch!« Grenzenlose Verzweiflung schwang in ihrer Stimme mit.

Die Bodenplatten schoben sich wieder aus den Wänden hervor. Zweifellos würden sie das Seil kappen, sobald sie zusammenstießen, und zwar sehr bald. Tom gab sich keinen Illusionen hin.

»Zieh!« brüllte er.

»Glaubst du, ich halte hier oben Maulaffen feil? Ein bißchen was mußt du auch schon tun, Herr Doktor!«

Tom verzichtete auf eine Antwort. Die senkrecht abfallende, teils sogar zurückspringende Felswand bot seinen tastenden Füßen kaum Halt. Unerbittlich strebten die Felsen aufeinander zu. Wie die Scheren eines riesigen Insekts, dachte Ericson. Endlich bekam er die Abbruchkante zu fassen. Nicht eine Sekunde zu früh. Und ohne Gudruns Hilfe hätte er es wohl nicht geschafft. Nur Zentimeter hinter ihm schloß sich knirschend und mahlend der Abgrund.

Gudrun starrte den Archäologen nur an. Sie vergaß völlig, daß sie seine Hand immer noch umklammert hielt.

»Laß dich küssen«, sagte Ericson tonlos.

Endlich wich das Entsetzen aus Gudruns grünen Augen. »Nicht so früh am Morgen, Tom.« Sie atmete tief durch.

»… und nicht so zeitig im Jahr«, erwiderte er spöttisch, woraufhin die Anthropologin feststellte: »Dir geht es wieder gut. Offenbar sogar *zu* gut.«

»Tu mir wenigstens einen Gefallen, Schatz: Sag nicht, du hättest alles vorausgeahnt.«

Sie zuckte mit den Schultern. »Die Ratten waren überall, Tom. Aber nur bis zu der Abzweigung. Weiter wagten sie sich offenbar nicht vor. Sie sind klüger als manche Menschen.«

Die Erklärung stellte ihn nicht zufrieden.

»Es waren nicht nur die Ratten. Das glaube ich dir nicht.«

»Dann vielleicht eine innere Stimme … Tom, ich weiß es

nicht. Mir war nur schlagartig klar, daß Schlimmes geschehen würde.«

Ruckartig und viel zu hart setzte der Helikopter auf nacktem Fels auf. Nicht mehr als dreißig Meter entfernt brandete der Ozean gegen den Landstreifen.

Kurz bevor die Kufen den Untergrund berührten, versuchte der Pilot noch einmal, die Maschine in die Höhe zu ziehen. Das Unterfangen war so sinnlos wie alle Bemühungen zuvor.

Lieutenant Wilson Hamby war mittlerweile zu der Einsicht gelangt, daß keineswegs übersinnliche Experimente an dem Desaster Schuld hatten. Die Geheimdienste verschiedener Länder kamen als Urheber einer solchen Schweinerei eher in Betracht. Die Entführung eines Helikopters der US Navy würde handfeste diplomatische Verwicklungen zur Folge haben.

»Nehmt scharfe Munition, Männer! Schießt erst und fragt später. Und nun raus aus der Maschine!«

Thomelli gähnte ganz unverschämt. »Lieutenant, ich ...«

»Der Befehl gilt auch für Sie!« brüllte Hamby unbeherrscht und verpaßte dem Funker einen Hieb, der ihn ins Freie taumeln ließ.

Das Gewehr im Anschlag, lief Thomelli einige Schritte weit und spürte gleichzeitig, wie eine unerklärliche Schwäche von ihm Besitz ergriff. Tief sog er die frische Seeluft in seine Lungen, doch das Gefühl, alles um ihn herum würde sich zu drehen beginnen, ließ sich nicht vertreiben. Er taumelte, fiel auf die Knie und kühlte sein plötzlich glühendes Gesicht in einer Pfütze Salzwasser.

Auch der Lieutenant kämpfte gegen die aus seinem Inneren aufsteigende Übelkeit an – vielleicht sogar ein wenig tapferer als seine Soldaten. Zwanzig Schritt vom Hubschrauber entfernt jagte er das Magazin seiner Waffe in den wolkenlosen Nachthimmel. Das Dröhnen der Schüsse vermischte sich mit dem Rauschen der Brandung, ansonsten blieb alles ruhig.

Als die Männer schon am Boden lagen, fuchtelte Hamby noch mit der leergeschossenen Waffe herum.

»Nehmt Haltung an, verdammt!«

Dann schwanden auch ihm die Sinne. Er sank auf die Knie, versuchte, sich wieder aufzurichten, und kippte doch langsam vornüber. Zwischen Tang und Krabben blieb er schwer atmend liegen, unfähig, mehr wahrzunehmen als die Handbreit Boden vor sich.

Irgendwann fühlte er sich hochgehoben und auf einer einfachen Trage abtransportiert. Wie lange sein Dämmerzustand zwischen Traum und Wachen andauerte, vermochte er später nicht zu sagen. Er hörte Stimmen, verstand aber nicht, worüber sie redeten.

Nach einiger Zeit sah er ein ebenmäßiges, von langem blauschwarzem Haar eingerahmtes Gesicht über sich. Er wollte sich aufrichten, aber die Frau drückte ihn unnachgiebig zurück.

Seine Befürchtungen schienen sich zu bewahrheiten. Chinesen hatten den Helikopter entführt. Was sie planten, konnte er sich an den zehn Fingern abzählen.

Was war das überhaupt für ein Raum? Seltsames Licht erfüllte ihn, die Wände wirkten glatt, wie aus poliertem Stein, und eigenartige Schriftzeichen bildeten die einzige Unterbrechung.

Vor Lieutenant Hambys Augen begann alles zu verschwimmen. Der Schwächeanfall dauerte aber nur wenige Sekunden.

»Was soll das?« stieß er keuchend hervor. »Als amerikanischer Staatsbürger verlange ich, daß man mich auf der Stelle ...«

»Sie schätzen Ihre Situation völlig falsch ein.« Aus dem Hintergrund des Raumes löste sich eine zweite Gestalt. Der Mann war mittelgroß, sein Alter schwer zu schätzen, und in seiner Stimme lag jener überhebliche Tonfall, der Selbstsicherheit und einen unbeugsamen Willen verriet. Aber immerhin redete er texanischem Akzent.

Hamby wollte sich aufsetzen, doch unsichtbare Bande hielten ihn auf der kalten Unterlage fest.

»Was, um alles in der Welt, geht hier vor? Ich verlange Aufklärung ...«

»Sie befinden sich nicht in der Lage, Lieutenant, irgend etwas zu verlangen.«

»Wieviel haben Ihnen die Chinesen für die Zusammenarbeit geboten, Mister?«

Der Mann, dessen Gesicht wächsern wirkte und dessen fliehende Stirn durch die Halbglatze noch verstärkt wurde, lachte überheblich.

»Suzy ist meine Gefährtin«, erklärte er selbstzufrieden. »Im übrigen habe ich Sie und Ihre Männer keineswegs an einen fremden Geheimdienst verkauft, wie Sie offenbar glauben.«

»Aber ... Verdammt noch mal, wer sind Sie?«

»Vielleicht morgen schon der Präsident eines großen Landes. Mein Name wird die Weltgeschichte verändern.«

Sie sind verrückt! wollte Hamby erwidern, verbiß sich die Provokation aber gerade noch. Statt dessen fragte er: »Und wie ist Ihr Name?«

Professor Karney wollte schon antworten, als er sich bewußt wurde, daß er nicht mehr *der* Richard Dean Karney war, als der er diese Anlagen entdeckt hatte. Eine Veränderung war mit ihm vorgegangen, nicht nur eine körperliche wie an seinem Arm. Er hatte sich ein Wissen angeeignet, das ihn über die Menschen erhob, eine Macht, die ihn zum Herrscher machte!

Nein, er war nicht mehr Professor Karney. Er war ...

»Kar«, sagte er. »Ich bin Kar.«

Und der Tonfall, wie er diese Worte aussprach, ließ das trotzige Grinsen auf Hambys Gesicht gefrieren. Genausogut hätte sein Gegenüber behaupten können, er sei Cäsar oder Napoleon. Es war die Stimme eines Größenwahnsinnigen, die weder Zweifel noch Widerspruch duldete.

»Und nun«, fuhr Karney fort, »werde ich Ihnen etwas zeigen, das bislang nur wenige Menschen kennen. Betrachten Sie es ruhig als Privileg.«

Wilson Hamby schrie entsetzt auf, als ihm Karney seine Hand hinhielt – eine Hand, deren Haut aus Tausenden winziger, grünlich gefärbter Schuppen bestand. Fast wirkte sie wie die Haut eines Reptils.

Der zweite Schrei galt dem etwa zehn Zentimeter langen, rötlich schimmernden Etwas, einer Mischung aus Wurm und Kakerlake, das auf der Schuppenhand zuckte. Hamby konnte erkennen, daß das Ding gepanzert war und Fühler besaß, ansonsten aber über keine Extremitäten verfügte.

Das Gefühl einer unbeschreiblichen Drohung löste Panik in ihm aus. Er schrie, ohne überhaupt zu wissen, welche Gefahr ihm drohte.

Kars Schuppenhand berührte seine Wange. Augenblicke später durchzuckte ein siedendheißer Schmerz Lieutenant Hambys linkes Ohr und die Schläfe. Seine Haut zerriß. Dann bohrte sich etwas in sein Fleisch und zwischen den Knochen hindurch.

Namenloses Grauen sprang ihn an, und der Schmerz war kaum zu ertragen. Wilson Hamby spürte, daß ihn nur noch ein sehr schmaler Grat vom beginnenden Wahnsinn trennte. Ein winziger Schritt – und alles würde anders sein. Der Lieutenant schrie und kreischte wie ein Besessener während einer exorzistischen Handlung, er bäumte sich auf und stemmte sich mit schier übermenschlicher Kraft gegen die Fesseln, die Arme und Beine unverrückbar festhielten. Jegliches Zeitgefühl hatte er verloren.

Er?

Vergeblich der Versuch, sich zu erinnern. Sein Name, sein Beruf, alles war wie ausgelöscht, weil nur noch dieses grauenvolle Pochen in der Schläfe existierte.

Aber dann, von einem Moment zum anderen (oder waren in Wirklichkeit Stunden vergangen?), fiel alles Schreckliche wie ein böser Traum von ihm ab.

Ein Engelsgesicht beugte sich über ihn. Aus dumpfen, langgedehnten Tönen wurden allmählich verständliche Laute, Worte, ein Befehl:

»Steh auf!«

Er gehorchte, ohne darüber nachzudenken. Er hatte nie etwas anderes getan, als zu gehorchen.

Starr stand er da, regungslos, ohne eigenen Willen.

»Wir werden wieder Verluste haben«, sagte Kar. »Jeder vierte überlebt den Eingriff nicht.«

Suzy Duvalls Miene wirkte wie versteinert. Sie war eiskalt, konnte Menschen lächelnd in den Tod schicken, aber die Symbionten, diese unbegreiflichen Kreaturen, erfüllten sogar sie mit Abscheu.

»Und später?« fragte sie. »Weißt du, wie lange die Sklaven mit den Apophis-Würmern leben können?«

Kar reagierte mit einer geringschätzigen Handbewegung. »Die Soldaten werden für mich die Augen der Göttin Khom holen«, sagte er hart. »Das ist alles, was mich jetzt interessiert.«

Der Seitenstollen stieg nach einer Weile in vielfachen Wendungen an. Wenig später zeigte sich voraus ein Schimmer fahler Helligkeit.

»Dreizehnte Etage«, murmelte Thomas Ericson müde. »Bis zum Penthouse müssen wir noch einige Treppen steigen. Ich bin gespannt, was uns erwartet.«

Der Gang mündete in einen hohen Kalksteindom. Von der kuppelförmigen Decke hingen faltenreiche, zerbrechlich anmutende Vorhänge aus Kalk herab. Im Hintergrund lodernde Flammen spiegelten sich in ihnen in allen Farben des Regenbogens. Ein leises, aber charakteristisches Fauchen war zu vernehmen.

»Was da brennt, ist ausströmendes Gas, das sich entweder selbst entzündet hat oder von den Erbauern der Anlage angesteckt wurde«, sagte der Archäologe stirnrunzelnd. »Möglich, daß die Flammen seit Jahrtausenden den Dom beleuchten.«

Die Höhle war ein Juwel, ein Kleinod der Schönheit, wie es nur die Natur selbst hervorbringen konnte. Jeder Schritt, den die staunenden Wissenschaftler taten, eröffnete ihnen neue Perspektiven von Licht und Schatten. Da war ein Baldachin von beinahe blutroter Farbe, der zwei Steinsäulen überspannte und zu filigranen Wellenbewegungen auseinanderlief, daneben hingen tropfenförmig erstarrte Kristalle von einer Felsnase herab.

Fasziniert drehte sich Gudrun langsam um die eigene Achse. »Wir haben ein Paradies gefunden«, murmelte sie verzückt.

»Fehlt nur noch der Baum der Erkenntnis«, erwiderte Ericson.

Seine ungewollt scharfen Worte erschreckten sie. Sie trat auf die vom Baldachin überdeckten kegelförmigen Säulen zu. Was aus einiger Distanz wie rauhe Gesteinsstruktur anmutete, erwies sich aus der Nähe als Ansammlung dicht gedrängter, spiralförmig angeordneter Schriftzeichen.

Das Material fühlte sich merkwürdig glatt an. Bei der ersten Berührung glaubte Gudrun, ein sanftes Pulsieren zu spüren, doch als sie wieder zupackte, war nichts Ungewöhnliches mehr zu spüren.

Toms Interesse an den Schriftzeichen war stärker als seine Müdigkeit. »Im pazifischen Raum gab es angeblich keine hochstehenden Frühkulturen«, stellte er fest. »Jedenfalls nimmt man das bisher an, von den Ruinen von Nan Madol einmal abgesehen.«

Gudrun Heber nickte schwach. Müdigkeit und Erschöpfung hielten sie inzwischen mit eisernen Klauen gefangen.

»Darüber können wir in einigen Stunden noch reden«, schlug sie vor. »Das Problem läuft uns nicht davon, aber einen angenehmeren Platz zum Schlafen werden wir kaum finden.«

Tom wollte widersprechen, wollte Wache halten und gleichzeitig die Zeichen studieren, doch seine Gedanken wurden träge. Mit dem Rücken an eine der Säulen gelehnt, schlief er ebenfalls ein.

Nichts und niemand hätte ihn aus der totenähnlichen Starre wecken können.

Komm!

Das Empfinden, daß zwei große, fluoreszierende Augen ihn anstarrten, wurde übermächtig. Ihre hypnotische Kraft war deutlich zu spüren. Schweißgebadet schreckte Tom hoch. Erst als er feststellte, daß sich nichts verändert hatte und Gudrun tief und ruhig schlief, lehnte er sich beruhigt wieder zurück. Ein seeliges Lächeln umspielte die Mundwinkel der Anthropologin. Selbst mit dreckverkrustetem Gesicht und von Schweiß strähnigem Haar strahlte sie noch jene Schönheit aus, die ihn von Anfang an fasziniert hatte. Ein Flair des Geheimnisvollen umgab sie noch immer.

Die Zeit drängt. Ich darf nicht länger warten.

Die lautlose Stimme in seinem Inneren war bar jeder menschlichen Regung. Tom reagierte zunächst verwirrt, begann sich dann aber gegen den fremden Einfluß zu wehren, obwohl er spürte, daß er unterliegen würde.

Jahrtausende sind verstrichen, seit unsere Macht zu Ende ging. Trotzdem haben wir den Kampf nicht verloren. Wir werden wiedererstarken …

Ericsons Rechte zuckte zum Revolver. Den 45er Single Action Colt hatte er vor Jahren in einem Trödlerladen erstanden und als Waffenliebhaber sofort erkannt, daß er ein besonderes Stück vor sich hatte. Die Griffschalen aus Perlmutt trugen eine Gravur, über deren Sinn er sich bislang vergeblich den Kopf zerbrach. Der Verkäufer hatte davon gesprochen, die Waffe habe einem berühmten Westernhelden gehört. Ein halbes Jahr später hatte Tom den Trödlerladen nochmals aufgesucht, den früheren Besitzer aber nicht mehr angetroffen, denn der Mann war inzwischen verstorben.

Als er den Griff zwischen den Fingern spürte, flaute seine Erregung rasch wieder ab. Trotzdem blieb er minutenlang wie erstarrt sitzen und lauschte.

Nur das Fauchen des unter Druck hochschießenden Gases und der lodernden Flamme war zu hören. Außerdem Gudruns gleichmäßige Atemzüge.

Die lange Zeit des Wartens hat meine Kräfte erschöpft. Die (den Namen verstand der Archäologe nicht) *werden sich erheben und das ihnen aufgezwungene Joch abschütteln.* – Eisig und eindringlich war die mentale Stimme, die alle anderen Gedanken mühelos verdrängte. Das Abbild der fluoreszierenden Augen brannte sich tief in Ericsons Seele ein.

Er erschrak, als sich etwas kühl auf seine Stirn legte. Gudrun beugte sich über ihn; ihre Miene drückte Besorgnis aus.

»Du hast gestöhnt und um dich geschlagen«, sagte sie. »Es war richtig erschreckend.«

Sie hatte ihm einen feuchten Umschlag aufgelegt. Mit einem Teil des ohnehin spärlichen Trinkwasservorrats benetzte sie das Tuch erneut.

»Ich …«, begann der Archäologe, doch Gudrun legte ihm die Fingerspitzen auf die Lippen.

»In einigen Minuten wird der Alpdruck verflogen sein. Dann brechen wir auf. Es wird Zeit, daß wir unser Ziel erreichen.«

Die Entscheidung ist nahe …

»Hast du gehört? Die Stimme …«

Gudrun schüttelte den Kopf. Ihr merkwürdig verklärter Blick verriet Tom jedoch, daß er von ihr bestimmt nichts erfahren würde.

Sie ließen den Dom aus Kalkstein hinter sich. Die Feuchtigkeit am Boden und an den Wänden wurde deutlicher. Bleich schimmerndes Myzel wucherte überall wie Spinnweben, und flinke, eidechsenähnliche Tiere flohen vor den Eindringlingen.

Nach einer Weile führte der Gang steiler aufwärts. Vereinzelt waren Stufen in den Lehmboden geschnitten.

Bald gab es nur noch Stufen. Ihre Oberfläche erinnerte Ericson an die beiden Kegel im Felsendom.

Kunststoff?

Die flüchtige Frage wies er sofort weit von sich. Anzunehmen, daß einer frühen Kultur das Geheimnis ausgehärteter makromolekularer Stoffe, sogenannter Duroplaste, bekannt gewesen war, hätte bedeutet, das gesamte mühsam errichtete Weltbild mit einem Schlag auf den Kopf zu stellen.

Die Treppe endete im Zentrum einer kleinen Höhle. Reliefs bedeckten die Wände. Sie zeigten mehrköpfige Seeungeheuer und feuerspeiende Drachen, vor denen Menschen panikerfüllt flohen.

Von Kreaturen wie diesen hatten die Geschichtsschreiber aller alten Völker berichtet. Beruhten die dargestellten Szenen auf wirklichen Geschehnissen, oder waren sie nur Ausfluß künstlerischer Freiheit?

Rühme dich deiner Unwissenheit, denn sie bewahrt dich davor, den Verstand zu verlieren.

»Wer bist du?«

Tom erhielt keine Antwort. Vielmehr forderte ihn die mentale Stimme auf, seiner Gefährtin zu folgen. Der Zwang wurde unwiderstehlich.

Gudrun stand inzwischen vor dem Abbild einer vielköpfigen Medusa. Ein Stück der eben noch massiv erscheinenden Wand schwang vor ihr zurück.

Grelle Helligkeit fiel durch die entstandene Öffnung.

Was Tom sah, übertraf alle seine Vorstellungen. Der an die Höhle angrenzende Raum erstrahlte in einem fast reinen weißen Licht, dessen Quelle hinter bizarren Kristallsäulen verborgen lag, die wie stumme Wächter drei weitere Zugänge flankierten.

In der Mitte des Raumes erhob sich ein schwarzer Würfel von gut einem Meter Kantenlänge. Tom fiel kein anderer Vergleich ein als die Kaaba in Mekka, das Heiligtum der Moslems, das über einem ebenfalls schwarzen Stein errichtet worden war.

Du bist für eine große Aufgabe auserwählt, die dein Leben verändern wird.

Er wußte nicht, ob die Stimme nur ihn oder auch Gudrun

ansprach. Jedenfalls war die Anthropologin schneller. Ohne nur eine Sekunde lang zu zögern, streckte sie ihre Hände nach dem Würfel aus – und dem, was in einer Vertiefung des Steines lag. Im selben Moment schien die Schwärze auf sie überzuspringen wie ein unbegreifliches, gieriges Wesen.

Ein Stöhnen drang über ihre Lippen.

Setze die Kristallaugen in die goldene Maske ein!

Die Gefahr war fast körperlich spürbar. Ericsons Hände verkrampften sich, bis die Nägel tief in die Handballen einschnitten, und der Schmerz half ihm, den fremden Einfluß zu verdrängen, der ihn am Eingreifen hinderte.

Härter als beabsichtigt stieß er Gudrun zur Seite – und erstarrte im selben Augenblick.

In den frühen Morgenstunden versiegte der Lavastrom, der sich mit vernichtender Gewalt über die Nordwestflanke des Kilauea ergossen hatte. Glühende Schlangen wälzten sich den Berg hinab, und nur an zwei Stellen brodelte noch ein breiter feuriger Vorhang und sprühte in Minutenabständen Fontänen in die Luft.

Von einem Wald, den die Feuerwalze gestreift hatte, zeugten nur noch die ausgeglühten, bizarr verformten Stämme der Ohia-Bäume.

Die Westhänge der Kraterregion und ebenso der Norden hallten wider vom Dröhnen der Hubschrauberrotoren. Die Besatzungen von fünfzehn Maschinen suchten nach dem verschwundenen Helikopter, von dem man annahm, daß er in unmittelbarer Nähe der Eruptionen abgestürzt war. Die Turbulenzen über dem Krater konnten tödlich sein.

Es gab kein Lebenszeichen von den Vermißten.

Stunde um Stunde zogen die Suchmannschaften größer werdende Kreise über dem unwegsamen, wild zerklüfteten Gelände. Sie fanden nichts – nicht einmal Bruchstücke, die über das Schicksal der Kameraden Aufschluß gegeben hätten.

Am späten Vormittag stürzte eine zweite Maschine ab, als

unerwartet unter hohem Druck stehende heiße Dämpfe eine bis dahin als sicher geltende Felswand aufrissen. Zum Glück gab es nur zwei Verletzte und keine Toten, doch der Zwischenfall führte dazu, daß sich die Suchmannschaften weiter aus der wieder aktiv werdenden Kraterregion zurückzogen.

Die Vermutung, daß die Gesuchten über dem brodelnden Höllenschlund abgeschmiert waren, oder daß das Wrack des Helikopters unter einem der Lavaströme begraben lag, wurde mehr und mehr zur Gewißheit. Das eine war so unabänderlich wie das andere.

In der Vertiefung des Würfels lagen zwei faustgroße, rot schimmernde Gebilde. Sie sahen aus wie menschliche Augen und waren die perfekteste Nachbildung, die Tom je gesehen hatte. Selbst die feinen Blutgefäße der Netzhaut und des Augapfels waren vorhanden.

Du bist zu ungestüm!

Unbegreifliche Kräfte schnürten ihm die Kehle zu. Er bekam keine Luft mehr und begann, in Panik um sich zu schlagen. Bunte Schleier tanzten vor seinen Augen einen sinnverwirrenden Reigen, während das Rauschen des Blutes in seinen Ohren zum Tosen eines Wasserfalls anschwoll und das Herz wie rasend gegen die Rippen hämmerte.

Seine Rechte verkrampfte sich um den kurzen Stiel des Klappspatens. Das Werkzeug hochreißen und mit der gehärteten Kante zuschlagen war eins …

Er schaffte es nicht, weil ihm die Armmuskeln den Dienst versagten. Amüsiertes Gelächter überflutete sein Gehirn.

Glaubst du wirklich, ich wüßte nichts von deinen armseligen Überlegungen?

Die Augen pulsierten, doch ihr Leuchten war fahler geworden. Ericson entsann sich, daß die Stimme von einer langen Zeit des Wartens gesprochen hatte und davon, daß ihre Kräfte erschöpft waren. *Meine Wächter werden bald die letzten Sperren überwunden haben. Du bist ausersehen, sie aufzuhalten und mich von hier fortzubringen.*

Wuchtige Schläge dröhnten durch den Raum. Von außen wurde versucht, die Zugänge aufzubrechen.

Vorübergehend erlosch das Leuchten der Augen, die nun nichts anderes waren als meisterhaft bearbeiteter Kristall mit unzähligen winzigen Facetten – ein unermeßlicher Schatz, Kleinod einer versunkenen Epoche, für die jeder Archäologe sein Leben geben würde ...

Quäle dich nicht mit unnötigen Fragen! Vielleicht mußt du wirklich dein Leben für mich aufs Spiel setzen ...

Ein unsichtbarer Dolch bohrte sich in seinen Leib. Tom krümmte sich vornüber und sank auf die Knie. Der jähe Schmerz in seinen Eingeweiden war so heftig, daß er die Finger in den Fugen des Mosaikbelags verkrallte. Sein Keuchen vermischte sich mit dem Krachen der heftiger werdenden Rammstöße gegen die Tore. Ein Splittern und Bersten folgte. Dann stürmten Menschen in die Halle.

Sie waren erschreckend groß, mindestens zwei Meter zwanzig, wie Tom schätzte, und damit wahre Hünen im Vergleich zu den Insulanern der Südsee. Ihre Haut war so bleich, als hätte sie höchst selten einen Sonnenstrahl abbekommen, und auch das schlohweiße Haar verriet albinoiden Einschlag.

Halte die Wächter auf! Allein kann ich es nicht.

Eine der Säulen zerbarst in einer lautlosen Explosion und fegte die Eindringlinge in der vordersten Reihe zu Boden, aber wie Lemminge drängten die anderen hinter ihnen nach.

Gudrun blickte gehetzt um sich. Tom sah, daß sie die goldene Maske an sich nahm, die neben den Kristallaugen gelegen hatte, und losrannte, aber er war nicht in der Lage, sie aufzuhalten. Zumindest konnte er endlich wieder freier atmen. Er glaubte nicht an Zauberei und Magie, doch auf Gardner waren Mächte am Werk, von denen er keine Vorstellung hatte.

Urplötzlich stand einer der Eingeborenen vor ihm – ein hagerer, sehniger Bursche. In der Rechten schwang er eine Axt aus Jade. Sein Versuch, Ericson den Schädel zu spalten, schlug im allerletzten Moment fehl. Tom warf sich zur Seite und rollte sich ab, und nur eine Armlänge hinter ihm klirrte die Axt auf den Boden.

Der Angreifer stieß einen Laut der Enttäuschung aus, setzte aber sofort nach. Dem nächsten Hieb entging Ericson wieder nur um Haaresbreite, doch konnte er endlich seinen Spaten greifen und abwehrend hochreißen. Dröhnend krachte die Axt auf das Spatenblatt herab.

Tom sprang auf ein Podest, um das Kinn des Angreifers überhaupt zu erreichen, und schickte ihn mit einem harten Hieb für lange Zeit ins Reich der Träume.

Die Männer sind nicht meine Feinde! Der Gedankenimpuls war derart heftig, daß er unwillkürlich innehielt.

»Aber der Kerl hat versucht, mir den Schädel zu spalten!« rief Ericson laut. Er war verwirrt und wußte nicht, wie er sich anders mitteilen sollte.

Die Aufgabe der Wächter ist es, mich zu beschützen.

»Dann sag ihnen endlich, daß ich dir nichts tun will. Na los, warum unternimmst du nichts?«

Zwei weitere Eingeborene sprangen Ericson an. Dem einen rammte er den Spatenstiel in die Magengrube, dem anderen wich er aus und trat ihm kraftvoll in die Weichteile. Ein ersticktes Gurgeln ausstoßend, taumelte der Bursche gegen den schwarzen Stein, vor dem er mit verdrehten Gliedmaßen liegenblieb.

Sie werden mir nicht glauben. Weil sie gesehen haben, daß deine Gefährtin die Maske an sich nahm. Die mentale Stimme wurde leiser. Das Leuchten der kristallenen Augen wirkte eine Nuance fahler. *Um zu verhindern, daß du mich von hier fortbringst, werden sie die Frau und dich töten.*

»Herrliche Aussichten!« murmelte Ericson. »Ich denke überhaupt nicht daran, dich fortzuschaffen.«

Ich befehle es dir!

Täuschte er sich, oder klang die Stimme wirklich belustigt?

Erneut war er gezwungen, zwei Angreifer niederzuschlagen. Auf die kurze Distanz erwies sich der Spaten als eine gefährliche Waffe.

»Wer hat die Kerle zu Wächtern gemacht? Warum bewachen sie dich? Und was bist du? Ein Lebewesen, ein magisches Artefakt?«

Fremdartige Bilder drängten sich in sein Bewußtsein, Momentaufnahmen, die ihm unverständlich blieben, weil sie aus dem Zusammenhang gerissen waren. Er sah Menschen, die er für Europäer gehalten hätte, wären sie nicht völlig anders gekleidet gewesen. Er sah Bauten, die ihn an die Antike erinnerten, die aber vollkommen intakt und neu wirkten. Und über allem lag fast körperlich spürbar ein Hauch der Angst und der Vernichtung.

Tom sog die Eindrücke in sich auf wie ein trockener Schwamm das Wasser. Trotzdem verwehten sie wie Morgennebel in der Sonne. Zurück blieb ein flaues Gefühl, die Erkenntnis der eigenen Ohnmacht und Hilflosigkeit.

Der Archäologe kämpfte einen verbissenen Kampf. Die Vermutung, endlich einen Zipfel jenes Schleiers in Händen zu halten, der bislang unlösbar über Jahrtausenden früher Menschheitsgeschichte lag, verlieh ihm ungeahnte Kräfte. Wie ein Berserker trat und schlug er um sich, schickte einen Angreifer nach dem anderen zu Boden und hatte dennoch Mühe, die schwitzenden Leiber abzuschütteln, deren Übermacht ihn bald erdrücken würde.

Was bist du? dachte er intensiver als zuvor und parierte einen mörderischen Axthieb mit dem Spaten.

Lange würde er der Übermacht nicht mehr widerstehen können.

Wenn die Kerle nicht deine Feinde sind, halte sie endlich zurück! Hilf mir, verdammt!

Die letzte der Kristallsäulen wankte. Wie von unsichtbaren Händen angestoßen. Dann kippte sie, zersplitterte dröhnend und bildete vorübergehend einen Wall zwischen dem Gros der Eingeborenen und Tom Ericson.

Mehr kann ich nicht für dich tun. Ich bin nur ein Diener, der die

Nacht und den Morgen nach der Schlacht überlebt hat. Die einst Mächtigen existieren nicht mehr, aber ihr Erbe wartet darauf, zu neuem Leben erweckt zu werden.

… die Nacht und den Morgen nach der Schlacht. – Das konnte vieles bedeuten. Tom glaubte, daß der Ausspruch eher im übertragenen Sinn zu verstehen war.

Die Gesichter der Angreifer hatten sich zu Fratzen verzerrt. Hartnäckig versuchten sie, ihm mit ihren Äxten einen Scheitel zu ziehen oder ihn wie ein seltenes Insekt mit ihren Speeren aufzuspießen.

Tom fintierte, schlug zu, hebelte einen Gegner aus und rammte dem nächsten den Ellenbogen in die Magengrube. Er reagierte mit der Präzision einer Kampfmaschine, und niemand, der ihn jetzt gesehen hätte, würde in ihm einen Doktor der Archäologie vermutet haben. Die Sorge um Gudrun, die mit jeder Sekunde größer wurde, trieb ihn weiter.

Ohne es zunächst zu wollen, näherte er sich den Kristallaugen. Dann wurde ihm bewußt, daß er gelenkt wurde – wie eine Marionette. Für einen kurzen Moment konnte er wieder glasklar denken.

Was immer diese magischen Augen ihm suggerierten – es war nicht sein freier Wille. Er mußte sie zerstören, wollte er nicht ihr Sklave werden! Und er durfte Gudrun nicht im Stich lassen. Den Spaten wie ein Schwert schwingend, wich er Schritt um Schritt zurück, weiter auf die Kristallaugen zu.

Jetzt! schrie alles in ihm.

Der Spaten sauste auf den Stein herab.

Eine eisige Faust griff nach Toms Herz, aber im selben Moment traf sein Hieb. Eines der Kristallaugen zersplitterte wie Glas.

Ein grauenvoller Schrei erklang – der Todesschrei einer unbegreiflichen Kreatur – und vermischte sich mit Tom Ericsons gequältem Keuchen, als grelle Entladungen wie Elmsfeuer am Spaten entlanghuschten und auf ihn übersprangen.

Er stand da wie gelähmt, unfähig, sich gegen das Grauen aufzubäumen, das jetzt über ihm zusammenschlug. In seinem

Geist vermischte sich das Tosen eines Orkans mit dem Grollen der aufbrechenden Erde. Krater spien Rauch und Lava aus, und Flutwellen brandeten gegen die alles verzehrende Hitze und verdampften fast explosionsartig. Die Sonne verfinsterte ihr Antlitz.

Feuer regnete vom Himmel …

Sodom und Gomorrha!

Aber wieder vermochte der Archäologe die apokalyptischen Bilder nicht festzuhalten, die nur ein Gefühl unendlicher Leere in ihm zurückließen, als sie ebenso schnell verblaßten wie sie über ihn hereingebrochen waren.

Der Spaten klirrte zu Boden. Einem fremden, unwiderstehlichen Zwang folgend, streckte Ericson den rechten Arm aus. Er konnte nicht anders. Obwohl sich alles in ihm dagegen sträubte, griff er nach dem zweiten Auge, barg es schützend in der Hand und ließ es in seine Hosentasche gleiten.

Du hast nichts begriffen, dröhnte die mentale Stimme in seinem Schädel. *Ich bin nicht dein Feind.*

Der Höhlenboden wölbte sich auf, armdicke Risse entstanden, dann wurden die ersten Mosaikfragmente vom Druck der von unten eindringenden schäumenden Wassermassen emporkatapultiert.

Die Bebenwelle fegte Ericson von den Füßen.

Rasend schnell stieg das Wasser. Gischtend brandete die Flut durch die aufgebrochenen Tore und machte die dahinterliegenden Zugänge unpassierbar. Auch der Stollen, in dem Gudrun verschwunden war, füllte sich in Windesseile.

Tom mußte gegen einen übermächtigen Sog ankämpfen. Der Rucksack behinderte ihn. Entschlossen öffnete er die Gurte und entledigte sich seiner Ausrüstung. Jetzt ging es nicht um Belange von wissenschaftlichem Interesse, sondern ums nackte Überleben. Zweimal atmete er tief durch, ehe er die Luft anhielt und tauchte.

Die in der Halle herrschende Helligkeit pflanzte sich unter Wasser nur trüb fort. Mit kräftigen Schwimmstößen tastete sich Tom in den überfluteten Gang hinein.

Sekunden dehnten sich zu Ewigkeiten. Bis auf Colt, Messer und Kompaß war die gesamte Ausrüstung verloren.

Wieviel Zeit verstrich? Vierzig Sekunden? Eine Minute?

Der Sauerstoffmangel rief Halluzinationen hervor. Tom glaubte, vor sich eine moosbewachsene Wand zu sehen, die den Gang abriegelte. Erst als er sie berührte, wurde ihm bewußt, daß das Hindernis Wirklichkeit war. Zu dem Zeitpunkt hatte er seine Bewegungen kaum noch unter Kontrolle. Er taumelte, drehte sich und gewahrte plötzlich hoch über sich einen Schimmer verwaschener Helligkeit. Mit einer letzten übermenschlichen Anstrengung stieß er sich ab.

Dann konnte er nicht mehr anders, als tief einzuatmen. Dem Tod näher als dem Leben, füllte er seine brennenden Lungen.

3114 v. Chr.
Kernach und Kalyssos

Ein grell strahlendes weißes Licht erschien über dem westlichen Horizont. Doch für einen Stern war es zu groß, und es glitt langsam und in geringer Höhe über dem Meer dahin.

»Wir nähern uns der Insel der Götter«, sagte der Athener Kalyssos ohne erkennbare Regung.

Während der vergangenen drei Tage hatten sich die beiden Auserwählten näher kennengelernt. Sie waren, was ihre Wesenszüge anging, grundverschieden: Kernach unwissend und ungebildet und daher allem Neuen gegenüber sehr zurückhaltend, aber trotzdem ein geübter und schneller Kämpfer; Kalyssos eher das Gegenteil, ein Philosoph, dem zuzuhören sogar Göttern ein Wohlgefallen sein mußte.

Kernach vertraute dem Athener und hatte sich inzwischen sogar überreden lassen, mit ihm in den Bauch des Schiffes hinabzusteigen. Alles war von blitzender Sauberkeit gewesen, und in einem von glatten, leuchtenden Flächen angefüllten Raum hatten die beiden Auserwählten die Küste und das

Meer so greifbar nahe vor sich gesehen, als schwebten sie in dem Augenblick nur wenige Handbreit über den Wellen.

»Nie ist einer meines Volkes von der Insel der Götter zurückgekehrt«, sagte Kernach nachdenklich. »Dabei waren alle gute Krieger.«

Kalyssos antwortete nicht. Sinnend blickte er zur Abendröte hinauf, die sich bis in den Zenit ausdehnte.

Das helle Licht kam langsam näher ... Die Hände zu Fäusten geballt und die Lippen fest aufeinandergepreßt, starrte auch Kernach dem Schein entgegen, der bis zur Größe einer Männerfaust anwuchs, eine seltsame, länglich-ovale Form annahm und schließlich nach Westen abdrehte.

»Ein Himmelswagen«, bemerkte Kalyssos. »Ich habe schon von den fliegenden Schiffen gehört, aber noch nie eines mit eigenen Augen gesehen. Athen muß verrückt sein, gegen eine solche Macht zum Krieg zu rüsten.«

Noch weit voraus, im Widerschein des allmählich verblassenden Abendrots mehr als Schatten zu erahnen als wirklich zu erkennen, reichte eine mächtige, schlanke Felssäule bis in den Himmel hinauf. Der Berg verschwand in den Wolken, war in noch größerer Höhe als goldgelbe, sich langsam rötlich färbende Säule zu sehen und verblaßte darüber in der Schwärze der beginnenden Nacht.

»Das ist der Himmelsträger«, murmelte Kernach ergriffen und ließ sich ehrfürchtig auf die Knie nieder. »Wir haben wirklich die Insel der Götter erreicht.«

Kalyssos antwortete nicht. Mit ebenfalls pochendem Herzen beobachtete er die häufiger werdenden Himmelswagen und einige kleinere goldglänzende Schiffe, die ebenfalls gegen den Wind nach Westen kreuzten. Auch er konnte sich dem Bann nicht entziehen, der von all dem ausstrahlte.

Die Welt, das wußte er, war voll von Wundern und phantastischen Dingen.

Die Luft war schal und abgestanden, sie schmeckte nach feuchtem Erdreich und Moder – aber Thomas Ericson hätte selbst den ekelerregendsten Geruch als Geschenk des Himmels empfunden, bedeutete er in dem Moment doch Leben für ihn.

Er hatte die Wasseroberfläche durchstoßen. Der Schacht, in dem er aufgetaucht war, schien zu einem alten Brunnen zu gehören, denn Stufen führten ringsum in die Höhe.

Mit einer unwilligen Bewegung wischte sich Tom die Nässe aus dem Gesicht.

Du mußt weiter! Die Wächter werden bald ihr Entsetzen überwunden haben. Sie dürfen nicht zulassen, daß mich jemand von diesem Ort fortbringt.

Tom zuckte zusammen. Wie um alles in der Welt hatte er das Kristallauge vergessen können? Entschlossen zog er das Artefakt aus seiner Hosentasche hervor und ließ es auf die Stufen fallen. Das seltsame Auge glomm nur noch in einem kaum wahrnehmbaren Rot.

Hatte es die Kraft verloren, ihn zu beeinflussen? Nachdenklich starrte er den Kristall an, bereit, ihn beim ersten bohrenden Kopfschmerz ins Wasser zu schleudern, aber auch zugleich fasziniert von dem Gedanken, die Geschichte dieses … dieses Dings zu ergründen.

Was ich tat, entsprang nur dem Wunsch, richtig zu handeln. Leider habe dich dich ebenso falsch eingeschätzt wie vor dir den anderen Mann, dessen Leichnam du gesehen hast.

»Du hast ihn getötet?«

Nicht ich, sondern seine Gier. Er konnte dem Gold nicht widerstehen.

Tom schaute sich suchend um. Nach ungefähr dreißig Metern endete der Schacht. Die Stufen führten nur etwa bis zur Mitte. Dort gab es eine schmale Öffnung in der Wand.

Der Gedanke, Gudrun könnte inzwischen den kriegerischen Wächtern in die Hände gefallen sein, behagte ihm herzlich wenig. Er durfte nicht länger zögern, ihr zu folgen.

Noch ist deiner Begleiterin nichts geschehen. – Nein, ich spio-

niere nicht in deinen Gedanken, ich spüre nur, was dich bewegt. Du hast viele Fragen; ich kann sie dir nicht beantworten. Nur soviel: Falls die goldene Maske in die falschen Hände gelangt, würde sie uralte Machtstrukturen neu festigen helfen. Die Wächter fürchten seit langem einen Tag wie den heutigen. Und ich spüre seit einiger Zeit, daß mächtige Feinde sich der Insel nähern. Mit jeder Sperre, die sie überwanden, verlor ich ein Stück meiner selbst. Aus eigener Kraft kann ich die Pyramide nicht verlassen, deshalb mußte ich Helfer finden, die das tun, was mir verwehrt ist.

»Warum zwingst du die Wächter nicht, dir zu helfen?« Ericson sprach seine Frage wieder laut aus. Sich darauf einzustellen, daß der Gesprächspartner jeden Gedanken verstehen konnte, fiel schwer, zumal dieser Gesprächspartner nichts anderes war als ein besonders bearbeiteter Kristall.

Du wirst dich daran gewöhnen. Auch dein Volk hat schon mit den Kräften der Telepathie experimentiert.

»Warum beantwortest du meine Frage nicht?«

Die Wächter sind immun. Ihre Aufgabe war es, mich zu beschützen, aber im Laufe vieler Generationen haben sie Khoms Worte verdreht und falsch ausgelegt.

»Ein rücksichtsvolleres Vorgehen hätte dich schneller ans Ziel gebracht. Wir hätten ebenso umkommen können wie der andere Mann.«

Ich habe deine Begleiterin vor den Fallen gewarnt; sie war leichter zugänglich als du.

Die Stimme war leiser geworden und schwieg nun wieder. Vergeblich lauschte Ericson in sich hinein. Er ahnte, daß jede Antwort nur neue Fragen aufwerfen würde.

Zögernd steckte er das nun matt schimmernde Auge wieder ein und stieg die steilen und glitschigen Stufen hinauf.

Auf halber Höhe zweigte tatsächlich ein Stollen ab. Der Kompaß zeigte in nordwestliche Richtung. Soweit Tom die Fotos der Ruinenstadt im Gedächtnis behalten hatte, befand er sich vermutlich unterhalb der großen Pyramide.

Von einer dicken Staubschicht überzogene Fliesen bedeckten den Boden. Deutlich war zu erkennen, daß erst vor kurzem jemand in dieselbe Richtung gegangen war.

Auch die Wände waren verkleidet. Trotz aller Eile hielt der Archäologe kurz inne und säuberte eine der Platten. Sie bestand aus gebranntem Ton und war mit einer inzwischen aufgeplatzten Glasur überzogen. Aber nicht das erweckte sein Interesse, sondern die üppigen, vermutlich Götterbilder darstellenden Intarsien. Tom kratzte an zwei Stellen mit dem Messer und stellte fest, daß die Einlegearbeiten aus Silber bestanden.

Je weiter er kam, desto furchterregender wurden die Abbildungen. Zyklopen schauten drohend auf ihn herab, einige Meter weiter warteten mehrköpfige Ungeheuer, Chimären und bucklige Riesen. Der Eindruck eines Gruselkabinetts drängte sich auf.

Vor den gierig vorgereckten Fängen einer geflügelten Kreatur, die halb Vogel, halb Schlange darstellte, endete der Gang. Die Mauer bildete einen nahtlosen Abschluß, und wären nicht Gudruns Fußspuren gewesen, die abrupt aufhörten, Tom hätte zumindest bezweifelt, daß hier ein Weiterkommen möglich war. Da sich Gudrun aber schwerlich in Luft aufgelöst haben konnte, begann er eine systematische Suche.

Eine winzige Fuge zog sich vom Boden aus eineinhalb Meter senkrecht in die Höhe, bog rechtwinklig ab und verlief nach knapp zwei Metern wieder nach unten. Ericson fand jedoch weder einen Öffnungsmechanismus noch einen Hinweis darauf. Wenn er Pech hatte, mußte er lange nach dem passenden Sesam-öffne-Dich forschen.

Mühelos konnte er mit der Messerklinge die Umrisse des Tores nachfahren. Erst knapp achtzig Zentimeter über dem Boden traf er auf Widerstand.

Er stieß fester zu, stocherte mit der Klinge in dem schmalen Spalt herum und zuckte zusammen, als irgend etwas plötzlich nachgab. Nahezu geräuschlos glitt das Tor nach hinten weg. Es war, ebenso wie die Wand, mehr als einen Meter dick und wog wohl etliche Tonnen. Dennoch war nur ein leises, schleifendes Geräusch zu vernehmen. Dutzende faustgroßer Steinkugeln, in den Boden eingelassen, ermöglichten die Bewegung. Sie waren Wunderwerke an Präzision, wie sie mit modernsten technischen Mitteln kaum exakter hergestellt werden konnten. Eine frische Brise wehte Ericson entgegen. Den 45er in der Faust, trat er auf eine schmale Galerie hinaus. Die Wand vor ihm war der äußere Mantel der Pyramide und stieg im Winkel von rund vierzig Grad an.

Ein vielfältiges Keckern, Keifen und Kreischen aus dem Regenwald vermischte sich mit dem schrillen Pfeifen des Windes, der sich in Maueröffnungen brach und Rußflocken heranwirbelte. Tom nahm süßen Blütenduft und einen schwachen Brandgeruch wahr.

Im Laufschritt überwand er ungefähr fünfzehn Meter bis zu einem großen Loch in der Außenmauer. Zwischen dem Geröll war Pflanzensamen aufgegangen. Endlos lange Triebe schickten sich an, die Pyramide zu erobern. Zwei Geckos verschwanden aufgescheucht zwischen den Steinen.

Im selben Moment erklang ein gellender Schrei. Gleich darauf noch einmal, wie in höchster Panik ausgestoßen.

Gudrun!

Ericson schwang sich über herabgestürzte Mauerblöcke nach draußen. Nicht einen Augenblick lang zweifelte er daran, daß Gudrun ebenfalls diesen Weg genommen hatte.

Die Sonne stand im Zenit. Ihr greller Schein blendete. Trotzdem erkannte Tom, daß er im oberen Bereich der Pyramide stand, die sich jetzt eher als auseinandergeflossenes, flaches Gebäude präsentierte. Vom Pyramidenmantel abgerutschte Trümmer bildeten eine weite Schutthalde. Nur an wenigen Stellen waren die ursprünglichen Stufen erhalten geblieben.

Ericson entdeckte Gudrun einige Dutzend Schritte unterhalb seines Standortes. Zwei Eingeborene hatten sie ergriffen und zerrten sie trotz ihres heftigen Widerstands mit sich.

Mit weit ausgreifenden Sätzen und bemüht, das Gleichgewicht zu halten, hastete Tom den Schräghang hinab. Unter seinen Füßen ausbrechendes Geröll verriet ihn.

Einer der Wächter stieß einen heiseren Warnruf aus und wandte sich dem unvermutet aufgetauchten Gegner zu. Er hatte Muskeln wie ein Bär. Narben verwandelten sein Gesicht in eine Fratze, als er herausfordernd die Zähne fletschte. Der andere Kerl zerrte Gudrun trotz ihres Sträubens weiter.

»Tom!« kreischte sie. »So hilf mir doch! – Tom!« Sie bäumte sich auf, biß und kratzte und hatte doch keine Chance, sich dem eisenharten Griff zu entziehen, der sie unerbittlich über das Geröll in die Tiefe zwang.

Ericson ließ den Eingeborenen nicht aus den Augen, der ihm inzwischen bis auf fünf Schritte nahe war. »Wir sollten vernünftig über alles reden«, schlug er vor. »Vernünftig. Verstehst du?«

Der Wächter sah zwar das komische Ding, auf dem die Hand des Archäologen ruhte, hielt es aber wohl für ungefährlich, verglichen mit seinem weitreichenden Speer.

»Dann eben nicht«, sagte Ericson seufzend. »Wäre auch zu schön gewesen.«

Der Eingeborene stieß zu. Tom entging der aus Jade gearbeiteten Speerspitze durch einen Sprung zur Seite. Mit der Linken packte er den Bambusschaft und zerrte den Angreifer näher zu sich heran.

Natürlich ließ der Kerl nicht los. Tom rammte ihm ein Knie in den Unterleib – eine Methode, die *immer* Wirkung zeigte – und schlug gleichzeitig herzhaft zu. Dumpf krachte der Revolvergriff gegen die Schläfe des Mannes und schickte ihn ins Traumland.

Der zweite Eingeborene stieß Gudrun zu Boden und drückte ihr die Spitze seines Speeres auf die Brust. Er rief einige Worte, die Ericson zwar nicht verstand, deren Sinn ihm aber durchaus klar war.

Wenn der Hüne zustieß, starb Gudrun einen schrecklichen Tod.

Tom zog sich zurück. Erst einen Schritt, dann einen zweiten. Der Eingeborene ließ ihn nicht aus den Augen. Er würde nicht zögern, die Frau wie einen Fisch aufzuspießen.

Gudrun wagte kaum noch zu atmen. Ihr Blick war ein einziger stummer Hilfeschrei. Wahrscheinlich stand sie Höllenqualen aus.

Bei ungefähr dreißig Metern Distanz blieb Ericson stehen. Im Gesicht seines Gegners zuckte kein Muskel. Auf der Stirn hatte er ein großes rotes Auge aufgemalt. Es erinnerte an die Zyklopenbilder in der Pyramide, aber auch an das Kristallauge. Ob zwischen beidem ein Zusammenhang bestand? Toms Forschungseifer drohte mal wieder im falschen Moment mit ihm durchzugehen. Für solche Überlegungen war später noch genug Zeit.

Bemüht, den Eingeborenen nicht durch hastige Bewegungen zu reizen, stützte Tom seine Waffenhand mit der Linken ab. Seine Augen suchten Gudruns Blick, doch die Anthropologin drehte den Kopf zur Seite.

Der Wächter brüllte Tom an und drückte mit dem Speer ein wenig stärker zu. Gudruns Panik brach sich in einem gellenden, nicht enden wollenden Schrei Bahn.

Zweimal hintereinander zog der Archäologe durch. Der 45er spuckte Tod und Verderben. Die Stoppwirkung beider Kugeln war gewaltig auf die geringe Distanz.

Der Eingeborene wurde wie von der Faust eines Riesen zurückgeschleudert, wirbelte dabei um die eigene Achse und blieb bäuchlings zwischen dem Geröll liegen. Er war nicht tot, aber sein rechter Arm würde wohl für immer steif bleiben.

Gudruns anhaltender Schrei wurde zum hemmungslosen Schluchzen. »Es ist vorbei!« rief Tom ihr zu. »Du lebst und bist unverwundet!« Entschlossen zerrte er sie hoch. »Ich weiß, daß du Todesangst ausgestanden hast. Aber für eine Ruhepause bleibt uns keine Zeit. Wir müssen ein Versteck finden, bevor jeder auf dieser verdammten Insel hinter uns her ist.«

Gudrun begann zu laufen, weil Tom sie einfach mit sich zog.

»Ich bin auch allein ganz gut zu Fuß«, keuchte sie nach einer Weile und taumelte prompt, als sie jäh wieder auf sich allein gestellt war.

Ericson lud den Colt nach. Die leeren Patronenhülsen warf

er achtlos zwischen die Steine. Sie hatten den Schuttberg fast überwunden, als Gudrun strauchelte. Beim nächsten Schritt knickte sie ein.

»Mein Knöchel …«

»Auch das noch.« Tom wollte sich ihren Arm auf die Schulter legen, aber die Anthropologin wehrte schroff ab. »Ich kann ganz gut noch allein weiter.«

»Wo hast du die goldene Maske?« fragte Tom. »Du hast sie doch noch, oder?«

»Im Rucksack.« Gudrun Heber nickte knapp.

Nicht einmal in der Höhle war Ericson mehr als ein flüchtiger Blick auf das Artefakt vergönnt gewesen. In welchem Zusammenhang stand es mit den Kristallaugen? Inzwischen bedauerte er, so unbeherrscht mit dem Spaten zugeschlagen und womöglich unersetzliche Werte zerstört zu haben. Im nachhinein verstand er seine Handlungsweise selbst nicht mehr.

Unwillkürlich blieb er stehen und vergrub die linke Hand in der Tasche. Ein leichter Schauder durchlief ihn, als er das Kristallauge berührte.

Welche Kräfte würde er freisetzen, wenn er das Auge in die Maske einfügte?

»Gudrun«, sagte er entschlossen, »gib mir die Maske!«

Sie schaute ihn verständnislos an, schüttelte den Kopf und humpelte weiter.

»Die Wächter werden uns einholen. Und was dann?«

Zwischen den Ruinen erklangen fremde, gutturale Rufe und hastige Schritte. Und dann tauchten auch schon die ersten hochgewachsenen Gestalten zwischen den angeschwärzten Steinblöcken auf.

Noch hatten die beiden Wissenschaftler den vermeintlich Schutz bietenden dichten Regenwald nicht erreicht. Gut zweihundert Schritt freies, vom Feuer verwüstetes Gelände lagen zwischen den Ruinen und den ersten Bäumen.

ENDE DES ERSTEN BUCHES

ZWEITES BUCH

DIE INSEL DER GÖTTER

von Hubert H. Simon

Die Sonne verbarg sich hinter rasch dahintreibenden Wolkenfetzen, und die Schatten und das unstete Zwielicht ließen hinter jedem brüchigen Mauerrest blutrünstige Gegner vermuten. Tom Ericsons Miene drückte Besorgnis aus, als er den Blick über die Ruine und das verbrannte Unterholz schweifen ließ.

Gudrun Heber, seine Kollegin und Begleiterin, richtete sich vorsichtig neben ihm auf.

»Halt den Kopf unten!« raunte Tom und zog sie hinter die Deckung zurück. Sie spürte seinen heißen Atem an ihrem Ohr und fragte sich verzweifelt, was geschehen war. Sehen konnte sie nur ein paar verkohlte Äste und eine von Moosen überwucherte Steinmauer unmittelbar neben sich.

Von irgendwo in der Nähe erklangen Stimmen. Gudrun verstand nicht, was sie sagten.

Ihre Gedanken überschlugen sich. Die Insel galt offiziell als unbewohnt. Trotzdem lebten hier Eingeborene, die jedem Fremden nach dem Leben trachteten.

»Sie wollen das Kristallauge«, flüsterte Tom in ihr Ohr. Ein kurzes metallisches Klicken verriet, daß er seinen Colt spannte.

»Zwei ...«, formten Gudruns Lippen fast lautlos. »In der Höhle lagen *zwei* Augen.«

Der Archäologe schüttelte den Kopf. »Eines habe ich zerschlagen. Das andere steckt in meiner Tasche.«

Für einen Moment konnte Gudrun im grünen Dickicht die Körper von zwei Eingeborenen erkennen. Sie waren übermenschlich groß und hellhäutig, und wenn es nicht gänzlich ausgeschlossen gewesen wäre, hätte sie die Heimat dieser Menschen eher im hohen Norden Europas vermutet als auf einer Inselgruppe im Stillen Ozean.

Mit Argusaugen spähte Ericson über das Gestrüpp hinweg. Doch die beiden Eingeborenen waren schon wieder zwischen den Ruinen verschwunden.

Zehn Schritt entfernt ragte eine halb mannshohe Mauer auf, Überrest eines Fundaments, das halbkreisförmig zum Dschungel führte.

»Dort hinüber!« bestimmte Tom. »Lauf!«

Gebückt hastete Gudrun los.

Sie hatte es fast geschafft, als sich ein Speer vor ihr in den Boden bohrte. Instinktiv warf sie sich zur Seite, und ein zweiter Speer verfehlte sie nur um Haaresbreite. Gleichzeitig schoß Tom. Das Krachen seines 45er Single Action Revolvers vermischte sich mit dem Aufschrei eines Eingeborenen.

Die Angreifer kamen von allen Seiten. Sie ließen Ericson und Gudrun Heber keine Chance. Selbst wenn Tom mit jedem Schuß einen der Gegner kampfunfähig machte, war ihre Übermacht zu groß.

Gudruns gellender Schrei traf ihn bis ins Mark. Mehrere der hünenhaften Kerle hatten sie erreicht. Was dann geschah, konnte er nicht weiter verfolgen.

Aus den Augenwinkeln heraus nahm Tom eine flüchtige Bewegung wahr. Er warf sich herum. Der Schlag mit einem Speerschaft traf seine linke Schulter. Ein stechender Schmerz raste durch den Arm und hinterließ ein Gefühl völliger Taubheit.

In einer Reflexbewegung schmetterte Tom dem Angreifer die rechte Faust mit dem Revolver an die Schläfe. Der Eingeborene stürzte wie vom Blitz gefällt zu Boden. Aber sofort sprangen andere für ihn in die Bresche. Tom mußte einige harte Fausthiebe einstecken, die ihm die Luft aus den Lungen trieben. Nach Atem ringend, versuchte er, die Wächter abzuwehren – ein Tritt in die Kniekehlen streckte ihn endgültig nieder.

Rote Schleier wogten vor seinen Augen, in seiner Brust tobte ein Höllenfeuer. Trotzdem schaffte er es, den Revolver noch einmal zu spannen und abzudrücken. Aber nichts geschah. Nur ein metallisches Klicken war zu vernehmen.

Das ist das Ende! durchzuckte es ihn.

3114 v. Chr.
Eine Kolonie an der Ostküste Nordamerikas

Als Huanna den Rat der Zehn betrat, wußte er sofort, daß niemand seine Warnung hören wollte. Mißtrauen und Ablehnung schlugen ihm entgegen.

Die Männer, deren Beschlüsse über Wohl und Wehe der im Aufbau begriffenen Kolonie entschieden, taxierten ihn mit stechenden Blicken. In ihren Augen war er zu jung; der Rat setzte sein Alter mit Unerfahrenheit gleich, verglich Engagement mit Hitzköpfigkeit und wissenschaftlichen Eifer mit Geltungssucht. Alles andere interessierte nicht.

Ohne es bewußt zu wollen, ballte Huanna die Hände zu Fäusten.

»Seit drei Nächten beobachte ich den neuen Stern am Himmel«, sagte er ohne jede Vorrede. »Er nähert sich schneller als vorausberechnet und wird auf die Erde stürzen!«

»Das behauptest du, Huanna. Hast du Beweise?«

»Mein Gefühl ...«

»Sollen wir deshalb alles aufgeben und in der Heimat Schutz suchen?« fragte der Älteste des Rates. Seine Stimme troff vor verhaltenem Hohn. »Unsere Bemühungen, auf diesem Kontinent Fuß zu fassen, würden um Jahre zurückgeworfen werden. Und das nur einer Vermutung wegen?«

»Du hast nie eine Ausbildung als Astronom erhalten«, erklang es lauernd von anderer Seite her.

»Trotzdem verstehe ich genug von Himmelsmechanik ...«

»Deine Aufgabe ist es, Wissen zu speichern und für kommende Generationen zu erhalten. Khom hat dich nur aus diesem Grund zu uns gesandt.«

»Ich ...«

Der Älteste unterbrach ihn mit einer schroffen Handbewegung. »Wir haben dich angehört, aber wir teilen deine Bedenken nicht. Gehe jetzt!«

Es gab so vieles, was Huanna noch zu sagen hatte. Leider beachteten ihn die Zehn schon nicht mehr.

»Ich kann unmöglich so tun, als wäre nichts geschehen!« rief er in die Runde. »Fragt die Astronomen! In einigen Tagen werden sie meine Aussagen bestätigen. Aber dann ist es womöglich schon zu spät.«

So mit dem Rat zu reden, hatte keiner vor ihm gewagt. Sekundenlang herrschte lähmende Stille, in der Huanna bedrückend klar wurde, daß in der Kolonie andere Gesetzmäßigkeiten galten als auf der Insel der Götter. Sein Status als Gesandter Khoms machte ihn nicht unantastbar.

Zu seiner Überraschung vollführte der Älteste der Zehn eine besänftigende Geste.

»Unsere Kundigen beobachten den Kometen seit zwei Wochen«, sagte er. »Sie glauben, daß er weit hinter der Mondbahn vorbeiziehen wird und keine Gefahr bedeutet.«

»Das ist Irrsinn.« Huanna schüttelte verbissen den Kopf. »Als ich die Insel der Götter verließ, riet mir Catall, den Kometen im Auge zu behalten. Er sprach von einem schlimmen Omen.«

Catall war einer der Wissenschaftler in Khoms Palast und Huannas väterlicher Freund. Er hatte den Kometen entdeckt, als dieser sich – aus den Tiefen des Weltraums kommend – der Umlaufbahn des Roten Planeten näherte und sein Schweif zu wachsen begann. »Jeder Kometenkern ist eine Mischung aus Wassereis, gefrorenen Gasen und Geröll«, fuhr Huanna unbeirrt fort. »Erst in Sonnennähe verdampft das Eis und strömt in den Raum. Den entstehenden Schweif können wir häufig mit bloßem Auge erkennen.«

»Das wissen wir«, erwiderte der Älteste ungeduldig. »Daran ist nichts Ungewöhnliches.«

»Ich konnte Lichtlanzen beobachten – seitliche Ausgasungen, die stark genug sind, den Kometen von seiner Bahn abzubringen.«

Einige Ratsmitglieder hatten aus Huannas Verhalten auf schwerwiegende Argumente geschlossen, die er vorbringen wollte. Die spontane Erleichterung, daß er nur von Gasen redete, war ihnen anzusehen.

»Jeder Himmelskörper folgt ausschließlich der Anziehungskraft der Sonne«, zitierte einer der Zehn. »Ich kenne keine Kraft, die stark genug wäre, das zu ändern.«

Der Älteste nickte zustimmend. »Wir haben nichts mehr miteinander zu bereden«, sagte er in einem Tonfall, der von vornherein jede weitere Diskussion ausschloß.

Verärgert und wütend, vor allem aber enttäuscht, verließ Huanna das Ratsgebäude, das sich kuppelförmig im Zentrum der Siedlung erhob. Er wußte, daß er sich nicht irrte. Seine Berechnungen hatten ergeben, daß der seitliche Gasdruck ausreichte, den Kometen der Erde anzunähern.

Alles andere war Spekulation. Er konnte nicht beweisen, daß ein Zusammenprall bevorstand. Aber schon ein nahes Vorbeiziehen des kosmischen Vagabunden mußte apokalyptische Folgen haben: Erdbeben und Flutwellen, und womöglich giftige Gase, mit denen sich die Atmosphäre anreicherte.

Tief sog Huanna die kühle Abendluft ein. Eine frische Brise trug den Geruch von Salzwasser und Tang vom nahen Meer heran.

Dicht über dem östlichen Horizont funkelten die ersten Sterne. Einer von ihnen zeigte sich als verwaschener, rötlich lodernder Fleck.

»Tecpatl«, murmelte Huanna.

Der Name bedeutete *Feuerstein*.

Gedankenverloren schlenderte er durch die Gassen der Stadt. Die meisten Häuser waren noch aus Holz und Stein errichtet und erinnerten mit ihren weitgehend fensterlosen Fassaden an die Gründungszeit und die damals häufigen Überfälle der Eingeborenen, aber inzwischen prägten ebenso die matt schimmernden Bauten aus vorgefertigten Teilen das Bild.

Ringsum gingen die Lichter an. Auch in dem Haus, das Huanna für die Dauer seines Aufenthalts zur Verfügung stand.

Unwillkürlich beschleunigte er seine Schritte.

An eine mögliche Gefahr dachte er erst, als er die Tür zum

Arbeitsraum öffnete. Jemand hatte seine Unterlagen durchwühlt und das Teleskop zerstört.

Ein leises Geräusch ließ ihn herumfahren.

Er versuchte noch, abwehrend die Arme hochzureißen, aber ein fürchterlicher Hieb traf seinen Schädel und raubte ihm die Besinnung.

Die Angreifer ließen Tom Ericson keine Chance. Sechs der bleichhäutigen Krieger nagelten ihn am Boden fest.

»Khom!« erklang es erschreckend monoton aus ihren Mündern. »Khom ...!«

Den Namen hatte schon das Kristallauge erwähnt. Aber wer oder was war Khom?

In Toms Gedanken entstand die Vision einer Frau mit schulterlangem roten Haar, eine Mischung aus Red Sonja und Raquel Welch. Ehe er sich jedoch darüber klarwerden konnte, ob das Bild nur seinem Wunschdenken entsprang oder womöglich eine tiefere Bedeutung besaß, entrissen ihm die Eingeborenen den Kristall.

»Khom!« Der Ruf steigerte sich zum rhythmischen Gesang einer rituellen Beschwörung. Ericson hatte Mühe, sich der suggestiven Wirkung zu entziehen.

Nackte Füße stampften den Boden. Der monotone Singsang brach abrupt ab, als die Ekstase der Wächter ihren Höhepunkt erreichte. Ein Jadedolch blitzte auf – und zielte auf Toms Brust.

Urplötzlich war da ein Geräusch, ein lauter werdendes dröhnendes Schlagen aus der Höhe, das von den Ruinen verstärkt zurückgeworfen wurde. Ein Schatten senkte sich herab.

Der Archäologe handelte instinktiv. Während die Eingeborenen gebannt in die Höhe starrten, schlug er die Hand mit dem Dolch zur Seite, rammte dem Kerl, der das Kristallauge hielt, den Ellenbogen in den Leib und fing das Artefakt geschickt auf.

Ein losbrechender Sturmwind wirbelte Asche und halb

verbranntes Laub auf, und plötzlich reichte die Sicht nur noch wenige Meter weit.

Das Dröhnen war jetzt genau über ihnen. Nicht viel höher als fünfzehn Meter verharrte ein Helikopter über den Ruinen. Wahrscheinlich konnte der Pilot wegen der aufgewirbelten Asche gar nicht erkennen, was am Boden geschah.

Ericson erreichte Gudrun. Auch ihre halbnackten Begleiter standen wie erstarrt und glotzten fassungslos nach oben.

»Wir müssen hier weg! Beeil dich! Hast du die Maske noch?«

Sie nickte. Ein mißglücktes Lächeln huschte über ihr Gesicht.

Gemeinsam hasteten sie weiter. Bis sie die ersten größeren Bäume erreichten, wurde hinter ihnen das Schlagen der Rotorblätter leiser. Der Hubschrauber stieg langsam wieder in die Höhe. Im Laufen lud Tom seinen Revolver nach.

Von Farnen halb überwuchert, ragte ein metallisch-blaues Etwas auf. Erst aus der Nähe identifizierte Ericson es als Seitenleitwerk eines Flugzeugs. Er hatte keine Zeit, sich darüber zu wundern.

Kurz darauf standen Gudrun und er vor dem kläglichen Überrest der Pilotenkanzel. Eine Affenhorde, die das Flugzeug noch weitaus faszinierender fand, floh zeternd tiefer in den Dschungel.

Gudrun kletterte als erste über die Kisten und Säcke, die aus dem aufgerissenen Rumpf hervorquollen. »Woher kam der Hubschrauber so plötzlich?« fragte sie, nahm den Rucksack ab und ließ sich in einen der Sitze sinken. »Und was ist mit dem Wrack hier?«

»Ich denke, die Maschine gehört dem Toten, den wir in den Ruinen gefunden haben.« Ericson überflog die Ladung mit einem nachdenklichen Blick. Tierische Exkremente und abgebrochene Äste lagen zuhauf herum. Den kristallinen Inhalt der aufgerissenen Säckchen hatten die Affen weit verstreut.

Einer Eingebung folgend, wischte Tom den Dreck von einem noch unbeschädigten Beutel und schlitzte ihn mit dem

Messer auf. Vorsichtig zerrieb er eine Probe des Inhalts zwischen den Fingern und leckte daran.

»Weißt du, was das ist?«

»Keine Ahnung. Ich denke aber, du wirst es mir gleich verraten.«

»Rauschgift. Die Menge, die hier herumliegt, dürfte Millionen wert sein.«

»Wir verständigen die Behörden, sobald wir auf den nächsten Fernsprecher stoßen«, sagte Gudrun sarkastisch. Sie lauschte angestrengt. »Glaubst du, der Helikopter war wegen dem Zeug da?«

Tom durchwühlte die Papiere in den Ablagefächern, fand aber zunächst nichts außer einigen Seekarten und handgeschriebenen, codierten Notizen. Zwischendurch hielt er mehrmals inne und spähte in den Dschungel hinaus. Die Affen wagten sich allmählich wieder heran.

Endlich entdeckte er einen Hinweis auf die Identität des Toten: ein Entlassungsschein aus dem Gefängnis von Townsville, Queensland, ausgestellt auf den Kanadier Jack Ryan. Das Datum lag gerade viereinhalb Monate zurück.

Ein sich überschlagendes Keckern schreckte ihn auf. Einige Affen wühlten schon wieder im Rauschgift, während die anderen draußen tobten. Tom ließ sie gewähren. Bessere Aufpasser konnte er sich kaum wünschen. Die Tiere würden erneut einen Heidenspektakel aufführen, sobald sich jemand dem Wrack näherte.

»Wir müssen zum Boot zurück«, erinnerte Gudrun.

»Später.« Toms Neugierde (unter dem Deckmantel der Wissenschaft *Forschungseifer* genannt) ignorierte das Gefühl drohender Gefahr. Er öffnete Gudruns Rucksack. Die goldene Maske, die sie zusammen mit den Kristallaugen in einer unterirdischen Höhle gefunden hatten, lag in ein Dreieckstuch eingeschlagen obenauf.

Der erste Augenschein enttäuschte. Zudem verriet das Gewicht, daß die Maske nicht aus massivem Gold bestand. Ihre Form war künstlerisch wenig ansprechend.

»Unbekannter Kulturkreis«, murmelte Tom. »In einem Stück gegossen, aber keine Gravur.«

Nach einer Weile entdeckte er, daß sich aus einem bestimmten Blickwinkel heraus die Gesichtszüge veränderten. Das Äußere des fast viereckigen Schädels war als umlaufende Zierleiste gestaltet, mit knopfförmigen Erhebungen an den Seiten und einem größeren Wulst, wo eigentlich das Kinn sein sollte. Die Augenhöhlen waren leer.

»Was geschieht, wenn ich den Kristall einsetze?«

»Du hast hoffentlich nicht vor, das sofort herauszufinden?« erwiderte Gudrun überrascht. »Wir haben genug andere Probleme.«

»Welche?« Ericson grinste schräg.

Gudrun schickte einen Stoßseufzer zum Himmel. »Knapp einen Tag sind wir auf der Insel und haben schon mehr Schwierigkeiten am Hals als andere Leute ihr Leben lang.«

Als hätte es nur auf diese Worte gewartet, kehrte das dumpfe, rhythmische Dröhnen zurück, wurde lauter und schien vorübergehend dicht über den Bäumen zu verharren: das Laufgeräusch einer Turbine und das Schlagen von Rotorblättern.

3114 v. Chr.

Für den Bruchteil eines Augenblicks stockte Huannas Herzschlag. Er spürte, wie sich das morsche Brett unter ihm durchbog und splitterte. Sein gellender Aufschrei verwehte mit dem Wind, als er urplötzlich ins Leere trat. Die Finger verkrallten sich in den Halteseilen der schwingenden Brücke.

Wie um alles in der Welt kam er hierher?

Unendlich tief unter ihm toste der Fluß. Schmutzigbraun schossen die Fluten durch die Schlucht und brachen sich aufgischtend an messerscharfen Klippen.

Wie erstarrt hing Huanna in den Seilen, unfähig, das Entsetzen zu überwinden, das ihm die Kehle zuschnürte. Alles um ihn her schien in einer rasenden, wirbelnden Bewegung begriffen zu sein – ein Sog, der ihn unbarmherzig in den Tod reißen wollte.

Es kostete ihn unendlich viel Kraft, die Beine anzuziehen und nach neuem Halt zu tasten, zumal er sich an den Seilen die Finger blutig riß. Das Gefühl, unaufhaltsam abzugleiten, wurde übermächtig.

Komm zurück! dröhnte eine lautlose Stimme in seinem Schädel.

Die Vibrationen der Brücke wurden stärker, als versuchte sie, ihn abzuschütteln. Verzweifelt verkrallte er sich in den Seilen, hatte im einen Moment das Gefühl, auseinandergerissen zu werden, und rutschte im nächsten wieder ein Stück weiter ab.

Viele werden sterben!

Keuchend, halb erstickt, brach sich sein Aufschrei Bahn. »Neeiiin!« hallte es von den Wänden der Schlucht in vielfachem Echo zurück.

Die Stimme in seinen Gedanken wurde lauter und eindringlicher. *Wo immer du bist, Huanna, kehre um!*

Er erkannte Khoms Stimme. Schlimmes mußte geschehen sein, daß die Göttin nach ihm rief.

Eine winzige Unachtsamkeit besiegelte Huannas Schicksal. Das rechte Halteseil rutschte zwischen seinen Fingern hindurch, er hing plötzlich nur noch an der linken Hand und pendelte zur Seite. Unter der einseitigen Belastung wand sich die Brücke wie eine getretene Schlange. Weitere Bretter zerbarsten in einem wahren Splitterhagel.

Huanna spürte, daß er unaufhaltsam abglitt. Verzweifelt kämpfte er um sein Leben und wußte doch, daß er es nicht schaffen konnte.

Der Fluß unter ihm veränderte sein Aussehen. Blutrot schwoll er an, überflutete die Felsen und dehnte sich weiter aus. Eine schier unerträgliche Hitze stieg aus der Tiefe empor.

Halb ohnmächtig baumelte Huanna zwischen Himmel und Hölle.

Immer noch stieg die Flut. Das war kein Wasser, sondern Magma, das aus dem Inneren der Erde emporquoll, geschmolzenes, glutflüssiges Gestein!

Die sengende Hitze trieb Huanna den Schweiß aus allen Poren. Seine Finger wurden feucht, konnten das Seil nicht länger halten.

Mit einem irrsinnigen Schrei rutschte er endgültig ab – und tauchte hinein in die lodernde, alles verbrennende Glut.

Im gleichen Moment verschwand die mörderische Hitze.

Huanna lag auf festem, ebenem Untergrund. Der Magmastrom erwies sich ebenso als Trugbild wie die schwindelerregend tiefe Schlucht. Lediglich das Dröhnen und Pochen in seinem Schädel war geblieben. Einen klaren Gedanken zu fassen, fiel ihm unsagbar schwer.

Er zwang sich, ruhiger zu atmen. Im selben Maß, in dem die Erregung von ihm abfiel, kehrte die Erinnerung zurück. Jemand hatte ihn niedergeschlagen. Aber warum?

Er ertastete frisch geronnenes Blut und eine halb verkrustete Wunde an seiner Schläfe.

Eine Katastrophe steht bevor, Huanna. Kehre sofort in die Heimat zurück! Nur du kannst das Wissen unseres Volkes davor bewahren, ausgelöscht zu werden!

Mitten in der Bewegung hielt er inne. Khoms Stimme! Er hatte also doch nicht nur geträumt.

Gudrun Heber wirkte überrascht und erschrocken zugleich. Wie Tom dachte sie an die Millionenwerte im aufgerissenen Flugzeugrumpf. Wem immer die heiße Ware gehörte, er würde alles daransetzen, sie zurückzubekommen.

Der Hubschrauber dröhnte tief über den Dschungel hinweg und hielt Kurs auf die Ruinen. Diesmal landete er auf der Lichtung.

Gudrun bedachte Tom mit einem fragenden Blick.

»Ich weiß nicht mehr als du«, sagte er. »Trotzdem sollten wir rasch aus der Nähe des Wracks verschwinden.«

Sie nickte und schulterte ihren Rucksack. Als sie sich aus der deformierten Einstiegsluke nach draußen schwang, hielt Tom sie im letzten Moment zurück.

»Ich fürchte, du willst in die falsche Richtung.«

»Wir müssen zum Boot zurück, was sonst?« Mit Nachdruck löste Gudrun sich aus seinem Griff und sprang, kam federnd auf und …

Der entsetzte Aufschrei blieb ihr im Halse stecken. Perfekt der Umgebung angepaßt, hatte eine Schlange im Gras gelegen; jetzt richtete sie sich blitzartig auf und stieß zu. Ehe Tom reagieren konnte, verschwand sie mit schnellen Windungen unter dem Wrack. Gudrun wurde kreidebleich, sie zitterte und sackte in sich zusammen, als ihre Knie nachgaben. Tom war mit einem Sprung bei ihr. Er zog sein Messer. »Beiß die Zähne zusammen! Ich schneide die Wunde auf. Falls das Vieh giftig …« Er stockte, tastete über Gudruns Wade und schaute überrascht auf. »Halb so schlimm«, kommentierte er dann. »Die Schlange hat nur den Stiefelrand erwischt, und das Leder war dick genug.«

Keuchend stieß Gudrun den angehaltenen Atem aus. Schlangen waren das Widerlichste, was sie sich vorstellen konnte. Es kostete sie große Überwindung, weiterzugehen. Zwei zaghafte Schritte bewiesen das allzu deutlich.

»Warte lieber, bis du wieder in Ordnung bist!« sagte Tom.

»Es geht schon.«

»Wer immer mit dem Hubschrauber gelandet ist, er hat unser Boot wahrscheinlich längst entdeckt.«

Die Vorstellung, Tom könnte mit seiner Vermutung recht haben, behagte Gudrun herzlich wenig. Vielleicht wurden sie von den Dealern tatsächlich schon erwartet. In dem Fall gerieten sie vom Regen in die Traufe. Zögernd wandte sie sich um.

»Wenn wir jemals heil von der Insel wegkommen, war ich das erste und letzte Mal mit dir auf Ausgrabung. Das ist keine Expedition, sondern ein Alptraum. Die Königsgräber von Luxor sind das Paradies auf Erden im Vergleich zu dem, was du mir bietest.«

Ericson zuckte nur mit den Schultern. Was hätte er dagegen sagen sollen? Es *war* wirklich ein Alptraum.

Trotzdem ging er weiter. In genau die entgegengesetzte Richtung, in die Gudrun vor einer Minute noch gewollt hatte.

Die Anthropologin starrte ihm hinterher. Für einen Moment hielt sie die Luft an, ehe sie aufgebracht rief: »He, du verdammter, dickköpfiger Kerl, warte gefälligst auf mich!«

Nicht nur auf Tom, sondern auch auf sich selbst sauer, hastete sie hinter ihm her. Was sie schier bis zur Weißglut reizte, war die Tatsache, daß er sich noch nicht einmal nach ihr umwandte.

Das Geräusch der auf Leerlast laufenden Turbine wurde deutlicher, je weiter sie sich dem Ruinenfeld näherten. Tom ging hinter einem angeschwärzten Felsen am Rand der Lichtung in Deckung.

»Ich dachte schon, du kommst gar nicht mehr«, flüsterte er, als Gudrun endlich neben ihm erschien.

»Für gewöhnlich wartet ein Kavalier auf die Dame«, entgegnete sie spitz. »Aber der Umgang mit den Wilden scheint auf dich abgefärbt zu haben.«

Mit einer knappen Handbewegung deutete Ericson auf den Helikopter. »Hubschrauber dieses Typs sind für die Versorgung von Bohrinseln und für Such- und Rettungsflüge konzipiert. Abgesehen davon trägt der hier US-Navy-Symbole.«

Der Rotor begann sich wieder schneller zu drehen. Erneut wirbelte der Winddruck Asche und welkes Laub auf.

»Was hat der Pilot vor?« fragte Gudrun. Gleichzeitig sah sie die Eingeborenen, die auf der Spitze der zu einem Drittel aus der Erde ragenden Pyramide erschienen waren. Sie trugen Speere und andere Waffen. Ihre anfängliche Furcht vor dem lärmenden Vogel hatten sie weitgehend abgelegt.

Beschwörend breitete einer der Wilden die Arme aus.

»Dämon oder Gottheit?« Herausfordernd blickte Gudrun ihren Begleiter an. »Über die Empfindungen unverdorbener Naturvölker beim Anblick unserer Technik zu schreiben, wäre ein interessantes Thema für eine Doktorarbeit.«

Der Hubschrauber, schlank und schnell wie eine Libelle und ebenso metallisch schimmernd, sprang mit einem mächtigen Satz in die Höhe.

Inmitten einer Aschewolke näherte er sich den hellhäutigen Wächtern.

Nacheinander schleuderten die Eingeborenen ihre Speere.

In das Dröhnen der Turbine mischte sich ein kurzes, hartes Rattern; der Schnitter Tod setzte seine hochmoderne Sense an. Bis die beiden heimlichen Zuschauer begriffen, welche Tragödie sich nur wenige hundert Meter entfernt vollzog, verstummten die Waffen schon wieder.

»Das sind kaltblütige Killer«, stieß Thomas Ericson gepreßt hervor. Die Hoffnung, eine reguläre Navy-Einheit vor sich zu haben, zerplatzte wie eine Seifenblase. Kein kommandierender Offizier würde auf so unterlegen bewaffnete Eingeborene das Feuer eröffnen lassen.

Wie ein angriffslustiges Insekt hing der Helikopter über der Pyramide. Die Bedrohung war unverkennbar.

Tom stützte sein rechtes Handgelenk mit der linken Hand ab und visierte die Maschine über Kimme und Korn seines Revolvers an.

Vielleicht konnte er im Ernstfall den Hubschrauber mit einigen gut gezielten Schüssen vom Himmel holen.

»Mir reicht es!« schnaubte Gudrun. »Habt ihr Männer nichts anderes im Sinn, als Krieg zu spielen?« Wütend sprang sie auf. »Da werden Menschen erbarmungslos umgebracht, und dir fällt nichts Besseres ein …«

»Runter mit dir!«

»… nichts Besseres, als Cowboy zu spielen. Ich habe genug vom Dschungel, von der Insel und …«

»Zieh den Kopf ein, verdammt!«

Aus der Hocke schnellte sich Tom vorwärts. Er bekam Gudrun an der Hüfte zu fassen und riß sie mit sich zu Boden. Flüchtig war er versucht, sie fester in den Arm zu nehmen, aber gerade noch rechtzeitig sah er das warnende Aufblitzen in ihren Augen.

Er reichte ihr das Messer. »Hier« sagte er, »nimm das!«

Gudrun musterte ihn verwirrt. »Was soll ich damit?«

»Ich will nicht, daß du wehrlos zurückbleibst.« Tom überlegte einen Moment, dann griff er in seine Tasche und zog das Kristallauge hervor. »Das nimmst du besser auch an dich. Es darf nicht in falsche Hände fallen.«

»Tom – was hast du vor?«

»Ein bißchen mehr herauszufinden.«

Nun war sie es, die ihn festhielt. »Mir brauchst du nichts zu beweisen«, sagte sie schnell.

Dr. Thomas Ericson, der Schwarm der weiblichen Studenten an der Yale-Universität, berührte mit drei Fingern erst seine leicht geschürzten Lippen und danach Gudruns linke Wange.

»Warte auf mich, Schatz!« sagte er. »Und, bitte, schrei nicht, falls dir irgendwas über den Weg kriecht, was dir nicht gefällt.«

Gudrun schnappte nach Luft. Als sie endlich zu einer Erwiderung ansetzte, war Ericson schon im Unterholz verschwunden.

3114 v. Chr.

Sein Schädel dröhnte, als hätte sich ein Schwarm aufgescheuchter Hornissen darin eingenistet. Huanna trank einen kräftigen Schluck Honigwein, ein Allheilmittel, aber selbst danach wollte das Summen und Pochen nicht verschwinden.

»Eine Katastrophe …«, murmelte er halblaut vor sich hin. Er hatte es geahnt. Seine Berechnungen wurden schreckliche Wirklichkeit.

Der Komet hatte seine ursprüngliche Bahn verlassen und raste mit wachsender Geschwindigkeit der Erde entgegen. Wenn nicht im letzten Moment ein Wunder geschah, würden die Folgen verheerend sein.

Huanna versuchte gar nicht erst, das in seiner Wohnung

herrschende Durcheinander zu beseitigen. Khom hatte ihn gerufen – alles andere war damit unwichtig geworden, auch daß der Einbrecher ganze Arbeit geleistet und sämtliche Unterlagen hatte verschwinden lassen.

Noch war er viel zu aufgeregt, um die Göttin mit seiner gedanklichen Antwort zu erreichen. Die Entfernung zwischen der Insel der Götter und der Siedlung an der Ostküste des von Nord nach Süd reichenden langgestreckten Kontinents erforderte uneingeschränkte Konzentration.

Eine Woge der Ruhe erfaßte ihn, als er endlich die Augen schloß und an die Heimat dachte, an den Palast im Zentrum der Insel, umgeben von kreisförmigen Kanälen und prachtvollen Gärten.

Unvermittelt hörte er Khoms Stimme: *Seit Jahren führen die Siedler ein karges und entbehrungsreiches Leben, müssen sie wilden Tieren widerstehen und den Angriffen der Eingeborenen. Versuche zu verstehen, Huanna, daß sie ihr Land nicht verlassen und noch einmal von vorne beginnen wollen.*

»Aber ...«, begann er zaghaft und wurde sofort unterbrochen.

Deine wissenschaftlichen Fähigkeiten sind unbestritten, jedoch läßt dein diplomatisches Fingerspitzengefühl zu wünschen übrig. Du hast den Rat der Zehn vor den Kopf gestoßen, Huanna.

»Der Rat hat meine Berechnungen stehlen lassen!« entrüstete er sich.

Weil der Komet eine Bedrohung ist, die niemand einordnen kann. Laß den Menschen einige Zeit zur Besinnung. Möglicherweise ist es sogar gut, wenn sie nicht zurückkehren. Die Gefahr ist groß, daß der Komet zwischen unserer Insel und dem neuen Kontinent einschlägt.

»Dann laß mich hier meine Arbeit beenden, Khom. Die Kristalle sind präpariert, alles Wissen aufzunehmen ...«

Sie sind wie ein trockener Schwamm, der erst wenige Tropfen Flüssigkeit aufgesogen hat, unbedeutend für das Überleben unserer Kultur. Wenn die Katastrophe eintritt, wird die Insel der Götter im Meer versinken. Deshalb brauche ich dich im Palast, Huanna. Die

Evakuierung beginnt in dieser Stunde, aber ohne deine Hilfe können wir die Speicherkristalle nicht entfernen; wichtige Daten würden verlorengehen.

Die telepathische Verbindung zu Khom war zunehmend schwächer geworden, weil Huanna nicht mehr die erforderliche Kraft aufbrachte. Er verzichtete auf eine Antwort.

Die Kristalle waren wichtig, nichts sonst zählte noch. Sie waren sein Lebenswerk. Um sie vor der Vernichtung zu bewahren, wäre er sehenden Auges in den Tod gegangen.

Die folgende Stunde verbrachte Huanna damit, einen Bericht für den Rat der Zehn zu fertigen, der eindringlicher die Gefahr schilderte, als er es mit Worten je hätte ausdrücken können. Falls die Siedler nicht völlig verbohrt reagierten, würden sie ihr Heil landeinwärts suchen. Der Kontinent war riesig.

Tiefste Nacht herrschte, als Huanna in Richtung Hafen aufbrach. Regenschwere Wolkenbänke hatten sich vor die Sterne geschoben, und sooft er innehielt und den Himmel nach dem Kometen absuchte, wurde er enttäuscht.

Drei Schiffe lagen im Hafen – zwei von ihnen gehörten einem regen Handel treibenden Volk aus dem Norden. An Bord dieser offenen, nur mit einem Mast, aber auch mit Riemen ausgestatteten Schiffe würde die Überfahrt Wochen dauern, eine Zeitspanne, die nicht zur Verfügung stand. Abgesehen davon waren sie den Umbilden der See auf Gedeih und Verderb ausgeliefert.

Das dritte Schiff war um einiges größer, wenngleich es seiner schlanken Form wegen noch zerbrechlicher als die hölzernen Nußschalen wirkte. Aber es war ein Schiff der Götter. Der goldglänzende Rumpf schien dicht über dem Wasser zu schweben, und die starren Segel ragten turmhoch auf.

Huannas Status als Wissenschaftler Khoms verlieh ihm die Befugnis, Befehle nach eigenem Gutdünken zu erteilen. Er machte jetzt ausgiebig Gebrauch davon.

Trotz der herrschenden Flaute drehte sich das goldglänzende Schiff wenig später im Hafen und nahm Kurs nach Osten auf.

Brotfruchtbäume mit ihrem gewaltigen Blätterdach, Bananenstauden und Schraubenpalmen bestimmten das Bild des Regenwaldes. Dazwischen wucherten mannshohe Farne und jede Menge farbenprächtiger Blumen, entlang des Ruinenfeldes sogar Tulpenbäume mit tiefroten Riesenblüten.

Thomas Ericson riskierte nicht allzuviel, als er sich dem Landeplatz des Helikopters näherte. Er zählte sieben Männer, die nacheinander aus der Maschine sprangen und im Halbkreis Posten bezogen. Sie waren mit kurzläufigen Maschinenpistolen bewaffnet und trugen Springerstiefel und Tarnanzüge. Obwohl er das Emblem der US-Navy erkannte, zwang ihn eine ungute Vorahnung in sichere Deckung. Mit logischen Argumenten ließ sich seine Zurückhaltung nicht erklären, höchstens mit den in der Wildnis geschärften Sinnen eines Mannes, der seine Bestimmung zum Beruf gemacht hatte.

Flüchtig fragte er sich, ob der Hubschrauber von einem nahe der Phoenix-Inseln operierenden Flugzeugträger gestartet war. Die Reichweite der Maschine konnte nicht sonderlich groß sein. Noch brennender interessierte ihn jedoch die Antwort auf die Frage, was um alles in der Welt die Soldaten zwischen den Ruinen suchten. Auf wissenschaftliche Belange hatte das Militär nie Rücksicht genommen.

Je länger er beobachtete, desto unwirklicher erschien ihm die Szene.

Sein Unbehagen wuchs mit jeder Minute. Die Soldaten erinnerten ihn an Puppen aus Madame Tussauds Wachsfigurenkabinett; ihre Bewegungen wirkten nicht nur militärisch knapp, sondern ließen sie wie Marionetten erscheinen, die an unsichtbaren Fäden geführt wurden. Außerdem hatte bislang keiner von ihnen ein lautes Wort gesprochen.

Ericson gewahrte zwei Eingeborene, die gebückt über den oberen Rand des Pyramidenmantels huschten. Sie kamen nicht weit. Eine Garbe aus Leuchtspurgeschossen hämmerte ihnen entgegen und spritzte an den Steinquadern auseinander.

Instinktiv zog er den Kopf zwischen die Schultern.

Genau diese Bewegung rettete ihm das Leben.

Etwas Hartes schrammte über seine Schädeldecke, zog ihm einen zweiten Scheitel und bohrte sich vor ihm krachend in die nächste Bananenstaude.

Das Etwas war ein Speer mit hölzernem Schaft und geschwungener Spitze aus Jade.

Tom wirbelte herum. Seine Rechte zuckte zum Revolver. Zu spät jedoch, denn ein wahrhaft mörderischer Hieb fegte ihn von den Beinen. Der grelle Schmerz ließ ihn sekundenlang hart am Rand einer Ohnmacht balancieren. Vor seinen Augen tobte ein Konglomerat blutrot explodierender Sterne.

Der tränenverschleierte Blick ließ den Angreifer noch hünenhafter erscheinen, als wahren Goliath, der jeden Archäologiedozenten wie ein lästiges Insekt zwischen den Fingern zerquetschen konnte.

Er war mindestens zwei Meter fünfzig groß, sein Schädel wirkte kantig und ausdruckslos wie bei einer roh gehauenen Steinfigur, und seine Muskelpakete verliehen ihm das Aussehen eines urzeitlichen Barbaren.

Toms Herz hämmerte wie rasend gegen die Rippen. Ihm wurde klar, daß der Eingeborene nicht etwa mit einem Knüppel von der Größe eines mittleren Baumstamms zugeschlagen hatte (ungefähr so fühlte er sich), sondern einfach nur mit der flachen Hand.

Endlich wußte Ericson, wie sich David gefühlt hatte, als er, nur mit einer Steinschleuder bewaffnet, dem Philister Goliath entgegengetreten war.

David hatte wenigstens eine Schleuder besessen. Die war hundertmal mehr wert als der beste Revolver, der irgendwo im Gras lag, offenbar weit genug weg, daß ihn die suchenden Finger nicht fanden.

›Goliath‹ grinste siegessicher. Breitbeinig stand er vor Ericson und traf Anstalten, ihm alle Knochen im Leib zu brechen.

Tom zog die Beine an und trat zu, als die mächtigen Pranken nach ihm griffen.

Die Wucht seines Trittes hätte einen Ochsen gefällt. Der

Eingeborene schüttelte sich nicht einmal. Bevor Tom die Überraschung verdaute, schlossen sich die Pranken wie Schraubstöcke um seine Waden und zerrten ihn hoch.

Die Welt stand plötzlich Kopf, drehte sich – und Ericson klatschte bäuchlings ins Unterholz. Der folgende Schlag mit der flachen Hand brach ihm fast das Genick und wirbelte ihn wie eine Puppe weiter zurück.

Eine Bananenstaude fing ihn auf. Dieselbe, die der Speer durchbohrt hatte. Tom umklammerte den Schaft der Waffe und zerrte wie wild daran, als hinge sein Leben davon ab, daß er den Speer rechtzeitig frei bekam.

Sein Leben *hing* davon ab!

Aber der Speer blieb stecken, weil sich die Widerhaken in den Fasern des Stammes verfingen.

Tom Ericson hatte sich oft wissentlich in Gefahr begeben. Diesmal hatte er nicht geahnt, was ihn erwartete. Ihn und Gudrun. Mit einer letzten verzweifelten Anstrengung hämmerte er seine Fäuste gegen den Brustkorb des Angreifers, der ihn wieder umklammerte und mit unwiderstehlicher Gewalt zudrückte. Schon glaubte er, seine Rippen brechen zu hören.

Hoffentlich hatte Gudrun mehr Glück.

Sekundenbruchteile dehnten sich zu Ewigkeiten. Hilflos hing Tom in Goliaths Pranken und verstand nicht, warum er immer noch lebte.

Dann erst begriff er, daß der Eingeborene seinen Griff nicht weiter verstärkte. Der Kerl stand da wie zur Salzsäule erstarrt, und in seinen plötzlich weit aufgerissenen Augen erschien ein Ausdruck ungläubigen Erstaunens.

Ein Gurgeln drang über seine Lippen, ein Laut, der tiefste Qual ausdrückte. Zögernd ließ er los, wischte Tom wie ein lästiges Insekt zur Seite und wandte sich um.

Blut sickerte über seinen Rücken. Ein Wurfmesser steckte tief zwischen seinen Schulterblättern.

Der Hüne machte noch genau zwei Schritte, bevor der Feuerstoß aus einer Maschinenpistole mit gräßlichem Stakkato die Geräusche des Waldes übertönte.

Ein Stein hatte Goliath getötet. Das war Geschichte. Aber die Zeiten hatten sich geändert. Heute bedurfte es großkalibriger Bleikugeln, um einen Riesen zu stoppen.

Nach Atem ringend, betastete Ericson seine Rippen, die sich anfühlten, als wäre er zwischen die Backen einer Schrottpresse geraten. Erst als ihn einer der Soldaten mit dem Lauf der Maschinenpistole anstieß, brachte er halbwegs verständliche Worte hervor.

»Hallo, Freunde!« sagte er keuchend. »Ihr seid gerade rechtzeitig erschienen ...«

Alles, was er außerdem sagen wollte, blieb ihm im Hals stecken, denn der Uniformierte starrte ihn unverhohlen feindselig an. Ihn als Freund zu bezeichnen, war eine hoffnungslose Übertreibung.

Eine unheimliche Aura des Bösen schien von dem Mann auszugehen.

Gudruns Unruhe wuchs mit jeder Minute. Das Gefühl, daß gierige Augen sie aus dem Halbdunkel des Regenwaldes anstarrten, wurde unerträglich. Dabei verstand sie ihre Reaktion selbst nicht. Vergeblich versuchte sie sich einzureden, daß alles halb so schlimm war, doch ihre Bemühungen, sich zu konzentrieren, schlugen sofort ins Gegenteil um. Vielleicht lauerten die Eingeborenen wirklich schon hinter den knorrigen Baumriesen, und wenn nicht sie, dann die Rauschgifthändler, die mit lästigen Mitwissern kurzen Prozeß machten ...

Ein Rascheln erschreckte die Anthropologin. Ein Schlangenleib, so dick wie ihr Arm, aber unendlich viel länger, glitt aus dem Geäst herab. Angriffslustig züngelnd, richtete sich das Biest auf.

Gudrun wagte kaum zu atmen. Höchstens dreißig Zentimeter vor ihrem Gesicht pendelte der kantige Schädel mit der gespaltenen Zunge und den nadelspitzen Zähnen hin und her. Der Schweiß brach ihr in Strömen aus; innerhalb von Sekunden war sie klitschnaß wie nach einem Platzregen.

Lauf!, befahl eine drängende innere Stimme. Bring dich in Sicherheit!

Für einen Moment war Gudrun sogar versucht, genau das zu tun. Aber trotz Ekel und Abscheu behielt ihre Vernunft die Oberhand.

Endlos lange, bange Minuten vergingen, in denen Gudrun Höllenqualen ausstand und mit wechselndem Erfolg versuchte, ihre Furcht in den Griff zu bekommen. Ein Psychoanalytiker hätte an ihrem Seelenleben vermutlich seine helle Freude gehabt.

Dann glaubte sie, eine Stimme zu hören.

»Tom?« flüsterte sie tonlos.

Niemand antwortete. Aber die Schlange glitt weiter, ließ sich fallen und verschwand mit schnellen Bewegungen unter einem halb vermoderten Stamm.

Von der Lichtung her erklang die Salve einer Maschinenpistole. Im ersten Moment fühlte sich Gudrun Heber, als hätte ihr jemand die Beine unter dem Leib weggezogen. Erst als keine weiteren Schüsse fielen, beruhigte sich ihr rasender Herzschlag wieder.

Früher war sie nicht so schreckhaft gewesen. Machte ihr wirklich nur das ungewohnte Dschungelklima zu schaffen, oder war etwas anderes daran schuld?

Sie griff nach dem Kristallauge, das Tom ihr gegeben hatte. Nachdenklich zog sie das Artefakt hervor und betrachtete es von allen Seiten.

Der Kristall wirkte matt, seine unzähligen winzigen Facetten spiegelten nur das Grün des Dschungels wider. Dabei hatte er, als sie ihn fand, einem menschlichen Auge täuschend ähnlich gesehen. Lediglich seine rötliche Farbe hatte ihm einen Hauch von Fremdartigkeit verliehen.

Vergeblich wartete Gudrun darauf, daß sich die telepathische Stimme wieder meldete, die sie auf ihrem Weg unter den Ruinen geleitet hatte.

»Ich weiß nicht, was du bist und welcher Kultur du entstammst«, murmelte sie nach einer Weile, »aber es gibt nur zwei Möglichkeiten: Entweder du bist so viel oder so wenig wertvoll wie eine Glasmurmel, oder du hast die Kraft, unser ganzes bisheriges Weltbild aus den Angeln zu heben.«

Trotz der herrschenden Schwüle fröstelte Gudrun. Sie hatte keine Reaktion erwartet, doch unvermittelt begann das Kristallauge zu pulsieren.

Wie gebannt starrte sie auf das Artefakt in ihrer Hand. War es mehr als nur ein Kristall, ein aus gleichartigen, zueinander parallel orientierten Materiebausteinen bestehender anorganischer Körper? Sie glaubte deutlich zu spüren, daß es lebte.

Die Anthropologin ertappte sich dabei, daß sie drauf und dran war, dem Gebilde biologische Funktionen zu unterstellen. Das war doch Irrsinn! Abgesehen davon, daß es einer Reihe von Untersuchungen bedurfte, um erst einmal Klarheit über die grundsätzliche Beschaffenheit und Herkunft des Kristallauges zu gewinnen, konnte ein Kristall doch unmöglich *leben*!

Angespannt wartete sie auf etwas, was nicht eintrat. Statt dessen fielen erneut Schüsse.

Tom schwebte in Gefahr. Plötzlich sah sie ihn zusammengekrümmt auf dem Boden liegen, ein paar Schritte neben ihm einen hünenhaften Eingeborenen, und sie sah die Soldaten, die ihre Waffen auf ihn richteten …

Die Vision verschwand so schnell, wie sie gekommen war. Zurück blieb das Gefühl schrecklicher Leere …

Tom Ericson muß sich selbst helfen, erklang es in ihren Gedanken. *Du kannst ihm nicht beistehen.*

Entgeistert starrte Gudrun auf das Kristallauge in ihrer Hand, das mit einemmal in hellem Rot erstrahlte.

»Ich lasse Tom nicht im Stich, das würde ich mir nie verzeihen.« Trotz und Unsicherheit vermischten sich in ihrer Stimme, und ihre Finger verkrampften sich um den Kristall. »Warum hilfst du mir nicht?«

Weil ich meinen Gegner nicht besiegen kann. Ich spüre eine Macht, die Tausende von Jahren geruht hat und nun nach neuen Opfern sucht.

Ohne länger über die rätselhaften Worte nachzudenken, begann Gudrun zu laufen. Mit den Armen schlug sie Äste und riesige fleischige Blätter beiseite. Den Gedanken an Schlangen verdrängte sie in den hintersten Winkel ihres Bewußtseins.

Du mußt die Insel verlassen! dröhnte es durch ihren Schädel.

»Ich denke nicht daran.«

Als sei sie gegen eine unsichtbare Wand geprallt, blieb Gudrun abrupt stehen. Ihr Gesicht verzerrte sich, Schweiß perlte auf ihrer Stirn, und dann begann sie wie im Fieber zu zittern. Vergeblich versuchte sie, das Auge fallenzulassen. Doch selbst mit größter Anstrengung schaffte sie es nicht, die Hand zu öffnen, die sich um den Kristall verkrampft hatte.

Verlasse die Insel! Meine Existenz ist wichtiger als ein Menschenleben.

Das Gefühl, daß ihr Innerstes nach außen gekehrt wurde, war entsetzlich. Gudrun zitterte am ganzen Körper. Dennoch kämpfte sie gegen den unheimlichen Zwang an, der Stück für Stück von ihr Besitz ergriff.

»Warum zwingst du – die Soldaten nicht, von Tom – abzulassen?« stieß sie abgehackt und keuchend hervor.

Sie sind immun!

»Dann – bin ich – es auch!«

Gudrun nahm all ihre Willenskraft zusammen und stolperte weiter. Niemals würde sie sich geschlagen geben!

»Nie – werde ich – deine Sklavin! Diesen Triumph …«

In ihrem Schädel explodierte ein Feuerwerk. Gudrun riß die Arme hoch, umklammerte mit beiden Händen ihre Schläfen und die Stirn und stürzte, von heftigen Krämpfen geschüttelt, zu Boden. Sie rang nach Atem und schrie ihre Qual hinaus, bis sie erstickt gurgelnd abbrach.

Alles um sie her war in einem rasenden, sinnverwirrenden Reigen gefangen. Der Versuch, sich aufzurichten, endete damit, daß sie erneut haltlos zur Seite kippte. Feuchtes Moos kühlte ihre brennende Stirn, hinter der es pochte und hämmerte wie in einem gigantischen Hüttenwerk, und als sie ihre Umgebung endlich wieder halbwegs klar erkennen konnte, sah sie gerade eine Handspanne vor sich den pulsierenden Kristall, dessen Rot eine Nuance blasser geworden war.

»Ich bin nicht dein Sklave!« wiederholte sie nach dem dritten oder vierten Atemzug. »Eher zerstöre ich dich …«

Ich will nichts Böses.

Die Feststellung klang wie Hohn in ihren Ohren. »Nein, natürlich nicht«, erwiderte sie wütend. »Du bist die Unschuld in Person. Dieser Jack Ryan – er hat nicht zufällig deinen Befehlen gehorcht?«

Er starb an seiner eigenen Gier.

Immer noch zitternd und schwer atmend, stemmte sich die Anthropologin in die Hocke hoch. »Was wird nun?« All ihre Verachtung legte sie in den Blick, mit dem sie den Kristall musterte. »Ich halte es für das Beste, wenn ich dich hier zurücklasse.«

Dafür ist es inzwischen zu spät.

Was der Kristall damit meinte, erkannte Gudrun wenige Sekunden später, als zwei Soldaten in ihrem Blickfeld auftauchten und sie von oben herab musterten.

»Ich bin Amerikanerin«, sagte sie schnell.

Die Männer schwiegen sich aus. Während der eine Gudrun hochzerrte, hob der andere den mittlerweile wieder matten Kristall auf und präsentierte ihn triumphierend. »Das ist eines der Augen der Göttin Khom«, stellte er fest. »Wo ist das zweite? Rede schon!«

»Ich habe es nicht.«

Ein heftiger Schlag ins Gesicht überzeugte Gudrun endgültig davon, daß mit den Männern nicht gut Kirschen essen war.

»Wo ist das andere Auge?«

Wieso wußten die Soldaten von der Existenz der Kristalle? Immerhin waren Dr. Thomas Ericson und sie selbst die ersten Wissenschaftler, die die Ruinen auf Gardner aufsuchten.

»Es ist zerstört«, sagte sie schnell. Die Quittung dafür war eine zweite schallende Ohrfeige.

Ein heftiger Stoß zwischen die Schulterblätter ließ sie vorwärts taumeln. Ihr blieb keine andere Wahl, als sich zu fügen.

Ohnehin hatte sie Mühe, sich auf den Beinen zu halten. Das taube Gefühl wich nur langsam.

Wann würde sie endlich aus diesem verdammten Alptraum erwachen?

3114 v. Chr.

Die Tage auf See wurden für Huanna zur Qual. Von einer inneren Unruhe getrieben, hielt er es weder in seiner Kabine noch an Deck des goldglänzenden Schiffes lange aus. Je länger die Fahrt dauerte, erst nach Osten, dann in nordöstliche Richtung, desto schrecklicher wurden seine Visionen. Die Apokalypse erschien ihm unvermeidlich.

Am schlimmsten waren die Nächte. Huanna fand keine Ruhe, und wenn Müdigkeit und Erschöpfung ihr Recht forderten, dann nur für kurze Zeit. Stets schreckte er schweißgebadet und zitternd wieder auf. Gräßliche Alpträume verfolgten ihn, in denen sich die Erde auftat, Magma und giftige Gase ausspie und die Ozeane in der Hitze glutflüssigen Gesteins verdampften. Zurück blieb ein zernarbter, geschundener Planet, der nie wieder Leben in der gewohnten Form tragen würde.

Mit jeder Nacht wuchs der Komet am Horizont. Anfangs war sein Schweif als leuchtende Wolke zu erkennen – ein atemberaubend schönes Schauspiel –, dann schrumpfte die helle Aura im selben Ausmaß, in dem der Stern selbst größer wurde. Für Huanna ein deutliches Zeichen, daß der Komet sich der Erde näherte.

Die Völker auf dem Ostkontinent würden den neuen Stern wahrscheinlich als Götterboten verehren. Doch er war nur ein Sendbote der Hölle. Bald übertraf seine Leuchtkraft sogar die der zunehmenden Mondsichel. Seit Tagen war auch mit bloßem Auge eine rötliche Färbung wahrzunehmen, die keineswegs nur durch die Lichtbrechung der Atmosphäre entstand.

Tecpatl, das bedeutete *Feuerstein*. Der Name, den Huanna

dem neuen Himmelskörper gegeben hatte, erwies sich als zutreffend.

Huanna aß kaum noch. Hart und kantig traten seine Wangenknochen unter der grauen Haut hervor, und seine Augen verloren nahezu jeden Glanz. Außerdem lagen sie nun tief in den Höhlen, und die schwarzen Ringe unter den Tränensäcken verrieten den fehlenden Schlaf.

Huanna wußte, daß er sich mit seinen Sorgen selbst zugrunde richtete, aber er konnte nichts dagegen tun. Seine Spannkraft war einem Gefühl der Verlorenheit gewichen, wie er es nie zuvor gekannt hatte. Zudem wartete er vergeblich darauf, daß die Göttin Khom ihn rief.

Am Morgen des sechsten Tages – die See hüllte sich, für diese Jahreszeit mehr als ungewöhnlich, in dichten Nebel – erreichte das Schiff endlich die Insel der Götter.

»So einen Nebel habe ich selten gesehen«, hörte Huanna einen Mann der Besatzung klagen. »Sogar der Himmelsträger ist verschwunden.«

In der Tat blieb das sonst von weitem sichtbare Wahrzeichen der Insel der Götter, die mächtige, schlanke Felssäule, die vom Wasser bis hoch über die Wolken reichte, im Dunst verborgen.

»Es ist, als liege der Atem eines riesigen Ungeheuers über dem Wasser«, antwortete ein anderer. »Vielleicht steigt es bald aus der Tiefe empor, um uns zu verschlingen.«

Der erste lachte hell, aber dieses Lachen klang schon eine Spur unsicher. »Ich glaube, der neue Stern, den wir seit gestern auch bei Tag sehen, ist für den Nebel verantwortlich. Er verstärkt die Gezeiten.«

Der zweite Mann setzte zu einer Erwiderung an, aber das Wort blieb ihm im Hals stecken.

Groß, drohend und schon unwahrscheinlich nahe, sprang ein Schatten aus der Höhe herab. Ein vielstimmiger, entsetzter Aufschrei erklang, gefolgt von ohrenbetäubendem Bersten und Krachen, als die starren Segel des Schiffes den Bauch des Monstrums aufrissen und dabei zersplitterten.

Das geschah innerhalb weniger Sekunden. Huanna begriff nicht, was sich da abspielte. Erst als Feuer auf Deck herabregnete, vermischt mit scharfkantigen Trümmerstücken, die sich wie Geschosse in die Planke bohrten, erkannte er, was geschehen war.

Ein glühendheißer Luftzug streifte ihn. Sein gellender Aufschrei erstickte unter der brodelnden Hitze, die ihn jäh zu verbrennen drohte. Das Deck erbebte unter dem Aufprall eines der stürzenden Masten, Huanna wurde von den Füßen gerissen und schlug schwer auf.

Dreißig Meter über ihm blähte sich ein Feuerball auf, der in Gedankenschnelle weiter wuchs und den Nebel vertrieb. Was Huanna sah, ließ seinen Herzschlag stocken.

Ein Luftschiff hatte die Masten gerammt. Die Passagierkabine war aufgerissen und stand in hellen Flammen. Menschen schrien und kreischten und hatten doch wenig Chancen, dem lodernden Inferno zu entrinnen. Verzweifelt stürzten sich die ersten mit brennenden Kleidern in die Tiefe.

Krachend barst eine der Verankerungen der Kabine. Und schon leckten die Flammen gierig nach der gasgefüllten Hülle des eigentlichen Luftschiffes. Die Explosion von mehr als tausend Kubikmetern brennbaren Gases war unvermeidlich.

Auf allen vieren raffte sich Huanna auf. Das eben noch glatte Achterdeck hatte sich in eine mit rauchenden Trümmern übersäte Kraterlandschaft verwandelt, und es erschien wie ein Wunder, daß er selbst unverletzt geblieben war.

Ein Toter lag vor ihm. Eine armdicke Eisenstange hatte den Mann auf den Planken festgenagelt; er mußte sofort tot gewesen sein.

Das Prasseln des um sich greifenden Feuers, die verzweifelten Schreie der noch in der Gondel eingeschlossenen Menschen und die häufiger werdenden Explosionen vermischten sich zu einer infernalischen Kulisse.

Huanna achtete nicht mehr auf das Geschehen ringsum. Nacktes Entsetzen trieb ihn vorwärts. Er wußte nur, daß er überleben mußte, denn außer ihm gab es niemanden, der die magischen Augen der Göttin Khom beherrschte.

Seine Träume vom Ende der Welt schienen sich zu bewahrheiten ... Er hatte Feuer gesehen, das vom Himmel regnete, und eine gigantische Flutwelle ...

Drei, vier Meter neben ihm klatschte brennendes Isoliermaterial herab. Ein Meer von Funken spritzte nach allen Seiten.

Huannas Qual steigerte sich ins Unermeßliche, als die Glut seine Kleidung durchdrang und sich dutzendfach in sein Fleisch einbrannte. Sekundenlang wurde ihm schwarz vor Augen, denn der Schmerz war übermächtig. Trotzdem taumelte er weiter.

Er stolperte, raffte sich wieder auf, und suchte sein Heil in der Flucht. Nur im Wasser war er einigermaßen sicher.

Endlich sah er die Reling vor sich.

Aber es war zu spät.

Ein gewaltiger Blitz, heller als hundert Sonnen, begleitet von sengender Glut und ohrenbetäubendem Donner, brach über das Schiff herein. Die nachfolgende Druckwelle übertraf noch die Gewalt eines Orkans.

Wie ein welkes Blatt im Herbststurm wurde Huanna hochgewirbelt. Nach all dem unerträglichen Lärm umfing ihn jäh die Stille des Todes. Zugleich fühlte er sich frei und leicht, als könne er endlich aller irdischen Qual entfliehen. Dann schlug er auf. Auch der letzte Rest seiner Wahrnehmungen erlosch.

Die Soldaten ließen keinen Zweifel aufkommen, daß Tom Ericson ihr Gefangener war. Zähneknirschend mußte er es sich gefallen lassen, daß einer seinen Revolver an sich nahm und die anderen ihn mit vorgehaltenen Maschinenpistolen zum Hubschrauber führten.

»Seid ihr immer so freundlich, Jungs?« fragte er, als sie auf die Lichtung hinaustraten. »Euer Empfang ist wirklich umwerfend herzlich.«

Sie erwiderten nichts. Nicht einmal ein schroffes »Maul halten!«

Irgendwie waren sie unheimlich. Der Eindruck, den Tom von Anfang an von diesen Männern hatte, verstärkte sich noch.

Leider waren sie in der Übermacht. Außerdem zweifelte er nicht daran, daß sie von ihren Waffen Gebrauch machen würden, sobald er ihnen den geringsten Anlaß dazu bot.

Der Anführer der Meute, mit den Rangabzeichen eines Lieutenants, war ein bulliger, untersetzter Bursche, ein richtiger Kommißkopf. Tom hatte Kerle wie ihn nie leiden können.

Der Lieutenant musterte ihn durchdringend, aber ohne die geringste Regung. Dann streckte er fordernd die Hand aus.

»Gib her!« Seine Stimme, ebenso unbewegt wie seine Miene, wäre eines berufsmäßigen Pokerspielers würdig gewesen.

Vorübergehend hatte Tom daran gezweifelt, es wirklich mit Amerikanern zu tun zu haben. Es gab viele Möglichkeiten, wie die Kerle den Hubschrauber und die Uniformen erbeutet haben konnten. Aber der Slang des Lieutenants verriet, daß seine Wiege in den Südstaaten gestanden hatte.

»Ich bin Archäologe«, erwiderte Ericson. Er hatte mehr hinzufügen wollen, wurde aber schroff unterbrochen.

»Dr. Thomas Ericson von der Yale-Universität«, sagte der Lieutenant. »Ich weiß.«

Sekundenlang war Tom viel zu verblüfft, um zu irgendeiner Antwort fähig zu sein. Seine Gedanken überschlugen sich. Nur wenige Menschen wußten überhaupt von seiner Forschungsreise zu den Phoenix-Inseln, und das Militär gehörte ganz gewiß nicht zum Kreis der Eingeweihten. Abgesehen davon gab es nichts, was einer Geheimhaltungsstufe unterlegen hätte.

»Wir wissen noch einiges mehr, Dr. Ericson.«

Auf einen flüchtigen Wink hin ergriffen zwei Soldaten den Archäologen und zerrten ihm die Arme auf den Rücken. Nach wie vor wäre jeder Versuch einer Gegenwehr reiner Selbstmord gewesen.

Tom erschauderte unter der Berührung. Eine Aura des Unheimlichen umgab diese Männer wie ein böses Omen.

»Ich warte, Dr. Ericson!« sagte der Lieutenant drängend.

»Worauf?«

Die Kerle waren nicht nur unhöflich – immerhin hatten sie sich noch nicht vorgestellt –, sondern auch überaus unfreundlich. Der Schlag mit der flachen Hand, der mitten in Toms Gesicht landete, war jedenfalls nicht von schlechten Eltern.

»Ich will die Steine!«

Der Geschmack von Blut auf den Lippen veranlaßte den Archäologen, auszuspucken.

»Bedienen Sie sich!« stieß er im Tonfall seines Gegenübers hervor. »Wie ich sehe, liegen Steine in allen Größen herum. Einige dürften sich sogar als Briefbeschwerer eignen.«

Mit einem schnellen Schritt stand der Lieutenant vor ihm, ergriff ihn ebenso blitzschnell am Hemd und hob ihn hoch. Einfach so, mit nur einer Hand, ohne jedes Zeichen von Anstrengung. Danach stieß er ihn von sich.

Tom stürzte rücklings ins Geröll. Die Erkenntnis, daß der Lieutenant über Bärenkräfte verfügte, bezahlte er mit schmerzhaften Prellungen.

»Durchsucht ihn!«

Er hatte keine Chance. Kräftige Hände, die ebenso hart zupackten wie der Offizier, förderten einiges aus seinen Taschen zutage. Jedoch war nichts dabei, was die Soldaten interessierte.

»Wo hast du die Steine versteckt?« fragte der Lieutenant lauernd. »Erzähle mir nicht, du hättest nie etwas von den Augen der Göttin Khom gehört!«

Das Gefühl, jäh den Boden unter den Beinen zu verlieren, hatte Tom zum letzten Mal während seines Examens verspürt. Jetzt kehrte es mit aller Macht zurück. Er spürte, daß er blaß wurde, konnte es aber nicht verhindern. Bis vor ungefähr einer Woche war nicht einmal in Fachkreisen bekannt gewesen, daß auf Gardner Ruinen existierten.

Zum Glück hatte Gudrun den Kristall. Von ihr wußten die Kerle nichts.

»Mag sein, daß uns deine Begleiterin mehr erzählt«, sagte der Lieutenant unvermittelt und zerstörte damit Toms letzte Hoffnung.

»Wer seid ihr? Agenten?«

»Du würdest es doch nicht verstehen – noch nicht.«

Die Aufmerksamkeit der Soldaten schien ein wenig nachzulassen. Tom wägte seine Chancen ab – sie waren immer noch nicht so gut, daß er einen Fluchtversuch wagen konnte. Selbst wenn es ihm gelang, eine der Maschinenpistolen zu erbeuten …

Seine Überlegungen fanden ein jähes Ende.

»Was wollt ihr von mir, verdammt?«, hörte er Gudruns Stimme. »Hat es euch die Sprache verschlagen, oder was ist los? Ich verlange eine Antwort!«

Drei Soldaten traten aus dem Dickicht, in ihrer Mitte eine sich heftig wehrende Gudrun.

In den Augen der Anthropologin blitzte es kurz auf, als sie Ericson auf dem Boden kauern sah. Tom hatte den Eindruck, daß sie ihm am liebsten um den Hals gefallen wäre. Ob aus Freude, daß er noch lebte, oder aus Furcht vor den Uniformierten, blieb allerdings dahingestellt.

»Wir haben uns geirrt«, sagte er schnell. »Die Männer sind nicht hinter dem Rauschgift her.«

Gudrun Heber war jung, hübsch und sogar im Dschungel eine bemerkenswerte Erscheinung. Auf die Soldatenhorde hätte sie – sofern es sich um wahre Männer handelte – unbedingt wirken müssen. Doch keiner der rauhen Kerle verzog auch nur eine Miene.

»Hat sie die Steine?«

Das Gesicht des Lieutenants erhellte sich merklich, als ihm einer der Männer den Kristall hinhielt.

»Wo ist der zweite?«

»Ich habe ihn zerschlagen«, gestand Ericson.

»Die Frau soll antworten!« Der Offizier wandte sich an Gudrun: »Stimmt es, was der Doktor sagt?«

Gudrun nickte schwach. »Wir haben nur den einen Kristall.«

»Durchsucht ihren Rucksack!«

Natürlich kam die goldene Maske zum Vorschein. »Das ist alles, was wertvoll aussieht«, bemerkte der Soldat, der sie fand. »Der Rest ist wissenschaftlicher Plunder.«

Der Lieutenant nickte unbewegt. »Unter diesen Umständen muß ich wohl ein wenig nachhelfen. – Hank, Will, macht mit dem Mann, was ihr wollt. Aber bringt ihn noch nicht ganz um.«

Ehe Ericson es sich versah, wurde er hochgezerrt und als Punchingball mißbraucht. Ein Fausthieb, der ihm alle Luft aus den Lungen preßte, beförderte ihn meterweit rückwärts, geradewegs in die Arme von Hank. »Wo ist der zweite Stein, Doktor?«

»Ich ...« Tom rang nach Luft. »... zerschlagen.«

Hank verpaßte ihm einen Tritt in den Rücken, und Will empfing ihn mit einem mörderischen Haken, der sein Kinn taub werden und die Nackenwirbel bedrohlich knacken ließ.

Toms Schädel dröhnte wie eine angeschlagene Glocke. Er war selten einem Faustkampf ausgewichen und konnte mit Fug und Recht behaupten, daß er darin nicht schlecht war, aber als er jetzt zu Boden ging, hatte er das Gefühl, als hätte ihn ein Ackergaul getreten. Daß mit den Soldaten einiges nicht stimmte, hätte nicht dieser schmerzhaften Erkenntnis bedurft. Wie aus weiter Ferne hörte er Gudrun verzweifelt schreien.

Die Kerle ließen ihm Zeit, wieder auf die Beine zu kommen. Im Aufstehen ertastete Tom einen knorrigen Ast und stieß mit aller Kraft zu. Er rammte Will das gegabelte Ende in den Leib und wußte doch, daß ihm das nicht viel mehr als eine weitere Atempause verschaffte.

Der Ast splitterte, und Will ließ ein gereiztes Knurren vernehmen. Seine Fäuste zuckten indes ins Leere, denn Tom rollte sich seitlich ab, zog die Beine an den Leib und trat mit aller Kraft zu, genau in dem Moment, in dem der Kerl sich nach ihm bückte.

Die Stiefelabsätze trafen Will ins Gesicht, und die Wirkung war ungefähr so, als sei er gegen eine Backsteinwand gelaufen. In Gedankenschnelle verfärbten sich seine Wangen. Als Will dann den Mund zu einem gequälten Stöhnen öffnete, spuckte er nicht nur Blut, sondern sogar einige Zähne.

Die Männer waren also keineswegs unbesiegbar. Den Rest des abgebrochenen Astes fest umklammert, erwartete Tom Ericson Hanks nächsten Angriff, der mit so ungestümer Wucht erfolgte, daß sie gemeinsam zu Boden gingen.

Mit einer geschickten Drehung wand sich Tom unter dem Soldaten hervor, ehe der ihn mit seinem Gewicht festnageln konnte, doch Hank umklammerte sein linkes Bein und zerrte ihn unnachgiebig zurück. Diesmal gingen Toms wütende Fußtritte ins Leere.

Augenblicke später bekam er die kurzgeschorene Haarpracht des Soldaten zu fassen und verkrallte sich darin. Hank brüllte wie ein Stier und warf sich vorwärts.

Toms Knie war dazwischen. Es war härter als Hanks Kinn. Zuckend wälzte sich der Soldat zur Seite.

Als Tom aufsah, blickte er geradewegs in die Mündung einer Maschinenpistole.

»Wirklich ein eindrucksvoller Kampf«, bemerkte der Lieutenant. »Kar wird sich freuen, zwei neue Rekruten zu bekommen.«

»Kar?« fragte Ericson.

Der Lieutenant überhörte die Frage. Ein diabolischer Zug umspielte seine Mundwinkel, als sein Zeigefinger den Abzug berührte.

Der Rest des Magazins jagte aus dem Lauf und wühlte eine Handbreit neben Tom den Boden auf. Und auch das nur, weil der Lieutenant der Waffe im letzten Moment einen kleinen Ruck versetzt hatte.

»Ich warte noch auf eine Antwort«, sagte er.

»Die Maske sieht aus, als könnte man den Kristall einfügen!« rief einer der Soldaten.

Der Lieutenant fuhr auf dem Absatz herum.

Auch Tom und Gudrun starrten den Mann an, der in der linken Hand die Maske und in der rechten das Kristallauge hielt und im Begriff stand, beide zusammenzufügen. Tom ahnte, daß Außergewöhnliches geschehen würde, verzichtete aber auf eine ohnehin überflüssige Warnung.

Mit einem entschlossenen Ruck setzte der Mann den Kristall in die rechte Augenhöhle ein.

Fünf Sekunden lang geschah gar nichts.

Aber plötzlich schien ein dunkles Leuchten den Kristall einzuhüllen – eine Aura der Finsternis, die auf die leere Augenhöhle übersprang und von da auf den Mann, der inzwischen vergeblich versuchte, die Maske fallenzulassen.

Sein Gesicht verzerrte sich zur Grimasse, als die Düsternis nach ihm griff. Sein linkes Auge glühte auf. Gleichzeitig begann die Verwandlung. Innerhalb von Sekunden fielen seine Wangen ein, spannte sich die Haut welk und grau über die Knochen, und schließlich wurde aus dem greisenhaften Antlitz ein gräßlicher Totenschädel.

»Mein Gott«, stöhnte Gudrun, kaum fähig, die von ihrem Magen aufsteigende drängende Übelkeit zu unterdrücken.

Die Knochen des Toten zerfielen zu Staub. Ebenso seine Kleidung. Dann erst erlosch das düstere Flimmern. Zurück blieben die goldene Maske und das Kristallauge, das nun wieder matt und unscheinbar wirkte. Trotzdem zweifelte niemand daran, daß das tödliche Leuchten jederzeit wieder aufflackern konnte.

»Sie wußten, was geschehen würde, Ericson?« fragte der Lieutenant. »Natürlich, Sie sind Archäologe. Was halten Sie davon, wenn Sie den Stein wieder aus der Maske lösen?« Er unterstrich seine Forderung mit einem unmißverständlichen Wink mit der Waffe.

Tom zögerte. Die Düsternis hatte dem Soldaten buchstäblich die Lebenskraft aus den Knochen gesogen. Eine andere Erklärung gab es nicht. »Vielleicht ist Ihre hübsche Begleiterin weniger furchtsam.«

Auf einen flüchtigen Wink hin stießen zwei Männer die sich heftig sträubende Anthropologin vorwärts.

»Wartet!« rief Ericson. »*Ich* versuche es.«

Entschlossen streckte er die Hand nach der Maske aus. Er hörte Gudrun schluchzen, vermied es aber, ihr in die Augen zu schauen. Alles in ihm war angespannte Erwartung. Und irgendwo, wie ein sprungbereites Raubtier, lauerte die Furcht vor dem Tod. Sie war nie so nahe gewesen wie jetzt.

3114 v. Chr.
Kernach und Kalyssos, zwei Auserwählte

Unbewegt blickte Kernach nach Norden. Die Insel der Götter, die ihm im verblassenden Abendrot des vergangenen Tages noch wie die Erfüllung seiner Träume erschienen war, lag seit Stunden in dichtem Dunst verborgen. Die bis in die Wolken reichende schlanke Felssäule, das Wahrzeichen der Insel, konnte er nicht einmal mehr erahnen.

Der Nebel hatte alles verschluckt, und die See erinnerte inzwischen an geschmolzenes, zähflüssiges Blei. Träge klatschten die Wellen gegen den Schiffsrumpf.

»Worauf warten wir noch?« fragte Kernach grollend. »Warum gehen wir nicht an Land? Lange genug haben wir darauf gewartet.«

»Die Menschen sind erregt und haben Angst«, erwiderte Kalyssos neben ihm. »Ich glaube, daß Unvorhergesehenes geschehen ist.«

Den Kopf angriffslustig zwischen die Schultern gezogen, erinnerte Kernach an einen Kampfstier, der jeden Moment losstürmen konnte. Er war ein Auserwählter, dafür bestimmt, eines Tages auf der Insel der Götter zu leben. All die Jahre des

Wartens hatten ihm nichts ausgemacht, aber jetzt, so nahe am Ziel, reagierte er ungehalten.

»Geduld zu haben ist eine Tugend der Weisheit«, philosophierte Kalyssos.

»Geduld ist eine Schwäche der Weiber«, wehrte Kernach entschieden ab.

»Barbar«, konterte der Athener. Jeden anderen hätte der muskelbepackte Krieger für diese Bemerkung über Bord geworfen, doch zwischen ihnen bestand mittlerweile trotz ihrer unterschiedlichen Herkunft ein unzertrennbares Band der Freundschaft. Der eine war für den Kampf erzogen, geübt im Umgang mit Speer und Schwert – der andere war viel eher ein Philosoph, gewandt mit dem Wort und ein Meister schneller Gedanken, der Blutvergießen nicht gerade als höchsten Daseinszweck ansah.

»Die Götter verlassen die Insel«, sagte Kalyssos nach einer Weile des Schweigens. »Eine andere Erklärung für die vielen Schiffe auf dem Meer und am Himmel habe ich nicht.«

Sie standen seit Stunden an Deck, fasziniert, beängstigt, ungeduldig … Die Insel der Götter lag nahe vor ihnen und schien zugleich unerreichbar fern.

Ein Licht zog in der Düsternis seine Bahn. Es war plötzlich da, nahe und riesengroß. Höchstens drei bis vier Mannslängen über dem Schiff glitt es nach Süden.

»Ein Luftschiff«, murmelte Kalyssos ehrfürchtig.

Kernach hatte den Kopf in den Nacken gelegt und starrte ergriffen in die Höhe. Zu begreifen, daß Menschen wie Vögel durch die Luft schwebten, fiel ihm schwer. Obwohl er ihre Stimmen hörte und ihre Schatten hinter den hell erleuchteten Fensterluken sah.

Da war noch ein Licht – auf dem Wasser oder dicht darüber. Und plötzlich erklang gräßliches Bersten und Splittern. Kernach kannte kein vergleichbares Geräusch.

Dann schrien Menschen in Todesnot.

Eine Feuerwand riß den Nebel auf, stieg pilzförmig in die Höhe und wurde von dichtem Rauch eingehüllt. Flammen tropften ins Meer und brannten auf dem Wasser weiter, beleuchteten schaurig die Umrisse eines goldglänzenden Schiffes, dessen Masten durch den Aufprall zersplittert waren.

Das Feuer griff rasend schnell um sich. Kernach sah Menschen brennen und als lodernde Fackeln ins Meer stürzen. Die Erkenntnis, daß sie weder unverwundbar noch unsterblich waren, entsetzte ihn.

Erst als ein Feuerball sich aufblähte, glühende Trümmerstücke nach allen Seiten geschleudert wurden und zischend und brodelnd im Meer versanken, als die Mannschaft an Deck stürmte und die Boote zu Wasser ließ, begriff er die ganze Tragweite des Geschehens. Düster und unheimlich wie das Auge eines Dämons loderte die Glut.

Die Boote wurden bemannt. Kernach schwang sich als einer der ersten über die Reling. Endlich konnte er das Schiff verlassen, das ihm seit Stunden wie ein Gefängnis anmutete. Das Meer brannte an vielen Stellen. Selbst der Nebel glühte in düsterem Rot. Ein scharfer, beißender Gestank machte das Atmen zur Qual.

Höchstens noch hundert Meter voraus senkten sich die lodernden Überreste des Luftschiffs aufs Wasser. Die See begann brodelnd und zischend aufzuwallen, die Elemente vermischten sich und deckten ein weißes, dampfendes Leichentuch über die Stätte dutzendfachen Todes. Ein letztes Aufbäumen, ein Dröhnen wie Donnerhall, danach blieben nur noch flackernde Glutnester.

Von unbegreiflichen Kräften angetrieben, glitt das Boot weiter. Schwimmende Wrackteile schrammten am Rumpf entlang. Das mahlende Knirschen erinnerte Kernach an die Eisschollen, die während des Winters vor den Küsten seiner Heimat nach Süden drifteten.

Die ersten Toten trieben auf der Oberfläche. Zum Teil waren sie schrecklich entstellt. Kernach fragte sich, wie es möglich war, daß Götter so grauenvoll starben. Bislang hätte er so etwas nie für möglich gehalten.

Die Zweifel nagten an seiner Seele. Deshalb schuftete er wie ein Besessener, als das Boot in ein dichtes Trümmerfeld geriet. Kalyssos erging es ähnlich.

Stunden vergingen, während denen sie nur Leichen fanden und ins Boot hoben. Dann begann sich endlich der Nebel zu lichten. Die Sonne stieg bereits über den östlichen Horizont herauf, als doch noch zwei Überlebende aufgefischt wurden. Sie hatten sich an Hölzern festgeklammert, trieben ohnmächtig im Meer und waren auch nach ihrer Bergung nicht ansprechbar.

»Das ist Huanna!« hörte Kernach den überraschten Ausruf eines der Männer, die das Boot führten. »Er ist der Vertraute Khoms!«

»Wir müssen ihn in den Palast bringen«, sagte ein anderer.

Wenig später betraten Kernach und Kalyssos zum erstenmal seit vielen Tagen wieder festen Boden. Ehrfürchtig knieten sie nieder und ließen die fruchtbare, feinkörnige Erde durch ihre Finger rieseln.

Für sie ging ein Traum in Erfüllung.

Aber dieser Traum war im Begriff, zum Alptraum zu werden.

Aus dem Nichts völliger Empfindungslosigkeit kehrte Huanna jäh zurück. Er registrierte den hellen Baldachin über ihm ebenso verständnislos wie den unverkennbaren Geruch von Medizin, der bei jedem Atemzug stärker zu werden schien.

Was um alles in der Welt war geschehen? Nur bruchstückhaft kehrte die Erinnerung zurück.

Der Komet …

Seine Heimkehr zur Insel der Götter …

Dann das Luftschiff, die Kollision … Das Prasseln des Feuers und die Todesschreie der Menschen, die er plötzlich wieder zu hören glaubte, ließen ihn wie von der Tarantel gestochen hochfahren.

Verwirrt blickte er um sich, doch nur sein eigenes gepreßtes Atmen und das dumpfe Dröhnen des Blutes in seinen Schläfen waren noch zu hören. Alles andere entsprang seiner Erinnerung.

Die ungeheure Druckwelle des explodierenden Luftschiffs hatte ihn ins Meer geschleudert. Von da an wußte er nichts mehr, nicht einmal, wie lange er hilflos im Wasser gelegen hatte.

Schritte näherten sich. Jemand zog den Vorhang zur Seite. Huanna kannte den Arzt nicht, der ihn traurig ansah.

»Khom wartet auf dein Erwachen. Wie fühlst du dich?«

Das Sprechen fiel ihm schwer. Er erschrak, als er sein eigenes Gestammel hörte.

Besorgnis zeichnete sich auf dem Gesicht des Mediziners ab. Vorübergehend zog er sich zurück. Huanna hörte ihn mit Flaschen und Gläsern hantieren, und als er sich wieder über ihn beugte, hielt er eine mit einer farblosen Flüssigkeit gefüllte Phiole in der Hand.

»Trink das! Es wird dir guttun.«

Die Medizin schmeckte leicht metallisch, aber keineswegs unangenehm. Während Huanna mit kleinen Schlucken trank, begann der Arzt zu berichten.

»Als die Besatzung eines Schiffes dich aus dem Wasser fischte, warst du fast tot; selbst Khom glaubte nicht, daß du je wieder aufwachen würdest. – Inzwischen sind eineinhalb Tage vergangen.«

Huanna erschrak zutiefst. Entsetzt hielt er inne und bedachte sein Gegenüber mit einem fragenden Blick.

»Der Komet ist schon sehr nahe. Er *wird* mit der Erde zusammenstoßen.«

Huanna wollte sich abrupt aufsetzen, doch die allzu hastige Bewegung ließ ihn taumeln. Stöhnend klammerte er sich an der Bettkante fest.

»Laß der Mixtur Zeit, ihre Wirkung zu entfalten. – Die Insel wird inzwischen planmäßig evakuiert. Nachdem sich der Nebel endlich gelichtet hat, können wir den größten Teil der

Einwohner in Sicherheit bringen. Es gab einige Zwischenfälle, aber der Zusammenstoß des Luftschiffes mit deinem Schiff war der einzige, bei dem Menschenleben zu beklagen sind.«

»Wieviel Zeit bleibt uns?«

Die Miene des Arztes veränderte sich schlagartig. Huanna erkannte entsetzt, daß die augenscheinliche Ruhe des Mannes nur gespielt war.

»Wieviel?« drängte er.

»Wenig«, lautete die Antwort. »Einige Stunden, kaum mehr.«

Ein gequältes Stöhnen auf den Lippen, schwang sich der Vertraute Khoms aus dem Bett. Prompt begann er haltsuchend mit den Armen zu rudern, griff nach dem Vorhang und riß ihn aus der Verankerung, weil seine Beine einfach noch zu schwach waren, ihn zu tragen.

Ächzend versuchte er, sich wieder aufzurichten.

»Du brauchst Ruhe«, sagte der Mediziner und griff ihm helfend unter die Arme.

»Wir haben keine Zeit zu verlieren«, widersprach Huanna heftig. »Es gilt, unsere Kultur zu bewahren, also kümmere dich nicht um meine Gesundheit.«

Der Arzt mußte ihn stützen, weil er wiederholt von Schwächeanfällen geschüttelt wurde. Menschenleer und verlassen lagen die Korridore des Tempels der Genesung vor ihnen. Die Stille vermittelte ein Gefühl des nahen Todes.

»Die Kranken wurden schon vor Tagen auf die Schiffe gebracht«, erklärte der Arzt.

Wenig später verließen sie das auf halber Höhe des Palastberges liegende Gebäude. Obwohl Nacht herrschte, bot sich ein beeindruckender Rundblick über diesen Teil der Insel.

Überall brannten Feuer, die den fliehenden Menschen den Weg zum Hafen wiesen. Die Stadt befand sich in Aufruhr. Eine endlose Karawane von Männern, Frauen und Kindern, teils mit Gepäck beladen, teils nur mit dem Allernötigsten versehen, näherte sich von allen Seiten her den Ringkanälen und dem Hafen.

Einige Dutzend Schiffe segelten bereits mit Kurs auf die offene See, andere legten gerade erst an den Kais an, um einen Bruchteil der Menschen an Bord zu nehmen, die sich wie die Lemminge zum Wasser schoben.

Bunte Sterne zogen am Himmel ihre Bahn – die Positionslichter der Luftschiffe, die ebenfalls nach allen Himmelsrichtungen auseinanderstrebten. Die Gondeln der Himmelswagen boten allerdings kaum mehr als dreißig bis vierzig Personen Platz.

Ein Exodus unvorstellbaren Ausmaßes war in vollem Gange.

Für einen Moment schloß Huanna die Augen, in der Hoffnung, wenn er die Lider wieder öffnete, möge alles wie ein böser Traum verflogen sein. Doch nichts veränderte sich.

»Wir Menschen haben uns immer für die Krone der Schöpfung gehalten«, sagte er bedrückt. »In Wirklichkeit sind wir nur wie Spreu im Wind.«

Der Palast war hell erleuchtet – ein Mahnmal für die Flüchtlinge, was immer die nächsten Tage und Wochen bringen würden, die Heimat nie zu vergessen.

Wie ein riesiges drohendes Auge hing der Komet nahe dem Zenit. Seine Leuchtkraft war um ein Mehrfaches stärker, als die des mittlerweile vollen Mondes.

Khom eilte den beiden Männern entgegen. In diesem Moment war sie weniger die von allen verehrte Göttin, als eine Frau, an der die Sorge um ihr Volk und ihr Land keineswegs spurlos vorüberging. Ihre Wangen wirkten eingefallen, unter ihren Augen lagen tiefe Schatten. Dazu trug sie das schwarze Gewand der Trauer.

»Ich wußte, daß ich mich auf dich verlassen kann«, begrüßte sie den Wissenschaftler. »Alles ist vorbereitet, der Rat wartet vor der Heiligen Kammer.«

Ihr besorgter Blick schweifte zum Zenit empor. Der Weg führte durch blühende Gärten von einmaliger Schönheit. Huanna war ihn oft gegangen. Heute fiel ihm jeder Schritt entsetzlich schwer. Die magischen Augen aus dem Verbund der Stadt herauszulösen bedeutete, ihren Lebensnerv zu kappen. Nichts würde danach mehr so sein wie früher.

»Die Entscheidung wurde vom Rat einstimmig gefällt«, sagte Khom, als lese sie in seinen Gedanken wie in einem aufgeschlagenen Buch.

Huanna nickte schwach. Er fühlte sich so elend wie nie zuvor in seinem Leben.

Ein dumpfer, rollender Donner wie von einem fernen Gewitter erklang hoch über der Insel.

Eine Sternschnuppe jagte quer über das Firmament. Sie zerplatzte in Dutzende Glutstücke, die breit gefächert ins Meer stürzten.

Trotz der Dunkelheit sah Huanna, daß Khom totenblaß wurde. Angespannt lauschte sie dem nur langsam verhallenden Grollen. Als sie sich wieder ihren Begleitern zuwandte, zitterte ihre Stimme: »Das war ein Vorbote des Todes. Ich fürchte, uns bleibt weniger Zeit als erhofft.«

Nur wenige Zentimeter über der goldenen Maske verharrte Ericsons Hand. Jeden Moment konnte die düstere Aura wieder entstehen, die den Soldaten getötet hatte. Aber nichts geschah.

»Worauf wartest du?« herrschte der Lieutenant ihn ungeduldig an. »Gib mir den Kristall!«

Da war ein leises, kaum wahrnehmbares Sirren, gefolgt von einem dumpfen Klatschen. Unmittelbar vor Tom bohrte sich ein Speer in den Boden.

Die Wächter griffen an.

Gedankenschnell riß der Lieutenant seine Maschinenpistole hoch und jagte den Inhalt des ganzen Magazins zwischen die Ruinen. Wahrscheinlich traf er nicht einen der Angreifer, aber das schien ihn herzlich wenig zu interessieren. Breitbeinig, die Waffe im Anschlag, stand er da wie ein Racheengel.

Die Eingeborenen kamen von allen Seiten. Und sie waren

verdammt schnell. Offenbar endeten unterirdische Gänge an verschiedenen Stellen des Ruinenfeldes. Niemand hatte eine solche Möglichkeit bedacht.

»Laßt sie nicht näher heran!« brüllte der Lieutenant. Mit fliegenden Fingern setzte er ein neues Magazin ein, und wieder spuckte seine Maschinenpistole Tod und Verderben. Eine schnurgerade Linie deutlich sichtbarer Einschläge huschte zwei Angreifern entgegen, die den Helikopter fast erreicht hatten. Tödliches Blei und Gesteinssplitter spritzten nach allen Seiten davon. Vergeblich suchten die beiden Eingeborenen Deckung.

Inzwischen schossen auch die anderen Soldaten auf alles, was sich bewegte. Sie sahen sich einer mehrfachen Übermacht gegenüber, die ihnen zwar nicht an Kampfkraft, dafür aber an Todesmut überlegen war.

Einer der Marines stürzte schwer, als sein Oberschenkel von einem Speer durchbohrt wurde. Augenblicke später traf ihn ein zweiter Speer mit solcher Wucht in die Brust, daß die Spitze zwischen den Schulterblättern wieder austrat und ihn wie ein seltenes Insekt aufspießte.

Tom achtete nicht auf das beginnende Massaker. In geduckter Haltung hetzte er los. Lächerliche sechs Schritt trennten ihn von der Maschinenpistole des Sterbenden, doch ehe er sie erreichte, sprangen die Einschläge einer Geschoßgarbe auf ihn zu. Mit einem verzweifelten Satz warf er sich zur Seite.

»Lassen Sie die Dummheiten, Doktor!« brüllte der Lieutenant. Seine Warnung wurde von der dumpfen Detonation einer Handgranate übertönt.

Die Wächter wollten die Maske und das magische Auge! Tom zweifelte nicht daran, daß ihre Versuche, den Hubschrauber zu stürmen, nur ein Ablenkungsmanöver waren.

Gudrun lag bäuchlings hinter mächtigen Steinquadern. Sie erkannte im selben Moment wie Tom, daß der Angriff keineswegs nur dem Helikopter galt, und begann heftig zu gestikulieren.

Tom bedeutete ihr, daß sie sich weiter zurückziehen sollte.

Gleichzeitig sprang er auf, machte zwei, drei weit ausgreifende Sätze und warf sich sofort wieder flach auf den Boden. Eine MPi-Salve verfehlte ihn nur um Haaresbreite.

Der Pilot hatte sich inzwischen hinter seine Kontrollen gezwängt und bereitete den Start des Helikopters vor. Das Chaos wurde vollkommen, als die Rotoren anliefen, denn der entstehende Luftsog wirbelte erneut Unmengen von Asche und Staub auf.

Mehrere Wächter hetzten brüllend heran. Sie opferten sich, um die Soldaten abzulenken. Sogar Tom Ericson reagierte zu spät.

Keiner der Uniformierten hatte geahnt, daß die Angreifer nur die goldene Maske und das Kristallauge wollten. Der entsetzliche Tod ihres Kameraden hatten eine solche Vermutung von vornherein als unsinnig erscheinen lassen.

Der erste Eingeborene erreichte die Artefakte, ließ sich auf die Knie sinken und hob die Maske mit beiden Händen an.

Was dann geschah, war Sache von Sekundenbruchteilen. Tom sah, wie der Lieutenant herumwirbelte, die MPi in Anschlag brachte, aber jäh von einer gleißenden Lichtflut eingehüllt wurde. Doch kein Donner folgte dem grellen Blitz. Der Offizier stand da wie gelähmt, während die Geschosse aus seiner Waffe ohne Schaden anzurichten ins Laubdach des Dschungels peitschten.

Ein zweiter Blitz jagte irrlichternd über die Lichtung. Er brach aus der leeren Augenhöhle der Maske hervor. Wieder wurde einer der Soldaten getroffen und erstarrte scheinbar zur Salzsäule.

Bring mich weg von hier! Worauf wartest du?

Dem suggestiven Zwang der telepathischen Stimme konnte sich der Archäologe nicht entziehen. Aber wahrscheinlich wollte er das nicht einmal. Die Artefakte waren ihm ohnehin wichtiger als alles andere, sogar wichtiger als sein Leben.

Aus dem Stand heraus schnellte er sich vorwärts und sprang den Wächter an, der soeben die Maske auf den Helikopter richtete. Im selben Moment, in dem er dem Eingeborenen die Fäuste zwischen die Schulterblätter rammte, löste sich eine neue grelle Lichtentladung. Winzige Elmsfeuer huschten über die Kanzel, begleitet von einem schrillen, an der oberen Grenze des Hörbaren liegenden Ton.

Toms Schläge zeigten überraschend wenig Wirkung. Genauer gesagt fast gar keine. Er erreichte lediglich, daß sich der Wächter ihm zuwandte.

Tom trat entschlossen zu. Seine Füße trafen den Eingeborenen in den Unterleib, entlockten ihm einen schrillen Aufschrei und ließen ihn wie ein Taschenmesser zusammenklappen. Der Kerl war bestimmt für einige Minuten außer Gefecht gesetzt.

»Beeil dich!« brüllte Gudrun.

Sie hetzte im Zickzack zum Waldrand. Die Schüsse, die jetzt fielen, galten nicht ihr, sondern den immer noch angreifenden Wächtern.

Tom zögerte kurz, griff dann aber zu und riß dem Eingeborenen die Maske aus den Händen. Was immer er zu spüren erwartet hatte, nichts veränderte sich. Gleichwohl gewahrte er aus den Augenwinkeln heraus einen der Soldaten auf sich zu hasten.

Laß mich jetzt nicht im Stich! dachte Tom und hielt die goldene Maske hoch. Aber der erwartete Lichtblitz blieb aus.

Der Angreifer begann überheblich zu grinsen. Das Grinsen gefror jedoch um seine Mundwinkel, als Tom mit der Maske ausholte und zuschlug. Hinter diesem Schlag steckte mehr als nur die Kraft seiner Arme. Anscheinend verstärkte die geheimnisvolle Aura des Artefakts die Wirkung, denn dem Soldaten wurden förmlich die Beine unter dem Leib weggezogen. Er krümmte sich und schlug wimmernd die Hände vors Gesicht.

In seinem Gürtel steckte der Single Action Revolver. Tom selbst bemerkte die Waffe erst im allerletzten Moment. Mit einem hastig gemurmelten »Danke!« holte er sich sein Eigentum zurück.

Endlich spurtete er los. Eine Salve verfehlte ihn um knapp zwei Meter, er schlug Haken wie ein Hase, flankte über kantige Mauerreste und hetzte weiter. Sein Glück war, daß sich Marines und Eingeborene noch in den Haaren lagen, wenngleich sich das Ende des Kampfes abzeichnete.

Im Schutz der ersten Bäume hielt Tom kurz inne. Ihm fiel auf, daß die Kanzel des Helikopters milchig blaß schimmerte; der seltsame Blitz wirkte also nicht nur lähmend, sondern beeinflußte auch Materialstrukturen.

»Das war knapp«, sagte Gudrun schwer atmend. »Die hätten beinahe kurzen Prozeß mit uns gemacht.«

Tom schob sie einfach vor sich her. Im Laufen löste er das Kristallauge aus der Maske. Er war überrascht, wie leicht das ging. Den Kristall ließ er wieder in der Hosentasche verschwinden, die Maske schob er sich kurzerhand unters Hemd.

»Zum Boot ...?« fragte Gudrun ungläubig. »Hast du nicht selbst gesagt ...?«

Tom bedachte sie mit einem durchdringenden Blick. »Du solltest nicht gleich das Schlimmste annehmen«, erwiderte er, »das schadet dem Teint.«

Gudrun schluckte eine heftige Antwort unausgesprochen hinunter und hastete weiter. Das flüchtige Lächeln auf Toms Gesicht sah sie schon nicht mehr. Solange sie auf ihn wütend war, stürmte sie stur geradeaus, ohne auf Schlangen und anderes Getier zu achten.

3114 v. Chr.

Die Heilige Kammer war ein Raum, den selbst die Göttin Khom nicht allein betreten durfte. Wer es dennoch versuchte, starb tausend Tode.

Der Rat der Stadt wartete schon ungeduldig. Huanna las in den Gesichtern der weisen Männer wie in einem aufgeschlagenen Buch. Nur leider war es das finsterste Kapitel der

Geschichte, in dem Hoffnungslosigkeit, Furcht und Entsetzen geschrieben standen.

Khom verzichtete auf das übliche Ritual und betrat den mächtigen Felsendom als erste.

Gleißende Helligkeit überflutete den Innenraum, der Zeugnisse aller Geschichtsepochen beherbergte. Im Zentrum der Heiligen Kammer ruhte die goldene Statue des Lebensgottes Amhr.

Amhr wartete in sitzender Haltung, den Blick zum Sonnenuntergang gewandt, auf den jüngsten Tag. Die Legende sprach davon, daß er dann erwachen und der Welt ewigen Frieden schenken würde.

Die Arme der Statue waren seitlich angewinkelt, auf den offenen Handflächen lagen Nahrungsmittel als Opfergaben. Solange Amhr sie festhielt, verwesten sie nicht. Huanna hatte vor mehreren Jahren selbst diese Feststellung getroffen.

Innerhalb der Heiligen Kammer stand die Zeit still. Für ihn war das keine neue Erfahrung mehr. Er hatte den Kuppelbau schon zur Mittagszeit betreten und erst nach Einbruch der Dunkelheit wieder verlassen, obwohl gefühlsmäßig nur wenige Minuten vergangen sein konnten.

Die Augen der Göttin Khom warteten auf ihn … faustgroß, von wundervollem ebenmäßigen Schliff, blutrot leuchtend.

Beide Kristalle speicherten das Wissen von Generationen. Und nicht nur das. Als Steuermechanismen hielten sie alle maschinellen Funktionen der Stadt aufrecht; sie waren lebensnotwendig.

Ein rascher Rundblick überzeugte Huanna davon, daß die Mitglieder des Rates ihre Positionen eingenommen hatten. Erst danach griff er entschlossen zu.

Die Statue des Lebensgottes war ein Meisterwerk; jede Pore, jedes Härchen war täuschend echt nachgebildet. Als hätte der Künstler einen Menschen mit hauchdünnem Blattgold überzogen.

Einzig und allein – Amhr war gesichtslos. Eine goldene

Maske bedeckte sein unvollkommenes Antlitz, und in ihr ruhten die magischen Kristalle.

Huanna begann gerade erst, die Maske zu lösen, als plötzlich der Boden bebte. Ein bedrohliches Knistern durchlief den Felsendom. Feiner Staub rieselte von der Decke herab.

Wieviel Zeit mochte draußen inzwischen vergangen sein? Mit fliegenden Fingern löste Huanna die Verbindungen zwischen den Kristallaugen und der Statue. Selbst wenn der Komet die Insel verschonte, würden irreparable Schäden die Folge sein.

Endlich konnte er die Maske abnehmen. Im selben Moment brach sich eine gleißende Lichtflut Bahn, strahlte vom Schädel der Statue aus, stieg zur Decke empor und fächerte von da in armdicke Strahlen auf, die jeden der Anwesenden trafen.

Huanna hatte das Gefühl, in einem strahlenden Käfig gefangen zu sein, den nichts und niemand durchdringen konnte. Die leuchtende Aura bot denselben Widerstand wie feste Materie.

Etwas Fremdes tastete nach seinen Gedanken. Erst verkrampfte er sich, danach versuchte er, nur an den Kometen und die Gefahr zu denken, die der aus der Bahn geratene Himmelskörper bedeutete, und alles andere weit von sich zu schieben. So recht wollte ihm das aber nicht gelingen, deshalb war er um so überraschter, als die Lichtsäule trotzdem wieder erlosch.

Amhr hatte ihn für würdig befunden.

Ein neuer, heftiger Erdstoß ließ ihn taumeln. Von draußen erklang ein ohrenbetäubendes Dröhnen. Die ersten Steine brachen aus der Kuppel herab und zersprangen auf dem Bodenmosaik.

»Die Heilige Kammer stürzt ein!« rief die Göttin Khom. »Lauft um euer Leben!«

Huanna ließ sich das nicht zweimal sagen. Während der erste große Riß in der Kuppel entstand und sich rasend schnell ausweitete, lief er los, die goldene Maske und die beiden Kristallaugen so fest umklammert, als wolle er sie nie wieder hergeben. Khom folgte ihm, und nach ihr kamen die Mitglieder des Rates.

Der Boden bebte inzwischen fast unaufhörlich. Aus der Kuppel brachen größere Steine heraus, die dumpf dröhnend aufschlugen.

Mitternacht war inzwischen vorbei. Huanna erkannte es sofort, als er den Heiligen Ort verließ. Der Himmel glühte in einem düsteren, Unheil verkündenden Rot, und nur wenige Sterne waren sichtbar.

Ein heftiger werdender Sturm peitschte das Meer und heulte mit Urgewalt über die Insel hinweg.

»Es ist soweit!« Khom mußte schreien, um sich gegen den losbrechenden Lärm überhaupt noch verständlich zu machen.

Huanna antwortete nicht. Wie angewurzelt stand er da und starrte in den Zenit hinauf. Feuerschein erfüllte nahezu das halbe Firmament. Ein riesiger Glutball stürzte auf die Erde herab …

Tom Ericson hatte einen festen knorrigen Ast aufgehoben, den er wie eine Machete handhabte. Mehrmals überzeugte er sich davon, daß die Spuren, die Gudrun und er hinterließen, kaum auffielen.

Ein Schwarm bunt gefiederter Vögel stob erschreckt auf. Affen keckerten in den Baumwipfeln. Das Sonnenlicht fiel inzwischen schon merklich schräger ein. Bis zum Sonnenuntergang waren es noch ungefähr fünf Stunden.

Die beiden Wissenschaftler umrundeten das Ruinenfeld in respektvollem Abstand. Nur noch vereinzelt hörten sie Schüsse. Auch das Dröhnen der Hubschrauberturbine war wieder verstummt.

Urplötzlich verhielt Tom seine Schritte. Zwischen zwei Kokospalmen erhob sich ein halb verfallenes Portal, das von grinsenden, steinernen Dämonenfratzen eingerahmt wurde. Dahinter, von Schlingpflanzen umrankt und nur aus der Nähe zu erkennen, ragten bis zu vier Meter hohe Statuen auf.

Die Überreste uralten Gemäuers, teils nicht einmal mehr hüfthoch und gänzlich vom Dschungel überwuchert, ließen die ursprünglich achteckigen Umrisse erahnen.

Einige der Statuen waren umgestürzt und zerbrochen. Zwischen ihnen standen mit Fresken verzierte mannshohe Steinblöcke. Drei Stufen führten zu jedem dieser Altäre hinauf.

»In die Steine sind Blutrinnen eingemeißelt, die zu einer Auffangmulde führen«, stellte Ericson fasziniert fest. »Hier wurden Tier- oder Menschenopfer dargebracht.« Die Gefahr, in der Gudrun und er immer noch schwebten, war nahezu vergessen. Ohne zu zögern stieg er zu einem der Blöcke hoch.

Die Anthropologin kannte das Leuchten in seinen Augen zur Genüge. Tom war nahe daran, Zeit und Raum zu vergessen und sich nur den Relikten vergangener Jahrhunderte zu widmen.

»Ist dir schon aufgefallen, daß die Mauern und die Steine vom Gras überwuchert sind, nicht aber der Platz zwischen ihnen?« fragte sie. »Bis auf einige Blütenreste und Blätter sieht das Bodenmosaik aus, als wäre es erst gefegt worden.« Sie deutete auf das Zentrum des Platzes. »Was hältst du davon? Ich glaube, es handelt sich um ein Sonnensympol.«

Von seinem leicht erhöhten Standort aus konnte der Archäologe das etwa fünfzehn Meter durchmessende Achteck gut überschauen. »Du hast recht«, bestätigte er, fügte aber nachdenklich hinzu: »Da ist noch etwas. Sieh dir die annähernd konzentrischen Kreise an. Falls der unregelmäßige Fleck im Mittelpunkt wirklich die Sonne darstellt, symbolisieren die Kreise die Planetenbahnen.«

Gudrun zählte flüchtig nach. »Es sind zehn«, widersprach sie. »Jedes Kind lernt in der Schule, daß unser Sonnensystem nur neun Planeten hat.«

Tom schüttelte den Kopf.

»Du vergißt Phaeton. Zwischen Jupiter und Saturn soll einst ein zehnter Planet existiert haben, der entweder durch den Zusammenprall mit einem riesigen Planetoiden oder infolge einer nuklearen Kettenreaktion zertrümmert wurde. Einige Astronomen behaupten, daß größere Brocken von Saturn, Jupiter, Uranus und Neptun eingefangen wurden und seitdem diese Planeten als Monde umkreisen …«

»Das weiß ich. Aber wer immer dieses Mosaik angefertigt hat – was ist los mit dir?«

»Kopfschmerzen«, murmelte Ericson. »Ganz plötzlich.«

Er stutzte, wollte das Kristallauge aus seiner Tasche holen, hielt jedoch mitten in der Bewegung inne.

Sei vorsichtig! hallte es in seinem Schädel. *Ich spüre die Aura der Wächter.*

»Das Auge …?« fragte Gudrun irritiert.

»Pst!« machte Tom. Die telepathische Stimme war schwächer als zuvor und nur schwer wahrzunehmen.

Allein bin ich kraftlos, deshalb finde meine Brüder …! Die Menschen sind sich der Gefahr noch nicht bewußt, die hinter ihrem Rücken lauert.

»Tom!« schrie Gudrun gequält auf. Aus schreckgeweiteten Augen starrte sie an ihm vorbei.

Ericson wirbelte herum und riß den Colt hoch, doch der Angreifer war schon zu nahe. Er fand sich schneller im Würgegriff des Eingeborenen wieder, als ihm lieb sein konnte. Die Waffe wurde ihm aus der Hand geprellt und schlitterte über den Boden. Mit ungestümer Kraft zog der Wächter seinen Griff enger.

Erst als Tom schon schlaff in sich zusammensackte, reagierte Gudrun und lief los.

Als sie den Revolver aufhob, wandte sich der Eingeborene ihr zu. Wie einen nassen Sack ließ er sein Opfer fallen.

Gudrun bemühte sich, ihr Zittern zu unterdrücken. Die Waffe in ihren Händen entwickelte ein ungestümes Eigenleben. Auf die Weise konnte sie nicht einmal ein Scheunentor auf eine Distanz von 20 Metern treffen.

»Bleib stehen!« rief sie warnend. »Ich … ich will dich nicht umbringen.«

Drei Schritte noch. Der Wächter dachte nicht daran zu

gehorchen. Du oder ich – eine andere Wahl blieb Gudrun nicht.

Sie krümmte den Finger um den Abzug, aber nichts geschah. Entsetzt starrte sie den Angreifer an. Die Furcht schnürte ihr die Kehle zu; trotz des Revolvers war sie wehrlos.

Sie taumelte rückwärts, erst einen Schritt, dann einen zweiten, und sie stürzte, als der Eingeborene die Axt hob, um ihr den Schädel zu spalten. Plötzlich durchzuckte sie die Erkenntnis wie ein Blitz. Mit dem Daumen legte sie den Sicherungshebel des Revolvers um.

Betäubend laut dröhnte der Schuß in ihren Ohren und hinterließ ein Gefühl grenzenloser Leere. Nie hätte sie geglaubt, daß sie fähig war, einen Menschen zu töten. Ein eiserner Reif zog sich um ihren Brustkorb zusammen und hinderte sie am Atmen.

Sie erschrak, als sich eine Hand auf ihre Schulter legte.

»Du konntest nicht anders handeln«, sagte Tom, löste ihre um das Griffstück verkrampften Finger und nahm ihr die Waffe ab. »Außerdem hast du wahrscheinlich uns beiden das Leben gerettet.« Er versuchte ein aufmunterndes Lächeln, das ihm aber nicht recht glückte, und fügte besorgt hinzu: »Leider werden wir gleich die ganze Meute am Hals haben.«

Den Eingeborenen zu entrinnen und der schießwütigen Hubschrauberbesatzung in die Hände zu fallen hätte zweifellos bedeutet, vom Regen in die Traufe zu geraten. Gudrun wußte das ebenso gut wie Tom. Die Soldaten konnten die Schüsse nicht überhört haben.

Nach einigen hundert Metern, noch vor dem Ende der Ruinen, bog Tom nach Nordwesten ab.

Unmittelbar darauf ratterte eine Maschinenpistole los; ein Hagel aus tödlichem Blei zerfetzte Laub und Äste.

Die Salve nahm kein Ende. Obwohl Gudrun und Tom längst flach auf dem Boden lagen, hackte das Blei über ihnen ins Geäst.

Der heimtückische Schütze befand sich irgendwo rechts

von ihnen, hinter spärlichen Mauerresten verborgen. Den 45er im Anschlag, hastete Tom geduckt weiter. Rinde und Holzsplitter überschütteten ihn, als eine Geschoßgarbe den Stamm eines Urwaldriesen mit Blei spickte.

Die nachfolgende Ruhe dauerte nur so lange, wie der Gegner brauchte, ein neues Magazin einzusetzen.

Fünfundvierzig Meter trennten Tom von den Mauerresten – das waren fünfundvierzig Schritte nahezu ohne jede Deckung. Als er sich flüchtig umwandte, sah er, daß Gudrun vorsichtig über einen liegenden Baumstamm hinwegspähte. Sie raffte eine Handvoll Erde zusammen und schleuderte den Dreck halb über sich hinweg zur Seite.

Das Rascheln im Laub war nicht zu überhören. Prompt bellte die Maschinenpistole wieder los. Tom entdeckte seinen Gegner den Bruchteil eines Augenblicks eher als der ihn. Mit Bewegungen, die ihm längst in Fleisch und Blut übergegangen waren, spannte er den Hahn des Revolvers und drückte ab.

Das 45er Kaliber hatte eine nicht zu unterschätzende Durchschlagskraft, und Ericson war ein ausgezeichneter Schütze.

Der Angreifer lag im Sterben. Er versuchte zwar, die Maschinenpistole erneut in Anschlag zu bringen, schaffte es aber nicht mehr.

Tom kniete neben ihm nieder.

»Wer ist Kar?« fragte er.

Keine Antwort.

»Warum erleichterst du dein Gewissen nicht?« Ericson beugte sich tief über den Mann und wollte ihn an den Schultern rütteln, aber Gudrun fiel ihm in den Arm.

»Laß ihn wenigstens in Frieden sterben, Tom! Er wird dir nicht mehr antworten.«

Der Blick des Soldaten verlor sich in endloser Ferne. Lautlos bewegten sich seine Lippen. Gleich darauf sackte er in sich zusammen.

Tom durchsuchte ihn flüchtig, fand aber nur zwei Magazine für die Maschinenpistole. Eines ließ er einrasten und gab die Waffe an Gudrun weiter. Mit wenigen Worten erklärte er ihr die Handhabung.

»Dieser Kleinkrieg ist sinnlos und unnötig«, protestierte sie.

»Kriege sind immer sinnlos. Aber was tust du, wenn dein Gegner anders denkt?«

Weit hinter ihnen wurden Rufe laut und fielen erneut Schüsse, die wohl eher als Signal gedacht waren. Zum Glück schienen sich die Verfolger in die falsche Richtung zu bewegen.

Minuten später glitt der Helikopter im Tiefflug über die Baumkronen hinweg.

»Von da oben können sie uns nicht entdecken«, sagte Tom, als er Gudruns sorgenvolle Blicke bemerkte.

Eine Zeitlang zog der Hubschrauber größer werdende Kreise und drehte dann nach Süden ab.

»Sie scheinen unser Boot doch nicht gefunden zu haben«, bemerkte Ericson erleichtert. »Aber irgendwann werden sie sich sagen, daß wir nicht vom Himmel gefallen sein können, und dann werden sie entlang der Küste patrouillieren. Bis dahin müssen wir verschwunden sein.«

3114 v. Chr.

Sekundenlang war Huanna wie gelähmt, und selbst Khom starrte reglos zum Himmel hinauf. Der ins Riesenhafte angewachsene Komet war vor wenigen Augenblicken in die äußeren Schichten der Atmosphäre eingetaucht und zog eine breite Bahn ionisierter Gase als glühenden Schweif hinter sich her.

Ein vieltausendstimmiger Aufschrei hallte über den Palastberg hinweg. Die Menschen, die bis zur letzten Minute auf ihre Evakuierung hatten warten müssen, stürmten angesichts des nahenden Kometen panikerfüllt die wenigen noch im Hafen liegenden Schiffe.

Das Firmament brannte.

Wie ein flammendes Fanal raste der Komet von Osten heran.

Gleichzeitig trat er in dichtere Luftschichten ein. Sein Aufprall würde ungeahnte Energien freisetzen. Längst hatte ein Bombardement kleiner Meteoriten eingesetzt, die flackernden Irrlichtern gleich die Nacht erhellten.

Blutgeschmack riß Huanna aus seiner ehrfürchtigen Starre. Ohne es zu merken, hatte er sich die Lippen aufgebissen.

Der Sturm, der jetzt mit verheerender Wucht über die Insel hinwegfegte und die See meterhoch gegen die Küste peitschte, hatte Orkanstärke. Und das war erst der Anfang. Die noch im Hafen liegenden Schiffe konnten dem Inferno kaum entrinnen.

Bei den Luftschiffen, die noch von mächtigen Tauen am Boden gehalten wurden, bahnte sich die Katastrophe bereits an. Huanna sah, daß die Reihe der Flüchtlinge, die darauf hofften, die Insel noch an Bord der verhältnismäßig kleinen Gondeln verlassen zu können, jäh ins Stocken geriet.

Das Heulen, Jaulen und Tosen aus der Höhe übertönte jedes andere Geräusch. Um so erschreckender war es, mit ansehen zu müssen, wie unter der Gewalt des Sturmes die ersten armdicken Haltetaue brachen. Einer der spindelförmigen gasgefüllten Auftriebskörper bäumte sich auf, sein Bug stieg steil in den blutroten Himmel, während das Heck mit enormer Wucht am Boden zerschellte.

Die Folge war eine verheerende Explosion. Ein wabernder Glutpilz schoß hundert Meter und mehr in die Höhe, dehnte sich ebenso rasend schnell aus und erfaßte die anderen noch verankerten Luftschiffe.

Eine Feuerwalze überrollte die Flüchtlinge und leckte gierig den Palastberg hinauf. Zurück blieben brennende Häuser, verkohlte Leichen und die glühenden Gerippe einer stolzen Technik, die angesichts der bevorstehenden Katastrophe hoffnungslos versagte.

Die gesamte südliche Hemisphäre stand in Flammen, als

der Komet in zwei Teile zerbrach. Sie schlugen weit im Westen, aber noch vor dem Neuen Kontinent, ins Meer.

Sekundenlang herrschte Totenstille.

Dann fegte die erste vom Aufprall stammende Druckwelle heran. Ein unheimliches Krachen, Splittern und Bersten setzte ein, als selbst massive Steinbauten von ihren Fundamenten gehoben und wie Kartenhäuser herumgewirbelt wurden. Von dem schmalen Waldstück diesseits des inneren Kanals blieben nur verdrehte, zersplitterte Stümpfe.

Khom zog Huanna einfach mit sich. »Wir müssen die Insel verlassen!« brüllte sie in sein Ohr, weil sie sich anders nicht mehr verständlich machen konnte. »Ich habe vorgesorgt.«

Hinter ihnen spaltete sich die Kuppel der Heiligen Kammer, aber während die eine Hälfte des Bauwerks langsam in sich zusammensank, schien der andere Teil, der die Statue und die lebensnotwendigen Maschinen der Stadt barg, standzuhalten.

Die Mauern trotzten dem Chaos genau einen Lidschlag lang. Danach barsten sie von innen heraus.

Die Erde bäumte sich auf.

Der ersten Erschütterung folgte innerhalb von Sekunden eine zweite, heftigere. Huanna hatte Mühe, sich auf den Beinen zu halten. Er schaffte es nur, weil die Göttin Khom ihn und die Mitglieder des Rates mit ihren geistigen Kräften unterstützte.

Trotzdem würde sie der entfesselten Natur nicht allzu lange widerstehen können. Sie setzte damit ihre eigene Existenz aufs Spiel.

Tief aus dem Inneren der Erde drang ein unheilvolles Dröhnen empor. Vor der Westküste, höchstens zehn, zwölf Kilometer vom Palast entfernt, brodelte die See. Wie bei einem ausbrechenden Geysir schoß kochendes Wasser Hunderte von Metern empor, aber ehe sich Dunst ausbreiten konnte, wurde aus der Fontäne glutflüssiges Magma, das in einer gewaltigen Eruption aufstieg und weit im Umkreis herabregnete.

Die Erde brach auf. Überall auf der Insel entstanden Risse und Gräben, die sich mit gräßlichem Knirschen weiteten. Erdschollen schoben sich mit vernichtender Gewalt übereinander und bildeten unüberwindliche Hindernisse.

Im Westen verdunkelte eine undurchdringliche Schwärze den grell lodernden Horizont. Der Aufprall des Kometen hatte Unmengen Wasser und Erdreich in die Atmosphäre geschleudert. Huanna war sich darüber klar, daß er während der nächsten Tage und Wochen die Sonne nicht mehr sehen würde. Falls er überlebte.

Der langen Nacht würden gewaltige Regengüsse und verheerende Gewitter folgen, und was Feuer, Wasser und Erdbeben nicht vernichteten, mußte in der zu erwartenden Kälte zugrunde gehen. Solange Milliarden Tonnen Asche, Dreck und Wasserdampf in der Atmosphäre um den Globus kreisten, hatte die Sonne ihre Kraft verloren.

Gab es überhaupt noch einen Ort auf der Erde, an dem die magischen Augen der Göttin Khom sicher waren?

Huanna wußte es nicht. Aber er vertraute Khom, die ihn und den Rat über verwüstete Felder und durch brennende Gärten führte. Der ehemals blühende Palastberg hatte sich in eine bizarre Totenlandschaft verwandelt.

Huannas Gefühl, daß er seine Heimat nie wiedersehen würde, wurde schreckliche Gewißheit. Die Insel war dem Untergang geweiht. Jeder neue Erdstoß erschien ein wenig heftiger als der vorangegangene.

Vom Hafen war kaum noch etwas zu sehen. Die kochende See überflutete die Kanäle und ergoß sich gischtend in die Stadt. Das Wrack eines Segelschiffes zerschellte an den Tempelmauern, die bisher dreißig Meter hoch über dem Meer gelegen hatten. Dabei stand die gigantische Flutwelle noch aus, die der ins Meer stürzende Komet hervorgerufen hatte.

Huanna stockte der Atem, als er endlich erkannte, wo Khoms Ziel lag. Es war wirklich die allerletzte Chance, die Insel zu verlassen, aber es war Wahnsinn, den Versuch überhaupt zu wagen.

Einige hundert Männer, Frauen und Kinder dachten ebenso. Vom Entsetzen getrieben, hasteten sie auf den Forschungstrakt zu, der als einziges Gebäude von außen noch einen weitgehend intakten Eindruck machte.

»Wir können nur ein paar von ihnen retten«, hörte Huanna Khom sagen. »Alle anderen werden sterben.«

Knapp drei Stunden lang kämpften sich der Archäologe und die Anthropologin durch den dampfenden Regenwald, der erfüllt war vom Lärmen der Affen und den Schreien der immer wieder in großen Schwärmen aufflatternden Vögel. Er war eine farbenprächtige, in tausend Grüntönen schwelgende Welt, in der Leben und Tod so nahe beieinander lagen wie nirgendwo sonst.

Wo die Sonnenstrahlen einen Weg durch die dichten Baumkronen fanden, konzentrierte sich die bunte Vielfalt. Im Schatten hingegen tobte eine lautlose Schlacht, strebten Kletterpflanzen nach mehr Licht und Feuchtigkeit. Mächtige Bäume waren von den Luftwurzeln der Schmarotzer wie mit einem Netz überzogen, andere hingen voll mit Flechten, die den Eindruck gigantischer Spinnweben erweckten.

Als der Boden nasser und trügerischer wurde, drang die Sonne schon nicht mehr bis in die unteren Regionen des Waldes vor. Sumpfpflanzen beherrschten das Bild und leiteten in ein lockeres Mangrovendickicht über.

»Du hast die Richtung verloren?« vermutete Gudrun, als Ericson intensiv den Kompaß zu Rate zog.

»Nur unwesentlich«, erwiderte er. »Unser Boot liegt auf der anderen Seite des Sumpfes.«

Eine weitere halbe Stunde verging, bis sie das Dickicht umgangen hatten. Während dieser Zeit war der Hubschrauber wieder in einiger Entfernung zu hören.

»Wann geben die Kerle endlich die Suche nach uns auf?« seufzte Gudrun.

»Warte, bis die Sonne untergeht.«

Das Tagesgestirn stand inzwischen als riesiger Feuerball dicht über dem Horizont. Im Westen zogen Wolkenbänke auf, ihre Unterseite glühte grellrot, während die oberen Schichten schon das Schwarz der kommenden Nacht zeigten.

Das Charterboot lag so sicher vertäut, wie sie es zurückgelassen hatten. Nichts deutete darauf hin, daß ungebetene Gäste hiergewesen waren.

Tom sprang als erster an Deck, Gudrun folgte ihm dichtauf. Während sie sofort über den schmalen Niedergang unter Deck verschwand, um sich der triefend nassen Stiefel zu entledigen und die goldene Maske und die MPi zu verstauen, warf er die Leinen los und manövrierte das schwere Boot mit geringster Fahrt durch das überhängende Gewirr von Ästen und Stelzwurzeln hindurch in übersichtlicheres Fahrwasser.

»Alles in Ordnung, Käpt'n!« rief ihm Gudrun vom Luk aus zu. »Wir hatten wirklich keinen ungebetenen Besuch an Bord.«

Gemächlich tuckernd, kaum schneller als im Schrittempo, glitt das Boot unter einem düsteren Baldachin dahin. Überwiegend Mangroven, aber auch rauhe, kalkweiße Baumstämme und mannshohe Farne säumten die Ufer.

Ericson mußte seine volle Aufmerksamkeit dem Fahrwasser zuwenden, das an manchen Stellen wegen umgestürzter, im Uferschlamm vermodernder Bäume stark verengt war. Äste schrammten über den Rumpf, und Lianen hingen wie ein dichter Vorhang bis aufs Deck herab.

Das Wasser schimmerte fast bleiern schwarz; das satte Grün, das sich sonst an der Oberfläche spiegelte, wich der beginnenden Nacht. Dumpf hallte das Tuckern des Motors von den Ufern zurück. Aufgeschreckte Tiere verschwanden als düstere Schemen im Dickicht.

Nach wenigen hundert Metern weitete sich das Brackwasser zu einer kleinen Bucht, und Tom schob den Gashebel nach vorne. Mit schäumender Hecksee ließ das Boot den Brandungsgürtel hinter sich.

Die Sonne war inzwischen halb hinter dem Horizont versunken, der sich blutrot mit dem Meer vereinte. Einzelne Strahlenfinger geisterten noch irrlichternd über die See.

Der Archäologe wandte sich an Gudrun, die sich im Niedergang den Fahrtwind durchs Haar wehen ließ und sinnend übers Meer blickte.

»Was hat die Kombüse zu bieten? Mein Magen hängt bis zu den Kniekehlen.«

»Ich werd' sehen, was sich dagegen tun läßt«, versprach die Anthropologin. Sie verschwand wieder unter Deck.

Minuten später brachte sie Sandwiches und zwei halbhoch mit Whiskey und Eiswürfeln gefüllte Gläser.

»Einen kräftigen Schluck haben wir uns verdient«, stellte sie unumwunden fest.

Entgegen ihren sonstigen Gewohnheiten ließ Gudrun den Bourbon in zwei Zügen durch ihre Kehle rinnen, danach schüttelte sie sich und wischte sich mit dem Handrücken über die Lippen.

»Das alles war doch nur ein böser Traum?« fragte sie.

»Wenn du meinst …«

»Tom, was wird nun? Ich bin mir so unsicher, was die Zukunft angeht. Haben wir uns die telepathische Stimme nur eingebildet?«

Ericson schüttelte den Kopf. »Sie ist Wirklichkeit. Ebenso wie die Soldaten, die genau wissen, wonach sie suchen.« Er unterbrach sich und lauschte in die Dunkelheit hinaus. Anschließend zuckte er mit den Schultern und griff nach einem Sandwich. »Du solltest dich für einige Stunden aufs Ohr legen«, sagte er kauend. »Hier oben komme ich auch ohne dich zurecht.«

Da war es wieder: ein leises, schlagendes Geräusch, das sich nun deutlicher vom Brummen des Schiffsmotors abhob.

Tom fixierte den Nachthimmel.

Wie eine zornige Hornisse stieß der Helikopter aus der Höhe herab. Eine Lautsprecherstimme dröhnte auf: »Stoppen Sie! Und geben Sie heraus, was Sie sich widerrechtlich angeeignet haben!«

In Fahrtrichtung erfolgte eine kleine Explosion. Eine gischtende Fontäne schlug über dem Vorschiff zusammen.

Ericson dachte nicht daran, dem Befehl Folge zu leisten. Er ahnte, daß sich die Soldaten nicht mit der Beute zufriedengeben, sondern die lästigen Mitwisser auf jeden Fall beseitigen würden. Nur die Gefahr, daß die Artefakte für immer in der Tiefe des Meeres verschwinden könnten, hielt sie davon ab, sofort mit allen Mitteln das Boot anzugreifen.

»Festhalten!« rief Tom seiner Begleiterin zu. Er änderte den Kurs derart abrupt, daß Gudrun ohne seine Warnung über Bord gegangen wäre. Im letzten Moment fing sie sich an der Reling ab.

Eine Maschinenpistole ratterte los. Die Garbe hackte ins Heck und zerfetzte Planen und Wasserkanister. Gleichzeitig flammte ein starker Suchscheinwerfer auf. Der Lichtstrahl huschte im Zickzack hin und her und heftete sich an Ericson.

»Stoppen Sie endlich!« brüllte eine sich überschlagende Stimme.

Diesmal gehorchte Tom. Er wußte, wann die Grenze der Abenteuerlust zum Selbstmord erreicht war.

Das Boot wurde von der eigenen Hecksee eingeholt und begann leicht zu dümpeln. Indessen senkte sich der Hubschrauber herab. Der Druck der Rotorblätter peitschte einen feinen Sprühregen auf.

Der Scheinwerfer blendete. Blinzelnd, die Augen mit der flachen Hand beschattet, versuchte Tom, mehr zu erkennen.

Fünf bis sechs Meter stand der Helikopter hoch, als eine Strickleiter ausgerollt wurde und einer der Insassen die Kabine verließ. Mit affenartiger Geschicklichkeit turnte er die schwankende Leiter herab, sprang die letzten beiden Meter und kam federnd auf Deck auf. Der Hubschrauber setzte sich hinter das Boot. Nur noch der Suchscheinwerfer erhellte die Szene; die Sonne war inzwischen hinter der Kimm verschwunden.

Der Mann, der sich hämisch grinsend vor Tom aufbaute, war ein südländischer Typ. Wäre nicht sein amerikanischer

Akzent gewesen, hätte man ihn für einen Italiener halten können.

Seine kurzläufige MPi im Anschlag, streckte er fordernd die Hand aus. »Du weißt, was ich will.« Er richtete die Waffe auf Gudrun, die blaß an der Reling lehnte und erschöpft von einem zum anderen blickte. »Gib es mir, wenn dir etwas an deiner Gefährtin liegt ...«

»Falls wir darauf eingehen«, sagte die Anthropologin stockend, »lassen Sie uns dann in Frieden?«

»Sehe ich aus wie ein Unmensch? Wir wollen nur die Maske und das Kristallauge.«

»Beides liegt unter Deck.«

»Du hast sicher nichts dagegen, wenn ich dich begleite.« Sein Gesichtsausdruck wurde impertinent.

»Ich mach' das schon allein.« Gudrun stolperte zum Niedergang. Die Furcht war ihr anzusehen.

Für einen Moment wirkte der Soldat unentschlossen. Sein Blick huschte zum Helikopter zurück, der wie ein riesiges, lauerndes Insekt hinter dem Boot hing. Die Mündung der MPi folgte der Anthropologin, zielte aber gleich darauf wieder auf Tom.

»Zieh vorsichtig mit zwei Fingern deinen Revolver aus dem Holster! – Jetzt laß ihn fallen! Schieb ihn mit dem Fuß zu mir her!«

Ericson blieb keine andere Wahl. Zähneknirschend mußte er sich fügen.

Auf der dritten Stufe des Niedergangs wandte sich Gudrun noch einmal um. »Wir mußten die Maske in Decken hüllen«, sagte sie erklärend. »Das Artefakt nimmt Schaden bei längerer Lichteinwirkung.«

»Ich passe schon auf, daß dem kostbaren Stück nichts geschieht.« Der Soldat hob kurz den linken Arm, offenbar zum Zeichen für seine Kumpane, daß er erfolgreich war.

Tom stand mit dem Rücken zu den Armaturen. Vergeblich zermarterte er sich das Gehirn nach einem Ausweg. Sein 45er lag für ihn unerreichbar neben einer Taurolle. Aber solange der Helikopter gerade dreißig Meter hinter dem Boot in der Luft hing, hatte er ohnehin keine Chance.

Gudrun erschien wieder im Niedergang. Sie hielt ein beachtliches Bündel im Arm.

»Leg's oben ab, und verschwinde wieder!« Dem Mann fiel nicht auf, daß Ericson instinktiv die Muskeln anspannte.

Gudrun hob das Bündel ein wenig an, die Decken verrutschten, und was sich nun abspielte, war Sache weniger Sekunden.

Tom stieß den Gashebel bis zum Anschlag, und mit einem mächtigen Satz schoß das Boot vorwärts. Der Soldat wurde mit unwiderstehlicher Gewalt von den Füßen gerissen und schlug schwer auf. Er besaß zwar noch die Geistesgegenwart, den Abzug der MPi durchzuziehen, aber das tödliche Blei entlud sich ohne Schaden anzurichten in den sternenklaren Nachthimmel.

Gudrun Heber war auf die jähe Beschleunigung gefaßt gewesen. Mit Schwung schob sie ihr Bündel, das keines der Artefakte enthielt, sondern die bei den Ruinen erbeutete Maschinenpistole, über die Planken.

Beim Helikopter blitzte es in rascher Folge auf. Eine Geschoßgarbe hämmerte ins Heck des Bootes, klatschte gegen die Innenseite der Steuerbordreling und verfehlte Tom nur knapp. Während hinter ihm die Salve die Armaturen perforierte, erwiderte er, in halbwegs guter Deckung liegend, das Feuer.

Auf die geringe Distanz konnte er den Helikopter gar nicht verfehlen.

Glas splitterte, der Suchscheinwerfer erlosch, und dann war ein schrill anschwellendes Heulen zu vernehmen. Der Hubschrauber geriet ins Trudeln. Vergeblich versuchte der Pilot, den Absturz zu verhindern. Gleichzeitig mit dem Aufprall auf dem Wasser wurde die Maschine von einer grellen Explosion zerrissen.

Der Kerl an Bord, der sich gerade wieder aufrappelte, riß zwar noch abwehrend die Arme hoch, konnte aber nicht verhindern, daß Tom ihm den Lauf der Waffe über den Schädel zog. Ein ersticktes Ächzen auf den Lippen, ging er zum zweitenmal zu Boden.

Der Bootsmotor setzte aus, tuckerte und blieb gleich darauf ganz weg.

Einige hundert Meter achteraus brannten Öl und Treibstoff auf dem Wasser. Gespenstisch flackernd erhellten die Flammen die Szenerie zerfetzter Wrackteile. Zum Glück war der Hubschrauber schon halb im Wasser gewesen, als er explodierte. Andernfalls hätten die Trümmer das Boot gefährdet.

Niemand schien den Absturz überlebt zu haben.

Ericson wandte sich Gudrun zu, die noch halb benommen auf den Stufen des Niedergangs kauerte, reichte ihr die Hand und half ihr aufzustehen.

Er war gänzlich überrascht, als sie ohne jede Vorwarnung ihre Arme um seinen Nacken schlang und ihre Lippen die seinen suchten.

Sie küßte ihn innig und zögernd zugleich. Der Kuß war nicht voll heißer Glut, aber doch ein vielversprechender Anfang.

»Doktor Ericson«, sagte sie, als beginne sie über eine wissenschaftliche Abhandlung zu referieren, »das waren wir uns schuldig. Aber damit du es genau weißt: Jetzt hoffe ich auf eine Nacht ohne Störungen. Ich will nur noch schlafen. Mein Bedarf an Aufregung jeder Art ist gedeckt.«

3114 v. Chr.

Die Apokalypse hatte begonnen. Jeder, der jetzt noch auf der Insel weilte, kämpfte um sein Leben. Die Chancen standen schlecht; Huanna gab sich keinen Illusionen hin. Ob Khoms Fähigkeiten ausreichten, ihn und den Rat zu schützen, wagte er angesichts der gigantischen Katastrophe zu bezweifeln.

Der Komet hatte dem Erdball eine tiefe Wunde geschlagen. Erst jetzt, Minuten nach dem Aufprall, erzitterte die Insel in ihren Grundfesten.

Vier, fünf Schritt neben Huanna, wo gerade noch Obstbäume gestanden hatten, gähnte plötzlich ein düsteres Nichts. Daß der Abgrund ihn und die anderen verschonte, war wohl nur einer gütigen Fügung zu verdanken – oder Khoms Eingreifen.

Die Göttin hatte nichts Erhabenes mehr an sich. Auch ihr standen Furcht und Entsetzen ins Gesicht geschrieben. Sie war gezwungen, bergwärts auszuweichen, um die Spalte zu umgehen. Aber jeder Umweg konnte tödlich sein. Das Land lag in zuckender Agonie.

Brodelndes Magma stieg weißglühend und alles verschlingend aus der Tiefe des Ozeans empor, ein brüllendes, tosendes Meer aus Feuer, gegen das die orkangepeitschte See vergeblich anrannte. Die Elemente vereinten sich in einem alles verschlingenden Mahlstrom.

Erstickende Schwefeldämpfe machten das Atmen zur Qual. Huanna hatte das Gefühl, von innen heraus zu verbrennen, er stürzte, raffte sich wieder auf und folgte dem Schatten, der vor ihm durch das Chaos torkelte.

Hinter den Grenzen des Entsetzens lauerte der Wahnsinn. Huanna spürte, daß er nicht mehr weit davon entfernt war, den Verstand zu verlieren. Flüchtig spielte er mit dem Gedanken, einfach aufzugeben und auf den Tod zu warten, aber eine innere Stimme trieb ihn unbarmherzig vorwärts.

Halb blind vor Schmerz und Erschöpfung und unfähig, mehr als ein heiseres Krächzen über die Lippen zu bringen, stieß er gegen eine Mauer aus Stein. Nur wenige Minuten waren vergangen, doch in dieser kurzen Zeit hatte er alle Ewigkeiten der Hölle durchlitten.

Als Huanna vor Erschöpfung zusammenbrach, zerrte Khom ihn unnachgiebig weiter. Er merkte es kaum, und sein bewußtes Denken setzte erst wieder ein, als im trügerischen Schutz der dicken Mauern das Chaos ein wenig an Stärke verlor.

Ein Luftschiff, golden glänzend, hing startbereit unter der stählernen Kuppel des Forschungstrakts. Obwohl das neue

Material widerstandsfähiger und leichter war als alle Legierungen, die bisher für den Bau verwendet worden waren, schreckte Huanna unbewußt davor zurück, die Gondel zu betreten. Der Vergleich mit einem riesigen Sarg drängte sich geradezu auf.

Aber dann öffneten sich die Lamellen der Kuppel, und ihm blieb keine andere Wahl, wollte er nicht in der glühendheißen Asche ersticken, die der Wind vom Hafen herantrug.

Nur fünf Mitglieder des Rates hatten es ebenfalls geschafft. Und von den Hunderten Flüchtlingen, die Huanna zuletzt gesehen hatte, waren lediglich siebzehn durchgekommen, unter ihnen vier Kinder. Jeder hatte Verbrennungen davongetragen, einige waren blutüberströmt, und jedem stand das Entsetzen ins Gesicht geschrieben.

»Was ist mit den Auserwählten?« rief Huanna, als ihm siedendheiß einfiel, daß erst vor wenigen Tagen Vertreter der zivilisierten Völker die Insel erreicht haben mußten. »Befinden sie sich noch im Gebäude?«

»Einige liegen im Tiefschlaf«, erwiderte Khom. »Sie zu wecken wäre gleichbedeutend mit ihrem Tod.«

»Aber sie sterben, wenn wir nicht ...«

»Dann sterben sie, ohne es wahrzunehmen. Was ist gnädiger, Huanna?«

Die Gondel des Luftschiffs bot Platz für mehr als vierzig Personen. Auf weitere Flüchtlinge zu warten hätte jedoch bedeutet, das Leben der wenigen Anwesenden aufs Spiel zu setzen.

Huanna sah Tränen in Khoms Augen, als sie die Haltetaue ausklinkte. Die Göttin weinte. Das war etwas, was er nie für möglich gehalten hätte.

Der Orkan erfaßte das Luftschiff schon, bevor es die schützende Kuppel verließ, und drückte es gegen die Wand. Das grelle Kreischen überbeanspruchten Materials klang wie ein Todesschrei, dennoch hielt die Hülle dem Aufprall stand.

Ein zweiter, weitaus heftigerer Ruck folgte. Das Luftschiff hing fest. Huanna sah angstverzerrte, erstarrte Gesichter.

»Wir sterben!« brüllte jemand mit sich überschlagender Stimme. »Was haben wir nur getan, daß wir so gestraft werden?«

Zwei Haltetaue hatten sich nicht selbsttätig aufgewickelt, sondern in den aufgeklappten Kuppelsegmeten verfangen, die wie eine voll erblühte Lotosblume unter dem Luftschiff lagen.

Die zurückbleibenden Menschen, eben noch in ihr Schicksal ergeben, sahen plötzlich doch eine Chance, sich zu retten. Von zwei Seiten stürmten sie heran, und jeder wollte der erste sein, der das Luftschiff erreichte. In der kurzen Zeit, in der sich die Trossen zum Zerreißen spannten, spielten sich erschreckende Szenen ab.

»Sie fallen wie Tiere übereinander her«, sagte Khom ergriffen.

Der Sturm würde das Luftschiff zerschmettern, wenn es nicht bald freikam. Aber die Gondel zu verlassen, um die Taue zu kappen, wäre ein selbstmörderisches Unterfangen gewesen.

»Seht doch!« rief jemand. »Wer ist der Mann?«

Ein Hüne zerrte an einem der Taue. Aber nicht, um sich in die Höhe zu hangeln, sondern um es zu lösen. Er trug nicht die Kleidung der Inselbewohner, sondern einen bis zu den Oberschenkeln reichenden Umhang aus Fellen. Sein Haar hatte er im Nacken zu einem Knoten geschlungen, wie sonst nur den Frauen vorbehalten war.

»Das ist Kernach«, sagte Khom. »Ein Barbar aus dem Volk der Kelten. Ein Auserwählter.«

Obwohl er über Bärenkräfte verfügte, konnte er das Tau nicht auf Anhieb lösen, das sich zwischen zwei Mauerscheiben verfangen hatte. Erst als er einen Felsbrocken aufhob und damit mehrmals zuschlug, hob sich das Heck des Luftschiffs. Jubel brandete in der Gondel auf.

Kernach zerrte bereits an dem zweiten Tau.

»Es gibt nach!« brüllte Huanna außer sich vor Freude. Khoms tadelnder Blick ließ ihn wieder verstummen.

Wo sich vor wenigen Minuten noch die westliche Vorstadt erhoben hatte, prallten inzwischen Feuer und Wasser aufeinander. Dichter Dampf wogte wie ein alles verschlingender Moloch heran.

Urplötzlich drehte sich das Luftschiff wieder. Kernach hatte das unmöglich Scheinende geschafft und das Tau gelöst. Zusammen mit zwei anderen Männern wurde er nachgeschleift und versuchte, Hand über Hand in die Höhe zu klettern.

Der Zeppelin erreichte eine Höhe von dreißig bis vierzig Metern und war von einem Moment zum anderen der vollen mörderischen Wucht des Orkans ausgesetzt. Khom wurde gegen einen Stahlträger geschleudert. Obwohl sie benommen zu Boden sank, verlor sie nicht völlig die Kontrolle über das Luftschiff. Huanna bewunderte diese Frau, die einen schier aussichtslosen Kampf mit den entfesselten Naturgewalten aufnahm. Jeder andere, der nicht über ihre besonderen Geisteskräfte verfügte, hätte diese Auseinandersetzung von vornherein verloren.

Als Huanna wieder nach draußen sah, waren die beiden Inselbewohner verschwunden. Nur Kernach klammerte sich noch an dem Tau fest. Der Orkan trieb den Zeppelin auf die obere Stadt und den Tempel zu, der alle anderen Gebäude weit überragte.

Einige Augenblicke lang sah es so aus, als würde die Gondel an den dicken Mauern zerschmettern, die bislang allen Erdstößen getrotzt hatten, doch zog das Luftschiff im letzten Moment dicht darüber hinweg.

Kernach war danach verschwunden. Der Aufprall auf die rauhen Steine hatte ihn vermutlich sofort getötet.

Für Trauer blieb keine Zeit. Huanna empfand lediglich ein Gefühl tiefen Bedauerns.

Aus der Höhe wurde das Bild der Zerstörung noch deutlicher offenbar. Düsteres, flackerndes Rot beherrschte die Insel. Aufbrechende Spalten und Risse überzogen das Eiland wie ein gigantisches Spinnennetz.

Am westlichen Horizont, scharf abgegrenzt von der sich ausbreitenden Schwärze, stand eine weiße, schäumende Wand. Der Vertraute Khoms brauchte einige Augenblicke, um zu begreifen, daß dies die gigantischste Flutwelle war, die der Erdball je gesehen hatte. Vierhundert Meter und mehr mußte sie hoch sein, und ihr Ansturm würde ganze Länder ausradieren.

Er sah noch etwas. Auf dem oberen Plateau des Palastberges hatten sich Menschen versammelt. Aus der Distanz wirkten sie wie Ameisen, die sich verzweifelt aneinanderklammerten, um in der Gemeinschaft zu überleben.

Selbst Khom konnte ihnen nicht mehr helfen.

Auch die anderen Passagiere des Luftschiffes hatten mittlerweile erkannt, welches Schicksal der Insel drohte. Bleich und stumm, unfähig, ihre Regungen zu artikulieren, starrten sie in die Tiefe.

Brüllend wälzte sich die Flut heran. Das Wasser stieg höher, als Huanna befürchtet hatte.

Im ersten Moment weigerte er sich, zu begreifen. Die Vorstellung war zu ungeheuerlich. Dennoch wurde sie entsetzliche Realität.

Die Insel versank im Meer.

Bis Wasserdampf und Rauch die Szene weitgehend verhüllten, ragte nur noch der Himmelsträger aus dem Wasser auf, jene Felsnadel, die seit jeher ein Symbol der Göttlichkeit gewesen war.

Brachte der Untergang der Insel der Götter das Ende einer Epoche? In der Tiefe schimmerte die Glut der anhaltenden Eruptionen. Es war ein unheimlicher Anblick, die Insel unter Wasser noch brennen zu sehen.

Huanna hob den Kopf, als er Khoms Blick auf sich ruhen fühlte. Die Göttin sah ihn lange stumm und durchdringend an.

»Nichts auf dieser Welt vergeht, ohne daß Neues daraus geboren wird«, sagte sie nach einer Weile. »Irgendwo wird es für uns einen neuen Anfang geben.«

Tom fesselte den Bewußtlosen und schleppte ihn unter Deck. Anschließend machte er sich daran, den Motor wieder in Gang zu setzen. Er mußte aber bald erkennen, daß die Kugeln größeren Schaden angerichtet hatten.

Nach einer Stunde gab er auf. Mit Bordmitteln war nichts zu reparieren.

Der Gefesselte, der mittlerweile die Besinnung wiedererlangt hatte, grinste ihn hämisch an.

»Probleme?« fragte er lauernd.

»Ich nicht. Aber für dich werden noch einige Jährchen drin sein, sobald ich dich an Land der Polizei übergebe.«

Mißtrauisch äugte Tom nach der plötzlich flackernden Kabinenbeleuchtung.

»Offenbar geht es nicht ohne Schwierigkeiten ab«, spottete der Gefangene.

Erneut setzte das Licht aus. Auch das Summen der Klimaanlage verstummte sekundenlang.

Tom hatte es danach sehr eilig, das Funkgerät in Betrieb zu nehmen. Die Stromversorgung brach jedoch endgültig zusammen, bevor er seinen Notruf absetzen konnte.

Im Schein einer Taschenlampe überzeugte Ericson sich davon, daß sich der Gefangene nicht aus eigener Kraft befreien konnte, dann schob er zwei Sessel vor dem Niedergang zusammen und machte es sich in ihnen leidlich bequem.

Obwohl die Müdigkeit bleiern in seinen Knochen steckte, blieb ein erholsamer Schlaf aus. Oft schreckte er hoch und lauschte angestrengt den von außen hereindringenden Geräuschen. Doch es war immer nur das Plätschern der See, das ihn narrte.

Gegen Mitternacht kam Wind auf. Das Boot dümpelte in der Dünung.

Tom drehte eine Runde an Bord. Die Lichter über dem Horizont waren Sterne. Kein Schiff zog in der Nähe vorbei.

Manchmal, dachte er, ist die Zeit eine Schnecke. Besonders wenn man darauf wartet, daß etwas geschieht.

Eine Sternschnuppe fiel. War sie ein gutes Omen? Er blickte

ihr nach, bis das fahle Leuchten erlosch. Dabei dachte er an die goldene Maske und das Kristallauge. Welche Kräfte wohnten in beidem?

Die Antwort mußte er sich schuldig bleiben.

Vorerst jedenfalls.

Eine halbe Stunde später schlief er endlich ein, das Gewicht seines 45er Colts auf dem Bauch. Diesmal schreckte er nicht sofort wieder auf.

3114 v. Chr.

... am siebzehnten Tag des zweiten Monats brachen alle Brunnen der großen Tiefe auf und ein Regen kam auf Erden vierzig Tage und vierzig Nächte ... und die Wasser nahmen überhand und wuchsen sehr auf Erden ... fünfzehn Ellen hoch gingen die Wasser über die Berge, so daß sie ganz bedeckt wurden.

(Aus dem ersten Buch Mose 7)

Schon wenige Stunden nach dem verheerenden Aufprall des zersplitterten Kometen im Bereich der Karibik war die westliche Hemisphäre in undurchdringliche Schwärze gehüllt. Fünf Billiarden Tonnen Magma und zwanzig Billiarden Tonnen Wasser waren in die Atmosphäre geschleudert worden. Daraus resultierten gewaltige, den Erdball umspannende Überschwemmungen. Wasser und Schlamm bedeckten tiefer liegende Gebiete bis zu zweihundert Meter hoch, und bis die Wasser in das Meeresbecken rund um die Einschlagstelle zurückflossen, verging mehr als ein Monat.

Gewitter von bislang ungeahnter Heftigkeit tobten, begleitet von Wolkenbrüchen wahrhaft gigantischen Ausmaßes und Hagelstürmen, die Felsen zerschmetterten. Die anhaltende Nacht brachte Kälteeinbrüche, die weite Landstriche im Eis erstarren ließen. Sogar die Ozeane froren großflächig zu.

Für die wenigen Überlebenden – nur etwa ein Prozent der Erdbevölkerung – begann eine Zeit der Entbehrungen und der Kämpfe um die wenigen verbliebenen Nahrungsmittel. Der Pflanzenwuchs verkümmerte, und der Tod hielt reiche Ernte.

Vom Himmel begann es Eisgraupen zu regnen; es dräute das schrecklich umdüsterte Firmament, und das Wetter war furchtbar anzusehen.

Sechs Tage und sieben Nächte währte der Sturm; die Flut stieg, bis der siebente Tag am Himmel graute. Auf all das Toben folgte Stille. Schweigen umgab mich, kein Laut war zu vernehmen. Das Menschengeschlecht war erstarrt, sein Leben gewichen …

(Bericht Utnapischtims, fälschlich mit dem achthundert Jahre später entstandenen Gilgamesch-Epos verwoben)

Wie ein Leichentuch lag die Nacht über dem Meer. Die bleiche, schmale Sichel des Mondes blieb hinter dichten Wolkenschleiern verborgen.

Aufgewirbelte Gischtschwaden erschienen in der Düsternis wie geisterhafte Schemen – zerzauste Kreaturen, die sich ebenso schnell wieder auflösten, wie sie vom Wind und den Wellen geboren wurden.

Eine einsame Nußschale dümpelte inmitten der schier endlosen Wasserwüste. Das kleine Motorboot, dessen Deck von Einschüssen durchsiebt war, hatte nur zwei flackernde altmodische Positionslampen gesetzt.

Irgendwann schreckte Thomas Ericson schweißgebadet aus einem Alptraum hoch. Er brauchte lange, sich zurechtzufinden und festzustellen, daß sich eigentlich nichts verändert hatte.

Der Traum lastete wie ein schwerer Alpdruck auf ihm.

»Khom …«, murmelte er und lauschte dem Klang der eigenen Stimme. Das eben noch empfundene Entsetzen wich einer tiefen Müdigkeit. Vor seinem inneren Auge verblaßten die Bilder einer verheerenden Katastrophe.

Was war eigentlich geschehen?

Nichts, wenn er es recht bedachte. Er hatte nur schlecht geträumt.

Franco Thomelli hatte vergeblich versucht, sich der Fesseln zu entledigen. Mit blutverschmierten Gelenken lag er auf der Koje und starrte blicklos zur Decke empor.

Zögere nicht länger!

Hart und unbarmherzig peitschte ihn der Befehl hoch. Bis vor wenigen Tagen noch Funker der US-Navy auf Hawaii, hatte ihn ein ungnädiges Schicksal aus dem gewohnten Trott herausgerissen.

Während eines Übungsfluges war die von Lieutenant Wilson Hamby befehligte Kampfgruppe von einem Ausbruch des Vulkans Kilauea überrascht worden. Ein seltsamer Nebel hatte den Helikopter eingehüllt und an einen unbekannten Ort versetzt. Der Vergleich mit einem angeblich im Jahr 1943 durchgeführten Experiment der Kriegsmarine lag nahe, als der Zerstörer *Eldridge* samt Besatzung ungewöhnlich starken elektromagnetischen Feldern ausgesetzt worden und offenbar vorübergehend spurlos verschwunden war.

Vom Niedergang her fiel der erste Schimmer der beginnenden Morgendämmerung in die Kammer. Die fahle Helligkeit genügte, Thomelli die Frau erkennen zu lassen, die in der zweiten Koje schlief.

Wieder bemühte er sich, die Fesseln zu lösen, und endlich schaffte er es, die rechte Hand aus der Schlinge zu ziehen. Eigentlich hätte der sich auflösende Blutstau ein unangenehmes Prickeln verursachen müssen – daß dem nicht so war, quittierte Thomelli mit einem zufriedenen Grinsen. Sekunden später stand er, wenn auch noch etwas unsicher, wieder auf den Füßen.

Die Frau stöhnte. Offenbar träumte sie schlecht.

Nur vier Schritte trennten Thomelli von dem schlafenden Archäologen. Drei davon hatte er erst hinter sich, als er unvermittelt in die Mündung des 45ers blickte.

»Keine Dummheiten!« befahl Ericson. »Kerle deines Schlages sind mir zutiefst zuwider.«

Einen Moment lang sah es so aus, als wolle sich der Soldat trotz der Waffe auf den Wissenschaftler stürzen, aber dann warf er sich gedankenschnell herum. Seine Absicht, Gudrun Heber als Geisel zu nehmen, war offenbar.

Das Dröhnen des Schusses, den Tom abgab, und das Splittern des Projektils in der Holzvertäfelung schreckten die Anthropologin auf. Schlaftrunken starrte sie den Kerl an, dessen Gesicht sich zu einer haßerfüllten Grimasse verzerrte.

»Nimm die Hände hoch und lehn dich an die Wand!« befahl Ericson. »Gudrun, schnell zu mir!«

Der Mann reagierte nicht. Verbissen starrte er Tom an, der seine Forderung mit einem unmißverständlichen Wink mit der Waffe unterstrich.

Dann ging alles derart schnell, daß Ericson keine Zeit fand, einen gezielten Schuß abzugeben, aus Angst, er könnte seine Begleiterin treffen.

Der Kerl hechtete nach vorne, riß Gudrun mit sich zu Boden und brach ihr fast das Genick, als er den Arm um ihre Kehle legte.

Aus weit aufgerissenen, schreckerfüllten Augen starrte die Anthropologin Tom an.

»Laß den Revolver fallen!« befahl der Soldat. »Oder die Frau stirbt.«

Ericson gehorchte ohne Zögern. Er zweifelte nicht daran, daß der Kerl Gudrun umbringen würde, sobald er seine Felle davonschwimmen sah. »Und jetzt – schieb die Waffe her!«

Der Archäologe versetzte dem 45er einen etwas zu heftigen Tritt. Der Revolver rutschte über die Dielen und verschwand unter der Koje und damit auch aus der Reichweite des Gegners.

»Noch so eine Dummheit …!« Gudrun röchelte unter dem Druck, der ihr die Luft abschnürte.

»Schon gut, Mister.« Beschwichtigend breitete Tom die Arme aus. »Du hast gewonnen. Was soll ich tun?«

»Gib mir die Maske und das Kristallauge! – Na los, mach schon!«

»Okay, okay! Ich bin einverstanden.«

Gudruns Blick drückte Verzweiflung und Zorn aus. Sie wollte nicht, daß Tom die Artefakte ihretwegen preisgab. Doch er schaute sie nicht einmal an.

Mit zwei Fingern lüftete der Archäologe das Kopfkissen seiner Koje. Das magische Auge, grau und kalt und leblos, wirkte wie ein völlig normaler Kristall.

Warum hilfst du uns nicht? dachte Tom intensiv. Er setzte schlichtweg voraus, daß das Auge seine Gedanken verstand. Der vergangene Tag hatte so viel Unglaubliches beschert, daß er die Gegebenheiten inzwischen akzeptierte, ohne noch darüber nachzudenken.

»Die Maske auch!« forderte sein Gegenüber.

Tom deutete auf den schmalen Wandschrank.

»Na los doch!« Die Stimme des Mannes wurde schrill und überschlug sich schier.

Gudrun schien sich mittlerweile in ihr Schicksal ergeben zu haben. Ihr Gesicht war schweißüberströmt, und sie zitterte leicht.

Die Maske war nicht so schwer, wie Tom sich den Anschein gab, als er sie mit beiden Händen hochwuchtete.

»Wohin damit?« wollte er wissen.

»Auf die Koje!« bestimmte der Kerl.

»Sobald du die Frau losläßt.«

»Und wenn nicht?« Der Italo-Amerikaner grinste schräg.

»Ich könnte den Fund ins Meer werfen ...«

»So etwas bringt kein Archäologe fertig.«

Tom glaubte, seinen Gegner recht gut einschätzen zu können. Deshalb wandte er sich abrupt der Treppe zu.

Das Grinsen um die Mundwinkel des Mannes gefror. Für einen Augenblick wirkte er unschlüssig, und genau diese winzige Zeitspanne genügte dem Archäologen. Er fuhr mit einer geschmeidigen Bewegung herum und warf die goldene Maske wie ein Frisbee.

Gudrun reagierte überhaupt nicht und Thomelli zu spät. Er wollte sich noch instinktiv ducken, aber da krachte die Maske schon mit aller Wucht gegen seine Stirn.

Ericson setzte sofort nach, rammte dem Gegner sein Knie in die Seite und, als er vornüber einknickte, den Ellenbogen in den Nacken. Der Kerl schwankte nur, warf sich lautlos herum und deckte Tom mit einer Serie äußerst schmerzhafter Hiebe ein, die ihn bis ans Schott zurückweichen ließen.

Er machte keine besonders gute Figur in diesem Kampf. Aber er hatte auch noch nie gegen einen Gegner antreten müssen, dessen Mimik völlig unbewegt blieb und dessen Augen scheinbar blicklos ins Leere starrten, als sei er geistig völlig abwesend. Tom spürte, daß der andere ihn umbringen würde, sobald er nur die geringste Schwäche zeigte.

Er mußte den Kerl auf Distanz halten – wenigstens bis Gudrun den Revolver unter der Koje hervorgeangelt hatte. Aber der Angreifer schien seine Gedanken zu erraten. Ruckartig fuhr er herum. Seine Faust traf die Anthropologin an der Schulter und fegte sie quer durch die Kabine.

Gleichzeitig sprang Tom. Seine Stiefelabsätze trafen den Gegner in die Nieren und katapultierten ihn nach vorne, daß er hart mit dem Schädel gegen die Wand krachte.

Doch so schnell war ihm nicht beizukommen. Tom packte ihn mit beiden Händen am Hemdaufschlag, zerrte ihn herum und stieß seinen Schädel mit aller Kraft nach unten. Dumpf krachend landete die immer noch ausdruckslose Visage auf dem Kojenaufbau. Danach gleich noch einmal. Tom Ericson ging kein Risiko ein. Erst als der Kerl schlaff in sich zusammensackte, atmete er erleichtert auf.

»Noch ist nichts entschieden«, sagte der Mann mit der Stirnglatze und dem wie wächsern wirkenden Gesicht. »Wir haben lediglich ein Scharmützel verloren, aber deshalb noch lange nicht die ganze Schlacht. Glaubst du wirklich, ich würde mich so leicht geschlagen geben?«

Unruhig öffnete und schloß sich seine linke Hand, als hätte er die Muskeln des Armes nicht mehr unter Kontrolle.

Es war auch nicht die Hand eines Menschen. Zumindest *nicht mehr.* Der Arm hatte sich bis zur Ellenbeuge mit Schuppen überzogen, die wie winzige Metallplättchen in einer Mischung von Ocker, Bronze und giftigem Grün schimmerten.

Professor Richard Dean Karney war kein Verlierertyp, sonst hätte Suzy Duvall ihn längst verlassen. Vom Altersunterschied her konnte er durchaus ihr Vater sein, und die Infektion, die seinen Arm in den letzten Wochen auf diese unheimliche Weise verändert hatte, machte ihn nicht gerade interessanter.

Nur das Wissen darum, daß Kar Geheimnissen auf der Spur war, deren Lösung die Welt in ihren Grundfesten erschüttern konnte, hielt Suzy noch an seiner Seite. Um Macht und Reichtum mit ihm zu teilen, hätte sie sogar ihre Seele verkauft.

Ruckartig wandte sich Karney – seit seine körperliche Veränderung offenbar geworden war, ließ er sich nur noch *Kar* nennen – ihr zu. Begierig heftete sich sein Blick auf ihre wohlgerundeten Hüften. Das am Hals hochgeschlossene, enganliegende rote Kleid, das sie trug, ließ der männlichen Phantasie gerade noch ausreichenden Spielraum.

»Mag sein, daß ich die beiden Wissenschaftler von Yale unterschätzt habe«, räumte er ein. »Sie waren schneller als wir, aber sie werden nicht mehr lange Freude an ihrem Fund haben.«

Unbewußt fuhr er sich mit der rechten Hand über den Schädel. Er zuckte zusammen, als ein paar Haare zwischen seinen Fingern hängenblieben. Der Schock traf ihn tief. Denn bevor sich auf seinem linken Unterarm Schuppen gebildet hatten, waren dort alle Haare ausgefallen! Sollte die unheimliche Verwandlung weiter um sich greifen? Karney hatte keine Ahnung, wodurch sie überhaupt ausgelöst worden war. Noch nicht. Die Erklärung in einer Art Pharaonenfluch zu suchen, erschien ihm nicht einmal so abwegig.

»Ich muß das Auge der Göttin Khom haben!« sagte Kar und zwang sich, die finsteren Gedanken abzuschütteln. »Es ist nicht der einzige Kristall dieser Art, aber zweifellos der stärkste. Er stammt unmittelbar von der Insel der Götter und wird uns helfen, eines Tages das versunkene Reich wiederzufinden. Danach werden wir die Welt beherrschen – als die wahren Erben von Atlantis!«

Suzy Duvall lächelte ein undurchsichtiges chinesisches Lächeln. *Die Weltherrschaft,* dachte sie. Viele hatten schon davon geträumt, aber alle waren gescheitert. Kar hatte Aussicht, den Traum wahr werden zu lassen.

Gudrun hatte so ziemlich alle Stricke zusammengesucht, die an Bord des Bootes zu finden waren, und Tom hatte den bewußtlosen Soldaten wie ein Paket verschnürt. Dementsprechend giftig waren die Blicke, mit denen der Gefangene ihn durchbohrte, kaum daß er die Besinnung wiedererlangte. Tom ließ sich davon jedoch nicht beeindrucken. Herausfordernd verschränkte er die Arme vor der Brust.

»Du weißt, wer wir sind«, sagte er, »aber wir kennen nicht einmal deinen Namen.«

Der Gefangene reagierte nicht. Es war nicht zu erkennen, ob er Toms Worte überhaupt wahrnahm.

»Schade«, meinte Ericson. »Ich hatte gehofft, wir könnten so etwas wie eine gemeinsame Basis finden. Du scheinst mehr über die goldene Maske und das Kristallauge zu wissen, und mir liegt nicht unbedingt daran, dich hinter Gitter zu bringen. Vielleicht könnten wir uns arrangieren.«

Nichts veränderte sich.

»Tom«, sagte Gudrun zögernd, »der Mann ist unheimlich. Ich weiß zwar nicht, wieso, aber ich fürchte, er kann uns sogar gefesselt noch gefährlich werden.«

Tom Ericson konnte sich ebenfalls eines unguten Gefühls nicht erwehren. Einiges stimmte nicht mit seinem Gegenüber.

Sein Blick fiel auf eine etwa fünf Zentimeter lange Narbe,

leicht verdickt und bläulich verfärbt, vor dem linken Ohr des Soldaten. Die Haut wirkte an dieser Stelle brüchig wie altes Pergament.

Vorsichtig tastete er mit den Fingerspitzen über die Narbe. Er spürte ein schwaches Pulsieren. Eine Aura des Unheimlichen schien auf ihn überzuspringen. Die Empfindung flaute aber sofort ab, als er die Finger zurückzog.

Ich spüre eine nahende Gefahr!

Urplötzlich dröhnte die telepathische Stimme, deren Vorhandensein er beinahe schon vermißt hatte, wieder durch Toms Schädel. Das magische Auge der Göttin Khom meldete sich.

Seid auf der Hut! Das Erbe einer schrecklichen Vergangenheit erwacht!

Kar ballte die Schuppenhand zur Faust. Das eben noch farblose, knapp zehn Zentimeter lange Gebilde in seiner Hand nahm einen leicht rötlichen Schimmer an. Es sah aus wie eine Mischung aus Kakerlake und Wurm: gepanzert, mit Fühlern, aber ohne Beine, und es hatte sich mit hauchdünnen Fühlern in der Schuppenhaut verankert. Aus den Einstichstellen hervorquellende Blutstropfen absorbierte es rasch.

Diese unscheinbare Kreatur, ein Apophis-Symbiont, verwandelte Menschen in willenlose Befehlsempfänger, sobald sie sich in ihrem Gehirn einnistete. Zugleich versetzte sie Kar in die Lage, durch die Augen der Betroffenen zu sehen und unter Umständen sogar mit ihnen zu fühlen.

Ein langgezogenes, gequältes Stöhnen drang über Kars Lippen; er riß ruckartig den Kopf hoch und starrte die Eurasierin an.

»Thomelli schafft es nicht. Er kann die Fesseln nicht aus eigener Kraft lösen. Ich muß ihn zurückholen. Zusammen mit dem Motorboot und den beiden Wissenschaftlern!«

Rund einhundert Meter unter dem Meeresspiegel existierten in der versunkenen Pyramide technische Anlagen, die in ihrer Art wohl einmalig waren. Bereits der silberne Schimmer der fünf bis sechs Meter langen walzenförmigen Aggregate und das Fehlen von Schweißnähten oder Verschraubungen dokumentierten die Fremdartigkeit.

Auf sieben dünnen Säulen ruhte eine polierte Kristallplatte. Sie war von leicht ovaler Form, mit einem größten Durchmesser von knapp zwei Metern, und auf ihrer Oberfläche spiegelte sich ein verwirrendes Linienmuster. Inzwischen wußte Kar, daß die Platte die Erde darstellte und die Linien eine Wiedergabe besonders strukturierter Magnetfelder.

Mit den Fingerspitzen der rechten Hand berührte er uralte Schriftzeichen, woraufhin fluoreszierende Leuchterscheinungen wie winzige Lichtblitze über die Platte huschten.

Der Standort des Königsgrabes im Bereich des Stillen Ozeans, östlich des Kermadec-Tonga-Grabens, war durch eine helle Markierung gekennzeichnet. Mehrere unterschiedlich starke Linien verliefen in seiner Nähe, voneinander wegstrebend, nach Norden.

Kar benötigte fast zwei Stunden, um das kleine Motorboot zu lokalisieren. Über der Platte, innerhalb eines kugelförmigen Bereichs von dreißig Zentimetern Durchmesser, begann die Luft zu flimmern. Ein verwaschenes Abbild des gesuchten Objekts und seiner näheren Umgebung entstand.

Trotzdem bekam Kar nicht den Kontakt, den er von seinen bisherigen Versuchen kannte. Ein starker fremder Einfluß überlagerte das Magnetfeld – derselbe Einfluß, der ihn schon daran gehindert hatte, selbst nach Gardner zu gehen und die Artefakte zu bergen.

Zornesadern schwollen an seinen Schläfen, je länger er sich abmühte, den Transport vorzubereiten. Seine Gesichtszüge wirkten noch wächserner als zuvor, und seine Augen nahmen einen kalten, stechenden Blick an, der sogar Suzy Duvall erschreckte.

Die Frau, Tochter eines französischen Ingenieurs und einer Chinesin, begann zu begreifen, daß sich Kar ihr immer mehr entfremden würde. Die Veränderung schien nicht mehr physischer, sondern vor allem psychischer Natur zu sein. Richard Dean Karney wurde wahnsinnig – größenwahnsinnig! Liebe war es nicht, was Suzy mit ihm verband, vielmehr eine gehörige Portion Eigennutz, aber gerade dieses Verhältnis stand auf tönernen Füßen.

Mit einer unwilligen Kopfbewegung schüttelte sie ihr langes schwarzes Haar in den Nacken zurück.

»Das Auge der Göttin wehrt sich gegen den Transport?« fragte sie.

»Ich bin stärker«, erwiderte Kar knapp. Bislang hatte er noch immer alles geschafft, was er sich vorgenommen hatte.

Je länger Tom Ericson die verdickte Narbe vor dem linken Ohr seines Gefangenen betrachtete, desto deutlicher wurde das Zucken und Pulsieren unter der Haut. Der Mann selbst schien davon wenig zu spüren.

»Worüber denkst du nach?« Gudrun hatte ein erstaunlich gutes Gespür für Stimmungen.

»Nichts von Bedeutung«, erwiderte er. Zu schnell, wie er sofort erkannte, denn seine Begleiterin fixierte ihn unter halb geschlossenen Lidern hindurch, und begann, auf ihrer Unterlippe zu kauen.

»Du fragst dich, worauf wir uns eingelassen haben. Ist es das?«

Ericson zuckte mit den Schultern.

Ein gellender Schrei des Gefangenen schreckte ihn auf. In den Augen des Soldaten loderte der beginnende Wahnsinn. Gudrun prallte entsetzt zurück, als sich der irr flackernde Blick auf sie richtete.

Im nächsten Moment schrie sie ebenfalls.

»Die Treppe, Tom! Sieh doch!«

Nebel war aufgezogen und kroch wie ein gieriger Moloch über den Niedergang nach unten. Der Archäologe zerbiß eine Verwünschung zwischen den Zähnen und stürmte an Gudrun vorbei auf Deck.

»Man sieht kaum die Hand vor Augen!« hörte sie ihn rufen. »Das ist fast schon unheimlich.«

Unaufhaltsam stieg der Brodem höher und breitete sich auch in der Kabine aus – eine fahle, brodelnde Flut, die wie ein Wasserfall die Stufen herabfloß.

Von außenbords erklang ein lautes Platschen.

»Tom!« rief Gudrun, und aus irgendeinem Grund war sie auf das Schlimmste gefaßt. »Tom, bist du noch da?«

»Alles in Ordnung«, antwortete er nach einer Weile, die ihr wie eine kleine Ewigkeit erschien. »Mir ist nur die Positionslampe aus der Hand gerutscht.«

Die Anthropologin atmete erleichtert auf. Vorübergehend war sie innerlich wie erstarrt gewesen, unfähig, einen klaren Gedanken zu fassen. Die Furcht, plötzlich auf sich allein gestellt zu sein, schwebte wie ein Damoklesschwert über ihr.

»Komm wieder nach unten, Tom!«

Sie zählte die Sekunden, bis er antwortete.

»Hast du Angst?«

»Unsinn.«

Ihre Uhr war stehengeblieben. Ungefähr zu dem Zeitpunkt, als sie den Nebel bemerkt hatte. Das war höchst seltsam. Phänomene dieser Art gehörten in den Bereich der Parapsychologie. Gudrun schauderte.

Noch etwas fiel ihr auf: Das Auge der Göttin Khom und die Goldmaske wurden vom Nebel verschont. Der Dunst umfloß sie schlichtweg mit einiger Distanz.

Der Gefangene stöhnte gequält.

Gleichzeitig begann er sich aufzulösen.

Gudrun Heber glaubte ihren Augen nicht mehr trauen zu dürfen. Vorübergehend sah sie den Mann nur noch wie einen Schatten seiner selbst. Obwohl sie zum Greifen nahe vor ihm stand, zögerte sie, die Hand auszustrecken und ihn zu berühren.

»Tom!« brüllte sie mit sich überschlagender Stimme. »Hilf mir!«

Sie war am Ende ihrer Kräfte angelangt. Was sie sah, überstieg ihr Begriffsvermögen.

Zweimal wurde der Mann durchscheinend, fast so, wie man es von einem Röntgenbild gewöhnt ist, aber beide Male verdichtete er sich wieder zu einem menschlichen Wesen aus Fleisch und Blut. Beim zweitenmal krümmte er sich vor Schmerzen und stieß gurgelnde, unartikulierte Laute aus.

Niemals mehr würde Gudrun den verzweifelten Blick seiner Augen vergessen können, in denen eine unbeschreibliche Qual zu lesen stand.

Seine Haut begann zu welken, wurde rissig und platzte wie unter großer Hitzeeinwirkung auf.

Unfähig, sich von dem Geschehen zu lösen, starrte Gudrun den Mann an, der den Mund zu einem lautlosen Schrei öffnete. Eine flackernde, bläulichrote Flammenzunge stieß daraus hervor.

Gleich darauf fühlte sie sich von hinten an der Schulter gepackt, und ihr Entsetzen brach sich in einem nicht enden wollenden Aufschrei Bahn. Sie hatte nicht bemerkt, daß Ericson inzwischen wieder die Kammer betreten hatte.

Willenlos ließ sie es geschehen, daß er sie an sich zog.

»Mein Gott, Tom, was geschieht da?« hauchte sie halb erstickt und war doch unfähig, den Blick von dem grauenvollen Geschehen abzuwenden.

Der Soldat verbrannte bei lebendigem Leib wie eine ölgetränkte Fackel, und nichts und niemand war in der Lage, seinem grauenvollen Sterben Einhalt zu gebieten. Er wurde von innen heraus von einem irrlichternden Feuer verzehrt. Jeder Atemstoß gebar neue Flammen, die ihn einhüllten, den Körper anschwellen ließen und seine Kleidung in Brand setzten.

Endlich verbarg dunkler Qualm gnädig die Einzelheiten.

Eine Minute war vergangen, vielleicht auch zwei. Gudrun rang nach Atem, und auch Tom glaubte, in der qualvollen Enge unter Deck ersticken zu müssen. Kein Windhauch wehte von oben herab; schwer und erdrückend lastete der Nebel auf dem Boot. Raum und Zeit schienen jede Bedeutung verloren zu haben.

Ericson riß den kleinen Pulverlöscher aus der Halterung neben dem Schott, doch sein Versuch, das Feuer unter Kontrolle zu bringen, war vergebliche Mühe. Die Flammen, kaum erstickt, loderten sofort wieder auf.

Den geleerten Druckbehälter warf er achtlos zur Seite. Ihm blieb nichts anderes mehr übrig, als die goldene Maske und das Kristallauge in Sicherheit zu bringen, bevor es unter Deck unerträglich wurde.

Mittschiffs stieß er mit Gudrun zusammen, die den zweiten, größeren Feuerlöscher heranschleppte, der im Heck verstaut gewesen war.

Versucht nicht, den Kräften aus dem Inneren der Erde zu trotzen! vernahmen Tom und Gudrun gleichzeitig die telepathische Stimme des magischen Auges. *Das Boot ist zum Untergang verurteilt. Bringt euch in Sicherheit!*

»Aber ...«, stammelte Gudrun. Trotz des dichten Nebels sah Tom, daß sie leichenblaß wurde.

Er zögerte einen Moment, unschlüssig, ob er doch einen zweiten Löschversuch unternehmen sollte, aber eine Feuerwalze, die den Niedergang heraufschoß, überzeugte ihn endgültig davon, daß die Zeit knapp wurde.

Gemeinsam mit Gudrun öffnete er den für Notfälle gedachten Kasten an der Backbordreling und warf die zusammengerollte Kunststoffhülle außenbords. Sekundenlang war das Zischen von Preßluft zu vernehmen, als sich das Schlauchboot automatisch aufblies. Der Nebel verschluckte es sofort.

»Spring!« rief Ericson. »Sobald das Boot abtreibt, haben wir das Nachsehen.«

Und er schwang sich mit einem gewaltigen Satz ebenfalls über die Reling.

Tom tauchte unter und kam prustend und spuckend wieder hoch. Das Wasser war kälter, als er geglaubt hatte. Es stach wie mit Nadeln durch seine Kleidung hindurch.

Schwer, düster und unheimlich lag der Nebel über der See. Nur ein fahler Glutschein verriet die Position des Motorbootes. Eine nahezu vollkommene Stille herrschte.

Tom rief nach Gudrun. Aber erst nach einer Weile, als er schon das Schlimmste befürchtete, hörte er ihre Antwort wie aus weiter Ferne. Der Dunst verzerrte den Klang und machte es schwer, die Richtung zu bestimmen.

»Wo bist du, Tom? Der Nebel ist undurchdringlich.«

»Hast du das Boot erreicht?«

»Ich halte mich an der Schleppleine fest. Hier herrscht eine starke Strömung.«

Das Kristallauge steckte sicher in einer Innentasche seines Sakkos, die Goldmaske hielt er krampfhaft umklammert. Tom schwamm mit langsamen, gleichmäßigen Zügen. Allmählich spürte er eine sanfte Dünung, die ihn mit sich trug.

Endlich begann sich der Nebel zögernd zu lichten. Augenblicke später fiel gleißendes Sonnenlicht ein.

Höchstens noch dreißig Meter voraus trieb das Schlauchboot aus grellgelbem Kunststoff. Gudrun hatte sich inzwischen hineingezogen und bemühte sich, die Riemen einzuhängen. Unvermittelt hielt sie inne und begann mit beiden Armen zu winken. »Tom!« brüllte sie. »Hierher!«

Bis Ericson endlich bei ihr war und sich ebenfalls an der Schleppleine aus dem Wasser zog, ruderte sie zwar mit aller Kraft gegen die Strömung, schaffte es aber nicht, die Drehbewegung des Bootes aufzuhalten.

»Die Nebelbank ist immer noch da«, sagte sie. »Ich begreife das nicht.«

Tom wischte sich die Nässe aus dem Gesicht. Nachdenklich wandte er sich um.

Der Nebel hatte sich inzwischen zu einer annähernd sechzig bis siebzig Meter durchmessenden Wolke zusammengeballt, die, anstatt sich aufzulösen, eher noch dichter wurde.

Und das obwohl ringsum die See wieder im gleißenden Schein der Vormittagssonne lag.

Unwillkürlich dachte Tom an die Warnung der telepathischen Stimme. Waren hier wirklich Kräfte aus dem Inneren der Erde am Werk?

»Unheimliche Ereignisse werfen unheimliche Schatten«, murmelte die Anthropologin. »Hast du je davon gehört, daß ein Mensch aus sich selbst heraus verbrennen kann?«

»Zumindest habe ich davon gelesen.« Ericson nickte schwer. »In Büchern, die sich mit Parapsychologie befassen. Angeblich sind einige Fotos von Brandstellen in Wohnungen und Autos authentisch. Zumeist zeigen sie nur eine eng begrenzte Wirkung des Feuers und als Beweis, daß wirklich Menschen verbrannt sein sollen, angekohlte Gliedmaßen.« Er zuckte mit den Schultern. »Frag mich nicht nach dem Wahrheitsgehalt solcher Berichte. Bis heute hielt ich sie jedenfalls für billige Effekthascherei.«

Gudrun starrte ihn an wie ein zweiköpfiges Kalb. Aber mit dem Entsetzen trieb man keinen Scherz, und der Tod eines Menschen, auch wenn er ein Verbrecher gewesen war, eignete sich nicht für derbe Späße.

Innerhalb von Sekunden verschwand der Nebel, als hätte er nie existiert. Er verwehte nicht oder wurde lichter, er war einfach nicht mehr da.

»Das Motorboot ist gesunken«, sagte Gudrun tonlos.

Tom beschattete die Augen mit den Händen und erhob sich auf dem schwankenden Untergrund, um einen besseren Überblick zu haben.

»Siehst du Treibgut aufschwimmen?« fragte er. »Planen, Taue, Planken …? Da ist nicht einmal ein Ölfleck.«

»Es ging eben viel zu schnell.«

»Vielleicht – wenn der seltsame Nebel nicht gewesen wäre …« Einer jähen Eingebung folgend, zog Tom das magische Auge aus seiner Tasche und barg es in der hohlen Hand.

Die Facetten wirkten grau und leblos. Daran änderte sich auch nichts, als er seine Gedanken intensiv darauf konzentrierte. Bislang hatte er noch nicht mit Nachdruck versucht, von sich aus Kontakt aufzunehmen; er wußte nicht, ob es überhaupt möglich war.

Er würde den Kristall umfangreichen Tests unterziehen. Sobald Gudrun und er in Sicherheit waren.

In Sicherheit …

Tom blickte sich um. Rings um das kleine Schlauchboot spannte sich die blaue, unendliche See, von Horizont zu Horizont.

Ein unbeschreibliches Gefühl der Einsamkeit und Verlorenheit überkam ihn. Er wußte mit einemmal, daß ihr Kampf ums nackte Überleben noch lange nicht zu Ende war.

Im Gegenteil – er hatte gerade erst begonnen …

Epilog

Kalt. Einsam.

Ein nackter Mensch auf einer öden, sturmumtosten Hochebene. Ein Mensch …?

Wer bin ich?

Sein Geist zuckte schon zurück, als er die Frage noch formulierte.

Leere. Stille. Einsamkeit.

Wo bin ich? Was ist geschehen?

Er lauschte in sich hinein. In den Tiefen seines Geistes, unmittelbar an der Schwelle seines Bewußtseins, erhob sich ein Chor leiser, flüsternder Stimmen, noch zu weit entfernt, um verständlich zu werden.

Er versuchte, die Augen zu öffnen, doch es gelang ihm nicht. Er versuchte, sich zu regen, die Arme zu bewegen, die Hände, die Beine, doch er konnte seine Gliedmaßen nicht fühlen. Keinerlei körperliche Empfindungen. Er hatte …

… keine Augen. Keine Arme und Beine. Keinen Körper.

Wieder schrak er zusammen, ein körperloses Zucken, und

ohne daß er es verhindern konnte, schrie sein Geist erneut auf:

Wer bin ich?

Keine Antwort. Da war nur das Gefühl grenzenloser Trauer, das Gefühl eines entsetzlichen Verlustes. Und das Wissen, daß er eine Aufgabe zu erfüllen hatte, eine Aufgabe, die so gewaltig war, daß sein Verstand sich weigerte, sich damit zu beschäftigen. Und dann erhob sich eine Stimme aus dem unverständlichen, murmelnden Stimmengewirr und flüsterte eindringlich:

Hab keine Angst. Kämpfe nicht, laß Dich fallen. Du hast Dich vor langer Zeit entschieden, das Opfer zu bringen. Du hast die Verantwortung übernommen, die einer auf sich laden mußte. Nun gibt es kein Zurück mehr. Sei ruhig. Wehre Dich nicht. Öffne Deinen Geist.

Langsam verklang die Stimme und sank in den flüsternden Chor der anderen zurück. War es seine eigene Stimme gewesen, eine Projektion seines Geistes, oder die eines anderen, eines Freundes? Er wußte es nicht, aber er folgte ihrem Rat und ließ sich fallen, versank in der wirbelnden Schwärze, in der Bilder und Gedankenfetzen wie huschende Schemen auftauchten und wieder erloschen.

Zeit verging, und die Dunkelheit umfing ihn wie ein wärmender, schützender Mantel. Ja, wer oder was auch immer er einst gewesen war, es war unwiederbringlich verloren, und er hatte den Verlust freiwillig auf sich genommen. Es hatte keinen Sinn zu trauern. Trauer und Leid würden wie ein schweres Gewicht an ihm zerren, seine Möglichkeiten beschneiden, seine Macht eingrenzen.

Macht! Der Gedanke stieg wie ein heller, klarer Glockenton in ihm auf, blendend und strahlend wie die Sonne. Macht! Keine grenzenlose Macht, aber mehr, als je ein Mensch besessen hatte. Um diese Macht zu erlangen, hatte er das Opfer bringen müssen, und daß man ihn erwählt hatte, die Verantwortung zu tragen, hatte ihn damals mit glühendem Stolz erfüllt.

Damals …

Diesmal gelang es ihm, den Gedanken an seine frühere Existenz abzuschütteln, und wieder horchte er in sich hinein, lauschte den Stimmen, die unablässig im Hintergrund seines Bewußtseins flüsterten und tuschelten.

Wir haben Dir die Macht gegeben, weil Du Dich ihrer als würdig erwiesen hast, klang dieselbe Stimme unvermittelt in ihm auf, die schon einmal zu ihm gesprochen hatte. *Wir haben sie Dir verliehen, weil wir wissen, daß Du sie nicht mißbrauchen wirst. Je größer die Macht, die ein einzelner besitzt, desto größer die Versuchung und die Verantwortung.*

Ja, erwiderte das Wesen, das vielleicht einmal ein Mensch gewesen war, mit seiner lautlosen Stimme, *ich werde mich der Verantwortung und des Vertrauens würdig erweisen. Doch wozu habe ich die Macht verliehen bekommen?*

Vor langer Zeit wurde die Menschheit von einem mächtigen Feind bedrängt, antwortete eine andere Stimme, doch wie die erste kam sie ihm merkwürdig vertraut vor. *Es gelang uns mit vereinten Kräften, ihn zurückzuschlagen, doch die Gefahr war nie ganz gebannt. Eines Tages mag er zurückkehren und versuchen, sein Werk zu vollenden. Doch die Menschen vergessen. Die Zeit und Katastrophen können das Wissen auslöschen, das es uns ermöglichte, uns dem Feind entgegenzustellen. Sollte die Menschheit in ferner Zukunft erneut in Gefahr geraten, wirst Du erwachen, um ihr zur Seite zu stehen. Mit Deinem Wissen und Deiner Macht wirst Du ihr dienen. Doch so mächtig Du auch bist, Du wirst nur durch die Menschen wirken können. Deshalb wähle klug und prüfe Deine Mitstreiter gewissenhaft. Die Welt, in der Du erwachst, mag sich gänzlich von der unterscheiden, die wir kennen. Du wirst lernen müssen, Dich in ihr zurechtzufinden. Erforsche sie mit Deinem Geist, bevor Du Deine Macht einsetzt. Und nutze die Relikte unserer Zivilisation, die die Zeit überdauert haben.*

Übergangslos verstummte die Stimme, aber das Wesen, das die Jahrtausende als körperloser Geist überdauert hatte, wußte nun, daß immer eine Stimme dasein würde, um seine Fragen zu beantworten.

Behutsam begann es, seine geistigen Fühler auszustrecken, tastete sich in eine ihm unbekannte Welt hinaus. Hier und da stieß es auf Relikte der Zivilisation, von der es erschaffen worden war. Einige erkannte es wieder, andere waren erst entstanden, nachdem es in dem äonenlangen Schlaf versunken war. Und hin und wieder, wie kleine, schmerzhafte Nadelstiche, strömten Empfindungen auf es ein, die von einer bösen Macht herrührten, die schon einmal die Menschheit an den Rand ihrer Auslöschung geführt hatte.

Weiter glitten die geistigen Fühler des körperlosen Wesens hinaus, strichen sanft über die Bewußtseine von Menschen und Tieren, ohne in sie einzudringen, und dann fühlte es sich auf einmal von einem anderen Geist angezogen. Kurz prüfte es die Impulse und Ausstrahlungen, dann ließ es sich vorsichtig treiben. Und als es das andere Bewußtsein berührte, stellte es erstaunt fest, daß es bereits erwartet worden war.

Willkommen, sagte eine lautlose Stimme in seinem Geist.

Wer bist du? fragte das körperlose Wesen auf die gleiche lautlose Art.

Einer, der auf dich gewartet hat, wie mein Vorgänger, dessen Vorgänger und alle anderen, die uns vorausgegangen sind.

Wer hat euch befohlen, auf mich zu warten?

Die, die vor uns da waren.

Und warum solltet ihr auf mich warten?

Um dir, der du nur Geist bist, eine Wohnung zu sein. Um dir, der du die Fesseln des Materiellen abgestreift hast, einen Körper zu geben.

Das körperlose Wesen zögerte einen Augenblick und erforschte den Geist des anderen, konnte jedoch nichts Böses und keinen Argwohn darin entdecken. Das Bewußtsein strahlte eine beinahe unirdische Ruhe und Frieden aus. *Komm,* sagte es, *tritt ein.*

Und als das Geisteswesen im Körper des tibetanischen Lama die Augen öffnete, fand es sich auf einer öden, sturmumtosten Hochebene wieder.

»Immer, wenn du einen Körper brauchst, wirst du ihn hier finden«, sagte der Lama in einer Sprache, die dem Geisteswesen fremd war, die es aber trotzdem verstand. »Du bist gekommen, um die Menschheit vor dem Untergang zu bewahren. Ich bin dein Diener.«

Das Geisteswesen im Körper des Lama ließ den Blick über die karge Weite des Hochlandes streifen, durch die Leere des Himmels. Doch trotz der Trostlosigkeit der Umgebung fühlte es sich seltsam geborgen. Denn nun wußte es, daß es den ersten Mitstreiter gefunden hatte. Und es würde Mitstreiter brauchen, um gegen die Kräfte des Bösen bestehen zu können.

ENDE DES ZWEITEN BUCHES

DRITTES BUCH

DIE UNSICHTBARE MACHT

von Hubert H. Simon

Gnadenlos brannte die Sonne vom Firmament herab. Kein Windhauch regte sich, der Linderung gebracht hätte.

Das kleine Schlauchboot der beiden schiffbrüchigen Wissenschaftler trieb mit der Strömung nach Nordwesten. Die Phoenix-Insel Gardner, auf der ein Forschungsauftrag beinahe zum Alptraum geworden wäre, lag inzwischen Dutzende von Seemeilen hinter ihnen.

Ein Hoffnungsschimmer glomm in Gudrun Hebers Augen auf, als sie sich halb aufrichtete und den Himmel absuchte.

»Da ist ein Flugzeug!« murmelte sie. »Hörst du?«

Tom Ericson, der Doktor der Archäologie und ebenfalls Dozent an der berühmten Yale-Universität, schüttelte stumm den Kopf. Anfangs hatte auch er in jedem Rauschen des Windes Motorengeräusche zu hören geglaubt. Inzwischen wußte er, daß ihm die überreizten Nerven manches vorgaukelten.

Nach einer Weile ließ sich Gudrun seufzend wieder zurücksinken. Ihre Haut spannte sich ausgelaugt und von der Sonne gerötet über den Wangenknochen, die grünen Augen wirkten matt und längst nicht mehr feurig. Gudrun war am Ende ihrer Kräfte angelangt.

»Hast du nicht behauptet, daß wir bald Fischerboote sehen würden?« fragte sie nach einer Weile.

»Das werden wir auch. Wenn heute nicht mehr, dann morgen …«

»… oder übermorgen. Machen wir uns nichts vor, Tom. Wir wissen beide, daß wir nur geringe Chancen haben.«

»Noch ist nichts verloren.«

Das Boot hatte sich gedreht, und Ericson wechselte seinen Platz und setzte sich so, daß Gudrun weitgehend in seinem Schatten lag. Sie schenkte ihm dafür einen dankbaren Blick.

Trotz aller Abenteuerlust hatte er das Herz am richtigen Fleck. Gudrun konnte verstehen, warum die Studentinnen auf ihn flogen. Im Gegensatz zu den jungen Dingern ging sie mit ihren einunddreißig Jahren die Sache gelassener an; dennoch war sie drauf und dran, sich in Ericson zu verlieben. Nur die unbeantwortete Frage, ob es gut war, mit einem Kollegen eine feste Beziehung einzugehen, hielt sie noch zurück.

Obwohl eine drückende Schwüle herrschte, fröstelte sie wieder. Aber nicht wegen Tom. Vielmehr mußte sie an den sterbenden Soldaten denken und an die Flammen, die aus seinem Mund hervorgebrochen waren. Nie hätte sie es für möglich gehalten, daß ein Mensch aus sich selbst heraus verbrennen konnte. Aber es war geschehen – vor ihren und Toms Augen.

Schweigend starrte sie auf die See hinaus. Ihre Kehle war ausgedörrt, die Zunge klebte rauh wie Sandpapier am Gaumen. Am liebsten hätte sie losgeheult. Doch diese Blöße gab sie sich nicht.

Die Nacht brach herein, und mit ihr zog ein funkelndes Sternenmeer auf. Hoch über der See, mit bloßem Auge gerade noch zu erkennen, erschien ein blinkendes Licht. Diesmal handelte es sich wirklich um ein Flugzeug, das aber schon bald in der Ferne verschwand.

»Die Piloten hätten uns auch bei Tag nicht gesehen«, sagte Tom Ericson zögernd. »Dazu waren sie zu hoch.«

Im Schein des aufgehenden Mondes schimmerte das Meer wie flüssiges Silber. Tom sah die harten, kantigen Schatten im Gesicht seiner Begleiterin. Er erkannte, daß ihre zur Schau gestellte Gelassenheit nur Maskerade war.

Die Schwüle des Tages wich einer unangenehmen Kühle, die durch den inzwischen schneidenden Wind noch verstärkt wurde. Gudrun fröstelte.

»Morgen wird ein besserer Tag«, sagte Tom zuversichtlich.

»Vielleicht«, murmelte Gudrun heiser. »Ich hoffe es.«

Träge tropfte die Zeit dahin. Minuten reihten sich zur Ewigkeit, eine wie die andere eintönig und allmählich jede Hoffnung erstickend. Tom nickte ein, schreckte wieder hoch und döste erneut vor sich hin, zwischen Schlaf und Wachsein gefangen. Wiederholt suchte er die Dunkelheit nach den Lichtern eines vorbeiziehenden Schiffes ab. Es war vergebliche Mühe.

Erst lange nach Mitternacht fiel er in einen tieferen Schlaf.

Ein Gefühl unendlicher Leere weckte ihn, als im Osten schon ein heller Silberstreif den nahenden Morgen ankündigte. Sein Magen rebellierte, verlangte nach Essen, das es nicht gab. Bald würde die Sonne aufgehen und das Gefühl, wie eine Mumie einzutrocknen, zu neuem, schrecklichem Leben erwecken.

Die See zeigte sich aufgewühlter als tags zuvor. Gischt faserte von den Wellenkämmen ab und verwehte wie feiner Sprühregen. Das Schlauchboot tanzte auf den Wogen.

Irgendwann im Laufe des Vormittags begann Gudrun von ihren Eltern zu erzählen. »Mutter wollte immer, daß ich einen richtigen Beruf ergreife«, sagte sie. »Daß ich ausgerechnet Anthropologie studierte, hat sie nie verstanden. ›Was bringt schon die Wissenschaft vom Menschen?‹ fragte sie. Ich hätte Ärztin werden oder zumindest in die Forschung gehen sollen …«

Sie unterbrach sich irritiert. Ericson schien ihr gar nicht zuzuhören. Der Archäologe starrte seit einigen Sekunden an ihr vorbei auf etwas, was sich hinter ihrem Rücken abspielte.

Ein Schiff …?

Freudig fuhr sie herum – und zuckte jäh zusammen. Ein entsetzter Aufschrei drang über ihre Lippen.

Die Dreiecksflosse, die keine fünf Meter vor dem Schlauchboot das Wasser durchpflügte, war riesig. Noch gigantischer aber erschien der dazugehörige graue Schatten, der dicht unter der Oberfläche dahinzog.

»Ein Hai!« stieß Gudrun keuchend hervor.

»Das Biest ist nur neugierig. Es wird uns nichts tun.«

Gudrun Heber verspürte Angst, nackte, erbärmliche Angst. Zu viele Schauergeschichten kursierten über Angriffe großer Haie auf Menschen.

Weißer Haie …

Die kantige Rückenflosse verschwand. Angespannt wartete Gudrun darauf, daß der Meeresräuber das Schlauchboot rammte und seine mörderischen Zähne die dünne Folie zerfetzten. Wenigstens hatten sie einen Revolver an Bord – neben der Goldmaske und dem geheimnisvollen Kristallauge der einzige Gegenstand, den sie von der untergehenden Yacht hatten retten können. Ob er gegen den grauen Räuber etwas nützte, war höchst fraglich, aber zumindest waren sie nicht völlig schutzlos.

Da war er wieder, der mächtige dunkle Schatten. Zielstrebig näherte er sich dem Boot zu und drehte erst dicht davor ab.

Gudrun schickte ein Stoßgebet zum Himmel. Sie war kreidebleich, und auf ihrer Stirn perlten dicke Schweißtropfen.

Der Hai – Gudrun schätzte seine Länge auf vier bis fünf Meter – zog lauernde Kreise. Er griff nicht an, aber er blieb in der Nähe.

»Versuche zu schlafen!« riet Ericson seiner Begleiterin nach einer Weile.

Gudrun fuhr zu ihm herum. »Bist du von Sinnen? Wie soll ich …«

Sie verstummte. Tom hatte recht. Es half wenig, sich verrückt zu machen. Falls der Hai Hunger verspürte, spielte es keine Rolle, ob sie wach war oder von wirren Träumen geplagt wurde.

Seufzend schloß sie die Augen. Aber sie schlief nicht. Die Angst hielt sie wach. Sie versuchte sich abzulenken. Der Gedanke an Ägypten, an den heißen Wüstenwind und die Stille über dem Tal der Könige half ihr ein wenig dabei.

Wenigstens so lange, bis ein kurzes metallisches Klicken sie aufschreckte.

Tom hatte den Revolver entsichert und den Hahn gespannt. Mit ausdrucksloser Miene visierte er über Kimme und Korn hinweg.

Mittlerweile lauerten drei Haie auf Beute. Die beiden anderen waren zwar etwas kleiner als der erste, aber kaum weniger gefährlich.

Schieß endlich, Tom! dachte Gudrun entsetzt.

Doch Ericson begnügte sich damit, die Tiere nacheinander ins Visier zu nehmen. Selbst als einer der Meeresräuber bis auf Reichweite herankam und sein kantiger Schädel aus den Fluten auftauchte, schoß er nicht.

Worauf wartest du, Tom?

Gleich darauf wurde Gudrun bewußt, daß der Hai selbst im Todeskampf noch das Boot zerfetzen konnte. Seine Haut war rauh wie ein Reibeisen, und ein einziger Schlag seiner Flossen würde die Kunststoffhülle aufreißen wie Seidenpapier.

Gudrun flüchtete sich in Tagträume, die ihr jedes Zeitgefühl raubten. Nur hin und wieder schreckte sie auf und warf einen flüchtigen Blick auf ihre Armbanduhr. Tag und Stunde waren längst unbedeutend geworden.

Fast drei Stunden lang begleiteten die Haie das Schlauchboot, ehe sie ebenso plötzlich verschwanden, wie sie erschienen waren. Sie hatten nicht angegriffen.

Nachdenklich wog Tom den Revolver in der Hand. Er fragte sich, ob er es wirklich fertiggebracht hätte, im Falle eines Falles auf Gudrun zu schießen, um ihr Schlimmeres zu ersparen.

Ich habe beinahe vergessen, was es heißt, einen Körper zu haben.

Geraume Zeit hatte das Geisteswesen geschwiegen, hatte durch die Augen des tibetanischen Lamas die öde, sturmumtoste Hochebene erkundet, hatte den fernen Rufen einiger Yaks ebenso gelauscht wie dem Heulen des Windes und die eisige Kälte der aufstiebenden Schneekristalle auf der ungeschützten Haut gespürt.

Das war die Wirklichkeit. Alles andere lag weit zurück – wie ein Traum, der sich dem bewußten Zugriff immer wieder von neuem entzog.

»Du hast vieles vergessen«, sagte der Lama bedächtig. »Aber was du wissen mußt, um deine Aufgabe zu erfüllen, wirst du rechtzeitig erfahren.« Paldan Manjushi – den Namen hatte das Geisteswesen inzwischen in seinen Gedanken gelesen – war ein angesehener Mann. Er trug den Ehrentitel *Lama*, weil er sich wiederholt durch Askese und Wundertaten ausgezeichnet hatte.

Wie lange habe ich geschlafen?

»Hundert Generationen, vielleicht sogar zweihundert. Ich weiß es nicht.«

Bedauern und unsagbare Trauer wallten auf.

Nach einer Weile bedrückten Schweigens wiederholte der Lama, was er anfangs schon gesagt hatte: »Du bist gekommen, um die Menschheit vor dem Untergang zu bewahren. Ich bin dein Diener.«

Den rechten Arm ausgestreckt, deutete er über das unwirtliche und kahle Hochland. Nicht er selbst dirigierte diese Bewegung, sondern das Geisteswesen in ihm.

Bringe mich nach Atlantis, auf die Insel der Götter.

Erschrecken. Furcht. Und ein klein wenig Unverständnis.

Das Geistwesen war betroffen. *Ich spüre, daß meine Heimat aufgehört hat zu existieren,* dachte es.

»Sie ist nur noch Legende.«

Hat der Feind den Sieg davongetragen? Weshalb wurde ich nicht eher geweckt? Weshalb nicht? Die letzten Worte schrie der Geist gequält hinaus. Er hatte alles verloren, was ein Mensch je besitzen konnte.

»Komm!« sagte der Lama. Aber schon nach zwei Schritten erstarrte er, weil das Bewußtsein in ihm sich dagegen sträubte.

Wohin führst du mich?

Am Rand des Abgrunds, keine zwei Schritte zur Linken, flatterten Gebetsfahnen im Wind. Lange Äste steckten unverrückbar fest im felsigen Untergrund, und bunte Schnüre, an denen büschelweise mit Gebeten bedruckte Fähnchen hingen, spannten sich zu den Seiten hin. Sie bedeuteten ein Stück Erinnerung. Auf der Insel der Götter war es Sitte gewesen, gute Wünsche dem Wind anzuvertrauen.

Auch die schuppenhäutigen Fremden waren anfangs mit guten Wünschen empfangen worden. Aber sie hatten Tod und Verderben gebracht.

Manjushi stieg einen kaum erkennbaren, verwitterten Saumpfad hinab in die Tiefe. Schneebedeckte Berggipfel spiegelten sich in einem türkisfarbenen See, ein wahrhaft überwältigender Anblick. Aus dem Berghang war ein kleiner Tempel herausgeschlagen. Er wirkte unscheinbar und unbedeutend, aber der Lama hatte sicher nicht grundlos den Weg hier herab gewählt.

Der Tempel war leer – bis auf einen verwitterten Schrein. Eine Gebetsmühle stand darin. Sie war silbern, mit blutroten Steinen verziert.

Nutze die Relikte unserer Zivilisation, die die Zeit überdauert haben … Wieder glaubte das Geisteswesen, jene Stimme zu hören, die gleich nach seinem Erwachen zu ihm gesprochen hatte und die wohl ein Teil seiner Erinnerung war.

Kräftig drehte Manjushi die Gebetsmühle. Ein heller, singender Ton erklang. Gleichzeitig kamen die Bilder – Visionen eines grauenvollen Geschehens.

Die Apokalypse hatte begonnen.

Hunger und Durst machten sich zunehmend quälender bemerkbar. Die Versuchung, einfach mit der hohlen Hand Seewasser zu schöpfen und zu trinken, wurde immer stärker.

Die zweite Nacht in der Einsamkeit nährte die beginnende Hoffnungslosigkeit.

Gudrun hatte Fieber. Sie fror und schwitzte abwechselnd, und der Blick ihrer schon tief in den Höhlen liegenden Augen huschte unstet hin und her. Tom konnte nichts anderes tun, als ihre Hand zu halten. Ihre Stirn mit Seewasser zu kühlen, verbot sich wegen der ausgedörrten, sonnenverbrannten Haut.

»Alles wird gut werden«, sagte er. »Ich verspreche es dir.«

Die zweite Hälfte der Nacht brachte ein fernes Wetterleuchten, das den Horizont erhellte. Weit im Osten tobten heftige

Gewitter. Falls Sturm aufzog und die See schwerer wurde, würde das Schlauchboot seine erste wirkliche Bewährungsprobe bestehen müssen.

Bald war dumpfes Donnergrollen zu vernehmen. Undurchdringliche Schwärze verschluckte die letzten noch sichtbaren Sterne.

Kurz darauf spaltete ein greller, vielfach verästelter Blitz das Firmament. Der ihn begleitende Donner war ohrenbetäubend laut und schreckte Gudrun aus dem Halbschlaf hoch. Tom spürte, wie sehr sie sich verkrampfte. Ihr Atem ging kurz und stoßweise, und sie zitterte am ganzen Leib. Erst als er sie sanft auf den Boden des Schlauchbootes zurück drückte und über ihr Gesicht strich, beruhigte sie sich.

»Wir werden auch das Gewitter überstehen«, sagte er. »Ich glaube sogar, daß endlich Regen fällt.«

Die unaufhörlich herabzuckenden Blitze verwandelten die Nacht in hellichten Tag. Der Donner schien nicht enden zu wollen, als feuere ein in der Nähe liegendes Kriegsschiff Salventakt aus allen Rohren. Mehrmals kündeten in der Nähe einschlagende Blitze den Weltuntergang an.

Die See war rauher geworden. Meterhohe Wogen wirbelten das Schlauchboot mit sich und machten es zum Spielball der entfesselten Elemente.

Verzweifelt umklammerte Gudrun die Halteleinen, während ihr Magen immer wieder ruckartig gegen die Rippen gepreßt wurde. Die Fahrt in einer Achterbahn war harmlos im Vergleich mit dem rasend schnellen Auf und Ab des Bootes. Hinter jedem schaumgekrönten Wellenberg öffnete sich ein gieriger Schlund, der geradewegs in die Hölle zu führen schien. Innerhalb von Sekunden wurden beide Wissenschaftler bis auf die Haut durchnäßt. Tom schöpfte das überkommende Wasser mit den hohlen Händen wieder nach draußen. Nach einer Weile benutzte er die auf ihrer Innenseite konkav gewölbte Goldmaske als Kelle. Er konnte dennoch nicht verhindern, daß zunehmend mehr Wasser eindrang und bald zwei Handbreit hoch stand.

Als endlich der Donner nachließ, spürte er seine Arme nicht mehr, und sein Rücken brannte wie Feuer. Gudrun hing wie betäubt an den Leinen, ihr Kopf rollte kraftlos von einer Seite zur anderen.

Der aufgewühlte Ozean beruhigte sich überraschend schnell. Endlich konnte Tom innehalten. Er war am Ende seiner Kräfte. Beinahe schmerzhaft pulsierte das Blut durch seine Adern, und das Herz pochte wie rasend gegen die Rippen. Im Kampf gegen die Brecher hatte er sich die Lippen aufgebissen. Der Geschmack von Blut und Salzwasser im Mund würgte ihn.

Fahl schimmerte der Mond durch die aufreißende Wolkendecke. Gleich darauf fielen die ersten Regentropfen. Schwer klatschten sie herab, trommelten auf das Schlauchboot und wurden innerhalb von Sekunden zu einem wahren Wolkenbruch.

Der Archäologe genoß die herabprasselnde Flut, die sein brennendes Gesicht kühlte und neue Lebensgeister weckte. Gudrun raffte sich ebenfalls aus ihrer Lethargie auf. Lachend fuhr sie sich durchs Haar, legte danach die Hände aneinander und wartete ungeduldig, daß sich in ihnen genügend von dem belebenden Naß sammelte, daß sie es trinken konnte.

Ericson benutzte die Goldmaske als Auffanggefäß. Der Wolkenbruch zog schnell vorüber. Was an Regenwasser blieb, war zum Leben zu wenig und zum Sterben zu viel.

Tom trank einen Schluck und reichte Gudrun das provisorische Gefäß.

»Ein paar Stunden mehr oder weniger«, bemerkte sie. »Was spielt das für eine Rolle?«

»Es wird wieder regnen …«

»Vorher dörrt uns die Sonne aus, Tom. Wie viele Tage können wir noch überstehen?«

Wortlos nahm er ihr die Maske wieder ab, die sie leergetrunken hatte und achtlos auf ihre Knie sinken ließ, und begann, das restliche Meerwasser auszuschöpfen. Er war schließlich so ermüdet, daß er kaum noch die Arme heben konnte.

Als die Morgendämmerung aufzog, fiel er in einen tiefen Schlaf.

Hör auf! forderte das Geisteswesen entsetzt. *Ich will nicht sehen, wie meine Heimat im Kampf der Elemente vergeht!*

Sekundenlang hielt der Lama inne, die Gebetsmühle zu drehen. Seine Hand zitterte, und er atmete kaum. Die Bilder, die sich eben in seinem Inneren geformt hatten, waren schrecklich und grauenvoll gewesen. Ein millionenfacher Tod hatte Menschen wie Fliegen dahingerafft. Sie hatten nicht die Spur einer Chance gehabt, die Apokalypse zu überleben, die einen ganzen Kontinent im Meer versinken ließ.

»Ich wurde nur für zwei Aufgaben erzogen«, sagte Manjushi tonlos. Er konnte seine Erschütterung nicht verleugnen. Selbst die Erkenntnis, daß das Geschehen inzwischen fünftausend Jahre zurücklag, änderte daran nichts. »Ich bin dein Körper, solange du meiner bedarfst, und ich bin das Wissen, das dir fehlt. Khom hat dich zu einer Zeit auserwählt, als der mächtige Feind zwar zurückgeschlagen war und die Insel der Götter noch existierte, aber längst hat die Erde ein anderes Antlitz erhalten. Atlantis ist nur noch Erinnerung, eine Sage, nicht mehr.«

Aber der Feind existiert nach wie vor. Sonst wäre ich nicht erwacht.

Langsam bewegte der Lama die Gebetsmühle wieder. Nicht auf Papier geschriebene Gebete waren in ihr gespeichert, sondern das Wissen um die Veränderungen der Jahrtausende. Ein gewaltiger Komet war mit der Erde kollidiert. Billiarden Tonnen Magma und Wasser waren dabei in die Atmosphäre geschleudert worden – eine unvorstellbare Verwüstung.

Nur wenige Atlanter waren der Vernichtung entronnen – an Bord von Schiffen und Luftschiffen ebenso wie in den entfernten Kolonien, die während des Kampfes gegen die fremden Eroberer gegründet worden waren. Und die nachfolgende Eiszeit hatte weitere Opfer gefordert. Nur ein Prozent der Weltbevölkerung hatte die Apokalypse überlebt.

Das Geisteswesen sah das Antlitz der Göttin Khom – nicht strahlend und anmutig wie in seiner Erinnerung, sondern von Sorgenfalten geprägt, hart und trotzig. Ihre Stimme erklang:

Ich grüße dich, Cahuna, dessen Name ›der Gesandte‹ bedeutet. Angesichts der entsetzlichen Katastrophe, die den Erdball traf, bin ich mehr denn je überzeugt davon, daß es richtig war, dich deines Körpers zu berauben. Dein Geist wird sogar Äonen überdauern.

Die Menschheit beginnt zu vergessen, Cahuna. Elend, Not und erzwungene Primitivität kennzeichnen das Leben heute, wenige Monate nach der Sintflut.

Doch schlimmer noch als diese Katastrophe ist die, die kommen wird. Eines Tages, vielleicht erst in ferner Zukunft, werden unsere Feinde erneut zuschlagen. Dann erfülle mein Vermächtnis, Cahuna! Rette die Menschheit!

Die Sonne versank bereits hinter dem Horizont, und ein heftiges Schneetreiben fegte über die kahle Hochebene hinweg, als der Lama aufhörte, die Gebetsmühle zu drehen. Sie hatte alle in ihr gespeicherten Informationen preisgegeben.

Manjushi stellte sie auf den gefrorenen Boden neben sich. Schweigend sah er zu, wie das Kleinod uralter Goldschmiedekunst langsam zu Staub zerfiel, den der Wind verwehte.

Der neue Tag wurde heißer als die beiden vorangegangenen. Erbarmungslos brannte die Sonne vom Firmament herab. Nicht ein einziger Windhauch brachte Kühlung.

Das Schlauchboot trieb weiterhin nach Nordwesten. In den vergangenen beiden Tagen hatte es vielleicht hundert Kilometer, möglicherweise sogar hundertfünfzig zurückgelegt. Aber das war in den schier endlosen Weiten des Ozeans nicht viel mehr als ein Steinwurf.

Ihr eigenes verhaltenes Stöhnen schreckte Gudrun auf, als die Sonne schon fast im Mittag stand. Tom schlief noch.

Oder war er tot? Gudruns Herz krampfte sich zusammen,

als sie ihn in seltsam verrenkter Haltung am Randwulst lehnen sah. Sein Kopf war vornüber auf die Brust gesunken, in der linken Hand hielt er die Maske, und der rechte Arm hing nach draußen.

»Tom!«

Er regte sich nicht.

Als Gudrun sich halb aufrichtete, wurde ihr schwarz vor Augen. Hunger und Durst wühlten in ihren Eingeweiden. Die paar Schluck Regenwasser hatten nicht lange vorgehalten.

Auf allen vieren kroch sie zu Ericson und zog seinen Arm ins Boot. Er fühlte sich erschreckend leblos an.

»Tom!« ächzte sie wieder. »Laß mich nicht allein!«

Sie lag nun auf Tuchfühlung neben ihm und hob seinen Kopf an. Atmete er noch?

Als sich endlich die Augäpfel unter den geschlossenen Lidern bewegten, war Gudrun den Tränen nahe. »Tom«, flüsterte sie erneut, diesmal unsagbar erleichtert.

Dann küßte sie ihn. So sanft wie Schmetterlingsflügel berührten ihre Lippen die seinen, als fürchte sie, ihn aus dem Erschöpfungsschlaf aufzuwecken.

Als sie seinen Atem an ihrer Wange spürte, ließ sie sich zurücksinken. Jetzt loszuheulen hätte ihr geholfen, die Schrecken der vergangenen Nacht zu überwinden. Doch sie konnte es nicht, starrte nur den grellbunten Kunststoff der Bootshülle an.

»Ich muß geträumt haben«, sagte unvermittelt eine leise, krächzende Stimme neben ihr. »Mir war, als hätte mich ein Engel geküßt. – He, Gudrun, was ist mit dir?«

Sie balancierte am Rand einer Ohnmacht. Doch als Ericson sie unsanft schüttelte, schreckte sie auf.

»Du tust mir weh!« protestierte sie. »Wenn du so mit Engeln umspringst, dann bleib lieber in deinen Träumen.«

»Du?« stieß er leise hervor. »Ich dachte …«

Gudrun wollte antworten, doch ihr Mund blieb offenstehen. Mit zitternder Hand deutete sie nach Norden. »Ein

Schiff!« krächzte sie und wurde von einem Hustenanfall unterbrochen.

Ericson beschattete die Augen mit den Händen, konnte aber nichts erkennen außer einer leichten Spiegelung über dem Wasser.

»Es kommt näher!« Gudrun versuchte ein schwaches, zaghaftes Winken, ließ den Arm jedoch rasch wieder sinken.

»Wir haben es geschafft, Tom. Das ist – ein Wunder.«

Sie sah nicht, daß er stumm den Kopf schüttelte.

»Du freust dich gar nicht«, warf sie ihm vor.

»Da ist kein Schiff, Gudrun. Wirklich nicht. Es tut mir leid.«

Sie starrte ihn an, schaute wieder aufs Meer hinaus. Was sie sagen wollte, wurde zu einem krampfhaften Schluchzen.

Die Sonne hing als riesiger, alles versengender Glutball am Himmel. Die Hitze war unerträglich geworden, und über dem Wasser flimmerte die Luft wie sonst nur über Wüstenregionen oder heißem Asphalt.

Die Knie an den Leib gezogen, lag Gudrun Heber auf dem Boden des Schlauchbootes. Ihr Haar, von der Sonne gebleicht und vom Salzwasser verkrustet, hing ihr in wirren Strähnen in die Stirn.

Bei jeder Welle, die das Schlauchboot anhob, stöhnte sie verhalten. Dann kamen Bruchstücke eines Gebetes über ihre aufgeplatzten Lippen, abgehackt und kaum verständlich.

Tom Ericson kauerte neben ihr. Sein Gesicht war eingefallen, die Wangenknochen standen spitz hervor, und die tief in den Höhlen liegenden Augen waren blutunterlaufen. Seine Hände hatten sich um den Schaft eines der Ruder verkrampft.

Hin und wieder tauchte er das Blatt ins Wasser, aber die Bewegung wirkte kraftlos und roboterhaft starr. Sie war ihm längst in Fleisch und Blut übergegangen.

»Wir – schaffen – es …« Der schwache Wind verwehte seine Worte. »Bald wird es – wieder regnen.«

Sein Blick verlor sich in der Ferne des Horizonts, wo Himmel und Wasser miteinander zu verschmelzen schienen. Die Delphine, die das Schlauchboot eine Zeitlang begleiteten, nahm er schon nicht mehr bewußt wahr.

Die Grenze zwischen Realität und beginnenden Wahnvorstellungen verwischte. Für Dr. Thomas Ericson wurde die See zum Auditorium und das Rauschen der Wellen und des Windes zum Beifall der Studenten.

»Archäologie, meine Damen und Herren, ist eine Wissenschaft, die Ihnen ganzen Einsatz abverlangt. Falls Sie glauben, Sie hätten ein Leben am Schreibtisch vor sich, ist nun noch Zeit, aufzustehen und ein anderes Studienfach zu belegen. Ich bin Ihnen nicht böse, wenn Sie das tun; aber ich habe wenig Verständnis für Leute, die aus mißverstandener Bequemlichkeit heraus sich selbst und andere über mehrere Semester hinweg zum besten halten.

Können Sie heute schon ermessen, was es bedeutet, durch muffige Gänge und Höhlen zu kriechen, in denen so wenig Sauerstoff ist, daß eine Kerzenflamme fast erlischt? Wissen Sie, welch tödliche Bedrohung die Fallen eines uralten Königsgrabes sein können? Sie werden Hunger und Durst leiden, werden wahrscheinlich irgendwann wilden Tieren und kriegerischen Eingeborenen trotzen müssen und Fieberkrämpfe und Krankheiten überstehen ...«

Seine Worte, mit denen er jedes Jahr die neuen Studenten begrüßte, waren längst in Fleisch und Blut übergegangen. Nach der Begrüßungsansprache herrschte meist minutenlang betretenes Schweigen.

»Archäologen sind Idealisten«, murmelte er heiser im Selbstgespräch. »Sie müssen es sein, weil sie sonst nie bedeutende Funde machen würden.«

Wenig später sackte er über dem Ruderschaft zusammen. Nur seine Arme hoben und senkten sich noch im Rhythmus der Wellen. Aber das nahm er schon nicht mehr wahr.

Die SEA QUEEN war ein Seelenverkäufer, ein altersschwacher Frachter unter liberianischer Flagge, der vorwiegend landwirtschaftliche Maschinen und Ersatzteile aus Europa zu den verstreut liegenden Inseln des Südpazifiks brachte und für die Rückfahrt Erze oder tropische Edelhölzer bunkerte. Mitunter schmuggelte die Mannschaft einzelne Exemplare geschützter oder gar vom Aussterben bedrohter Tierarten. Dieses Zubrot ließ die Heuer auf der SEA QUEEN überhaupt erst erträglich erscheinen.

Auf Westkurs stampfte das mit siebzig Metern Länge kaum noch konkurrenzfähige Schiff, das schon vor Jahren ausgeflaggt worden war, durch die nur leicht bewegte See. Dichte Rauchwolken stiegen aus dem Schlot. Sie waren meilenweit zu sehen, ehe sie langsam verwehten. Der Diesel produzierte Unmengen von Ruß. Wer bei voller Fahrt auf dem Achterdeck stand, hatte unweigerlich das Gefühl, mit verklumpter Asche bombardiert zu werden.

Die SEA QUEEN fuhr mit nur sieben Mann Besatzung. Letztlich führte das dazu, daß jeder mehr als genug Arbeit hatte, zumal krankheitsbedingte Ausfälle an der Tagesordnung waren.

Deshalb war es eher Zufall, daß Kahasan Samosir – Erster Offizier, Steuermann und Zahlmeister in einem – das winzige Stück Treibgut entdeckte, das an Backbord querab trieb. Da die in Äquatornähe äußerst kurze Dämmerung schon hereingebrochen war, wurde er überhaupt nur der grellen Bemalung wegen darauf aufmerksam.

Die Entfernung betrug wenig mehr als eine viertel Seemeile.

Gleichgültig zuckte Samosir mit den Schultern und spie einen Priem Kautabak über die Reling. Erst als er das Fernglas, das nicht minder schmuddelig war als das ganze Schiff, vor die Augen hob, kam Leben in seine hagere Gestalt.

»Madhav!« brüllte er über die Schulter nach achtern. »Laß beidrehen und stoppen!«

»Ich habe Befehl, mit voller Kraft …«

»Was kümmert mich die Order, Madhav. Da draußen treibt ein Boot, und wenn mich nicht alles täuscht, sind Schiffbrüchige an Bord. Muß ich mich wiederholen?«

»Beidrehen! Aye, aye!« Madhav, dessen Nachnamen niemand kannte, nicht einmal er selbst, und der wie der Erste Offizier aus Indien stammte, grinste breit. Schiffbrüchige bedeuteten unter Umständen eine willkommene Nebeneinnahme.

Obwohl Madhav plötzlich einen ungewohnten Eifer an den Tag legte, vergingen Minuten, bis die SEA QUEEN endlich aus dem Kurs ausscherte. Das Stampfen und Dröhnen des Diesels schwoll beängstigend laut an.

Als der Kapitän an Deck erschien, hatte sich der Frachter dem Schlauchboot schon bis auf weniger als hundert Meter genähert.

»Ich kann mich nicht erinnern, einen neuen Befehl gegeben zu haben!« brüllte Tako Nagati los. Seinen Mangel an Körpergröße überspielte der Japaner stets durch übertrieben martialisches Gehabe.

Samosir nahm Haltung an.

»Zwei Schiffbrüchige, Kapitän!« meldete er. »Ich habe mir erlaubt ...«

Der Japaner nickte knapp. »Sie betreiben zweier Toter wegen einen verdammt großen Aufwand, Erster. Lassen Sie das Schlauchboot an Bord nehmen, aber vertrödeln Sie nicht noch mehr kostbare Zeit. Wir haben Termine, die wir einhalten müssen.«

Ohne das längsseits treibende Schlauchboot noch eines Blickes zu würdigen, verschwand er wieder unter Deck.

Würziger Wacholderrauch erfüllte das Kloster in den Bergen Tibets bis in den hintersten Winkel. Runde Tonschalen, in denen jeweils ein Dutzend Yakbutterkerzen brannten, waren gleichmäßig über den Gebetsraum verteilt. Ihr flackernder Schein hauchte den Buddhastatuen Leben ein. Jedenfalls schienen sich die Gesichtszüge der Skulpturen unaufhörlich zu verändern.

Mit untergeschlagenen Beinen, beide Hände in Bauchhöhe

haltend, meditierte Paldan Manjushi. Obwohl seine Augen weit geöffnet waren, nahm er nichts von seiner Umgebung wahr. Sein Blick verlor sich in weiter Ferne.

Cahuna, der Gesandte, das Geisteswesen, bediente sich der Sinne des Mönches, denn gemeinsam waren sie stärker als jeder von ihnen allein. Er spürte den Impulsen nach, die ihn geweckt hatten. Seine geistigen Fühler streiften die Bewußtseine von Millionen und Abermillionen Individuen, ohne von ihnen Notiz zu nehmen. Cahuna folgte den Empfindungen, die wie schmerzhafte Nadelstiche auf ihn eindrangen, seit er in dieser für ihn noch fremden Zeit erwacht war. Er spürte das Böse in der Welt, die Verwüstung und Verzweiflung vieler, aber das war es nicht, wonach er suchte, wenngleich es ihn irritierte und von seiner wirklichen Aufgabe ablenkte. Die Menschen hatten sich verändert, und ihre Zahl war heute größer denn je. Sie lebten nicht mehr im Einklang mit ihrer Welt, begriffen sich nicht mehr als Teil der Natur, deren Gleichgewicht zu früheren Zeiten als höchstes Gut gegolten hatte.

Allmählich wurde Cahuna bewußt, wie groß die Gefahr wirklich war. Der Gegner würde keine geeinte Front vorfinden, sondern eine Vielzahl von Splittergruppen ...

Das Gefühl, von unsichtbaren Kräften aus dem Erdinnern zerrissen zu werden, ließ Cahuna gequält aufschreien.

Auch Manjushi krümmte sich vor Schmerzen. Haltlos sank er vornüber, und seine Stirn schlug hart auf den steinernen Boden. Cahunas Geist und Manjushis Körper – sie waren zumindest in dem Moment auf Gedeih und Verderb miteinander verbunden.

Der Gesandte kannte das Gefühl. Jemand bediente sich der Zeitlosen Ortsversetzung, in deren Sog er ungewollt hineingeraten war.

Er hätte damit rechnen müssen, daß die Maschinen der Feinde die Jahrtausende überdauert hatten. Die Zeitlose Ortsversetzung würde den Gegnern Tür und Tor öffnen.

Wie schon einmal.

Cahuna mußte alles daransetzen, das zu verhindern.

Irgendwann endete die gleichmäßige Bewegung.

Ericson hörte Stimmen ... Geräusche ... das Dröhnen von Maschinen. Doch seine Lider waren schwer wie Blei. Er schaffte es nicht, die Augen aufzuschlagen.

Jemand umfaßte ihn unter den Schultern und zerrte ihn hoch. Er stöhnte nur. Selbst als ein Schwall kühlen Wassers über ihm zusammenschlug, kehrten die Lebensgeister nicht zurück.

Wie in Trance nahm er wahr, daß sich die Bewegung veränderte. Er lag jetzt auf einer harten Pritsche. Ein Motor tuckerte, erstarb aber gleich darauf spuckend wieder.

»Helft Gudrun!« stieß Tom ächzend hervor. »Kümmert Euch – um Gudrun!«

Niemand schien ihn zu verstehen.

Träumte er? War dies das Delirium, dem unweigerlich der Tod folgte?

Menschen, die schon klinisch tot gewesen, jedoch anschließend wiederbelebt worden waren, hatten von einem hellen Tunnel gesprochen, der sie mit unwiderstehlicher Kraft anzog, von Sphärenklängen und davon, daß ihr ganzes Leben noch einmal mit Zeitraffertempo vor ihrem inneren Auge Revue passierte. Nichts davon stellte sich ein. Tom wartete vergeblich darauf.

Statt dessen verlor er unerwartet den Boden unter den Füßen. Von Gurten gehalten, die sich um seinen Leib und unter den Achseln spannten, wurde er in die Höhe gezogen.

Sekundenlang sah er eine graue Wand vor sich aufwachsen. Rost ließ die Farbe großflächig abblättern, obwohl nahezu überall notdürftig versucht worden war, den Verfall aufzuhalten.

Als die Aufwärtsbewegung endete, wurde Tom Ericson von kräftig zupackenden Seeleuten in Empfang genommen und auf die Füße gestellt.

»Hallo«, wollte er sagen. »Ich danke euch.« Doch es wurde nur ein unverständliches Stammeln daraus. Alles um ihm her begann sich in einem rasenden Reigen zu drehen.

Übelkeit stieg in ihm auf. Ericson atmete kurz und gepreßt. Augenblicke später sackte er haltlos in sich zusammen.

»Ich habe ihre Position!«

Professor Richard Dean Karney – seit dem Beginn seiner körperlichen Veränderung nannte er sich Kar, weil er sich nicht mehr als einfacher Mensch fühlte – triumphierte. Seit Tagen versuchte er, mit Hilfe der fremdartigen Technik von der Unterwasserpyramide östlich des Kermadec-Tonga-Grabens aus die beiden Wissenschaftler aufzuspüren – ein schwieriges Unterfangen. Zum einen emittierten die Artefakte, welche die Verfolgten auf Gardner gefunden und mit sich genommen hatten, eine undefinierbare Störstrahlung, zum anderen spürte er eine wachsende innere Unruhe, deren Ursprung wohl in der geheimnisvollen Infektion lag, die er sich zugezogen hatte.

Sein bislang volles braunes Haar war lichter geworden, und eine lederartige Schuppenhaut, mal wie Bronze und dann wieder grünlich schimmernd, überzog seinen linken Arm bis zum Ellbogen hinauf. Jeden Morgen überprüfte Karney mit wachsender Sorge, ob die Verwandlung noch weiter fortschritt, doch sie schien sich auf den Unterarm und den zunehmenden Haarausfall zu beschränken. Bisher …!

Die von Schuppen überzogenen Finger seiner linken Hand berührten Linien und Symbolzeichen, die in eine silberne Platte eingeätzt waren. Innerhalb eines kugelförmigen Bereichs von rund dreißig Zentimetern Durchmesser begann daraufhin die Luft zu flimmern und zeigte das Abbild eines Schlauchbootes auf offener See. Ein Mann und eine Frau, beide mehr tot als lebendig, lagen auf dem Boden des Bootes.

Flüchtig wandte sich Kar zu Suzy Duvall um, die stumm, beinahe andächtig jede seiner Bewegungen verfolgte. Die bildhübsche Eurasierin lernte von ihm, die fremden Maschinen zu bedienen. Dabei hatte er selbst noch längst nicht alle Geheimnisse ergründet.

Kar wollte etwas sagen, aber nur ein heiseres Röcheln drang über seine Lippen. Ein Schmerz, als würden glühende Nadeln durch seinen Schädel gestoßen, traf ihn wie ein Blitz aus heiterem Himmel und zwang ihn in die Knie.

Stöhnend fing er sich mit den Händen ab und verharrte vornübergebeugt. Das Rasseln seiner Atemzüge war das einzige Geräusch inmitten der lähmenden Stille.

»Kar ...« Endlich überwand Suzy Duvall ihr Erschrecken. »Was ist mit dir?«

Weit quollen die Augen des Professors aus den Höhlen hervor. Unter seiner Schädeldecke tobten Höllenfeuer. Ein grauenvolles Fauchen und Kreischen trieb Kar an den Rand des Wahnsinns. Sekunden vergingen, bis er endlich begriff, daß er selbst diese Laute ausstieß.

Suzy Duvall war entsetzt bis an den Rand der Halle zurückgewichen. Hilflos sah sie zu, wie Kar sich am Boden wand und seine Kleidung zerfetzte.

»Kar!« brüllte Suzy aus Leibeskräften. »Komm zu dir!« Zum erstenmal hatte sie Angst, nackte, erbärmliche Angst.

In das Fauchen mischten sich Worte – kehlige, unverständliche Laute. Kar redete in einer völlig fremden Sprache.

War da nicht ein Flimmern in der Luft, ein Hauch von Nebel, der menschliche Umrisse annahm? Suzy blinzelte verwirrt, während Kar wie rasend um sich schlug.

»Ich habe die Macht!« brüllte er mit überkippender Stimme. »Ich allein! Niemand wird mir mein Lebenswerk streitig machen!«

Eine unsichtbare Kraft hielt ihn am Boden fest. Gleichzeitig drückte sie seinen Körper nach hinten. Kars Gesicht verzerrte sich zur Grimasse, Blut rann aus seiner Nase, und um seinen schmallippigen Mund zuckte das Fleisch, entwickelte ein entsetzliches Eigenleben, als beginne es, sich von den Knochen abzulösen. Suzy war wie gebannt, unfähig, sich umzuwenden und zu fliehen. Jeden Moment glaubte sie, Kars Knochen splittern zu hören und zu sehen, wie sein unnatürlich gedehnter Körper aufriß und die Eingeweide freigab.

Instinktiv spürte sie, daß sie Zeugin eines unheimlichen Zweikampfes wurde. Das vage Flimmern hatte sich um Kar herum zusammengezogen …

Er keuchte nur noch erstickt. Seine Hände verkrampften sich um die Schläfen, und die rauhen Schuppen rissen ihm die Haut auf.

Dann, von einer Sekunde zur anderen, war alles vorbei. Ächzend kippte Kar zur Seite.

Sekundenlang war Suzy Duvall noch unfähig, irgend etwas zu tun. Sie fragte sich, ob Kar tot war. Doch dann bewegte er sich wieder, und Suzy überwand Furcht und Schrecken und kniete neben ihm nieder.

»Wir sind nicht mehr allein«, stieß Karney gepreßt hervor. »Irgendwo auf der Welt existiert ein Gegner, der von meinen Plänen weiß. Und der auch die Geheimnisse dieser Anlage hier kennt.«

»Woher … ?« Da war ein Kloß in ihrem Hals, der ihr das Sprechen schwermachte.

»Er ist ein Fossil«, sagte Kar, »eine körperlose Kreatur, die glaubte, mich übernehmen zu können. Mich!« Er lachte schallend, aber dieses Lachen klang nicht so zuversichtlich, wie es eigentlich sein sollte. »Ich werde ihn hinwegfegen wie Staub aus einer alten Gruft. Falls er es wagt, erneut anzugreifen, bin ich bereit.«

Doch wer immer der Angreifer auch gewesen war – er hatte bereits einen ersten Sieg errungen und Kars momentane Pläne vereitelt. Vergeblich bemühte sich Professor Karney, den unterbrochenen Kontakt zu dem Archäologen und seiner Begleiterin wiederherzustellen. Er hatte sie abermals verloren.

Als Tom Ericson erwachte, war die würgende, quälende Übelkeit sofort wieder da. In seinem Schädel dröhnte ein gigantisches Hammerwerk und schien ihn unaufhaltsam in den Wahnsinn zu treiben.

Die Hölle konnte kaum schlimmer sein.

Ein gellender Schrei vertrieb die schattenhaften Kreaturen, die von allen Seiten her auf ihn eindrangen, und brachte ihn endgültig in die Wirklichkeit zurück. Er brauchte eine Weile, um zu begreifen, daß er selbst diesen Schrei ausgestoßen hatte.

Knarrend schwang eine Tür auf.

»Sie sind Amerikaner?«

Die Stimme sprach akzentbehaftetes Englisch; der Tonfall war der eines Inders. Ericson konnte sich in der Hinsicht auf seine Erfahrung verlassen.

»Wo bin ich?« wollte er wissen, ohne die ihm gestellte Frage zu beantworten.

»In Sicherheit. Ihre Begleiterin liegt nebenan, in der Krankenstation.«

»Bringen Sie mich zu ihr!«

»Später! Zuerst brauchen Sie Ruhe. Ihr Zustand ist nicht der beste.«

»Das weiß ich selbst. Ich ...« Ericson wollte sich aufrichten, aber die Schwäche übermannte ihn, bevor er sein Vorhaben in die Tat umsetzen konnte. Sein immer noch unsichtbarer Gesprächspartner lachte leise. Endlich bequemte er sich, näher zu treten. Der Turban wies ihn als Sikh aus.

»Ich bin Kahasan Samosir, der Erste Offizier dieses Schiffes«, sagte er. »Falls Sie wissen wollen, wem Sie Ihre Rettung verdanken – Sie sehen Ihren Wohltäter vor sich.«

»Danke«, sagte Ericson. Samosir, obwohl allem Anschein nach nicht gerade unbescheiden, hatte eine durchaus sympathische Art an sich.

Der Inder winkte gleichmütig ab. »Wie lange waren Sie da draußen?«

»Drei Tage – glaube ich. Mag sein, daß es auch mehr waren. Ich weiß es nicht so genau.«

Für eine Weile lauschte Ericson seinem jagenden Puls. Ein Gefühl unergründlicher Leere hatte von ihm Besitz ergriffen. Obwohl er sich noch dagegen sträubte, wußte Tom, daß er nichts dringender brauchte als Ruhe.

Der Sikh musterte ihn interessiert und nachdenklich zugleich. Schließlich fragte er frei heraus: »Als wir Sie aus dem Boot holten, haben Sie viel wirres Zeug geredet. Von einem Schatz, von Verbrechern und einer versunkenen Stadt ...«

Toms Rechte zuckte unwillkürlich zur Hüfte. Doch mitten in der Bewegung hielt er inne.

Samosir lächelte wissend. »Sie haben Angst, Mister ...? Oder täusche ich mich da?«

»Wahrscheinlich.«

»Dabei weiß ich noch nicht einmal Ihren Namen.«

»Ericson – Thomas Ericson. Doktor der Archäologie.«

Der Sikh zog eine Augenbraue hoch.

»Das war fast zu vermuten«, sagte er unbeeindruckt. »Sie sind also einer dieser Verrückten, die banaler Scherben wegen ganze Felder umgraben und letztlich auf Gold stoßen, wo andere es nie vermutet hätten.«

Das war eine ungewöhnliche Definition und zugleich eine unverblümte Anspielung. Natürlich hatte die Mannschaft des Schiffes die Goldmaske und den Kristall gesehen. Tom wäre jede Wette eingegangen, daß an Bord die absonderlichsten Vermutungen kursierten.

Kein Muskel zuckte in Samosirs Gesicht, als er fragte: »Wieviel sind die antiken Stücke wert?«

Hörbar stieß der Archäologe den Atem aus.

»Ich weiß es nicht«, erklärte er.

»Bestimmt nicht«, erwiderte Samosir in leicht spöttischem Tonfall. »Das ist auch völlig unerheblich.« Es entging ihm keineswegs, daß Ericson wieder nach dem Revolver tastete. Abwehrend hob er deshalb die Hände. »Der Kapitän hat beides unter Verschluß genommen. Sie bekommen Ihr Eigentum wieder, sobald wir Sie an Land setzen.«

Das Reden strengte Ericson an. Mit schwerer werdender Zunge fragte er:

»Wohin fährt das Schiff? Jemand muß die Universität verständigen.«

»In den Staaten?«

»Yale in New Haven, Connecticut.«

Kahasan Samosir zuckte mit den Schultern. »Nie gehört«, erklärte er. »Unser Ziel sind die Philippinen. Von dort kriegen Sie bestimmt Kontakt. Bis dahin müssen Sie sich aber noch gedulden.«

Tom murmelte etwas Unverständliches. Augenblicke später war er eingeschlafen.

Madhav, der Zweite Steuermann der SEA QUEEN, war kein Mensch, der sich von Stimmungen oder gar Gefühlen leiten ließ. Trotzdem hielt er nach wenigen Stufen auf dem Fallreep inne und blickte hilfesuchend zurück zur Reling, als sei er drauf und dran, in unbekannte, beängstigende Gefilde hinabzusteigen.

Er spürte die nahe Gefahr fast körperlich.

Über ihm spannte sich der blaue, leicht bewölkte Himmel, und die Sonne brannte unvermindert heiß herab. Vögel waren nicht zu sehen, nicht einmal der verwehende Kondensstreifen eines fernen Flugzeugs. Nur eine schwache Dünung rollte heran. Dennoch hatte Madhav beim nächsten Schritt das Gefühl, in einen bodenlosen Abgrund zu stürzen. Unwillkürlich griff er nach dem Handlauf.

Die Dämonen der Unterwelt warteten auf ihn!

Innerhalb von Sekunden wurde diese Ahnung zur Gewißheit. Waren da nicht düstere, schemenhafte Kreaturen, die aus der Tiefe der See langsam zur Oberfläche emporstiegen?

Noch vier Meter trennten Madhav vom unteren Ende des Fallreeps und von dem längsseits liegenden Schlauchboot. Obwohl die kostbare Habe der beiden Amerikaner bereits geborgen worden war, verlangte Kapitän Nagati, daß auch das Schlauchboot an Deck gehievt wurde.

Madhav tat den nächsten Schritt. Zaghafter als die vorangegangenen.

Nichts hatte sich verändert. Die SEA QUEEN lag unbeirrbar auf Kurs. Dennoch glaubte er, durch zähen Sirup zu waten. – Was um alles in der Welt geschah mit ihm?

Trotz unveränderter Temperatur fröstelte er plötzlich. Ihm war, als streife ihn der eisige Hauch des Todes. Die vom Wasser aufsteigende Kälte lähmte seine Bewegungen.

Mit beiden Händen umklammerte Madhav den Handlauf und starrte hinab in die vorbeiziehenden gischtenden Wogen, von denen ein feiner Dunstschleier aufstieg.

Gierig, mit den Tentakeln eines vielarmigen Molochs, zog sich der Dunst an der Schiffswand empor. Schon leckten erste Nebelschwaden über die unterste Stufe des Fallreeps. Sie entwickelten ein unheimliches, zielstrebiges Eigenleben.

Madhav spürte ein unbeschreibliches Grauen. Überlaut dröhnte sein Pulsschlag in den Schläfen. Aber weder die Tageszeit noch die Witterungsbedingungen begünstigten das Entstehen von Nebelbänken. Überhaupt war ringsum die See so klar wie zuvor. Lediglich das Schlauchboot lag plötzlich im Dunst, der aus der Tiefe der See heraufzusteigen schien und die Eiseskälte mit sich brachte.

Geh zurück! hämmerte es in Madhavs Gedanken. Er wollte sich herumwerfen und fliehen, wollte die Nebelschwaden von der vermeintlichen Sicherheit des Decks herab beobachten, doch er konnte es nicht. Er konnte nicht einmal schreien. Nur ein heiseres Krächzen drang über seine Lippen. Viel zu leise, als daß ihn irgend jemand hätte hören können.

Gierig umschlang ihn der Nebel, wie mit tausend Nadeln in sein Fleisch stechend.

Madhavs Widerstand zerbrach innerhalb von Sekunden. Er spürte, daß seine Finger sich vom Handlauf lösten und er den Halt verlor. Aber weder sein nächster Atemzug noch der übernächste füllten seine Lunge mit Wasser und erstickten ihn.

Seine instinktiven Schwimmbewegungen waren unnötig. Nirgendwo stieß er auf Widerstand.

Vergeblich redete sich der Inder ein, daß er nur die Augen öffnen müsse, um dem Spuk ein rasches Ende zu bereiten. Er war in einem Alptraum gefangen.

Bei schwerer werdender See stampfte der Frachter nach Westen. Anfangs nahm Dr. Ericson den Wetterumschwung kaum wahr, der das Meer aufwühlte – später wurde ihm recht drastisch bewußt, wie heimtückisch Wind und Wogen sein konnten. Bei Windstärke sieben erbrach er das wenige, das er inzwischen gegessen hatte. Er fühlte sich elender als zuvor und verfiel in einen Dämmerzustand, der nur wenige lichte Momente brachte.

Später erinnerte er sich vor allem an das Tosen des Sturmes und das dumpfe Dröhnen, mit dem gewaltige Brecher gegen den Schiffsrumpf schmetterten, als wollten sie den Weltuntergang ankündigen. Zu diesem Zeitpunkt wären Gudrun Heber und er in dem Schlauchboot rettungslos verloren gewesen.

Zwei Tage lang kämpfte die Besatzung des Frachters gegen die entfesselten Elemente. Als der schwere Seegang endlich nachließ, zwang sich Gudrun, aufzustehen. Sie hatte an beiden Tagen kaum etwas zu sich genommen und fühlte sich kränker und schwächer als zuvor. Trotzdem mußte sie jetzt etwas essen, sonst würde sie nie auf die Beine kommen.

Der Raum, in dem sie gelegen hatte und den die Mannschaft als Krankenstation bezeichnete, war nur ein enges, muffiges Loch. Ein unter der Decke hängender Ventilator ersetzte das fehlende Bullauge höchst unvollkommen.

Das unangenehm brummende Ding verquirlte lediglich den in der Luft hängenden Dieselgeruch mit kaltem Rauch und Küchendünsten.

Zaghaft machte Gudrun einen Schritt zur Tür und hatte prompt das Gefühl, daß der Boden unter ihren Füßen zurückwich. Erst an einem offenen Regal fand sie den nötigen Halt.

Während sie noch mühsam um ihr Gleichgewicht rang, wurde die Tür aufgestoßen. Überraschung zeichnete sich im Gesicht des Farbigen ab, der eine Kanne voll dampfendem Tee brachte.

»Legen Sie sich wieder hin, Miß!« befahl er. »Der Seegang ist nichts für schwache Knie.«

Seine Augen taxierten ihren Körper. Anzüglich. Lauernd. Besitzergreifend. Plötzlich grinste er herausfordernd. Gudrun zuckte unwillkürlich zurück. Der hagere, knapp zwei Meter große Kerl mit dem Kraushaar und der Boxernase war ihr unheimlich. Der Eindruck, einem sprungbereiten Raubtier gegenüberzustehen, verstärkte sich, als er grinsend die Zähne fletschte. »Wo ist Dr. Ericson?« herrschte sie ihn an.

Das Grinsen des Mannes wurde noch eine Spur unverschämter. »Ihr Freund, Miß?« fragte er herausfordernd.

»Mein Partner!«

»Na ja.« Wieselflink huschte sein Blick hin und her auf der Suche nach einem Platz, wo er die Teekanne und die ausgeschlagene Tasse abstellen konnte.

»Sagen Sie dem Kapitän, daß ich ihm für die Rettung danke.« Gudrun bemühte sich vergeblich, ihrer Stimme einen festen Klang zu verleihen.

»Ihretwegen haben wir genug Ärger. Unser Zweiter Steuermann ist spurlos verschwunden. Er wollte das Schlauchboot an Bord holen – vor dem Sturm, bei ruhiger See.«

»Sie glauben, er ist ertrunken?«

»Wenn er sich nicht in Luft aufgelöst hat … Die Mannschaft ist beunruhigt.«

Unwillkürlich biß sich Gudrun auf die Unterlippe. »Was ist mit dem Schlauchboot?« fragte sie.

Ihr Gegenüber schnippte mit den Fingern. »Genau das hat Ihr Freund auch schon gefragt. Seltsam, nicht?« Ein Aufblitzen lag in seinen Augen.

»Ich weiß nicht, Mister. In den letzten Tagen war mir alles andere als nach Konversation zumute.«

»Sagen Sie nicht Mister. Runeme ist mein Name.«

»Danke für den Tee, Runeme. Aber nun lassen Sie mich bitte wieder allein.«

»Warum so schroff?« Seine Augen entblätterten sie wie eine frisch gepflückte Rose. »In deinen Armen könnte ich sogar den Steuermann vergessen. Weißt du, wie lange wir keine Frau an Bord hatten?«

Gudrun spürte kein Verlangen nach der Antwort. Und schon gar nicht wollte sie, daß der Kerl sie mit seinen schmierigen Pranken betatschte. Als er ihre Hüfte umfaßte, schlug sie zu. Ihre Hand klatschte mitten hinein in die dreist feixende Visage.

Sekundenlang stand der Schwarze da wie vom Donner gerührt und schien nicht zu begreifen, dann zog er die Frau ruckartig an sich.

Gudrun hatte das Gefühl, zwischen die Backen eines Schraubstocks geraten zu sein. Mit den angewinkelten Unterarmen stemmte sie sich gegen Runemes haarige Brust. Nach Knoblauch und billigem Fusel stinkender Atem schlug ihr entgegen. Der Kerl wollte sie küssen, aber sie drehte und wand sich in seinem Griff und schrie, als er noch zudringlicher wurde.

Runeme dachte nicht daran, deshalb von ihr abzulassen. Seine Pranken streiften über ihre Brust und zwängten sich zwischen ihre Schenkel, zerrten sie hinab in die Niederungen menschlicher Begierde, aus der es kein Entrinnen gab, es sei denn, sie ließe widerstandslos alles über sich ergehen.

Wie ein ausgehungertes Tier fiel der Kerl über Gudrun her. Jeden Moment erwartete sie den tobenden Schmerz, der den Seemann ans Ziel seiner Wünsche brachte.

Irgendwie gelang es ihr, das Tablett näher zu sich heranzuziehen. Ihre Finger umklammerten den Henkel der Teekanne, und mit aller Kraft schmetterte sie dem Kerl das Porzellan an den Schädel.

Im nächsten Moment ergoß sich der kochend heiße Tee über Runeme, der mit einem unmenschlichen Schrei hochfuhr und unartikulierte Laute ausstieß. Gudrun wand sich unter ihm zur Seite, den abgebrochenen, scharfkantigen Henkel der Kanne wie einen Dolch vor sich haltend.

»Raus hier!« herrschte sie den Mann an. Ihre Handbewegung war unmißverständlich. Sie würde nicht zögern, ihn zu verletzen.

»Verdammtes Biest«, spie Runeme aus. Der heiße Tee hatte

deutliche Spuren in seinem Gesicht hinterlassen. »Dafür wirst du büßen! Ich werde dich …«

Die Tür wurde zum zweitenmal aufgestoßen. Tom Ericson stürmte die Krankenstation. Mit einem raschen Blick erfaßte er die Situation.

»Weg von ihr! Los, wird's bald?« stieß er drohend hervor. Der Revolver in seiner Faust redete eine deutliche Sprache.

Runeme bedachte ihn mit einem haßerfüllten Blick, fügte sich aber und breitete in einer Geste der Ohnmacht die Arme aus. »Ist ja schon gut«, murmelte er beschwichtigend. »Ich wollte doch nur ein bißchen Spaß …«

»Spaß?« Tom stieß ein kurzes, abgehacktes Lachen aus. »Für diesen *Spaß* sollte ich dich über den Haufen schießen, Mann! Und nun verschwinde. Laß dich nicht wieder in Miss Hebers Nähe blicken!«

Mit einem heftigen Fußtritt warf er die Tür hinter Runeme ins Schloß und wandte sich seiner Begleiterin zu: »Bist du in Ordnung?«

Gudrun nickte zögernd. »Hast du seine Augen gesehen? Bei der nächsten Gelegenheit bringt er dich um.«

»Abwarten. Wir gehen im nächsten Hafen von Bord. Der Erste Offizier sagt, daß wir morgen früh vor Betio auf Reede liegen.«

»Und wie kommen wir weiter?«

»Es gibt einen kleinen Flughafen auf South Tarawa. Wenn wir Glück haben, finden wir sogar eine startbereite Maschine.«

Als Madhav warmen, feinkörnigen Sand zwischen den Fingern spürte, richtete er sich ruckartig auf.

Sein Alptraum endete auf einem schmalen Eiland zwischen Himmel und Meer. Das Stückchen Land wirkte unberührt von jeder Zivilisation. Strandhafer wogte im Wind, und eine Heerschar Krabben floh vor dem ungebetenen Eindringling in Richtung Wasser.

Die Insel war größer, als der Steuermann auf Anhieb vermutet hätte. Buschwerk, Palmen und die verfallenen Überreste einer Steinmauer bestimmten das Bild in unmittelbarer Umgebung. Dahinter erstreckte sich azurblau der Ozean.

Die SEA QUEEN war verschwunden. Nicht einmal die Rußfahne, die oft meilenweit in der Luft hing, konnte Madhav entdecken.

Wie um alles in der Welt war er hierher gelangt?

Der unheimliche Nebel hatte ihn verschluckt, und dann ... Vergeblich zermarterte Madhav sein Gehirn. Er erinnerte sich nicht. Womöglich waren inzwischen Stunden vergangen.

Einen derben Fluch ausstoßend, ballte er die Fäuste. Diese verdammten Bastarde hatten ihn kaltgestellt. Natürlich. Ein Schlafpulver im Rum ... eine einsame Insel... und schon gab es einen weniger, der Anspruch auf das Gold der beiden Schiffbrüchigen erhob.

Keiner aus der Crew war ein Mörder. Das brachten die Kerle nicht fertig. Aber ihn auf diese gemeine Art auszubooten, das sah ihnen ähnlich. Wahrscheinlich war Runeme der Urheber.

»Ich verdammter Idiot!« stieß Madhav gepreßt zwischen den Zähnen hervor.

Nur sein Messer hatte er bei sich. Das reichte gerade, um Kokosnüsse aufzuschlagen. Verhungern oder verdursten würde er zumindest während der kommenden Wochen nicht.

Der Inder legte die Hände trichterförmig vor den Mund. »He!« rief er. »Ist da wer?«

Niemand antwortete ihm.

Ohne länger zu zögern, erhob er sich und lief am Strand entlang. Die Insel war eigentlich ein ausgedehntes Atoll. Vorgelagerte Korallenriffe schirmten sie zumindest in diesem Teil als natürliche Barriere ab. Mangroven wurzelten im seichten Uferwasser.

Hinter der Steinmauer entdeckte Madhav ein weiteres Bauwerk. Es erinnerte ihn auf bizarre Weise an die Spitze einer im Untergrund versunkenen uralten Pyramide. Pflanzen wurzelten auf den stufenförmig angeordneten Quadern, aber an einigen Stellen führten schmale Pfade durch das Dickicht.

Eine Pyramide? Hier, auf einem Atoll? Das war … absurd!

Wenig mehr als hundert Meter von dem Bauwerk entfernt endete eine schmale, von Klippen gesäumte Bucht. Ein metallischer Reflex weckte Madhavs Aufmerksamkeit – und eine ungewisse Hoffnung, vielleicht doch nicht allein auf dem Eiland zu sein. Im Laufschritt, ohne jedoch die nötige Vorsicht außer acht zu lassen, näherte er sich der Bucht. Jäh überkam ihn das Gefühl, beobachtet zu werden, und es wuchs mit jedem Meter. Außerdem stellte sich eine quälende Übelkeit ein, für die er keine Erklärung hatte.

Dann sah Madhav das Boot. Es war eine hochseetüchtige Yacht, sorgsam vertäut in der Fahrrinne liegend. Die Sonne spiegelte sich in den Aufbauten und verursachte die Reflexe, die ihn angelockt hatten.

Madhavs Rechte verkrampfte sich um den Griff des Messers, als er einen kleinen Abhang hinunterstieg.

Er hatte sich bis auf hundert Schritt dem Boot genähert, als hinter ihm unvermittelt eine Frauenstimme erklang: »Bleib ruhig stehen!«

Madhav erstarrte.

»Und nun dreh dich langsam um!« fuhr die Stimme fort. »Aber keine Dummheiten!«

Die Frau, der er gegenüberstand, hatte das ebenmäßige Gesicht einer Chinesin, trotzdem konnte sie einen europäischen Einschlag nicht verleugnen. Sie war schlank, trug ein eng anliegendes rotes Kleid und hatte blauschwarzes Haar. Die Pistole in ihrer Hand zielte unmißverständlich auf Madhavs Brust.

Der Inder versuchte ein zuvorkommendes Lächeln. »Sie können mir helfen, Miß. Ich habe leider keine Ahnung …«

»Mitkommen!« herrschte sie ihn an. »Na los, beweg dich!«

Ihre Geste war unmißverständlich. Sie deutete in die Richtung, in der die Pyramide lag.

Madhav blieb keine andere Wahl. Zögernd setzte er sich in Bewegung.

Der Frachter war ein schäbiges, heruntergekommenes Schiff – ein Seelenverkäufer, hatte es den Anschein. Auf der Suche nach einem Aufgang an Deck sahen Gudrun Heber und Thomas Ericson nur enge, dreckige, stinkende Korridore. Lose baumelnde Kabelstränge, blasenwerfende Bodenbeläge, all das war kennzeichnend für den Zustand des Schiffes und – wie Tom vermutete – auch der Mannschaft.

Das allgegenwärtige Rumoren des Diesels wirkte mit der Zeit zermürbend.

Eine laue Brise schlug Tom und Gudrun entgegen, als sie endlich das Oberdeck betraten. Vier Männer verzurrten die vom Sturm in Mitleidenschaft gezogene Ladung neu. Einer von ihnen war der hagere Afrikaner. Er bedachte Tom mit tödlichen Blicken.

Ericson deutete zur Brücke hoch. Zwei Gesichter zeichneten sich hinter den dreckigen Scheiben ab.

»Der mit dem Turban ist Samosir, der Erste Offizier. Der Japaner neben ihm dürfte der Kapitän sein.«

»Wenn der Berg nicht zum Propheten kommt, muß der Prophet eben zum Berg gehen«, vermutete Gudrun.

»Mal sehen, ob ein Höflichkeitsbesuch daraus wird.«

Die See hatte sich wieder beruhigt. Nur leicht gekräuselt lag sie im Schein der schon schräg stehenden Nachmittagssonne.

Rost beherrschte das Schiff. Der Handlauf, die zur Brücke hinaufführenden Trittstufen, alles trug unübersehbar die Spuren eines nicht mehr aufzuhaltenden Verfalls.

»Da ist Land!« rief Gudrun Heber überrascht, als sie vor Tom die obere Plattform erreichte.

Im Süden war ein schmaler, grünbrauner Höhenzug zu erkennen, der sich im Dunst des Nachmittags verlor.

»Das ist Beru«, erklärte Kahasan Samosir, der die Tür zur Brücke geöffnet hatte. »Eine der südlichen Inseln.«

Der Japaner musterte die beiden Wissenschaftler von Kopf bis Fuß, anschließend deutete er eine leichte Verbeugung an.

»Sie hatten geradezu unverschämtes Glück«, sagte er emotionslos anstelle einer Begrüßung. Sich vorzustellen, hielt er offenbar für überflüssig.

»Wir danken Ihnen für die Rettung.«

»Schon gut. Ich bin froh, wenn Sie wieder von Bord gehen – eine Frau auf einem Schiff wie unserem ist schlecht für die Moral der Mannschaft.« Seine eben noch unbewegte Miene zeigte plötzlich ein verbindliches Lächeln. »Sie täten gut daran, in Ihrer Kabine zu bleiben, Miß. Meine Männer sind rauhe Kerle.«

»Das haben wir bereits bemerkt, Kapitän«, erwiderte Ericson.

»Wollen Sie sich beschweren, Mister? Über einen aus meiner Crew?« Der Japaner bedachte ihn mit einem durchdringenden Blick. »Gold«, sagte er schließlich zögernd, »bringt männliche Gefühle nicht weniger in Wallung als der Anblick einer schönen Frau. Sie sind nicht nur Ihrer Begleiterin wegen zu beneiden, sondern auch um den beachtlichen Reichtum, den Sie bei sich tragen.«

»Archäologische Fundstücke«, erklärte Ericson, »nicht mehr und nicht weniger.«

»Wann geht das Schiff vor Anker?« wollte Gudrun wissen.

»Im frühen Morgengrauen«, antwortete der Erste Offizier. »In spätestens vierzehn Stunden haben Sie wieder Land unter den Füßen.«

Tom nickte zufrieden. »Dann glaube ich«, sagte er, »daß Sie mir meinen Besitz wieder aushändigen können.«

»Morgen«, erwiderte der Kapitän. »Bis dahin sind die Stücke im Tresor gut verwahrt.« Dem Archäologen entging keineswegs der flüchtige Blick, den er und sein Erster miteinander austauschten.

»Warum nicht jetzt?« drängte Tom. »Ich entbinde Sie von der Verantwortung, Kapitän.«

Der Japaner zuckte nichtssagend mit den Schultern. Dann wandte er sich um und öffnete einen Schrank. Der Tresor war nachträglich eingebaut worden und erfüllte wohl kaum größere Sicherheitsansprüche. Tom hätte sich zugetraut, ihn mit einem Brecheisen auszuhebeln. Außerdem war die Tür nur mit einem einfachen Schlüssel zu sperren, den der Kapitän an einer Kette um den Hals trug.

»Passen Sie auf Ihr Gold gut auf, Mister«, sagte er lächelnd. »Nicht alle Menschen sind so ehrlich wie meine Crew.«

Runemes Geste war eindeutig. Vor versammelter Mannschaft – nur der Kapitän und Madhav fehlten – fuhr er sich mit der Handkante über die Kehle.

»Niemand wird je erfahren, was geschehen ist«, verkündete er. »Das Meer kann grausam sein.«

»Wir sind keine Mörder«, widersprach Samosir heftig. »Erwarte von mir nicht, daß ich mithelfe, Wehrlose zu töten, und schon gar keine Frau.«

»Sie gefällt dir?« Runeme lachte spöttisch. »Treibgut gehört dem, der es auffischt.«

Mit einer schroffen Handbewegung zog der Erste Offizier die Aufmerksamkeit auf sich.

»Wir wollen das Gold und den Kristall. Gut. Was hindert uns daran, uns beides zu nehmen und die Wissenschaftler an Land auszusetzen?«

»Das sind Amerikaner, Mann. Die hetzen uns sofort die Behörden an den Hals.«

»Sie kennen nicht einmal den Namen unseres Schiffes. Wie in drei Teufels Namen sollten sie uns jemals finden? – Ich denke, wir sollten darüber abstimmen.«

Runeme entblößte sein Raubtiergebiß. »Hoffentlich weißt du, was richtig ist. Aber bitte …« Um Aufmerksamkeit heischend blickte er um sich. »Wer ist dafür, daß wir beiden das Maul stopfen?«

Ruckartig hob er die Hand. Etwas zaghafter tat es Bellinzoni ihm nach.

»Gegenstimmen?« fragte Samosir. Sie waren zu dritt: er selbst, Miller und der Smutje LeClerc.

»Madhav würde für mich stimmen«, behauptete Runeme.

»Diesmal liegt er nicht wieder stockbesoffen zwischen der Fracht«, sagte LeClerc. »Den haben längst die Fische gefressen.«

Der Smutje der SEA QUEEN irrte.

Schon zwei Tage, bevor ihn die Crew des Frachters auf die Verlustliste setzte, hatte Madhav ein unüberschaubares System von Stollen und Treppen betreten, das ihn an die verstaubten Kulissen eines uralten B-Movies erinnerte.

»Fürchten Sie nicht, Miß, Ihr Schießeisen könnte ungewollt losgehen?« fragte er seine schöne, aber schweigsame Begleiterin, die hinter ihm ging.

Die Eurasierin war eiskalt und gab sich keinerlei Blöße. Madhav versuchte gar nicht erst, sie anzugreifen.

Wie tief befand er sich inzwischen unter dem Meeresspiegel? Dreißig Meter, oder mehr? Er wußte es nicht und versuchte auch gar nicht erst, seine Schritte zu zählen. Etwas Unheimliches lauerte dort in der Tiefe. Madhav spürte eine furchteinflößende Aura. Nicht das Flair der alten Mauern und ihr Odem von Zeitlosigkeit erfüllten ihn zunehmend mit Panik, sondern das fast schon schmerzhafte Empfinden einer nahen Gefahr.

Madhav wußte plötzlich, daß er sterben würde.

»Weitergehen!« Der Lauf des Revolvers bohrte sich zwischen seine Schulterblätter.

Schieß doch! dachte er. Na los, mach allem ein Ende!

Die Eurasierin versetzte ihm einen Stoß, der ihn taumeln ließ. Madhavs Rechte zuckte zum Messer. Sekundenlang war es ihm egal, ob er starb, weil er die Frau angriff oder weil das immer deutlicher zu spürende Unheimliche ihn verschlang. Doch dann gewann unvermittelt seine Neugierde die Oberhand. Vor ihm öffnete sich der Gang zu einem im Halbdämmer liegenden Raum.

Ein Mann blickte ihm entgegen. Auf einer belebten Straße wäre er kaum aufgefallen. Angefangen von seiner Statur über den Anzug bis hin zu seinem schütteren Haar war alles an ihm durchschnittlich. Nur die Augen des Mannes hatten etwas Stechendes.

»Ich bin Kar.«

Auffordernd streckte ihm der Mann die linke Hand entgegen. Sie war nicht menschlich; Madhav erkannte glitzernde Schuppen auf der Haut. Gleichzeitig schien etwas in seinem Gehirn zu explodieren. Von Krämpfen geschüttelt, sank er zu Boden.

Kar und die Frau hoben ihn auf einen schmalen Tisch. Kurz darauf preßte ein gräßlicher Schmerz seinen Schädel zusammen. Warme Flüssigkeit rann über seinen Hals.

»Er reagiert nicht«, vernahm Madhav Kars Stimme wie aus weiter Ferne.

»Aber – wieso ...?«

»Er ist immun gegen den Symbionten. Vielleicht einer von zwanzig. Das war irgendwann abzusehen.«

Der Schmerz wurde unerträglich. Madhav bäumte sich auf und zerriß die ledernen Fesseln, die ihn auf dem Tisch hielten. Er hörte sich selbst gellend schreien, aber noch lauter war Kars Stimme:

»Erschieß ihn, Suzy! Sofort!«

Das Abendessen, das Tom Ericson und Gudrun Heber gemeinsam in ihrer Kabine zu sich nahmen, war reichlich und überraschend wohlschmeckend. Der Koch hatte sich bei der Zubereitung des frischen Fisches erstmals wirklich Mühe gegeben.

»In einigen Tage sind wir wieder in New Haven«, sagte Tom bedächtig, »sitzen Professor Radcliffe gegenüber und haben eine Menge zu berichten.«

»Geht es dir nur darum? Deine Studentinnen werden dich anhimmeln, wenn du ihnen von diesem Abenteuer erzählst.«

»Eifersüchtig?«

»Ich?« Gudrun lachte gekünstelt. »Auf wen?«

Tom Ericson ließ sich auf der Koje zurücksinken, verschränkte die Arme hinter dem Kopf und starrte scheinbar gedankenverloren zur Decke hinauf. »Du hast ja so recht«, seufzte er verträumt. »Wenn ich nur an all die süßen Mädchen denke …«

Im nächsten Moment krümmte er sich jäh vornüber. Ein leises Stöhnen drang über seine Lippen.

»Ist das nun die mitleidsvolle Tour?« fragte Gudrun zögernd.

Schweißtropfen perlten auf Ericsons Stirn. »Wahrscheinlich zuviel gegessen«, stieß er abgehackt hervor. »Mein Magen …« Er versuchte ein Grinsen, das ihm aber völlig mißlang und zur schmerzverzerrten Grimasse wurde.

Als Gudrun sich besorgt über ihn beugte, traf es sie ebenfalls wie ein Blitz aus heiterem Himmel. Sie wollte schreien, aber nur ein ersticktes Gurgeln drang über ihre Lippen. Vor ihren Augen wogten schwarze Nebel. Ihre Hände verkrampften sich um die Tischplatte, fanden aber keinen Halt.

Als sie vor der Koje zusammenbrach, drehte sich alles um sie her in einem rasend schnellen Reigen. Ein unwiderstehlicher Strudel erfaßte sie und zerrte sie hinab in einen gierigen Schlund lichtloser Schwärze.

»Das Pulver wirkt schnell.« Samosir stand unter der offenen Tür und blickte Runeme und Bellinzoni triumphierend an. »Die beiden werden mindestens zehn Stunden lang schlafen und anschließend mit einem höllischen Brummschädel aufwachen.«

Der hochgewachsene Afrikaner schob ihn zur Seite. »Was mich interessiert, ist das Gold. Irgendwo hier muß es sein.«

»Vielleicht trägt er es auf der Haut«, sagte LeClerc.

Runeme sprang nicht gerade sanft mit dem Bewußtlosen um. Augenblicke später hielt er die Maske hoch.

»Das sind mindestens vier Pfund Gold. Wenn wir durch sieben teilen, bleibt für jeden von uns genug …«

»Wir sind nur noch sechs«, widersprach Samosir.
»Aber der Kapitän beansprucht zwei Teile.«
»Nagati läßt uns die Arbeit tun und kassiert selbst doppelt?«
»Mach was dagegen.«
»Hier! Nimm du den Schatz!« Runeme warf Bellinzoni die goldene Maske zu und bückte sich über Gudrun. »Eigentlich schade«, murmelte er. »Wir sollten die Frau und das Gold behalten.«
»Laß die Finger von ihr!« warnte Samosir. »Weiber bringen nur Ärger. He, hörst du nicht?«
»Die hat ganz schön was in der Bluse«, behauptete der Schwarze. Mit beiden Händen packte er zu und zerriß den dünnen Stoff.
Im nächsten Moment zerrte Samosir ihn zurück und versetzte ihm einen Stoß zwischen die Rippen, daß er hart gegen die Wand krachte.
»Das war ein Befehl! Hörst du schlecht?«
Runeme starrte den Ersten wütend an, schüttelte sich dann aber wie ein nasser Hund und streifte sich lediglich einige imaginäre Stäubchen von der nackten Brust.
»Der Herr Offizier beansprucht Vorrechte«, stieß er zerknirscht zwischen den Zähnen hervor. »Verdammt noch mal, das Weib ist doch bewußtlos.«
LeClerc hatte den Archäologen inzwischen weiter durchsucht und den Kristall gefunden. Ratlos drehte er das faustgroße, grau schimmernde Stück vor seinen Augen.
»Könnte ein Rohdiamant sein«, meinte er. »Allerdings geschliffen und trotzdem matt.«
Runeme blickte ihm über die Schulter. In diesem Moment veränderte der Stein seine Färbung, wurde heller und begann rötlich zu schimmern.
»Zeig her!« Bevor der Franzose reagieren konnte, entriß ihm Runeme den Kristall.
In der nächsten Sekunde erstarrte er.
Auf seinem Gesicht erschien ein Ausdruck ungläubigen

Erstaunens. Seine Augen quollen weit aus dem Kopf, der Mund öffnete sich zu einem lautlosen Schrei.

Runeme wurde zur Salzsäule, und seine Hautfarbe veränderte sich hin zu einem aschfahlen Grau.

»Bei Shiva«, stöhnte Samosir, »das geht nicht mit rechten Dingen zu. Der Stein lähmt ihn.«

Runeme röchelte jetzt. Schaum stand vor seinem Mund. Er ließ den Kristall fallen, als hätte er ein glühendes Eisen angefaßt. Und so ähnlich war es wohl auch. Seine immer noch verkrampften Finger erinnerten an die vorgereckten Fänge eines Raubvogels, und die Haut löste sich in Fetzen vom Fleisch. Die Handinnenseite war bis auf die Knochen verbrannt.

»Das ist Teufelswerk«, ächzte Samosir.

»Er steht nur unter Schock«, widersprach LeClerc. »Wenn du mich fragst, der Kristall ist daran schuld.«

»Wir haben das Gold, wozu brauchen wir den verfluchten Stein?« ließ sich Samosir wieder vernehmen.

Runeme torkelte wimmernd auf den Gang hinaus. Er hatte weder Augen für die Frau noch für die goldene Maske. Er wollte nur möglichst schnell möglichst weit weg.

Samosir war inzwischen an einem Punkt angelangt, an dem auch er die beiden Amerikaner lieber sofort als erst in ein paar Stunden von Bord geschafft hätte. Seltsamerweise verfiel keiner der Crew auf die Idee, sie in einem Boot auszusetzen. Etwas Fremdes hatte sich in ihren Gedanken eingenistet. Etwas, das sie davon abhielt.

Die Eurasierin drückte ab. Zweimal hintereinander.

Madhav spürte beide Pistolenkugeln. Es war ein kurzer, stechender Schmerz in der Brust. Seltsamerweise wurde ihm nicht schwarz vor Augen. Nur für einen Moment hielt er inne. Seine Finger berührten die Wunden und wischten über das Blut, das langsam sein Hemd färbte.

Sein Schädel fühlte sich an wie ein überdimensional aufgeblähter Luftballon. Etwas Fremdes hatte sich in seinem Gehirn eingenistet und breitete sich unaufhaltsam aus.

Madhav wehrte sich dagegen. Mit aller Kraft. Wenn er verlor – das war ihm klar, ohne daß er wußte, woher –, würde er der Sklave einer unmenschlichen Kreatur sein, bloß noch funktionierender Körper, aber nicht mehr er selbst.

Die Halbchinesin starrte ihn entgeistert an. Sie wollte noch einmal abdrücken, aber der Mann hielt sie zurück.

Das Ding in Madhavs Schädel sandte beruhigende Impulse aus. Aber Madhav dachte nicht daran, sich davon einlullen zu lassen. Er sprang auf, stieß Kar zur Seite, schlug der Eurasierin die Faust an die Schläfe und rannte blindlings davon, hinein in den nächstbesten Gang, der sich vor ihm öffnete. Ein Schuß peitschte hinter ihm her. Die Kugel jaulte als Querschläger davon.

Ein grünes Halbdunkel umfing den Inder. Der Lichtschimmer kam aus den mächtigen Quadern, die die Wände bildeten.

Madhav wußte nicht, wohin, rannte blindlings davon, nur beseelt von dem Gedanken, das unheimliche Gemäuer zu verlassen. Vor allem aber floh er vor sich selbst. Und vor dem Fremden, das sich in seinem Schädel eingenistet hatte.

Gib deinen Widerstand auf! dröhnte es in seinen Gedanken. *Du kämpfst vergeblich!*

Madhav hetzte weiter. Er hatte nicht den Eindruck, als würden Kar und die Eurasierin ihm folgen. Aber vielleicht nahmen sie einen anderen Stollen, um ihm den Weg abzuschneiden.

Flüchtig glaubte er zu erkennen, daß ihn die Flucht nur noch schneller ins Verderben führte. Doch ein Umkehren kam nicht in Frage. In seiner Brust brannte inzwischen ein Höllenfeuer, er atmete kurz und stoßweise. Überhaupt war es fast ein Wunder, daß er trotz der Kugeln zwischen seinen Rippen so weit gekommen war.

Eine dreieckige, nach oben spitz zulaufende Öffnung zeichnete sich vor ihm ab. Sie war gerade groß genug, einen Menschen in gebückter Haltung hindurchzulassen. Angenehm gleichmäßiges Licht erfüllte den dahinterliegenden Raum, dessen Wände mit bildartigen Schriftzeichen übersät waren.

Madhav war am Ende seiner Kräfte angelangt. Keuchend sank er zu Boden. Doch diesmal trieb ihn das Ding in seinem Schädel unbarmherzig vorwärts. Kriechend erreichte er den im Zentrum des Raumes stehenden Monolithen.

Seine Fingerspitzen berührten den Stein. Eine leuchtende Aura sprang auf ihn über.

Madhav wand sich wie ein getretener Wurm. Die Adern an seinen Schläfen begannen zu pulsieren; er schrie, doch nicht ein Laut war zu hören.

Sein Körper begann sich aufzulösen. Nicht spontan, sondern langsam, als würden Haut und Fleisch, Organe und Knochen nacheinander unsichtbar.

Kar und Suzy Duvall kamen gerade noch rechtzeitig, um die letzte Phase des Verschwindens mitzuerleben.

»Was ist mit ihm geschehen?« fragte die Eurasierin zögernd.

Kar wußte es ebensowenig. Der Raum, den er der Hieroglyphen wegen die *Bibliothek* nannte, barg vermutlich noch manches Geheimnis.

Nur der Apophis-Symbiont, den er dem Inder eingepflanzt hatte, lag noch vor dem Monolithen. Aber das etwa zehn Zentimeter lange Geschöpf, eine Mischung aus Kakerlake und Wurm, war tot.

»Der Inder war immun«, sagte Kar. »Wahrscheinlich ist der Symbiont deshalb abgestorben.«

»Und wohin ist der Mann verschwunden?« fragte Suzy.

»Ich weiß es nicht.« Kar starrte auf den Boden, als könne er allein auf diese Weise das Rätsel lösen. »Ich weiß nicht einmal, ob er tot ist.«

Kar mußte sich damit abfinden, daß die Pyramide noch Geheimnisse barg, von denen er herzlich wenig wußte. Das war kein gutes Gefühl, aber er konnte es nicht ändern.

Tom Ericsons Zustand glich einem Schweben in der Unendlichkeit. Sich seiner eigenen Existenz zwar bewußt, war er dennoch unfähig, gezielt zu handeln.

Hin und wieder spürte er, daß er sich unruhig von einer Seite auf die andere wälzte. Langsam absorbierte sein Körper den Giftstoff, und die Muskelreflexe wurden häufiger.

Das Erwachen war mit bohrenden Schmerzen verbunden. Minutenlang ignorierte Tom die unangenehm heranschwappende Nässe ebenso wie die Schreie der über ihm kreisenden Vögel. Als er endlich die Augen öffnete, sah er einen grau verhangenen Himmel, der ebenso trostlos zu sein schien wie seine Gemütsverfassung.

Leise plätschernd rollten die Wellen heran. Sie schoben Tang, Seegras und leere Muschelschalen vor sich her. Ericson kam sich vor wie Robinson Crusoe, den die See an den Strand einer menschenleeren Insel gespült hatte.

Der Frachter, von dem er nicht einmal den Namen kannte, war verschwunden. Die Mannschaft hatte ihn ausgesetzt – und Gudrun, die neben ihm lag und eben erst im Begriff war, aufzuwachen.

Toms erster Griff galt dem Revolver. Der 45er war zu seiner Überraschung noch da.

Erst danach rüttelte er Gudrun an den Schultern.

»Sieht so aus, als hätten uns die Halunken ein Schlafmittel ins Essen gemischt«, sagte er gepreßt. »Die Goldmaske ist jedenfalls weg.«

»Wenigstens haben wir noch das Auge.« Gudrun betrachtete den Kristall in ihrer Hand und versuchte, sich auf die Knie aufzurichten. Sie konnte sich nicht entsinnen, wann sie das magische Auge an sich genommen hatte. Aber das war eigentlich unerheblich. »Wahrscheinlich haben die Kerle den Wert des Kristalls nicht erkannt«, murmelte sie.

»Das Auge und die Maske gehören zusammen, Gudrun.«

Die Anthropologin seufzte. »Darüber können wir uns später noch den Kopf zerbrechen. Hast du eine Ahnung, wo wir uns befinden?«

Urplötzlich klang die telepathische Stimme des Kristalls in ihren Gedanken auf.

Ich mußte die Maske opfern, um den Verfolger in die Irre zu leiten.

»Welchen Verfolger?« fragte Ericson. Die erhoffte Antwort blieb jedoch aus. Statt dessen schwappte wieder eine schäumende Woge heran. Stärker als zuvor.

»Die Flut läuft auf.« Gudrun erschrak. »Hier können wir nicht bleiben. Bald wird alles überspült sein.«

Sand, Schlick und ein breiter Streifen angeschwemmten Treibguts bestimmten das Bild. Erst vierzig, fünfzig Meter entfernt ragte ein Wall aus Geröll, Sand und Korallen auf. Vom Wind zerzauste Sträucher wuchsen auf dem Steilhang, und in der Höhe trotzten Kokospalmen dem steten Seewind.

»Vielleicht ist die Insel bewohnt«, sagte Tom und half Gudrun auf. »Dann hätten wir noch Glück im Unglück.«

Ein fürchterlicher Brummschädel wie nach einer endlos durchzechten Nacht machte beiden zu schaffen. Tom hatte das Gefühl, in einem rasend schnell rotierenden Strudel gefangen zu sein. Breitbeinig stand er da, schwankend, und versuchte mühsam, das Gleichgewicht zu halten.

Gudrun tappte schwerfällig an ihm vorbei. Die Spur, die sie im Uferschlamm hinterließ, war eine unregelmäßige Wellenlinie.

»Nicht stehenbleiben!« forderte sie ihren Begleiter auf. »Dann wird alles nur noch schlimmer.«

Die Flut stieg schnell. Schon schwappte das Wasser kniehoch heran, brach sich tosend in den Höhlungen am Fuß der Felsen und floß schäumend wieder ab. Der seewärts gerichtete Sog war fast stärker als die Gewalt der auflaufenden Brandung.

Urplötzlich brach ein Stück unterspülten Bodens unter der Anthropologin ein. Ihr Aufschrei verklang gurgelnd, als die nächste Welle über ihr zusammenschlug. Vergeblich suchte sie nach sicherem Halt, wurde mitgezerrt und konnte sich erst nach gut zwanzig Metern aus dem Sog befreien. Die ungestüme Gewalt der heranrollenden See war deutlich zu spüren.

Tom schüttelte die Benommenheit ab und eilte ihr zu Hilfe. »Da vorne! Der Einschnitt!« Er zog Gudrun mit sich, auf eine klaffende Lücke zwischen zwei Felsblöcken zu. »Da sind Stufen!«

Zwischen Gischt und Tang zeichneten sich in den Geröllwall eingegrabene Trittflächen ab. Schräg in die Höhe führend, verschwanden sie hinter einer Buschgruppe. Wo sie endeten, war von hier aus nicht zu sehen.

Einige Meter über der Brandung hielt Gudrun inne und blickte zurück. »Wir hatten Glück«, stellte sie angesichts des inzwischen überfluteten Strandes fest, »großes Glück sogar.«

Weiter oben wurde der Weg beschwerlicher. Lockeres Geröll löste sich unter jedem Tritt.

Mittlerweile hatte Tom die Führung übernommen. Gudrun folgte ihm mit wenigen Metern Abstand. Die Nachwirkungen des Schlafmittels waren noch immer nicht völlig abgeklungen.

Ein schmaler Überhang war das letzte Hindernis, bevor die Stufen wieder gut begehbar weiterführten. Verwittertes Kalkgestein brach unter Toms tastenden Fingern aus. Dann erschien ein Ausdruck der Überraschung auf seinem Gesicht. Er zerrte an etwas, das über ihm festhing.

Erst auf den zweiten Blick erkannte Gudrun, daß der Archäologe ein Gewehr in der Hand hielt, einen verdreckten Schießprügel, den irgendwann jemand weggeworfen …

Ein skelettierter Arm folgte, und Sekundenbruchteile später rollte ein ausgebleichter Totenschädel über den Vorsprung, hüpfte auf Toms Schulter und von da aus in die Tiefe.

Bei Ausgrabungsarbeiten bekam man mitunter Tote in allen Stadien des Verfalls zu Gesicht. Ein gewisser Gewöhnungseffekt ließ sich daher kaum abstreiten – zumindest was sterbliche Überreste in dem Stadium anbetraf, in dem sie für die Wissenschaft interessant wurden. Den in dreitausendzweihundert Metern Höhe in einem Gletscher der Ötztaler Alpen entdeckten Jäger aus der Bronzezeit hätte Gudrun liebend gerne untersucht. Leider waren ihr von dem sensationellen Fund bislang nur Fotografien vorgelegt worden.

Eine Weile hielt Tom das Gewehr unschlüssig in der Hand. »Das ist ein alter Militärkarabiner«, sagte er schließlich. »An die fünfzig Jahre alt, total verrostet.« Mit einer ausholenden Bewegung schleuderte er die Waffe ins Meer.

»Ist die Insel bewohnt?«

»Sie war es zumindest zur Zeit von Pearl Harbor.«

Als hätte es nur dieser Feststellung bedurft, entdeckte Gudrun nun auch Geschützrohre, die drohend zwischen den Felsen in den Himmel ragten.

Wenig später stießen sie auf verwitterte Betonbunker und andere Befestigungen.

»Japanische Anlagen aus der Zeit um 1943«, sagte Ericson. »Damals landeten unsere Jungs in dieser Region.«

Von der Höhe aus bot sich ein guter Blick über das Meer. Nur wenige Meilen entfernt tanzten Segel auf den Wellen. Impulsiv begann Gudrun zu winken, hielt aber gleich darauf wieder inne. Ihr war klargeworden, daß sie auf diese Entfernung niemand sehen konnte. Seufzend ließ sie sich auf einen Betonblock sinken und schaute Tom forschend an.

»Wie geht es weiter?« fragte sie.

»Wir marschieren einfach geradeaus.«

»Aber die Boote …«

»Willst du etwa schwimmen? Na ja, den Haien würdest du wahrscheinlich eine große Freude damit machen.«

Gudrun erhob sich wortlos. Ein flüchtiger Blick galt dem Stand der Sonne, danach schritt sie zügig aus. Ohne sich umzuwenden, lief sie auf eine halb verfallene Geschützstellung zu. Die verrostete, von Sträuchern und Blumen überwucherte Todesmaschinerie bedeckte einen Großteil der Hügelkuppe. Wer den Hügel beherrschte, der kontrollierte auch das küstennahe Meer. Landungsboote waren zweifellos schon von weitem zu sehen gewesen und hatten ein schwer zu verfehlendes Ziel abgegeben.

»Wir stehen auf geschichtsträchtigem Boden«, bemerkte

Tom. Gudrun bedachte ihn mit einem kritischen Augenaufschlag. Doch sie kam nicht mehr dazu, mit einer bissigen Bemerkung über den historischen Wert von Kriegsanlagen zu antworten. Da war eine Bewegung zwischen den Büschen!

»Heda!« rief Gudrun und wirbelte herum. »Lauf nicht weg!«

Nur das Raunen des Windes war zu vernehmen. Und der heisere Schrei eines Seevogels.

»Da war jemand«, behauptete die Anthropologin. »Hinter den Geschützen.«

Ericson zögerte keine Sekunde, sprintete los und flankte über eine Lafette hinweg auf eine mannshohe Betonmauer, die sich unter seinem Ansturm bedrohlich zur Seite neigte.

Ein überraschter Aufschrei ertönte. Ausgestoßen hatte ihn ein verhutzeltes buckliges Männlein, das vergeblich sein Heil in der Flucht suchte. Tom sprang ihm in den Weg.

Der Insulaner – er trug einen locker fallenden Umhang aus kariertem Stoff – deckte ihn mit einem hastigen, unverständlichen Wortschwall ein. Interessiert, aber zugleich ein wenig ängstlich blickte er von einem zum anderen.

»Was machen wir mit ihm?« fragte Gudrun. »Ob er uns helfen kann?«

»Helfen?« Ein Aufleuchten huschte über das Gesicht des Buckligen. »Ihr sein Englisch?«

»Amerikaner.«

»Amerikaner, das besser«, sprudelte es wie ein Wasserfall aus ihm hervor. Allerdings hörte sich sein Englisch wirklich schauderhaft an. »Ich habe am Strand gesehen und gefragt, wie hierher gekommen. Haben Dollars für Biteti?«

Biteti, das war offenbar sein Name. Erwartungsvoll schaute er die beiden an. Seine anfängliche Furcht wich einer unverhohlenen Geschäftstüchtigkeit.

»Ich gute Führer, alles wissen über Geschichte. Vier ... äh ... viertausend japanische Soldaten einst lebten in Höhlen auf Betio. Aber Amerikaner kamen und sie vertrieben.«

»Die Insel ist nicht Tarawa?« fragte Gudrun.

»Gehört zu South Tarawa. Aber von andere Land durch Wasser getrennt. Nur bei Ebbe möglich zu waten nach Bairiki auf einem halb – wie man sagt? – halbfertig Damm. Männer aus Australien gebaut, aber Geld alle, Männer weg und Damm nix fertig.«

Tom hatte in seinen Taschen inzwischen einen Greenback ausgegraben. Bedächtig faltete er den Schein mit drei Fingern der rechten Hand.

»Gibt es auf der Insel eine Polizeistation?«

Biteti nickte eifrig. »Zwei oder drei Kilometer von hier. Nicht weit.«

»Tom«, warf Gudrun ein, »das Auge sprach von einem Verfolger. Wir sollten zusehen, daß wir von der Insel verschwinden.«

»Gibt es eine Möglichkeit, nach Amerika zu telefonieren?«

»Im Büro neben Bank und hinter Postamt. Kostet aber viele Dollar.«

»Schon gut«, sagte Tom belustigt, »für dich reicht's auch noch.«

Madras, viertgrößte Stadt Indiens

Als die Boeing 767 der Air India nach unzähligen Warteschleifen auf dem internationalen Flughafen Meenambackam fünfzehn Kilometer südwestlich des Stadtzentrums landete, regnete es in Strömen. Der Hauch eines reinigenden Gewitters lag noch in der Luft, und dichte Dunstschwaden krochen wie ein unersättlicher Moloch durch die Gassen und Straßen der Stadt. Die sonst quirlende, vor Lebensfreude überschäumende Geschäftigkeit schien auf seltsame Weise eingefroren zu sein.

Pierre Leroy verharrte kurz auf der obersten Stufe der Gangway, zuckte dann resignierend mit den Schultern und gab dem Drängen der anderen Passagiere nach.

Innerhalb von Augenblicken war er bis auf die Haut durchnäßt. Sein schwarzes, volles Haar klebte förmlich am Kopf, und das Wasser rann ihm in Strömen in den Nacken.

»Ich hoffe, Monsieur, Sie hatten einen angenehmen Flug.« Die Stewardeß am Ende der Gangway sah bezaubernd aus in ihrer ebenfalls klatschnassen Uniform. Pierre fand, daß ihre weiblichen Formen nun erst richtig zur Geltung kamen.

Spürte Myla die Bewunderung in seinem Blick? Jedenfalls hielt sie seine Hand ein wenig länger in der ihren, als es für die Verabschiedung nötig gewesen wäre. Pierre schenkte ihr sein hinreißendstes Pariser Lächeln.

»Ce soir?« fragte er. »Haben Sie Lust, mit mir essen zu gehen? Das Gold Dragon im Taj Coromandel ist ein sehr gutes Restaurant.«

»Es tut mir leid, Monsieur Pierre.« Ihr Bedauern war echt, das spürte er. »Aber ich bin heute noch für einen weiteren Flug eingeteilt. Ich wünsche Ihnen trotzdem einen angenehmen Aufenthalt.«

»Ich versuche, das Beste daraus zu machen.«

»Die alten Mauern meiner Heimat bergen viele Geheimnisse.«

Er hatte Myla erzählt, weshalb er nach Madras flog. Nicht alles zwar, aber doch genug, daß sie ihn für einen engagierten Wissenschaftler hielt. Immerhin hatte er an der Sorbonne eine Zeitlang Kunstgeschichte studiert, bevor ihn eine Frauengeschichte aus der Bahn warf.

Das waren einige düstere Jahre in seinem Leben, an die er höchst ungern zurückdachte. Er hatte alle Höhen und Tiefen ausgekostet, als Sohn einer gutbürgerlichen Familie eine durchaus strenge Erziehung genossen, mit ausgezeichneten Noten das Studium begonnen, aber nach dessen Abbruch zeitweise als Clochard unter den Seine-Brücken gelebt.

In der Abfertigungshalle war die Luft zum Schneiden dick. Die Ausdünstungen einer schier unüberschaubaren Menschenmenge, vermischt mit den Gerüchen exotischer Gewürze und dazu die dampfende Schwüle; Straßenhändler, die eiligen Touristen noch in letzter Minute Souvenirs verkaufen wollten; zwei abgemagerte heilige Kühe, die wer weiß wie in das Gebäude hereingelangt waren und die man respektvoll gewähren ließ – all das war indischer Alltag, wie man ihn meist nur von bunten Glitzerprospekten kannte, klischeebehaftet, aber doch auf angenehme Weise Wirklichkeit.

Irgendwann war Pierre Leroy wieder im Besitz seiner abgegriffenen Reisetasche, die unter all dem anderen Gepäck schäbig und unscheinbar wirkte. Kein Aufkleber verunstaltete das pockennarbige schwarze Leder. Dabei war Pierre viel in der Welt unterwegs.

Endlich fand er auch ein freies Telefon. Der Anschluß, den er anwählte, war belegt. Beim zweiten Versuch antwortete eine Stimme vom Band. Sie sprach akzentbehaftetes Englisch. Der holländische Einschlag war unverkennbar.

»Hallo, Doktor«, sagte Pierre, ohne jedoch seinen Namen zu nennen. »Überrascht es Sie, meine Stimme zu hören? Es ist eine Weile her, daß wir miteinander Cidre tranken. Sie können sich denken, warum ich hier bin? In Mamallapuram gehen Dinge vor, die einer Erklärung bedürfen. Wir sehen uns in einigen Tagen, sobald ich mehr herausgefunden habe.«

Das war seine Art: knapp, quirlig und nur selten zur Ruhe kommend. Froh, dem herrschenden Gedränge endlich zu entrinnen, verließ Pierre Leroy die Halle. Er hätte zum Busbahnhof gehen können, aber die dorthin drängende Menschenmenge schreckte ihn ab. Die rund sechzig Kilometer bis Mamallapuram ließen sich schneller und bequemer mit dem Taxi bewältigen, das Feilschen um den Fahrpreis inbegriffen.

»Sie wollen zu Shiva?« vermutete der Fahrer, als er das Ziel erfuhr. »Verschieben Sie den Besuch, oder gehen Sie in einen anderen Tempel.«

»Warum sollte ich?«

»Weil Tausende Hindus unterwegs sind, die wundersamen Zeichen zu sehen. Niemand mag Fremde, die sich nur von Sensationsgier leiten lassen.«

»Ich mag solche Leute auch nicht«, bekräftigte Pierre. »Fahren Sie nun, oder soll ich wieder aussteigen?«

»Ich habe Sie gewarnt, Sahib.« Ruckartig trat der Fahrer das Gas durch. Der alte, knallgelbe Chrysler schrammte mit quietschenden Reifen am Bordstein entlang und fädelte sich bockend in den nach Süden fließenden dichten Verkehr ein. Pierre Leroy wurde erst tief in den Rücksitz gepreßt und anschließend fast nach vorne katapultiert, als der Chauffeur eines Ochsenfuhrwerks wegen gezwungen war, voll auf die Bremse zu steigen.

Trotz dieses und zweier weiterer Zwischenfälle verließen sie mit heiler Haut den Stadtbereich.

Eineinhalb Stunden nach ihrem Zusammentreffen mit Biteti wußten der Archäologe und seine Begleiterin, daß es vorerst vergebliche Mühe war, auf eine Telefonverbindung zu warten. Seit dem Morgengrauen lag eine unerklärliche atmosphärische Störung über der Insel, die jeden Funkverkehr unmöglich machte.

Nachdem sie das Postamt verlassen hatten, strebte Biteti mit weit ausgreifenden Schritten auf den Eingang des Hotels Kiribati zu, um seinen Schützlingen ein Zimmer zu besorgen – und sich selbst damit einen weiteren Dollar zu verdienen.

Flieht! Der kurze gedankliche Impuls des Kristallauges traf Tom Ericson und Gudrun Heber völlig unvorbereitet. Verwirrt blickten sie um sich.

Nebel kroch mit tausend dünnen Spinnenfingern aus dem Straßenpflaster empor. Innerhalb weniger Augenblick nahm er ihnen die Sicht auf das nahe Hotel.

Ihre Blicke trafen sich. »Los, weg hier!« stieß Tom hervor. Es gab Situationen, in denen es angebracht war, erst zu handeln und später – vielleicht – nach den Gründen zu fragen.

Vierzig, fünfzig Meter hasteten sie in die Richtung zurück, aus der sie gekommen waren. Der Nebel hing als undurchdringliche, unbewegliche Wolke dicht über dem Boden. Sie hatte Biteti verschluckt, und es war nicht zu erkennen, ob er wirklich schon das Hotelportal erreicht hatte.

»Das ist doch kein normaler Nebel«, stöhnte Gudrun. »Er erinnert mich an die Erscheinung, als unser Boot sank.«

Tom verbiß sich eine Antwort, die ohnehin nicht sehr überzeugend geklungen hätte. Eine Erklärung für das Phänomen hatte er nicht. Aber seit Gudrun und er auf der Phoenix-Insel Gardner das Kristallauge gefunden hatten, waren ohnehin viele Fragen unbeantwortet geblieben.

Einige Passanten wurden aufmerksam. Zögernd kamen sie näher.

Gleichzeitig erklang ein gellender Schrei. Der Schrei eines Menschen in höchster Qual.

»Das ist Biteti!« stieß Gudrun hervor. »Er steckt noch in der Wolke.«

»Wir müssen ihm helfen!«

»Tom ...« Diesmal hielt Gudrun ihn fest. »Denk an die Warnung. Zuviel ist inzwischen geschehen.«

Aus dem Schrei wurde ein wildes Heulen, das abrupt abbrach. Die nachfolgende Stille war fast noch schlimmer als der Schrei.

Tom Ericson lief zurück, auf die Nebelbank zu, die sich allmählich zu verflüchtigen begann. Einige Insulaner hielten mit ihm Schritt. Aus Neugierde die einen, mißtrauisch die anderen.

Urplötzlich stockte Toms Herzschlag. Das Rot auf dem staubigen Straßenpflaster hatte er vorhin nicht bemerkt. Es war frisch.

... Blut, das langsam aus dem Nebel hervorsickerte!

Ein Schatten zeichnete sich ab, ein zusammengekrümmter menschlicher Körper.

»Geht zurück!« herrschte Tom die Passanten an und zog den Revolver. Sie verstanden ihn nicht, oder sie wollten nicht verstehen. Nicht einmal die Waffe in seiner Hand konnte sie überzeugen.

Dann löste sich der Nebel auf.

Biteti stöhnte nur noch leise. Bei Toms Anblick versuchte er, einen Arm zu heben. Es gelang ihm nicht.

Der Archäologe kniete neben ihm nieder. Er sah sofort, daß er dem Bedauernswerten nicht helfen konnte. Biteti blutete aus mehreren Wunden. Ihn hatten Schüsse aus nur wenigen Metern Entfernung getroffen. Tom war hinreichend Waffenexperte, das zu erkennen. Um so verwunderlicher erschien es ihm, daß der Eingeborene das Bewußtsein noch nicht verloren hatte.

Bitetis Lippen bewegten sich, lautlos fast, einen Namen murmelnd.

Erst als Tom sein Ohr an den Mund des Sterbenden brachte, verstand er.

»Kar!« hauchte Biteti.

Woher kannte er den Namen? Aber vor allem, wer hatte ihn niedergeschossen? Es waren keine Schüsse zu hören gewesen.

Die plötzliche Stille ringsum schreckte Ericson aus seinen Überlegungen auf. Als er den Blick hob, sah er in stumme, anklagende Gesichter. Die Menschen standen herum und gafften. Aber keiner traf Anstalten, dem Blutenden zu helfen.

»Holt einen Arzt!« rief Tom. »Schnell! Ihr seht doch, was geschehen ist.«

Sie starrten ihn nur an. Ungläubig. Feindselig fast.

»Ein Arzt! Medico! Schnell!« Vergeblich suchte Tom nach Bitetis Puls. Als er ihn nicht sofort fand, legte er sein Ohr auf die Brust des Mannes. Biteti war tot, daran konnte es keinen Zweifel geben.

»Tom!« schrie Gudrun gequält auf. »Der Nebel kommt zurück!«

Das graue Wogen verdichtete sich erneut. Wie mit Geisterfingern kroch es heran und griff gierig nach dem Archäologen.

»Verdammt!« schnaubte Ericson. »Was ist dieser Kar eigentlich? Ein Zauberer?«

Der Nebel trotzte allen bekannten Naturgesetzen. Tom konnte sich eines Schauderns nicht erwehren. Aber dann sprang er auf und folgte Gudrun, die sich jäh herumwarf und floh.

Minuten später waren die beiden Wissenschaftler in den verwinkelten Gassen, zwischen Palmen und blühenden Gärten untergetaucht. Sie hatten einen Aufschub gewonnen, aber wenn es ihnen nicht gelang, sehr schnell die Insel zu verlassen, würde alles nur noch schlimmer werden.

»Ich fühle mich wie ein Kind, das bestraft wird, ohne zu wissen, was es ausgefressen hat«, sagte Gudrun. »Woher wußte Biteti von Kar?«

Tom zog das Kristallauge aus der Tasche. Es war grau, ohne jede Farbe.

»Warum meldet es sich nicht, verdammt?«

»Vielleicht will es uns schützen, Tom. Ich fürchte, Bitetis Schicksal war uns zugedacht.«

Nun zahlte es sich aus, daß sie mit dem Eingeborenen lange über Tarawa gesprochen hatten. Da inzwischen die Flut den noch unfertigen Teil des Dammes überspülte, waren sie auf die Fähre angewiesen, die zu jeder vollen Stunde zwischen Betio und Bairiki verkehrte, das zum eigentlichen Tarawa-Festland gehörte.

Die Fähre legte gerade ab, als sie die Rampe erreichten. Nur Sekunden später hätte Gudrun den Sprung an Bord nicht mehr geschafft.

»Das war knapp«, stieß sie keuchend hervor. »Aber wie geht es weiter? Wie können wir vor etwas fliehen, das unsichtbar ist und zu jeder Zeit an jedem Ort wieder zuschlagen kann?«

Kar hatte lange gebraucht, die beiden Wissenschaftler von Yale auf der zur Republik Kiribati gehörenden Insel Betio aufzuspüren, und auch das war ihm nur möglich gewesen, weil von dem magischen Auge der Göttin Khom eine schwache Streustrahlung ausging, die von den Aggregaten im Inneren der Pyramide angemessen werden konnte. Angemessen oder auf welche Weise auch immer geortet – Kar wußte noch herzlich wenig über die Wirkung der Maschinerie, deren er sich von Tag zu Tag mit größerer Selbstverständlichkeit bediente.

Der schrille, vibrierende Ton an der Grenze zum Ultraschallbereich traf ihn wie ein Blitz aus heiterem Himmel. Ihm wäre es aber nicht einmal dann gelungen, den eingeleiteten Transportvorgang zu unterbrechen, wenn er gewußt hätte, daß es sich um ein Signal der höchsten Gefahrenstufe handelte.

Aus dem Nichts heraus entstand das Abbild eines nur mit einem Umhang bekleideten, buckligen Mannes. Die verschwommenen Konturen verdichteten sich jedoch nicht zu einem Wesen aus Fleisch und Blut, vielmehr wurden sie von einem zweiten, größeren, halbstofflichen Schemen überlagert.

»Wer ist das?« stieß Suzy Duvall aufgeregt hervor.

»Ich weiß es nicht.« Kar war aufs höchste erregt. An seinen Schläfen pulsierten die Adern. Er spürte instinktiv, daß dieses zweite Geschöpf, das den Transportvorgang beeinflußte, eine Gefahr darstellte.

Was sonst nur Sekundenbruchteile währte, nahm jetzt ein Vielfaches der Zeit in Anspruch.

Der Transportvorgang war fehlgeschlagen. Der Nebel hatte nicht die beiden Wissenschaftler geholt, sondern einen Insulaner, der sich vermutlich in ihrer unmittelbaren Nähe aufgehalten hatte. Aber er würde ebenfalls nicht in der Pyramide ankommen, sondern statt seiner das andere Wesen, ein hochgewachsener, kahlköpfiger Mann, der ein einfaches, orangefarbenes Wickelgewand trug – dem ersten Eindruck nach ein buddhistischer Mönch.

»Verdammt!« stieß Kar hervor. Er blickte in ein sich allmählich verfestigendes, edles Gesicht. Die Bewegungen des Fremden wirkten ganz so, als sei er sich seiner Unverletzlichkeit bewußt.

Sein Anblick bereitete Kar Übelkeit. Ihm war, als lege sich ein eisernes Band um seine Schläfen und den Brustkorb – aber nicht der Mensch in ihm war davon betroffen, sondern das Echsenhafte, das von ihm Besitz ergriffen und seinen Arm umgeformt hatte.

Das eiserne Band zog sich enger. Er taumelte, konnte kaum noch atmen.

»Kar, was ist los?« schrie Suzy auf.

»Erschieß ihn!« keuchte er, mühsam um sein Gleichgewicht kämpfend.

Jeden Moment mußte der Transportvorgang abgeschlossen sein. Der Mönch drängte sich weiter in den Vordergrund, während die Umrisse des Insulaners zu verblassen begannen. Der Eingeborene schien zu schreien, doch war zumindest auf dieser Seite des Transportfeldes kein Laut zu hören.

Aus nächster Nähe feuerte Suzy Duvall ihre Pistole auf den Fremden ab. Daran, daß die Projektile womöglich die Maschinen der Pyramide beschädigten, dachten weder sie noch Kar.

Wogender Nebel verhüllte die Szenerie. Sekunden später war der Spuk vorüber.

»Was war das?« fragte die Eurasierin verwirrt.

»Ich weiß nicht«, erwiderte Kar gepreßt. »Hast du ihn getroffen?«

»Ich denke doch.« Flüchtig suchte Suzy den Boden ab. Blut war nirgends zu sehen. Und die Wand, vor der der Fremde erschienen war, zeigte nicht die Spur eines Querschlägers.

Wenig mehr als drei Kilometer lang war die Passage entlang der Lagune. Klippen und Korallenbänke zur Rechten, an denen sich die Flut gischtend brach, und das hellere Wasser der Lagune mit den wie hingestreut wirkenden kleinen Segelbooten linkerhand bildeten einen malerischen Hintergrund.

Tom Ericson und Gudrun Heber nahmen die Naturschönheiten nur am Rande wahr. Sie ahnten, daß ihr Gegner jederzeit wieder zuschlagen konnte. Seine Gefährlichkeit hatte er inzwischen bewiesen. Der Abschuß des Hubschraubers vor der Insel Gardner war vermutlich ein Glücksfall gewesen – seither teilte ihnen das Schicksal nur noch Nackenschläge aus.

Eingekeilt in einer schwitzenden, lärmenden Menge warteten sie darauf, daß die Fähre anlegte. Wie von einer alles mitreißenden Flutwelle wurden sie dann von Bord gespült, hin zu den wartenden Bussen, die sich bis zum Bersten mit Menschen füllten. Das Inselreich entsprach eher einer mittleren Großstadt zur Hauptverkehrszeit als dem Bild, das man sich gemeinhin von der mikronesischen Inselwelt machte. Tom zahlte für die Passage nach Bonriki, das waren immerhin achtzehn Kilometer, pro Person fünfundsechzig Cents. Eingepfercht und ohne Sitzplatz, erhaschten Gudrun und er nur ab und zu einen Blick auf die draußen vorbeiziehende Landschaft. Die ständigen Staus und Hupkonzerte wirkten entnervend. Zumindest auf Menschen mit westlicher Mentalität.

Nach der fünften oder sechsten Vollbremsung spielte Gudrun mit dem Gedanken, vorsichtshalber ihre Knochen zu numerieren. »Die Inseln Tarawa, Beru und Tabiteuea entstanden, als Gott Nareau Blüten eines alten Baumes von Samoa aus in die See warf«, sagte sie gequält. »Sieht so aus, als seien die Blüten längst verwelkt.«

Kokospalmen und Bananenplantagen bestimmten zeitweise das Bild. Häuser standen wie Perlen einer Kette hintereinander aufgereiht entlang der Lagune.

Mehrmals während der Fahrt versuchte Tom, telepathischen Kontakt zu dem Kristallauge aufzunehmen, um mehr über die Möglichkeiten ihres Gegners in Erfahrung zu bringen. Doch seine Versuche blieben erfolglos.

»Das Auge antwortet nicht?« fragte Gudrun, als könne sie ihrerseits seine Gedanken lesen. Tom schüttelte nur stumm den Kopf.

Sie erreichten Bonriki, ohne unterwegs aufgehalten worden zu sein. Der Bus leerte sich schon an den ersten beiden Haltestellen. Bis zum Flughafengebäude, der Endstation, waren Tom und Gudrun die beiden einzigen Passagiere.

»Sieht aus, als wäre hier die Welt zu Ende«, bemerkte die Anthropologin unsicher. Auf dem Rollfeld stand eine einzige Maschine, ein altersschwaches Strahlflugzeug der Air Nauru, dessen blau-gelbe Bemalung schon bessere Zeiten gesehen hatte. Es wirkte nicht so, als sei die Maschine startklar.

Am Flughafenschalter wurde gleich darauf Toms Befürchtung bestätigt. Nur einmal wöchentlich wurde Tarawa von Nauru aus angeflogen. Gleiches galt für die Flüge der Air Tungaru.

»Ich besorge Ihnen für zwei Tage eine Unterkunft«, schlug die freundliche Hosteß vor.

»Gibt es keine andere Möglichkeit, Tarawa zu verlassen?«

»Mit dem Schiff. Aber erst in der kommenden Woche.« Im Hintergrund der Halle wurde es lebhaft. »Bitte warten Sie einen Moment.« Die Hosteß verließ ihren Schalterbereich und eilte zu der Gruppe von Männern und Frauen hinüber, die gerade das Gebäude betreten hatten. Sie redete mit einem der Männer und deutete dabei auf Tom und Gudrun, deren Äußeres nicht gerade den besten Eindruck erwecken konnte.

»Das ist bestimmt der Hotelmanager«, vermutete Gudrun. »Was glaubst du, wie schnell findet uns Kar?«

Der Archäologe zerbiß eine heftige Verwünschung zwischen den Zähnen. Seine Finger verkrampften sich um das Kristallauge. Der Widerstreit seiner Gefühle schwankte zwischen wütender Ohnmacht und Euphorie. Einerseits fühlte er sich als Spielball von Ereignissen, die er nicht beeinflussen konnte, zum anderen war der telepathische Kristall ein in der Geschichte der Menschheit wohl einmaliger Fund.

Der Mann am anderen Ende der Halle war um die Fünfzig, nicht allzu groß und korpulent. Er trug Shorts und ein buntes, offenes Hemd. Mehrmals blickte er abschätzend herüber, dann folgte er der Hosteß.

»Bubuti sagte mir, daß Sie die Insel schnell verlassen wollen«, begann er ohne Begrüßung. »Niemand verläßt ein Paradies überstürzt und ohne Gepäck – es sei denn, er hat etwas ausgefressen.«

Sein Blick heischte nach Beifall. Offenbar war er der Meinung, einen besonders köstlichen Witz gemacht zu haben.

»Wir sind Wissenschaftler«, erwiderte Gudrun. »Mein Begleiter ist Dozent für Archäologie an der Yale-Universität, ich selbst unterrichte Anthropologie. Wir haben einige Aufregungen hinter uns und möchten so schnell wie möglich nach New Haven zurück.«

»Nun ja ...« Der Korpulente fischte ein goldenes Zigarettenetui aus seiner Brusttasche, bot Gudrun und Tom jeweils einen der Glimmstengel an und verzichtete selbst ebenfalls darauf, als beide ablehnten. »Ich bin Mitch Hannigan. Bridgeport ist meine Heimat. Mir gehört die Falcon 10 draußen vor der Piste. Ich will zwar in spätestens einer Stunde starten, aber mein Ziel ist Java. Sie wollen ja wohl in die andere Richtung.«

Tom und Gudrun schauten sich kurz an. Gudrun zuckte ergeben mit den Schultern.

»Falls Sie uns trotzdem mitnehmen, Mister Hannigan, wir zahlen für die Passage«, sagte Tom. »Wir sind froh, wenn wir schnell weiterkommen. Auf Java finden wir schon einen Anschlußflug.«

»Für Sie hängt viel davon ab?«

Tom nickte und kramte seinen Plastikausweis hervor. Hannigan warf nur einen flüchtigen Blick auf das Dokument.

»Ich glaube Ihnen auch so«, sagte er. »Meine Menschenkenntnis hat mich selten im Stich gelassen. – Kommen Sie, falls Sie den Flug nicht versäumen wollen!«

Tom und Gudrun wurden den übrigen Wartenden vorgestellt, die alle mit der Touristikbranche zu tun hatten.

Eine Stunde später saßen sie zusammen mit zwei Frauen und einem Mann in der Passagierkabine des Business Jets. Unter ihnen erstreckte sich bereits das azurne Blau des Pazifiks, in dem die hellen Flecken kleiner Atolle und Riffe wie winzige Diamanten funkelten.

Mamallapuram, Südindien

Nach mehr als einer Stunde nicht immer bequemer Fahrt erreichte Pierre Leroy das südlich von Madras liegende Dorf Mamallapuram. Parallel zur Küste erstreckte sich eine für dieses Land typische Hügelkette. Aus etlichen der bis zu vierzig

Meter hohen Granitbuckel waren schon in frühen Jahrhunderten Höhlentempel und Reliefs herausgeschlagen worden.

Pierre war viel zu sehr auf die Gegenwart fixiert, als daß er beim Anblick der Heiligtümer jenen wohligen Schauder verspürt hätte, der manche Archäologen ihr Leben lang nicht mehr losließ.

Das Taxi überquerte den Buckingham-Kanal und bog in die zum Strand führende Koneri Road ein. Inzwischen ging es nur noch im Schrittempo weiter, weil Ochsenkarren und liegengebliebene Autos die Straße blockierten. Die schrottreifen Rostlauben stammten aus allen Teilen des Landes.

»Bis vor wenigen Wochen war Mamallapuram ein verschlafenes Dorf«, sagte der Fahrer wie beiläufig, während er ein minutenlanges Hupkonzert ertönen ließ. Das schrille Kreischen war nur eine von vielen Stimmen in der draußen aufgeführten Kakophonie.

»Bis zu dem Tag, als Shiva die erste Träne weinte«, ergänzte Pierre.

Der Fahrer überholte eine Gruppe von Pilgern und entging einem Zusammenstoß mit einem entgegenkommenden Uralt-Käfer nur um Haaresbreite.

»Ihr Europäer zweifelt alles an, eines Tages vielleicht sogar eure eigene Existenz«, fuhr er ungerührt fort. »Aber die Amerikaner sind noch schlimmer. Für sie gelten nur wissenschaftliche Beweise.«

Bremse … Gas … Bremse … Der Fahrstil wurde selbstmörderischer, je näher sie dem Strand kamen.

Irgendwann erstarb der Motor mit einem letzten Aufheulen. Der Busbahnhof war erreicht, hinter dem die Zufahrt zum Strandtempel abzweigte. Doch ein Durchkommen war hier schlicht unmöglich.

Eine nach Tausenden zählende Menschenmenge schob und drängte durch das Nadelöhr, in dem Händler ihre Waren feilboten und Fakire und andere Gaukler Taschenspielertricks vorführten. Pierre Leroy ließ sich einfach treiben. Immerhin hatten all die Menschen dasselbe Ziel wie er.

Mamallapuram war die Wiege südindischer Tempelbaukunst. Vor über tausendzweihundert Jahren war hier in einem Wettstreit die schönste Tempelanlage ermittelt worden, und das siegreiche Bauwerk erhob sich noch immer in unmittelbarer Strandnähe. Der Shiva geweihte Haupttempel öffnete sich nach Osten zum Meer hin.

Die Sonne wanderte allmählich dem Abend entgegen. Sie berührte schon den Horizont, als Pierre endlich den Tempel erreichte, und sie würde längst untergegangen sein, wenn endlich der letzte Pilger für diesen Tag das Heiligtum betrat.

Ein Meer von Talglichtern geleitete die Besucher in eine Welt kostbarer Reliefs und Statuen, vorbei an Opferplattformen und Wasserbecken.

Endlich stand Leroy vor der mannsgroßen Figur des tanzenden Shiva. Das Material war Bronze, überzogen mit einer angetrockneten Patina aus Kokosmilch, Zuckerrohrsaft und geklärter Butter, den unübersehbaren Spuren regelmäßiger Salbungen.

Pierres Blick hing gebannt an Shivas Augen. Er entdeckte tatsächlich zwei Spuren in der Patina; von den Tränensäcken führten sie an der Nase entlang zu den kräftig geschwungenen Lippen – Spuren, die mit einer Pipette und etwas Wasser leicht zu erzeugen waren. Sie waren kein Beweis für Shivas Tränen.

Ein geringschätziges Lächeln umspielte Pierre Leroys Mundwinkel. Von Anfang an war er überzeugt gewesen, daß sich alles als großangelegter Betrug erweisen würde.

Die Statue des tanzenden Shiva weint, hieß es. Und die Tränen sollten rot wie Blut sein.

Eine Überlieferung besagte, daß der Erde Schrecken und große Not bevorstanden, sobald Shiva blutige Tränen weinte. Mehr als tausenddreihundert Jahre alt war die Tontafel mit der betreffenden Inschrift, aber erst vor wenigen Jahren hatten Bauarbeiter sie bei den Ausschachtungen für ein Hotel in der Nähe von Madras gefunden.

Die gläubigen Hindus brachten ihrem Gott Geschenke: Safran und Mohn, Datteln und Mandeln, aber auch Goldmünzen und silbernen Schmuck. Zweifellos nutzte jemand den Text der im Gouvernement Museum ausgestellten Tontafel, um daraus Kapital zu schlagen.

Ein Raunen ging durch die Menge.

Täuschte sich Pierre, oder schimmerten die Augen der Statue tatsächlich feucht?

Eine klare, wässerige Flüssigkeit sammelte sich auf den bronzenen Unterlidern. Innerhalb von Sekunden rannen die ersten Tränen über die Wangen der Skulptur.

Wahrscheinlich hatte das Phänomen eine einfache technische Erklärung. Die Statue mochte hohl sein, und eine einfache Pumpe, verbunden mit einer Zeitschaltuhr, förderte in regelmäßigen Abständen Wasser. Pierre war im Begriff, den Vorgang als Taschenspielertrick abzutun.

Die Tränen hinterließen eine rote Spur.

Inmitten der ehrfürchtig verharrenden Pilger kam sich Pierre Leroy plötzlich völlig fehl am Platze vor. Am liebsten hätte er den Männern und Frauen zugerufen, daß sie im Begriff waren, einem Betrüger aufzusitzen – sie hätten ihn dafür vermutlich in Stücke gerissen.

Er hatte jedenfalls genug gesehen. Auch für die Rotfärbung der Tränen gab es eine brauchbare Erklärung. Mit Chemikalien ließen sich die unwahrscheinlichsten Effekte erreichen.

Langsam zog er sich zurück. Jeden Schritt prägte er sich ein. Er würde wiederkommen, in der Nacht, wenn er allein war. In seiner Reisetasche befanden sich einige nützliche Dinge, die ihm helfen sollten, das Geheimnis des weinenden Shiva zu lüften.

»He, Sahib!« Jemand zupfte ihn am Ärmel – ein Junge, braungebrannt, mit krausem Lockenhaar, zehn, höchstens elf Jahre alt, aber keines der bettelnden Straßenkinder, das erkannte Pierre sofort. Zwei helle Augen funkelten ihn freudig an. »Sahib!« murmelte der Junge, und seltsam, Pierre hatte den Eindruck, daß die Stimme erleichtert klang.

»Was willst du?« fragte er.

»Für dich, Sahib!« Der Junge hielt ihm einen Zettel hin, ein

Stückchen Papier oder Pergament, zusammengefaltet und unscheinbar. »Du lesen!«

Mit ungelenker Handschrift hatte jemand vier Zeilen auf den Zettel hingekritzelt. Pierre blinzelte, denn zu seiner Überraschung waren die Worte in Französisch, seiner Muttersprache geschrieben. Die Augen zusammengekniffen, begann er zu lesen:

Wo Blau und Weiß sich vereinigen,
treffen sich Bettler und Vogel,
das Doppelkreuz bringt Unheil,
die Spur verliert sich im Feuer.

»Was bedeutet das?« wollte er wissen, doch als er aufblickte, war der Junge in der Menge verschwunden. Ihm zu folgen, hätte nichts gebracht.

Im ersten Ärger wollte Pierre den Zettel zusammenknüllen und wegwerfen, aber dann faltete er ihn doch wieder sorgsam zusammen und schob ihn in die Brusttasche seines Hemdes. Irgend etwas mußten die Zeilen schließlich bedeuten – wenn Pierre auch nicht im mindesten wußte, was …

Die Falcon 10 lag mit wenig mehr als achthundertfünfzig Stundenkilometer auf Kurs Südwest.

Schon bald kamen die ersten Wolken auf. Knapp eine Stunde nach dem Start verschlechterte sich die Sicht zusehends. Sogar das monotone Summen der Strahlturbinen schien sich zu verändern. Geräusche, die anfangs niemand wahrgenommen hatte, wirkten plötzlich bedrohlich.

»Ist Archäologie nicht ein schrecklich langweiliger Beruf, Dr. Ericson? Immer nur nach irgendwelchen Gegenständen in der Erde herumzuwühlen, stelle ich mir mühsam vor.« Die vor ihm sitzende Dame – bislang hatte sie schweigend aufs Meer hinab gestarrt – wandte sich abrupt um. Ihr Alter war schwer zu schätzen. Die sonnengebräunte Haut täuschte darüber hinweg, daß sie sich wahrscheinlich schon den Fünfzigern näherte.

»Ich fürchte, Sie haben ein völlig falsches Bild von unserer Arbeit«, antwortete Tom. »Ausgrabungen sind nur ein Teil davon, die Krönung sozusagen. Die meiste Zeit verbringen wir mit dem Studium von Quellenangaben in alten Schriften. Andernfalls könnten wir gleich mit dem Schaufelbagger anrücken.«

Die Frau verzog indigniert die Mundwinkel, zumal der neben ihr sitzende ältere Herr belustigt lächelte.

»Mir scheint, Kathy«, sagte er, »Dr. Ericson kann es in puncto Schlagfertigkeit mit dir aufnehmen. – Sie müssen wissen«, wandte er sich entschuldigend an Tom, »Kathy ist meist schrecklich direkt. Aber sie meint es nicht böse.«

»So habe ich es keineswegs aufgefaßt.«

»Siehst du, Wilbur«, triumphierte die Dame. »Im Gegensatz zu dir ist der Doktor ein Gentleman.«

Richtig in Gang kam die Unterhaltung nicht. Vielleicht war die ausgedehnte Schlechtwetterzone daran schuld. Gudrun Heber ertappte sich mehrmals dabei, daß sie die draußen vorbeihuschenden Dunstschleier mit Argwohn betrachtete.

»Wir sind hier sicher wie in Abrahams Schoß«, flüsterte Tom, klappte seinen Sitz zurück und schloß die Augen. Ihm fehlte nur noch der breitkrempige Hut, den er sich für gewöhnlich übers Gesicht stülpte, um wirklich ungestört zu sein – doch sein uraltes Prachtstück war zusammen mit dem Motorboot versunken.

Tom verschlief nahezu die ganze restliche Flugstrecke bis Neuguinea. Auch Gudrun spürte eine immer stärker werdende Müdigkeit, und irgendwann fielen ihr ebenfalls die Augen zu. Das letzte, was sie noch halbwegs bewußt wahrnahm, war eine von Kathys spöttischen Bemerkungen.

»Ein schönes Paar, die beiden. Nur leider sind sie angezogen, als hätten sie sich wochenlang im Dschungel herumgetrieben. So geht man nicht unter Leute.«

Noch vor Beginn der Abenddämmerung landete Mitch Hannigan im Süden Neuguineas. Drei Stunden dauerte es, bis die Maschine endlich betankt und wieder startklar war. Die

Passagiere vertraten sich indessen auf dem Rollfeld die Füße oder bedienten sich mit einem Fertigmenü aus der Bordküche.

Vielfältige Tierstimmen drangen aus dem nahen Urwald herüber. Außer der einfachen, holperigen Piste, einem windschiefen Tower und den Kerosintanks gab es hier nur noch ein paar Hütten, die Prospektoren und Geologen als Unterkunft dienten.

Die Nacht war sternenklar und wolkenlos. Himmel und Meer verschmolzen miteinander, und es war unmöglich zu sagen, wo sie einander berührten.

An Bord der Falcon kehrte Ruhe ein.

Als der Morgen graute, flog die Maschine bereits über Land. »In Kürze erreichen wir Surabaja«, meldete Mitch Hannigan über die Lautsprecheranlage. »Ich bitte, das Rauchen einzustellen und die Gurte anzulegen.«

Kathy blinzelte verschlafen aus dem Fenster. Erste Wolkenschleier zogen draußen vorbei, und im Osten stieg soeben der riesige goldene Glutball der Morgensonne über den Horizont herauf. Einzelne Strahlenfinger irrlichterten übers Firmament.

Zwanzig Minuten später setzte die Falcon 10 sanft auf.

»Eigentlich ist es schade, daß wir bisher nicht sehr viel miteinander reden konnten«, bemerkte Hannigan, als sie gemeinsam die Maschine verließen. Er schaute erst Gudrun und dann Tom nachdenklich an. »Unsere Termine sind alle für den Nachmittag vereinbart. Tun Sie mir den Gefallen und seien Sie bis dahin meine Gäste. Schließlich trifft man nicht jeden Tag auf Archäologen, die einiges an Abenteuern hinter sich haben. Oder wollen Sie mir erzählen, daß Ihre Eile, Tarawa zu verlassen, völlig grundlos war?«

»Wir sind keine Grabräuber, falls Sie das vermuten«, erwiderte Gudrun trocken.

Hannigan lächelte. »Sie nehmen meine Einladung also an. Das freut mich.«

Tom Ericson kratzte sich nachdenklich am Kopf, schaute an

sich hinunter und sagte: »Vorausgesetzt, Sie haben nichts dagegen einzuwenden, daß wir uns zunächst neu einkleiden. Nach Dschungel und Salzwasser sind wir nicht eben salonfähig.«

Hannigan maß den Archäologen mit einem abschätzenden Blick. »Ich zeige Ihnen einige Geschäfte, in denen Sie das Richtige finden werden.«

»Außerdem müssen wir uns um den Weiterflug kümmern.«

Dank Hannigans Beziehungen, der, wie er selbst sagte, regelmäßig in Surabaja weilte, waren sämtliche Besorgungen innerhalb kürzester Zeit erledigt.

Ein Anschlußflug war für den frühen Nachmittag über Hongkong nach Tokio gebucht, und Tom und Gudrun hatten endlich wieder saubere Kleidung am Leib.

Die Anthropologin trug eine graublaue kurze Jeanshose und einen roten Pullover, der ihre schlanke Figur betonte. Tom hatte sie mit einem überraschten Augenaufschlag gemustert, sich aber jeglichen Kommentars enthalten. Das galt allerdings umgekehrt genauso, denn ein breitkrempiger Hut, das neue Leinenhemd und die braune Jeans verwandelten Tom zusammen mit dem angehenden Drei-Tage-Bart in einen Globetrotter, nach dem sich die Frauen umdrehten, den man aber bestimmt nicht mit der weltberühmten Universität von Yale in Verbindung gebracht hätte.

»Ich muß sagen, in Ihnen steckt mehr, als ich anfangs annahm«, kommentierte Kathy.

Tom tippte sich kurz an die Hutkrempe. »Da sieht man es wieder – Kleider machen Leute«, erwiderte er.

Mitch Hannigan ließ es sich nicht nehmen, seinen Gästen eine zwar kurze, aber immerhin prägnante Stadtrundfahrt zu bieten. Anscheinend wurde er nie müde. Obwohl er nur während des Aufenthalts auf Neuguinea kurz geschlafen hatte, zeigte er keine Anzeichen von Erschöpfung.

Der Vormittag verging wie im Flug. Der Hafen Tanjung Perak; Kali Mas, der Goldfluß, obwohl in seinem Unterlauf eher eine stinkende Kloake; die geschäftige Chinatown – das Stadtbild war geprägt von der Widersprüchlichkeit Indonesiens: Bettler und Papphütten und unmittelbar daneben klimatisierte Luxuslimousinen und streng bewachte Villen. Für eine Weile vergaßen Tom und Gudrun alle Aufregungen der letzten Tage.

Zum Essen traf man sich im Hyatt Bumi Surabaja, dem einzigen Vier-Sterne-Hotel der Stadt.

»Nun schießen Sie endlich los, Doktor!« forderte Kathy Ericson auf. »Während des Flugs waren Sie viel zu schweigsam.«

Tom, der trotz der piekfeinen Umgebung den Hut aufbehalten hatte, was ihm einige verweisende Blicke des Personals einbrachte, lehnte sich lässig zurück, die Arme vor der Brust verschränkt.

»Mögen Sie Würmer?« fragte er.

Kathy schaute ihn entgeistert an. »Natürlich nicht«, gestand sie.

»Davon haben wir in den letzten Tagen genug gesehen. Tausende. Nichts sonst. Nur Würmer.«

Gudrun warf ihm einen überraschten Blick zu, schürzte die Lippen, schwieg aber.

Tom fuhr ungerührt fort: »In den unterirdischen Gängen, die gerade so hoch waren, daß wir uns kriechend bewegen konnten, fielen sie sogar von der Decke. Können Sie sich vorstellen, wie das ist, unter Würmern begraben zu sein?«

Der Farbe ihres Gesichtes nach reichte Kathys Phantasie aus. Außerdem wurde das Essen serviert. Ihre Wißbegierde ließ schlagartig nach. Doch Tom war in Fahrt gekommen und begann eine haarsträubende Geschichte. Kathy bereute es schon bald, überhaupt je gefragt zu haben.

Allmählich drängte die Zeit. Eine der vor dem Hotel wartenden Taxen brachte die beiden Wissenschaftler zum Flughafen. Selbst kurze Spaziergänge durch die verkehrsreichen Straßen waren eher ein Wettlauf mit heranbrausenden Autos und Zweirädern als ein Vergnügen.

In Kamikaze-Manier ignorierte der Fahrer etliche rote Ampeln. Gudrun zählte zwei Beinahe-Kollisionen mit Bajajs, den höllisch knatternden, überdachten Dreirädern, sah Fußgänger wie aufgescheuchte Hasen zur Seite springen und hörte bald auf, sich dem Verkehr zu widmen. Jeder Blick auf den Tachometer oder nach draußen zehrte nur an den Nerven.

Gefahr! wisperte urplötzlich die gedankliche Stimme des magischen Auges.

Daß es sich nicht mehr so oft bemerkbar machte wie zu Anfang, schrieb Tom gleichermaßen der Zerstörung des zweiten Auges sowie dem Verlust der goldenen Maske zu. Beide Kristalle in die leeren Augenhöhlen der Maske einzufügen, war nicht mehr möglich. Und was immer das bewirkt hätte, Tom wußte es nicht. Noch nicht.

Jemand ist in unserer Nähe angekommen.

»Angekommen?« fragte Tom unwillkürlich laut.

Der Taxifahrer wandte sich zu ihm um. »Gleich, Mister«, sagte er grinsend. »Noch schneller geht es nicht.«

Im nächsten Moment kreischten die Bremsen. Das Taxi stellte sich quer und schlitterte nur eine Handbreit an einem hoch beladenen Lastwagen vorbei, der unversehens ausgeschert war. Die beiden Passagiere im Fond wurden hart nach vorn katapultiert.

»Okay«, sagte der Indonesier. »Am besten gleich hier aussteigen. Der Haupteingang ist dort drüben.« Mit der linken Hand fuchtelte er Richtung Seitenscheibe, die rechte hielt er Tom unter die Nase. »Zeit gespart, und Zeit ist Geld«, erklärte er bewundernswert entwaffnend.

Ericson drückte ihm einen Hundert-Rupiah-Schein zusätzlich in die Hand, einen schmutzigen roten Papierfetzen, der kaum noch als Banknote zu erkennen war. Er hatte seine Einkäufe mit Kreditkarte bezahlt und ausreichend Landeswährung zurückerhalten.

»Wer ist in unserer Nähe?« wollte Gudrun wissen.

»Frag das Auge!« erwiderte Tom kurzangebunden.

»Glaubst du, das hätte ich nicht schon getan?«

»Ich auch.«

»Und?«

»Mir hat der Kristall so wenig verraten wie dir.«

Sie liefen im Zickzack zwischen hupenden Autos, Fahrrädern und Bajajs hindurch, und irgendwie erschien ihnen danach selbst das Lärmen in der Abfertigungshalle wie eine Wohltat.

»Wir sind schon beinahe daheim«, bemerkte Tom.

»Nur noch halb um den Globus ...« Gudrun hatte mehr sagen wollen, unterbrach sich aber, weil sie mit dem Instinkt einer Frau spürte, daß Toms Aufmerksamkeit abgelenkt wurde. Interessiert folgte sie seinem Blick mit den Augen.

Die Frau, die Tom so ungeniert anstarrte, als hätte er seit Wochen in Askese gelebt, war in der Tat eine Schönheit. Ein paar Zentimeter kleiner als Gudrun, überaus schlank, ja beinahe zerbrechlich wirkend, erinnerte sie an eine edle Porzellanpuppe, die der Wunsch einer guten Fee zum Leben erweckt hatte. Sekundenlang waren ihre leicht angeschrägten Mandelaugen auf Tom gerichtet, bevor sie sich langsam umwandte. Ihr glattes schwarzes Haar umfloß ihre Schultern wie ein seidiger Umhang, und das leichte, in der Taille eng anliegende Sommerkleid, das sie trug, machte es männlicher Phantasie ungemein leicht, zu erraten, welch aufregender Körper sich darunter verbarg.

Sie war Chinesin, mit einem kräftigen Einschlag europäischen Blutes. Eine faszinierende Mischung.

Tom blickte ihr noch hinterher, als sie ihn schon nicht mehr beachtete und sich von der Menge zu einem Abfertigungsschalter treiben ließ.

Gudruns leicht verärgerter Fausthieb in die Seite traf den Archäologen völlig unerwartet. »Ich dachte, wir haben es eilig«, bemerkte sie spöttisch.

»Wie? – Ja, natürlich.«

Gudrun lächelte jetzt, und dieses Lächeln irritierte Tom, wenngleich er es niemals zugegeben hätte.

Der Flug nach Hongkong wurde aufgerufen. Sie reihten sich in die Schlange der wartenden Passagiere ein, die schon geduldig vor dem Ausgang zum Terminal warteten.

Nachdenklich fuhr sich Tom mehrmals mit der Hand über die Bartstoppeln. Mal zog er den Hut tief in die Stirn, dann schob er ihn wieder in den Nacken. Deutlicher konnte er seine Ungeduld nicht zeigen.

Endlich wurde das Tor geöffnet.

»Das Auge antwortet nicht«, murmelte Tom.

Aus einem weiter vorne liegenden Seitengang huschte etwas Rotes heran und reihte sich zwischen die Passagiere ein.

»Da ist sie wieder«, bemerkte Gudrun.

»Wer?«

»Die Chinesin, die du vorhin angestarrt hast.«

»Na und?« Tom wirkte überrascht, als Gudrun urplötzlich stehenblieb und ihn am Arm zurückhielt. »Was hast du?« fragte er ärgerlich.

»Ich gehe nicht weiter!«

Tom starrte sie an, als hätte sie ihm soeben eröffnet, der Sphinx sei gestohlen worden.

»Was soll der Unsinn?«

»Sie führt etwas im Schilde.«

»Wer?«

»Die Frau.«

Mit einer einzigen fließenden Bewegung kratzte sich Tom an der Schläfe und nahm den Hut ab. »Sonst geht es dir gut?« wollte er wissen.

»Tom, das ist kein Zufall, daß die Chinesin wieder vor uns auftaucht.«

»Natürlich nicht. Sie fliegt ebenfalls nach Hongkong oder Tokio.«

»Das meine ich nicht. Sie hat etwas an sich ...«

»Hm«, machte der Archäologe, setzte den Hut wieder auf und schickte sich an, weiterzugehen.

»Warte!« rief Gudrun hinter ihm her. »Irgend etwas

Schreckliches wird geschehen, Tom. Ich will, daß du auf einen anderen Flug umbuchst.«

Ericson verdrehte die Augen.

»Ich habe gesehen, wie dich die Chinesin gemustert hat«, fuhr Gudrun unbewegt fort. »So schaut man nur jemanden an, von dem man etwas will.«

Tom kaute auf seiner Unterlippe. »Du hast Fieber?« vermutete er.

»Ich sagte doch ...«

»Okay, okay.« Ericson wehrte beschwichtigend ab. »Hast du vergessen, daß du nie etwas auf Vorahnungen gegeben hast?«

Der letzte Aufruf für die Passagiere des Fluges nach Hongkong erklang.

»Wir nehmen eine andere Maschine!« entschied Gudrun.

»Wenn dir dann wohler ist.« Tom richtete einen flehenden Blick zum Himmel hinauf. »Willst du vielleicht zusehen, wie unser Flugzeug startet?«

»Das ist keine schlechte Idee.«

Minuten später standen sie auf der Aussichtsplattform. Tom deutete auf das Rollfeld, wo soeben die Maschine der Singapore Airlines abhob. Nachdem sie an Höhe gewonnen hatte, drehte sie nach Norden zum Meer hin ab.

»Bist du nun zufrieden?« Er wandte sich zum Gehen.

»Warte noch!« bat Gudrun.

Der blau-gelbe Punkt am Himmel verschwand hinter einer Wolke. Als er wieder auftauchte, war er kaum noch mit bloßem Auge wahrzunehmen.

Dann geschah das Unglaubliche.

Ein winziger Lichtpunkt flammte auf, ein Blitz, gefolgt von einem sich rasend schnell ausdehnenden Feuerball. Dort, wo eigentlich das Flugzeug sein mußte, brannte plötzlich der Himmel, und das Feuer regnete in weitem Umkreis ins Meer.

»Sie ist explodiert«, hauchte Gudrun tonlos. »Mein Gott, die vielen Menschen an Bord.«

Tom Ericson starrte sie entgeistert an. Zumindest in dem

Moment wußte er nicht, was er sagen sollte. Er begriff, daß Gudruns Hartnäckigkeit ihnen beiden das Leben gerettet hatte, aber er verstand nicht, wieso.

Das Heulen der Alarmsirenen klang schaurig aus der Ferne herüber.

Geronimo Archer war als Tourist nach Java gekommen, einer, der halb Südostasien bereiste, um später vor seinen Stammtischbrüdern prahlen zu können, welch toller Hecht er doch war. Surabaja hatte ihn in der Hinsicht zwar etwas enttäuscht, und das war auch der Grund, weshalb er früher abflog als geplant, aber dafür versprach er sich von den Frauen in Hongkong wesentlich mehr Beachtung und Hingabe. Schließlich hatte er seine gesamten Ersparnisse geopfert, um sich einmal in seinem Leben als wirklicher Pascha zu fühlen.

Der Anblick der Chinesin traf ihn wie ein Blitz aus heiterem Himmel. Geronimo Archer, der kleine Buchhalter aus einem verschlafenen Provinznest in Massachusetts, hatte plötzlich einen Pulsschlag wie ein Hochleistungssportler nach einem Wettkampf, ohne jedoch nur annähernd so schnell zu reagieren. Bevor er zu der mandeläugigen Schönheit aufschließen konnte, drängten sich andere Passagiere dazwischen, und sein eigenes Handgepäck behinderte ihn außerdem. Gütiger Himmel, mach, daß sie den Platz neben mir hat! dachte er intensiv. Frauen wie diese suchte er. Sie war eine Göttin, betörend in ihrer Ausstrahlung, Unschuld und Vamp zugleich und vor allem gewohnt, dem Wort eines Mannes zu gehorchen.

Wie in Trance betrat Geronimo das Flugzeug und zwängte sich zwischen den Sitzen hindurch zu seinem Platz.

Sie saß zwei Reihen vor ihm. Als sie sich umwandte, trafen sich ihre Blicke. Aber gleichzeitig drängten sich erneut andere Passagiere dazwischen und verhinderten, daß Geronimo aufsprang und seinem Wunsch Taten folgen ließ.

Nur mit halbem Ohr hörte er die Begrüßung der Stewardeß. In Gedanken war er bereits im siebten Himmel.

Als die Aufforderung erfolgte, die Gurte anzulegen, waren die beiden Plätze neben der Chinesin nach wie vor frei. Die Maschine rollte auf die Startbahn. Jetzt konnte niemand mehr zusteigen.

Geronimo Archer huschte nach vorne und zwängte sich an der Chinesin vorbei auf den Platz neben ihr. »Hallo«, sagte er freundlich, während er abschätzend ihre Maße taxierte. »Bleiben Sie länger in Hongkong?«

Sie schwieg, schaute ihn nicht einmal an. Dafür ließ er keinen Blick von ihr. Dieses Porzellangesicht, ihre Grazie, dazu die langen schlanken Beine ...

»Würden Sie sich bitte anschnallen, Mister!« Die Aufforderung der Stewardeß, die sich mißbilligend zu ihm herabbeugte, schreckte ihn aus seinem schönen Wachtraum auf.

Die Maschine rollte mit wachsender Beschleunigung über die Piste. Augenblicke später ebbte das Rütteln und Stoßen ab, und Archer erhaschte einen flüchtigen Blick auf die draußen wegkippende Landschaft. Das Flugzeug gewann rasch an Höhe.

»Ich bin Geronimo.« Er lachte leise. »Benannt nach einem großen Vorbild.« Wie zufällig berührte seine Hand das Knie der Chinesin und legte sich auf ihren Oberschenkel. Ermutigt durch ihr Stillhalten, ließ er seine Finger weiterwandern, doch völlig unerwartet wurde sein Arm zur Seite geschlagen.

»Verschwinden Sie!« zischte die Schwarzhaarige. »Das ist nicht Ihr Platz.«

»Er war frei, da dachte ich ...«

Ungläubig blinzelnd registrierte Geronimo Archer, daß zwischen den Sitzen Rauch aufwallte. Sein Herz hämmerte noch heftiger gegen die Rippen, als es das ohnehin schon tat. Er wollte schreien und die Crew auf das vermeintliche Feuer aufmerksam machen, doch er brachte nicht einen Laut über die Lippen.

Das war kein Rauch, sondern etwas anderes, Unbegreifliches. Geronimo spürte eine Eiseskälte auf sich übergreifen, als das wesenlose Wallen an seinen Beinen emporstieg.

Es hüllte die Chinesin ein. Für einen Moment glaubte er, unter ihrer Haut die Adern zu sehen, ihre Muskeln, die Knochen … Aber das war verrückt. Schließlich lächelte sie jetzt sogar.

Ein Schrei höchster Todesangst gellte durch das Flugzeug. Eine Frau in der Sitzreihe nebenan hatte ihn ausgestoßen. Sie schrie noch immer, hysterisch beinahe, und einige Dutzend Köpfe zuckten herum. Gleich darauf verstand niemand mehr sein eigenes Wort.

Geronimo Archer war wohl der einzige, der seine Panik stumm hinunterschluckte. Unverwandt starrte er die Chinesin an, die inzwischen völlig von dem wogenden Nebel eingehüllt wurde und deren makelloser Körper sich jäh aufzulösen schien, als sei sie nur ein Geist, kein Wesen aus Fleisch und Blut.

Bevor er Gefahr lief, den Verstand zu verlieren, griff er zu.

Seine Hände zuckten ins Leere. Wo eben noch das Mädchen gesessen hatte, wogte nur düsterer Nebel, und im nächsten Augenblick stimmte Geronimo als letzter in den Chor der hysterisch kreischenden Stimmen ein. Sekunden waren vergangen, kaum mehr als zehn oder zwölf, und als endlich die Stewardeß im Durchgang zum Cockpit erschien, verwischte eine grellrote Explosion auch ihre Umrisse.

Geronimo Archer spürte einen heftigen Schmerz, eine unglaubliche Hitze, die er mit einem einzigen Atemzug tief in seine Lungen sog und die ihn von innen heraus verbrannte. Er lebte gerade noch lange genug, um zu erkennen, daß das Flugzeug von einer heftigen Explosion auseinandergerissen wurde.

Der Strandtempel in Mamallapuram

Pierre Leroy war ein Schatten in der Dunkelheit. Er bevorzugte ohnehin schwarze und enganliegende Kleidung. Nun hatte er sich auch noch das Gesicht geschwärzt und dunkle

Seidenhandschuhe übergestreift. Mitternacht war vorüber, als er sich vom Meer her mit der Lautlosigkeit eines geschickten Diebes dem Tempel näherte.

Weiter entfernt, vor dem Busbahnhof und dem Archäologischen Büro brannten noch Feuer, deren Schein aber nicht ausreichte, die Dunkelheit zu erhellen. Sehr viele Pilger hatten ihr Lager zwischen dem Tempel und dem Ortsrand aufgeschlagen.

Pierre flankte über die niedrige Umfassungsmauer mit ihren vielen Skulpturen. Trotz der Dunkelheit bewegte er sich mit absoluter Sicherheit. Die Stablampe knipste er erst an, als er innerhalb der Tempelmauern vor neugierigen Blicken geschützt war.

Nur die bronzene Shiva-Statue interessierte ihn, nicht die anderen Kunstschätze, die allein ein kleines Vermögen wert waren. Zweimal überzeugte er sich davon, daß kein verräterischer Lichtschein nach außen drang, dann erst machte er sich an die Arbeit.

Was er aus seiner Reisetasche zutage förderte, war schon nicht mehr das Werkzeug eines kleinen Kriminellen – der hätte weder mit einem Geigerzähler noch mit den anderen technischen Gerätschaften viel anzufangen gewußt. Es war eher die Ausstattung eines tragbaren Kleinlabors, das vor Ort gleichwohl physikalische wie auch chemische Bestimmungen ermöglichte.

Die Statue wies keine erhöhte Radioaktivität auf, eher war der Ausschlag des Geigerzählers bei ihr schwächer als in der näheren Umgebung. Auf Spezialfilm gebannte Aufnahmen aus verschiedenen Perspektiven würden anhand der Falschfarben Manipulationen dokumentieren, sofern diese erst vor kurzem erfolgt waren.

Pierre Leroy arbeitete mit äußerster Präzision. Und immer wieder hielt er inne und lauschte in die Nacht hinaus.

Eine halbe Stunde verging wie im Flug.

Mit einem sterilen Skalpell nahm er Proben der Patina, vor allem im Gesichtsbereich, wo die Tränen eindeutige Spuren hinterlassen hatten. Laboranalysen würden ihre Zusammensetzung dokumentieren.

Pierre leuchtete das Gesicht der Statue im Detail aus, als ihn ein feuchter Schimmer in den Augenwinkeln innehalten ließ. Shiva weinte wieder. Blutrot perlten zwei Tränen über seine Wangen.

Die auf Millimeterbruchteile geschliffenen und in die Augenhöhlen eingepaßten Türkise schimmerten plötzlich matt wie unbearbeiteter Stein.

Irgend etwas geschah. Stand das eigentümliche Prickeln auf der Haut, das sich verstärkte, sobald Pierre die Hand nach der Statue ausstreckte, damit in Zusammenhang? Das leise Knistern statischer Aufladung war zu vernehmen. Er glaubte nicht an eine Täuschung, zumal im Tempel Grabesstille herrschte.

Staubpartikel flimmerten im Scheinwerferkegel, aber sie wirbelten längst nicht mehr durcheinander, sondern formierten sich entlang bisher unsichtbarer Linien, die wie ein Strahlenkranz rings um den Schädel der Statue zusammenflossen und schließlich im Boden verschwanden. Offenbar handelte es sich um Magnetfeldlinien. Pierres Kompaß spielte jedenfalls verrückt.

Unaufhörlich rannen Tränen über Shivas Antlitz. Eine größer werdende rote Lache bildete sich vor der Statue.

Obwohl Pierre ahnte, daß es für ihn an der Zeit war zu verschwinden, schoß er noch weitere Fotos. Shiva erstrahlte jetzt in einem fluoreszierenden Licht, und mit jeder Sekunde wurde dieses Leuchten heller, als absorbiere die Statue Energien aus der Atmosphäre.

Die Bronze glühte in einem düsteren Rot. Eine spürbare Wärmeausstrahlung ließ den Franzosen fürchten, daß sie bald wie Wachs in der Sonne zu schmelzen begänne. Der Vorgang war faszinierend, aber gefährlich zugleich. Fanatische Hindus würden jeden zerreißen, der ihrem Gott Shiva solchen Schaden zufügte.

Pierre dachte an die Prophezeiung. Die Schriften hatten

nicht davon gesprochen, welch schreckliches Schicksal der Welt bevorstand, sobald Shiva vor Tränen zerfloß. Andererseits geschah sicher nichts zwischen Himmel und Erde, das sich einem Erklärungsversuch durch die Wissenschaften entziehen konnte.

Sorgfältig darauf bedacht, keine der Materialproben zu beschädigen, verstaute Leroy seine Ausrüstung in der Tasche. Die inzwischen intensiv glühende Statue nicht aus den Augen lassend, zog er sich Schritt für Schritt zurück.

Er kam nicht weit. Zwei Kerle versperrten ihm plötzlich den Weg. Der eine war ungefähr so groß wie er selbst, untersetzt und trug nur die landestypische Wickelhose, der andere überragte ihn um gut zwei Haupteslängen, auch er kräftig und offensichtlich nicht gewillt, den Fremden ungeschoren davonkommen zu lassen, der sich wie ein Dieb im Heiligtum herumtrieb. Abgesehen davon schien er das helle Leuchten im Hintergrund bereits wahrgenommen zu haben – nur mit der richtigen Deutung haperte es noch.

Pierre hatte das untrügliche Gefühl, daß der leichte Teil seines Auftrags vorüber war. Der Große starrte ziemlich ungeniert auf seine Reisetasche und streckte verlangend seine Pranken aus.

»Nur Reisegepäck«, bemerkte Pierre. »Wäsche, Zahncreme, was man halt so braucht …«

Das grelle, flackernde, rote Leuchten aus dem Hintergrund des Tempels war nicht mehr zu übersehen. Shiva glühte wie ein Warnsignal. Auch ohne sich umzuwenden wußte Pierre, was die Stunde geschlagen hatte, er las es in den Augen der beiden Inder.

»Glaubst du, ich …? Nein, damit habe ich nichts zu tun.« Er wich einen Schritt zurück, dann noch einen. Der Große wollte ihm die Faust ins Gesicht setzen, aber Pierre war flinker, unterlief ihn und rammte ihm von unten her die Schulter in die Magengrube. Ein halb ersticktes Ächzen beantwortete die Attacke, der Koloß wankte, aber da war der andere, und der Krummdolch in seiner Rechten war gewiß kein Spielzeug.

»Shiva!« brüllte der Angreifer und noch eine ganze Menge mehr, aber Pierre verstand nichts von dem Kauderwelsch, und sich darüber Gedanken zu machen, blieb ihm schon gar keine Zeit, denn der Gegner meinte es verdammt ernst. Die blitzende Klinge schlitzte glatt seinen Pullover auf.

Der Franzose ignorierte das kurze Brennen auf der Haut, wirbelte die Tasche hoch und knallte sie dem verdutzten Angreifer ins Gesicht. Auch wenn seine Ausbeute dabei zum Teufel ging, ihm blieb keine andere Wahl. Mit beiden Händen packte er zu, umklammerte den Unterarm des Inders und hebelte ihn über sich hinweg. Der Kerl krachte rücklings in eine Reihe kniehoher Tongefäße, die unter dem Aufprall klirrend zersplitterten und jede Menge Salböl freigaben.

Mitten in der Drehung wurden Pierre die Füße unter dem Leib weggezogen. Bevor er es sich versah, landete er unsanft auf dem verlängerten Rückgrat, aber auch der Inder hatte größte Schwierigkeiten, wieder auf die Beine zu kommen. Sein Kampfschrei wurde zu einem kehligen Gurgeln, als er bäuchlings zum zweitenmal zwischen die Tonscherben klatschte.

Pierre hatte es inzwischen geschafft, sich auf die Knie aufzurichten. Er bekam einen der wenigen unversehrt gebliebenen Krüge zu fassen und schlug ihn dem Inder über den Schädel. Der Gefäßinhalt war diesmal kein Öl, sondern eine scharf riechende Flüssigkeit, deren Dunst wie Feuer in den Augen brannte.

Wieviel Zeit war inzwischen vergangen? Zehn Sekunden, zwanzig gar? Pierre wußte es nicht, er wußte nur, daß er die Beine in die Hand nehmen mußte, wenn ihm die eigene Haut lieb war. Der zweite Gegner, der große, kräftige, dachte gar nicht daran, erneut anzugreifen – vielmehr schrie er lauthals die ganze Nachbarschaft herbei.

»Sei still!« herrschte Pierre ihn an. »Das ist ein Tempel und kein Regierungspalast.«

Irgendwie schaffte er das Kunststück, schnell wieder auf die Beine zu kommen und vor allem das Gleichgewicht zu halten. Aus der Drehung heraus schoß er seine Fäuste ab, traf punktgenau das Kinn seines Widersachers und setzte dem Geschrei ein jähes Ende. Zu spät allerdings, denn draußen näherte sich inzwischen unüberhörbar die Meute.

Pierre riß die Tasche an sich und hastete weiter. In der Dunkelheit tanzten ihm ein Dutzend Fackeln entgegen. Nicht mehr als zweihundert Meter betrug sein Vorsprung.

Ans Wasser zu fliehen wäre verrückt gewesen, dort gab es kein Weiterkommen, ganz abgesehen davon, daß in dem feinkörnigen Sand seine Spur für jeden Verfolger deutlich sichtbar war. Seine einzige Chance lag darin, schnell das Dorf zu erreichen, in dem es zumindest vorübergehend genügend Verstecke gab.

Noch waren alle hinter ihm her. Pierre schleuderte seine Stablampe zum Mahishasura-Felsen hinunter; der Lichtkegel verlor sich hinter einer mannshohen Düne und irritierte hoffentlich lange genug, bis er selbst einen weiten Bogen nach links geschlagen hatte, nicht hinauf Richtung Busbahnhof, sondern weiter nach Norden, am Postamt vorbei und auf die Koneri Road zu.

Tatsächlich wurde der Lärm hinter ihm etwas leiser, als ein Teil der wogenden Fackelprozession zum Strand strebte. Aber das war nur vorübergehend, dann erhielten die Verfolger von mehreren Seiten her neuen Zulauf. Pierre Leroy verstand nur wenige Brocken Hindi, aber was die Inder sich zuriefen, klang alles andere als verheißungsvoll.

In breiter Front folgten sie ihm. Die Kunde von seinem Frevel verbreitete sich schneller als ein Lauffeuer, denn inzwischen stürmten die ersten schemenhaften Gestalten auch von vorne heran.

Die Reagenzröhrchen mit der Patina steckten in Styroporumhüllungen. Aber selbst falls sie zerbrachen, bedeutete das noch keinen unersetzlichen Verlust. Pierre benutzte die Reisetasche als Kriegskeule, mit der er gleich zwei Hindus niederstreckte, die geglaubt hatten, mit ihm leichtes Spiel zu haben. Er war flink, und er konnte wie ein Hase Haken schlagen – das hatte er nach seinem Studium gelernt, als er unter den Brücken der Seine lebte und auf recht unkonventionelle Weise beschaffen mußte, was er zum Leben brauchte.

Trotzdem gab es hier, in Mamallapuram, für ihn kein Entrinnen mehr. Die Umzingelung schloß sich unaufhaltsam. Pierre konnte nicht einmal wütend sein. Irgendwann, das hatte er schließlich gewußt, würde ein Job danebengehen. Ob ihn ein Nachtwächter beim Museumseinbruch erwischte, ob er beim Schmuggel von Altertümern aufflog ... die Folgen waren allerdings weit weniger unangenehm als sie es jetzt zu werden drohten. Der Lärm der Verfolger schlug über ihm zusammen wie eine alles erstickende Woge.

Aber da war noch ein Geräusch. Ein schrecklich schrilles Knattern, ohrenbetäubend und unangenehm. Es erklang von Norden her, kaum mehr als einige hundert Meter entfernt, und es näherte sich sehr schnell.

Ein Aufheulen begleitete das Rattern, der unüberhörbare Protest eines geschundenen Motors. Immer noch versuchte Pierre vergeblich, mehr zu erkennen als nur schemenhafte Umrisse.

Ein Motorrad schoß heran. Eine schwere Geländemaschine. Im allerletzten Moment riß der Fahrer das Krad in einer Wolke von Sand und Grassoden herum.

»Steig auf!« brüllte er. »Schnell!«

Einen Moment lang war Pierre verblüfft, ausgerechnet hier auf Französisch angesprochen zu werden, aber er zögerte nicht eine Sekunde und schwang sich auf den Sozius.

»Fahr los!«

Aufheulend raste das Motorrad davon, mitten durch eine Gruppe erschrockener Hindus hindurch, die nach allen Seiten auseinanderspritzten. In der Rechten hielt Pierre die Reisetasche, den linken Arm hatte er um den Fahrer geschlungen, um wenigstens einigermaßen Halt zu finden, denn die Maschine raste schleudernd die nächste Böschung hinauf.

Auf der Kuppe verhielten sie kurz. »Danke«, sagte Pierre. Sein unbekannter Helfer nickte nur knapp. Er trug einen schweren Lederanzug ohne irgendwelche Aufnäher, dazu einen Visierhelm, der es unmöglich machte, sein Gesicht zu erkennen.

Weiter ging es querfeldein, die aufgebrachte Meute weit abgeschlagen. Schließlich ratterte die Geländemaschine den ersten ausgefahrenen Weg entlang, zwischen baufälligen Hütten hindurch, einen Höllenlärm und stinkende Abgase hinter sich herziehend. Bis hierher war die allgemeine Verwirrung noch nicht vorgedrungen, gleichwohl schreckte das Dröhnen des Motors Mensch und Tier aus wohlverdientem Schlaf.

Endlich wurde die holperige Piste, die dem Gleichgewichtssinn einiges abverlangte, zur halbwegs ebenen Straße. Der Scheinwerfer stanzte einen hellen Tunnel in die Dunkelheit. Pierre erkannte, daß sie Richtung Madras fuhren – mit einem Tempo, daß er sich schon beim Versuch abzuspringen den Hals gebrochen hätte.

Zehn, fünfzehn Kilometer weit rasten sie nach Norden, bis der Fahrer endlich auf offener Strecke anhielt. Pierre hatte das Gefühl, daß sämtliche Knochen in seinem Körper durcheinandergeschüttelt worden waren. Den rechten Arm spürte er ohnehin nicht mehr, und er hätte die Tasche keine fünf Minuten länger halten können.

Der Unbekannte schickte sich an, den Helm abzunehmen. »Ich wußte, daß Sie in Schwierigkeiten kommen würden«, sagte er. Seine Stimme klang nicht mehr so dumpf verzerrt wie vorhin.

»Doktor!?« entfuhr es Pierre.

Wilm van der Oochten, Holländer, Archäologe und seit Jahren in Madras ansässig, grinste breit. »Überrascht es Sie, mich zu sehen?« fragte er.

»Jetzt nicht mehr.« Pierre ergriff die ihm dargebotene Hand und schüttelte sie kräftig. »Danke für die Hilfe«, sagte er noch einmal.

Van der Oochten winkte großzügig ab. »Als ich den Anrufbeantworter abgehört hatte, wußte ich, was Sie planen, Pierre. Ich dachte mir, daß Sie Beistand gebrauchen könnten.«

»Ihr Riecher war goldrichtig.«

Der Holländer kramte aus dem Werkzeugkasten einige Bänder hervor, mit denen sie die Tasche am Fahrzeugrahmen befestigten. »Sie haben alles erledigt?« erkundigte er sich vorsichtshalber.

»Ich denke ja.«

»Haben Sie ein Hotelzimmer?«

»Wozu?«

Wilm van der Oochten nickte großzügig. »Sie wollten sich ohnehin bei mir einquartieren? Platz habe ich genug. Und ein Fläschchen Cidre ebenfalls.«

»Jetzt ist es wohl eindeutig«, sagte Gudrun Heber betont langsam. »Jemand hat es auf uns abgesehen. Auf uns oder den magischen Kristall, das Auge der Göttin Khom. Deshalb mußten mehr als hundert Menschen sterben.«

»Mit *jemand* meinst du die Chinesin?«

»Wäre das so abwegig?«

Tom Ericson schüttelte den Kopf. »Du vergißt, daß sie sich ebenfalls an Bord befand. Niemand dürfte die Explosion überlebt haben.«

Noch unter dem Eindruck des entsetzlichen Geschehens stehend, das ihrem Leben beinahe ein jähes Ende gesetzt hätte, hatten sie den nächsterreichbaren Flug gebucht und saßen inzwischen in einer Maschine nach Indien, genauer gesagt, nach Madras.

»Wenn uns jemand folgt, dann nur dieser Kar, von dem die Soldaten auf Gardner sprachen.« Forschend ließ Tom seinen Blick über die Sitzreihen schweifen. »Trotzdem ist er für mich nur ein Phantom – ein Sammler vielleicht, der sich mit Altertümern umgibt, oder ein Verrückter.«

Daß weit mehr dahintersteckte, ahnte er, sprach es aber nicht aus. Gudrun starrte ebenfalls stumm vor sich hin. Sie fühlte sich hundeelend, und das Gefühl, an dem Flugzeugabsturz mitschuldig gewesen zu sein, zehrte an ihrer Kraft.

Obwohl sie genau wußte, daß nichts und niemand ein Unglück wie dieses verhindern konnte.

Sie versuchte zu schlafen, und irgendwann, über dem Ozean, nickte sie tatsächlich ein. Sie schlief dann sogar so fest, daß Tom sie vor der Landung in Madras wecken mußte.

»Du siehst wieder besser aus«, stellte er fest. Sie nickte zaghaft. Wie ein schlimmer Traum erschien ihr alles, was gewesen war; und wie ein Traum mit der Zeit verblaßte, so verklärte sich auch die unangenehme Erinnerung. Wieder in Yale, würde sie sich kopfüber in die Arbeit stürzen. Aber konnte sie wirklich vergessen?

Als sie an Toms Seite das Flugzeug verließ, regnete es leicht. Die Luft über Madras war gesättigt vom Wasserdampf und so klar wie sonst nur in Hochgebirgslagen. Gudrun brauchte jetzt das Gefühl, frei atmen zu können, sie mußte fort von der bedrückenden Enge der Menschenmassen, um mit sich selbst ins reine zu kommen. Der Park am Rand des Hafengeländes war dafür wie geschaffen. Mannshohe Tonpferde, bunt bemalt und halb verwittert, begrüßten die Besucher schon am Eingang.

»Es heißt, daß Gott Aiyanar auf diesen Pferden nachts um den Ort reitet, um seine Bewohner zu schützen«, erklärte Tom.

Gudrun ließ sich ins Gras sinken. Minutenlang schaute sie schweigend die Pferde an und achtete nicht einmal darauf, daß der Archäologe sich neben sie setzte.

»Gibst du mir das Auge?« bat sie nach einer Weile.

Der Kristall schimmerte matt. Unschlüssig drehte sie ihn zwischen den Fingern.

»Was geschieht mit ihm, wenn wir wieder daheim sind?«

Tom zuckte mit den Schultern. »Die üblichen Untersuchungen, Spektralanalyse, Ultraschall. Wahrscheinlich werden wir winzige Splitter abfräsen, um sie genauer analysieren zu können.«

»Ich habe nie von einer Göttin Khom gehört.«

»Eine Inselgottheit. Möglicherweise.«

Gudrun hielt das Auge hoch, daß sich das Sonnenlicht wie in einem Prisma darin fing. »Schon wegen geringeren Dingen haben sich Menschen gegenseitig die Schädel eingeschlagen und Kriege entfacht«, murmelte sie.

Inzwischen waren nicht nur einige wenige Passanten, sondern vor allem Bettler und Kinder auf sie aufmerksam geworden. Tom nahm Gudrun den Kristall aus der Hand und ließ ihn wieder in seiner Tasche verschwinden. »Wir müssen weiter!« drängte er.

Die Kinder waren schneller. Unzählige schwielige Hände reckten sich ihnen entgegen oder zerrten an ihrer Kleidung. Tom warf einige Hundert-Rupiah-Scheine, und prompt entbrannte eine wüste Keilerei um das Geld. Im Laufschritt schlängelten sich die beiden durch den dichten Verkehr, der die Parkanlagen in weitem Halbkreis umfloß.

Vor dem Haupteingang des Flughafens stieß Tom mit einem Mann zusammen, der es kaum weniger eilig hatte. Er murmelte ein hastiges »Entschuldigung«, das der andere vermutlich ohnehin nicht verstand, und wollte weiter, doch in dem Moment spürte er, wie sich eine Hand um seinen Oberarm schloß und ihn zurückhielt.

Erstaunt und verärgert zugleich wandte er sich um.

Er blickte in ein sonnengebräuntes, von einem blonden Vollbart eingerahmtes Gesicht, dessen Augenpartie zwar hinter einer spiegelnden Sonnenbrille verborgen lag, das ihm aber dennoch auf gewisse Weise vertraut erschien. Er kam nur nicht auf Anhieb darauf.

»Wir kennen uns?« fragte er zögernd. Gudrun stand daneben und taxierte den Mann abschätzend. Ihre Haltung verriet angespannte Fluchtbereitschaft. Offenbar glaubte sie nicht an eine zufällige Begegnung.

»Tom?«

Er kniff die Augen zusammen. Die Stimme, diesen Akzent kannte er.

»Wilm?« fragte er zögernd zurück. »Mein Gott, was treibt dich nach Madras?«

»Ich wohne hier. Seit einigen Jahren. Und du? Willst du mich deiner charmanten Begleiterin nicht vorstellen?« Wilm van der Oochten nahm die Brille ab und lächelte Gudrun gewinnend zu.

»Wir haben uns vor fünf Jahren kennengelernt«, sagte Tom. »Bei Ausgrabungen in Peru. Wilm ist Holländer und Archäologe ...«

»Wobei die Reihenfolge nicht unbedingt die Prioritäten wiedergibt«, ergänzte van der Oochten.

»Mein Name ist Gudrun«, sagte die Anthropologin. »Gudrun Heber.«

»Ebenfalls Yale?«

»Wie kommen Sie darauf?«

»Intuition.« Van der Oochten setzte die Sonnenbrille wieder auf und zog die beiden ein Stück mit sich zur Seite. »Ich bin hier, weil ich seit Tagen auf ein Frachtstück warte – ein neues Sonargerät für Grabungen vor der Küste. Aber was führt euch nach Madras? Wie Flitterwöchner seht ihr nicht gerade aus.«

»Abkommandiert zur Erforschung von Ruinen auf einer der Phoenix-Inseln«, erklärte Tom.

Der Holländer kratzte sich nachdenklich den Bart. »Madras liegt da nicht gerade in der Nachbarschaft. Und für den Rückflug in die Staaten kann ich mir eine günstigere Route vorstellen.«

»Das ist eine etwas längere Geschichte.«

»Egal, wie lang.« Van der Oochten hakte sich kurzerhand bei Tom und Gudrun ein und zog beide mit sich. »Ich will sie hören. Und keine Widerrede. Eher lasse ich euch nicht weg.«

»Wilm war schon immer hartnäckig«, seufzte Tom. »Außerdem fürchterlich neugierig.«

»Das ist die Krankheit aller Archäologen«, bemerkte der Holländer. »Es wäre schlecht um unsere Wissenschaft bestellt, wäre es anders.«

Er führte sie in ein Lokal in Flughafennähe, in dem sie sich ungestört unterhalten konnten. Die vielen kleinen Sitzgruppen waren so angeordnet, daß die meisten verschwiegene Oasen inmitten eines ständigen Kommens und Gehens bildeten, weitgehend ungestört von der regen Geschäftigkeit ringsum. Van der Oochten bestellte für alle Malai Kofta, das waren wohlschmeckende Fleischbällchen in Rahmsauce mit Zitrone und Limone.

»Das Wiedersehen muß gefeiert werden«, verkündete er, fügte aber gleich darauf bedeutungsvoll hinzu: »Und nun heraus mit der Sprache, Tom. Ich habe dich in Peru als einen Mann kennengelernt, der geradewegs auf sein Ziel zusteuert und nicht ohne zwingende Notwendigkeit Umwege auf sich nimmt.« Er kniff die Brauen zusammen und fixierte Ericson forschend. »Noch dazu kommt ihr beide ohne Gepäck in Madras an.«

»Unsere Ausrüstung liegt auf dem Grund des Pazifiks, etwa sechstausend Meter tief.«

»Du weißt, ich bin mit Leib und Seele Archäologe, Tom. Also, was ist geschehen?« Keineswegs entging ihm der Blick, den Tom und Gudrun flüchtig miteinander austauschten. Im nächsten Moment zog Ericson einen knapp faustgroßen Gegenstand aus seiner Tasche und legte ihn vor sich auf den Tisch.

»Ein meisterhaft geschliffener Kristall.« Vorsichtig nahm van der Oochten das Artefakt an sich und drehte es zwischen den Fingern. »Von den Phoenix-Inseln?«

Tom nickte knapp.

»Alle Details eines menschlichen Auges sind nachgebildet – nur, ich kann es keinem bekannten Kulturkreis zuordnen.«

»Es handelt sich um eines von zwei Augen der Göttin Khom«, sagte Gudrun.

Der Holländer schaute überrascht auf. Sein Blick war ein einziges stummes Fragezeichen. »Auf gewisse Weise erinnert mich das Auge an den Kristallschädel, der in den zwanziger Jahren in den Ruinen der Mayastadt Lubaantun in Britisch-Honduras entdeckt wurde. Die Arbeit erscheint mir von ähnlicher Präzision ...« Er stockte und wirkte plötzlich sehr nachdenklich. »Von dem Schädel wird behauptet, daß er sich hin und wieder mit einem watteähnlichen Nebel füllt und dann Bilder von Bergen, Tempeln und anderen Dingen in ihm sichtbar würden. Was ist mit dem Auge?«

Tom legte die hohle Hand über den Kristall und zog ihn wieder an sich. »Es spricht mit uns«, sagte er mit unbewegter Miene. »Manchmal.«

»Es spricht ...?« Van der Oochten schnaubte empört. »Erzähl das deinen Studenten ...«

»Das Auge spricht in unseren Gedanken zu uns«, bekräftigte Gudrun Heber.

»Telepathie?« Noch entgeisterter als zuvor blickte der Holländer von einem zum anderen. »Ein Kristall? Wenn ich nicht wüßte, Tom, daß du trotz aller Abenteuerlust ein ernstzunehmender Wissenschaftler bist, dann ...«

»Was dann?«

»Vergiß es.«

»Das ist wohl das beste. Du hast gefragt, und wir haben dir eine Antwort gegeben. Wir verlassen Madras heute noch und gehen nach Yale zurück.«

Wilm van der Oochten musterte ihn schräg. Nachdenklich kaute er auf seiner Unterlippe. »Über Frankfurt?« wollte er wissen.

»Wahrscheinlich. Das hängt davon ab, welchen Flug wir erwischen.«

»Was hältst du von einem Abstecher über Schottland?«

Jetzt war es an Tom und Gudrun, verblüfft zu schauen. Wilm redete allerdings noch im selben Atemzug weiter. »Hat einer von euch schon vom A.I.M. gehört?«

Tom zuckte mit den Schultern.

»Das *Analytic Institute for Mysteries* hat seinen Sitz an der Nordküste Schottlands ...«

»Ein Zirkel, der sich mit Parapsychologie befaßt?« Ericson winkte spöttisch ab. »Vergiß es, Wilm.«

»Hör mir erst zu! Das *Analytische Institut für Mysterien* ist eine ernsthafte Organisation, die sich keineswegs mit solchem

Humbug wie Tischrücken oder Geisterbeschwörung abgibt. Dahinter stecken sowohl ausreichende Geldmittel als auch das Können von Fachleuten auf ihrem Gebiet. A.I.M. wird privat geführt und ist daher kaum bekannt, aber ich kann dir versprechen, daß Ian Sutherland *der* Mann ist, bei dem dein Problem bestens aufgehoben ist.«

»Ich habe kein Problem.«

»Willst du wirklich, daß der Kristall in einem staatlichen Labor vor die Hunde geht? Tom, sei nicht verrückt! Euer Fund könnte von größter Brisanz sein, und über den langwierigen Behördenweg brauche ich mich wohl nicht auszulassen.«

Sie redeten noch beinahe eine halbe Stunde lang. Tom Ericson hatte viele Fragen und Gudrun ebenfalls. Nicht alle wurden erschöpfend beantwortet, aber immerhin konnte van der Oochten ihnen das Versprechen abnehmen, in Schottland Zwischenstation einzulegen. Für einige Tage noch seine Gäste zu sein, dazu ließen sie sich allerdings nicht überreden.

Pierre Leroy kauerte auf dem gemütlichen Diwan und blätterte in abgegriffenen Zeitschriften, als Wilm van der Oochten mit hochrotem Gesicht und kurzatmig in die Wohnung stürmte.

»Sie müssen aufbrechen, Pierre! Sofort!«

Der kleine Franzose setzte sich kerzengerade auf. »Was ist geschehen?« wollte er wissen.

»Ich erzähle es Ihnen, während Sie packen«, schnaufte van der Oochten.

Das Ganze war eine Sache von zwei Minuten. Pierre schüttelte danach ungläubig den Kopf. »Ein Kristall, der sich telepathisch verständigen kann? Ich habe schon viel gehört, aber so etwas ...«

»Sind Sie daran interessiert, ja oder nein?«

»Natürlich.«

Noch einmal zwei Minuten später schlängelten sie sich auf van der Oochtens schwerem Motorrad durch den Verkehr von Madras. Bis zum Abflug der Maschine, für die Tom Ericson und seine Begleiterin gebucht hatten, blieb ihnen nur wenig mehr als eine halbe Stunde.

Sie schafften es rechtzeitig, wenn auch unter Mißachtung nahezu sämtlicher Verkehrsregeln. Aber da waren sie in der Millionenstadt weiß Gott nicht die einzigen.

Van der Oochten hatte dem Franzosen die beiden Wissenschaftler so genau beschrieben, daß er sie ohne Schwierigkeiten erkennen würde.

Vergeblich warteten sie auf den Aufruf ihrer Maschine. Aber an Wartezeiten mußte auf dem indischen Subkontinent wohl jeder gewöhnt sein.

Nach eineinhalb Stunden wurde endlich mitgeteilt, daß der Flughafen von Madras bis auf weiteres für Starts und Landungen gesperrt sei. Auf der Rollbahn war eine mit Chemikalien beladene Frachtmaschine verunglückt.

»Kar?« sagte Gudrun, nicht mehr, aber darin drückte sich alles aus, was sie dachte.

»Zufall, mehr nicht«, widersprach Ericson. »Vielleicht hätten wir doch Wilms Einladung annehmen sollen.«

Wenig später wußten sie definitiv, daß es mit dem Flugzeug an diesem und voraussichtlich auch am nächsten Tag kein Weiterkommen mehr gab. Blieb nur die Möglichkeit, mit der Eisenbahn nach Hyderabad zu fahren – das war eine Strecke von siebenhundertvierundneunzig Kilometern und eine Fahrzeit von rund sechzehn Stunden – und von dort aus weiterzureisen. Der Zug würde überfüllt sein, wie überall in Indien, aber Tom sah keine andere Möglichkeit. Sie durften nicht lange an einem Ort verweilen, wollten sie ihrem geheimnisvollen Gegner nicht doch noch in die Hände fallen. Er ergatterte zwei Fahrscheine für die erste Klasse, die zwar das Fünffache des normalen Preises kosteten, aber trotzdem günstig waren.

Die Nacht brach bereits herein, als sie endlich den Bahnhof

erreichten. Die Menschenflut, die sich hier drängte, war schier unüberschaubar, und Sprachen aus aller Herren Länder vermischten sich zu einem babylonischen Gewirr. Abenteuerlich uniformierte Gepäckträger boxten sich durch die Menge, im Kielwasser angestrengt dreinblickende Touristen hinter sich herziehend; Händler versuchten, Unmengen von Waren loszuwerden, und fingerfertige Taschendiebe hatten in dem Gedränge leichtes Spiel. Tom packte spontan zu, als er eine fremde Hand an seinem Sakko spürte, aber der kaum mehr als zehn Jahre alte Junge entzog sich ihm mit einem Schmerzensschrei und verschwand blitzschnell in der Menge.

»Mademoiselle, bitte!« Ein Mann hielt Gudrun galant die Waggontür auf – schwarzhaarig, schlank, und etwas kleiner als sie. Seinen braunen flinken Augen schien nichts von alldem zu entgehen, was sich entlang des bereits unter Dampf stehenden Zuges abspielte.

»Merci, Monsieur.« Ein Schwall der fremdartigsten Gerüche schlug der Anthropologin entgegen, als sie sich ins Innere des Wagens schwang.

»Sie sprechen meine Sprache, Mademoiselle? Welch berückender Zufall.«

»Ich denke, daß ich einen Franzosen von einem Engländer unterscheiden kann.« Gudrun hatte nicht das geringste Interesse daran, sich auf billige Weise anmachen zu lassen. Ohne dem Mann noch einen Blick zu schenken, kämpfte sie sich, dichtauf gefolgt von Tom, zu ihrem Abteil durch.

Sechs Sitzplätze – eine Schlafgelegenheit gab es nicht. Wer seine Fahrkarte buchstäblich erst in letzter Minute kaufte, durfte keine Ansprüche stellen.

Tom und Gudrun zwängten sich auf die beiden einzigen noch freien Sitze, die zum Gang hin lagen. Zum Glück hatten sie kein Gepäck, denn sämtlicher Stauraum war bereits mit Kartons und Tüten vollgestopft.

Sie mußten eine eingehende Musterung seitens ihrer Mitreisenden über sich ergehen lassen, aber dann ruckte der Zug endlich an und verließ zischend, polternd und von dichten schwarzen Rauchwolken eingehüllt, den Bahnhof. Die außen an den Fenstern zum Kühlen aufgehängten Milchkannen vollführten zudem einen Höllenlärm.

Doch bald wurde es ruhiger. Über den Häusern und Hütten von Madras lag der letzte Schimmer des Abendrots. Rasch senkte sich die Nacht herab.

Man starrte sich gegenseitig an. Einige Versuche der in dem Abteil mitfahrenden Inder (drei Männer und eine Frau, ihrer Kleidung nach zu urteilen waren sie Geschäftsleute), sich mit den Fremden zu unterhalten, scheiterten an der Sprachbarriere.

Irgendwann drückte sich der Franzose draußen vorbei. Er lächelte Gudrun zu, aber sie übersah ihn geflissentlich.

Das monotone Rattern machte schläfrig. Mit fortgeschrittener Stunde fiel die ohnehin spärliche Beleuchtung in unregelmäßigen Abständen aus. In der dann herrschenden Finsternis sah man kaum noch die Hand vor Augen.

Anfangs hielt sich Tom noch mühsam wach, später konnte auch er der Müdigkeit nicht mehr widerstehen. Den Hut ins Gesicht gezogen, döste er vor sich hin, bis ihn der Schlaf übermannte. Nur im Unterbewußtsein registrierte er die Fahrgeräusche und das Schnarchen seiner Abteilnachbarn.

Das Gefühl, beobachtet zu werden, schreckte ihn auf. Er wollte den Hut zurückschieben, erstarrte aber mitten in der Bewegung. Die Berührung von etwas Kaltem, Scharfem an der Kehle mahnte ihn zur Besonnenheit. Der Dolch, den ihm jemand mit Nachdruck an den Hals hielt, ritzte bereits die Haut über seinem Adamsapfel.

»He, verdammt, nimm deine Pfoten weg!« klang Gudruns Stimme auf.

In ohnmächtigem Zorn mußte Tom es sich gefallen lassen, daß ihn eine gierige Hand abtastete. Der Druck des Messers auf seinen Hals verstärkte sich währenddessen. Wer immer ihn überfallen hatte, wollte weder seinen Ausweis noch die Kreditkarte.

Er wollte den Kristall!

»Nein! Tom, paß auf!« Ein klatschendes Geräusch erklang, gefolgt von Gudruns gequältem Stöhnen.

Der Archäologe konnte nichts tun, konnte nicht einmal verhindern, daß ihm das magische Auge aus der Tasche gezogen wurde. Aber jede Faser seines Körpers war angespannt. Falls ihm der Gegner nicht die Kehle durchschnitt, würde er seine Chance noch bekommen.

Der Moment war schneller da als erwartet.

Tom ließ seine Fäuste vorschnellen, und obwohl er bislang nichts hatte sehen können, traf er seinen Gegner zwischen die Rippen. Allerdings schrammte die Messerklinge dabei über seinen linken Handrücken, und der stechende Schmerz ließ ihn erst den Bruchteil eines Augenblicks zu spät reagieren. Sein Gegenüber riß das Knie hoch, rammte es ihm in der Enge des Abteils in den Unterleib, versetzte ihm, als er auf die Sitzbank zurücksank, mit dem Ellenbogen einen harten Schlag ins Gesicht und zerrte Gudrun hoch, daß sie auf ihn stürzte und vorübergehend keiner in der Lage war, den beiden Kerlen zu folgen.

»Verdammt!« keuchte Tom, mühsam nach Atem ringend. »Sie haben das Auge.«

»Du blutest.«

»Nur ein Kratzer«, wehrte er ab. Wichtig war jetzt, daß er die Diebe nicht aus den Augen verlor. In dem mit Menschen vollgepferchten Zug hatte er sonst kaum eine Chance, das Artefakt zurückzuerhalten.

»Haltet sie!« brüllte Gudrun. Niemand dachte daran, ihr beizustehen.

Ohne die hektisch auf ihn einredenden Mitreisenden zu beachten, stürmte Tom aus dem Abteil. Er benutzte Fäuste und Ellenbogen gleichermaßen, um sich einen Weg zu bahnen.

Die Diebe hatten inzwischen das andere Ende des Wagens erreicht. »Haltet sie auf!« brüllte nun auch Tom, aber niemand verstand ihn. Etliche Kartons versperrten ihm den Weg. Ein älterer Mann, vermutlich der Besitzer der sperrigen Fracht, stellte sich ihm heftig gestikulierend entgegen. Tom stieß ihn rückwärts ins nächste Abteil. Ein anderer wollte den Mann halten, warf dabei den obersten der Kartons um, und gleich darauf war das gräßliche Klirren von splitterndem Glas zu vernehmen, vermischt mit klagendem Wehgeschrei aus dem Abteil und schrill keifenden Frauenstimmen.

Schweißüberströmt erreichte Tom das Ende des Waggons. Heftig riß er die Verbindungstür auf – und erstarrte. Unter ihm zogen mit rasender Geschwindigkeit Bahnschwellen und Schotterbett vorbei; eine Plattform, die das Überwechseln zum nächsten Wagen ermöglicht hätte, fehlte. Da waren nur der Kupplungshaken und einige Druckschläuche.

Gudrun stieß die Tür ganz auf. Tom, der darauf nicht gefaßt gewesen war, taumelte, konnte den Schwung nicht mehr abfangen und kippte nach vorne. Im allerletzten Moment bekam er die seitlich angebrachte Haltestange zu fassen und schwang daran herum, vergeblich mit den Füßen nach Halt suchend. Wenn er abrutschte, würde nicht allzu viel von ihm übrigbleiben.

»Tom!« schrie Gudrun mit sich überschlagender Stimme. »Nimm meine Hand!« Mit der Linken klammerte sie sich am Türrahmen fest, die Rechte streckte sie ihm so weit wie möglich entgegen. Aber Ericson schüttelte nur den Kopf. Sekundenlang pendelte er noch hin und her, bevor es ihm gelang, den Kupplungshaken mit den Füßen zu erreichen. Augenblicke später stand er relativ sicher in der Mitte zwischen beiden Waggons. Sich Zentimeter um Zentimeter vorwärts tastend, erreichte er die Tür des anderen Wagens.

Gudrun atmete erleichtert auf und schickte sich an, denselben halsbrecherischen Weg zu nehmen. Sekundenlang schloß sie die Augen, entsetzt über ihren eigenen Leichtsinn und das schier unerträgliche Gefühl, haltlos mitgerissen zu werden. Trotzdem schaffte sie es, und es war leichter als befürchtet.

Tom zwängte sich bereits weit vor ihr zwischen schimpfenden Menschen hindurch. Er hatte noch nicht einmal bemerkt, daß sie ihm weiter folgte.

Sie befanden sich im Schlußwagen. Die beiden Diebe hatten das ebenfalls erkannt und zwängten sich durch ein Fenster aufs Dach. Offenbar hofften sie, ihren Verfolger auf die Weise abschütteln zu können.

Entschlossen wandte sich Tom ebenfalls dem nächsten Fenster zu, schob zwei ihn verständnislos angaffende Frauen zur Seite und zerrte an der Scheibe, die sich allerdings selbst mit größter Anstrengung nicht öffnen ließ. Im Gepäcknetz über ihm lag ein Blechkanister. Tom benutzte das verbeulte Ding, um das Fenster zu zertrümmern. Mit wuchtigen Hieben entfernte er auch die in den Dichtungen verbliebenen kantigen Splitter, dann hangelte er sich nach oben.

Am östlichen Horizont ging in diesem Moment die Sonne auf und übergoß die Landschaft mit purem Gold. Die beiden Diebe hielten vorübergehend inne, als Tom sich gerade auf den Unterarmen aufs Dach hochzog. Die Bewegung, mit der einer von ihnen einen Dolch warf, ahnte der Archäologe mehr, als er sie wirklich erkennen konnte. Die Klinge schrammte haarscharf an seiner Schläfe vorbei und schlitterte über das Zugdach.

»Tom!« Gudrun schickte sich ebenfalls an, aufs Dach zu klettern, aber ihre Finger glitten auf dem genieteten Blech ab. Andererseits hatte sie sich schon so weit vorgewagt, daß ein Zurück ohne Hilfestellung schwerlich möglich war. Tom blieb keine andere Wahl, als sie vollends nach oben zu ziehen. Aus den Augenwinkeln heraus registrierte er, daß die Verfolgten inzwischen auf den vorderen Waggon überwechselten.

Auf sie zu schießen, war keine Lösung. Einer von beiden hatte den magischen Kristall. Falls er vom Zug stürzte, war das Auge der Göttin Khom verloren.

»Warte hier!« rief Tom der Anthropologin zu und hetzte weiter. Das heftige Rütteln und Stoßen des Zuges federte er geschickt ab. Linkerhand erstreckte sich eine schier endlos tiefe Schlucht. Wer ausglitt, war rettungslos verloren.

Doch daran verschwendete er keinen einzigen Gedanken. Mit weit ausgreifenden Sätzen schloß er zu den beiden Kerlen auf, die sich immer häufiger nach ihm umwandten. Offenbar hatten sie nicht mit seiner Hartnäckigkeit gerechnet.

Erst auf dem Dach des vordersten Wagens stellten sie sich zum Kampf. Vergeblich versuchte Tom auszumachen, wer von ihnen den Kristall hatte.

Gemeinsam drangen sie auf ihn ein. Tom erwartete sie in leicht gebückter Haltung. Mit dem Unterarm blockte er einen Fausthieb ab, wich zur Seite aus und schoß selbst eine rechte Gerade ab. Sein Gegner klappte zusammen wie ein Taschenmesser. Besonders gut im Nehmen schien er nicht zu sein.

Der andere griff mit dem typisch indischen Krummdolch an. Zwei, drei hastige Hiebe verfehlten den Archäologen jeweils mir um eine Handbreite. Dann bekam Tom das Handgelenk des Mannes zu fassen und ließ nicht eher locker, bis der Dolch aufs Dach klirrte. Dafür mußte er allerdings einen kräftigen Hieb in die Magengrube einstecken.

Mit dem Handrücken schlug er zu. Es war eine reine Reflexbewegung. Trotzdem klatschte es laut, und sein Gegner stieß ein unwilliges Schnauben aus, als seine Lippen aufplatzten und er das Blut schmeckte. Wie ein gereizter Büffel drang er mit gesenktem Kopf erneut auf den Archäologen ein.

Inzwischen hatte Gudrun allen Gefahren zum Trotz zu den Kämpfenden aufgeschlossen. Bevor sie jedoch den Dolch aufheben und eingreifen konnte, stürmte der zweite Kerl auf sie los. Gudrun versuchte noch, ihm die Fäuste ins Gesicht zu schlagen – vergeblich. Der Aufprall ließ sie rückwärts taumeln. Sekundenlang ruderte sie hilflos mit den Armen und kämpfte um ihr Gleichgewicht.

Der Abgrund schien rasend schnell näher zukommen. Das grelle Pfeifen der Lokomotive vor einem Tunnel vermischte sich mit Gudruns gellendem Aufschrei. Sie schrammte über die Dachkante hinweg, rutschte an der Wölbung ab und stieß mit beiden Beinen ins Leere. Vergeblich versuchte sie, sich festzuklammern, aber das Blech bot ihr nur wenig Halt. Sie schmirgelte sich die Haut von den Fingerkuppen.

Eine Kante, ein winziger Vorsprung … In Todesangst verkrallte Gudrun die Finger um das winzige Stückchen Blech. Dennoch konnte sie sich nicht lange halten.

Tief unter ihr war plötzlich ein schäumender, von Felsen durchzogener Fluß. Der Zug ratterte über eine stählerne Brücke hinweg, und nicht einmal mehr einen Kilometer voraus, am Ende einer weitgezogenen Kurve, wartete düster und drohend ein Tunnel.

Tom konnte seiner Gefährtin nicht beistehen. Ineinander verkrallt wälzten er und einer der Diebe sich über das Dach. Der andere floh erneut. Wahrscheinlich hatte er den Kristall.

»Halt dich fest, Gudrun! Ich bin gleich bei dir.« Tom drosch seinem Gegner die Rechte ans Kinn, daß diesem Hören und Sehen verging. In derselben Bewegung wälzte er sich herum und versuchte, Gudruns Arme zu erreichen – doch sie rutschte ab, bevor er nahe genug bei ihr war! Alles in ihm verkrampfte sich, als er sie mit weit aufgerissenen Augen und verzerrter Miene verschwinden sah.

Doch dann sah er sie seitlich am Waggon hängen. Tom fiel ein Zentnergewicht von der Seele. Zwei Inder hatten im letzten Moment zugegriffen und zogen Gudrun mit vereinten Kräften durch ein offenes Fenster ins Innere des Wagens.

Tom blieb keine Zeit zur Besinnung. Er konnte sich gerade noch von der Dachkante zurückziehen und seinen Hut festhalten, bevor ihn schier undurchdringliche Schwärze umfing. Mit schrillem, ohrenbetäubendem Pfeifen, rüttelnd und stoßend raste der Zug in den Tunnel hinein. Innerhalb weniger Augenblicke verschwand der letzte Schimmer verwaschener Helligkeit. Instinktiv spürte der Archäologe, daß die Wände sehr eng zusammentraten und die Decke dicht über ihm war. Bäuchlings aufs Blech gepreßt, Arme und Beine des besseren Haltes wegen abgespreizt, wartete er aufs Äußerste gespannt darauf, daß die Höllenfahrt endete. Aber der Tunnel schien kein Ende zu nehmen, und mit jedem Atemzug spürte Tom deutlicher, daß ihm die Sinne schwanden. Glühendheißer Ruß wirbelte wie Hagel auf ihn herab, und der Rauch drohte ihn zu ersticken.

Urplötzlich verkrallte sich eine Hand an seinem Oberarm. Der Kerl, den er niedergeschlagen hatte, war also auch noch da, und er schien fest entschlossen, seinen Gegner zu töten. Seine Finger glitten weiter, kratzten über Toms Gesicht und versuchten sich in seine Augen zu bohren. Ericson konterte ebenso schnell wie kompromißlos. Mit beiden Händen den Arm des Angreifers umklammernd, hebelte er ihn aus, bis ein gellender Schmerzensschrei erklang und der Körper weggerissen wurde.

Sekunden wurden zur Ewigkeit. Nie zuvor hatte Tom sich ähnlich verloren gefühlt. Die Taubheit in seinen Gliedern nahm ihm jegliches Zeitgefühl.

Als der Zug endlich wieder in gleißenden Sonnenschein eintauchte, war Tom allein. Während er sich mit steifen Bewegungen durch ein Fenster hangelte, fragte er sich, ob der andere es rechtzeitig geschafft hatte, sich in Sicherheit zu bringen.

Kreidebleich, mit rußverschmiertem Gesicht, blickte Gudrun ihm entgegen. Wortlos fiel sie ihm um den Hals.

Tom löste sich aus ihrer Umarmung und hielt sie mit ausgestreckten Armen auf Distanz.

»Wasser und Seife würden dir nicht schaden«, stellte er fest.

»Mir ...?« Gudrun starrte ihn verblüfft an. »Wer hat sich denn im Kohlentender gesuhlt?« konterte sie. »Gegen dich ist jeder Mohr ein Bleichgesicht.«

Bis der Zug endlich Hyderabad erreichte, sahen beide wieder halbwegs menschenwürdig aus. Trotzdem hatte sich ihre Stimmung nicht gebessert. Im Gegenteil. Den magischen Kristall mußten sie abschreiben. Es gab keine Chance, ihn wiederzufinden. Wahrscheinlich hatte der Dieb den Zug auf einer der vielen Zwischenstationen verlassen.

»Was ist geschehen?« fragte Suzy Duvall gespannt.

»Ich habe sie verloren«, schnaubte Kar.

Anklagend blickte die Eurasierin ihn an. »Du wolltest nicht

auf mich hören. Ich habe gleich gesagt, daß es keinen Erfolg bringen kann, zwei Inder zu rekrutieren und sofort loszuschicken. In der Kürze der Zeit …«

»Du hast keine bessere Figur abgegeben, Suzy. Vergiß das nicht. Warum warst du nicht erfolgreicher?« Kars Tonfall wurde drohend, und Suzy Duvall wußte genau, wo ihre Grenzen lagen. Trotzdem wagte sie, vielleicht aus verletztem Stolz, zu widersprechen.

»Ich sagte dir schon: Sie waren nicht in der Maschine. Ich weiß nicht, warum. Vielleicht haben sie den Flug versäumt. Jedenfalls war es unnötig, so viele Opfer in Kauf zu nehmen.«

Kar starrte sie kalt an. »Du weißt genau, daß niemand die Bombe mehr hätte entschärfen können. Sie lag im Gepäckraum, und der Zünder war auf den vereinbarten Zeitpunkt eingestellt. Alles wäre glatt gegangen, wenn du bis dahin das Auge in deine Gewalt gebracht hättest.«

»Aber …«

Kar unterbrach ihre Erwiderung mit einer unwilligen Handbewegung. Das kalte Licht brach sich in den unzähligen winzigen Schuppen seiner Hand; ein unheimlicher Anblick, der Suzy gleichermaßen faszinierte wie erschreckte.

Im Grunde war sie froh darüber, daß Kar das Thema nicht weiter vertiefen wollte. Sie erinnerte sich nur zu gut an den Blick, mit dem Gudrun Heber sie gemustert hatte. Hatte die Anthropologin Verdacht geschöpft? Hatten die beiden deshalb nicht im Flugzeug gesessen? Dann allerdings wäre es in der Tat Suzys Verschulden gewesen. Sie hätte sich im Hintergrund halten sollen, anstatt die beiden so intensiv zu beobachten.

Kar hatte sich abgewendet und führte eine Reihe von Schaltungen an den fremdartigen Maschinen durch, in deren Folge das Flimmern über der Kristallplatte langsam abebbte. Er war erschöpft. Die Kontrolle der beiden mit Symbionten gefügig gemachten Männer hatte ihn viel Kraft gekostet.

Auch Kar wußte, wo seine Grenzen lagen.

Frankfurt/Main, Flughafen

Nach mehreren Warteschleifen über der Mainmetropole erhielt die aus Bombay kommende Maschine endlich Landeerlaubnis. Das Wetter in Deutschland war trostlos. Es regnete in Strömen.

Dr. Thomas Ericson und seine Begleiterin hatten seit ihrer Abfahrt in Madras eine mehr als viertägige Odyssee quer über den indischen Subkontinent hinter sich. Sie waren gezwungen gewesen, von Hyderabad nach Bombay zu fliegen und dort weitere Wartezeiten auf sich zu nehmen, ehe sie endlich an Bord einer Lufthansa-Maschine gehen konnten.

Um so erstaunter waren sie, ihre Namen in einer Lautsprecherdurchsage zu hören.

»Hast du Liebhaber in Deutschland?« fragte Tom verblüfft.

»Dasselbe könnte ich dich fragen«, erwiderte die Anthropologin. »Vielleicht eine frühere Studentin, die sich vor Sehnsucht verzehrt?«

Sie gingen zu dem angegebenen Informationsschalter. Dort wartete ein Mann auf sie. Er war etwa einsachtzig groß, hatte gebräunte, leicht verwittert wirkende Haut und rotes, strähniges, glattes Haar, das ihm im Moment triefend in die Stirn hing. Die Augenbrauen waren über der Nase buschig zusammengewachsen und gaben seinem Blick etwas Stechendes. »Dr. Ericson? Miss Heber?« fragte er und fügte rasch hinzu: »Ich bin Connor.«

Tom und Gudrun sahen sich verdutzt an.

»Connor – wer?«

»Einfach nur Connor.«

Tom musterte ihn eindringlich. »Sie sind schottischer Abstammung?« erkundigte er sich.

»Highlander.« Ein Lächeln huschte über Connors bis dahin unbewegte Miene. »Wenn Sie mir bitte folgen würden.« Er vollführte die Andeutung einer Verbeugung. »Gepäck haben Sie nicht?«

»Nein«, sagte Gudrun schroff. »Und wir denken auch nicht daran, Ihrer seltsamen Einladung Folge zu leisten.«

»Ich bin sicher, daß dies nicht Ihr letztes Wort ist«, sagte Connor zuversichtlich. »Mr. Sutherland, der Earl of Oake Dùn, erwartet Sie schon seit Stunden.«

»Sie sind Mitarbeiter von A.I.M.?« erkundigte sich Tom, der sich daran erinnerte, daß Wilm van der Oochten den Namen Ian Sutherland erwähnt hatte.

»Ich bin, wenn Sie so wollen, Butler und Computerspezialist in einem. Dr. van der Oochten war so freundlich, uns über Ihre geplante Ankunft in Kenntnis zu setzen.«

»Das sieht ihm ähnlich. Leider muß ich Sie enttäuschen. Das Artefakt, dessentwegen Sie sich hierher bemüht haben, wurde uns unterwegs gestohlen.«

»Das ist uns bekannt.« Ohne sich davon zu überzeugen, daß die Wissenschaftler ihm auch wirklich folgten, schritt Connor auf den Ausgang zu, der unmittelbar zum Flugfeld führte. Mit seiner Andeutung hatte er die Neugierde der beiden geweckt.

Ein Hubschrauber stand startbereit.

»Mr. Sutherland erwartet Sie.« Mit der vollendeten Verbeugung eines englischen Butlers gab Connor den Einstieg frei.

Tom ging voran. Gudrun folgte ihm. Hinter ihnen schloß der Schotte die Tür. Augenblicklich liefen die Turbinen an.

Das Innere des Hubschraubers war mit Holz und Teppichen verkleidet. Vier wuchtige Klubsessel gruppierten sich um einen runden Tisch herum, und in einem dieser Sessel saß Sutherland, blickte den Neuankömmlingen interessiert entgegen und bot ihnen ohne Umschweife Platz an.

»Es freut mich, daß Sie meiner Einladung nachkommen. Ihr Schaden wird es bestimmt nicht sein.«

Er mochte Ende Vierzig sein, und seine markanten Gesichtszüge und die vielen Falten um die Augen verrieten eine große Lebenserfahrung. Er trug das graue Haar kurzgeschnitten und einen ebenfalls grau melierten kurzen Oberlippenbart. Seine Kleidung stammte vermutlich aus einem der führenden Modehäuser.

Ein Frauentyp, dachte Gudrun, die sich dabei ertappte, daß sie Sutherland Zoll für Zoll musterte. Natürlich bemerkte er es. Lächelnd lehnte Sutherland sich zurück und erwiderte amüsiert Gudruns Blick. Dann zog er aus der Innentasche seines Sakkos Pfeife und Tabak hervor und begann bedächtig, das gute Stück zu stopfen, während der Hubschrauber abhob, eine Schleife zog und nach Westen abschwenkte. Connor servierte Getränke.

»Sind Sie nicht neugierig?« brach Ian Sutherland nach einer Weile das Schweigen.

Tom zuckte mit den Schultern. »Ich denke, Sie werden uns bald darüber aufklären, was Sie auf dem Herzen haben.«

»Wir fliegen nach Schottland?« wollte Gudrun wissen.

»Nach Oake Dùn.« Sutherland nickte knapp. »Sie müssen wissen, daß Dùn das gälische Wort für Festung ist. Einer meiner Urahnen hat sie um 1700 errichtet, etwa auf halber Strecke zwischen Durness und Thurso. Oake Dùn ist bis heute Familiensitz geblieben, nur habe ich mir erlaubt, die Gebäude ein wenig, sagen wir, zu modernisieren. Die Belange von A.I.M. erfordern es.«

»Sie befassen sich mit der Erforschung spiritistischer …«

»… mysteriöser Geschehnisse, Miss Heber«, unterbrach Sutherland Gudruns Einwand. »Wenn es sich machen läßt, unter Anwendung modernster technischer Hilfsmittel. Aber lassen Sie sich einfach überraschen.«

»Das ist einfach gesagt.« Tom vollführte eine ungeduldige Handbewegung. »Im allgemeinen weiß ich gerne vorher, mit wem ich es zu tun habe. Was Sie selbst und Ihre Organisation anbetrifft … ich muß sagen, mir erscheint A.I.M. reichlich obskur.«

In Sutherlands Augen blitzte es amüsiert auf. Mit dem Mundstück seiner Pfeife zielte er auf Tom. »Ich denke doch, daß van der Oochten eine deutliche Empfehlung ausgesprochen hat.« Er seufzte ergeben. »Aber die Welt besteht offenbar nur aus Ressentiments. Ohne sie wäre unsere Arbeit wesentlich leichter.«

Tom verschränkte die Hände und stützte das Kinn auf den beiden abgespreizten Daumen auf. Leicht vornübergebeugt saß er im Sessel und musterte sein Gegenüber. »Schießen Sie los, Mr. Sutherland!« forderte er ihn auf.

Sutherland fabirizierte mehrere Rauchringe, denen er sinnend nachschaute.

»Das *Analytische Institut für Mysterien* ist eine ausschließlich private Organisation, die sich in erster Linie mit der Aufklärung mysteriöser Geschehnisse befaßt – und davon gibt es mehr, als Sie vielleicht glauben, Dr. Ericson. Sie selbst wurden erst vor kurzem mit einem konfrontiert.« Sein Blick wanderte von Tom zu Gudrun, dann fuhr er fort: »A.I.M. ist mehr als nur ein kostspieliges Hobby. Obwohl bislang nur etwa zwanzig bis dreißig Wissenschaftler verschiedener Fachrichtungen rund um den Erdball davon wissen. Sagen wir, ich habe es mir zur Lebensaufgabe gemacht, einige der Mysterien unserer Zeit aufzuklären. Daß wir nicht nur mit einfachen Mitteln arbeiten, werden Sie an Ort und Stelle sehen. Wir sind besser ausgerüstet als manches staatliche Labor.«

»Seit wann besteht A.I.M.?«

»In der derzeitigen Form seit vier Jahren – vorher war es wirklich nur ein Hobby. Ich habe mich um angeblich weinende Ikonen ebenso gekümmert wie um das spurlose Verschwinden von Menschen, aber die großen Rätsel liegen unter der Erde. Die Archäologie, Dr. Ericson, das werden Sie mir sicher bestätigen, birgt die Schlüssel zu vielem, was uns heute noch unverständlich erscheint.«

»Wie viele Mitarbeiter haben Sie?« fragte Gudrun.

»Zur Zeit sind es zwei«, erwiderte Sutherland. »Zum einem Connor – er ist Butler, Leibwächter und Computerspezialist in einem. Und zum zweiten Pierre, ein Franzose, der sich ziemlich für alles interessiert, vor allem aber für sein Gaumenwohl.« Er legte die Pfeife zur Seite und hob sein Glas. »Trinken wir auf das, was uns verbindet.« Nach einem kräftigen

Schluck sagte er versonnen: »Meine Verbindungen bestehen weltweit. Deshalb werden Sie sicher verstehen, daß ich mich vor unserem Gespräch informiert habe. Schließlich wollte auch ich wissen, mit wem ich es zu tun habe.

Sie, Dr. Ericson, sind am 20. März 1957 geboren und noch ledig. Ihr Hang für alles Abenteuerliche äußert sich schon darin, daß Sie bereits in jungen Jahren den Flugschein für Sportmaschinen erworben haben. Sie sind Ihrem Onkel Jeremiah sehr ähnlich, der ebenfalls Archäologe war, aber vor Jahren spurlos verschwand. Ihr einziges Andenken an ihn ist die Nickelbrille, die Sie beim Lesen tragen sollten, es aus Bequemlichkeit aber meist unterlassen.«

»Nicht schlecht«, mußte Tom zugeben.

Sutherland nickte knapp und fuhr fort: »Im Gegensatz zu Ihnen ist Miss Heber noch ein weitgehend unbeschriebenes Blatt, wenngleich ihre Fachkenntnisse unbestritten sind. Sie ist Deutsche, wurde am 13. Juni 1960 geboren, hat Konfektionsgröße 38 und spricht außer ihrer Muttersprache fließend Englisch, Französisch, Arabisch und hinreichend Latein.«

»Sie haben Ihre ›Hausaufgaben‹ gut gemacht«, sagte Gudrun. »Wissen Sie auch, welche Farbe meine Unterwäsche hat?«

Sutherland lachte, und es klang offen und ehrlich. »Das«, sagte er, »gehört zu Ihrer Privatsphäre, die ich grundsätzlich nie verletze. Nein, was mich viel mehr interessiert, sind die mysteriösen Erlebnisse, die Sie beide auf Gardner hatten. Obwohl mir van der Oochten schon einiges darüber am Telefon erzählt hat, so weiß ich doch längst nicht genug.«

Die nächsten Stunden verbrachten Tom und Gudrun damit, noch einmal – und diesmal in aller Ausführlichkeit – von ihrem geheimnisvollen und erschreckenden Abenteuer zu erzählen.

Schließlich kam Oake Dùn in Sicht, ein zweigeschossiger, in rechteckigem Aufriß errichteter Bau, dessen Mauern von mächtigen Wehrtürmen unterbrochen wurden. Mauern und Türme waren von gut erhaltenen Zinnen gekrönt, und Efeu rankte an den Steinen empor. Die Festung lag auf einem zum Atlantik hin steil abfallenden Felsen, und der Zugang von Land her war allem Anschein nach nur über einen schmalen, auf den letzten zweihundert Metern durch eine Schlucht führenden Weg zu erreichen.

Etwas abseits, aber noch auf der Felskuppe, ragten Stallungen und Gesindehäuser auf. Ziegen und einige Schafe weideten auf den rauhen, von Stürmen zersausten Grasflächen.

Der Hubschrauber startete sofort wieder, nachdem er die Passagiere abgesetzt hatte. Sutherland führte seine Besucher selbst ins Haus. Als er Toms Interesse an dem hoch aufragenden Funkmast bemerkte, sagte er: »Wir verfügen über eine hochmoderne Funkanlage und können sogar Satelliten anzapfen. Natürlich mit den erforderlichen Genehmigungen. Ich lege großen Wert auf Legalität.«

Tom Ericson gestand sich ein, daß ihn das Drumherum allmählich beeindruckte. Er hatte Sutherland anfangs für einen Spinner und Wichtigtuer gehalten, aber das Gegenteil schien der Fall zu sein. Im Erdgeschoß des Haupthauses erwartete sie eine große und geräumige Bibliothek. Die Sammlung archäologischer Kunstgegenstände in Vitrinen und auf Regalen war beeindruckend.

»In den anderen Räumen können Sie noch mehr davon begutachten«, sagte Ian Sutherland, ohne jedoch überheblich zu wirken. »Und die besonders wertvollen Artefakte lagern in unserem Tresor.«

Essen wurde aufgetragen, ein üppiges Mahl. Tom beobachtete, daß der Hausherr immer öfter auf die Uhr blickte. Er schien auf etwas zu warten, das ihn selbst mit Ungeduld erfüllte.

Gerade als Tom sich entschloß, Sutherland darauf anzusprechen, öffnete sich eine Tür im Hintergrund der Bibliothek.

Gudrun stieß einen überraschten Ruf aus und verschüttete ihren Wein. Tom richtete sich kerzengerade auf.

Ian Sutherland sog genüßlich an seiner Pfeife. Ihm war nicht eine Spur von Aufregung anzumerken.

»Das … das ist der Franzose aus dem Zug!« stieß Gudrun endlich ungläubig hervor. »Was hat das zu bedeuten?«

Der Mann, immer noch schwarz gekleidet, kam langsam näher. Erst unmittelbar vor der Tafel blieb er stehen, zog ein Leinensäckchen unter seinem Pullover hervor und legte es vorsichtig auf den Tisch.

»Darf ich vorstellen«, sagte Sutherland, »das ist Pierre Leroy. Studiert hat er Kunstgeschichte, und wann immer es gilt, für A.I.M. die Kastanien aus dem Feuer zu holen, ist er zur Stelle. – Bitte, Dr. Ericson, überzeugen Sie sich selbst.«

Tom zog das Säckchen zu sich heran und öffnete es. Darin lag das magische Auge der Göttin Khom. Es war unversehrt.

Forschend blickte Tom Leroy an. »Wo haben Sie das her?« wollte er wissen. Leroy angelte nach einem Stuhl, setzte sich verkehrt herum hin und stützte das Kinn auf der Lehne ab. Connor servierte ihm ein Glas Branntwein mit Kirschen.

»Ich wußte von van der Oochten, daß Sie wegen des Kristalls einige Schwierigkeiten hatten«, sagte er, und das war schlichtweg untertrieben. »Mir erschien es deshalb sicherer, Sie über meine Identität im unklaren zu lassen. Eine richtige Entscheidung, wie sich herausgestellt hat. Immerhin konnte ich eingreifen, nachdem Ihnen der Kristall gestohlen worden war. Als der Dieb am frühen Vormittag den Zug verließ, folgte ich ihm. Der Rest ist unbedeutend.«

Pierre streckte die Hand aus und hielt sie Tom hin. »Herzlich willkommen auf Oake Dùn und im Kreise Gleichgesinnter«, sagte er.

Tom Ericson schlug kräftig ein, unendlich erleichtert, daß der Kristall doch wieder aufgetaucht war.

Gudrun zögerte zwar ein wenig, aber dann überwand auch sie ihre Vorbehalte. Pierre Leroy bedankte sich mit einem formvollendeten Handkuß.

Der Abend brachte sie alle ein gutes Stück näher.

ENDE DES DRITTEN BUCHES

VIERTES BUCH

DAS ERBE VON STONEHENGE

von Frank Thys

»Verdammt, sieh dir das an!« rief Kevin Dunham und blieb stehen, kaum daß er die Kuppe des Hügels erreicht hatte. Aufgeregt starrte er auf das Kornfeld, das sich vom Licht der Morgensonne beschienen vor ihm ausdehnte.

»Du weißt genau, daß du nicht fluchen sollst«, belehrte ihn Susan, die ein paar Schritte hinter ihm zurückgeblieben war. »Wenn ich das Mum erzähle, kriegst du heute mittag Hausarrest.«

Kevin verdrehte die Augen. Jüngere Schwestern, insbesondere solche vorlauten, neunmalklugen Quälgeister wie Susan, waren seiner Meinung nach eine Plage, die nur der Teufel in die Welt gesetzt haben konnte.

Aber er ging nicht weiter auf Susans Worte ein. Zu sehr schlug ihn der Anblick seiner Entdeckung in Bann.

Er sah auf das Weizenfeld hinab, das sich scheinbar endlos vor ihm erstreckte. Wind strich über die Ähren, drückte sie nieder und ließ sie hin und her wogen. Es sah aus, als würden Wellen durch das Feld laufen.

Aber was Kevin so faszinierte, war etwas anderes.

»Nun sieh doch mal!« stieß er hervor und deutete mit der Hand nach vorne.

Susan zuckte mit den Schultern.

»Da sind wieder ein paar Kornkreise, na und?« murmelte sie gleichgültig.

Kevin wandte den Kopf und starrte sie an. »Ist ... ist das alles, was dir dazu einfällt?« fragte er fassungslos.

»Was regst du dich denn so auf?« Susan hüpfte von einem Bein auf das andere. Ihre langen Zöpfe, die fast dieselbe Farbe wie das reife Korn hatten, wippten dabei auf und nieder. »Das sind schließlich nicht die ersten, die wir sehen. Nun mach schon, wir kommen zu spät zur Schule.«

Kevin schüttelte verzweifelt den Kopf. »Typisch Mädchen!« schnaubte er. »Ich hab' ja schon immer geahnt, daß du als Baby zu oft aus dem Kinderwagen gefallen bist. Du kannst meinetwegen allein vorgehen. Ich jedenfalls sehe mir das erst mal näher an.«

»Aber dann kriegen wir einen Verweis, und dabei hat das Schuljahr doch gerade erst angefangen«, jammerte Susan.

»Ich hab' doch schon gesagt, daß du gehen kannst, wenn du zu feige bist.« Lauernd beobachtete Kevin sie. Er kannte Susan gut genug, um zu wissen, wie er sie packen konnte. Wenn er auf ihren Mut anspielte, war sie wie Wachs in seinen Händen.

Er hoffte, daß es auch diesmal klappen würde. Im Grunde mochte er Susan ganz gern, auch wenn sie ihn oft genug nervte. Aber das lag wohl an ihrem Alter. Sie war gerade erst zehn geworden und damit noch ein richtiges Kind. Er hingegen würde in drei Monaten vierzehn werden und war damit schon fast erwachsen. Da mußte man auch in der Lage sein, über die großen Fehler kleiner Schwestern hinwegzusehen, besonders angesichts einer Entdeckung wie dieser.

»Ich bin nicht feige«, protestierte Susan. »Aber was willst du dir denn groß ansehen? Das sind doch nur ein paar weitere Kreise, genau wie die, die wir schon gesehen haben. Wir kriegen nur Ärger.«

Kevin beachtete sie nicht weiter. Wenn sie nicht von selbst begriff, hatte es keinen Sinn, ihr zu erklären, was in ihm vorging. Natürlich hatte sie recht, es waren nicht die ersten Kornkreise, die hier in der Umgebung entdeckt wurden. Aber allzuviele gab es hier im Norden Schottlands nicht, und außerdem waren diese gestern noch nicht dagewesen, was bedeutete, daß sie ganz frisch sein mußten – und er hatte sie entdeckt.

Diesmal konnte er der erste sein, der sie sich ansah. Bei den anderen waren immer schon ein Dutzend Leute vor ihm dagewesen, die alles niedergetrampelt hatten. Wenn er das seinen Freunden erzählte ...

Ohne länger zu zögern, streifte er seinen Schulranzen ab, sprang mit einem Satz über den kleinen Graben neben der Straße und duckte sich unter dem Stacheldraht hindurch, der das Feld einzäunte. Susan jammerte zwar noch immer, doch sie folgte ihm.

Gemeinsam stapften sie durch das Feld, bis sie den ersten der Kreise erreicht hatten. Eigentlich handelte es sich nicht mal um richtige Kreise. Eher erinnerten die Piktogramme an gigantische Perlenschnüre. Es gab mehrere kreisrunde, wie mit dem Zirkel abgesteckte Flächen, innerhalb derer die Halme wie unter einer schweren Last spiralförmig zu Boden gepreßt waren. Sie wurden alle durch schmalere Zwischenstücke aus ebenfalls flachgelegtem Korn miteinander verbunden.

Das eigentlich Verblüffende war die Tatsache, daß die Halme nicht geknickt waren. Es gab keine Bruchstellen, das Korn preßte sich einfach nur flach an den Boden.

Und es gab keinerlei Spuren, die zu dem Piktogramm hinführten.

Eine ungeheure Aufregung hatte Kevin gepackt. Sorgsam schritt er den Rand des gesamten Gebildes ab. Er entdeckte nicht eine einzige Fußspur am Rand des Piktogramms, nicht einmal einen Wildwechsel, dem irgend jemand gefolgt sein konnte.

Dafür aber fand er an einigen Stellen etwas, das bei keinem der Kornkreise in den umliegenden Feldern bemerkt worden war: Brandspuren. Einige der Halme waren unverkennbar angesengt. Kevins Aufregung steigerte sich noch.

»Hast du jetzt genug gesehen?« fragte Susan. »Wenn wir laufen, können wir es gerade noch rechtzeitig schaffen. Ich … will weg von hier.«

Kevin drehte sich zu ihr um und musterte sie. Es war unverkennbar, daß Susan Angst hatte, und es war keine Angst vor einem Verweis oder einer Strafe, wenn sie zu spät zur Schule kamen, sondern vor diesem Feld.

Kevin konnte sie gut verstehen. Auch ihm flößte das unheimliche Phänomen Unbehagen ein. Er war ein für sein Alter sehr großer Junge, und da er viel Sport trieb, war er auch kräftig. Es gab kaum etwas, wovor er sich fürchtete, nicht einmal vor Henry Bowers aus der neunten Klasse, um den alle anderen seines Alters auf dem Schulhof einen großen Bogen machten.

Jetzt aber spürte er, wie sein Unbehagen mit jeder Sekunde wuchs. Am liebsten wäre er wirklich losgelaufen, aber noch waren seine Neugier und sein Entdeckergeist stärker als seine Angst.

Er hatte in letzter Zeit eine Menge Erklärungen für die Kornkreise gehört. Zwei ältere Männer, deren Namen er vergessen hatte, hatten vor gar nicht so langer Zeit erst im Fernsehen berichtet, daß sie die Kreise gemacht hätten, um alle Leichtgläubigen auf die Schippe zu nehmen. Auch Kevins Dad behauptete, daß es sich nur um Unfug handeln würde.

Kevin glaubte nicht daran. Für einen vierzehnjährigen Jungen wie ihn gab es eine Unzahl viel interessanterer Erklärungen für dieses Phänomen, ob man nun UFOs, geheimnisvolle Erdstrahlen oder was auch immer dafür verantwortlich machte. Darauf deuteten auch die Brandspuren hin.

Gerade jetzt, als er inmitten des Piktogramms stand, war sich Kevin sicher, daß sich nicht nur irgendwelche Leute einen Spaß erlaubt hatten. Hier waren geheimnisvolle Mächte am Werk gewesen, das spürte er deutlich. Die Tatsache, daß es trotz des vom Regen der letzten Tage aufgeweichten Bodens keinerlei Spuren gab, bestärkte ihn noch in diesem Glauben.

»Da vorne sind noch mehr«, stieß er hervor und merkte, daß seine Stimme belegt klang. »Die will ich mir noch ansehen, dann können wir gehen.«

Er stapfte durch das Korn auf einige weitere Piktogramme zu. Es war ihm auch egal, daß er damit selbst genau die Spuren legte, die spätere Beobachter überzeugen würden, daß die Kornkreise eine ganz natürliche Ursache hätten.

Die weiteren Piktogramme, die er entdeckt hatte, unterschieden sich in ihrer Form deutlich von den vorigen. Sie sahen aus wie Sicheln, halbmondförmige Rundungen mit jeweils einem Griff daran. Drei Stück insgesamt gab es davon, die sauber hintereinander angeordnet waren.

Als Kevin sie erreichte, verstärkte sich das Gefühl des Unwohlseins noch einmal schlagartig. Was immer für diese sonderbare Erscheinung verantwortlich war, es war gefährlich. Und es war immer noch irgendwo in ihrer Nähe, auch das fühlte er.

Mit einemmal verspürte er keinerlei Lust mehr, die Piktogramme genauer zu untersuchen.

»Wir sollten besser ...«, begann er, brach dann aber mitten im Satz ab. Zu ungeheuerlich war das, was sich nur ein kleines Stück von ihm entfernt abspielte. Es sah aus, als würde jemand mit einer riesigen Sense durch das Feld streichen. Von einer unsichtbaren Gewalt gebeugt, legten sich die Halme um, formten das Bild einer weiteren Sichel.

Gebannt beobachteten die beiden Kinder das unglaubliche Schauspiel. Ein bläuliches Flimmern breitete sich über das entstehende Piktogramm aus, ein Wabern, das vage an Nebel erinnerte und sich immer mehr ausbreitete.

Für einen Moment vergaß Kevin sogar seine Furcht. Sie kehrte jedoch gleich darauf zurück. Im selben Augenblick, als er bemerkte, daß sich das Phänomen genau in seine Richtung fortsetzte! Er wollte herumfahren und weglaufen, aber er war wie gelähmt. Mit vor Schrecken weit aufgerissenen Augen starrte er der Erscheinung entgegen.

Mit atemberaubender Geschwindigkeit kam der blaue Schein näher. Endlich gelang es Kevin, seine Erstarrung abzuschütteln, aber es war bereits zu spät. Das Wabern hüllte erst Susan und kaum eine halbe Sekunde später auch ihn ein.

Im ersten Moment verspürte Kevin ein zwar fremdartiges, aber nicht unangenehmes Gefühl. Ein Prickeln breitete sich über seine Haut aus, fast wie ein sanftes Kitzeln.

Gleich darauf aber kam der Schmerz. Es war, als würde sich ein glühender Draht durch seinen Kopf bohren. Unsichtbare Hände schienen an ihm zu zerren, und er fühlte sich, als würde er plötzlich in heißes Wasser getaucht. Er schrie und schlug blindlings um sich.

Der Schmerz wurde so schlimm, daß Kevin beinahe das Bewußtsein verlor.

Irgend etwas packte ihn und riß ihn in die Höhe. Plötzlich sah er sich selbst reglos in dem Kornfeld liegen.

Ich sterbe! Er dachte den Gedanken völlig ruhig, fühlte keinerlei Angst mehr. Es war ein angenehmes Gefühl. Farben und fremdartige Formen hüllten ihn ein und rissen ihn mit sich fort.

Sein letzter Gedanke, bevor die Farben ihn vollends aufsogen und seinen Geist in die Unendlichkeit schleuderten, war das jähe Begreifen, daß er sich getäuscht hatte. Dies war nicht der Tod, sondern etwas anderes, völlig Fremdartiges.

Kurz darauf verschwand das bläuliche Wabern so unvermittelt, wie es begonnen hatte.

Die Ähren wogten weiter im Sommerwind, als wäre nichts geschehen.

»Ich bleibe dabei«, beharrte Dr. Thomas Ericson. »Höchstens fünfhundert Jahre vor unserer Zeitrechnung.«

Gudrun Heber verzog spöttisch das Gesicht. »Womit du den endgültigen Beweis antrittst, daß du nichts von der Materie verstehst, Tom. Wenn man dir einen etruskischen Dolch zeigt, behauptest du wahrscheinlich noch, das wäre ein Küchenmesser, das jemand vor ein paar Jahren weggeworfen hat.«

Für einen Moment glitt ein Ausdruck von Ärger über Ericsons Gesicht. Ihm lag ein hübscher Vergleich auf der Zunge, mit dem er es Gudrun mit gleicher Münze zurückzahlen könnte, aber er beherrschte sich. Es kam öfter vor, daß er sich mit der deutschen Anthropologin in die Haare geriet. Ursache solcher Streitereien waren meist Kleinigkeiten, die nur aufgewertet wurden, weil keiner von ihnen nachgeben wollte. Vor allem Gudrun war für ihren Dickkopf bekannt. Wenn es um archäologische Fundstücke ging, war es sehr schwer, sie von einer einmal gefaßten Meinung wieder abzubringen.

Aber auch Tom war nicht bereit, so einfach klein beizugeben, wenn er sich im Recht wähnte. Er deutete auf einen der Hieroglyphen auf der altägyptischen Steintafel vor sich.

»Dann sieh dir mal dieses Zeichen genauer an. Das wurde

nämlich erst wenige Jahrhunderte vor der Zeitenwende in die ägyptische Keilschrift aufgenommen.«

»Falsch!« trumpfte Gudrun auf und schüttelte so heftig den Kopf, daß ihre langen dunklen Haare flogen. Das Lampenlicht spiegelte sich in ihren grünen Augen, so daß es aussah, als würden sie angriffslustig funkeln. »Das hat man lange Zeit geglaubt. Aber schon vor knapp einem Jahr hat man es bei Ausgrabungen in der Nähe von Esne auch auf wesentlich älteren Schrifttafeln gefunden. Aber davon hast du wohl noch nichts gehört, wie? Und so etwas wie du will Archäologe sein!«

Tom zuckte unbehaglich mit den Schultern. Von Ausgrabungen bei Esne hatte er in der Tat noch nichts gehört. Damit hatte Gudrun seine Argumentation untergraben. Wenn er jetzt noch länger auf seiner Ansicht beharrte, begab er sich aufs Glatteis und lief Gefahr, sich lächerlich zu machen.

Er wußte selbst nicht, wie es kam, daß er sich ständig mit Gudrun stritt. Er schätzte sie nicht nur als Kollegin, sondern mochte sie auch menschlich recht gern – in Wahrheit mochte er sie sogar viel mehr, als er ihr gegenüber gewöhnlich zu erkennen gab. Seine sämtlichen Versuche, ein persönlicheres Verhältnis zu ihr aufzubauen, waren jedoch bislang von ihr abgeblockt worden. Manchmal konnte man glauben, sie würde nur für ihre Arbeit leben, sich keinerlei Privatleben gönnen.

»Ich schlage vor, wir fragen einfach Sutherland nach dem Alter der Tafel«, versuchte Tom ein Einverständnis herbeizuführen. »Er wird uns wohl Genaueres sagen können.«

Gudruns Gesichtszüge entspannten sich, sie lächelte sogar. »Soll das ein Angebot zur Kapitulation sein?«

»Nein, nur für einen Waffenstillstand«, korrigierte Tom. »Hier unten gibt es soviel Interessantes, daß wir keine Zeit auf völlig unnütze Streitereien verschwenden sollten.«

»Endlich mal ein vernünftiger Satz aus deinem Mund.«

Tom Ericson schwieg. Sollte Gudrun ruhig das letzte Wort behalten, wenn es sie glücklich machte.

Sie befanden sich in den unterirdischen Katakomben von Oake Dùn, einer Festung an der Nordküste Schottlands. Ian Sutherland, der Earl of Oake Dùn, hatte den ererbten Familiensitz zum Domizil des von ihm gegründeten *Analytic Institute for Mysteries* ausgebaut. Das Innere der alten Trutzburg war gründlich modernisiert und mit Labors, Computeranlagen und einer Funkstation ausgestattet worden, die sogar Satelliten anzuzapfen vermochte.

A.I.M. war eine Organisation, die sich der Erforschung aller möglichen mysteriösen Phänomene verschrieben hatte. Dazu gehörten in erster Linie unaufgeklärte Rätsel der Vergangenheit, von denen viele ihre Schatten noch bis in die Gegenwart warfen. Sutherland sammelte alles, was ihm in dieser Hinsicht bedeutsam erschien und was ihm in die Hände fiel. Oftmals rüstete er sogar selbst Expeditionen aus und finanzierte Ausgrabungen.

Dementsprechend besaß er eine beachtliche Sammlung antiker Artefakte, um die ihn manches Museum beneidete. Genau diese Sammlung begutachteten Tom und Gudrun gerade in den Kellergewölben von Oake Dùn. Sutherland hatte ihnen die Erlaubnis dazu gegeben, auch wenn Ericson das Gefühl nicht los wurde, daß der Earl of Oake Dùn irgendwelche Hintergedanken damit verband.

Die Tür der ehemaligen Folterkammer wurde geöffnet, und Connor betrat den großen Raum. Wie meistens in den letzten Tagen, wenn Tom ihn gesehen hatte, trug der rothaarige Schotte einen Kilt. Er arbeitete als Butler auf Oake Dùn, kannte sich aber auch hervorragend mit der Computeranlage aus, wie er Tom erst am vergangenen Abend demonstriert hatte.

»Bitte verzeihen Sie, daß ich Sie störe«, sagte er mit fast schon übertriebener Distinguiertheit. »Aber Sir Ian möchte mit Ihnen sprechen. Er erwartet Sie in der Bibliothek.«

Gudrun nickte. Mit sichtlichem Widerwillen riß sie sich von den Artefakten los und stand auf. Wie meist trug sie einen figurbetonten Jeans-Anzug. Während er ihr und Connor folgte, bewunderte Tom Ericson nicht zum erstenmal die fast katzenhafte Geschmeidigkeit, mit der sie sich bewegte.

Als sie die Bibliothek betraten, legte Ian Sutherland eine Zeitung zur Seite, in der er gelesen hatte, und deutete auf zwei lederne Klubsessel. Er war ein großer, schlanker Mann um die Fünfzig, mit grauen Haaren und einem ebenfalls grauen Oberlippenbart.

»Setzen Sie sich doch. Nun, wie gefällt Ihnen meine kleine Sammlung?«

»Phantastisch«, schwärmte Gudrun, während sie seiner Aufforderung nachkam und ihm gegenüber Platz nahm. »Ich könnte tagelang zwischen den ganzen Kostbarkeiten herumstöbern.«

»Dann tut es mir leid, daß ich Sie gestört habe. Aber ich erhielt gerade einen Anruf, der Sie vielleicht auch interessiert. Sie haben sicherlich schon von den Kornfeldkreisen gehört. Darf ich fragen, was Sie von diesem Phänomen halten?«

»Nicht besonders viel«, gestand Tom Ericson offen. »Soweit ich weiß, haben sich doch inzwischen mehrere Leute als Verursacher bekannt.«

»Menschen bekennen sich zu allem möglichen«, entgegnete Sutherland. »Selbst bei Morden und Anschlägen gehen zahlreiche falsche Bekenntnisse bei der Polizei ein, wenn Sie mir diesen etwas drastischen Vergleich erlauben. Aber selbst wenn die Aussagen stimmen, betreffen sie nur einen Teil der Piktogramme. Einige sind eindeutig von Menschen geschaffen worden, bei anderen hingegen halte ich es für höchst fraglich.«

»Und worauf wollen Sie hinaus?« erkundigte sich Tom. »Ich nehme an, daß Sie mit uns nicht nur allgemein über Kornkreise plaudern wollen.«

»Völlig richtig, Doktor Ericson.« Sutherland lächelte knapp. »Ich hatte eigentlich nicht vor, gleich mit der Tür ins Haus zu fallen, aber meinetwegen. Dann komme ich direkt auf den Kern zu sprechen. In den letzten Wochen sind in den Feldern in der Umgebung von Oake Dùn mehrere Piktogramme entdeckt worden. Pierre Leroy, den Sie ja bereits kennen, hat sie sich angesehen, und er ist überzeugt davon, daß sie mit höchster Wahrscheinlichkeit nicht von irgendwelchen Scherzbolden geschaffen wurden.«

»Dann sind wohl heimlich UFOs in Ihrer Nachbarschaft gelandet«, sagte Tom spöttisch.

Sutherland ließ sich nicht aus der Ruhe bringen. »Wie es scheint, habe ich mich wohl getäuscht, als ich glaubte, Sie würden sich für dieses Themengebiet interessieren. Da ich Ihnen nicht unnötig die Zeit stehlen will …«

»Nicht so schnell«, fiel ihm Gudrun ins Wort und warf Ericson einen zornigen Blick zu. »Tom ist allgemein ziemlich skeptisch, was solche Phänomene betrifft. Ich bin da etwas weniger voreingenommen. Bitte erzählen Sie doch weiter. Sie erwähnten vorhin einen Anruf.«

»Er kam vom Chefarzt des Krankenhauses in Durness, einem alten Freund von mir«, berichtete Sutherland und zeigte damit, daß er nicht eingeschnappt war. »Dort sind heute morgen zwei Kinder mit schweren Brandverletzungen eingeliefert worden. Die beiden wurden von einem Bauern bewußtlos in seinem Feld entdeckt. Mitten in einem frischen Piktogramm.«

»Dann ist doch anzunehmen, daß die beiden es verursacht haben«, wandte Tom ein. »Und dabei ist ihnen irgend etwas zugestoßen.«

»Das wäre eine Möglichkeit«, stimmte Sutherland zu. »Aber es erklärt nicht die schweren Brandverletzungen.«

»Meines Wissens hat es bei keinem der bisher bekannten Piktogramme Brandspuren gegeben.«

»Auch damit haben Sie recht, Doktor Ericson. Und gerade das macht die Sache interessant. Nun sagen Sie bitte nicht, die Kinder hätten mit Feuer gespielt. Sie hatten nicht einmal Streichhölzer bei sich. Pierre Leroy untersucht momentan das entsprechende Feld mit Spezialmeßgeräten. Gerade hat er mir über Funk mitgeteilt, daß er bei den Piktogrammen einige erstaunliche Magnetfelder anpeilen konnte.«

»Wovon wollen Sie mich eigentlich überzeugen?« erkundigte sich Tom. »Naturphänomene? Magie? Außerirdische?«

Sutherland schüttelte lächelnd den Kopf. »Weder, noch. Ich weiß selbst nicht recht, was ich davon zu halten habe«, sagte er. »Aber ist die Angelegenheit nicht interessant genug, um sie näher zu erforschen?«

»Soweit es mich betrifft, stimme ich Ihnen zu«, bestätigte Gudrun.

»An einer objektiven Untersuchung würde ich auch gerne teilnehmen«, schloß sich Tom an. »Mir liegt nur die Leichtgläubigkeit nicht, mit der manche Leute bei solchen Phänomenen sofort das Wirken übernatürlicher Kräfte annehmen. Können wir mit den Kindern sprechen?«

»Leider nein«, erklärte Sutherland. »Sie sind noch ohne Bewußtsein, und wegen der Verbrennungen wird man sie längere Zeit künstlich unter Narkose halten. Aber wir können mit dem Bauern sprechen, der sie fand, und wir können uns das Feld ansehen. Das ist immerhin schon mal ein Anfang.«

»Dann hätte ich nur noch eine Frage«, sagte Tom Ericson nach kurzem Zögern. »In Ihrer Sammlung von Artefakten befindet sich auch eine altägyptische Schrifttafel. Meine Kollegin und ich haben eine kleine Meinungsverschiedenheit, was das Alter betrifft. Sie können uns da sicherlich Klarheit verschaffen.«

»Das kann ich.« Sutherland verzog das Gesicht zu einem breiten Lächeln. »Die Tafel ist ziemlich genau sechs Jahre alt, denn da mir das Original nicht gehört, konnte ich lediglich eine Kopie anfertigen lassen. Aber sie ist äußerst originalgetreu gelungen, nicht wahr?«

Tom und Gudrun warfen sich einen kurzen Blick zu und schauten dann ziemlich betreten zu Boden.

Unruhig wälzte sich Professor Richard Dean Karney in seinem Bett hin und her. Er stöhnte im Schlaf, während er in Gedanken den gellenden Schrei hörte. Wieder peinigte ihn ein

Alptraum – der gleiche wie in der vergangenen Nacht und den meisten Nächten davor.

Seit er vor fast einem Jahr mit vier Begleitern zur Erforschung eines mutmaßlichen Königsgrabes auf einer der zahlreichen kleinen Pazifikinseln aufgebrochen war, durchlebte er den Verlauf der Expedition wieder und immer wieder im Schlaf. Der Traum begann jedesmal mit Tormans Todesschrei in der großen Halle ein Stück hinter dem Eingang der Grabanlage.

Den Zugang zu dem pyramidenförmigen, von außen halb verfallen wirkenden Bauwerk hatten sie mit brutaler Gewalt geöffnet. Nachdem dieser allen behutsameren Methoden widerstanden hatte, hatten sie ihn kurzerhand gesprengt. Das war ein Vorgehen, das sonst nicht Karneys Arbeitsweise entsprach, ihm in diesem besonderen Fall jedoch verzeihlich erschien.

Zwar hatte er in den letzten Jahren hauptsächlich in der Chemie und auf gentechnischem Gebiet gearbeitet, aber er betrachtete sich nach wie vor in erster Linie als Archäologen. Die Archäologie war nicht nur sein zweites Studienfach gewesen, sondern sie war auch seine große Leidenschaft.

Dennoch empfand er wenig Ehrfurcht vor dem Grab. Ihn interessierte allein das, was er in der Anlage zu finden hoffte. Bei dieser Expedition ging es ihm weniger um neue Erkenntnisse über versunkene Kulturen und längst vergangene Epochen der Menschheitsgeschichte, sondern um etwas anderes.

Immer wieder war er bei seinen Forschungen in alten Schriften auf Hinweise gestoßen, die auf diese Anlage hindeuteten; Hinweise, die stark verschlüsselt waren. Es war auch Karney nicht gelungen, sie vollends zu enträtseln, aber was er aus ihnen herausgelesen hatte, war das Versprechen auf Funde, die ihn zu einem der reichsten und mächtigsten Männer der Welt machen würden. Was scherte es ihn bei dieser Aussicht, wenn er ein bißchen Porzellan zerschlagen mußte? Auch ein Sparschwein mußte man erst zertrümmern, bevor man an den Inhalt herankam. Professor Karney hatte weder die Zeit noch die Geduld, nach anderen Möglichkeiten zu suchen, in die Anlage einzudringen.

Seinen Begleitern erging es nicht anders. Sie waren mit Ausnahme von Berger ohnehin nicht an irgendwelchen Altertümern interessiert. Sie lockte nur die Aussicht auf fette Beute. Es widerstrebte Karney, mit ihnen zusammenarbeiten zu müssen, aber allein hätte er diese Expedition nicht finanzieren können. Er war auf ihre Unterstützung angewiesen gewesen.

Torman hatte sich ein paar Schritte von ihnen entfernt. Als Karney durch den Schrei alarmiert herumfuhr, entdeckte er eine Klappe im Boden, wo eben noch Torman gestanden hatte. Vorsichtig trat Karney auf die Falltür zu. Darunter befand sich eine Grube, von deren Grund spitze Speere aufragten. Torman glotzte mit gebrochenen Augen zu ihm herauf. Die Pflöcke hatten ihn aufgespießt wie einen Schmetterling im Glaskasten.

Schaudernd wandte sich der Archäologe ab.

Er hatte Torman, der sich sein Vermögen als Geldhai zusammengerafft hatte, von Anfang an nicht besonders gemocht und empfand keinerlei Mitleid mit dem Mann. Sie hatten alle gewußt, daß die Expedition nicht ungefährlich sein würde. Jetzt, da sie fast am Ziel ihrer Wünsche waren, bedeutete Tormans Tod lediglich, daß sie die Beute nur noch durch vier, statt durch fünf teilen mußten.

»Verdammte Scheiße«, kommentierte Matt Jackson. Der Brite arbeitete schon seit langem mit Claude Lamont zusammen, einem weiteren Mitglied der Expedition. Gemeinsam hatten sie auf die verschiedensten illegalen Arten Geld gemacht. Das Geheimnis ihres Erfolges war die Flexibilität; sie arbeiteten nie lange genug in einer Branche, als daß die Polizei auf sie aufmerksam wurde.

Lamont nickte zustimmend und strich sich mit der Hand durch die mit Pomade nach hinten gekämmten schwarzen Haare. »Das war eine deutliche Warnung. Hier gibt es mit Sicherheit noch mehr solcher Fallen«, sagte er mit deutlichem französischen Akzent. »Vielleicht ist es besser, wenn wir nicht weitergehen.«

Ihre Stimmen hallten unheimlich verzerrt in der großen Halle wider. Am liebsten wäre Karney selbst ebenfalls auf der Stelle umgekehrt. Seit sie in die Pyramide eingedrungen waren, verspürte er eine dumpfe Beklemmung. Es war keine rationale Angst vor Fallen oder ähnlichen begreifbaren Gefahren, sondern etwas gänzlich anderes, gegen das er nicht ankam. Dennoch bemühte er sich, sich nichts davon anmerken zu lassen.

»Das bleibt Ihnen überlassen«, entgegnete er ruhig. »Aber Sie kennen unsere Abmachung. Gleiches Risiko für alle. Wenn Sie zurückbleiben, kriegen Sie nur zurück, was Sie investiert haben.«

»Besser auf den Gewinn zu verzichten, als das Leben zu verlieren«, stieß Jackson hervor. »Zumal noch nicht mal sicher ist, ob wir hier wirklich etwas finden.«

»Dann bleiben Sie hier«, erklärte Karney und zuckte mit den Schultern. Ganz so unangenehm war ihm diese Vorstellung nicht einmal. Er hatte die anderen nur gebraucht, um die Expedition auszurüsten. Jetzt waren sie im Grunde überflüssig, eher sogar lästig, da ihnen ein Anteil an allen Funden zustand. In dieser Hinsicht dachte Richard Karney ganz eiskalt. Er würde nicht so weit gehen, sie umzubringen, nur um alles für sich zu haben, aber wenn sie entweder aufgaben oder in irgendwelche tödlichen Fallen tappten, kam ihm dies keineswegs ungelegen. Er war schon immer jemand gewesen, der nur sehr ungern teilte.

»Von wegen«, erwiderte Jackson. »So leicht können Sie uns nicht abwimmeln, Karney. Wir sind Ihnen bis hierher gefolgt, und wir bleiben dabei, bis wir die Schatzkammer gefunden haben.«

»Dann sollten wir endlich weitergehen.«

Ohne eine Antwort abzuwarten, wandte Karney sich um. Vor jedem Schritt prüfte er sorgsam den Boden vor sich und schaute auch immer wieder zur Decke hinauf. Von weiteren Fallen war jedoch nichts zu bemerken. Unbeschadet erreichten sie die gegenüberliegende Seite der Halle.

Hier gab es drei zugemauerte Durchgänge, die alle mit fremdartigen Schriftzeichen übersät waren. Karney studierte sie eine Weile. Einige kannte er bereits aus den Aufzeichnungen, die er vor dieser Reise studiert hatte, die meisten jedoch waren ihm fremd.

»Was haben die Symbole zu bedeuten?« drängte Lamont.

»Eine Warnung«, ergriff Berger das Wort. Er war ein mittelgroßer Mann mit spärlichem, blondem Haar und einem Bauchansatz. Karney und er kannten sich schon seit vielen Jahren. Die gemeinsame Leidenschaft für die Archäologie verband sie; allerdings interessierte sich Patrick Berger weniger für die großen Rätsel der Antike, sondern hauptsächlich für historische Kunstgegenstände. »Mehr kann ich leider nicht entziffern.«

»Ich auch nicht«, log Karney, obwohl ihm auch einige der anderen Zeichen nicht unbekannt waren. So erkannte er auf einem der Durchgänge eines, das Reichtum symbolisierte, und eines, das für große Macht stand. »Aber es muß diese Tür sein. Brechen wir sie auf.«

Diese Arbeit überließ er Lamont und Jackson. Mit Spitzhacken und Brecheisen rückten sie dem Durchgang zu Leibe. Das Gestein erwies sich als ziemlich porös und brüchig, setzte ihnen nicht viel Widerstand entgegen.

Als sie einen ersten Durchbruch geschaffen hatten, leuchtete Jackson mit der Taschenlampe hinein. Seine Augen weiteten sich.

»Gold!« brüllte er. »Ich sehe Gold!«

Claude Lamont beugte sich vor, um ebenfalls durch die Öffnung zu spähen. Auch Berger wollte vortreten, doch Karney hielt ihn am Arm zurück.

»Langsam«, raunte er ihm zu. »Wenn dahinter wirklich Gold liegt, müssen wir verdammt vorsichtig sein. Den beiden traue ich alles zu.« Er klopfte demonstrativ auf die Pistolentasche an seinem Gürtel.

Berger erschrak, fing sich aber sofort wieder. »Wie du meinst«, gab er ebenso leise zurück.

Lamont und Jackson hämmerten noch eifriger als zuvor mit den Spitzhacken auf die Mauer ein. Es dauerte nicht lange, bis sie eine ausreichend große Öffnung geschaffen hatten. Jackson zwängte sich als erster hindurch.

»Warten Sie!« rief Richard Karney. »Zum Teufel, haben Sie schon vergessen, was mit Torman passiert ist?«

Die beiden Männer beachteten ihn nicht.

»Diese Dummköpfe«, schimpfte Karney. »Sie rennen blindlings in ihren Untergang.«

Aus dem Stollen ertönte ein dumpfer Schlag, gefolgt von einem gellenden Schrei. Karney stürzte vor. Hinter dem Durchgang lag ein langer Stollen, an dessen Ende zwei große Statuen standen, die aus massivem Gold zu bestehen schienen. Falls dies zutraf, mußten sie ein Vermögen wert sein.

Jackson, der vorausgegangen war, mußte einen verborgenen Kontakt ausgelöst haben. Ein halbes Dutzend Speere waren aus der Wand geschnellt, hatten ihn durchbohrt und an die gegenüberliegende Wand genagelt.

»Matt!« brüllte Lamont verzweifelt. Er hatte sich ein paar Schritte hinter Jackson befunden und alles mitangesehen.

»Stehenbleiben!« schrie ihm Karney zu, doch der Franzose hörte nicht auf ihn. Er rannte auf seinen toten Freund zu und versuchte ihn von den Speeren herunterzuzerren.

»Kommen Sie!« stieß Karney hervor. »Wir müssen uns beeilen.«

Sie zwängten sich durch die Öffnung. Gemeinsam versuchten sie, Lamont von seinem Tun abzuhalten. Der Franzose wand sich in ihrem Griff und wehrte sich verbissen.

»Loslassen!« kreischte er. »Ich muß Matt helfen!«

Er schien gar nicht zu begreifen, daß sein Freund längst tot war. Da war nichts mehr geblieben von dem eiskalten Geschäftemacher, der über Leichen ging. Jetzt war Jackson nur noch ein Nervenbündel. Der grausame Tod seines langjährigen Partners ließ ihn in Raserei verfallen. Es gelang ihm, den rechten Arm freizubekommen und Berger einen kräftigen Schlag zu versetzen.

Gleich darauf ließ auch Karney ihn los. Statt dessen packte er Berger und zerrte ihn mit sich fort.

»Komm schon, bevor dieser Verrückte uns mit in den Untergang reißt.«

Kaum daß er sich befreit hatte, wandte sich Lamont wieder Jackson zu. Und diesmal gelang es ihm, den toten Körper von den Speeren zu lösen.

Im selben Moment senkten sich rasselnd ein Stück vor und hinter Lamont Gitterstäbe aus der Decke. Gleichzeitig begannen sich in dem Zwischenstück die Wände zu verschieben, rückten mit lautem Knirschen langsam aufeinander zu.

Erst jetzt kam Lamont wieder zur Besinnung. Er stürzte an das Gitter und rüttelte daran. Nackte Panik stand in seinem Gesicht geschrieben.

»Holt mich hier raus!« schrie er mit sich überschlagender Stimme.

»Zurück!« herrschte Karney ihn an und griff nach einer Spitzhacke. Mit aller Kraft ließ er sie ein paarmal gegen das Gitter sausen. Genausogut hätte er versuchen können, einen Amboß zu zertrümmern. Auch als Berger ihm mit einer anderen Hacke half, erzielten sie keinen Erfolg.

Unbarmherzig schoben sich die Wände immer weiter aufeinander zu. Lamont stemmte sich mit dem Rücken gegen die eine, mit den Füßen gegen die andere Mauer. Natürlich gelang es ihm nicht, die schweren Quader dadurch aufzuhalten.

»Das hat keinen Sinn«, keuchte Karney. »Verschwinden wir von hier.«

»Ihr könnt mich doch nicht allein lassen!« kreischte Lamont. »Holt mich hier raus, verdammt, tut doch etwas!«

»Du hast es gewußt, nicht wahr?« stieß Berger hervor. »Du wußtest, was passieren würde.«

»Ich habe es geahnt«, verteidigte sich Karney. »Es fiel Menschen schon immer schwer, ihre toten Gefährten an Ort und Stelle zurückzulassen. Deshalb sind Fallen oft miteinander gekoppelt. Ich habe ihn gewarnt, aber er wollte ja nicht auf mich hören. Also mach mir keine Vorwürfe deswegen.«

»Aber wir müssen doch irgend etwas für ihn tun können«, keuchte Berger entsetzt. Lamont konnte sich zwischen den Wänden kaum noch bewegen. Seine Schreie hatten kaum noch etwas Menschliches an sich.

»Nur noch eins«, erwiderte Karney kalt. Er zog seine Pistole und schoß Lamont zwei Kugeln in die Stirn, bevor dieser überhaupt begriff, was geschah.

Die Schreie des Franzosen erstarben. Karney schloß für einen Moment die Augen. Er merkte, daß seine Hände zitterten, obwohl er genau wußte, daß ein rascher Tod für Lamont nur eine Erlösung dargestellt hatte.

Jetzt waren nur noch er und Berger übrig.

Irgend etwas riß Richard Karney abrupt aus dem Schlaf. Er fuhr hoch. Im ersten Moment hatte er größte Mühe, sich zurechtzufinden. Gerade noch war er zusammen mit Patrick Berger in einem unterirdischen Stollen gewesen, und jetzt …

Noch immer ertönte das schrille Pfeifen des Alarmsignals. Karney hieb auf einen Schalter an der Wand neben dem Bett. Das Signal brach ab, gleichzeitig erhellte gedämpftes Licht den Raum.

Die Anlagen der Pyramide bezogen ihre Energie aus einer ihm unbekannten Quelle, die er nicht anzapfen konnte. Deshalb hatte er einen Generator installiert, um für die einfachen Geräte des täglichen Lebens über Strom zu verfügen.

Die Umgebung war Karney seit Monaten vertraut, dennoch fiel es ihm schwer, in die Wirklichkeit zurückzufinden. Der Traum war ungeheuer intensiv gewesen, und es war das erste Mal, seit er ihn träumte, daß er durch einen Einfluß von außen geweckt wurde, statt von selbst aufzuwachen.

Benommen rieb er sich den Schlaf aus den Augen. Er war schweißnaß, der Schlafanzug klebte ihm am Körper. Mit einem Ruck schlug er die Decke zurück und schwang die Beine aus dem Bett.

Mühsam schüttelte er die Schatten der Vergangenheit ab.

Alles, was im Moment zählte, war nur das Hier und Jetzt. Berger war längst tot, und die Grabanlage existierte nicht mehr – nur noch der *Fluch*, unter dem er seit damals litt. Er betrachtete seinen linken Arm. Die leichte Behaarung darauf war schon vor Monaten ausgefallen, und die Haut hatte sich, von der Hand ausgehend, verändert. Sie war mit winzigen, grünbräunlichen Schuppen überzogen, die fast metallisch aussahen.

Daß mit dieser körperlichen Veränderung auch eine psychische Verwandlung einherging, bemerkte er selbst gar nicht. Karney war härter und verbitterter geworden; er spürte einen immer größeren Haß auf andere Menschen. Um auch nach außen hin einen deutlichen Schlußstrich unter seine Vergangenheit zu ziehen, hatte er mittlerweile seinen alten Namen abgelegt und nannte sich nur noch *Kar*.

Rasch zog er den Schlafanzug aus und streifte sich Schuhe, eine Hose und einen Rollkragenpullover über. Er mußte herausfinden, was den Alarm ausgelöst hatte. Mit eiligen Schritten verließ er das Zimmer, eilte durch einen kurzen Gang und betrat seine *Bibliothek*.

Der pyramidenförmige Raum hatte nichts mit einer normalen Bibliothek gemein; Kar bezeichnete ihn lediglich so wegen der fast übernatürlichen Ruhe und den unzähligen fremdartigen Schriftzeichen, die die Wände bedeckten.

Gleich darauf entdeckte Kar die Ursache des Alarms. Eine Yacht war in die Bucht neben der Pyramide eingelaufen. Kar hatte die Bucht zu einem regelrechten kleinen Hafen mit zwei Anlegestegen ausgebaut. Durch überhängende Felsen und Bäume mit einem zum Teil künstlichen Blätterdach war die Anlage so gut abgeschirmt, daß man sie nicht einmal aus der Luft entdecken konnte.

Bei der Yacht handelte es sich um die LAOTSE. Sie gehörte Suzy Duvall, seiner besten – und einzigen freiwilligen – Mitarbeiterin. Die Eurasierin hatte das Schiff bereits verlassen und stand vor dem Eingang der Pyramide. In ihrer Begleitung befanden sich zwei Asiaten, ein Japaner und ein Chinese.

Durch ein System, das Kar selbst noch nicht begriff, wurde Suzys holographisches Abbild ins Innere der Bibliothek übertragen.

Suzy Duvall war die Tochter eines französischen Ingenieurs und einer Chinesin, doch überwog in ihren Zügen der asiatische Einfluß. Sie war eine bestechend schöne Frau Anfang Dreißig. Langes, bläulich-schwarzes Haar umfloß ihr von mandelförmigen Augen und hohen Wangenknochen dominiertes Gesicht. Gewöhnlich bevorzugte sie elegante Kleider, weil diese während der Reise jedoch unpraktisch waren, trug sie diesmal ein schlichtes, figurbetontes Kostüm.

»Alles in Ordnung?« erkundigte sich Kar. Er wußte, daß seine Stimme draußen deutlich zu vernehmen war.

Suzy nickte. »Das sind die beiden Vertrauensleute, von denen ich dir erzählt habe.«

Kar öffnete den Eingang. Wenig später betrat die junge Frau mit ihren beiden Begleitern die Bibliothek. Die Begrüßung fiel kühl und wenig herzlich aus. So kurz nach dem Erwachen war Kar nicht nach einem Austausch von Höflichkeiten zumute.

Suzy nannte ihm die Namen ihrer Begleiter, doch Kar machte sich nicht einmal die Mühe, sich diese zu merken. Die beiden Männer waren für ihn als Personen unwichtig, genau wie Spielfiguren besaßen sie lediglich eine strategische Bedeutung.

»Du bist sicher, daß sie die richtigen sind?« fragte er und musterte die Asiaten. Sie hielten seinem Blick ungerührt stand, ließen die Musterung regungslos wie Statuen über sich ergehen. Diese Selbstbeherrschung sprach immerhin schon einmal für sie. Dennoch blieb Kar skeptisch. »Nur zwei Männer, um Oake Dùn anzugreifen?«

»Ich kenne die beiden schon seit Jahren«, erklärte Suzy Duvall. »Wenn jemand es schafft, dann sind sie es. Sie sind beide hervorragende Einzelkämpfer, und zu zweit dürften sie eine größere Chance haben, sich der Festung unbemerkt zu nähern, als wenn wir einen größeren Stoßtrupp schicken.«

»Hauptsache, sie schaffen es, mir das Auge der Göttin Khom zu bringen. Ich brauche dieses Artefakt. Hast du sie bereits in Einzelheiten eingeweiht?«

»Nur soweit es nötig ist«, erwiderte Suzy Duvall.

»Gut.« Kar umrundete die beiden Männer. Es war ein weiteres Zeichen für ihre Selbstbeherrschung, daß sie die Bewegung nicht nachvollzogen, sondern ihm den Rücken zuwandten. Und es war ihr großer Fehler.

Wenn er vorhatte, jemanden mit seinen Symbionten zu infizieren, reichte der bloße Anblick der Kreaturen gewöhnlich aus, den Betreffenden so zu erschrecken, daß dieser keinen Widerstand leistete. In diesem Fall jedoch beschloß Kar, auf Nummer Sicher zu gehen. Er nahm zwei Spritzen aus einem Wandfach, trat wieder hinter die Männer und rammte beiden gleichzeitig die Nadeln in den Rücken.

Obwohl er sofort zurücksprang, wäre er dennoch fast zu langsam gewesen. Die beiden Asiaten reagierten mit ungeheurer Schnelligkeit. In einer synchronen Bewegung fuhren sie herum. Der linke von ihnen verfehlte mit der Faust Kars Kopf nur knapp, der rechte traf ihn dafür mit dem Fuß wuchtig an der Brust und schleuderte ihn zurück. Kar taumelte gegen die Wand.

»Aufhören!« brüllte Suzy. »Verdammt, das war nur ein Reaktionstest!«

Die beiden Asiaten verharrten kurz, und als sie erkannten, daß auch diese Worte nur ein Ablenkungsmanöver darstellten, war es bereits zu spät. Das Serum, das Kar ihnen injiziert hatte, wirkte extrem schnell. Einer der Asiaten, der Mann aus Japan, taumelte mit schleppenden Bewegungen noch zwei Schritte in Kars Richtung, dann gehorchten ihm die Muskeln nicht mehr. Die beiden Männer brachen zusammen und blieben in verkrampfter Haltung liegen.

Kar wischte sich den Schweiß von der Stirn.

»Das war verdammt knapp«, murmelte er. »Ich hatte fast vergessen, daß es ein Risiko sein kann, mit Leuten zu arbeiten, die *so* gut sind.«

»Warum willst du ihnen Symbionten einsetzen?« Suzy Duvall funkelte ihn zornig an. »Das war nicht verabredet. Glaubst du wirklich, daß es nötig ist? Die beiden sind absolut vertrauenswürdig. Sie sind Profis und führen jeden Befehl ohne Zögern aus.«

»Es ist in jedem Fall besser, kein Risiko einzugehen. Wir müssen einkalkulieren, daß sie scheitern und vielleicht in Gefangenschaft geraten.«

»Aber sie wissen überhaupt nichts«, behauptete Suzy zornig. »Sie sind während der Fahrt nicht mal in die Nähe der Kommandobrücke gekommen. Dementsprechend haben sie nicht einmal eine Ahnung, wo diese Insel liegt.«

Sie erkannte, daß sie sich zu sehr ereiferte und damit höchstens Kars Mißtrauen wecken würde. Im Grunde war es ihr Fehler. Sie hätte diese Entwicklung voraussehen müssen. Dennoch ärgerte es sie, daß Kar wieder einmal alle Trümpfe auf seiner Seite hatte.

Die beiden Asiaten arbeiteten schon seit langem für sie. Es waren zwei ihrer besten Männer, und eigentlich hätten sie es auch bleiben sollen. Sie hatte es als einen Gunstbeweis geplant, sie an Kar für diesen Auftrag auszuleihen, doch statt dessen zog dieser die beiden völlig auf seine Seite und machte sie zu seinen Sklaven. Damit waren sie für Suzy verloren.

Aber das konnte sie Kar nicht vorwerfen, denn es hätte ein Geständnis bedeutet, daß für sie nicht feststand, daß ihre und seine Seite für immer die gleichen sein würden. Sie liebte Kar nicht, auch wenn sie seiner Männlichkeit schmeichelte und so tat, als würde er eine Wirkung auf sie ausüben. In Wahrheit jedoch betrachtete sie ihre Verbindung mit ihm nur als ein Zweckbündnis. Kar besaß Macht und Reichtum, und wenn er Erfolg hatte, würde sie mit der gleichen Welle an seiner Seite mit nach oben gespült werden.

Das war ihr Ziel, doch sie machte sich nichts vor. Kar war niemand, der auf Dauer zum Teilen bereit war. Irgendwann würde er sie fallenlassen. Für diesen Moment mußte sie gewappnet sein, um nicht unterzugehen, deswegen war sie darauf aus, ein paar Asse im Ärmel zu behalten.

»Ich weiß nicht, warum du dich so aufregst«, sagte Kar mit einem süffisanten Lächeln. »Das ist doch nur eine kleine Sicherheitsmaßnahme. Diese Männer sind völlig unbedeutend. Bauern, die wir in die Schlacht werfen, damit sie den wichtigen Figuren den Weg ebnen. Es ist wie beim Schach. Letztlich zählen nur der König und die Dame … Wir beiden«, fügte er nach einer genau berechneten Pause hinzu.

»Aber wenn sie nicht mehr Herr ihres Willens sind, wird sie das auch im Kampf schwächen«, wandte Suzy ein, obwohl sie bereits wußte, daß sie verloren hatte.

Kar antwortete nicht einmal. Er trat auf einen schwarzen Monolithen im Zentrum des Raumes zu und berührte einige der Zeichen darauf, woraufhin sich eine sechseckige Platte im Stein öffnete. Kar griff in den Hohlraum dahinter. Als er die Hände zurückzog, hielt er in jeder einen der Apophis-Symbionten. Es handelte sich um gepanzerte, beinlose Kreaturen, die wie eine Mischung aus einer Kakerlake und einem Wurm aussahen. Sie wanden sich in Kars Händen, und ihr normalerweise farbloses Äußeres nahm unter Kars Berührung einen rötlichen Schimmer an.

Suzy Duvall erschauderte. Die Parasiten waren ihr von allen fremdartigen Hilfsmitteln Kars die unheimlichsten. Obwohl sie bereits seit Monaten mit ihm zusammenarbeitete, hatte sie sich an den Anblick der Symbionten nie gewöhnen können.

Kar hingegen streichelte sie mit den Daumen, als betrachte er sie als niedliche Haustiere. Dann ging er vor dem Chinesen in die Knie. Seine rechte Hand näherte sich dem Kopf des Mannes. Die Fühler des Apophis-Symbionten zitterten wie in wilder Vorfreude und senkten sich dicht neben dem Ohr in die Haut des Mannes.

Suzy wandte den Blick ab.

»Ein beeindruckendes Piktogramm«, sagte Gudrun Heber, während sie das Kornfeld überflogen. Um Zeit zu sparen, waren sie mit Sutherlands viersitzigem Privathelikopter unterwegs. Der Earl of Oake Dùn flog die Maschine selbst. »Es wundert mich allerdings«, fuhr Gudrun fort, »daß auch so hoch im Norden Schottlands Kornkreise auftreten. Ehrlich gesagt wußte ich nicht einmal, daß bei dem rauhen Klima hier überhaupt Korn gedeiht.«

»Etwas landeinwärts ist das Klima gar nicht mal so rauh«, entgegnete Sutherland. »Und Kornkreise hat man mittlerweile fast überall auf der Welt gefunden.«

»Schon, aber hauptsächlich in Südengland. Ansonsten handelt es sich immer nur um einzelne Piktogramme. Aber das ist jetzt bereits das sechste, das Sie uns zeigen, und wie Sie sagen, sind sie alle erst in den vergangenen Wochen entstanden.«

Sutherland lächelte. »Erwarten Sie von mir keine Erklärung. Ich weiß über dieses Phänomen ebenso viel wie Sie.«

»Dafür ist mir etwas aufgefallen«, meldete sich Tom Ericson von der Rückbank zu Wort. Er hatte sich vorgebeugt und die Unterarme auf je einen der Vordersitze gestützt. »Ich war wohl etwas voreingenommen, aber das lag daran, daß ich noch nie eins dieser Piktogramme aus der Nähe gesehen habe. Es ist schon etwas anderes, ob man sie persönlich betrachtet oder sich nur Fotos in irgendwelchen Zeitungen ansieht. Vor allem kann man sich bei den Fotos nie sicher sein, ob sie retuschiert oder sonstwie verändert wurden. Allmählich beginnt mich die Sache nun doch zu interessieren.«

»Ich dachte mir, daß du deine Meinung noch ändern würdest«, kommentierte Gudrun mit hörbarer Zufriedenheit. »Nun rück schon mit der Sprache heraus. Was ist dir aufgefallen?«

»Vielleicht hat es gar nichts zu bedeuten, aber wenn ich unsere Flugroute einigermaßen richtig im Kopf habe, müßten wir in einem weitgeschwungenen Halbkreis um Oake Dùn herumgeflogen sein. Das bedeutet, daß das Schloß in etwa im Schnittpunkt all dieser Piktogramme liegen dürfte.«

Verblüfftes Schweigen folgte seinen Worten.

»Was unsere Flugbahn betrifft, so haben Sie recht«, erklärte Sutherland nach einigen Sekunden. »Und was die Anordnung der Piktogramme betrifft, auch. Ich verstehe nicht, wieso mir das selbst bislang noch nicht aufgefallen ist.«

»Aber vielleicht ist es nur Zufall«, warf Gudrun ein.

Sutherland schüttelte den Kopf. »Diese Anordnung scheint mir zu gezielt, um bloßer Zufall zu sein. Es spielt auch noch etwas anderes mit hinein, das ich Ihnen nicht gesagt habe. Ich sprach davon, daß die Kornkreise hier in den letzten Wochen entstanden sind. Das ist nur zu einem gewissen Grad richtig.« Er machte eine kurze Pause. »Tatsächlich ist das erste vor gut drei Wochen entstanden. Dann aber gab es einen längeren Abstand. Die anderen Piktogramme bildeten sich alle erst während der vergangenen fünf Tage.«

»Aber ...« Gudrun brach ab und runzelte die Stirn. »Eine so massive Häufung von Kornkreisen innerhalb weniger Tage hätte doch zahlreiche Schaulustige anlocken müssen, die sich mit diesem Phänomen beschäftigen. Es gibt sogar schon Organisationen, die sich speziell mit der Erforschung dieser Kreise befassen.«

»Ich weiß«, bestätigte Sutherland und nickte. »Aber die Menschen hier in der Umgebung sind ziemlich eigenbrötlerisch. Sie haben kein Interesse daran, daß alle möglichen Fremde herkommen, die verrücktesten Experimente anstellen und ihre Ruhe stören. Insofern haben sie die Sache schon von sich aus nicht an die große Glocke gehängt. Ich selbst habe mich darum gekümmert, daß auch von behördlicher Seite nichts durchsickert. Mir ist natürlich klar, daß sich die Sache nicht auf Dauer verheimlichen läßt, aber wenigstens ließ sich etwas Zeit gewinnen. Nach dem Vorfall heute morgen wird sich ein öffentliches Interesse aber nicht mehr verhindern lassen.«

»Je mehr ich über meine Theorie nachdenke, desto plausibler erscheint sie mir«, murmelte Tom. »Es gibt Spekulationen, wonach die Kornkreise in einer Verbindung zu alten

Artefakten oder historischen Kultstätten stehen. Das war einer der Gründe, weshalb ich bislang alles so skeptisch betrachtet habe: Es verlieh der Archäologie einen schlechten esoterischen Beigeschmack und erschwerte unsere Arbeit. Aber wenn es wirklich einen solchen Zusammenhang gibt, dann *muß* Oake Dùn angesichts der Menge an uralten Artefakten, die Sie dort gesammelt haben, dafür geradezu prädestiniert sein.«

»Da habe ich eine andere Theorie«, sagte Sutherland. »Meine Sammlung besteht immerhin schon seit vielen Jahren. Wie ich aber schon sagte, entstanden die meisten der Kreise in den vergangenen fünf Tagen.«

»Ich kann Ihnen nicht folgen«, entgegnete Tom verwirrt.

»Fünf Tage«, wiederholte Sutherland. »Seit dieser Zeit sind Sie meine Gäste auf Oake Dùn. Sie … und das Kristallauge.«

»Das Auge der Göttin Khom?« Unbewußt griff Tom nach dem kleinen Ledersäckchen, das er an einer Kette um den Hals trug.

»Es ist nur eine Vermutung«, sagte Sutherland. »Aber es paßt irgendwie zusammen, finden Sie nicht auch?«

Sie näherten sich einem weiteren Piktogramm. Sutherland ließ den Hubschrauber tiefer sinken. Am Rande des Feldes vor ihnen stand ein Lieferwagen, den Tom bereits im Fuhrpark von Oake Dùn gesehen hatte.

Wie geplant hatten sie zunächst mit dem Bauern gesprochen, der die beiden verletzten Kinder am Morgen entdeckt hatte. Bei dem Gespräch war jedoch nicht viel herausgekommen. Der Mann war ziemlich wortkarg gewesen und hatte ihnen lediglich bestätigt, daß er die Kinder entdeckt hatte, und daß es am Vortag noch kein Piktogramm in seinem Feld gegeben hätte.

Anschließend hatten sie sich kurz mit den Dunhams unterhalten, den Eltern der Kinder. Auch diese konnten ihnen nicht viel Neues mitteilen, nur, daß Susan und Kevin das Haus wie gewöhnlich gegen sieben Uhr verlassen hätten, um zur Schule zu gehen.

Die Dunhams hielten sich im Krankenhaus von Durness auf, so daß sie dorthin hatten fliegen müssen, um sich mit ihnen zu unterhalten. Immerhin war ihr Ausflug nicht ganz umsonst gewesen, denn Bakerson, der Chefarzt, mit dem Sutherland zuvor bereits telefoniert hatte, hatte mit einigen interessanten Neuigkeiten aufwarten können.

»Was uns Kopfzerbrechen bereitet, sind weniger die Brandverletzungen«, hatte er ihnen mitgeteilt. »Sie sind nicht so schlimm, wie es zunächst den Anschein hatte. Die Kinder werden einige Narben zurückbehalten, aber die Wunden werden rasch heilen. Beängstigend aber ist, daß die beiden ins Koma geschleudert wurden. Vermutlich ist der erlittene Schock daran schuld. Wir mußten sie an Lebenserhaltungssysteme anschließen. Die Kinder zeigen so gut wie keine Gehirntätigkeit mehr. Unsere Klinik ist nicht allzu gut ausgestattet. Wenn sich ihr Zustand nicht rasch bessert, müssen wir sie in ein größeres Krankenhaus verlegen.«

Sutherland hatte seine Hilfe für den Fall zugesichert, daß es irgendwelche finanziellen Probleme geben sollte. Er war über das Schicksal der beiden Kinder sichtlich erschüttert. Auch Tom und Gudrun hatten der Besuch im Krankenhaus und das Leid der Eltern mitgenommen.

Ericson starrte auf die Piktogramme unter sich. Das größte davon ähnelte einer Perlenschnur, insgesamt drei Kreise waren an einer langen Geraden aufgereiht. Zusätzlich gab es noch einige Querbalken und winkelförmige Verstrebungen. Wenn man die Gerade in Gedanken fortsetzte und Toms Orientierungssinn ihn nicht völlig im Stich ließ, müßte sie ziemlich genau auf Oake Dùn deuten.

Außer diesem großen Piktogramm gab es noch mehrere kleinere, die eine verblüffende Ähnlichkeit mit Handsicheln aufwiesen.

»Da, sehen Sie nur!« stieß Sutherland plötzlich aufgeregt hervor und deutete mit einer Hand nach vorne, aber Tom und Gudrun hatten es ohnehin schon entdeckt.

Ein bläuliches Wabern breitete sich über einem Teil des Feldes aus, und direkt vor ihren Augen bildete sich ein weiteres sichelförmiges Piktogramm.

Gleichzeitig spürte Tom Ericson, wie sich das Auge der Göttin Khom auf seiner Brust zu erwärmen begann.

Schon im allerersten Moment seines Erwachens wußte Kevin Dunham, daß etwas nicht stimmte.

In seinem Kopf nistete ein bohrender Schmerz, die gleiche Art von Schmerz wie vor knapp einem Jahr, als er vom Fahrrad gestürzt und so hart aufgeprallt war, daß er das Bewußtsein verloren hatte. Dabei hatte er sich eine ordentliche Gehirnerschütterung zugezogen und fast zwei Wochen lang das Bett hüten müssen. Anders als damals aber mußte er sich diesmal nicht mühsam erinnern, wer er war und wie er in diese Situation gekommen war.

Bereits im gleichen Augenblick, in dem er das Bewußtsein wiedererlangte und die Augen aufschlug, wußte er all dies, erinnerte sich an die Kornkreise, an das bläuliche Wabern, den unerträglichen Schmerz und das Gefühl, von der Unendlichkeit aufgesogen zu werden.

Das einzige, was er nicht wußte, war, wo er sich befand.

»Susan?« rief er und fuhr hoch.

Gleich darauf wünschte er, es nicht getan zu haben. Die Schmerzen sprangen ihn wie ein Raubtier an, wurden so unerträglich, daß ihm erneut schwarz vor Augen wurde und er stöhnend zurücksank.

Als der Schmerz abebbte und er die Augen erneut öffnete, sah er dicht über sich das Gesicht eines Mannes. Kevin erschrak so sehr, daß er einen Schrei ausstieß.

Der Unbekannte hatte zerzaustes, dunkles Haar und einen wilden Vollbart. Er mochte um die dreißig Jahre alt sein, doch hatten sich bereits zahlreiche Falten in sein Gesicht eingegraben. Es wurde vom flackernden Schein einer Kerze beleuchtet und wirkte durch das Wechselspiel von Licht und Schatten geradezu dämonisch.

Der Mann schien ebenso erschrocken wie Kevin selbst. Er preßte ihm eine schwielige Hand auf den Mund und erstickte so seinen Schrei.

Das Gesicht des Mannes erinnerte Kevin an die Abbildungen von Räubern oder bösen Riesen aus den Märchenbüchern, die er früher gelesen hatte. Was den bedrohlichen Eindruck etwas milderte, waren lediglich die Augen des Unbekannten. Sie blickten ihn freundlich und voller Güte an, so daß Kevins erster Schrecken rasch verflog.

»Psst«, machte der Mann. »Ganz ruhig. Ich tu dir nichts.« Er sprach in einem fremdartigen Akzent, wie Kevin ihn noch nie zuvor gehört hatte. Langsam zog der Mann die Hand zurück, bereit, jederzeit wieder zuzugreifen, falls Kevin erneut schreien sollte.

Es gelang dem Jungen, seine Furcht zu bezwingen. Er schaute den Mann genauer an. Der Unbekannte trug ärmliche, ziemlich schmutzige Kleidung, die hauptsächlich aus Lumpen zusammengesetzt zu sein schien.

Kevin ließ seinen Blick weiterwandern. Er befand sich in einer Wohnung, die zu dem Aussehen des Mannes paßte. Statt durch elektrischen Strom wurde sie nur von zwei Kerzen erleuchtet. Außerdem drang durch zwei kleine Fenster gedämpftes Tageslicht herein.

Die Einrichtung war karg und bestand aus grob zusammengezimmerten Möbeln. Es gab ein paar Regale, einen Tisch und zwei Hocker.

Als er an sich herabblickte, entdeckte Kevin, daß er sich nicht in einem Bett, sondern auf einem aus Stroh errichteten Lager in einer Ecke des Raumes befand. Zugedeckt war er mit einer mottenzerfressenen grauen Decke.

Neben ihm lag Susan.

Für einen Moment vergaß Kevin alles andere um sich herum. Er beugte sich über seine Schwester. Sie schlief noch, atmete flach und regelmäßig. Auf ihrem Gesicht lag ein friedlicher Ausdruck.

Kevin wandte sich wieder dem Unbekannten zu. Seine

Angst war immer noch da, aber nicht mehr so stark. Sie wurde inzwischen weitgehend von seiner Neugier verdrängt.

»Wo ... bin ich?« fragte er stockend. Sein Mund war so trocken, daß ihm das Sprechen schwerfiel. »Wer sind Sie?«

Der Mann lächelte ihm zu, was bei seinem verwilderten Aussehen allerdings eher zu einer furchteinflößenden Grimasse geriet.

»Nenn mich Thomas«, antwortete er. »Ich bin Thomas, der Heiler. »Du brauchst keine Angst zu haben. Ihr könnt von Glück sagen, daß ich euch gefunden habe. Hier in meiner Hütte seid ihr in Sicherheit. Du sprichst sonderbar, und ihr tragt seltsame Kleidung. Woher kommt ihr?«

»Aus der Nähe von Durness«, entgegnete Kevin wahrheitsgemäß. »Wir waren auf dem Weg zur Schule, als ...« Er brach ab. Es war besser, wenn er nicht allzuviel von sich verriet, solange er nicht mehr wußte. »Wie sind wir hierher gekommen?«

»Ich habe euch beim Sammeln von Kräutern auf einer Wiese gefunden«, erklärte ihm Thomas. »Da habe ich euch erst mal zu meiner Hütte gebracht.«

»Eine Wiese?« Kevin riß die Augen weit auf. »Aber wir sind ... Wie lange waren wir bewußtlos?«

Thomas zuckte mit den Schultern. »Ich weiß es nicht. Aber wenn Ghorlwin oder einer seiner Anhänger euch gefunden hätte, sähe es wahrscheinlich ziemlich schlecht für euch aus. Der Druide hetzt immer mehr Menschen auf.«

»Druide?« Kevin richtete sich ein weiteres Mal ruckartig auf und ignorierte den Schmerz, der erneut durch seinen Schädel fuhr. Was dieser Thomas erzählte, war völliger Blödsinn. Druide ... Heiler ... das Sammeln von Kräutern ... sein Aussehen und die fast mittelalterliche Einrichtung der Hütte ...

Irgendwie ergab alles keinen Sinn. Am liebsten hätte sich Kevin gekniffen, um herauszufinden, ob er alles nur träumte.

»Welchen Tag haben wir heute?« fragte er. Seine Stimme bebte.

Thomas, der sich selbst als Heiler bezeichnete, schaute ihn verwundert an.

»Heute ist der Tag der herbstlichen Tag-Nacht-Gleiche im Jahre des Herrn Eintausendsechsundsechzig*«, sagte er ohne die leiseste Spur von Humor in der Stimme.

Kevin stieß ein ersticktes Keuchen aus.

Er wußte nicht, was für ein verrücktes Spiel hier mit ihm getrieben wurde, aber der Mann vor ihm mußte wahnsinnig sein.

Und er begriff, daß Susan und er in verdammt großen Schwierigkeiten steckten.

Ian Sutherland starrte genau wie seine Begleiter auf das bläuliche Wabern unter ihnen in dem Feld, das die Halme wie unter einem schweren Gewicht zu Boden preßte.

»Was ... was ist das?« hauchte Gudrun.

Sutherland kam zu keiner Antwort. Seine Aufmerksamkeit wurde durch den Kompaß am Armaturenbrett abgelenkt. Die Nadel bewegte sich im Kreis, schneller und immer schneller.

»Da baut sich ein gigantisches Magnetfeld auf«, stellte Tom fest.

»Aber ... das ist unmöglich«, erwiderte Sutherland verständnislos. Die Kompaßnadel rotierte inzwischen mit ungeheurer Geschwindigkeit, so schnell, daß sie wie die Rotorblätter des Hubschraubers nur noch als flirrendes Schemen erkennbar war. »Nicht mal die stärksten Elektromagneten direkt neben dem Kompaß könnten so etwas bewerkstelligen.«

»Drehen Sie besser ab«, riet Gudrun. »Wer weiß, mit was für Kräften wir es hier zu tun haben. Möglicherweise können sie uns gefährlich werden.«

Wie zur Bestätigung ihrer Worte traf im gleichen Moment ein harter Schlag den Helikopter wie der Hieb eines unsicht-

* Entspricht dem 21./22. September unserer Zeitrechnung = Herbstanfang

baren Riesen. Die Maschine bockte in der Luft und sackte ein Stück durch, bis es Sutherland gelang, sie wieder unter Kontrolle zu bringen.

»Was war das?« keuchte Tom. Er war durch den Ruck von der Rückbank auf den Boden geschleudert worden und rappelte sich nun wieder auf.

»Ich weiß nicht«, stieß Sutherland hervor. Mit beiden Händen hielt er den Steuerknüppel so fest umklammert, daß seine Fingerknöchel sich weiß färbten. »Die Instrumente spielen plötzlich verrückt.«

Die Zeiger sämtlicher Skalen und Anzeigen bewegten sich wie wild, selbst die Digitaldisplays zeigten mit einemmal völlig unmögliche Werte an. Einige Lämpchen, bei denen es sich nur um Warnleuchten handeln konnte, blinkten in beunruhigendem Rot auf.

Noch immer befanden sie sich in fünfzig, sechzig Meter Höhe genau über dem neuen Piktogramm, das unter der Wirkung des bläulichen Waberns mehr und mehr Gestalt annahm. Sutherland versuchte abzudrehen, doch es gelang ihm nicht, denn ein weiterer harter Stoß traf den Helikopter und ließ ihn in der Luft tanzen.

Es schien fast, als würde eine unsichtbare Macht die Maschine innerhalb eines eng begrenzten Umfelds halten; vermutlich ein Nebeneffekt der gleichen Kraft, die unter ihnen auf das Kornfeld einwirkte.

Erneut sackte der Helikopter ein Stück durch, bis Sutherland es schaffte, ihn abzufangen. Das bislang gleichmäßige Rauschen der Rotorblätter wurde unregelmäßiger, und in das Geräusch mischte sich ein schrilles Pfeifen. Der Motor begann zu stottern.

»Ich kann die Maschine nicht mehr halten!« brüllte Sutherland, um den Lärm zu übertönen. »Wir stürzen ab! Ich muß eine Notlandung versuchen!«

Der Helikopter bockte in der Luft wie ein waidwundes Tier. Das Stottern des Motors war nun deutlich hörbar, immer wieder geriet er ins Stocken und setzte kurzfristig aus. Trotzdem gelang es Sutherland, die Maschine in eine enge Kurve zu zwingen und so einen Teil der Geschwindigkeit wegzunehmen.

Tom Ericson verspürte einen leicht brennenden Schmerz auf der Brust. Das Auge der Göttin Khom war so heiß geworden, daß er die Hitze sogar durch den Lederbeutel hindurch spüren konnte.

»Festhalten!« schrie Sutherland.

Sie befanden sich nur noch wenige Meter über dem Piktogramm, als unter ihnen das bläuliche Wabern plötzlich verschwand. Im gleichen Moment funktionierten auch die Geräte und Anzeigen wieder normal.

Sofort versuchte Sutherland, den rasenden Sturzflug des Helikopters zu stoppen und die Maschine wieder hochzuziehen, doch obwohl der Motor und die Rotorblätter nun wieder einwandfrei arbeiteten, war es dafür zu spät. Sie waren bereits zu tief gesunken und hatten eine zu hohe Fallgeschwindigkeit.

Immerhin schaffte Sutherland eine unter den gegebenen Umständen relativ weiche Landung. Es gab einen Aufprall, stark genug, eine der Kufen brechen zu lassen und den Helikopter noch einmal wie einen Ball einen knappen Yard in die Höhe zu schleudern, bevor die Maschine endgültig aufsetzte und in Schräglage stehenblieb. Hätte der Motor nicht wenige Sekunden vor der Landung wieder zu arbeiten begonnen, es wäre mehr als fraglich gewesen, ob der Hubschrauber – und vor allem die Insassen – den Aufprall überstanden hätten.

Sutherland stieß geräuschvoll die Luft aus und schaltete den Motor ab. Die Rotorblätter kamen langsam zum Stillstand.

»Ist Ihnen etwas passiert?« fragte er besorgt.

Tom und Gudrun schüttelten nur stumm die Köpfe. Mit reichlich wackeligen Beinen kletterten die drei Bruchpiloten aus der Kanzel. Ericson sah, daß Gudrun kreidebleich im Gesicht war. Wahrscheinlich bot er selbst auch keinen besseren Anblick.

»Das war … verdammt knapp«, krächzte er. »Und vor ein paar Stunden habe ich noch behauptet, diese Kornkreise wären nur alberner Unfug.«

»So kann man sich täuschen. Aber das ist bei dir ja nicht das erste Mal«, kommentierte Gudrun schnippisch und demonstrierte damit nachdrücklich, daß ihr tatsächlich nichts passiert war.

»Ich hoffe, daß es bei dem Transport keine Probleme gegeben hat«, murmelte Suzy Duvall, nachdem die beiden Asiaten mitsamt der bereitgestellten Ausrüstung verschwunden waren. »Es wäre schade, wenn alles umsonst gewesen wäre. Du sagst selbst, daß du in letzter Zeit mit diesen Apparaturen Schwierigkeiten hast. Vielleicht wäre es besser gewesen, die beiden mit einem Flugzeug nach Schottland zu schicken, statt mit diesem … *Ding*.«

Zweifelnd betrachtete sie die ovale, knapp zwei Meter durchmessende Kristallplatte mit dem verwirrenden Linienmuster vor sich, die auf sieben Silbersäulen ruhte, dann ließ sie ihren Blick über die großen walzenförmigen Aggregate weiterwandern, die zu der Anlage gehörten.

Kar und sie befanden sich in einem tiefer gelegenen Teil der Pyramide, gut hundert Meter unter dem Meeresspiegel, einer riesigen Halle, die an den Generatorenraum eines Kraftwerks erinnerte. Dies war das eigentliche Zentrum von Kars Macht, die Hinterlassenschaft einer uralten Kultur. In groben Zügen hatte sie begriffen, wie die Geräte arbeiteten, daß sie sich der natürlichen Magnetfelder der Erde bedienten, um Menschen oder Material über größere Entfernungen zu transportieren. Wie dies genau geschah, entzog sich jedoch ihrer Kenntnis, und Kar hatte auf ihre diesbezüglichen Fragen bislang nur ausweichend geantwortet. Zwar nutzte er die Maschinen für seine Zwecke, doch wie sie im einzelnen funktionierten, wußte er wohl ebensowenig zu sagen.

Das trug nicht eben dazu bei, Suzys Vertrauen in die

Anlage zu festigen. Wann immer sie sich hier aufhielt und Kar an den Kontrollen hantieren sah, stieg die Horrorvorstellung in ihr auf, ein Mensch, den Kar auf diese Art transportierte, könnte an seinem Zielort durch irgendeinen Fehler als gräßlich deformierte Monstermutation erscheinen.

Sie wußte nicht, ob auch Kar diesbezügliche Bedenken schon einmal gekommen waren. Aber vermutlich wäre es ihm ohnehin egal, solange er nicht selbst davon betroffen war. Das Leben anderer Menschen zählte für ihn wenig. Er war völlig skrupellos, wenn es um das Erreichen seiner Ziele ging.

»Warum mehrere Tage warten, bis deine Freunde Schottland mit einem normalen Transportmittel erreichen, wenn es so in einem Bruchteil der Zeit geht?« entgegnete er. »Außerdem beziehen sich die Störungen nur auf die unmittelbare Umgebung von Oake Dùn. Der Zielort der beiden liegt weit genug davon entfernt, und die Kontrollen zeigen an, daß der Transport reibungslos verlaufen ist.«

Suzy Duvall ging zwischen den Aggregaten auf und ab. Dabei hielt sie stets einige Schritte Abstand zu Kar. Seine unmittelbare Nähe verursachte ihr Übelkeit, was sie jedoch nach Kräften vor ihm zu verbergen suchte. Sie vermutete, daß Kars unerklärliche körperliche Veränderung daran schuld war. Diese erschreckende Mutation, die zuerst nur seine linke Hand betroffen hatte und mittlerweile schon bis zum Ellbogen hochreichte. Suzy wußte, daß auch Kar bislang keine Erklärung für diese Verwandlung hatte und unter diesem Prozeß litt.

Wollte sie sich sein Vertrauen erhalten, durfte sie sich niemals anmerken lassen, daß sie ihn mehr und mehr verabscheute. Dieser Ekel bezog sich weniger auf die winzigen Schuppen, die seinen Arm überzogen, auch nicht auf seinen fortgesetzten Haarausfall.

Viel mehr ließ sein Blick sie schaudern. Seine Augen hatten in den letzten Wochen einen starren, fast metallischen Ausdruck angenommen. Sie spürte instinktiv, daß die wirklich bedeutsame Veränderung weniger seine körperliche Metamorphose war, sondern in seinem Inneren stattfand. Sein Blick zeigte dies deutlich.

Suzy wurde sich bewußt, daß sie ihn schon zu lange anstarrte und er es merkte.

»Was sind das eigentlich für Schwierigkeiten und wodurch werden sie verursacht?« fragte sie rasch, um ihn abzulenken.

Kar zuckte die Schultern.

»Um das zu verstehen, müßte ich wesentlich mehr über diese Anlage wissen«, erklärte er. »Leider haben die Erbauer keine Bedienungsanleitung zurückgelassen. Ich kenne die Ursache der Probleme nicht. Bislang hatte ich keine größeren Schwierigkeiten, ein gesuchtes Objekt zu lokalisieren. Du hast ja selbst schon erlebt, daß ich ein Abbild davon über der Kristallplatte betrachten konnte. Aber in der Nähe von Oake Dùn funktioniert es einfach nicht. Die Platte zeigt nichts an. Es ist, als würden die Magnetfelder irgendwie abgeblockt oder umgelenkt, sonst hätte ich das magische Kristallauge längst hergeholt.«

»Vielleicht kann es sich auf diese Art selbst schützen«, mutmaßte Suzy.

»Vielleicht. Vielleicht ist aber auch irgend etwas anderes dafür verantwortlich, das sich auf Oake Dùn befindet. Jedenfalls habe ich es bislang nicht geschafft, an diese verfluchte Festung heranzukommen.«

Er schwieg eine Weile.

»Bei meinem letzten Versuch vor ein paar Stunden ist etwas Sonderbares passiert«, fuhr er dann zögernd fort. »Die Luft über der Platte begann plötzlich zu flimmern, und ich hoffte schon, daß ich endlich Erfolg hätte. Aber alles, was ich zu sehen bekam, war das Abbild zweier Kinder. Keine Ahnung, wie sie in den Wirkungsbereich geraten sind und was das zu bedeuten hat. Nach ein paar Sekunden wurde der Kontakt wieder gestört, als würde er von einer anderen, stärkeren Kraft überlagert. Daraufhin habe ich das Experiment abgebrochen.«

Suzy schauderte.

Sie war ganz gewiß nicht übermäßig zart besaitet. Wenn es ihren Interessen diente, ging sie ebenfalls über Leichen, ohne mit der Wimper zu zucken. Der Gedanke jedoch, daß zwei unschuldige Kinder irgendwie in Kars Experimente verwickelt wurden, bereitete ihr Unbehagen.

»Wie gesagt, das liegt schon ein paar Stunden zurück. Zeit, einen neuen Versuch zu starten.« Er schaute auf seine Armbanduhr. »In Schottland ist es jetzt früher Mittag. Bislang habe ich sicherheitshalber nur experimentiert, wenn dort Nacht war, um nicht vorzeitig auf mich aufmerksam zu machen. Aber vielleicht war gerade das ein Fehler.«

Er ließ seine Finger über die fremdartigen Hieroglyphen wandern. Einige der walzenförmigen Aggregate erwachten mit leisem Brummen erneut zum Leben.

Suzy beobachtete Kar bei seinen Aktivitäten. Sie war es gewohnt, mit Männern zu spielen. Anfangs hatte sie geglaubt, Karney wäre genau der Richtige, an den sie sich hängen müßte, um ihre eigene Macht und ihren Einfluß zu vergrößern. Sie hatte vorgehabt, ihn für eine Weile zu benutzen, wie sie es schon mit unzähligen anderen Männern getan hatte.

Wenn man ein hübsches Äußeres besaß, gab es für eine Frau kaum etwas Leichteres, als Männer nach Belieben zu manipulieren. Ein bißchen Charme, ein tiefer Ausschnitt und ein paar gekonnte Augenaufschläge reichten gewöhnlich aus, sie um den Finger zu wickeln.

Auch bei Karney schien alles nach diesem Schema abzulaufen. Körperlich hatte er sie nie gereizt. Als sie ihn kennenlernte, war er noch ein einigermaßen gutaussehender Mann gewesen, wenn auch gut zwanzig Jahre älter als sie. Aber schließlich ging es nicht um Gefühle, sondern um Wichtigeres.

Kar stieß einen gedämpften Schrei aus.

»Da ist etwas!« stieß er hervor. »Ich empfange ein Echo des Auges.«

Suzy Duvall trat neben ihn. »Dann hol es her«, sagte sie.

»Ich versuche es. Es scheint sich nicht mehr auf Oake Dùn

selbst zu befinden, aber ganz in dessen Nähe. An der gleichen Stelle, an der ich vorhin Kontakt mit diesen Kindern hatte.« In rasendem Tempo ließ er seine Finger über die Symbole gleiten, bediente sie wie ein Pianospieler die Tasten eines Klaviers.

Über der Kristallplatte begann die Luft zu flimmern. Undeutlich schälten sich die Umrisse des rötlichen Kristalls heraus. Das Auge war von etwas umgeben, einer Art Hülle, die nicht deutlich zu erkennen war. Anders als sonst blieb auch die Umgebung des gesuchten Objekts im Dunkeln. Vage meinte Suzy für einen kurzen Moment die Umrisse eines Menschen zu sehen, vermutlich Thomas Ericson. Gleich darauf flimmerte das Bild stärker, und dann verschwand auch das Abbild des Auges wieder.

Kar fluchte ungehemmt, vor allem, als wenige Sekunden später eines der Aggregate zu summen begann. Das Geräusch steigerte sich rasch zu einem bedrohlich klingenden Brummen. Offenbar war das Gerät überlastet. Hastig schaltete Kar die Anlage ab.

»Ich kriege das verdammte Ding noch«, knurrte er. »In ein paar Minuten versuche ich es noch einmal.« Er legte seine Hand auf das Aggregat, das zu brummen begonnen hatte – und riß sie sofort wieder zurück. »Teufel, ist das heiß.«

Ungeduldig schritt er auf und ab. Alle paar Minuten legte er erneut die Hand auf das Aggregat, um zu prüfen, wie weit es sich abgekühlt hatte. Er schien völlig vergessen zu haben, daß Suzy Duvall bei ihm war.

Sie nahm ihre Überlegungen an dem Punkt wieder auf, an dem er sie zuvor gestört hatte.

Obwohl Richard Dean Karney, wie er damals noch hieß, schon zum Zeitpunkt ihrer Bekanntschaft nicht übermäßig attraktiv gewesen war, hatte er doch etwas an sich gehabt, das sie sofort faszinierte. Er besaß ein so starkes Charisma, wie es nur Menschen eigen war, die genau wußten, was sie wollten, und die mit aller Besessenheit auf das Erreichen ihrer Ziele hinarbeiteten. Bei ihm waren diese Ziele Macht, Reichtum und Bedeutung gewesen, und das hatte Suzys Interesse geweckt, um so mehr, nachdem sie herausgefunden hatte, daß er über geheimnisvolle, fremdartige Mittel verfügte, die ihn in die Lage versetzten, tatsächlich zu erreichen, was er wollte.

Sie hatte sich an ihn herangemacht, um ihn ebenso wie die zahlreichen anderen Männer vor ihm zu umgarnen und in ihr Spinnennetz einzuwickeln.

Bei Karney hatte es jedoch nicht funktioniert, jedenfalls nicht so, wie sie es sich vorgestellt hatte. Er hatte angebissen, und sie waren Komplizen geworden, auch um den Preis, daß sie ihm Liebe vorgaukeln und mit ihm ins Bett gehen mußte. Anfangs schien alles nach Plan zu verlaufen.

Es dauerte eine Weile, bis Suzy gemerkt hatte, daß es sich nicht um ihren, sondern um *seinen* Plan handelte. Kar war es, der die Fäden ihrer Beziehung in der Hand hielt. Er erwies sich als der Gerissenere von ihnen, raffte auf unauffällige Art alles an sich, was er von ihr kriegen konnte, und bot ihr im Gegenzug nicht viel mehr als größtenteils leere Versprechungen.

Aber als ihr das endlich bewußt wurde, war es bereits zu spät gewesen. Sie wußte schon zu viel über ihn, als daß sie einfach hätte aussteigen und irgendwo untertauchen können. Er würde sie nicht gehen lassen, und mit den ihm zur Verfügung stehenden Mitteln würde er sie finden, wo immer sie sich auch verkroch.

Längst schon befand sie sich an einem Punkt ohne Umkehr. Ihr blieb nichts anderes übrig, als sein Spiel weiterhin mitzuspielen, nur taktierte sie in letzter Zeit geschickter als zuvor. Wenn es irgendwann zu einem Zerwürfnis zwischen ihnen kam, wollte sie für den Kampf gerüstet sein. Solange jedoch mußte sie Kar weiterhin umgarnen.

Eine gute halbe Stunde verstrich, während der Kar immer ungeduldiger wurde. Schließlich hatte sich das Aggregat weit genug abgekühlt.

Mit einem diabolischen Grinsen um die Mundwinkel nahm er die Anlage wieder in Betrieb.

»Jetzt paß gut auf, Ericson«, stieß er triumphierend hervor.

Eine dunkle Gestalt, die sich in der Mittagssonne wie ein gestaltgewordener Schattenriß in dem Kornfeld abzeichnete, eilte auf den Helikopter zu. Als sie näher kam, erkannte Tom Pierre Leroy. Wie meist trug der quirlige Franzose schwarze, enganliegende Kleidung.

»Ist Ihnen etwas passiert?« erkundigte er sich besorgt.

Sutherland verneinte. »Glücklicherweise nicht. Es ist alles gerade noch einmal glimpflich verlaufen.« Er deutete auf die Kufe des Helikopters. »Nur der Vogel hat sich ein Bein gebrochen. Wir werden ihn abschleppen müssen.«

Leroy begrüßte auch Tom und Gudrun. Die beiden erwiderten den Gruß freundlich, aber vor allem Ericson tat es nicht sonderlich herzlich. Er hatte mit dem Franzosen noch ein paar Probleme.

Dabei hatte Leroy ihnen das Kristallauge, das Kars Mittelsmänner während einer Zugfahrt durch Indien gestohlen hatten, zurückgebracht. Eigentlich hätte Tom ihm dafür ewig dankbar sein müssen. Doch die offene Sympathie, die der Franzose Gudrun entgegenbrachte, hemmte seine Freude gewaltig. Pierre Leroy war ein Frauenliebling, und seine höfliche, charmante Art blieb auch auf Gudrun nicht ohne Wirkung, wie Tom zähneknirschend hatte feststellen müssen. Das ging nicht so weit, daß er konkreten Grund zur Eifersucht hatte – vor allem angesichts der Tatsache, daß Gudrun Heber und er nur Kollegen waren, auch wenn er sich manchmal wünschte, daß da mehr wäre –, aber die Entwicklung beunruhigte ihn eben.

»Ich habe alles aufgezeichnet«, berichtete Leroy, an Sutherland gewandt. »Es ist phantastisch. Natürlich müssen die Daten erst noch genau ausgewertet werden, aber es scheint sich um eine regelrechte Sensation zu handeln.«

»So sensationell, daß wir unseren Absturz vielleicht als Stunt-Szene an eine Filmfirma verkaufen können und alle reich werden«, warf Tom Ericson sarkastisch ein. Niemand beachtete seinen Kommentar.

»Ich habe ungeheuer starke Magnetfelder angepeilt«, fuhr

Leroy fort. »Und eine ganze Reihe verschiedener fremdartiger Strahlungen. Wie gesagt, die Daten müssen erst noch ausgewertet werden, aber bislang wurde nichts dergleichen in einem Piktogramm gemessen.«

»Und denken Sie an die Kinder, die heute morgen in akute Lebensgefahr gerieten. Auch dieser Vorfall ist einmalig«, fügte Sutherland hinzu. »Beide Ereignisse geschahen genau hier, in diesem Feld. Das kann kein Zufall sein. Wir werden dieser Angelegenheit höchste Aufmerksamkeit widmen müssen. Kommen Sie, sehen wir uns die Daten einmal an.«

Sie gingen zu dem Lieferwagen hinüber. Das Fahrzeug sah nur von außen unscheinbar aus. Im Inneren beherbergte es eine hochmoderne Forschungsstation mit den verschiedensten Peilgeräten und Computeranlagen.

Leroy spielte ihnen eine Videoaufnahme des Geschehens vor. Auf einem Monitor konnten sie noch einmal in allen Einzelheiten die Entstehung des Piktogramms beobachten – mit einer Ausnahme.

»Da war doch dieses bläuliche Wallen, das fast wie Nebel aussah«, stellte Tom fest. »Es fehlt auf dem Film.«

Leroy nickte. »Ich habe es auch deutlich gesehen, aber ich habe keine Ahnung, warum es nicht aufgenommen wurde. Vielleicht lag es in einem Spektralbereich, für den der Film nicht geeignet ist.«

»Aber es ist hervorragendes Spitzenmaterial, so ziemlich das Beste, was es auf dem Markt gibt«, wandte Sutherland skeptisch ein.

Anstelle einer Antwort deutete Leroy nur auf den Monitor und zuckte mit den Schultern. Ohne daß eine Ursache zu erkennen war, beugte sich das Korn; die Ähren wurden innerhalb einer genau bemessenen geometrischen Fläche flach an den Boden gepreßt.

Auch die Auswirkungen des Phänomens auf den Helikopter waren von der Kamera eingefangen worden. Jetzt, da sie alles aus sicherer Distanz auf dem Bildschirm verfolgen konnten, wirkte das Bocken und Absacken der Maschine jedoch bei weitem nicht mehr so gefährlich wie vorher, als sie es hautnah in dem Hubschrauber selbst miterlebt hatten.

»Ich möchte wissen, was das für eine Kraft war, in deren Einflußbereich wir da geraten sind«, murmelte Sutherland.

»Eine Art von Magnetfeldern«, erklärte Leroy. Er spulte den Film zurück und ließ ihn noch einmal ablaufen, aber diesmal blendete er mehrere Datenkolonnen in den Monitor ein. »Sehen Sie hier.« Er zeigte auf eine der Zahlenreihen, deren Werte sprunghaft in die Höhe schossen, während das Piktogramm entstand. »Das sind magnetische Wellenlinien. Es gab jedoch noch weitere Strahlungen, die ich bislang nicht analysieren konnte. Ein uns völlig fremdes Energiemuster. Wenn es uns gelingt, dieses zu entschlüsseln, dürften wir der Lösung einen bedeutenden Schritt näherkommen.«

»Worauf warten Sie dann noch?« rief Sutherland. »Fangen Sie schon an mit der Auswertung.«

Leroy lächelte trocken. »So einfach ist das nicht. Ich sagte schon, es ist ein uns fremdes Energiemuster, das aus mehreren einander überlappenden Strahlungen besteht, die wir erst voneinander separieren müssen. Wahrscheinlich gingen diese Strahlen von dem bläulichen Wabern aus, und da es schon auf dem Film nicht sichtbar ist, bin ich sicher, daß die Meßgeräte auch nur einen Teil seines Spektralbereichs angepeilt und aufgezeichnet haben. Unvollständige Daten erschweren eine Analyse natürlich ganz enorm.«

»Und wie lange, glauben Sie, werden Sie brauchen, bis Sie erste konkrete Informationen liefern können?«

»Schwer zu sagen.« Leroy verzog das Gesicht. »Ich kann nicht versprechen, ob es uns überhaupt gelingt, aber wenn, dann kann es durchaus Wochen dauern. Auf jeden Fall geht es nicht von hier aus. Ich muß die Daten zusammen mit Connor auf den Rechnern in Oake Dùn auswerten.«

Sutherland überlegte kurz.

»Dann fahren Sie jetzt gleich zurück«, entschied er. »Wir werden uns hier noch etwas umsehen. Sagen Sie Connor, er soll uns abholen kommen und jemanden benachrichtigen, der sich um den Helikopter kümmert.«

»In Ordnung.«

Sutherland, Tom und Gudrun verließen den Lieferwagen und schauten dem abfahrenden Leroy nach.

»Eine ziemlich mysteriöse Angelegenheit«, meinte Gudrun. »Solche Strahlungen und Magnetfelder wurden meines Wissens noch bei keinem anderen Piktogramm angemessen. Ich vermute, sie hängen mit den Brandspuren zusammen, die auch nur hier zu finden sind.«

»Möglich«, bestätigte Sutherland. »Was mich außerdem wundert, ist die Form der Piktogramme. Mit Ausnahme des ersten Symbols haben sie alle die Form einer Sichel. Ich frage mich, was das zu bedeuten hat.«

»Und da ist noch etwas anderes«, fügte Tom Ericson hinzu. Er hob die Hand zu dem Ledersäckchen vor seiner Brust. »Das Auge der Göttin Khom – es hat auf die Strahlung reagiert. Es erwärmte sich im gleichen Moment, in dem das bläuliche Wabern begann. Zum Schluß war es so heiß, daß es richtig weh tat.«

»Und jetzt?« wollte Gudrun wissen. »Merkst du auch jetzt noch irgend etwas?«

»Nein, nichts. Der Kristall kühlte wieder ab, als das Wabern im Kornfeld verschwand.«

»Hattest du denn einen telepathischen Kontakt?«

Tom schüttelte den Kopf. »Fehlanzeige. Ich habe es allerdings auch gar nicht versucht. Wie du dich vielleicht erinnerst, waren wir gerade dabei, mit dem Hubschrauber abzustürzen. Da hatte ich andere Sorgen als eine nette Plauderei mit einem Kristallauge.«

»Ich hätte mir denken können, daß du wieder eine blöde Ausrede auf Lager hast.«

Sutherland musterte seine beiden Begleiter kopfschüttelnd.

»Aus Ihnen beiden schlau zu werden, ist auch nicht immer ganz einfach«, kommentierte er. »Ich glaube, die Situation ist zu ernst für alberne Späße. Könnten Sie Ihren Streit also vielleicht auf später verschieben?« Er machte eine kurze Pause und wartete, bis die beiden betreten genickt hatten. »Also gut, Doktor Ericson. Was genau geschah mit dem Artefakt?«

Tom öffnete den Lederbeutel und holte das Kristallauge heraus. Es lag grau und glanzlos auf seiner Handfläche.

»Ich habe schon alles gesagt«, erklärte er. »Es erwärmte sich einfach, das war alles. In irgendeiner Form hat es auf die Kräfte reagiert, die für die Entstehung des Piktogramms verantwortlich waren.«

Er konzentrierte sich und versuchte, auf telepathischem Wege mit dem Auge Kontakt aufzunehmen, doch es reagierte nicht. Nach einigen Sekunden gab er seine erfolglosen Bemühungen auf.

»Wir sollten zu dem Piktogramm hinübergehen«, schlug Sutherland vor. »Wenn dort noch eine Reststrahlung vorhanden ist, wird es vielleicht darauf ansprechen.«

»Eine gute Idee«, pflichtete ihm Gudrun Heber bei. »Wenn es eine Verbindung zwischen dem Auge und den Kornkreisen gibt, kann uns der Kristall vermutlich Antworten auf ein paar unserer Fragen geben.«

Tom war von dem Vorschlag nicht übermäßig begeistert.

»Es könnte nicht ganz ungefährlich sein«, wandte er ein. »Wir fordern damit Kräfte heraus, über die wir nichts wissen.«

»Du willst kneifen?« fragte Gudrun erstaunt.

Tom schüttelte den Kopf.

»Im Gegenteil«, sagte er. »Ich schlage vor, ich gehe alleine. Es bringt nichts, wenn wir uns alle einem unnötigen Risiko aussetzen. Wenn sich das Auge mit mir in Verbindung setzen will, wird es das ganz unabhängig von …«

»Ich komme auf jeden Fall mit«, fiel ihm Gudrun entschlossen ins Wort. »Ich bin an der Lösung dieses Rätsels mindestens so interessiert wie du.«

Tom verdrehte die Augen, versuchte jedoch gar nicht erst, die Anthropologin von ihrem Vorhaben abzubringen. Wenn Gudrun sich etwas in den Kopf gesetzt hatte, war sie wie ein störrisches Kind.

»Es ist deine Entscheidung«, sagte er resignierend. »Aber zumindest Sie sollten zurückbleiben, Sir Sutherland. Wenn uns etwas zustößt, sind wir auf jemanden angewiesen, der Hilfe herbeiholen kann. Und wir brauchen einen Zeugen.«

Sutherland erhob keinen Einspruch, sondern nickte zustimmend. Er holte einen Tabakbeutel und eine Pfeife aus der Tasche und begann sie geschickt zu stopfen.

Noch bevor die beiden Wissenschaftler losmarschieren konnten, merkte Tom plötzlich, daß sich das magische Auge erneut erwärmte und wie unter innerer Glut in mattem Rot zu leuchten begann. Gleichzeitig richteten sich die Härchen auf seinen Armen auf. Ein leises Knistern wie von einem elektrischen Feld erfüllte mit einemmal die Luft.

Kaum ein Dutzend Meter vor ihnen begann die Luft erneut zu flimmern und bläulich zu wabern.

Flieht! dröhnte unvermittelt die telepathische Stimme des Kristallauges in seinem Kopf. Deutlicher Schrecken schwang darin mit. *Lauft um euer Leben!*

Schweigend starrten Wang-Li und Akido Toshari über den Bug des kleinen Motorbootes nach vorne.

Es gab nichts, worüber die beiden Männer sich noch verständigen mußten. Ihr Plan stand in allen grundlegenden Zügen fest, und sie kannten keine Langeweile, die sie durch eine Unterhaltung hätten vertreiben wollen.

Sie sahen aus wie Menschen, die sie in Wahrheit aber nicht mehr waren, seit Kar ihnen die Apophis-Symbionten eingepflanzt hatte. Die Parasiten hatten ihr Denken grundlegend verändert.

Sie besaßen noch immer ihre Intelligenz und ihre herausragenden Fähigkeiten, deretwegen Suzy Duvall sie für diese Mission ausgewählt hatte. Sie waren keine geistlosen Roboter, sondern höchst gefährliche Kämpfer.

Was sie jedoch verloren hatten, war ihre Individualität, ihr freier Willen. Sie besaßen keine Gefühle mehr, kannten weder

Freude noch Angst noch irgendwelche Skrupel, was sie sogar noch gefährlicher als zuvor machte. Sie würden ihren Befehlen blindlings gehorchen.

Kars Transportsystem hatte sie in die Nähe eines kleinen Küstenortes etwa zwanzig Meilen von Oake Dùn entfernt gebracht. Dort hatten sie auftragsgemäß das Motorboot gechartert, mit dem sie sich nun der Steilküste näherten, an der die Festung lag.

Von der Landseite aus war es fast unmöglich, sich Oake Dùn unbemerkt zu nähern. Dafür gab es zu viele Überwachungskameras und Alarmanlagen, wie Kar ihnen mitgeteilt hatte. Die beiden Männer wußten nicht, wie er an diese Informationen gelangt war, doch es spielte für sie auch keine Rolle.

Auf der Seescite hatte der Schloßbesitzer jedoch an Sicherheitsmaßnahmen gespart. Nicht, weil er leichtsinnig gewesen wäre, sondern weil es einfach nicht nötig war. Die Felsen fielen hier gut hundertzwanzig Meter tief steil ab und waren durch Regen und aufsprühende Gischt glattpoliert worden. Selbst für einen geübten Bergsteiger kam es einem Selbstmord gleich, sie erklimmen zu wollen.

Wang-Li und Toshari waren entschlossen, es dennoch zu wagen. Selbst wenn sie noch Herr ihres freien Willens gewesen wären, hätten sie keinen Rückzieher gemacht.

Von Kindheit an waren sie darauf gedrillt, Befehlen zu gehorchen. Ihr beider Lebensweg war in vielem ähnlich verlaufen.

Akido Toshari stammte aus einer angesehenen Familie Tokios. Bereits mit jungen Jahren hatte er in der Yakuza Karriere gemacht, der japanischen Mafia, die im Land der aufgehenden Sonne ein ganz anderes Ansehen genoß als die Cosa Nostra in Amerika oder die italienische Mafia. Die Yakuzi selbst betrachteten sich nicht als Verbrecher, sondern als Nachfolger der Samurai und besaßen als solche einen äußerst genauen Ehrenkodex.

Gegen diesen Kodex hatte Toshari verstoßen, aber statt sich

seiner Strafe zu stellen, war er geflohen und dadurch in Unehre gefallen. Damals hatte ihm Suzy Duvall das Leben gerettet, unter der Bedingung, daß er ihr einen heiligen Treueeid schwor.

Wang-Li hingegen stammte aus ärmlichen Verhältnissen. Er war in Hongkong geboren und aufgewachsen. Schon als Jugendlicher hatte er einer der berüchtigten Triaden angehört. Auch er hatte bei einer Aufgabe versagt. Sein Tod war bereits beschlossene Sache gewesen, doch Suzy Duvall, die innerhalb der Triade eine bedeutende Stellung einnahm, hatte die Vollstreckung des Urteils verhindert. Wang-Li hatte ihr ebenfalls einen persönlichen und bedingungslosen Treueeid schwören müssen. Beide Männer waren bereit, auf einen Befehl Suzys hin ihr Leben zu opfern. Zumindest waren sie es gewesen, bevor Kar ihnen seine Parasiten eingepflanzt hatte. Seither zählte nichts von dem mehr für sie, was ihr voriges Leben ausgemacht hatte. Jetzt gehorchten sie allein Kar. Es war ihnen unmöglich, auch nur die Möglichkeit ins Auge zu fassen, einen Befehl von ihm zu mißachten.

Als sie sich der Steilküste weit genug genähert hatten, stellte Toshari den Bootsmotor ab. Die restliche Fahrt reichte aus, sie bis unmittelbar an die Felswand heranzutragen. Vereinzelt ragten scharfkantige Klippen aus dem Wasser, denen sie ausweichen mußten. Glücklicherweise war die See an diesem Tag ziemlich ruhig, sonst wäre ihr Vorhaben von vornherein zum Scheitern verurteilt. Wang-Li band das Boot an einer vorstehenden Felsnase fest.

Ein Stück abseits wäre ein wesentlich günstigerer Platz gewesen. Dort gab es keine aus dem Wasser ragenden Klippen, es handelte sich um eine winzige natürliche Bucht. Allerdings war dort ein großes Tor in die Felswand eingelassen. Vermutlich befanden sich dahinter irgendwelche Wasserfahrzeuge, die zu Oake Dùn gehörten, was bedeutete, daß dieses Terrain mit Sicherheit überwacht wurde. Aus diesem Grund hatten sie sich für diese Stelle hier entschieden, auch wenn sie etwas gefährlicher war.

Mit geübten Handgriffen setzten die beiden Männer einige Geräteteile aus ihrem Gepäck zu harpunenähnlichen Katapulten zusammen. Sorgsam suchten sie die Steilwand nach einem geeigneten Ziel ab.

Wang-Li entschied sich für ein kleines Plateau mit gewölbten Rändern. Es befand sich in einer Höhe von etwa zwei Dritteln der Felswand. Die Durchschlagskraft der Harpune würde nicht bis zum oberen Klippenrand reichen. Dazu wäre ein weitaus größeres Gerät erforderlich gewesen, das sie unmöglich mit sich hätten herumtragen können.

Er zielte sorgfältig, bevor er den Abzug betätigte. Eine etwa handlange Stahlspitze mit einem doppelten dünnen Nylonseil daran wurde in die Höhe katapultiert. Sie traf nur den äußeren Rand der kleinen Vertiefung und glitt daran ab.

Ohne ein Zeichen von Ungeduld oder Ärger rollte Wang-Li die Schnur wieder auf und spannte die Harpune erneut.

Erst beim dritten Versuch hatte er Erfolg. Die Stahlspitze sauste in die Vertiefung des Plateaus. Sofort klappte sie zu zahlreichen seitlichen Widerhaken auseinander, die sich in das Gestein an den Rändern krallten. Wang-Li überprüfte die Belastbarkeit. Erst als er sicher war, daß der Halt ausreichend stark war, holte er das eine Ende der Schnur ein. Sie lief über eine winzige Rolle am Ende des Hakens, so daß er ein dickeres, zum Klettern geeignetes Seil daran in die Höhe ziehen konnte.

Toshari traf sein Ziel bereits beim zweiten Anlauf. Er hatte sich eine vorstehende Felsspitze ausgesucht. Die Stahlspitze sauste in den V-förmigen Einschnitt und verkantete sich dahinter.

Noch einmal prüften die beiden Männer den Halt der Haken, dann machten sie sich ebenso schweigend, wie sie den Weg hierher zurückgelegt hatten, an den Aufstieg.

Je mehr Zeit verstrich, desto sicherer wurde Kevin, daß er in einem völlig verrückten Alptraum gefangen war. Aber was er auch unternahm, es gelang ihm nicht, daraus aufzuwachen.

In seinen Gedanken nistete eine leise Stimme, die ihm mit bösartiger Unermüdlichkeit zuraunte, daß er gar nicht schlief, doch er ignorierte sie. Anfangs hatte er noch in Betracht gezogen, daß Susan und er einem Verrückten in die Hände gefallen wären, doch dies erschien ihm mehr und mehr unwahrscheinlich.

Kevin hatte sich in der Hütte gründlich umgesehen. Nichts, auch nicht der kleinste Gebrauchsgegenstand, war neueren Datums. Wenn es Thomas darum ging, so wie im Mittelalter zu leben, dann war es ihm bis ins kleinste Detail gelungen. Jedes Museum wäre über die Hütte entzückt gewesen.

Darüber hinaus hatte Thomas auch nicht den Eindruck gemacht, an irgendeiner Geisteskrankheit zu leiden. Im Gegenteil, er erwies sich sogar als außerordentlich intelligent. Mit seinem Wissen um die Zeit zur ersten Jahrtausendwende wäre er der Star in jeder Geschichtsstunde gewesen. Dafür wußte er jedoch absolut nichts über ganz alltägliche Dinge, zum Beispiel, was ein Fernseher ist.

Ein paarmal hatte Kevin versucht, ihn mit Fangfragen aufs Glatteis zu locken, aber selbst die einfachsten Dinge schienen Thomas fremd zu sein. Wenn er sich verstellte, dann tat er es auf eine so geniale Art, daß die Vermutung, er könnte den Verstand verloren haben, nicht besonders glaubhaft erschien.

Also hielt Kevin an der Theorie fest, daß er nur träumte und sich das alles zusammenphantasierte. Es war noch gar nicht so lange her, daß sie die Frühgeschichte Englands im Unterricht durchgenommen hatten. Das Thema hatte ihn nicht besonders interessiert, und wahrscheinlich war genau dies der Auslöser für diesen Traum gewesen.

Schon die Tatsache, daß er kaum Angst verspürte und die fremdartige Situation mit einer solchen Selbstverständlichkeit akzeptierte, wertete er als weiteres Zeichen, daß er nur träumte. Er fühlte sich auf eine sonderbare Art betäubt, konnte gar nicht anders, als seine Lage als gegeben hinnehmen. Innerhalb eines Traums erschien einem schließlich auch der größte Unsinn völlig logisch.

Susan war nicht lange nach ihm erwacht. Anfangs hatte sie geweint, doch inzwischen hatte sie die Scheu vor Thomas weitgehend verloren. Kevin hatte ihr erklärt, daß alles nur ein Traum wäre, und aus irgendeinem Grund schien es ihr viel leichter als ihm zu fallen, sich damit abzufinden. Voller kindlicher Neugier schaute sie sich in der Hütte um und konnte nicht genug davon bekommen, alles anzufassen und genauer zu betrachten.

Kevin hingegen nutzte die Zeit, sich mit Thomas zu unterhalten, um mehr zu erfahren. Es war interessant, was Thomas ihm erzählte. An vieles davon erinnerte sich Kevin noch aus dem Unterricht. Es war faszinierend, sein Wissen in dieser Form zu erleben, selbst wenn es nur ein Traum war.

»Ja, wir leben in einer wilden Zeit«, sagte Thomas nachdenklich. »Eine Zeit großer Unruhen und Umwälzungen. König Eduard der Bekenner ist Anfang des Jahres gestorben, und Harold von Wessex ist ihm auf den Thron gefolgt. Aber auch der Normannenherzog Wilhelm erhebt Anspruch auf die Krone. Angeblich soll Eduard sie ihm versprochen haben, und auch Harold, der kurzzeitig in Wilhelms Gefangenschaft geriet, mußte einen Eid leisten, dessen Bestrebungen zu unterstützen. Diesen heiligen Eid hat er gebrochen, weshalb sich sogar der Papst von ihm abgewendet hat. Die Normannen rüsten zum Krieg. Man erwartet seit Wochen ihren Angriff.«

»Sie werden den Krieg gewinnen«, warf Kevin ein.

Thomas lächelte milde. »Mag sein, wer weiß das schon genau. Der Papst hat Wilhelm angeblich ein heiliges Banner geschickt, Kaiser Heinrich IV. hat den Normannen seine Hilfe zugesichert. Nachdem Eduard und seine Vorgänger treu zur Heiligen Kirche standen, muß Harold dem Volk nun erklären, warum diese seine Feinde unterstützt. Viele alte Werte verlieren ihre Gültigkeit, und das verunsichert die Menschen. Deshalb sind sie besonders anfällig für falsche Propheten. Ghorlwin macht sich das zunutze. Er schürt die Angst der Menschen, verblendet sie und mißbraucht sie für seine Zwecke.«

»Wer ist dieser Ghorlwin?« fragte Kevin.

»Du hast noch nichts von ihm gehört? Dann müßt ihr wirklich von weither kommen. Er ist ein Druide, aber er hat mit den Lehren des alten Druidenkults der Kelten nicht mehr viel gemein. Entweder ist er ein Fanatiker oder ein vollkommen von Mordlust und Machtgier besessener Mann. Er predigt eine Rückkehr zu den uralten und dunklen Wurzeln des Druidenkults, zu denen auch Menschenopfer gehörten, auch wenn die meisten Druiden sich schon in früher Zeit von dieser Barbarei abgewandt haben.«

Kevin schluckte. »Menschenopfer?«

»Ghorlwin hat bereits welche mit seiner goldenen Sichel vollzogen, bislang meist im Geheimen. Aber er gewinnt mehr und mehr Anhänger, und die Ordnung im Lande zerfällt in beängstigendem Ausmaße. Die meisten Männer, die Ghorlwin Einhalt gebieten könnten, sind vom König für den Krieg zusammengezogen worden. Ein norwegisches Heer ist im Norden gelandet, unterstützt von Tostig, dem verbannten Bruder Harolds. Obwohl die Normannen jederzeit im Süden angreifen können, befindet sich Harold mit seinem Heer auf dem Weg nach Norden, um den Normannen entgegenzutreten. Die Zeit der Angelsachsen ist vorbei, so oder so. Vielleicht ist es sogar gut, wenn Wilhelm den Thron besteigt. Er wird wieder Ordnung im Land schaffen, und dann werden hoffentlich auch Ghorlwins unchristliche Untaten ein Ende finden.«

Kevin schwieg eine Weile und rutschte auf dem wackeligen, mit mehr gutem Willen als handwerklichem Können zusammengezimmerten Stuhl herum. Abgesehen von den Schilderungen über diesen Druiden hatte er das meiste schon einmal im Unterricht gehört, auch wenn er sich an die Namen längst nicht mehr erinnerte.

Aber ein Lehrer hatte ihm einmal erzählt, der Mensch würde niemals etwas vergessen. Das Gehirn wäre nur nicht in der Lage, die unzähligen Informationen richtig zu verwalten. Deshalb könnte man sich an vieles nicht mehr bewußt erinnern.

Thomas warf einen Blick zum Fenster.

»Es ist schon spät. Wird bald dunkel werden, und ich brauche noch Holz für den Kamin. Kommt ihr mit nach draußen?«

Kevin nickte, und auch Susan schloß sich ihnen an, als sie ins Freie traten. Die Hütte stand auf einer Lichtung mitten im Wald, war von Bäumen und dichtem Unterholz wie von einer schützenden Mauer umgeben.

Thomas zog eine Axt aus einem wuchtigen Holzklotz und begann damit, grobe Holzstücke in handliche Scheite zu spalten. Kevin setzte sich neben ihm ins Gras, während Susan herumtollte und bunte Wildblumen pflückte.

»Du weißt ziemlich viel«, nahm Kevin das Gespräch mit Thomas wieder auf. »Jedenfalls für jemanden, der hier so abseits in einer Waldhütte lebt.«

Thomas lächelte.

»Ich komme viel herum«, erklärte er. »Meist bleibe ich nicht lange an einem Ort. Ich verstehe mich auf die Heilkräfte der Natur, und vielerorts brauchen die Menschen meine Hilfe.«

»Und warum bleibst du dann hier, anstatt weiterzuwandern?«

»Eine gute Frage.« Thomas seufzte. »Weißt du, der einfachste Weg ist nicht immer der beste. Die Menschen hier brauchen Hilfe dringender als die meisten anderen. Außerdem bekenne ich mich als aufrichtiger Christ, während sich Pater Sullivan, der Priester von Salisbury, aus Angst verkriecht.« Er schnaubte verächtlich. »Die meisten Menschen glauben nicht wirklich an das, was Ghorlwin predigt, sie sind nur von ihm aufgehetzt. Ich versuche, sie auf den rechten Pfad zurückzuführen.«

Von der Stadt Salisbury hatte Kevin schon einmal gehört, doch ihm fiel nicht ein, wo sie lag.

»Und dieser Ghorlwin läßt sich das so einfach gefallen?«

»Du stellst dir das alles falsch vor«, erklärte Thomas und ließ die Axt kraftvoll auf ein Holzstück niedersausen. »Ghorlwin hat im Grunde nur eine kleine Schar verblendeter Fanatiker um sich gesammelt. Die anderen haben nur Angst. Sie ducken sich vor ihm, aber sie sind ihm nicht wohlgesonnen und helfen ihm nicht. Für sie bleibe ich hier. Ghorlwin haßt mich, aber er kann nicht überall sein, und er weiß nicht, wo ich bin.«

Mit einem Strauß frischgepflückter Blumen in der Hand kam Susan zu ihnen herüber.

»Ich will endlich nach Hause«, quengelte sie. »Es wird dunkel. Mum und Dad werden sich bestimmt schon Sorgen machen. Hier ist es langweilig.«

Kevin gab keine Antwort, sondern kniff sich kräftig in den Arm. Er wußte nicht, zum wievielten Male er es bereits tat. Er hatte mehrere blaue Flecken, aber außer daß er sich weh getan hatte, hatte es nichts genutzt. Dieser Traum wurde ihm allmählich unheimlich. Er wünschte sich nichts mehr, als endlich aufzuwachen, doch auch diesmal klappte es nicht.

»Jetzt habe ich euch eine Menge über mich erzählt«, sagte Thomas. »Es wird Zeit, daß ihr auch etwas über euch preisgebt. Ich möchte endlich wissen, woher ihr kommt, was mit euren Eltern ist und was euch in diese Gegend verschlagen hat.« Er warf einen Blick zum Himmel hoch. Das Rot des Sonnenuntergangs wich bereits den Schatten der Nacht. »Aber dafür gehen wir besser hinein.«

Er sammelte das gehackte Holz ein, verharrte jedoch plötzlich. Die Scheite, die er bereits aufgehoben hatte, fielen wieder zu Boden. Thomas richtete sich auf und lauschte angestrengt.

»Was ist?« erkundigte sich Kevin. Ungeachtet der bisherigen Leichtigkeit des Traums spürte er Beklemmung in sich aufsteigen.

»Ich höre etwas«, flüsterte Thomas. Er griff erneut nach der Axt, aber diesmal hielt er sie nicht wie ein Werkzeug, sondern wie eine Waffe. »Jemand kommt. Los, verschwindet! Nicht in die Hütte, versteckt euch am Waldrand!«

Traum oder nicht, mit einemmal spürte Kevin doch Angst. Er packte Susan an der Hand und wollte loslaufen, als er plötzlich aus dem Dickicht etwas heransausen sah. Direkt vor seinen Füßen bohrte sich ein Pfeil in den Boden und blieb zitternd stecken.

Das Unterholz um die Lichtung schien lebendig zu werden. Mehr als ein halbes Dutzend Männer brachen aus dem Gebüsch. Alle waren ähnlich ärmlich gekleidet wie Thomas, und alle hielten gespannte Bögen in den Händen.

Hufgeklapper war zu hören. Auf dem einzigen Weg, der auf die Lichtung führte, kam ein Mann auf einem prachtvollen Schimmel herangeritten. Im Gegensatz zum Weiß des Pferdes trug er eine pechschwarze Kutte, die um seine Hüften durch einen verknoteten Gürtel gerafft wurde. In dem Gürtel steckte eine Sichel, die im schwindenden Licht des Tages golden glänzte.

Das fast schulterlange, schlohweiße Haar des Mannes rahmte ein hageres Gesicht mit buschigen Augenbrauen ein, in dem die Augen wie unter einem inneren Feuer zu glühen schienen. Kevin hatte das Gefühl, von dem stechenden Blick des Mannes gelähmt zu werden. Er war unfähig, sich zu bewegen.

»Ghorlwin!« rief Thomas mit haßerfüllter Stimme. Er riß die schwere Axt mit einer Hand wie ein leichtes Beil hoch, um sie auf den Druiden zu schleudern. »Möge der Allmächtige dich …«

Ein Pfeil bohrte sich in seine Schulter. Thomas schrie auf und taumelte zurück. Die Axt entglitt seiner Hand. Gleich darauf waren zwei der Männer bei ihm und packten ihn.

Ghorlwin lenkte sein Pferd näher heran. Er verzog sein Gesicht zu einem bösen Lächeln. Die Haut über seinen eingefallenen Wangen warf dabei tiefe Falten.

»Thomas von Brentwood, der sich selbst Heiler nennt«, sagte er mit unangenehm knarrender Stimme. »Welche Freude, dich endlich persönlich zu treffen. Du hast mir ziemlich viele Schwierigkeiten bereitet. Aber damit ist es nun wohl vorbei.«

»Möge die Hölle dich verschlingen!« keuchte Thomas mit schmerzverzerrtem Gesicht. Trotz seiner Verletzung stemmte er sich gegen den Griff der Männer, die ihn festhielten, doch erfolglos.

»Du weißt, daß ich nicht an solche Albernheiten glaube«, entgegnete der Druide ungerührt. »Woran ich glaube, das sind die Mächte der Erde, die älter und mächtiger als der Aberglaube an deinen gekreuzigten Gott sind. Mächte, die Opfer verlangen, keine nichtsnutzigen Gebete. Heute ist die Tag-Nacht-Gleiche, und heute nacht noch wird dein Blut den geheiligten Boden von Stonehenge tränken.« Er strich über die Sichel in seinem Gürtel, dann machte er eine befehlende Geste in Richtung seiner Begleiter. »Schafft sie alle drei fort!«

Susan begann zu schreien, als die Männer auf sie zutraten, und auch von Kevin fiel plötzlich der lähmende Bann ab. Er schrie ebenfalls, als die Männer ihn packten, doch sein Schrei wurde rasch von derben Händen erstickt.

Nur das grausame Lachen des Druiden hallte über die Lichtung.

Bereits vom Boot aus hatte die Felswand hoch ausgesehen. Mit jedem Yard aber, den Toshari an dem Seil höher kletterte, schien sie um das Doppelte über ihm emporzuwachsen, so daß er das Gefühl hatte, sich zwar immer weiter von dem Boot tief unter sich zu entfernen, dem oberen Rand der Klippe – oder wenigstens dem Ende des Seils – jedoch keinen Deut näherzukommen.

Trotzdem kletterte er unverdrossen weiter, ebenso wie Wang-Li wenige Meter neben ihm. Sie stemmten die Füße gegen die Felswand und tasteten nach kleinen Vorsprüngen, während sie sich an den Seilen höher zogen.

Gelegentlich warf Toshari einen Blick in die Tiefe. Er litt nicht unter Höhenangst, dennoch hätte ihn ein solcher Blick in früheren Zeiten erschreckt, ihn möglicherweise sogar die Balance verlieren lassen.

Jetzt spürte er nichts dergleichen mehr. Es machte ihm nichts aus, in den Abgrund zu schauen, er verspürte nicht einmal den leichtesten Anflug von Schwindelgefühl. Er tat es lediglich, um sich zu orientieren, wie hoch er sich bereits befand, da bei einem Blick nach oben die Perspektiven völlig verzerrt waren.

Dieser Abschnitt der Kletterei war noch der leichteste, wie ihm nur zu deutlich bewußt war. Die eigentlichen Schwierigkeiten würden erst beginnen, wenn sie das Ende des Seils erreicht hatten.

Dann waren Wang-Li und er ohne jedes Hilfsmittel allein auf ihre Hände und Füße angewiesen, aber auch dieser Aufgabe sah er völlig leidenschaftslos entgegen.

Er wußte, daß Suzy Duvall ihn und Wang-Li hauptsächlich wegen ihrer besonderen Geschicklichkeit und Körperbeherrschung ausgewählt hatte. Zu der Zeit, als sie ausgebildet worden waren, hatte es noch kein *Free-Climbing* als Sportart gegeben, aber ähnliche Übungen hatten bereits damals zu ihrem Training gehört. Es war immer möglich, daß die Erfüllung eines Auftrags eine schwierige Kletterpartie erforderte, sei es – wie hier – die Ersteigung einer steilen Felswand oder die einer Hochhausfassade.

Die Zeit hatte für ihn jede Gültigkeit verloren, Toshari war allein auf seine Aufgabe fixiert. Deshalb wußte er nicht einmal zu sagen, wie lange es dauerte, bis er kurz vor Wang-Li das Ende des Seils erreichte.

Einige Minuten lang ruhten sie sich aus, bis sie sicher waren, ausreichend Kräfte für den weiteren Aufstieg gesammelt zu haben.

Theoretisch hätten sie die Harpunen mit heraufbringen und von hier aus ein weiteres Mal ein Seil in die Höhe schießen können, doch hätte dies wenig Sinn gehabt. Der Winkel war zu ungünstig, da die Felswand in sanftem Winkel überhing. Sie hätten kein Ziel gehabt, der Stahlhaken wäre ins Leere gesaust.

So blieb ihnen nichts anderes übrig, als auf ihre Kraft und Geschicklichkeit zu vertrauen.

Sie kamen noch wesentlich langsamer als zuvor voran.

Flach preßten sie sich wie Kletten an die Wand, Arme und Beine spinnenartig von sich gestreckt. Jede Bewegung erforderte höchste Konzentration.

Toshari war sich bewußt, daß ein einziger Moment der Unaufmerksamkeit den Tod bedeutete. Hier gab es weder eine Sicherheitsleine noch ein Netz. Auch bestand nicht die Möglichkeit, Haken in den Stein zu schlagen und sich so auf die gleiche Art abzusichern wie es Bergsteiger taten. Zum einen hatte er nicht den nötigen Halt und die Bewegungsfreiheit dafür, und außerdem war das Felsgestein viel zu brüchig, um einen Haken zu halten, an dem sein gesamtes Gewicht hing.

Wenn er den Halt verlor, würde er abstürzen, und ein Sturz würde unweigerlich den Tod bedeuten, dessen war sich Toshari vollauf bewußt. Selbst wenn er das Glück hätte, nicht auf eines der Riffe zu prallen, wäre die Wasseroberfläche bei einem Fall aus dieser Höhe hart wie Beton.

Die Gefahr schreckte Toshari nicht, selbst der Gedanke an seinen eigenen Tod war ihm gleichgültig. Er war nur deshalb so vorsichtig und bemühte sich, das Risiko möglichst gering zu halten, weil ein Sturz auch das Scheitern seiner Mission bedeutet hätte.

Manchmal mußte er minutenlang nach einem winzigen Vorsprung suchen, in den er seine Finger krallen konnte. Ein paarmal war er sogar ebenso wie sein Begleiter gezwungen, große Umwege in Kauf zu nehmen oder sogar ein Stück zurückzuklettern, weil es an einer Stelle kein Weiterkommen mehr gab.

Die Anstrengung war größer als jemals zuvor in seinem Leben, und das wollte eine Menge bedeuten. Der Schweiß rann ihm in Strömen über den Körper. Seine Muskeln zitterten, und wäre er nicht aufgrund verschiedener Meditationsformen in der Lage gewesen, seinen Körper fast vollständig seinem Willen zu unterwerfen, hätte er die Tortur unmöglich durchstanden. Jeder andere Mensch, der sich nicht jahrelangem physischen und psychischen Training unterworfen hatte, mußte hier scheitern, selbst wenn er ein noch so geübter Kletterer oder Bergsteiger war.

Toshari hörte das Bröckeln von Gestein ein Stück neben sich und wandte den Kopf. Er bekam gerade noch zu sehen, wie ein scheinbar massiver Felsvorsprung, nach dem Wang-Li mit der linken Hand gegriffen hatte, unter dessen Gewicht abbrach. Ein, zwei Sekunden lang konnte sich der Chinese noch mit der Rechten in einem winzigen Felsriß festklammern, während er verzweifelt mit der anderen Hand und den Füßen nach einem neuen Halt tastete, dann versagten seine Muskeln.

Ohne einen Laut kippte Wang-Li hintenüber und stürzte in die Tiefe.

Toshari registrierte es ohne eine Spur von Mitleid. Er bedauerte den Ausfall seines Begleiters lediglich deshalb, weil die Erfüllung des Auftrags für ihn allein dadurch noch schwieriger wurde.

Unbeirrt kletterte er weiter.

Ein paar Sekunden lang war Tom wie gelähmt. Unfähig sich zu bewegen, starrte er auf das unglaubliche Bild, das sich ihm bot.

Zum erstenmal konnte er das Wabern aus unmittelbarer Nähe beobachten. Mehr noch als zuvor erinnerte es ihn an eine Nebelbank, doch war sie von tanzenden, bläulichen Funken erfüllt, als befände sich in ihrem Inneren ein Generator, der ein unglaublich starkes elektrostatisches Feld aufbaute.

Und es bewegte sich.

Mit vernehmlichem Knistern glitt es über das Getreide. Dabei drückte es auf die Ähren, preßte die Halme zu Boden, so daß eine breite Schneise in dem Feld entstand. Rasch näherte sich das Feld. Es schien sich zielsicher auf Tom Ericson zuzubewegen.

Lauf! gellte erneut die Stimme des Kristalls in Toms Kopf und riß ihn aus seiner Erstarrung. Er fuhr herum. Auch

Sutherland hatte seine Überraschung überwunden, während Gudrun noch immer wie gelähmt dastand. Kurzerhand packte Tom ihren Arm und zerrte die Anthropologin mit sich.

Gudrun geriet ins Stolpern und taumelte einige Schritte, dann fing sie sich und begann aus eigener Kraft zu rennen, so daß Ericson sie loslassen konnte.

Sie überquerten die Straße, im Gegensatz zu Sutherland, der sie entlanglief. Auf der gegenüberliegenden Seite erstreckte sich eine Wiese mit zahlreichen verschiedenen Gräsern und Wildblumen. Tom rannte noch einige Schritte weit, dann blieb er stehen. Er hoffte, daß die Straße eine Grenze für die unheimliche Macht darstellte, die sie nicht überspringen konnte.

Ihr müßt weiter! drängte die Stimme des Auges. Tom blickte zurück.

Die Figur, die durch die unbekannten Kräfte in das Kornfeld gestanzt wurde, hatte nichts mit den sonst stark geometrischen Symbolen zu tun, die die Piktogramme zeigten. Es war einfach nur eine Schneise. Eine leicht gezackte Linie, die wie ein ausgestreckter Tentakel durch das Getreide pflügte und dabei ein paarmal etwas zur Seite tastete, als müßte das *Etwas* sich orientieren.

Für Tom Ericson gab es keinen Zweifel, daß es ihn suchte – ihn, oder zumindest das Auge der Göttin Khom, das er in der Hand hielt. Es gab eine Verbindung zwischen der fremden Macht und dem Kristall, das stand für ihn fest.

»Was ist das?« brüllte er. Die Frage war an das Auge gerichtet. Er sprach sie nur laut aus, weil dies leichter war als sie nur in Gedanken zu formen.

Eine uralte Macht, erwiderte das Auge. *Die Waffe derer, die einst Krieg gegen die Insel der Götter führten. Flieht von hier! Ihr werdet sterben, wenn sie euch einholt, und ich darf unter keinen Umständen Kar in die Hände fallen!*

Es war nicht das erste Mal, daß Tom diesen Namen hörte, doch jetzt blieb ihm keine Zeit, weitere Fragen in dieser Richtung zu stellen.

Mit einer Mischung aus Schrecken und Faszination beobachtete er, wie das nebelähnliche Wabern den Straßenrand erreichte. Ein elektrischer Funkenregen sprühte auf und ergoß sich auf den Asphalt. Das elektrische Feld wurde auch durch die Straße nicht aufgehalten, nur gebremst. Zwar deutlich langsamer, aber ebenso unbeirrbar wie bisher, bewegte es sich weiter auf ihn und Gudrun zu.

»Komm schon!« schrie die Anthropologin, packte nun ihrerseits ihn und zerrte ihn mit sich.

Während er rannte, warf Tom Ericson einen Blick über die Schulter. Das wabernde Etwas hatte die Straße inzwischen vollends überquert und bewegte sich wieder schneller. Es pflügte durch die Wiese auf sie zu, wobei es wie in dem Getreidefeld auch hier sämtliche Pflanzen niederbog, die es berührte.

Um Sutherland, der ein gutes Stück abseits von ihnen stehengeblieben war, kümmerte es sich nicht.

»Wir müssen uns trennen!« keuchte Tom. »Es ist nur hinter mir und dem Auge her. Lauf in eine andere Richtung!«

Gudrun befolgte seinen Ratschlag und bog in spitzem Winkel von ihrer bisherigen Route ab.

Wieder schaute Tom über die Schulter zurück. Als es die Stelle erreichte, an der sie sich getrennt hatten, verharrte das Etwas kurz und schien sich zusammenzuballen, dann floß es wieder auseinander, teilte sich zu Toms Entsetzen wie eine Amöbe und jagte zielsicher sowohl hinter ihm wie auch hinter Gudrun her.

Und es bewegte sich schneller, als sie laufen konnten, das war nun unverkennbar. Der Abstand schmolz mehr und mehr zusammen. Immer lauter wurde das Knistern und Knirschen hinter ihm. Das Geräusch klang unheimlich und widerwärtig und reichte schon aus, Tom eine Gänsehaut über den Rücken zu jagen und ihn zu noch höherem Tempo anzuspornen.

Schneller! drängte ihn das Auge. Unverkennbare Panik schwang in der telepathischen Stimme mit.

Tom holte das letzte aus seinem Körper heraus. Er war

durchtrainiert und besaß eine gute Kondition, dennoch verspürte er immer heftigere Seitenstiche. Auch bereitete ihm das unebene Gelände Schwierigkeiten. Immer wieder trat er auf dicke Grasbüschel, Maulwurfshügel oder in verborgene Vertiefungen im Boden, die ihn taumeln ließen.

Kurz spielte er mit dem Gedanken, das Auge kurzerhand von sich zu schleudern, in der Hoffnung, dem unheimlichen Verfolger damit entkommen zu können. Er verwarf den Gedanken jedoch sofort wieder. Zum einen war das Auge zu bedeutsam, um es einfach zu opfern, und außerdem konnte er nicht einmal sicher sein, sich selbst damit zu retten. Schließlich wurde auch Gudrun weiterhin verfolgt. Möglicherweise war der Unbekannte nicht in der Lage zu erkennen, wer von ihnen den Kristall besaß, und ließ sie deshalb beide verfolgen.

Schräg hinter sich vernahm Tom einen Schrei und schaute zurück. Gudrun war über irgend etwas gestolpert und zu Boden gestürzt. Der bläuliche Nebel war nur noch wenige Meter hinter ihr.

Tom änderte seine Richtung und rannte auf sie zu.

Was tust du? gellte die Stimme des Auges in seinem Kopf. Es war so heiß geworden, daß er es kaum noch festhalten konnte. Als er auf seine Hand blickte, glomm dunkelrotes Licht zwischen seinen Fingern hervor.

Irgend etwas geschah …

Ericson hatte plötzlich das Gefühl, als würde sich die Umgebung in rasendem Tempo um ihn herum verändern. Er rannte immer noch so schnell wie zuvor, dennoch schien er Gudrun um keinen Schritt näher zu kommen. Alles schien wie in Zeitlupe um ihn herum abzulaufen.

Die Sonne verdunkelte sich, als würde sie von Wolken verdeckt, doch der Himmel war weiterhin strahlend blau. Dafür bemerkte Tom, daß er von milchigem Dunst eingehüllt war, der sich immer enger um ihn herum zusammenballte und ihm das Atmen erschwerte.

Seitlich von ihm schälten sich gewaltige Steinquader aus dem Dunst. Sie blieben jedoch seltsam unwirklich und instabil, als würden sie durch einen gazeartigen Schleier verdeckt.

Die Sichel, vernahm er erneut die Stimme des Kristallauges. Sie war deutlich leiser als zuvor, kaum mehr als ein gedämpftes Wispern, das aus weiter Ferne zu ihm zu dringen schien und kaum verständlich war. *Ein fremder Einfluß ... Megalithen ... Sichel ...*

Ericson konnte sich keinen Reim darauf machen. Die Steinsäulen flackerten und verloren an Stabilität. Sie verblaßten regelrecht, wurden fast durchscheinend. Fast unmittelbar darauf verfestigten sie sich noch einmal so sehr, daß sie fast real wirkten, dann verschwanden sie gänzlich. Alles hatte nicht länger als ein, zwei Sekunden gedauert, doch Toms Zeitempfinden war so gründlich durcheinandergeraten, daß er diesem nicht mehr richtig traute.

Etwas anderes fesselte seine Aufmerksamkeit. Gudrun hatte sich inzwischen wieder aufgerichtet. Angst und Entsetzen spiegelten sich in ihrem Gesicht. Nun riß sie in einer abwehrenden Geste die Arme hoch. Tom sah, wie sie die Lippen zu einem Schrei öffnete, doch er hörte nichts.

Mittlerweile hatte er mehr als die Hälfte der Entfernung zu ihr überwunden, aber er war zu langsam.

Der bläuliche Nebel hatte Gudrun erreicht und begann, sie einzuhüllen. Inmitten der wabernden Schwaden wurde sie zu einem nur noch konturenhaft erkennbaren Schemen, das wild um sich schlug.

Aber auch um Tom herum verdichtete sich der bläuliche Dunst. Alles wurde dunkler, als würde jemand die Helligkeit mit einem Dimmer herunterregeln. Elektrische Funken tanzten wie Glühwürmchen um ihn herum in der Luft, sprangen auf ihn über und stachen wie Nadeln in seine Haut.

Plötzlich waren auch die monolithischen Steine wieder da, schienen aus dem Nichts ein paar Dutzend Schritte seitlich von ihm zu entstehen. Es war inzwischen dunkel wie am späten Abend geworden, nur die Monolithen waren in geisterhaft unwirkliches Licht getaucht. Ihre Konturen wurden von einer blauen Aureole nachgezeichnet.

Dabei veränderte sich für Ericson wie bei einem Drogentrip ständig die Perspektive. Nicht nur erschienen ihm die Farben kräftiger und voller als normal, sondern alle Gegenstände, sogar sein eigener Körper, dehnten und verzerrten sich auf unmöglich anmutende Art, die seine Vorstellungskraft überforderte.

Im einen Moment schien alles um ihn herum in unendliche Ferne zu rücken, im nächsten sprangen ihm die Monolithen geradezu entgegen, so daß er das Gefühl hatte, nur die Hand ausstrecken zu müssen, um sie zu berühren.

Am meisten jedoch erschreckte ihn die völlige Lautlosigkeit, in der alles geschah.

Dann plötzlich verschwanden die bizarren Sinneseindrücke, wurden von einem unvorstellbaren Schmerz beiseite gefegt. Tom Ericson hatte das Gefühl, von innen heraus zu verbrennen.

Panik überschwemmte seinen Geist wie eine dunkle Woge. Er versuchte zu schreien, doch kein Laut kam über seine Lippen.

Fremde Gewalten rissen und zerrten an ihm, und für einen Augenblick sah er sich selbst aus rasend schnell größer werdender Entfernung in dem Kornfeld, dann verschwand auch dieses Bild, und um ihn herum war nur noch eine unergründliche, bodenlose Schwärze, die ihn aufsog.

»Gleich ein doppelter Fehlschlag. Der Teufel soll Ericson, Sutherland und dieses ganze verdammte Oake Dùn holen!« fluchte Kar. Er ballte die Fäuste, und es sah aus, als wollte er im nächsten Moment auf die Kristallplatte und die Apparaturen vor sich einschlagen.

»Was ist passiert?« fragte Suzy Duvall alarmiert und trat näher.

»Ich hätte Ericson und das Auge Khoms fast gehabt. Beide befanden sich bereits im Einflußbereich der Magnetfelder. Nur noch Sekunden, und ich hätte sie hergeholt. Der Entmaterialisierungsprozeß hatte bereits begonnen, aber dann plötzlich ...«

»Was?«

»Verflucht noch mal, ich weiß es nicht!« brüllte Kar unbeherrscht. »Der fremde Einfluß war mit einemmal wieder da, und gleich darauf ist der Kontakt abgerissen.«

»Immerhin hättest du es fast geschafft«, hob Suzy besänftigend hervor. »Vielleicht gelingt es beim nächsten Mal.«

»Vielleicht«, schnaubte Kar. »Hätte ich mich auf solchen Mist wie *Vielleichts* verlassen, würde ich immer noch in einem Forschungslabor versauern, statt mir mein eigenes Reich aufzubauen.«

»Du sagtest etwas von zwei Fehlschlägen«, wechselte Suzy rasch das Thema. »Was ist noch geschehen?«

»Einer deiner famosen Spezialisten ist tot. Ich habe den Symbionten verloren. Anscheinend waren die beiden doch nicht so gut, wie du behauptet hast. Du hast mir nichtsnutzige Versager angeschleppt!« Drohend trat er einen Schritt auf die Eurasierin zu.

»He, Moment mal«, protestierte Suzy, wich ein Stück zurück und hob abwehrend die Hände. »Wir wußten von Anfang an, daß die Chancen nicht besonders gut standen. Verluste haben wir einkalkuliert. Ich habe die beiden besten Männer ausgesucht, die ich für diese Aufgabe kannte. Wenn nur einer von ihnen tot ist, lebt immerhin noch der zweite. Das bedeutet, daß noch nichts verloren ist.«

»Es bedeutet, daß die ohnehin nicht besonders guten Chancen noch einmal um die Hälfte gesunken sind«, korrigierte Kar, aber seine Stimme klang bereits versöhnlicher.

»Wer von den beiden ist tot?«

»Der Chinese. Abgestürzt von der Felswand, also noch bevor er Oake Dùn überhaupt erreicht hat.«

Die Nachricht erleichterte Suzy ein wenig. Die beiden Männer waren zwar beide hochkarätige Spezialisten, aber sie hielt Akido Toshari für etwas fähiger. Wang-Lis größte Qualitäten hatten im Nahkampf gelegen.

»Immerhin hat es keine Auseinandersetzungen gegeben, also sind die beiden höchstwahrscheinlich nicht entdeckt worden. Toshari hat immer noch reelle Erfolgsaussichten.«

»Wir werden sehen.« Kar schüttelte verbittert den Kopf. »Wie es aussieht, habe ich meine Gegner ein weiteres Mal unterschätzt. Noch einmal wird mir Derartiges nicht passieren.«

Suzy Duvall verkniff sich die Frage, was Ericson und die A.I.M.-Leute damit zu tun haben sollten, daß Wang-Li von der Felswand abgestürzt war.

»Was wirst du nun tun?« erkundigte sie sich statt dessen.

»Mich auf die nächste Runde der Auseinandersetzung vorbereiten«, antwortete Kar. »Und das bedeutet, mich zunächst einmal zu entspannen.« Sein Grinsen wurde wölfisch, als er Suzy musterte und auf sie zutrat. »Du warst fast eine Woche fort, und vorhin hast du mich aus tiefstem Schlaf gerissen. Beides kannst du nun mit einer deiner Spezialmassagen wettmachen.«

Obwohl sich etwas in ihr dagegen sträubte, ließ es Suzy zu, daß Kar ihr die Hände auf die Schultern legte. Gleich darauf preßte er sie heftig an sich und drückte leidenschaftlich seine Lippen auf die ihren. Seine Hände glitten über ihren Körper.

Suzy ließ sich nicht anmerken, wie unangenehm seine Berührungen ihr waren. Sie war es von Kindheit an gewöhnt, Männer mit ihrem Körper zu betören. Sehr schnell hatte sie sich angewöhnt, sich innerlich abzuschotten und nach außen hin sogar Leidenschaft zu heucheln. Sie dachte an die Vorteile, die die Zusammenarbeit mit Kar ihr bot, und erwiderte seine Küsse mit gespielter Begierde.

Aneinandergeschmiegt verließen sie die Maschinenhalle und gingen in den Raum hinauf, den er sich als Schlafzimmer eingerichtet hatte. Dort schlüpfte sie aus ihrem Kleid, half Kar beim Ausziehen und drängte ihn auf das Bett. Mit kundigen Fingern begann sie ihn zu massieren, knetete zunächst seine Schultern und den Rücken und drehte ihn schließlich um.

Kar reagierte auf ihre Berührungen mit einem wollüstigen

Stöhnen. Lust stand in seinen Augen geschrieben, wich jedoch bald darauf Unsicherheit und schließlich einem fast ängstlichen Ausdruck, als es ihr trotz aller Raffinesse nicht gelang, ihn körperlich zu erregen.

Es war Suzy Duvall ein Rätsel. Noch niemals hatte ein Mann bei ihr versagt. Gewöhnlich brauchte sie sich nicht einmal besondere Mühe zu geben, konnte den Akt fast mechanisch über sich ergehen lassen.

Auch bei Kar hatte es diesbezüglich noch nie Probleme gegeben. Er vermochte ihr sexuell nichts zu geben, dafür war er viel zu sehr auf sich selbst fixiert. Deshalb tat sie, was er von ihr verlangte, und war froh, wenn es vorbei war. Bislang war stets sie es gewesen, die nicht bei der Sache war, sondern sich in Gedanken weit weg träumte, im Augenblick aber war er ganz offensichtlich mindestens ebenso weit weg.

Suzy ahnte nicht, was in ihm vorging, welche Höllenqualen er innerlich durchlitt, als er sie nach einer Weile derb zur Seite stieß.

Was geschieht mit mir? dachte Kar entsetzt und spürte Panik in sich aufsteigen. Er versuchte sein Versagen auf seine Müdigkeit zu schieben, auf seine Fehlschläge bezüglich A.I.M., darauf, daß er zu abgelenkt war, um sich auf das Beisammensein mit Suzy zu konzentrieren, aber er wußte, daß er sich damit nur selbst etwas vormachte. Die wahren Gründe lagen ganz woanders. Es hing alles mit der Veränderung zusammen, die er geistig und körperlich durchmachte, die ihn langsam aber sicher immer mehr von seiner Menschlichkeit entfremdete, ohne daß er sich diesen Prozeß erklären konnte.

»Hör auf!« stieß er barsch hervor. »Verdammt, du sollst aufhören! Nicht einmal dazu taugst du mehr!«

Suzy Duvall überschlug die Situation blitzschnell in Gedanken. Kar war jähzornig und neigte zu übereilten Aktionen, vor allem wenn etwas nicht nach seinem Willen verlaufen war, um eigene Mißerfolge anderen in die Schuhe zu schieben oder auf die Umstände abzuwälzen. Das ging manchmal so weit, daß er sich in einen Zustand regelrechter Raserei hineinsteigerte und dabei die Kontrolle über sein Handeln verlor.

Diese Gefahr bestand auch jetzt, doch im Augenblick wirkte er eher verunsichert als wütend. Suzy entschloß sich, das für sich auszunutzen und ihm zuvorzukommen.

»Na schön«, sagte sie und stand auf. »Da es mit uns heute wohl ohnehin nichts mehr gibt, kann ich ja gehen. Ich habe in Hongkong noch einiges ...«

»Warte«, fiel Kar ihr hastig ins Wort. Es war kein Befehl, sondern eine Bitte, sonderbar genug für ihn. »Es tut mir leid. Bitte geh jetzt nicht. Leg dich wieder hin.«

Mehr aus Verwunderung, als weil sie es wirklich wollte, kam Suzy seiner Aufforderung nach. Soweit sie sich erinnern konnte, war es das erste Mal, daß Kar sich für etwas entschuldigte. Es zeigte deutlich, wie sehr er innerlich getroffen war.

»Es ist der Fluch«, murmelte er mit heiserer Stimme. Er hob die linke Hand. Jetzt, da er nackt war, konnte Suzy deutlich erkennen, daß sich die unerklärliche Schuppenbildung im Verlauf der letzten ein, zwei Wochen den Arm hinauf fortgesetzt hatte. »Ich weiß nicht, was mit mir geschieht, aber ich ... ich verändere mich. Wenn nicht einmal du es noch schaffst, mich zu ...«

»Du bist übermüdet und durch deine Experimente abgelenkt«, unterbrach ihn Suzy sanft. »Das Streßsyndrom. So etwas passiert jedem einmal, der sich so intensiv der Verwirklichung seiner Pläne widmet, doch das ist völlig natürlich.«

»Nein.« Kar schüttelte den Kopf. »Es ist ein Fluch. Oder vielmehr der Preis, den ich für meine Macht zahlen muß.« Er ließ sich in die Kissen zurücksinken und starrte zur Decke hoch. In diesen Sekunden wirkte er fast wie ein hilfloses Kind. »Ich habe dir nie erzählt, wie ich diese Pyramide hier gefunden habe, nicht wahr?«

Suzy wurde hellhörig. Möglicherweise verriet Kar ihr in seinem labilen Zustand etwas, das ihr später einmal von Nutzen sein konnte.

»Nein, hast du nicht.«

»Ich träume oft davon, beinahe jede Nacht. Vielleicht hilft es etwas, wenn ich es dir erzähle, wenn ich mit jemandem darüber spreche. Hör zu.«

Er schloß die Augen. In Gedanken wanderte er wieder in die Zeit zurück, als er zusammen mit seinen vier Begleitern im Verlauf einer Expedition auf einer winzigen Pazifikinsel, nicht einmal allzu weit von hier entfernt, auf eine ähnliche Pyramide gestoßen war. Er berichtete, wie sie in das Bauwerk eingedrungen waren, wie Torman, Jackson und Lamont dem ausgeklügelten Fallensystem zum Opfer gefallen waren.

Während des Erzählens geriet er in einen fast tranceartigen Zustand. Er durchlebte alles ein weiteres Mal, sah sich noch einmal auf Lamont schießen, um ihn von seinen Qualen zu erlösen, und berichtete, wie er zusammen mit Berger weiter vordrang.

Suzy Duvall hörte aufmerksam zu.

»Komm endlich«, stieß Professor Richard Dean Karney barscher als beabsichtigt hervor.

Berger starrte ihn noch immer entsetzt an, ließ seinen Blick dann kurz zu dem toten Lamont schweifen und schluckte schwer, sagte jedoch nichts.

Sie traten auf die beiden Statuen zu. Mit größtmöglicher Vorsicht untersuchte Karney sie, kratzte schließlich mit der Klinge seines Taschenmessers an einer von ihnen.

»Nicht einmal massiv, nur vergoldet«, stellte er fest. »Und davon haben diese beiden Idioten sich nun verrückt machen lassen. Bei soviel Dummheit haben sie ihr Schicksal wirklich verdient.«

»Richard, bitte!« Bergers Erschütterung hatte sich noch nicht gelegt. »Sie sind tot, also hör auf, so über sie zu sprechen.«

»Warum? Jetzt können sie mich wenigstens nicht mehr mit ihren Rechtfertigungen langweilen.« Professor Karney grinste, auch wenn er in Wahrheit längst nicht so abgebrüht war, wie er sich gab. Es war nur seine Art, mit der Angst fertigzuwerden. »So haben wir es doch im Grunde die ganze Zeit gewollt, nur du und ich. Wir sind die einzigen, die zu würdigen wissen, was wir hier finden werden. Die anderen waren doch nur hinter dem Geld her, und sie kannten das Risiko. Also hör auf, dich wie eine Mimose aufzuführen. Hilf mir lieber, die Statuen zu untersuchen. Ich bin sicher, daß sie einen Öffnungsmechanismus enthalten. Aber vorsichtig.«

»Das brauchst du mir nicht zu sagen.«

Es war tatsächlich Patrick Berger, der den Mechanismus entdeckte, als er die Finger der rechten Statue betastete und feststellte, daß sich einer von ihnen drehen ließ, woraufhin die Tür gemächlich aufschwang. Sofort sprangen die beiden Männer zurück.

Sie wären dennoch zu langsam gewesen, wenn die Falle ordnungsgemäß funktioniert hätte. Eine Klappe öffnete sich in der Decke über ihnen, doch alles, was herauskam, war etwas Staub, der auf sie herabrieselte.

»Da hat wohl irgend etwas die Jahrtausende nicht so gut überstanden«, stellte Karney grinsend fest. »Ich hoffe, das war jetzt die letzte Falle.«

Hinter dem Durchgang begann eine in die Tiefe führende Treppe, an deren Ende sie erneut eine Tür erwartete, die jedoch zur Seite schwang, als Karney auf einen dreieckigen Wandvorsprung drückte.

Sie hatten ihr Ziel erreicht.

Richard Dean Karney wußte es sofort, als er einen Blick in den Raum warf, auch wenn alles völlig anders war, als er es erwartet hatte. Er hatte es absichtlich vermieden, sich allzu genaue Vorstellungen zu machen. Den Aufzeichnungen zufolge, die ihn hierhergeführt hatten, war ihm lediglich klar gewesen, daß diese Pyramide nicht einfach nur irgendein antikes Grab war, das im Inneren mit goldenen Kostbarkeiten vollgestopft war, wie er den anderen gegenüber behauptet hatte, um sie zu ködern. Was er auf dieser Expedition zu finden erhoffte, war weniger Reichtum als vielmehr etwas, das ihm eine ungeheure Macht verlieh. So jedenfalls stand es in den alten Schriften.

Aber das hier …

Was er nun vor sich sah, unterschied sich so grundlegend von der archaischen Ausstattung der Gänge, die sie durchquert hatten, und von der primitiven Art der Fallen, daß in Karney der Verdacht aufkeimte, daß viele davon erst später von den Angehörigen einer wesentlich niedrigeren Kultur eingebaut worden waren.

Alles in dem dreieckigen, nach oben spitz zulaufenden Raum, der eine Kantenlänge von gut zwanzig Metern besaß, erinnerte Karney stark an die mittlerweile so fremdartig und unsinnig anmutenden Labors aus Horror- oder Science-Fiction-Filmen der fünfziger Jahre. Es gab zahlreiche Apparaturen, aber auch viele Arbeitsflächen, die mit auf absonderlichste Art verwinkelten und gebogenen Glaskolben und -röhrchen vollgestellt waren.

Beleuchtet wurde der Raum durch ein geisterhaftes, leicht grünliches Licht, für das keine Quelle erkennbar war. Es schien direkt aus den Wänden zu sickern.

»Mein Gott«, flüsterte Berger, als hätte er Angst davor, laut zu sprechen. »Was ist das hier?«

Von irgendwelchen Grabkammern war nichts zu bemerken, ebensowenig von Schätzen aus Gold oder Edelsteinen. Nichts von dem, was sie sahen, wirkte sonderlich wertvoll. Alles machte den Eindruck, als wäre das Labor erst vor kurzer Zeit verlassen worden. Dennoch war Karney nicht enttäuscht, im Gegenteil. Der gute Zustand, in dem sich alles befand, übertraf sogar noch seine Erwartungen.

»Das ist der Schlüssel zur Macht«, erwiderte er aufgeregt. »Das technische Erbe einer jahrtausendealten Hochkultur. Und alles ist so gut konserviert, daß man es vielleicht von heute auf morgen wieder in Betrieb nehmen könnte.«

Berger sah ihn verständnislos an. »Du willst … *was*?« keuchte er. »Niemand kann sagen, was passiert, wenn wir irgend etwas anrühren. Wer weiß, was für Experimente hier einst angestellt wurden.«

»Wir werden es herausfinden. Sie werden schon nicht prähistorische Atombomben entwickelt haben, die wir nun zünden.«

»Woher willst du das wissen?« ereiferte sich Berger. »Das hier hat mit ein bißchen Grabräuberei nichts mehr zu tun. Mein Gott ... es existieren schon lange Vermutungen, daß es schon einmal eine Hochkultur auf der Erde gegeben hat, aber das waren alles nur ... Vermutungen eben. Das hier ...« Er machte eine hilflose Geste.

»Das hier ist der Beweis, daß diese Theorien richtig sind«, entgegnete Karney. »Und wir haben ihn gefunden! Siehst du denn nicht die Chance, die sich uns bietet?«

»Aber es ist zu gefährlich! Wir können nicht einfach mit diesen Dingen herumspielen. Hier müssen Spezialisten ans Werk, Techniker, Naturwissenschaftler ...«

»Ich *bin* Naturwissenschaftler«, erinnerte Karney. Ein fanatischer Glanz überzog seine Augen. »Und ich denke nicht daran, die Geheimnisse dieser Kultur anderen zu überlassen. Möglicherweise hat man hier wirklich einst Waffen entwickelt. Wenn, dann werden wir es herausfinden und uns diese Erkenntnisse zunutze machen.«

»Du ... du hast ja völlig den Verstand verloren«, zischte Berger. Er packte Karney an den Aufschlägen seines Tropenanzuges. »Wir werden nichts von alldem hier anrühren. Ein paar alte Kultstätten ausräumen – okay, da bin ich dabei. Aber das hier ist mir zu brisant. Wenn wir diesen Fund melden, werden wir in jedem Fall reich.«

Mit einem Ruck streifte Karney die Hände seines Begleiters ab.

»Du bist ein Narr, Patrick«, stieß er hervor. »Diese Entdeckung ist vielleicht der bedeutendste archäologische Fund, der je gemacht wurde. Er könnte die Welt verändern, uns zu grenzenlosem Reichtum und Macht verhelfen. Und das willst du einfach wegwerfen? Ohne mich, mein Lieber. Notfalls ...«

Er sah Bergers Hieb kommen, und es bereitete ihm keinerlei Mühe, der heransausenden Faust auszuweichen. Gleich darauf rammte er Berger das Knie in den Magen. Der Mann krümmte sich zusammen. Karney packte ihn an den Haaren und riß seinen Kopf hoch. Dann versetzte er seinem Begleiter zwei wuchtige Kinnhaken.

Erst nach dem zweiten Schlag verdrehte Berger die Augen und sackte bewußtlos in sich zusammen. Karney blickte mitleidlos auf ihn herab und massierte seine Fingerknöchel.

»Narr!« murmelte er noch einmal, dann begann er damit, sich genauer umzusehen.

Die meisten technischen Geräte waren ihm völlig fremd. Es gab mehrere walzenförmige Aggregate und Bedienungsflächen, die zwar auch einige Knöpfe und Schalter aufwiesen, in erster Linie jedoch mit fremdartigen Schriftzeichen übersät waren. Probeweise strich Karney mit den Fingern über einige der Symbole und schrak zusammen, als eines der Geräte mit leisem Brummen zum Leben erwachte. Die Symbole waren nicht nur Beschriftungen, sondern selbst Bedienungselemente.

Karney wandte sich den Arbeitsflächen zu. Die sonderbar geformten Glasgefäße deuteten auf chemische Experimente hin. Diese entsprachen zwar eher seinem Wissensgebiet, dennoch blieben ihm die Anordnungen ein Rätsel. Es würde Wochen, Monate, vielleicht Jahre dauern, sich in diese Technologie einzuarbeiten, erkannte er. Ein Erfolg aber würde den Aufwand lohnen.

Es erschien ihm kaum vorstellbar, daß all dies bereits Jahrtausende alt sein sollte. Schon seine äußerst flüchtige Untersuchung zeigte ihm deutlich, daß die Erbauer dieser Anlage der Menschheit des zwanzigsten Jahrhunderts in wissenschaftlicher Hinsicht nicht weit nachgestanden hatten, ihr auf manchen Gebieten möglicherweise sogar überlegen gewesen waren.

Eine ungeheure Erregung packte Karney, und er vergaß alles um sich herum. Fast wahllos hastete er umher, besah sich alle Errungenschaften dieser jahrtausendealten Wissenschaft, ohne die Geduld aufzubringen, die einzelnen Apparaturen einer eingehenderen Betrachtung zu unterziehen. Dazu würde er später noch Zeit genug haben.

Auf einem der Tische entdeckte er Aufzeichnungen. Es handelte sich nicht um Papier, sondern um ein Material, das an dünne Metallfolie erinnerte, aber wesentlich weicher war, sich fast wie eine Mischung aus Pergament und Stoff anfühlte. Einige der Schriftzeichen kannte Karney bereits von den Schriftrollen her, die ihn überhaupt erst auf die Spur dieser Pyramide geführt hatten.

An anderer Stelle fand er ein paar unterschiedlich große Metallbehälter. Er konnte nicht widerstehen, sie zu öffnen. In einem großen Kasten entdeckte er einige wurmähnliche Geschöpfe. Sie waren zwar tot, aber so gut konserviert, daß sie nicht zu Staub zerfallen waren. In anderen Behältern befanden sich verschiedene Pulver und Flüssigkeiten. Auch sie würde er später einer genaueren Untersuchung unterziehen.

Karney war so vom Forschungseifer besessen, daß er nicht bemerkte, wie Patrick Berger das Bewußtsein wiedererlangte und sich hinter ihm aufrichtete. Erst als er einen Behälter mit Flüssigkeit, an dem er gerade gerochen hatte, wieder zuschrauben wollte, nahm er auf der glänzenden Oberfläche des Metalls die Spiegelung einer Bewegung wahr.

Erschrocken fuhr er herum. Dabei schwappte etwas von der Flüssigkeit über und benetzte seine linke Hand.

Berger stand nur mehr einen Schritt hinter ihm. Er hatte eines der armlangen Brecheisen gepackt und schwang es über dem Kopf.

Karney reagierte blitzschnell. Seine einzige greifbare Waffe war der unverschlossene Metallbehälter.

Er traf Berger an der Stirn. Die auslaufende Flüssigkeit rann dem Archäologen über das Gesicht und in die Augen.

Berger schrie gellend auf und stolperte zurück. Blind taumelte er gegen eines der walzenförmigen Aggregate, fiel nach vorne und rammte dabei die Spitze des Brecheisens in das Bedienungselement.

Im nächsten Moment brach die Hölle los.

Funken sprühten knisternd aus dem Gerät hervor und rasten an dem Brecheisen und Bergers Armen empor. Es mußte sich um ungeheure Energien handeln, denn der gesamte Körper des Mannes wurde in eine bläuliche Aura gehüllt, die seine Konturen nachzeichnete.

Bergers Schreie brachen ab. Er bäumte sich auf und strampelte wild mit den Beinen, ohne sich von der Maschine lösen zu können.

Entsetzt wich Karney zurück.

Der Todeskampf seines früheren Freundes dauerte nur wenige Sekunden, doch ihm kamen sie wie eine halbe Ewigkeit vor. Dann zerriß ein greller Überschlagblitz das gesamte Aggregat, schlug in Bergers Körper ein und ließ ihn wie eine Fackel auflodern. Er war bereits tot, noch bevor er zu Boden stürzte.

Die Gefahr aber war noch nicht vorbei.

Brennende Trümmer des Aggregats hatten sich über den halben Raum verteilt, zum Teil weitere Maschinen beschädigt. Es grenzte an ein Wunder, daß Karney nicht verletzt worden war. Eine Reihe kleinerer Explosionen erschütterten die Halle. Auch tiefer im Inneren der Pyramide dröhnte etwas. Der Boden bebte merklich.

Ein greller Sirenenton gellte auf, offenbar ein Alarmsignal. Einige Wandteile verschoben sich, glitten lautlos und wie von Geisterhand bewegt zur Seite. Dahinter wurden Rohre sichtbar. Wasser strömte aus ihnen hervor und breitete sich auf dem Boden aus.

Fassungslos mußte Richard Karney mitansehen, wie sich der Traum seines Lebens vor seinen Augen in Feuer und Rauch auflöste. Aber er erkannte auch die Gefahr. Es war gleichgültig, ob das hereinströmende Wasser nur die Brände ersticken sollte, oder ob es sich um einen Selbstzerstörungsmechanismus der Anlage handelte. Wenn es ihn erreichte und mit den stromführenden Leitungen in Kontakt kam, würde er ebenso gegrillt werden wie Berger.

Blindlings raffte Karney die Aufzeichnungen und einige der Behälter an sich und begann zu rennen. Er wußte später selbst kaum noch, wie er es schaffte, die Pyramide zu verlassen. Immer wieder erschütterten Explosionen den Boden, und hinter sich hörte er außer dem Prasseln der Flammen auch das bedrohliche Gurgeln des Wassers, das in rasendem Tempo höher stieg und sich in die Gänge ergoß.

Entweder gab es keine weiteren Fallen mehr außer denen, die seine Begleiter bereits beim Eindringen in das Bauwerk ausgelöst hatten, oder sie waren durch die Zerstörungen im Herzen der Pyramide lahmgelegt worden. Karney hätte keine Chance gehabt, sie rechtzeitig zu erkennen und zu umgehen. Er verschwendete nicht einmal einen Gedanken daran, sondern rannte wie von Furien gehetzt.

Irgendwann erreichte er den Ausgang und taumelte ins Freie. Mit letzter Kraft schleppte er sich zu dem Motorboot und ließ den Motor an.

Als die letzte große Explosion erfolgte, war er bereits mehr als eine Meile von der Insel entfernt. Dennoch hatte er das Gefühl, seine Trommelfelle würden platzen.

Hinter ihm wuchs eine Glutwolke in die Höhe, die den Himmel selbst zu verschlingen schien.

Wenn dies ein Traum war, war er unvermutet in einen gräßlichen Alptraum umgeschlagen. Aber Kevin glaubte längst nicht mehr an diese Erklärung. Irgend etwas Unfaßbares war in dem Kornfeld mit Susan und ihm geschehen. Sie befanden sich tatsächlich in der Vergangenheit, daran zweifelte er nun nicht mehr, auch wenn seine Vorstellungskraft nicht ausreichte, eine Erklärung dafür zu finden.

Man hatte Susan, Thomas und ihn gefesselt und unsanft auf einen leeren Heuwagen geworfen, der von zwei Pferden gezogen wurde. Seither waren sie unterwegs.

Ghorlwin, der Druide, führte den kleinen Prozessionszug auf seinem Pferd an, dann folgte der Heuwagen, und den Abschluß bildeten die Männer, die sie überwältigt hatten. Diese gingen zu Fuß, weshalb der Zug nur langsam vorwärtskam. Es war inzwischen ganz dunkel geworden, und die Männer hatten Fackeln entzündet.

Kevin war es, als hätte sich ein Schleier in seinem Kopf gelüftet. Unterschwellig hatte er die ganze Zeit über die Wahrheit geahnt, diese aber verdrängt. Vielleicht war es eine instinktive Reaktion seines Unterbewußtseins gewesen, alles als einen Traum abzustempeln, um nicht den Verstand zu verlieren. Nun jedoch konnte er die Realität nicht mehr länger leugnen.

Er kannte viele Arten von Angst: die Angst, allein zu Hause in den Keller hinunterzusteigen, die Angst vor schlechten Zensuren, die Angst vor einigen der Schläger aus den höheren Klassen, die ihn schon ein paarmal verprügelt hatten.

Nichts davon aber reichte an das abgrundtiefe Entsetzen heran, das er jetzt verspürte. Seine ganze Welt war aus den Fugen geraten, er hatte das Gefühl, als hätte sich jäh der Boden unter ihm geöffnet und ihn verschlungen.

Auch Susan war es ähnlich ergangen. Anfangs hatte sie geweint, aber seit gut einer Stunde kauerte sie nur noch apathisch in einer Ecke des Wagens und starrte teilnahmslos vor sich hin. Sie hatte einen Schock erlitten und nahm gar nicht mehr wahr, was um sie herum vorging.

Ein paarmal hatte Kevin versucht, mit Thomas zu reden, aber der Heiler hatte auf seine Fragen nicht geantwortet, sondern immer wieder nur wie in Trance beteuert, wie leid es ihm täte, daß sie durch seine Schuld in das Geschehen verwickelt worden wären.

Sie waren schon ziemlich lange unterwegs, auch wenn es Kevin schwerfiel, in seinem Kokon aus Entsetzen und eisiger Furcht die Zeit zu schätzen.

Opfer! hallte es immer wieder durch seinen Kopf. *Menschenopfer!*

Schließlich schälte sich aus der nur vom Mond beschienenen Dunkelheit vor ihnen eine Art Bauwerk heraus, konzentrische Ringe aus gewaltigen Steinquadern.

Die Megalithen von Stonehenge.

Das Ziel ihrer Reise.

Zu Oake Dùn gehörten auch eine Reihe Stallungen, die ein kleines Stück abseits der eigentlichen Festung lagen, dicht am seitlichen Rande der Felskuppe. Die früheren Herren des Schlosses hatten umfangreiche Viehzucht betrieben. Davon waren mittlerweile nur noch einige Ziegen, rund achtzig Schafe und zwanzig Zuchtpferde übrig geblieben.

Ian Sutherland beschäftigte eigenes Personal, das sich um die Tiere kümmerte, doch Connor kam häufig hierher, wenn es auf Oake Dùn keine dringenden Arbeiten für ihn zu erledigen gab. Dies war einer der Punkte, in denen er sich gründlich vom Klischeebild eines britischen Butlers unterschied. Er konnte sich vornehm und äußerst distinguiert verhalten, aber er machte sich lieber mit harter Arbeit die Hände schmutzig, als mit Silbertabletts und antiken Teekannen zu jonglieren.

Einst war er als Stallbursche in Sutherlands Dienste getreten, und wenngleich er sich innerhalb weniger Jahre hochgearbeitet hatte, waren die Ställe immer noch einer seiner Lieblingsplätze geblieben. Er liebte Tiere, vor allem Pferde, und verbrachte soviel Zeit wie irgend möglich mit ihnen – manchmal sehr zum Leidwesen des jetzigen Stallburschen, der vor ein paar Jahren seine Nachfolge angetreten hatte und sich von Connor ständig beobachtet fühlte. Schon mehr als einmal hatte ihn Connor bei Nachlässigkeiten ertappt, ohne jedoch etwas zu verraten, denn grundsätzlich verrichtete der Bursche seine Arbeit recht zufriedenstellend. Wenn es um die Pferde ging, gab es allerdings nur einen Menschen, dem Connor vollauf vertraute, und das war er selbst.

Auch an diesem Tag hielt er sich wieder einige Zeit in den Ställen auf. Pierre Leroy war schon den ganzen Tag zu Forschungen unterwegs, und gegen Mittag war auch Sutherland in Begleitung seiner beiden Gäste von der Yale-Universität mit dem Helikopter ausgeflogen.

Connor tätschelte den Hals eines der Zuchtpferde. Zu seinem Bedauern würde es voraussichtlich schon in den nächsten Wochen auf einer Auktion versteigert werden.

Ein Schrei ließ ihn jäh aufschrecken.

Connor erkannte Patricks Stimme. Der Stallbursche hatte wie meist bei Connors Eintreffen den Stall verlassen, um eine Pause zu machen und irgendwo in Ruhe eine oder auch mehrere Zigaretten zu rauchen.

Mit wenigen Schritten war Connor beim Stalltor. Er schirmte die Augen mit einer Hand ab und blinzelte in das grelle Licht der Nachmittagssonne.

Patrick stand ein Stück entfernt unmittelbar am Rand der Klippen.

Er war nicht allein. Ein Asiate, allem Anschein nach ein Japaner, klammerte sich mit den Händen am Klippenrand fest und versuchte, sich über die Kante zu schwingen. Patrick hingegen bemühte sich nach Kräften, dies zu verhindern.

Er war ein kräftiger, zäher Bursche von gerade erst dreiundzwanzig Jahren, doch es war unverkennbar, daß er auf verlorenem Posten kämpfte. Trotz seiner ungünstigen Position bewegte sich der Japaner unglaublich schnell.

Mit einemmal hielt er ein Messer in der Hand und stach damit nach den Beinen des Stallburschen. Patrick wich zurück, und diesen Moment nutzte der Japaner, sich vollends über die Kante zu ziehen. Er trug einen eng anliegenden Pullover und eine elastische Hose, die ihm völlige Bewegungsfreiheit ermöglichte. Mit einer eleganten Rolle kam er auf die Beine.

Patrick schlug nach ihm, doch der Japaner wich dem ersten Schlag aus, blockte den zweiten ab und verdrehte das Handgelenk des Jungen mit spielerisch aussehender Leichtigkeit in einen so unmöglichen Winkel, daß Connor sich einbildete, selbst auf die Entfernung das Brechen des Knochens zu hören.

»Nein!« brüllte der Butler. Alles ging viel zu schnell, als daß er hätte eingreifen können. Nun aber lief er los, auf die Kämpfenden zu.

Der Japaner beachtete ihn nicht. Er versetzte Patrick einen Handkantenschlag seitlich gegen den Hals und gleich darauf einen Tritt gegen die Brust, der den Jungen mit Wucht über die Klippe schleuderte. Patrick war durch den Handkantenschlag gelähmt oder sogar betäubt, so daß er nicht einmal schrie, als er in die Tiefe stürzte.

Entsetzt hatte Connor alles mitansehen müssen. Das war kein Kampf mehr, sondern kaltblütiger Mord! Der Junge hatte keine Chance gehabt und war längst besiegt gewesen. Ihn umzubringen war vollkommen unnötig.

Etwas in Connor rastete aus. Er ließ sich von seiner aufwallenden Wut nicht dazu verleiten, Amok zu laufen und sich blindlings auf den Japaner zu stürzen, wie viele andere es vermutlich getan hätten. Statt dessen wandelte er seine Wut in Energie um und verdrängte alle anderen Emotionen.

Im Laufen packte Connor eine Mistgabel, die an der Seitenwand des Stalls lehnte. Eine erbärmliche Waffe, aber besser als gar keine. Sein Gegner war ein ausgebildeter Kämpfer, das verrieten das Tempo und die Geschmeidigkeit seiner Bewegungen. Und er war völlig skrupellos. Bei einem Kampf mit ihm würde sich der geringste Fehler als tödlich erweisen.

Connor fragte sich, was der Unbekannte wollte und woher er so plötzlich gekommen war. Die erste Frage war im Moment nebensächlich. Es zählte nur, daß die Absichten des Mannes mit Sicherheit nicht freundlicher Natur waren.

Was sein unerwartetes Auftauchen betraf, so hatte Connor ihn deutlich über die Kante der Klippe klettern gesehen, und es war kaum anzunehmen, daß der Typ sich vorher dort versteckt hatte.

Er mußte geradewegs die Steilwand heraufgeklettert sein! Noch vor wenigen Minuten hätte es Connor rundheraus abgestritten, daß dies überhaupt möglich war, doch nun sah er den lebenden Gegenbeweis vor sich. Wenn es sich tatsächlich so verhielt, mußte der Japaner nach dieser unvorstellbaren Kraftleistung ziemlich erschöpft sein und konnte mit Sicherheit nicht mehr mit der gewohnten Kraft und Geschmeidigkeit kämpfen. Wahrscheinlich hatte er vorgehabt, sich nach dem Aufstieg erst eine Verschnaufpause zu gönnen, was ihm nun nicht mehr möglich war und ein großes Handikap darstellte. Selbst jemand mit noch so großer Körperbeherrschung konnte verkrampfte, ausgelaugte Muskeln nicht dazu bringen, so zu funktionieren, als wäre gar nichts gewesen.

Das schien auch dem Japaner bewußt zu sein. Offenbar hatte er sich darüber hinaus über Connor informiert. Jedenfalls legte er es nicht auf einen offenen Kampf an. Er ließ das Messer fallen und griff statt dessen nach einer Pistole, die in einem Halfter an seinem Gürtel steckte.

Connors Rechnung jedoch ging auf. Die verkrampften, zerschundenen und blutigen Finger des Japaners versagten ihm bei so einer Feinarbeit wie dem Öffnen der Verschlußlasche am Halfter fast den Dienst.

Als er die Pistole endlich herausgeholt hatte, war Connor bereits bei ihm. Auch er gönnte sich nicht den Luxus von Skrupeln. Der Mord an Patrick und der Griff zur Pistole zeigten deutlich, daß der Fremde nicht auf eine Verständigung aus war.

Entschlossen stach Connor mit der Mistgabel nach dem Arm des Japaners. Zwar gelang es dem Mann, den spitzen Zinken auszuweichen, doch hatte er die Waffe noch nicht richtig gepackt, so daß sie seinen Fingern entglitt und ins Gras fiel.

Wieder stach Connor zu, doch diesmal hatte er seinen Gegner unterschätzt. Der Japaner wich dem Stoß nicht nur wie erwartet aus, sondern drehte sich dabei auch gleichzeitig Connor entgegen. Er packte die Zinken der Mistgabel und zerbrach den hölzernen Stiel mit einem gezielten Stoß seines Ellbogens. Connor behielt nur ein knapp armlanges Stück in den Händen zurück.

Immerhin, in den Händen eines Mannes, der damit umzugehen vermochte, stellte auch das noch eine gefährliche Waffe dar. Vor allem eine wesentlich handlichere als die gesamte klobige Mistgabel. Und Connor konnte mit Waffen umgehen, wie er sich auch waffenlos zu verteidigen wußte, da er mehrere asiatische Kampfsportarten beherrschte. Nicht umsonst fungierte er nicht nur als Butler, sondern trotz seiner mittlerweile neunundvierzig Jahre auch als Leibwächter für Ian Sutherland.

»Zum Teufel, was soll das?« unternahm Connor doch noch einen Versuch, die Angelegenheit friedlich zu klären. »Wer sind Sie, und was wollen Sie?«

Er bekam keine Antwort. Das Gesicht des Japaners blieb maskenhaft starr.

Lauernd umkreisten Connor und sein Gegner sich. Keiner wollte den ersten Angriff führen und dem anderen damit Gelegenheit zum Kontern geben.

Aber Connor befand sich diesbezüglich in der schlechteren Position. Die Zeit arbeitete für den Japaner. Mit jeder verstreichenden Sekunde hatte er Gelegenheit, sich zu erholen. Schon aus diesem Grund würde er nicht von sich aus angreifen. Connor blieb nichts anderes übrig, als selbst die Initiative zu ergreifen.

Er täuschte einen Angriff mit der Rechten an, in der er den Stiel hielt, und stieß gleich darauf die linke Faust vor. Der Japaner entging dem Schlag durch eine rasche Drehung und konterte mit einem Tritt.

Darauf hatte Connor nur gewartet. Es gelang ihm, das Bein des Fremden abzufangen und festzuhalten. Bevor er aus dieser Situation jedoch Kapital schlagen konnte, sprang der Japaner hoch, trat mit dem freien Bein nach Connors Gesicht und befreite sich durch eine Rolle rückwärts in der Luft.

Connor schnappte nach Luft. Der Tritt hatte seinen Kopf nur gestreift, doch der gräßliche Schmerz, der durch seine linke Schläfe raste, ließ ihn leicht benommen zwei Schritte zurückweichen.

Der Japaner erkannte Connors Schwäche sofort und setzte

nach. Er deckte seinen Gegner mit einer ganzen Kombination von Schlägen und Tritten ein, die diesen immer weiter zurücktrieben, bis es dem Butler schließlich gelang, mit dem Stiel der Mistgabel einige weitausholende Hiebe zu führen, die ihm etwas Luft verschafften, auch wenn er seinen Gegner nicht traf.

Erneut belauerten sie sich gegenseitig.

Connor wußte genau, daß der gesamte bisherige Kampf nur ein Vorgeplänkel gewesen war, ein gegenseitiges Abtasten. Die Darstellung von Kämpfen zwischen zwei oder gar mehreren kampfsporterfahrenen Feinden in fernöstlichen Kung-Fu-Filmen war zwar publikumswirksam, aber im höchsten Grade unsinnig.

Sobald es hart auf hart kam, würde es keinen langen Schlagabtausch geben, sondern nur ein einziges entscheidendes Aufeinandertreffen mit Kombinationen von tödlichen Schlägen und Tritten auf beiden Seiten. Einer von beiden würde die Deckung des anderen durchbrechen, und damit wäre der Kampf entschieden.

Connor verbannte jeden störenden Gedanken aus seinem Kopf, konzentrierte sich zu hundert Prozent auf seinen Gegner und dessen Bewegungen. Der Japaner war ein absoluter Nahkampfprofi, dem er unter normalen Umständen nicht annähernd gewachsen wäre, auch wenn er selbst alles andere als schlecht war. Aber wie er gehofft hatte, hatte der Japaner Schwierigkeiten mit seinen überstrapazierten Muskeln. Nur diesem Umstand verdankte es Connor, daß er überhaupt noch lebte.

Erneut griff er an, um dem Fremden keine Gelegenheit zur Regeneration seiner Kräfte zu geben. Obwohl er selbst einige harte Treffer einstecken mußte, gelang es Connor, mit dem Holzstiel einen harten Schlag gegen die rechte Schulter des Japaners zu führen, der dessen Arm nahezu lähmte. Dennoch gab der Unbekannte keinen Laut von sich.

Im gleichen Moment erkannte Connor, daß die Zeit des gegenseitigen Abtastens vorbei war. Er hatte seinen Gegner in

Bedrängnis gebracht und einen kleinen Vorteil für sich herausgeschunden. Dem Japaner blieb gar nichts anderes übrig, als alles auf eine Karte zu setzen.

Zwei Faustschlägen und einem Handkantenhieb konnte Connor ausweichen, indem er blitzschnell zurücksprang, aber dabei geriet er gefährlich nahe an den Rand der Klippen.

Ungestüm schlug er mit dem Holzstock zu, doch der Japaner unterlief seinen Hieb und versetzte ihm einen Tritt gegen den Oberschenkel.

Connors linkes Bein knickte weg. Es gelang ihm nicht, das Gleichgewicht zu halten. Plötzlich befand sich unter ihm nur noch ein mehr als hundert Meter tiefer Abgrund.

Instinktiv ließ Connor das Holzstück fallen, streckte die Arme aus und klammerte sich an der Felskante fest. Ein harter Ruck ging durch seine Schultern, doch es gelang ihm, sich zu halten.

Wenigstens für den Moment.

Mit ausdruckslosem Gesicht beugte sich über ihm der Japaner über die Kante.

Tom Ericson erlangte das Bewußtsein zurück, als jemand ihn kräftig an der Schulter rüttelte. Als er die Augen aufschlug, sah er Gudruns Gesicht dicht über sich.

»Endlich«, sagte die Anthropologin erleichtert. »Ich dachte schon, du würdest gar nicht mehr aufwachen.«

Tom richtete sich auf und schaute sich um. Sie befanden sich auf einer Wiese. Es war Nacht geworden; der fast volle Mond strahlte vom Himmel herab. Weder von Sutherland noch von dem Kornfeld, in dem das bläuliche Wabern sie eingehüllt und betäubt hatte, war etwas zu entdecken. Dafür aber fiel das fahle Mondlicht auf eine Anordnung riesiger Megalithen nicht weit von ihnen entfernt – die gleichen Megalithen, die Tom schon zuvor visionsartig gesehen hatte. Jetzt aber konnte er sie klar erkennen. Es handelte sich um eine Anlage aus mehreren einander umschließenden Ringen von

Steinblöcken, die im Mondlicht geisterhaft silbrig schimmerten.

»Was …«

»Stonehenge«, sagte Gudrun. »Aber jetzt frag mich nicht, wie wir hierherkommen. Das weiß ich so wenig wie du.«

Tom starrte die Megalithen an. Die Silhouette der hufeisenförmigen Anlage mit den Toren im äußeren Kreis war unverkennbar. Es handelte sich zweifelsfrei um Stonehenge in England, mehr als vierhundert Meilen südlich von Oake Dùn.

»Ich … begreife das nicht«, murmelte er fassungslos.

»Wäre bei dir ja auch ein Wunder«, gab Gudrun spitz zurück.

Ericson schüttelte den Kopf, ging aber nicht auf ihre Worte ein. Es war typisch für Gudrun Heber, daß sie selbst in einer solchen Situation ihren Sinn für ironische Bemerkungen nicht verlor.

Irgend etwas stimmte hier ganz gewaltig nicht. Wer sollte ein Interesse daran haben, sie während ihrer Bewußtlosigkeit über Hunderte von Meilen zu transportieren, um sie dann hier achtlos liegenzulassen?

Es war die bei aller Unlogik einzig vernünftige Erklärung, aber Tom spürte instinktiv, daß es nicht so gewesen war. Die Tatsache, daß er die Megalithen bereits vor seiner Bewußtlosigkeit gesehen hatte, sprach dagegen. Zu diesem Zeitpunkt waren sie nicht real gewesen – was sie jetzt ganz ohne Zweifel waren –, aber er hatte sie gesehen, daran gab es nichts zu rütteln.

»Wie lange bist du schon wach?« erkundigte er sich.

»Ein paar Minuten«, antwortete Gudrun. »Vorausgesetzt, ich bin überhaupt wach und träume das nicht bloß alles. Seither habe ich versucht, dich zu wecken.«

Tom sah etwas neben sich im Gras funkeln und griff danach. Es handelte sich um das Kristallauge, das ihm offenbar während der Ohnmacht aus den Fingern geglitten war. Wer – oder was – auch immer sie hierher transportiert hatte,

hatte auch das Auge mitgebracht. Es zeigte keine Spuren von Leben, war grau und glanzlos.

»Kannst du uns sagen, was das alles zu bedeuten hat?« wandte Tom sich an den Kristall. Er rechnete nicht wirklich damit, Antwort zu bekommen. Obwohl das Auge bereits seit einiger Zeit in seinem Besitz war, konnte er sich nicht daran gewöhnen, daß der Kristall eine eigene, bizarre Form von Leben beherbergte und fähig war, mit ihm zu kommunizieren.

Zu seiner Überraschung glomm ein rötlicher Funken in dem Auge auf.

Magnetfelder, hörte er die gedankliche Stimme in seinem Kopf. Sie schien aus weiter Ferne zu kommen und war kaum verständlich. *Transport über … Magnetfelder der Erde. Stonehenge … eines der Zentren … Störimpulse … Raum und Zeit … Druide … Sichel …*

Die ohnehin leise Stimme wurde gegen Ende immer schwächer und verstummte schließlich. Tom verstaute den Kristall wieder im Lederbeutel und runzelte die Stirn. Er konnte sich nur einen vagen Reim auf das machen, was er gehört hatte. Anscheinend waren Gudrun und er in den Wirkungsbereich irgendwelcher Magnetfelder geraten, die in der Lage waren, Materie – und damit wohl auch Menschen – über größere Entfernungen zu transportieren. Dabei waren irgendwelche Störimpulse wirksam geworden.

Was Tom Ericson aber am meisten beunruhigte, war die Bemerkung über Zeit und Raum. Bevor er jedoch weiter darüber nachdenken konnte, ergriff Gudrun plötzlich seinen Arm.

»Jemand kommt«, raunte sie ihm leise zu.

Auch Tom sah nun nicht weit entfernt den Lichtschein von Fackeln. Es mußte sich um eine größere Menge von Menschen handeln, bestimmt ein Dutzend, die sich Stonehenge in gerader Linie näherten.

Solange er nicht wußte, was die Fremden vorhatten, hielt er es für besser, sich ihnen nicht offen zu zeigen. Andererseits wollte er aber auch nicht fliehen, sondern mehr über die Absicht der Leute herausfinden, da er sich nicht vorstellen konnte, daß es Gudrun und ihn rein zufällig gerade hierher verschlagen hatte.

Er schaute sich nach einem Versteck um, doch die ebene Wiese bot keinerlei Deckung. Sie konnten sich höchstens flach zu Boden werfen und darauf hoffen, im Gras nicht entdeckt zu werden. Das aber war ein höchst zweifelhafter Schutz. Im Moment verbarg sich der Mond hinter einer Wolke, doch sobald diese weiterzog, würde es wieder hell genug sein, daß man sie leicht entdecken könnte.

Aber es gab noch eine andere Möglichkeit, getreu Toms Motto, daß Frechheit oftmals die größten Erfolgsaussichten bot.

»Zu den Megalithen«, stieß er hervor. »Sie sind groß genug, daß wir uns dahinter verbergen können.«

Geduckt eilten sie auf den äußeren der Steinkreise zu. Hier konnte man sie höchstens finden, wenn sie sich durch eigene Unvorsichtigkeit verrieten, oder wenn jemand ganz gezielt die Anlage umrundete und absuchte.

Als die seltsame Prozession näher herangekommen war, erkannte Tom, daß an der Spitze des Zuges ein alter Mann mit schlohweißem Haar ritt. Dahinter rollte ein von Pferden gezogener Wagen, gefolgt von den Männern mit den Fackeln. Auf dem Wagen befanden sich weitere Menschen, doch wurden sie durch die seitlichen Verstrebungen des Gespanns weitgehend verdeckt.

Toms Blicke wurden fast magisch von dem schwarzgekleideten Mann mit den weißen Haaren angezogen. Im Gürtel des Unbekannten steckte eine Sichel, die einschließlich des Griffs aus purem Gold zu bestehen schien.

»Ein Druide«, murmelte Ericson. Das Auge hatte von einem Druiden und einer Sichel gesprochen. Auch einige der Piktogramme waren in Form einer Sichel entstanden. Es mußte eine Verbindung bestehen. Soweit er aus der Überlieferung (und aus der Lektüre von ›Asterix‹) wußte, hatten die keltischen Druiden weiße Gewänder getragen. Möglicherweise hatte die schwarze Kleidung dieses Mannes eine besondere Bedeutung.

Im Zentrum des inneren Kreises der Anlage verharrte die Prozession. Der Druide schwang sich mit einer für sein Alter erstaunlich geschmeidigen Bewegung vom Pferd.

»Bringt die Gefangenen!« befahl er. Tom und Gudrun konnten seine Stimme deutlich hören. Sie befanden sich kaum mehr als ein Dutzend Meter von ihm entfernt. Nur äußerst vorsichtig spähten sie um die Kante des Megalithen, um alles zu beobachten, ohne selbst entdeckt zu werden.

Die Männer rammten ihre Fackeln in den Boden oder klemmten sie in kleine Ritzen der Steine. Dann zerrten sie eine der Gestalten vom Wagen herunter. Es handelte sich um einen etwa dreißigjährigen Mann. Die Hände waren ihm auf den Rücken gefesselt, die Fußgelenke durch eine lockerere Schnur ebenfalls zusammengebunden, die es ihm ermöglichte, aus eigener Kraft zu stehen und kleine Schritte zu machen, eine Flucht jedoch vereiteln würde.

»Um Himmels willen, Tom«, keuchte Gudrun leise. »Sie wollen ihn ermorden. Das … das soll eine Opferung werden, wie es sie in früheren Zeiten gegeben hat. Ein Menschenopfer! Wir müssen etwas tun!«

»Und was?« gab er ebenso leise gepreßt zurück. Im Gegensatz zur landläufigen Meinung hatten Menschenopfer nicht zwingend notwendig zum Druidenkult gehört, aber sie waren vorgekommen. »Die nächste Stadt liegt Meilen entfernt. Bis wir dort sind und die Behörden verständigt haben, ist hier längst alles vorbei.«

»Aber …«

Sie verstummte, als zwei weitere Personen von dem Wagen gezerrt wurden. Ebenso wie Tom erkannte sie die beiden sofort. Vor wenigen Stunden erst hatten sie die Dunham-Kinder im Krankenhaus gesehen. Bei den Gefangenen handelte es sich eindeutig um Susan und Kevin Dunham. Sie waren völlig apathisch, schienen vor Angst wie gelähmt zu sein.

»Das … das ist unmöglich«, hauchte Tom. »Die beiden befinden sich im Krankenhaus! Irgend etwas stimmt hier nicht!«

Raum und Zeit wiederholte er in Gedanken die Worte des Auges.

Er fuhr mit den Händen über den Megalithen, hinter dem sie sich verbargen. Er war schon mehrmals in Stonehenge gewesen und begriff nicht, wieso es ihm nicht schon längst aufgefallen war. Die Oberfläche des Steins war verwittert, aber bei weitem nicht so stark, wie er es in Erinnerung hatte.

Für einen Moment schloß er die Augen und rief sich mit aller Konzentration die genaue Anordnung der Steine ins Bewußtsein.

Seine Erinnerungen stimmten nicht mit dem überein, was er jetzt sah. Die Veränderungen waren minimal, aber sie waren vorhanden. Der äußere Steinring war an seiner oberen Kante einst durch eine Abdeckung abgeschlossen worden, wodurch der torähnliche Eindruck entstanden war. Die meisten dieser Verbindungsstücke waren im Laufe der Zeit herabgestürzt, aber Tom war sicher, daß einige dieser Stücke, die jetzt noch an Ort und Stelle waren, bei seinem letzten Besuch auf dem Boden gelegen hatten.

Transport … Raum und Zeit …

Zeit …

Der Gedanke mutete phantastisch an, aber wie es aussah, waren sie von der unbegreiflichen Macht in dem bläulichen Wabern nicht nur über eine Entfernung von Hunderten Meilen versetzt, sondern auch durch die Zeit geschleudert worden. Die altmodische, ärmliche Kleidung der Männer im Inneren der Anlage stützte diese Theorie.

War dies auch den Dunham-Kindern passiert, die man in tiefem Koma liegend in dem gleichen Kornfeld gefunden hatte? Möglicherweise befanden sich auch Gudrun und er in Wahrheit dort, und dies war nur eine Illusion, die sie durchlebten.

Aber das war eine Frage, auf die es im Moment keine Antwort gab, und sie spielte auch keine Rolle. Was er sah, wirkte auf ihn äußerst real.

»Tom!« Gudrun umklammerte so fest seinen Arm, daß ihre Fingernägel schmerzhaft in seine Haut stachen. Er überlegte, ob er ihr von seinen Spekulationen erzählen sollte, verwarf diesen Gedanken aber wieder. Er wußte selbst zu wenig, und die Erklärungen hätten zuviel Zeit gekostet. Sie hatte recht, er mußte etwas tun.

Aber was?

Er zog seinen 45er Single Action Colt. Sechs Kugeln befanden sich in der Trommel, aber sie hatten es mit fast der doppelten Anzahl an Gegnern zu tun. Ersatzmunition hatte er keine dabei, die befand sich in seinem Gepäck auf Oake Dùn. Dennoch mußte er es riskieren.

Der ältere Gefangene war inzwischen auf einen großen Felsen gefesselt worden. Der Druide trat auf ihn zu und blieb unmittelbar neben ihm stehen. Mit beiden Händen hob er die Sichel hoch. Deutlich konnte Tom in die Schneide eingravierte Schriftzeichen erkennen.

Aber bei den Druiden hatte von jeher absolutes Schriftverbot geherrscht! Eine weitere Seltsamkeit in einer langen Kette ungelöster Rätsel.

Tom Ericson visierte den Druiden mit seinem Colt an. Er war entschlossen, diesen Mord zu verhindern, welche Folgen das auch immer mit sich bringen mochte.

Aber noch bevor er den Abzug betätigen konnte, brandete plötzlich Lärm auf.

Die Lage war hoffnungslos.

Zwar hatte Connor mit den Händen relativ sicheren Halt gefunden, nicht jedoch mit den Füßen. Dazu waren seine Schuhe viel zu klobig. Aber das spielte ohnehin keine Rolle mehr.

Ohne sichtbare Gefühlsregung starrte der Japaner auf ihn herab, setzte dann seinen Fuß auf eine von Connors Händen.

Das Gesicht des Butlers verzerrte sich vor Angst und Schmerz. Seine Fingerknöchel schienen zerquetscht zu werden, dennoch klammerte sich Connor verzweifelt fest. Wenn er losließ, war es sein sicherer Tod.

Der Japaner lockerte den Druck nach einigen Sekunden, holte mit dem Fuß aus und trat mit dem Absatz zu. Es gelang Connor mit knapper Not, mit der Hand ein Stück zur Seite zu rutschen, so daß der Fuß nur den Fels traf. Zugleich aber wußte er, daß er dieses Spiel nicht lange würde durchhalten können. Wenn nur ein einziger Tritt traf, würde dieser ihm die Finger brechen.

Schon mehr als einmal hatte sich Connor in lebensgefährlichen Situationen befunden, aber noch nie war eine so aussichtslos wie jetzt gewesen. Es war vorbei, da machte er sich keine Illusionen.

Sein Leben zählte nur noch nach Sekunden. Höchstens ein Wunder könnte ihn noch retten.

Und das Wunder geschah!

Als der Japaner gerade zu einem neuen – und diesmal unausweichlichen – Tritt ausholte, sah Connor eine Gestalt hinter ihm auftauchen, gegen das Sonnenlicht nur als dunkler Schatten sichtbar.

Irgendein Instinkt warnte den Japaner. Er fuhr herum und hob blitzschnell die Arme, aber diesmal war er zu langsam. Zwei harte Schläge trafen ihn am Kopf, dann erst brach er zusammen.

Pierre Leroy ließ das Hufeisen fallen, mit dem er zugeschlagen hatte, und bückte sich, um Connor hochzuhelfen. Sekunden später lag der Butler wieder auf festem Untergrund, schnappte nach Luft und massierte seine schmerzenden Fingerknöchel.

»Danke«, keuchte er und rang sich ein Lächeln ab. »Du hättest ruhig etwas früher kommen können.«

»Aber so wirkte es viel dramatischer«, gab Leroy ebenfalls grinsend zurück. »Sei froh, daß ich es geschafft habe, mich unbemerkt an ihn heranzuschleichen, sonst wären wir jetzt wahrscheinlich beide Fischfutter. Schneller ging es beim besten Willen nicht.«

»War ja gerade noch rechtzeitig, das ist die Hauptsache.« Connor stand auf. »Mann, mir tut jeder Knochen weh.«

»Wer ist der Kerl überhaupt, und was wollte er?«

Connor zuckte mit den Schultern. »Das frage ich mich auch. Scheint ganz so, als wäre er die Steilwand heraufgeklettert.«

»Das ist unmöglich«, wandte Leroy impulsiv ein.

»Unmöglich oder nicht, er hat es irgendwie geschafft. Patrick hat ihn entdeckt. Das verdammte Schwein hat ihn in die Tiefe geschleudert, wie er es auch mit mir vorhatte.« Er stieß den Asiaten mit dem Fuß an. »Sobald der Kerl aufwacht, wird er uns eine Menge Fragen beantworten müssen.«

»Ich benachrichtige die Polizei.«

»Warte.« Connor hielt den Franzosen zurück. »Das hat noch Zeit bis später. Bevor wir den Typ an die Behörden ausliefern, möchte ich erst selbst ein paar Antworten von ihm. Ich glaube, ich kann auf meine Weise mehr aus ihm herausbringen als die Polizei.«

Er lächelte so kalt, daß Leroy ein Schauer über den Rücken lief.

Trotz der harten Schläge erwachte der Japaner bereits aus seiner Ohnmacht und begann sich zu regen. Connor suchte im Gras nach der Pistole und richtete sie auf den Mann, als dieser sich aufrichtete. Er hatte die Gefährlichkeit des Japaners kennengelernt und blieb deshalb in respektvollem Abstand.

»So, Freundchen«, knurrte er. »Und jetzt mal heraus mit der Sprache. Danach überlege ich mir dann, ob wir dich der Polizei übergeben, oder ob du doch noch über die Klippe fällst. Rein versehentlich, versteht sich.«

Der Japaner starrte ihn stumm an, doch als er erkannte, daß er verspielt hatte, zeigte er zum erstenmal eine Gefühlsregung. Sein Gesicht verzog sich zu einer schmerzerfüllten Grimasse.

»Die Mitleidstour zieht nicht«, erklärte Connor. Gleich darauf weiteten sich seine Augen in fassungslosem Entsetzen.

Der Japaner stieß einen unmenschlich schrillen Schrei aus und preßte seine Handflächen gegen die Schläfen. Rauch stieg plötzlich von seinem Körper auf.

Und dann schlugen Stichflammen aus Mund und Augen. Innerhalb weniger Sekunden war sein ganzer Leib vom Feuer eingehüllt.

Er brach zusammen, ohne daß die beiden entsetzten Männer irgend etwas tun konnten, um ihm zu helfen. Nach kaum einer Minute war alles vorbei. Nur noch ein völlig verkohlter Leichnam lag vor ihnen im Gras.

Stumm schauten sich Connor und Leroy an. Namenloses Grauen stand in ihren Gesichtern geschrieben.

Plötzlich war die Nacht von lauten Stimmen erfüllt, triumphierenden Rufen auf der einen, erschrockenen Schreien auf der anderen Seite. Zahlreiche Männer mußten sich Stonehenge unbemerkt genähert haben, denn plötzlich sprangen schwarze Schatten vom Boden auf und stürzten sich auf die völlig überraschten Anhänger des Druiden.

Pfeile flogen durch die Luft und streckten zwei der Männer nieder, bevor diese die Gefahr überhaupt richtig erkannten. Ansonsten besaß kaum einer der Angreifer richtige Waffen. Nur wenige trugen Schwerter, die meisten hatten sich mit Mistgabeln, Knüppeln und ähnlichem ausgerüstet.

Das unterschied sie jedoch nicht nennenswert von den Gefolgsleuten des Druiden. Einige von ihnen hatten Waffen auf dem Heuwagen liegen, nach denen sie nun griffen, doch die meisten setzten sich nur mit Messern oder bloßen Händen zur Wehr.

Im Nu war ein regelrechtes Schlachtengetümmel entbrannt.

Ein wenig abseits der Männer stand eine Gestalt in einer Art schwarzer Kutte. Im ersten Moment glaubte Tom, einen weiteren Druiden vor sich zu haben, dann erkannte er, daß es sich um die Soutane eines Priesters handelte. Offenbar hatte der Geistliche die Männer zusammengetrommelt, um das heidnische Ritual zu verhindern.

Einige der Angreifer liefen nur wenige Meter an Tom und Gudrun vorbei, ohne sie zu beachten. Es schien, als würden sie die beiden Menschen nicht einmal wahrnehmen. Vielleicht, überlegte Tom, war ja auch genau das der Fall.

Es gab einen logischen Fehler in diesem Gedanken, denn zumindest die beiden Dunham-Kinder, die ebenfalls nicht aus dieser Zeit stammten, schienen für die Menschen hier äußerst real. Wie für so vieles andere konnte er auch für dieses Phänomen später eine Erklärung suchen. Jetzt war er entschlossen, den Vorteil zu nutzen.

»Sie … sie beachten uns gar nicht«, stieß Gudrun ungläubig hervor. »Zum Teufel, was … was hat das alles zu bedeuten?«

»Frag mich etwas Leichteres. Komm schon, kümmern wir uns um die Kinder.«

Den Colt sicherheitshalber weiterhin in der Hand haltend, trat Tom aus der Deckung hervor und eilte auf die beiden Dunham-Kinder zu. Sie waren inzwischen aus ihrer Starre erwacht, schrien und zerrten an ihren Fesseln, ohne sich befreien zu können.

Tom sah, wie der Druide mit der Sichel nach einem der Angreifer schlug. Blut spritzte aus dem Hals des Mannes, und er brach zusammen. Einem weiteren Angreifer brachte die Sichel nur einen leichten Schnitt über der Brust bei, dennoch stürzte auch dieser Mann zu Boden und regte sich nicht mehr.

Ericson warf einen raschen Blick über die Schulter zurück und stellte fest, daß Gudrun ihm dichtauf folgte. Sie liefen genau zwischen den kämpfenden und sterbenden Männern hindurch, ohne daß jemand Notiz von ihnen nahm. Dann hatten sie die beiden Kinder erreicht.

»Keine Angst«, rief Tom ihnen zu und bückte sich nach den Fesseln des Jungen. »Wir helfen euch.«

Kevin Dunham hörte nicht auf ihn, sondern schrie genau wie seine Schwester weiterhin wie am Spieß. Tom hielt ihm kurzerhand den Mund zu. Gleich darauf riß er die Hand zurück, schlenkerte sie und fluchte lautstark. Der Junge hatte ihm in die Finger gebissen.

Dennoch hatte er zumindest insofern Erfolg, daß Kevin zu schreien aufhörte. Er hatte wohl erkannt, daß sich Toms Kleidung deutlich von der der übrigen Menschen hier unterschied. Mit großen Augen starrte er den Archäologen an.

»Wer … sind Sie?«

»Ist zu kompliziert, um das jetzt zu erklären.« Tom legte seinen Colt griffbereit neben sich auf den Boden und entknotete Kevins Fußfesseln, wie es Gudrun mit denen des Mädchens tat. Im nächsten Moment schrie sie laut auf. Eine Hand hatte sich auf ihre Schulter gelegt und riß sie hart herum.

Sie blickte direkt in das haßverzerrte Gesicht des Druiden.

Als einziger der Menschen dieser Zeit konnte er sie wahrnehmen. Vielleicht, schoß es Tom durch den Kopf, hatten Gudrun und er ihren seltsamen Schutz aber auch in dem Moment verloren, in dem sie nicht länger nur passive Zuschauer waren, sondern sich aktiv in das Geschehen einmischten und die Kinder befreiten.

Gedankenschnell packte er seinen Colt und gab einen Schuß auf den Druiden ab.

Zumindest versuchte er es.

Die Waffe funktionierte nicht.

Tom schoß ein zweites Mal, doch auch diesmal hatte er keinen Erfolg. Der Bolzen schlug mit vernehmlichem Klicken auf die Patronenkammer, aber kein Schuß löste sich.

Du kannst ihn nicht töten! drang die Stimme des Kristallauges in seine Gedanken. *Nicht in dieser Zeit, deren Ablauf längst festgelegt ist. Die Sichel … Paß auf die Sichel auf …*

Während er Gudrun Heber mit der einen Hand festhielt, schwang der Druide mit der anderen die gebogene Waffe und ließ sie niedersausen. Im buchstäblich letzten Moment gelang es Gudrun, sich zur Seite zu werfen. Ihre Bluse riß knirschend entzwei, etwas Stoff blieb in der Hand des Druiden zurück.

Er heulte vor Enttäuschung auf.

Gudrun warf sich herum und trat noch im Liegen zu. Ihr Fuß traf den Druiden zwischen den Beinen. Sein Schreien wurde schrill und schmerzgepeinigt, aber er war noch längst nicht besiegt. Erneut riß er die Sichel hoch, und diesmal, so erkannte Gudrun, würde sie nicht mehr ausweichen können. Auch Tom war zu weit entfernt, um eingreifen zu können.

Gudrun schloß die Augen und wartete auf den tödlichen Hieb.

Doch er kam nicht. Als Gudrun die Augen wieder aufriß, sah sie den Druiden, mitten in der Bewegung erstarrt. Auf seinem Gesicht lag ein ungläubiger Ausdruck. Zwei, drei endlos lange Sekunden stand er reglos da, dann begann er plötzlich zu wanken und kippte wie ein gefällter Baum vornüber.

Dicht neben Gudrun stürzte er zu Boden. Aus seinem Rücken ragte der gefiederte Schaft eines Pfeils.

Noch einmal hob er den Oberkörper ein kleines Stück in die Höhe. Er starrte Gudrun fast erstaunt an, dann brach sein Blick, und er sackte auf den Boden zurück.

Kurzentschlossen packte Tom die Sichel und wand sie dem Druiden aus den toten Händen. Sie stellte nicht nur eine Waffe dar, mit der er sich notfalls verteidigen konnte, sondern er konnte damit auch die Fesseln der Kinder durchschneiden, statt mühsam die Knoten zu lösen.

Im gleichen Augenblick jedoch, in dem sich seine Finger um den goldenen Griff schlossen, überschlugen sich die Ereignisse. Mehrere Dinge passierten gleichzeitig, so daß sich Tom nachträglich nicht einmal sicher war, was im einzelnen genau geschah.

Eine gewaltige, fremdartige Macht schien sich von der Sichel zu lösen und auf ihn überzugehen. Tief in sich vernahm er den fast panischen Aufschrei des magischen Auges, und dann wurde die Szenerie um ihn herum unwirklich, schien zu verblassen. Alles lief wie ein Film ab, der mit höchstem Zeitraffer vorgespult wurde. Lediglich er selbst, Gudrun und die beiden Kinder blieben weiterhin real, aber auch nur für wenige Sekunden.

Dann wurde Toms Geist von einer grenzenlosen Schwärze verschlungen …

Diesmal gab es kein langwieriges Aufwachen; Tom Ericson hatte nicht einmal das Gefühl, bewußtlos gewesen zu sein. Die Schwärze, die ihn eingehüllt hatte, gab ihn binnen eines Sekundenbruchteils wieder frei. Er fühlte sich auch nicht benommen, wie es zumindest kurzfristig nach einer Ohnmacht der Fall ist. Das kurze Gefühl von Verwirrung, das er verspürte, rührte nur von der veränderten Umgebung und der jähen Helligkeit um ihn herum her.

Er befand sich wieder in dem Kornfeld in Schottland, und es war auch nicht mehr Nacht. Die Nachmittagssonne brannte wieder vom Himmel herab.

Neben ihm stand Gudrun auf und klopfte sich etwas Schmutz von der Hose. Die beiden Dunham-Kinder waren nicht bei ihnen. Zwei Männer kamen durch das Korn auf sie zugeeilt: Ian Sutherland und Pierre Leroy.

»Gott sei Dank, Sie sind wohlauf«, stieß Sutherland erleichtert hervor. »Was ist passiert?«

»Wir haben einen kleinen Ausflug nach Stonehenge unternommen«, entgegnete Tom. »Ist eine komplizierte Geschichte. Ich erzähle Ihnen später davon. Sagen Sie mir zunächst bitte, was sich hier zugetragen hat.«

»Ich nehme an, wir waren eine Weile bewußtlos«, mischte sich Gudrun ein. »Wahrscheinlich ein komaähnlicher Zustand, richtig?«

Sutherland schüttelte den Kopf. »Falsch. Wie kommen Sie darauf?«

»Ich dachte, es wäre bei uns wie bei den Dunham-Kindern.«

»Sie waren verschwunden«, erklärte Sutherland. »Dieser bläuliche Nebel hat Sie eingehüllt, und als er sich verzog, waren Sie spurlos verschwunden.«

Tom wechselte einen raschen Blick mit Gudrun. Sie war ebenso irritiert wie er.

Neben seiner Verwirrung aber spürte er noch etwas anderes, eine unerklärliche Aggressivität, die er nur schwer bändigen konnte.

»Wie lange waren wir … fort?« wollte er wissen.

»Fast zwei Stunden«, antwortete Sutherland. »Sie können sich sicherlich denken, wie besorgt ich war.«

Tom nickte. »Wir müssen unbedingt zum Krankenhaus nach Durness. Ich bin mir sicher, daß die Kinder aus dem Koma erwacht sind. Zwar glaube ich nicht, daß sie das Rätsel auflösen können, aber sie werden uns wahrscheinlich ein paar zusätzliche Hintergrundinformationen liefern können. Sie hatten intensiver mit dem Druiden zu tun.«

»Welcher Druide?« fragte Sutherland. »Was ist überhaupt mit Ihnen geschehen?«

»Ich sagte doch: später!« fuhr Tom auf. Eine heiße Woge der Wut stieg in ihm auf, ohne daß er eine rationale Erklärung dafür hätte finden können. »Erst will ich wissen, was hier geschehen ist.«

Sutherland blickte ihn irritiert an, ging aber nicht auf Toms Verhalten ein. »Da ist tatsächlich noch etwas passiert«, sagte er statt dessen. »Während sie fort waren, hat ein unbekannter Mann Oake Dùn überfallen, ein Japaner. Es gelang Connor und Pierre Leroy, ihn zu überwältigen. Als sie ihn jedoch verhören wollten, fing er plötzlich Feuer und verbrannte von innen heraus.«

Erneut wechselte Tom einen raschen Blick mit Gudrun.

»Wie der Soldat auf Gardner«, murmelte sie. »Das kann kaum ein Zufall sein.«

»Ich mußte auch gleich an Ihre Erzählung denken, als ich davon erfuhr«, fügte Sutherland hinzu. Er wurde auf etwas aufmerksam. »Was ist das?«

Er deutete auf Toms Hand. Erst jetzt wurde Ericson bewußt, daß er immer noch die goldene Sichel festhielt. Überraschung zeichnete sich in seinem Gesicht ab, dann

Schrecken, als er begriff, was der Besitz des Werkzeugs zu bedeuten hatte.

Er hatte es an einem anderen Ort, vielleicht sogar einer anderen Zeit erbeutet. Bislang hatte er geglaubt, was er in Stonehenge erlebt hatte, wäre nur eine Vision gewesen, bestenfalls eine Art Astralreise. Nun aber hatte er erfahren, daß Gudrun und er für rund zwei Stunden auch körperlich verschwunden gewesen waren, und er besaß die Sichel des Druiden.

Aber – konnte es wirklich sein, daß alles real gewesen war?

Er betrachtete die Sichel genauer. Die Schriftzeichen, die er schon vorher bemerkt hatte, befanden sich tatsächlich auf der goldenen Schneide – wegen des strikten Schriftverbots bei den Druiden eigentlich ein Ding der Unmöglichkeit. Die meisten Symbole kamen ihm fremd vor, eines jedoch erkannte er deutlich.

Es zeigte die Goldmaske der Göttin Khom mitsamt den beiden Kristallaugen, die Gudrun und er auf der Pazifikinsel Gardner erbeutet hatten. Die Maske hatte man ihnen an Bord des Frachters gestohlen, der sie zurück in die Zivilisation brachte, und eines der Augen war aufgrund eines Mißverständnisses zerstört worden.

Das Bild auf der Sichel aber zeigte eindeutig die Maske, die seit Jahrtausenden in den verschütteten unterirdischen Tempelanlagen auf Gardner geruht hatte. Wie hatte derjenige, der die Sichel angefertigt hatte, davon wissen können?

»Das … das ist doch unmöglich«, murmelte er und deutete auf das eingravierte Symbol.

»Zeig mal«, bat Gudrun.

Wieder spürte Tom Aggressivität in sich aufsteigen. Am liebsten hätte er Gudrun zur Seite gestoßen und sich allein intensiver mit der Sichel befaßt. Was waren das für sonderbare Gefühle?

Er zeigte Gudrun das Symbol. Auch sie wurde blaß.

»Die Maske Khoms«, bestätigte sie seine Entdeckung. »Aber wie …«

»Entweder befand sich die Maske längst nicht so lange in der Tempelanlage auf Gardner, wie wir bislang geglaubt haben – oder die Sichel stammt aus der gleichen Zeit.«

Gudrun verzog skeptisch das Gesicht. »Demnach müßte sie bereits Jahrtausende alt …«

»Frag mich doch nicht erst, wenn du meine Meinung doch nicht akzeptierst«, fuhr Tom sie mit einer Heftigkeit an, die ihn selbst erschreckte. »Tut mir leid«, entschuldigte er sich gleich darauf. »Meine Nerven sind nicht mehr die besten.« Aber er wußte ganz genau, daß es nicht nur an seinen Nerven lag. Irgend etwas Seltsames geschah mit ihm, seit er von Stonehenge zurückgekehrt war. »Auf jeden Fall gibt es irgendeinen Zusammenhang zwischen der Sichel und der Maske mit den Augen«, fügte er rasch hinzu, um davon abzulenken.

Er holte das Kristallauge aus dem Lederbeutel. Es fühlte sich kühl an, dennoch war es aktiv. Es glomm sogar nicht nur von innen heraus, sondern flackerte regelrecht. Im einen Moment war es dunkel, im nächsten strahlte es mit greller Intensität.

Tom versuchte gedanklichen Kontakt damit aufzunehmen, doch es gelang ihm nicht. Alles, was er spürte, waren starke Emotionen, die an Panik grenzten.

»Ich vermute, daß uns das Auge beschützt hat«, sagte er. »Deshalb haben die Männer bei Stonehenge uns nicht beachtet. Außerdem …«

Ein leises Knistern hinter ihm ließ ihn verstummen und herumfahren. Bläuliche Funken tanzten über das Getreide, formten sich zu dem gefürchteten nebelartigen Wabern und preßten das Korn zu Boden.

»Nein!« stöhnte Ericson. »Nicht schon wieder! Lauft!«

Gleichzeitig begann er selbst zu rennen. Sie entfernten sich alle in verschiedene Richtungen. Diesmal folgte das Wabern nur ihm, wie Tom mit einem raschen Blick über die Schulter feststellte. Und es bewegte sich ebenso schnell wie beim letzten Mal; zu schnell für ihn. In rasendem Tempo schoß es auf ihn zu.

Der Kristall in seiner Hand flackerte noch heftiger. Fast stroboskopartig schossen rötliche Blitze daraus hervor. Mit einemmal vernahm er auch ganz schwach die Stimme des magischen Auges.

Sichel …, raunte es fast unhörbar in seinen Gedanken. *Gefahr … Wirf … fort!*

Das unbekannte Energiefeld hatte ihn fast eingeholt. Tom rang sich zu einem Entschluß durch. Er mußte tun, was das Auge von ihm verlangte. Es war die einzige Chance, dem bläulichen Wabern zu entgehen. Er holte weit aus und schleuderte die Sichel mit aller Kraft in das Energiefeld hinein.

Von einem Augenblick zum anderen verschwand sie mitten in der Luft. Gleichzeitig erlosch das Wabern.

Tom blieb keuchend stehen. Die anderen kamen auf ihn zugeeilt.

»Ich … mußte sie opfern«, erklärte er nach Luft ringend. »Es war … die einzige Möglichkeit.«

»Niemand macht dir einen Vorwurf«, beruhigte ihn Gudrun. »Obwohl es natürlich schade ist. Ich hätte sie gern näher untersucht, um herauszufinden, in welcher Beziehung sie zu dem Auge Khoms steht.«

»Es mag sich verrückt anhören«, sagte Tom und betrachtete das Auge. Es war wieder grau und glanzlos geworden. Abgesehen von dem facettenartigen Schliff sah es aus wie ein ganz normaler Stein. »Aber ich habe das Gefühl, daß sie einer sehr gegensätzlichen, feindseligen Kultur entstammten. Das Auge schien sich vor der Sichel panisch zu fürchten.«

»Das hört sich in der Tat ziemlich verrückt hat«, bestätigte Gudrun.

»Trotzdem werden wir es eines Tages herausfinden.« Tom steckte das Auge zurück in den Lederbeutel und ballte die Fäuste. »So einfach gebe ich mich nicht geschlagen. Wir werden uns die Sichel wiederholen. Irgendwie werden wir es schaffen.«

»Ihren Optimismus in allen Ehren, Doktor Ericson«, mischte sich Sutherland ein. »Ich hoffe auch, daß es uns gelingt. Aber dazu müßten wir zunächst einmal wissen, wo sich die Sichel jetzt befindet.«

»Die Frage ist falsch gestellt«, korrigierte Tom. »Nicht *wo*, sondern *bei wem*. Irgendeine fremde Macht arbeitet gegen uns, und ich bin überzeugt, daß sie sich die Sichel geholt hat. Eine Macht, von der wir nur einen Namen wissen: Kar. Wer oder was auch immer das sein mag. Und ich bin ebenfalls sicher, daß wir schon sehr bald wieder von dieser Macht hören werden.«

Er hatte Entschlossenheit ausdrücken wollen, doch seine Worte klangen in seinen eigenen Ohren wie eine unheilvolle Drohung.

»Es ist zwar nicht das Auge Khoms, auf das ich es eigentlich abgesehen hatte, aber das Ding ist trotzdem höchst interessant«, sagte Kar und betrachtete abschätzend die goldene Sichel in seinen Händen.

»Kannst du die Schriftzeichen lesen?« erkundigte sich Suzy Duvall neugierig.

»Zum Teil. Einige von ihnen decken sich mit denen in den Aufzeichnungen, die mich hierhergeführt haben. Andere sind mir fremd, aber ich bin sicher, daß die Sichel zur gleichen Kultur gehört wie die Erbauer dieser Pyramide. Und jetzt stör mich nicht länger.«

Suzy wich ein paar Schritte zurück.

Innerhalb kurzer Zeit hatte sich Kar ein weiteres Mal grundlegend verändert. Nichts mehr war von der fast kindlichen Hilflosigkeit geblieben, mit der er ihr seine Geschichte erzählt hatte, vom Eindringen in die andere Pyramide vor rund einem Jahr bis zu deren Zerstörung und der teilweisen Entschlüsselung der dort erbeuteten Aufzeichnungen, die ihm geholfen hatten, dieses Bauwerk hier zu entdecken und in Besitz zu nehmen.

Die Geschichte war interessant für sie gewesen, mehr aber leider nicht. Sie hatte sich Informationen erhofft, die sie irgendwann möglicherweise gegen Kar verwenden könnte, aber in dieser Hinsicht war sein Bericht eine völlige Fehlanzeige gewesen.

Unter Umständen war ihre Position dadurch sogar geschwächt worden. Sie wußte mehr über Kar als jeder andere Mensch, und sie war überzeugt, daß es ihm unangenehm war, daß sie einen solchen Moment der Schwäche bei ihm miterlebt hatte.

Dazu kam noch, daß Wang-Li und schließlich auch Toshari versagt hatten; Männer, die immerhin von ihr ausgewählt worden waren. Beide waren tot, doch das interessierte Kar nicht. Für ihn zählte nur, daß sie ihre Mission nicht erfüllt hatten. Launenhaft, wie er nun einmal war, war ihm durchaus zuzutrauen, daß er ihr diesen Mißerfolg ankreidete.

Beides waren Aspekte, aufgrund derer er schon bald zu dem Entschluß kommen könnte, sie aus dem Weg zu räumen. Für den Augenblick war Kar mit der Sichel beschäftigt, aber das würde sich bald ändern.

Suzy Duvall beschloß, in Zukunft noch vorsichtiger zu sein. Vielleicht war es besser, wenn sie seine Nähe für eine Weile mied und sich verstärkt ihren eigenen Angelegenheiten widmete.

Kar entwickelte sich immer mehr zu einer auch für sie unberechenbaren Gefahr.

ENDE DES VIERTEN BUCHES

FÜNFTES BUCH

DIE VERSUNKENE STADT

von Hubert H. Simon

Alles ging wahnsinnig schnell. Im Scheinwerferlicht tauchte ein Mann auf. Er schwankte stark, schien betrunken zu sein. Das heranrasende Auto bemerkte er nicht.

Alan Banister reagierte, ohne zu überlegen. Sein Fuß rammte das Bremspedal bis zum Bodenblech. Mit quietschenden Reifen schlingerte der Rolls-Royce über die nasse Fahrbahn. Allerdings immer noch mit viel zu hohem Tempo.

Nur Sekundenbruchteile später – ein dumpfer Aufprall. Der Körper des Mannes wurde hochgewirbelt und schrammte über die Motorhaube. Für Banister war es der grauenvollste Anblick, den er sich vorstellen konnte. Ein fremdes Gesicht starrte ihn durch die Frontscheibe hindurch an – bleich, starr und unheimlich.

Wie eine Gliederpuppe rutschte der Mann übers Blech, krachte gegen die Scheibe, überschlug sich und landete irgendwo außerhalb des Scheinwerferkegels.

Erst jetzt schien die Frau auf dem Beifahrersitz zu begreifen, was geschehen war. Gellend schrie sie auf und riß abwehrend die Arme hoch.

Einige Dutzend Meter weiter kam der Rolls-Royce endlich zum Stehen. Maureen Ibsen schrie noch immer, während Alan den Motor abstellte, die Unterarme aufs Lenkrad legte und erst einmal tief durchatmete.

»Ich … ich habe den Mann nicht gesehen«, stammelte er tonlos.

»Du hast ihn umgebracht!« ächzte Maureen. Sie war Banisters Sekretärin – und darüber hinaus noch einiges mehr. Falls ihre gemeinsamen Schäferstündchen publik wurden, war seine politische Karriere keinen Pfifferling mehr wert.

Ausgerechnet Banister, der wie kein anderer gegen Sittenverfall und Freizügigkeit wetterte …

»Es war ein Unfall, Maureen. Der Kerl war so plötzlich da … als wäre er vom Himmel gefallen.«

Maureen Ibsens Gesichtszüge verhärteten sich. Sie schien durch Banister hindurchzublicken. »Fahr weiter!« herrschte sie ihn an. »Schnell! Niemand hat dich gesehen.«

Banister schluckte krampfhaft. »Ich kann unmöglich ...«

»Willst du deine Karriere einem stockbesoffenen Landstreicher opfern?«

Jedes ihrer Worte schmerzte ihn. Immerhin hatte er sich trotz des skrupellosen politischen Geschäfts noch ein wenig Menschlichkeit bewahrt.

»Fahr weiter, Alan! Es ist schlimm, aber dem Mann kannst du ohnehin nicht mehr helfen.«

Banister drehte den Zündschlüssel. Er schaffte das Kunststück, die Nobelkarosse wie ein Raubtier aus dem Stand einige Meter weit springen zu lassen. Daß er dabei den Motor zum zweitenmal abwürgte, war ihm völlig egal.

»Ich schaffe es nicht!« stöhnte er. »Verstehst du? Ich bringe es nicht fertig, weiterzufahren und einen Verwundeten hilflos liegenzulassen.«

Maureen nickte schwach. »Vielleicht hast du sogar recht. Irgendwann hätte deine Frau sowieso herausgefunden, mit wem und wie du deine Zeit verbringst.« Ihre Stimme triefte vor Zynismus.

Banister hörte schon nicht mehr hin. Er war ausgestiegen und ging am Straßenrand zurück. Die Rücklichter spiegelten sich blutrot auf dem nassen Asphalt. Kein anderes Fahrzeug kam. Die Nacht wirkte wie ausgestorben.

Unwillkürlich beschleunigte er seine Schritte, begann zu rennen. Sechzig, siebzig Meter trennten ihn von dem auf der Straße liegenden menschlichen Bündel. Und diesmal war die rote Färbung nicht nur eine Reflexion der Rücklichter – diesmal war es wirklich Blut.

Entschlossen drehte Banister den Reglosen um. Trotz der Dunkelheit erkannte er, daß er keinen Engländer vor sich hatte. Die braune Haut des Mannes und die kantigen Gesichtszüge verrieten seine indische Herkunft. Er trug ein kariertes, weit offenes Hemd und ausgefranste lange Jeans. Ein goldener Anhänger auf der Brust zeigte das Abbild Shivas. Die Schürfwunden in seinem Gesicht waren sehr wohl schmerzhaft, aber keineswegs gefährlich.

Banister lagerte den Verunglückten auf die Seite. Dabei entdeckte er die beiden verkohlt wirkenden Löcher im Hemd. Der Stoff hatte sich um sie herum mit Blut vollgesogen, das allmählich zu verkrusten begann.

Entschlossen riß Alan das Hemd auf. Er fand zwei dunkle, kreisrunde Flecken, die weiß Gott nicht von dem Unfall stammten.

Jemand hatte auf den Mann geschossen. Aus allernächster Nähe. Ein rascher Rundblick in die Finsternis überzeugte Alan Banister davon, daß die Täter längst geflohen waren.

»Ruf einen Krankenwagen über das Autotelefon!« wandte er sich an Maureen, die ihm zögernd folgte. »Und vergiß nicht, die Polizei zu verständigen.«

Während Maureen sich umwandte und eilig zum Wagen zurücklief, beugte sich Banister erneut über den wie tot daliegenden Mann. Vor Jahren hatte er einmal einen Erste-Hilfe-Kursus mitgemacht, doch in seiner Aufregung dauerte es lange, bis er sich an die grundlegenden Dinge erinnerte, die in einem solchen Fall zu tun waren.

Erst einmal den Patienten in eine stabile Seitenlage bringen. Den Kopf in den Nacken zurückdrücken. Den Puls fühlen, am besten an der Halsschlagader. Gott sei Dank, der Mann lebte noch. Deutlich konnte Banister die unregelmäßigen Herzschläge ertasten.

Jetzt die Atmung überprüfen.

Ein jäher Schrecken durchfuhr Alan Banister. Der Inder atmete nicht mehr! Rasch drehte er ihn wieder auf den Rücken. Einen winzigen Moment zögerte er noch, seine Lippen auf die des Bewußtlosen zu pressen, um ihn künstlich zu beatmen, dann überwand er seine Scheu. Während er ihm mit der rechten Hand die Nase zuhielt, pumpte er Luft in die Lungen des Inders. Deutlich konnte man sehen, wie dessen Brustkorb sich hob und senkte.

Dreimal wiederholte Banister diese Prozedur, als er plötzlich etwas an seiner Wange spürte; etwas Kaltes, Schleimiges, das sich zu bewegen schien.

Mit einem Schrei ließ Alan den Mann los und wischte mit dem Handrücken über seine Wange. Gleichzeitig verspürte er einen scharfen Schmerz in seiner Nase.

Dann war es vorbei. Der Schmerz verebbte, und auch an seiner Wange konnte Banister nichts finden, was das seltsame Gefühl von vorhin erklärt hätte. Schließlich schob er den Vorfall auf seine momentane Erregung und seine überstrapazierten Nerven. Wichtiger war es, dafür zu sorgen, daß der Inder überlebte. Und tatsächlich schien es dem Mann nun besser zu gehen. Seine Brust hob und senkte sich weiter unter regelmäßigen Atemzügen, und auch der Puls hatte sich stabilisiert. Alan Banister fiel ein Zentnergewicht von der Seele.

Daß Maureen vom Wagen zurück war, merkte er erst, als sie sich neben ihm in die Hocke herabließ.

»Ich habe die Polizei und den Notarzt verständigt«, sagte sie. »Es kann nicht lange ...«

Sie brach ab und musterte Alans Gesicht. »Du hast Nasenbluten«, stellte sie besorgt fest. »Bist du verletzt?«

Instinktiv hielt sich Banister den Zeigefinger unter die Nase. Als er ihn zurückzog, glänzte helles Blut darauf.

»Warte.« Maureen zog ein Taschentuch hervor und tupfte das Rinnsal ab.

»Dreh dich um, ins Licht«, fügte sie hinzu. »Ich sehe mir dir Sache mal an.«

Der Ärger von vorhin war in diesen Augenblicken ganz aus ihrer Stimme verschwunden. Beinahe belustigt fragte Banister sich, ob das ein bislang unentdeckter Mutterinstinkt war, der plötzlich bei ihr durchbrach, oder ob sie sich wirklich um ihn sorgte. Er drehte sich in den diffusen Widerschein der Autoscheinwerfer und legte den Kopf in den Nacken.

Maureen tupfte noch einmal etwas Blut von seinem Gesicht, dann tastete sie über seine Nase. »Tut das weh?« fragte sie.

Bevor er noch eine Antwort geben konnte, schrak sie plötzlich zurück. Ein angewiderter Ausdruck war in ihren Zügen. »Was zum Teufel ...?«

»Was ist los?« erkundigte sich Banister.

»Ich ... ich weiß nicht.« Sie war augenscheinlich verwirrt. »Da war irgend etwas in deiner Nase. Ganz klein, durchsichtig, fast wie Gallertmasse. Aber es bewegte sich. Und nun ist es weg.«

»Bist du sicher, daß du es dir nicht nur ...«

»... eingebildet habe?« fragte sie spitz. Ihre schlechte Laune schien zurück zu sein. »Ich bin doch nicht verrückt. Es war da und ...«

»Schon gut«, unterbrach Banister sie. »Wir stehen beide unter Schock. Bestimmt war es nur deine überreizte Phantasie.«

Das ferne Heulen einer Sirene rettete ihn vor ihrer lautstarken und umfangreichen Rechtfertigung. Banister stand auf. Am Ende der langgezogenen Straße konnte er das blaue Zucken eines Warnblinkers erkennen, wie sie auf Krankenwagen angebracht sind.

Neben ihm erhob sich Maureen, schien für einen Moment doch noch zu einer Erwiderung anzusetzen und ließ es dann doch bleiben.

Zwei Minuten später hielt mit quietschenden Bremsen der Notarztwagen neben ihnen. Ein Arzt und ein Sanitäter sprangen heraus. Während der Arzt zu dem reglos am Boden liegenden Inder hinüberlief, wandte sich der Sanitäter erst an Alan und Maureen. »Sind Sie verletzt?«

Banister schüttelte den Kopf. »Nein, schon gut. Wir sind in Ordnung.«

Schon wollte der junge Mann sich abwenden, um dem Arzt zur Hand zu gehen, da verhielt er in der Bewegung, zog ein kleines Gazepolster aus der Tasche seines weißen Kittels und reichte es Maureen.

Sie sah ihn verwirrt an.

»Sie bluten aus der Nase, Ma'am«, erklärte er.

**Neun Tage später,
in einer Klinik nahe Salisbury, England**

Der Patient war unruhig, sprach aber auf äußere Reize wieder an. Dabei hatten nach seiner Einlieferung weder Schwestern noch Ärzte geglaubt, daß er den folgenden Tag überleben würde.

In einer langwierigen Operation waren ihm zwei Pistolenkugeln aus dem Brustkorb entfernt und Blutungen im Bauchraum gestillt worden. Die Kugeln befanden sich inzwischen zur ballistischen Auswertung bei Scotland Yard.

Der behandelnde Arzt schaute häufig nach dem Patienten und den vielen Apparaturen, die an der Stirnseite des Krankenbettes aufgebaut waren. Puls, Blutdruck und Atmung ließen keine Anomalie erkennen, lediglich die Gehirntätigkeit unterlag unerklärlichen Schwankungen.

»Als flackere eine Kerzenflamme im Wind«, bemerkte Dr. Henderson wie beiläufig. Henderson war einer der beiden Assistenzärzte, die an der Operation mitgewirkt hatten.

Ziemlich abrupt wandte sich Dr. Snider zu ihm um. »Das sind unqualifizierte Äußerungen«, sagte er tadelnd. »Betrachten Sie die Röntgenaufnahmen genauer, dann finden Sie die mögliche Ursache für dieses … Flackern, wie Sie es nennen.«

Mehrere Folien waren über einen Leuchtschirm gesteckt. Sie zeigten den Schädel des Inders aus verschiedenen Blickwinkeln. Unterhalb des Schläfenbeins, hinter dem linken Kiefergelenk, gab es eine deutliche Verformung des Knochens. Ein röhrenförmiger Kanal von der Dicke eines menschlichen Daumens zog sich dort schräg in die Höhe. Der Hohlraum setzte sich bis in die Hirnmasse hinein fort.

»Das Phänomen dürfte auf eine frühere Verletzung zurückzuführen sein«, folgerte der zweite Assistenzarzt. »Ein Fremdkörper hat den Knochen durchstoßen …«

Dr. Snider schüttelte den Kopf. »Wir kennen bestenfalls aus der Literatur einige Fälle, in denen Unfallopfer solche Verletzungen überlebten. Ich glaube trotzdem nicht …« Er brach ab, weil der Patient sich unruhig bewegte. Die Hirnstromkurve zeigte sekundenlang hektische Ausschläge.

»Wir müssen Geduld haben«, fuhr der behandelnde Arzt schließlich fort. »Die Amnesie des Patienten ist auf den Unfallschock zurückzuführen. Über kurz oder lang wird er anfangen, sich zu erinnern.«

»Was ist mit dem Mann, der ihn angefahren hat?«

Dr. Snider zuckte mit den Schultern. »Scheint ein hohes Tier zu sein. Die Polizei hält seine Identität geheim.«

Die drei Ärzte setzten die Visite fort – zum jetzigen Zeitpunkt konnten sie ohnehin nichts für den Patienten tun. Doch kaum hatten sie das Zimmer verlassen, da regte sich der Mann auf dem Krankenbett. Und hätte jemand in diesem Moment einen Blick auf das EEG geworfen, er hätte seinen Augen nicht geglaubt.

Die Gehirnströme zeigten plötzlich eine zweite, deutlich erkennbare Kurve, wie es sie selbst in ausgeprägten Fällen von Schizophrenie nicht gab. Gleichzeitig richtete sich der Patient auf. Sein Blick flatterte, wirkte verwirrt und huschte unkontrolliert durch den Raum.

Dann, mit einer heftigen Bewegung, riß sich der Inder die Elektroden vom Leib.

Schwankend stand er auf. Ein breiter Verband bedeckte seinen Oberkörper, darüber trug er lediglich ein dünnes, bis zu den Knien reichendes OP-Hemd. Seine Beine vermochten ihn kaum zu tragen; trotzdem eilte er zielstrebig auf die Tür zu und öffnete sie vorsichtig.

Der Korridor dahinter war leer. Bis zum Lift waren es nur wenige Meter. Der Inder bewegte sich zunehmend sicherer, und als die Aufzugskabine bei der Abwärtsfahrt im ersten Obergeschoß anhielt und ein Pfleger zustieg, reagierte er ohne zu zögern.

Minuten später verließ er den Lift in einem Lagerraum im Kellergeschoß. Den Pfleger, mit dem OP-Hemd gefesselt und geknebelt, zerrte er hinter einen Stapel von Kartons, wo ihn während der nächsten Stunden wohl niemand finden würde.

Er selbst trug mittlerweile Hosen und Kittel des Bewußtlosen, und auch seine Erinnerung kehrte bruchstückhaft zurück. Er war Madhav, der zweite Steuermann der SEA QUEEN, eines altersschwachen Frachters im Pazifik. Eine unbegreifliche Macht hatte ihn von Bord entführt.

Das letzte, an das Madhav sich erinnerte, war ein düsterer, unheimlicher Nebel, der ihn einhüllte – danach war er hier auf der Intensivstation aufgewacht, von Kugeln verletzt, von einem Auto angefahren und etliche tausend Meilen von seinem letzten Aufenthaltsort entfernt.

Trotzdem wußte er genau, was er zu tun hatte.

Das Dröhnen der Strahltriebwerke und das gleichmäßige Vibrieren des kleinen Düsenflugzeugs wirkten einschläfernd. Gudrun Heber warf einen kurzen Blick zu Tom hinüber, der im schmalen Lichtkegel seiner Leselampe eine Fachzeitschrift durchblätterte, und schaute dann wieder zum Fenster hinaus. Unter ihr erstreckte sich der Atlantik in der Dunkelheit wie ein schwarzes Tuch, über ihr gleißten kalt die Sterne, die in dieser Höhe kaum noch funkelten.

In der Kabine herrschte lediglich schwaches Dämmerlicht. Die meisten der acht anderen Passagiere – allesamt UN-Diplomaten – schliefen oder dösten vor sich hin. Auch Gudrun hätte gerne geschlafen, doch wollte sich trotz ihrer Müdigkeit der Schlaf nicht einstellen. Irgend etwas, das sie noch nicht beim Namen nennen konnte, beunruhigte sie.

Schäfchen zählen hilft nicht, dachte sie mißmutig und wandte sich wieder den Sternen zu, von denen mehr als genug zu sehen waren.

Aber plötzlich waren da keine Sterne mehr! Bis eben hatten sie hell geleuchtet, und der Himmel war wolkenlos gewesen.

Jetzt herrschte nur noch absolute Finsternis.

»Tom?« fragte Gudrun zögernd.

Der schlanke Archäologe neben ihr brummte unwillig, schaute jedoch nicht von seiner Lektüre auf.

»Entweder wir durchfliegen gerade eine besonders dichte Wolke, oder über uns braut sich der schnellste Wetterumschwung zusammen, den ich jemals erlebt habe.«

»Was willst du?« murmelte Tom Ericson und blätterte eine Seite um. »Solange wir nicht plötzlich im Regen stehen ...«

Gudrun biß sich verärgert auf die Unterlippe. Sie kannte Tom gut genug, um seine Gleichgültigkeit nicht persönlich zu nehmen. Wenn er sich in einem interessanten Artikel festgelesen hatte, konnte die Welt um ihn herum untergehen, ohne daß er davon Notiz nahm.

Trotzdem hätte sie sich zumindest ein bißchen mehr Aufmerksamkeit gewünscht – nach allem, was während der letzten Wochen geschehen war.

Angestrengt starrte sie weiter aus dem Fenster hinaus. Falls sie tatsächlich gerade eine Wolke durchflogen, hätte Gudrun im Dunst den Widerschein der Positionsleuchten sehen müssen, aber die Luft wirkte nach wie vor glasklar, die Umrisse der Tragfläche zeichneten sich so deutlich wie ein Scherenschnitt vor der tintigen Schwärze ab.

Am Rande ihres Blickfeldes flammte unvermittelt ein bläulichweißes Licht auf und erlosch genauso übergangslos wieder. Gudrun zuckte zusammen und wartete instinktiv auf das Krachen eines nachfolgenden Donners, aber alles blieb still. Nur die Triebwerke sangen weiter ihr monotones, beruhigendes Lied.

Ihr Klang hatte sich verändert. Ein bösartiges, helles Summen mischte sich unter das dumpfe Dröhnen.

Ärgerlich schüttelte Gudrun den Kopf. Sie war schon öfter geflogen, als daß sie es noch zählen konnte, und nie hatte es ihr nur das geringste ausgemacht. Wieso wurde sie ausgerechnet heute von Minute zu Minute unruhiger und nervöser? Sie wollte sich an Tom wenden, aber er war immer noch viel zu sehr in seine Lektüre vertieft.

Der nächste Blitz zuckte direkt vor ihren Augen vorbei und hinterließ ein blendendes Abbild auf der Netzhaut. Gudrun stieß einen leisen Schrei aus, ihre Hand flog prompt an ihren

Mund, als schäme sie sich der eigenen Schreckhaftigkeit. Das Flugzeug schüttelte sich kurz und hielt unbeirrbar Kurs.

»Tom?« Diesmal klang die Stimme der Anthropologin heiser. Sie räusperte sich.

»Tom!« wiederholte sie lauter und griff nach seiner Schulter.

Tom Ericson seufzte vernehmlich und ließ das Magazin sinken. Vorwurfsvoll musterte er seine Begleiterin. »Hast du nichts zu lesen?« fragte er gereizt.

»Wir fliegen durch ein Gewitter«, erklärte Gudrun.

»Und?«

»Vor wenigen Minuten war der Himmel noch sternenklar.«

»Schlechtwetterfronten sind dazu da, daß man sich über sie ärgert. Sonst noch Fragen?«

»Aber – das sind keine normalen Blitze. Sie – sie sind irgendwie anders.«

Tom verdrehte die Augen. Dabei war nicht zu erkennen, ob er sich einfach nur über die Störung ärgerte oder ob er die vermeintliche Schreckhaftigkeit seiner Begleiterin verwünschte. »Das haben Gewitter in einer solchen Höhe so an sich«, erklärte er in schulmeisterlichem Tonfall. »Versuche zu schlafen, das ist das Beste, was du tun kannst.«

Er wollte sich wieder seiner Lektüre zuwenden, aber Gudrun krallte ihre Hand fester in seine Schulter und schüttelte ihn. »Was ist, wenn wir von einem Blitz getroffen werden?«

Tom atmete einmal tief durch und legte das Magazin auf seinen Schoß.

»Ein Flugzeug in der Luft ist wie ein Faradayscher Käfig«, sagte er betont langsam. »Wir sind nicht geerdet und können keinen Strom leiten. Andernfalls würde es nur bei gutem Wetter Flugbetrieb geben, und wie du weißt, ist das nicht der Fall. Sonst noch Fragen?«

Gudrun musterte ihn ungläubig. Das war ganz und gar nicht der Tom Ericson, den sie kannte. Mach doch, was du willst! dachte sie bitter, wandte sich ab und blickte verunsicherter als zuvor wieder zum Fenster hinaus. Aus den

Augenwinkeln heraus bemerkte sie, daß Tom erneut zu lesen begann.

Einiges stimmte hier nicht. Sie hatte dasselbe flaue Gefühl im Magen wie damals, als …

Wieso konnte sie sich nicht mehr erinnern? Es war, als hätte sich ein Schleier über ihr Gedächtnis gelegt.

Das Gefühl, alles schon einmal erlebt zu haben, wurde übermächtig, es erdrückte sie schier.

Wie war sie überhaupt in dieses Flugzeug gelangt? Noch vor kurzem hatte sie sich in Oake Dùn aufgehalten …

Ein weiterer greller Blitz spaltete die Nacht und ihre Gedanken. Der kleine Jet bockte wie ein Rodeobulle, und urplötzlich war die Tragfläche verschwunden. Gudruns Magen begann sich umzustülpen. Sie hatte das Gefühl, schwerelos zu werden. Der Schrei erstickte ihr im Hals.

Wir stürzen ab! schoß es ihr durch den Kopf, aber ihre Stimmbänder waren wie gelähmt. Voller Panik blickte sie um sich. Tom las nach wie vor seelenruhig in seinem Archäologiemagazin, die Diplomaten dösten friedlich vor sich hin.

Sahen sie nicht, was geschah? Verdammt, warum konnten sie so ruhig bleiben, nur einen Schritt von dem todbringenden Abgrund entfernt?

Seid ihr alle verrückt geworden? wollte Gudrun rufen, als ihr Blick auf die alte Ledertasche fiel, in der Tom das geheimnisvolle Kristallauge aufbewahrte. Das Auge der Göttin Khom, das wohl besser nie gefunden worden wäre. Vielleicht war es verflucht, wie es im Laufe der Geschichte angeblich schon viele unselige Flüche gegeben hatte …

Unsinn! dachte Gudrun. Solche übersinnlichen Erscheinungen existierten nicht, sie waren die Erfindung von Märchenerzählern, Scharlatanen und Angsthasen.

Trotzdem hatte sich die Ledertasche vom Boden erhoben und schwebte langsam weiter in die Höhe. Der Verschluß schnappte auf, ohne daß sich jemand daran zu schaffen machte, und das Kristallauge glitt daraus hervor. Es glühte in einem düsteren Rot, begann sich zu drehen und pulsierte dabei wie ein schlagendes Herz.

Endlich überwand Gudrun ihre Starre. Ein Schrei brach über ihre Lippen ...

... und eine feste, aber gleichzeitig sanfte Hand legte sich über ihren Mund, und eine markante Stimme sagte eindringlich: »Ruhig, Miss Heber, ganz ruhig. Alles ist gut. Sie haben nur geträumt. Bei uns kann Ihnen nichts geschehen.«

Die Hand gab ihren Mund frei. Gudrun erblickte dicht über sich in der Dunkelheit die Umrisse eines Männerkopfes. Im ersten Augenblick stieg Panik in ihr hoch, aber dann erkannte sie Connor, Ian Sutherlands Butler. Ihr Atem ging noch immer heftig und stoßweise, doch es gelang ihr zu nicken. Krächzend sagte sie. »Ja, Connor, danke. Ich ... ich weiß nicht, was mit mir los war.«

»Holen Sie erst einmal tief Luft, Miss Heber«, mahnte der Butler und richtete sich auf. »Wünschen Sie, daß ich das Licht anmache?«

»Ich glaube ... ja, das wäre wohl das Beste.«

Connor zog sich zurück, und Sekunden später flammte das gedämpfte Licht der Nachttischlampe neben dem Bett auf. Gudrun blinzelte, strich sich das feuchte Haar aus der Stirn und setzte sich im Bett auf. Ihr Gesicht war schweißnaß, das Nachthemd klebte ihr am Körper. Ihre Kehle fühlte sich rauh an, und sie mußte husten. Mühsam atmete sie ein paarmal tief durch.

»Habe ich ...«, sie brachte ein gequältes Lächeln zustande, »... habe ich geschrien?«

»Nicht sehr laut«, erwiderte Connor. Seine Stimme klang immer noch fürsorglich, aber inzwischen wieder so distanziert, als würde er sich nicht im Schlafzimmer einer jungen und attraktiven Frau befinden, deren schweißgetränktes Nachthemd mehr enthüllte als verbarg, sondern auf einem Bankett mit gesetzten alten Damen. »Sie haben gestöhnt und vor sich hin gemurmelt. Aber ich glaube, Sie hätten laut geschrien, wenn ich Sie nicht aufgeweckt hätte.«

Gudruns Augen wurden groß. Obwohl die Panik noch nicht völlig abgeebbt war, kam ihr ein ganz anderer Gedanke. »Wieso haben Sie mich gehört?« fragte sie zögernd. »Ihr Zimmer liegt, wenn ich mich nicht irre, am anderen Ende des Flurs ...«

»Ich pflege für gewöhnlich einen leichten Schlaf«, erklärte Connor, als sei dies das Selbstverständlichste der Welt. Obwohl er im Pyjama und mit unordentlichen Haaren neben ihrem Bett stand, strahlte er die unterkühlte Würde und Gelassenheit aus, die jeder britische Butler schon mit der Muttermilch aufsog. »Außerdem war ich durch die Vorfälle der vergangenen Tage ohnehin auf Unvorhergesehenes vorbereitet«, fügte er hinzu. »Sie verstehen, was ich meine?«

Gudrun stieß ein leises Lachen aus, und mit dem Lachen lösten sich die Angst und die Verkrampfung. Es schien kaum eine Situation denkbar, in der Connor die Beherrschung oder seine gewählte Ausdrucksweise verlor.

»Sie sind ein Schatz«, sagte sie. Dann wanderte ihr Blick zu der Tür, die in das Nebenzimmer führte, und auf ihrer Stirn erschien eine steile Falte. »... was man von Tom kaum behaupten kann. Wenn Sie mich am anderen Ende des Flurs noch hören konnten, dann hätte er senkrecht auf der Matratze stehen müssen.«

»Es ist meine Aufgabe, mich um das Wohlbefinden der Gäste von Sir Ian zu kümmern«, erwiderte Connor lakonisch. »Mr. Ericson hat seinen Schlaf verdient. Wenn Sie mich nun bitte für einen Augenblick entschuldigen.«

Bevor Gudrun antworten konnte, verschwand der dienstbare Geist von Oake Dùn, kehrte aber gleich darauf mit einem halb gefüllten Glas zurück.

»Was ist das?« fragte die Anthropologin mißtrauisch. »Ich brauche kein Beruhigungsmittel.«

»Das wird Ihnen guttun«, versicherte Connor und reichte ihr das Glas. »Es ist alter schottischer Whisky. Eine bessere

Medizin finden Sie nirgendwo. Und, wenn Sie mir die persönliche Bemerkung gestatten, auch keine wohlschmeckendere.«

Gudrun verzichtete darauf, sich zu erkundigen, wie Connor es geschafft hatte, in dieser kurzen Zeit ein Glas voll Whisky herbeizuzaubern. Wahrscheinlich hatte er genau das getan – gezaubert. Manchmal war ihr seine Schnelligkeit fast schon unheimlich.

»Danke.« Sie ergriff das Glas und nippte daran.

»Trinken Sie es in einem Zug leer, auch wenn das wenig stilvoll, ist!«

Gudrun lächelte und stürzte die bernsteinfarbene Flüssigkeit hastig hinunter.

Der Whisky brannte wie Feuer in ihrer Kehle, aber sofort breitete sich auch eine wohltuende Wärme im Magen aus. Gudrun gab dem Butler das Glas zurück und ließ sich seufzend in die Kissen sinken.

»Danke, Connor. Was würde Sir Ian wohl ohne Sie anfangen?«

Statt einer Antwort deutete der Butler eine Verbeugung an und fragte: »Kann ich noch etwas für Sie tun, Miss?«

Gudrun schüttelte den Kopf. »Danke, Connor. Sie haben bereits mehr für mich getan, als Sie vielleicht glauben.«

»Es war mir ein Vergnügen.«

Und obwohl das verdammt nach einer Standardfloskel klang, die man eben so dahinsagt, glaubte Gudrun ihm.

»Sollten Sie mich noch einmal benötigen, zögern Sie nicht, nach mir zu rufen!«

»Das werde ich tun, Connor. Ganz bestimmt sogar.«

Nachdem der Butler gegangen war, lag Gudrun noch eine Weile mit im Nacken verschränkten Armen im Bett und starrte zur Stuckdecke hinauf, bevor sie die Nachttischlampe löschte. Der Whisky erfüllte sie mit angenehmer Müdigkeit, und die Erinnerung an den Alptraum verblaßte rasch. Dennoch blieb ein nagendes Gefühl bevorstehenden Unheils.

Gudrun Heber war eine nüchtern denkende Wissenschaftlerin. Sie wußte nur zu gut, daß die turbulenten Ereignisse der letzten Tage deutliche Spuren auf ihrem Seelenkostüm hinterlassen hatten.

Aber ebensogut wußte sie, daß sie schon früher gelegentlich von Vorahnungen geplagt worden war, die sich auf die eine oder andere Weise stets erfüllt hatten.

Irgendwann nach Mitternacht forderte die Müdigkeit ihren Tribut. Die junge Frau fiel in einen tiefen und diesmal traumlosen Schlaf.

Madhav verließ die Klinik über die Ausfahrt der Tiefgarage. Niemand hielt ihn auf, als er gemessenen Schrittes die Rampe überquerte und sich nach wenigen hundert Metern in das frühmorgendliche Gewühl der Berufspendler mischte. Kaum einer der Männer und Frauen beachtete ihn. Sie waren hinreichend mit sich selbst beschäftigt. Ärger und Unmut standen in ihren Gesichtern zu lesen.

Die Frage entstand unmittelbar in Madhavs Gedanken. Abrupt verhielt er seine Schritte.

»Wer sagt das?« fragte er laut.

Zwei, drei Passanten starrten ihn verblüfft an.

Sie waren wohl der Meinung, daß seine Verwirrung tiefere Ursachen hatte, und sie beeilten sich, seiner Nähe zu entfliehen.

Die fremde Stimme meldete sich mit einem leisen Lachen wieder.

Du bist nicht verrückt, Madhav. Noch nicht.

»Verdammt. Zeig dich, oder verschwinde!«

Ich bin in dir Madhav, fast wie ein Teil von dir. Ohne mich wärest du inzwischen tot.

Der Inder stieß einen weinerlichen Laut aus, verkrallte seine Hände um die Schläfen und torkelte weiter. Die Passanten wichen zur Seite und machten ihm Platz. »Ich bin nicht verrückt!« schleuderte Madhav ihnen entgegen, aber danach war es mit seiner Selbstbeherrschung vorbei. Hemmungslos schluchzend ließ er sich auf den einzigen leeren Sitz an einer

Bushaltestelle sinken. Sekunden später war er allein. Ein Bus nahm die Menschen mit sich.

Vor seinem inneren Auge tanzten wogende Schatten einen sinnverwirrenden Reigen. Er spürte eine würgende Übelkeit in sich aufsteigen, die noch von der Operation stammte – aber weitaus schlimmer war der pochende Schmerz, der seine linke Schädelhälfte zu sprengen drohte.

Madhav vollführte eine heftige, alles wegwischende Handbewegung. »Das ist Unsinn! Humbug!« Er hatte sich schon oft einen zuviel hinter die Binde gekippt und anderntags unter einem fürchterlichen Brummschädel gelitten, doch so schlimm wie heute war es nie gewesen. Das Leben auf der SEA QUEEN machte fast jedes Crewmitglied schon nach Jahren zum Wrack.

Das Schiff ist weit weg! meldete sich die unheimliche Stimme wieder. *Eine fremde Macht hat dich zu sich geholt, um dich zu einem willenlosen Sklaven zu machen. Nur weil du immun bist, wurde dein Körper zum Gefangenen der Pyramide – und wir verschmolzen miteinander, als mich ebenfalls der Sog der Ortsversetzung erfaßte. Gemeinsam wurden wir hierher geschleudert.*

»Ein Sklave ... Gefangener ... ?« Madhav lachte schrill und wurde gleich darauf von einem schrecklichen Husten geschüttelt, der ihn unbarmherzig daran erinnerte, daß er eigentlich im Bett liegen sollte, angeschlossen an ein halbes Dutzend verschiedener Apparaturen, die für sein Leben garantierten. Statt dessen kauerte er in sich zusammengesunken an einer Bushaltestelle und spuckte Blut. Die vorbeihastenden Menschen nahm er nur als Schemen wahr, die ihm auswichen. Entweder hielten sie ihn für stockbesoffen, oder für high.

Ein irres Flackern lag in seinem Blick, als er sich umschaute und zugleich mit dem Handrücken das Blut von den Lippen wischte. Der Husten quälte ihn, und jeder Atemzug stach wie Feuer in seiner Lunge.

»Verrückt!« hallte es in ihm nach, anhaltend, lauter werdend, betäubend. Die Hände um den Schädel verkrampft,

sprang er auf. Das Quietschen von Bremsen und ein wahnsinniges Hupkonzert verfolgten ihn. Er torkelte blindlings weiter, rempelte Menschen an, stürzte, raffte sich auf, und irgendwann wurde es leiser um ihn her. Nur der eigene rasende Herzschlag dröhnte noch in seinen Schläfen, und das Gefühl würgender Übelkeit hielt seine Eingeweide in unbarmherzigem Griff.

Erst die Berührung einer kühlen Nässe brachte ihn halbwegs wieder zur Besinnung. Er kniete zwischen Blumen und Büschen auf einer Wiese und vergrub sein Gesicht im feuchten Gras.

Die Operationsnarben tobten. Haltlos ließ Madhav sich auf den Rücken rollen und starrte in den stahlblauen Morgenhimmel hinauf. Hoch über ihm zogen zwei Möwen ihre Kreise. Einen Moment lang glaubte er, wieder auf der SEA QUEEN zu sein, hörte das Raunen des Windes und das Rauschen der Bugsee und fühlte grenzenlose Erleichterung.

Akzeptiere die Wahrheit, oder du wirst sterben! Die Stimme war immer noch da, und sie wußte im voraus, zu welcher Antwort Madhav ansetzte. *Ich bin Cahuna – ein Mann, dessen Körper längst zu Staub zerfallen ist. Nur noch mein Geist existiert. Du würdest mich vielleicht als Ego bezeichnen, als Bewußtsein oder als Seele.*

Diesmal schrie Madhav nicht. Schwer atmend lauschte er den Schmerzen, die seinen Körper mit jedem Herzschlag heftiger durchpulsten. So mußten sich Menschen gefühlt haben, die mit glühenden Pflöcken gepfählt worden waren.

Bilder entstanden vor seinem geistigen Auge und zerflossen ebenso schnell wieder – Szenen, die er kannte, die er selbst erlebt hatte. Da war schier undurchdringlicher Nebel, der ihn einhüllte … das schmale Eiland zwischen Himmel und Meer, die versunkene Pyramide … dann die Frau, eine Schönheit, Chinesin und Europäerin zugleich.

Etwas Schreckliches war in seinen Schädel eingedrungen, hatte von ihm Besitz ergriffen und ihn zu einem willenlosen Werkzeug machen wollen …

Wie in einem Kaleidoskop wirbelten die Bilder durcheinander. Madhav bäumte sich auf, stemmte sich noch einmal gegen das Grauen, das ihn in seinen Bann zog, und spürte, wie ihm die Sinne schwanden. Sein letzter Gedanke galt dem Tod, der allein die Erlösung bringen konnte.

»Guten Morgen, Mademoiselle Heber!« Pierre Leroy sprang von der langen Frühstückstafel auf, eilte um den Tisch herum und war Gudrun galant beim Hinsetzen behilflich – ein Kavalier der alten Schule. Sein strahlendes Lächeln hätte zudem jeder Zahnpastawerbung zur Ehre gereicht. »Sie sehen wieder hinreißend aus«, stellte er fest.

»Danke, Pierre.« Die Anthropologin erwiderte sein Lächeln. »Aber bitte, lassen Sie das förmliche *Mademoiselle* Heber. Ich heiße Gudrun.«

»Es ist mir ein besonderes Vergnügen, Mademoiselle Gudrun«, versicherte Pierre, und sein Gesichtsausdruck verriet sein Entzücken. Er schob den Stuhl ein wenig vor, daß Gudrun sich bequem setzen konnte.

Tom, der neben ihr wie beiläufig an seinem Kaffee nippte, sah stirnrunzelnd von der Morgenzeitung auf, bedachte den Franzosen mit einem mißbilligenden Blick und musterte danach seine Kollegin abschätzend. »Guten Morgen, *Gudrun*«, sagte er, die Vertraulichkeit der Anrede besonders betonend. »Ich hoffe, du hast gut geschlafen.«

»Bestimmt nicht so gut wie du«, antwortete die Anthropologin spitz und ohne ihn eines Blickes zu würdigen. Sie griff nach der Kaffeekanne und schenkte sich eine Tasse voll ein.

»Milch und Zucker, Mademoiselle Gudrun?« erkundigte sich Pierre aufmerksam.

»Nur Milch, Pierre, danke.« Sie nahm das Kännchen entgegen und bedachte den kleinen, drahtigen Franzosen mit einem unübersehbaren Augenaufschlag. »Falls es nicht gegen Ihre Gewohnheiten verstößt, lassen Sie doch bitte das Mademoiselle weg.«

»Natürlich. Sehr gern sogar.«

Toms Stirnrunzeln vertiefte sich. »Habe ich irgend etwas Wichtiges verpaßt?« fragte er irritiert. Er nahm die Lesebrille ab und musterte zuerst Gudrun und danach den Franzosen, der mit Hingabe ein frisches Hörnchen mit Butter bestrich.

Gudrun trank einen Schluck Kaffee und griff seelenruhig nach einer Scheibe Toast, bevor sie antwortete: »Nichts, was dich interessieren würde. Du hast schließlich deine Zeitung.«

Toms Miene spiegelte seine Ratlosigkeit wider. Zweimal setzte er zu einer Entgegnung an, faltete dann pedantisch die Zeitung zusammen, nahm die Brille ab und sagte: »Wieder Berichte über unsere Untersuchungen der Kornfeldkreise. Aber nach wie vor kein Wort vom Überfall auf Oake Dùn.«

»Gute Kontakte zur regionalen Presse waren schon immer hilfreich«, klang Ian Sutherlands Stimme auf. Der Earl of Oake Dùn, Gründer und Finanzier von A.I.M. und Sproß einer traditionsreichen Familie des schottischen Hochadels, war unbemerkt eingetreten. Er betrachtete die Kaffeetassen seiner Gäste mit mildem Tadel, ließ sich am Ende der Tafel nieder und schenkte sich selbst Tee ein. Von Connor, der den Tisch gedeckt und für frisches Gebäck gesorgt hatte, war momentan nichts zu sehen.

»Allerdings kann auch ich nicht verhindern, daß mit der Zeit das eine oder andere Gerücht an die Öffentlichkeit dringt«, fuhr Sutherland fort. »Es liegt mir fern, Pressezensur zu üben, obwohl alle Anzeichen darauf hindeuten, daß der Überfall dem Kristallauge galt, dem Artefakt der Göttin Khom, und nicht irgendwelchen Kleinigkeiten wie banalen Kunstschätzen oder dergleichen.«

Ian Sutherland, ein Mann Ende Vierzig, strahlte die Selbstsicherheit und Kultiviertheit eines wahren Gentleman aus. Doch wer in ihm nur den aristokratischen Lebemann sah, täuschte sich gewaltig. Das mochte er früher gewesen sein – inzwischen fand Sutherland sich genausogut in wissenschaftlichen Laboratorien oder malariaverseuchten Tropenwäldern zurecht wie auf dem glatten Parkett des blaublütigen Adels.

»Sie haben das Kristallauge für die Yale-Universität entdeckt«, sagte er, an Tom und Gudrun gewandt. »So sehr mich das Artefakt auch interessiert, ich habe keinen Anspruch darauf. Ihr Professor Ernest Radcliffe will verständlicherweise den Fund ebenfalls möglichst schnell sichten. Aufgrund Ihres letzten Telefonats hat er mir heute ein Fax geschickt, in dem er um Ihre sofortige Rückkehr bittet.«

Sutherland stellte seine Tasse ab, zog ein gefaltetes Blatt Papier aus der Jackentasche und reichte es Gudrun. Die Anthropologin überflog es schnell und gab es an Tom weiter, der mit zusammengekniffenen Augen las, ohne seine Brille zu benutzen.

»In gewisser Weise kommt mir Professor Radcliffes Anliegen sogar entgegen«, sagte Sutherland nachdenklich. »Im Augenblick müssen wir davon ausgehen, daß unser geheimnisvoller Widersacher – mag er nun Kar heißen oder sonstwie – über Möglichkeiten verfügt, das Auge zu orten. Ob diese Vermutung der Wahrheit entspricht, finden wir am besten heraus, wenn wir den Kristall von Oake Dùn entfernen. Aber natürlich würde ich nie zulassen, daß Sie dadurch einer Gefahr ausgesetzt werden. Deshalb habe ich mir erlaubt, gewisse Vorkehrungen für Ihre Reise zu treffen, Ihr Einverständnis vorausgesetzt.«

»Vorkehrungen welcher Art?« fragte Tom interessiert.

»Gestatten Sie mir vorher noch eine Frage: Wären Sie bereit, sofort aufzubrechen? Das heißt natürlich nicht, daß ich Sie vertreiben will. Ganz im Gegenteil – mir wäre sehr an einer festen Zusammenarbeit mit Ihnen beiden gelegen.«

Tom grinste. »So gut es mir hier gefällt, ich wäre in einer Viertelstunde reisebereit. – Gudrun?«

Die Deutsche zuckte mit den Achseln. »Falls ich vorher noch in Ruhe frühstücken darf, habe ich keine Einwände.«

»Mademoiselle … äh, Gudrun«, meldete sich Pierre Leroy zu Wort. »Ich hatte mir für diesen Tag so viel vorgenommen, was ich Ihnen zeigen könnte …«

»Verschieben Sie Ihre Sightseeingtour, Pierre«, unterbrach

Sutherland. »Ich hoffe genau wie Sie, daß wir Miss Heber und Doktor Ericson bald wieder bei uns begrüßen dürfen.«

An Tom und Gudrun gewandt, fuhr er fort: »Mein Angebot gilt nach wie vor. Lassen Sie sich für ein oder zwei Semester beurlauben. Sie sind jederzeit willkommen, und im Gegensatz zu meinem Freund Radcliffe muß ich nicht um den Forschungsetat kämpfen. Welche Geldmengen zur Verfügung stehen, entscheide ich allein, und die sind – ohne daß ich überheblich klingen möchte – bedeutend höher als die, die Ihnen die Universität bewilligen kann.«

»Klingt verlockend«, murmelte Tom.

»Und wie sieht unser Reiseplan aus?« wollte Gudrun wissen.

»Abflug mit dem Hubschrauber nach Aberdeen in einer Stunde«, sagte Sutherland. »Dort haben Sie aus Gründen der Flugsicherung einen kurzen Aufenthalt. Danach Weiterflug nach London. Connor wird Sie begleiten und für Ihre Sicherheit sorgen. Sie treffen um 12 Uhr 55 in London-Heathrow ein. Um 13 Uhr 15 besteigen Sie eine UN-Chartermaschine nach New York. Außer Ihnen werden sich nur Diplomaten an Bord befinden. Zwischenstopp auf den Azoren. Um 18 Uhr 40 Ortszeit landen Sie auf dem Kennedy-Airport in New York.«

Tom starrte den Earl of Oake Dùn überrascht an, deshalb entging ihm, daß Gudrun schlagartig kreidebleich geworden war und ihren Toast fallen ließ. Erst als sie erstickt zu husten begann, wurde er aufmerksam und schlug ihr derb auf den Rücken. Gudrun spuckte ein paar Brocken Weißbrot aus, ergriff die Serviette und hielt sie sich vor den Mund.

Leroy war schon wieder aufgesprungen. »Mademoiselle Gudrun …!« rief er besorgt. »Moment, ich bringe Ihnen ein Glas Wasser!«

»Schon gut, Pierre«, wehrte die Anthropologin ab. »Es geht wieder.« Der Hustenanfall hatte die Blässe aus ihrem Gesicht vertrieben.

»Du hast es gehört, Kumpel, sie ist in Ordnung«, sagte Tom

leise und bedachte den Franzosen mit einem feindseligen Blick.

Pierre zögerte einen Augenblick, sein Mund wurde schmal, aber dann sanken seine Schultern herab, und er setzte sich wieder.

»Entschuldigt bitte«, preßte Gudrun mit gesenktem Kopf hervor und wischte sich den Mund ab. »Ich habe mich leider verschluckt.«

Ian Sutherland wartete einen Moment, bevor er sagte: »Es liegt mir wirklich fern, Sie vor vollendete Tatsachen zu stellen. Die Entscheidung treffen selbstverständlich Sie allein.«

»Schon gut«, versicherte Tom Ericson. »Ich verstehe Ihre Beweggründe. Und wenn Gudrun keine Einwände hat …«

»Weshalb sollte ich?« fragte die Anthropologin eine Spur zu hastig. »Wann erhält man schon Gelegenheit, als Diplomatengepäck zu reisen?«

Pierre Leroy musterte sie verstohlen, sagte aber kein Wort mehr.

Madhav war nicht tot, und er konnte auch nicht lange besinnungslos gewesen sein. Als er schwerfällig die Augen aufschlug, hatte sich noch nichts verändert. Niemand hatte ihn zwischen den Blumenrabatten entdeckt. Und falls doch – vielleicht war der oder die Betreffende rasch weitergegangen, weil er keinen Ärger wollte.

Früher waren die Menschen hilfsbereiter.

Madhav stieß ein ersticktes Gurgeln aus. Er hatte vergeblich gehofft, daß die unerklärliche Stimme in seinem Innern für immer verstummt sei.

Wie hatte sie sich genannt? *Cahuna*? Madhav war überzeugt davon, diesen Namen nie zuvor gehört zu haben. »Shiva«, murmelte er tonlos und mit blutleeren Lippen, »nimm den bösen Geist von mir!«

Ein krampfhafter Husten schüttelte ihn, und er spuckte Blut. Nicht viel zwar, aber immerhin genug, ihn erneut zu ängstigen. Und dazu diese grauenvollen Kopfschmerzen. Madhav ertastete eine verkrustete Wunde hinter seinem linken Ohr. Sie fühlte sich an, als reiche sie tief in den Schädel hinein. Und innen, das spürte er immer deutlicher, wühlte etwas wie mit tausend glühenden Nadeln.

Der Symbiont hat seine Brut hinterlassen. Obwohl er abgestorben ist, wirst du noch keine Ruhe finden.

Madhav schrie gequält auf. Vergeblich versuchte er, die Kruste loszureißen. Doch seine Finger schienen ihm nicht mehr zu gehorchen.

Ich lasse nicht zu, daß du dich selbst verletzt.

»Verdammt noch mal, verschwinde! Laß mich in Ruhe!« Madhavs Stimme überschlug sich schrill und brach in einem krampfhaften Schluchzen ab. Er war am Ende seiner Beherrschung angelangt. Ein wimmerndes, winselndes Bündel, wand er sich auf dem Rasen, krallte die Finger in den Boden und war drauf und dran, wirklich den Verstand zu verlieren.

Hör mir zu! Der Befehl ließ ihn tatsächlich innehalten. Zwar nur für Sekunden, aber danach war es ihm, als kämpfe er gegen unsichtbare Fesseln an.

Warum tust du das? dachte er wütend.

Um uns beiden zu helfen.

Die Stimme begann zu erzählen, und je länger sie redete, desto weniger verstand Madhav. Aber immerhin beruhigte er sich.

... dieser Mensch, der sich Kar nennt, ist dem Einfluß des Fremden verfallen. Er hat versucht, zwei wertvolle Artefakte an sich zu bringen, aber er beherrscht die Zeitlose Ortsversetzung nur unvollkommen.

Deshalb wurdest du von Bord deines Schiffes auf die einsame Insel verschlagen, und ich verschmolz mit dir, als ich herauszufinden versuchte, wer mit den uralten Hinterlassenschaften experimentiert.

»Ich verstehe nicht, wovon du redest.« Madhav stöhnte gequält. »Laß mich endlich in Frieden.«

Erinnerst du dich daran, daß Kar dir einen Symbionten einge-

pflanzt hat? Der Symbiont ist tot, abgestorben. Du bist einer der wenigen Menschen, die gegen diese Kreaturen immun sind. Eine Substanz in deinem Gehirn ließ den Symbionten absterben.

Wenn schon, dachte Madhav ohne jede Emotion. Ich ziehe einen schnellen Tod qualvollem Siechtum vor.

Hilf mir, den magischen Kristall zu finden!

»Einen Dreck werde ich tun!« Der Inder stieß die Worte wie einen Fluch hervor.

Einer plötzlichen Eingebung folgend, raffte er sich auf und stolperte davon. Wie ein Betrunkener torkelte er von einer Seite zur anderen, und als er sich umwandte, strauchelte er und schlug der Länge nach hin.

Du zwingst mich, Methoden anzuwenden, die ich eigentlich verabscheue und die dich zum Gefangenen in deinem eigenen Körper machen. Aber nur eine heile Zeremonie mit dem Auge der Göttin Khom kann die Brut des Symbionten endgültig vernichten!

Madhavs Bewegungen glichen denen einer Marionette. Nur waren die Fäden, an denen er agierte, geistiger Natur.

Gudrun war während des gesamten Fluges nach London ungewöhnlich schweigsam gewesen. Tom Ericson hatte mehrfach versucht, den Grund für ihre Einsilbigkeit herauszufinden, hatte seine Bemühungen aber letztlich aufgegeben. Schließlich war es Gudrun, die das Schweigen brach, kurz bevor sie auf dem Flughafen Heathrow landeten.

»Wann wirst du endlich aufhören, in diesem dämlichen Magazin zu blättern?« fragte sie scharf. »Das sieht so aus, als wolltest du dich vor mir verkriechen.«

Tom ließ das Fachblatt sinken. Verständnislos musterte er die Anthropologin, die neben ihm am Fenster saß. »Ich weiß zwar nicht, was ich falsch gemacht habe«, begann er, »aber seit wann stört es dich, wenn ich lese? Würdest du mich gnädigerweise aufklären, damit ich nicht erneut deinen Unwillen auf mich ziehe?«

»Es ist nicht ...«, begann Gudrun, zögerte einen Augenblick und fuhr schließlich fort, » … es ist nicht dein Fehler. – Glaubst du an Vorahnungen?«

»Vorahnungen?« fragte Tom verblüfft zurück. Ihm fiel auf, daß seine Kollegin immer wieder kurz zum Fenster hinausspähte. Sie wirkte zunehmend nervöser. Connor, der den Helikopter flog, bemühte sich hingegen erfolgreich, nicht vorhanden zu sein.

»Vorahnungen, Träume, Visionen – nenne es, wie du willst«, erklärte Gudrun. »Das gibt es und gab es in allen Kulturkreisen.«

»Ich verstehe trotzdem nicht, worauf du hinauswillst«, bekannte Tom ratlos.

»Beantworte nur meine Frage.«

Im ersten Moment wollte der Archäologe mit einem entschiedenen »Nein« reagieren, überlegte es sich aber doch anders. Noch vor wenigen Tagen hätte er Phänomene wie Telepathie, Teleportation oder Zeitreisen als esoterischen Humbug bezeichnet, aber nach den letzten Erlebnissen war sein Weltbild in dieser Beziehung gehörig ins Wanken geraten.

»Ich möchte keineswegs sagen, daß ich daran glaube«, erklärte er vorsichtig, »aber ich will es auch nicht mehr ausschließen. Hattest du … eine Vision, Gudrun? Ist das der Grund für dein merkwürdiges Verhalten?«

Sie nickte. »Letzte Nacht. Ein böser Alptraum. Zum Glück hat mich Connor geweckt. Sonst hätte ich vermutlich ganz Oake Dùn zusammengeschrien.«

Ericson warf Connor einen erstaunten Blick zu, in dem möglicherweise auch ein wenig Tadel mitschwang. Der Butler hatte von Ian Sutherland den Auftrag erhalten, für die Sicherheit der beiden Wissenschaftler zu sorgen, bis diese den Diplomaten-Jet bestiegen, und der Schotte war so zuverlässig wie eine Schweizer Präzisionsuhr.

Gudrun begann zu erzählen, stockend erst, dann immer schneller. Als sie geendet hatte, wirkte sie erleichtert, als sei ihr eine schwere Last von der Seele gefallen. Auf Toms Stirn hingegen hatte sich eine tiefe Falte gebildet.

»Na ja«, sagte er nachdenklich. »Erstaunlich ist das schon. Aber eines beruhigt mich: In deinem Traum war es Nacht. Wir überqueren den Atlantik jedoch bei Tageslicht. Sollte dein Traum also wirklich so etwas wie eine Warnung gewesen sein, kann nur ein anderer Flug gemeint sein.«

»Du vergißt den Jet und die Diplomaten«, gab Gudrun zu bedenken. »Mit so einem Flugzeug werden wir schließlich fliegen.«

Tom schaute sie eindringlich an. »Was willst du machen? Auf einen Linienflug umsteigen? Die nächste reguläre Maschine erreicht New York vielleicht tatsächlich erst in der Nacht.«

»Wir könnten einen Tag warten«, schlug Gudrun vor. Es klang wenig überzeugend.

Tom winkte ab. »Sollte wirklich jemand versuchen, uns das Auge abzujagen, hätte er während eines regulären Linienfluges die besseren Chancen.« Er hob die Hände, um einen Einwand abzuwehren, und sprach weiter. »Angenommen, dein Traum ist kein Hirngespinst, dann gibt es allerdings noch eine andere Erklärung. Das Auge hat uns schon einmal beeinflußt. Der Grund dafür ist im nachhinein klar. Aber heute? Will er verhindern, daß wir den Learjet nehmen, weil es womöglich die Konfrontation mit Kar sucht?«

Gudruns Augen wurden schmal. »Das wäre eine Erklärung. Aber kennt Kar – oder wer immer – unsere Ansichten im voraus?«

Tom hob ruckartig die Schultern und ließ sie weitaus langsamer wieder sinken. »Die keltische Opferzeremonie in Stonehenge war überzeugend genug – eine Art geistige Zeitreise in die Vergangenheit. Nur verlange von mir bitte keine Erklärung, welche Faktoren zusammentreffen müssen, um das zu ermöglichen ... Mag sein, daß so eine Vorstellung auch in die andere Richtung funktioniert.«

Er bückte sich, hob die Tasche auf, die neben seinem Sitz stand, legte sie auf seinen Schoß und öffnete den Verschluß.

»Was hast du vor?« wollte Gudrun wissen.

Der Archäologe blickte sich kurz um. »Nachsehen, ob der Kristall wieder aktiv geworden ist.«

Er beugte sich vor und spähte in die geöffnete Tasche. »Sieht leblos aus«, berichtete er. »Kein noch so schwaches Leuchten – und auch kein Ziehen im Hinterkopf.«

»Was hast du erwartet?« fragte Gudrun spöttisch. »Daß er sich meldet und sagt: *Hallo Tom, du hast recht, ich habe versucht, euch zu beeinflussen. Aber alles ist halb so schlimm.*«

Tom Ericson richtete sich auf, verschloß die Tasche sorgfältig und schoß einen wütenden Blick auf Gudrun ab.

»Ich entdecke eine wachsende Gereiztheit an dir. Liegt das daran, daß wir uns der schützenden Geborgenheit von Yale nähern ... ?«

»Spotte nur.« Gudrun seufzte ergeben. »Aber erwarte nicht, daß ich als Frau mich immer deiner männlichen Weisheit beuge.«

Tom wollte gerade zu einer Erwiderung ansetzen, da kündigte Connor die bevorstehende Landung in Heathrow an.

Madhavs Operationswunden waren wieder aufgebrochen. Trotz des dicken Verbandes über seinem Oberkörper durchdrang das Blut allmählich den Kittel. Immer öfter trafen ihn neugierige, aber auch erschreckte Blicke.

In der Gesäßtasche der Hose hatte Madhav mehrere Pfund-Noten gefunden, die für eine Bahnfahrkarte nach London ausreichten.

Inzwischen hatte er sich damit abgefunden, daß ein Geist – ob gut oder böse, blieb dahingestellt, denn er konnte es ohnehin nicht ändern – von ihm Besitz ergriffen hatte. Er hatte sich damit abgefunden, weil ihm keine andere Wahl blieb, aber er akzeptierte es nicht.

Du bist wie ich auf das Auge der Göttin Khom angewiesen. Wie schon zuvor entstand die Stimme unmittelbar in seinen Gedanken – ein schrecklicher Alptraum, der ihm wohl bald den Verstand rauben würde.

Erneut pulste eine Welle heftiger Schmerzen durch seinen Körper. Stöhnend, beide Arme auf den Leib gepreßt, hielt Madhav inne. Die Anfälle häuften sich und wurden heftiger, weil die körperliche Anstrengung zu groß war. Selbst Cahuna konnte auf Dauer nicht verhindern, daß das Leben aus ihm herausrann.

Wir haben unser Ziel bald erreicht.

»Was ist, wenn du dich irrst?« Madhav redete in seiner Muttersprache, und keiner der vorbeihastenden Menschen verstand, was er sagte. Nur ihre Blicke streiften ihn – neugierig, mißtrauisch, ängstlich.

Ich spüre das Kristallauge, antwortete das Geisteswesen. *Es bewegt sich auf uns zu.*

Madhav schwieg. Bemüht, seine Schwäche zu verbergen, schritt er wieder schneller aus. Dennoch blieb das unangenehme Gefühl, nicht mehr Herr des eigenen Willens zu sein. Cahunas lenkte ihn.

Flüchtig spielte der Inder mit dem Gedanken, sich dem nächsten Polizisten zu offenbaren. Aber wahrscheinlich hätte man ihn für schizophren erklärt und in eine Zwangsjacke gesteckt. Ihm blieb keine Wahl.

Die Fahrkartenautomaten akzeptierten keine Scheine. Madhav war gezwungen, Hartgeld einzutauschen. Die Frau am Kiosk starrte ihn an wie ein Wesen von einem anderen Stern.

»Sie brauchen einen Arzt!« stellte sie unumwunden fest und fügte ängstlich hinzu: »Wollen Sie, daß ich einen Krankenwagen rufe?«

»Ich bin selbst Pfleger.« Madhav reagierte eine Spur zu schroff.

Der Zug fuhr bereits ein, als er endlich sein Ticket dem Ausgabeautomaten entnahm. Madhav schaffte es gerade noch, einzusteigen, ehe sich die automatischen Türen wieder schlossen.

Zu dieser Zeit, am späten Morgen, waren die Wagen nicht mehr voll besetzt. Madhav fand ein leeres Abteil, zog die Vorhänge zum Gang hin zu und starrte zum Fenster hinaus auf die vorbeihuschende Landschaft. Vor seinen Augen verschwamm alles zu einem bunten Konglomerat von Eindrücken, und in seinem Schädel schien eine Straßenbaukolonne mit schwerem Gerät angerückt zu sein. Das Dröhnen, Hämmern und Pochen zermürbte ihn.

Du spürst die Brut des Symbionten, die langsam heranwächst.

»Langsam ...« Madhav hustete gequält. »Das geht verdammt schnell.«

Trotz der Schmerzen fiel er bald in eine Art Halbschlaf und registrierte nur im Unterbewußtsein, daß der Zug mehrmals hielt.

Madhav blieb ungestört. Erst kurz vor London betrat eine ältere Dame das Abteil. Ihr halb ersticktes Gurgeln schreckte den Inder hoch. Schneller, als sie das Abteil betreten hatte, wich sie entsetzt zurück. Ihre Reisetasche fiel zu Boden, und irgend etwas splitterte klirrend.

Madhav reagierte, wie es seiner Situation entsprach. Er war ein Fremder in einem Land, von dem er nie zuvor mehr als einige Hafenstädte gesehen hatte – zudem war die Art und Weise, wie er hierhergelangt und was danach mit ihm geschehen war, noch immer mehr als mysteriös. Ohne über sein Tun nachzudenken, schnellte er sich nach vorne, preßte der Lady eine Hand auf den Mund, daß ihr Schrei schon im Ansatz erstickte, und zerrte sie gleichzeitig an sich. Ihre Gegenwehr war mehr als kläglich. Madhav setzte ihr die Faust so punktgenau unters Kinn, daß sie schlaff und ohne einen weiteren Laut in sich zusammensackte.

In den langen Jahren auf See, an Bord schäbiger Seelenverkäufer wie der SEA QUEEN, hatte der Inder gelernt, daß er nur sich selbst der Nächste war.

Schwungvoll stieß er die Tür zu und wuchtete die Lady auf einen der Sitze. Abgesehen davon, daß sich ihr kunstvoll gewundener Haarknoten löste und das schon schüttere graue Haar ihr nun wirr ins Gesicht hing, wirkte sie, als schlafe sie.

Hastig durchwühlte Madhav ihre Tasche. Er fand ein Bündel von Zehn-Pfund-Noten, insgesamt sicher fünfhundert Pfund oder mehr, und ließ das Geld triumphierend in seiner Hosentasche verschwinden. Das war mehr, als er je besessen hatte.

Doch mitten in der Bewegung verharrte er. Mißtrauisch taxierte sein Blick die Lady, deren Gesicht inzwischen von einer wächsernen Blässe überzogen wurde. Ihr Alter war schlecht zu schätzen, aber die Fünfundsechzig hatte sie bestimmt schon überschritten.

»Ist ja nichts weiter passiert«, murmelte er wie zur Entschuldigung. »Jeder hat eben mal 'nen schlechten Tag.«

Du tust Unrecht, flüsterte die Stimme in seinem Inneren.

»Ich mußte sie niederschlagen«, widersprach Madhav. »Sie hätte alle Fahrgäste zusammengeschrien.«

Ich meine das Geld.

»Sie hat bestimmt genug davon – und ich kann's brauchen.«

Nein!

»Ohne Geld kommen wir nicht weit.«

Gib es trotzdem zurück!

»Ich bin doch kein Idiot. Ich denke nicht daran ...«, Madhavs Widerspruch verstummte jäh. Aus weit aufgerissenen, aus den Höhlen hervorquellenden Augen starrte er auf seine rechte Hand, die ein erschreckendes Eigenleben entwickelte. Ohne daß er etwas dagegen tun konnte, stopfte er das Bündel Banknoten in die Tasche der Lady zurück. Selbst der Versuch, mit der linken Hand das Geld zurückzuholen, scheiterte.

»Ich ... ich hasse dich!« schnaubte er wütend. »Verschwinde endlich! Laß mich in Ruhe, du, du – Dämon!«

Fürchtest du den Tod nicht mehr?

»Vielleicht lügst du. Wer beweist mir, daß du die Wahrheit sagst? Und wo warst du, als ich verletzt wurde?«

Der Inder hatte sich in Rage geredet. Wutentbrannt wollte er das Abteil verlassen. Er hatte die Hand schon am Türgriff, da hielt er so abrupt inne, als hätte ihn ein Blitz gestoppt. Sein Blick schien sich in endlos weiter Ferne zu verlieren.

Der Zug fuhr bereits in die Victoria Station ein. Madhav mußte ohnehin in die U-Bahn umsteigen. Mit der ›Piccadilly Line‹ dauerte es genau vierzig Minuten, bis er Heathrow London Airport erreichte. Hätte nicht gleichzeitig ein Dutzend Punker die U-Bahn bestiegen, die Fahrt wäre für Madhav wohl zum Spießrutenlauf geworden, denn mittlerweile zeichnete sich sein blutgetränkter Verband deutlich unter der Kleidung ab, und kreidebleich war er ohnehin. So aber hatten die anderen Fahrgäste genügend Ablenkung und Gesprächsstoff.

London Heathrow, 12 Uhr 47

In der riesigen Werfthalle herrschte rege Betriebsamkeit. Drei Großraumflugzeuge standen an den Docks, deren stählerne Gerüste an gigantische Spinnennetze erinnerten. Fahrstühle und Arbeitsbühnen wirkten inmitten der unzähligen Verstrebungen, Treppen und Durchgänge wie fette, auf Beute lauernde Spinnen.

Ein feiner, kaum wahrnehmbarer Geruch von Kerosin und Schmierstoffen hing in der Luft, und vorübergehend schwoll die Geräuschkulisse ohrenbetäubend an. Eine Boeing 767 der British Airways wurde in Maßarbeit ins Freie bugsiert.

Der Airbus im Hintergrund der Halle war erst in zwei Stunden an der Reihe. Momentan führten dort noch die Putzkolonnen das Regiment.

Im geöffneten Notausstieg im Heckbereich erschien ein Mann. Er trug den hellen Overall des Reinigungspersonals, hatte kurzgeschnittenes rotblondes Haar, ein kantiges Gesicht und stechende Augen. Das Namensschild auf seiner linken Brustseite wies ihn als D. Jackson aus. Sekundenlang verharrte er wie erstarrt und ließ seinen Blick durch die Halle schweifen. Nichts schien ihm dabei zu entgehen. Ein verbittertes Lächeln umspielte seine Mundwinkel.

Er warf ein halbes Dutzend Müllsäcke in den Lastenaufzug, fuhr zum Hallenboden hinunter und stapelte den Abfall auf einem Pritschenwagen. Geschickt steuerte er das Gefährt dann um das mächtige Fahrwerk des Airbus herum und verließ die Halle in Richtung Frachtenzentrum. Niemand betrachtete ihn, als er über die weitläufigen Rasenflächen und parallel zum Zaun in Richtung Ausfallstraße fuhr. Bevor allerdings der erste Hotelkomplex in Sicht kam, bog er zur Startbahn hin ab.

Im Luftraum über Heathrow herrschte ein ständiges Kommen und Gehen. Jackson zuckelte mit seinem Elektrokarren an abgestellten Sportmaschinen vorbei. Die Reifen knirschten über den Kies eines frisch aufgeschütteten Zufahrtsweges.

Drüben, auf der freien Fläche vor dem Hangar der Geschäftsflugzeuge, landete soeben ein Helikopter. Keine Polizeimaschine, sondern eine der schlanken, flinken Libellen, die immer häufiger privat genutzt wurden.

Ein flüchtiger Blick auf die Uhr. Zwei Minuten vor eins. Der allmittäglich dichte Flugverkehr erforderte Pünktlichkeit. Nicht einmal hochrangige Politiker konnten Starts und Landungen nach eigenem Gutdünken erwirken.

Der Elektrokarren stoppte neben einem abgestellten Doppeldeck-Ladegerät. Die beiden Scherenhubtische waren nur teilweise ausgefahren, und ein rot leuchtendes Schild vor dem Fahrersitz wies auf einen Defekt in der Anlage hin.

Jackson schwang sich zwischen das Gestänge des niedrigeren Tisches. Mit wenigen Handgriffen brachte er unter der Hydraulik versteckte Dinge zum Vorschein, die weiß Gott nichts mit dem Verladegerät zu tun hatten. Zielsicher zusammengesteckt, wurde ein kurzläufiges, plump anmutendes Granatgewehr daraus. Auf ausreichende Deckung bedacht, visierte Jackson kurz zu dem Hangar hinüber, dessen Tore offenstanden. Ein Learjet rollte ins Freie. Die silbern lackierte Maschine mit dem hellblauen Seitenstreifen trug unverkennbar das Emblem der UNO auf ihrem Rumpf.

Aus dem Helikopter waren mittlerweile drei Personen ausgestiegen und näherten sich dem Jet. Jackson kannte sie nicht, und sie interessierten ihn auch herzlich wenig, zumal sie dem

Aussehen nach alles andere als Geheimdienstleute waren. Zwei Männer und eine Frau. Der eine hochgewachsen und schlank und nicht gerade dem Umfeld entsprechend gekleidet. Mit Lederjacke, Jeans, wadenhohen Stiefeln und breitkrempigem Hut hätte er wohl eher in die afrikanische Savanne gepaßt als in die Nähe hochrangiger Diplomaten.

Die Frau, fast zwei Handbreit kleiner als er, mit schulterlangem, schwarzem Haar, war schlecht einzuschätzen. Sie wirkte bieder wie eine Sekretärin, hatte aber zugleich etwas an sich, das an eine sprungbereite Raubkatze erinnerte. Die Art, wie sie ihre Umgebung musterte, wollte Jackson absolut nicht gefallen.

Der dritte war älter als die beiden. Alles an ihm wirkte distinguiert, und sogar den Kilt, der unzweifelhaft seine schottische Abstammung verriet, trug er mit lässiger Eleganz und Erhabenheit. Lediglich das rote, glatt zur Seite gekämmte Haar stand im Widerspruch zu seiner übrigen Erscheinung.

Die Ankunft zweier schwarzer Limousinen unterbrach Jacksons Betrachtungen. Der Learjet hatte inzwischen den Hangar verlassen und schwenkte mit flirrenden Strahltriebwerken auf die Rollbahn ein.

Jackson pflanzte die erste von drei Gewehrgranaten auf, die ihm zur Verfügung standen. Bäuchlings lag er neben dem Doppeldeck-Ladegerät im Gras und visierte die vorderste der beiden Limousinen an, die jetzt unmittelbar neben dem Jet anhielt.

Der Chauffeur öffnete den Fond.

Jacksons Zeigefinger krümmte sich um den Abzug. »Gleich wirst du zur Hölle fahren, Jonathan Harper!« stieß er gepreßt zwischen den Zähnen hervor.

Aber der Mann, der die britische Regierung bei den Verhandlungen in New York repräsentieren sollte, ließ auf sich warten. Lediglich sein deutscher und der belgische Kollege entstiegen der Limousine und schritten ohne Aufenthalt zu der mittlerweile ausgeklappten Bugtreppe des Learjets.

Die zweite Limousine brachte die Delegationsmitglieder aus drei weiteren EG-Ländern.

Noch fünf Minuten bis zum vorgesehenen Start um 13 Uhr 15. Den Zeitpunkt hatte Jackson über Mittelsmänner erfahren. Sein Blick schweifte zu den Terminals hinüber. Aber nichts deutete auf außergewöhnliche Aktivitäten hin, wie sie ein Einsatz von Sicherheitskräften unweigerlich mit sich brachte. Nein, er glaubte nicht daran, daß sein Vorhaben verraten worden war, denn sonst hätte man längst versucht, ihn aufzuspüren.

Ein Trinkwasserfahrzeug näherte sich dem Hangar. Mißtrauisch kniff Jackson die Brauen zusammen, und die Mündung des Gewehrs ruckte ein Stück herum. Aber dann sah er drüben bei den Terminals den schwarzen Rolls-Royce mit dem Stander des Foreign Office. Harper kam.

Jackson visierte die Limousine über den Gewehrlauf hinweg an. Jetzt abzudrücken hatte wenig Sinn, denn das gepanzerte Fahrzeug würde selbst die Explosion der Granate weitgehend unbeschädigt überstehen.

»Diesmal fährst du zur Hölle, Harper!« Jackson stieß es wie einen Fluch hervor. »Der Teufel hat dich jetzt schon am Arsch.« Harper, der als leitender Beamter mehrere empfindliche Schläge gegen die IRA geführt und eine Kommandostelle ausgehoben hatte, war für den Tod seiner Brüder und eines Dutzends anderer junger Männer verantwortlich. Dafür mußte er bezahlen.

Alles ringsum versank in Bedeutungslosigkeit. Jacksons Seele verschmolz schier mit seiner Waffe, für ihn gab es nur noch den Rolls-Royce und das unmittelbare Umfeld des Learjets. Er war der Vollstrecker eines Todesurteils.

Ausgerechnet jetzt hielt der Tankwagen neben dem Jet.

»Verdammt, fahr weiter!« Jacksons Zähneknirschen half wenig. Mit eckigen, mühsamen Bewegungen stieg der Beifahrer aus dem Lkw und ging auf die wartenden drei Personen zu. Was er sagte, konnte Jackson natürlich nicht verstehen. Es interessierte ihn auch herzlich wenig. Er war hier, um Rache zu nehmen. Auge um Auge, Zahn um Zahn, so stand es schon in der Bibel.

Hinter dem Wassertank halb verdeckt, hielt der Rolls-Royce. Das Schußfeld war plötzlich ziemlich eng. Aber Jackson hatte viel zuviel Zeit und Mühe investiert, als daß er jetzt unverrichteter Dinge wieder abgezogen wäre und auf eine bessere Gelegenheit gehofft hätte. Sein Zeigefinger krümmte sich bis zum Druckpunkt. Gleichzeitig hielt er den Atem an. Jeden Moment mußte der Chauffeur aus der Deckung des Lkws hervortreten und die hintere Wagentür öffnen.

Die Distanz betrug hundertfünfzig Meter, nicht mehr. Es war fast unmöglich, danebenzuschießen.

Aber irgend etwas ging vor. Der Beifahrer des Trinkwasserlasters redete gestikulierend auf die drei Wartenden ein.

Die Frau schüttelte heftig den Kopf und wich zurück. Der Beifahrer folgte ihr einen Schritt und bückte sich gleichzeitig nach der auf dem Boden stehenden Aktentasche, die der Mann in der Lederjacke mitgebracht hatte.

Im selben Moment schrie die Frau auf. Jackson wußte nicht, wie – aber sie mußte ihn entdeckt haben. Jedenfalls deutete sie mit ausgestrecktem Arm in seine Richtung.

Der Chauffeur, eben im Begriff, die hintere linke Wagentür zu öffnen, reagierte ungewöhnlich schnell. Ohne überhaupt zu wissen, warum die Frau schrie, warf er die Tür wieder zu. Harper, schon im Aussteigen begriffen, wußte wahrscheinlich gar nicht, wie ihm geschah.

Jackson hatte das Gesicht des Diplomaten erkannt und den Abzug durchgezogen. Nur Sekundenbruchteile, nachdem die Tür wieder ins Schloß fiel, explodierte die Granate am Panzerstahl der Limousine. Im Fond des Wagens hätte die Sprengwirkung ein wahres Inferno entfacht. So jedoch wurde die Wandung nur wie von einem mächtigen Vorschlaghammer eingedrückt, und das getönte Glas zerbarst in tausend Splitter, die allerdings von unsichtbaren Kräften zusammengehalten wurden.

Mit fliegenden Fingern setzte Jackson die zweite Granate auf. Diesmal zielte er auf die Scheibe.

London Heathrow, 12 Uhr 50

Eine Woge von Menschen spülte Madhav aus der U-Bahn und entließ ihn in das Gewirr der Rolltreppen und endlos anmutenden Korridore. Innerhalb von Minuten waren die Menschen mit ihren Koffern und Reisetaschen in alle Richtungen verweht wie die Blätter eines Baumes im Herbststurm.

Der Inder dachte nicht daran, ebenfalls den Hinweisen zu den Terminals oder den Abfertigungsschaltern zu folgen. Wie sich ein verwundetes Tier in seinen Bau zurückzieht, so suchte er instinktiv einen Bereich des Untergeschosses auf, in dem ihm nur wenige Menschen begegneten. Er versuchte zu lächeln, sobald ihn forschende Blicke trafen, doch wurde wohl nur ein gequältes Grinsen daraus. Trotzdem blieb er unbehelligt.

Der Seitengang, den er betrat, endete vor einem verschlossenen Durchgang. Dahinter erstreckte sich der für Unbefugte nicht zugängliche technische Bereich der Verwaltung.

Madhav war erschöpft. Schwer atmend lehnte er sich an eine Wand und verharrte minutenlang mit geschlossenen Augen, lauschte nur dem Dröhnen des Blutes in seinen Schläfen. Von seinen Operationsnarben strahlte ein Gefühl der Taubheit aus.

So sehr er die unheimliche fremde Stimme in seinem Schädel schon verwünscht hatte, so sehr vermißte er sie jetzt. »Wo bist du?« stieß er kurzatmig hervor und fügte in Gedanken hinzu: Ich halte nicht mehr lange durch. Was passiert denn, wenn ich mich der Polizei stelle? Ich habe nichts verbrochen. Nichts, oder … ?

Du solltest mehr Vertrauen haben! Da war sie wieder, die lautlose Stimme, die ihn in ihren Bann zwang. Er konnte nicht dagegen ankämpfen. Sie war fremd, aber dennoch vertraut, unheimlich, aber zugleich ein Stück von ihm. *Ohne mich wärst du dem Tod näher als dem Leben,* behauptete sie. *Du bist nicht so stark, wie du glaubst.*

»Wann werde ich sterben?« fragte Madhav bitter, während er sich langsam an der Wand entlang in die Hocke gleiten ließ. Aber der leichte Schwindel, den er verspürte, war ebenso schnell wieder vorbei, wie er begonnen hatte.

Das Auge der Göttin Khom ist nahe. Ich spüre es. – Du mußt dich beeilen, Madhav!

Der Inder taumelte zurück zum Lift, der knapp dreißig Meter hinter ihm lag. Er fuhr lediglich zwei Etagen weit nach oben, aber als der Aufzug hielt und die Tür aufglitt, hatte er sich bereits wieder so weit in der Gewalt, daß er einigermaßen aufrecht durch die angrenzende Halle schritt.

»He, du, Medizinmann! Brauchst du Hilfe?«

»Schon gut, Kumpel.« Madhav winkte lässig ab. »Der letzte Einsatz war ein bißchen hart.«

Offenbar hielt ihn der andere wirklich für einen Sanitäter, denn er wandte sich wieder seiner Arbeit zu und betrachtete Madhav nicht mehr.

Der Inder schritt geradewegs auf ein Trinkwasserfahrzeug zu, das vollgetankt worden war. Daß nicht er selbst seine Schritte lenkte, sondern jene unbegreifliche Wesenheit, die von ihm Besitz ergriffen hatte, wurde ihm kaum bewußt. Mehr denn je agierte er wie eine Marionette, die ein Spieler an unsichtbaren Fäden im Verborgenen führte.

Der Fahrer des Tankwagens schloß soeben das letzte Ventil. Sein Blick fraß sich an Madhavs blutverkrustetem Kittel fest. Zugleich erschien ein unwilliger Zug um seine Mundwinkel. Ein wenig zu schnell wandte er sich ab und schob den Füllschlauch in die Halterung.

»Nimmst du mich mit auf die Piste?« fragte Madhav.

»Ich fahr' noch nicht. Meine Trident steht noch an der Brücke.«

»Es ist wichtig …«

Der Fahrer warf einen unwilligen Blick zurück. »Hast du deinen Sanka zu Schrott gefahren, oder was?«

Madhav sagte nichts. Er machte lediglich einen Schritt auf den Mann zu und berührte ihn im Nacken. Im ersten Reflex wollte der Fahrer seinen Arm zur Seite schlagen, doch überlegte er es sich ebenso schnell anders und nickte knapp. »Steig ein!« forderte er Madhav auf.

Verblüfft starrte der Inder auf seine rechte Hand. Wie hast du das gemacht? fragte er in Gedanken.

Ich habe ihn nicht angefaßt, erklang es amüsiert. *Das hast du getan.*

Aber du hast ihn hypnotisiert, vermutete Madhav erregt. Klappt das bei jedem, den ich berühre?

Die Stimme antwortete nicht. Statt dessen blaffte der Fahrer schon hinter dem Lenkrad hervor: »Steig endlich ein, Mann! Ich habe schließlich auch meine Zeiten einzuhalten.«

Madhav schwang sich auf den freien linken Platz im Führerhaus. Seine Kommandos kamen knapp und präzise, als hätte er sein Leben lang nichts anderes getan, als von Heathrow Airport abzufahren.

Innerhalb von Minuten näherte sich der Lastwagen einem der Hangars für Privatflugzeuge. Ein Helikopter stand in unmittelbarer Nähe. Offenbar waren mit ihm die drei Personen gekommen, die den aus dem Hangar rollenden Learjet beobachteten.

Den rothaarigen Schotten kannte Madhav nicht. Die beiden anderen ...

Für einen Moment glaubte er, ihnen erst vor kurzem begegnet zu sein. Doch es war nur ein vages Gefühl, ein Prickeln in der Magengegend.

»Anhalten!« hörte er sich sagen, und die eigene Stimme klang wie die eines Fremden. »Warte hier auf mich! Ich steige aus.«

Der Fahrer nickte knapp. Ohne die Hände vom Lenkrad zu nehmen, starrte er ins Leere. Madhav schwang sich ins Freie, ging auf die Frau und die beiden Männer zu.

Sie haben das magische Auge der Göttin Khom bei sich, flüsterte die Stimme in seinem Schädel.

Madhav kannte die Frau, dessen war er sich jetzt völlig sicher. Vor seinem inneren Auge überlappten sich die Bilder … Er sah das Meer, ein einsames Schlauchboot und zwei Menschen, halb tot vor Erschöpfung und Durst …

Das Auge ist wichtig, Madhav! Nichts anderes zählt!

Sein Zögern war wie weggewischt. Er machte einen Schritt nach vorne, fixierte die Tasche, die der Mann mit dem Hut neben sich abgestellt hatte …

Die Erinnerung brach vollends auf. Seegang herrschte. Das Schlauchboot schlingerte hart gegen den Rumpf der SEA QUEEN, aber dicke Taue hielten es bereits am Fallreep fest.

Die Frau erwachte für einige Sekunden aus ihrer Ohnmacht. Verständnislos huschte ihr Blick umher. Offenbar begriff sie noch gar nicht, daß sie und ihr Begleiter gerettet waren. Dann hefteten sich ihre Augen auf Madhav. Unglaubliche Erleichterung drückte sich darin aus, aber auch Frust von dem, was die Zukunft noch bringen würde.

Dasselbe Empfinden hatte Madhav jetzt, als sie ihn wieder ansah. Hatte sie ihn ebenfalls erkannt? Aber das war gleichgültig. Nur die Tasche mit dem Kristallauge zählte jetzt für ihn. Er sprang vor und griff danach.

Die Frau schrie auf und deutete auf ihn. »Vorsicht, Tom, er will …«

Ihre weiteren Worte gingen in einem ohrenbetäubenden Krachen unter. Bevor der Inder reagieren konnte, wurde er von einer Titanenfaust erfaßt und herumgewirbelt, krachte gegen den Tanklastwagen und spürte eine sengende Glut über sich hinwegfahren. Für einen bangen Augenblick fürchtete er, sich jeden Knochen im Leib gebrochen zu haben. Panisches Entsetzen stieg in ihm auf. Es verlieh ihm die Kraft, sich schwankend wieder aufzurichten.

Vor seinen Augen wogte noch immer der grelle Feuerball einer Explosion.

London Heathrow, 12 Uhr 58

Connor hatte nur kurz mit dem Tower von Heathrow gesprochen, aber sofort die Erlaubnis erhalten, vor dem Hangar der Privatjets zu landen. Tom Ericson registrierte mit einem Augenaufschlag, daß Ian Sutherland und seine Männer Privilegien genossen, über die sonst nur hochstehende Persönlichkeiten verfügten. Fast bereute er es, in die Staaten zurückkehren zu müssen. Sutherlands Angebot, seiner privaten Organisation A.I.M. beizutreten, hatte in der Tat etwas Verlockendes, dem er sich bei einigem Nachdenken nur schwer entziehen konnte. Dabei war er sich trotz aller Gastfreundschaft noch immer nicht völlig klar darüber, welche Rolle Sutherland wirklich spielte. War er nur der gealterte Playboy, der seinen Reichtum einsetzte, um seine Neugierde zu befriedigen? Oder steckte mehr dahinter?

A.I.M. – Analytisches Institut für Mysterien ... Tom glaubte, daß Sutherland Gudrun und ihn noch längst nicht in alle Geheimnisse eingeweiht hatte. Sammler wie der Earl of Oake Dùn, der sich mit archäologischen Schätzen umgab, waren häufig besessen von ihrem Hobby.

Doch für Ian Sutherland zählte nicht der materielle Wert eines Artefakts, sondern das Stück Geschichte, das jede noch so winzige Tonscherbe verkörperte. Deshalb hatte ihn auch das magische Auge der Göttin Khom fasziniert. Der Kristall war schlichtweg eine Sensation.

»He, Tom!« Gudrun rüttelte ihn an der Schulter. »Du hast letzte Nacht geschlafen wie ein Murmeltier – du kannst unmöglich schon wieder müde sein.« Er spürte den Spott in ihrer Stimme, klemmte sich schweigend die Tasche mit dem Kristall unter den Arm und sprang hinter ihr aus dem Helikopter. Flappend kamen die Rotoren zum Stillstand.

Connor folgte ihnen dichtauf. Er schnippte einige imaginäre Stäubchen von seiner Schulter. »Ich hoffe, Sie hatten einen angenehmen Flug«, stellte er fest. Ohne eine Antwort abzuwarten, fügte er mit erhobener Stimme hinzu: »Sir Ian hat mich beauftragt, Ihnen nochmals sein Anliegen nahezubringen. Sein Interesse an einer intensiven Zusammenarbeit mit Ihnen beiden ist sehr groß. Er schätzt Sie – als Wissenschaftler und Abenteurer.«

»Letzteres trifft auf mich wohl weniger zu«, widersprach die Anthropologin.

Connor wirkte einigermaßen überrascht. »Sie stellen Ihr Licht unter den Scheffel, Miss Heber«, sagte er vorsichtig. »Ich denke, mit dem, was hinter Ihnen liegt, haben Sie bewiesen, daß Sie mehr können, als verstaubte Akten ...« Er deutete eine Verbeugung an. »Es lag mir fern, Ihnen zu nahezutreten. Falls ich einen Fauxpas ...«

»Schon gut, Connor.« Gudrun winkte großzügig ab. »Ich weiß, was Sie meinen.«

Das durchdringende Geräusch von Strahltriebwerken zog ihre Aufmerksamkeit auf sich. Ein Learjet mit UNO-Emblem verließ den Hangar und rollte gemächlich in ihre Richtung. Gleichzeitig näherten sich von Osten zwei schwarze Limousinen. Die beiden Fahr- und das Flugzeug trafen sich etwa zwanzig Meter vom Hubschrauber entfernt. Die Chauffeure stiegen aus den schwarzen Wagen und öffneten die Fondtüren. Insgesamt fünf Diplomaten kletterten aus den luxuriösen Fahrkabinen, begrüßten sich kurz und gingen dann langsam zum Learjet hinüber, dessen Bugtreppe gerade ausgeklappt wurde.

»Komm, Gudrun – es wird Zeit.« Tom wandte sich um und wollte ebenfalls auf die Maschine zugehen, als er plötzlich einen Tankwagen bemerkte, der vom Terminal direkt auf sie zukam. Daß der Fahrer nicht den Jet ansteuerte, konnte eigentlich nur bedeuten, daß er etwas von ihnen wollte.

Tom wandte sich zu Connor um. »Erwarten Sie jemanden?«

Jetzt erst wurde auch der Butler auf den Tankwagen aufmerksam. Er runzelte die Stirn und schüttelte dann den Kopf. »Nicht, daß ich wüßte, Sir.«

Der Tankwart hielt nur wenige Meter vor ihnen. Während

der Fahrer die Hände aufs Lenkrad legte und unbewegt geradeaus starrte, kletterte der Beifahrer schwerfällig ins Freie.

Connor straffte sich unwillkürlich. Instinktiv schien er Gefahr zu wittern. Ericson stellte seine Tasche ab und wandte sich ebenfalls dem Fremden zu.

Der Mann war Sanitäter oder Pfleger. Seine blutverkrustete Kleidung erweckte aber keineswegs den besten Eindruck.

»Sie wünschen?« fragte Connor distanziert.

»Geben Sie mir das Auge! Es gehört Ihnen nicht!« Der Mann redete nahezu ohne jede Betonung. »Sie haben keinen Anspruch darauf!«

Beinahe wie in Trance, schoß es Gudrun durch den Sinn. Ihr Blick huschte von dem Fremden zu Tom und blitzschnell wieder zurück.

Der Mann streckte fordernd die Hand aus. Begehrlichkeit flackerte in seinem Blick, als er die Tasche fixierte.

»Sind Sie Kar?« fragte Tom.

Für einen Moment wurden sie abgelenkt. Ein Rolls-Royce, der einen Flugpassagier brachte, hielt schräg hinter dem Tankwagen.

»Das ist Sir Jonathan Harper«, informierte Connor sie. »Er hat die Flugerlaubnis für Sie beide besorgt.«

Gudrun blinzelte in die Sonne und versuchte, die Gesichtszüge ihres Gegenübers besser zu erkennen. Der Inder war ihr suspekt, nicht nur wegen des breiten blutigen Streifens, der sich in Brusthöhe quer über seinen Kittel zog. Sie spürte deutlich, daß mit diesem Mann irgend etwas nicht stimmte.

Unwillkürlich wich Gudrun einen Schritt zurück.

In diesem Moment sprang der Inder vor, genau auf sie zu. Gudrun schrie auf. Dann erkannte sie, daß nicht sie das Ziel des Mannes war, sondern Toms Tasche, die neben ihr auf dem Boden gestanden hatte.

Sie deutete auf den Inder, nicht ahnend, daß diese Geste von einem Mann hundertfünfzig Meter von ihnen entfernt gründlich mißverstanden wurde. »Vorsicht, Tom! Er will …«

Im gleichen Moment ging die Welt unter.

Unmittelbar hinter ihnen krachte etwas gegen die gepanzerte Limousine und explodierte mit einem betäubenden Knall. Ein greller Feuerball entstand, der sich rasch ausweitete und sowohl den Chauffeur als auch den Sanitäter von den Beinen wirbelte. Tom, Gudrun und Connor hatten Glück, daß der Rolls-Royce sie vor Splittern und der Druckwelle schützte.

Der Butler reagierte ebenso schnell wie Tom. Aber während der Archäologe seinen Revolver aus dem Schulterhalfter zog und sich zur Seite abrollte, riß Connor Gudrun mit sich zu Boden und warf sich auf sie.

»Bitte verzeihen Sie mein Ungestüm, Miss Heber«, raunte er neben ihrem Ohr, »aber mein unschickliches Benehmen dient allein Ihrer Sicherheit.«

Die linke hintere Tür des Rolls-Royce wurde von innen aufgestoßen, ein Mann im schwarzen Nadelstreifenanzug, eine Aktenmappe in Händen, rollte sich heraus und warf die Tür sofort wieder zu.

»Ich kann allein ...«, begehrte Gudrun auf. Eine zweite Explosion erfüllte die Limousine mit blendendem Feuerschein.

Die Scheiben zersprangen von innen heraus, und ein wahrer Splitterregen ergoß sich über die Schutzsuchenden.

»Lassen Sie den Kopf unten!« kommandierte Connor unerbittlich. »Der Kerl meint es ernst.« Da war plötzlich nichts Butlerhaftes mehr an ihm. Eher erinnerte er an einen Mann, der schon Wochen in Schützengräben verbracht hatte und für den explodierende Granaten keineswegs etwas Ungewöhnliches waren.

Der Rolls-Royce brannte. Dunkler, schwerer Qualm wälzte sich zum Hangar hinüber und hüllte den Learjet ein.

Auf allen vieren schob sich Harper näher. Mit dem Handrücken wischte er sich das Blut aus dem Gesicht. Er hatte etliche Schnittwunden davongetragen, schien ansonsten aber unverletzt zu sein.

»Der Tank kann nicht explodieren«, rief er Connor zu, dem

die entsprechende Frage ins Gesicht geschrieben stand. »Jedenfalls nicht so schnell.«

Schüsse fielen. Gudrun biß die Zähne zusammen, als sie Tom aufspringen und in gebückter Haltung davonhasten sah.

»Ist der Verrückte da Dr. Ericson?« fragte Harper.

»Verrückt ist ein anderer«, schnaubte Gudrun. »Oder sind solche Anschläge an der Tagesordnung?«

Vom Tankwagen her wurde nun ebenfalls das Feuer eröffnet. Der Chauffeur, wohl zugleich Harpers Leibwache, gab Tom Deckung, während der im Zickzack über die Wiese hetzte und sich in vollem Lauf zu Boden warf.

Eine dritte Granate detonierte zwischen dem brennenden Auto und dem Tankwagen. Drüben, bei den Abfertigungsgebäuden, heulten inzwischen Sirenen. Zwei Fahrzeuge näherten sich mit beachtlicher Geschwindigkeit. Hoch über sich hörte Gudrun den Lärm auf Vollast arbeitender Turbinen. Eine Verkehrsmaschine, die zur Landung angesetzt hatte, startete wieder durch. Offenbar hatte die Flughafenleitung aus Sicherheitsgründen Starts und Landungen sofort untersagt. Noch konnte niemand wissen, was wirklich geschehen war, und seit der ersten Explosion waren allerhöchstens eineinhalb Minuten vergangen, selbst wenn diese wie eine Ewigkeit anmuteten.

Gudrun sah einen kleinen Elektrokarren davonbrausen. Im Gras kniend schickte Tom dem Attentäter mehrere Schüsse hinterher, traf ihn aber allem Anschein nach nicht. Gleichzeitig wendete eines der beiden mit Sicherheitskräften besetzten Autos und folgte dem Fliehenden. Das andere wurde hart abgebremst. Mit blockierenden Rädern kam es vor dem brennenden Rolls-Royce zum Stehen. Vier mit Schnellfeuergewehren bewaffnete Beamte sprangen heraus. Einer von ihnen wandte sich an Harper.

»Sind Sie verletzt, Sir?«

»Nicht der Rede wert. Aber meinen Chauffeur scheint es erwischt zu haben. Kümmert euch um ihn.« Harper richtete sich vollends wieder auf und zog seinen Anzug zurecht. Auch die Krawatte war verrutscht und bedurfte der Korrektur.

»Wie konnte das geschehen?« fragte er scharf.

Der Beamte zuckte bedauernd mit den Schultern. »Wir wissen es nicht, Sir. Aber wir werden es herausfinden. Falls eine Lücke in der Abschirmung ...«

Harper verzog das Gesicht zu einer bedauernden Grimasse. »Die IRA-Leute sind schlimmer als Maulwürfe, und sie tauchen meist dort auf, wo man sie am wenigsten erwartet.« Er wandte sich an Connor und Gudrun. »Ich bedauere die Umstände unseres Zusammentreffens, Miss Heber. Aber zum Glück wurden Sie und Dr. Ericson ja nicht verletzt. Trägt Ihr Begleiter übrigens immer eine Waffe?«

Natürlich kannte Harper ihre Namen. Es wäre vermessen gewesen anzunehmen, daß sich der Politiker nicht vorher genauestens informiert hatte.

»Nicht aus dem Grund, den Sie vielleicht annehmen, Sir«, erwiderte Gudrun schnell. »Es ist nur ... bei seinen Expeditionen hat er hin und wieder mit wilden Tieren zu tun ...« Sie warf einen Seitenblick auf Connor, der den ausbrennenden Rolls-Royce umrundete und sich gemeinsam mit Tom um den verletzten Fremden kümmerte. Inzwischen rückte die Flughafenfeuerwehr an und deckte die brennende Limousine mit einem Schaumteppich ab. Damit war die Gefahr gebannt, daß letztlich doch noch der Benzintank explodierte.

Was blieb, war ein Bild der Verwüstung auf engem Raum. Die Sicherheitskräfte riegelten den Platz um den Hangar weiträumig ab, während sich Sanitäter mit den Verletzten befaßten.

Harpers Chauffeur und Leibwächter hatte Glück im Unglück. Zwei Metallsplitter waren in seinen Oberkörper eingedrungen, hatten ihm aber anscheinend nur die Rippen gebrochen. Nach einigen Wochen Klinikaufenthalt würde er seinen Job wieder ausüben können.

Der Fremde hingegen lag im Sterben. Niemand wußte, wo er hergekommen war und was er vorgehabt hatte. Der Fahrer des Tankwagens, der von zwei Beamten verhört wurde, konnte oder wollte sich nicht einmal daran erinnern, wo er den Fahrgast aufgenommen hatte. Er antwortete langsam und stockend, und sein Blick schweifte unkonzentriert immer wieder ab.

»Von ihm werdet ihr nichts erfahren«, sagte Connor, während ein Arzt den Sterbenden mit Infusionen versorgte. »Er ist mental blockiert durch Hypnose, Trance oder Schockzustand.«

Tom Ericson schaute ruckartig auf. Auch Gudrun, die ihre Version des mißglückten Attentats inzwischen zweimal zu Protokoll gegeben hatte, reagierte mit sichtlicher Überraschung.

»Das Artefakt spielt eine Rolle«, murmelte Tom. »Mehr vielleicht, als wir vermuten können.«

»Du glaubst, der Kristall hat den Fahrer beeinflußt?« Gudrun schüttelte den Kopf. »Das halte ich für ausgeschlossen, Tom. Warum auch?«

Ericson kniete neben der Trage nieder, auf der der Fremde lag. Der Mann war bei vollem Bewußtsein, blickte aber durch ihn hindurch, als nehme er ihn gar nicht wahr. Die schmerzstillenden und schocklindernden Mittel, die ihm gespritzt worden waren, taten ihre Wirkung.

Für einen Moment suchte Tom Blickkontakt zu dem Arzt. Der schüttelte aber nur bedauernd den Kopf.

»Wer bist du?« fragte der Archäologe dann eindringlich.

Keine Reaktion.

»Was weißt du von dem Kristallauge?«

Täuschte er sich, oder war das wirklich ein Aufflackern in den schon fast erloschenen Pupillen? Zitternd formten die blutleeren Lippen ein Wort: Khom!

Nur Sekundenbruchteile später bäumte sich der Mann auf. Seine zitternden Hände griffen nach Tom, verkrallten sich in seiner Jacke und zogen sich an ihm hoch.

»Gehen Sie zur Seite!« befahl der Arzt. »Schnell!«

Aber Ericson konnte sich nicht aus dem Griff lösen, selbst

wenn er es gewollt hätte. Ganz nahe war der Mund des Sterbenden jetzt vor ihm, und was der Inder sagte, war so schwach wie ein leiser Windhauch.

»Ich kehre zurück ... das Auge der Göttin ... nicht in falsche Hände fallen ...« Ein trockener Husten schüttelte ihn, haltlos pendelte sein Kopf zur Seite, doch die Finger lösten sich nicht von Toms Jacke. Blut rann aus seinen Mundwinkeln, als er noch einmal die Lippen öffnete. »Der Menschheit droht ... schreckliche Gefahr ... suche ...« Ein Zittern durchlief den geschundenen Körper. Diesmal gaben die Finger Tom frei. Der Archäologe griff blitzschnell zu und ließ den Körper sanft zurückgleiten.

»Mein Gott«, murmelte Gudrun.

Aber noch war nicht alles Leben gewichen. Tom beugte sich weit nach vorne und brachte sein Ohr unmittelbar an den Mund des Sterbenden.

»Suche ... Cahuna!« verstand er. »Cahuna! Du mußt ...«

Es war vorbei.

Ericson erhob sich langsam. Er sah, daß Gudrun und Connor ihn anstarrten, und schüttelte leicht den Kopf. Später, bedeutete seine Geste, nicht jetzt.

Samdru diente Paldan Manjushi schon seit Jahren in der Abgeschiedenheit des tibetischen Bergklosters Gompa. Während dieser Zeit hatte sein geistiger Führer und Lehrmeister viele wunderliche Dinge vollbracht und seinem Schüler immer wieder bewiesen, daß der Geist über die Welt materieller Bedürfnisse und Fesseln erhaben war. Aber noch nie hatte Samdru den ehrwürdigen Lama so lange in stummer asketischer Versenkung erlebt.

Seit neun Tagen saß Paldan Manjushi nun schon reglos einen guten Steinwurf von dem halb verschütteten Kloster entfernt auf einem behauenen Steinblock, den mehrere *Mandalas* zierten. Es war ein heiliger Fels, auf dem nur ein inkarnierter Lama Platz nehmen durfte.

Paldan Manjushi hatte sich dort, lediglich mit einer dünnen roten Robe bekleidet, in der heroischen Stellung niedergelassen. Sein *Dordsche* ruhte in seinem Schoß. Am ersten Tag hatte er noch *Mudras* durchgeführt, heilige rituelle Gebärden und Gesten. Am zweiten und dritten Tag hatte er mit leiser Stimme geheime *Mantras* gemurmelt, und seither saß er nur noch reglos da.

Samdru näherte sich seinem Meister scheu, kniete vor dem Felsblock nieder und senkte den Kopf. Eine Weile verharrte er so in demütiger Haltung und wartete darauf, daß Manjushi ihn ansprach. Als das nicht geschah, hob er den Kopf langsam wieder.

Direkt vor Paldan Manjushi standen zwei Schälchen mit Tsampa und Buttertee. Beide waren noch gefüllt. Der Meister hatte wieder nichts getrunken und gegessen. Nur der Becher mit Quellwasser war zur Hälfte leer.

Vorsichtig, um den Stein nicht zu berühren, beugte sich Samdru vor und ergriff die beiden Schälchen. Auf den Knien zurückrutschend entfernte er sich ein paar Meter von dem heiligen Stein und entzündete ein kleines Feuer aus Zedernspänen, in dem er erst das Tsampa verbrannte und dann den Buttertee tropfenweise hineinträufeln ließ. Der Rauch stieg ein Stückchen kerzengerade in die stille Luft auf, bevor er sich nach Norden wandte und direkt in die Richtung des *Gang Rimpotsche* zutrieb, des Heiligen Berges. Ein gutes Zeichen.

Nachdem das Feuer erloschen war, näherte sich Samdru dem Felsblock wieder und stellte die beiden mitgebrachten Schälchen mit frischem Tsampa und Buttertee sorgfältig an dieselbe Stelle. Den Becher, den er nicht berührte, füllte er wieder bis zum Rand mit frisch geschöpftem Wasser.

Dann kniete er eine Weile schweigend vor seinem verehrten Lehrmeister und betrachtete ihn mit einer Mischung aus Liebe und Ehrfurcht.

Die hagere, hochgewachsene Gestalt Paldan Manjushis schien noch hagerer geworden zu sein, und in seinem strengen asketischen Gesicht, das so viel Güte ausstrahlen konnte, wenn er mit seinem Schüler über die tantrischen Geheimnisse und okkulten Schriften der alten Meister sprach, hatten sich die scharfen Linien noch tiefer eingegraben. Seine Augen blickten über Samdru hinweg in die Ewigkeit, in verborgene Sphären, die der junge Tibeter in diesem Leben nie erreichen würde. Das wußte Samdru, das war sein Karma. Aber er verspürte deswegen keine Trauer, denn er wußte ebenfalls, daß er in einem späteren Leben dafür um so reicher belohnt werden würde.

Samdru spürte, wie die unirdische Ruhe Paldan Manjushis auf ihn überging. Einen Augenblick lang spielte er mit dem Gedanken, sich ebenfalls in Meditationshaltung niederzulassen, aber dann verwarf er ihn sofort wieder. Das wäre eine Anmaßung gewesen. Seine Aufgabe war eine andere. Er hatte seinem Meister und den beiden anderen Lamas, die die einzigen Bewohner des geheimen Klosters Gompa waren, zu dienen.

So beschränkte sich Samdru darauf, noch einige Minuten lang vor dem heiligen Felsblock zu knien und Kraft aus der Anwesenheit seines geistigen Führers zu schöpfen, bevor er sich in das Kloster zurückzog, um seinen täglichen Pflichten nachzugehen.

Paldan Manjushi hatte Samdru sehr wohl bemerkt, so wie er auch alles andere registrierte, was um ihn herum vorging. Aber es berührte ihn nicht. Sein Geist war von großer Klarheit erfüllt. Er war der diamantenen Leere, die die letztendliche Erlösung aus dem Kreislauf des Lebens versprach, sehr nahe gekommen. Aber das war nicht der Weg, der ihm vorbestimmt war – noch nicht.

Er hatte eine Aufgabe zu erfüllen, mußte Diener und Werkzeug eines körperlosen Geistes sein. Generationen seiner Vorgänger hatten ihr Leben nur diesem Zweck geweiht und vergeblich gewartet. Doch für ihn, Paldan Manjushi, hatte sich die uralte Prophezeiung erfüllt. Cahuna war zu ihm gekommen, der Gesandte einer längst untergegangenen Zivilisation.

Aber er war nicht lange geblieben. Irgendeine fremde und böse Kraft, die so mächtig war, daß weder Cahuna noch Manjushi sich ihr hatten widersetzen können, hatte den Gesandten davongerissen. Seither wartete der Lama auf dem geheiligten Stein auf Cahunas Rückkehr. Er hatte seinen Geist geleert, und seine Aura erstrahlte in einem ruhigen, hellen Rot.

Niemand würde ihn hier stören. Gompa, das soviel wie *einsamer Ort* bedeutete, war nur einer Handvoll Menschen bekannt, und die Hälfte davon befand sich hier. Niemand sonst würde den kleinen verborgenen Felskessel an der Nordflanke der Himalajakette in der Provinz Ngari finden.

Obwohl Gompa in unmittelbarer Nähe des *Langak Tso* und des *Mapham Tso*, der Heiligen Seen, und kaum siebzig Kilometer vom Heiligen Berg *Gang Rimpotsche* entfernt lag, zu dem ununterbrochen Tausende von Pilgern aus allen Himmelsrichtungen zogen, und obwohl einer dieser Pilgerpfade fast direkt vor dem Eingang des Talkessels entlangführte, hatte noch nie ein Uneingeweihter Gompa betreten.

Die Alten hatten gewußt, warum sie das Kloster, das mittlerweile zum größten Teil verschüttet war, hier errichtet hatten. Gompa war vor uralten Zeiten erbaut worden, lange vor der Zeit, als die Heilige Schrift *Das Geheimnis am Yumbulagang* vom Himmel gefallen war, noch vor der Zeit, als die ersten Könige Tibet beherrscht hatten. Der Ort war klug gewählt. Nicht nur, daß er praktisch unauffindbar war; hier entsprang eine heiße Quelle, die einen kleinen See speiste, und so herrschte in dem kleinen Talkessel trotz seiner Höhe von dreitausendsiebenhundert Metern ein Klima, wie es sonst nur in tieferen Lagen zu finden war. Die Mönche konnten Gerste, Hirse und ein wenig Gemüse anbauen und waren so unabhängig von der Außenwelt.

Die Sonne war bereits hinter den steilen Felswänden verschwunden, und die Dunkelheit begann sich über den versteckten Talkessel zu senken, als Paldan Manjushis Ruhe urplötzlich zerstört wurde. Ohne jede Vorwarnung verspürte er einen heftigen Ruck in seinem Körper, der ihn schwanken und beinah von seinem Felsen stürzen ließ. Cahuna war zurückgekehrt.

Manjushi konnte die Erschöpfung und Verwirrung des Gesandten schmerzhaft spüren. Er umfing ihn schützend und tröstend mit seinem Geist und wartete geduldig, bis sich der Gast in seinem Körper wieder gefangen hatte.

Ein großes Unheil ist geschehen, mein Bruder, sagte Cahuna mit seiner lautlosen Stimme. *Relikte der Feinde meines Volkes sind in die Hände eines Menschen gefallen, der sie zum Bösen einsetzt, um Macht über seinesgleichen zu gewinnen.*

Ich spüre deine Schwäche, Cahuna, antwortete Paldan Manjushi auf dieselbe lautlose Art. *Du mußt ruhen, denn für den Kampf mit den Mächten der Finsternis wirst du deine ganze Kraft brauchen.*

Es folgte eine lange Zeit der Stille, bis sich Cahuna wieder meldete. *Ja, du hast recht, mein Bruder. Ich bin durch die Zeitlose Ortsversetzung geschwächt worden. Und nun weiß ich, daß ich vorsichtig sein muß, wenn ich meinen Geist wandern lasse. Trotzdem werde ich dich bald verlassen müssen, um an den Ort zurückzukehren, an dem ich erwacht bin.*

So soll es geschehen, erwiderte Palda Manjushi. *Aber du sollst wissen, daß ich immer hier auf dich warten werde, dir bei deinem Kampf beizustehen.*

Wieder zögerte Cahuna eine Zeitlang. *Es kann geschehen,* sagte er schließlich, *daß der fremde Feind mich bezwingt oder auslöscht. Damit das Wissen meines Volkes nicht verloren geht, werde ich es mit dir teilen. Öffne mir deinen Geist, Paldan Manjushi …*

Der Abflug von Heathrow verzögerte sich um Stunden, da Polizei und Geheimdienst in den Hangars und auf dem angrenzenden Gelände nach verwertbaren Spuren suchten. Mehr beiläufig erfuhren Tom und Gudrun, daß der Täter beim

Fluchtversuch ums Leben gekommen war, wobei noch nicht feststand, ob durch eine Polizeikugel oder womöglich einen aus der Distanz operierenden Mittäter.

Der ausgebrannte Rolls-Royce wurde abgeschleppt. Die explodierende Granate hatte von der Inneneinrichtung nur ein verbogenes Gewirr eiserner Verstrebungen und ausgeglühter Schutzplatten übrig gelassen.

»Nicht auszudenken, was geschehen wäre, hätte der Kerl auf den startenden Jet gefeuert«, bemerkte Tom Ericson, während er und Gudrun den Sicherheitskräften zur Hand gingen und mit der ihnen eigenen wissenschaftlichen Akribie weit verstreut liegende Splitter einsammelten. Mit archäologischen Fundstücken verhielt es sich oft ähnlich.

»Vielleicht war das dein Traum, Gudrun«, fügte Tom nachdenklich hinzu.

Die Anthropologin bedachte ihn mit einem verwirrten Augenaufschlag. Mit dem Handrücken strich sie sich das Haar aus der Stirn, dann schüttelte sie bestimmt den Kopf. »Ich weiß, wovon ich rede«, erwiderte sie. »In meinem Traum waren wir längst in der Luft, als das Unglück geschah …«

Ericson lächelte schwach. Mit zwei Fingern zog er einen spitzen, etwa fünf Zentimeter langen Metalldorn aus dem Boden, als er sah, daß Gudrun sich überrascht aufrichtete. Connor, Harper und der Leiter des Einsatzkommandos näherten sich ihnen mit weit ausgreifenden Schritten. Während der letzten sechzig Minuten, nachdem der Learjet zur Inspektion in den Hangar zurückgerollt war, hatten sie keinen der drei mehr zu Gesicht bekommen.

»Miss Heber, Mister Ericson!« rief der Politiker. »Sie sind meine Gäste. Die Arbeit sollten Sie deshalb den Sicherheitskräften überlassen.«

»Zeitvertreib«, bemerkte Tom. »Und irgendwie müssen wir uns schließlich den Überflug verdienen.«

Harper stutzte für einen Moment. Sein Blick wanderte von Tom zu Connor und zurück. Ein wenig schien ihn die Bemerkung des Archäologen aus dem Konzept gebracht zu haben.

»Wann fliegen wir?« wollte Gudrun wissen.

»Die Inspektion der Maschine ist weitgehend abgeschlossen; sie wurde nicht beschädigt. In längstens einer Stunde erhalten wir Startfreigabe.«

Den Rest der Zeit verbrachten sie in einem Konferenzraum der Flughafenverwaltung. Harper bestand darauf, daß Connor und die beiden Wissenschaftler gemeinsam mit den Diplomaten und der Crew eine Stärkung zu sich nahmen. Immerhin lernte man sich auf die Weise näher kennen.

Das einzige Gesprächsthema war der mißglückte Anschlag, und Tom Ericson wurde fast wie ein Held von einem zum anderen weitergereicht. Dabei stellte sich heraus, daß jeder einen trockenen Wissenschaftler erwartet hatte, aber keineswegs einen Draufgänger, der mit dem Revolver ebensogut umzugehen verstand wie mit Staubpinsel und Pinzette.

Nach dem Essen verschwand Connor für zehn Minuten. Als er zurückkam, wirkte er gelöster als zuvor. Unsicherheit und Skepsis waren aus seinem Gesicht weitgehend verschwunden.

»Ich habe mit Sir Ian gesprochen«, eröffnete er Tom und Gudrun unter sechs Augen. »Er weiß Bescheid.«

»Worüber?« fragte Gudrun.

Connor warf einen flüchtigen Blick in die Runde, aber niemand interessierte sich im Moment für sie. »Daß der Mann, der bei dem Anschlag getötet wurde, den Kristall wollte«, fuhr er in verschwörerischem Tonfall fort. »Sir Ian läßt Ihnen ausrichten, daß Sie beruhigt in die Staaten fliegen können. A.I.M. kümmert sich um die Angelegenheit.«

»Das heißt?«

»Wir finden heraus, wer der Tote war, wo er herkam und wer möglicherweise hinter ihm steht. Die Polizei schließt die Ermittlungsakte, den Tod des Mannes betreffend, vorerst ab und wird unsere Nachforschungen nicht behindern.«

»Sutherland scheint noch einflußreicher zu sein, als ich dachte«, sagte Tom.

Connor wurde einer Antwort enthoben, denn in diesem

Moment kam Harper mit ausgebreiteten Armen heran. »Ich habe eben die Mitteilung erhalten, daß unsere Maschine wieder startklar ist. Wir haben mittlerweile auch genug Zeit verloren.«

Gudrun warf einen Blick auf ihre Armbanduhr. Es war jetzt kurz vor 17 Uhr 00 MEZ; der Learjet würde also unweigerlich in die Nacht hineinfliegen, bevor er die amerikanische Ostküste erreichte.

Natürlich sah Tom die Sorgenfalten auf der Stirn seiner attraktiven Begleiterin. »Professor Radcliffe wird sich freuen, uns wohlbehalten wiederzusehen«, sagte er schnell. »Wenn wir erst einmal in der Luft sind, kann nichts mehr geschehen.«

»Ganz meiner Meinung.« Connor reichte Gudrun die Hand. Sein Händedruck fiel kühl und distanziert aus, wie es sich für einen Butler eben gehört, aber dann überwand er sich doch und legte Gudrun kurz die Linke auf die Schulter.

Viel zu flüchtig war die Berührung, als daß sie mehr als eine kameradschaftliche Geste sein konnte. »Nichts wird so heiß gegessen, wie es gekocht wird, Miss Heber. Ich bin überzeugt, in einigen Stunden ist der Spuk von letzter Nacht vorbei.«

Er wandte sich Tom zu. »Wir sehen uns wieder?«

»Vielleicht.«

Connor lächelte vielsagend. »Das Wörtchen *vielleicht*«, zitierte er, »ist die Visitenkarte der Hoffnung.«

Paldan Manjushi meditierte.

Das schwere Aroma glimmender Räucherstäbchen erfüllte seine spartanisch eingerichtete Kammer. Der Lama saß in der Lotusstellung vor seinem Altar und blickte unter halb geschlossenen Lidern auf den Rauch, der sich allmählich verdichtete.

Seine Lippen murmelten uralte Gebete und Verse, die teilweise noch aus der Bön-Zeit stammten, bevor der Buddhismus in Tibet Einzug gehalten hatte und mit der Zeit zum Lamaismus geworden war.

Cahunas Wissen war so umfangreich, daß er Paldan Manjushi nur einen kleinen Teil davon hatte mitteilen können, und auch davon hatte der Lama wiederum nur einen Teil verstanden. Aber er würde alles behalten, und wenn die Zeit gekommen war, würde er es weitergeben an seinen Nachfolger oder an einen anderen Menschen, der dessen würdig war.

Die Statue Buddhas, die den Altar krönte, begann zu leuchten, bis sie sich im hellen Licht der reinen Leere auflöste. Wie in Trance rezitierte Paldan Manjushi die *Vier Edlen Wahrheiten*:

»Alles ist Leiden – Kummer und Schmerz, Krankheit und Alter, Trennung und Tod. Auch Gefühle, die wir zunächst als angenehm empfinden, sind leidvoll – weil sie vergänglich sind wie alles im ewigen Kreislauf von Werden und Vergehen, von Geburt und Wiedergeburt.

Die Zweite Wahrheit führt zur Ursache unserer Leiden. Es sind die drei Grundübel Gier, Haß und Verblendung, welche die Lebewesen an den Kreislauf von Tod und Geburt fesseln.

Erst die Dritte Wahrheit, die restlose Abwendung von allem Begehren, hilft, diesen Kreislauf zu durchbrechen und damit das Leiden zu beenden. Nur wer das Verlangen in sich zum Verstummen bringt, begegnet allem mit Güte und Gleichmut und kann von keinem Leid mehr betroffen werden.

Die Vierte Wahrheit, der Weg zur Leidbefreiung, ist der edle achtfache Pfad der Selbstzucht. Diese acht Wege sind: rechte Anschauung, rechte Gesinnung, rechtes Reden, rechtes Handeln, rechtes Leben, rechtes Streben, rechtes Denken, rechtes Sichversenken.«

Paldan Manjushi hatte kaum geendet, als ein Zittern seinen Leib durchlief. Sein Blick verlor sich in endloser Ferne.

Er verstand nicht, was geschah, gleichwohl spürte er, daß Cahuna Kräfte zum Leben wiedererweckte, die wie er selbst die Jahrtausende überdauert hatten.

Er spürte aber auch Cahunas Verwirrung. Nicht alles war so, wie es sein sollte.

Schlagartig erwachte der Lama aus seiner Trance. Ihm war,

als hätte er eben noch eine schier endlose Wasserwüste unter sich gesehen, aber er befand sich nach wie vor in seiner Kammer. Im Kloster herrschte tiefe Stille. Nur leise klang von draußen das Flügelschlagen und das Quaken einer Ente herein.

»Wir mußten mit Ausfällen rechnen«, murmelte er. »Nicht alle Helfer haben die lange Zeit des Wartens schadlos überdauert.« Aber es war nicht Paldan Manjushi, der diese Worte aussprach, sondern Cahuna.

Die Zeit des Abschieds ist nun gekommen, fuhr er im Geist des Lama fort. *Aber wir werden uns wieder begegnen, denn das Schicksal hat uns zusammengeführt. Aber bleib wachsam, mein Bruder Paldan Manjushi, denn die bösen Mächte, die wiedererwacht sind, sind noch älter als das Wissen deines Volkes und der alten Gelehrten. Rufe mich, wenn sie dich zu überwältigen drohen, denn du bist mehr als ein Werkzeug, Paldan Manjushi, du bist mein Bruder.*

Mit fünfstündiger Verspätung hob der Learjet ab. An Bord herrschte eine ziemlich gedrückte Stimmung. Kaum ein lautes Wort fiel, und die Mehrzahl der Diplomaten nutzte die Gelegenheit ohnehin für ein mehr oder weniger kurzes Nickerchen.

Nur Jonathan Harper wandte sich Tom und Gudrun zu. »Alles in Ordnung?« wollte er wissen. »Falls es Sie interessiert, unsere Reisegeschwindigkeit beträgt 885 km/h. In ungefähr fünf Flugstunden erreichen wir New York.«

Tom und er unterhielten sich eine Weile über Politik. Im Osten Europas gärte es, und der bevorstehende Winter würde wieder Veränderungen bringen, deren Folgen sich wohl erst in einigen Jahren abschätzen ließen.

Gudrun hörte eine Zeitlang zu, verlor dann aber das Interesse und blickte lieber nach draußen. Wolkenschleier huschten vor dem Fenster vorüber, und wenig später erstreckte sich ein strahlendes Firmament über dem Flugzeug. Die Sonne senkte sich bereits dem Horizont entgegen. Ihre Strahlen zeichneten scharf abgegrenzte Schatten in das Wolkengebirge.

Irgendwo linker Hand blinkte schwach ein erster Stern. Gudrun erschrak. Mühsam hatte sie versucht, ihren Traum zu verdrängen, nun brach von einem Augenblick zum anderen die trügerische Schicht aus Selbstbeherrschung und Zwang wieder auf.

Tom bewies gleichzeitig, daß er trotz seiner zur Schau gestellten Gleichgültigkeit ein feines Gespür für Veränderungen hatte. Als er Gudrun hastiger atmen hörte, wandte er sich sofort ihr zu.

»Geht es wieder los?« wollte er wissen.

Möglich, daß sein Tonfall nicht ganz so mitfühlend klang, wie es die Wortwahl vermuten ließ, jedenfalls biß die Anthropologin nur die Zähne zusammen und starrte weiter aus dem Fenster. Tom murmelte daraufhin etwas, das wie »Na ja« klang und kramte eine Fachzeitschrift aus dem Seitenfach der Tasche hervor, die Sutherland ihm mitgegeben hatte. Es handelte sich um ein norwegisches Magazin, das vorwiegend von Rekonstruktionen aus der Wikingerzeit berichtete.

Als es düster wurde, schaltete Tom den Lesespot ein, begann aber trotzdem nach einer Weile immer stärker zu blinzeln. Daß er sich ausgiebig mit Daumen und Zeigefinger die Nasenwurzeln massierte, half wenig – er mußte letztlich doch seine Eitelkeit überwinden und die altmodische Nickelbrille mit den kleinen Gläsern aufsetzen. Seine Weitsichtigkeit hatte ihm zwar schon oft gute Dienste geleistet, nur beim Studium von Gedrucktem, und da vor allem bei schlechten Lichtverhältnissen, erwies sie sich als überaus lästig.

Die Brille war ein Erbstück und die einzige Erinnerung an Onkel Jeremiah – deshalb brachte er es nicht übers Herz, sie gegen eine moderne Fassung einzutauschen. Jeremiah, ebenfalls Archäologe aus Leidenschaft, war vor Jahren spurlos verschwunden, und Tom wußte bis heute nicht, wo und wie der Bruder seiner Mutter verschollen oder gar ums Leben gekommen war.

Der Zwischenstopp auf den Azoren war nur von kurzer

Dauer. Diplomatengepäck wurde ausgetauscht, danach stieg der Learjet schnell wieder auf Reisehöhe.

Gudrun lehnte sich endlich einigermaßen entspannt zurück und war bald eingeschlafen; Tom kämpfte ebenfalls gegen eine beginnende Müdigkeit an, die ihm das Magazin aus der Hand rutschen ließ. Letztlich schob er die Zeitschrift in das Gepäckfach über sich, steckte die Brille in ihr Etui zurück und schloß ebenfalls die Augen.

»Tom, schläfst du?« erklang es nur Sekunden später.

Seine Antwort bestand aus einem ergebenen Seufzer, den Gudrun offensichtlich als Aufforderung auffaßte, denn sie setzte ihre Störaktion fort.

»Ich habe über den Mann in Heathrow nachgedacht«, murmelte sie. »Wieso wußte er von dem Kristall? Und vor allem, wie konnte er uns finden?«

»Intuition.«

»Das meinst du nicht ernst?!« Die Überraschung war Gudrun deutlich anzumerken.

»Kar hat uns ebenfalls aufgespürt« erklärte Ericson. »Mehrmals sogar.«

»Glaubst du, daß der Mann von Kar geschickt wurde?«

»Sollte ich?« Tom schürzte die Lippe und begann, sich ausgiebig das Kinn zu massieren.

Gudrun starrte ihn wütend an. »Mit dir kann man nicht vernünftig reden!« schnaubte sie.

Der Archäologe lehnte sich zurück und schloß demonstrativ die Augen. Den breitkrempigen Hut zog er sich tief in die Stirn.

»Willst du jetzt etwa schlafen?« fuhr Gudrun ihn an.

Ein müdes Murren erklang, gefolgt von der Frage: »Wenn nicht jetzt, wann dann?«

»In New Haven …«

»Unser *Freund* Radcliffe platzt bestimmt schon vor Neugierde. Der läßt uns keine fünf Minuten Zeit, zur Besinnung zu kommen.«

»Aber …«

»Ja?«

Gudrun hatte so viel sagen wollen – sie konnte es nicht. Toms Art machte es ihr schwer, ihr Mißtrauen in Worte zu fassen.

»Vergiß deinen Traum«, murmelte er schläfrig. »Hier oben sind wir sicher wie in Abrahams Schoß.«

Vielleicht hätte er das besser nicht gesagt. Das Luftloch, das genau in dieser Sekunde seine Worte Lügen strafte, war jedenfalls gewaltig. Ohne jede Vorwarnung sackte der Learjet durch. Das Gefühl, in einem rasend schnell in die Tiefe stürzenden Aufzug zu sitzen, ließ selbst Toms Magen rebellieren und preßte ihm die Luft aus den Lungen.

Zum Glück dauerte der Zwischenfall nur wenige Augenblicke.

»Sicher?« stieß Gudrun entsetzt hervor. »Deine Nerven möchte ich haben.« Sie befanden sich irgendwo über dem Atlantik, dem amerikanischen Kontinent näher als Europa. Unter dem Flugzeug erstreckte sich eine undurchdringliche Schwärze, und der Übergang vom Horizont zum Himmel war nicht einmal mehr zu ahnen. Nur noch wenige Sterne begleiteten den Jet durch die Nacht.

»Versuche zu schlafen!« riet Tom. »Oder schau wenigstens nicht nach draußen!«

In einer Art Reflexbewegung rammte Gudrun ihm den Ellenbogen in die Seite. Ein greller, weit verästelter Blitz hatte soeben den Himmel aufgerissen. Flackernde Schatten huschten durch das Innere des Flugzeugs.

Tom zog sich den Hut noch tiefer ins Gesicht.

»Wir fliegen durch ein Gewitter!« erinnerte Gudrun.

»Hm.«

»Mehr hast du dazu nicht zu sagen?«

»Hm.«

Die Anthropologin richtete sich steil auf, als der nächste Blitz so nahe kam, daß Elmsfeuer über die Tragfläche huschten.

Das Triebwerksgeräusch veränderte sich. Es steigerte sich

zum schrillen Heulen. Gleichzeitig schmierte der Jet über die linke Tragfläche ab. Ein Chaos greller Entladungen zuckte von allen Seiten heran.

»Vor uns liegt eine Zone atmosphärischer Turbulenzen«, verkündete die Stewardeß, die soeben die Kabine betrat. »Der Kapitän wird die Gewitterfront unterfliegen.«

»Wie hoch fliegen wir überhaupt?« murmelte Tom Ericson gerade so laut, daß Gudrun ihn verstehen konnte.

»Keine Ahnung«, erwiderte sie.

»Auf jeden Fall zu hoch für ein Gewitter.«

Gudrun starrte den Archäologen an, wie man ein Kalb mit zwei Köpfen mustert. Als er dann noch immer keine Regung erkennen ließ, erkundigte sie sich ungläubig: »Sag bloß, du wirst endlich vernünftig? Alles ist fast so wie in meinem Traum.«

»Aber nur fast ...«

Der Sturzflug hielt an, und die Geräuschkulisse von außerhalb des Flugzeugs steigerte sich zum brüllenden Inferno. Feurige Lohen waberten vor den Fenstern. Im flackernden Widerschein sah Gudrun die leichenblassen Gesichter der Diplomaten, die sich krampfhaft in ihren Sitzen abstützten.

Auch ihr Magen wurde hart gegen die Rippen gepreßt. Das Gefühl, sich im nächsten Moment übergeben zu müssen, wurde schier unerträglich. Krampfhaft schluckend versuchte sie, den Geschmack von Galle im Mund zu vertreiben, bekam aber nicht einmal den fürchterlichen Druck von ihren Ohren weg.

Wie ein Stein sackte das Flugzeug ab. Die Stewardeß war schwer gestürzt und versuchte vergeblich, wieder auf die Beine zu kommen. Jemand begann hysterisch zu schreien.

Endlich verlangsamte sich die Abwärtsbewegung und ging in ein spürbares Gleiten über. Noch rüttelte und bockte der Jet zwar wie ein Fuhrwerk auf holperigem Feldweg, und die Winglets an den Flügelenden bogen sich bis zur Grenze ihrer Belastbarkeit, doch das Schlimmste schien überstanden zu sein.

Eine dichte Wolkendecke hüllte das Flugzeug ein, die Sicht reichte nicht weiter als bis zum Ende der Tragflächen. Dahinter erstreckte sich eine düstere Röte, ein amorphes Brodeln, als hätte sich ein Höllenschlund geöffnet.

»Wir haben es geschafft! Dem Himmel sei Dank!« Op de Meeren, der Holländer, begann begeistert zu klatschen, und alle anderen zögerten nicht, es ihm gleichzutun. Sogar die Stewardeß spendete Beifall. Daß sie aus einer Platzwunde an der Stirn blutete, schien sie nicht einmal wahrzunehmen.

Das Flugzeug lag endlich wieder ruhig in der Luft. Zu ruhig, wie Gudrun sofort befand. Sie hatte das untrügliche Gefühl, in einer dämpfenden Watteschicht gefangen zu sein, die jede Bewegung augenblicklich eliminierte.

»Unsinn«, beantwortete Tom ihren zaghaften Hinweis. »Du solltest wirklich versuchen, ein wenig zu schlafen.«

»Nicht, solange das Glühen da draußen ist. Es macht mir angst.«

Tom rückte näher ans Fenster heran und sah hinaus. Im nächsten Moment schrie er vor Schreck auf. Alles geschah im Bruchteil einer Sekunde.

Urplötzlich war da ein düsterer, blau-schwarzer Schemen – ein anderes Flugzeug, kleiner als der Learjet … wie ein zuschnappender Hai brach es aus dem Dunst hervor und schrammte so dicht über den Jet hinweg, daß es wohl nur einer göttlichen Fügung zu verdanken war, daß der Zusammenstoß ausblieb.

Gleichzeitig zuckten helle, winzige Lichtblitze am Rumpf des UN-Jets vorbei, die sich in endloser Reihe in der Dämmerung verloren.

»Wir werden angegriffen!« brüllte jemand mit sich überschlagender Stimme. »Das ist Leuchtspurmunition.« Er verstummte gurgelnd, als der Pilot gedankenschnell reagierte und in einen zweiten Sturzflug überging. Sekundenlang glaubte jeder an Bord das Hämmern von Maschinengewehren zu hören.

»Bitte, bleiben Sie angeschnallt auf Ihren Plätzen!« rief die

Stewardeß. »Es kann sich nur um einen bedauerlichen Irrtum handeln, der über Funk aufzuklären ist.«

Ein zweiter Schatten – ein dicker, schwerer Brummer mit vergleichsweise riesigem Heckleitwerk und plumpen Tragflächen unterhalb der aufgesetzten Pilotenkanzel. Tom Ericson schob Gudrun unsanft zur Seite und preßte sein Gesicht gegen die Scheibe, um besser sehen zu können.

»Das ist ein Bomber!« stieß er ungläubig hervor. »Einmotorig und längst museumsreif.«

Gudrun starrte ihn entgeistert an.

»Was heißt museumsreif?« fragte sie aufgeregt. »Werden wir angegriffen oder nicht?«

Der Bomber blieb unter ihnen zurück, als der Jet diesmal steil in die Höhe gezogen wurde. Krampfhaft klammerte sich die Stewardeß an einer Sitzlehne fest. Ihr war anzusehen, daß auch sie von der Situation völlig überfordert wurde.

»Was wollen die Kerle?« Schnaubend schlug Tom mit der flachen Hand auf sein Gurtschloß. »Die Maschine trägt eine amerikanische Kennung.«

»Bitte, Sir, behalten Sie Platz!« Vergeblich versuchte die Stewardeß, ihn zurückzuhalten. Aber Tom steuerte zielstrebig auf das Cockpit zu, und nur ein neuerliches Ausweichmanöver hinderte ihn daran, sofort zu den Piloten vorzudringen. Hart krachte er gegen den Türrahmen, an dem ihn die Fliehkraft sekundenlang unbarmherzig festhielt, danach wurden ihm langsam aber sicher die Beine unter dem Leib weggezogen.

Tom sah die erstarrt wirkenden Gesichter der Diplomaten. Wahrscheinlich waren sie inzwischen davon überzeugt, daß der Flug sie geradewegs in die Hölle bringen würde. Und wenn er ehrlich zu sich selbst sein sollte, dann zweifelte er ebenfalls kaum noch daran.

Endlich schaffte Tom es, die Tür zum Cockpit aufzustoßen. Nur der Copilot, Steven Copburn, wandte sich flüchtig zu ihm um. Auf seiner Stirn glänzten Schweißperlen.

»Wenn ich es nicht besser wüßte, würde ich sagen, da spielt uns jemand einen bösen Streich«, sagte er tonlos. »Das da draußen sind Bomber vom Typ Grumman TBM Avenger – lahme Enten im Vergleich zu uns. Sie können nur mithalten, weil wir stetig an Schubkraft verlieren.«

»Das heißt, wir haben keine Chance, den Angreifern zu entkommen?«

»Wenn kein Wunder geschieht ...«

Schulterzuckend wandte sich der Copilot wieder dem Funkgerät zu. Tom sah, daß er die Frequenzen durchlaufen ließ – offenbar in der Hoffnung, endlich eine Verbindung zu den Bombern herstellen zu können.

Vier Maschinen waren inzwischen vom Cockpit aus zu erkennen. Düster hingen sie über dem Learjet oder schoben sich seitlich heran – Maschinen, denen das Alter anzusehen war.

Nur das Rauschen der Statik drang aus dem Funkempfänger.

»Ich verstehe das nicht!« schnaubte Copburn. »Absolute Funkstille. Dabei sollte auf allen Frequenzen Hochbetrieb herrschen.«

»Ausfall des Kurvkreisels!« meldete William McArthur, der Kapitän.

Tom hatte selbst den Flugschein. Er wußte, daß der Kurvkreisel die Position des Flugzeugs relativ zu Funkfeuern und dem korrekten Landeweg angab sowie die Peilung auf ein gewähltes Funkfeuer und die Entfernung dazu in nautischen Meilen.

Tom wollte sich nach der letzten bekannten Position erkundigen – vermutlich nur mehr wenige hundert Meilen vor der Ostküste – als unvermittelt eine verzerrte Stimme aus dem Empfänger drang.

»... spricht Lieutenant Charles C. Taylor. Ich fordere Sie letztmals auf, sich zu identifizieren! ... melden Sie ... Befehl zum Abschuß ...«

»Hier UN-Sonderflug 247 von London nach New York!« rief der Copilot ins Mikrophon. »Lieutenant Taylor, stellen Sie sofort jede feindliche Handlung ein! Ich wiederhole: Hier UN-

Sonderflug ...« Das Wort blieb ihm schier im Halse stecken, als eine Geschoßgarbe dicht vor dem Cockpit in die Tiefe zuckte. »Verdammt, nehmen Sie doch Vernunft an!« brüllte er dann am Ende seiner Beherrschung. Doch der Ruf schien von dem Geschwader nicht empfangen zu werden, wie der nächste Funkspruch deutlich machte: » ... Taylor, Flugleiter von Flug 19. Ich gebe Ihnen noch genau dreißig Sekunden Zeit, sich zu identifizieren!«

»Flug 19?« stieß McArthur ungläubig hervor. Sekundenlang starrte er das Funkgerät an, als könne er nicht glauben, was er eben gehört hatte, dann huschte sein Blick zu den altertümlichen Bombern hinaus, die wie bösartige Hornissen den Jet eingekreist hatten.

»Ich verstehe nicht ...«, warf Copburn ein.

»Flug 19«, murmelte der Kapitän kopfschüttelnd. »Eine der verrücktesten Legenden über das Bermuda-Dreieck. Die fünf Maschinen da draußen, Steven, sollen dort am 5. Dezember 1945 spurlos verschwunden sein.«

»Aber ...« Steven Copburn brachte nur ein unartikuliertes Keuchen zustande. »Wieso ... ?«

Tom Ericson stand wie versteinert hinter ihnen. Er starrte nach draußen, doch er nahm die dunklen Schemen der Bomber kaum mehr bewußt wahr. Seine Gedanken überschlugen sich. Alles um ihn her schien in einem rasend schnellen Wirbel gefangen zu sein, aus dem es kein Entrinnen gab, der Zeit und Raum zur Bedeutungslosigkeit verdammte.

Tom dachte an Stonehenge. Gudrun und er waren dabeigewesen, als Männer einer längst vergangenen Epoche sich bekämpften. Vision oder Wirklichkeit – oder etwas, das er noch nicht begreifen konnte, weil ihm grundlegendes Wissen fehlte?

Die Schuld daran dem Artefakt von den Phoenix-Inseln aufzubürden, dem magischen Kristall einer Göttin, deren Namen er nie zuvor gehört hatte, lag nahe. Wenn seine Vermutung zutraf, dann war der Besitz des Kristallauges mit Gefahren verbunden, die niemand erahnen konnte. Auch die

Stonehenge-Vision war seltsam real gewesen – wie anders ließ es sich erklären, daß sie eine goldene Sichel aus der Vergangenheit mitgebracht hatten? Tom zweifelte keinen Moment daran, daß die Geschosse da draußen tödlich echt waren, auch wenn sie von fünf Bombern der US-Marine stammten, die seit sechsundvierzig Jahren auf der Verlustliste standen.

Die dreißig Sekunden waren abgelaufen. Entschlossen drückte McArthur die Nase des zweistrahligen Flugzeugs nach unten. Nicht den Bruchteil eines Augenblicks zu früh, denn nahezu gleichzeitig zuckte eine neue Geschoßgarbe heran.

Tom wurden die Beine unter dem Leib weggerissen. Auf dem jäh im Winkel von knapp fünfundvierzig Grad schrägstehenden Boden schlitterte er haltlos nach vorne. Sein Sturz endete abrupt an der Verankerung des Pilotensitzes. Ein stechender Schmerz raste Toms Rückgrat hinauf und explodierte in seinem Schädel. Mit aller Kraft kämpfte er gegen eine beginnende Ohnmacht an, während die Geräuschkulisse von außerhalb des Flugzeugs zur Kakophonie anschwoll.

Rasend schnell stürzte der Learjet der wolkenverhangenen See entgegen.

Um 17 Uhr 00 MEZ war die Maschine mit den Diplomaten und den beiden Wissenschaftlern an Bord von Heathrow gestartet; bereits vierzig Minuten später befand sich Connor in einer kleinen Privatklinik im Herzen von London und sprach mit dem Arzt, der den unbekannten Toten einer ersten Untersuchung unterzogen hatte.

»Ursächlich ist der Tod durch äußere Gewalteinwirkung eingetreten«, erklärte Chuck Mannors. »Zwei scharfkantige Metallsplitter sind in den oberen Brustraum eingedrungen, von denen einer die Hauptschlagader durchtrennt hat. Der Mann ist innerlich verblutet.«

Connor kannte Mannors seit einigen Jahren. Chuck und Sir Ian waren um zwei oder drei Ecken herum verwandt, und soweit der Butler wußte, hatte Sutherland seine Beziehungen spielen lassen und dafür gesorgt, daß Mannors nicht nur bei Obduktionen mit der Metropolitan Police zusammenarbeitete.

»Die Todesursache ist für mich nicht wichtig«, sagte Connor in aller Ruhe. »Seiner Kleidung nach zu schließen, hat der Mann als Krankenpfleger gearbeitet.«

Chuck Mannors schüttelte den Kopf. »Das dachte ich auch – zunächst. Aber die Untersuchung hat ergeben, daß weder Hose noch Jacke seine eigenen sind. Die Kollegen von der Spurensicherung fanden auf der Innenseite Haare und Hautschuppen, die wir nicht dem Toten zuordnen können. Lediglich die Blutgruppe ist identisch.«

Auf Connors Stirn bildete sich eine steile Unmutsfalte.

»Soll das heißen, er trägt fremde Kleidung?« wollte der Butler wissen.

»Das ist anzunehmen.«

»Und die Fingerabdrücke?«

»Befinden sich nicht in der Polizeikartei.«

»Ich vermute, der Tote stammte aus Indien oder einem der angrenzenden Länder.«

»Interpol ist bereits eingeschaltet. Falls Daten vorliegen, hat der Commissioner sie in wenigen Stunden auf dem Tisch.« Der Arzt begann, sich mit Daumen und Zeigefinger das Kinn zu massieren. Gleichzeitig blickte er den Schotten durchdringend an. »Welches Interesse hat Ian an dem Toten? Nur weil der Fahrer des Tankwagens sich nicht erinnern kann …? Das ist kein Fall für A.I.M. Eine partielle Amnesie ist keineswegs selten. Vor allem nach Schockzuständen …«

Connor winkte ab. »Der Mann wußte Dinge, die ihm unbekannt sein sollten.«

»Eines von euren Geheimnissen?« fragte Mannors lauernd.

»Er wußte von einem archäologischen Fund, der möglicherweise unser Weltbild verändern wird.«

Dem Mediziner war anzusehen, daß er diese Aussage für hoffnungslos übertrieben hielt. Trotzdem fuhr er fort, ohne den Tonfall zu ändern: »Der Tote wurde erst vor kurzem operiert. Dem Zustand der Narben nach zu schließen – die übrigens wieder aufgebrochen waren – kann die Operation höchstens zwei Wochen zurückliegen. Ohne es zu beschwören, möchte ich behaupten, daß ihm zwei Kugeln aus der Brust entfernt wurden.«

Überrascht zog Connor eine Augenbraue hoch.

»Das ist noch nicht alles«, fuhr Mannors fort. »Blutgerinsel im Bauchraum, Abschürfungen und Quetschungen lassen auf einen Unfall schließen, der zeitlich ungefähr gleich einzuordnen ist. Wahrscheinlich ein Autounfall.«

»Ich nehme an, er wurde erst angeschossen.«

Chuck Mannors zuckte mit den Schultern.

»Ich möchte Sie bitten, bei allen Kliniken nachzufragen ...«

»Ist bereits veranlaßt. Der Commissioner hat darum gebeten.«

Zum erstenmal seit Stunden lächelte Connor wieder. »An was denken die Leute vom Yard eigentlich nicht?« erkundigte er sich wie beiläufig.

»An einen geregelten Feierabend«, erwiderte der Arzt leichthin. »Wollen Sie bei der weiteren Sektion zusehen, oder ...?«

Abwehrend hob Connor die Arme. »Irgendwie schaffe ich es schon, die Zeit totzuschlagen«, behauptete er. »Und ehrlich gesagt, lieber übernachte ich in einer der Ausnüchterungszellen des nächsten Polizeireviers ...«

Überlagert von einem geradezu inferschen Heulen und Brausen, das jede normale Verständigung unmöglich machte, brüllte der Copilot sein »Mayday!« ins Mikrophon. Vom Sturz noch halb benommen, versuchte Tom Ericson, sich entgegen aller Schwerkraftgesetze aufzurichten. Aber der Boden hatte immer noch einen beachtlichen Neigungswinkel.

Später vermochte der Archäologe nicht zu sagen, ob vielleicht nur Sekunden vergangen waren oder wirklich endlos lange Minuten, wie es den Anschein hatte. Jedenfalls riß urplötzlich die Wolkendecke auf und gab den Blick frei auf eine im Mondlicht schimmernde endlose Wasserfläche.

Gerade noch tausendfünfhundert Fuß über dem Ozean endete der Sturzflug. Auf der Instrumententafel vor dem Piloten pendelte sich der künstliche Horizont rasch wieder in der Waagerechten ein.

»Haben wir die Verfolger abgeschüttelt?« fragte McArthur.

»Sieht so aus«, erwiderte Copburn. Gleichzeitig wandte er sich an Ericson. »Das Schlimmste haben wir wohl überstanden. Sagen Sie den anderen Passagieren – ach was, ich habe es satt, Politiker immer wie rohe Eier zu behandeln.«

»Quatsch nicht, Steven!« unterbrach der Kapitän unwirsch. »Sieh lieber zu, daß du die nächsten Funkstationen einpeilst. Ich will unsere genaue Position.«

Das düstere rote Glühen am Himmel war noch nicht verschwunden. Als drohendes Menetekel hing es schräg über und hinter dem Flugzeug, und nur voraus herrschte stockfinstere Nacht. Tom hatte das Gefühl, daß sich ein lichtloser Tunnel vor ihm öffnete …

»Peilung negativ, William!« meldete der Copilot.

»Ich will nicht hören, was nicht klappt, sondern eine Erfolgsmeldung.« Ein flüchtiger Seitenblick des Piloten verriet Tom, daß McArthur kaum weniger aufgeregt war als vermutlich jeder an Bord. »Und Sie«, schnauzte er Tom an »verschwinden endlich wieder nach hinten.«

»Ich dachte, Sie könnten Hilfe gebrauchen.«

»Verstehen Sie was von der Fliegerei?« Das klang zwar schon weitaus versöhnlicher, aber Tom hatte den aggressiven Tonfall ohnehin überhört.

»Runter kommt jeder irgendwann«, konterte er. Was er noch hatte hinzufügen wollen, blieb für immer unausgesprochen, denn gleichzeitig war eine andere Stimme zu hören.

»… rufe den Tower. Dies ist ein Notruf. Wir sind vom Kurs abgekommen und haben die Peilung verloren. Wiederhole: Wir sehen kein Land mehr.«

»Geben Sie mir Ihre Position!« verlangte eine andere, kaum verständliche Stimme. Der Sprecher schien sehr weit entfernt zu sein.

»Wir wissen nicht, wo wir uns befinden.«

Die drei Männer im Cockpit des Learjets schauten einander bedeutungsvoll an. Stumm schüttelte Steven Copburn den Kopf. Also ging es ihm keinen Deut anders als dem unbekannten Sprecher.

»Sollte nicht bald die Skyline von New York vor uns auftauchen?« fragte Tom. Erst jetzt fiel ihm auf, daß das Meer ungewöhnlich glatt war. Nicht der geringste Seegang herrschte. Und dazu diese bleierne Färbung.

»Gehen Sie auf Westkurs, Taylor!«

»Wo ist Westen, verdammt? Der Kompaß spielt verrückt. Nichts stimmt mehr, nicht einmal das Meer sieht aus wie immer.«

»Hier ist Lieutenant Cox. Flug 19, wie ist Ihre Höhe? Ich drehe nach Süden ab und versuche, Sie zu treffen.«

Steven Copburn massierte mit den Fingerspitzen seine Schläfen. »Flug 19?« stieß er ächzend hervor. »Da erlaubt sich jemand einen verdammt schlechten Scherz mit uns. Wer steckt dahinter? Libyen, der Irak ...?«

»Ich fürchte«, sagte Tom, »ganz so einfach ist es nicht.«

Der Copilot lachte schrill. »Wollen Sie mir einreden, wir empfangen wirklich Funksprüche, die vor mehr als fünfundvierzig Jahren in den Äther geschickt wurden? Dann haben Sie zu viele Science-Fiction-Filme gesehen.«

Tom zog es vor, darauf nicht zu antworten. Er wußte selbst nicht, was er denken sollte, wußte nur, daß Gudrun mit ihren Vorahnungen recht behalten hatte und daß es schon ein kleines Wunder sein mußte, wenn sie New York wirklich ungeschoren erreichten.

McArthur musterte ihn eindringlich. »Sie wissen mehr, als Sie zugeben«, stellte er fest. »Also heraus mit der Sprache!«

»Es mag verrückt klingen, aber ich fürchte, wir *befinden* uns über dem Bermuda-Dreieck.«

»Ausgeschlossen.«

»Ziehen Sie es wenigstens in Erwägung.«

»Wir können niemals so weit vom Kurs abgekommen sein ...«

Heiser bellte die Lautsprecherstimme des Funkempfangs: *»Versuchen Sie nicht, uns zu folgen, Cox! Bleiben Sie, wo Sie sind! Das ... das ist ...«*

Danach herrschte endgültig Stille. »McArthur, Sie wissen, wo Flug 19 angeblich verschwand?« fragte Tom. Jedes seiner Worte wirkte elektrisierend.

»Die Betonung liegt auf angeblich.« Angestrengt versuchte der Kapitän, den Learjet hochzuziehen. »Die Kiste reagiert nicht«, schnaubte er.

»Schubabfall auf beiden Triebwerken!« meldete Copburn. »Ich fürchte, die Strömung wird bald abreißen.«

Das bedeutete, daß der Auftrieb verloren ging. McArthur fluchte wie ein Droschkenkutscher, als die Steuersäule prompt zu vibrieren begann. Ein deutlicheres Warnsignal gab es nicht. Sofort drückte er die Nase des Flugzeugs wieder nach unten. Das brachte für zehn, fünfzehn Sekunden Erleichterung, aber danach begann das heftige Zittern erneut.

Ein blaues Leuchten umfloß die Holme der Windschutzscheiben, als würden sich außen elektrische Entladungen austoben. Auch ohne die an den Tragflächen angebrachten Triebwerke zu sehen, wußte Tom, daß die Entladungen an den Turbinen noch weitaus heftiger tobten.

»Bei allen Heiligen – was ist das?« McArthurs Frage war rein rhetorisch, und er erwartete keine Antwort.

»Völliger Schubausfall rechts!« meldete Copburn. Vergeblich versuchte er, die Turbine wieder in Gang zu bringen. Der Schweiß perlte in dicken Tropfen von seiner Stirn.

Von der linken Tragfläche her erklangen gräßlich knirschende Geräusche.

»Wir müssen notwassern. Gott stehe uns bei.«

Noch einmal versuchte Copburn, dem Funkgerät eine Reaktion abzutrotzen. Aber niemand beantwortete seinen verzweifelten Notruf. Selbst im günstigsten Fall würde sich der Learjet, sofern der Rumpf nicht aufgerissen wurde, nur wenige Minuten lang über Wasser halten. Weder aufschwimmende Wrackteile noch Kerosinspuren würden Rettungsmannschaften den Weg weisen – sofern überhaupt jemand innerhalb der nächsten vierundzwanzig Stunden den Absturzort erreichte.

Copburn sprach aus, was in dem Moment jeder im Cockpit dachte: »Wie weit sind wir vom Kurs abgekommen?«

McArthur schaltete auf Kabinenlautsprecher.

»Hier spricht der Kapitän.« Er machte eine bedeutungsvolle Pause. »Leider haben wir Probleme mit den Triebwerken – dennoch besteht kein Grund zur Panik. Bitte bleiben Sie angeschnallt auf Ihren Plätzen und legen Sie die Schwimmwesten an, die Sie unter den Sitzen finden.«

Das blaue Leuchten war intensiver geworden. Inzwischen umfloß es auch die Scheiben. Wo sich einzelne Strahlenfinger berührten, entstanden kugelförmige Entladungen, die häßliche Schrammen auf den Scheiben hinterließen.

Das Meer glühte ebenfalls in hellem Blau. Ein nahezu kreisförmiger Fleck war entstanden, hundert Meter durchmessend, vielleicht sogar zweihundert, und kaum mehr zwei Kilometer voraus. Während ringsum das Wasser fast schwarz blieb, hatte es den Anschein, als würden just an dieser Stelle starke Scheinwerfer in der Tiefe leuchten.

Die Instrumente spielten verrückt und zeigten, falls sie überhaupt noch arbeiteten, Wahnsinnswerte.

»Wir befinden uns im Einflußbereich einer starken elektromagnetischen Strahlung«, behauptete McArthur.

»Der Angriff eines feindlichen U-Bootes?« folgerte Copburn. »Haben nicht die Deutschen Konstruktionspläne in den Nahen Osten verschoben …?«

Höchstens noch zweihundert Fuß über der Wasseroberfläche jagte der Jet dahin. Verbissen zog McArthur die Steuersäule zu sich heran, um die Nase des Jets in der Höhe zu halten. »Legen Sie sich wieder auf den Boden und halten Sie sich gut fest!« rief er Tom zu. »Gleich wird es ein wenig rumpeln!«

Das war stark untertrieben. Der erste Aufprall des Learjets auf dem Wasser ließ die Maschine ächzen und stöhnen, als wolle sie auseinanderbrechen. Wie ein Stein, der flach aufs Wasser geworfen wurde, prallte sie ab, gewann sekundenlang wieder trügerische Höhe und krachte erneut herab. Schäumende Gischt flutete am Cockpit hoch und raubte den Piloten die Sicht.

Dumpfe Schläge dröhnten durch den Rumpf. Tom hatte das Gefühl, daß ihm sämtliche Knochen im Leib zusammengestaucht wurden. Trotzdem stemmte er sich gegen Mittelkonsole und Pilotensitz.

Der plötzliche Blutgeschmack im Mund war nicht gerade dazu angetan, seine Zuversicht zu steigern.

Flackernd erlosch die Beleuchtung. Aber es wurde nicht völlig dunkel. Ein fahler, blauer Schimmer, wie von zuckenden Entladungen, färbte die Nacht.

»Ausfall der gesamten Energieversorgung!« meldete Copburn. »Die Elektronik ist zum Teufel.«

Der Jet dümpelte in der vom Absturz aufgewühlten See. Wie Elmsfeuer huschten blaue Flammen über die Außenhülle, und innerhalb von Sekunden klatschten die Wellen höher gegen die Scheiben.

McArthur erhob sich ächzend aus seinem Sitz und half Tom, sich ebenfalls aufzurichten. »Gehen Sie nach hinten!« befahl er. »Wir müssen die Maschine verlassen, bevor sie sinkt.«

Die Passagiere hatten den Aufprall ebenfalls gut überstanden. Sie waren zwar leichenblaß, wirkten aber doch einigermaßen gefaßt. Gudrun – sie löste eben ihren Sicherheitsgurt – warf dem Archäologen einen langen und vielsagenden Blick zu. Den stummen Vorwurf konnte Tom nicht übersehen. Trotzdem zuckte er nur mit den Schultern.

Einige Gepäckfächer waren aufgesprungen und hatten ihren Inhalt in der Kabine verstreut. Zwei der Diplomaten begannen bereits damit, die überwiegend vertraulichen Papiere einzusammeln.

»Dafür bleibt keine Zeit« sagte der Kapitän schneidend. »Wir müssen aussteigen! – Angy, was ist los?« Die Frage galt der Stewardeß, die an der Verriegelung des Ausstiegs rüttelte, die Tür aber nicht einen Millimeter weit öffnen konnte.

Copburn faßte mit an, und Tom ebenfalls. Der Energieausfall schien sämtliche Funktionen blockiert zu haben.

»Das blaue Leuchten ist daran schuld!« stieß Gudrun aufgeregt hervor.

McArthur achtete nicht darauf. »Wir steigen durchs Cockpit aus!« bestimmte er.

In dem Moment sackte die Maschine weg. Ein dumpfes, anschwellendes Gurgeln drang von draußen herein, und jeder starrte entsetzt auf die Flutwelle, die an den Fenstern hochschwappte und über dem Rumpf zusammenschlug.

Ein Knistern durchlief das Flugzeug. Noch hielt die dünne Hülle stand, aber jeder der Eingeschlossenen wartete furchtsam auf den ersten eindringenden Schwall Wasser. Die Scheiben im Cockpit zu zerschlagen, hatte keinen Sinn mehr. Niemand würde dem dann hereinschießenden Wasser trotzen und aussteigen können, bevor der Jet geflutet war.

Tom zwängte sich an den Diplomaten vorbei, die auf die Fenster starrten wie Kaninchen, die beim Anblick einer Schlange versteinerten. Unmittelbar neben Gudrun blieb er stehen. Sein Blick huschte suchend durch die Kabine.

»Ich wollte nicht, daß alles so endet«, flüsterte er, gerade so laut, daß die Anthropologin ihn verstehen konnte.

Ihre Miene blieb regungslos, als sie sich ihm zuwandte, doch ihre Hand suchte die seine und drückte sie sanft, aber fest zugleich. Keiner wußte, wieviel Zeit ihnen noch blieb.

»Es gibt einen Weg, dem Totengräber von der Schippe zu springen«, meinte der Archäologe. »Wir kommen hier heraus. Bestimmt.«

»Wir hätten unsere Zeit besser nutzen sollen, Tom. Ich glaube, wir haben viel versäumt.«

Ericsons Blick wanderte zur Tür zurück, verharrte dort sekundenlang und heftete sich dann auf den Boden vor seinen Füßen. »Vielleicht durch den Fahrwerksschacht«, murmelte er. »Solange die Maschine einigermaßen in der Waagerechten liegt, wird kaum Wasser von unten her eindringen ...«

Gudrun starrte ihn aus ängstlich geweiteten Augen an. »Wie tief ist der Atlantik hier?« wollte sie wissen.

Der Neigungswinkel des Learjets vergrößerte sich mit jeder Sekunde. Bevor Tom überhaupt antworten konnte, tauchte die Maschine kopflastig weg. Dreißig, vierzig Yards tief war sie inzwischen bestimmt schon abgesackt.

Die Zeit war gegen die Eingeschlossenen. Das wurde ganz besonders klar, als der Copilot den Feuerlöscher aus der Halterung riß und die schwere Stahlflasche gegen eines der Fenster schmetterte.

Erst der zweite Schlag ließ Risse im Glas entstehen, und beim dritten wuchtigen Hieb splitterte es endlich.

Connor hatte seine Ankündigung, notfalls im Ausnüchterungstrakt zu übernachten, doch nicht wahrgemacht und letztlich die Bequemlichkeit eines Büros, in dem noch dazu ein uraltes Sofa stand, der kühlen Nüchternheit einer Zelle vorgezogen.

Die Arme hinter dem Kopf verschränkt, die Beine angezogen und gegen die Seitenlehne des leider etwas zu kurzen Möbelstücks gestemmt, lauschte er den vielfältigen Geräuschen, die selbst zu nachtschlafender Zeit das große Gebäude mit Leben erfüllten, und warf im übrigen nach jeder halben Stunde einen bedauernden Blick auf seine Armbanduhr. Er wußte, daß Chuck Mannors ihn informieren würde, sobald sich neue Erkenntnisse ergaben.

Obwohl er lange die Augen offenhielt und zu den Lichtmustern an der Decke hinaufblickte, die durch die halb geschlossenen Jalousien hereinfielen, forderte irgendwann die Müdigkeit ihr Recht.

Die jäh aufflammende Deckenbeleuchtung weckte ihn. Ein

Mann, den Connor noch nicht gesehen hatte, stand unter der offenen Tür.

»Dr. Mannors bat mich, Ihnen das sofort auszuhändigen, Sir.« Er hielt ein Blatt Papier in der Rechten. Mit drei schnellen Schritten war er bei dem großen Schreibtisch und legte es in eines der bunten Körbchen.

»Posteingang, was?« murmelte Connor schläfrig. »Immer korrekt, nicht wahr?« Er schwang sich auf und nahm das Papier an sich – ein Fernschreiben, gerade fünfzehn Minuten alt und lediglich aus drei Zeilen Text bestehend. Ein Aufleuchten huschte über seine Miene, nachdem er den Text überflogen hatte.

»Das ist doch schon eine ganze Menge« murmelte er, faltete das Blatt säuberlich zusammen und steckte es ein. »Was sagt Dr. Mannors dazu?« wandte er sich an den jungen Pfleger, der unverwandt auf der anderen Seite des Schreibtischs stand und ihn nachdenklich musterte.

»Der Doktor meint, daß Sie damit wohl klarkommen, Sir. Er bedauert, Sie nicht verabschieden zu können, meint aber, daß Sie Verständnis dafür haben, daß seine Arbeit wichtiger ist.«

»Immer noch der Tote vom Flughafen?«

»Ich weiß nicht, Sir. Der Doktor schien mir irgendwie aufgeregt zu sein.«

Connor nickte schwach. »Bemühen Sie sich nicht«, wehrte er geflissentlich ab, als der Pfleger ihn begleiten wollte. »Ich finde schon selbst hinaus. Aber wenn Sie mir einen Gefallen tun wollen, rufen Sie bitte ein Taxi. Ich muß nach Heathrow.«

Zwanzig Minuten später saß er im Fond einer schweren Limousine, die sich durch den immer noch dichten Stadtverkehr quälte. Er hatte das Fernschreiben wieder auseinandergefaltet und betrachtete den knappen Text, als müsse sich ihm auf die Weise ein Geheimnis offenbaren.

Absender war eine Klinik bei Salisbury.

Beschreibung des unbekannten Toten trifft auf einen Patienten zu, der nach Autounfall auch wegen Schußverletzungen operiert wurde. Er hat die Klinik vor Abschluß der Behandlung eigenmächtig und mit unbekanntem Ziel verlassen.

›Wir werden ertrinken!‹ wollte Gudrun rufen, doch wurde nur ein halb ersticktes Gurgeln daraus. Wie alle anderen starrte sie auf das zersplitterte Fenster. Steven Copburn schlug soeben mit dem Feuerlöscher die letzten Splitter aus dem Rahmen. Dann erst begann auch er zu begreifen, daß nicht ein Tropfen Wasser eindrang.

Ungläubig wich er einen Schritt zurück, den Feuerlöscher – wie um eine unbekannte Gefahr abzuwehren – vor sich haltend. »Was ist los?« stammelte er. »Ich verstehe nicht …«

»Mein Gott. Sagt mir, daß ich spinne.« Harper wirkte in dem Moment ebenso hilflos wie alle anderen.

»Wir sinken«, murmelte Op de Meeren, der Holländer. »Trotzdem bleiben wir vom Wasser verschont …«

Gudrun sagte nur ein Wort, und es schlug ein wie eine Bombe:

»Massenhalluzination!«

Schlagartig wandten sich alle ihr zu. Der Anthropologin behagte es herzlich wenig, plötzlich derart im Mittelpunkt des Interesses zu stehen. Sie reagierte mit einem leicht verlegenen Schulterzucken. Nur Tom Ericson deutete ihren Blick auf die Ledertasche richtig. Gudrun machte den Kristall für das Geschehen verantwortlich, und das wohl nicht zu Unrecht. Immerhin hatten sie beide seine suggestiven Kräfte schon am eigenen Leib verspürt. »Ich habe keine andere Erklärung«, seufzte sie.

»Das ist – blühender Unsinn«, sagte Harper, doch seine Stimme verriet seine Unsicherheit.

»Aber was ist los, verdammt?« fragte Jean Lafitte, der Franzose. »Werden wir entführt? Und wenn ja, welcher Staat besitzt die Mittel, so etwas zu tun?«

Während sie mit ihren Vermutungen die aufkeimende Panik überspielten oder es wenigstens versuchten, war das

Flugzeug mindestens um weitere dreißig Yards abgesackt. Draußen herrschte inzwischen nahezu vollkommene Finsternis, und wäre nicht das anhaltende blaue Leuchten gewesen, niemand hätte auch nur die Hand vor Augen sehen können.

Steven Copburn stand immer noch da wie versteinert. Widerstandslos ließ er es geschehen, daß Tom ihm den Feuerlöscher abnahm und den Stahlbehälter durch das zerschlagene Fenster aus dem Flugzeug warf.

Eine heftige Entladung zuckte auf, als das Wurfgeschoß das blaue Leuchten berührte – ein greller Lichtblitz, der sich nachhaltig in die Netzhaut einbrannte. Für Sekundenbruchteile schien alles in einem irrlichternden Feuer zu verglühen. Das Flugzeug, die Menschen in der Kabine – es gab nichts, was nicht jäh durchscheinend wurde, wie von einem gigantischen Röntgenblitz getroffen.

Im ersten aufwallenden Entsetzen taumelte Tom zurück und strauchelte. Sein eigener gellender Aufschrei entsetzte ihn. Aber obwohl sein Herz wie rasend gegen die Rippen hämmerte und sich in seinem Magen ein Gefühl ausbreitete, als würde er wahnsinnig schnell in endlose Tiefen stürzen, verlor er keineswegs das Bewußtsein.

Gudrun bestand noch aus Fleisch und Blut, und auch die anderen waren von den Auflösungserscheinungen verschont geblieben. Toms letzte Zweifel schwanden aber erst, als die Anthropologin und der Kapitän ihn gemeinsam unter die Arme faßten und in den nächstbesten Sitz hoben.

»Seit unserem Absturz sind keine zweieinhalb Minuten vergangen«, sagte Harper, »trotzdem scheint nichts mehr normal zu sein. Ich denke, daß ich gleich eine Erklärung für all das hören werde.«

»Sie sehen mich an, als könnte ich Ihnen weiterhelfen«, protestierte Gudrun sofort. »Dem ist aber nicht so.«

»Sie und den Doktor habe ich im Verdacht«, erklärte der Politiker. »Ich glaube nicht an Zufälle, und diesmal kann ich mir an den Fingern abzählen, was nicht stimmt.«

»Hoffentlich verrechnen Sie sich nicht«, konterte Gudrun.

»Hört auf!« schnaubte Ericson. »Zum Streiten ist wirklich nicht der richtige Zeitpunkt.«

»Das denke ich auch.« Harper nickte eifrig. »Wenn ich nicht genau wüßte, Doktor, daß Sie und Ihre Begleiterin von Ian Sutherland protegiert werden, ich würde Sie der Luftpiraterie und einiger übler Dinge mehr bezichtigen. Trotzdem komme ich nicht umhin ...«

»Ihr Mißtrauen ehrt uns«, bemerkte der Archäologe spöttisch.

»Aber meine Herren«, unterbrach der Kapitän schroff. »Gegenseitige Schuldzuweisungen sind fehl am Platz. Für mich steht fest, daß wir Opfer übersinnlicher Vorgänge wurden.«

Harper begann schrill zu lachen, unterbrach sich dann aber abrupt. Eine schier unerträgliche Spannung hatte sich aufgebaut. Niemand begriff, was wirklich geschehen war, doch gerade deshalb drohten sie alle daran zu zerbrechen. Den Absturz des Learjets Terroristen in die Schuhe zu schieben, war wie der Strohhalm, an den sich ein Ertrinkender verzweifelt klammerte. In den Gehirnen von nüchtern denkenden Politikern war für alles Platz, aber gewiß nicht für übersinnlichen Humbug.

»Wir können nichts tun«, sagte Giuseppe Moreno, der italienische Abgeordnete. »Solange der Wasserdruck das Flugzeug nicht zerquetscht, dürfen wir getrost abwarten.«

»Aber ...«

Moreno fuhr sich mit der Hand durch sein schütteres Haar. Er schwang sich in die Sitzreihe hinter Gudrun und preßte sein Gesicht an die Scheibe, wie kleine Kinder dies zu tun pflegen, wenn sie besonders viel erkennen wollen. »Kein aber, Monsieur Lafitte«, betonte er. »Das Meer ist hier so klar wie vor Capri. Wer weiß, ob wir jemals wieder so etwas erleben.«

»Falls wir überleben«, betonte Harper.

»Aus jeder noch so hoffnungslosen Situation gibt es einen Ausweg«, sagte Tom.

Fünf Minuten waren seit der Wasserung vergangen – nicht

mehr, obwohl die Zeitspanne den Männern und den beiden Frauen an Bord des Learjets wie eine kleine Ewigkeit erschien. Die Sinkgeschwindigkeit des Flugzeugs war schwer abzuschätzen, da jeder Bezugspunkt fehlte.

»Wie tief ist das Meer hier eigentlich?« wollte Gudrun wissen. Wahrscheinlich fragte sie nur, um das bedrückende Schweigen zu brechen, das inzwischen Einzug gehalten hatte. Die eben noch spürbare Aggression war innerhalb von Sekunden in Gleichgültigkeit umgeschlagen.

»Was auch mit uns geschieht, wir sind nicht in der Lage, darauf Einfluß zu nehmen«, sagte Op de Meeren. »Konnten wir noch einen Notruf absetzen?«

»Ich fürchte, wir wurden nicht gehört«, antwortete der Kapitän, und an Gudrun gewandt, fuhr er fort: »Falls wir auf Kurs geblieben sind, müssen wir mit Meerestiefen von um die neuntausend Fuß rechnen – wenn nicht, vor Florida und im Bereich der Bahamas ...«

Was immer William McArthur noch hatte sagen wollen, es blieb unausgesprochen, denn Giuseppe Moreno stieß plötzlich eine Reihe unartikulierter Laute aus und begann heftig zu gestikulieren. »Meine Güte ... das gibt es doch nicht ... das ist – verrückt!«

Tom Ericson war der erste an einem der anderen Fenster. Er hätte in dem Moment nicht sagen können, was er erwartet hatte, aber der Anblick, der sich ihm bot, ließ sein Herz wie rasend gegen die Rippen schlagen.

Unmittelbar hinter ihm atmete Gudrun hörbar aus. Die Anthropologin kniete auf dem Sitz, stützte sich mit der Rechten an der Wand ab und mit der Linken auf Toms Rücken und bohrte ihr Kinn halb in seinen Nacken. Stoßweise spürte er ihren heißen Atem an der Schläfe. Gudrun war mehr als nur aufgeregt, aber ihm erging es keinen Deut anders.

Der Learjet hatte den Meeresboden fast erreicht. Ein fahler Lichtschimmer, dessen Ursprung nicht einmal zu ahnen war, entriß eine farbenprächtige Pflanzen- und Tierwelt der ewigen Nacht. Meterlange gefiederte Polypen wucherten auf abgestorbenen Korallen, und zwischen ihren Fangarmen huschten Schwärme von Fischen umher. Ein Krake, mehr als doppelt mannsgroß, zog schwerfällig an dem Flugzeug vorbei, nahm aber von den Eindringlingen in sein Reich nicht im geringsten Notiz.

Doch nicht das faszinierte die beiden Wissenschaftler ebenso wie die Crew und die Politiker. Es waren die Ruinen, die sich unter dem Flugzeug erstreckten.

Fünfzig, sechzig Meter ragten die höchsten von ihnen auf. Ihre Flanken lagen zum Teil unter Schutt und Korallen begraben, aber ihre pyramidenartige Struktur war selbst heute, nach vermutlich Jahrtausenden, noch unverkennbar. Und da waren auch andere Gebäude, flach, langgestreckt, von Säulengängen umgeben ...

Der Learjet schwebte ein wie zum Landeanflug. In flachem Winkel. Als gelte es, eine noch im Dunst verborgene Piste anzusteuern. Inzwischen befand er sich bereits mit den obersten Gebäudekanten auf gleicher Höhe.

»Das sind Maya-Tempel!« stellte Gudrun ungläubig fest.

Tom nickte nur. Er versuchte abzuschätzen, wie groß die Stadt einmal gewesen sein konnte und wie viele Menschen hier gelebt hatten. Es fiel ihm schwer, zumal hinter den Ruinen die vagen Silhouetten weiterer Bauten erschienen.

Nicht alles war dem Verfall preisgegeben. Je intensiver Tom nach draußen starrte und je tiefer das Flugzeug sank, desto deutlicher erkannte er, daß viele Mauern nur von Sedimenten überzogen waren, die lediglich auf den ersten Blick den Anschein fortgeschrittenen Verfalls erweckten.

Diese Stadt unter Wasser war eine archäologische Sensation. Und vermutlich barg sie ungeahnte Schätze.

Unwillkürlich dachte Tom an verschiedene Funde und Beobachtungen im Bereich der Bahamas. Viele offenbar von Menschenhand errichtete Gebilde waren vor Jahren nach Flut- oder Sturmkatastrophen entdeckt worden. Er selbst hatte schon jenen großen dreifachen Kreis aus Steinen besichtigt, der vor der Insel Andros an prähistorische Kalender-Bauten erinnerte und möglicherweise Beziehungen zu Stonehenge oder Carnac aufwies. Ebenfalls in der Nähe von Andros waren kreisrunde Artefakte am Meeresboden fotografiert worden, und offenbar gab es da unten Überreste, die die Vegetation beeinflußten. Oder das Moselle-Riff auf Bimini: Die Regelmäßigkeit sechseckiger Formen im Schlick ließ vermuten, daß sie von Menschenhand geschaffen waren.

Flüchtig wandte Tom den Kopf, als sich Gudruns Atemzüge veränderten und noch gepreßter klangen als zuvor. Seine Besorgnis war nicht zu übersehen.

»Ich bin in Ordnung«, murmelte die Anthropologin. »Ich habe mich nur auf den magischen Kristall konzentriert.«

»Er reagiert nicht?«

»Nicht im geringsten.«

»Dachte ich mir.«

Der Kristall, ein ungefähr faustgroßes, phantastisch geschliffenes Artefakt, war die perfekteste Nachbildung eines menschlichen Auges, die Tom und Gudrun je gesehen hatten. Selbst die feinen Blutgefäße der Netzhaut und des Augapfels waren vorhanden.

Die Hinterlassenschaft einer längst versunkenen Kultur gab von Tag zu Tag neue Rätsel auf.

Auf der zum Phoenix-Archipel gehörenden Insel Gardner hatten Tom und Gudrun zwei völlig identische Kristalle gefunden, und Tom hatte einen davon impulsiv zerstört. Warum, das verstand er heute noch nicht. Eigentlich hätte sein wissenschaftliches Interesse größer sein sollen als die Furcht, von den suggestiven Gedanken des Kristalls versklavt zu werden.

Aber gerade er hatte stets mit einer gewissen Verachtung auf Leute herabgeschaut, die von übersinnlichen Dingen sprachen wie andere vom Wetter. Urplötzlich mit der Tatsache konfrontiert, daß Gedankenübertragung und Suggestion nicht nur Hirngespinste waren und daß noch dazu ein scheinbar lebloser Gegenstand ihn in seinen Bann zwang, hatte ihn unüberlegt und wie in Trance handeln lassen. Er wußte noch immer nicht, ob es richtig gewesen war oder falsch – er wußte noch nicht einmal, ob er sein Tun bedauern sollte.

Harper hat recht, wenn er uns verdächtigt! sagte Gudruns Blick. Flüsternd fügte sie hinzu: »Hilft uns der Kristall, oder bringt er uns in Schwierigkeiten?«

Die Frage war, ob sie ihr Geheimnis noch lange geheimhalten konnten. Und wie würden die UN-Diplomaten reagieren, sobald sie die Wahrheit erfuhren? In Todesangst wurden viele Menschen unberechenbar. Tom durfte dann nicht unbedingt darauf vertrauen, daß der Name Ian Sutherland auch weiterhin eine Sicherheitsgarantie darstellte.

»Vielleicht haben wir Kar das Desaster zu verdanken«, raunte er nachdenklich.

Ihr unbekannter Gegenspieler hatte wiederholt versucht, sich in den Besitz des Kristalls zu bringen. Eigentlich hätte klar sein müssen, daß allein ein Flug über den Atlantik ihn nicht abschütteln konnte. Schließlich hatte er bewiesen, daß es ihm nicht schwerfiel, den beiden Wissenschaftlern von der Yale-Universität zu folgen.

Schräg vor dem Jet lag jetzt eines der langgestreckten flachen Bauwerke. Tom kniff die Brauen zusammen, als er die seltsam regelmäßigen Unebenheiten auf dem Dach bemerkte, die im fahlen Wechselspiel von Licht und kaum vorhandenem Schatten wulstartig hervortraten. Im ersten Moment konnte er noch wenig damit anfangen, verwirrte ihn eher die Anordnung der Linien, aber plötzlich meldete sich die Erinnerung.

Er erkannte die stilisierte Figur eines großen Vogels: das abgespreizte Gefieder, die beiden schräg nach hinten gerichteten Fänge. Ungewöhnlich waren der lange, serpentinenförmig gewundene Hals und der gerade Schnabel.

Nazca! Solche Formen und Figuren hatte man auch in den Bodenzeichnungen von Nazca entdeckt. Tom erinnerte sich, auf Fotos unter anderem einen Vogel mit unnatürlich gewundenem Hals gesehen zu haben. Selbst war er allerdings nie vor Ort gewesen.

Was den Sinn der riesenhaften Bodenzeichnungen anbetraf, kursierten die absonderlichsten Vermutungen, angefangen von Markierungen für außerirdische Raumfahrer über religiöse Heiligtümer bis hin zu astronomischen Kalendarien. Tom Ericson hatte stets der letzten Möglichkeit den Vorzug gegeben, doch jetzt geriet seine Einstellung gehörig ins Wanken.

Es konnte keinen Zweifel mehr geben, daß der Learjet auf dem Dach des langgestreckten Gebäudes landen würde.

Landen! Das klang beinahe so, als hätte die Crew noch die Herrschaft über das Flugzeug. Dabei hatten längst unbekannte Mächte dem Häufchen verängstigter Menschen das Heft des Handelns aus der Hand genommen. Sie waren nicht einmal in der Lage zu reagieren, geschweige denn zu agieren.

Aus weit aufgerissenen Augen starrte Tom nach draußen. »Das ist phantastisch«, murmelte er, als Gudrun ihr Gesicht neben ihm gegen die Scheibe preßte. »Was immer uns erwartet, allein dieser Anblick ist jedes Opfer wert.«

Der Learjet setzte auf. Nicht so weich zwar, wie man es von Landungen auf glatter Piste gewöhnt war, aber immerhin ohne größere Erschütterungen. Ein anhaltendes Schaben und Schleifen durchdrang den Rumpf.

Erst als Tom genauer hinschaute, erkannte er, daß der Jet keineswegs auf dem Bauch über den harten Untergrund schrammte. Das anhaltende Geräusch rührte eher daher, daß sich ein Teil des noch überraschend widerstandsfähigen Gemäuers in Bewegung gesetzt hatte und wie ein überdimensionierter Fahrstuhl nach unten glitt.

Zwei der Diplomaten hatten unbewußt zu klatschen begonnen, als spendeten sie den Piloten für eine bravouröse Leistung Beifall. Erst als Harper wütend um sich blickte, verstummten sie abrupt.

»Wir werden entführt!« keuchte der Engländer. »Unternehmen Sie etwas, Mister McArthur, solange wir noch dazu in der Lage sind! Senden Sie einen Notruf!« Mittlerweile war er hochrot im Gesicht, weil er so hastig und kurz atmete, als müsse er jeden Moment ersticken.

»Sie übersehen eine Kleinigkeit, Sir«, erwiderte der Pilot. »Unsere Stromversorgung ist nach wie vor blockiert. Die Highjacker haben ganze Arbeit geleistet.«

Lafitte wandte sich an Tom: »Sie sind doch Archäologe. Was halten Sie von den komischen Bauten da draußen? Wie alt ist das Zeug?«

»Wie alt?« Ericson mußte sich bemühen, jeden spöttischen Klang aus seiner Stimme zu verdrängen. »Ohne Analyse der Sedimente und eine C14-Untersuchung wage ich nicht einmal eine Schätzung. Der Baustil weist allerdings gewisse Ähnlichkeit mit Tempeln der Mayas auf.«

Mit einem merklichen Ruck endete die Abwärtsbewegung. Augenblicke später erlosch das blaue Leuchten, das den Learjet immer noch umgeben hatte.

Die Nachtschwester taxierte Connor mit abschätzendem Blick. Bei dem einen Meter achtzig großen, schlanken, aber durchaus kräftigen Mann versagte ihre Menschenkenntnis. Die Bartstoppeln und das strähnige rote Haar paßten nicht zu seinem ausgesucht höflichen Auftreten.

»Nein«, sagte sie entschieden. »Ich werde niemanden wecken, nur damit er Ihnen Fragen beantwortet, für die morgen immer noch Zeit ist. Sind Sie ein Verwandter des Patienten?«

Connor schüttelte den Kopf. »Ich versuchte gerade, Ihnen klarzumachen, daß die Angelegenheit gefährlich weite Kreise ziehen könnte ...«

Enttäuschung spiegelte sich im Gesicht der Schwester. Offensichtlich hatte sie gehofft, selbst mehr zu erfahren. Connor ließ ihr keine Zeit, irgendwelchen Überlegungen nachzuhängen, die für ihn nachteilig werden konnten. »Keine persönlichen Papiere?« fragte er. »Nicht ein Hinweis auf seine Identität?«

»Ich bedauere.«

»Nennen Sie mir wenigstens den Unfallverursacher! Vielleicht ist ihm etwas aufgefallen, was später aus verschiedenen Gründen nicht mehr beachtet wurde.«

Ungeduldig schaute die Schwester zur Uhr. »Ich muß Sie wirklich bitten, Ihren Besuch auf morgen zu verschieben.«

»Nur diese eine Adresse!«

»Selbst wenn ich Zugriff hätte, dürfte ich Ihnen die Daten nicht geben.«

»Wer hat den Patienten eingeliefert?«

»Wer? Ich denke, die Polizei. – Aber Sie werden doch nicht …?!«

Connor deutete eine Verbeugung an, drehte auf dem Absatz um und strebte mit eiligen Schritten dem Ausgang zu. Als er sich unter der Tür kurz umdrehte, sah er, daß die Nachtschwester ihm mit offenem Mund hinterher starrte. Sie hatte die Polizei erwähnt, um ihn loszuwerden. Daß er ausgerechnet diesen Hinweis aufgreifen würde, hätte sie wohl zuallerletzt erwartet.

Connor winkte ihr noch einmal zu und verließ die Klinik. Er glaubte nicht mehr an ein rasches Ergebnis seiner Nachforschungen. Wie hatte die Schwester doch gesagt? Der Autofahrer hätte behauptet, das Unfallopfer sei wie aus dem Nichts heraus vor dem Auto erschienen?

»Lächerlich«, hatte sie gemeint. »Die Ausreden werden immer phantastischer.«

Connor war da anderer Meinung. Zumindest verdammte er eine unglaubwürdige Aussage nicht von vornherein als Lüge. Zwischen Himmel und Erde geschahen manchmal Dinge, die sich dem analytisch denkenden Verstand und jeder Logik entzogen.

Seit dem Unfall schlief Alan Banister denkbar schlecht. Oft wurde er von schrecklichen Alpträumen geplagt und schreckte schweißgebadet hoch. Anschließend wußte er zwar, daß er geträumt hatte, konnte sich aber an nichts erinnern.

Sein Zustand verschlimmerte sich mit jedem Tag. Selbst im

Ministerium wurde er von einer unerklärlichen Unruhe geplagt, die es ihm schwer machte, überhaupt noch konzentriert zu arbeiten. Er ertappte sich bei Fehlern, die ihm früher nie unterlaufen wären, und seinen Mitarbeitern gegenüber reagierte er gereizt bis hin zu unkontrollierten Zornausbrüchen.

Den intimen Kontakt zu Maureen hatte er abgebrochen. Aber auch sie schien seine Nähe zu meiden. Mittlerweile verfluchte Banister jenen schicksalsschweren Abend. Er würde mit seinem Psychiater darüber reden müssen. Den Termin hatte er schon im Kalender eingetragen.

»Ist Ihnen nicht gut, Mr. Banister?«

Er hatte das Klopfen überhört. Auf halbem Weg zwischen der Tür und seinem Schreibtisch stand Helen, die Public Relations Managerin. Sie brachte die Entwürfe für die neuen Wahlplakate.

»Mr. Banister ...« Sein Blick verschwand in unerreichbarer Ferne. Er sah sie zwar an, aber er schaute durch sie hindurch, als sei sie Luft für ihn. Helen wedelte mit der Hand, irritiert und ungläubig zugleich, und als er nach endlos langen Sekunden zögernd, wie in Trance fast, den Kopf hob, legte sie erschrocken die Entwürfe auf den Tisch. »Ich wollte ... ich meine ...« Sie wußte nicht, was sie sagen sollte – das plötzliche schwammige Gefühl in ihren Beinen zwang sie zur Umkehr. Alan Banister, ein Vorgesetzter, wie es nur wenige gab, stets freundlich und nie mürrisch, hatte sich auf geradezu unheimliche Weise verändert.

Während Helen die Tür schloß, warf sie einen Blick zurück. Banister hatte noch nicht einmal die Plakate bemerkt. Sekundenlang hielt sie unschlüssig inne, zuckte dann aber nur mit den Schultern und ging weiter.

Sie wußte nicht, daß Alan Banister just in dem Moment aus seiner seltsamen Starre aufschreckte. Ein halb ersticktes Gurgeln auf den Lippen, schlug er sich die Hände vors Gesicht, doch das Bild in seinen Gedanken, das ihn quälte, ließ sich nicht so leicht vertreiben.

Helen Snider hatte sich hier, eben, vor ihm, in ein Monstrum verwandelt. Und nicht nur Helen … Seit Tagen beobachtete er an Menschen, die er kannte, die ihm vertraut waren, erschreckende Veränderungen. Erst war es nur ein Bote gewesen, dessen eine Hand merkwürdige Vernarbungen aufwies, Schuppen nicht unähnlich, und dessen Fingernägel scheinbar in Gedankenschnelle zu spitzen Krallen wuchsen – Alan hatte den Mann nicht darauf angesprochen und die Beobachtung eine halbe Stunde später ohnehin als unwichtig abgetan. Überarbeitet und übermüdet neigte man manchmal dazu, Dinge überzubewerten.

Der zweite Vorfall, während einer Fahrt zum Amtssitz des Premierministers, war da schon weitaus unangenehmer gewesen. Alan hatte entsetzt mitangesehen, wie innerhalb von Sekunden die Haare des Chauffeurs büschelweise ausfielen und sich der kahle Schädel mit dicken, grünlich schimmernden Hornschuppen überzog.

Starr vor Entsetzen hatte er den Fahrer erst kurz vor der Downing Street angewiesen, in einer Nebenstraße anzuhalten. »Gibt es Probleme, Sir?« hatte der Chauffeur gefragt, sich dabei halb nach hinten gewandt und ihn aus großen, lidlosen, gelben Augen angestarrt, deren stechender Blick ihn schier auf seinem Platz festnagelte. Obwohl sich Banisters Gedanken überschlugen, war er unfähig gewesen, die Wagentür aufzustoßen und zu fliehen. Erst die Erkenntnis, daß die Passanten, die interessiert das Innere des Fahrzeugs musterten, keinerlei Erschrecken zeigten, verriet ihm, daß nicht der Fahrer sich verändert hatte, sondern daß er selbst aus irgendeinem Grund von Halluzinationen geplagt wurde. Tatsächlich sah er auch gleich darauf wieder in ein besorgt dreinblickendes menschliches Gesicht.

»Ist Ihnen nicht gut, Sir?«

»Fahren Sie weiter!« hatte er schroff befohlen. »Es ist nichts, was Sie interessieren dürfte.«

Und jetzt das mit Helen Snider, der Public Relations Managerin. Bei ihr war die scheinbare Veränderung vollkommen gewesen – für Alan Banister hatte sie sich in die Ausgeburt eines Alptraums verwandelt, in eine Kreatur, die nichts Menschliches mehr an sich hatte, ein echsenhaftes, monströses Wesen, groß und hager; haarlos, aber mit grünlich schimmernden Schuppen bedeckt; mit messerscharfen Krallen und tückisch funkelnden Augen …

Eine Ewigkeit schien vergangen zu sein, bis sie sich endlich unverrichteterdinge umwandte und das Büro verließ. Und eine zweite Ewigkeit verging, bis Banister das Entsetzen überwand, mit weichen Knien zum Barschrank hinüberging und sich einen doppelten Whisky einschenkte.

Wohltuend warm rann der Alkohol durch seine Kehle und half, wenigstens vorübergehend zu vergessen. Aber die quälenden Zweifel und die Ungewißheit kehrten zurück, und ihrem unbarmherzigen Griff konnte Banister diesmal nicht wieder entrinnen. Von allen Seiten schienen echsenhafte Fratzen auf ihn einzustürmen. Ein halb ersticktes Gurgeln auf den Lippen, warf er das Whiskyglas nach einer dieser Erscheinungen. Das Glas zerschellte klirrend an der Wand und hinterließ eine häßliche Tropfspur auf der Tapete.

»Verschwindet!« keuchte der Politiker. »Laßt mich in Ruhe!«

Immer schneller wirbelte er im Kreis herum und schlug mit den Fäusten um sich, aber die geisterhaften Fratzen ließen sich nicht vertreiben. Es war wie ein Kampf gegen Windmühlenflügel – sobald Banister glaubte, die unheimliche Gefahr besiegt zu haben, stürmte das Echsenheer von einer anderen Seite wieder heran.

Irgendwann begriff er, daß alle diese Erscheinungen nur in seinem Kopf existierten, daß sie nichts anderes waren als eine Ausgeburt seiner eigenen Ängste.

Alan Banister floh vor sich selbst. Er stürmte aus dem Büro, hetzte den Korridor entlang und wartete ungeduldig darauf, daß der Lift endlich die Tiefgarage erreichte. Eine innere Stimme trieb ihn unbarmherzig vorwärts, zurück zu dem Ort, an dem seine Ängste und seine Qual begonnen hatten. Viel zu schroff startete er den Rolls-Royce, trieb die Luxuslimousine mit aufheulendem Motor und quietschenden Reifen aus der Parkbucht, die Rampe hinauf und hinaus in den spätabendlichen Verkehr der Londoner City.

Er ließ eine Handvoll Menschen zurück, die sich vergeblich fragten, was in ihn gefahren sei. Nie zuvor hatten sie Banister auch nur annähernd so erregt und hektisch erlebt, und schon gar nicht mit eingefallenen, dunkel geränderten Augen, als hätte er seit Tagen keinen Schlaf mehr gehabt. Banister war krank, das stand fest, und er würde seine Gesundheit vollends ruinieren, wenn er sich nicht wenigstens für einige Tage frei nahm und sich auskurierte.

Dem Mann, über dessen Gesundheitszustand sich seine Untergebenen sorgten, ging es inzwischen wieder besser. Er hatte die *rush hour* der Hauptstadt hinter sich gelassen und rollte auf eine der Ausfallstraßen nach Westen. Immer noch war der Verkehr dicht, aber das störte ihn wenig – von Minute zu Minute konnte er freier atmen, als beginne sich eine ungeheure Anspannung zu lösen. Schon jetzt war Alan überzeugt davon, daß er richtig daran tat, noch einmal in die Gegend von Salisbury hinauszufahren, denn schlimme Erinnerungen ließen sich nur bewältigen, wenn man sich ihnen stellte. Sie verdrängen zu wollen hieß, sich letzten Endes selbst kaputt zu machen.

Im Laufe einer halben Stunde verschwanden die meisten Berufspendler von der Straße. Banister trat das Gaspedal weiter durch und schaltete die Klimaanlage hoch. Die frische Luft von draußen tat gut und kühlte seine immer noch heiße Stirn. Alan fühlte sich ruhiger. Mit leichtem Bedauern dachte er an Maureen. Es war schade, daß sie sich wegen des Unfalls auseinandergelebt hatten. Ihre Nähe fehlte ihm. Wenn er einfach an der nächsten Ausfahrt umdrehte und … »Unsinn!« murmelte er halblaut vor sich hin. Er würde nur Zeit verlieren.

Im Radio kamen Nachrichten. Alan hörte eine Weile mit halbem Ohr hin, konnte sich aber nicht auf das konzentrieren, was der Sprecher sagte – offensichtlich lagen neue Erkenntnisse über den IRA-Anschlag auf Heathrow vor –, und schaltete schließlich um. Countrymusik war genau das, was er jetzt brauchte. Wann hatte er letztmals Johnny Cash gehört? Es mußte eine Ewigkeit her sein.

Der Rolls-Royce fraß die Kilometer in sich hinein.

Es wurde dunkel. Der Scheinwerferkegel tastete über kurvenreiche Landstraßen und riß frisch gemähte Getreidefelder aus der Dunkelheit.

Irgendwann verpaßte Banister eine Abzweigung. Sofort war das schreckliche Gefühl wieder da, Wichtiges zu versäumen, und gleichzeitig meldeten sich hämmernde Kopfschmerzen, die eine Woge der Übelkeit durch seinen Körper trieben. Alan stieg so hart auf die Bremse, daß die Limousine mit blockierenden Rädern aufs Bankett schleuderte. Ebenso abrupt wendete er und bog nach knapp zweihundert Metern ab.

Das dumpfe Dröhnen und Pochen hinter seinen Schläfen verlor zwar rasch wieder an Intensität, ebbte aber nicht mehr gänzlich ab. Was blieb, war ein Gefühl wachsenden Unbehagens, ein Pulsieren unter der Schädeldecke, für das Banister keine Erklärung hatte.

Die Lichtkegel der Scheinwerfer fraßen sich durch die Nacht. Es begann leicht zu regnen. Im Glitzern des nassen Asphalts wurden entgegenkommende Fahrzeuge zu angriffslustigen Ungeheuern, und ihre Fahrer verschmolzen mit den Schlieren auf den Scheiben zu schemenhaft bleichen Kreaturen.

Ein Wegweiser verriet Banister, daß er noch fünf Kilometer zu fahren hatte.

Das Birkenwäldchen unmittelbar neben der Straße, dahinter die Überführung ...

... und dann die Stelle, an der der Unbekannte wie aus dem Nichts heraus vor dem Auto erschienen war.

Banister hielt auf dem Seitenstreifen an und ließ den Rolls-Royce mit laufendem Motor stehen. Trotz des mittlerweile heftigen Regens stieg er aus. Der Wind peitschte ihm die Nässe ins Gesicht, aber das bemerkte er nicht einmal. Auch nicht, daß er innerhalb weniger Augenblicke keine trockene Faser mehr am Leib hatte.

Er erkannte die Stelle wieder, an der der Mann zusammengekrümmt gelegen hatte. »Das ... das wollte ich nicht«, murmelte er tonlos.

Ein unterdrückter Aufschrei folgte. Aus weit aufgerissenen Augen starrte Alan das Wesen an, das sich keine drei Schritte vor ihm auf dem Asphalt krümmte. Er wußte nicht, was es war, wußte nur, daß die Straße vor wenigen Sekunden noch leer gewesen war.

»Verrückt ...« Er nahm all seinen Mut zusammen. *Da ist nichts!* versuchte er sich einzureden. *Nur das Wechselspiel von Licht und Schatten. Du bist übermüdet.*

Das Wesen schaute ihn an. Aus großen, kalten Augen. Es waren die Augen einer Schlange. Dazu ein konturenloses Gesicht, in dem Mund, Nase und Kinn fast ohne erkennbaren Absatz ineinander übergingen.

Sekundenlang stand Banister wie versteinert, dann kicherte er irre, bückte sich und packte mit beiden Händen zu. Die Anspannung war so groß, daß er sie kaum noch ertragen konnte.

Seine Finger berührten die Schuppenhaut der Kreatur – und drangen ohne auf Widerstand zu stoßen in sie ein. Entsetzt sah er, wie erst seine Hände und gleich darauf beide Arme bis hinauf zu den Ellenbogen verschwanden.

Etwas unsagbar Fremdartiges griff nach ihm. Es würde ihn töten, um selbst zu leben.

Innerhalb von Sekundenbruchteilen erkannte Alan, daß er dieses Fremde längst in sich trug. Was immer es war, es konnte nur auf ihn übergesprungen sein, als er den Fremden auf der Straße berührt hatte. Seither wuchs es in ihm heran. Wie die Brut von Schlupfwespen in einem Wirtskörper. Oder zumindest so ähnlich.

Banister wußte, daß dieses Etwas ihn aufzehren und nur eine leere Hülle zurücklassen würde – und daß ihm kaum noch Zeit blieb, das unausweichlich Scheinende zu verhindern.

Panik erfaßte ihn. Kaum noch Herr seiner Gedanken, warf er sich herum und hetzte zum Auto zurück. Daß er die Tür offen ließ, den ersten Gang mit geradezu brachialer Gewalt einlegte und mit Vollgas und durchdrehenden Rädern nach Formel-I-Manier losraste, registrierte er schon nicht mehr. Unlösbar verkrampften sich seine Hände ums Lenkrad, und sein Fuß nagelte das Gaspedal auf dem Bodenblech fest.

Aus der Dunkelheit der Nacht grinste ihn die Fratze einer Echse an. Tückisch funkelten die kalten Augen. Sie drohten ihn zu durchbohren.

Alan Banister war jetzt ganz ruhig. Er biß sich die Lippen blutig.

Mich kriegst du nicht! hämmerte es in seinem Schädel.

Irgendwo – sehr weit weg vom realen Begreifen – erkannte er die Sinnlosigkeit seines Tuns.

Das Monstrum kam näher.

Alan hielt stur darauf zu.

Die Schlangenaugen blendeten ihn, grell und bedrohlich.

Sie wurden zu Scheinwerfern – riesig und schon so nahe, daß er nicht mehr ausweichen konnte. Das Dröhnen einer Hupe übertönte jedes andere Geräusch.

Alan Banister schrie gellend auf, als er den Truck erkannte. Sekundenbruchteile später bohrte sich der Rolls-Royce einem Geschoß gleich in die Frontpartie des Lasters.

Blech zerfetzte kreischend, wurde plattgewalzt oder funkensprühend mitgeschleift, und erst nach etlichen Dutzend Metern kam das schwere Monstrum zum Stehen.

Flammen züngelten auf und leckten gierig um sich. Minutenlang hatten sie Zeit, sich ungehindert auszubreiten, ehe sie unter einem Schwall erstickten, der sie daran hinderte, die tropfenden Benzinleitungen zu erreichen und Wrack und Laster in einer Explosion zu zerreißen.

Achtlos ließ der Fahrer des Trucks den leeren Feuerlöscher fallen, wankte zurück zu seinem deformierten Fahrerhaus und vergrub das Gesicht in den Händen.

So saß er noch, als zwanzig Minuten später die von einem Autofahrer alarmierte Polizei und ein Notarzt eintrafen.

Von irgendwoher drang ein Schimmer fahlen Lichtes durch die Fenster ins Innere des Learjets und erhellte die verängstigten oder in Trotz verhärteten Gesichter von Crew und Passagieren.

Das Flugzeug hallte wider vom steten Knistern und Knacken des Rumpfes, der dem hohen Wasserdruck nicht mehr sehr lange standhalten konnte. Es waren unheimliche, durchdringende Geräusche, von denen jedes einen Wassereinbruch ankündigen konnte.

Giuseppe Moreno begann zu beten. Er war auf seinem Sitz nach vorne gerutscht und hatte die Arme auf der Rückenlehne des Sitzes vor ihm abgestützt. Harper bedachte ihn mit einem verwirrten Augenaufschlag. Der Engländer hatte die Lippen fest zusammengepreßt, und um seine Mundwinkel zuckte es unaufhörlich.

»Worauf warten wir noch?« stieß er endlich abgehackt hervor. »Warum unternehmen wir nichts?«

»Was?« fragte Op de Meeren zurück. »Wir haben keine Taucherausrüstungen an Bord. Oder?«

Stumm schüttelte der Kapitän den Kopf.

Nach dem Ausfall der Kabinenbelüftung hatte sich eine stickige Wärme ausgebreitet. Zudem roch es nach Ozon, Schweiß und vielleicht ein wenig nach Kerosin.

»Wie lange reicht der Sauerstoff?« wollte Gudrun wissen.

»Lange genug«, erwiderte der Copilot mit einem furchtsamen Seitenblick zur Kabinendecke. Dort oben war soeben ein schwacher Riß erschienen, der sich langsam ausdehnte. Aber noch war nicht die Spur von Wasser zu entdecken. Zum Glück. Denn wenn es sich erst seinen Weg nach innen bahnte, würde das Ende vermutlich sehr schnell kommen.

»Gibt es an Bord zufällig Preßluftflaschen?« wandte sich Tom an den Kapitän.

»Der Jet ist kein U-Boot«, erwiderte Steven Copburn.

»Was Sie nicht sagen!« Auch Tom reagierte gereizt.

»Vergessen Sie's.« Nachdenklich massierte sich McArthur mit den Fingerspitzen die Stirn. Er hatte eine unruhige Wanderung begonnen – zwei Schritte hin und zwei Schritte zurück, wie ein gefangenes Raubtier in einem viel zu engen Käfig. »Ich habe auch schon daran gedacht, die Tanks auszublasen und zusätzlichen Auftrieb zu erzeugen. Aber das klappt nicht.«

»Die Bomber«, wandte die Stewardeß ein. »Haben die nicht unseren Absturz beobachtet und weitergemeldet? Vielleicht läuft bereits eine Hilfsaktion an.«

»Mädchen«, sagte der Copilot spöttisch, »weißt du, was das für Maschinen waren?«

»Nein. Keine Ahnung.« Ein mühsam verhaltenes Schluchzen schwang in der Stimme mit. Die Stewardeß war mit den Nerven am Ende, und wahrscheinlich wäre sie zusammengebrochen, hätte sich Gudrun nicht ihrer angenommen. Die Anthropologin schaffte es inzwischen, ihre eigene Angst zu ignorieren. Wenigstens solange sie nicht wieder nach draußen schaute – und sie bemühte sich beinahe krampfhaft, genau das nicht zu tun.

»Dann frag den Käpt'n!« sagte der Copilot. »Der kann dir erzählen, was los ist.«

»Hör auf damit, Steven!«

»Ach? Darf nicht jeder hören, was wir wissen?« Steven Copburn vollführte eine alles umfassende Handbewegung. Die theatralische Wirkung seiner Geste war unbestritten. »Das da draußen – ist das Bermuda-Dreieck, Leute – berühmt und berüchtigt. So ist es doch, Käpt'n, oder?«

»Vielleicht.«

»Ach was, vielleicht. Ich glaube nicht an das Märchen von Terroristen. Wir sind so gut wie tot, Leute, wir ...«

»Hör auf!« McArthur packte ihn an den Schultern und schüttelte ihn. Für einen Moment sah er tatsächlich so aus, als würde Copburn wieder Vernunft annehmen, aber dann schlug er urplötzlich zu. Seine Faust krachte mitten hinein in McArthurs Gesicht und schleuderte den Kapitän zurück.

»Macht endlich die Tür auf!« keuchte er. »Ich ersticke hier drinnen!« Bevor jemand reagieren konnte, griff er sich den nächstbesten Aktenkoffer eines der Diplomaten und hämmerte damit gegen die Tür. Jeder Schlag dröhnte durch das Flugzeug.

»Aufhören, Copburn!« Tom wollte dazwischengehen und erhielt einen schmerzhaften Tritt gegen das Schienbein. Im allerletzten Moment duckte er sich unter dem gegen seinen Kopf gezielten Aktenkoffer hinweg und rammte dem Copiloten die Schulter in die Magengrube.

Gemeinsam stürzten sie zu Boden, aber Copburn war härter im Nehmen, als es den Anschein hatte. Seine Finger schlossen sich um den Hals des Archäologen. Vergeblich versuchte Tom, den Griff aufzubrechen, aber der Mann zerrte ihn unbarmherzig zu sich hinab. Schon wurde ihm die Luft knapp. Vor seinen Augen begannen bunte Sterne einen sinnverwirrenden Reigen.

Mit letzter Kraft rammte Tom seine Fäuste nach vorne, trieb sie Copburn zwischen die Rippen, aber auch das hätte ohne Gudruns beherztes Eingreifen wenig geholfen. Wie eine Klette hing sie plötzlich an dem Mann und deckte ihn mit einer Serie von Hieben ein, die zwar kaum ausgereicht hätten, ihn ernsthaft in Bedrängnis zu bringen, die ihn aber immerhin zwangen, von seinem ersten Opfer abzulassen und sich ihr zuzuwenden.

Es klatschte vernehmlich, als sein Handrücken Gudrun traf und sie zu Boden schickte. Im selben Moment schlug Tom zu. Beide Fäuste landeten nacheinander in Copburns Magengrube, und als der Copilot vornüber einknickte, setzte Tom ihm den Ellenbogen in den Nacken.

Ohne noch einen Laut von sich zu geben, brach der Mann zusammen.

Sofort kniete der Archäologe neben Gudrun nieder, die

benommen den Kopf schüttelte, ansonsten aber ganz in Ordnung zu sein schien.

Tom wandte sich zu den Politikern um, von denen keiner Anstalten getroffen hatte, einzugreifen. »Ihre Hilfsbereitschaft ist wirklich aufopfernd, meine Herren«, sagte er.

»Sie werden zynisch«, erwiderte Lafitte.

»Ach, wirklich?«

»Ihre außergewöhnliche Erregung liegt natürlich nur an den besonderen Umständen«, pflichtete Harper bei.

Tom starrte den Diplomaten entgeistert an. Haltlos sank sein Unterkiefer herab, und er brauchte eine Weile, bis er sich wieder in der Gewalt hatte.

Der zweite italienische Diplomat, dessen Name Tom nach der kurzen Vorstellung in Heathrow gleich wieder entfallen war, rettete die Situation, indem er sich spontan an den Kapitän wandte: »Ich höre immer Bermuda-Dreieck. Woher wollen Sie wissen, daß wir so weit vom Kurs abgekommen sind? Hatten Sie doch noch Funkkontakt?«

»Die Bomber, die uns angegriffen haben, sind angeblich über dem Bermuda-Dreieck verschwunden. Vor ziemlich genau sechsundvierzig Jahren.«

»Aber ...«

»Ich weiß, was Sie sagen wollen – und ich verstehe es selbst nicht. Trotzdem gibt es nur eine Erklärung: Das Gewitter, oder was immer es gewesen sein mag, hat uns in der Zeit versetzt.«

»Das ist wohl so ziemlich das Verrückteste, was ich je gehört habe!« protestierte Harper.

Gudrun deutete auf die Kabinenfenster. »Und das da draußen?« fragte sie. »Ist das *nicht* verrückt?«

William McArthur kaute nachdenklich auf seiner Unterlippe. Dann zuckte er mit den Schultern. »Was wissen wir denn schon?« sagte er. »Alles, was mit den verschwundenen Bombern der Staffel 19 zusammenhängt, ist typisch für fast sämtliche Berichte über das Bermuda-Dreieck.«

Harper schüttelte immer wieder den Kopf und blickte dabei von einem zum anderen.

»Haben Sie einen besseren Vorschlag?« konterte der Kapitän. »Das da draußen ist gewiß nicht das Hafenbecken von New York.«

Sie waren alle gereizt. Der Gedanke an den nahen Tod war nur eine gewisse Zeit zu ertragen, und irgendwann mußte selbst der psychisch Stärkste angesichts der eigenen Hilflosigkeit zusammenbrechen.

Eine knirschende Erschütterung durchlief den Learjet.

Der Anfang vom Ende?

Stumm starrten die Männer und Frauen einander an. Wenn der Rumpf des Flugzeugs erst einmal nachgab, würde er innerhalb kürzester Zeit wie eine leere Konservendose zusammengequetscht werden.

Das stete Knistern und Knacken, an das man sich beinahe schon gewöhnt hatte, schwoll zur Symphonie des Todes an, begleitet vom schrillen Kreischen reißenden Metalls.

Gudruns Miene wirkte wie versteinert, als sie sich dem Archäologen zuwandte. Ihre Bewegungen waren eckig, gezwungen. »Das war's dann wohl«, murmelte sie und schlang ihre Arme um Toms Hals. »Schade.«

Ein merklicher Ruck durchlief das Flugzeugwrack, und während Gudruns Lippen sich zitternd auf Toms Mund preßten und ihre Finger sich haltsuchend in seinen Schultern verkrallten, schrie jemand entgeistert: »Es ist der Untergrund ... wir bewegen uns!«

Der Learjet glitt auf eine sich düster abzeichnende Mauer zu. Innerhalb von Sekunden verschleierten Wolken von Schlick und abgerissene Pflanzenteile die Sicht, und der Flugzeugrumpf begann wie eine angeschlagene Glocke zu dröhnen.

»Was?« Tom riß die Augen wieder auf, die er bei Gudruns Kuß automatisch geschlossen hatte. Fast gewaltsam mußte er seine Lippen von den ihren lösen. »Was?« wiederholte er ungläubig.

Auch Gudrun hatte die Augen geöffnet, und ihr Blick zeigte eine kuriose Mischung aus Leidenschaft, Überraschung und plötzlicher Scham. Kein Wunder – angesichts des zu erwartenden Todes hatte sie alle Hemmungen abgestreift und ihre wahren Gefühle zu Tom offenbart. Und nun, da die Katastrophe ausblieb, lief ihre Seelenaufwallung unvermittelt ins Leere.

Doch Tom bekam kaum die Verlegenheit mit, die Gudrun überkam. Er hatte sich bereits von ihr gelöst und war zu einem der Fenster gestürzt. Was er sah, ließ ihn erstarren.

Denn die dunkle Mauer, auf die der Jet langsam zuglitt, begann sich plötzlich in den Boden abzusenken. Der Raum dahinter erschien Tom fast wie ein Flugzeughangar.

Oder wie eine tödliche Falle …

ENDE DES FÜNFTEN BUCHES

SECHSTES BUCH

DAS SCHIFF DES TODES

von Hubert H. Simon

Prolog

Suzy Duvall war gegangen – wortlos zwar, doch Kar hatte in ihren Augen gesehen, wie sehr die Zweifel in ihr nagten. Vielleicht hatte er einen Fehler begangen; anderen Menschen zu großes Vertrauen entgegenzubringen, hatte sich noch nie ausgezahlt.

Seine Linke verkrampfte sich um den Griff der goldenen Sichel, die er in Stonehenge erbeutet hatte. Mit den Fingerspitzen der rechten Hand fuhr er zögernd die eingravierten Schriftzeichen nach.

Diesmal hatte er über den Archäologen von Yale triumphiert, doch er wußte, daß sich ihre Wege wieder kreuzen würden. Dr. Tom Ericson und seine Begleiterin hatten – sicherlich ohne zu wissen, was ihre Entdeckung *wirklich* bedeutete – einen Zipfel des Geheimnisses gelüftet, das seit Tausenden von Jahren im Verborgenen schlummerte und das ungeahnte Kräfte freisetzen konnte. Ihre Konkurrenz war unangenehm und lästig.

Ein harter, unbarmherziger Zug zeichnete sich in Kars Gesicht ab. »Wagt es nicht, mir erneut in die Quere zu kommen!« stieß er schneidend scharf hervor. In Gedanken sah er die beiden Wissenschaftler auf einen Altarstein gefesselt. Und er selbst, Kar, hob die Sichel, um sie zu entleiben und ein Blutopfer darzubringen …

Das Artefakt in seiner Hand fühlte sich plötzlich nicht mehr kühl an.

Ich werde jeden töten, der sich mir entgegenstellt! dachte Kar zufrieden. *Ich habe die Kraft dazu. Auch Suzy darf es nicht wagen, mich zu hintergehen.*

Für einen Moment erschrak er vor sich selbst. Warum sah er vor seinem inneren Auge solche Szenen? Noch vor wenigen Stunden hätte er nie daran gedacht, die Loyalität seiner Gefährtin anzuzweifeln.

Ohne sich dessen bewußt zu werden, legte er die Sichel zur Seite und begann eine unruhige Wanderung – vier Schritte hin und vier Schritte zurück, wie ein gefangenes Raubtier im Käfig. Und so ähnlich fühlte er sich in diesen Minuten auch. Seine Erregung verebbte nur langsam. Suzy Duvall war unterwegs, um die Maske der Göttin Khom zu holen. Es hatte lange gedauert, bis Kar sie dank der schwachen Reststrahlung, die Khoms Auge auf ihr hinterlassen hatte, hatte orten können.

Er wußte, daß Suzy den Auftrag zu seiner vollsten Zufriedenheit ausführen würde. Sie hatte viele Freunde; Menschen, denen Gesetze wenig bedeuteten. Warum also zweifelte er?

Giuseppe Moreno betete immer noch. Vornübergesunken kauerte er auf seinem Platz. Das Gesicht in den Handflächen vergraben und den Kopf gegen die Rückenlehne des Sitzes vor ihm gestemmt, bot er ein Bild des Jammers.

Ein jähes Aufflackern der ausgefallenen Kabinenbeleuchtung entriß bleiche Gesichter der Düsternis. Maskenhaft starr wirkten sie, unfähig, noch einer Regung Ausdruck zu geben.

Das anhaltende Knirschen, dieses schauderhafte Reiben des Flugzeugrumpfes über rauhen Untergrund, hielt Besatzung und Passagiere des abgestürzten Learjets in seinem Bann. Jeden Moment konnte das Flugzeugwrack unter dem Druck der auf ihm lastenden Wassersäule wie eine leere Konservendose zusammengequetscht werden, und das war nun wahrlich keine angenehme Vorstellung.

»… aber was ist schon angenehm?« Gudrun Heber registrierte gar nicht, daß sie laut dachte. Erst als Tom ihr die Hand auf die Schulter legte, schreckte sie aus ihren Gedanken auf.

»Was immer mit uns geschieht«, versuchte er zu erklären, »eine unbekannte Kraft hält das Wasser von uns fern. Andernfalls wären wir längst nicht mehr am Leben.«

Hinter den Fenstern wölkten Schlick und abgerissene Pflanzenteile auf. Der Boden unter dem Flugzeug bewegte sich – eine ebene Platte, die den Jet auf ein sich langsam öffnendes Tor in der Wand einer Unterwasser-Pyramide hinschob.

»Alles ist meine Schuld«, murmelte Gudrun leise. »Ich hätte den Absturz verhindern können.«

»Wie kommst du darauf?« Tom drückte sein Gesicht am Fenster platt. Die Bodenplatte hatte die Öffnung in der Pyramide erreicht, und die Maschine glitt in eine undurchdringbare Dunkelheit, die selbst das blaue Leuchten, das den Jet umhüllte, zu verschlingen schien.

»Diese Maschine hätte nie starten dürfen«, versetzte die Anthropologin.

Über ihnen sickerte Wasser aus einem Gepäckfach. Erst nur als dünnes Rinnsal, doch wurde schnell ein kleiner Wasserstrahl daraus.

Toms Blick folgte dem haarfeinen Riß, der die Innenverkleidung spaltete und sich unaufhaltsam ausweitete.

»Mein Traum war alles andere als ein Hirnge ...« Gudrun verstummte, weil aus dem einen Riß plötzlich zwei wurden und sich gleich darauf eine Vielzahl haarfeiner Verästelungen dunkel und feucht abzeichnete. Gleichzeitig erlosch mit einem Flackern das fahle blaue Leuchten, das einen Wassereinbruch bis jetzt verhindert hatte.

Das dumpfe, allgegenwärtige Plätschern und Gurgeln schwoll an. Schäumend ergoß sich die See durch die eine leere Fensteröffnung, deren Glas der Copilot mit dem Feuerlöscher aus dem Rahmen geschlagen hatte. Auch durch die Risse in der Verkleidung sprudelte jetzt das Wasser wie ein alles verschlingender Moloch, vor dem es kein Entrinnen gab.

Die Diplomaten an Bord schrien jetzt wild durcheinander. Nichts zeugte mehr von der kühlen Zurückhaltung klar denkender, hochrangiger Politiker. Wenn kein Wunder geschah, würden sie jämmerlich ersaufen wie Ratten in einem sinkenden Schiff.

Flieh! hämmerte es in Gudruns Gedanken. *Flieh, solange noch Zeit dazu ist!* Ein irrealer Wunsch, denn es gab keinen Ort, an den sie hätte fliehen können.

Da krallte sich Toms Linke um ihren Oberarm und hielt sie davon ab, der aufkommenden Panik nachzugeben. Der Archäologe sagte nichts, er schüttelte nur stumm den Kopf, doch das bewirkte mehr als alle Worte.

»Schon gut!« stieß Gudrun hervor, vergeblich bemüht, das Zittern in ihrer Stimme zu verbergen.

»Du bist okay?«

»Ich werd' schon nicht hysterisch, falls du das meinst.«

Die steile Sorgenfalte über Toms Nasenwurzel glättete sich. »Das Wasser steigt langsamer«, stellte er fest. »Hoffentlich haben wir das Schlimmste überstanden.«

Die Schlammbrühe reichte ihnen mittlerweile bis zu den Knien, doch der Zufluß war schwächer und zugleich klarer geworden. Als laste nicht mehr der Druck einer Wassersäule von einigen hundert Fuß auf dem Flugzeug oder ...

Ein fahler Lichtschein glomm irgendwo in der Finsternis auf und enthüllte schattenhafte Umrisse. War da nicht eine riesenhafte Gestalt, schätzungsweise doppelt mannshoch, mit massigem Brustkorb und fordernd ausgebreiteten Armen?

»Was ist das?« stieß einer der Diplomaten halb erstickt hervor. Sein flatternder Blick verriet panische Furcht. Und den anderen erging es ähnlich. Die Kulissen in ihrem von Terminen bestimmten Leben waren piekfeine Hotels, Sitzungszimmer und Arbeitsessen – Flugplanänderungen oder aufdringliche Reporter bedeuteten für sie die einzigen Unannehmlichkeiten, mit denen sie gelegentlich konfrontiert wurden.

Der schemenhafte Koloß bewegte sich nicht, was letztlich daran lag, daß der Learjet endgültig zum Stillstand gekommen war.

Um Aufmerksamkeit heischend, breitete Flugkapitän McArthur die Arme aus. »Wir dürfen jetzt nicht die Nerven verlieren! Suchen wir lieber nach einer Möglichkeit, wie wir wieder an die Oberfläche kommen!«

»Ohne Druckausgleich überhaupt nicht«, sagte Tom. »Ich schätze, wir liegen an die sechshundert Fuß tief. Diese Ruinen sind auf jeden Fall noch intakte Gebäude. Das beweist die Rampe, die uns in diese Pyramide gezogen hat – und die Tatsache, daß wir überhaupt noch leben.« Mit einer entschiedenen Handbewegung wehrte er den Einwand des Piloten schon im Ansatz ab. »Fragen Sie nicht nach den Ursachen, sondern seien Sie dankbar, daß es so ist.«

»Die ersten Suchmannschaften werden bald eintreffen«, sagte Op de Meeren zuversichtlich. »Für die Navy ist es kein Problem, uns nach oben zu holen.«

»Vielleicht«, schränkte Tom ein. »Geben Sie sich aber keinen falschen Hoffnungen hin, daß das heute oder morgen schon der Fall sein könnte. Ohne Positionsangaben werden wir zur berühmten Nadel im Heuhaufen.«

»Flugdauer und Kurs bis zum Absturz sind bekannt«, widersprach Giuseppe Moreno heftig.

McArthur schüttelte den Kopf. »Wir sind von der Route abgekommen. Aber fragen Sie mich nicht, wie weit und in welche Richtung.«

»Auf jeden Fall gilt es Ruhe zu bewahren!« sagte Jonathan Harper mit einem unmißverständlichen Seitenblick auf die Stewardeß, die mit ihren Nerven sichtlich am Ende war und noch immer heftig schluchzte. »Und dann«, wandte er sich an die beiden Piloten, »sollten Sie versuchen, das Funkgerät zu reparieren.«

Der Flugkapitän winkte ab. »Funk, sofern es sich nicht um extreme Längswellen handelt, ist in der Tiefe unmöglich.«

Der Engländer, auf den erst vor wenigen Stunden ein IRA-Attentat verübt worden war, preßte die Lippen aufeinander und nickte stumm.

»Seht euch das an!« Gudrun deutete aufgeregt nach draußen.

Außerhalb des Flugzeugwracks war der Wasserspiegel von allen unbemerkt bis unter die Fenster abgesunken! Deutlich war zu erkennen, daß der Jet im Inneren einer großen Halle zur Ruhe gekommen war. Mehrere noch undefinierbare Lichtquellen sorgten für ausreichende Helligkeit.

Die aus mächtigen Quadern bestehenden Mauern konnten ebensogut im Herzen Mittelamerikas stehen. Nichts außer einem vagen Algenbesatz deutete darauf hin, daß dieses Bauwerk auf dem Meeresboden stand.

»Das ist phantastisch«, murmelte Tom. »Wie alt mag das Gebäude sein?«

»Haben Sie keine anderen Sorgen?« fragte Copburn bissig.

»Wollen Sie mir ein paar von Ihren abtreten?« erwiderte Ericson ruhig.

»Mit klugen Sprüchen kommen wir nicht weiter«, brauste der Copilot auf. »Wie alt die Ruinen sind, interessiert mich einen Scheißdreck. Wichtiger ist, daß einer von uns endlich die Initiative ergreift.«

»Und dieser eine sind Sie?«

»McArthur oder ich ...«

»Dann tun Sie sich keinen Zwang an.«

Gudrun wollte protestieren, schwieg aber, als sie Toms vielsagenden Blick sah. Männer wie Steven Copburn wurden erst aus Erfahrung klug.

»Okay. Als erstes raus aus der Maschine!« kommandierte der Copilot.

Gemeinsam mit McArthur und einem der Italiener wuchtete er die Tür auf. Das schwallartig abfließende Wasser riß ihm die Beine unter dem Leib weg, und ehe er sich versah, klatschte er bäuchlings in die sich verlaufende Flut.

Tom hielt Harper zurück, der sich als nächster nach draußen schwingen wollte. »Fassen Sie nichts an!« sagte er warnend.

Copburn, der sich eben prustend wieder aufrichtete, lachte abfällig. »Haben Sie Angst, daß alles über uns zusammenfällt?«

»Alte Bauwerke halten oft unangenehme Überraschungen bereit«, warnte Tom.

»Vergessen Sie Ihre Archäologie!« schnaubte der Copilot. »Wissenschaftler haben keine Ahnung, wie das Leben wirklich ist.« Er deutete auf die Statue, die keine zehn Schritt entfernt stand. »Befassen Sie sich meinetwegen mit diesem Koloß, aber hindern Sie mich nicht daran, nach einer Rettung für uns alle zu suchen. Ich hoffe, wir haben uns verstanden.« Abrupt wandte er sich um und stapfte weiter.

»Copburn!« rief Tom hinter ihm her. »Warten Sie!«

Der Copilot stand kurz davor, durchzudrehen. Tom kannte die Symptome eines beginnenden Kollers, hatte mehrfach miterlebt, wie selbst körperlich starke Männer die Kontrolle über sich verloren. Meist war der lange Aufenthalt in engen, muffigen Höhlen ausschlaggebend gewesen. Die psychische Belastung spielte eine nicht unerhebliche Rolle.

»Seien wenigstens Sie vernünftig, Mr. Ericson«, bat Jonathan Harper. »Keiner hat etwas davon, wenn wir uns gegenseitig das Leben schwermachen.«

Copburn erreichte soeben die Statue, erklomm deren Sockel und reagierte seine Wut und Angst ab, indem er wieder und wieder gegen deren klobigen Beine trat.

»Aufhören!« brüllte Tom, schwang sich aus der Tür und hetzte durch das noch wadenhohe Wasser dem Copiloten hinterher. Als er ihn erreichte, riß er ihn an der Schulter herum und setzte ihm die Faust so exakt unters Kinn, daß Copburn nur noch die Augen verdrehte und schlaff in sich zusammensank.

Es war zu spät. Copburns wütende Tritte hatten bereits irgendeinen verborgenen Mechanismus aktiviert.

Ein unheimliches, lauter werdendes Knirschen war zu vernehmen. Tom spürte anschwellende Vibrationen unter seinen Füßen, wie sie von der Bewegung tonnenschwerer Steine ausgelöst wurden.

Dann sah Tom das Unheil.

Die Halle maß etwa hundertzwanzig mal fünfzig Meter und war gut fünfzehn Meter hoch. Das Tor an der Stirnseite, das sich unmittelbar hinter dem Learjet geschlossen hatte, begann sich wieder zu öffnen. Ein scharfer, gischtender Wasserstrahl brach über das Flugzeugwrack herein.

Für die Diplomaten gab es ebensowenig mehr ein Halten

wie für den Flugkapitän, die Stewardeß und Gudrun. Nacheinander schwangen sie sich aus der Maschine und liefen Tom entgegen.

»Helfen Sie uns, Mister Ericson!« stieß Harper keuchend hervor, als er den Archäologen erreichte. »Wenn jemand weiß, wie das Tor wieder zu schließen ist, dann Sie.«

Tom hörte kaum hin. Er hatte sich schon wieder der Statue zugewandt und suchte verzweifelt nach einem Hebel oder einem anderen Mechanismus, der den Vorgang stoppen konnte. Vergebens – die Oberfläche wies nichts dergleichen auf.

Daß Gudrun seine lederne Tasche aus dem Flugzeug mitgenommen hatte, bemerkte Tom erst, als sie den faustgroßen, in rotem Licht schwach pulsierenden Kristall daraus hervorzog.

»Es reagiert nicht«, stieß Gudrun abgehackt hervor.

»Was haben Sie da?« wollte Harper wissen. »Ein übergroßes Auge?« Erst schaute er Gudrun an, dann Tom und als keiner ihm antwortete, streckte er impulsiv die Hände nach dem Kristall aus.

Das Auge begann heftiger zu leuchten.

Zehn Minuten konnten zur Ewigkeit werden. Connors Blick taxierte die Wanduhr über dem Schreibtisch, deren Sekundenzeiger offensichtlich immer nur dann vorwärts ruckte, sobald ein strafender Blick ihn traf.

Es war jetzt 4 Uhr 35 früh. In der kleinen Polizeistation der 4000-Seelen-Gemeinde nahe Salisbury herrschte die lähmende Atmosphäre einer weitgehend ereignislosen Nacht. Durch die Vorhänge schimmerte die erste Helligkeit des neuen Morgens.

Während der letzten Stunden hatte es geregnet. Der Geruch von feuchter Erde und gedroschenem Korn durchzog die Amtsstube. Connor mochte diese ersten Spätsommertage nicht, deren Melancholie ihn stets an die Vergänglichkeit des Lebens erinnerte.

Der Schotte fingerte die letzte Zigarette aus der vor ihm auf dem Tresen liegenden Schachtel. Die Verpackung knüllte er zusammen und warf sie zielsicher in den ohnehin schon überquellenden Papierkorb.

Ziemlich genau zwölf Minuten, nachdem Connor die Wache betreten und dem Constable seine Fragen gestellt hatte, kehrte der Mann mit seinem Vorgesetzten im Schlepptau zurück. So einfach und klar und leicht zu beantworten Connors Fragen gewesen waren, so verschlossen wirkten die Mienen beider Beamten.

Connor drückte die eben angerauchte Zigarette im Ascher aus.

»Mister ...« An Stelle einer Begrüßung deutete der Inspector lediglich ein knappes Nicken an. »Sie fragen nach Einzelheiten eines Unfalls, der sich vor ungefähr zwei Wochen ereignet hat. Sind Sie ein Verwandter des Opfers?«

»Das nicht. Trotzdem muß ich mit dem Unfallfahrer reden. Ich wäre nicht hier, wenn es nicht wirklich wichtig wäre.«

Mißtrauisch kniff der Inspector die Brauen zusammen. »Für welche Zeitung schreiben Sie?«

»Ich bin weder Reporter, noch Versicherungsagent«, erklärte Connor.

Was sein Gegenüber dachte, war ihm deutlich anzusehen. »Es hat mich gefreut, Sie kennenzulernen«, sagte er prompt, drehte auf dem Absatz um und schickte sich an, wieder im Nebenraum zu verschwinden.

»Inspector!« Connors scharfer Ausruf hielt ihn unter der Tür zurück. »Sehen Sie diesen Unfall denn als normal an? Ein Mann wird überfahren, nachdem er angeblich wie aus dem Nichts heraus aufgetaucht ist. Außerdem hatte er zwei Kugeln in der Brust.«

»Sie sind einer von diesen parapsychologischen Spinnern, die das Gras wachsen hören?«

Connor verschränkte die Arme vor der Brust. »Sagen wir, ich arbeite an der wissenschaftlichen Analyse mysteriöser Geschehnisse.«

»An dem Unfall war nichts Geheimnisvolles.«

»Sind Sie davon überzeugt?«

»Ich wiederhole mich ungern. Bitte gehen Sie!«

»Wir sollten unsere Informationen austauschen, Inspector. Zum gegenseitigen Nutzen. Interessiert es Sie, daß der Unbekannte die Klinik eigenmächtig verlassen hat und vor wenig mehr als zwölf Stunden in Heathrow einem Attentat zum Opfer fiel? – Ich sehe, davon hatten Sie keine Ahnung. Interessiert es Sie außerdem, daß der Tote über Interpol zur Identifizierung ausgeschrieben wurde?«

Die beiden Polizisten wechselten miteinander einen überraschten Blick.

»Sie wollen wirklich nur mit dem Unfallfahrer reden?« fragte der Inspector dann, und als Connor nickte, fügte er mit leicht spöttischem Tonfall hinzu: »Tut mir leid, Mister, aber Sie haben sich vergeblich bemüht. Der Mann ist tot. Von ihm werden Sie nichts erfahren – es sei denn, Sie verstehen sich aufs Geisterbeschwören.«

In dem Moment bereute Connor, daß er seine letzte Zigarette zerdrückt hatte. Der Stummel war jedenfalls nicht mehr zu gebrauchen, und eine zweite Schachtel trug er nicht bei sich.

Der Constable deutete sein kurzes Suchen richtig und bot ihm einen von seinen Glimmstengeln an. Connor dankte knapp. »Was ist geschehen?« wollte er wissen. »Oder geben Sie darüber ebenfalls keine Auskunft?«

»Warum nicht«, sagte der Inspector. »Sie lesen es ohnehin bald in der Zeitung. Nasse Fahrbahn, zu hohe Geschwindigkeit, wahrscheinlich Übermüdung – Frontalzusammenstoß mit einem Truck. Übrigens fast auf den Meter genau an jener Stelle, an der auch der erste Unfall geschah. Aber mehr werden Sie von mir nicht erfahren.«

Während Jonathan Harper verständnislos und neugierig zugleich den pulsierenden Kristall anstarrte, hörten Gudrun und Tom eine leise wispernde Stimme in ihren Gedanken. Das magische Auge machte sich endlich bemerkbar. Sie hatten keine Ahnung, wie diese Gedankenübertragungen zustande kamen, ob sie von dem Kristall selbst ausgingen oder dieser nur als Relaisstation diente. Vielleicht in einem Anflug von Galgenhumor – der möglicherweise auch als Weitsicht zu bezeichnen war – hatten sie das Auge deshalb von Anfang an als *magisch* bezeichnet.

Rettung kann nur der Koloß bringen, flüsterte die telepathische Stimme.

»Was meinst du damit?« fragte Gudrun laut. In der nächsten Sekunde schlug sie sich erschrocken die Hand vor den Mund.

Harper musterte sie aus weit aufgerissenen Augen. »Ich habe nichts gesagt«, erklärte er. »Oder«, plötzlich erschien ihm das gar nicht so abwegig, »reden Sie mit dem Kristall?« Er schluckte krampfhaft und faßte nach Gudruns Schulter, um die Frau zu sich herumzuziehen. »Welches Spiel spielen Sie eigentlich?« wollte er wissen. »Was zum Teufel geht hier vor?«

»Fragen Sie nicht, Sir Jonathan!« riet die Anthropologin. »Uns bleibt keine Zeit für lange Erklärungen.«

Tosend ergoß sich die See in einem inzwischen gut fünfzig Zentimeter starken Wasserfall in die Halle. Die Flut würde erst zum Stillstand kommen, wenn das Gebäude bis zur Decke vollgelaufen war.

»Was haben Sie vor, Mister Ericson?« Op de Meeren schickte sich an, dem Archäologen auf den Sockel der Statue zu folgen.

»Zurück!« rief Tom. »Ich weiß nicht, was geschehen wird. Vielleicht verschiebt sich alles.« Es wäre nicht das erstemal gewesen, daß monumentale Statuen geheime Fluchtwege sicherten.

Der Holländer hatte sich schon bäuchlings auf den gut eineinhalb Meter hohen Sockel geschwungen, als Gudrun ihn an den Hosenbeinen zurückzerrte. Verbissen stieß er mit den Füßen nach ihr, und er hätte es zweifellos geschafft, sie abzuwehren und sich vollends in die Höhe zu schwingen, hätte nicht unvermittelt auch Harper zugepackt.

»Da oben sind wir sicher!« schnaubte Op de Meeren mit angstverzerrter Miene, kaum daß er wieder bis zur Hüfte im rasch steigenden Wasser stand.

»Wie lange wohl?« erwiderte Gudrun. »Seien Sie vernünftig, Mijnher.«

»Ich hoffe, Miss Heber, Sie und Ihr Freund wissen, was Sie tun«, sagte Harper.

»Hier ist nur eine Vertiefung im Stein!« rief Tom von oben herab. »Dicht über dem Knie der Statue und mehr als faustgroß. Aber ich sehe keinen Mechanismus darin!««

Gudrun starrte unverwandt zu Tom hoch, der sichtlich Mühe hatte, sich an den Beinen des Kolosses zu halten. Die aufspritzende Gischt verwandelte den polierten Stein in eine tückische Rutschbahn.

Faustgroß! hallte es in Gudrun nach.

»Tom!« rief sie gleich darauf. »Das Auge ist der Schlüssel! Es kann gar nicht anders sein.«

Sie zerrte sich die Tasche von der Schulter, verstaute den Kristall darin und warf sie mit beiden Händen. Fast hätte der Archäologe den Halt verloren, als er sich viel zu weit nach vorne beugen mußte.

Er erwischte die Tasche gerade noch am Trageriemen, steckte ihn sich zwischen die Zähne und angelte mit der Rechten nach dem Kristallauge. Sekunden später setzte er es in die Vertiefung ein.

Jeder starrte erwartungsvoll zu ihm hoch, deshalb fiel nicht auf, daß sich an der Oberseite des Sockels ein schmaler Spalt bildete, der rasch anwuchs.

Die Öffnung ließ bereits die obersten Stufen einer schmalen Treppe erkennen, als Gudrun freudig erregt aufschrie. Das Wasser hatte inzwischen den Sockelrand erreicht. In aller Eile halfen sich die Diplomaten und die Crew gegenseitig hoch. Sicherlich jeder spürte ein dumpfes Unbehagen und ein Gefühl der Verlorenheit, als er die steil in die Finsternis führenden Stufen sah, aber letztlich siegte die Überzeugung, daß es keine andere Wahl gab, als sich dem Unbekannten anzuvertrauen.

Tom war der letzte, der die Flucht nach vorn antrat. Unmittelbar hinter ihm schwappten die ersten Wasserzungen über den Sockel, der sich daraufhin sofort zu schließen begann.

In den Fünf-Uhr-Nachrichten war die Neuigkeit das Hauptthema: Alan Banister, hochrangiger Mitarbeiter des Innenministeriums, hatte bei einem schrecklichen Unfall nahe Salisbury sein Leben verloren. Frontalzusammenstoß mit einem Truck auf regennasser Fahrbahn. Banister, ein geübter Autofahrer und oft ohne Chauffeur unterwegs, war sofort tot gewesen. Die Behörden vermuteten einen technischen Defekt und hatten das Fahrzeug sichergestellt.

Alan Banister hinterließ eine Frau und zwei kleine Kinder; ihnen widmete der Nachrichtensprecher sein besonderes Mitgefühl: »... die Nation trauert um einen Mann, der sich in vielfacher Weise verdient gemacht hat.«

»Banister«, murmelte Connor gedankenverloren und schaltete den Funkempfang ab. Bestand da ein Zusammenhang mit dem Attentat in Heathrow?

Im Kartenfach lag eine noch ungeöffnete Schachtel Zigaretten. Connor steckte sich einen Glimmstengel an. Eigentlich hatte er mit dem Helikopter sofort wieder starten wollen, zurück nach Oake Dùn, aber jetzt gönnte er sich einige Minuten der Ruhe, lehnte sich nachdenklich im Pilotensitz zurück und schaute sinnend dem Zigarettenrauch nach, der sich an der Frontscheibe kräuselte.

Wie ein Puzzle begannen sich die Ereignisse zusammenzufügen. Da war ein unbekannter Toter, dem Äußeren nach zu schließen indischer Abstammung. Mit zwei Kugeln in der

Brust war er angeblich wie aus dem Nichts heraus auf einer Landstraße vor Banisters Auto gelaufen. Anschließende Operation in einer Klinik und durchaus guter Heilungsverlauf, aber psychische Anomalien, die laut der Ärzte auf einen anhaltenden Schock zurückzuführen waren. Vor Abschluß der Behandlung hatte der Mann eigenmächtig das Krankenhaus verlassen …

… und war überraschend auf dem Flughafen London-Heathrow aufgetaucht, ausgerechnet zu dem Zeitpunkt, als Gudrun Heber und Dr. Thomas Ericson an Bord eines UNO-Jets zurück in die Staaten fliegen wollten. Der Archäologe und die Anthropologin hatten auf der Südseeinsel Gardner das Artefakt einer längst untergegangenen Zivilisation gefunden, dessen Besitz ihnen inzwischen wie ein Fluch erschien. Mehrmals waren sie nur knapp dem Tod entronnen.

Und eben dieses Artefakt – die faustgroße kristallene Nachbildung eines menschlichen Auges – hatte der Unbekannte von Tom und Gudrun haben wollen.

Woher kannte er die beiden an der Yale-Universität unterrichtenden Wissenschaftler? Und vor allem, woher wußte er von dem magischen Auge?

Connor hätte sich die Antwort leichtmachen können, indem er dem Mann kurzerhand die Identität eines gewissen Kar zuschrieb, der wiederholt als Gegenspieler in Erscheinung getreten war, doch hatte er dafür nicht den geringsten Beweis. Aber welche Rolle kam Alan Banister dann zu? Der Tod des Politikers konnte kein Zufall sein. Dagegen sprach allein schon der Ort des Geschehens.

Connor schnippte die Zigarettenkippe aus dem Fenster, bevor er nach dem Funksprechgerät griff und eine Verbindung nach Oake Dùn herstellte.

Pierre Leroy meldete sich. Der drahtige Franzose mußte in der Funkstation Wache gehalten haben, anders ließ es sich nicht erklären, daß er das Gespräch augenblicklich annahm.

»Guten Morgen, Pierre«, sagte Connor. »Ich brauche eine Auskunft. Besorge mir die Adresse von Alan Banister aus dem

Innenministerium. – Warte. Lieber von seiner Sekretärin. Sekretärinnen wissen meist mehr als die Ehefrau.«

»Was hat das Ministerium mit dem Jet zu tun?

»Jet?« fragte Connor irritiert. Er hörte den Franzosen tief durchatmen und die Luft anhalten.

Sekunden später stieß Pierre Leroy ungewöhnlich barsch hervor: »Weißt du wirklich noch nichts?«

»Was weiß ich nicht?«

»Der Learjet gilt als vermißt. Angeblich ist der Funkkontakt über dem Atlantik abgebrochen.«

Etliche Sekunden vergingen, in denen Connor sich eine neue Zigarette ansteckte. Er rauchte nicht, sondern paffte nur. Das tat er immer, wenn sein Gemüt in Wallung geriet.

»He!« rief Leroy. »Bist du noch da?«

Connor dachte an das Attentat auf dem Flughafen. Vor seinem geistigen Auge liefen die Ereignisse der letzten zwanzig Stunden im Zeitraffertempo ab. Nein, einer Nachlässigkeit hatte sich niemand schuldig gemacht; die Sicherheit des Jets und seiner Passagiere war voll und ganz gewährleistet gewesen.

»Weiß man schon Näheres?«

»Suchflugzeuge der Navy kreisen über dem vermuteten Absturzgebiet«, antwortete Pierre. »Während der Nacht soll dort ein heftiges Gewitter getobt haben. Der Seegang ist dementsprechend. – Sir Ian macht sich die heftigsten Vorwürfe. Schließlich hat er Mr. Ericson und Mademoiselle Gudrun zu dem Flug überredet. Das Fatale daran ist, daß wir momentan nichts tun können.«

Connor stieß eine deftige Verwünschung aus. Das Schicksal sorgte stets dafür, daß die Bäume nicht zu hoch in den Himmel wuchsen. Für einen Moment fragte er sich sogar, was schwerer wog – der Tod der Menschen an Bord des Learjets oder der Verlust des magischen Auges –, aber er schob diese Überlegung sofort weit von sich. A.I.M. war es Tom Ericson und Gudrun Heber schuldig, jede Spur, und sei sie noch so vage, bis zu ihrem Ende zu verfolgen.

»Ich brauche die Adresse von Banisters Sekretärin«, erinnerte Connor den Franzosen. »Ich warte darauf.«

Mit einer ziemlich anzüglichen Bemerkung, die Connor jedoch geflissentlich überhörte, unterbrach Pierre Leroy die Verbindung. Connor zündete sich die nächste Zigarette an. Üblicherweise ging er Probleme mit der distinguierten Gelassenheit eines altgedienten britischen Butlers an, doch diesmal spürte er ein hartnäckiges Kribbeln in der Magengegend. Selbst die nächsten beiden Zigaretten brachten keine Linderung.

Endlich erfolgte Pierres Rückruf. Connor notierte die Anschrift, unmittelbar danach startete er den Helikopter. Von Tom und Gudrun gab es keine Neuigkeiten.

Die Steintreppe führte in engen, steilen Windungen in eine unergründliche Tiefe. Völlige Finsternis herrschte, in der man die Hand nicht vor Augen sah, und von irgendwoher erklang das dumpfe Gurgeln fließenden Wassers.

Die Luft war schal und modrig, wie man es oft in alten Burgverliesen antrifft. Mehrmals fuhr Gudrun prüfend mit den Händen über die rauhen Steinquader, doch nirgendwo spürte sie Nässe.

Vielleicht zwanzig, dreißig Meter tief waren die Männer an der Spitze des Trupps abgestiegen, als sich Unruhe breitmachte. Hie und da flammte ein Gasfeuerzeug auf, doch das winzige Licht reichte nicht aus, mehr als rauhes Gestein erkennen zu lassen.

»Wohin führt der Weg?« maulte Steven Copburn. »Ich weigere mich, noch einen Schritt zu tun.«

»Bisher haben Sie doch nur für Ärger gesorgt«, zischte Gudrun. »Soll das so weitergehen?«

Dumpf klangen ihre Stimmen als Echos aus der ungewissen Tiefe zurück.

»Von Ihnen lasse ich mir nicht vorschreiben, was ich tun soll!« protestierte der Copilot. »In Notfällen bestimmt allein die Crew, was zu tun ist.« Seine Unruhe wirkte ansteckend, und urplötzlich geriet der Vormarsch ins Stocken.

»Was wollen Sie tun, Mister Copburn?« erklang Toms Stimme vom Ende des Trupps.

»Was?« Der Copilot hustete gequält. »Wir müssen wieder nach oben! Sobald das Wasser in den Schacht eindringt, ersaufen wir wie die Ratten.«

»Gehen Sie weiter, Mann!« drängte einer der Diplomaten. Dem Akzent nach zu schließen, war es der Holländer.

»Sehr richtig«, fügte Moreno hinzu. »Er soll sich nicht vor Angst in die Hosen machen.«

Ein dumpfes Klatschen war zu vernehmen, gefolgt von einer deftigen Verwünschung eines der Diplomaten. Danach ging es wieder zügig weiter.

Bald darauf endete die Treppe. Ein breiterer Gang schloß sich an, der aber schon nach wenigen Metern vor einer Tür endete. Tom zwängte sich nach vorne. Mit dem Feuerzeug leuchtete er das Hindernis ab. Die Tür bestand, wie die Wand auch, aus einem golden schimmernden Metall oder einer Legierung.

»Ist das etwa ... Gold?« fragte Harper verblüfft.

»Wollen Sie es einschmelzen?« fragte Tom zurück.

»Nein, ich ...«

»Dann achten Sie am besten nicht darauf!«

»Sie meinen, wir würden uns des Goldes wegen die Köpfe einschlagen? Das ist absurd.«

»Wir wären jedenfalls nicht die ersten – und ganz gewiß nicht die letzten, denen Gold den Verstand raubt. Allerdings kann ich jeden beruhigen: Das hier ist kein Gold.«

Tom fuhr die Fugen mit seinem Plastikausweis nach, stieß aber auf keinen Widerstand. Ohne sich umzuwenden oder in seinen Bemühungen aufzuhören, sagte er: »Sieh dir die Wände genauer an, Gudrun. Irgendwo muß es einen verborgenen Mechanismus geben.«

»Was glaubst du, was ich seit einigen Minuten mache?« erwiderte die Anthropologin.

Selbst überzeugte Nichtraucherin, hatte sie sich von McArthur ein Feuerzeug geben lassen, mit dem sie die Steine ableuchtete. Daß sie sich allmählich die Finger daran verbrannte, nahm sie anfangs gar nicht zur Kenntnis. Erst als die Hitze unerträglich wurde, ließ sie das Feuerzeug mit einem unterdrückten Aufschrei fallen. Aber da hatte sie bereits den einen Stein entdeckt, der im Gegensatz zu allen anderen ein eingemeißeltes Schlangensymbol trug.

»Tom!« rief sie überrascht. »Hier ist *xiuhcoatl* eingemeißelt, die Schlange der Azteken.«

»Bist du sicher?«

»Ich kenne die Pyramide von Tenayuca in Mexiko.«

Der Archäologe ließ einen Laut vernehmen, der seine Überraschung deutlich ausdrückte. Von einem Moment zum anderen vergaß er die Türfugen und wandte sich Gudruns Fund zu.

»Mexiko«, murmelte er gedankenverloren und fuhr mit den Fingerspitzen die erhabenen Konturen des aufgerollten Schlangenleibes nach, deren kammartige Krone deutlich hervortrat.

Er dachte darüber nach, daß die Erbauer der Pyramide von Tenayuca die Chichimeken gewesen waren und daß später die Azteken nur neue Pyramiden darübergesetzt hatten. Wie andere mexikanische Völker auch hatten sie alle 52 Jahre Feierlichkeiten zur Erneuerung von Pyramiden und Tempeln veranstaltet. Aufgrund dieser Tatsache war ermittelt worden, daß der älteste Kern der Pyramide zwischen 1200 und 1300 n. Chr. entstanden sein mußte.

»Unser Gemäuer ist älter«, stellte Gudrun unumwunden fest, als könne sie Toms Gedanken lesen.

An zwei Seiten der Pyramide von Tenayuca befanden sich Steinaltäre mit der aus Mauerwerk bestehenden Schlange. Aufgabe der *xiuhcoatl* war es gewesen, die Sonne auf ihrem Weg von Ost nach West zu geleiten.

»Gibt es Schwierigkeiten?« wollte McArthur wissen.

Copburn lachte schrill. »Als ob wir nicht schon genug Probleme hätten. Ich sage doch: Wissenschaftler sind alle mehr oder weniger verrückt.«

Tom überhörte die bissige Bemerkung. »Zwei Schlangen«, murmelte er gedankenverloren, »und sie weisen der Sonne den Weg.«

Tatsächlich fand er Augenblicke später auf der gegenüberliegenden Wandseite ein zweites feingliedriges *xiuhcoatl*-Symbol.

»Ich fürchte, wir sind gerade dabei, vieles auf den Kopf zu stellen, was wir bislang sicher zu wissen glaubten. Der Baustil ist den Mayas zuzurechnen, die Symbole außerhalb sehen den Linien von Nazca verblüffend ähnlich, und dann ist da noch die Schlange der Chichimeken …«

»Ihr Eifer in allen Ehren, Dr. Ericson«, unterbrach Harper, »aber Sie vergessen, daß keineswegs alle Anwesenden an Archäologie interessiert sind. Haben Sie einen Weg gefunden, auf dem wir weiterkommen oder nicht?«

»Moment.« Tom tastete über die erhabene Kammkrone der Schlange. Das Relief ließ sich überraschend leicht eindrücken. Als er die Hand zurückzog, sprang das Schlangensymbol sofort in die Ursprungslage zurück.

Erst als die Mechanismen auf beiden Wandseiten gleichzeitig betätigt wurden, öffnete sich das Tor. Der Metallflügel schwang einfach seitlich herum.

Ein helles, bläulich-weiß strahlendes Licht breitete sich aus. Es hatte seine Quelle im Hintergrund des anschließenden Gewölbes, dessen Durchmesser gut dreißig und dessen Höhe annähernd fünfzehn Meter betrug. Unter dem höchsten Punkt der Kuppel, von feingliedrigen Ketten gehalten, hing die ovale Feuerschale, von der die Helligkeit ausging. Zwei brennende Dochte reichten aus, den Tempelraum auszuleuchten.

Daß es sich um eine Tempelanlage handelte, bewiesen die verschiedenen Altäre, sechs an der Zahl, zwischen denen Seitenstollen abzweigten. Dutzende von Standbildern, unter anderem viele Schlangenskulpturen, bevölkerten den Raum.

»Das ist phantastisch«, entfuhr es Gudrun.

»Wenigstens können Sie Ihre wissenschaftliche Neugierde stillen, bevor wir alle sterben«, bemerkte Op de Meeren zynisch.

Sie betraten das Gewölbe staunend und mit einer gewissen Ehrfurcht – aber es war wohl eher die Furcht vor den nächsten Stunden und vielleicht Tagen, die sie schweigend, wie eine Herde furchtsamer Schafe, zusammenbleiben ließ.

Ausgerechnet der Copilot entdeckte, daß die Schuppen der Schlangenskulpturen diesmal wirklich aus Gold bestanden. Vor Erregung heiser krächzend, machte er sich über die nächstbeste Skulptur her.

»Gold«, ächzte er und zwängte seine Finger unter die glänzenden Schuppen. »Leute, das ist pures Gold.«

Tom schloß zu Copburn auf und riß ihn zu sich herum. Mehrere Goldplättchen fielen zu Boden.

»Verschwinden Sie, Ericson!« schnaubte der Copilot. Seine Fäuste schossen vor und bohrten sich in die Magengrube des Archäologen.

Tom war auf einen solchen Angriff nicht gefaßt. Er wankte, rang nach Atem, aber dann riß er doch die Arme abwehrend hoch, als Copburn nachsetzte.

Ein weiterer harter Schlag traf Toms Schulter, aber zugleich verkrallte er seine Rechte in Copburns Haar. Zwei Schläge mit der flachen Hand ins Gesicht sollten den Copiloten beruhigen, bewirkten aber eher das genaue Gegenteil. Copburn gebärdete sich wie toll. Das Gefühl, übergangen zu werden, und vor allem die Furcht, einige hundert Fuß tief unter dem Meeresspiegel elend ums Leben zu kommen – all das vereinte sich zu einer explosiven Mischung, die sich einzig und allein gegen den Archäologen richtete. In ihm sah Copburn die Quelle allen Unheils. Das hatte mit den unbegreiflichen Geschehnissen während des Fluges begonnen und setzte sich mit dem rot leuchtenden Kristall fort.

Tom plazierte einen linken Haken, der den Copiloten zu Boden schickte. Aber als er sich dann bückte, rammte

Copburn ihm die Füße in den Leib und katapultierte ihn zurück.

Um Tom herum war der Altarraum plötzlich in einem rasenden Reigen begriffen. Er brach in die Knie und schaffte es gerade noch, sich mit den Händen abzufangen. Vor seinen Augen wogten bunte Schleier.

Steven Copburn hastete auf einen der Seitenstollen zu.

»Bleiben Sie hier!« rief Gudrun vergeblich hinter ihm her.

Drei, vier Meter weit drang Copburn in den Gang ein, dann wurden seine Bewegungen plötzlich langsamer. Zeitlupenhaft langsam wandte er sich um, sein Gesicht verzerrte sich vor Entsetzen und sein Mund öffnete sich zu einem lautlosen Schrei.

Ein kaltes blaues Leuchten erfüllte den Gang. Innerhalb von Sekunden verdichtete es sich zu einem flirrenden Vorhang, hinter dem Copburns Gestalt mehr und mehr verschwamm.

Als es Augenblicke später verschwand, war auch der Copilot nicht mehr da.

Maureen Ibsen wohnte in der Lowndes Street nahe Knightsbridge, einem Wohnviertel südlich des Hyde Park. Hier war die ursprüngliche Atmosphäre der Weltstadt London noch intakt.

Connor hatte den Helikopter wieder auf Heathrow Airport gelandet und für die Fahrt in die City einen Mietwagen geordert. Vom Parkhaus an der Kinnerton Street waren es nur wenige hundert Meter Fußweg bis zur Wohnung von Banisters Sekretärin.

Die allmorgendliche Hektik des überquirlenden Verkehrs war nahe dem Lowndes Square nicht so stark zu spüren wie anderswo. Obwohl das Verkehrszentrum Londons nur wenige Straßenzüge entfernt lag.

Die Gegend war vornehm. Büro- und Geschäftshäuser dominierten nur in den größeren Durchgangsstraßen. Die

Wohnhäuser wirkten altehrwürdig und erhaben – prunkvolle Relikte eines früheren Jahrhunderts.

Pierre hatte davon gesprochen, daß Maureen Ibsen unverheiratet sei. Connor assoziierte prompt eine ältere Dame mit streng nach hinten gekämmtem Haar, in ein graues Kostüm gekleidet und mit Nickelbrille, über deren Rand hinweg sie ihn überrascht ansehen würde.

Miss Ibsen wohnte im zweiten Obergeschoß. Connor wollte gerade klingeln, als die Haustür von innen geöffnet wurde. Für einen Moment schaute er wohl ziemlich ungläubig drein, denn die Frau, die vor ihm stand, entsprach exakt seinen Vorstellungen.

Sie verhielt ihre Schritte, blickte irritiert an sich hinab und zupfte ihr Kostüm zurecht.

»Junger Mann, wollen Sie etwas von mir?« erkundigte sie sich mit leicht belegter Stimme.

»Ich habe nur ein paar Fragen, Miss«, erwiderte Connor. In dem Moment war er felsenfest überzeugt davon, Banisters Sekretärin vor sich zu haben. Ihr Alter war schwer zu schätzen. Irgendwo Mitte Fünfzig.

Sie taxierte ihn mit herablassender Überlegenheit, und ausgerechnet in dem Moment wurde im ersten Stock ein Fenster geöffnet. »Vergiß nicht, Susan, wir sind zum Tee eingeladen«, erklang es aus der Höhe.

»Ich denk' dran, Arthur«, antwortete die Frau. Sofort wandte sie sich wieder Connor zu, der bedächtig einen Fuß nach vorne schob und die Haustür daran hinderte, ins Schloß zu fallen. »Verzeihen Sie, Madam«, sagte er. »Ich habe mich offensichtlich geirrt.«

»Zu wem …?« Mehr hörte er nicht, weil er an ihr vorbei das Haus betrat. Ein makelloses, fast steriles Weiß empfing ihn. Die Wände, der geflieste Boden und selbst das Treppengeländer, alles war in Weiß gehalten.

Connor verharrte für einen Moment und lauschte. Nur gedämpft war der Straßenlärm zu vernehmen.

Er klingelte an Maureen Ibsens Wohnungstür, aber nichts

regte sich. Falls er den Weg hierher umsonst gemacht hatte, würde er im Ministerium vorsprechen müssen.

Er klingelte nochmals. Zweimal kurz hintereinander. Manche Menschen öffneten nur, wenn sie einen Bekannten vor der Tür vermuteten. Als nach wie vor alles ruhig blieb, wandte er sich schulterzuckend zum Gehen.

Ein dumpfes Poltern ließ ihn herumfahren. Das Geräusch kam aus der Wohnung!

Diesmal klopfte Connor hartnäckig. »Miss Ibsen! Ich muß mit Ihnen reden. Es betrifft Alan Banister.«

Ein kurzer, spitzer Aufschrei antwortete ihm. Und die Wohnungstür auf der anderen Seite des Flurs wurde geöffnet.

»Sie wird Ihnen nicht aufmachen, Mister.« Ein kahlköpfiger, vom Alter und vielleicht auch von Verwundungen gebeugter Veteran stand im Türrahmen. Den roten Rock mit den Ordensbändern auf der Brust trug er dennoch mit Würde.

»Miss Ibsen ist zu Hause«, sagte Connor.

Sein Gegenüber nickte eifrig. »Trotzdem habe ich sie seit gestern morgen nicht mehr gesehen. Dabei ist sie sonst so pünktlich, daß man die Uhr nach ihr stellen kann.« Zögernd schlurfte er weiter auf Connor zu.

»Ist sie krank?«

Ein Schulterzucken. »Liebeskummer. Vielleicht. Aber ich will nichts gesagt haben.«

Wieder erklang ein Schrei. Gellend diesmal und wie in höchster Not ausgestoßen. Er brach gurgelnd ab.

Connor begann an der Tür zu rütteln. »Öffnen Sie, oder ich breche die Tür auf!« rief er.

»Das können Sie nicht tun!« protestierte der Alte.

Ein stoßweises Schluchzen drang aus der Wohnung, gefolgt vom Klirren zersplitternden Glases.

Connor trat bis zum Treppenabsatz zurück und warf sich mit der Schulter gegen die Tür. Blatt und Rahmen krachten zwar vernehmlich, hielten dem Aufprall aber stand.

Wieder begann die Frauenstimme zu schreien. Diesmal waren einige Worte klar zu verstehen.

»Weg! Fort! ... Laß mich in Ruhe!«

Bei Connors drittem Anlauf gab endlich das Türschloß nach und brach aus.

Der eigene Schwung ließ ihn quer durch den anschließenden Flur taumeln. Das Stöhnen und Poltern kam aus einem der Zimmer. Auf alles mögliche gefaßt, stieß Connor die Tür auf. Er schloß nicht aus, daß erneut die IRA zugeschlagen hatte; immerhin war Maureen Ibsen als Sekretärin im Home Office zugleich Geheimnisträgerin.

Was er sah, war jedoch gänzlich anders als alles, was er erwartet hatte. Irritiert und ungläubig zugleich ließ Connor die Fäuste wieder sinken.

Der Wohnraum maß gut und gerne vierzig Quadratmeter, und die zeitlose Eleganz des Mobiliars war selbst jetzt noch zu ahnen. Allerdings wirkte der Raum wie nach der Explosion einer schweren Bombe. Kaum ein Möbelstück stand an seinem angestammten Platz; eine Regalwand war zusammengebrochen und hatte ihren Inhalt über den Boden verstreut; Bilder hingen zerfetzt in den Rahmen, und die Polstergarnitur sah aus, als hätte sich ein Raubtier mit ellenlangen Reißzähnen darüber hergemacht.

Inmitten dieses Chaos kauerte Maureen Ibsen hemmungslos schluchzend auf dem Boden. Ihr Blick hing wie gebannt an einem Buch, das aufgeschlagen neben ihr lag. Ein großformatiger Bildband – mehr konnte Connor von seinem Standort aus nicht erkennen.

Der Veteran war ihm gefolgt und hatte sich an ihm vorbeizwängen wollen, hielt aber jäh inne. »Was ist denn hier geschehen?« stieß er gepreßt hervor. »Maureen ist sonst ein Muster an Ordnung und Sauberkeit.«

Langsam wandte die Frau den Kopf. »Bernhard?« fragte sie stockend. »Bist du es?« Obwohl sich ihr Blick auf ihn richtete, schien sie ihn nicht wahrzunehmen. Connor bemerkte, daß ihre Augäpfel unnatürlich weit verdreht waren. In ihren Augen war fast nur noch das Weiße zu sehen.

Maureen Ibsen mußte eine schöne Frau gewesen sein – der

Typ Sekretärin, der am besten einen Eunuchen als Chef hatte, sollten Komplikationen von vornherein ausgeschlossen bleiben. Connor sah sich gezwungen, seine Meinung über verstaubte Ministerialbüros grundlegend zu revidieren.

Maureen war höchstens fünfunddreißig. Obwohl sich ihr Gesicht zur Grimasse verzerrt hatte und Speichel über ihr Kinn rann, blieb ihre ebenmäßige Schönheit nicht verborgen. Das brünette Haar hing ihr wirr in die Stirn.

»Weg!« kreischte sie und krümmte sich zur Seite. »Laß mich in Ruhe!« Ihre zitternden Hände fanden eine kleine Kristallvase, die sie mit aller Kraft an die Wand schmetterte. Gleich darauf sackte sie hemmungslos schluchzend in sich zusammen.

Sie reagierte nicht, als Connor sich neben sie hinkniete und sie in den Arm nahm. Aus weit aufgerissenen Augen starrte sie ins Leere.

»Miss Ibsen scheint einen schweren Schock erlitten zu haben«, wandte sich Connor an den Alten. »Bitte rufen Sie einen Krankenwagen.«

Er betrachtete das aufgeschlagene Buch. Es war eine wissenschaftliche Abhandlung über Dinosaurier und ihre mögliche Weiterentwicklung. Das Farbporträt einer zweibeinigen, aufrecht gehenden Echse mit durchaus menschlich anmutendem Körperbau wirkte auf subtile Weise faszinierend.

Als Connor das Buch aufheben wollte, begann Maureen hysterisch zu kreischen und um sich zu schlagen. Dabei entwickelte sie Kräfte, die er ihr niemals zugetraut hätte.

Ihr Zustand wechselte innerhalb von Sekunden. Glaubte Connor noch im einen Moment, daß sie sich beruhigt hatte, so war sie schon im nächsten drauf und dran, ihm die Augen auszukratzen. Er hatte so etwas noch nicht erlebt. Die Sekretärin schien einer Art Persönlichkeitsspaltung zu unterliegen. Eine andere Erklärung für diesen schroffen Gegensatz zwischen Hysterie und Depression hatte Connor nicht. Vergeblich redete er auf die Frau ein; nur sein eisenharter Griff hinderte sie daran, weiter wie eine Furie um sich zu schlagen.

Endlich schlurfte der Veteran wieder heran. »Der Notarzt ist unterwegs«, erklärte er. »Ich … ich wußte nicht, was ich ihm sagen sollte.«

»Schon gut«, erwiderte Connor. »Danke.«

»Hat sie – Rauschgift genommen?« Das klang ehrlich besorgt, aber auch verängstigt.

»Nein, ich glaube nicht«, sagte Connor.

»Dann ist sie krank. Maureen war stets nett und lebenslustig. Wenn Sie mich fragen, daran ist nur dieser Kerl schuld …«

»Wissen Sie seinen Namen?«

Der Alte schüttelte den Kopf. »Ein Vorgesetzter, wenn nicht gar ihr Chef. Daß er verheiratet ist, hat sie mir vor zwei Wochen verraten.«

Sirenengeheul näherte sich. Ein Auto hielt mit quietschenden Reifen vor dem Haus.

Der Pensionär dirigierte den Notarzt in die Wohnung. Maureen Ibsen bäumte sich gerade wieder in einem neuerlichen Anfall auf.

»Seit wann ist sie in diesem Zustand?«

»Fünfzehn Minuten, vielleicht auch länger.«

Der Arzt zog eine Spritze auf. Zwischendurch huschte sein Blick suchend durch die Wohnung. »Eher länger«, stellte er unumwunden fest. »Ich gebe ihr ein schnell wirkendes Beruhigungsmittel. Im Hospital wird sie dann von Grund auf durchgecheckt.«

Maureen Ibsen schrie gellend auf. Vergeblich wehrte sie sich gegen Connors Griff.

»Die Welt wird untergehen«, kreischte sie mit sich überschlagender Stimme. »Seht ihr die Echsen nicht? Sie kommen, um uns zu töten!« Ihr Blick fraß sich an der Fensterfront fest. Die Sonne und die Vorhänge zauberten bizarre Schattenmuster auf den Parkettboden.

»Die Echsen …« Gurgelnd sackte die Frau in sich zusammen. Sekunden später lösten sich ihre verkrampften Gesichtszüge. Sie hatte das Bewußtsein verloren. Auf Connor wirkte sie wie ein Kind, das nach einem schrecklichen Alptraum endlich friedlich eingeschlafen war.

Der Arzt hatte das noch aufgeschlagene Buch entdeckt. »Echsen ...«, murmelte er, keineswegs überrascht. »Hat sie zuletzt darin gelesen?«

»Ich nehme es an«, erwiderte Connor.

»Übersteigerte Ängste und Aggressivität. Für Ihre Frau ist es wohl das Beste, wenn ich sie vorübergehend in die Psychiatrie einweise.«

»Wir sind nicht verheiratet«, stellte Connor klar. »Wir sind nicht einmal verwandt.«

Der Copilot war und blieb spurlos verschwunden, und sein ungewisses Schicksal half den Diplomaten ebenso wie dem Flugkapitän und der ohnehin am Ende ihrer Nervenkraft angelangten Stewardeß nicht eben, Hoffnung in die Zukunft zu setzen. Teilnahmslos saßen sie beieinander, und nicht einmal das Gold der Statuen interessierte sie noch.

Gudrun versuchte sie aus ihrer Apathie zu reißen. »Der Vorfall zeigt doch, daß wir nicht allein hier unten sind«, begann sie. »Wir können nicht einfach hier hocken und darauf warten, was weiter geschieht. Wir müssen etwas unternehmen!«

»Und ebenfalls in eine Falle rennen?« antwortete Jean Lafitte mutlos. »Ich für meinen Teil gehe jedenfalls keinen Schritt weiter.« Einige der anderen Männer nickten zustimmend.

»Das kann doch nicht Ihr Ernst ...«

Gudrun brach mitten im Satz ab, als Tom ihr besänftigend die Hand auf den Arm legte. »Laß es gut sein«, sagte er leise. »Zumindest wir beide sollten einen Ausweg suchen.«

»Es wird Ihnen nicht anders als dem Copiloten ergehen«, warnte Giuseppe Moreno.

»Und wenn schon. Besser, als hier tatenlos auf Hilfe zu warten, die doch nicht kommt.« Einen Moment später taten Gudrun ihre Worte schon wieder leid, doch Op de Meerens Reaktion zeigte, daß man deren Sinn ohnehin nicht begriffen hatte.

»Wir warten auf eine Rettungsmannschaft«, kommentierte der niederländische Diplomat. »Aber falls Sie beide der Meinung sind, herumstöbern zu müssen, bitte, niemand hindert Sie daran, nach Ihrer Fasson glücklich zu werden.«

Dem Flugkapitän war anzusehen, daß er lieber den Wissenschaftlern zur Seite gestanden hätte, doch sein Pflichtbewußtsein zwang ihn, bei den Passagieren auszuharren.

»Tun Sie mir einen Gefallen«, sagte Tom Ericson eindringlich, »und das gilt für jeden von Ihnen: Falls Sie doch noch ungestümer Tatendrang überkommen sollte, ignorieren Sie ihn einfach! Entweder gehen Sie jetzt mit uns oder bleiben bis zu unserer Rückkehr hier. Bauten wie diese sind oft mit Fallen gespickt.«

»Das hätten Sie besser dem Copiloten gesagt«, ereiferte sich Lafitte, zog im nächsten Moment aber den Kopf zwischen die Schultern und murmelte eine gequälte Entschuldigung, als ihn Toms verweisender Blick traf.

»Glaubst du, daß Copburn tot ist?« wandte sich Gudrun an Ericson, kaum daß sie gemeinsam die unmittelbare Nähe der anderen verlassen hatten. »Das blaue Leuchten erschien mir wie die Aura, die das Flugzeug eingehüllt und uns vor dem Ertrinken bewahrt hat.«

»Du glaubst an keine ernsthafte Gefahr?«

»Wie soll ich das wissen?«

Sie erreichten den Stollen, in dem Copburn verschwunden war. Der Gang war mindestens dreißig Meter weit einzusehen. Kein Mensch konnte diese Distanz innerhalb von Sekunden überwinden.

»Er ist nach wenigen Schritten verschwunden.« Ericson versetzte seinem Feuerzeug einen kräftigen Stoß, daß es gut zehn Meter weit über den Mosaikboden schlidderte. Aber weder entstand erneut das blaue Leuchten, noch verschwand das Feuerzeug von einer Sekunde zur anderen.

»Was meinst du?«

»Vielleicht ist es zu klein. Oder der Vorgang spricht nur auf Menschen an.«

Entschlossen trat Tom einen Schritt vor, dann noch einen.

Unwillkürlich hielt Gudrun den Atem an. Aber Tom blieb stehen, bevor er die Stelle erreichte, wo der Copilot verschwunden war. Eingehend musterte er den Boden und die Wände. Mit einer Taschenlampe ausgerüstet, hätte er vielleicht mehr Erfolg gehabt, so blieb ihm nur ein resignierendes Schulterzucken.

Grimmige Entschlossenheit zeichnete sich in seinem Gesicht ab, als er die nächsten beiden Schritte tat.

Obwohl sie darauf vorbereitet gewesen war, zuckte Gudrun jäh zusammen. Toms Umrisse begannen zu verschwimmen. Sekunden später sah sie ihn nur noch als vagen Schemen. Aus unmittelbarer Nähe wirkte der Vorgang jedoch weit weniger erschreckend als aus einiger Distanz.

»Tom!« rief Gudrun. »Was ist los?«

Sie erhielt keine Antwort. Statt dessen hallte Harpers Stimme herüber: »Seien Sie vernünftig, Miss Heber. Niemandem ist geholfen, wenn Sie beide verschwinden.«

Das gab den Ausschlag. Gudrun zögerte nicht länger und folgte dem Archäologen. Ihre Furcht rang sie ebenso nieder wie das letzte Quentchen Vernunft, das zur Vorsicht mahnte.

War da nicht eine Bewegung? Bevor sie reagieren konnte, zuckte ein Arm aus dem blauen Leuchten hervor. Kräftige Finger schlossen sich um ihr Handgelenk und zerrten sie zur Wand zurück.

Gudrun spürte nicht den geringsten Widerstand, als sie in das blaue Leuchten eindrang, aber selbst dann ließ Tom sie noch nicht los.

Das einzige Stück Boden, auf dem sie stehen konnte, war ein knapp dreißig Zentimeter schmaler Sims, der entlang der Wand verlief. Ansonsten gab es keinen festen Untergrund mehr, nur eine schräg abwärts führende Rampe.

»Alles in Ordnung. Ich passe schon auf.« Gudrun löste sich

aus dem Griff des Archäologen. »Warum hast du nicht geantwortet?«

»Das habe ich. Aber offenbar absorbiert das Leuchten Schallwellen.«

»Und jetzt? Folgen wir Copburn?«

»Hätte wohl wenig Sinn, hier oben stehenzubleiben.«

Mit diesen Worten schwang Tom sich auf die Rampe. Sie war so glatt, daß sie nirgendwo einen Halt bot; andererseits war sie nicht steil genug, die Rutschfahrt übermäßig schnell werden zu lassen. Die Finsternis machte es unmöglich, die Orientierung zu bewahren, zumal Tom das Gefühl hatte, daß die Rampe in unzähligen Windungen abwärts führte.

Nach ungefähr zwanzig Sekunden erreichte er einen spärlich erhellten kleinen Vorhof. Auch hier wie schon in dem Tempelgewölbe verbreiteten brennende Dochte flackernde Helligkeit.

Gudrun verließ unmittelbar nach Tom die Rampe. »Schön«, sagte sie und wischte sich die Hände an der Jacke ab. »Zumindest auf dem Weg, auf dem wir hergekommen sind, gibt es kein Zurück.«

Tom ging vor ihr her auf den Durchgang zu, der in eine größere Halle führte. Auch hier brannten Öllampen. Sein Blick schweifte in die Runde. Der Mosaikboden zeigte Muster, wie er sie von den mesoamerikanischen Kulturen erwartete – ein wenig befrachtet mit noch unbekannten Symbolen, aber darauf achtete er nur am Rande. Die Wände waren aus mächtigen Steinquadern aufgeschichtet, glatt und ohne Mörtel zusammengefügt, aber dennoch über lange Zeit hinweg dem enormen Wasserdruck standhaltend. Und obwohl der Raum bis auf die Lampen leer war, hatte Tom das Gefühl, jeden Augenblick einem der unbekannten Erbauer gegenüberzustehen.

»Wir sind nicht allein!« wiederholte die Anthropologin in diesem Augenblick unvermittelt ihre Worte von vorhin.

»Da muß ich dir zustimmen«, sagte Tom. »Die Dochte der Lampen können nicht ewig brennen – das Öl in den Gefäßen reicht bestenfalls für einige Monate, bevor es sich aufgezehrt hat. Darüber hinaus vermisse ich den Staub der Jahrhunderte, der sich unweigerlich ansammeln muß, sogar in einem auf dem Meeresgrund liegenden Gebäude.«

Gudruns Blick schweifte unruhig umher, und ihre Miene drückte bis zum äußersten angespannte Erwartung aus. »Das meinte ich nicht«, sagte sie. »Ich habe das Gefühl, als würde uns jemand beobachten.«

»Vielleicht ist es das Auge.« Tom deutete auf die Tasche, die um Gudruns Schulter hing. Womöglich versuchte der magische Kristall wieder einmal, sie suggestiv zu beeinflussen.

Gudrun schüttelte zwar den Kopf, holte dann aber doch den Kristall hervor. Er fühlte sich nicht ganz so kühl an wie sonst, zeigte jedoch nur ein schwaches Pulsieren.

»Irgendwie steht das Auge mit dieser Anlage in Verbindung«, sagte sie nachdenklich. »Anders ist nicht zu erklären, warum es den Zugang in der Halle öffnen konnte.«

»Vielleicht sind die Schöpfer des Kristalls und dieser Stadt ein und dieselben«, warf Tom ein. »Aber Spekulationen helfen uns jetzt nicht weiter.«

Sein Blick pendelte zwischen dem magischen Auge und dem Hintergrund des Raumes, der einen goldenen Schimmer erahnen ließ, hin und her. Dann hatte er einen Entschluß gefaßt.

»Mister Copburn!« rief er. »Wo sind Sie?«

»Copburn!« antwortete ein vielstimmiges Echo. *» … sind Sie?«*

Das Auge begann heftiger zu pulsieren. Seine matte Oberfläche überzog sich mit rötlichen Schlieren.

»Er ist nicht hier«, sagte Ericson. »Also muß er den Raum irgendwie verlassen haben. Und wie ich Copburn einschätze, hat er den Weg des Goldes gewählt. – Komm mit.«

Das Geräusch der Schritte hallte von den Wänden wider. Tom hatte sich nicht getäuscht. Vor ihnen erstreckte sich eine goldfarbene Wand – allerdings nicht aus purem Gold, sondern aus demselben Metall, aus dem schon das Tor zum Tempelgewölbe bestanden hatte. Unbekannte Symbole waren eingraviert. Tom fuhr die Linien mit den Fingerspitzen nach.

Gudrun, die einige Schritte hinter Ericson stehengeblieben war, stieß plötzlich einen überraschten Ruf aus. Für sie war leichter zu erkennen als für Tom, daß das goldene Material an Transparenz gewann.

Die Schatten, die sich auf der anderen Seite abzuzeichnen begannen, wirkten seltsam skurril, fremdartig.

Es sind Maschinen, wisperte die lautlose Stimme des magischen Auges in ihren Gedanken.

Tom wich ein Stück von der Wand zurück.

»Das sind Menschen!« stieß er ungläubig hervor.

Zwischen den Maschinen bewegten sich schemenhafte Gestalten. Einige von ihnen kamen näher. Sie wirkten groß und düster, menschenähnlich und auf sinnverwirrende Weise doch wieder nicht.

Alles mögliche schoß Tom und Gudrun in diesen Sekunden durch den Kopf. Beide hatten sie von UFO-Sichtungen über dem Bermuda-Dreieck gehört und auch davon, daß angeblich auf dem Meeresgrund Stationen außerirdischer Wesen existierten. Aber das waren Hirngespinste, mit denen die Zeitungen während der Saure-Gurken-Zeit gefüllt wurden, nichts anderes als die ewig wiederkehrenden Berichte über das Ungeheuer von Loch Ness.

Sie kommen, Euch zu holen! wisperte die telepathische Stimme des Kristallauges.

Der erste der Fremden hatte die Wand erreicht und schickte sich an, einfach durch sie hindurchzugehen. Tom glaubte seinen Augen nicht zu trauen, als sich das goldene Metall aufzuwölben begann. Die Konturen eines Menschen zeichneten sich ab. Er war knapp sechs Fuß groß und kräftig, und selbst seine Kleidung trat deutlich ausgeprägt hervor.

Und jetzt, ohne die verzerrte Optik der transparenten Wand, wirkte er durch und durch menschlich.

Zu menschlich für diesen Ort! Tom hätte in dem Moment seinen Lieblingshut dafür verwettet, daß der Mann – um einen solchen handelte es sich zweifellos – einen konservativ geschnittenen Zweireiher trug. Aber gerade dieses offensichtlichen Anachronismus wegen trat er noch einen Schritt weiter zurück und zog seinen Revolver.

Gudrun ließ einen halb erstickten Aufschrei vernehmen, als jäh die Wand aufriß und zwei Fäuste daraus hervorbrachen. Die Manschetten eines weißen Hemdes wurden sichtbar und gleich darauf die Ärmel eines schwarzen Sakkos.

Maureen Ibsen wurde ins Royal Marsden Hospital eingeliefert. Connor begleitete sie. Er mußte zwei Stunden warten, bis die Frau das Bewußtsein wiedererlangte und die Ärzte ihm gestatteten, sie zu sehen.

Maureens Handgelenke waren mit kräftigen Schlaufen ans Bett gebunden worden. Auf diese Art wurde zumindest verhindert, daß sie sich die Infusion und das halbe Dutzend Kabel abriß, die zu verschiedenen Meßinstrumenten führten.

»Miss Ibsen darf sich nicht aufregen«, warnte ein Pfleger. »Ihr Kreislauf ist äußerst labil.«

Connor nickte knapp. Fast erschrak er, als er die Frau sah. Ihr Gesicht war totenbleich, die Haut hing welk über den Wangenknochen, und unter den Augen hatten sich blutunterlaufene Tränensäcke gebildet. Ihr Blick richtete sich erst auf ihn, als er schon neben dem Bett stand. Connor hatte das Gefühl, daß sie ihn wiedererkannte, aber als er sie ansprach, reagierte sie nicht.

»Was geschehen ist, tut mir leid«, sagte er. »Ich hoffe, Sie sind bald wieder gesund.«

Maureens Lippen bewegten sich lautlos.

»Sie können mich verstehen?« fragte Connor. »Dann nicken Sie bitte.«

Sie bewegte den Kopf. Zwar nur um Millimeter, aber immerhin.

»Ich muß wissen, was vor vierzehn Tagen geschehen ist«,

fuhr Connor fort. »Alan Banister hatte einen Autounfall. Ein Mann wurde angefahren ...«

Maureen verdrehte die Augen. Ein Stöhnen drang über ihre Lippen.

»Sie waren dabei?«

Eines der Geräte, mit denen die Patientin verbunden war, gab ein schrilles Piepsen von sich. Eine Amplitude, eben noch als schwache Wellenlinie zu erkennen, zeigte plötzlich heftige Ausschläge nach beiden Seiten.

»Ich muß wissen, was geschehen ist«, drängte Connor. »Es ist wichtig.«

Maureens Stöhnen wurde lauter. Ihr Kopf rollte von einer Seite zur anderen. Gleichzeitig steigerte sich das Piepsen zum Stakkato.

»Hören Sie auf, Mann!« schrie der Pfleger entsetzt. »Wollen Sie die Frau umbringen?«

»Sie will antworten.«

»Gehen Sie!« Mit Nachdruck zwängte sich der Mann zwischen Connor und das Bett und schob ihn zurück. »Verlassen Sie den Raum, oder Sie tragen die Verantwortung für alles, was geschieht.«

Alle Geräte zeigten inzwischen mehr oder weniger hektische Ausschläge. Offenbar war zugleich Alarm ausgelöst worden, denn zwei Ärzte stürmten ins Zimmer. Connor verstand herzlich wenig von dem, was sie redeten. Aber ihre Bemühungen, die Frau ruhigzustellen, hatten etwas von Don Quichottes sinnlosem Kampf gegen Windmühlenflügel.

Ihm wurde klar, daß er von Banisters Sekretärin in nächster Zeit nichts über den geheimnisvollen Fremden erfahren würde, dessen Erscheinen ebenso rätselhaft war wie sein Versuch, das magische Auge an sich zu bringen.

Es war wie verhext. Jede Spur, der er nachging, schien in einer Sackgasse zu enden.

Eineinhalb Stunden lang hatte Robert Lautner das Band mit den aufgezeichneten Funksprüchen immer von neuem abgehört, hatte Rauschfilter vorgeschaltet und eine elektronische Impulsverstärkung vorgenommen. Gleichzeitig hatte er die Peildaten hochgerechnet und mindestens ein Dutzend Positionsbestimmungen vorgenommen, bis er sich seiner Sache endgültig sicher war.

Die OCTOPUS, ein U-Boot der britischen OBERON-Klasse, operierte seit zwei Wochen in den Gewässern nördlich der Bahamas. Die Besatzung bestand aus Engländern und Amerikanern mit dem Auftrag zur Erprobung neuer Kommunikationssysteme in großer Tiefe und der erstmals mitgeführten Tauchfahrzeuge.

Die Einheiten der OBERON-Klasse waren als dieselangetriebene Angriffsunterseeboote klassifiziert. Zwischen 1960 und 1967 hatte die Royal Navy insgesamt dreizehn Einheiten in Dienst gestellt; weitere vierzehn waren auf britischen Werften für andere Länder gebaut worden.

Boote dieses Typs, zigarrenförmig und von Tauchzellen flankiert, galten zwar im wesentlichen als traditionell, hatten sich aber, nicht zuletzt wegen ihrer guten Langstreckenleistungen, in der Marine ein hohes Ansehen erworben. Und sie galten heute wie vor rund dreißig Jahren als Standard für geräuscharmes Operieren, der nur von den modernen atombetriebenen Schiffen übertroffen wurde.

Alle diese Gründe waren ausschlaggebend gewesen, daß der OCTOPUS als erster Einheit durch Umbauten hinter dem Turm zwei Tauchfahrzeuge angeflanscht worden waren. Ein ähnlicher Typ der ehemaligen UdSSR hatte bei dieser Entwicklung Pate gestanden.

»Der aufgefangene irreguläre Funkspruch ist eindeutig ein Notruf«, sagte Robert Lautner, als er dem Captain der OCTOPUS den Ausdruck des Wortlautes vorlegte.

Christopher Drake – er führte seine Abstammung tatsächlich auf den berühmten Seehelden zurück – überflog den Text. Fragend blickte er seinen Funker an.

»Da erlaubt sich jemand einen Scherz?«

»Das dachte ich zuerst auch, Sir. Aber es handelt sich um zwei Funksprüche, die einander überlappen. Den einen, kaum verständlich, kann ich nicht interpretieren – einzig der Hinweis auf einen Flug 19 ist klar zu verstehen. Bei dem anderen handelt es sich um den Notruf eines Passagierflugzeugs. Die Maschine mußte offenbar notwassern.«

»Die Koordinaten?«

»Das in Frage kommende Seegebiet liegt rund hundertfünfzig Seemeilen nordwestlich unserer Position.«

»Das sind bei Höchstfahrt knapp neun Stunden. Ich gehe davon aus, daß andere Schiffe vor uns an der Absturzstelle eintreffen.«

»Mit Verlaub, Sir, der Notruf war derart verstümmelt, daß es schon einer ausgefeilten Technik bedarf, ihn in eine verständliche Form zu bringen. Falls es keine Augenzeugen des Absturzes gibt ...«

Drake lehnte sich in seinem Sitz zurück und musterte den Funker durchdringend.

»Konnten Sie nach dem Vorfall erhöhten Funkverkehr feststellen?«

»Nein, Sir! Obwohl die Verbindung zur Oberfläche noch ungefähr dreißig Minuten lang bestand.«

Sie hatten eine verbesserte Ausführung des taktischen XSTAT-Sende- und Empfangsgeräts getestet. Dieses System basierte auf einer aus einem Torpedorohr ausgestoßenen Boje. Während sie aufstieg, spulte sich ein dünner Draht verwindungsfrei ab, der die Verbindung zwischen Boje und U-Boot gewährleistete. Bislang war mit dieser Anordnung über die an der Wasseroberfläche aufgerichtete Antenne Gegensprechverkehr mit einem Flugzeug bis zur Distanz von annähernd hundert Seemeilen auf der Frequenz 350 MHz UHF-AM möglich gewesen, eine Quasi-Sichtverbindung vorausgesetzt. Die Neuentwicklung brachte außer einer Verdoppelung der Reichweite auch verschiedene andere Verbesserungen.

Mit Aufnahme halber Fahrt auf Kurs Nordnordwest war der Test abgebrochen worden.

Die Besatzungen von U-Booten kannten die Einsamkeit. Besonders in Krisenzeiten war sie ihr ständiger Begleiter. Wegen der sich abzeichnenden Umwälzungen im Riesenreich der ehemaligen Sowjetunion galt auch für die OCTOPUS erhöhte Alarmbereitschaft.

Christopher Drake traf seine Entscheidung so einsam, wie er es gewohnt war. Er wollte die Position seines Schiffes nicht durch eine Vielzahl von Funksprüchen verraten.

»Wir ändern den Kurs!« entschied er.

Mit 6000 PS, in einer Tiefe von knapp tausend Fuß, siebzehn Knoten schnell, durchpflügte die OCTOPUS den Atlantik.

Den Rückweg zum Parkhaus in der Kinnerton Street bewältigte Connor zu Fuß.

Maureen Ibsens Verhalten erschien ihm unerklärlich. Sie hatte im wahrsten Sinne des Wortes durchgedreht. Doch dafür mußte es handfestere Gründe geben als einen pseudo-wissenschaftlichen Artikel. Je länger er darüber nachdachte, desto eher war er bereit, an einen Zusammenhang zwischen Alan Banisters zweitem Unfall und dem schlechten seelischen Zustand der Sekretärin zu glauben. Und auf irgendeine geheimnisvolle Weise hatte der unbekannte Tote damit zu tun.

Connors nächstes Ziel war die Metropolitan Police im New Scotland Yard. Interpol hatte schnell gearbeitet und die erhoffte Identifizierung vorgenommen. Aus dem Generalsekretariat in Saint Cloud bei Paris lag inzwischen eine Telebildüberspielung vor.

Der Tote hieß Madhav Sangosti. Geboren 1952 in Madurai, Südindien; ein Findelkind, das ohne jede persönliche Bindung aufwuchs. Im Alter von fünfzehn Jahren hatten ihm die Behörden des Bundesstaates Tamil Nadu den Familiennamen Sangosti zugewiesen, den er selbst aber nie akzeptierte.

Sowohl in Spanien als auch in Frankreich mehrfach wegen Drogenhandels und diverser Zollvergehen vorbestraft, hatte er insgesamt dreieinhalb Jahre in Haft verbracht. Erst danach Aufnahme einer geregelten Arbeit und zuletzt, Ende 1989, Heuer auf einem Frachter mit Kurs Südostasien.

»Ist der Name des Schiffes bekannt?« fragte Connor den Deputy Assistant Commissioner, der ihm die Nachricht vorgelegt hatte.

Der Beamte kramte ein zweites Schriftstück aus den Unterlagen hervor, die seinen Schreibtisch in ein imaginäres Schlachtfeld verwandelten. »Die SEA QUEEN«, erläuterte er in schulmeisterlichem Tonfall. »Ein Seelenverkäufer, derzeit unter liberianischer Flagge, der vorwiegend landwirtschaftliche Maschinen und Ersatzteile in den Südpazifik verschifft.« Nachdenklich taxierte er den Schotten. »Die Weitergabe solcher Informationen an Privatpersonen ist durchaus unüblich, Mister Connor. Noch dazu hat der Commissioner ganz schön Druck dahintergesetzt, die Daten zu beschaffen. Verraten Sie mir, wozu ...?«

Obwohl der Beamte vor Neugierde fast platzte, antwortete Connor nur mit einer Gegenfrage: »Hat die SEA QUEEN in den letzten Wochen in einem britischen Hafen Fracht aufgenommen oder gelöscht?«

Der Deputy Assistant Commissioner reichte ihm das Datenblatt weiter. Überrascht stellte der Schotte fest, daß nicht nur alle Häfen aufgelistet waren, die die SEA QUEEN während des letzten halben Jahres angelaufen hatte, sondern auch Einzelheiten über die jeweils aufgenommene Fracht. Diesmal war es an ihm, den Beamten eindringlich zu mustern.

»Diese Informationen wurden bestimmt nicht erst aufgrund meiner Anfrage recherchiert.«

Der Polizist nahm das Blatt wieder zurück. Zusammen mit dem Foto schob er es in eine Klarsichthülle. »Ein glücklicher Zufall, Mister Connor, für den Sie dem deutschen Bundeskriminalamt danken können«, erklärte er. »Dort hegt man den Verdacht, daß an Bord der SEA QUEEN Rauschgift nach

Europa geschmuggelt werden soll. Uns selbst liegen bislang aber nur Nachweise für den Verstoß gegen internationale Artenschutzabkommen vor. Auch das allerdings Grund genug, den Frachter im Auge zu behalten.«

»Der Tote …«

»Vielleicht hat er abgemustert. Oder er sollte in London ein Geschäft vorbereiten. Wir wissen es noch nicht, aber wir werden es herausfinden.«

Connor bot dem Deputy Assistant Commissioner eine Zigarette an; da der Beamte jedoch ablehnte, verzichtete er ebenfalls darauf. Wenig später verließ er New Scotland Yard und fuhr ohne Umwege nach Heathrow zurück.

Zähflüssig quälte sich der Verkehr durch die Straßen. Connor hatte hinreichend Gelegenheit zu Spekulationen über die SEA QUEEN und ihre Crew; er kam indes zu gänzlich anderen Schlußfolgerungen als der Polizeibeamte. Immerhin hatte er der Metropolitan Police einige Details wohlweislich verschwiegen. Aussagen über die Existenz eines angeblich magischen Kristalls hätten nüchtern denkende Polizisten nur mitleidig belächelt.

Aus dem Gedächtnis rekapitulierte Connor den Kurs der SEA QUEEN: West-Samoa, Bikini, Davao auf den Philippinen …

»Ich wußte es«, murmelte er im Selbstgespräch. »Alles paßt zusammen. Wenn es wirklich eine Vorsehung gibt, dann …«

Lautes Hupen schreckte ihn auf. Die Ampel vor ihm war auf Grün umgesprungen. Connor legte den Gang ein und gab Gas. Entschuldigend hob er die Hand nach hinten.

Zeitlich stimmte ebenfalls alles. Tom Ericson und Gudrun Heber waren südöstlich der Gilbert-Inseln von der Besatzung eines Frachters aufgefischt und einige Tage später auf South Tarawa an Land gesetzt worden. Wobei sich erwies, daß die Lebensretter weder uneigennützig noch bescheiden handelten, denn die goldene Maske der Göttin Khom war an Bord zurückgeblieben – jenes zweite Artefakt von ebenfalls unschätzbarem Wert, das die beiden Wissenschaftler auf der Phoenix-Insel Gardner entdeckt hatten.

Der Frachter war identisch mit der SEA QUEEN! Es konnte gar nicht anders sein.

Connors Entschluß stand bereits fest, als er bei Chiswick auf die Autobahn Richtung Heathrow Airport abbog. Es war weiß Gott nicht das erste Mal, daß er spontan und ohne jede Vorbereitung eine halbe Weltreise antrat. Seit er für A.I.M. arbeitete, hatte er gelernt, schnell zu handeln. Mysteriöse Geschehnisse kündigten sich nicht vorher an, und meist schon nach wenigen Tagen verloren sich alle Spuren wie Schnee in der Äquatorsonne.

Singapur war nach Davao das nächste Ziel des Frachters. Wahrscheinlich hatte das Schiff bereits im Hafen festgemacht.

Über Autotelefon holte Connor die Flughafen-Informationen ein. Er schaffte sogar das Kunststück, sämtliche Daten zusammenzubekommen, bevor er das Ziel erreichte. Seine Buchung wurde bestätigt; in exakt 40 Minuten würde er in einer Maschine nach Frankfurt sitzen und von dort nach eineinhalb Stunden Aufenthalt mit Singapore Airlines weiterreisen.

Die Rückgabe des Mietwagens und das Abholen des Flugscheins kosteten fast die Hälfte der noch zur Verfügung stehenden Zeit. Connor zahlte mit Kreditkarte. Über Geld brauchte er sich nicht den Kopf zu zerbrechen; Ian Sutherland, der Earl of Oake Dùn, war in jeder Hinsicht Idealist.

Der Flug wurde bereits aufgerufen, als Connor endlich eine Telefonverbindung nach Oake Dùn erhielt. Sir Ian höchstpersönlich nahm das Gespräch entgegen. Immerhin fehlte ihm der Butler, der solche Kleinigkeiten sonst von ihm fernhielt.

»Connor?« fragte Sutherland, und der Schotte sah ihn förmlich vor sich, wie er seine Pfeife in der Rechten hielt und mit dem Mundstück aufs Telefon zielte.

»Leider sind Umstände eingetreten, die meine längere Abwesenheit erforderlich machen«, begann Connor in dem distinguierten Tonfall, der für sein Dienstverhältnis als Butler bezeichnend war. Daß er darüber hinaus als Computerspezialist für A.I.M. agierte, war momentan zweitrangig.

»Sie verfolgen eine Spur, die den Vorfall von gestern mittag betrifft?« vermutete Sutherland.

»Ich fliege nach Singapur«, erklärte Connor. »Falls ich Erfolg habe, komme ich mit der Goldmaske von Gardner zurück.«

Für einen Moment war nur Sutherlands tiefes Einatmen zu hören. Mit dieser Neuigkeit hatte der Earl of Oake Dùn nicht gerechnet.

»Brauchen Sie Unterstützung, Connor?«

»Ich hoffe nicht, Sir.« Mit halbem Ohr hörte der Schotte, daß sein Flug zum letztenmal aufgerufen wurde. Er mußte sich beeilen. Knapp schilderte er Sutherland, was er über die SEA QUEEN erfahren hatte. »... ich werde alles daransetzen, die Maske zu bekommen.«

»Seien Sie vorsichtig!«

»Sie kennen mich, Sir.«

»Eben«, konterte der Earl of Oake Dùn.

»Das Dinner wird Ihnen Margaret servieren, Sir. Ich denke, sie hat inzwischen gelernt, die Tafel richtig zu decken.«

»Miss Mitchell ist ein würdiger Ersatz, Connor.«

»Das freut mich, Sir. Ich melde mich, sobald ...« Nur noch ein Knacken war in der Leitung. Connor hatte nicht mehr fragen können, ob es neue Informationen über den Learjet und die beiden Wissenschaftler gab.

Inzwischen war es höchste Zeit, wollte er den Flug nach Frankfurt nicht verpassen.

Connor ging als letzter an Bord. Unmittelbar hinter ihm wurde die Tür geschlossen.

Über London zogen erste Gewitterwolken auf. Über dem Kanal und dem Festland hing eine Schlechtwetterfront, die von den Pyrenäen bis hinauf zu den Shetland-Inseln reichte. Frankfurt zeigte sich an diesem Spätnachmittag noch nebliger als die Themse-Metropole. Erst mit Einbruch der Abenddämmerung riß die Bewölkung wieder auf.

Der Jumbo der Singapore Airlines schwebte ruhig in nahezu sechsunddreißigtausend Fuß Höhe nach Osten.

Sie werden vieles aus eurer Erinnerung löschen, teilte das magische Auge der Göttin Khom auf seine lautlose Art mit. *Vor allem die wichtigen Dinge.*

»Wer sind *sie?* Und warum sollen wir vergessen? Was ist für *sie* überhaupt wichtig?«

Die erhoffte Antwort blieb aus. Statt dessen schob sich der Fremde weiter aus der Wand hervor. Es war ein unheimlicher, unbegreiflicher Vorgang. Wo der Mann das eben noch feste Metall berührte, schien es weicher als Wachs zu werden und verformte sich bei jeder Bewegung.

Bis zu den Ellenbogen waren inzwischen beide Arme sichtbar. Der rechte Fuß und das Bein bis hinauf zum Oberschenkel folgten. Zugleich wurde die Wand auch im Bereich des Kopfes so dünn, daß sie jeden Moment aufplatzen und die Physiognomie des Unbekannten preisgeben mußte. Zumindest Gudrun wartete mit angehaltenem Atem darauf. Sie war Anthropologin, und ihr Interesse galt natürlich auch der Humanbiologie. Furcht und Wissensdurst hielten sich somit zwangsläufig die Waage.

Dann ging alles sehr schnell.

Das Kristallauge strahlte plötzlich in greller Intensität auf und wurde fast unerträglich heiß. Gudrun behielt es trotzdem in der Hand, auf seltsame Weise unfähig, die Finger zu bewegen.

Nur den Kopf wandte sie ruckartig zur Seite, weil sie sonst geblendet worden wäre. Schon explodierten grelle Sonnen auf ihrer Netzhaut. Der Schmerz ließ sie gequält aufstöhnen, gleich darauf rann ein Meer von Tränen über ihr Gesicht.

Tom stand ebenfalls wie angewurzelt und starrte auf das unglaubliche Schauspiel.

Der Fremde – er hatte die Wand halb durchbrochen – bewegte sich nicht mehr. Er war zur goldenen, lebensechten

Statue geworden. Jedes Haar, jede Falte zeichnete sich unter der unglaublich dünnen Goldschicht ab. Und an einigen Stellen, wie von einer abgeblätterten Patina freigegeben, waren Haut und Kleidungsstoff deutlich zu erkennen.

Danach konnte der Mann durchaus Europäer oder Amerikaner sein. Seine Hände wirkten braungebrannt und muskulös, sahen aber nicht aus, als hätte er jemals schwere Arbeit verrichten müssen.

Die Kleidung wirkte gepflegt, entsprach jedoch keineswegs dem neuesten modischen Schrei. Schwarze Schuhe und Socken, dunkler Anzug, weißes Hemd; auch die Hutkrempe hatte die Wand durchstoßen.

Tom Ericson stellte sich die Nachfahren der Azteken oder Maya wahrlich anders vor. Auf ihn wirkte der Mann wie der Prototyp eines Geheimagenten. Vielleicht CIA? Die Burschen hatten ihre Finger überall im Spiel. Wußte die Welt wirklich, welche strategischen Schachzüge die Großmächte planten? Eine versunkene Stadt im Atlantik war möglicherweise ein idealer Stützpunkt ...

Flieht! drängte das Auge der Göttin Khom. *Lange kann ich die Männer nicht zurückhalten.*

Haben sie den Copiloten gefangengenommen? fragte Tom in Gedanken.

Ich weiß es nicht.

Kannst du ihre Gedanken nicht lesen?

»Was geschieht mit uns, falls wir in ihre Hände fallen?« wollte Gudrun wissen.

Sie werden euch die Erinnerung nehmen. Vielleicht gibt es für euch beide auch gar kein Zurück mehr. Ihr wißt schon zuviel.

Ein dumpfer, klagender Laut hallte durch den Raum. Der Fremde hatte ihn ausgestoßen. Unendlich langsam begann er sich wieder zu bewegen.

Lauft! drängte das magische Auge. *Es gibt einen Weg, auf dem die Männer nicht so schnell folgen können.*

Als die Linienmaschine nach knapp 14 Stunden Flug über dem Changi International Airport eine Warteschleife drehte, hatte Connor mindestens acht Stunden lang geschlafen, und er fühlte sich so frisch wie schon lange nicht mehr.

»Von den Toten auferstanden?« fragte sein Platznachbar, als er noch ein wenig mühsam in die gleißende Mittagssonne blinzelte.

Die Skyline von Singapur wirkte grandios. Herzlich wenig zeugte noch von der einstigen Kolonialstadt mit ihren dreckigen Slums.

»Singapur ist längst moderner als Frankfurt«, fuhr Connors Nachbar nachdenklich fort. »Asien wird uns Europäer bald wirtschaftlich überrunden.«

»Jedes Volk erhält irgendwann seine Chance«, erwiderte Connor unbewegt. »Das ist der Lauf der Welt.«

»Sie sind kein Geschäftsmann?« Der Mann war sichtlich konsterniert.

»Ich reise zu meinem Vergnügen.«

»Ach ja. Ich dachte es mir.«

Connor widmete sich wieder dem Blick aus dem Fenster. Die Maschine flog nur noch wenige tausend Fuß hoch. Kilometerlange Kais erstreckten sich im Süden der Stadt. Hier einen Seelenverkäufer wie die SEA QUEEN zu finden, würde alles andere als einfach sein. Es machte schon einen gehörigen Unterschied, in Illustrierten zu lesen, daß der Hafen von Singapur mittlerweile der zweitgrößte Seehafen der Welt war, oder mit eigenen Augen das gigantische Areal zu sehen, das von Lagerhallen, Kränen und breiten Zufahrten geprägt wurde. Täglich liefen Hunderte von Frachtern die Kais an, von den auf Reede liegenden Schiffen ganz zu schweigen.

Dreißig Minuten später schlug das quirlende, hektische Leben der Millionenstadt über Connor zusammen. Singapur erwies sich einmal mehr als brodelnder Schmelztiegel, in dessen weitläufigen Straßenschluchten die Luft zu kochen schien. Die sengende Mittagsglut und die hohe Luftfeuchtigkeit trieben einem Europäer den Schweiß aus allen Poren.

Ein Taxi brachte Connor in die Hafengegend, vorbei an Sehenswürdigkeiten wie dem Tempel der tausend Lichter mit seiner 15 Meter hohen Buddhastatue und dem Central Park, von dem aus sich abermals ein guter Rundblick über die City bot. Connor stand der Sinn allerdings nicht nach touristischen Attraktionen. Er war nach Singapur gekommen, um die SEA QUEEN zu finden, und je länger er darüber nachdachte, desto wahrscheinlicher erschien ihm die Vermutung, daß Thomas Ericson und Gudrun Heber tatsächlich an Bord dieses Schiffes gewesen waren.

Er mietete sich in einem Hotel südlich der Chinatown ein. Das Mädchen am Empfang bedachte sein spärliches Handgepäck zwar mit fragenden Blicken, äußerte sich aber nicht dazu.

Das Zimmer hatte Meerblick, jedoch war zwischen Kränen, Entladevorrichtungen und Schiffen hindurch nur wenig Wasser zu sehen. Einige Dschunken segelten gemächlich an modernsten Tankern vorbei.

Connor verzichtete darauf, die durchgeschwitzte Kleidung zu wechseln. Die feucht-schwüle Backofenatmosphäre war Gift für jedes trockene Hemd.

Fünf Minuten und einen fahl schmeckenden Whisky später trat er schon wieder auf die Straße hinaus. An den Docks war Schichtwechsel. Sirenengeheul, Hupkonzert und Motorenlärm verdichteten sich zum ohrenbetäubenden Crescendo, und der Moloch Verkehr flutete unaufhaltsam in alle Richtungen.

Touristen billigte man überall auf der Welt eine gewisse Narrenfreiheit zu. Eine Kleinbildkamera in Händen, tauchte Connor mitten hinein ins größte Gewühl. Aber gerade deswegen wurde ihm schnell klar, daß er sich auf die Suche nach der berüchtigten Nadel im Heuhaufen eingelassen hatte. Auf seine immer gleichen Fragen schüttelten die Arbeiter, die er ansprach, nur verständnislos den Kopf.

Unbarmherzig rückten die Uhrzeiger vorwärts. Vielleicht hatte die SEA QUEEN den Hafen schon vor Stunden wieder verlassen, oder sie lichtete just in dem Moment einige Kilometer entfernt den Anker. Connor begann sich zu fragen, ob er überhaupt eine Chance hatte, den Frachter aufzuspüren.

War er zu unüberlegt aufgebrochen? Eine Reise um die halbe Welt war schließlich nicht mit dem Gang zum Pub an der nächsten Straßenecke zu vergleichen. Oder waren die Informationen aus dem Interpol-Fernschreiben zu spärlich gewesen?

Das Büro der Hafenbehörde ... Connor sprach nacheinander mit vier Malaien, erntete aber nur Kopfschütteln und die vage Aussage, er müsse eben weitersuchen. Hektische Geschäftigkeit und die Erkenntnis, daß Zeit Geld sei, hatten längst auch in Südostasien Einzug gehalten. Da half es herzlich wenig, daß einige Pfundnoten den Besitzer wechselten. Connor wurde lediglich auf den nordöstlichen Hafenbereich verwiesen.

Endlose Fahrzeugschlangen quälten sich über die Piers. Vor einem russischen Frachter türmten sich Zementsäcke haushoch. Und immer noch holten die Kräne riesige Paletten aus dem Bauch des Schiffes herauf.

Manche Schiffe schien nur noch der Rost zusammenzuhalten, an anderen waren die vergeblichen Versuche zu bewundern, dem Rumpf einen neuen Anstrich zu verpassen. Das Rot von Mennige beherrschte das Bild.

Der Geruch von See und Tang, von stinkenden Abgasen und Kombüsenluft vermischte sich zu einem betäubenden Aroma. Immer schneller lief Connor an den dicht gedrängt liegenden Schiffen vorbei, wich beinahe schon instinktiv rangierenden Lastwagen aus, und wenn er kurz stehenblieb und einen der Schauerleute fragte, wußte er im voraus, daß er wieder nur ein Schulterzucken ernten würde.

Irgendwann – beinahe drei Stunden waren inzwischen verstrichen, und Connor hatte einen Teil des Hafens erreicht, in dem weniger dickbauchige Frachter als vielmehr nach Fisch und Teer riechende kleine Fischerboote lagen – übertönte das Heulen einer einzelnen Sirene alle anderen Geräusche.

Zwischen zwei Lagerschuppen drängten sich einige Dutzend Arbeiter. Da der Krankenwagen unmittelbar neben der Gruppe hielt, vermutete Connor einen Unfall. Obwohl er weiß Gott nicht zu den Menschen gehörte, die sich vom Leid anderer angezogen fühlten, lenkte er seine Schritte unwillkürlich in die Richtung.

Ein Mann war zusammengebrochen und krümmte sich auf dem staubigen Pflaster. Wahrscheinlich Kreislaufversagen. Kein Wunder bei der drückenden Schwüle und seiner Korpulenz. Connor schätzte ihn auf höchstens einssechzig, aber mindestens achtzig Kilo. Daß es sich um einen Europäer handelte, war offensichtlich. Kreidebleich im Gesicht, zitternd und schweißüberströmt, stieß er mit letzter Kraft hervor:

»Aidez moi! La femme ...«

Niemand verstand ihn. Nur Connor, der zwar längst nicht perfekt Französisch sprach, aber doch von Pierre Leroy einiges gelernt hatte.

»Comment allez vous?« Connor erhielt keine Antwort mehr. Der Franzose, um den sich die Sanitäter bemühten, sank röchelnd zur Seite. Gleichzeitig spürte Connor eine Hand an seiner Schulter, die ihn sanft, aber bestimmt zur Seite zog.

»Lassen Sie es gut sein, Mister! Dem Mann wird jede erdenkliche Hilfe zuteil.«

Die Frau, die das sagte, war nicht nur eine makellose Schönheit, sie verstand es offenbar auch, mit gestandenen Kerlen wie den Hafenarbeitern richtig umzuspringen. Immerhin bedurfte es nur einer herrischen Handbewegung und einiger hastig hervorgestoßener Worte, wahrscheinlich Malaiisch oder Chinesisch, die Männer ihre Arbeit wieder aufnehmen zu lassen.

Im ersten Moment reagierte Connor unwillig und wollte sich erneut dem Franzosen zuwenden, doch ihr Griff verstärkte sich, und ihr herrisch hervorgestoßenes »Kümmern Sie sich nicht um ihn!« lenkte ihn endgültig ab. Außerdem hoben die Sanitäter den Mann bereits auf eine Trage und legten ihm eine Infusion an.

La femme … Hatte er diese Frau gemeint?

Sie war knapp ein Meter siebzig groß und schlank, eine Schönheit mit leicht angeschrägten Augen, hohen Wangenknochen und Pfirsichhaut, aber eben doch keine Chinesin, sondern mit unverkennbar europäischem Einschlag. Das schwarze Haar fiel ihr glatt über die Schultern; es kontrastierte stark zu dem engen roten Kleid, das sie trug.

Ein spöttisches Aufblitzen in ihren Augen, deren Farbe irgendwo zwischen Grün und Braun lag, quittierte Connors abschätzenden Blick. Diese Frau war sich ihrer Wirkung auf Männer vollauf bewußt.

»Sie gehören zusammen?« wollte Connor wissen.

Die Eurasierin schüttelte den Kopf. »Ich sah ihn zusammenbrechen und war als erste bei ihm – aber ich fürchte, ich konnte ihm nicht helfen.« Sie sprach akzentfreies Englisch. »Jedenfalls danke ich Ihnen, Mister, daß Sie ebenfalls bereit waren …« Sie unterbrach sich und starrte zu den Sanitätern hinüber, die soeben ein Laken über den Kopf des Mannes zogen. Er war tot.

Der folgende hastige Wortwechsel blieb für Connor unverständlich. Bis auf ein Wort, das ihn förmlich elektrisierte: »SEA QUEEN?« Die Eurasierin deutete quer über den Hafen aufs Meer hinaus.

Hatte der Tote zur Crew des Frachters gehört?

Die Frage lag Connor auf der Zunge, doch er sprach sie nicht aus.

Dabei hätte er selbst nicht zu sagen vermocht, warum dieses plötzliche Mißtrauen in ihm aufstieg.

Mit einem hastig gemurmelten »Leben Sie wohl!« ging er weiter, hinüber zu einem schmalen Landungssteg, an dessen beiden Seiten Motorboote in der auflaufenden Brandung dümpelten.

Falls der Tote zur SEA QUEEN gehörte, war er vermutlich mit einem der Boote an Land gekommen. Dann lag der Frachter weit draußen auf Reede.

Obwohl Connor den Blick der Eurasierin im Rücken

spürte, wandte er sich nicht um. Wenig später nahm ihn die Hafenatmosphäre wieder gefangen.

Es war weiß Gott nicht die Art eines Dr. Thomas Ericson, vor Problemen davonzulaufen. Die Erfahrung hatte ihn gelehrt, daß das nur mehr und neuen Ärger brachte. Doch diesmal konnte er nicht anders. Die telepathische Stimme des magischen Auges ließ Gudrun und ihm keine Wahl.

Die Frage blieb, ob es sinnvoll war, davonzulaufen. Keiner konnte die versunkene Stadt verlassen, und früher oder später würden die Fremden doch die Oberhand gewinnen.

Die beiden Wissenschaftler folgten einem Weg, den sie ohne das Auge nie gefunden hätten. Es gab hier eine verwirrende Anzahl von Gängen, Treppen und kleinen Räumen, und leer waren sie fast alle – ein schier endloses Labyrinth, das nur demjenigen einen Sinn offenbarte, der die Zeit besaß, die unzähligen Schriftzeichen und Reliefs zu Rate zu ziehen, die dichtgedrängt die Wände bedeckten.

Diese Symbole erzählten die Geschichte einer Stadt. Mehr noch, sie berichteten vom Werden und Vergehen großer Kulturen.

Es war verrückt, diesen enormen Wissensschatz zu sehen und dennoch nichts davon mitnehmen zu können. Einige Male versuchte Tom, dem Drängen des magischen Auges zu widerstehen und konzentrierte sich auf die Hieroglyphen. Die Zeichen sprachen von Feuer, das auf die Erde herniederregnete, und von wilden Zuckungen der Ur-Schlange, die ihre Kinder fraß, um sie vor großen Wassern zu beschützen …

»Sodom und Gomorrha«, murmelte Tom. »Und die Sintflut.« Das war nichts Neues. In den Mythen vieler Völker existierten solche Katastrophenbeschreibungen.

Irgendwann kehrten Gudrun und er dorthin zurück, von wo sie aufgebrochen waren. Nichts hatte sich an den Schlangenskulpturen und den Altären verändert.

Nur die Männer und die Frau, die hier auf sie warten sollten, waren verschwunden.

Gudrun warf einen flüchtigen Blick auf ihre Armbanduhr. »Wir waren vier Stunden fort«, stellte sie fest. »Was mag inzwischen geschehen sein?«

Die entlang des Landungsstegs vertäuten Boote machten keinen besonders vertrauenerweckenden Eindruck. Sie wirkten ähnlich heruntergekommen wie die Schiffe, zu denen sie gehörten, und jedes von ihnen hätte zumindest einer gründlichen Reinigung und etlicher Eimer Farbe bedurft.

Eines dieser Boote zog Connor geradezu magisch an. Die flache Rumpfform und der geschlossene Bug bewiesen, daß es für höhere Geschwindigkeiten konzipiert war. Ob es aber dieser größeren Beschleunigung auch standhielt, stand auf einem anderen Blatt. Was aus einigen Dutzend Schritten Entfernung einem Tarnanstrich ähnelte, erwies sich bei genauerem Hinsehen als Konglomerat aus abblätternden alten Farbschichten. Die Windschutzscheibe war zersplittert und erinnerte mit den ineinander verlaufenden Bruchlinien an ein großes Spinnennetz.

Aber nicht das fesselte Connors Aufmerksamkeit, sondern der Name des Bootes, der in ungelenken Buchstaben an den Bug gepinselt worden war.

PRINCESS OF SEA, stand da. Und darunter, von einem schwungvollen Kreis eingerahmt: SEA QUEEN.

Connor schnalzte zufrieden mit der Zunge, fischte die angebrochene Zigarettenpackung aus der Hosentasche und zündete sich eine an. Sinnend blickte er zu den Lagerhallen hinüber. Der Sankra fädelte sich gerade in den Verkehr ein, und die bildhübsche Eurasierin war weitergegangen. Frauen wie sie verirrten sich bestimmt höchst selten in diesen schmuddeligen Teil des Hafens.

Connor drehte sich einmal um die eigene Achse. Er war jetzt überzeugt davon, daß die SEA QUEEN auf Reede lag.

Unter Umständen mußte er sich auf eine lange Wartezeit gefaßt machen, bis endlich jemand kam und das Boot holte. Die Zigarettenkippe schnippte er ins Wasser.

Eine Viertelstunde verging. Die Sonne brannte erbarmungslos vom Himmel herab, doch in der Ferne ballten sich erste Wolkenbänke zusammen. Der Abend würde einen heftigen Monsunregen bringen.

Endlich näherten sich zwei Männer – hager der eine, ein bulliger Schlägertyp der andere. Sie belegten der Landungssteg nahezu in seiner ganzen Breite, und wäre Connor nicht ausgewichen, sie hätten ihn schlichtweg ins Wasser befördert.

Die beiden wollten jedoch nicht zur PRINCESS OF SEA, sondern warfen die Leinen des unmittelbar daneben vertäuten Bootes los.

»Wo liegt die SEA QUEEN?« rief Connor hinter ihnen her. Eine Antwort erhielt er nicht. Statt dessen hüllten ihn stinkende Abgase ein, als das Boot schwerfällig davonzog.

Connor wartete, bis sich die Wellen halbwegs verlaufen hatten, und sprang auf das Vordeck der PRINCESS. Mit derselben fließenden Bewegung flankte er über die Windschutzscheibe hinweg in die Kuhl. Hinter dem Steuer zeugten Verankerungen im Boden davon, daß es hier einmal eine Sitzgelegenheit gegeben hatte; inzwischen bot der uralte Rettungsring aus Kork außer der Bordwand die einzige Möglichkeit, sich zu setzen.

In einem Ablagefach unter den Armaturen lag ein Bündel Seekarten vom Südchinesischen Meer und der Javasee. Sie zeigten etliche farbige Markierungen und Linien, die wohl als Kurseintragungen zu verstehen waren, mit denen Connor jedoch herzlich wenig anfangen konnte.

Nur für wenige Sekunden hatte er seine Umgebung aus den Augen gelassen. Aber gerade deshalb zuckte er zusammen, als jäh etwas neben ihm ins Boot krachte. Es war ein dürftig zusammengeschnürtes Netz voll mit Früchten und Konservendosen.

Ein Mann folgte dem Proviant – und ein zweiter stand oben

am Steg und stemmte sich die Fäuste herausfordernd in die Seiten. Er war ein Koloß von einem Kerl, schwarzhäutig und mit dem demolierten Gesicht eines Preisboxers.

»Schnüffler kann ich auf den Tod nicht leiden!« stieß er dumpf grollend hervor. »Sie haben etwas Widerliches an sich.«

Der andere, gut einen Kopf kleiner und schlank, ein südländischer Typ, grinste herausfordernd.

Connor war bis an die Armaturen zurückgewichen und hob besänftigend die Hände. »Ihr mißversteht die Situation, Freunde.«

»Natürlich«, spottete der Schlanke. »Das behaupten alle Kanalratten.«

»Ich will zur SEA QUEEN!«

»Du kannst rüberschwimmen – das heißt, falls dich vorher kein Hai zwischen die Zähne kriegt.« Er zog ein Schnappmesser aus der Hosentasche und ließ die Klinge aufspringen. »Was willst du?«

»Ich bin ein Freund von Madhav.«

»Von wem?«

»Madhav.«

»Ich hab' schon verstanden. Wo steckt Madhav?«

Connor hob die Schultern. »Keine Ahnung. Haben uns vor drei Jahren das letzte Mal gesehen. Ist er nicht mehr auf eurem Pott?«

Der Schlanke ignorierte die Frage und wandte sich an seinen Kumpan. »Was glaubst du, Runeme? Können wir dem Kerl trauen?«

»Weiß nicht«, grollte der Neger. »Soll der Käpt'n entscheiden.«

»Eine gute Idee. Ich bin Connor.« Der Schotte streckte dem Schlanken die Hand hin, die der jedoch geflissentlich übersah. »Einfach nur Connor. Ich suche eine Heuer.«

Die beiden Männer von der SEA QUEEN warfen sich einen bedeutungsvollen Blick zu.

»Wie ein Arbeitstier siehst du nicht gerade aus«, stellte der

Südländer unumwunden fest. »Die feine Kleidung, dazu der Fotoapparat ...«

»Ob er zupacken kann, wird sich schnell herausstellen«, sagte Runeme mürrisch. »Wo hast du zuletzt gejobt?«

»In Schottland.«

»Auf einem Schiff?« Runeme bekam im wahrsten Sinne des Wortes Stielaugen. »Sag bloß, auf dem See mit dem Ungeheuer? Fahren da wirklich Schiffe?«

»Du meinst Loch Ness.« Connor winkte jovial ab. »Hab' zuletzt auf 'nem Schloß gearbeitet – als Verwalter, Bodyguard und Koch.«

»Verdammt!« stieß der Südländer ungehalten hervor. »Das erinnert mich daran, daß der Smutje noch fehlt. Aber LeClerc ist immer und überall unpünktlich.«

»Sprichst du von einem kleinen Dicken?« hakte Connor ein. »Franzose, ungefähr Ende Dreißig, schütteres Haar, weißes Hemd und Leinenhose?«

Der Hagere nickte knapp. »Weißt du was von ihm?«

»Wie soll ich's ausdrücken?« Connor kratzte sich völlig unbutlerhaft die Stirn. »Er ist bei den Lagerschuppen umgekippt, und ich fürchte, die SEA QUEEN hat keinen Koch mehr. Die Sanitäter wollten ihm zwar noch helfen, aber ...«

»Du kannst kochen?« fragte Runeme ohne ein Zeichen von Betroffenheit oder gar Trauer. »Zumindest so, daß man den Fraß mit halbwegs Appetit runterbekommt?«

»Ich denke schon.«

»Was meinst du, Antonio?«

»Von mir aus ...«

Runeme grinste breit, während er sich nun ebenfalls ins Boot schwang. »Ich hoffe für dich, daß du wirklich was auf der Pfanne hast.«

»Klar doch«, erwiderte Connor.

»Dann halt dich gut fest!«

Minuten später raste die PRINCESS OF SEA mit heulendem Motor und einem Wahnsinnstempo durch die Hafenbecken mit Kurs auf die offene See. In Kamikaze-Manier jagte der Neger das Boot gefährlich nahe an riesigen Tankern vorbei.

Endlich tauchten voraus die ersten auf Reede liegenden Schiffe auf.

Ein Rascheln ließ Tom Ericson herumfahren. In Erwartung, wieder einen der dunkel gekleideten Fremden zu sehen – war es ihnen zu verdanken, daß Passagiere und Crew des Learjets verschwunden waren? – griff er nach dem Revolver. Eigentlich war es mehr eine Reflexbewegung, geboren aus der Ungewißheit und dem Widerstreit seiner Gefühle. Mitansehen zu müssen, wie ein Mensch eine eben noch massive Wand aus Metall durchschritt, machte nachdenklich.

Kühl schmiegte sich der 45er in seine Rechte. Im nächsten Moment ließ Tom die Hand aber schon wieder sinken. »Mijnher Op de Meeren!« rief er überrascht aus.

Der Holländer erhob sich zögernd hinter einem der Altäre, wo er offenbar Zuflucht gesucht hatte. Das Haar hing ihm wirr in die Stirn, und seine gesunde Hautfarbe war einer unnatürlichen Blässe gewichen.

»Wo sind die anderen?« stieß Gudrun hervor.

»Ich weiß es nicht«, stöhnte der Holländer. Er stand äußerst zittrig auf den Beinen und mußte sich am Altarstein abstützen. »Mein Gott, ich weiß es nicht. Ich …«

»Jemand hat sie abgeholt?« vermutete Tom.

Op de Meeren starrte ihn aus größer werdenden Augen an. »Da war … ein seltsames Licht«, stammelte er. »In den Stollen. Wie Fackelschein. Dann klagte die Stewardeß über eine zunehmende Übelkeit. Sekunden später spürte ich es auch: ein Schwindelgefühl und Taubheit in den Gliedern, die wie der Lichtschein immer stärker wurden. Ich mußte mich übergeben und verlor die Besinnung.

Als ich wieder zu mir kam, lag ich hinter dem Altar auf dem Boden, und die anderen waren verschwunden. Gleich darauf erschienen Sie beide.«

»Haben Sie außer dem Licht etwas gesehen?« wollte Ericson wissen. »Männer vielleicht, die dunkle Anzüge trugen?«

Der Holländer litt immer noch unter den Nachwehen der Übelkeit. Er taumelte, preßte sich die Hände auf den Magen und würgte krampfhaft. Erst als Gudrun ihn stützte, entspannte er sich ein wenig.

Fragend sah die Anthropologin zu Tom auf. »Was glaubst du?«

»Daß die Fremden dahinterstecken. Die Existenz dieser unterseeischen Station darf nicht bekannt werden.«

»Also doch Geheimdienst?«

Der Archäologe zuckte mit den Schultern, aber Gudrun achtete nicht darauf. Zu sehr mit ihren eigenen Überlegungen beschäftigt, fuhr sie wie im Selbstgespräch fort: »Dann haben Sie Mijnher Op de Meeren nur übersehen, weil er hinter dem Altar lag. – Tom, was machen wir jetzt?«

»Das, was ich schon vorhin hätte tun sollen. Wir statten den Herren dieser Stadt einen Besuch ab.«

Einige Dutzend Schiffe lagen auf Reede vor Singapur, aber die SEA QUEEN war so ziemlich das schäbigste von allen. Rost verlieh dem Rumpf ein pockennarbiges, zerfressenes Aussehen. Unwillkürlich fragte sich Connor, weshalb das Schiff nicht längst mit Schlagseite ins Dock geschleppt werden mußte. Sicher – hie und da war versucht worden, dem Ganzen einen neuen Anstrich zu geben, aber jede Farbschicht blätterte blasenwerfend wieder ab.

Als Connor hinter Runeme und dem Südländer, der sich inzwischen als Antonio Bellinzoni vorgestellt hatte, das Fallreep aufenterte, fühlte er sich beinahe in ein früheres Jahrhundert versetzt. Ähnliche Empfindungen mußten die damaligen Seefahrer beim Anblick eines vermeintlichen Geisterschiffs bewegt haben.

An Deck setzten sich Verfall und Unordnung fort. Teile einer undefinierbaren Ladung lagen unter zerschlissenen Planen verborgen. Hölzerne Lukenabdeckungen waren teilweise mit Metallplatten verschlagen worden; die Nähte zwischen den Decksplanken klafften auf, und wo immer versucht worden war, sie neu zu kalfatern, quoll Werg in Büscheln aus den Fugen hervor; von wahllos herumliegenden Taurollen, Bootshaken und anderem Werkzeug ganz zu schweigen. Auf gewisse Weise erweckte der Frachter den Eindruck, eine tosende Orkannacht gerade noch überstanden zu haben.

Connor dachte an die Schilderung, die Tom Ericson und Gudrun Heber von dem Schiff gegeben hatten. Sie wurde von der Wirklichkeit sogar übertroffen. Falls er noch irgendwelche Zweifel gehabt hatte, daß die SEA QUEEN tatsächlich der Frachter war, dessen Besatzung die beiden Wissenschaftler die Rettung aus Seenot verdankten, waren sie spätestens jetzt wie weggewischt.

»Bellinzoni! Runeme! Seid ihr von allen guten Geistern verlassen?« Eine schrille Stimme hallte von der Brückennock herab. »Was ist geschehen?«

Gleich darauf polterten hastige Schritte den eisernen Niedergang zum Deck herunter. Der dunkel gekleidete, kleinwüchsige Japaner konnte nur der Kapitän sein. Wie ein Racheengel oder eher noch einem blutrünstigen Samurai gleich, stürmte er auf die zurückgekehrten Besatzungsmitglieder los. Connor, der zwei Schritte hinter ihnen stand, beachtete er mit keinem Blick.

»Wo ist LeClerc?« bellte er heiser.

»Ich ... wir ...« Bellinzoni stand da wie ein ertappter Sünder am Pranger.

Mit einer theatralischen Geste raufte sich der Kapitän die Haare. Im nächsten Moment hielt er inne und vollführte eine ruckartige Bewegung, als wolle er den Italiener mit einem imaginären Schwert durchbohren.

»Ihr müßt den Verstand verloren haben«, keifte er. »Habe ich euch nicht zur Vorsicht aufgefordert? LeClerc ist tot – eben wurde die Nachricht über Funk vom Hafenamt gemeldet. Aber er ist nicht an Herzverfettung gestorben – er wurde ermordet! Könnt ihr überhaupt ermessen, was das bedeutet?«

»Der Smutje hatte viele Feinde«, bemerkte Runeme kleinlaut. »Was können wir dafür? Einer von denen, die er vor Jahren betrogen …«

»Dann hätte man ihn erschlagen oder niedergeschossen, meinetwegen auch im Hafen ersäuft. Aber er wurde mit einer Injektion in den Hals in die Hölle befördert. Wahrscheinlich ein verdammt schnell wirkendes Gift.«

»Die Frau …!« entfuhr es Connor.

»Wer ist das?« bellte der Kapitän und stieß Runeme und Bellinzoni schroff zur Seite. Mit brennendem Blick taxierte er den Schotten, der ohne eine Miene zu verziehen standhielt. »Wir sind kein Ausflugsdampfer«, versetzte er wütend, stemmte sich die Fäuste in die Hüfte und funkelte Bellinzoni herausfordernd an. »Wenn ich nicht sofort erfahre, was los ist, werde ich die alte Sitte des Kielholens wieder einführen. Also!«

»Der Mann heißt Connor.«

»Weiter!«

»Er kennt Madhav …«

»Das ist kein Grund, ihn an Bord zu schleppen.«

»…und sucht Arbeit.«

Diesmal wurde Connor vom Blick des Japaners förmlich seziert. »Wer hat dich geschickt?«

»Niemand. Ich …«

»Erzähl das deiner Urgroßmutter. Wir haben vor zwei Stunden das letzte Stück Fracht aufgenommen … Das ist kein Zufall. Für wen arbeitest du?«

»Ich sagte bereits …«

Der Japaner war blitzschnell. Bevor Connor überhaupt begriff, was der Kapitän unter seinem weit fallenden Hemd hervorzog, saß ihm die Spitze der knapp armlangen und rasiermesserscharfen Klinge schon an der Kehle.

»Ich höre!« stieß der Japaner kurzatmig hervor. »Aber ich warne dich. Falls du versuchst, mir Lügen aufzutischen, mache ich aus dir Futter für die Haie.«

Connor wagte kaum Luft zu holen. Er hatte das entsetzliche Gefühl, daß sein Kopf plötzlich sehr wacklig auf den Schultern saß. Es bedurfte nur einer knappen Handbewegung des Kapitäns, ihn ins Jenseits zu befördern.

»Warum holt ihr Madhav nicht her?« fragte Connor gepreßt. »Er wird für mich bürgen.«

»Aus der Hölle ist noch keiner zurückgekommen.« Endlich zog der Japaner das ellenlange Rasiermesser einige Zentimeter weit zurück.

Connor schaffte das Kunststück, noch ein Stückchen blasser zu werden, als er dies ohnehin schon war. Angesichts der blitzenden Klinge, die nach wie vor auf seine Kehle zielte, fiel ihm das nicht einmal schwer.

Rasselnd holte er Atem. »Wie ist Madhav gestorben? Genauso wie der Koch?«

»Er ist ertrunken«, sagte Bellinzoni.

»Vor einigen Wochen«, fügte Runeme hinzu. »Irgendwo im Stillen Ozean.«

Connor nickte knapp. »Okay«, sagte er und breitete die Arme aus, wie um den Japaner zu beschwichtigen. »Ich sage euch, was ich über Madhav weiß. Er wurde in Südindien geboren, in Madurai. Er war ein Findelkind; den Familiennamen, den ihm die Behörden gaben, hat er nie akzeptiert. Er hieß Sangosti.«

»Dann weißt du mehr als wir«, bemerkte Runeme. »Für uns war er nur Madhav.«

»Weiter!« forderte der Kapitän ungeduldig. Sekundenlang streifte sein Blick wie suchend über die Reede, zum fernen Hafen hinüber, der im aufsteigenden Dunst des späten Nachmittags nur schemenhaft auszumachen war. Die Sonne stand inzwischen knapp eine Handbreit über dem westlichen Horizont.

»Madhav ist auf mehreren Schiffen gefahren, aber seit 1989 allein auf eurem Kahn.«

»Ist das alles?« Für einen Moment kitzelte die Klinge erneut Connors Kehle.

»Er hatte – wie soll ich sagen? – in Europa Schwierigkeiten mit den Behörden.«

»Haft wegen Drogenhandel und Zollvergehen.« Der Kapitän stieß ein amüsiertes Lachen aus. »Glaubst du, davon wüßte ich nicht? – Wie lange und wo zuletzt?«

»Dreieinhalb Jahre, davon zuletzt zwölf Monate in Marseille.« Mit einem innerlichen Stoßseufzer dankte Connor dem Schicksal, daß er das Fernschreiben von Interpol ausführlich gelesen hatte. »Da haben wir uns auch kennengelernt.«

Langsam neigte sich die Klinge den Planken zu. Aber nur, um im nächsten Moment erneut hochzuzucken.

»Wer sagt mir, daß du kein Polizist bist?« herrschte der Japaner Connor an.

»Hättest du Grund, dich zu fürchten?« erwiderte Connor ruhig.

Das Mienenspiel des Kapitäns verbarg seine wahren Gedanken. Connor war jedoch überzeugt davon, daß hinter seiner zur Schau gestellten asiatischen Gleichgültigkeit ein brodelnder Vulkan tobte. Die Ermordung LeClercs schien ihn hart getroffen zu haben.

»Du suchst also Arbeit.«

Connor nickte.

»Wenn du zuzupacken verstehst, soll es mir recht sein. Wenn nicht, gehst du im nächsten Hafen von Bord.«

»Die Heuer ...?«

»Du wirst dich nicht beklagen können. – Bellinzoni, zeig dem Neuen seine Koje! Ach ja, sobald die Nacht hereingebrochen ist, lichten wir den Anker.«

Der rasche Blick, den Runeme und der Italiener miteinander wechselten, verriet ihre Überraschung. Offenbar war nicht vorgesehen gewesen, daß die SEA QUEEN schon heute die Reede verließ. Da Connor nicht annahm, daß der Kapitän Singapur seinetwegen verließ, blieb nur der Tod des Kochs als Grund.

»Träum nicht, sondern komm mit!« herrschte Bellinzoni

ihn an. Augenblicke später tauchten sie ein in die Düsternis unter Deck, die kaum weniger unheimlich war als ein uraltes schottisches Gemäuer. Das Schiff ächzte und stöhnte, und das dumpfe Plätschern der See klang wie eine unausgesprochene Drohung. Es stank nach Diesel, Schmiermitteln und Küchendünsten.

Die Kabine, die Connor erhielt, war nicht mehr als ein fensterloses Loch, in dem seit Monaten niemand saubergemacht hatte. Die fahle Funzel – sie hing an einem halb durchgescheuerten Kabel von der Decke – verbreitete zum Glück kaum ausreichende Helligkeit.

Dennoch war Connor einigermaßen zufrieden. Er hatte sein Ziel schneller erreicht, als angenommen – wenngleich er sich inzwischen fragte, ob er es je lebend wieder verlassen würde.

Die OCTOPUS hatte 150 Seemeilen zurückgelegt.

Vor den Schirmen der Sonaranlage saßen die Techniker in angespannter Erwartung. Während der letzten Minuten war der Meeresboden merklich angestiegen, und die größte Tiefe lag derzeit bei knapp tausend Fuß.

Eine Kette sanfter Erhebungen erstreckte sich vor dem U-Boot, nur zur Linken begrenzt von einem schroffen Grabenbruch, der mit seinen scharfen Graten die Folge einer Erdverwerfung zu sein schien.

»Fertigmachen zum Auftauchen!« befahl der Kommandant.

Von den vierundsechzig Mann Besatzung hatte die Hälfte Freiwache und lag in den Kojen. Allerdings waren normale Manöver auch mit weit weniger Leuten zu bewältigen. Die Ballasttanks im Bug wurden angeblasen, und langsam hob sich die Nase des Schiffes mit dem nachgerüsteten stromlinienförmigen Sonardom. Die Strömung und die Eigengeräusche des Bootes veränderten sich.

»Ortung!« meldete einer der Techniker vor dem Sonar. »Zwei Strich steuerbord voraus!«

»Was ist es?«

»Ich kann's noch nicht definieren. Auf jeden Fall kein anderes Schiff, dazu ist es zu groß.«

Bange dreißig Sekunden vergingen, während denen der Vorgang des Anblasens gestoppt wurde. Einem lauernden Raubtier gleich hing die OCTOPUS über Grund.

»Ich glaub's nicht«, stöhnte der Techniker dann. »Das sind Gebäude, eine versunkene Stadt.« Die Computeranlage verarbeitete die eingehenden Meßdaten schneller und sicherer als jeder Mensch. Auf den Monitoren entstanden die Umrisse von Bauwerken, die niemand in dieser Tiefe vermutet hätte.

Eingebettet zwischen flachen Hügeln, rund fünfhundert Fuß unter dem Meeresspiegel, erhoben sich überwiegend abgeflachte pyramidenförmige Bauten. Einige waren stufenförmig, andere glatt oder von Schlick und Ablagerungen überdeckt. Außerdem gab es langgestreckte, flache Bauwerke, viele von ihnen aber nur noch Ruinen, amorphe Steinhaufen.

»Ich empfange die Störgeräusche elektromagnetischer Felder!« meldete der Funker. »Da sind Aggregate in Betrieb, die es zumindest an diesem Ort nicht geben dürfte.«

»Überprüfen Sie Ihre Daten!« befahl der Captain.

»Ist schon geschehen, Sir. Die Streustrahlung ist so schwach, daß sie nur aus unmittelbarer Nähe angemessen werden kann. An der Oberfläche dürften diese Felder praktisch nicht mehr vorhanden sein.«

»Ich sehe zwar keinen Zusammenhang mit dem Notruf, aber die Sache scheint es mir wert zu sein, daß wir uns näher damit befassen. – Maschinen halbe Kraft voraus!«

Die Sonargeräusche wurden deutlicher. Eine Bodenströmung umfloß die versunkenen Gebäude und zauberte allmählich ein verblüffend klares Echo auf die Schirme. Die OCTOPUS, mehr als achtundachtzig Meter lang und acht Meter breit, tauchte wie ein riesiger Aal in die von Meerespflanzen eroberten ehemaligen Straßen zwischen den Ruinen ein.

Drake ließ die starken Bugscheinwerfer einschalten. In

ihrem Widerschein übermittelten die außenbords befindlichen Kameras Bilder einer phantastischen Welt. Faszinierender als die Fauna und Flora waren für die Besatzung jedoch die schattenhaften Bilder der Pyramiden, die sie in dieser lichtlosen Tiefe als ungeheuren Anachronismus erlebten.

Und dann entdeckte jemand die mächtige Öffnung in der Seitenwand einer der Stufenpyramiden. Der dahinterliegende Raum war groß genug, um drei oder vier Schiffen der OBERON-Klasse als Hangar dienen zu können.

Aber nicht das faszinierte die Besatzung der OCTOPUS, sondern das hochmoderne, blau-silberne zweistrahlige Flugzeug, das scheinbar unbeschädigt inmitten dieser Halle lag. Geisterhaft bleich entrissen es die Scheinwerferfinger der Dunkelheit.

Christopher Drake ordnete Schleichfahrt an.

Im Schrittempo schob sich das U-Boot in das Innere des Bauwerks.

Die Kabine besaß keine eigene Wasserleitung. Aber auf einen derartigen Komfort hatte Connor ohnehin nicht zu hoffen gewagt. Zumindest standen unter dem Bett eine Schüssel aus zerkratztem Emaille und neben dem Kleiderschapp ein Wasserkrug – dessen Inhalt allerdings längst in Fäulnis übergegangen war.

Angewidert rümpfte Connor beim Anblick der ekelerregenden Brühe die Nase, als jäh die Tür seiner Kabine aufgestoßen wurde.

»Mitkommen!« bellte der Mann, der einem mittelmäßigen Piratenfilm entsprungen zu sein schien. »Samosir will dich sehen!«

»Wer?« fragte Connor, während er bedächtig das Wasser aus der Schüssel in den Krug zurück schüttete. Eher beiläufig musterte er sein Gegenüber. Der Mann trug kurze, ausgefranste Jeans und ein farbverschmiertes, über der Brust offenes Hemd. Sein bärtiges Gesicht wurde von einer gut fingerlangen, blutunterlaufenen Narbe verunstaltet, die aussah wie das Andenken an eine Messerstecherei. Überhaupt war er der Typ, dem man besser nicht an einsamer Stelle und im Dunkeln begegnete.

»Kahasan Samosir, unser Erster.« Die Mühe, überhaupt antworten zu müssen, war schon zuviel.

»Danke für die Auskunft, Mister Namenlos«, konterte Connor.

Der Kerl entblößte ein vergilbtes Pferdegebiß. »Ich bin Miller«, erklärte er. »Kannst mich aber Jim nennen, falls du dir nicht zu fein dafür bist.«

»Ist mir eine Ehre – Jim. Gibt's noch was, das ich wissen sollte?«

Der Piratenverschnitt grinste schräg. »Samosir wird dir schon beibringen, auf was du achten mußt.« Ein wenig versöhnlicher fügte er hinzu: »Wieso heuerst du auf unserem Kahn an? Du siehst nicht aus wie jemand, der harte Arbeit gewöhnt ist.«

»Ich hatte in den letzten zwölf Monaten einen leichten Job.«

»Knast?«

Als Connor vielsagend mit den Schultern zuckte, machte Miller wortlos auf dem Absatz kehrt und ging vor ihm her zum nächsten Niedergang.

Samosir wartete bereits ungeduldig. Sein kunstvoll geschlungener Turban wies ihn als Angehörigen der indischen Sikhs aus. Tom Ericson hatte von diesem Mann gesprochen, und Connor stufte ihn als gefährlich ein. Samosir hatte die Crew in der Hand, im Guten wie im Bösen, und er spielte seine Überlegenheit deutlich aus. Er schaffte es, in Connor Gefühle wachzurufen, wie sie ein Delinquent unmittelbar vor der Hinrichtung empfinden mußte. Von allen Seiten taxierte er ihn, geringschätzig, wie ein Stück Ware, zu dessen Kauf er sich nur bei beachtlichem Nachlaß entschließen konnte.

»Kannst du zupacken?« fragte er schließlich.

»Ich hab's gelernt«, antwortete Connor ebenso kurz.

»Wir brauchen einen Decksmann und einen Koch – möglichst in einer Person.«

»Ist mir klar.«

»Und?«

»Beides kein Problem.«

Samosir nickte knapp. »Das wird sich herausstellen«, bemerkte er in etwas versöhnlicherem Tonfall als zuvor. »Achtern liegt Ladung auf dem Oberdeck. Du hilfst dabei, sie seefest zu verzurren. Danach scher dich in die Kombüse! Ich will ein vernünftiges Abendessen sehen. Alles klar?« Ehe Connor zu einer entsprechenden Frage ansetzen konnte, fuhr er fort: »Miller wird dir zeigen, wo alles seinen Platz hat.«

Zum wiederholten Mal streifte sein Blick den westlichen Horizont. Es war offensichtlich, daß er mit wachsender Ungeduld auf den Abend wartete.

Blutrot berührte die Sonne die Kimm und tauchte hinter Pulau Brani und Sentosa Island ins Meer. In weniger als zwei Stunden würde die Nacht über Singapur hereinbrechen.

Auf dem Achterdeck des Frachters lagerten einige Dutzend Kisten und andere Behälter wahllos durcheinandergewürfelt. Die meisten waren so schwer, daß sie ohne den fest montierten rostigen Flaschenzug nicht von der Stelle bewegt werden konnten. Die Ladung sicher zu stapeln, war Knochenarbeit. Auf Connors Frage nach dem Inhalt der Kisten antwortete Bellinzoni lakonisch, daß es sich um Maschinenteile handele. Der Italiener und Miller packten ebenfalls kräftig mit zu.

Die Dämmerung senkte sich über die Reede, als endlich die wasserdichten Planen verzurrt wurden. Connors Arme und Beine waren inzwischen schwer wie Blei, aber er wußte auch, daß dieser Zustand nicht sehr lange anhalten würde. Früher, als er bei Sutherland als Stallbursche noch Knochenarbeit geleistet hatte, war es ihm oft ähnlich ergangen. Mehr als eine oder zwei Stunden Zeit brauchte er nicht, um selbst die ärgste Strapaze zu verdauen.

Flüchtig hielt er in seiner Arbeit inne, als er Bellinzoni und Miller auf der anderen Seite eines Kistenstapels reden hörte.

»Eine verdammte Schinderei ist das«, schimpfte der Italiener ungehalten. »Warum gehen wir eher in See als geplant? Wir hätten noch zwanzig Stunden Zeit.«

»LeClerc ist tot«, erinnerte Miller in verschwörerischem Tonfall. Connor hatte Mühe, die geflüsterten Worte zu verstehen.

»Das eine hat mit dem anderen nichts zu tun«, knurrte Bellinzoni.

»Hm.«

Jemand zerrte heftig an der Plane. Connor, darauf nicht gefaßt, ließ sein Ende überrascht los. »He!« kam der ärgerliche Ausruf von der anderen Seite. »Hast du keine Ahnung, wie man die Persenning festzurrt?«

Connor revanchierte sich, indem er seinerseits kräftig anzog. Ein halblaut hervorgestoßener Fluch quittierte seine Bemühungen.

Gleich darauf erklang wieder Millers Flüstern: »Ich war auf der Brücke und habe den Anruf der Hafenbehörde mitgehört. Die Polizei kommt an Bord. Wegen LeClerc. Die Kerle werden sich nicht damit begnügen, Fragen zu stellen.«

»Verdammt!«

»Sobald die Schnüffler ihre Nase in Dinge stecken, die sie nichts angehen, sind wir geliefert.«

»Also nichts wie weg.«

»Du hast es erfaßt. Außerhalb der Hoheitsgewässer sind wir einigermaßen sicher. – He, Connor, wie lange brauchst du noch?« Den letzten Satz stieß Miller wieder in gewohnter Lautstärke hervor.

»Alles okay«, meldete der Schotte und richtete sich ächzend aus gebückter Haltung auf. Fahrig wischte er die von den Tauen aufgeschürften Hände an der Hose ab.

Miller, der soeben den Kistenstapel umrundete, lachte spöttisch. »Geht gewaltig auf die Knochen, was? Aber glaube ja nicht, daß du dich jetzt ausruhen kannst. In der Kombüse wartet jede Menge Arbeit.«

Dichte Wolkenbänke hatten sich aus Osten herangeschoben, blutig rot im Schein der letzten Sonnenstrahlen schimmernd. Eine auffrischende Brise peitschte die Wellen höher, und ein dumpf scharrendes, durch Mark und Bein gehendes Geräusch entstand, als die SEA QUEEN heftiger an der Ankerkette zu zerren begann.

»Das wird eine unruhige Nacht«, sagte Miller spöttisch, als er Connor die Kombüse und die zugehörigen Laderäume zeigte.

Zehn Minuten später herrschte stockfinstere Nacht, und nur ein gelegentliches Wetterleuchten durchbrach die vollkommene Schwärze. Die wenigen fahlen, mit der schwerer werdenden See auf und ab tanzenden Lichtpunkte stammten von den Positionslampen der anderen auf Reede liegenden Schiffe.

Dumpfe Vibrationen durchliefen den altersschwachen Frachter, und in den Schränken klapperte das Geschirr, als der Diesel auf Touren kam. Gleichzeitig wurde der Anker gefiert. Das Rattern der Kette hörte sich an, als hätte jemand begonnen, die SEA QUEEN in zwei Teile zu zerschneiden.

Connor hatte nicht vorgehabt, an Bord des Frachters auf große Fahrt zu gehen, aber inzwischen gab es kein Zurück mehr. Hauptsache war, daß er eine Chance erhielt, die Goldmaske an sich zu bringen. Falls das Artefakt, das die Crew Tom Ericson und Gudrun Heber abgenommen hatte, sich noch an Bord befand, würde er es finden. Er hoffte nur, daß die Kerle das Relikt einer uralten Kultur nicht inzwischen zu Geld gemacht hatten.

Bald überlagerten aromatische Küchendünste den Gestank nach Diesel und Schmierstoffen. Connor briet einige Steaks, deren Zustand ohnehin nicht mehr der beste war. Die Kühlaggregate des Frachters befanden sich in einer ähnlich desolaten Verfassung wie alles andere auch.

Der Seegang wurde stärker. Meterhohe Wellen rollten heran, kaum daß das Schiff in die Straße von Singapur einlief und Kurs auf das Südchinesische Meer nahm. Das Tosen der Brecher vermischte sich mit heftigem Donner. Zwei oder drei Gewitter entluden sich gleichzeitig, und zeitweise schien das halbe Firmament in Flammen zu stehen. Der Kapitän hätte wahrhaft keinen besseren Zeitpunkt finden können, Singapur ungehindert zu verlassen.

Die Frage war nur, ob die SEA QUEEN den anstürmenden Gewalten standhielt.

Sie tat es, und irgendwann kurz vor Mitternacht hatte Connor sich so an das unheimliche Ächzen und Krachen des Rumpfes und der Spanten gewöhnt, daß er es kaum noch wahrnahm. Lang ausgestreckt, die Arme hinter dem Kopf verschränkt, lag er auf seiner Koje und starrte zur Decke hinauf, wo der Schein der schwingenden Lampe bizarre Muster zeichnete.

Er hatte inzwischen genug gesehen, um sich ein Bild von den Räumlichkeiten des Frachters zu machen. Bei der an Deck verzurrten Ladung handelte es sich wirklich um Maschinenteile – was die Kisten im Bauch des Schiffes anging, war er dessen nicht so sicher. Illegal ausgeführtes Elfenbein oder Felle geschützter Tierarten und vor allem Opium, egal in welcher Form, vermutete er zwischen der Fracht.

Allerdings interessierte ihn einzig und allein die goldene Maske. Obwohl er sie nie gesehen hatte, wußte er exakt, wie sie aussah. Tom und Gudrun hatten sie detailliert beschrieben und sogar gemeinsam eine Zeichnung angefertigt.

Künstlerisch war das Artefakt wenig ansprechend gestaltet; es war aus einem Stück gegossen und wirkte eher klobig. Sowohl Tom Ericson als auch Gudrun Heber hatten übereinstimmend ausgesagt, daß das Material, dem Gewicht nach zu urteilen, keineswegs massives Gold sein konnte. Die Maske war ein fast viereckiger Schädel mit umlaufender Zierleiste, knopfförmigen Erhebungen an den Seiten und einem größeren Wulst, wo eigentlich das Kinn sein sollte. Die Augenhöhlen waren leer.

Für eine Weile fiel Connor in einen unruhigen Halbschlaf. Zwei blutrote Augen starrten ihn aus einem goldenen Gesicht heraus an. Er streckte die Arme aus, wollte dieses starre Gesicht berühren, doch es zerfloß zwischen seinen Händen, und aus dem Nebel formte sich das Antlitz eines alten Mannes mit Stirnglatze, weißem, schütterem Haar und ebenso weißem Vollbart.

Connor spürte, daß er träumte. Seine eigenen hastigen Atemzüge erschreckten ihn. Dennoch wachte er nicht auf.

Da war ein Symbol auf der Stirn des Mannes – eine Zeichnung, eine Tätowierung. Das Abbild eines Vogels vielleicht, rot, mit ausgebreiteten Schwingen, stilisiert, einem indianischen Totem nicht unähnlich ...

Ein überlautes Dröhnen schreckte Connor auf. Verwirrt blickte er um sich. Obwohl die Erinnerung an den Traum wie Nebel in der Mittagssonne verblaßte, hatte er vorübergehend Mühe, sich zurechtzufinden. Erst der nächste schwere Brecher riß ihn endgültig in die Wirklichkeit zurück.

Er hatte mehr Zeit im Halbschlaf verbracht, als zunächst angenommen. Ein Blick auf die Armbanduhr verriet ihm, daß es mittlerweile nach drei Uhr war. Falls nicht Unvorhergesehenes eingetreten war, aber danach sah es nicht aus, würde der Kapitän den Ersten Offizier in Kürze auf der Brücke ablösen. Dann blieb Connor Zeit bis zum Morgengrauen, die Kapitänskabine nach der Maske zu durchsuchen.

Wie er mit dem Artefakt von Bord kommen würde, darüber zerbrach er sich noch nicht den Kopf. In Situationen wie dieser plante man nicht, sondern handelte nach den Gegebenheiten, die man vorfand.

Connor setzte sich in der Koje auf und wartete. Die Zeit schien stillzustehen.

Täuschte er sich, oder flaute das Tosen des Sturmes tatsächlich ab? Die SEA QUEEN holte längst nicht mehr so weit über wie noch vor kurzem.

Vier Uhr Ortszeit. Jetzt übernahm der Kapitän auf der Brücke die zweite Wache.

Connor fragte sich, ob er die goldene Maske in der Kabine des Japaners finden würde. Und wenn ja, würde er sie Tom und Gudrun je präsentieren können? Falls der UN-Jet über dem Atlantik abgestürzt war, lebten sie vielleicht nicht mehr.

Mit einer unwilligen Handbewegung wischte er alle Grübelei beiseite. Der Sturm war tatsächlich abgeflaut, und auch der Seegang hatte nachgelassen, andernfalls hätte er mehr Mühe gehabt, sich auf den Beinen zu halten.

Das Dröhnen des Schiffsdiesels war unverändert laut. Connors Kabine lag zudem in der Nähe des Maschinenraums – er mußte nicht darauf achten, besonders leise zu sein.

Niemand begegnete ihm, als er durch düstere Gänge huschte und den Niedergang zu den achtern liegenden Kabinen aufenterte. Zu seiner Überraschung fand er das Schott der Kapitänskammer unverschlossen; den mühsam als Dietrich zurechtgebogenen starken Draht benötigte er nicht.

Zögernd öffnete Connor die Tür einen Spalt weit und lauschte in die Dunkelheit. Nichts regte sich. Entschlossen schlüpfte er dann in die Kabine und ließ das Schott hinter sich zugleiten. Erst danach schaltete er das Licht ein.

Der Anblick der vielen kleinen Kostbarkeiten überraschte ihn. Hier baumelte kein Kabel von der Decke herab, an dessen Ende sich lediglich eine blanke Fassung mit eingeschraubter Glühbirne befanden, hier schwang ein Kristallüster sanft hin und her. Erst jetzt vernahm Connor den feinen Klang, den die Kristallplättchen erzeugten.

Der Boden war mit dicken Teppichen ausgelegt, an den Wänden hingen Seidenmalereien japanischer Landschaften, und über der Koje spannte sich ein blutroter Baldachin, ebenfalls aus reiner Seide.

»Nicht schlecht«, murmelte Connor im Selbstgespräch.

Systematisch begann er mit seiner Suche nach der Maske. Zweifellos hatte Tako Nagati des wertvolle Stück weggeschlossen, und so viele Möglichkeiten gab es in der knapp fünfzehn Quadratmeter messenden Kapitänskabine nicht.

Hinter einer Schrankattrappe stieß Connor auf einen uralten Tresor, ein Modell, das nicht einmal mit einem Kombinationsschloß gesichert war, sondern lediglich mit einem einfachen Bartschlüssel zu schließen war.

Der Rest des Schrankes war mit Wäsche und Kleidungsstücken gefüllt. Hastig tastete Connor über die Fachböden. Zu seiner eigenen Überraschung wurde er schneller fündig als erwartet.

Der Schlüssel paßte. Aber als die dünnwandige Eisentür knarrend aufschwang, sah Connor, daß der Geldschrank bis auf einige Papiere leer war. Die erhoffte Goldmaske befand sich nicht darin.

»Enttäuscht?«

Auf dem Absatz fuhr Connor herum.

Der Kapitän stand unter der Türöffnung. Zorn und Genugtuung spiegelten sich in seinen Zügen.

»Wonach suchst du? – Bist du Polizist?«

Hastig hingeworfen die Fragen. Aber schneidend scharf und kalt wie Stahl. Connor wußte, daß er verloren hatte. Selbst wenn es ihm gelang, den Kapitän zu überwältigen, konnte er die SEA QUEEN nicht verlassen. Eines der beiden Boote zu wassern, würde er allein nicht schaffen.

»Deine krummen Geschäfte interessieren mich nicht«, sagte Connor. Mühelos hielt er Nagatis stechendem Blick stand. »Ich will die Goldmaske!«

Der Kapitän zuckte merklich zusammen. »Wieso weißt du davon?« zischte er.

Connor zuckte mit den Schultern. »Vielleicht sind die rechtmäßigen Besitzer meine Freunde«, meinte er. »Solche Zufälle gibt es.«

»Bedauerlich, daß ich die beiden nicht den Haien vorgeworfen habe.« Tako Nagati machte einen Ausfallschritt nach vorne, das Samuraischwert blitzte in seiner Rechten.

Mit einer ebenso schnellen Drehung zur Seite schleuderte Connor dem Japaner einen Stapel Wäsche entgegen und sprintete los. Aber der Kapitän war schneller. Krachend bohrte sich seine Klinge in die Wand und hinterließ eine Kerbe wie von einem Axthieb.

Nagatis hämisches Lachen klang wie ein Todesurteil. Mit zwei blitzschnellen Kreuzhieben trieb er Connor bis an den Schrank zurück. Er ließ dem Schotten keinen Ausweg.

Aus weit aufgerissenen Augen starrte Connor auf die sanft gebogene Klinge, die mit tödlicher Präzision seinen Adamsapfel berührte, und er wagte kaum zu atmen. Zu seiner Erleichterung wanderte das Schwert dann jedoch nach unten und schlitzte lediglich sein Hemd auf.

»Ich will alles hören, was du weißt!« herrschte ihn der Kapitän an. »Sobald du schweigst, stirbst du.«

Tom Ericson hatte die Führung übernommen, nach ihm folgte der Holländer Op de Meeren, und den Schluß der kleinen Gruppe bildete Gudrun Heber. Die Anthropologin hatte mehrmals vergeblich versucht, gedanklichen Kontakt mit dem magischen Auge aufzunehmen, das sie wieder in dem altbewährten Lederbeutel verstaut hatte, aber der Kristall blieb farblos und stumm.

Der Weg, den Gudrun und er zum Tempelgewölbe zurückgegangen waren, war auch von der anderen Seite her zugänglich. Tom verließ sich auf sein in unzähligen ähnlichen Bauten geschultes Ortsgedächtnis und führte seine Begleiter tiefer in ein Gewirr von Gängen, Treppen und unterschiedlich großen Räumen.

Einmal glaubte er, Vibrationen zu spüren, begleitet von einem schwach wahrnehmbaren Grollen. Entweder waren es die Ausläufer eines fernen Seebebens, oder hinter den dicken Mauern liefen energieerzeugende Aggregate. Nach allem, was er bisher gesehen hatte, war er versucht, Letzteres anzunehmen.

Eine halbe Stunde lang gingen sie schweigend hintereinander her. Als Gudrun endlich den Mund aufmachte, tat sie das nur, um festzustellen, daß sie sich verirrt hatten: »Ich bin überzeugt davon, daß wir eine falsche Abzweigung genommen haben.«

»Ausgeschlossen«, wehrte Tom ab. »Sieh dir die Wandreliefs an! Hier sind wir schon vorbeigekommen.«

»Glaube mir, wir sollten umkehren!«

Unter halb zusammengekniffenen Brauen musterte Ericson die Anthropologin. »Was macht dich so sicher?« wollte er wissen. »Ist es wieder eine Vorahnung?«

»Und wenn dem so wäre?«

Er seufzte ergeben. »Gut«, sagte er. »Du sollst deine Chance haben.«

»Wie gnädig«, spöttelte Gudrun. »Mitunter ist eben die Intuition einer Frau besser als jede noch so gute Ortskenntnis.«

Tom quittierte ihre Bemerkung mit einem Schulterzucken; Op de Meeren zeigte sich herzlich unbeteiligt. Ihm war nicht anzusehen, ob er sich vielleicht doch lieber wieder hinter einem Steinaltar versteckt hätte. Zumindest bis Hilfe von außen kam.

Ihr Weg zurück führte bis zur nächsten Biegung und endete völlig unerwartet vor einer golden schimmernden Wand, die Minuten vorher noch nicht dagewesen war.

»Also doch«, stellte Gudrun keineswegs überrascht fest.

»Das Auge hat dich gewarnt?« vermutete Tom.

»Das Auge«, sagte sie und schnaubte verärgert, »schweigt sich beharrlich aus.«

Nachdenklich tastete Ericson die Wand ab, die nahtlos mit den Steinquadern abschloß. Sie war glatt und widerstandsfähig und kühl, wie Metall sein sollte. Wenn ihm jemand gesagt hätte, daß es Menschen gab, die einfach hindurchgehen konnten, er hätte den Betreffenden für verrückt erklärt. Aber er hatte mit eigenen Augen gesehen, daß es möglich war.

»Wieso ist die Wand da?« fragte Op de Meeren. »Ich verstehe das nicht.«

Tom hielt in seiner Suche nach einem verborgenen Öffnungsmechanismus inne. »Verdammt!« sagte er inbrünstig, nicht mehr und nicht weniger.

Er konnte ohnehin nichts mehr tun, denn höchstens fünfzehn Schritt entfernt schob sich lautlos eine zweite Sperre in den Gang. Die Falle war zugeschnappt.

In einer beinahe schon theatralisch anmutenden Geste breitete Tom Ericson die Arme aus. »Okay, Freunde«, sagte er laut, »ihr habt das Spiel gewonnen. Aber jetzt laßt uns vernünftig miteinander reden. Wir haben kein Interesse an militärischen Geheimnissen …«

Ein grelles, kaltes Licht sprang ihn an, ein Feuerball, vor dem es kein Entrinnen gab. Tom spürte, wie ihn diese Helligkeit lähmte, und er hörte Gudrun unmittelbar neben sich keuchend nach Luft ringen.

Sekunden später löschte eine Woge der Übelkeit jede bewußte Wahrnehmung aus.

Wegen des schweren Sturms hatte der Kapitän die erste Brückenwache übernommen und Kahasan Samosir für die Morgenwache von vier Uhr bis acht Uhr eingeteilt. Als der Inder Nagati ablöste, war das Schlimmste bereits überstanden.

Samosir begann seinen Dienst mit der stoischen Gleichgültigkeit, die sich jeder an Bord der SEA QUEEN sehr schnell aneignete.

Eigentlich war es ein Wunder, daß der alte Kahn den anrollenden Brechern standgehalten hatte. Aber ähnliche Gedanken wälzten alle Besatzungsmitglieder nach jedem Sturm, und mit der Zeit stumpfte die allgegenwärtige Gefahr so weit ab, daß sie unwirklich und irreal erschien.

Verbissen starrte Kahasan Samosir in die undurchdringliche Schwärze hinaus. Nur der Kompaß und der halbblinde Radarschirm verrieten, daß die SEA QUEEN nach wie vor auf Kurs lag.

Der Erste verwünschte das Unwetter, das den Frachter daran hinderte, mit voller Kraft die Anambas-Inseln anzulaufen. Dort existierte inmitten undurchdringlich scheinender Mangrovensümpfe ein Liegeplatz, in den man sich notfalls wochenlang vor den Nachstellungen allzu eifriger Sicherheitsbehörden zurückziehen konnte.

Ein flüchtiger Lichtschein vorn am Bug des Frachters weckte Samosirs Aufmerksamkeit. Sekundenlang hatte er den Eindruck, daß da ein schwacher Scheinwerfer aufleuchtete.

Aber außer ihm befand sich niemand an Deck, und als er gleich darauf das Gesicht an die Scheibe preßte und mit den Händen störende Reflexe abschattete, sah er nichts Ungewöhnliches mehr.

Die SEA QUEEN stampfte unbeirrt durch die immer noch rauhe See. Gischt und ein leichter Regen peitschten gegen die Brückenfenster und begrenzten die ohnehin schlechte Sicht zusätzlich.

Seine aufkeimende Müdigkeit, wie meist zu dieser frühen Stunde, vertrieb Samosir mit einem starken Kaffee. Die dampfende Tasse zwischen beiden Händen haltend, starrte er wieder nach draußen.

Eine Plane auf dem Vorschiff hatte sich halb gelöst und flatterte im Wind. Hin und wieder übertönte ihr peitschendes Knallen das Stampfen des Schiffes.

Aber da …! Samosir kniff die Brauen zusammen, um mehr zu erkennen.

War da nicht ein Schatten gewesen, ein Mann, der in gebückter Haltung über das Deck huschte? Vielleicht Miller oder Runeme, die im Begriff waren, die Persenning wieder festzuzurren.

Einen Moment lang war der Erste unschlüssig, dann stellte

er die Tasse neben dem Radarschirm ab und schickte sich an, auf die Brückennock hinauszugehen.

Sekundenbruchteile bevor er die Tür erreichte, wurde diese von außen aufgestoßen. Eine Bö fing sich heulend in den Aufbauten, und Gischt peitschte herein.

Kahasan Samosir kannte die beiden Männer nicht, die hereindrängten, aber er wußte sofort, was sie waren: Piraten! Die Straße von Malakka und das Südchinesische Meer hatten jahrhundertelang zu den unsichersten Gewässern der Erde gezählt, und sie waren es in gewissem Sinne noch immer. Die Piraten überfielen nicht nur *boat people* aus Vietnam, sondern vor allem Luxusyachten und mitunter auch Passagierfähren und sogar Küstenstädte. Die SEA QUEEN war aber noch nie Opfer eines Angriffs geworden – was vor allem daran lag, daß der Kapitän hin und wieder mit den Piraten zusammenarbeitete.

Diesmal schien es sich um keinen Freundschaftsbesuch zu handeln.

»Die Maschine stoppen!« brüllte einer der Kerle. Als Samosir nicht sofort reagierte, riß er seine abgesägte Schrotflinte hoch und jagte einen Schuß durch die Scheibe, die in tausend Splitter zerbarst.

Man konnte dem Sikh eine Litanei schlechter Eigenschaften nachsagen, aber keineswegs Feigheit. In dem Moment, in dem er den Diesel stoppte, war er überzeugt davon, es nur mit zwei Gegnern zu tun zu haben, und er dachte nicht daran, klein beizugeben. Töten würden sie ihn ohnehin.

Aus der Drehung heraus schüttete er dem Kerl mit der Flinte den immer noch brühheißen Kaffee ins Gesicht. Der Pirat stieß einen halb erstickten Aufschrei aus und brach gurgelnd ab, als das Knie des Inders sich in seine Magengrube bohrte. Mit beiden Händen zerrte Samosir am Lauf der Schrotflinte. Sein Gegner wurde förmlich nach vorne gerissen, krachte mit dem Schädel gegen eine Konsole und ging lautlos zu Boden. Seine Finger lösten sich vom Schaft der Waffe.

Nicht eine Sekunde zu früh. Die Flinte wie einen Dreschflegel haltend, wirbelte Samosir herum, und der Kolben lenkte den rasiermesserscharfen Parang des zweiten Angreifers ab, ein Haumesser, das ihm mühelos den Kopf vom Rumpf getrennt hätte. Klirrend bohrte sich die Klinge in den Boden, hackte Holzsplitter aus den Planken und zuckte sofort wieder hoch.

Kahasan Samosir war schneller. Obwohl ihn der Hieb des Gegners taumeln ließ, schaffte er es, die Schrotflinte in Anschlag zu bringen und den zweiten Lauf abzufeuern. Ungezielt, aber aus nächster Nähe. Der Angreifer wurde meterweit zurückgeschleudert. Er war sofort tot.

Dennoch blieb dem Sikh keine Zeit, seinen Sieg zu genießen. Auf der Brückennock waren weitere Piraten erschienen.

Kahasan Samosir blickte geradewegs auf die Mündung einer modernen Maschinenpistole. Das letzte, was er noch wahrnahm, war das Aufblitzen des Mündungsfeuers und eine Serie von Einschlägen in seinem Körper.

Dann nichts mehr.

Knirschend legte sich die OCTOPUS auf Grund. Der letzte Vortrieb beider Schiffsschrauben war aufgezehrt. Unmittelbar vor dem Bug stach eine graue Wand aus Steinquadern in die Höhe.

Die Männer der Freiwache waren inzwischen geweckt worden. Alarmbereitschaft bestand weiterhin.

Mitten hinein in die Vorbereitungen, die Tauchfahrzeuge zu bemannen, platzte die Meldung, daß sich die Einfahrt zu schließen begann. Eine massive Steinwand schob sich aus dem Boden.

»Was halten Sie davon, Commander?« wandte sich Drake an seinen Stellvertreter, James Weyers.

»Ein Hangar, Captain, noch dazu verdammt gut getarnt. Ich möchte nur wissen, ob unsere Leute diese Anlage erbaut haben …«

»Im Notfall können wir uns den Weg freischießen.«

»Sie vermuten, daß es sich um eine feindliche Basis handelt? So dicht vor der amerikanischen Küste?«

Drake schlug mit der flachen Hand auf die Instrumentenkonsole. Es klatschte vernehmlich. »Hat noch niemand versucht, mit uns Kontakt aufzunehmen?«

»Nichts, Sir«, meldete der Funker. »Nicht der leiseste Piepton.«

Drake schaltete auf Rundsprechanlage. »Der Stoßtrupp soll sich zum Ausschleusen bereitmachen!«

»Das Tor ist jetzt geschlossen, Captain.«

»Gut. Die Heckrohre laden! Im Ernstfall will ich keine Sekunde Verzögerung. Wir wissen nicht, auf was wir uns eingelassen haben. – Lautner, geben Sie unsere Kennung auf der Flottenfrequenz raus!«

»Aye, aye, Sir!«

Die OCTOPUS verfügte über sechs 53,3-cm-Bugrohre und zwei kürzere Heckrohre desselben Kalibers. Standardmäßig wurde als Bewaffnung überwiegend der lange Torpedo Mk 24 ›Tigerfish‹ mitgeführt, der die Heckrohre normalerweise überflüssig machte. Wie gut es dennoch war, einige der alten kurzen U-Jagdtorpedos Mk 20(S) dabeizuhaben, zeigte sich nun. Immerhin lag das Boot mit dem Bug unmittelbar vor der Mauer, und ein Abschuß konnte fatale Folgen für den Druckkörper haben.

»Starke Pumpgeräusche, Captain! Der Wasserspiegel sinkt!«

»Was?! Verdammter Mist!«

Minuten später lag die OCTOPUS beinahe auf dem Trockenen. Drake verließ als erster das Turmluk, ihm folgten zehn mit Maschinenpistolen und Handgranaten bewaffnete Marinesoldaten. Weniger der kolossalen Statue galt ihr erstes Interesse, als vielmehr dem zweistrahligen Flugzeug. Zum erstenmal bemerkten sie, daß der Jet das UN-Emblem trug.

»Das macht die Situation keinen Deut angenehmer«, stellte der Captain unumwunden fest.

Sie durchsuchten das Flugzeug. Einzige Ausbeute waren

einige Stück Handgepäck mit Arbeitsunterlagen für eine Vollsitzung der Vereinten Nationen. Der Verdacht lag nahe, daß die an Bord befindlichen Diplomaten entführt worden waren.

»Ein Erbe der Sowjets?« argwöhnte Commander Weyers. »Das sähe ihnen ähnlich, eine geheime Station quasi vor der amerikanischen Haustüre zu unterhalten. Die verdammte Erbsenzählerei bei den strategischen Atomwaffen ist und bleibt eine Farce, ebenso wie alles Gerede von Abrüstungsbemühungen.«

»Noch haben wir weder Angehörige der GUS noch deren Hoheitszeichen gesehen.«

»Ihr Vorschlag, Captain?«

»Haben die Männer einen Ausgang aus dem Hangar gefunden?«

»Nein.«

»Dann sollen sie sprengen!«

Nur wenige Minuten später erfolgten die ersten dumpfen Detonationen, und ein Hagel winziger Gesteinssplitter überschüttete den Rumpf der OCTOPUS. In der Stirnwand des Hangars klaffte danach ein knapp eineinhalb Meter durchmessendes ausgezacktes Loch, das aber noch kein Durchkommen erlaubte. Dazu bedurfte es erst einer zweiten starken Ladung.

Die Handscheinwerfer der Matrosen reichten nicht aus, das dahinterliegende Dunkel gänzlich zu vertreiben. Sie hatten eine hochmoderne Anlage erwartet – was sie sahen, wirkte uralt und gar nicht technisch.

Instinktiv spürte Connor, daß der Kapitän der SEA QUEEN ihm die angebliche Freundschaft mit Madhav, dem verschollenen Mannschaftsmitglied, nicht mehr glaubte. Zudem sah es so aus, als hätte der Japaner von Anfang an Zweifel gehegt. Jedenfalls schien es seiner Gesundheit weitaus zuträglicher zu sein – zumindest vorerst –, wenn er bei der Wahrheit blieb.

Deshalb redete Connor von der Goldmaske, von dem Archäologen Tom Ericson und der Anthropologin Gudrun Heber, aber er vergaß keineswegs zu betonen, daß der materielle Wert der Maske mit ungefähr fünfzigtausend Dollar gut bezahlt sei, wohingegen einige Wissenschaftler brennend daran interessiert wären, das Artefakt einer längst vergessenen Zivilisation zu untersuchen. »... es wäre möglich, daß die Maske helfen kann, die Frühgeschichte der Südsee zu erforschen.«

Daß Tako Nagati das Schwert endlich senkte, lag vermutlich weniger daran, daß er das leidenschaftliche Plädoyer für die archäologische Forschung besonders ernst genommen hätte, sondern entsprang eher seinem Gefühl der Überlegenheit.

»Wenn du mich tötest, werden andere kommen«, gab Connor zu bedenken. »Die Maske bringt dir und deinem Schiff nur Unglück. – Ich arbeite für einen Mann, der sehr daran interessiert ist, das Artefakt zu untersuchen, und ich bin bereit, einhunderttausend Dollar dafür zu bieten. Das ist mindestens der doppelte Materialwert.«

»Nein!« sagte der Kapitän.

»Einhundertfünfzigtausend.«

Ein stummes Kopfschütteln beantwortete Connors zweites Angebot. Aber da war auch ein Aufblitzen in den Augen des Japaners, das sein Interesse verriet.

»Zweihunderttausend«, erklärte Connor. »Das ist mein letztes Angebot. Mehr ist die Maske selbst für einen Archäologen nicht wert.«

»Vielleicht doch«, bemerkte der Kapitän hintersinnig. »Das Fundstück scheint mir gut und gerne eine halbe Million wert zu sein. Als Zugabe garantiere ich deine körperliche Unversehrtheit.« Er hatte noch etwas hinzufügen wollen, brach aber unvermittelt ab und lauschte den gedämpften Geräuschen aus dem Schiffsinnern.

Ein kurzes hallendes Rattern hatte sekundenlang selbst das ferne Tosen der See übertönt.

»Schüsse?« Nagatis Mißtrauen war schlagartig wieder da.

Er starrte Connor an, als wolle er ihn im nächsten Moment wie ein seltenes Insekt aufspießen.

Doch dazu kam es nicht mehr.

Drei verwegen aussehende Kerle stürmten die Kapitänskabine. Auf Widerstand waren sie offenbar nicht gefaßt gewesen. Nagatis Gesichtsausdruck verzerrte sich zu blankem Haß. Einen gellenden Kampfschrei ausstoßend, streckte er den ersten der Eindringlinge mit einem Hieb seines Samuraischwertes nieder und rannte brüllend, einem Rachegott gleich, den beiden anderen zerlumpten Gestalten hinterher, denen das Schicksal ihres Kumpanen keine andere Wahl ließ, als die Flucht zu ergreifen.

Connor brauchte einige Sekunden länger, um zu begreifen, daß malaiische oder philippinische Seeräuber den Frachter geentert hatten. Diese Piraten vergewaltigten, plünderten und mordeten, und die Marine stand dem machtlos gegenüber. Erst vor kurzem hatte Connor gelesen, daß Malaysia eine tausend Mann starke Polizei-Kampftruppe entlang seiner Küste stationiert hatte, um die Zahl der Freibeuterüberfälle auf die Dörfer zu senken.

Der Mann, den Nagati niedergestreckt hatte, lag zusammengekrümmt in einer größer werdenden Blutlache. Connor nahm ihm das unterarmlange Haumesser und eine im Gürtel steckende Pistole ab und folgte dem Kapitän.

Vor dem zum Oberdeck führenden Niedergang hatte Nagati einen zweiten Piraten niedergestreckt. Der Mann lebte zwar noch, aber die klaffende Wunde zwischen seinen Schulterblättern war tödlich. Connor konnte ihm nicht helfen.

Mit weit ausgreifenden Sätzen hastete der Schotte die Stufen hinauf.

Fahl schimmerte der Mond durch die allmählich aufreißende Wolkendecke und verbreitete gespenstische Helligkeit. Hinter den zersplitterten Scheiben der Brücke flammte gerade ein Scheinwerfer auf und tastete suchend über das Vorschiff.

Zitternd verharrte der Lichtkegel auf dem Kapitän, der,

mit dem Rücken zu einem Kistenstapel, gegen zwei Piraten kämpfte. Doch Nagati stand auf verlorenem Posten. Mindestens ein Dutzend Seeräuber hatten den Frachter geentert.

Eine Maschinenpistole bellte auf. Connor sah, wie die Geschosse in die Kisten hackten und gleich darauf Nagatis Beine erreichten. In erschreckender Lautlosigkeit fiel der Kapitän gegen die Ladung und rutschte daran entlang zu Boden. Das Schwert entglitt ihm. Einer seiner Gegner versetzte der Klinge einen Tritt, daß sie meterweit über die Planken rutschte.

Das war der Augenblick, in dem Connor die erbeutete Pistole abfeuerte. Trotz des immer noch herrschenden Seegangs und seines jagenden Pulses hatte er gut gezielt. Der Mann mit der MPi warf die Arme hoch und krachte gegen die Reling.

Ein anderer ergriff die automatische Waffe und jagte eine Salve zu der Luke hinüber, von der aus der tödliche Schuß gefallen war. Der schwache Mündungsblitz mußte Connors Standort verraten haben. Ehe er sich versah, hämmerte tödliches Blei ein Stakkato in die Holzverkleidung der Luke. Connor hatte da allerdings schon den Rückweg angetreten. Über ihm entriß der Scheinwerfer die obersten Stufen der Dunkelheit.

Connor war klar, daß er eine unverzeihliche Dummheit begangen hatte. Andererseits fragte er sich, ob es wirklich besser gewesen wäre, sich in irgendeinem Winkel zu verkriechen, bis die Piraten mit Beute beladen wieder abzogen. Wahrscheinlich würden sie das Schiff bis in den letzten Raum durchkämmen und anschließend versenken oder in Brand stecken. Ihm blieb nur die Wahl zu kämpfen oder kampflos zu sterben.

Von Deck erklangen hektische Stimmen, Schreie, Befehle. Ein Schatten erschien über der Lukenöffnung – aber nicht, um herabzusteigen. Die neuerliche Salve einer Maschinenpistole biß in die hölzernen Stufen und trieb Connor weiter zurück.

Er hatte keine Chance, selbst einen gezielten Schuß anzubringen.

Mit oft geübtem Handgriff überzeugte er sich davon, daß das Magazin seiner Pistole voll war. Fast gleichzeitig hörte er ein Zischen und spürte einen scharfen, schneidenden Luftzug. Eine dünne Lederschnur grub sich schmerzhaft in sein Handgelenk und entriß ihm die Waffe. Daß er mit der Linken zupackte und den unverhofft aufgetauchten Gegner ruckartig zu sich heranzog, war nur eine instinktive Abwehrbewegung – eine neue Chance erhielt er dadurch nicht.

Ein Knie bohrte sich in seine Magengrube und trieb ihm die Luft aus den Lungen. Wie durch einen dichter werdenden Schleier hindurch sah Connor die grinsenden Fratzen von zwei verwegenen Figuren. Ihr langes schwarzes Haar hatten sie mit roten Bandannas zusammengebunden, und knielange, ebenfalls rote Hosen waren ihre einzige Kleidung.

»Frauen an Bord?« herrschten sie Connor in holprigem Englisch an. Ein Dolch kratzte über seine Wange und drückte gegen sein Kinn. Connor spürte es warm über den Hals rinnen.

»Nein«, keuchte er.

»Aber Gold.« Einer der Kerle schlug ihm mit der flachen Hand ins Gesicht. »Wo? Du sagen, oder …« Meckerndes Lachen begleitete die unausgesprochene Drohung.

Von oben brüllte jemand herab. Connor wurde die Stufen hinaufgestoßen.

Sekundenlang blinzelte er benommen in das blendende Licht des Suchscheinwerfers, und das Wasser schoß ihm in die Augen. Ein schmerzhafter Tritt beförderte ihn zur Reling. Als er sich umwandte, stand da ein Kerl mit der MPi im Anschlag. Unendlich langsam krümmte sich sein Zeigefinger um den Abzug.

Connor vermochte später nicht zu sagen, was ihm in diesen Sekundenbruchteilen alles durch den Kopf schoß, ob er wirklich sein Leben noch einmal im Zeitraffertempo vor sich sah. Alles was er spürte, war ein grenzenloses Bedauern.

Bedauern, daß die goldene Maske wohl für immer für A.I.M. verloren war und daß Sir Ian Sutherland sich nach einem neuen Butler umsehen mußte.

Ein schneidender Befehl erklang von der Brücke her. Eine Frauenstimme!

Gleichzeitig bellte die Maschinenpistole auf. Doch die tödliche Geschoßgarbe raste an Connor vorbei in den Himmel, der dicht über dem östlichen Horizont einen ersten fahlen Silberstreif erkennen ließ.

Dann sah er die Frau, vor der die Piraten respektvoll zur Seite wichen. Er hätte alles erwartet, nur das nicht – und schon gar nicht die eurasische Schönheit, der er im Hafen von Singapur begegnet war.

Seinen überraschten Augenaufschlag deutete sie auf die einzig richtige Weise. »Ich sehe, du erinnerst dich ebenfalls«, sagte sie bedrohlich leise. »Du gehörst nicht zur Crew der SEA QUEEN. Wer bist du?«

»Ich bin der Koch …«

Ihr Gesicht lag im Schatten. Trotzdem konnte Connor das Aufblitzen in ihren Augen sehen.

Eine flüchtige Handbewegung von ihr, und schon sprangen zwei Kerle auf Connor zu und droschen auf ihn ein. Er hatte nicht die geringste Chance zur Gegenwehr. Ächzend sank er vornüber auf die Knie. Einer der Freibeuter fuhr ihm mit der Hand ins Haar und zwang ihn, aufzusehen.

»Meine Männer haben es nicht gern, wenn mich jemand belügt«, sagte die Eurasierin unbewegt. »Mir wurde berichtet, daß du dich nach der SEA QUEEN erkundigt hast. Willst du noch mehr hören? Du heißt Connor, bist erst gestern mittag mit dem Flugzeug aus Frankfurt gekommen und hast ein Hotelzimmer nahe der Chinatown bezogen.«

Am Niedergang entstand vorübergehend Bewegung. Zwei Piraten zerrten Runeme nach oben. Er war gefesselt und übel zugerichtet, aber seinen angeborenen Stolz hatten sie ihm nicht nehmen können. Obwohl er am ganzen Körper zitterte, spie er verächtlich aus.

»Hat er geredet?« wollte die Frau wissen.

Ein knappes Kopfschütteln antwortete ihr.

»Dann werft ihn über Bord!« befahl sie und wandte sich im selben Atemzug wieder an Connor. »Ich warte noch auf eine Antwort.«

Runeme verschwand mit einem gellenden Aufschrei über die Reling.

Verbissen starrte Connor zu der Frau hoch. Sie war schlank, und mit ihren schrägstehenden Mandelaugen und den hohen Wangenknochen hätte sie mühelos jede Schönheitskonkurrenz gewinnen können – aber sie war auch eine Teufelin, eiskalt und unnachgiebig. Das zu erkennen bedurfte es nicht erst der harten Schatten in ihrem Gesicht, die das Streulicht des Scheinwerfers zeichnete.

»LeClerc ist keines normalen Todes gestorben!« stieß Connor keuchend hervor. »Du hast ihn umgebracht!«

»Er war verstockt und wollte nicht über die Maske reden.«

Ein körperlicher Schlag hätte den Schotten nicht härter treffen können. Was er unbewußt befürchtet hatte, wurde jäh erschreckende Wirklichkeit.

»Du bist Kar?« stieß er stockend hervor.

Die Frau lachte hell. »Ich ahnte es. Dieser Archäologe Ericson will seinen Fund wiederhaben. Hat er überhaupt eine Ahnung davon, worauf er sich einläßt?«

»Weißt *du* es?« fragte Connor schnell.

Für einen Augenblick sah es so aus, als setze die Frau zu einer Antwort an. »Ich bin *nicht* Kar!« stieß sie dann eine Spur zu schnell hervor. »Mein Name ist Suzy.«

Connor wurde gefesselt. Anschließend kümmerte sich niemand mehr um ihn. Allerdings hütete er sich, das als ein gutes Zeichen zu sehen. Ihm war klar, daß die Piraten keine Zeugen am Leben lassen würden, das lag nicht in ihrer Mentalität.

Noch einmal fielen Schüsse unter Deck. Wahrscheinlich hatten die Piraten die letzten Crewmitglieder aufgestöbert.

Connor hörte, wie sich die Kerle mit dem schwer verwundeten Kapitän befaßten. Er verstand nur wenig von dem, was sie redeten, aber das Wenige genügte, ihre Brutalität zu offenbaren. Ein Menschenleben galt ihnen nichts.

Die Piraten begannen, das Schiff zu plündern. Irgendwann hörte Connor Suzys befehlsgewohnte Stimme: »Laßt das Rohopium zurück! Nur zwei Ballen in jedes Boot! Den Rest verbrennen wir.«

Keiner widersprach. Wenig später flaute die Hektik an Deck ab, das hastige Hin und Her der Seeräuber, die ihre Beute von Bord schafften. Connor kämpfte verzweifelter als zuvor gegen die Fesseln an, die seine Hände auf dem Rücken zusammenhielten und allmählich das Blut in den Adern stauten. Auch um seine Knöchel schnitten die dünnen Hanfstricke schmerzhaft ein.

In den nächsten Minuten würde sich sein Schicksal entscheiden, das wußte er. Aber er war nicht der Typ, der sich kampflos fügte. Solange noch ein Funke Leben in seinen taub werdenden Gliedern war, würde er kämpfen.

Der Silberstreif am Horizont hatte die Nacht vertrieben. Die ersten Sonnenstrahlen geisterten über das Firmament – Sendboten eines herrlichen neuen Tages ohne Sturm und Regen.

Als sich Schritte näherten, hielt Connor in seinen verzweifelten Bemühungen inne, die Fesseln wenigstens zu lockern.

»Warum gibst du auf?« spottete Suzy. »Du hast ohnehin nicht mehr lange zu leben.« Übergangslos nahm ihre Stimme einen dunklen, bedeutungsvollen Ton an. »Ich will dir etwas zeigen, Connor. Sieh her!«

Er ahnte, was sie für ihn hatte. Der Triumph in ihren Worten war unverkennbar. Trotzdem starrte er unverwandt aufs Meer hinaus. Obwohl es ihm schwerfiel, den Kopf nicht umzuwenden.

»Sieh her!« herrschte sie ihn an. »Diese Maske …«

»Warum betrügst du die Wissenschaft?«

»Weil dieses Artefakt der Schlüssel zur Macht früherer Jahrtausende ist. Macht, Connor, verstehst du …? Kein

Mensch, der seine Sinne beisammen hat, wird sich eine solche Chance entgehen lassen.«

O doch, es gab solche Menschen. Sir Ian Sutherland und die Mitarbeiter von A.I.M. zum Beispiel – und mit Sicherheit auch Tom Ericson und Gudrun Heber und viele andere, deren Ziel es war, den Schleier über der Geschichte der Menschheit zu lüften und denen Reichtum oder persönliche Macht wenig bedeuteten. Am liebsten hätte Connor genau das der Eurasierin ins Gesicht geschrien, doch dann stockte sein Atem, als sie ihm die Maske hinhielt.

Connor starrte das Artefakt an, als könne er es allein dadurch der Frau wieder abnehmen. Aber nicht das Gold faszinierte ihn, sondern die geradezu perfekte Verarbeitung. Einen Moment lang glaubte er, das Gesicht würde leben, so plastisch erschien es ihm in allen Details, doch schon im nächsten Moment wirkte es statisch und unnahbar und erinnerte ihn eher an ein helmartiges Gebilde.

»Das reicht dann wohl«, sagte Suzy. »Schade, daß du deinen schottischen Freunden nicht mehr berichten kannst. Aber dir dürfte es in einigen Minuten sehr heiß werden.«

»Suzy!« rief Connor ihr hinterher, als sie elegant davonschwebte, ganz so, als befinde sie sich auf einem Luxus-Kreuzfahrtschiff und nicht auf einem abgetakelten rostigen Seelenverkäufer. »Sag Kar, daß er verdammt noch mal in der Hölle schmoren soll!«

Sie reagierte nicht. Gleich darauf begannen die Piraten, an Deck Kanister auszuleeren. Der Gestank von Öl und Benzin breitete sich aus.

Connor zerrte an seinen Fesseln, erreichte aber nur, daß die Stricke noch tiefer in sein Fleisch einschnitten.

Eine tödliche Stille breitete sich aus. Die Seeräuber hatten den Frachter verlassen, und Connor war allein mit den Toten.

Sekunden später – der dumpfe Knall einer Verpuffung. Vor der Brücke stiegen Stichflammen in die Höhe, gefolgt von dichtem, schwerem Qualm.

In Gedankenschnelle griff das Feuer um sich. Trotz des von

vorn wehenden Windes spürte Connor die sengende Hitze. Nicht Kar würde in der Hölle schmoren, sondern er selbst. Und das war ein verdammt unangenehmer Gedanke.

Das erste, was Gudrun Heber sah, als sie die Besinnung wiedererlangte, war ein freundlich lächelndes Gesicht. Der Mann hatte sich tief über sie gebeugt, und in seinen Augen stand Besorgnis zu lesen.

Das zweite, was der Anthropologin in den Sinn kam, war der Name des Mannes. Es elektrisierte sie förmlich, als sie ihn aussprach: »Mister Copburn. Was ist geschehen?«

Mit einem Tuch tupfte er ihr den Schweiß von der Stirn. »Sie kennen mich?«

»Und ob wir uns kennen. Angenehm war es ja nicht gerade.«

»Vielleicht, wenn Sie mir Ihren Namen nennen, Miss …«

»Sind Sie völlig übergeschnappt?«

»Du tust ihm unrecht«, erklang Toms Stimme. »Er kennt dich wirklich nicht.«

»Ach ja?« Gudrun wollte sich aufrichten, doch sie konnte es nicht. Fesseln hielten sie unbarmherzig auf der unbequemen Unterlage fest.

»Die Schwarzen haben ihn seiner Erinnerung beraubt«, fuhr Ericson ungerührt fort. »Dasselbe haben sie auch mit uns vor.«

Ruckartig wandte Gudrun den Kopf zur Seite und starrte Tom an, der auf einer steinernen Pritsche lag. Er war ebenfalls gefesselt, und daraus schloß sie, daß sie genau den gleichen unbequemen Stein unter sich hatte. »Gibt es sonst noch Neuigkeiten?« fragte sie, bemüht, das leichte Zittern in ihrer Stimme zu verbergen. »Und wo ist Op de Meeren?«

»Wahrscheinlich hat er bereits hinter sich, was uns noch bevorsteht. Falls ich dich in ein paar Minuten nicht mehr wiedererkenne, sag mir bitte, wer du bist.«

»Du bist doch …« Mitten im Satz brach Gudrun ab. Ihr war

klar geworden, daß der Archäologe es verdammt ernst meinte. Allmählich begann sie zu begreifen. Die Fremden löschten die Erinnerung ihrer Gefangenen. Gehirnwäsche oder so ähnlich. Auf jeden Fall nichts, was ein Mensch gerne mit sich machen ließ.

»Warum strengst du dich nicht an und suchst einen Ausweg?« fragte sie zögernd. »Fällt dir diesmal nichts ein?«

Tom wurde einer Antwort enthoben. Zwei Männer kamen. Sie lösten ihre Fesseln und halfen ihnen auf die Beine.

Die beiden wirkten wie Zwillinge, und das nicht nur ihrer sonnengebräunten Haut wegen, als hätten sie einen vierwöchigen Urlaub auf Hawaii hinter sich. Ihre Gesichter blieben ausdruckslos und verschlossen. War einer von ihnen der, dem sie schon vor Stunden begegnet waren? Gudrun vermochte es nicht zu sagen. Beide wirkten gepflegt, waren glatt rasiert und trugen den gleichen dunklen Anzug mit dazu passendem Hut und weißem Hemd.

»Ihr seht aus wie lebende Klischees aus einem schlechten Kriminalroman«, rutschte es der Anthropologin flapsig über die Lippen. Sie erzielte nicht die geringste Reaktion damit.

»Was seid ihr für Typen?« bohrte sie sofort weiter. »CIA? – Nein«, gab sie sich selbst die Antwort. »Britischer Geheimdienst? Verdammt, glaubt ihr, das Raten macht Spaß? – Russki? Ich trinke gerne ein Gläschen Wodka. Also, was ist, Towarisch?«

Ruckartig versuchte sie, sich ihrem Bewacher zu entwinden, doch der Mann hielt sie fest wie in einem Schraubstock. Dabei war sein Griff nicht einmal besonders schmerzhaft.

»Mir reicht es allmählich«, protestierte Gudrun, lauter werdend. »Was habt ihr vor?«

Die Maschine, zu der die Kerle in den dunklen Anzügen sie schleppten, wies eine unangenehme Ähnlichkeit mit dem Elektrischen Stuhl auf. Sie wurde auf dem Sitz festgeschnallt, danach klappte ein helmähnliches, aus Golddraht geflochtenes Gebilde herab und legte sich um ihre Schläfen.

Gudruns Augen weiteten sich in ungläubigem Erstaunen,

als sie den Kristall sah, der wenige Schritte vor ihr auf einer Konsole lag. Das faustgroß geschliffene Auge der Göttin Khom pulsierte leicht. Man hatte ihr das Artefakt abgenommen, während sie ohne Besinnung gewesen war.

Du brauchst dich nicht zu fürchten, erklang die gewohnte telepathische Stimme in ihren Gedanken.

Die Angst blieb ihr dennoch. Sie wollte nicht vergessen. Mit aller Kraft sträubte sie sich gegen die Fesseln, die ihr kaum genug Spielraum ließen, die Muskeln anzuspannen.

»Sie werden nichts spüren«, sagte einer der Männer. Er sprach akzentfreies Amerikanisch.

»Das ist mir egal. Ich verlange, daß Sie aufhören!«

»Tut uns leid, Miß. Sie haben die Station gesehen, und Sie haben uns gesehen ...«

Was der Mann sonst noch sagte, ging in einem dumpfen Grollen unter, das plötzlich den Raum erfüllte und dessen Ursprung gar nicht so weit entfernt zu liegen schien. Staub und Gesteinssplitter rieselten von der Decke herab.

Einer zweiten, noch heftigeren Erschütterung folgte das Geräusch von Schüssen.

Gierig loderten die Flammen an den Aufbauten und der Ladung empor. Ihr Tosen und Prasseln wurde zum Wüten eines Orkans. Teile der Persenning lösten sich, wurden von der aufstiebenden Glut mitgerissen und torkelten als brennende Fackeln durch die Luft.

Die SEA QUEEN ächzte und stöhnte im Todeskampf. Wenigstens ihr Ende würde spektakulär sein.

Sengende Hitze schlug Connor entgegen. Zwei, drei Minuten noch, dann würde sie ihm die Haut in Fetzen vom Gesicht lösen und die Haare in Asche verwandeln.

Mühsam wälzte er sich endlich von der Reling weg. Niemand konnte ihn noch daran hindern – nur die Zeit war sein Gegner, aber sie war erbarmungslos und unerbittlich.

Schon züngelten erste Flammen auch neben ihm auf. Unersättlich fraßen sie sich durch die Plankennähte vorwärts, bildeten ein glühendes, irrlichterndes Muster.

Der Frachter hatte leichte Schlagseite. Fünf Meter noch bis zum Luk im Vorschiff – für Connor wurden sie zur Tortur. Rücklings, die Füße gegen die Planken gestemmt, hatte er das Gefühl, gegen eine immer steiler werdende Neigung ankämpfen zu müssen.

Er erreichte das von den MPi-Kugeln durchsiebte Lukensüll, als auf der Brücke eine heftige Explosion erfolgte. Zehn, zwanzig Meter hoch stiegen die Stichflammen in den Morgenhimmel empor, und ein wahrer Glutregen prasselte aufs Deck herab.

Connor hatte Glück, daß nur ein glühendes Metallteil, das zudem nicht einmal scharfkantig war, seinen Oberschenkel streifte. Der Schmerz, als das heiße Eisenstück sein Bein berührte, raubte ihm dennoch fast die Besinnung.

Mit einer letzten verzweifelten Anstrengung zog er sich am Lukensüll hoch.

Die Kugeln hatten Dutzende messerscharfer Splitter aus dem Holz herausgerissen. Sie zerstachen Connors Handgelenke, als er die Fesseln daran rieb, aber dann spürte er, wie die Stricke allmählich nachgaben und sich dehnten, und endlich war er frei.

Seine Fingerspitzen waren inzwischen gefühllos, und das hektisch pulsierende Blut machte es nicht gerade einfacher, die Fußfesseln zu lösen. Mehrmals rutschte Connor ab, bis er endlich die Knoten offen hatte.

Tief unten im Bauch des Schiffes erfolgte die zweite Explosion. Dort, wo die Überreste der Brücke als glühendes Skelett aufragten, brachen die Planken auf, und ein gigantischer Feuerball stieg in die Höhe.

Connor wurde von den Beinen gerissen und gegen einen Kistenstapel geschleudert. Kostbare Sekunden vergingen, bis er sich auf allen vieren wieder hochgerappelt hatte.

Der Kapitän lag keine drei Schritt entfernt. Connor konnte nicht erkennen, ob er tot war oder nur bewußtlos, aber helfen konnte er Nagati ohnehin nicht mehr. Das halbe Vorschiff stand mittlerweile in Flammen.

Der dichter werdende Qualm raubte ihm den Atem, und die gnadenlose Hitze versengte allmählich seine Haut. Schützend die Arme vors Gesicht geschlagen, torkelte Connor zur Reling und sprang.

Sein Sturz schien ewig zu dauern.

Aber dann raste ein dumpfer Schmerz sein Rückgrat hinauf, und eine belebende Kühle schlug über ihm zusammen. Connor strebte sofort mit kräftigen Schwimmstößen vom Frachter weg. Zehn, zwanzig Meter entfernt tauchte er wieder auf und rang nach Atem.

Die See war blutig rot und golden vom Widerschein des Feuers. Das lodernde Fanal mußte meilenweit zu sehen sein, und sicher würden bald Rettungsschiffe oder gar Hubschrauber an der Unglücksstelle eintreffen.

Doch daran dachte Connor noch gar nicht. Er war dem sicheren Tod um Haaresbreite entronnen, und gerade deshalb galt es, schnell die Nähe des Schiffes zu verlassen. Sonst würde ihn der entstehende Strudel mit in die Tiefe reißen, wenn die SEA QUEEN sank.

Zum Glück war die See ruhiger geworden. Noch vor einer oder zwei Stunden hätte er sich kaum sehr lange über Wasser halten können.

Das Dröhnen weiterer heftiger Explosionen verfolgte ihn. Das Schiff war ein einziges flammendes Inferno.

Dann übertönte ein neues Geräusch die Kulisse des Untergangs.

Das Dröhnen eines Außenbordmotors.

Connors Herz schlug schneller. Wassertretend hielt er sich an der Oberfläche, und Sekunden später sah er zwei schnelle, schlanke Boote, die nebeneinander auf ihn zuhielten.

Er wollte winken – und ließ den Arm wieder sinken. Die rot gekleidete, schlanke Gestalt, die aufrecht im Bug des einen Bootes stand, konnte nur Suzy sein.

Die Piraten waren wieder da. Hatten sie in einiger Entfernung abgewartet, um das Ende des Frachters mitzuerleben?

Im allerletzten Moment tauchte Connor. Dicht über ihm rasten die beiden Boote hinweg, er spürte sogar noch den Sog ihrer Schiffsschrauben.

Panik erfüllte ihn. Hilflos im Wasser treibend, hatte er kaum eine Chance, seinen Mördern zu entrinnen. Sie brauchten nur abzuwarten, bis er auftauchte, um gierig Luft in seine gequälten Lungen zu saugen.

Connor hielt den Atem an, bis sein Schädel schier zu zerspringen drohte. Knapp dreißig Züge legte er unter Wasser zurück, viel zu wenig, als daß er den Häschern auf die Weise entrinnen konnte.

Nur der Tatsache, daß er sich ungewollt wieder dem Frachter genähert hatte, verdankte er es, daß ihn die Piraten beim Auftauchen nicht sofort entdeckten. Ihm blieb genügend Zeit, kräftig durchzuatmen, und als eine Maschinenpistole aufbellte und ihr tödliches Blei rings um ihn her ins Wasser klatschte, ließ er sich rechtzeitig genug absacken.

Er schwamm auf die Boote zu. Wahrscheinlich erwarteten Suzy und die Kerle genau das Gegenteil. Falls es ihm gelang, überraschend aufzutauchen und den Schützen über Bord zu ziehen, konnte er die Karten in diesem mörderischen Spiel neu verteilen.

Hundert Meter vor den Booten kam er wieder hoch. Gerade so lange, wie er brauchte, um seine rebellierenden Lungen mit salziger Seeluft zu füllen.

Wieder fielen Schüsse, doch keine Kugel schlug neben ihm ein. Sekunden später rasten beide Boote in verschiedene Richtungen davon.

Den Grund dafür entdeckte Connor gleich darauf, und sein Herz hämmerte hektisch gegen die Rippen. Ein Patrouillenboot der Marine, angelockt von der weithin sichtbaren Feuersbrunst, näherte sich mit schäumender Bugwelle.

Connor begann zu winken und aus Leibeskraft zu rufen.

Das Patrouillenboot hielt tatsächlich auf ihn zu, aber erst als die Maschinen stoppten, wußte Connor, daß er wirklich gerettet war. Minuten später konnte er von Deck des Schiffes aus mitverfolgen, wie eine letzte, heftige Explosion die SEA QUEEN erschütterte. Der Frachter brach mittschiffs auseinander. Aber während das Heck sofort wegsackte, legte sich das Vorschiff erst majestätisch langsam auf die Seite, bevor es in einer immer schneller werdenden kreisenden Bewegung in der Tiefe verschwand.

Tom Ericson nutzte den Moment der Überraschung auf seine Weise und rammte seinem Bewacher nach einer kurzen Drehung das Knie in den Unterleib. Der Mann gab keinen Laut von sich, er wirkte bestenfalls überrascht – doch sich von dieser Überraschung zu erholen, ließ ihm der Archäologe keine Zeit.

Eine linke Gerade in die Magengrube, ein sicherlich überaus schmerzhafter Tritt gegen das Schienbein, und endlich konnte sich Tom losreißen. Beide Hände ineinander verschränkt, schmetterte er sie seinem Gegner an die Schläfe.

Der Mann traf noch immer keine Anstalten, sich zur Wehr zu setzen. Er schwankte leicht, stürzte aber nicht. Auf Tom machte er in diesen Momenten einen seltsam abwesenden Eindruck.

Auch der zweite der Schwarzen – der Archäologe gab ihnen diesen Namen ihres Outfits wegen – reagierte nur zögernd. Seinen Bewegungen haftete etwas Ungelenkes, beinahe Marionettenhaftes an.

Mit fliegenden Fingern machte sich Tom daran, Gudrun von den Klammern zu befreien, die ihre Arme an die eigenartige Vorrichtung fesselten.

»Na los, Mister Copburn!« rief er dem Copiloten zu. »Stehen Sie nicht herum wie ein Ölgötze!«

»Die Männer wollten mich zum Boot bringen«, sagte Steven Copburn leise.

Unwillkürlich hielt Ericson inne. »Zu welchem Boot?« fragte er.

»Ich weiß nicht. Sie haben davon gesprochen, daß sie uns in Sicherheit bringen würden und daß wir uns später an nichts mehr erinnern könnten, was seit dem Start des Flugzeugs geschehen ist.«

Wieder erschütterte eine heftige Explosion die starken Mauern. Geschossen wurde nur noch vereinzelt. Den Geräuschen nach konnten die Angreifer nicht mehr weit entfernt sein.

Den Helm aus Goldgeflecht abzunehmen war gar nicht so einfach.

Sekundenlang hatte Tom das Gefühl, daß sich das Material unter seinen Händen sträubte. Aber das konnte nur eine Täuschung sein, hervorgerufen durch die Flut der sich überstürzenden Ereignisse.

Höchstens eine Minute war seit den ersten Schüssen vergangen. Die beiden Schwarzen wandten sich jetzt zur Flucht. Nur kamen sie nicht weit.

Ein Trupp bewaffneter Seeleute stürmte den Raum. Sie schossen erst und fragten dann. Das heißt, sie hatten Fragen überhaupt nicht nötig.

Der Anführer des Trupps trat auf Tom, Gudrun und den Copiloten zu. »Ich bin James Weyers, Commander der SS OCTOPUS.«

»Wieso …?« begann Gudrun, wurde aber sofort unterbrochen.

»Uns bleibt nicht viel Zeit. Nur soviel: Wir konnten Ihren Notruf orten und fanden Ihr Flugzeug. Jetzt müssen wir hier raus, bevor endgültig der Teufel los ist.«

»Wir sind nicht allein«, stieß Tom hervor, bevor er in denselben schnellen Laufschritt verfiel wie die Soldaten.

»Machen Sie sich um Sir Harper und seine Begleiter keine Sorgen. Ich hoffe, daß inzwischen alle unverletzt die OCTOPUS erreicht haben. – He, Miß, verdammt, was soll der Unsinn? Kommen Sie zurück!«

Gudrun konnte das magische Auge nicht zurücklassen. Der Verlust wäre unersetzlich gewesen.

Weyers wartete ungeduldig, bis sie wieder aufgeschlossen hatte. »Bleiben Sie bei uns!« schimpfte er. »Ich habe bereits Verluste durch Angriffe des Gegners. Ich will nicht, daß Sie dieses unglückselige Leuchten auch erwischt. Es muß Laser oder etwas Ähnliches sein.«

»Wem gehört die Station?«

»Keine Ahnung. Aber bestimmt keinem NATO-Partner.«

Sie hasteten durch enge Gänge, über gewundene Treppen und passierten eine Vielzahl von Räumen. Hie und da waren Spuren von Sprengungen zu sehen.

Alles verlief viel zu glatt. Der Gegner schien sich zurückgezogen zu haben. Erst als sie das Tempelgewölbe passierten, griffen die Unbekannten wieder an.

Schon beim ersten Aufflammen des grellen Leuchtens, das sich in mehreren Stollen bildete, feuerten die Soldaten aus ihren Maschinenpistolen. Außerdem warfen sie Handgranaten. Sie konnten das Leuchten dennoch nicht aufhalten.

»Was immer das ist, wir haben ihm nicht viel entgegenzusetzen!« Der Commander mußte schreien, um den Lärm der Schüsse und Explosionen zu übertönen. »Zwei meiner Männer starben, als beim Kontakt mit diesem Leuchten ihre Munition explodierte!«

Der Rückzug artete in eine ungeordnete Flucht aus. Aber wie auch immer, sie schafften es, ohne weitere Verluste den Hangar zu erreichen.

»Meine Güte«, entfuhr es der Anthropologin ungewollt.

Sie zwängten sich durchs Turmluk, erst Gudrun, dann Tom. Den Abschluß bildeten die Soldaten und der Commander, die immer noch auf irgendwelche undefinierbaren Ziele feuerten.

Unvermittelt trat Stille ein. Das Luk war geschlossen worden.

»Alle Mann auf Gefechtsposition!« erklang eine Lautsprecherstimme.

Gedämpftes, rötlich-grünes Licht erfüllte die beklemmende Enge im Rumpf der OCTOPUS. Die hochmoderne Technik hätte keinen krasseren Gegensatz zu dem uralten Gemäuer außerhalb des Bootes bilden können.

Minutenlang kämpfte Gudrun gegen das Gefühl, ersticken zu müssen, dann hatte sie sich an den Geruch von Schmierstoffen und Ozon gewöhnt, der dieser autarken kleinen Welt anhaftete. Ein Matrose führte sie und Tom zu den anderen. Die Diplomaten und die Flugzeugcrew kauerten eng beieinander auf ausklappbaren Notsitzen und schauten ihnen forschend entgegen.

»Hallo, Sir Jonathan«, wandte sich die Anthropologin an den Engländer. »Es freut mich, Sie wohlbehalten wiederzusehen.«

Er erkannte sie nicht, das merkte sie schon an seinem Blick.

»Erinnern Sie sich nicht? Wir sind zusammen losgeflogen. Von Heathrow aus.«

Eine steile Falte erschien auf der Stirn des Diplomaten. Er dachte angestrengt über etwas nach, was ihm absolut nicht einfallen wollte. »Sie müssen Miss Heber sein«, sagte er endlich zögernd, »die Anthropologin, die uns begleiten soll. Und der Mann ist Dr. Ericson?«

»Entsinnen Sie sich?«

Harper zuckte nur mit den Schultern. »Können Sie mir sagen, wie wir hierhergelangt sind?«

Ein schrilles, kreischendes Geräusch erklang aus Richtung des Bugs. Gleichzeitig heulten die Alarmsirenen auf.

»Wir werden angegriffen«, behauptete Tom. Niemand widersprach ihm.

»Falls es gleich turbulent wird, denken Sie sich nichts dabei!« rief einer der Seeleute den Passagieren zu. »Wir müssen uns den Weg nach draußen freischießen.«

»Was geschieht jetzt?« wollte Gudrun von Tom wissen.

»Der Captain läßt Torpedos auf das geschlossene Hangartor abfeuern«, erklärte Ericson. Im nächsten Moment mußte er sich festhalten. Eine heftige Erschütterung, begleitet von ohrenbetäubendem Dröhnen, durchlief die OCTOPUS. Das nachfolgende dumpfe Rauschen hörte sich an wie der Weltuntergang.

»Es ist alles in Ordnung!« brüllte jemand. »Die Explosion hat den Hangar aufgerissen. Wasser bricht ein.«

Mehrere Bildschirme flammten auf. Im Widerschein starker Scheinwerfer zeigten sie, daß außerhalb des Bootes das Chaos tobte. Ein gigantischer Wasserschwall hatte das zerborstene Tor endgültig aus seiner Verankerung gerissen und den Learjet und die Statue zertrümmert.

»Keine Schäden am Druckkörper!« wurde gemeldet. »Die Trümmer haben den Rumpf höchstens angekratzt.«

»Halbe Kraft zurück!«

Die OCTOPUS, mittlerweile bis über den Turm im Wasser liegend, begann sich zögernd zu bewegen. Wie ein urweltliches Monstrum, das aus langem Schlaf erwachte.

Die Erschütterungen wurden heftiger. Auf den Schirmen war zu sehen, wie die Flutwelle die innere Mauer eindrückte. Zweifellos würde das Gebäude weitgehend überschwemmt werden.

Minutenlang herrschte höchste Anspannung. Das Tosen und Rauschen ebbte allmählich ab und machte einer normalen Geräuschkulisse Platz.

»Wir haben es geschafft! Wir sind draußen!«

Die Scheinwerferkegel verloren sich in aufgewühltem Schlick, der mächtigen schwarzen Wolken gleich in der Strömung trieb. Nur Schemen einer bizarren Unterwasserwelt waren zu erkennen.

»Die Bugrohre Feuer!«

Das leise, kaum wahrnehmbare Fauchen der Torpedoabschüsse wurde von Toms Aufschrei übertönt: »Nicht schießen! Die Gebäude müssen untersucht werden!«

Zu spät! In der Düsternis entstanden kurz hintereinander sechs wabernde Glutbälle.

Sekundenlang sahen die Beobachter meterdicke Steinwände in sich zusammenstürzen. Was die Gewalt des Sprengstoffs nicht vernichtete, wurde ein Opfer des auf den Mauern lastenden Wasserdrucks.

Sechs weitere Torpedos vollendeten das Werk der Vernichtung. Vermutlich blieb kein Stein auf dem anderen. Aber das zeigten die Optiken schon lange nicht mehr.

Connor hatte an Bord des Patrouillenbootes zu Protokoll gegeben, was er wußte, dabei aber wohlweislich die goldene Maske nicht erwähnt. Der ihn befragende Offizier betrachtete alles als Formsache, nur eben mit dem Unterschied, daß man diesmal beinahe schnell genug gewesen wäre, die Piraten zu stellen. Ansonsten waren Überfälle, wenngleich mit weniger spektakulären Folgen, an der Tagesordnung.

»Sie haben Glück, daß Sie noch leben«, sagte der Offizier in akzentbehaftetem Englisch zu Connor. »Das Gebiet von der Malakkastraße bis zur Sulusee ist ein Tummelplatz für Freibeuter aller Couleur.«

Sehr ähnlich, nur mit etwas anderen Worten, drückten sich dann auch die Polizisten aus, die Connor im Hafen von Singapur einer weiteren Befragung unterzogen. Auch für sie war der Vorfall nur Routine.

»Was glauben Sie, wie viele Schiffe schon im Hafen oder auf Reede ausgeraubt wurden?« war der Standardsatz, der mehrmals fiel.

Connors Personalien wurden in den Akten festgehalten. Da er angab, keine persönlichen Wertgegenstände eingebüßt zu haben, war auch das nur eine reine Formsache. Nach nicht einmal einer halben Stunde durfte er die Wachstation schon wieder verlassen.

Geld und Ausweis besaß er noch – die Piraten hatten sich nicht die Mühe gemacht, ihn zu untersuchen –, aber die nächste Überraschung erwartete ihn im Hotel. Sein Gepäck war durchwühlt worden und lag wahllos verstreut im Zimmer. Auf seine Fragen erfuhr er lediglich, daß eine überaus attraktive junge Frau nach ihm gefragt hatte. Die

Beschreibung paßte auf Suzy – wie immer sie noch heißen mochte.

War sie Kars Freundin oder vielleicht doch mit dem unbekannten Gegenspieler identisch? Auf jeden Fall schien sie sofort geahnt zu haben, daß Connor der Maske wegen nach Singapur gekommen war.

Noch vom Hotel aus telefonierte der Schotte dann rund um die halbe Welt mit Oake Dùn. Die Verbindung war denkbar schlecht, außerdem bekam er nur einen dienstbaren Geist an den Apparat.

Die Frau konnte ihm so gut wie keine Auskünfte geben und daß sie etwas von einem unerklärlichen Vorfall in London daherplapperte und daß Sir Ian und Monsieur Pierre schon länger außer Haus seien, beunruhigte Connor eher. Von dem verschollenen UN-Jet und den beiden Wissenschaftlern, die auf dem Weg in die Staaten gewesen waren, wußte sie schon gar nichts Neues zu berichten.

Es war Nachmittag, kurz nach 15 Uhr Ortszeit, als Connor sich von einem Taxi zum Flughafen fahren ließ. Zweieinhalb Stunden später war er wieder in der Luft.

Sein Gesicht schmerzte noch, und die Haut spannte wie nach einem zu intensiven Sonnenbad, ernsthaft verbrannt war sie jedoch nicht. Die Wunden an den Handgelenken waren bereits verkrustet, und in einigen Tagen würde außer ein paar Narben nichts mehr daran erinnern, daß Connor dem Tod ins Auge geschaut hatte.

Gegen die Schwäche, die ihn unbarmherzig im Griff hielt, half ein langer und traumloser Schlaf. Connor lehnte sich in seinem Sitz zurück, kaum daß das Flugzeug in der Luft war, und er ließ sich weder von Turbulenzen noch den Stewardessen stören, die mehrmals Essen servierten. Er wachte erst wieder auf, als bereits die Alpen mit ihren schneebedeckten Gipfeln grüßten.

Cahuna, der Gesandte, war an den Ort seines Erwachens zurückgekehrt. Und obwohl er im Grunde genommen Jahrtausende lang ein Gefangener dieser Pyramide tief unter dem Meer gewesen war, fühlte er sich auf sonderbare Weise mit ihr verbunden. Die Geräte, die Inschriften an den Wänden, die karge Einrichtung, das alles waren Überbleibsel einer Epoche, in der er in seinen langen Schlaf gesunken war.

Viel hatte sich verändert. Die Welt trug ein neues Gesicht. Zwar bedienten auch die heutigen Menschen sich der Technik, doch es war eine andere als die seines Volkes: kalt, unpersönlich, ein Moloch der Logik und der Effizienz. Diese Technik fraß Menschen, anstatt ihnen zu dienen.

Vieles hatte Cahuna schon über die ihm fremde Zeit und ihre Menschen herausgefunden – Überraschendes, aber auch Erschreckendes. Kein Zweifel; die Nachkommen der Überlebenden von einst hatten sich die Erde untertan gemacht. Doch sie hatten all ihr Wissen eingebüßt. Die Insel der Götter war für sie nur eine Legende, tief verborgen im Nebel der Geschichte, ein Ort der Träume und Phantasie, dessen einstige Größe und Pracht niemand mehr kannte. Der Meteoriteneinschlag, der den Untergang eingeleitet hatte, und die nachfolgende Sintflut galten als Theorien, für deren Wahrheitsgehalt die Wissenschaft erst jetzt allmählich Beweise zusammentrug.

Cahuna sah sich in dem Raum um, in dem er vor wenigen Tagen erst erwacht war. Eine Ewigkeit schien seitdem vergangen zu sein. Er wußte nicht einmal, ob er der einzige Gesandte war, den die Göttin Khom vom Körper getrennt und in einen Tiefschlaf versetzt hatte, der erst enden sollte, wenn der Gegner sich wieder rührte.

Aber Cahuna wußte inzwischen, daß keine zweite Invasion bevorstand. Er würde das Wissen, den Feind zu besiegen, das er über die Jahrtausende bewahrt hatte, nicht sofort an die Menschen weitergeben müssen. Es waren nur die Maschinen der Feinde gewesen, deren neu erwachte Aktivität auch ihn aus seinem traumlosen Schlaf gerissen hatte.

Aber keine der Kreaturen des Schreckens bediente sie, sondern ein Mensch.

Die Gefahr war offensichtlich. Ein einzelner Mann im Besitz dieser gigantischen Technik, dieses enormen Wissensstandes konnte die Welt in die Knie zwingen und sich zum Herrscher aufschwingen.

Es war an Cahuna, dies zu verhindern.

Und er hatte Verbündete, die ihm dabei helfen konnten. Weniger Paldan Manjushi, der tibetanische Lama, in dessen Körper er schlüpfen konnte. Aber es gab weitere dieser Pyramiden tief unter dem Meer; atlantische Bauten, in denen keine schlafenden Geister wie er die Zeiten überdauerten, sondern Wesen aus Fleisch und Blut – wenngleich sie auch keine Menschen waren.

Fleisch und Blut ... Cahuna war ein körperloses Bewußtsein, freier und ungebundener als jede andere Daseinsform, aber dennoch verletzlich. Und der Anblick des mumifizierten, eingefallenen Körpers in dem Sarkophag tat ihm weh. Er wußte, daß er seine eigene sterbliche Hülle sah.

Einer der Diener erschien und unterbrach Cahunas Gedanken. Die Diener hatten schon vor längerer Zeit aktiv zu handeln begonnen; sie kleideten sich wie die Menschen dieser Tage und agierten wie sie. Ihre Aufgabe war es gewesen, seine Augen und Ohren zu sein in der langen Zeit seines Schlafes und darüber hinaus zu verhindern, daß jemand die Stationen der Götter fand. Sie verfügten über das Wissen, das Cahuna sich nach und nach aneignen würde.

Er wußte aber auch, daß es Ausfälle gegeben hatte. Eini-ges war dem Zahn der Zeit zum Opfer gefallen und zumindest eine Station im Atlantischen Ozean, zwischen dem Kontinent, der heute Amerika genannt wurde, und den Bermudas hatte ihren Auftrag *zu* gut erfüllt. Cahuna hatte erfahren, daß dort seit Jahren immer wieder Flugzeuge und Schiffe verschwanden, die auch nur in die Nähe der unterseeischen Pyramide kamen. Cahuna bedauerte dies, aber in der jetzigen Situation kam ihm diese Fehlfunktion sogar gelegen.

Er hatte schon in Madhavs Körper versucht, das Auge der Göttin Khom, dessen Schwingungen er seit seinem Erwachen spüren konnte, in seinen Besitz zu bringen. Der Kristall durfte nicht in der Hand unwissender Menschen bleiben. Und keinesfalls durfte er in die Gewalt des Mannes gelangen, der die Maschinen der Feinde entdeckt hatte – die Folgen wären unvorstellbar.

Nun hatte sich eine neue Chance geboten, das Auge zu erlangen, und Cahuna hatte sie genutzt.

Er wandte sich an den Diener. *Konnten wir das Auge der Göttin Khom in unseren Besitz bringen?* fragte er mit seiner körperlosen Stimme.

Obwohl es eigentlich unmöglich war, glaubte er auf dem Gesicht des Dieners so etwas wie Betroffenheit zu erkennen.

»Die drei Diener vor der Küste des amerikanischen Kontinents waren erfolgreich«, lautete die zaghafte Antwort. »Sie lokalisierten das Auge der Göttin in einem Flugzeug, ganz wie du vorhergesagt hast, und brachten die Maschine zum Absturz.«

Den Insassen ist nichts geschehen? erkundigte Cahuna sich.

»Die Sphäre schützte sie, bis sie den Meeresboden erreichten. Danach wollten wir ihnen die Erinnerung nehmen und sie an der Küste aussetzen.«

Es hatte einen Zwischenfall gegeben! Das wurde Cahuna sofort klar.

Was ist mit dem Auge? fragte er.

»Wir haben es verloren, Herr. Überdies ist der Kontakt zu allen drei Dienern erloschen. Du mußt davon ausgehen, daß die Station zerstört wurde.«

Eine Zeitlang herrschte betretenes Schweigen. Dann ergriff wieder der Diener das Wort.

»Die Gedanken der Menschen, denen wir die Erinnerung nahmen, wurden von Furcht beherrscht, zugleich vom Streben nach Reichtum und Anerkennung. Aber das Auge befand sich nicht in ihrem Besitz. Eine Frau trug es bei sich. Sie und ihr Begleiter ahnen bereits, daß sie einen unschätzbaren Fund in Händen halten. Ihre Erinnerung konnten wir nicht mehr löschen, aber der Kontakt genügte, uns ihre Gedanken zu offenbaren. Sie streben nicht nach Macht, sondern allein danach, das Geheimnis deiner Vorfahren zu ergründen. Offenbar sind es Wissenschaftler.«

Cahuna reagierte erleichtert. Auch er hatte der Wissenschaft gedient – zumindest in seinem körperlichen Leben. Und er glaubte zu wissen, daß die beiden das magische Auge in seinem Sinne einsetzen würden.

Ich werde der Frau helfen und ihr den Weg weisen! verkündete Cahuna. *Sie muß Kar zuvorkommen.*

Epilog

Unschlüssig betrachtete Suzy Duvall die erbeutete Maske. Nicht einen Gedanken verschwendete sie daran, daß des Artefakts wegen viele Menschen gestorben waren. Auch daß sie selbst den Koch der SEA QUEEN mit einer Giftinjektion getötet hatte, berührte sie nicht. Ihre Absicht war es gewesen, den Kapitän des Frachters zum Verlassen der Reede zu bewegen, und genau das hatte sie erreicht. Alles andere war nur Mittel zum Zweck.

Kar hatte oft betont, daß allein die Maske zählte. Aber wirklich wertvoll war sie nur in Verbindung mit den Augen der Göttin Khom. Warum, das wußte Suzy nicht. Kar hatte sich darüber beharrlich ausgeschwiegen. Aber immerhin hatte sie seinen Worten entnommen, daß nicht nur ein Augenpaar existierte. Irgendwo, gut verborgen, gab es möglicherweise noch andere magische Kristalle.

Ein leises Rascheln hinter ihr brachte sie in die Realität zurück. Der Anführer der Piraten war gekommen, sich die versprochene Belohnung abzuholen.

Langsam wandte sie sich um, und ebenso aufreizend öffnete sie ihr Kleid. »Ich weiß, was ich dir schuldig bin«, sagte sie leise. Aber sie dachte dabei an Kar. Manchmal war er ihr unheimlich, und vielleicht war es besser, die Maske an einem sicheren Ort zu verstecken. Wenigstens bis sie sich darüber im klaren war, wer von ihnen beiden den anderen dringender brauchte, um seine Ziele zu erreichen.

Wer Macht und Reichtum wollte, durfte bei der Wahl seiner Mittel nicht zimperlich sein.

SIEBTES BUCH

DIE BRUT

von Marten Veit

Es gab Tage, da haßte Sheila O'Brian die Pathologie.

Heute war so ein Tag. Im Sezierraum im Kellergeschoß der kleinen Privatklinik, in der Sheila arbeitete, war es kühl und still. Wie in einer Gruft, dachte sie unwillkürlich. Das kalte harte Licht der Deckenbeleuchtung schien keine Schatten zu werfen. In der Luft hing der Geruch von Desinfektions- und Reinigungsmitteln.

Auf dem Seziertisch vor der jungen Assistenzärztin lag der Leichnam eines etwa vierzigjährigen Mannes. Ein Inder, Madhav oder so ähnlich hieß er, wobei sie nicht sagen konnte, ob das ein Vor- oder ein Nachname war. Auch über die Hintergründe seines Todes war sie nicht informiert. Sie wußte nur, daß er bei einem Anschlag auf dem Londoner Flughafen Heathrow ums Leben gekommen war. Eine explodierende Gewehrgranate hatte ihn getötet. Ob der Mann Opfer oder Täter war, war ihr nicht bekannt.

Sheila O'Brian seufzte und schleuderte den blonden Pferdeschwanz in den Nacken. Sie hatte gewußt, worauf sie sich einließ, als sie diese Stellung angenommen hatte, die erste nach ihrem Studium. Chuck Mannors, der Leiter der St. Margarete Klinik, hatte ihr die Stelle höchstpersönlich angeboten. Und Mannors führte Auftragsarbeiten für Scotland Yard durch. Das bedeutete jede Menge Geheimniskrämerei.

Die junge Frau schob einen Rolltisch mit glänzenden Instrumenten an das Kopfende des Seziertisches. Sie sollte den Schädel des Mannes rasieren und eine erste Untersuchung der Narbe hinter seinem Ohr anstellen, bevor Dr. Mannors auftauchte, um gemeinsam mit ihr den Schädel zu öffnen. Eine Röntgung hatte ergeben, daß der Schädelknochen eine Öffnung und das Gehirn eine Anomalie aufwies. Zwar hatte das anscheinend nichts mit dem Tod des Inders zu tun, aber Scotland Yard bestand trotzdem auf einer entsprechenden Untersuchung.

Sheila konnte es recht sein. Wie alle Medizinstudenten hatte auch sie in ihrer Studienzeit jede Menge Leichen und Leichenteile seziert. Man gewöhnte sich daran. Nur manchmal stellte sich wieder das Unbehagen ein, das Gefühl, etwas Verwerfliches zu tun, ein Sakrileg zu begehen, den Toten den Frieden zu verwehren …

So wie heute.

Sie betrachtete den leblosen Körper, während sie mechanisch die Schälchen mit den Instrumenten zurechtrückte und Bohrer und Fräsgerät anschloß. Der Inder war bis zu den Jochbeinen mit einem Tuch bedeckt. Bei der Sektion waren sein Bauch und sein Brustkorb geöffnet worden.

Madhav war einen gewaltsamen Tod gestorben. Er war innerlich verblutet. Zwei scharfkantige Metallsplitter waren von der Explosionswucht der Gewehrgranate in seinen Brustkorb eingedrungen und hatten eine Arterie durchtrennt. Vermutlich wäre er auch ohne diese Verletzung gestorben, denn einige Tage vor dem Attentat war er angeschossen und zu allem Überfluß auch noch überfahren worden. Kurz vor dem Attentat waren die alten Wunden wieder aufgebrochen. Es war ein Wunder, daß er überhaupt so lange überlebt hatte. Er mußte große Schmerzen gelitten haben. Selbst jetzt noch, fast zwei Tage nach seinem Tod, spiegelte sich die Qual in seinem Gesicht wider.

Und selbst jetzt fand er noch keine Ruhe.

Sheila wandte den Blick ab und überprüfte den Bohrer. In der Stille des Sezierraums klang das Heulen des Elektromotors so laut und bösartig wie ein Schwarm angreifender Riesenhornissen. Auch das Fräsgerät mit der rasiermesserscharfen Trennscheibe funktionierte einwandfrei. Die schnell rotierende feine Sägescheibe heulte noch schriller und durchdringender als der Bohrer.

Die junge Assistenzärztin legte die Geräte an ihren Platz zurück und beugte sich vor, um das Kopfteil des Seziertisches anzuheben. Dabei kam ihr Gesicht dem des Toten sehr nahe. Sie nahm den schwachen und doch penetranten Geruch toten Fleisches wahr, aber da war noch etwas anderes. Irgendwie schien ihr der Inder verändert.

Sie verharrte mitten in der Bewegung und runzelte die

Stirn. Dieser Gesichtsausdruck. Mund und Augen waren geschlossen gewesen, man hatte ihm den Unterkiefer mit einem über den Kopf laufenden Riemen fixiert, weil Leichen beim Einsetzen der Totenstarre manchmal dazu neigen, langsam den Mund zu öffnen, was kein schöner Anblick ist. Die Augen allerdings öffneten sich nicht von allein.

Doch jetzt standen Madhavs Lider einen Spalt weit offen, das trübe milchige Weiß der Augäpfel war zu sehen. Auch der Kopf schien sich etwas gedreht zu haben, das Gesicht der Leiche hatte sich um eine Winzigkeit Sheila zugewandt.

Sie schloß kurz die Augen und schüttelte den Kopf. *Mach dich nicht selbst verrückt, Mädchen,* redete sie sich zu. *Heute ist einfach nicht dein Tag.*

Sie atmete tief durch und öffnete die Augen wieder. Madhav schien sie unter halb geschlossenen Lidern anzustarren. Entschlossen legte sie ihm eine Hand auf das Gesicht und drückte ihm die Lider wieder nach unten. Die Augäpfel gaben unter ihren Fingern ein wenig nach, fühlten sich wie weicher Gummi an. Das war ganz normal, Sheila kannte dieses Gefühl, trotzdem zog sie die Hand schnell wieder zurück.

»Komm, Madhav, sei ein braver Junge«, sagte sie und erschrak beinahe beim Klang ihrer eigenen Stimme. Normalerweise neigte sie nicht zu Selbstgesprächen.

Sie ging zur Breitseite des Raumes, um ein kleines, auf Rollen gelagertes Medizinschränkchen mit diversen Chemikalien zu holen. Als sie sich umdrehte und es zum Seziertisch schob, zuckte sie heftig zusammen.

Diesmal war es keine Einbildung. Madhavs Kopf hatte sich eindeutig weiter in ihre Richtung gedreht. Außerdem schien er den rechten Arm etwas bewegt zu haben, jedenfalls hatte sich das Laken in Höhe seiner rechten Hüfte ein wenig gehoben.

Sheila blieb auf der Stelle stehen, die Hände um das Schränkchen verkrallt, und starrte den Leichnam an. Er lag so starr und reglos unter seinem Laken, wie man das von einer Leiche erwarten konnte. Die junge Frau ließ den Blick einmal schnell durch den Sezierraum kreisen. Sie war allein, es gab kaum eine Stelle, an der sich jemand hätte verbergen können. Höchstens in dem mannshohen Schrank an der Stirnseite. Oder in der kleinen Gerätekammer neben dem Schrank, deren Tür allerdings verschlossen war.

»Charles?« fragte sie zögernd, mußte sich räuspern und rief noch einmal lauter: »Charles!«

Keine Antwort. Aber eigentlich hatte sie auch keine erwartet. Sollte sich der Pfleger irgendwo versteckt haben, um ihr mal wieder einen Streich zu spielen, würde er sich kaum melden.

Obwohl sie sich dabei albern vorkam, öffnete Sheila den Schrank und spähte hinein. Nichts. Der kleine Geräteraum war verschlossen, und der Schlüssel steckte.

Konnte Charles unbemerkt die Tür zum Sezierraum geöffnet, sich hineingeschlichen, die Lage der Leiche verändert haben und ebenso unbemerkt wieder verschwunden sein?

Unwahrscheinlich. Trotzdem öffnete Sheila die Tür, steckte den Kopf hinaus und blickte rechts und links in den Flur. Niemand zu sehen.

Sie zuckte die Achseln. Wahrscheinlich war sie einfach nur überreizt. Zwar hatte Charles ihr mehr als einmal einen Streich gespielt, aber so schnell und geschickt konnte auch er nicht sein.

Sheila kehrte zum Seziertisch zurück. Madhavs Leiche hatte sich nicht weiter bewegt. *Unsinn*, schalt sie sich in Gedanken, *sie hat sich auch vorher nicht bewegt*. Während sie ein paar Fläschchen mit Alkohol, Formaldehyd und einigen anderen Chemikalien aus dem Schränkchen nahm, erinnerte sie sich an ihre erste Zeit als Medizinstudentin in der Uniklinik.

Unwillkürlich mußte sie lächeln. Wie jeder Medizinstudent war sie hin und wieder in die Leichenhalle geschickt worden, um das eine oder andere Leichenteil zu holen, und wie jedem Medizinstudenten hatte man natürlich auch ihr dabei einen Streich gespielt. Das gehörte sozusagen zum guten Ton unter

Kommilitonen. Und obwohl sie darauf vorbereitet gewesen war, hatte sie sich beim erstenmal fast zu Tode erschreckt.

Nun, das könnte ihr heute nicht mehr passieren. Charles hatte sie zwar schon ein paarmal mit seinen Späßen verunsichert oder verwirrt, aber Angst machen konnte er ihr nicht …

Das Lächeln gefror ihr auf den Lippen, als sie eine leichte Berührung an der Hüfte verspürte. Ohne sich umzudrehen schielte sie in Richtung der Tür. Sie war nach wie vor geschlossen.

»Charles?« fragte Sheila zaghaft. Trotz aller guter Vorsätze spürte sie, wie sich ihr der Magen verkrampfte und sich ihre Kehle einschnürte.

»Charles?« wiederholte sie. Ihre Stimme zitterte. »Laß den Unfug. Ich habe ein Skalpell in der Hand.«

Die Berührung an ihrer Hüfte verstärkte sich. Tastende Finger schienen an ihrer Bluse emporzuwandern. Völlig unpassenderweise fiel ihr genau in diesem Augenblick ein, daß sie wieder einmal vergessen hatte, ihren Laborkittel anzuziehen. Sheilas Körper versteifte sich, ihre Finger schlossen sich krampfhaft um den kühlen Stahl des Skalpells.

»Ich habe dich gewarnt!« stieß sie mit brüchiger Stimme hervor. Sie atmete einmal tief ein und wirbelte herum.

Irgend etwas hielt ihre Bluse so fest umklammert, daß die Naht des linken Ärmels mit einem scharfen Geräusch einriß und Sheila das Gleichgewicht verlor. Sie kippte auf den Seziertisch zu.

Die Zeit schien einzufrieren. Während sie registrierte, daß es tatsächlich Madhavs und nicht Charles' Hand war, die ihre Bluse gepackt hielt, bemerkte sie gleichzeitig, daß sich der Oberkörper des toten Inders halb aufgerichtet und sich sein rechtes Auge vollständig geöffnet hatte. Es stierte sie glasig und blicklos an.

Sheila hatte keine Zeit mehr zu schreien, als sie dem Tisch entgegenstürzte. Sie hob abwehrend die Hände und versuchte verzweifelt, die Balance zu halten, aber ihr Schwung war zu groß. Als sie auf dem Tisch aufschlug und den Oberkörper des Toten wieder nach unten drückte, zog dessen Arm noch stärker an ihrer Bluse und preßte sie mit dem Gesicht auf seine Brust.

Sheila O'Brian strampelte mit den Beinen und stemmte sich mit aller Kraft gegen den Tisch. Das Skalpell flog ihr aus der Hand und schlitterte scheppernd über den gefliesten Boden. Die Naht des Ärmels riß weiter ein.

Es gelang ihr, sich vom Tisch wegzuschieben, aber dabei zog sie auch Madhavs Körper mit, dessen Hand sich wie ein Schraubstock in ihrer Bluse verkrallt hatte. Erst als er über die Tischkante kippte und mit einem dumpfen Geräusch auf dem Boden aufschlug, lösten sich seine Finger, und von ihrem eigenen Schwung getragen flog Sheila rücklings gegen das Instrumententischchen, das umkippte und die chirurgischen Instrumente und Chemikalienfläschchen quer durch den Sezierraum verteilte.

Mit rudernden Armen prallte Sheila seitlich auf den Boden auf und landete mit ihrem gesamten Körpergewicht auf dem rechten Ellbogen. Der scharfe Schmerz schoß wie flüssiges Feuer in ihre Fingerspitzen und bis zur Schulter hinauf und nahm ihr den Atem. Benommen und würgend blieb die junge Assistenzärztin einen Augenblick lang auf den kalten Kacheln liegen, bevor sie sich mühsam hochstemmte und leise wimmernd auf Händen und Knien von der Leiche den Inders wegkroch.

Der Raum drehte sich vor ihren Augen, in ihrem Kopf schien ein Luftballon aufgeblasen zu werden und immer weiter anzuschwellen. Sie bemerkte gar nicht, daß sich eine Glasscherbe in ihren rechten Handballen gebohrt hatte und jedesmal, wenn sie die Hand aufsetzte, tiefer in ihr Fleisch eindrang. Der Schmerz in ihrem Ellbogen schaltete alle anderen Empfindungen aus.

Sheila hatte nur noch Augen für die Tür.

Es kam ihr wie eine kleine Ewigkeit vor, bis sie die Tür endlich erreicht hatte und sich mühsam auf die Knie aufrichtete.

Zweimal glitt ihre tastende Hand von der Klinke ab, und das Blut machte sie noch glitschiger. Doch schließlich schaffte sie es, die Tür zu öffnen und sich daran hochzuziehen.

Sheila kam schwankend auf die Beine, und erst jetzt setzte sich die Angst wieder gegen den pochenden, übelkeiterregenden Schmerz durch.

Sieh dich nicht um, bleib nicht stehen, verschwinde von hier! schrie eine lautlose Stimme gellend in ihren Ohren. Sheila begann davonzutaumeln, und endlich gelang es ihr, einen leisen Schrei auszustoßen, dann noch einen etwas lauteren und noch einen, und schließlich schrie sie so laut, daß sie auch die Stimme in ihrem Kopf übertönte.

Wäre sie noch einen Augenblick lang in der Tür stehengeblieben und hätte einen Blick zurückgeworfen, wären ihr die Schreie wahrscheinlich in der Kehle erstickt. Denn der verkrustete Schorf über der Wunde hinter Madhavs linkem Ohr war aufgeplatzt, und aus der so entstandenen Öffnung drang vielleicht ein Dutzend kleiner kellerasselartiger Geschöpfe, die sofort wieselflink im Sezierraum ausschwärmten, durch die geöffnete Tür flitzten und den Flur entlanghuschten.

Die Vision überkam ihn so überraschend und plötzlich, daß Professor Richard Dean Karney davon völlig überrumpelt wurde.

Eigentlich war es mehr ein überwältigender Orkan verschiedener schwer zu definierender Empfindungen. Erst ein Gefühl von Kälte und Orientierungslosigkeit, dann Hunger, ein unbändiges Verlangen nach Schutz und Wärme, animalische Gier und ein zwanghafter Trieb.

Karney, der sich seit seiner beginnenden körperlichen Verwandlung nur noch *Kar* nannte, sprang von seinem Schemel auf, schlug sich die Hände gegen die Schläfen und taumelte stöhnend durch den Raum. Er sah und hörte nichts, spürte nicht einmal mehr den Boden unter seinen Füßen oder den Druck der Fingernägel, die sich in seine Kopfhaut bohrten. Es war, als seien alle seine Sinne plötzlich abgestorben. Nur in seinem Inneren brodelte es. Hunger, Gier, ein infernalisches Verlangen …

Genauso plötzlich, wie der Anfall gekommen war, verging er auch wieder. Kar fand sich an einer der schrägen Wände in dem Raum wieder, den er *Bibliothek* nannte. Langsam hob er den Kopf und starrte den Monolithen an, der sich im Zentrum des Raumes erhob.

Eigentlich war es keine echte Bibliothek. Es war das Innere der Spitze einer gleichseitigen Pyramide. Der Raum besaß eine Kantenlänge von 17 Metern, und die nach oben geneigten Wände waren auf der gesamten Breite mit Schriftzeichen und Symbolen bedeckt. Wegen dieser Schriftzeichen und der beinahe unirdischen Stille, die hier ständig herrschte, war Kar auf die Bezeichnung Bibliothek verfallen.

Langsam näherte er sich dem Monolithen, der ebenfalls mit den fremden Schriftzeichen bedeckt war, von denen er einen Teil hatte entziffern können. Er konnte beinahe körperlich spüren, wie sich die Apophis-Symbionten im Inneren des Steinblocks unruhig bewegten, wie sie sich wanden, wie ihre Fühler vibrierten.

Irgendwie schienen sie für diesen Anfall verantwortlich zu sein, zumindest mußten sie damit zu tun haben. Vielleicht fungierten sie als Mittler dieser merkwürdigen Botschaften.

Und trotzdem suchte Kar immer wieder ihre Nähe. Denn diese beinlosen Geschöpfe waren die Quelle seiner Macht.

Es hatte vor knapp zwei Wochen angefangen, als er vergeblich versucht hatte, einen Inder mit einem seiner Symbionten zu ›impfen‹. Irgend etwas war ihm dabei in die Quere gekommen, irgendein unbegreifliches fremdes *Etwas* hatte ihm den Inder entrissen. Und dabei waren Symbionten zurückgeblieben.

Bei der Erinnerung biß Kar die Zähne aufeinander, und die Adern in seinen Schläfen schwollen an. Der Apophis-Symbiont, eine etwa zehn Zentimeter lange Mischung aus beinloser

Kakerlake und Wurm, war gestorben. Der Inder hatte sich als immun erwiesen und ihn abgestoßen.

Direkt vor dem Monolithen blieb Kar stehen. In die Säule war eine sechseckige Platte eingelassen. Wenn er ein Zeichen darauf berührte, öffnete sich die Klappe und gab einen Hohlraum von rund einem Meter Tiefe frei, in dem sich die Symbionten befanden. Wie die Pyramide und ihre seltsamen technischen Geräte waren auch die Symbionten die Hinterlassenschaft einer uralten vorsintflutlichen Zivilisation, die über mehr Macht verfügt haben mußte, als sich die heutige Menschheit erträumen konnte.

Macht! Das Wort hatte von jeher eine große Faszination auf Karney ausgeübt. Seit er sich zurückerinnern konnte, sehnte er sich nach Macht. Und ständig war er seinem Ziel näher gekommen.

Bis diese Archäologen und die Leute von A.I.M. ihm ins Handwerk zu pfuschen begonnen hatten. Noch wußten sie nicht einmal, wer und wo er war, und doch hatten sie ihn schon empfindlich getroffen.

Aber er würde zurückschlagen! Dieser selbstherrliche Schotte Ian Sutherland, Earl von Oake Dùn und Kopf der Privatorganisation A.I.M., würde es noch bereuen, sich mit Professor Richard Dean Karney angelegt zu haben. Auch wenn Sutherland nicht wissen konnte, wer sein geheimer Gegenspieler war. Wenn er es erfuhr, würde es zu spät sein.

Kar berührte das aus Symbolen bestehende Zeichen, und die Klappe öffnete sich. Der Hohlraum dahinter war in mildes konturloses Licht getaucht, wie von einer unsichtbaren Lichtquelle erhellt. Er griff mit der linken Hand hinein und zog einen der Symbionten daraus hervor. Das farblose Geschöpf nahm einen rötlichen Schimmer an und wand sich in seiner Hand, seine Fühler tasteten zitternd umher.

Kar hatte den fremdartigen Lebewesen den Namen *Apophis-Symbionten* gegeben, weil die unbekannten Erbauer der Pyramide dafür die entsprechenden altägyptischen Hieroglyphen benutzt hatten. Diese Zeichen hatten ihm geholfen, wenigstens einen Teil des Textes zu entziffern. So hatte er gelernt, wie er einen Symbionten in den Kopf eines Menschen verpflanzen und dann mit ihm geistig in Kontakt treten konnte.

Bei jedem anderen Menschen würden sich die Fühler der Würmer ins Fleisch bohren, als bestünde es aus heißem Wachs, aber bei ihm glitten die Fühlerspitzen nur prüfend über die schuppige Haut seiner linken Hand. Kar lächelte grimmig. Er war kein normaler Mensch mehr, er war mehr als nur ein Mensch. Und wenn die Veränderungen an seinem Körper der Preis dafür waren, dann war er bereit, ihn zu zahlen. Wenigstens versuchte er sich das einzureden.

Er verschloß die Klappe wieder und verließ die Bibliothek mit dem Symbionten. Das fremdartige Geschöpf behutsam in der Hand haltend, machte er sich auf den Weg in die Tiefe der Pyramide, um mit Hilfe der uralten Technik Kontakt mit seinen unfreiwilligen Mitarbeitern aufzunehmen, den unglücklichen Menschen, die einen solchen Wurm im Hirn trugen.

Jeder dieser Symbiontenträger war ein willenloses Werkzeug Kars.

Charles Belford blickte sich prüfend im Sezierraum um.

Er wußte eigentlich nicht, wonach er suchte, aber Dr. Mannors hatte ihm den Auftrag gegeben, hier nachzusehen, nachdem die völlig hysterische Sheila O'Brian erschienen war und unverständliches Zeug gestammelt hatte.

Charles wäre lieber bei ihr geblieben und hätte sich um sie gekümmert, aber er wußte, daß sie bei Dr. Mannors besser aufgehoben war.

Er mochte die junge Assistenzärztin, und er wußte, daß auch sie etwas für ihn übrig hatte. Hier in der Klinik gab sie sich meistens recht distanziert, aber in ihrem Privatleben taute sie auf, war einfach nur eine junge lebenslustige Frau.

Auf jeden Fall war sie alles andere als eine schreckhafte oder hysterische Person. Wenn sie derartig in Panik geraten war, mußte schon irgend etwas Ungewöhnliches vorgefallen sein.

Aber was?

Daß sich hier etwas Ungewöhnliches abgespielt hatte, war nicht zu übersehen. Der Sezierraum sah aus, als hätte ein Verrückter in ihm gewütet. Der Seziertisch, die Instrumentenablage und ein kleines Rollschränkchen waren umgefallen. Überall auf dem Boden lagen Scheren, Zangen, Pinzetten, Skalpelle und dergleichen herum, Fläschchen und Phiolen mit Chemikalien, die teilweise zerbrochen waren. Hier und da hatten sich Pfützen gebildet. Es roch scharf nach Alkohol und Säure.

Charles setzte vorsichtig einen Fuß vor den anderen, um nicht in eine Scherbe zu treten, als er sich der Leiche des Inders näherte. Sie lag neben dem umgestürzten Seziertisch mit dem Gesicht auf dem Boden, halb von einem Laken bedeckt. Ein Arm war ausgestreckt, die Finger waren gekrümmt.

Er hat mich festgehalten, er hat mich festgehalten! hatte Sheila immer wieder gestammelt.

Was auch immer hier geschehen war, Charles war sich sicher, daß der Tote nichts anderes getan hatte als das, was Leichen gemeinhin taten: still und reglos herumzuliegen. Wahrscheinlich hatte sich seine Hand nur in Sheilas Kittel verfangen, und als sie sich zu befreien versucht hatte, hatte sich die Leiche natürlich bewegt.

Das war zwar eine logische Erklärung, aber irgendwie befriedigte sie Charles nicht. Sheila war zu vernünftig und beherrscht, um gleich durchzudrehen. Er wußte es aus Erfahrung. Als er sie einmal in den düsteren Kellerräumen zu erschrecken versuchte, war sie nicht etwa schreiend davongelaufen, sondern hatte ihm einen so heftigen Schlag in die Magengrube versetzt, daß ihm die Luft weggeblieben war.

Nein, ganz so einfach konnte die Erklärung nicht sein. Es mußte eine Verkettung unglücklicher Umstände gegeben haben. Aber die zu rekonstruieren war so lange unmöglich, wie sich Sheila im Schockzustand befand. Sie mußten warten, bis sie sich wieder beruhigt hatte.

Der Pfleger ging neben dem Toten in die Knie. Er hatte den Inder vor und nach der Obduktion gesehen und wußte, was Sheila vorgehabt hatte: eine erste Untersuchung der Narbe hinter dem linken Ohr. Da die Leiche auf dem Gesicht lag, konnte Charles die Stelle deutlich erkennen.

Er stieß eine leise Verwünschung aus. Mannors würde nicht gerade erfreut sein. Durch den Sturz war der Schorf abgeplatzt. Die Wunde dahinter war deutlich sichtbar, ein unregelmäßiges Loch, das sich weit in den Schädel fortzusetzen schien. Ein paar Tropfen einer gelblich wäßrigen Flüssigkeit waren daraus hervorgesickert und bildeten eine kleine Lache auf dem Boden. Charles verzog das Gesicht. Die Flüssigkeit roch unangenehm, ein Gemisch verschiedener Duftnoten, von denen ihm eine irgendwie bekannt vorkam.

Dr. Mannors hatte ihm eingeschärft, nichts zu berühren, was Charles nur recht war. Sein Metier waren die Lebenden. Mit Leichen wollte er so wenig wie möglich zu tun haben, wenn sein Beruf es auch mit sich brachte, daß er immer wieder mit Toten konfrontiert wurde. Aber normalerweise rochen die nicht so nach …

… Dill. Das war es. Charles schüttelte den Kopf und stand wieder auf. Hoffentlich verging ihm nicht der Appetit, wenn er das nächste Mal irgendein Gericht aß, das mit Dill gewürzt worden war. Als er sich umdrehte, knirschte irgend etwas unter seinem Fuß. Der Pfleger blickte an seinem Bein herab und stellte fest, daß er mit dem Fuß in einer Pfütze aus einer klaren Flüssigkeit stand. Daneben lag ein zerbrochenes braunes Fläschchen mit der Aufschrift C2H5OH. Äthylalkohol. Hoffentlich hatte er sich keine Scherbe eingetreten.

Vorsichtig hob er das Bein und drehte den Fuß um. Auf dem anderen Bein balancierend betrachtete er die Schuhsohle.

Es war keine Scherbe, es war ein kleiner grauer Fleck. Ein zertretenes Insekt. Wahrscheinlich war es schon vorher tot gewesen, denn es hatte in der Alkoholpfütze gelegen.

Charles runzelte ungläubig die Stirn, blickte sich um und hob ein Skalpell auf. Ungeziefer hier in der Klinik! Dr. Mannors hatte zwar gesagt, er solle nichts berühren, aber so genau hatte der Doc es bestimmt nicht gemeint.

Er kratzte das Insekt sorgfältig von seiner Schuhsohle ab und säuberte die scharfe Klinge an einem herumliegenden Wattebausch. Dann verließ er den Sezierraum mit dem Wattebausch und dem beschmutzten Skalpell.

Ein schwacher Dillgeruch begleitete ihn, als er den Flur schnell durchquerte und die Treppe zum Erdgeschoß hinaufstieg, um Dr. Mannors Bericht zu erstatten. Daß er den Geruch nicht mehr wahrnahm, nachdem er den Wattebausch und das Skalpell in einen hermetisch verschließbaren Abfallkübel geworfen hatte, wurde ihm gar nicht mehr bewußt, denn da war er mit seinen Gedanken schon wieder bei Sheila.

Der ehrenwerte Sir Andrew Raleigh, Peer of the Realm, hatte seit drei Tagen keinen Alkohol mehr getrunken.

Nun ja, so ganz stimmte das nicht. Er hatte sich heimlich ein Fläschchen Tullamore Dew eingeschmuggelt, und trotz aller eisernen Vorsätze hatte das die ersten zwölf Stunden nicht überlebt.

Sir Andrew war Alkoholiker und saß auf dem Trockenen.

Dies war sein zweiter Anlauf, aus der verhängnisvollen Sucht auszubrechen. Ein Kollege aus dem Oberhaus des britischen Parlaments hatte ihm die exklusive Privatklinik im Herzen Londons empfohlen. Hier, so hatte er gesagt, herrsche eine gediegene Atmosphäre absoluter Diskretion. Außerdem sei die Klinik kein Gefängnis. Sir Andrew könne jederzeit selbst entscheiden, ob er die Behandlung fortsetzen wolle oder nicht.

Im Augenblick kämpfte Sir Andrew gegen das schier übermächtige Verlangen an, sich anzuziehen und den nächsten Pub aufzusuchen.

Nicht nur, daß er sich körperlich elend fühlte – er litt an

Schweißausbrüchen, Krämpfen, Schwindel und Anfällen von Schüttelfrost –, nicht nur, daß er ständig ein mit einer bernsteinfarbenen Flüssigkeit gefülltes Glas vor sich sah, seit einiger Zeit glaubte er auch immer wieder huschende Bewegungen zu sehen.

Meist waren es Schemen am Rande seines Blickfeldes, die immer wieder hinterlistigerweise verschwanden, sobald er sie fixieren wollte. Sir Andrew wußte nur zu gut, daß diese Schemen Einbildungen waren, hervorgerufen durch den gnadenlosen Entzug. Aber etwas zu wissen und zu sehen waren zweierlei Dinge.

Sehen heißt glauben, lautete ein altes Sprichwort.

Sir Andrew Raleigh hielt im Augenblick die Augen geschlossen.

»Würdest du wie jeder anständige Brite schottischen Whisky trinken«, hatte sein Freund Mortimer ihm vorgehalten, »hättest du diese Probleme nicht. Aber nein, du mußtest dir ja dieses irische Gift einflößen, das Nationalgetränk der Katholiken. Wieso, glaubst du, sind wir ihnen seit jeher überlegen gewesen?«

Er hatte dabei mit den Augen gezwinkert, aber Sir Andrew war sich nicht sicher, ob Mortimer wirklich nur einen Scherz gemacht hatte. Sein Freund zeichnete sich nicht gerade durch große Toleranz der Nachbarinsel gegenüber aus.

Auch den Peer selbst konnte man schwerlich als einen großen Freund der Iren bezeichnen. Aber Sir Andrew war Pragmatiker, und was das Trinken anging, war er Kosmopolit. Es scherte ihn herzlich wenig, ob der Schnaps von den Protestanten, den Katholiken oder meinetwegen auch von den Buddhisten stammte. Er hätte genauso gerne Schnaps von den Mohammedanern getrunken, aber aus unerfindlichen Gründen hatten diese Brüder den Alkohol ja verdammt.

Und den besten Stoff, den er kannte, stellten nun mal die Iren her.

Sir Andrew Raleigh warf sich unruhig in seinem Bett hin und her. Die Laken waren feucht, sein ganzer Körper war von kaltem Schweiß bedeckt. Neben ihm auf dem Nachttischchen standen ein großer Krug mit Wasser und ein Schälchen mit Pillen. Wenn es zu schlimm wurde, sollte er eine davon mit viel Wasser herunterspülen oder die Krankenschwester rufen.

Als er die Augen öffnete, sah er die Schemen wieder. Da, links von ihm, krabbelte etwas Häßliches mit vielen Beinen, so groß wie ein Handteller. Der Peer zwang sich, genauer hinzusehen, aber natürlich war das Vieh im selben Augenblick verschwunden. Wahrscheinlich in einer Falte der Bettdecke.

Der Politiker zog die Decke glatt, aber das Ungetüm blieb verschwunden. Dafür war ein zweites an seinem rechten Blickfeld erschienen, das sich wand und schlängelte. Er schlug danach, spürte aber nur den Stoff der Decke unter seiner Hand.

Sir Andrew wischte sich den Schweiß von der Stirn und setzte sich auf. Das Nachttischlämpchen spendete gerade genug Licht, um das Krankenzimmer schwach auszuleuchten. Wände und Teppiche waren in hellen freundlichen Pastellfarben gehalten. Vor dem großen Fenster, das auf den gepflegten Garten der Privatklinik hinausging, waren jetzt in der Nacht die Gardinen zugezogen.

Der Peer of the Realm ergriff den Krug und goß sich mit zitternden Händen ein Glas Wasser ein. Daß er dabei die Hälfte verschüttete, nahm er gar nicht wahr. Er nahm die vorletzte Pille und spülte sie mit großen Schlucken herunter. Danach fühlte er sich etwas besser.

Er ließ sich auf das Bett zurücksinken, streckte die Hand zum Lichtschalter aus und überlegte es sich im letzten Augenblick anders. Zwar würde er in der Dunkelheit keine huschenden Schemen mehr sehen können, aber dafür würde ihm seine Phantasie noch ekligere Geschöpfe ausmalen.

Eine Zeitlang döste er so vor sich hin, bis ihn ein weiterer Krampf überkam. Sir Andrew Raleigh krümmte sich unter der Decke und preßte die Hände in die Magengrube. Kurze Zeit darauf ebbte der Krampf wieder ab. Keuchend und schweißüberströmt lag der Peer da und starrte blicklos auf das Fußende des Bettes.

Da war wieder etwas, eine Bewegung über seinem Bauch, ein kleiner dunkler Fleck. Nein, zwei Flecken, drei …

Sir Andrew betrachtete sie aus zusammengekniffenen Augen, aber diesmal weigerten sich die Dinger zu verschwinden. Er fuchtelte schwach in ihre Richtung. Die kleinen Käfer blieben. Sie schienen zu pulsieren.

Jetzt krabbelten sie näher.

»Verschwindet!« rief Sir Andrew mit dünner Stimme und fuhr mit der Hand über die Decke. Er hatte das Gefühl, zwei kleine Brotkrumen wegzuwischen, und tatsächlich waren die Flecken verschwunden. Aber er hatte sie nicht nur gesehen, er hatte sie auch *gespürt*.

»Jetzt wird es ganz schlimm«, flüsterte er leise. Er überlegte einen Augenblick lang, ob er die Nachtschwester rufen sollte, entschied sich dann aber dagegen. Solange es nicht unbedingt erforderlich wurde, sollte keine Bürgerliche ein Mitglied des britischen Oberhauses und Angehörigen alten Adels so hilflos sehen. Statt dessen gab er sich einen Ruck und löschte das Licht. Erstaunlicherweise gelang es ihm, sich zu entspannen. Er wurde zunehmend müder, das Medikament schien zu wirken. Sollte er tatsächlich einschlafen können, den dritten Tag ohne Alkohol überstehen?

Seine Glieder fühlten sich schwer an, aber es war eine angenehme Schwere und Wärme. Nur noch ein paar Minuten, und er würde in den Schlaf hinüberdämmern.

Ein leichter Luftzug streifte seine Wange. Sir Andrew seufzte und zog das Laken höher. Da war es wieder, das Gefühl, aber nicht so sehr wie ein Luftzug, eher wie die schwache Berührung einer Feder. Es kitzelte ein wenig und näherte sich seiner Nase. Im Halbschlaf stieß der Peer die Luft durch die Nase aus, um die Feder fortzupusten. Das Gefühl verschwand. Er glaubte nur noch, einen feinen aromatischen Geruch wie nach Dill wahrzunehmen. Dann war er endgültig eingeschlafen.

Kurz darauf wurde er von einem scharfen Brennen in der Nase unsanft wieder aus dem Schlaf gerissen.

Sir Andrew fuhr hoch und schlug sich instinktiv gegen die Nase. Benommen und mit bebenden Fingern tastete er nach dem Lichtschalter. Seine Hand stieß gegen etwas Glattes und Kühles, das umkippte und mit einem dumpfen Geräusch zu Boden fiel. Dann hatte er den Lichtschalter gefunden, und das Licht flammte auf. Es schien ihm viel heller als zuvor.

Das Brennen in der Nase hatte aufgehört und war zu einem schwachen Kribbeln geworden. Der Peer spürte, wie ihm die Augen zu tränen begannen, und unvermittelt mußte er niesen. Seine Hand flog automatisch vor seine Nase, und als er sie zurückzog, entdeckte er dort einen roten Fleck.

Blut.

Er starrte die Hand an, über sie hinweg und zuckte zusammen. Da waren sie wieder, die beiden dunklen Punkte, zwei kaum einen Zentimeter große Käfer, die auf der Bettdecke saßen und seinen Blick zu erwidern schienen. Mit fast übernatürlicher Klarheit erkannte Sir Andrew feine Fühler, die zitternd vibrierten.

Eins von den Viechern ist mir in die Nase gekrochen! zuckte es ihm durch den Kopf.

Er drückte sich das linke Nasenloch zu und blies die Luft kräftig durch das rechte aus. Das einzige, was daraus hervordrang, waren zwei Tropfen Blut. Jetzt hatte auch das Kribbeln aufgehört, und seine Nase fühlte sich merkwürdig taub an.

Dafür verspürte er einen Stich in der Stirn in Höhe der rechten Augenbraue. Er kniff kurz die Augen zusammen, und das Gefühl verging.

Als er die Augen wieder öffnete, saßen die Käfer nach wie vor auf der Bettdecke. Ihre Fühler hörten auf zu zittern, sie verharrten noch einen Augenblick lang reglos und schossen dann wie auf ein Kommando nach rechts und links davon. Sir Andrew griff nach dem Klingelknopf und drückte ihn.

Es dauerte nicht lange, bis er ein leises Klopfen an seiner Tür vernahm, die gleich darauf geöffnet wurde. Die Nachtschwester trat ein, sah sich kurz um, dann schaltete sie die Deckenbeleuchtung ein. Der Peer schloß geblendet die Augen.

»Sir Andrew?« fragte die Schwester. Sie war eine Deutsche und hieß Anja Wahren. Sir Andrew mochte sie, so wie er fast alle Krankenschwestern mochte. Sie strahlten irgendwie etwas Fürsorgliches aus. Seine erste Liebesnacht hatte er mit einer Krankenschwester erlebt, die vier Jahre älter als er gewesen war.

»Da waren ein paar Käfer in meinem Zimmer«, begann er und rieb sich mit dem Handrücken über die Nase. Er sah den Gesichtsausdruck der Schwester und fügte sofort hinzu: »Nein, keine Alkohol-Halluzination. Ich habe sie nicht nur gesehen, ich habe sie auch gefühlt. Eins der Viecher ist mir sogar in die Nase gekrochen.« Zum Beweis hielt er ihr die blutverschmierte Hand entgegen.

Die Schwester hob den Wasserkrug auf, den er umgeworfen hatte, betrachtete seine Hand und dann seine Nase. Sie runzelte die Stirn.

»Haben Sie irgendwelche Beschwerden?« wollte sie wissen.

»Jetzt nicht mehr«, erwiderte Sir Andrew. »Aber ich habe da so ein taubes Gefühl, das sich vom rechten Nasenloch bis zur Stirn hochzieht.«

Die Deutsche wirkte einen Moment lang unschlüssig, dann sagte sie: »Ich werde Dr. Marten Bescheid sagen.«

Dr. Cliff Marten konnte nicht viel älter als dreißig Jahre sein und wirkte noch bedeutend jünger. Man hätte ihn für einen Bauarbeiter halten können. Er war groß, breitschultrig, hatte ein sonnengebräuntes Gesicht mit vielen Sommersprossen und sah so aus, als würde er ständig im Freien schwere körperliche Arbeit leisten. Trotzdem (oder gerade deswegen) gelang es ihm irgendwie, seinen Patienten auf Anhieb Vertrauen einzuflößen.

Jetzt saß er auf der Bettkante des Oberhauspolitikers und erweckte den Eindruck, als wären sie alte Bekannte. Er legte das Gerät beiseite, mit dem er Sir Andrews Nase ausgeleuchtet und gründlich untersucht hatte, und verschränkte die Hände vor seinem Bauch.

»Es ist nichts in Ihrer Nase, Sir Andrew«, versicherte er. »Jedenfalls nichts, was nicht dort hingehört.« Er lächelte freundlich und beruhigend.

»Ich weiß, was mit mir los ist, Dr. Marten«, erwiderte Sir Andrew. »Ich habe bei meinem ersten Versuch, trocken zu werden, alles mögliche krabbeln und kriechen gesehen, aber das hier war anders. Diese Dinger waren ganz ... real. Und das Nasenbluten, das habe ich mir bestimmt nicht eingebildet.«

»Nasenbluten ist nichts Ungewöhnliches«, erklärte der Arzt. »Gerade in Ihrem Fall ist das ganz normal. Sie haben extrem hohen Blutdruck, da kann es leicht passieren, daß ein Gefäß in der Nasenwand platzt. Außerdem haben Sie selbst erzählt, daß Sie sich beim Aufwachen auf die Nase geschlagen haben. Und Sie sind sich sicher, daß der ... Käfer nicht mehr aus Ihrer Nase herausgekrabbelt ist?«

Sir Andrew nickte.

»Sehen Sie«, fuhr Dr. Marten fort, »wenn ein Käfer in Ihre Nase gekrochen wäre, hätte ich ihn entweder sehen oder ertasten können, oder aber er müßte mittlerweile in Ihrem Gehirn angelangt sein. Und dann würden Sie jetzt nicht so ruhig hier sitzen und mit mir plaudern. Wie fühlen Sie sich?«

»Es geht mir ...« Der Peer stutzte kurz, als er sich dessen bewußt wurde. » ... es geht mir gut. Ich meine, ich fühle mich besser als irgendwann während der letzten drei Tage. Als hätte ich überhaupt keine Probleme.«

Wieder lächelte Dr. Marten. »Das freut mich«, sagte er, und es klang völlig aufrichtig. »Ich bin sehr zuversichtlich in Ihrem Fall. Natürlich haben Sie noch einen langen und schweren Weg vor sich, aber es sieht so aus, als hätten Sie die erste Hürde erstaunlich glatt genommen.«

Sir Andrew Raleigh ließ sich in das Kissen zurücksinken. »Sie meinen, ich könnte bald entlassen werden?« erkundigte er sich.

»Ganz so einfach ist es nicht«, widersprach Cliff Marten. »Aber ich kann Ihnen nur zu Ihrer Konstitution gratulieren. Andere Patienten in Ihrer Lage würden jetzt Höllenqualen erdulden müssen.« Er hob warnend den Zeigefinger. »Aber werden Sie nicht übermütig. Auch Ihnen wird noch eine schwere Zeit bevorstehen.«

Er konnte nicht ahnen, daß das eine gewaltige Untertreibung war.

Es war vier Uhr morgens, als Dr. Chuck Mannors die Handschuhe abstreifte und sich den Nacken massierte.

»Ich gebe es nur ungern zu«, sagte er gedehnt, »aber so etwas Verrücktes habe ich noch nie gesehen.«

Das Diktiergerät, in das er die Beobachtungen der Schädelobduktion gesprochen hatte, war ausgeschaltet. Es lag neben dem Fotoapparat, mit dem Charles Belford auf Mannors Anweisung mindestens drei Dutzend Bilder während der drei Stunden dauernden Prozedur geschossen hatte.

Charles gähnte herzhaft. Eigentlich wäre seine Schicht um zehn Uhr zu Ende gewesen, aber nachdem Sheila ausgefallen war und das andere medizinische Personal seinen Aufgaben nachgehen mußte, hatte er die Ehre gehabt, Dr. Mannors bei seiner Arbeit assistieren zu dürfen. Der Arzt hatte ihm mehr als einmal versichert, daß an ihm ein guter Chirurg verloren gegangen wäre.

»Was ist so ungewöhnlich an diesem Fall, Doc?« wollte er wissen. »Ich weiß, ich bin kein Experte, aber versuchen Sie doch mal, es mir mit einfachen Worten zu erklären.«

»Was daran ungewöhnlich ist?« fragte Mannors zurück. »Nun, ich will es so sagen: alles.«

Er breitete das Laken über dem toten Inder aus, zog sich einen Stuhl heran und setzte sich.

»Fangen wir am Anfang an«, begann er. »Der Wundkanal. Er ist weder durch eine Stich- noch durch eine Schußwaffe entstanden, dazu ist er zu unregelmäßig. Und eigentlich hätte er geschlossen sein müssen, denn die Kopfhaut war fast verheilt.«

»Na und?« fragte Charles, als der Arzt schwieg.

»Das heißt, er muß nach dem Tod wieder geöffnet worden sein. Aber als ich den Toten zum erstenmal obduziert habe, war die Wunde noch durch Schorf verschlossen. Also muß die Öffnung von innen her erfolgt sein. Es sei denn, Sheila hätte darin herumgestochert. Aber dann wären abgetrennte Gewebepartikel nach innen transportiert worden, und das Gegenteil ist der Fall.«

»Er hatte irgend etwas im Kopf, das ausgetreten ist. Das hat Sheila so erschreckt«, vermutete Charles.

Mannors nickte. »Das ist naheliegend«, bestätigte er. »Aber ich kenne keine Art von Parasit, der dazu in der Lage und groß genug wäre. Das nächste ist der Schädelknochen. Er weist ein Loch mit einem Durchmesser von eineinhalb Zentimetern auf. Die Knochenmasse wurde entfernt und säuberlich um die Öffnung herum abgelagert. Auf der *Außenseite* des Schädelknochens.«

»Ein Bohrer?« schlug Charles vor.

Mannors schüttelte den Kopf. »Nein, dagegen spricht mehreres. Erstens der Wundkanal, der gewunden ist. Zweitens ist die Wunde noch sehr frisch, das Loch im Schädelknochen würde winzige Zacken und Kanten aufweisen. Die Ränder sind aber völlig glatt. Drittens, es hätten zumindest winzige Knochenpartikel in den Gehirnraum eindringen müssen – was nicht der Fall ist. Viertens, die abgelagerten Knochenpartikel müßten scharfkantig sein. Sie sind jedoch zu einem feinen Brei aufgelöst worden und haben sich ringförmig um die Öffnung abgelagert. Ich kenne kein Instrument und keine Methode, um eine derartige Öffnung zu erzeugen.«

Er atmete tief durch und fuchtelte verärgert mit den Händen in der Luft herum.

»Der Wundkanal setzt sich bis zur Zirbeldrüse fort. Es hat jedoch keine Gehirnblutungen gegeben. Warum nicht? Teile der Gehirnmasse wurden entfernt. Wo sind sie geblieben?

Direkt an der Zirbeldrüse ist ein Hohlraum von der Größe einer ausgewachsenen Pflaume entstanden. Wie überlebt man so etwas? In dem Hohlraum befinden sich organische Substanzen, die in einem Gehirn nichts verloren haben. Wo kommen die her? Und das sind nur die offensichtlichen Punkte, die eine ganze Reihe weiterer Fragen aufwerfen. Fazit: Wir sind hier auf etwas völlig Unmögliches gestoßen.«

Charles dachte eine Weile nach, bevor er entgegnete: »Unmöglich ist es nicht, denn wir wissen ja, daß es passiert ist. Bleibt nur die Frage: Was und wie ist es passiert?«

»Richtig«, gab Dr. Mannors zu. Er deutete auf eine Reihe kleiner Behälter mit verschiedenen Gewebeproben. »Jetzt sind die Kollegen aus dem Labor an der Reihe. Aber ich wage jetzt schon die Prophezeiung, daß auch sie vor einer Menge Rätsel stehen werden.«

»Eine Frage noch, Dr. Mannors«, sagte Charles. »Bei all diesen Ungereimtheiten, wäre es da nicht möglich, daß das, was auch immer in dem Gehirn gesteckt hat, irgendwie zu Bewegungen des Toten geführt hat? Daß Sheila tatsächlich recht hat?«

»Wenn dieser Madhav erst zwei oder drei Stunden lang tot wäre, würde ich das nicht unbedingt ausschließen«, erwiderte Dr. Mannors. »Sie kennen ja die Sache mit dem Fisch, der noch aus der Bratpfanne springt, nachdem er geköpft, geschuppt und ausgenommen worden ist. Muskelreflexe, wenn sich eine elektrische Spannung aufbaut. Aber dieser Mann ist seit mehr als 36 Stunden tot.«

Er massierte sich müde die Augenbrauen.

»Andererseits darf ich in diesem Fall überhaupt nichts mehr ausschließen. Ich werde mich jetzt erst einmal aufs Ohr hauen. Und morgen, noch bevor ich den Bericht verfasse, werde ich mit meinem Freund Ian telefonieren. Wenn der alte Knabe mehr über diesen Madhav weiß, als im Polizeibericht steht, wird er es mir verraten müssen.«

Kar hatte mehrere Stunden in einem unterirdischen Teil der Pyramide zugebracht, die bestimmt hundert Meter unter dem Meeresspiegel lag.

Hier gab es seltsame walzenförmige Metallgebilde aus einer unbekannten Legierung, in denen der Wissenschaftler eine Art von Generatoren vermutete. Schließlich mußte die Energie, mit der die Gerätschaften der Pyramide betrieben wurden, ja irgendwo herkommen. Allerdings blieben die sechs Meter langen Röhren stets stumm. Nicht das leiseste Summen war zu hören, nicht das schwächste Vibrieren zu spüren.

Die halb versunkene Pyramide auf dem kleinen Atoll östlich des Kermadoc-Tonga-Grabens barg nach wie vor ihre Geheimnisse. Zwar hatte Kar mit der Zeit gelernt, einige ihrer Einrichtungen zu bedienen, aber wie sie funktionierten, war ihm rätselhaft geblieben.

Zum Beispiel die ovale, zwei Meter durchmessende Kristallplatte, die auf sieben dünnen silbernen Säulen ruhte. Auf ihrer polierten Oberfläche spiegelte sich ein verwirrendes Linienmuster, das, wie Kar mittlerweile herausgefunden hatte, Magnetfelder darstellte. Und diese Felder waren nicht stabil. Sie wanderten langsam und unmerklich nach einem System, das er nicht zu durchblicken vermochte.

Jetzt saß Kar vor der Kristallplatte, die ein flaches Abbild des Globus darstellte und auf die er die Umrisse der Kontinente aufgezeichnet hatte. Er hatte sie dazu benutzt, Blicke in die verschiedensten Winkel der Erde zu tun, weiter nach alten Relikten der Zivilisation zu suchen, die auch diese Pyramide erbaut hatte. Doch wieder einmal war er nicht fündig geworden. Für heute mußte er die Suche abbrechen, sie erforderte zuviel Kraft.

Die Platte besaß auch eine zweite Funktion, die zu benutzen er sich in letzter Zeit aber kaum noch gestattete. Mit ihr konnte er Menschen oder Gegenstände von und in alle Gegenden der Erde transportieren. Allerdings funktionierte das nicht immer reibungslos. Zum Beispiel Oake Dùn, das

Domizil von Sir Ian Sutherland und Sitz von A.I.M., dem *Analytic Institut for Mysteries*, schien aus irgendeinem Grund außerhalb seiner Reichweite zu liegen. Bei einem seiner letzten Versuche hatte sich außerdem eine unsichtbare und fremdartige Wesenheit in der Pyramide materialisiert – ein Feind, wie er sofort erkannt hatte. Das gab den Ausschlag, in Zukunft nur noch sehr vorsichtig mit der Maschine umzugehen.

›Zeitlose Ortsversetzung‹ nannte Kar das Phänomen nach einer Inschrift, die er halbwegs hatte entziffern können.

Er ergriff den Apophis-Symbionten, den er sich wie einen Talisman in die Seitentasche seiner Jacke gesteckt hatte, und wollte gerade aufstehen, doch er kam nicht mehr dazu.

Der nächste Anfall überkam ihn genauso unvermittelt wie alle anderen vorher. Wieder wurde ihm schwarz vor den Augen, und er verlor völlig die Orientierung.

Gier, Hunger, das Verlangen nach Schutz und Wärme und das Gefühl, dem Ziel ganz nahe zu sein. Und dann tatsächlich die Empfindung von Wärme und Befriedigung.

Eine Weile saß Kar nur da und genoß den Frieden, der ihn plötzlich erfüllte. Dann wurde es wieder hell vor seinen Augen.

Aber was er sah, war nicht die Kristallplatte. Es war ein fremder Raum mit hellen pastellfarbenen Wänden. Kar hatte den Eindruck, durch eine Wasserwand zu blicken; alles wirkte verzerrt und unscharf. Ein Mann und eine Frau, beide weiß gekleidet. Der Mann hielt irgendeinen Gegenstand in der Hand, um seinen Hals hing etwas wie eine lange Kette. Wortfetzen drangen an Kars Ohren.

»... Nasenbluten ... Blutdruck ... Käfer ... in Nase ... Gehirn ...«

Ein Arzt? Eine Krankenschwester? Dann mußte das folglich eine Klinik sein. Aber wo, zum Teufel, spielte sich diese Szene ab? Und wieso nahm er sie wahr?

»... geht mir gut ... keine Probleme ...«

Es dauerte eine Weile, bis Kar begriff, daß er selbst diese

Worte gesprochen hatte. Und doch kam es ihm so vor, als stammten sie von jemand anderem, als würde er sie nur nachplappern.

Er bemerkte nicht, daß sich seine linke Hand, in der er den Apophis-Symbionten hielt, langsam öffnete und der Wurm auf die Kristallplatte fiel. Aber im selben Augenblick erlosch die Vision, und Kar fand sich in seiner Pyramide wieder.

Benommen schüttelte er den Kopf. Er mußte die Projektion der subjektiven Wahrnehmung eines Symbiontenträgers empfangen haben, ohne sich bewußt darauf zu konzentrieren. Das war bisher noch nie vorgekommen, und normalerweise wußte er auch immer ganz genau, um welchen Menschen es sich dabei handelte, denn er mußte sich zuvor auf ihn einstimmen. Zudem waren die Gedankenbilder, die er aus den Gehirnen der befallenen Menschen empfing, nie so deutlich gewesen wie diese.

Wahrscheinlich hatte er sich einfach nur überanstrengt. Außerdem hatte er noch nie einen der Würmer so lange mit sich herumgetragen. Es war Zeit, das Geschöpf zu seinen Artgenossen zurückzubringen und sich schlafen zu legen.

Erst jetzt fiel ihm auf, daß er den Symbionten nicht mehr in der Hand hielt. Wo war der Wurm? Da, auf der Kristallplatte.

Kar griff danach, aber seine Hand zitterte und schob das Geschöpf zur Seite. Sofort glitt der Symbiont zur selben Stelle zurück, auf der er gelegen hatte.

Der Wissenschaftler beobachtete ihn fasziniert. Es hatte fast so ausgesehen, als wäre das kakerlakenartige Wesen über die Kristallscheibe geschwebt, wie ein Stück Trockeneis auf einer Tischplatte. Wie hatte es das gemacht? Schließlich besaß es keine Beine.

Er stieß den Symbionten erneut an. Und wieder glitt das Tier schnell und geschmeidig zu seiner ursprünglichen Position zurück. Seine langen und hauchdünnen Fühler tasteten über die Kristallplatte.

Kar wiederholte den Versuch noch ein paarmal, und das

Ergebnis war jedesmal dasselbe. Irgend etwas zog den Symbionten immer wieder an dieselbe Stelle zurück.

Er betrachtete sie genauer. England, Südengland. Ein ganz bestimmter Punkt, den die Fühler berührten. Ob er den Symbionten nach rechts oder links, nach oben oder unten verschob, die Fühler trafen mit traumwandlerischer Sicherheit haargenau dieselbe Stelle.

Und an dieser Stelle lag London.

»Was willst du mir damit sagen, Kleines?« flüsterte Kar und streichelte dem Tier vorsichtig über den Rücken. »Steckt dort in London die Quelle, die mir diese merkwürdigen Visionen schickt?«

Er ging im Kopf die Liste seiner unfreiwilligen Mitarbeiter durch, die er mit einem Wurm geimpft hatte. Richtig, einen hatte er in London postiert, einen höheren Beamten in einer Behörde des britischen Außenministeriums. War es dieser Mann, der ihm die beängstigenden Visionen schickte?

Er ergriff den Symbionten und stimmte sich auf den Mann ein. Eine kurze Überprüfung zeigte ihm, daß der Beamte nicht die Quelle der gedanklichen Übertragung war. Der Mann lag friedlich zu Hause in seinem Bett und schlief. In London war es jetzt gegen Mitternacht.

Kar versuchte, das Gefühl zu rekapitulieren, das er bei den spontanen Visionen empfunden hatte, aber es gelang ihm nicht. Es war einerseits vertraut, andererseits aber fremdartig. Vielleicht handelte es sich um die Emotionen schlafender Symbionten.

Professor Richard Dean Karney beschloß, für heute endgültig Schluß zu machen. Er stieg die Treppe zur Spitze der Pyramide hinauf, betrat die Bibliothek, ging zu dem Monolithen und berührte die Stelle, die das Fach mit den Symbionten enthielt. Die Klappe öffnete sich, und er legte den Wurm zu seinen Artgenossen. Vor der Säule blieb er noch eine Weile stehen.

Die Apophis-Symbionten waren in mehr als einer Hinsicht genauso rätselhaft wie die gesamte Pyramide. Was hatte sie so lange am Leben erhalten? Sie mußten seit Jahrtausenden in dieser Aussparung des Monolithen liegen, und sie hatten diese Zeit anscheinend ohne Nahrung überstanden. Auch gab es nicht die geringsten Anzeichen für irgendwelche Körperausscheidungen, die beim Stoffwechsel eines Lebewesens zwangsläufig anfallen mußten.

Die Ursache ihrer Langlebigkeit mußte in dem Monolithen selbst verborgen liegen. Kar hatte festgestellt, daß ein Symbiont, der sich länger als achtundvierzig Stunden außerhalb des Fachs aufhielt, ohne sich in einem Gehirn einnisten zu können, unweigerlich starb. Zwei seiner kostbaren Würmer hatte er auf diese Weise verloren. Noch waren genügend vorhanden, mindestens fünfzig Stück, aber das Ende war abzusehen.

Gerade in letzter Zeit hatte er eine ganze Menge davon verbraucht bei dem Versuch, diesem Tom Ericson und seiner Begleiterin Gudrun Heber das Auge der Göttin Khom abzujagen, ein allem Anschein nach mächtiges Artefakt, das er einer anderen Kultur als der zuordnete, die diese Pyramide erbaut hatte, wenn auch beide Zivilisationen ungefähr zur selben Zeit existiert haben mußten. Immer wieder war er gescheitert. Aber zumindest die Goldmaske, in die das Auge ursprünglich eingebettet gewesen war, würde er schon bald in seinen Besitz bringen. Suzy Duvall war unterwegs, um es zu holen. Das zweite Auge hatte dieser arrogante Archäologe Tom Ericson idiotischerweise zerstört. Bei dem bloßen Gedanken an diese Verschwendung wäre Kar am liebsten in die Luft gegangen.

Ein weiteres Rätsel gab ihm die Herkunft der Symbionten auf. Es gab keine vergleichbaren Geschöpfe auf der Erde, also mußten sie gezüchtet worden sein. Außerdem besaßen sie keinerlei Geschlechtsorgane, jedenfalls hatte er auch nach einer akribischen Untersuchung keine entdecken können. Wie also pflanzten sie sich fort? Oder waren sie überhaupt nicht in der Lage, sich zu vermehren, mußten sie künstlich erzeugt werden? Kar hätte ein Vermögen für die Antwort auf diese Frage gegeben. Die Symbionten bildeten eine Säule seiner Macht. Ohne sie würde seine Organisation ins Wanken geraten.

Er verließ die Bibliothek und zog sich in seine Privaträume zurück. Er hatte noch über vieles nachzudenken.

Dr. Chuck Mannors hatte höchstens vier Stunden geschlafen, fühlte sich aber trotzdem ausgeruht und munter. Er saß mit einer Tasse dampfenden schwarzen Kaffees in seinem Büro und hörte das Band mit dem Obduktionsbericht ab, das er in der letzten Nacht besprochen hatte. Die dazugehörenden Fotos waren im klinikeigenen Fotolabor entwickelt worden und lagen auf seinem Schreibtisch.

Aus zeitlichem Abstand betrachtet erschienen ihm die Befunde der Untersuchung fast noch unglaublicher. Die Kollegen von Scotland Yard würden ihn für verrückt erklären, wenn sie seinen Bericht in den Händen hielten. Aber bevor er den verfaßte, wollte er noch einmal mit Ian Sutherland sprechen, der ein Cousin dritten Grades von ihm war.

Er wählte die Nummer von Oake Dùn und war überrascht, als sich bereits nach dem ersten Klingelzeichen eine Männerstimme mit französischem Akzent meldete:

»Anwesen von Sir Ian Sutherland, Pierre Leroy am Apparat.«

Mannors kannte Pierre Leroy flüchtig, einen kleinen drahtigen Franzosen, der bei Sutherland in Diensten stand. Normalerweise nahm Connor die Anrufe entgegen.

»Dr. Chuck Mannors«, antwortete er. »Ist Ian zu sprechen?«

»Einen Augenblick, bitte.«

Es knackte kurz in der Leitung, und gleich darauf meldete sich der Schotte. »Chuck, was gibt es?«

»Was ist eigentlich bei euch los?« fragte der Arzt zurück. »Hockt ihr alle direkt neben dem Telefon?«

»Wie warten auf Nachricht von Tom Ericson und Gudrun Heber«, erklärte Sutherland. »Ihr Flugzeug wird seit gestern über dem Atlantik vermißt.«

Mannors runzelte die Stirn. Connor hatte ihm von dem Archäologen und der Anthropologin erzählt. Sie waren bei dem Attentat dabei gewesen, hatten mit dem Inder noch unmittelbar vor dessen Tod gesprochen. Sutherland hatte durch seine Beziehungen dafür gesorgt, daß Mannors die Obduktion durchführte.

»Glaubst du, es besteht irgendein Zusammenhang zwischen dem Inder und dem Verschwinden des Flugzeugs?« Das Wort Absturz hatte er ganz bewußt vermieden.

»Ich befürchte es fast«, gab Sutherland zurück. »Nach dem, was Connor herausgefunden hat, war dieser Madhav höchstwahrscheinlich Matrose auf dem Frachter, der Mr. Ericson und Miss Heber aus dem Pazifik gefischt hat. Es wurden mehrfach Anschläge auf sie verübt. Daß sie jetzt vermißt werden, scheint mir kein Zufall zu sein. Und ich Idiot habe ihnen diesen Flug auch noch besorgt.«

Er schwieg einen Augenblick lang. Mannors war klar, daß sich Sutherland schwerste Vorwürfe machte.

»Wieso rufst du an?« fragte der Earl of Oake Dùn schließlich. »Hast du irgend etwas Ungewöhnliches entdecken können?«

»Das wäre eine gewaltige Untertreibung«, erwiderte der Arzt. Er schilderte Sutherland die Ergebnisse der Schädelöffnung. Daß er polizeiliche Interna weitergab, spielte in diesem Fall keine Rolle. Sutherland war Geheimnisträger. Der Schotte kannte die gesamte Ministerriege der britischen Regierung persönlich und war mit einigen befreundet. Außerdem war er mehr als einmal in diplomatischer Mission für Ihre Majestät tätig geworden.

»Interessant«, stellte er fest, nachdem Mannors geendet hatte, »auch wenn es die ganze Angelegenheit immer mysteriöser erscheinen läßt.«

»Das ist ja dein Fachgebiet«, warf Mannors ein.

»Ich möchte dir eine Frage stellen«, sagte Sutherland. »Hältst du es für möglich, daß man dem Inder irgendein Gerät implantiert hat, mit dem man ihn quasi fernsteuern konnte?«

Mannors mußte nicht lange überlegen. »Nein«, widersprach er. »Erstens hätte sich das Gerät dann in Luft auflösen müssen, und zweitens wäre das eine technische Revolution, die zumindest in Fachkreisen bekannt geworden wäre. Wieso fragst du?«

»Mr. Ericson und Miss Heber sind mehrfach mit Menschen in Kontakt gekommen, die wie dieser Inder etwas von dem Artefakt wußten, das wir das Auge der Göttin Khom nennen«, erklärte Sutherland. »Sie haben versucht, es ihnen abzujagen, und sich dabei teilweise merkwürdig apathisch verhalten, fast so, als wären sie hypnotisiert oder würden irgendwie einem fremden Einfluß unterliegen. Es liegt nahe, eine Verbindung zwischen ihnen und dem Inder zu vermuten.«

»Ich gäbe ein Monatsgehalt dafür, einen von diesen Leuten in die Finger zu bekommen«, sagte Mannors inbrünstig.

»Nun ja, vielleicht kommst du ja mit Banister weiter.«

»Mit wem?«

»Mit Banister, Alan Banister.«

»Der Name kommt mir irgendwie bekannt vor.«

»Das sollte er auch«, meinte Sutherland. »Schließlich hat er gestern die Nachrichten beherrscht.«

»Hilf mir doch mal weiter«, bat Mannors. »Ich muß gestehen, daß ich seit zwei Tagen weder Zeitungen gelesen noch Nachrichten gesehen habe.«

»Alan Banister«, erklärte Sutherland, »war ein hohes Tier im Innenministerium und der Mann, der den Inder vor fast zwei Wochen bei Salisbury angefahren hat. Gestern ist er genau an derselben Stelle durch einen Autounfall ums Leben gekommen.«

Mannors war eine Sekunde lang sprachlos. »Und wieso erfahre ich nichts davon?« wollte er wissen.

»Da fragst du mich zuviel«, erwiderte Sutherland. »Offen gestanden verwundert es mich auch, daß dich die Jungs vom Yard nicht informiert haben. Schließlich ist der Zufall geradezu haarsträubend unwahrscheinlich.«

»Du sagst es«, stimmte Mannors zu. »Okay, Ian, ich werde

mich um die Sache kümmern. Ich informiere dich, falls ich irgend etwas herausfinden sollte, das auf eine Verbindung zwischen deinen Leuten und den Toten schließen läßt. Und das gleiche erwarte ich von dir.«

»Das versteht sich von selbst«, versprach Sutherland. »Wir bleiben in Verbindung.«

Carl Foley verpaßte einen der schönsten Spätsommertage des Jahres. Darüber hinaus bekam er auch nichts von dem Ereignis mit, das sein nur noch kurzes Leben grundlegend ändern und in einen Alptraum verwandeln sollte.

Der vierzigjährige erfolgreiche Rechtsanwalt, dessen Klientel aus der betuchtesten Prominenz Englands bestand, schlief friedlich in seinem Krankenzimmer. Vor zwei Tagen hatte man ihm eine Niere entfernt, und jetzt befand er sich auf dem Weg der Besserung.

Foley schlief den Schlaf der Genesung. Aber selbst wenn er wach gewesen wäre, hätte er den kleinen grauen Fleck, der über die Zimmerdecke kroch, wohl kaum bemerkt. Erst recht hätte er nicht sehen können, wie sich die feinen Fühler des winzigen Lebewesens zitternd bewegten, als es fast direkt über seinem Kopf angekommen war.

Der Käfer hielt einen Augenblick lang inne und ließ sich dann fallen. Er landete auf der Bettdecke knapp vor Foleys Kinn, orientierte sich kurz, krabbelte über das Gesicht des Schlafenden und kroch zielstrebig in dessen rechtes Nasenloch.

Carl Foley bekam nichts davon mit. Die medizinischen Überwachungsgeräte, an die er angeschlossen war, zeigten einen kurzfristigen Anstieg der Pulsfrequenz und des Blutdrucks, aber schon nach einer halben Minute hatten sich die Werte wieder normalisiert.

Der Rechtsanwalt schlief ruhig weiter, und nur ein paar Blutstropfen, die aus seinem rechten Nasenloch sickerten und ihm über die Wange rannen, zeigten an, daß etwas Fremdartiges in sein Gehirn eingedrungen war und eine rasendschnelle Metamorphose durchmachen würde.

Ein neuer Apophis-Symbiont war im Entstehen.

Gegen Mittag hatte Chuck Mannors den Obduktionsbericht fertiggestellt und faxte ihn mit dem Vermerk *dringend* an das Hauptquartier der Metropolitan Police. Er wartete eine Stunde ab, um den Polizeiärzten Zeit zu geben, den Bericht wenigstens oberflächlich zu sichten, bevor er im New Scotland Yard anrief und sich mit einem Kollegen verbinden ließ.

»Das ist starker Tobak, Chuck«, stellte der Polizeiarzt fest. »Wir hatten zwar noch keine Zeit, alle Einzelheiten deines Berichts genau zu analysieren, aber hier ist jetzt schon der Teufel los. Unsere Computerabteilung arbeitet mit Hochdruck, um eventuelle Fälle, die ähnlich gelagert sind, ausfindig zu machen, aber das dauert natürlich seine Zeit.«

»Ich habe auch noch nicht mit Ergebnissen gerechnet, Jack«, erwiderte Mannors. »Eigentlich rufe ich aus einem anderen Grund an. Bei euch muß letzte Nacht ein Politiker namens Alan Banister eingeliefert worden sein. Mittlerweile müßte der Obduktionsbefund vorliegen. Ich hätte gern eine Kopie davon.«

Am anderen Ende der Leitung herrschte eine Weile Stille, bevor sich der Polizeiarzt wieder meldete.

»Banister wurde bei uns eingeliefert und obduziert, Chuck, das ist richtig. Aber wir sind noch dabei, die Ergebnisse auszuwerten. Wir informieren dich, sobald wir damit fertig sind.«

Bevor er diese Privatklinik als Chefarzt übernommen hatte, hatte Chuck Mannors lange genug für Scotland Yard in der kriminalmedizinischen Abteilung gearbeitet, um zu merken, daß sein Kollege ihn hinhalten wollte.

»Hör zu, Jack«, sagte er. »Ich habe früher einmal ein paar Semester Medizin studiert und bin durchaus selbst in der Lage, einen Obduktionsbericht auszuwerten. Außerdem brauche ich dich wohl nicht daran zu erinnern, daß ich immer noch bei eurem Verein auf der Gehaltsliste stehe. Die Verbindung von meiner zu deiner Leiche liegt auf der Hand. Wieso hat man mich nicht informiert?« Er konnte förmlich sehen, wie sich sein Gesprächspartner am anderen Ende der Leitung wand.

»Es ist nicht so einfach«, erklärte der Polizeimediziner schließlich. »Diese Sache ist politisch brisant. Du hast ja vom Attentat auf dem Flughafen gehört. Die IRA steckte dahinter. Der Anschlag galt Jonathan Harper. Dann taucht da dieser Inder ...«

»Madhav«, half ihm Mannors weiter.

»... Madhav auf, der zuvor von Alan Banister angefahren wurde und mittlerweile ebenfalls tot ist. Seine Sekretärin hat ... warte einen Augenblick, da kommt der Commissioner.«

Mannors wartete ungeduldig. Im Hintergrund konnte er leise erregt geführte Gespräche vernehmen. Dann meldete sich sein Kollege wieder.

»Okay, Chuck, der Chef hat mir grünes Licht gegeben. Du bekommst den Obduktionsbericht und ein paar andere Informationen zu diesem Fall per Eilboten. Die Daten sollen aus Sicherheitsgründen nicht gefaxt werden. Aus dem gleichen Grund kann ich dir auch nicht mehr am Telefon erzählen. Und noch was: Möchtest du an Alan Banister eine Schädelöffnung vornehmen?«

»Genau darum wollte ich euch eigentlich bitten.«

»Kein Problem. Banister wird dir in einer Stunde geliefert. Und der Chef schickt dir auch noch unser Wunderkind Hal Flowers mit, Kriminalmediziner und Biochemiker. Dein Laden wird ab sofort unter Überwachung stehen. Aber mach dir keine Sorgen, die Sache geht ganz unauffällig und diskret über die Bühne. Keiner deiner kostbaren Patienten wird etwas davon bemerken.«

Sir Andrew Raleigh hatte ausgezeichnet geschlafen und war frisch und ausgeruht erwacht. Die morgendliche Visite war von einem älteren Arzt durchgeführt worden, der mit den

Ergebnissen anscheinend sehr zufrieden gewesen war. Danach hatte eine Krankenschwester ihm das Frühstück gebracht und sein Bett frisch bezogen, während er mit gutem Appetit gegessen hatte.

Der Peer konnte es gar nicht fassen, daß er völlig frei von Beschwerden war. Er verspürte nicht einmal das Bedürfnis nach einem Schluck Whisky. Aber ihm war klar, daß dieser Zustand nur vorübergehender Natur sein konnte. Wäre der Entzug wirklich so leicht gewesen, würde es nicht so viele hoffnungslose Alkoholiker geben.

Darin bestätigte ihn auch die Halluzination, die er gehabt hatte und die nur auf den Entzug zurückzuführen war. Kurz bevor die Krankenschwester sein Zimmer wieder verließ, hatte ihre Haut plötzlich einen grünen Farbton angenommen, und ihr Gesicht war ihm seltsam verzerrt erschienen. Sir Andrew hatte kurz geblinzelt, und gleich darauf war ihm die Frau wieder normal erschienen.

Nun stand er vor dem Fenster und blickte hinaus. Die Privatklinik, ein rund hundertjähriges Gebäude im viktorianischen Stil, lag in einer ruhigen Wohngegend im Herzen Londons. Sie war von einem gepflegten Garten umgeben, um den ein schmiedeeiserner Zaun herumlief.

Auf der gegenüberliegenden Straßenseite reihten sich schmucke Häuser, jedes mit einem eigenen kleinen Gärtchen. Hier und da waren ein paar Passanten zu sehen, die ruhig dahinschlenderten. Anwohner saßen in ihren Gärten und genossen die warmen Strahlen der Spätsommersonne, andere zupften hier und da Unkraut oder schnitten die Hecken. Es war ein friedliches Bild, das gut zu Sir Andrews Stimmung paßte.

Alles war grün, der Rasen, das Laub der Bäume, die Hecken, die Menschen …

Die Menschen?

Der Politiker zuckte zusammen und sah genauer hin. Tatsächlich, die Menschen hatten einen grünlichen Farbton angenommen, und auch sonst schienen sie irgendwie verändert.

Ihre Gesichter waren verformt, die Nasen wirkten platt und langgestreckt und gingen fast direkt in die Mundpartie über, die vorgewölbt war. Breite, schmallippige Münder …

Sir Andrew schüttelte sich und drehte sich um. An der Wand hing ein Spiegel. Er mußte einfach einen Blick hineinwerfen. Sah er sich womöglich auch verändert?

Er schloß die Augen, als er vor den Spiegel hintrat, atmete tief durch und biß die Zähne aufeinander. Das Herz klopfte ihm bis in den Hals. Dann öffnete er die Augen wieder.

Sein altes vertrautes Gesicht mit den tief eingegrabenen Falten sah ihm entgegen. Vielleicht etwas blasser als gewöhnlich, aber keinesfalls grünlich. Und auch seine Gesichtsform hatte sich nicht verändert. Er atmete auf und kehrte schnell zum Fenster zurück.

Die Menschen sahen wieder völlig normal aus. Die Straße wirkte ruhig und friedlich. In den Bäumen hüpften Vögel von Ast zu Ast und zwitscherten. Der Klinikgärtner kniete auf dem kurzgeschnittenen Rasen und streichelte einen kleinen schwanzwedelnden Hund.

Aber merkwürdigerweise fühlte sich Sir Andrew kaum erleichtert. Diese kurze und erschreckende Vision war völlig anders als alles, was er in seinem langen Trinkerleben an Alkoholhalluzinationen je erlebt hatte. Und er spürte mit untrüglicher Sicherheit, daß sie jederzeit wiederkehren konnte.

Nun ja, Dr. Marten hatte ihm ja gesagt, daß noch schwere Zeiten auf ihn zukommen würden, versuchte er sich zu beruhigen. Er blieb noch lange vor dem Fenster stehen und blickte verstört hinaus.

Gott, was würde er jetzt für ein großes Glas Whisky geben!

Kar schreckte aus einem wirren Traum hoch.

Um ihn herum war es stockdunkel. Er tastete nach dem Lichtschalter der batteriebetriebenen Nachttischlampe und drückte ihn nieder. Sofort erfüllte ein milder Schein den Raum.

Heftig atmend setzte er sich auf und fuhr sich mit den Fingern durch das schütter werdende Haar. Als er die Hände zurückzog, hingen Haarsträhnen zwischen seinen Fingern. Bald schon würde er völlig kahl sein.

Ärgerlich schüttelte er die Haare ab und versuchte, sich an den Traum zu erinnern. Es gelang ihm nicht. Ebensowenig gelang es ihm, wieder einzuschlafen.

Nachdem er sich eine Viertelstunde lang ruhelos in seinem Bett hin- und hergewälzt hatte, stand er auf und ging in dem Raum, den er sich als Schlaf- und Wohnzimmer eingerichtet hatte, auf und ab. Es war kurz nach Mitternacht.

Wenn er nicht schlafen konnte, konnte er ebensogut arbeiten. Er zog sich schnell an und suchte sein Arbeitszimmer auf.

Doch auch dort kam er nicht zur Ruhe. Irgend etwas nagte an ihm. Nach kurzem Zögern öffnete er eine Stahlkassette und entnahm ihr die Sichel, an die er eher durch Zufall gekommen war. Sofort spürte er den unheilvollen Einfluß, der von ihr ausging.

Es war vor zwei Wochen gewesen, als er versucht hatte, Tom Ericson das Auge der Göttin Khom mit Hilfe der ›Zeitlosen Ortsversetzung‹ zu entreißen. Es war ihm nicht gelungen. Der Archäologe hatte das Energiefeld zum Zusammenbruch gebracht, indem er die Sichel hineingeworfen hatte.

Kar wußte zwar noch nicht, welche Funktion die Sichel erfüllte, aber er ahnte, daß sie ein mächtiges Werkzeug war. Die Kraft, die ihr innewohnte, konnte er körperlich spüren.

Auf der Sichel fand sich eine Gravur mit denselben fremdartigen Schriftzeichen wie denen in der Pyramide. Folglich mußte sie auch aus demselben Kulturkreis stammen. Was wiederum dagegen sprach, war eine Abbildung der Goldmaske mit den Augen der Göttin Khom. Dieses Artefakt war nicht den Erbauern der Pyramide zuzurechnen.

Wenn er die Sichel in der Hand hielt, hatte er beinahe den Eindruck, als würde sie vibrieren. Sie rief ein Gefühl in ihm hervor, das ihn gleichzeitig erschreckte wie anzog, eine heiße Aufwallung von Wut und Haß, die seinen gesamten Körper durchströmte, das Versprechen von Macht und Kraft und das Verlangen, Blut zu vergießen.

Selbst aus der Entfernung konnte Kar diese Ausstrahlung spüren. Anfangs war sie ganz schwach gewesen, aber je länger er die Sichel besaß, desto stärker wurde ihr Einfluß.

Wie ein starkes Rauschgift, dachte er. Man weiß, daß es gefährlich ist, aber die Verlockung, es trotzdem zu benutzen, ist beinahe übermächtig.

Nur noch ein paar Sekunden lang wollte er das Gefühl genießen. Er schloß die Augen und stellte sich vor, jemanden mit der Sichel zu verletzen, zum Beispiel Suzy. Ja, es würde eine Wonne sein, ihr die scharfe Klinge über die Kehle zu ziehen …

Mit einem erschreckten Keuchen riß Kar die Augen wieder auf, ließ die Sichel in die Stahlkassette fallen und klappte hastig deren Deckel zu. Fast eine Minute lang starrte er auf den Behälter, ohne einen klaren Gedanken fassen zu können, dann verschloß er die Kassette und schob sie in ein Regal am anderen Ende des Raumes.

Suzy Duvall, seine Geliebte. Seine *Ex-Geliebte*, sollte er vielleicht besser sagen. Ihr Verhältnis hatte sich in den vergangenen Tagen deutlich abgekühlt. Und nach seinem letzten Versuch, mit ihr zu schlafen, der in einem völligen Fiasko geendet hatte, war ihre Beziehung auf dem Nullpunkt angelangt.

Suzy ekelte sich vor ihm, und er haßte sie dafür. Trotzdem brauchte er sie und ihre Verbindungen, so wie sie sein Wissen und seine Fähigkeiten brauchte. Was auch immer er für sie oder sie für ihn empfand, noch konnten sie aufeinander nicht verzichten.

Kar schaltete seinen Computer an und entnahm der Schreibtischschublade ein Bündel mit Aufzeichnungen und Fotografien, die er von den Wänden der ›Bibliothek‹ und dem Monolithen gemacht hatte. Seit Monaten versuchte er, die Schriftzeichen und Symbole zu entziffern, und er stand immer noch fast am Anfang.

Die Schrift war nach einem Muster aufgebaut, das auf eine

ganz andere Denkart schließen ließ. Es schien eine Mischung verschiedener Sprachen zu sein, die nach keinem erkennbaren System verknüpft waren. Nachdem er die ersten Zeichen entschlüsselt hatte, hatte er schon geglaubt, den entscheidenden Durchbruch erzielt zu haben, war dann aber in einer Sackgasse gelandet. Das Zeichen oder Wort, das an der einen Stelle ›Wasser‹ bedeutete, konnte an einer anderen Stelle für ›Luft‹ stehen.

Die gesamten Kulturen der Welt schienen ihre Schriften aus Teilen dieser Schrift aufgebaut zu haben. Da gab es Teile, die an ägyptische Hieroglyphen erinnerten, andere sahen wie die chinesischen Schriftzeichen aus und wiederum andere wie germanische Runen.

Besonders verwirrend war gerade der Bereich, der sich mit den Apophis-Symbionten beschäftigte. Einen Abschnitt hatte Kar ziemlich schnell entziffern können, nämlich den über den Gebrauch der Symbionten und die Methode, mit ihren Wirten in Verbindung zu treten. Dabei waren besonders bildliche Darstellungen hilfreich gewesen, aber der größte Teil des Textes war ihm unverständlich geblieben.

Kar arbeitete eine Stunde lang an seinem Übersetzungsprogramm und kam nicht einen Schritt weiter. Irgend etwas lenkte ihn ständig ab, vielleicht der Einfluß der Sichel, vielleicht auch die unbewußte Erinnerung an den Traum, der ihn geweckt hatte und ihm entglitten war.

Kurz entschlossen schaltete er den Computer aus, ergriff die Kassette mit der Sichel und verließ seinen Arbeitsraum. Er würde die Kassette in einem anderen Bereich der Pyramide deponieren, der möglichst weit von den Räumen entfernt war, in denen er sich regelmäßig aufhielt.

Nachdem er einen geeigneten Platz gefunden hatte, spürte er sich wie magnetisch von der Bibliothek angezogen. Einen Augenblick lang zögerte er, dann gab er seinem Gefühl nach und stieg zu dem Raum in der Spitze der Pyramide empor.

Der Tageszeit gemäß war es in der Bibliothek völlig dunkel. Irgendein Mechanismus, den Kar noch nicht entdeckt hatte, sorgte dafür, daß hier ständig das gleiche Licht wie im Freien herrschte. Deshalb hatte er in einem leeren Raum einen Generator aufgebaut und Stromkabel verlegt. Um die Abgase des Generators brauchte er sich keine Sorgen zu machen. Die Pyramide sorgte für eine ständig gleichbleibende Luftqualität und konstante angenehme Temperaturen. Ein weiteres Geheimnis, dem er irgendwann einmal auf die Spur kommen würde.

Kar schaltete das Licht ein, trat vor den Monolithen, öffnete die Klappe des Symbiontenbehälters und entnahm ihm einen Wurm. Er blieb eine Weile vor der Säule stehen, streichelte dem Geschöpf geistesabwesend über den Rücken und betrachtete die Schriftzeichen.

»Wenn du nur sprechen könntest, mein Kleines«, flüsterte er, ohne sich dessen bewußt zu werden, »würde ich dich fragen, wie du dich vermehrst, oder wie du entstanden bist. Denn irgendwann, mein kleiner Käfer, wird keiner von euch mehr übrigbleiben, und das kann ich nicht zulassen.«

Sein Blick heftete sich an die Abbildung, die ein immunes menschliches Gehirn zeigte, das einen Symbionten abstieß. Er hatte schon gewußt, daß es eines Tages dazu kommen würde, noch bevor er die Pleite mit dem Matrosen von der SEA QUEEN erlebt hatte. Es folgte ein Textabschnitt, der ihm unverständlich geblieben war, und dann die Abbildung eines toten und von Parasiten zerfressenen Gehirns. Danach wieder eine Reihe von Schriftzeichen und Symbolen, und dann ein Bild, das wohl zeigen sollte, wie die Parasiten in das Gehirn eingedrungen waren, nämlich durch die Nase.

Kar sinnierte noch über den Sinn der Bilder nach, als er plötzlich ein heftiges Schwindelgefühl verspürte und schwankte.

Unvermittelt war die Bibliothek verschwunden, und er sah statt dessen ein helles, nur spärlich eingerichtetes Zimmer. Wieder war die Wahrnehmung etwas verzerrt und unscharf, aber deutlich genug, um Einzelheiten erkennen zu können. Es schien sich um ein Krankenzimmer zu handeln.

Sein Blickfeld veränderte sich, er sah einen rechteckigen Rahmen an der Wand, und dann wurde es schlagartig dunkel. Kar spürte, wie ihn eine Woge von Angst und Verwirrung durchflutete, die ihren Ursprung jedoch nicht in seinem Gehirn hatte.

Kurz darauf wurde es wieder hell, und er erblickte das alte faltige Gesicht eines Mannes mit eisgrauem Haar.

Ein Spiegel! durchzuckte es Kar. Und der Mann darin ist die Quelle dieser merkwürdigen Botschaften!

Er studierte die Züge genau und war sich schon bald sicher, daß der Alte nicht zu einem seiner Symbiontenträger gehörte. Benutzte etwa noch ein anderer die Apophis-Symbionten?

Der alte Mann wandte sich vom Spiegel ab und trat auf ein Fenster zu. *Ja, los!* feuerte Kar ihn lautlos an. *Zeig mir, wo du steckst!*

Sein Blick fiel durch die Glasscheibe auf eine ruhige Straße, die von hübschen Häusern gesäumt war. Dort mußte es in etwa um die Mittagszeit sein, die Sonne stand hoch am Himmel. Kar sog jede Einzelheit gierig auf und speicherte sie in seinem Gehirn ab. Er mußte so viele Informationen wie möglich sammeln, um den Ort lokalisieren zu können. Nicht auszudenken, was passieren konnte, wenn er einen unbekannten Konkurrenten hatte, der sich der gleichen Mittel wie er bediente.

Als er versuchte, den fremden Mann geistig zu kontrollieren, erlebte er eine Enttäuschung. Die Verbindung war einseitig, er konnte nicht den geringsten Einfluß auf den anderen nehmen. Also mußte er sich mit den Informationen begnügen, die der Fremde ihm unfreiwillig lieferte.

Aus der Tageszeit ließ sich schließen, daß sich der Ort, den er durch die Augen des anderen sah, ziemlich genau auf der entgegengesetzten Seite des Globus befinden mußte. Also irgendwo in Europa oder Afrika. Obwohl seine Wahrnehmung verzerrt und unscharf war, konnte er doch erkennen, daß die Vegetation auf gemäßigte Breiten schließen ließ. Also fiel Afrika weg.

Gut, das engte das Suchgebiet ein, aber Europa war riesig.

Er mußte weitere Anhaltspunkte finden. Hoffentlich blieb der Mann noch länger vor dem Fenster stehen.

Das nächste, was Kar untersuchte, war die Architektur der Häuser. Alles wirkte sauber und gepflegt. Leider konnte er keine Einzelheiten erkennen, aber die Umrisse und der Aufbau der Gebäude ließen ihn vermuten, daß es sich um ein Land im westlichen Mitteleuropa handelte. Die Länder südlich der Alpen kamen nicht in Frage. Skandinavien war eher unwahrscheinlich.

Der Kreis wurde kleiner.

Hinter den Dächern der Häuserreihe konnte er undeutlich die Spitzen von Hochhäusern erkennen. Das da hinten könnte ein Fernseh- oder Funkturm sein. Also mußte es sich um eine größere Stadt handeln. Kar versuchte, die Entfernungen, Himmelsrichtung und Dimensionen abzuschätzen und prägte sich alles gut ein. Sobald diese Vision vorbei war, würde er eine Skizze machen.

Was konnte er sonst noch herausfinden? Wenn er nur deutlicher sehen und die Menschen besser erkennen könnte, würde er aufgrund ihrer Kleidung und Gesichtszüge vielleicht weitere Rückschlüsse ziehen können.

Autos! Zwar war Kar auf diesem Gebiet kein Experte, aber eine Häufung bestimmter charakteristischer Marken müßte auch ihm auffallen. Mal sehen. Das da könnte ein Ford sein. Da drüben stand eindeutig ein alter Citroën. Ein Mercedes. Und das da sah nach einem Rover aus.

Leider bewegte der Mann den Kopf kaum. Bei dieser Mischung aus verschiedenen Fahrzeugen kam ein Dutzend Länder in Frage.

Jetzt kam von rechts ein weiteres Auto angerollt.

Kar konzentrierte sich darauf. Er konnte zwar die Marke nicht ausmachen, aber irgend etwas kam ihm daran merkwürdig vor.

Dann hatte er es. Der Wagen fuhr auf der linken Straßenseite, und auch alle anderen Autos, die er bisher gesehen hatte, waren in Fahrtrichtung links geparkt.

Es konnte sich nur um Großbritannien oder Irland handeln, und zwar um eine größere Stadt in einem dieser Länder!

Er schrie triumphierend auf, und im gleichen Augenblick erlosch die Vision. Kar fand sich in der Bibliothek der Pyramide auf der anderen Seite der Erdkugel wieder.

»Eine Klinik in Großbritannien oder Irland«, flüsterte er. »In einer Großstadt, und zwar in einer Wohngegend, an einer kleineren Straße gelegen, in der nur wenig Verkehr herrscht. Ich wette, es ist London. Nach meinem Anfall gestern im Maschinenraum hat der Symbiont auf der Kristallplatte immer auf London gedeutet.«

Wo war der Symbiont? Da, neben seinem linken Fuß. Er hatte ihn fallen lassen. Deshalb war die Vision auch so plötzlich abgebrochen.

Kar bückte sich nach dem sich windenden Geschöpf, das sich in seiner Hand sofort wieder beruhigte. Er versuchte, sich erneut auf den Mann einzustimmen, durch dessen Augen er gesehen hatte, aber es kam keine Verbindung mehr zustande.

Egal. Er mußte jetzt erst einmal die Skizze mit allen Einzelheiten, an die er sich erinnern konnte, zu Papier bringen und sich dann eine Stadtkarte von London und den anderen größeren Städten Großbritanniens und Irlands besorgen.

Es sollte keine Schwierigkeiten machen, das Krankenhaus zu lokalisieren.

Wie angekündigt erhielt Dr. Mannors den Obduktionsbericht von Alan Banister per Eilboten. Seit seinem Anruf bei Scotland Yard war kaum eine Viertelstunde vergangen.

Nach einer ersten flüchtigen Durchsicht stellte er fest, daß Banisters Kopf keine auffälligen Narben und keine Verletzungen außer denen aufwies, die er sich durch den Unfall zugezogen hatte. Die Todesursache war eindeutig feststellbar. Durch den Aufprall war Banisters Nasenbein ins Gehirn getrieben worden, und sein Genick war gebrochen. Jede Verletzung allein hätte seinen sofortigen Tod bewirkt. Banister war nicht angeschnallt gewesen.

Bis zu seinem Anruf hatte niemand bei Scotland Yard Veranlassung gehabt, eine Schädelöffnung vorzunehmen, und Chuck Mannors befürchtete, daß sich sein Verdacht als haltlos herausstellen würde. Wie auch immer, einen Versuch war es wert.

Interessanter als die vorläufigen Ergebnisse der Obduktion war der Bericht über Banister und den Unfall selbst.

Der Politiker hatte weder unter Alkohol- noch unter Drogeneinfluß gestanden. Die Untersuchungen an seinem Wagen waren zwar noch nicht abgeschlossen, aber nichts wies auf einen technischen Defekt hin. Soweit man es beurteilen konnte, traf den Truckfahrer nicht die geringste Schuld an dem Unfall. Alan Banister war ohne jeden ersichtlichen Grund frontal in den Lastwagen hineingefahren.

Laut Aussagen seiner Mitarbeiter war er in den letzten Tagen vor seinem Tod zunehmend gereizt und unkonzentriert gewesen. Nichts Dramatisches, aber es war immerhin aufgefallen. Man hatte es auf Überarbeitung zurückgeführt. Alan Banister hatte mehrere Ausschüsse geleitet und sich um die bevorstehenden Wahlen gekümmert.

Interessant war auch der Bericht über seine Sekretärin. Maureen Ibsen hatte in Banisters Wagen gesessen, als dieser den Inder angefahren hatte. Die Fahrt war als Dienstreise deklariert, die Beamten von Scotland Yard hatten diese Darstellung jedoch mit einem Fragezeichen versehen. Es gab Hinweise auf ein Verhältnis zwischen Banister und Maureen Ibsen.

Auch sie hatte in letzter Zeit Anzeichen von Verwirrung und kurzzeitiger geistiger Abwesenheit gezeigt. Gestern war sie nicht zum Dienst erschienen. Connor hatte sie in ihrer Wohnung aufgesucht und sie völlig außer sich vorgefunden. Sie war nicht mehr ansprechbar gewesen. Ihre Wohnung hatte regelrecht in Trümmern gelegen. Maureen Ibsen litt wahrscheinlich unter einer ernsthaften Angstpsychose. Sie hatte nur noch unverständliches Zeug über Echsen und eine große Gefahr für die Menschheit gestammelt. Zur Zeit lag sie im Royal Marsden Hospital.

Chuck Mannors runzelte die Stirn und kratzte sich nachdenklich am Kinn. An diesem Madhav schien das Unglück förmlich zu kleben, und anscheinend hatte es auf die Menschen abgefärbt, mit denen er in Berührung gekommen war. Alan Banister war tot, Maureen Ibsen durchgedreht, und Tom Ericson, Gudrun Heber und Jonathan Harper wurden vermißt. Connor war nach Singapur abgereist. Der Himmel mochte wissen, was ihm in der Zwischenzeit zugestoßen war.

Und wie sah es mit den Ärzten und dem Pflegepersonal der Klinik in Salisbury aus, in die der Inder nach dem Autounfall eingeliefert worden war?

Mannors bat die Empfangsschwester, Banisters Leichnam nach dessen Einlieferung in den Obduktionsraum bringen zu lassen und ihm Hal Flowers von Scotland Yard so lange vom Hals zu halten, bis er ein paar Nachfragen erledigt hatte.

Als Anja Wahren gegen zwei Uhr erwachte, bemerkte sie sofort den rostroten Fleck auf dem blütenweißen Bezug ihres Kopfkissens. Sie mußte Nasenbluten gehabt haben, konnte jetzt aber nichts mehr davon bemerken. Auch eine kritische Überprüfung ihrer Nasenlöcher vor dem Spiegel zeigte ihr keinerlei Blutspuren mehr.

Die deutsche Krankenschwester zuckte die Achseln und wandte sich ab. Ihre Schicht begann erst um vier Uhr, aber sie brauchte immer ziemlich lange, bis sie richtig in Gang kam.

Wie jedesmal kurz nach dem Aufstehen fühlte sie sich matt und kraftlos. Ein Bad und eine anschließende kalte Dusche würden ihren niedrigen Blutdruck schon wieder auf Touren bringen.

Während sie sich den Bademantel überstreifte und ihr Toilettentäschchen und zwei Handtücher ergriff, erinnerte sie sich undeutlich, daß Sir Andrew Raleigh, zu dem sie kurz vor dem Ende ihrer letzten Schicht gerufen worden war, ebenfalls leichtes Nasenbluten gehabt hatte. Ein merkwürdiger Zufall. Außerdem hatte er noch irgend etwas von Käfern erzählt, die ihm in die Nase gekrochen sein sollten.

Die Wahnvorstellungen eines Alkoholikers im Entzug. Anja lächelte schwach, als sie ihr Zimmer verließ und sich auf den Weg zu den Waschräumen des Personals machte. Wie einige andere der Bediensteten war sie im Ostflügel der Klinik untergebracht. Irgendwann würde sie sich eine eigene Wohnung suchen, aber im Augenblick war diese Lösung bequemer und billiger.

Sie betrat das Badezimmer, ließ warmes Wasser in die Badewanne laufen und zog sich aus. Das Gurgeln und Plätschern des Wassers erinnerte sie an irgend etwas und lenkte ihre Gedanken von Sir Andrew und seinen Käfern ab.

Als sie eine Verschlußkappe Badelotion in die Wanne gab und zusah, wie sich das Wasser hellgrün färbte, fiel es ihr wieder ein. Es war der Traum, den sie irgendwann kurz vor dem Aufwachen gehabt haben mußte. In diesem Traum hatte Wasser eine große Rolle gespielt.

Die Erinnerung kehrte schlagartig zurück. Sie hatte davon geträumt, in einem Sumpf zwischen Schilf und Schlingpflanzen herumzukriechen. Es war schwül und stickig gewesen, aber sie hatte die Hitze genossen. Irgendwann hatte sie einen Frosch entdeckt, ihn blitzschnell geschnappt und ihre Zähne in das zuckende Fleisch gegraben.

Anja schüttelte sich angeekelt, als sie daran dachte, aber sie wußte auch, daß sie im Traum ganz anders empfunden hatte. Ihr Verhalten war ihr ganz normal und natürlich erschienen. Kurz darauf hatte sie eine echsenartige Kreatur gesehen, die sich durch den Morast geschlängelt hatte, wie die Kreuzung aus einem Riesensalamander und einem Mensch. Das Wesen war auf sie zugekrochen, aber seltsamerweise hatte sie sich nicht davor geängstigt, im Gegenteil, sie hatte sich sogar von ihm angezogen gefühlt …

An dieser Stelle war der Traum abgebrochen.

Die Krankenschwester stieg in die Wanne und ließ sich in das warme Wasser gleiten. Sie rekelte sich wohlig und spielte mit dem Badeschaum. Unter dem gefärbten Wasser sah ihre Haut lindgrün aus, fast wie die des merkwürdigen Zwitterwesens aus ihrem Traum.

Anja verdrängte die Erinnerung und entspannte sich.

Mannors' Nachfragen in der Klinik in Salisbury, bei der zuständigen Polizeibehörde und der Flughafenverwaltung hatten keinerlei Hinweise auf ungewöhnliche Vorkommnisse bei den Personen erbracht, die mit Madhav in Berührung gekommen waren.

Wenigstens eine gute Nachricht. Vielleicht war es ja wirklich nur ein Zufall, daß so vielen anderen Menschen in seinem Umfeld etwas zugestoßen war.

Mittlerweile hatte die Aufnahmeschwester angerufen und ihm mitgeteilt, daß der Leichnam Banisters eingetroffen sei und ein junger unfreundlicher Mann von Scotland Yard im Foyer auf ihn, Mannors, wartete.

Chuck Mannors gestattete sich ein flüchtiges Grinsen, als er an Hal Flowers dachte. Er war dem jungen begabten Kriminalmediziner nur einmal während einer Fachtagung begegnet, aber niemand, der Hal Flowers kennengelernt hatte, würde ihn so schnell wieder vergessen. Flowers hatte es innerhalb von drei Stunden geschafft, einen schlechteren Eindruck als Dschingis Khan zu hinterlassen, was seiner fachlichen Kompetenz jedoch keinen Abbruch tat.

Der Klinikleiter wollte gerade aufstehen, als es an seiner Tür klopfte. Sheila O'Brian trat ein und blickte ihn etwas verunsichert an.

»Ich wollte mich wieder zum Dienst melden, Sir«, sagte sie. Ihre rechte Hand war verbunden, und am Ellbogen zeigte sich eine beachtliche Schwellung, die blaugrün angelaufen war.

»Habe ich Sie nicht für zwei Tage krank geschrieben, Sheila?« fragte Mannors mit mildem Tadel.

»Ja, Sir«, erwiderte die junge Assistenzärztin. »Ich möchte nicht unverschämt erscheinen, aber abgesehen von der Schnittwunde in der Hand und der Prellung am Ellbogen fehlt mir nichts. Es würde mir mehr helfen, wenn ich meine Arbeit wieder aufnehmen könnte, als untätig herumzusitzen.«

»Sie könnten spazierengehen, Freunde besuchen oder einen kleinen Ausflug unternehmen«, schlug ihr Chef vor. »Ich habe Ihnen ja keine strenge Ruhe verordnet.«

»Es tut mir leid, Sir«, widersprach Sheila O'Brian, »aber ich fürchte, Sie verstehen mich nicht ganz. Es ist der Vorfall von letzter Nacht, er geht mir einfach nicht aus dem Kopf. Ich glaube, ich könnte ihn schneller verarbeiten, wenn ich heute bei der Obduktion dabei sein könnte.«

Dr. Mannors überlegte kurz und seufzte dann.

»In Ordnung«, gab er nach. »Wenn Sie von Banister wissen, wissen Sie wahrscheinlich auch, daß Scotland Yard uns einen Spezialisten geschickt hat, der die Schädelöffnung mit mir zusammen durchführen wird. Mit der Verletzung an Ihrer Hand dürfte ich Sie ohnehin nicht an die Leiche heranlassen, die Gefahr einer Infektion wäre zu groß. Aber wenn Sie wollen, dürfen Sie dabei sein. Können Sie mit der Kamera umgehen?«

Sheila nickte.

»Schön«, sagte Mannors. »Dann machen Sie die Aufnahmen. Aber beschweren Sie sich später nicht bei mir.« Er erhob sich hinter seinem Schreibtisch.

»Das werde ich bestimmt nicht tun, Dr. Mannors«, versprach Sheila eilig. Sie blickte den Chefarzt verwirrt an, verkniff sich aber die Frage, worüber sie sich nicht beschweren sollte.

Sie war Hal Flowers noch nie zuvor begegnet.

Nach ihrem Bad und einer kalten Dusche fühlte sich Anja Wahren wieder pudelwohl. Sie trocknete sich ab und schlüpfte in den Bademantel, als sich die Tür öffnete und ihre Kollegin Linda eintrat.

Linda sah sie aus verschlafenen Augen an und gähnte herzhaft, bevor sie nuschelte: »Morgen, Anja.«

Sie wollte sich gerade abwenden, blieb dann aber stehen und musterte die Deutsche erstaunt. Plötzlich war sie hellwach.

»Was ist denn los?« fragte sie besorgt. »Ist dir nicht gut? Du bist ja plötzlich weiß wie die Wand.«

»Ich, äh ...«, stotterte Anja und schüttelte heftig den Kopf. Sie blinzelte mehrmals, bevor sie sagte: »Nein, nein, alles in Ordnung ... Du weißt ja, mein niedriger Blutdruck ... Ich brauche nur eine Tasse Kaffee, dann bin ich wieder auf dem Damm.« Noch bevor Linda irgend etwas darauf erwidern konnte, schlüpfte Anja durch die Tür und drückte sie hinter sich ins Schloß.

Im Flur lehnte sie sich an die Wand und blieb schwer atmend stehen. Zum Glück kam gerade niemand vorbei, denn im Augenblick wäre sie außerstande gewesen, einen vernünftigen Satz hervorzubringen.

Noch immer sah sie das grauenvolle Bild vor ihren Augen. In der einen Sekunde hatte Linda noch völlig normal ausgesehen, aber als sie gegähnt hatte, hatte sie sich plötzlich in eine Alptraumkreatur verwandelt. Ein riesiges Maul mit zwei Reihen dolchartiger spitzer Zähne, eine lange gespaltene Zunge, große hervorquellende Augen mit längsgeschlitzten Pupillen ...

Das Bild war sofort wieder verblaßt und hatte einer verblüfften Linda Platz gemacht. Aber es war so entsetzlich *real* gewesen.

Die Krankenschwester atmete mehrmals tief durch, zwang sich, die Luft ganz bewußt durch die Nase einzuziehen und durch den Mund wieder auszustoßen.

Ihr Pulsschlag ging auf eine normale Frequenz zurück, ihr Atem beruhigte sich wieder. Sie stieß sich von der Wand ab und eilte durch den Gang zurück zu ihrem Zimmer.

Auf halbem Weg sah sie einen kleinen grauen Fleck über den hellen Kunststoffboden huschen. Sie blieb wie festgenagelt auf der Stelle stehen.

Nicht schon wieder! sandte sie ein stummes Bittgebet gen Himmel. Nicht noch eine Halluzination!

Aber es war keine Einbildung, der Käfer war völlig real. Jedenfalls verschwand oder verwandelte er sich auch dann nicht, als sie ihn längere Zeit aus zusammengekniffenen Augen musterte.

Es war ein kleines unscheinbares graues Krabbeltier. Kurz vor ihrem linken Fuß verharrte es reglos. Anja glaubte, winzige Fühler zu erkennen, die nervös in ihre Richtung tasteten.

Sie trat einen Schritt zurück. Der Käfer folgte ihr. Als er ihren Fuß fast erreicht hatte und Anstalten machte, auf ihre Hausschuhe zu krabbeln, trat Anja reflexartig zu.

Es knirschte unter ihrer Sohle, und im gleichen Moment verspürte sie irgendwo tief in ihrem Kopf einen kurzen scharfen Schmerz, der aber sofort wieder verging. Sie schüttelte sich. Normalerweise konnte sie keiner Fliege etwas zuleide tun.

Sie zog den Hausschuh aus, drehte ihn um und betrachtete angewidert die Schuhsohle, an der das kleine zerquetschte Insekt klebte. Ein schwacher Dillgeruch stieg ihr in die Nase.

Den rechten Schuh am Fuß und den linken in der Hand, machte sie kehrt, betrat die Toilette, wischte den Käfer mit einem Papiertuch von der Schuhsohle und warf es zusammen mit dem zerquetschten Insekt in die Kloschüssel. Sie spülte Papier und Käfer hinunter und reinigte die Schuhsohle gründlich im Waschbecken unter fließendem Wasser. Dann trocknete sie die Sohle sorgfältig ab, spülte die gebrauchten Papiertücher ebenfalls ins Klo und schlüpfte wieder in den nun etwas feuchten Hausschuh.

Bevor sie in ihr Zimmer zurückkehrte, suchte sie noch schnell die Reinigungskammer auf, bewaffnete sich mit einem Lappen und Desinfektionsmittel, fand die Stelle am Boden wieder, an der sie den Käfer zertreten hatte, und scheuerte sie ausgiebig mit einem Spritzer der Desinfektionsflüssigkeit.

Als sie damit fertig war, hatte sie sämtliche Spuren des Vorfalls beseitigt. Anja Wahren war schon immer sehr gründlich gewesen.

Chuck Mannors erkannte Hal Flowers sofort, als er zusammen mit Sheila O'Brian das Foyer der Privatklinik betrat.

Der schlanke junge Mann, der da in einem Sessel lümmelte, die Arme vor der Brust verschränkt und die Beine auf den Glastisch gelegt, war einer der fähigsten Kriminalmediziner, Biochemiker und Pathologen von Scotland Yard. Seinem Gesichtsausdruck nach zu schließen hatte er heute morgen seine Frau zusammen mit seinem besten Freund im Bett vorgefunden. Aber der Eindruck täuschte. Dr. Hal Flowers hatte weder eine Frau noch einen besten Freund, und gut informierten Kreisen zufolge war er schon mit diesem Gesichtsausdruck zur Welt gekommen.

»Dr. Flowers«, begrüßte ihn Mannors und verzichtete darauf, ihm die Hand zu reichen, »es tut mir leid, daß Sie so lange warten mußten.«

»Wozu die Eile, Herr Kollege?« erwiderte Flowers mit unverändertem Gesichtsausdruck und einem knappen Nicken in Sheilas Richtung. »Lassen Sie sich ruhig Zeit, und führen Sie Ihre Patientin noch ein bißchen spazieren.«

Sheila holte tief Luft, aber Mannors kam ihr zuvor und antwortete ungerührt: »Diese junge Frau ist keine Patientin, sondern eine Kollegin von mir, Sheila O'Brian. Sie ist hier als Assistenzärztin beschäftigt und arbeitet gerade an ihrer Doktorarbeit. Sie wird bei der Schädelobduktion dabei sein.«

Diesmal betrachtete Flowers sie etwas genauer, bevor er bemerkte: »Ich wußte zwar, daß dieser Schuppen ein Krankenhaus ist, aber ich dachte bisher, der Begriff würde sich auf die Patienten beziehen.«

Er erhob sich und ergriff einen großen schwarzen Koffer,

der neben dem Sessel stand. »Falls Sie nicht noch Ihre Blumen gießen müssen oder andere wichtige Aufgaben zu erledigen haben«, fuhr er fort, »könnten Sie mir vielleicht zeigen, in welchem Loch wir Banister auseinandernehmen sollen.«

Mannors deutete eine Verbeugung an. »Es wäre mir ein Vergnügen, Dr. Flowers. Bitte folgen Sie mir.« Er schenkte Sheila ein kurzes beruhigendes Lächeln, drehte sich um und ging voran. Flowers folgte ihm kommentarlos. Die Empfangsschwester, die den Wortwechsel verfolgt hatte, sah ihnen mit offenem Mund nach.

Sheila O'Brian schloß sich den beiden fassungslos an. Dieser Hal Flowers war so ungefähr der arroganteste und unverschämteste Mann, der ihr jemals begegnet war.

»Da wären wir«, verkündete Dr. Mannors etwa zwei Minuten später. Er öffnete die Tür.

Flowers spähte mißmutig in den dunklen Raum. »Wo stehen die Petroleumlampen?« wollte er wissen.

Wortlos drückte Mannors auf den Lichtschalter. Die Deckenbeleuchtung flammte auf.

»Na sieh mal einer an«, grunzte Flowers. »Elektrisches Licht.« Er trat ein, sah sich kurz um und stellte seinen Koffer neben dem Obduktionstisch ab, auf dem schon Alan Banisters Körper ruhte. »Was war das früher? Ein Kohlenkeller?«

Sheila hatte ein merkwürdiges Gefühl, als sie den Raum wieder betrat, in dem sie das schrecklichste Erlebnis ihres Lebens gehabt hatte. Um sich abzulenken, sagte sie: »Entschuldigen Sie, Dr. Flowers, aber was befindet sich in Ihrem Koffer?«

Hal Flowers maß sie mit einem herablassenden Blick vom Kopf bis zu den Füßen, bevor er mit dem Daumen auf Banister deutete und sich zu einer Antwort bequemte.

»Sehen Sie, Kindchen«, sagte er, obwohl er höchstens drei Jahre älter als Sheila sein konnte, »da ich keine Lust habe, diesen Schädel mit Hammer und Meißel und einer rostigen Laubsäge zu öffnen, habe ich mir erlaubt, ein bißchen eigenes Werkzeug mitzubringen.«

Sheila hatte geglaubt, daß dieser junge Mann sie nicht mehr überrumpeln könnte, aber bei seiner Antwort war sie doch sprachlos. Sie suchte noch nach einer passenden Erwiderung, als Flowers den Instrumententisch entdeckte und in scheinbar ehrlicher Verblüffung ausrief:

»Ja, ist es denn zu fassen? Hier hat doch tatsächlich das technische Zeitalter Einzug gehalten! Also, Herrschaften, trödeln wir nicht länger herum, so gerne ich auch noch länger mit Ihnen plaudern würde. Wir haben noch jede Menge zu bohren, zu fräsen und zu schneiden.«

Sir Andrew Raleigh stocherte appetitlos in seinem Essen herum und schob es dann zur Seite. Seit zwei Stunden versuchte er ergebnislos, wenigstens ein paar Bissen zu essen.

Seit seiner letzten erschreckenden Vision hatte sich nichts Ungewöhnliches mehr ereignet, und körperlich fühlte er sich verblüffend gut, aber die Unruhe war geblieben. Nach einem kurzen Spaziergang im klinikeigenen Garten war er in sein Zimmer zurückgekehrt. Es gelang ihm kaum, ruhig sitzen zu bleiben. Immer wieder stand er auf, ging auf und ab, trat an das Fenster und starrte mißtrauisch hinaus.

Als er gerade wieder vor dem Fenster stand, klopfte es hinter ihm an der Tür. Die nachmittägliche Visite, dachte der Peer. Das mußte Dr. Marten sein. Mit ihm würde er über seinen Zustand reden können. Der junge Arzt war ein ausgezeichneter Zuhörer.

»Herein«, sagte er und drehte sich um. Die Tür öffnete sich. Aber es war nicht Dr. Marten, der eintrat, und es war auch kein anderer Arzt.

Es war nicht einmal ein Mensch. Die grüngeschuppte Kreatur im weißen Arztkittel, die sein Zimmer betrat, schien einem Horrorcomic entsprungen zu sein. Ihr breites Reptilienmaul mit den messerscharfen Reißzähnen klappte auf und zu und stieß eine unverständliche Folge zischender und knurrender Laute aus. In ihrem Schlepptau folgte ein zweites Ungeheuer, das irgend etwas in den Krallenhänden trug und ihn bösartig und hungrig angrinste.

Sir Andrew machte eine abwehrende Geste und schob sich mit dem Rücken zur Wand in die entfernteste Ecke des Zimmers. Sein Blick flog hin und her und suchte nach einer Waffe oder einem Versteck, aber er entdeckte weder das eine noch das andere. Auch ein Entkommen war unmöglich. Der einzige Fluchtweg, die Tür zum Gang, wurde ihm von dem zweiten Ungeheuer versperrt.

Jetzt näherte sich ihm das erste Ungeheuer drohend. Sein furchterregendes Maul öffnete sich unglaublich weit, als es wieder etwas in seiner zischenden Sprache ausstieß.

Der Politiker ging in die Knie, schrie verzweifelt auf und hielt sich die Arme schützend vor das Gesicht. Er konnte noch sehen, wie die Kreatur ihm entgegenstürzte und grüne dünne schuppige Finger mit spitzen Krallen nach ihm ausstreckte, dann fühlte er sich an den Oberarmen gepackt und zu Boden gedrückt. Er versuchte sich zu wehren, aber gegen die kräftigen Hände war er machtlos. Im Hintergrund fiel irgend etwas scheppernd zu Boden, er hörte das Zischen und Fauchen der Ungeheuer, sein rechter Ärmel wurde hochgekrempelt, und kurz darauf verspürte er einen scharfen Stich in seinen Unterarm.

Zu spät! schoß es ihm durch den Kopf. *Jetzt haben sie mich!* Gleich würden sich ihm messerscharfe Zähne ins Fleisch graben und ihn bei lebendigem Leib zerreißen.

Aber nichts dergleichen geschah. » … Sie mich verstehen, Sir Andrew?« drang es undeutlich an seine Ohren.

Eine menschliche Stimme! War die Rettung doch noch in letzter Sekunde erschienen? Langsam und furchtsam hob er den Kopf und erblickte Dr. Martens breites sommersprossiges Gesicht, das ihn besorgt musterte. Im Hintergrund stand die deutsche Krankenschwester, die ihn mit weit aufgerissenen Augen anstarrte.

»Können Sie aufstehen, Sir Andrew?« erkundigte sich Dr. Marten.

Sir Andrew nickte schwach, doch als er sich aufrichten wollte, gaben seine Beine nach. Er schien die Kontrolle über seine Muskeln verloren zu haben. Dr. Marten griff ihm unter die Arme und half ihm. Zusammen mit der Krankenschwester führte er ihn zu seinem Bett zurück.

»Ich habe Ihnen Valium injizieren müssen«, erklärte der Arzt dabei. »Es ist völlig normal, wenn Ihre Muskeln erschlaffen. Machen Sie sich deswegen keine Sorgen.«

Die Krankenschwester schlug die Decke zurück, und gemeinsam legten sie den Oberhauspolitiker in sein Bett. Er fühlte sich so schlaff und kraftlos wie nach einem Kreislaufkollaps. »Können Sie mir erzählen, was Sie so erschreckt hat?« wollte Dr. Marten wissen.

»Ich bin … ich habe …«, begann Sir Andrew Raleigh mit schwerer Stimme. »Da waren zwei … zwei Dinger, Echsen, Drachen, Ungeheuer …« Er hustete trocken. »Sie müssen sie doch auch gesehen haben, sie waren … o mein Gott!« Er schlug die Hände vors Gesicht.

»Es war nichts weiter als eine Halluzination«, hörte er die beruhigende Stimme des jungen Arztes. »Es gibt nichts, wovor Sie Angst haben müßten, Sir Andrew. Sie sind hier in Sicherheit, und Ihnen wird nichts geschehen.«

Sir Andrew ließ die Hände wieder sinken und blickte den Arzt hilflos an. »Es ist so … es ist so furchtbar und so beschämend, Doktor«, brach es aus ihm hervor. »Was ist nur mit mir los, was geschieht mit mir?«

»Sie machen eine schwere Zeit durch, Sir Andrew«, erklärte Dr. Marten. »Nachdem Sie sich so gut erholt hatten, war mit einem Rückfall zu rechnen. Aber ich versichere Ihnen, daß wir alles in unserer Macht Stehende tun werden, um es Ihnen so leicht wie möglich zu machen. Versuchen Sie jetzt zu schlafen. Eine Schwester wird jede Stunde einmal nach Ihnen sehen. Und wenn ich mich um die anderen Patienten gekümmert habe, schaue ich noch einmal bei Ihnen vorbei.«

Er nickte dem Peer aufmunternd zu und zog sich leise zurück. Der alte Mann war vor Erschöpfung eingeschlafen.

Kar hatte über seine Richtfunkantenne einen Fernmeldesatelliten angepeilt und sich über einen freien Kanal in das Computerverbundnetz der Universität von Cambridge eingeschaltet. Jetzt hatte er die Pläne aller größeren Städte Großbritanniens vorliegen. Er hatte sie in den unteren Bereich der Pyramide gebracht, um mit Hilfe der Kristallplatte alle in Frage kommenden Kliniken zu überprüfen. Er würde mit London beginnen, wo er sich die größten Erfolgsaussichten versprach.

Bereits die Überprüfung des Stadtplans schränkte die Zahl der Kliniken erheblich ein. Auch wenn er alle kleineren Privatkliniken im Großraum London einschloß, blieb ihm nur rund ein Dutzend, das er überprüfen mußte.

Er tastete über ein paar Symbole, fuhr mit den Fingerspitzen die Kraftfeldlinien entlang, und das Muster auf der Platte änderte sich. Nun zeigte es ein feineres Geäst vielfach verzweigter Linien, die in unterschiedlichen Rottönen leuchteten. Die Platte stellte jetzt nur noch ein Gebiet mit einem Durchmesser von rund sechzig Kilometern dar. Eine weitere Kombination von Berührungen verschiedener Symbole ließ die Luft über der Platte flimmern und die Holographie Londons von oben gesehen erscheinen.

Kar nahm sich einzelne Bereiche vor und erhöhte die Auflösung. Je weiter er ins Detail ging, desto anstrengender und komplizierter wurde die Arbeit, aber bereits beim vierten Versuch wurde er fündig. Wie mit einer unsichtbaren fliegenden Kamera arbeitete er sich näher an das Gebäude heran.

Kein Zweifel, das mußte es sein. Dort war die Straße, auf die er durch die Augen des alten Mannes geblickt hatte. Auf einem Messingschild vor dem Eingang las er den Namen der Klinik. *St. Margaret Klinik.*

Das Haus mußte mehr als hundert Jahre alt sein, ein dreigeschossiges, langgestrecktes Gebäude mit Erkern und Türmchen, weiß getüncht und makellos erhalten oder restauriert. Es war von einem gepflegten Garten umgeben, der von einem schmiedeeisernen Zaun eingefaßt wurde.

Mit Hilfe der unbegreiflichen Technik schwebte Kar quasi an der Vorderfront entlang, bis er glaubte, den Blickwinkel gefunden zu haben, aus dem er die Straße zum erstenmal durch die Augen des alten Mannes betrachtet hatte. Es handelte sich um das obere Stockwerk. Drei Fenster kamen in Frage.

Wände und Mauern stellten kein Hindernis für ihn dar, er hätte auch problemlos einen Blick in eine tief unter der Erde gelegene Höhle werfen können. Das Bild wurde kurz unscharf, dann erschien die dreidimensionale Abbildung eines Krankenzimmers über der Glasplatte.

Volltreffer! Dort im Bett lag der Alte mit dem zerfurchten Gesicht. Er schien zu schlafen.

Kar zog den Symbionten aus der Tasche und versuchte, sich auf den Mann einzustimmen. Vergeblich, nicht die geringste Resonanz. Er unterdrückte seinen Ärger und zwang sich zur Ruhe. Bevor er die Klinik weiter untersuchte, mußte er erst eine Erholungspause einlegen.

Er schloß die Augen, massierte sich die Schläfen. Wenn er längere Zeit an der Kristallplatte arbeitete, führte das unweigerlich zu Erschöpfung und zu Kopfschmerzen. Wie immer diese Technik auch funktionierte, sie belastete den Menschen, der sich ihrer bediente. Nicht zum erstenmal fragte sich Kar, ob dabei nicht langfristig schädliche Nebenwirkungen auftreten konnten. Er mußte den Gebrauch der Platte unbedingt einschränken.

Aber nicht gerade jetzt.

Nach zehn Minuten fuhr er mit der Sichtung der Klinik fort. In Patientenzimmern und leeren Räumen sah er sich nur flüchtig um. Was ihn interessierte, waren die Verantwortlichen der Klinik und eventuelle Labor- und Forschungsräume. Es mochte Zufall sein, daß sich ein ihm unbekannter Symbiontenträger in der Klinik aufhielt, aber ebenso wahrscheinlich war es, daß dort geheime Experimente betrieben wurden. Wenn er an die Symbionten gelangt war, konnte das anderen ebensogut gelungen sein.

Nach einer Stunde war er bereits in den Kellerräumen angelangt, und die Kopfschmerzen drohten unerträglich zu werden. Bisher hatte er nichts Aufschlußreiches entdecken können, doch als er schon aufgeben wollte, fand er etwas, womit er nicht im Traum gerechnet hätte.

Zwei Männer und eine Frau, die er noch nie gesehen hatte, standen in einem hellen gekachelten Raum vor einem Obduktionstisch, auf dem eine halb verbrannte Leiche lag, die ihm ebenfalls unbekannt war.

Was ihn aber völlig überraschte, war die zweite Leiche auf einer Bahre, die neben dem Obduktionstisch stand. Sie war bis zum Hals mit einem Laken zugedeckt. Der Schädel war seitlich geöffnet worden, das Gesicht jedoch war unversehrt geblieben.

Kar hatte es nur einmal gesehen, und das auch nur ziemlich kurz. Trotzdem würde er es nie vergessen.

Das Gesicht gehörte dem Inder, der den Apophis-Symbionten abgestoßen hatte und dann spurlos aus seiner Pyramide verschwunden war.

Als sie die Untersuchung an Banisters Schädel nach drei Stunden beendet hatten, bestanden keine Zweifel mehr. Es gab tatsächlich einen direkten Zusammenhang zwischen dem Politiker und dem Inder.

Auch in Banisters Gehirn fand sich eine Anomalie direkt an der Zirbeldrüse. Allerdings bestanden auch wesentliche Unterschiede zu dem Fall des Inders, dessen Leiche Mannors aus dem Kühlraum hatte holen lassen.

So fehlte der Wundkanal, der sich quer durch den Schädel bis zur Zirbeldrüse gezogen hatte. Und dort, wo es bei Madhav nur einen Hohlraum gegeben hatte, befand sich bei Banister ein seltsamer organischer Fremdkörper, eine weiche weißliche Masse ohne feste Konturen, die sich an eine Arterie angeheftet hatte, von der sie höchstwahrscheinlich mit allen zum Wachstum erforderlichen Stoffen versorgt worden war.

Der Parasit hatte noch gelebt und gezuckt, war aber kurz nach seiner Bloßlegung gestorben. Wahrscheinlich hätte ihn auch ohne die Schädelöffnung das gleiche Schicksal ereilt, da mit Banisters Tod sein Versorgungssystem zusammengebrochen war.

»Nun stellen sich vor allen Dingen zwei Fragen«, resümierte Dr. Mannors. »Erstens: Auf welchem Weg wurde Banister infiziert, und zweitens: Wo ist der Parasit des Inders geblieben?«

»Zu Frage eins: Die Infektion kann über verschiedene Wege und an jeder beliebigen Stelle des Körpers erfolgt sein«, erwiderte Flowers. Während der Arbeit war von seiner Arroganz nichts zu spüren gewesen. »Ist der Auslöser erst einmal in den Blutkreislauf gelangt, kann er sich, je nach Größe, praktisch überall manifestieren. Auf jeden Fall muß der Erreger wesentlich kleiner als der sein, der den Inder befallen hat. Vielleicht eine Larve oder ein Ei des ursprünglichen Parasiten. Laut Bericht ist Banister mit Madhavs Blut in Kontakt gekommen. Wahrscheinlich war das die Infektionsursache.

Zu Punkt zwei: Es gibt zwei logische Erklärungen. Entweder ist der Parasit schon vor dem Tod des Inders aus dessen Kopf gekrochen, oder er wurde von ihm absorbiert. Wir wissen nicht, wie lange der Inder den Parasiten schon im Hirn hatte. Vielleicht verläßt er seinen Wirtskörper, wenn er ausgereift ist, oder das Gehirn des Befallenen kann ihn mit der Zeit absorbieren.«

»Das sind leider nur Vermutungen«, sagte Mannors. »Wir brauchen konkrete Antworten, um weitere Infizierungen auszuschließen.«

»Ich kann ja mal meine Kristallkugel befragen«, schlug Flowers vor.

Mannors seufzte. »In Ordnung«, erwiderte er. »Gehen wir erst einmal davon aus, daß die Infektion über den Kontakt mit dem Blut des Befallenen stattfindet. Das bedeutet, wir haben hier in London einen potentiellen weiteren Infektionsherd: Maureen Ibsen, Banisters Sekretärin. Den Berichten zufolge ist ihr Verhaltensmuster nach dem ersten Unfall mit dem von Banister zu vergleichen. Ich werde das Royal Marsden Hospital informieren und dafür sorgen, daß sie zu uns verlegt wird.«

Er musterte Flowers nachdenklich. »Falls ich es Ihnen zumuten kann, noch eine Zeitlang in unserem vorsintflutlichen Laden zu verbringen, würde ich Sie darum bitten, mir bei der Untersuchung von Maureen Ibsen behilflich zu sein.«

»Ich dachte schon, Sie würden mich gar nicht mehr fragen«, sagte Flowers. »Wenn Sie noch irgendwo einen Abstellraum freihaben, in dem Sie ein Klappbett aufbauen können, würde ich mich gerne vorher noch ein bißchen aufs Ohr hauen. Ich habe in den letzten beiden Tagen höchstens vier Stunden geschlafen.«

Chuck Mannors grinste breit. »Sie werden es kaum glauben, Herr Kollege, aber ich habe Ihnen sogar vorsorglich ein richtiges Zimmer mit einem richtigen Bett reservieren lassen. Sheila, würden Sie unseren Gast bitte in die Luxussuite führen?«

Carl Foleys Nierenoperation war ohne Komplikationen verlaufen. Gleich am zweiten Tag hatte er vorsichtig aufstehen und ein paar Schritte laufen müssen. Dr. Marten war sehr zufrieden gewesen. Die Wunden verheilten sehr gut. Heute hatte der Rechtsanwalt sogar schon wieder eine kleine Mahlzeit zu sich nehmen können.

Allerdings schien seit heute mittag irgend etwas anderes mit ihm nicht zu stimmen. Zuerst schienen es nur undeutliche Erinnerungen an einen merkwürdig exotischen Traum zu sein. Dann jedoch hatten die Halluzinationen eingesetzt.

Zumindest hatte Foley es anfangs für Halluzinationen gehalten. Aber nach der letzten Visite Dr. Martens war er mißtrauisch geworden. Der junge Arzt hatte es erstaunlich eilig gehabt. Noch bevor Foley dazu gekommen war, ihm die Symptome zu schildern, hatte er ein kurzes Gespräch zwischen Dr.

Marten und der deutschen Krankenschwester hören können, das garantiert nicht für seine Ohren bestimmt gewesen war. Ein anderer Patient war durchgedreht, nachdem er riesige menschenähnliche Echsen in seinem Zimmer gesehen hatte, und danach mit einer hohen Dosis Valium ruhiggestellt worden.

Wahrscheinlich hätte sich Foley mit seinem Problem trotz seiner fast schon krankhaften Abneigung gegen Beruhigungsmittel an Dr. Marten gewandt, wäre ihm nicht die Nervosität der Krankenschwester aufgefallen. Im Laufe seiner Berufspraxis als Anwalt hatte Carl Foley eine hervorragende Menschenkenntnis entwickelt, und so war ihm nicht entgangen, daß die Krankenschwester irgend etwas zu verbergen hatte. Also hatte er den Mund gehalten.

Wurden hier vielleicht noch nicht ausgereifte Medikamente verabreicht, die solche Nachwirkungen hatten? Dann würde man in der Klinik alles tun, um eventuellen Regreßansprüchen seitens der Patienten zuvorzukommen. Und gerade auf ihn als Anwalt würde man besonders achten.

Sofort hatte Carl Foley im Geist damit begonnen, einen möglichen Rechtsstreit durchzuspielen. Die Patienten dieser Klinik waren durchweg wohlhabende und prominente Zeitgenossen. Wenn er sie als Klienten gewinnen könnte, würde er ein Vermögen verdienen und seinen Ruf ausbauen. Mit diesen angenehmen Gedanken war er wieder eingeschlafen und hatte so dem Fremdkörper in seinem Gehirn weiter Zeit gegeben, ungestört seine Metamorphose fortzusetzen. Carl Foley hatte sich durch seine Erfolgssucht unwissentlich selbst zum Tode verurteilt.

George Shuster hatte seine Wohnung kaum betreten, als auch schon das Telefon klingelte.

»Shuster«, meldete er sich unwillig.

»Angola 1967, Maul- und Klauenseuche«, sagte eine undeutliche Stimme statt einer Begrüßung.

Shusters Herz setzte einen Schlag lang aus. Seine Knie fühlten sich plötzlich wie Gummi an. »Wer spricht da?« fragte er heiser, als er seine Stimme wiedergefunden hatte.

»Peru 1969, Meningitis«, meldete sich die Stimme wieder.

Shuster mußte sich setzen. »Ich weiß nicht, wovon Sie reden«, behauptete er. »Sie müssen sich verwählt haben.«

»Ich glaube kaum, daß es in London einen zweiten Polizeiarzt und Biochemiker namens George Shuster gibt, der in Kambodscha Genexperimente an gefangenen Rebellen durchgeführt hat.«

Endlich dämmerte es Shuster. Er wischte sich den Schweiß von der Stirn und fragte vorsichtig: »Karney? Sind Sie es? Ich dachte, Sie wären bei einer Expedition im Pazifik verschollen. Man hat Sie für tot erklärt.«

»Professor Richard Dean Karney *ist* tot«, bestätigte die Stimme, aber jetzt war sich Shuster sicher, wirklich mit dem Biochemiker und Archäologen zu sprechen, mit dem er früher bei diversen zwielichtigen Experimenten zusammengearbeitet hatte. »Hier ist Kar.«

»Kar … was?«

»Einfach nur Kar.«

Shuster zögerte einen Moment lang. »Na gut … Kar«, sagte er schließlich. »Was wollen Sie?«

»Ich habe einen Auftrag für Sie.«

»Wenn es um etwas Illegales geht, da mache ich nicht mit«, erwiderte Shuster. »Ich habe ein neues Leben angefangen und mit meiner Vergangenheit abgeschlossen.«

»Ich weiß«, erklärte Kar. »Bei Untersuchungen über die Beteiligung von britischen Staatsbürgern an verbotenen medizinischen Forschungen im Ausland hat Scotland Yard ausgerechnet Sie als Gutachter angefordert. Und da Sie Ihre Spuren in der Höhle des Löwen am besten verwischen konnten, sind Sie dem Verein gleich beigetreten.«

»Ich weiß nicht, was Sie vorhaben«, sagte Shuster, »aber wenn Sie mich denunzieren wollen, fliegen Sie automatisch mit auf.«

»Wie denn?« entgegnete Kar. »Professor Karney ist tot, und niemand kennt Kar. Wenn Sie glauben, daß Sie mich aufspüren können, dann viel Spaß bei der Suche.«

Shuster schwieg eine Weile und dachte fieberhaft nach. Karney – *Kar*, verbesserte er sich in Gedanken – war schon immer gefährlich gewesen, und er war intelligent. Wenn er behauptete, nicht auffindbar zu sein, dann stimmte das wahrscheinlich auch.

»Na gut, Kar«, gab er nach. »Was soll ich für Sie tun?«

»Ich möchte, daß Sie sich in der St.-Margarete-Klinik umsehen, mit den dortigen Ärzten zusammenarbeiten und mir Bericht erstatten«, verlangte Kar.

Shuster stieß hörbar die Luft aus. »Woher wissen Sie von der Sache?«

Jetzt schien sein Gesprächspartner überrascht. »Was wissen Sie von den Vorgängen in der Klinik?« wollte er wissen.

»Nun, der dortige Chefarzt, Dr. Chuck Mannors, war früher einmal bei Scotland Yard beschäftigt. Er übernimmt auch jetzt noch Auftragsarbeiten für die Metropolitan Police und fertigt Expertisen und Gutachten an.« Shuster berichtete ihm von dem Obduktionsbericht und dem Fall Banister.

»Sehr gut«, stellte Kar befriedigt fest. »Unter diesen Umständen sollte es Ihnen nicht schwerfallen, sich ganz offiziell Zugang zu dieser Klinik zu verschaffen.«

»Und wie soll ich Sie informieren?«

»Im Ostflügel der Klinik gibt es Wohnräume für das Personal«, erklärte Kar. »Versuchen Sie, dort ein Zimmer zu bekommen. Schreiben Sie alle wesentlichen Informationen auf und lassen Sie sie gut sichtbar in Ihrem Zimmer liegen. Sorgen Sie dafür, daß Ihr Zimmer dann immer gut verschlossen ist. Ich werde die Informationen alle drei Stunden zur vollen Stunde sichten. Vernichten Sie sie danach.«

»Sind Sie etwa auch dort? Und wie wollen Sie das machen, wenn mein Zimmer verschlossen ist?«

»Lassen Sie das meine Sorge sein«, verlangte Kar. »Je weniger Sie wissen, desto sicherer für Sie und für mich. Und noch etwas. Lassen Sie das Licht brennen, wenn Sie das Zimmer verlassen.«

Zur gleichen Zeit saß Dr. Chuck Mannors ebenfalls am Telefon und sprach mit Ian Sutherland. Auf Oake Dùn hatte man immer noch keine Nachricht von Tom Ericson und Gudrun Heber. Auch Connor hatte sich seit seinem Abflug nach Singapur nicht mehr gemeldet.

»Dein Tip mit Alan Banister war ein Volltreffer, Ian«, sagte Mannors. »Ich fürchte, diese Sache wird weitere Kreise ziehen. In zwei Stunden wird seine Sekretärin Maureen Ibsen bei uns eingeliefert. Ihr ist wahrscheinlich dasselbe zugestoßen wie ihrem Chef und diesem Inder Madhav.« Er berichtete in Kurzform, was die Untersuchungen bisher ergeben hatten.

»Hmm«, machte Sutherland nachdenklich. »Ich würde mir gern selbst ein Bild von der Angelegenheit machen, aber ich sitze hier fest.«

Eine Weile herrschte Stille, dann meldete er sich wieder. »Ich werde dir Pierre Leroy schicken. Es wäre mir wohler, wenn einer von meinen Leuten dabei sein könnte. Schließlich hänge ich indirekt ja auch in der Sache drin.«

»Ich fürchte, das wird nicht ganz so einfach sein«, sagte Mannors. »Die Klinik wird seit heute mittag unauffällig von unseren Leuten observiert. Ich möchte lästige Nachfragen vermeiden. Du bist zwar ein Sonderfall, aber bei deinen Leuten könnte es etwas kompliziert werden.«

»Dein Laden ist doch auf Politiker und Diplomaten spezialisiert, nicht wahr?« fragte Sutherland.

»Ja, und?«

»Nun, sollte es eine Überprüfung geben, dann zeigt Leroy eben seinen Diplomatenpaß vor.«

»Seinen *Diplomatenpaß*?«

»Ja, Leroy ist Honorarkonsul von Belize. Habe ich dir das nie erzählt?«

Mannors lachte und schüttelte ungläubig den Kopf. »Wie hast du denn das schon wieder angestellt, Ian?«

»Es war nicht schwer. Hat mich ein paar Telefonate und knapp zehntausend Pfund gekostet.«

»Ach, und Connor, ist der vielleicht mittlerweile zum Exil-Kaiser von China avanciert?«

»Ich glaube fast, Chuck«, sagte Sutherland, »du hast mich da auf eine Idee gebracht. Ich werde daran arbeiten.«

Als Hal Flowers nach zwei Stunden vom Klingeln seines Telefons geweckt wurde, war bereits die Abenddämmerung angebrochen. Er rollte sich von seinem Bett, trat an das Waschbecken und benetzte sein Gesicht mit kaltem Wasser, um schneller munter zu werden. Die Empfangsschwester hatte ihm mitgeteilt, daß Maureen Ibsen eingetroffen war, und er wollte bei ihrer Untersuchung von Anfang an dabei sein, bevor dieser Dilettant Mannors irgend etwas verpfuschen konnte.

Flowers Menschenfeindlichkeit beschränkte sich nicht nur auf die anderen, er konnte auch sich selbst nicht sonderlich leiden. Zwar war er von seinen Fähigkeiten und seinem fachlichen Können überzeugt, aber als Mitglied der menschlichen Rasse hielt er sich für zwangsläufig unzulänglich. Deshalb sah er auch nur selten in den Spiegel, denn er wußte, daß ihm das, was er dort sehen würde, sowieso nicht gefiel.

Heute hätte er allerdings einmal eine Ausnahme machen sollen, denn dann wäre ihm der dünne Blutfaden aufgefallen, der aus seinem rechten Nasenloch über seine Wange und sein Kinn gelaufen war. Doch als er sich das Gesicht abtrocknete, hatte er auch die letzten Spuren beseitigt. Er ergriff seine Jacke, streifte sie über und machte sich auf den Weg. Geistesabwesend massierte er sich die Nasenflügel. Das leichte Jucken, das bald schon wieder verging, nahm er nicht bewußt wahr.

Mannors hatte Maureen Ibsen direkt in den Röntgenraum

bringen lassen. Zur Zeit waren Bedienstete der Klinik noch dabei, ein Zimmer am Ende des Westflügels im Erdgeschoß als Quarantänestation einzurichten. Maureen Ibsen mußte unbedingt vom Rest des Personals und den Patienten isoliert werden.

Neben Mannors waren nur Sheila O'Brian und Charles Belford anwesend. Obwohl sie keinen chirurgischen Eingriff vorhatten, trugen sie alle die OP-Kleidung, die nach der Untersuchung sterilisiert werden würde, und Wegwerfhandschuhe. Auch Hal Flowers mußte die Kleidung wechseln, bevor er eintreten durfte.

Trotz ihrer geringen Größe war die St.-Margarete-Klinik hervorragend ausgerüstet. Neben dem Röntgengerät verfügte sie über Apparaturen zur Schlierenfotografie und Ultraschalldurchleuchtung. Scotland Yard hatte einen Teil von seinem Forschungsetat Mannors überlassen und ihn damit geködert, weiterhin als freier Mitarbeiter für die Metropolitan Police zu arbeiten.

Maureen Ibsen war stark sediert und folglich nicht ansprechbar. Doch trotz der hohen Dosen an Beruhigungsmitteln zeigte sie eine erstaunliche Aktivität. Während der Untersuchungen mußte sie angeschnallt werden.

Bereits nach den ersten Röntgenbildern fanden die Ärzte ihren Verdacht bestätigt, doch zur Sicherheit fertigten sie noch Schlierenbilder des Schädels an und machten Ultraschallaufnahmen. Es gab keinen Zweifel, auch Maureen Ibsen wies die Anomalie an der Zirbeldrüse auf, und der Parasit lebte. Seine langsamen Bewegungen, fast wie die eines in Zeitlupe schlagenden Herzens, waren auf dem Monitor zwar nur schwach, aber zweifelsfrei zu erkennen. Auch das EEG zeigte deutlich von der Norm abweichende Kurven.

»Keinerlei Narben an der Kopfhaut oder dem Schädelknochen«, stellte Mannors fest. »Ihr Fall ist genauso wie bei Alan Banister gelagert.«

»Was können wir tun, um ihr zu helfen?« fragte Sheila. »Wie können wir an den … Parasiten herankommen?«

»Der einfachste Weg wäre es, ihr den Kopf vom Rumpf zu trennen, den Unterkiefer zu entfernen und durch die Schädelbasis vorzudringen«, sagte Flowers.

Die junge Ärztin starrte ihn entsetzt an.

Flowers erwiderte ihren Blick. »Das war nur ein Witz«, erklärte er griesgrämig. »Um die Stimmung zu heben.« Er fuhr sich mit der Hand über die Stirn und massierte sich die Nasenflügel und die Augenbrauen.

Mannors beobachtete ihn besorgt. Obwohl er durch die Untersuchung stark in Anspruch genommen gewesen war, war es ihm nicht entgangen, daß der Kriminalmediziner etwas abwesend und unkonzentriert gewirkt hatte. Das war völlig untypisch für ihn. »Geht es Ihnen nicht gut, Dr. Flowers?« wollte er wissen.

»Dasselbe könnte ich Sie fragen«, gab Flowers gereizt zurück. »Sie sehen beschissen aus, Herr Kollege.« Er hörte Sheila scharf die Luft einatmen, wirbelte zu ihr herum und fuhr sie an: »Sie auch. Sie sind ja ganz grün im Gesicht.«

»Charmant«, stellte Sheila bissig fest. »Ganz charmant.«

Plötzlich sackten Flowers' Schultern herab, und er senkte den Kopf. »Entschuldigen Sie bitte«, murmelte er fast unhörbar. »Es tut mir leid. Ich ... ich wollte nicht unhöflich sein.«

»Sie wollten nicht unhöflich sein?« fragte Sheila ungläubig. »Hören Sie mal zu, Dr. Flowers, Sie sind der unhöflichste und unverschämteste Mann, der mir jemals begegnet ist, Sie sind geradezu ein Synonym für Unhöflichkeit. Seit Sie hier aufgetaucht sind, haben Sie keine Gelegenheit ausgelassen ...«

»Sheila«, unterbrach Mannors sie mit ruhiger aber fester Stimme. »Nehmen Sie sich zusammen. Wir sind alle nervös und gereizt. Bei dem, was wir hier vor uns haben, ist das auch ganz verständlich.«

Sheila hatte die Hände zu Fäusten geballt und schien um ihre Beherrschung zu kämpfen. Charles wollte gerade zu ihr gehen, um sie zu beruhigen, als er ein dumpfes Poltern über sich vernahm. Er hob den Kopf und blickte zur Decke. Da war es wieder. Als ob Möbel gerückt oder umgestoßen würden.

»Hören Sie das?« fragte er. »Da, über uns. Das ist die Rekonvaleszensabteilung der frisch Operierten.«

Jetzt lauschten auch die anderen. Eine Weile herrschte Ruhe, aber dann wiederholten sich die Geräusche, gefolgt von einem Schrei, der selbst durch die Decke hindurch noch laut klang. Laut und verzweifelt.

»Was, zum Teufel, ist da los?« fragte Mannors an niemanden im besonderen gerichtet.

Wieder klang der Schrei auf, von einem lauten Scheppern begleitet.

»Ich werde nachsehen!« rief Charles und wollte zur Tür eilen, aber Mannors hielt ihn zurück.

»Nicht in der OP-Kleidung. Die könnte infiziert sein«, sagte er. »Sie müssen sich vorher umziehen und unter die Desinfektionsdusche. Und bis Sie damit fertig sind, wird sich schon jemand um den Tumult gekümmert haben.« Er warf einen schnellen Blick auf die Uhr. Es war kurz vor zehn. »Cliff Marten hat bis zehn Dienst. Er müßte …«

Ein weiteres Scheppern unterbrach ihn, dann das Klirren von berstendem Glas und ein langgezogener Schrei, der abrupt abbrach.

Bei der Abendvisite hatte Carl Foley keinerlei Beschwerden gehabt. Er hatte den ganzen Nachmittag durchgeschlafen. Vielleicht waren die Halluzinationen ja doch nichts Ernsthaftes gewesen. Dr. Marten hatte ihm erlaubt, aufzustehen und sich ans Fenster zu setzen. Dort hatte er etwa eine Stunde lang gesessen und auf den Garten hinausgeschaut, als die Visionen wieder einsetzten.

Sie waren nur kurz und sporadisch aufgetreten, aber trotzdem erschreckend gewesen. Meistens hatten die wenigen Menschen, die er durch sein Fenster beobachten konnte, völlig normal ausgesehen, aber dann waren sie ganz plötzlich zu grünschuppigen Ungeheuern geworden. Foley war ganz vorsichtig zu seinem Bett zurückgekehrt, unter die Decke geschlüpft und hatte sich fest vorgenommen, sich am nächsten Tag verlegen zu lassen. Mit Hilfe von autogenem Training war es ihm sogar wieder gelungen einzuschlafen.

Als er aus einem entsetzlichen Alptraum aufschreckte, war es völlig dunkel gewesen, und Foley war nicht mehr richtig zu Bewußtsein gekommen.

Draußen auf dem Gang vor seiner Tür konnte er sie hören, die Ungeheuer, die Echsenmenschen. Sie unterhielten sich mit zischenden, knurrenden Stimmen, ihre scharfen Krallen kratzten über den Boden.

Foley glitt aus dem Bett. Er mußte die Tür verbarrikadieren! Vorsichtig schob er den Nachtschrank direkt unter die Türklinke. Zu niedrig.

Er sah sich in seinem Zimmer um. Das Regal. Wenn er das Brett von der Wand nahm und hochkant auf den Nachttisch stellte, müßte er die Türklinke blockieren können.

Aber das Brett war fest an den Trägern verschraubt. Foley riß daran, einmal, zweimal. Ja, es schien sich zu lockern. Wenn er sich an das äußerste Ende hing …

Zischen, Fauchen und das Kratzen scharfer Krallen draußen auf dem Flur. Es schien immer lauter zu werden. Jeden Augenblick konnten sie kommen, um ihn zu holen.

Foley hängte sich mit seinem ganzen Gewicht an das Brett. Es knirschte und bog sich, hielt aber immer noch. Dem Rechtsanwalt trat der Schweiß auf die Stirn. Er ignorierte den scharfen Stich in der Leistengegend und rüttelte weiter am Regalbrett. Plötzlich löste es sich samt der Halterungen von der Wand, und er stürzte schwer zu Boden. Die Operationswunde brach auf und begann zu bluten.

Carl Foley spürte es nicht, als er mit dem Brett zur Tür humpelte. Einmal stolperte er, rappelte sich aber sofort wieder auf die Knie auf und kroch weiter. Mit Mühe zwängte er das Regalbrett zwischen Nachttisch und Türklinke. Es paßte.

Schwer atmend kroch er zu seinem Bett zurück. Das Telefon!

Mit zitternden Fingern wählte er die Nummer seiner Kanzlei. Daß sie um diese Zeit nicht mehr besetzt war, kam ihm gar nicht zu Bewußtsein, genausowenig, daß es der Anrufbeantworter war, der sich da mit der Stimme seiner Sekretärin meldete.

Aber Carl Foley hörte sowieso keine menschliche Stimme. Er vernahm nur ein gräßliches Krächzen und Zischen.

Da sind sie also auch schon! schoß es ihm durch den Kopf. Er ließ das Telefon fallen, als sei es glühendheiß geworden.

Es klopfte an der Tür. Foley zog sich bis zum Fenster zurück. Seine Hand tastete nach dem Fenstergriff. Aber das Fenster ließ sich nicht öffnen. Es ließ sich nur abkippen, und der Spalt war zu schmal, als daß er hätte hindurchschlüpfen können. Er stieß einen verzweifelten Schrei aus.

Das Klopfen an der Tür wiederholte sich, fordernder, dann wackelte die Klinke etwas, aber die improvisierte Barrikade hielt.

Foley sah sich gehetzt um. Das Blut der aufgeplatzten Operationsnarbe tränkte den Schlafanzug rot, und noch mehr Blut sammelte sich in seiner Bauchhöhle.

Der Stuhl! Er mußte das Fenster zerschlagen!

Er ergriff den Stuhl, holte weit aus und schlug ihn gegen die Scheibe. Das Glas zitterte und schepperte, zersprang aber nicht.

Jetzt erklang ein Brüllen aus dem Gang, und irgend etwas prallte wuchtig gegen die Tür. Der Nachttisch verrutschte ein Stückchen.

Voller Verzweiflung schlug Foley mit aller Kraft nochmals gegen die Scheibe. Diesmal liefen Risse über das Glas, und ein paar Splitter fielen zu Boden.

Im selben Augenblick ließ ein weiterer Stoß die Tür erzittern. Das zwischen Nachttischplatte und Klinke verkeilte Brett fiel zu Boden. Die Tür öffnete sich und schob den Nachttisch zur Seite. Hinter ihr wurden zwei Alptraumkreaturen sichtbar. Aus ihren weitaufgerissenen Mäulern tropfte der Geifer. Sie streckten grüne schuppige Hände mit messerscharfen Klauen nach ihm aus.

Foley ließ den Stuhl fallen. Die Panik verlieh ihm ungeahnte Kräfte, als er sich vom Boden abstieß und auf die Scheibe zusprang. Er warf schützend die Arme vor das Gesicht, und der Aufprall ließ das Glas in tausend Splitter zerbersten. Mit einem Aufschrei, in dem sich Verzweiflung und Triumph mischten, flog Carl Foley in die Nacht hinaus.

Vielleicht hätte er den Sturz trotz der inneren Verletzungen überlebt, aber vor seinem Fenster wich der gußeiserne Zaun bis auf ein paar Meter an die Hauswand zurück.

Carl Foley stürzte direkt auf die scharfen Zaunspitzen ...

Als Pierre Leroy gegen 22 Uhr 30 vor der St.-Margarete-Klinik eintraf, bemerkte er schon von weitem das Blaulicht zweier Streifenwagen. Er bezahlte den Taxifahrer und stieg aus.

Direkt vor dem Klinikeingang standen zwei Polizeibeamte und ein Zivilist in einem weißen Kittel, vermutlich ein Arzt oder Pfleger. Leroy wollte einfach an ihnen vorbeigehen, wurde aber aufgehalten.

»Entschuldigen Sie, Sir«, sagte einer der Polizisten. »Arbeiten Sie hier?«

Leroy ließ ein Lächeln aufblitzen und schüttelte den Kopf. »Noch nicht«, erwiderte er. »Und wenn Sie mich nicht durchlassen, werde ich auch nicht mehr dazu kommen.«

»Sie müssen Pierre Leroy sein«, meldete sich der Mann mit dem weißen Kittel zu Wort. »Dr. Mannors hat mich informiert. Ich bin Charles Belford.« Er wandte sich den Polizisten zu. »Alles in Ordnung. Mr. Leroy ist angemeldet.«

Der kleine Franzose legte den Kopf in den Nacken und musterte eine zerbrochene Fensterscheibe in der ersten Etage. Dann ließ er den Blick langsam nach unten wandern, bis er an den spitzen Zacken des schmiedeeisernen Zauns hängenblieb. Zwei weitere Männer, die er bisher nicht bemerkt hatte, waren dabei, ihn mit irgendeiner Flüssigkeit abzusprühen. Leroy runzelte die Stirn. Das rote Zeug an den Eisenstäben war bestimmt keine Farbe.

»Was ist passiert?« wollte er wissen.

»Dr. Mannors wird es Ihnen erklären, sobald er Zeit hat«, erwiderte Charles. »Bitte kommen Sie mit. Ich bringe Sie in sein Büro.«

Er führte ihn durch einen kurzen Flur im Erdgeschoß und öffnete eine Tür. »Bitte sehr.«

Leroy trat ein, sah sich kurz um und ließ sich in einem bequemen Sessel nieder. Der Pfleger stand unschlüssig in der offenen Tür. Seine Nervosität war unübersehbar.

»Ein Unfall?« fragte Pierre und deutete mit dem Kopf in die Richtung der Hauptpforte. »Mord? Oder Selbstmord?«

Charles zuckte ratlos die Achseln. »Mord ist ausgeschlossen, der Patient war allein in seinem Zimmer. Ein Unfall kann es auch kaum gewesen sein. Das Fenster besteht zwar nicht aus Sicherheitsglas, aber es ist verstärkt. Wer es zerbrechen will, muß schon mehrmals kräftig zuschlagen. Also bleibt nur Selbstmord übrig. Aber ...« Er ließ den Satz unbeendet, sein Kopf ruckte herum.

Pierre konnte es ebenfalls hören, ein unmenschliches Brüllen, das von weither zu kommen schien.

»Entschuldigen Sie mich!« stieß Charles hervor. Er wirbelte herum und schlüpfte zur Tür hinaus.

»Warten Sie!« rief Pierre. Er sprang auf und eilte dem Pfleger hinterher.

Sie stürmten die Treppe hinauf, als das Brüllen wieder aufklang. Es kam aus dem dritten Stockwerk. Das Schreien eines Menschen in Todesangst.

Die Türen im Flur waren teilweise geöffnet, und die Gesichter verängstigter Patienten lugten daraus hervor. Krankenschwestern eilten hektisch hin und her und versuchten, die Patienten zu beruhigen. Eine der Türen stand weit offen. Aus ihr kamen die Schreie, die in ein ersticktes Würgen übergegangen waren.

Pierre Leroy blieb davor stehen und spähte hinein. Ein Mann und eine Frau standen über ein Bett gebeugt und versuchten, einen sich nach Kräften wehrenden älteren Patienten auf die Matratze zu drücken. Erst mit Charles' Hilfe gelang es ihnen, ihn so weit zu bändigen, daß der junge breitschultrige Mann ihm eine Spritze in den Unterarm drücken konnte.

Kurz darauf erschlaffte der Körper des Patienten und lag still. Der junge Mann, offensichtlich ein Arzt, untersuchte ihn schnell und drehte sich dann um. Er strich sich das rotblonde Haar aus der Stirn. Sein Blick fiel auf Pierre, und seine Augen verengten sich. »Wer, zum Teufel, sind Sie?«

»Pierre Leroy«, stellte sich der kleine Franzose vor. Er verzichtete auf sein gewinnendes Lächeln. »Dr. Mannors weiß Bescheid. Ich bin von Sir Ian Sutherland geschickt worden.«

»Sind Sie Arzt?«

Pierre schüttelte den Kopf.

»Dann haben Sie hier auch nichts verloren«, schnauzte der Mediziner unfreundlich. Er ignorierte ihn und wandte sich an die Krankenschwester. »Linda, tun Sie mir einen Gefallen und sehen Sie nach Anja.«

»Wieso, Dr. Marten?« fragte die Schwester. »Ich denke, sie hat sich krank gemeldet.«

»Eben deshalb«, erwiderte der Arzt, den sie mit Dr. Marten angesprochen hatte. »Sie hatte als erste Kontakt mit Sir Andrew, als der gestern seinen ersten Anfall erlebte. Und heute nachmittag hat sie sich unwohl gefühlt. Sie konnte mir zwar nicht genau sagen, was nicht mit ihr stimmte, aber sie erzählte etwas von Sehschwierigkeiten, daß ihr einige Leute ganz grün und schuppig vorgekommen wären. Das klingt fast so wie bei Sir Andrew, nur längst nicht so schlimm. Bitten Sie sie, zu mir zu kommen, ich möchte sie noch einmal genauer befragen und untersuchen. Hoffentlich besteht da kein Zusammenhang.«

»Wenn Anja sagt, daß sie sich nicht gut fühlt, dann muß es ihr wirklich ziemlich schlecht gehen«, sagte die Krankenschwester. »Sie ist jetzt seit zwei Jahren bei uns und hat noch nie einen Tag krank gemacht.« Sie drehte sich um und war schon in der Tür, als Dr. Marten sie noch einmal ansprach.

»Seien Sie vorsichtig, Linda«, schärfte er ihr ein. »Sollte sich

Anja irgendwie merkwürdig verhalten, dann kommen Sie sofort zurück und sagen Sie mir Bescheid. Ich möchte nicht, daß Sie irgendein Risiko eingehen. Der alte Knabe hier hat geradezu unwahrscheinliche Kräfte entwickelt.«

Die Krankenschwester nickte nur und verschwand.

Dr. Marten bemerkte Pierre, der immer noch im Flur vor der Tür stand. »Und Sie, Mr. …«

»Leroy«, half ihm Pierre.

»Schön, Mr. Leroy. Verschwinden Sie endlich. Charles, bringen Sie ihn bitte … Nein, warten Sie. Suchen Sie Dr. Mannors, ich muß sofort mit ihm sprechen. Und Sie, Mr. Leroy, können sich auch nützlich machen, wenn Sie schon einmal hier sind. Hinten im Gang stehen zwei Liegen. Holen Sie mir eine. Wir müssen Sir Andrew von hier wegschaffen, bevor er wieder zu sich kommt. Sonst macht er noch den ganzen Laden verrückt.«

Pierre drehte sich gehorsam um und eilte den Gang entlang. Er hatte zwar keine Ahnung, was hier vor sich ging, aber Sir Ian hatte wohl wieder einmal den richtigen Riecher gehabt, ihn hierherzuschicken. Die Vorgänge in dieser Klinik schienen mehr als nur mysteriös zu sein.

Eine halbe Stunde später saßen Pierre, Dr. Mannors, Dr. Marten und Sheila O'Brian im Büro des Klinikchefs. Sie hatten sich nur flüchtig miteinander bekannt machen können. Es gab Wichtigeres zu besprechen.

Pierre hatte seinen Sessel ganz bewußt etwas in den Hintergrund geschoben, um die Ärzte bei ihrer Unterhaltung nicht zu stören. Aber er hörte genau zu, auch wenn er nicht alles verstand, was da an Fachchinesisch gesprochen wurde.

»Ich habe Sir Andrew Ketanest injiziert«, berichtete Dr. Marten gerade. »Er ist noch etwa zehn Minuten lang völlig ausgeschaltet. Aber natürlich kann ich das nicht andauernd wiederholen, sein Kreislauf würde zusammenbrechen.«

»Ich würde Dormicum vorschlagen«, sagte Dr. Mannors.

»Wir geben ihm die Standardeinheit und verpassen ihm dann über den Tropf eine verdünnte Lösung. «

»Einem Alkoholiker mit chronischem Bluthochdruck?« fragte Sheila zweifelnd. »Ich weiß nicht, ob da ein Hypnotikum die richtige Maßnahme ist. Vielleicht sollten wir ihn lieber verlegen.«

»Nein«, widersprach Mannors mit Nachdruck. »Vorläufig möchte ich nicht, daß irgend jemand hier die Klinik verläßt.« Er nickte in Pierres Richtung. »Das gilt leider auch für Sie, Mr. Leroy. Ich habe die Klinik vorläufig sperren lassen und Anweisungen gegeben, Notfälle und Unfallopfer in benachbarte Kliniken umzuleiten, wenn nicht gerade akute Lebensgefahr vorliegt und ein Weitertransport nicht zu vertreten ist.«

Dr. Marten blickte ihn erstaunt an und runzelte die Stirn. »Was geht hier vor, Chuck? Hat das irgend etwas mit Ihren Leichen im Keller zu tun?«

Mannors nickte. »Ich fürchte es fast. Banister schien vor seinem Tod verwirrt zu sein, und seine Sekretärin leidet unter Wahnvorstellungen, bei denen Echsen und Reptilien eine große Rolle spielen. Das gleiche wie bei Ihrem Patienten. Banister, seine Sekretärin und der Inder, der wahrscheinlich am Anfang der Kette steht, weisen alle eine Anomalie im Gehirn in der Region der Zirbeldrüse auf, anscheinend einen Parasiten. Und jetzt raten Sie mal, was wir bei Foley festgestellt haben. Wir hatten zwar noch keine Zeit für eine Obduktion, aber wir haben seinen Schädel durchleuchtet. Und dabei haben wir einen kleinen Fremdkörper an der Zirbeldrüse entdeckt. Zwar deutlich kleiner als bei den anderen, aber wieder an derselben Stelle.«

»Aber Foley kann sich doch unmöglich infiziert haben«, warf Marten ein. »Erstens ist die Zeit für eine derartig deutliche Veränderung im Gehirn viel zu kurz, und zweitens, wie sollte er sich angesteckt haben? Er ist weder mit den Leichen noch mit Ihnen oder Sheila in Kontakt gekommen.«

»Abgesehen von dem Inder, ist uns der Weg der Infektion

noch nicht bekannt«, gestand Mannors, »aber wir gehen im Augenblick von einer Übertragung durch Blutkontakt aus. Es könnte allerdings genausogut eine Tröpfcheninfektion sein, durch Anhusten oder den Kontakt mit Speichel. Theoretisch könnten Sheila oder ich die Erreger weitergetragen haben. Vielleicht sind die Zwischenträger immun, oder die Infektion manifestiert sich nur bei gesundheitlich Geschwächten so schnell, wie zum Beispiel bei Foley oder Sir Andrew.«

»Das würde bedeuten«, stellte Marten fest, »die gesamte St.-Margarete-Klinik könnte infiziert sein.« Er wurde bleich. »Wir müssen unverzüglich das Gesundheitsministerium informieren und die Klinik unter absolute Quarantäne stellen.«

»Wo ist eigentlich Dr. Flowers?« wollte Sheila wissen.

»Auf seinem Zimmer«, sagte Mannors. »Ich habe ihn dorthin geschickt. Es ging ihm nicht sonderlich gut, auch wenn er das nicht zugeben würde. Aber ich kenne ihn und seinen Ruf. Er ist ein Arbeitstier. Wahrscheinlich hatte er wieder bis zum Umfallen gearbeitet, bevor er zu uns gekommen ist. Ich brauche ihn ausgeruht, wenn wir Foley obduzieren und Gewebeproben entnehmen.«

»Halten Sie es für möglich, daß er auch infiziert sein könnte?« fragte Marten.

»Theoretisch ist das möglich, wie bei uns allen. Aber die Krankheit kann noch nicht ausgebrochen sein. Er ist gerade einmal acht Stunden hier. Keine Infektion manifestiert sich so schnell.«

Er wurde durch ein Klopfen an der Tür unterbrochen. Charles trat mit einem Tablett ein, auf dem eine große Kanne Kaffee und mehrere Tassen standen. Er stellte das Tablett ab und schenkte ein.

»Ahh«, seufzte Mannors, nachdem er an seiner Tasse genippt hatte. »Stark und schwarz. Aber seien Sie vorsichtig, er ist verdammt heiß.«

»Die Idee mit der Tröpfcheninfektion oder der Übertragung durch Blutkontakt gefällt mir nicht«, sagte Dr. Marten nach einer Weile nachdenklich. »Das würde zu lange dauern. Die Infektion müßte schneller und direkter erfolgen. Dieser Parasit, wenn es denn einer ist, kann sich nicht so schnell aus einer winzigen Keimzelle entwickeln. Er müßte schon vorher … Verdammt!« Er verschüttete etwas Kaffee, als er seine Tasse mit einem Ruck abstellte.

»Was ist denn?« fragte Sheila erschrocken.

»Sir Andrew … Gestern nacht behauptete er, ihm wäre ein Käfer in die Nase gekrochen. Er hatte auch tatsächlich Nasenbluten. Ich habe das natürlich nicht geglaubt, Sie wissen ja, Alkoholiker sehen alles mögliche krabbeln, aber …«

»Ich habe gestern im Obduktionsraum einen Käfer gefunden, nachdem mich Dr. Mannors runtergeschickt hat«, unterbrach ihn Charles. »Sah aus wie eine Kellerassel. Er war tot, hat in einer Alkoholpfütze gelegen. Ich habe ihn in einen Abfallkübel geworfen.«

»Das ist unglaublich«, behauptete Chuck Mannors. »Wenn sich ein Käfer einem Menschen quer durchs Gehirn frißt … Das könnte niemand überleben. Zumindest nicht ohne ernsthafte Gehirnschäden.«

»Genau das habe ich Sir Andrew auch gesagt«, meinte Dr. Marten. »Aber was ist hier schon normal? Die ganze Sache mit den Parasiten ist verrückt. Überhaupt fällt mir jetzt ein, daß Schwester Anja etwas von einem Insekt im Ostflügel erzählt hat. Sie hat es zertreten und der Oberschwester Bescheid gesagt, aber anscheinend wurden keine weiteren Käfer entdeckt. Ich könnte mich ohrfeigen!«

Er stutzte und riß die Augen auf. »Anja!« stieß er hervor. »Mein Gott, vor einer Stunde habe ich Linda zu ihr geschickt! Sie hätte längst hier sein müssen!«

Mannors sprang auf. »Cliff, nehmen Sie Leroy mit und sehen Sie in Anjas und Lindas Zimmern nach. Sheila, Sie informieren Scotland Yard und das Gesundheitsministerium. Die St.-Margarete-Klinik muß unter Quarantäne gestellt werden. Bleiben Sie hier im Büro. Charles, Sie kommen mit mir. Wir trommeln eine Mannschaft zusammen und untersuchen die Klinik von oben bis unten. Und wenn wir eins dieser Biester entdecken, müssen wir es lebend erwischen.«

George Shuster hatte in der kriminalmedizinischen Abteilung von Scotland Yard angerufen, um sich über eventuelle Neuigkeiten im Fall Banister und Ergebnisse der Gewebeanalysen des Inders zu informieren.

Er zerbrach sich seit Stunden den Kopf, wie er die St.-Margarete-Klinik betreten und dort ein Zimmer beziehen konnte, ohne sich verdächtig zu machen. Daß er an dem Fall interessiert war, würde man ihm ohne weiteres abnehmen, aber sein Arbeitsplatz war die medizinische Abteilung im New Scotland Yard. Einem kurzen Besuch der Privatklinik stand nichts im Weg, aber wie sollte er seinen Vorgesetzten dazu bringen, ihn so kurzfristig versetzen zu lassen? Schließlich hatte der Commissioner schon Hal Flowers abgestellt.

Shuster hatte einen Kollegen der Nachtschicht gebeten, ihm unverzüglich Bescheid zu sagen, sobald neue Berichte aus der Privatklinik eintrafen. Aber er hatte nicht damit gerechnet, daß das so bald geschehen würde, und erst recht nicht damit, daß die Neuigkeiten so dramatisch sein würden.

Kurz vor Mitternacht klingelte sein Telefon und weckte ihn aus einem leichten Schlummer. Schon nach den ersten Worten war George Shuster hellwach. Der Schichtleiter beorderte ihn ins Hauptquartier. Die St.-Margarete-Klinik war unter Quarantäne gestellt worden. Akute Seuchengefahr.

Shuster fluchte unterdrückt. Karney – Kar, korrigierte er sich in Gedanken – würde keine Entschuldigungen akzeptieren. Aber wie sollte er die Privatklinik jetzt noch betreten können?

Anja Wahren war fast schon krankhaft tüchtig. Vielleicht lag es gerade daran, daß sie tagtäglich mit Kranken zu tun hatte, daß sie sich weigerte, selbst krank zu machen. Aber heute war ihr einfach nichts anderes übrig geblieben.

Allerdings hatte sie ihre gesundheitlichen Probleme Dr. Marten gegenüber maßlos untertrieben. Das hatte seinen Grund. In der Familie ihrer Mutter waren Fälle von Schizophrenie aufgetreten, und wie Anja wußte, war Schizophrenie unter bestimmten Umständen erblich. Bei ihr jedoch hatte es nie Anzeichen gegeben, daß sie damit belastet sein könnte. Bis heute.

Anja war klar, daß Probleme mit ihrer geistigen Gesundheit ihr berufliches Aus bedeuten konnten. Also hatte sie beschlossen, erst einmal eine Nacht darüber zu schlafen, bevor sie sich Dr. Marten oder Dr. Mannors anvertraute. Sie hatte sich aus dem Medikamentenschrank ein mildes Beruhigungsmittel geholt und sich dann auf ihr Bett gelegt. Eine Weile schien es ihr besser zu gehen, aber dann waren die Halluzinationen schubweise wieder aufgetreten. Gegen ihr besseres Wissen hatte sie zu stärkeren Barbituraten gegriffen und sich so in einen angenehmen Dämmerzustand versetzt. Die sporadischen Veränderungen, die mit ihrer Haut und ihren Händen vorzugehen schienen, hatten ihren Schrecken verloren und nur ein Gefühl der Verwirrung und Verunsicherung hinterlassen.

Mehrfach war sie eingenickt und aus dem Halbschlaf wieder aufgeschreckt, und jedesmal hatte sie sich dabei weiter aus der Realität entfernt, ohne es zu bemerken. Als sich irgendwann in der Nacht die Tür zu ihrem Zimmer öffnete, befand sie sich bereits im Stadium fortgeschrittenen Irrsinns. Sie konnte nicht einmal mehr schreien, als sie die reptilienhafte Alptraumkreatur erblickte. Mit einem letzten Rest von Vernunft tastete sie nach den Beruhigungsmitteln auf ihrem Nachtschrank und bekam das Wasserglas zu fassen. Ihre Hand schloß sich so fest darum, daß es zersprang.

Anja spürte den Schmerz nicht, als ihr die Scherben ins

Fleisch schnitten. Sie starrte nur verständnislos die scharfkantigen Reste des Glases und das Blut an, das ihr über die Finger lief und auf das weiße Laken tropfte. Ihr Blick pendelte zwischen ihrer Hand und dem Monster hin und her, klärte sich mit einemmal, und sie erkannte ihre Kollegin, die die Augen entsetzt aufgerissen hatte.

»Um Gottes willen, Anja!« brachte Linda hervor. »Laß das Glas los, du zerschneidest dir ja noch die ganze Hand!«

»Linda?« fragte Anja schwach. »Linda, ich bin ... ich weiß nicht, was ...« Sie streckte flehend die Hände aus. »Bitte, hilf mir ...«

Linda eilte zu ihr ans Bett, kniete vor ihr nieder und wollte ihr gerade das zersprungene Glas aus der Hand nehmen, als sich Anjas Gesicht verzerrte und sie zurückzuckte. »Anja, was ist denn los? Sag doch was! Ich will dir doch nur ...«

Aber sie konnte den Satz nicht mehr zu Ende bringen, denn im selben Augenblick schoß Anjas Arm vor, und die scharfen Glasscherben bohrten sich in Lindas Hals. Die Hände der Krankenschwester flogen an ihre Kehle, aber sie brachte nur noch einen gurgelnden Laut über die Lippen, als Anja erneut zustieß und ihr die Halsschlagader zerfetzte.

Linda fiel auf den Rücken, und ihre Beine trommelten über den Boden, während ihr mit dem Blut das Leben aus dem Körper strömte. Ihr Körper zuckte immer noch reflexartig, als sie schon längst tot war.

Anja Wahren hatte das Glas fallen lassen, sich wie ein Embryo wimmernd auf dem blutbesudelten Bett zusammengekrümmt und den Kopf in den Armen vergraben. So lag sie immer noch da, als Pierre und Dr. Marten sie eine Stunde später fanden.

Charles Belford war schon nach einer halben Stunde Suche fündig geworden. Er hatte sich mit einem anderen Pfleger und zwei Krankenschwestern vom Keller aus nach oben gearbeitet, während eine andere Gruppe die Klinik von oben nach unten durchsuchte. Sie entdeckten den Käfer ausgerechnet in Dr. Mannors' Büro, in dem sie noch bis vor kurzem gesessen hatten.

Das kleine Tier bewegte sich nur noch schwach, die hauchdünnen Fühler tasteten hilflos in Charles' Richtung. Der Pfleger verfrachtete es mit einer Pinzette vorsichtig in ein Glasfläschchen, das er ins Labor brachte. Danach informierte er Dr. Mannors, der den anderen Suchtrupp leitete.

Dr. Mannors übertrug die Leitung seiner Gruppe der Oberschwester und begab sich unverzüglich in den Laborraum. Dort erfuhr er auch von Lindas Tod, aber er hatte weder die Zeit, sich um Lindas Leiche noch um Anja zu kümmern, die mittlerweile in einen katatonischen Zustand gefallen war. Dr. Marten hatte sie mit Pierres Hilfe in die Isolierstation gebracht, in der schon Maureen Ibsen und Sir Andrew Raleigh unter Vollnarkose lagen, und ihre Fuß- und Handgelenke am Bett festgeschnallt. Langsam wurde es eng im Raum, und sie mußten einen zweiten Raum als Quarantänezimmer herrichten.

Während sich Dr. Marten darum kümmerte, bat Dr. Mannors Pierre, Hal Flowers zu holen.

»Schmeißen Sie ihn aus dem Bett, auch wenn er noch so tief schläft«, ordnete er an. »Ich kann keine Rücksicht mehr auf seinen Zustand nehmen. Und machen Sie sich darauf gefaßt, einige unfreundliche und beleidigende Worte zu hören.«

»Kein Problem, Doc«, erwiderte Pierre, dem der Schock über seinen furchtbaren Fund noch immer ins Gesicht geschrieben stand. »Wenn es sein muß, trete ich ihm mit Freuden in den Hintern.«

Er konnte nicht ahnen, daß er noch eine zweite entsetzliche Entdeckung machen würde, die jeden Tritt überflüssig machte.

Hal Flowers hatte schon als Kind gelernt, niemanden um Hilfe zu bitten. Die Verachtung und Geringschätzung, die er seinen Mitmenschen und der menschlichen Rasse im allgemeinen entgegenbrachte, verbot es ihm kategorisch, irgend jemandem eine Schwäche zu offenbaren. Das war auch der Grund, warum er Mediziner geworden und zur Polizei gegangen war. Nicht um anderen zu helfen, sondern um sich selbst helfen zu können und den Unzulänglichkeiten des nackten Affen – genannt Mensch – auf die Spur zu kommen.

Das Unbehagen und die Verwirrungszustände, die er kurz nach seinem Erwachen verspürt hatte, als Maureen Ibsen eingeliefert worden war, hatten sich langsam gesteigert. In der einen Sekunde fühlte er sich völlig normal, dann, ohne jede Vorwarnung, schienen sich die Menschen vor seinen Augen zu verwandeln. Zuerst waren die Veränderungen nur minimal gewesen, aber sie hatten sich von Stunde zu Stunde intensiviert. Selbst diesem Trottel Chuck Mannors war aufgefallen, daß irgend etwas mit ihm nicht stimmte. Aber Flowers hätte sich lieber die Zunge abgebissen als zuzugeben, daß er Hilfe bräuchte. Deshalb war er auch ohne Zögern der Aufforderung des Klinikchefs nachgekommen, sich ein paar Stunden lang auszuruhen.

Und er hatte tatsächlich ein paar Stunden lang geschlafen. Doch dann war er wieder aufgewacht und hatte eine erschreckende Entdeckung gemacht. Seine Hände begannen sich zu verändern, überzogen sich mit grünen Schuppen und bekamen spitze Klauen. Dasselbe Syndrom, an dem auch Maureen Ibsen litt! Hatte er sich womöglich ebenfalls infiziert?

Noch während er seine Hände betrachtete, wurden sie wieder völlig normal. Unsinn! schalt sich Flowers in Gedanken. Er hatte mit Handschuhen und Atemschutzmaske gearbeitet, eine Infektion war praktisch ausgeschlossen, außerdem war die Zeitspanne zwischen einer möglichen Infektion und dem Auftreten erster Symptome viel zu kurz. Nein, er verfiel langsam derselben Hysterie, die die ganze Klinik erfaßt zu haben schien.

Kurz darauf erschien Mannors mit einem Pfleger in seinem

Zimmer und teilte ihm mit, daß ein Patient aus dem Fenster gesprungen sei, der laut einer ersten Untersuchung ebenfalls von einem Parasiten befallen war. Und angeblich wüßte man jetzt, wie die Parasiten ins Gehirn gelangten, nämlich als Käfer durch die Nase.

Blödsinn, dachte sich Flowers, sagte aber nichts, weil sich Mannors genau in diesem Augenblick in eine grüne Echse verwandelte. Der Kriminalmediziner zwang sich dazu, die Augen nicht abzuwenden, und tatsächlich verwandelte sich Mannors auch wieder in einen Menschen zurück.

»… Sie denn?« fragte er gerade.

Flowers schüttelte den Kopf und beobachtete aus den Augenwinkeln heraus, wie der Pfleger in seinem Zimmer herumkroch, mit einer Taschenlampe in jede Ritze leuchtete und irgendein fast geruchsfreies Insektenvertilgungsmittel versprühte.

»Den Quatsch glauben Sie doch selbst nicht«, knurrte Flowers. »Wissen Sie, was passieren würde, wenn sich ein Käfer durch die Nase zum Gehirn hocharbeitet? Der Betroffene würde die gesamte Klinik zusammenschreien. Und sobald der Käfer die Hirnhaut zerreißt, wäre der Mensch bewußtlos oder sogar tot. Danach müßte das Vieh dann noch quer durchs Gehirn spazieren, bevor es die Zirbeldrüse erreicht. Machen Sie sich also nicht lächerlich.«

»Alles sauber, Chef«, meldete sich der Pfleger in diesem Augenblick. Chuck Mannors schien irgend etwas erwidern zu wollen, kniff dann aber nur die Lippen zusammen und verschwand wortlos.

Hal Flowers legte sich wieder auf sein Bett, das der Pfleger bei seiner Suche ebenfalls zerwühlt hatte, verschränkte die Arme im Nacken und schloß die Augen.

Er hatte gar nicht bemerkt, daß er eingeschlafen war, aber irgendwann fand er sich aufrecht auf dem Bett sitzend vor und starrte seine linke Hand an. Sie war wieder zu einer grüngeschuppten Klaue geworden, und auch das Handgelenk war grün.

Flowers knöpfte den Hemdsärmel auf und rollte ihn hoch. In seinen Ohren klang ein helles Pfeifen an der oberen Hörgrenze. Sein Kopf schien mit Watte gefüllt zu sein. Der gesamte Arm bis zum Ellenbogen war mit metallisch glänzenden Schuppen überzogen. Er fuhr mit der rechten Hand darüber und konnte sie tatsächlich spüren. Sie fühlten sich glatt und kalt an.

Er blinzelte ein paarmal, hielt die Augen ein paar Sekunden lang geschlossen und öffnete sie dann wieder. Die Schuppen blieben. Er konnte sie immer noch sehen und fühlen.

Ich träume, dachte Flowers. Ich habe die ganze Zeit über geträumt. Aber es ist ein luzider Traum, ein Traum, den ich steuern und in dem ich alles machen kann, was ich will. Nun gut, dann werde ich dieser Farce ein Ende bereiten.

Wenn es etwas gab, was Flowers an den Menschen besonders zuwider war, dann war es das Unterbewußtsein, diese unerklärliche Kraft, die den Menschen dominierte und sich dem freien Willen entzog. Deshalb hatte er sich auch durch jahrelanges Training in die Lage versetzt, den größten Teil seiner Träume bewußt zu kontrollieren. Andere Menschen besuchten Kurse, um das luzide Träumen zu erlernen, er hatte es selbst geschafft.

Er stand auf, öffnete seinen schwarzen Instrumentenkoffer, entnahm ihm die nötigen Werkzeuge und trug sie zum Tisch vor dem Fenster. Dann entblößte er seinen Oberkörper und band sich den linken Oberarm ab. Mit grimmigem Vergnügen ergriff er ein Skalpell mit langer Klinge und setzte es an.

»Paß auf, Unterbewußtsein«, flüsterte er leise. »Jetzt wirst du erleben, daß Hal Flowers dir jederzeit überlegen ist!«

Der erste Schnitt jagte einen kurzen scharfen Schmerz bis zu seiner Schulter hinauf und ließ ihn keuchen. Flowers schnappte nach Luft und schüttelte den Kopf. Keine Schmerzen! befahl er sich. Nicht in meinem Traum!

Er zog die Klinge halbkreisförmig um seinen Arm herum. Der Schmerz ließ genauso plötzlich nach, wie er gekommen war. Dafür wurde ihm schwindlig und übel. Er würgte, arbeitete aber verbissen weiter.

Um den Einschnitt herum wich das Fleisch zurück, und der Gelenkknochen wurde sichtbar. Die Wunde blutete kaum. Flowers wechselte das Skalpell. Nicht mehr lange, und der Spuk würde endgültig ein Ende haben. Nach dieser Schocktherapie würde sich sein Unterbewußtsein hüten, ihm noch einmal solche Bilder vorzugaukeln.

Ein letzter Schnitt, und er hatte den Unterarm abgetrennt. »Geschafft!« rief Flowers triumphierend aus und betrachtete das grüne schuppige Ding.

... grün und schuppig? Es war ein ganz gewöhnlicher Arm. Sein Arm! Mit einemmal überwältigte ihn die Übelkeit, und Flowers erbrach sich würgend. Er kämpfte noch gegen den Brechreiz an, als ihn der Schmerz wie ein Blitzstrahl durchzuckte, und mit den Schmerzen kam die Erkenntnis: Ich träume nicht, ich habe den Verstand verloren.

Hal Flowers kam taumelnd auf die Füße, machte zwei unsichere Schritte auf die Tür zu, stieß einen krächzenden Schrei aus und fiel um.

Er war schon bewußtlos, bevor er auf dem Boden aufschlug.

»Wir müssen einen Spezialisten in die St.-Margarete-Klinik schicken«, hatte der Commissioner gesagt. »Die Sache ist nicht ungefährlich. Wer meldet sich freiwillig?«

George Shuster hatte einen Augenblick lang gezögert, bevor er die Hand gehoben hatte. Erstens, um sich nicht durch auffällige Eile verdächtig zu machen, und zweitens, weil es ihm wirklich nicht leicht gefallen war. Aber er konnte sich ausmalen, was passieren würde, wenn Kar auspackte.

In der St.-Margarete-Klinik schien die Hölle los zu sein. In weniger als vierundzwanzig Stunden hatte es zwei Tote gegeben, einem Patienten und einer Krankenschwester waren ›die Sicherungen durchgeknallt‹, wie sich der Commissioner ausgedrückt hatte, und Hal Flowers hatte sich allem Anschein nach ohne Narkose selbst den linken Arm amputiert. Ausgerechnet Flowers, dieser eiskalte Bastard. Wenn der den Verstand verlor, mußte es in der Privatklinik schlimmer als in den burmesischen Kriegsgefangenenlagern zugehen, in denen Shuster einige Experimente durchgeführt hatte, an die er sich lieber nicht zurückerinnern wollte.

Jetzt stand er vor dem Hintereingang der St.-Margarete-Klinik und verfluchte Kar, Gott und die Welt. Die Polizei hatte sich nach Kräften bemüht, kein Aufsehen zu erregen. Alle Eingänge waren unauffällig versiegelt worden, so daß nicht einmal eine Ameise unter den Türschwellen hätte durchkriechen können. Es mußte alles vermieden werden, was zu Unruhe bei den Anwohnern führen konnte. Aber wie Shuster erfahren hatte, wurde für den Notfall bereits an einem Evakuierungsplan für die angrenzenden Häuser gearbeitet.

Die Tür öffnete sich nur für ein paar Sekunden, und mit einem letzten tiefen Atemzug schlüpfte Shuster hinein. Ihm war klar, daß er wochenlang hier festsitzen konnte, wenn er Pech hatte. Und sollte es ganz schlimm kommen … Aber daran wollte er gar nicht denken.

Eine Krankenschwester führte ihn direkt in ein Labor, in dem Shuster einen übernächtigten Chuck Mannors vorfand. Der Klinikleiter stellte ihm flüchtig die anderen Anwesenden vor und kam dann gleich zur Sache. Er berichtete über den derzeitigen Wissensstand und reichte Shuster ein luftdicht verschlossenes Glasfläschchen, in dem ein kleiner grauer Käfer lag.

»Sie sind Experte für Biochemie und für Tropenkrankheiten, Dr. Shuster«, sagte er. »Ich möchte, daß Sie sich dieses … Lebewesen vornehmen. Es ist leider gestorben, kurz nachdem wir es gefunden haben. Wir vermuten, daß es sozusagen eine Larve der Parasiten ist, zumindest aber in einem ursächlichen Zusammenhang mit ihnen steht. Bevor es starb, konnten wir noch eine interessante Beobachtung machen. Der Käfer hat sich immer auf die Nase des Menschen ausgerichtet, der ihm am nächsten war, auch wenn wir den Behälter gedreht haben. Er schien sogar durch das Glas hindurch sozusagen Witterung aufnehmen zu können.«

Shuster drehte das Fläschchen langsam in den Händen und musterte das kleine graue Objekt aus zusammengekniffenen Augen. »Sieht aus wie eine Kellerassel«, stellte er fest. »Zur Familie der Krebstiere gehörend. Wird in der Regel …«

»Es ist eindeutig *keine* Kellerassel«, unterbrach eine junge Frau, die Mannors ihm als Sheila O'Brian vorgestellt hatte. »Da es sechs Beinpaare besitzt, gehört es weder den Insekten, den Spinnentieren noch den Krebstieren an. Es scheint überhaupt keiner bekannten Spezies anzugehören.«

»Sechs Beinpaare, sind Sie sicher?« fragte Shuster erstaunt.

»Absolut«, bestätigte Mannors. »Außerdem konnten wir keine Augen und nicht einmal eine Mundöffnung entdecken. Aber wir hatten keine Zeit, uns weiter damit zu beschäftigen. Sie wissen ja mittlerweile, was hier los ist. Der Käfer gehört Ihnen. Wir müssen in der Zwischenzeit noch eine Autopsie vornehmen.«

Shuster stellte das Fläschchen zurück und sah sich im Labor um. »In Ordnung, ich werde mich gleich an die Arbeit machen. Aber vorher würde ich gerne meine Sachen auf mein Zimmer bringen.«

»Kann das nicht warten?« wollte Mannors wissen. »Wir haben keine Zeit zu verlieren. Ich lasse Ihr Gepäck auf Ihr Zimmer schaffen.«

Shuster zögerte einen Augenblick, bevor er antwortete. »Dr. Mannors, ich werde mich beeilen. Wir verlieren mehr Zeit, wenn wir uns hier rumstreiten.«

Mannors seufzte. »Na schön. Pierre, würden Sie Dr. Shuster bitte sein Zimmer zeigen? Sie wissen, das von Anja.«

Ein schlanker junger Mann, der bisher kein Wort gesagt und sich im Hintergrund gehalten hatte, nickte. »Kommen Sie mit, Dr. Shuster«, sagte er mit leichtem französischen Akzent.

Shuster betrachtete ihn kurz. Der Mann schien eher in einen Nachtclub als in eine Klinik zu passen. Er trug dunkle

Kleidung, hatte einen dunklen Teint und einen schmalen Oberlippenbart. Als er an ihm vorbei in den Flur trat und eine der dort stehenden Taschen ergriff, bewegte er sich geschmeidig und fast lautlos. Shuster nahm an, daß er nicht zum medizinischen Personal der Klinik gehörte.

Sie sprachen kaum, während sie die Treppe hinaufstiegen und die leeren Gänge durchquerten. Die Klinik wirkte wie ausgestorben, aber es war wie die Ruhe vor dem Sturm.

»Hier ist Ihr Zimmer«, sagte Pierre, zog einen Schlüssel aus der Tasche und schloß auf. Er deutete mit dem Daumen über seine Schulter schräg nach hinten. »Mein Zimmer liegt gleich da drüben, falls Sie einmal meine Hilfe brauchen sollten. Hoffentlich stört Sie der Geruch nicht. Wir haben das Zimmer desinfiziert und das Bett ausgetauscht.« Er reichte Shuster den Schlüssel und blieb vor der Tür stehen.

»Sie brauchen nicht auf mich zu warten«, sagte Shuster. »Ich finde schon allein zurück.«

»Kann ich Ihnen helfen?« fragte Pierre zuvorkommend. »Sie werden im Labor benötigt. Ich kann mich um Ihre Sachen kümmern.«

Shuster schüttelte den Kopf. »Nein, danke«, gab er nach kurzem Zögern zurück. »Ich muß noch wissenschaftliches Gerät vorbereiten. Dabei würden Sie mich nur stören.«

»Wie Sie wollen.« Pierre nickte ihm zu und ging. Er fragte sich flüchtig, warum der Kriminalmediziner seine Gerätschaften in seinem Zimmer und nicht im Labor auspacken wollte, aber schließlich ging ihn das nichts an.

Kar hatte noch einen weiteren kurzen Anfall gehabt, aber es war der letzte geblieben. Seit zwölf Stunden beobachtete er in regelmäßigen Abständen mit Hilfe seiner Kristallplatte die Klinik. Zweieinhalb Stunden Schlaf, eine halbe Stunde vor der Platte. Die Arbeit laugte ihn aus, aber die Vorfälle in der Klinik entschädigten ihn dafür.

Vor drei Stunden war ein Mann eingetroffen, den er bereits

kannte und der ihm schon einmal ins Handwerk gepfuscht hatte. Er war es gewesen, der seinen Männern das schon sicher geglaubte Auge der Göttin Khom wieder abgejagt hatte.

Pierre Leroy hieß der Mann und war Mitarbeiter von A.I.M. Kar hatte sich genauestens über die Privatorganisation im Norden Schottlands informiert und Daten über alle festen Mitarbeiter vorliegen. Aber was hatte der Franzose jetzt in der Klinik verloren?

Mittlerweile war Kar überzeugt davon, daß in der Privatklinik keine gezielten Forschungsarbeiten mit den Apophis-Symbionten betrieben wurden. Das medizinische Personal schien ganz im Gegenteil völlig im dunklen zu tappen. Auch Kar wurde aus den Vorfällen nicht schlau. Hatte Ian Sutherland auch da wieder seine Finger im Spiel? War es sein Schicksal, immer wieder mit dem Schotten aneinanderzugeraten?

Zum wiederholten Mal verfluchte er die Tatsache, daß er mit den technischen Hilfsmitteln seiner Pyramide zwar fast in jeden Winkel der Welt blicken aber absolut nichts hören konnte. Und wo blieb Shuster? Entweder hatte er seine Wohnung bereits verlassen, oder er weigerte sich ganz einfach, ans Telefon zu gehen.

Nach der vierten Sichtung der Klinik entdeckte er ihn und behielt ihn im Auge. Der Kriminalmediziner führte ein scheinbar endloses Gespräch mit dem Leiter der Klinik und seinen Mitarbeitern, bevor er zusammen mit diesem Pierre Leroy zu einem Zimmer im obersten Stockwerk ging und darin verschwand.

Kar wartete ungeduldig, während sich Shuster an den Schreibtisch setzte, einen Notizblock hervorzog und hastig zu schreiben begann. Er füllte insgesamt vier Seiten mit stichwortartigen Informationen, legte sie nebeneinander auf die Schreibtischplatte, sah sich prüfend um, zuckte ratlos die Achseln und verließ dann eilig sein Zimmer. Er ließ das Licht brennen, schloß die Tür sorgfältig ab und kehrte ins Labor zurück.

Nachdem Kar sich davon überzeugt hatte, daß Shuster die

Tür verschlossen hatte, ließ er das Abbild der Tischplatte über der Kristallscheibe erscheinen, vergrößerte es, bis er das Geschriebene mühelos erkennen konnte, und begann zu lesen.

Seine Augen wurden groß. Ein unglaublicher Zufall bescherte ihm den fehlenden Mosaikstein, den er so lange gesucht hatte. Da war es, das Geheimnis um die Fortpflanzung der Symbionten!

Der Morgen dämmerte bereits, als George Shuster Dr. Mannors die Ergebnisse seiner Untersuchungen vorlegte. Der Klinikchef strich sich das wirre Haar aus der Stirn, rieb sich die geröteten Augen und massierte sich die verspannten Nackenmuskeln. Wie alle anderen Mitarbeiter der St.-Margarete-Klinik war er der Erschöpfung nahe. Er hatte angeordnet, daß die Ärzte und das Pflegepersonal im Wechsel wenigstens jeweils eine Stunde schliefen, aber auf die Dauer ließ sich das nicht durchhalten. Noch hielten sie sich mit Unmengen schwarzem Kaffee wach, aber bald würden sie zu härteren Mitteln greifen müssen. Captagon oder Pervitin. Mannors graute schon davor.

Er saß zusammen mit Pierre Leroy in seinem Büro. Sheila O'Brian genoß gerade ihre Stunde Schlaf, Charles patrouillierte auf der Suche nach weiteren Käfern durch die Klinik, und Dr. Marten kümmerte sich um die Infizierten.

»Die Käfer besitzen also weder erkennbare Sinnesorgane noch eine Mund- oder Afteröffnung und auch kein Verdauungssystem oder Fortpflanzungsorgane«, faßte er zusammen. »Das heißt, sie dürften eigentlich gar nicht existieren.«

»Richtig«, bestätigte Shuster. »Sie können nur ein Bindeglied in einer längeren Entwicklungslinie sein, wie es zum Beispiel bei Insekten oder Quallen vorliegt. Ich würde sie deshalb als Larven bezeichnen.«

Mannors nickte. »Das paßt ins Bild. Nehmen wir an, Madhav trug einen vollständigen Parasiten im Gehirn, der dort Eier ablegte und verschwand oder starb und seinen Nachkommen als Nahrung diente. Das würde sein Fehlen erklären.

Aus den Eiern entwickelten sich die Larven, die das Gehirn nach dem Tod ihres Wirts verließen und sich neue Wirtskörper suchten. Sobald sie einen gefunden haben, nisten sie sich darin ein und verwandeln sich wiederum in einen fortpflanzungsfähigen Parasiten. Dann kann der Kreislauf wieder von neuem beginnen.«

»Genau, und den Weg ins Gehirn suchen sie sich durch die Nase. Da sie sehr gezielt vorgehen, kann das kein Zufall sein. Die Parasiten müssen schon seit längerem existieren und sich den Menschen angepaßt haben. Die Frage, warum die Menschen das Eindringen nicht spüren, kann ich wahrscheinlich auch beantworten. Die Larven sondern eine dem Kokain verwandte betäubende Substanz ab. Der Nasengang und die empfindliche Hirnhaut werden narkotisiert. Wie es den Larven allerdings gelingt, sich ohne schwere Schäden anzurichten durch das Gehirn zur Zirbeldrüse vorzuarbeiten, bleibt vorerst rätselhaft.«

»Es steht jetzt also definitiv fest, daß sie den Weg über die Nase durch das Gehirn nehmen«, griff Mannors den Faden auf. »Bei Banister konnten wir das nicht feststellen, weil das Nasenbein durch den Unfall in sein Gehirn getrieben worden war und die Spuren zerstört hatte. Aber bei der Obduktion von Carl Foley und Anja Wahren haben wir die Narben an der Hirnhaut finden können. Den eigentlichen Kanal durch das Gehirn entdeckt man nur, wenn man genau weiß, wonach man suchen muß. Es ist ein Wunder. Wenn wir die Parasiten und ihre Larven erforschen können, könnten wir vielleicht Substanzen entdecken, die die Gehirnchirurgie einen entscheidenden Schritt weiterbringen.«

Pierre hatte die ganze Zeit über schweigend im Hintergrund gesessen und seinen Kaffee geschlürft. Jetzt unterbrach er die beiden Mediziner, die trotz der bedrohlichen Situation über die möglichen Zukunftsaussichten ins Schwärmen geraten waren.

»Es stellt sich doch eine entscheidende Frage«, warf er ein. »Wieso hat es bei Banister und seiner Sekretärin fast zehn Tage gedauert, bis die ersten Symptome auftraten, und wieso ging das in den anderen Fällen so schnell? Flowers zum Beispiel kann höchstens zehn Stunden lang infiziert gewesen sein, als er sich den Arm amputiert hat.«

»Wenn Sie Flowers kennen würden«, sagte Shuster mit einem dünnen Grinsen, »würden Sie sich über seine Reaktion nicht wundern. Der Kerl ist derart ...« Er bemerkte Mannors' Gesichtsausdruck, und sein Grinsen erlosch. »Sie haben recht«, gab er zu. »Der Zeitunterschied ist allerdings gravierend.«

»Da wir nur spekulieren können«, meldete sich Mannors wieder zu Wort, »ist eine Vermutung so gut wie die andere. Es könnte zum Beispiel so sein, daß die Larven, die Banister und Maureen Ibsen befallen haben, noch gar nicht ausgereift waren. Vielleicht sind sie durch den Unfall eher zufällig ausgetreten. Genausogut könnte es sein, daß die Larven, mit denen wir es zu tun haben, nach Madhavs Tod eine außerplanmäßige Entwicklung durchgemacht haben. Schließlich müssen sie sich noch mehr als einen Tag lang in einem toten Gehirn aufgehalten haben.« Er zuckte die Achseln. »Aber das sind nur Spekulationen. Das Entscheidende ist, daß wir jetzt den Weg des Befalls kennen. Es wird relativ leicht sein, dagegen Vorsorge zu treffen. Wir können den Alarmzustand also um eine Stufe zurückschrauben. George, ich verordne Ihnen drei Stunden Schlaf. Danach brauche ich Sie ausgeruht.«

»Wieso?« wollte Shuster wissen. »Die Bakterienkulturen, die ich angesetzt habe, müssen stündlich überprüft werden, und ich muß noch einige chemische Analysen ...«

»Ich weiß, ich weiß ...«, fiel ihm Mannors ins Wort. »So leid es mir tut, ich brauche Sie zu einer Reihenuntersuchung der Patienten und des Personals. Wir müssen jeden einzelnen Kopf hier in der Klinik röntgen. Auch wenn wir im Augenblick noch nicht die geringste Ahnung haben, wie wir den Betroffenen helfen können, müssen wir doch Vorsorge treffen.«

»Natürlich, natürlich«, gab Shuster nach. Er warf einen Blick auf seine Uhr. »Ja, es ist wirklich schon ziemlich spät.« Er hob grüßend die Hand und verließ das Büro.

Mannors seufzte müde. »Legen Sie sich auch ein bißchen hin, Pierre«, sagte er. »Das Ärgste scheint überstanden zu sein. Im Augenblick können Sie sowieso nichts mehr tun. Ich lasse Sie wecken, wenn ich Sie brauche.«

»In Ordnung, Doc«, erwiderte Pierre. Er gähnte ausgiebig. »Ich hau mich aufs Ohr.«

Aber er hatte gar nicht vor, sich schlafen zu legen. Sutherland hatte ihn aus einem ganz bestimmten Grund hierhergeschickt, und Pierre hatte vor, diesen Auftrag zu erfüllen.

Kar war mit den Informationen, die ihm Shuster übermittelt hatte, in die Bibliothek geeilt und hatte sie mit den Abbildungen und Schriftzeichen verglichen, die er entziffern konnte. Er war zu ähnlichen Schlüssen wie Dr. Mannors und George Shuster gekommen, aber im Gegensatz zu diesen wußte er es genauer.

Jetzt ergaben die Abbildungen auf einmal einen Sinn. Die Apophis-Symbionten konnten sich also tatsächlich vermehren, aber dazu bedurfte es einer ganz bestimmten Voraussetzung. Sie mußten auf ein immunes Gehirn stoßen. Nur dann legten sie ihre Eier oder sonderten die Vorstufen der Larven ab. Allerdings starben sie dabei unweigerlich.

Wie viele Nachkommen ein Symbiont produzieren konnte, war Kar noch nicht bekannt, aber zählte man sämtliche Befallenen und die gefundenen Larven dazu, waren es auf jeden Fall mehr als ein halbes Dutzend. Kar würde sich also Nachschub besorgen können, auch wenn dabei etliche Menschen sterben mußten. Was ihn jetzt brennend interessierte, war die Frage, wie lange es dauerte, bis sich die Larven zu fertigen Symbionten entwickelten.

Ein weiteres Problem stellte Leroy dar. Kar wußte, daß der Franzose keine medizinische Bildung besaß. Sutherland konnte ihn also nur geschickt haben, um nach eventuellen mysteriösen Vorfällen Ausschau zu halten, schließlich war das sein Fachgebiet. Außerdem sprach vieles dafür, daß der

Earl of Oake Dùn einen Zusammenhang zwischen Madhav und seinem unbekannten Widersacher vermutete. Einem Mann mit seinen Verbindungen dürfte es nicht schwergefallen sein, bei Nachforschungen auf die SEA QUEEN und damit auf die Ereignisse um das Auge der Göttin Khom und die Goldmaske zu stoßen. Und soweit Kar das beurteilen konnte, schnüffelte Leroy wirklich überall herum. Wo immer in der Klinik irgend etwas passierte, tauchte der kleine Franzose auf. Er mußte ausgeschaltet werden.

Kar wartete ungeduldig darauf, daß ihm Shuster weitere Nachrichten übermittelte. Langsam näherte sich die volle Stunde, an der die nächste Botschaft fällig war.

Shuster war pünktlich. Er betrat sein Zimmer, verschloß die Tür, sah sich sorgfältig um, ob irgend etwas berührt worden war, und öffnete dann das Fenster. Mit den alten Notizen trat er ans Waschbecken, verbrannte sie, zerrieb die Asche zu Staub und spülte sie durch den Abfluß. Danach wusch er sich die Hände, kehrte zu seinem Schreibtisch zurück und füllte zwei weitere Blätter mit neuen Notizen. Bevor er sie deutlich sichtbar auf den Schreibtisch legte, schloß er das Fenster und zog gewissenhaft die Vorhänge zu. Dann legte er sich angezogen auf sein Bett, stand aber bereits kurz darauf wieder auf und verließ das Zimmer.

Kar las die Notizen und traf eine Entscheidung. Er mußte dafür sorgen, daß die Quarantäne so lange wie möglich aufrechterhalten wurde. Dr. Mannors sollte ohne sein Wissen auch weiter für ihn die Forschungsarbeiten leisten. Eine isolierte Klinik war der beste Garant dafür.

Zwar hatte Kar sich vorgenommen, nach Möglichkeit vorläufig auf die ›Zeitlose Ortsversetzung‹ zu verzichten, aber jetzt würde er eine Ausnahme machen. Außerdem war das zu transportierende Objekt so klein und so leicht, daß die Übertragung ohne großen Aufwand in kürzester Zeit durchgeführt werden konnte. Ein kleines Restrisiko blieb, aber das ließ sich nicht vermeiden.

Er schrieb eine kurze Anweisung an Shuster auf einen Zettel und hantierte an den Kontrollinstrumenten der Kristallplatte herum. Da sie bereits auf Shusters Zimmer justiert war, nahm der Vorgang kaum eine Minute Zeit in Anspruch.

Um den Zettel herum wallte ein dicker weißer Nebel auf und hüllte das Papier vollkommen ein. Als er sich wieder auflöste, war der Zettel verschwunden.

Kar vergewisserte sich, daß die Notiz tatsächlich auf Shusters Schreibtisch gelandet war, dann lehnte er sich zurück und schloß die Augen. Sein Kopf drohte zu platzen. Er mußte unbedingt eine längere Pause einlegen.

Jetzt hing alles von Shuster ab. Kar hatte seinen Auftrag mit einer großzügigen Belohnung versehen, und er hatte auch vor, sein Versprechen zu halten. Sollte Shuster Erfolg haben, konnte er ein wertvoller Mitarbeiter für Kar werden. Sollte er jedoch versagen, würde er dafür zahlen müssen. Kar konnte es sich nicht leisten, daß irgendeine Spur, wie vage sie auch sein mochte, zu ihm führte. Und der Preis für Shusters Versagen war der Tod.

George Shuster war sich wie jedesmal etwas albern vorgekommen, als er die Notizen auf den Schreibtisch gelegt hatte. Wie, zum Teufel, sollte Kar die Nachrichten lesen können? Wenn er selbst in der Klinik steckte oder dort einen Mittelsmann untergebracht hatte, mußte er irgendwann sein Zimmer betreten. Deshalb hatte Shuster das Zimmer auch wieder verlassen und ein Haar zwischen Tür und Rahmen geklemmt. Sollte es fehlen, wenn er zurückkam, hätte er Gewißheit und würde sich beim nächsten Mal auf die Lauer legen. Die einzige andere Möglichkeit, die ihm einfiel, war, daß sich Kar in einem Haus auf der anderen Straßenseite postiert hatte und die Notizen mit Hilfe irgendeines Teleskops durch das Fenster und die Vorhänge las, was ihm aber unwahrscheinlich erschien. Und woher hätte Kar überhaupt wissen können, in welchem Zimmer man ihn untergebracht hatte?

Als Shuster nach einer Viertelstunde zurückkehrte, hing

das Haar noch immer zwischen Tür und Rahmen. Er öffnete die Tür, und das Haar fiel zu Boden. Also hatte niemand das Zimmer betreten. Auch gut, es wurde wirklich Zeit, daß er noch ein bißchen Schlaf bekam.

Aber dann fiel sein Blick auf den Schreibtisch, und Shuster erstarrte. Neben seinen Notizen lag ein dritter Zettel mit einer kurzen Botschaft. Shuster las sie und wurde bleich.

Nachdem er sich wieder gefaßt hatte, untersuchte er das Zimmer gründlich und klopfte vorsichtig die Wände ab, aber es gab kein Anzeichen für eine verborgene Tür, und das Fenster war von innen verriegelt. Nach menschlichem Ermessen konnte niemand das Zimmer betreten haben. Es sei denn, der oder die Unbekannte hatte das Haar entdeckt und wieder an dieselbe Stelle zwischen Tür und Rahmen geklemmt.

Shuster schüttelte den Kopf. Es war sinnlos, sich jetzt darüber Gedanken zu machen. Vordringlich war sein neuer Auftrag. Er las den Zettel, der auf so unerklärliche Weise auf dem Schreibtisch gelandet war, zur Sicherheit noch einmal. Die Botschaft lautete:

Zerstören Sie das Röntgengerät. Töten Sie Pierre Leroy, er ist gefährlich. Nach Ausführung des Auftrags erhalten Sie hunderttausend Pfund auf ein Schweizer Nummernkonto überwiesen. Vernichten Sie diese Nachricht umgehend. Enttäuschen Sie mich nicht.

Shuster verbrannte die Botschaft zusammen mit den beiden anderen Zetteln im Waschbecken. Seine Gedanken rasten. Er wußte, daß der letzte Satz eine unmißverständliche Warnung war.

Pierre Leroy war von Sir Ian Sutherland mit dem Auftrag in die St.-Margarete-Klinik geschickt worden, nach möglichen Spuren seines geheimnisvollen Widersachers Ausschau zu halten, der sich ›Kar‹ nannte, wobei unklar war, ob sich hinter diesem Begriff eine Person oder eine Organisation verbarg. Auf jeden Fall verfügte dieser oder dieses Kar über irgendwelche Hilfsmittel, die es ihm ermöglicht hatten, den Weg des Auges der Göttin Khom um die halbe Welt herum zu verfolgen. Außerdem mußte er irgendwie in der Lage sein, Menschen aus der Ferne zu steuern und durch Selbstentzündung zu vernichten, sobald diese in eine ausweglose Situation geraten waren. Tom Ericson und Gudrun Heber hatten davon berichtet.

Kar schien also überall zuschlagen zu können, ohne selbst anwesend zu sein. Und dieser Madhav mußte etwas mit ihm zu tun haben, denn er war Matrose auf dem Frachter gewesen, dessen Besatzung den Archäologen und seine Partnerin im Meer aufgefischt, ihnen die Goldmaske entwendet und sie auf einer kleinen Pazifikinsel ausgesetzt hatte. Grund genug für Sutherland, einen seiner Mitarbeiter auf die Klinik anzusetzen.

Und Pierre Leroy hatte Augen und Ohren offengehalten und war tatsächlich bald mißtrauisch geworden. Das Objekt seines Argwohns hatte auch einen Namen. George Shuster.

Es waren mehrere Dinge zusammengekommen, die Pierre stutzig gemacht hatten. Gleich zu Anfang hatte Shuster darauf bestanden, sein Zimmer aufzusuchen, obwohl dazu eigentlich keine Veranlassung bestand. Dann hatte er Pierre unter dem Vorwand weggeschickt, sich um wissenschaftliche Geräte kümmern zu müssen, was er sehr viel besser im Labor hätte machen können. Aber schließlich war er mit leeren Händen zurückgekehrt.

An diesem Punkt war Pierre mißtrauisch geworden und hatte beschlossen, den Mann genau im Auge zu behalten.

Shuster hatte zwei Stunden lang konzentriert gearbeitet und dann immer häufiger auf die Uhr geblickt. Schließlich, nach knapp drei Stunden, hatte er seine Arbeit unterbrochen und war verschwunden.

Pierre war ihm unauffällig gefolgt und hatte beobachtet, wie sich Shuster in sein Zimmer eingeschlossen hatte. Nach einer Viertelstunde war er wieder erschienen und zurück ins

Labor geeilt. Pierre hatte ein paar Minuten lang abgewartet und dann versucht, die Tür zu Shusters Zimmer zu öffnen. Wie er es erwartet hatte, war sie abgeschlossen gewesen.

Aber ihm war etwas aufgefallen. Direkt vor der Tür hatte es ganz schwach nach Rauch gerochen.

Als Feinschmecker und Nichtraucher hatte Pierre eine sehr feine Nase. George Shuster mußte ebenfalls Nichtraucher sein, sonst hätte Pierre den typischen Tabakgeruch im Atem und in der Kleidung des Mannes wahrgenommen. Der Kriminalmediziner hatte also in seinem Zimmer nicht geraucht, sondern irgend etwas verbrannt. Merkwürdig.

Wiederum rund zweieinhalb Stunden später hatte Pierres Mißtrauen neue Nahrung bekommen. Als Mannors Shuster gesagt hatte, er solle sich schlafen legen, hatte dieser sich zuerst geweigert, war dann aber nach einem Blick auf seine Uhr verdächtig schnell verschwunden. Pierre war ihm wiederum gefolgt.

Er war ebenfalls im Ostflügel der Klinik untergebracht, und sein Zimmer lag dem Shusters schräg gegenüber. Er hatte seine Tür einen Spalt weit offengelassen. Aus der Dunkelheit seines Zimmers heraus konnte er Shusters Tür im Auge behalten, ohne selbst gesehen zu werden.

Es hatte nicht lange gedauert, da hatte Shuster das Zimmer wieder verlassen, irgend etwas an der Tür gemacht und war dann den Flur nicht nach links zur Treppe entlanggegangen, sondern nach rechts. Dort lag ein Aufenthaltsraum des Personals mit einer kleinen Cafeteria. Der Gang endete in einer Sackgasse.

Pierre hatte gewartet, bis Shuster außer Sicht war, und war dann ganz beiläufig an dessen Tür vorbeigegangen. Es hatte wieder nach Rauch gerochen.

Jetzt wartete er in seinem Zimmer. Nach einigen Minuten hörte er leise Schritte. Shuster kehrte zurück. Er blickte sich kurz um, fummelte wieder am Türrahmen herum und verschwand in seinem Zimmer.

Pierre wartete geduldig weiter und kämpfte gegen die

Müdigkeit an. Trotzdem war er beinahe eingenickt, als er das leise Öffnen einer Tür vernahm. Shuster war schon wieder aktiv. Was hatte der Mann vor?

Der kleine Franzose wartete, bis die Schritte verklungen waren, dann folgte er dem anderen in sicherem Abstand. Vor der Tür des Kriminalmediziners nahm er wieder den Brandgeruch wahr.

Shuster kehrte zum Erdgeschoß zurück. Vor der Tür zum Röntgenraum blieb er stehen und drehte sich um. Es gelang Pierre gerade noch, den Kopf hinter die Gangbiegung zurückzuziehen. Als er wieder hervorsah, war Shuster verschwunden.

Es dauerte eine gute halbe Stunde, bis er wieder erschien. Pierre hatte sich mittlerweile in einer Toilette verborgen. Wieder ließ er dem anderen einen ausreichenden Vorsprung, bevor er ihm in Hörweite folgte. Shuster schlich zwar nicht gerade, bemühte sich aber doch, leise zu sein. Er verschwand wieder in seinem Zimmer. Pierre bezog erneut Posten in seiner eigenen Unterkunft. Er legte sich auf sein Bett und wartete. Hoffentlich schlief er nicht ein. Er war todmüde.

George Shuster war zwar ein skrupelloser Mensch, aber auf seinem Gebiet war er ein Könner. Auch von technischen medizinischen Geräten verstand er eine ganze Menge, deshalb war es ihm nicht schwergefallen, das Röntgengerät so zu manipulieren, daß es beim Einschalten durchbrennen würde.

Schwieriger würde der Mord an Leroy werden, aber auch da hatte sich Shuster etwas einfallen lassen. Es war sein Glück, daß der Tagesrhythmus der Klinik völlig durcheinandergeraten war, sonst hätte er sein Vorhaben nicht durchführen können. Zwar herrschte auf den Patientenflügeln ein für die Umstände fast normaler Betrieb, aber der Ostflügel war menschenleer. Das Personal war entweder bereits im Einsatz, oder es schlief.

Shusters Plan war einfach. Er würde Pierre Leroy mit einer

Überdosis Morphium töten, die Spritze der infizierten deutschen Krankenschwester in die Hand drücken und sie von ihrem Bett losschnallen. Nach den vergangenen Vorfällen würde keiner daran zweifeln, daß sie den Franzosen in ihrem Wahn getötet hatte, wenn man sie mit dem Tatwerkzeug in der Hand fand.

Zum Glück hatte Leroy ihm sein Zimmer gezeigt. Jetzt blieb nur noch zu hoffen, daß es unverschlossen war.

Shuster hatte Glück; die Tür war sogar nur angelehnt. Er drückte sie vorsichtig einen Spalt weit auf und lugte hinein. Obwohl die Vorhänge zugezogen waren, fiel genug Licht in das Zimmer, um Einzelheiten erkennen zu können. Leroy lag angezogen auf seinem Bett und schlief. Seine Brust hob und senkte sich ruhig und gleichmäßig.

Shuster warf einen letzten Blick in den menschenleeren Gang, bevor er die Spritze aus der Tasche seines Kittels zog und in das Zimmer schlüpfte. Auf Zehenspitzen näherte er sich dem Bett.

Leroy lag auf dem Rücken. Gut. Er würde ihm die Nadel in die Halsschlagader stechen. Leroy würde nicht mehr dazu kommen, sich zu wehren oder zu schreien, bevor das Morphium sein Gehirn erreicht hatte. Es würde ein angenehmer Tod sein.

Der Kriminalmediziner beugte sich vorsichtig über den Franzosen und suchte mit den Blicken die Halsschlagader. Langsam brachte er die Nadel in Position. Seine Muskeln spannten sich. Der Stoß mußte genau geführt werden, um die Ader nicht zu durchstechen …

Da schoß plötzlich die Hand des Franzosen vor und umklammerte Shusters Handgelenk. Der Arzt stieß einen überraschten Schrei aus und wich instinktiv zurück, aber Leroy hielt seinen Arm fest gepackt. Wie ein Springteufel flog er über ihn hinweg, ohne loszulassen.

George Shuster wurde nach hinten gerissen. Er versuchte, sich umzudrehen und loszureißen, kam ins Straucheln und kippte zur Seite. Der Arm mit der Spritze verdrehte sich. Er spürte die Spitze der Nadel kurz über der Hüfte, wand sich, bekam die Hand aber nicht mehr frei. Die Nadel bohrte sich bis zum Anschlag in sein Fleisch, und als er auf dem Boden aufschlug, wurde der Kolben unter seinem Gewicht zusammengedrückt. Das Morphium schoß in Sekundenbruchteilen in sein Muskelgewebe. Shuster rollte auf den Rücken.

Pierre stand schon wieder auf den Beinen und setzte ihm einen Fuß auf die Kehle, trat aber nicht zu.

»Um Gottes willen, Mann, helfen Sie mir!« flehte Shuster mit weit aufgerissenen Augen.

»Was wollten Sie mir spritzen?« fragte Pierre kalt.

»Morphium, Überdosis«, stieß Shuster hervor. Er verdrehte die Augen. »Ist mir nur ins Muskelgewebe gedrungen ... ich hab' noch eine Chance ... Holen Sie Hilfe ... Mannors ...«

»Wer hat Sie geschickt? Was ist Ihr Auftrag?« hakte Pierre erbarmungslos nach. »Reden Sie, oder ich lasse Sie hier liegen!«

»Kar ... ich soll ... ich ...«, röchelte Shuster. »Röntgengerät ... defekt ... bitte ...«

Pierre erkannte, daß der Mann wirklich am Ende war. Dieses Entsetzen konnte man nicht spielen. Er wirbelte herum und rannte los, um Hilfe zu holen.

Aber es war bereits zu spät gewesen. Chuck Mannors hatte sein bestes gegeben, aber George Shuster war aufgrund der Lähmung des Zentralnervensystems gestorben. Der Arzt hatte Pierre versichert, daß Shuster auch nicht mehr zu retten gewesen wäre, wenn er sofort Hilfe geholt hätte. Die Morphiumdosis war groß genug gewesen, um einen ausgewachsenen Bullen zu töten, selbst wenn sie intramuskulös verabreicht wurde.

Sie hatten die Manipulationen am Röntgengerät entdeckt und behoben. Gegen Abend hin hatte Mannors sämtliche Patienten und das Personal überprüft und keinen weiteren Infizierten gefunden. Und auch für die schon Befallenen gab es zumindest einen Hoffnungsschimmer.

Dr. Marten hatte festgestellt, daß die Parasiten, die in atemberaubendem Tempo gewuchert waren, ihr Wachstum und sämtliche Aktivitäten einstellten, sobald ihre Wirte unter Dormicum gesetzt wurden. Das war zwar keine Langzeitlösung, aber zumindest gab es den Ärzten ein paar Wochen Zeit, um an dem Problem zu arbeiten.

Bei der Durchsuchung der Klinik waren noch zwei weitere Parasitenlarven gefunden worden, aber sie waren tot gewesen. Anscheinend betrug ihre Lebensspanne außerhalb eines Gehirns nicht einmal zwei Tage.

»Es ist fatal, daß uns George Shuster nicht mehr über seinen Auftraggeber erzählen konnte«, sagte Pierre zum Abschied. »Kar – das ist das einzige, was ich erfahren habe. Aber davon ist Sir Ian sowieso ausgegangen. Wir sind unserem unbekannten Gegner nicht einen Schritt nähergekommen.«

»Aber zumindest wissen wir jetzt, worauf wir achten müssen, falls wieder einmal ein paar Leute überall Echsen sehen«, erwiderte Mannors. Er überreichte Pierre einen gefütterten und versiegelten Umschlag. »Das sind Kopien unserer vorläufigen Untersuchungsergebnisse für Ian. Grüßen Sie den alten Knaben von mir. Er soll mich auf dem laufenden halten.«

»Wird gemacht, Doc«, versprach Pierre und reichte dem Arzt die Hand. »Und sollten Sie irgendwann einmal berufsmüde sein, dann kommen Sie zu uns. A.I.M. könnte noch einen Mann wie Sie gebrauchen.«

Wieder war ein sonniger Spätsommertag über London angebrochen. Vor der St.-Margarete-Klinik war Ruhe eingekehrt. Die Neugier der Anwohner war abgeflaut. Zwar diskutierte man noch über den Fenstersturz und den schrecklichen Tod des unglücklichen Patienten, aber in ein paar Tagen würde auch das vergessen sein.

Niemand sah den kleinen grauen Käfer, der sich mit kraftlosen Bewegungen durch das grüne Gras im Garten vor der Klinik mühte, gleich unter dem Fenster, aus dem Carl Foley gestürzt war. Auch der schwarze Drahthaarterrier, der dem Garten wie jeden Morgen seinen Besuch abstattete und im Gras herumschnüffelte, sah ihn nicht. Aber er nahm einen ihm unbekannten und interessanten Duft wahr und folgte schwanzwedelnd der Spur.

Benjamin Johnson, der alte Hausgärtner, lehnte zufrieden mit dem Rücken am Stamm einer alten Esche und hatte die Beine ausgestreckt. Lächelnd beobachtete er den kleinen schwarzen Hund, der ihn seit drei Jahren täglich besuchte und den er etwas phantasielos auf den Namen ›Blacky‹ getauft hatte.

Blacky schien irgend etwas Interessantes entdeckt zu haben. Er schnüffelte aufgeregt im Gras herum, und sein Schwanz wedelte vor Eifer. Doch auf einmal verharrte er reglos und zuckte dann plötzlich zurück. Er schüttelte den Kopf, nieste dreimal und begann dann, sich hektisch mit den Pfoten über die Schnauze zu reiben.

»Was ist denn los, Blacky?« rief Benjamin Johnson. »Hat dich eine Biene gestochen? Komm her, ich habe hier was für dich, da wirst du den Stich gleich vergessen.« Er zog einen Hundekuchen aus der Tasche. »Na, komm schon, Kleiner, hol ihn dir!«

Aber zum erstenmal, seit er den Hund kannte, reagierte Blacky nicht. Er schüttelte noch einmal den Kopf, nieste ein letztes Mal und stieß ein ängstliches Winseln aus. Dann machte er auf der Stelle kehrt und trottete mit hängendem Schwanz davon.

Der alte Gärtner sah ihm erstaunt nach und ließ die Hand mit dem Hundekuchen sinken. Er sollte Blacky nie wieder sehen.

ENDE DES SIEBTEN BUCHES

ACHTES BUCH

DER GOLDKOPF VON YUKATAN

von Hubert H. Simon

»Das hätte nicht sein müssen!« In nur mühsam unterdrücktem Zorn hieb Dr. Thomas Ericson die Fäuste gegen das Kabinenschott. »Die Torpedos einzusetzen war unnötig.«

»Du sprichst vom Captain?« fragte Gudrun.

»Von wem sonst?« Toms Augen versprühten Blitze, als er sich umwandte. »Allein die Pyramide hätte einer Generation von Archäologen Arbeit geboten. Ich verstehe nicht, daß jemand so handeln kann und mit einem einzigen Knopfdruck unersetzbare Werte zerstört.« Immer noch hielt er die Fäuste geballt. Es war unverkennbar, daß er sich selbst die größten Vorwürfe machte. Er hätte den Torpedoabschuß verhindern müssen.

Aber kaum war das U-Boot aus der gesprengten Schleuse der Unterwasser-Pyramide entkommen, hatte der Kapitän auch schon den Befehl gegeben.

Irgendwie war es sogar verständlich, nach all dem, was die Matrosen in der Unterwasser-Stadt erlebt hatten. Daß ihnen die Bewohner der Pyramide feindlich gesinnt waren, daran konnte es keinen Zweifel geben. Und wer wußte zu sagen, welcher Waffen sie sich bedienen konnten?

»Reg dich wieder ab!« riet Gudrun. »Was geschehen ist, kann niemand mehr ändern.«

Tom hielt überrascht inne. »Berührt dich das alles denn gar nicht?« wollte er wissen.

Gudrun ließ sie sich auf die schmale Koje sinken.

»Natürlich berührt es mich«, gab sie zurück, schärfer, als sie eigentlich beabsichtigt hatte. »Aber es hilft ja wohl nichts, wenn wir nun aus lauter Verzweiflung die Wände demolieren.«

Tom bedachte seine Kollegin mit einem undefinierbaren Blick. Manchmal waren sie wie Hund und Katze. Vor allem bei beruflichen Fragen gerieten sie immer wieder aneinander. Vielleicht spielte dabei auch die Furcht eine Rolle, dem anderen zuviel von der eigenen Psyche zu offenbaren. Sie grenzten ihre Reviere ab und hätten doch am liebsten gerade diese Grenze wieder eingerissen. Ihre Beziehung war eine einzige

Gratwanderung zwischen Selbständigkeit und gemeinsamer Forschung.

Von einem Moment zum anderen veränderte sich Toms Miene. Die senkrechte Falte über seiner Nasenwurzel und die aufeinandergepreßten Lippen verrieten seine Entschlossenheit. Er öffnete das Schott.

»Wohin willst du?« fragte Gudrun überrascht.

»Ich werde das tun, was ich schon vor zwanzig Minuten hätte tun sollen!« Ericson trat auf den engen, nur schwach beleuchteten Gang hinaus.

»Tom, bitte, leg dich nicht mit Militärs an!« rief Gudrun ihm hinterher. »Das bringt nur Ärger!«

Er hörte sie schon nicht mehr, weil das Schott krachend zufiel. Und selbst wenn – er hätte ihre Warnung ohnehin in den Wind geschlagen.

Dabei verstand Gudrun seine Beweggründe nur allzu gut. Die Gebäude, einige hundert Meter tief unter der Meeresoberfläche gelegen, noch dazu im Gebiet des berüchtigten ›Bermudadreiecks‹, mochten etliche Jahrhunderte, wenn nicht gar Jahrtausende alt gewesen sein. Vom Baustil her den Pyramiden der Maya ähnelnd, hätten sie nicht nur der Unterwasserarchäologie ein weites Betätigungsfeld geboten.

Für die Besatzung des U-Boots hatten diese historischen Kostbarkeiten allerdings wenig Wert – vor allem, wenn sie annehmen mußte, daß die Bauten als Stützpunkt quasi vor der amerikanischen Haustür zweckentfremdet worden waren. Es spielte dabei keine Rolle, ob Sowjets, Chinesen oder gar Saddam Hussein sich dort niedergelassen hatten.

Für einen Augenblick lehnte Gudrun sich zurück und atmete tief durch. Ihr Blick verlor sich in unergründlicher Ferne. Und ohne daß sie es richtig wahrnahm, tauchte ihr Geist aus der allgegenwärtigen Geräuschkulisse der OCTOPUS in eine völlige Lautlosigkeit hinab, die ihr erst wirklich bewußt wurde, als sie schon wieder das dumpfe Dröhnen des Schiffsdiesels vernahm.

Verwirrt blinzelnd stellte sie fest, daß sie noch immer auf

der Koje kauerte und das Schott anstarrte, das hinter Tom ins Schloß gefallen war. Dabei hätte sie schwören können, für einen Moment …

Aber die Ereignisse der letzten Tage waren einfach zuviel gewesen, und manches erschien ihr im nachhinein wie ein böser Traum. Kein Wunder, daß sie da in einen tranceartigen Erschöpfungszustand verfiel. Dagegen gab es nur ein Mittel: Bewegung.

Sie stand auf, war mit zwei Schritten beim Schott und verließ ebenfalls die Kabine.

Ein leichtes Schwindelgefühl zwang sie, nach einem festen Halt zu greifen. Wieder wurde sie von einer Woge der Stille überrollt. Aber diesmal konnte es kein Wachtraum sein.

Nur wenige Meter vor ihr, inmitten all der für sie unverständlichen Technik des U-Bootes, schimmerte ein Gebilde aus bleichem Stein!

Eine Statue. Mit massigem Brustkorb und fordernd ausgebreiteten Armen.

Doch schon der nächste Lidschlag vertrieb das Trugbild.

Benommen schüttelte Gudrun den Kopf. Das war ihr doch noch nie passiert – Tagträume bei vollem Bewußtsein. Sie mußte erschöpfter sein, als sie sich selbst gegenüber zugeben wollte. Vielleicht sollte sie sich wirklich zur Ruhe legen. Ein langer und erholsamer Schlaf würde ihr helfen, die Schwäche zu überwinden.

Aber nicht jetzt. Nicht in dieser unsicheren Situation. Sie versuchte die Müdigkeit zu ignorieren, und wider Erwarten klappte es ganz gut.

Sie ging weiter und erreichte ohne weiteren Zwischenfall den Kommandostand. Captain Drake war da, und Commander Weyers, und Tom hatte sich breitbeinig vor beiden aufgebaut und die Fäuste in die Hüften gestemmt.

»… wir müssen umkehren und sichern, was noch zu sichern ist!« hörte Gudrun seine eindringliche Forderung. »Noch haben wir nicht allzuviel Zeit verloren.«

Captain Drake vollführte eine entschieden ablehnende

Handbewegung. Er lächelte, aber seine Augen hatten sich merklich verengt.

»Sie sind Zivilist, Dr. Ericson«, erwiderte er betont langsam. »Deshalb halte ich Ihnen die überstandene Aufregung zugute. Aber Sie stellen Ihre eigenen Interessen über verteidigungspolitische Aufgaben. Ich bin sicher, daß die Navy in den nächsten Wochen U-Boote und Taucher im Bereich der Ruinen zusammenziehen wird, um möglichst viele Erkenntnisse zu gewinnen. Aber erst wenn wir unsere Aufgabe erfüllt haben, kommen Archäologen zum Zuge.«

»... wenn kein Stein mehr auf dem anderen liegt und alles Wertvolle zerstört wurde.«

Commander Weyers zuckte mit den Schultern. »Finden Sie sich damit ab, Doktor. Die Sicherheit der westlichen Welt hat Vorrang vor allen anderen Interessen.«

»Wir leben in einer Zeit großer politischer Umwälzungen«, fügte Captain Drake versöhnlicher hinzu. »Der Anschlag auf eine UN-Delegation kann nicht stillschweigend übergangen werden. Offenbar sollte mit Gehirnwäsche versucht werden, angesehene Politiker ...«

»Ich bin ganz und gar anderer Meinung«, fiel Tom dem Captain ins Wort. »Der Anschlag galt nicht den Diplomaten.«

»Wem dann? Ihnen und Ihrer Begleiterin?« James Weyers zog überrascht die Brauen hoch. »Sie überschätzen Ihre eigene Bedeutung. Haben Sie einen neuen Kampfstoff entwickelt, vielleicht gar panzerbrechende Laser? Dann würde ich verstehen, daß die Gegenseite das Risiko eingeht, einen bislang unentdeckten Stützpunkt zu enttarnen. – Lassen Sie uns unsere Arbeit tun, und kümmern Sie sich um Ausgrabungen im Wüstensand.«

»Würden Sie mir freundlicherweise einmal zuhören!« Ericson wurde lauter als beabsichtigt. »Ich sagte doch schon, daß ...«

Er wurde unterbrochen.

Gudrun, deren Gegenwart er noch gar nicht bemerkt hatte, stieß ein ersticktes Gurgeln aus. Ihre Hände zuckten hoch, verkrampften sich um Stirn und Schläfen, und dann taumelte sie und wäre gestürzt, hätte Drake sie nicht im letzten Moment aufgefangen.

Als schnüre ein unsichtbarer Gegner ihr die Luft ab, verdrehte sie die Augen, bis fast nur noch das Weiße in ihnen zu sehen war. Auf ihrer Stirn perlten dicke Schweißtropfen.

Und dann begann sie zu reden ...

Professor Richard Dean Karney – seit seiner erschreckenden körperlichen Veränderung nannte er sich nur noch ›Kar‹ – war erschöpft und müde. Das Hantieren mit den Hinterlassenschaften der fremden, ihm in ihren Details nach wie vor unverständlichen Technik kostete Kraft und Konzentration.

Die uralte Pyramide im Pazifik, östlich des Kermadec-Tonga-Grabens gelegen, barg ungeahnte Schätze. Wahrscheinlich hatte er bis heute nicht einmal alle Zugänge zu verborgenen Räumen entdeckt.

Die Seitenlänge der Pyramide betrug mindestens dreihundert Meter. Früher hatte sie wohl im Zentrum einer zusammenhängenden größeren Landmasse gestanden, die infolge tektonischer Bewegungen aber auseinandergebrochen und untergegangen war. Einige Inseln und Atolle sowie die teilweise geringe Meerestiefe von weniger als fünfzig Metern stützten diese Vermutung.

Ungefähr hundert Meter unter dem Meeresspiegel existierten im Inneren des Bauwerks technische Anlagen, deren walzenförmige, silberne Aggregate die Fremdartigkeit recht eindringlich dokumentierten. In ihnen wurde Energie erzeugt oder gespeichert, und irgendwie wurde die ovale Kristallplatte damit versorgt, die es Kar gleichermaßen ermöglichte, Gegenstände und Personen zu transportieren oder entfernte Regionen zu beobachten. Vergleichbar war das Ganze am ehesten mit einem Transmitter, wie er in Science-Fiction-Romanen beschrieben wurde. Kar bediente sich seiner, ohne die Funktionsweise zu kennen.

Ein verwirrendes Linienmuster auf der Oberseite der Kristallplatte bildete besonders strukturierte Magnetfelder ab, und eine Kombination von Berührungen ließ über der Platte eine Art Hologramm der betreffenden Region entstehen.

Stundenlang, ohne sich eine Ruhepause zu gönnen, hatte Kar nach den beiden Yale-Wissenschaftlern und dem magischen Kristall gesucht, dem *Auge der Göttin Khom.* Zuvor hatte er die Spur des kostbaren Artefakts durch die halbe Welt verfolgt – über die Phoenix-Inseln, das Eiland Betio, Surabaja auf Java, Madras, bis schließlich in die Festung Oake Dùn im unwirtlichen Norden Schottlands. Er hatte versucht, Tom Ericson und Gudrun Heber das magische Auge abzujagen, dabei aber nur ein anderes Artefakt, eine Druidensichel aus Stonehenge, erbeutet.

Den Rückflug der beiden Wissenschaftler über den großen Teich hatte er nutzen wollen, um sich endgültig in den Besitz des Auges der Göttin Khom zu bringen, doch dann hatte er unverhofft jeden Kontakt verloren. Das Bild über der Kristallplatte zeigte nur eine endlose Wasserwüste. Kein Flugzeug, kein Rettungsboot, nichts ...

Erschöpft zog Kar die Hände von den Schaltungen zurück. Jetzt weiterzusuchen wäre sinnlos gewesen.

In seinem linken Arm, bis über den Ellenbogen hinauf, kribbelte es wie von Ameisen. Die winzigen schillernden Schuppen wuchsen weiter, Tag um Tag. Unbewußt fuhr sich Kar mit der Hand über die Wangen, und erst ein stechender Schmerz ließ ihn innehalten.

Er hatte sich die Haut aufgekratzt. Blut klebte an den Fingernägeln der Linken, die spitzer wirkten als jemals zuvor. Fast wie Krallen!

Was geschah mit ihm? Manchmal, in Momenten wie diesen, fürchtete Kar die Zukunft und hätte er sich am liebsten in das Schneckenhaus einer heilen Welt zurückgezogen. Aber diese Zuflucht existierte nicht mehr. Das Wachstum der Schuppen ließ sich nicht aufhalten.

Tief atmete er durch. Der Traum von Macht und Reichtum

war mit Opfern verbunden. Es gab auf dieser Welt nichts ohne Gegenleistung.

Der Juckreiz wurde unerträglich. Im Inneren der Pyramide dauerte es mitunter Stunden, bis ein solcher Anfall abklang. Nur die kühle, salzige Meeresluft konnte Kar ein wenig Linderung verschaffen.

Er verließ das Bauwerk durch einen dicht über Meeresniveau liegenden Ausgang.

Die letzte Flut hatte Unmengen von Tang auf die Felsen geworfen und den üppig wuchernden Strandhafer geknickt. Krabben huschten geschäftig hin und her.

Kars Blick glitt weiter. Hinter Büschen und einer verfallenen Steinmauer, von windgebeugten Palmen umstanden, begann eine sanft geschwungene Bucht. Zwei Wasserflugzeuge dümpelten dort sicher vertäut vor sich hin. Kar hatte die drei Australier, die mit den Flugzeugen gekommen waren, schon vor Monaten mit Symbionten zu seinen willenlosen Werkzeugen gemacht, sie aber erst zurückbeordert, nachdem Suzy Duvall an Bord ihrer Yacht LAOTSE die Insel verlassen hatte. Kar beobachtete die drei. Ihm lag daran, mehr über das Verhalten Infizierter herauszufinden. Das war ein kleiner Schritt zu einem weitaus größeren. Er verfügte über genügend Apophis-Symbionten, um mit ihrer Hilfe führende Politiker zu beeinflussen. Und er war zuversichtlich, in einigen Monaten vielleicht schon neue Symbionten züchten zu können, nun, da er das Geheimnis ihrer Fortpflanzung kannte.

Seine Idylle wurde jäh gestört.

Eine schnelle, schlanke Yacht näherte sich mit schäumender Hecksee der Insel. Und es war nicht die LAOTSE. Kar fühlte Schrecken in sich aufsteigen. Es war noch zu früh, entdeckt zu werden. Noch war seine Position hier nicht gefestigt, die Verteidigung nicht ausgebaut.

Trotzdem mußte er reagieren. Sofort. Denn wer immer da kam, die beiden Wasserflugzeuge mußte er längst gesehen haben.

Gudrun Heber rang keuchend nach Luft. »Die Statue!« stieß sie hervor. »Mein Gott, sie … sie lebt! Sie bewegt sich!«

Die Anthropologin hatte die Augen weit aufgerissen. Ihr Gesicht war leichenblaß, ihre Lippen blutleer. Und plötzlich sackte sie in Commander Weyers' Armen besinnungslos zusammen.

Tom schlug ihr sanft auf die Wangen. Trotz ihrer Bewußtlosigkeit verzerrte sich das Gesicht der jungen Frau zur angstvollen Grimasse.

»Nehmen Sie das!« Einer der Matrosen reichte ihm ein einfaches Erfrischungstuch. »Kein Wunder, daß die Lady umgekippt ist. Nicht jeder verträgt die Luft hier drin. Da nutzen auch die Umwälzpumpen nichts.«

Ericson nickte geistesabwesend. In Wahrheit war er nicht davon überzeugt, daß der Matrose mit seiner Vermutung recht hatte. Schon in der Kabine war ihm aufgefallen, daß Gudrun sonderbar reagierte. Und dann die Erwähnung einer Statue. Nein, das war alles andere als ein normaler Ohnmachtsanfall.

Wortlos betupfte er mit dem parfümierten Papiertuch Gudruns Schläfen. Sekunden später schlug sie die Augen wieder auf. Verständnislos blickte sie um sich.

»Was ist geschehen?« erkundigte sie sich stockend.

»Du bist umgekippt«, sagte Tom. »Bleib einen Moment liegen, bis du dich wieder …«

Weiter kam er nicht. Mit einem Aufschrei warf Gudrun sich zurück und begann wie wild um sich zu schlagen. Tom mußte sie loslassen, so heftig waren ihre Bewegungen.

»Verschwinde!« keuchte sie. Ihre Stimme bebte. »Laß mich in Ruhe!«

Tom setzte nach und umklammerte ihre Handgelenke. »Beruhige dich! Niemand will dir etwas tun!«

»Die Statue!« ächzte Gudrun. »Seht ihr sie denn nicht? Sie … sie quetscht mich … zu Tode!« Ihr Atem ging kurz und stoßweise, als würde tatsächlich eine unsichtbare Last ihren Brustkorb niederdrücken.

Tom überlegte nicht lange. Was immer hier geschah, es schien nur in Gudruns Wahrnehmung zu existieren. Er mußte sie ablenken, um sie davon zu befreien.

Mit der flachen Hand schlug er zu. Es klatschte laut und vernehmlich, und sofort schoß das Blut in ihre bleichen Wangen und zeichnete die Abdrücke von Toms Fingern nach.

Aber es zeigte Wirkung. Für einen Moment versteifte sie sich noch, dann erlosch die Panik in ihren Augen, und ihr Körper erschlaffte.

Captain Drake beorderte den Schiffsarzt über die Rundsprechanlage her. Soweit Tom wußte, war der Mediziner damit beschäftigt, die UN-Diplomaten zu behandeln. Ebenso wie die Flugzeugcrew erinnerten sich die Politiker an nichts von alledem, was zwischen dem Start von London-Heathrow und der Rettung durch die OCTOPUS geschehen war.

Der Bordarzt hieß Donald Chamberlain. Ende Fünfzig, grauhaarig, mit Geheimratsecken und ein wenig zu körperlicher Fülle neigend, war er durchaus der großväterliche Typ, dem man bedenkenlos sogar die eigene Frau anvertraute. Mit besorgter Miene unterzog er Gudrun einer kurzen Untersuchung.

»Abgesehen vom flatternden Puls scheint alles wieder in Ordnung zu sein.« Er wandte sich an Ericson: »Leidet Ihre Begleiterin an Klaustrophobie?«

»Keinesfalls«, sagte Tom bestimmt. »Nicht in unserem Job. Wissen Sie, wie verdammt eng ägyptische Königsgräber gebaut sind?«

»Enger als unsere schwimmende Konservendose?« Chamberlain war in der Tat ein Gemütsmensch. Er drückte Gudrun einen Folienstreifen mit eingeschweißten Tabletten in die Hand. »Nehmen Sie davon zwei sofort und in einer Stunde die dritte. Mit viel Flüssigkeit. Sie werden sehen, danach fühlen Sie sich wie neugeboren.«

»Danke, Doc.« Die Anthropologin massierte ihre Wangen. Sie wirkte noch immer erschöpft. Unter ihren Augen begannen sich dunkle Ringe abzuzeichnen.

»Ihr Wasser, Miss, für die Tabletten.« Einer der Techniker reichte ihr ein gefülltes Glas. Nacheinander drückte sie zwei der Pillen aus der Folie, schluckte sie und spülte mit dem Mineralwasser nach. Dann räusperte sie sich.

»Es tut mir leid, meine Herren, falls ich Ihnen Unannehmlichkeiten ...«

»Vergessen Sie's!« Drake winkte jovial ab. »Jeder von uns hat irgendwann Ähnliches durchgemacht. Das gehört einfach dazu. Ein U-Boot ist schließlich nicht mit anderen Schiffen zu vergleichen.« Er schien zu glauben, daß wirklich nur die Enge und die stickige Luft Gudruns Zusammenbruch verursacht hatten. Tom ließ ihn in dem Glauben. Er hatte vor, sich mit Gudrun unter vier Augen über den Vorfall zu unterhalten.

Plötzlich wurden sie abgelenkt. Ein dumpfes Gurgeln und Plätschern klang aus den Lautsprechern der Horchsysteme – die Wiedergabe einer starken Strömung.

»Hindernis eine halbe Seemeile voraus!« meldete einer der Matrosen.

»Tauchtiefe fünfhundertfünfzig Fuß!«

»Sonar zeichnet!«

Keine Spur von Hektik, wohl aber eine plötzliche Anspannung ringsum. Auf den runden Schirmen der Sonaranlage erschienen farbige Linien und Gittermuster.

Sekunden später erklang der schrille Ton des Sonars. In gleichbleibenden Abständen. Wie der Herzschlag eines urweltlichen Monsters, das irgendwo vor der OCTOPUS lauerte.

»Ein Schiff, Captain! Aber wohl eher ein Wrack.«

Commander Weyers versuchte sich mit einer kurzen Erläuterung. Sein Zeigefinger tippte auf einen der Bildschirme.

»Hier rechts oben, diese Skala zeigt den Kippwinkel von momentan drei Grad. Die orangene Linie verdeutlicht unseren Eigenkurs und die tatsächliche Position, während der rötliche Punkt hier«, er beschrieb mit dem Zeigefinger einen engen Kreis, »das Ziel darstellt. Geschwindigkeit und Richtung sind gleich Null, die Tiefe liegt bei fünfhundertsechzig Fuß.«

»Und die gestaffelten grünen Linien?« wollte Gudrun wissen.

»Das sind Fischschwärme«, erklärte Weyers. »Sehen Sie!« Offenbar in heller Panik stob einer der georteten Schwärme vor der OCTOPUS davon und löste sich auf. »Das Wrack«, fuhr der Commander fort, »liegt unmittelbar am Fuß einer Felswand, an der sich die Strömung bricht.«

»Kurs zehn Grad!« befahl der Captain.

Augenblicke später stand fest, daß er die Felswand voraus nicht umfahren konnte. Es handelte sich um eine längere Abbruchkante, die wie mit dem Lineal gezogen von Süd nach Nord verlief.

»Hauptballasttanks anblasen!«

Vorübergehend erklang das Zischen der Preßluft.

»Tauchtiefe fünfhundert!«

Die starken Bugscheinwerfer der OCTOPUS flammten auf und entrissen der ewigen Finsternis eine bizarre Welt: schroffe, rötlich schimmernde Felsen, die von einer grandiosen Flora und Fauna bevölkert wurden.

»Vierhundert Fuß!«

Bedrohlich nahe glitt die OCTOPUS über die Abbruchkante hinweg. Trotzdem dachte Drake gar nicht daran, die Geschwindigkeit von derzeit fünfzehn Knoten zu verringern.

»Auftauchvorgang beendet! Die Höhe halten!«

»Captain«, wandte sich Ericson an Drake. »Ich denke, es ist an der Zeit, einen Funkspruch abzusetzen. Bitte informieren Sie die Behörden, was mit dem UN-Sonderflug 247 geschehen ist, und bitten Sie darum, auch Sir Ian Sutherland davon zu unterrichten.«

Christopher Drake, nach eigenem Bekunden ein Ururenkel des berühmten Seehelden, sah den Archäologen lange und nachdenklich an, bevor er schließlich den Kopf schüttelte. »Tut mir leid, Mr. Ericson«, sagte er. »Unter den gegebenen Umständen bin ich gezwungen, den nächsten Navy-Stützpunkt anzulaufen und alles zu unterlassen, was ein Anpeilen unserer Position ermöglichen würde. Falls der Stützpunkt in sowjetischer Hand war ...«

»Falls ...«, sagte Tom. »Meiner Meinung nach haben Ihre Torpedos ganze Arbeit geleistet. Aber über dieses Thema haben wir uns ja bereits ausgiebig unterhalten, nicht wahr?«

Ohne auf eine Antwort zu warten wandte er sich zu Gudrun um. »Lassen wir die Krieger allein.« Der beißende Unterton in seiner Stimme war unüberhörbar.

Drake schaute beiden hinterher, dann zuckte er mit den Schultern und wandte sich wieder dem Computer zu. Einen lückenlosen Bericht einzutippen, war gar nicht so leicht. Womit, um alles in der Welt, sollte er anfangen?

Jill Hughes genoß die Sonne auf der nackten Haut und den Fahrtwind, der ihr schulterlanges blondes Haar zum Heiligenschein aufblies. Wohlig räkelte sie sich an Deck der GOLDEN GOOSE, ihrer Vierhunderttausend-Dollar-Yacht. Seit drei Jahren – seit ihrem achtzehnten Geburtstag – war sie Eignerin des Bootes.

Tammy Kennedy und Winslow Rockefeller aalten sich neben ihr auf dem Deck. Fast schon ein wenig neidisch beobachtete Jill, wie Winslows Finger über Tammys Rücken massierten, an ihren Hüften kurz verharrten und dann nach vorne glitten. Das Mädchen stöhnte genußvoll, schlang ihre Arme um Winslows Nacken und drückte ihre Brüste an seinen Oberkörper.

Seufzend blinzelte Jill in den Himmel. Fünf oder sechs Stunden waren vergangen, seit sie in Freds Armen gelegen hatte, und trotzdem wuchs in ihr schon wieder das Verlangen nach seiner Umarmung. Es gab nichts Schöneres als das sanfte Dümpeln des Bootes auf offener See und weit weg von aller Zivilisation die Liebe zu genießen.

Aber Fred Brennon dachte nicht daran, den Gashebel zurückzunehmen. Er wandte sich lediglich zu Jill um und ließ seinen Blick über ihren braungebrannten Körper wandern.

Daß sie sich aufreizend in Pose legte, quittierte er mit einem Lächeln.

»Du solltest dir was überziehen, Schatz!« rief er ihr zu. »Vor uns liegt eine Insel.«

»Und wenn schon«, erwiderte sie spöttisch. »Da ist bestimmt niemand.«

»Dann sind die beiden Flugzeuge wohl nur zur Dekoration da.«

»Sag das noch mal!«

»Zwei Wasserflugzeuge. Höchstens eine halbe Meile vor uns.«

Jill stemmte sich hoch. Tammy und Winslow beendeten ihren Clinch, bevor sie richtig losgelegt hatten. Träge fixierte Winslow den Brandungsgürtel, der dicht unter der Wasseroberfläche liegende Korallenriffe verriet. Sonderlich wohl war ihm nicht angesichts der Geschwindigkeit, mit der Fred die Yacht in die Gefahrenzone manövrierte. Aber Brennon war schon immer ein Draufgänger gewesen.

Hundert Meter vor den Flugzeugen stoppte er die Maschine und warf Anker. Träge legte sich die GOLDEN GOOSE in die schwache Strömung. Das Wasser war kristallklar und nur noch wenige Meter tief.

»Ahoi!« rief Fred.

Niemand antwortete ihm.

»Wer zuerst an Land ist ...«

»Laß den Unsinn!« wehrte Jill ab. Sie deutete nach außenbords, wo Fische in heller Panik davonstoben. Die Silhouette eines Riffhaies glitt unter dem Boot hervor. Er war allerdings kaum größer als einen dreiviertel Meter.

»Angst?« Brennon lachte gelangweilt. »Der tut uns nichts.« Sekunden später hatte er sein Tauchermesser an der Badehose befestigt, schwang sich über die Reling und glitt nahezu lautlos ins Wasser. Mit kräftigen Schwimmstößen strebte er dem Ufer zu.

Unbehelligt erreichte er das erste Flugzeug und zog sich auf eine der Kufen hoch. Tammy und Winslow befanden sich da bereits ebenfalls im Wasser, und Jill wollte keineswegs als Spielverderberin dastehen. Obwohl ihr ziemlich mulmig war. Sie hatte vor Jahren miterlebt, wie ein Mensch von einem Hai zerfleischt worden war, und die Panik unter den Badegästen würde sie ihr Leben lang nicht vergessen.

Die Flugzeugkanzel war verriegelt. Erneut rief Fred nach den Piloten, und abermals blieb eine Antwort aus.

»Dann haben wir es mit Strandgut zu tun«, bemerkte Tammy spöttisch. »Was machen wir damit?«

Winslow watete an Land. Abgesehen von den Flugzeugen wirkte das kleine Eiland unberührt. An die Bucht schloß ein schmaler Sandstrand an, verkrüppelte Palmen spendeten spärlichen Schatten. Inseleinwärts wucherten blühende Büsche. Den westlichsten Landzipfel hatten Mangroven erobert, während nach Osten hin schroffe Klippen und vorgelagerte Riffe das Bild bestimmten.

»Wer geht mit auf Exkursion?« fragte Fred.

»Eine Meile rundum?« Jill schüttelte den Kopf. »Das ist mir zu mühsam. Lieber genieße ich den Sandstrand.«

»Jill hat recht«, sagte Winslow.

»Und die Flugzeuge?« wollte Tammy wissen. »Irgendwo müssen die Piloten schließlich abgeblieben sein.«

»Find's heraus!« seufzte Winslow.

»Dann gehe ich mit Fred.«

Jill kniete schon im Sand. Aufreizend langsam legte sie ihr Bikini-Oberteil ab. Als ihr Verlobter und Tammy Kennedy zwischen den Klippen verschwunden waren, drehte sie sich auf den Rücken und verschränkte die Arme hinter dem Kopf. »Ich glaube, ich schlafe eine Runde«, sagte sie mit sinnlicher Stimme und streichelte über ihre kleinen Brüste. »Wage es nicht, im Schlaf über mich herzufallen.«

»Ich verspreche nichts. Laß dich überraschen«, feixte Rockefeller.

Es roch nach Sand und Meer. Eine frische Brise machte die Hitze erträglich, und nach einer Weile war Jill Hughes eingedöst.

Sie schreckte jäh aus ihren Träumen auf, als Winslow sie wachrüttelte. Die Sonne war inzwischen ein beachtliches Stück am Himmel weitergewandert.

»Wir haben länger als zwei Stunden geschlafen«, sagte Rockefeller.

Na und? wollte Jill fragen, doch da begriff sie, was er meinte. »Wo sind Fred und Tammy?«

»Noch nicht zurück. Aber die Flugzeuge sind noch da, und die GOLDEN GOOSE ebenfalls.«

»Wenn die uns nervös machen wollen, ist es ein ziemlich schlechter Scherz«, schimpfte Jill.

Winslow zögerte, aber schließlich rief er lautstark nach den Freunden. Seine Stimme mußte weithin zu hören sein. Dennoch kam keine Antwort.

Allmählich begann Jill Hughes zu begreifen, daß etwas Unvorhergesehenes geschehen sein mußte. Gemeinsam mit Winslow suchte sie das Eiland ab. Sie fanden die verfallenen Überreste einer Steinmauer und, zwischen Büschen und Palmen verborgen, ein pyramidenförmiges, nicht sonderlich großes Bauwerk.

Jill hielt den jungen Rockefeller zurück, als er auf die von Pflanzen überwucherte niedrige Pyramide zugehen wollte. »Ich spiele nicht mehr mit«, sagte sie wütend. »Du kennst Fred. Er versetzt uns in Angst und Schrecken und liegt womöglich selbst längst in der Koje. Wieso habe ich nicht gleich daran gedacht?«

Winslow nickte grimmig. Ihm war ebenfalls anzusehen, daß er sich ärgerte. Ohne den alten Mauern noch einen Blick zu gönnen, folgte er Jill zurück zur Bucht.

Tom Ericson hatte sich auf seine Koje geworfen, die Hände hinter dem Kopf verschränkt und starrte zur Decke empor. Hinter ihm betrat Gudrun die Kabine. Für eine Weile blieb sie unschlüssig stehen, dann war ein leises Rascheln zu hören, als sie das magische Auge der Göttin Khom aus dem Lederbeutel nahm – das Artefakt, mit dessen Auffinden auf der Südseeinsel Gardner aller Ärger begonnen hatte.

»Also«, sagte Tom drängend. »Was war vorhin los?«

Gudrun schwieg.

Versuchte sie, mit dem Auge telepathischen Kontakt aufzunehmen? Ein rascher Seitenblick verriet dem Archäologen, daß sie tatsächlich den Kristall auf der flachen Hand hielt. Aber das Artefakt, faustgroß und von unnachahmbarem Schliff, wirkte matt. Kein noch so schwaches rötliches Glimmen kündigte eine bevorstehende Aktivität an.

»Wir wissen nicht einmal, was das Auge wirklich ist.« Tom stemmte sich ruckartig auf den Ellenbogen hoch. »Ein Lebewesen?«

Gudrun blickte ihn an. »Viele Völker schreiben Kristallen ungewöhnliche Eigenschaften zu.«

»Auch telepathische Kräfte?«

»Warum nicht?«

Tom setzte sich vollends auf. »Du weißt, ich bin Realist. Noch vor wenigen Wochen hätte ich für eine solche Theorie nur ein mitleidiges Lächeln übriggehabt«, sagte er. »Jetzt bin ich mir nicht mehr sicher. Dafür ist einfach zuviel geschehen.«

Das Auge der Göttin Khom war die Hinterlassenschaft einer großen Kultur, und es war zweifellos der Schlüssel zu einem tieferen Einblick in die Geschichte der Menschheit.

Tom glaubte nicht daran, daß es auf einer einsamen, unbedeutenden Insel entstanden war. Andererseits erschien es ihm gerade als nüchtern denkendem Wissenschaftler zu vermessen, seinen Ursprung einer jener unbewiesenen Kulturen zuzuschreiben, die als Mu, Lemuria oder Atlantis in vielen Köpfen spukten. Eine Altersbestimmung wäre vordringlich gewesen. Aber eine Materialprobe für eine C14-Analyse zu nehmen hätte womöglich bedeutet, das unersetzbare Objekt zu zerstören.

Gudrun spürte, daß Tom immer noch auf eine Erklärung wartete.

»Die Statue verfolgt mich«, sagte sie. »Die Statue aus dem Hangar in der Unterwasserstadt.«

Ericson fixierte seine Begleiterin aus zusammengekniffenen Augen. Gudrun war keine Frau, die sich vor banalen Dingen fürchtete oder unter Tagträumen litt, das wußte er. Dafür stand sie zu fest mit beiden Beinen im Leben.

»An der Statue war nichts Besonderes«, bemerkte er.

Gudrun zögerte. »Trotzdem war es wie ein Alptraum«, stieß sie endlich hervor. »Erst in der Kabine, und noch schlimmer im Kommandostand. Die Vision war so … realistisch. Die Statue kam auf mich zu, sie griff nach mir. Ich wollte fliehen, aber ich wußte nicht, wohin – alles erschien mir so fremd und unwirklich. Nur ein großes steinernes Tor war da. Dahinter Finsternis – eine ungewisse, endlose Tiefe. Ich zögerte, hindurchzugehen, aber mir blieb keine Wahl. Ich stürzte, schrie – und hatte plötzlich festen Boden unter den Füßen. Dann sah ich die Statue wieder. Sie lag neben mir, aber der Kopf war vom Rumpf getrennt. Und er war zerbrochen, in drei Teile.«

Gudrun hatte mit zunehmender Erregung gesprochen. Daß ihr das Erzählen schwerfiel, war deutlich zu spüren.

Erwartete sie, daß Tom ihren Traum als Hirngespinst abtat? Wie er es in London getan hatte, als sie von ihrer Vorahnung sprach und Bedenken äußerte, den UN-Jet zu besteigen?

Er lachte nicht. Immerhin hatte sich ihr Alptraum, den sie in der letzten Nacht auf Oake Dùn geträumt hatte, erschreckend schnell bewahrheitet.

»Ich muß dieses Tor finden«, fuhr Gudrun fort. »Vielleicht erhalte ich dort eine erschöpfende Antwort. Das Auge jedenfalls bleibt stumm.«

Mit einer bedauernden Geste ließ sie den Kristall in den Beutel zurückgleiten. Doch als sie ihn schon zuziehen wollte, bemerkte sie einen fahlen roten Schimmer.

Es gibt kein Zurück mehr! erklang die lautlose Stimme des Artefakts in den Gedanken der beiden Wissenschaftler. *Die Zukunft ist ungewiß und düster, ein Nichts jenseits aller Vorstellungskraft, aber sie liegt in euren Händen.*

Tom und Gudrun sahen sich verblüfft an.

»Das war nicht gerade aufschlußreich«, murmelte Ericson schließlich. »Kein klarer Hinweis.«

»Ich denke doch«, widersprach Gudrun sofort. »Ungewiß und düster – wie die Welt hinter dem Tor, das ich gesehen habe. Wir müssen es finden. Das *Nichts*, unsere Zukunft, war hinter diesem Tor.«

»Und wo fangen wir an? Willst du alle Universitätsbibliotheken zwischen Peking und Los Angeles nach Fotos oder Zeichnungen durchsuchen? Bis du ein Steintor findest, das deiner Vision entspricht?«

»Wenn es sein muß.«

Dann viel Vergnügen, wollte Ericson erwidern, doch das Auge kam ihm zuvor.

Ihr habt einen unsichtbaren Helfer! erklärte es.

»Einen Helfer?« fragte Tom verwirrt.

Ein Wesen, das euch ähnelt.

»Und wo war dieses ... *Wesen*, als wir über dem Atlantik angegriffen wurden und mit dem Flugzeug abstürzten?«

Es war kein Angriff.

»Dann ist es also normal, daß ein Jet von einer Bomberstaffel attackiert wird, die seit über fünfundvierzig Jahren auf der Verlustliste steht?«

Dafür habe ich keine Erklärung.

»Was weißt du sonst?« fragte Ericson. »Ich denke, du bist uns mehr als eine vage Aussage schuldig. Wer oder was bist du? Wer hat dich geschaffen?«

Ich bin ein Auge der Göttin Khom.

»Das genügt mir nicht.«

Schweigen. Vergeblich lauschte Tom Ericson in sich hinein. Er mußte einsehen, daß er niemals mehr erfahren würde als das Auge preiszugeben bereit war.

Alles geschah nur meinetwegen, erklärte der magische Kristall überraschend. *Es war ein Versuch, mich aus vermeintlich falschen Händen zu befreien.*

»Die Männer in den schwarzen Anzügen? Wer sind sie?«

Wieder dieses hartnäckige Schweigen. Aber dann: *Keine Feinde. Sie haben das Flugzeug vor dem Wasserdruck geschützt. Niemandem wäre ein Leid zugestoßen. Ihr wäret sicher an Land gebracht worden.*

»Ohne Erinnerung«, warf Gudrun ein.

Eine Vorsichtsmaßnahme. Sie dürfen nicht von Menschen entdeckt werden.

»Also hatten wir es mit keinen menschlichen Wesen zu tun?« hakte Tom nach.

Doch diesmal war das Schweigen endgültig. Das Kristallauge verlor seine rote Färbung. Schließlich legte Gudrun Heber es in den Beutel zurück und ließ sich auf ihre Koje sinken. »Jetzt will ich nur noch schlafen«, murmelte sie und rollte sich zusammen.

Augenblicke später verkündeten ihre gleichmäßigen Atemzüge, daß sie eingeschlafen war.

Tom lag noch eine Zeitlang wach. Er dachte über die Worte des Kristallauges nach, und welche Überraschung ihn wohl als nächste erwartete. Zu einer Antwort kam er nicht.

Fred Brennon hatte keineswegs beabsichtigt, seiner Freundin einen schlechten Streich zu spielen. Solche Gedanken kamen ihm nicht einmal, als Tammy und er vor den Mauerresten standen und dahinter die Spitze der im Untergrund versunkenen Pyramide entdeckten.

»Nicht übel«, murmelte Fred. »Das gibt eine tolle Filmkulisse ab.«

»Piratenfilme sind nicht mehr in«, warf Tammy Kennedy ein.

Fred winkte ab. »Wer redet von Piraten?« wollte er wissen. »Horror meine ich.«

»Der Südseevampir, der aus der Pyramide kam?« Tammy grinste schräg. »Du hattest schon bessere Ideen.«

Fred überging die Bemerkung mit einem Schulterzucken. Er dachte an die beiden Wasserflugzeuge. Vielleicht hatten sich die Piloten Zugang zu der Pyramide verschafft. Dann waren sie entweder Archäologen oder Kunsträuber.

Ein schmaler Pfad führte durch das Pflanzendickicht bis unmittelbar an die Pyramide heran. Fred entdeckte mehrere angeknickte Äste. Die Bruchstellen waren noch frisch, also mußte erst vor kurzem jemand hier entlanggegangen sein.

»Wahnsinn«, murmelte Tammy hinter ihm. »Bisher dachte ich, Pyramiden gibt es nur in Ägypten.«

»Überall auf der Welt«, erklärte Fred.

»Glaubst du, wir können sie erforschen?« Manchmal war Tammy richtig naiv. Vielleicht weil sie von allen vier Freunden die jüngste war, gerade erst zwanzig.

»Wir sind nicht die ersten«, sagte Fred.

»Nein?« Sie zupfte ihren Bikini zurecht, der ohnehin herzlich wenig ihrer üppigen Reize verbarg. Beinahe zärtlich ließ sie ihre Hände dann über die rauhen Steinquader gleiten. »Wie alt, glaubst du, ist das alles?«

»Einige Jahrtausende vielleicht.«

»Wow!«

Tammy hatte noch mehr sagen wollen, doch ein leises, schabendes Geräusch ließ sie verstummen. Da rieb Stein auf Stein.

Freds Kinn klappte nach unten. Er starrte auf eine Stelle, die seine Begleiterin noch nicht einsehen konnte. Erst als sie zwei Schritte auf ihn zu machte und sich an seine Schulter hängte, entdeckte auch sie, daß sich ein Zugang geöffnet hatte.

Fred schob sie sanft wieder auf Distanz. Gleichzeitig griff er nach dem Tauchermesser, das er mitgenommen hatte.

»Hast du irgend etwas berührt?« fragte er.

»Ich weiß nicht. Den Stein da … oder den daneben …« Aus großen Augen starrte Tammy in das Halbdunkel, das vor ihnen in eine ungewisse Tiefe führte. Flüchtig dachte sie daran, daß es vielleicht besser wäre, Jill und Winslow zu verständigen, aber dann drang Fred in den geöffneten Gang ein und zog sie einfach hinter sich her. Sie wehrte sich nicht dagegen, war selbst viel zu fasziniert von der Entdeckung, als daß sie Furcht empfunden hätte.

Stufen führten nach unten, und bald war der Eingang nicht mehr zu sehen. Trotzdem blieb eine angenehme Helligkeit.

Außerdem stellte Tammy fest, daß die Luft besser war als erwartet. Es roch weder nach Moder, noch nach Fäulnis. Den Vergleich mit einer alten Gruft, der sich ihr spontan aufgedrängt hatte, mußte sie revidieren.

Nach sechzig Stufen, also knapp zwanzig Meter unter der Oberfläche, mündete die Treppe in eine verwinkelte Kammer.

Das erste, was Fred bemerkte, waren die eingemeißelten Schriftzeichen an den Wänden. Manche wirkten wie Hieroglyphen.

Das zweite war der Mann, der da stand – regungslos, wie zu Stein erstarrt. Trotzdem sagte er: »Hallo!«

Tammy stieß ein halb ersticktes Keuchen aus, Fred riß das Tauchermesser hoch. »Mann, haben Sie uns erschreckt!« stieß er hervor. Er atmete tief durch, dann hatte er sich wieder gefangen. »Sie sind der Pilot eines der Flugzeuge?«

Der Mann war seltsam. Abgesehen vom kaum modulierten Klang seiner Stimme, was jedoch auch an der ungewohnten Akustik liegen konnte, wirkten seine Bewegungen knapp und äußerst zielstrebig. Für einen Moment verlor sich sein Blick in weiter Ferne, als müsse er über die Antwort nachdenken.

»Die Piper Aztec gehört mir«, sagte er.

Fred starrte ihn durchdringend an. Der Mann wirkte ... nein, nicht unheimlich, eher so überkonzentriert, daß es schon fast wieder unheimlich war.

»Und die zweite Maschine?«

»Gehört einem Freund.«

»Sie sind Australier?« Der Akzent des Mannes ließ kaum einen anderen Schluß zu.

»Ja.«

»Beide?«

»Ja.«

So verhielt sich kein normaler Mensch. Der Aufenthalt in

der Pyramide, wer weiß wie lange schon, mußte ihn geistig verwirrt haben. Und vielleicht war er ja schon vorher seltsam gewesen. Manche Forscher, die jahrelang in der Einsamkeit lebten, hatten ihre Macken.

»Es hat uns gefreut, Sie kennenzulernen«, sagte Fred. »Aber wir werden erwartet, und unsere Freunde ...«

Das plötzliche unangenehme Gefühl, von hinten angestarrt zu werden, ließ ihn herumfahren.

Er hatte sich nicht getäuscht. Ein zweiter Mann stand da, ein muskulöser, weißhaariger Bursche mit dem Gesicht eines Preisboxers. Unmißverständlich versperrte er den Rückweg.

»Lassen Sie uns vorbei!« verlangte Fred. Da Tammy seinen Arm umklammerte, legte er alle Überzeugungskraft in seine Stimme.

Der Weißhaarige reagierte nicht. Und ebenso unmißverständlich war, was der andere Mann sagte: »Kommen Sie mit!«

»Was soll das?« protestierte Tammy. »Was haben Sie vor? Wir gehen zurück und sonst nirgendwohin.«

Also doch Grabräuber! durchzuckte es Fred.

»Bleiben Sie uns vom Leib!« warnte er, das Tauchermesser mit beiden Händen vor sich haltend. Er wußte nicht, ob er wirklich fähig war zuzustechen, aber die Kerle wußten das schließlich auch nicht.

Trotz der Klinge kam der Weißhaarige näher. Er wirkte wie eine Marionette.

»Die stehen unter Drogen«, keuchte Tammy.

Vergeblich fintierte Fred mit dem Tauchermesser. In dem Moment, als er die Klinge nach vorne stieß, wußte er, daß er einen Fehler beging. Doch es war bereits zu spät. Eine kräftige Hand legte sich von hinten um seinen Hals und drückte unbarmherzig zu. In Sekundenschnelle schwanden ihm die Sinne. Er hörte noch Tammys ersticktes Gurgeln, dann stürzte er in ein endloses schwarzes Loch, in das ihn nur das dumpfe Pochen des eigenen Pulsschlags begleitete.

Irgendwann hörte er Stimmen, aber er verstand nicht, was

sie sagten. Sie klangen so seltsam verzerrt, als laufe eine Schallplatte mit falscher Geschwindigkeit ab.

Eine Hand näherte sich ihm. Sie war fast grün, von Schuppen überzogen, mit krallenartigen Nägeln.

Ich muß endlich aufwachen! dachte Fred Brennon verzweifelt. Ich muß aus diesem verrückten Alptraum aufwachen!

Aber nichts veränderte sich.

Auf der Schuppenhand, die es eigentlich nicht geben durfte, krümmte sich ein seltsames Wesen, dessen Existenz ebenfalls einem kranken Gehirn entsprungen sein mußte: eine Mischung aus Kakerlake und Wurm, gepanzert und knapp zehn Zentimeter lang, mit wild tastenden Fühlern, aber ohne sichtbare Beine.

Die Kreatur näherte sich seinem Gesicht. Fred hörte sich schreien. Ja, er schrie – aber er wachte nicht auf.

Gleich würde etwas Entsetzliches geschehen. Vergeblich bäumte er sich auf, doch unsichtbare Fesseln hielten ihn fest.

Da war ein kurzer stechender Schmerz.

Hinter seinem linken Ohr.

Als Fred Brennon endlich begriff, daß etwas Lebendiges in sein Fleisch eindrang, überwältigte ihn die Übelkeit zum zweitenmal.

An Bord der OCTOPUS war der Alltag eingekehrt. Zwei English-Electric-E-Motoren zu je dreitausend PS trieben das U-Boot mit der Höchstgeschwindigkeit von siebzehn Knoten der Küste entgegen. In einer Tiefe von konstant dreihundert Fuß.

Zur Außenwelt bestand nach wie vor kein Kontakt. Captain Drake hatte Funkstille angeordnet, und die Atmosphäre an Bord war gespannt wie während einer Feindfahrt.

Von alldem bekam zumindest Gudrun Heber herzlich wenig mit. Die Anthropologin schlief den Schlaf der Gerechten, und nur hin und wieder wälzte sie sich stöhnend auf ihrer Koje. Einmal schrie sie auf und schlug im Traum um sich, doch sie beruhigte sich schneller wieder, als Tom auf die Beine kam. Deshalb verzichtet er darauf, sie zu wecken.

Träge tropfte die Zeit dahin. Tom Ericson döste und schlief abwechselnd, aber eine rechte innere Ausgeglichenheit wollte sich nicht einstellen.

Fünf Stunden – länger hielt Tom die Untätigkeit nicht aus. Als er das Schott hinter sich ins Schloß gleiten ließ, schlief Gudrun tief und gleichmäßig.

Sein erster Weg führte ihn nach achtern, zur Unterkunft der Diplomaten und der Crew des Learjets. Zu seiner Überraschung wurde ihm der Zutritt verweigert.

»Was soll der Unsinn?« entfuhr es ihm.

»Anweisung von oben, Sir«, erwiderte der Maat, der keine Anstalten traf, das Schott freizugeben.

»Dann holen Sie wenigstens Sir Harper her. Sagen Sie ihm, daß Dr. Ericson ihn zu sprechen wünscht.«

»Leider nicht möglich, Sir.«

»Warum?«

»Ich habe strikte Anweisung ...«

»Von wem?«

»Von Captain Drake, Sir.«

Ericson starrte den Maat noch eine Sekunde an, dann entschied er, daß eine weitere Unterhaltung zu keinem Resultat führen würde und machte auf dem Absatz kehrt.

Wie es das Schicksal wollte, war der erste Mensch, dem er begegnete, Captain Drake.

»Mister Ericson«, begann Drake verwundert, »Ihre Kabine liegt bugwärts ...«

»Ich weiß«, entgegnete Tom schroff. »Und ich bin Ihnen wirklich dankbar für alles, was Sie und Ihre Crew für uns getan haben. Trotzdem ...«

Drake verschränkte die Arme vor der Brust. Seine Miene blieb ausdruckslos. »Fühlen Sie sich ungerecht behandelt?« fragte er. »Dafür gibt es keinen Grund.«

»Warum wird mir verweigert, mit den Diplomaten und der Flugzeugbesatzung zu reden?«

»Eine reine Sicherheitsmaßnahme, die Sie nicht persönlich nehmen sollten. Falls Sie diesen Eindruck hatten, tut es mir leid. Mir geht es nur um unbeeinflußte Zeugenaussagen. Immerhin scheinen Sie und Miss Heber die einzigen zu sein, die sich noch glaubhaft erinnern können.«

»Heißt das, wir sollen verhört werden?«

»Sehen Sie es nicht so eng. Ich bin überzeugt, daß Sie entscheidend zur Aufklärung des Geschehens beitragen können.«

»Danke für die Lorbeeren«, erwiderte Tom ohne rechte Begeisterung. »In Yale hält man Miss Heber und mich inzwischen vermutlich für tot.«

»Keine Sorge; so weit werden wir nicht gehen«, bewies der Captain ungeahnten Humor. »Übrigens: in wenig mehr als acht Stunden erreichen wir unser Ziel.«

Geheimniskrämerei wurde an Bord der OCTOPUS plötzlich großgeschrieben. Als Tom die Operationszentrale betrat, blieb ihm der Blick auf die Bildschirme verwehrt, die Kurs und Zielgebiet des U-Bootes wiedergaben.

»Die Marinebasis unterliegt militärischer Geheimhaltung«, wurde ihm erklärt. »Die Maßnahme dient Ihrer eigenen Sicherheit.«

Tom blieb nur ein resignierendes Schulterzucken. Immerhin konnte er sich an den fünf Fingern abzählen, daß das Ziel der OCTOPUS irgendwo zwischen den Florida Keys und der Raleighbucht im Norden lag. Überwältigt von der Erkenntnis, daß Zivilisten allem Anschein nach der schlechtere Teil der Menschheit waren, kehrte er zu seiner Kabine zurück.

Er erschrak zutiefst, als er Gudrun wimmernd und in sich zusammengekrümmt auf dem Boden fand.

Rasch ließ er das Schott zugleiten und kniete neben der Anthropologin nieder. Gudrun war bei Bewußtsein! Als er sie auf die Koje hob, schaute sie ihn an, doch ihr Blick ging durch ihn hindurch, ohne ihn wahrzunehmen.

Mit einem Zipfel des Lakens tupfte der Archäologe Gudrun den Schweiß von der Stirn. Wie aus weiter Ferne schien ihr Geist in sie zurückzukehren. Ihr Blick klärte sich.

»Hallo«, sagte Tom sanft. »Wie geht es dir?«

Gudrun sah ihn verwirrt an. »Was ist passiert?«

»Du warst in einer Art Trance«, erwiderte Tom. »Kannst du dich an irgend etwas erinnern?«

»Ich … habe das Tor wiedergesehen«, sagte sie. »Und … ja, die Statue war auch wieder da.«

Tom runzelte besorgt die Stirn. »Glaubst du«, fragte er, »daß das Kristallauge dich beeinflußt?«

»Nicht das Auge. Es war … etwas anderes.«

Ericson fuhr sich mit der Rechten durchs Haar und seufzte tief. »Allmählich glaube ich, wir muten uns zuviel zu. Magie, Telepathie, visionäre Traumbilder … Vielleicht wäre es gesünder, das Artefakt in den Tresor von Yale zu sperren und zu vergessen.«

»Das meinst du nicht ernst?« Ruckartig hob die Anthropologin den Kopf. Aus großen Augen starrte sie ihn überrascht an.

»Nein«, sagte er zögernd. »Natürlich nicht.«

»Unser Ziel ist dieses geheimnisvolle Tor. Wir dürfen nicht in Yale bleiben, Tom.«

Allmählich begann Ericson, Gudruns Vorahnungen oder Visionen zu akzeptieren. Irgend etwas schien ihre Träume zu beeinflussen, sie gewissermaßen als Medium zu benutzen. Doch wenn es nicht das Auge war, wer oder was war es dann? Der geheimnisvolle Helfer, von dem der Kristall gesprochen hatte? Und wer mochte das sein?

Nun, eines zumindest war sicher: Wenn er weiterhin nur Fragen stellte, würde er nichts erfahren. Es war an der Zeit, etwas zu unternehmen. Und wenn das Tor der einzige Hinweis war, warum sollten sie ihm dann nicht nachgehen?

Niemand befand sich an Bord der GOLDEN GOOSE, und wenn sich Jill Hughes nicht täuschte, hatten in der Zwischenzeit weder Fred noch Tammy die Yacht wieder betreten. Das bedeutete, daß sie sich noch auf der Insel befanden.

»Aber wo?« fragte Jill.

Winslow zuckte mit den Schultern. »Vielleicht haben sie einen Eingang zu der Pyramide gefunden.«

Jills grimmige Miene verriet, daß sie nicht mehr an Land gehen wollte. Sie liebte Fred, aber deshalb ließ sie sich noch lange nicht für dumm verkaufen. Über vier Stunden waren inzwischen vergangen, und die Sonne neigte sich als feuriger Glutball dem Horizont zu.

»Was hast du vor?« fragte Winslow überrascht, als Jill den Motor startete.

»Ich locke die Ratten aus ihren Löchern hervor«, erwiderte sie gereizt.

Mehrmals ließ sie das Nebelhorn aufheulen. Das dumpfe Tuten erschreckte lediglich Dutzende von Vögeln, die kreischend aufstoben.

»Dann eben nicht.« Wie einen Fluch zerbiß Jill den Satz zwischen den Zähnen. »Hiev den Anker, Winslow!« Noch einmal ließ sie das schaurige Heulen des Nebelhorns erklingen, bevor sie die Yacht mit minimaler Fahrt zwischen die Korallenbänke manövrierte.

»Noch immer nichts?« fragte sie. Inzwischen war das furchtsame Vibrieren ihrer Stimme nicht mehr zu überhören.

»Bei den Flugzeugen bleibt alles ruhig«, sagte Winslow. »Jill, ich weiß nicht, ob es gut ist ...«

»Was sollen wir denn tun? Sag's mir! Zwei erwachsene Menschen können nicht einfach spurlos verschwinden.«

»Und die Piloten?«

Das Mädchen atmete tief durch. Sie hatte unabhängig sein wollen und beweisen, daß sie niemanden brauchte, um mit dem Leben fertig zu werden. Schon gar nicht wollte sie ihres Vermögens wegen in einem Glaskäfig sitzen – reich zu sein bedeutete Last und Lust zugleich. Nun aber war eine Situation eingetreten, mit der sie nicht zurechtkam. Sogar Winslow hatte keine Ahnung, was geschehen sollte, ganz abgesehen davon, daß sie beide nicht einmal wußten, was geschehen war.

»Ich rufe über Funk Hilfe herbei«, sagte Jill.

»Sollten wir nicht zuvor noch einmal an Land ...?«

»Ich habe Angst, Winslow«, gestand sie unvermittelt. »Erbärmliche Angst, die von Minute zu Minute schlimmer wird. Irgend etwas stimmt nicht auf dieser Insel.«

Nun war es heraus. Und wenn der junge Rockefeller es recht bedachte, spürte auch er ein mulmiges Gefühl in der Magengegend. Schon die verlassenen Flugzeuge gaben ihm zu denken.

Erneut suchte er mit dem Fernglas den Strand ab, während Jill das Funkgerät einschaltete. Ein schrilles Kreischen und Krachen drang aus dem Empfänger, ein fürchterlicher Wellensalat.

Dann jedoch schien sie den richtigen Kanal gefunden zu haben, denn die Störgeräusche wurden leiser.

»Hier spricht die GOLDEN GOOSE!« begann sie.

»Jill, da sind sie!« schrie Winslow aufgeregt.

»Hier ...« Das Mädchen brach abrupt ab und schaltete das Funkgerät aus.

Am Strand, vor dem Hintergrund des Abendrots nur noch schwer zu erkennen, waren zwei menschliche Silhouetten erschienen. Weder winkten sie zur Yacht herüber, noch machten sie durch Rufe auf sich aufmerksam, aber es waren unverkennbar Tammy und Fred, die langsam ins Wasser schritten und zu schwimmen begannen, als es ihnen bis zur Hüfte reichte.

Tom Ericsons schlimmste Befürchtungen bestätigten sich. Gudrun und er kamen wirklich vom Regen in die Traufe und lernten die Mühlen militärischer Bürokratie kennen.

Wie sehr ihn das auf die Palme bringen sollte, ahnte er allerdings noch nicht, als die OCTOPUS nach über fünfzehnstündiger Tauchfahrt ihr Ziel erreichte.

»Vorne hart oben, achtern oben drei!« hörte er noch Drakes Kommando an den Tiefenrudergänger, als er in Gudruns Begleitung die Operationszentrale aufsuchte.

Von den knappen Befehlen abgesehen, herrschte in der Zentrale angespannte Stille. Der mechanische Zeiger des Tiefenmessers begann sich schneller gegen den Uhrzeigersinn zu drehen.

»Boot steigt!« meldete der Leitende Ingenieur. »Noch fünfzig Fuß ... Die Einfahrt ist passiert. – Klar zum Auftauchen!«

»Auftauchen! Alle Hauptballasttanks ausblasen!«

Die Optiken außen am Vorschiff, stabil selbst für größere Tiefen, zeigten im Licht starker Scheinwerfer kristallklares Wasser und Wände aus Stahl.

Endlich war die Restfahrt aufgezehrt.

»Aufgetaucht!« meldete der Leitende.

»Druckausgleich! Oberes Turmluk öffnen!«

Die Luft, die ins Bootsinnere strömte, war kaum als frisch zu bezeichnen. Sie war höchstens kühler, roch aber nach Abgasen und Salzwasser.

Captain Drake enterte im Turm auf. Zehn Minuten später erhielten Tom Ericson und Gudrun Heber die Erlaubnis zum Aussteigen. Durch eine Luke im Vorschiff betraten sie das Oberdeck.

Die OCTOPUS hatte in einem Hangar vertäut, dessen leicht gewölbte Betondecke Dutzende starker Scheinwerfer und Kameras trug. Die Überwachung erschien so perfekt, daß wohl nicht einmal eine Maus unbemerkt eindringen konnte.

Die Piers zu beiden Seiten waren kaum breiter als das U-Boot selbst. Zwischen gestapelten Ausrüstungsgegenständen, Kisten und Fässern wanden sich dicke Wasserschläuche wie monströse Seeschlangen.

Zwei Schiffe lagen neben der OCTOPUS vertäut. Eines davon wurde offenbar für eine längere Fahrt ausgerüstet. Gudrun schluckte schwer beim Anblick der geöffneten Raketensilos, die wie gefräßige Riesenmäuler wirkten. Von einem Laufkran fierten Soldaten dickbauchige Flugkörper ab.

»Ein Atom-U-Boot«, sagte Ericson heiser und räusperte sich. »Ich gehe jede Wette ein, daß die Waffen atomare Sprengköpfe tragen.«

»Verstehen Sie endlich, weshalb wir die Lage des Stützpunktes geheimhalten müssen?« fragte Commander Weyers, der unbemerkt von hinten an sie herangetreten war. »Was da in den Silos verschwindet, sind Trident-Raketen, und das Schiff ist die DANIEL BOONE, SSBN-629. Aber das vergessen Sie besser wieder.«

»Warum erzählen Sie uns das alles?« wollte Gudrun wissen.

»Ich dachte«, Weyers zuckte mit den Schultern, »es würde Sie interessieren.«

»Uns interessiert ganz etwas anderes«, erwiderte Ericson schroff. »Wann dürfen wir endlich telefonieren?«

»Später«, erwiderte der Commander ausweichend. »Ich habe Anweisung, Sie an Land zu bringen.«

Sie folgten ihm über eine schmale Stelling auf die Pier und von da tiefer in den Hangar. Gegen die DANIEL BOONE in ihrer monströsen Schönheit wirkte die OCTOPUS klein und hoffnungslos veraltet. Tom schätzte die Länge des Atom-U-Bootes auf gut einhundertdreißig Meter, aber gleichzeitig dachte er an die von Kar beeinflußten Soldaten, denen sie auf der Südseeinsel Gardner gegenübergestanden hatten. Falls ein Schiff wie die DANIEL BOONE in falsche Hände geriet, würde sich eine Katastrophe anbahnen.

Das Tageslicht sahen sie vorerst nicht wieder. Die gesamte Basis erstreckte sich unterirdisch, und der Größe der Stollen, Laufbänder und Lifts nach zu urteilen, beanspruchte sie ein Areal von mehreren Quadratkilometern.

Für den letzten Teil des Weges stand ein elektrobetriebener offener Wagen zur Verfügung. Ein Sicherheitsausweis des Commanders öffnete den Weg in den Verwaltungstrakt.

Die Männer, denen Tom Ericson und Gudrun Heber kurz

darauf in einem spartanisch eingerichteten Raum gegenüberstanden, trugen Zivil. Dunkle Anzüge, Krawatten, getönte Brillen – das Klischee von Geheimdienstleuten war geradezu perfekt. Tom erging es ähnlich wie seiner Begleiterin; auch er zuckte jäh zusammen, weil er sich unwillkürlich an die Vorgänge in der Unterwasserstadt erinnert fühlte.

»Setzen Sie sich!«

Kein Wort der Begrüßung, keine Namensnennung. Das hieß, daß die anderen schon bis ins Detail wußten, wen sie vor sich hatten. Pentagon und CIA überließen grundsätzlich nichts dem Zufall.

Zwei Stühle. Davor, im Halbkreis angeordnet, fünfzehn weitaus bequemere Sitzgelegenheiten. Und Scheinwerfer, deren grelle Lichtkegel sich unbarmherzig auf die beiden Wissenschaftler hefteten. Unter diesen Umständen kam weiß Gott keine anheimelnde Atmosphäre auf.

»Haben Sie Hunger oder Durst? Brauchen Sie Zigaretten?«

»Wir wurden an Bord bestens verpflegt.«

»Sie wissen, weshalb Sie hier sind?«

»Ein Verhör«, sagte Tom. Er konnte sich nicht verkneifen, spöttisch hinzuzufügen: »Obwohl Tribunal sicher die treffendere Bezeichnung wäre.«

»Es handelt sich lediglich um eine Befragung, Dr. Ericson. Wir erwarten uns von Ihnen und Miss Heber Auskünfte, die vielleicht von unschätzbarem Wert sind.«

Tom verzog die Mundwinkel zu einem säuerlichen Lächeln. »Captain Drake war so nett, seine Torpedos einzusetzen. Fragen Sie ihn, wie viele Fakten und Beweismaterial zerstört wurden.«

»Der Captain hat ohne jede Einschränkung richtig und im Rahmen seiner Kompetenzen entschieden.«

»Aus Ihrer Sicht mag das vermutlich so sein. Als Archäologe ...«

»... sind Sie nicht in der Lage, strategische Notwendigkeiten zu beurteilen.«

»Ich wünsche, daß Professor Radcliffe von der Yale-Universität davon verständigt wird, daß Miss Heber und ich wohlauf sind. Ach ja, noch etwas: Ich will nicht undankbar erscheinen. Als amerikanischer Staatsbürger kenne ich meine Pflichten. Selbstverständlich bin ich bereit, Ihnen Rede und Antwort zu stehen. Allerdings unter etwas menschlicheren Bedingungen als hier. Ich hoffe, Sie können das arrangieren.«

»Tom!« raunte Gudrun neben ihm. »Du schießt übers Ziel hinaus.«

»Miss Heber hat recht. Sie machen uns und sich selbst die Sache nur unnötig schwer.«

»Wie man in den Wald hineinruft, so schallt es heraus«, bemerkte Ericson. »Wenn ich Sie also bitten darf …«

Es dauerte nur Sekunden, dann erloschen alle Scheinwerfer bis auf zwei. Aus den schemenhaften Gestalten, die Tom und Gudrun mit einiger Distanz gegenübersaßen, wurden endlich menschliche Gesichter.

»Sind Sie nun zufrieden, Dr. Ericson?«

»Mehr darf ich wohl nicht erwarten. Also, fragen Sie!«

Das erste Verhör, das stellte Tom später überrascht fest, dauerte viereinhalb Stunden. Gudrun und er mußten ein Kreuzfeuer von Fragen über sich ergehen lassen.

Anschließend wurden sie getrennt und unter Bewachung in separaten Quartieren untergebracht. Es gelang Tom sogar, ein paar Stunden zu schlafen.

Während eines zweiten Verhörs, das ohne Gudrun stattfand, wurde ihm endlich klar, weshalb sie sich dieser Behandlung unterziehen mußten. Tom fragte sich, warum er nicht selbst darauf gekommen war.

Natürlich mußte es für die Militärs äußerst merkwürdig erscheinen, daß allein er und Gudrun von der Amnesie verschont geblieben waren, an der die Diplomaten und die Crew des UN-Jets litten. Zwar wurde ihm nicht direkt unterstellt, mit dem Feind zusammengearbeitet zu haben, aber die Art der Befragung sagte mehr als alle Worte.

Seine Personalakte wurde zerpflückt. Zum Glück fand sich kein Hinweis auf Unregelmäßigkeiten. Wahrscheinlich erging es Gudrun ähnlich. Befragungen und Ruhepausen wechselten in rascher Folge ab. Tom kannte seinen Text bald auswendig.

Anderthalb Tage, nachdem die OCTOPUS den Navy-Stützpunkt angelaufen hatte, fand die Tortur ein Ende. Er und Gudrun erhielten Gelegenheit, sich von Captain Drake und Commander Weyers zu verabschieden.

»Vielleicht sehen wir uns wieder«, sagte Drake. »Draußen, bei den Ruinen.«

»Vielleicht«, antwortete Tom ausweichend.

»Ich wünsche Ihnen, daß Sie auch anderswo gute Funde machen, wo es sich leichter graben läßt als auf dem Meeresboden.«

»Ihnen im Gegenzug weitere Feindberührungen zu wünschen, wäre vermutlich das Dümmste, was ich darauf erwidern könnte«, bemerkte der Archäologe.

Wenig später verließen Tom und Gudrun die Navy-Basis an Bord eines Militärhubschraubers. Es herrschte tiefe Nacht, und ein schweres Gewitter entlud sich über der Küste. Toms Ausschau nach markanten Geländepunkten war von vornherein zum Scheitern verurteilt.

»Geben Sie sich keine Mühe«, bemerkte der Pilot. »Wenn es sein muß, kann ich sogar die Scheiben abdunkeln.« Er drehte sich kurz zu seinen Passagieren um. »Es hat einen beachtlichen Wirbel gegeben. Nicht nur wegen der Diplomaten. Mir scheint, Sie beide haben mitten in ein Wespennest hineingestochen.«

»Soll das ein neuerliches Verhör sein?« fragte Tom.

»Nein, um Himmels willen … Ich dachte nur, weil ich auf dem Rückflug eine Kapazität auf dem Gebiet der Hirnforschung an Bord nehmen soll.«

»Da wird viel zu viel Aufhebens gemacht«, sagte Ericson mit Leichenbittermiene. »Ich kann Ihnen auf Anhieb mindestens fünf verschiedene hochrangige Politiker aufzählen, die in letzter Zeit ihr Gedächtnis verloren haben.«

»Wirklich?« fragte der Pilot erstaunt. »Davon habe ich nichts gehört.«

Ein vielsagendes Grinsen umspielte Toms Mundwinkel. »Spätestens wenn es um die Einlösung von Wahlversprechen geht, grassiert regelmäßig eine ansteckende Amnesie.«

Vermutlich fühlte sich der Pilot gehörig auf den Arm genommen. Von da an schwieg er jedenfalls bis zur Landung auf dem Flughafen von Atlanta.

»Was soll der Unsinn?« herrschte Jill Hughes ihren Freund an, kaum daß er das Fallreep aufenterte. »Ihr versetzt uns in Angst und Schrecken, weil ihr scheinbar spurlos verschwunden seid, und dann ...«

Sie hatte ihrem Ärger Luft machen wollen, aber daß Fred sie keines Blickes würdigte, war eine Unverschämtheit. Deshalb schluckte sie erst einmal überrascht, bevor sie ihre unterbrochene Schimpftirade fortsetzte.

Fred Brennon schwang sich wortlos an Deck und schüttelte sich das Wasser aus dem Haar. Er war groß, kräftig und braungebrannt – ein Typ, dem Frauenherzen reihenweise zuflogen. Und obwohl er sich seiner Wirkung auf das weibliche Geschlecht vollauf bewußt war, hatte er sich für Jill Hughes entschieden.

Aber das war noch lange kein Grund, sie nur mit einem flüchtigen Blick zu streifen, als sei sie eine Fremde, dann nach dem nächsten Handtuch zu greifen und sich schweigend abzutrocknen. Zumal Jill gespannt auf eine Erklärung wartete.

»Ist das eine Art der Entschuldigung?« fuhr sie ihn an.

Fred rubbelte sich ausgiebig trocken. Er verzog keine Miene.

Das war schlichtweg zuviel – mehr jedenfalls, als eine besorgte und gedemütigte Jill Hughes verkraften konnte. Wütend entriß sie ihm das Handtuch.

»Ich will endlich erfahren, was los war!« herrschte sie ihn an. »Habt ihr miteinander geschlafen, oder was ist geschehen?«

»Nichts«, sagte Fred tonlos. »Nichts ist geschehen.«

Jills Blick wanderte weiter zu Tammy Kennedy, die in aller Seelenruhe ihren Bikini wechselte. Auch sie dachte nicht daran, eine Erklärung abzugeben.

»Hat euch die Sonne nicht gutgetan?« schnaubte Jill.

»Es wird bald Nacht«, erwiderte Tammy zusammenhanglos. Wo um alles in der Welt war sie mit ihren Gedanken? Ihr Blick schien sich in weiter Ferne zu verlieren. Jill hatte das Gefühl, daß die Freundin einfach durch sie hindurch schaute.

Diese verdammte kleine Insel mußte an ihrem Verhalten schuld sein. Der leichte Schauder, den Jill seit geraumer Zeit verspürte, verstärkte sich noch.

Sie starrte zu den Flugzeugen hinüber. Die Maschinen waren groß genug, um Kisten oder Fässer zu transportieren – Fässer, deren Inhalt andernfalls womöglich zu horrenden Preisen entsorgt werden mußte. Radioaktive Stoffe, Chemieabfälle, Giftgase – die Aufzählung hätte sich beliebig fortsetzen lassen. Wieso eigentlich nicht? Ein einsames Eiland, weit genug von jeder menschlichen Siedlung entfernt, dazu skrupellose Geschäftemacher ... Die plausibelste Erklärung für Freds und Tammys eigenwilliges Verhalten war die, daß aus verrottenden Behältern giftige Stoffe austraten, und daß die beiden damit in Berührung gekommen waren.

»Da sind noch welche«, sagte Winslow Rockefeller unvermittelt.

Jills Blick folgte seinem ausgestreckten Arm. Und tatsächlich, zwischen den Klippen turnten zwei Männer zum Wasser hinab. Ihr Ziel waren entweder die Flugzeuge oder die Yacht.

»Weißt du, was sie mit Augenzeugen machen?« fragte Jill.

Winslow blinzelte verwirrt. »Mit Augenzeugen?« Er verstand nicht, was sie meinte.

Aber Jill blieb keine Zeit für Erklärungen. Sie ahnte, daß es auf Minuten ankam, daß sie möglichst schnell weit weg mußten von der Insel. Die hereinbrechende Nacht würde ihr dabei helfen, denn ewig konnten die Flugzeuge nicht nach der Yacht suchen.

Aus sicherer Distanz würde sie die Behörden informieren. In ihren Augen gab es nichts Schändlicheres als Umweltverbrechen. Von der schleichenden Vergiftung war schon heute die gesamte Menschheit bedroht.

Entschlossen startete Jill Hughes den Motor. Zweimal würgte sie die schwere Maschine wieder ab, bis sie endlich eine ausreichend hohe Umdrehungszahl auf die Schiffsschraube brachte. Langsam nahm die GOLDEN GOOSE Fahrt auf.

Urplötzlich stand Fred neben ihr und stieß sie zur Seite. Er zog den Fahrthebel zurück.

»Was soll das?« protestierte die junge Frau. »Bist du übergeschnappt?«

»Geh zur Seite!«

»Das ist meine Yacht.«

»Nicht mehr.«

Fred stand kurz davor, durchzudrehen. Das Gift, dem er auf der Insel ausgesetzt gewesen war, schädigte die Nervenzellen. Eine andere Erklärung hatte Jill nicht.

»Du bist krank«, stöhnte sie, »und du brauchst einen Arzt.«

»Warum stoppen wir wieder?« rief Winslow von der Reling her. »Die Kerle haben uns gleich eingeholt.« Erst als er sich umwandte, sah er, daß Jill kreidebleich versuchte, sich aus Freds Griff zu befreien. »Seid ihr verrückt?« stieß er ungläubig hervor. »Hört auf mit dem Blödsinn!«

Jill griff mit der Linken nach dem Fahrthebel und verkrallte die Finger der rechten Hand in Freds Gesicht, aber ein Fausthieb schickte sie zu Boden.

»He!« brüllte Winslow. »Was soll denn das, verdammt?«

Sekundenlang ruhten die Blicke der beiden ineinander. Winslow Rockefeller erkannte entsetzt die Kälte, die sein Freund ausstrahlte. Auch er registrierte jetzt, daß Fred sich verändert hatte, und daß die Quelle dieser Veränderung auf der Insel verborgen sein mußte. Und die beiden Fremden waren gerade noch dreißig Meter von der Yacht entfernt.

Entschlossen stürmte er vor und rammte Fred die Fäuste in

die Magengrube. Bevor er jedoch nachsetzen konnte, brachte ihn ein Tritt vors Schienbein zu Fall.

Er rollte sich seitlich ab, aber zwei kräftige Hände schlossen sich wie Schraubstöcke um seine Schultern und zerrten ihn wieder auf die Beine. Sekundenlang war er viel zu verblüfft, um an eine wirksame Gegenwehr zu denken. Fred hatte nie solche Kräfte besessen.

Ein Fausthieb trieb ihm die Luft aus den Lungen, der zweite ließ ein grelles Feuerwerk vor seinen Augen explodieren, dann erst hatte er die Arme hoch und blockte den nächsten Schlag ab, konterte und rammte Fred den Ellenbogen zwischen die Rippen. Im nächsten Moment wälzten sie sich ineinander verkrallt über die Planken.

Winslow mußte mehrere schmerzhafte Treffer einstecken. Sein Schädel dröhnte wie eine angeschlagene Glocke. Blut aus mehreren Platzwunden verschleierte seinen Blick und hinterließ einen schalen Geschmack auf den Lippen. »Hör auf!« keuchte er, als das starre Gesicht des Freundes zum Greifen nahe vor ihm war. Aber Fred schlug unbarmherzig wieder zu.

Rockefeller krachte rücklings auf die Planken. Der Schmerz war so heftig, daß er schon fürchtete, sich das Rückgrat gebrochen zu haben, aber mit einem letzten Rest von Selbstbeherrschung schaffte er es, die Knie anzuziehen und zuzutreten. Und das keine Sekunde zu früh, denn er erwischte Fred mitten im Nachsetzen und katapultierte ihn mit dem Tritt einige Meter weit zurück.

Nach Atem ringend, krümmten sich beide Männer auf den Planken. Das Dröhnen des Außenborders war nicht mehr zu überhören. Winslow erkannte, daß das Boot mit hoher Geschwindigkeit durch die Wellen jagte.

Und er sah Jill und Tammy am Ruder stehen. Sie rissen sich gegenseitig an den Haaren und schlugen wie Furien aufeinander ein.

Mühsam stemmte er sich auf den Unterarmen hoch. Waren plötzlich alle verrückt geworden? Die Yacht lief führerlos durch ein Gebiet, in dem es von Korallenbänken wimmelte!

»Haltet das Ruder fest, verdammt!« Das Sprechen fiel ihm schwer. Leiser als beabsichtigt kamen die Worte über seine blutigen Lippen.

Aber es war ohnehin zu spät.

Ein gräßliches Kreischen durchlief den Schiffsrumpf. Ein heftiger Ruck folgte.

Winslow Rockefeller fühlte sich mit einemmal schwerelos. Er wurde durch die Luft gewirbelt und krachte schwer gegen irgendwelche Aufbauten.

Seine Wahrnehmungen erloschen so schlagartig, als hätte jemand das letzte bißchen Licht ausgeknipst.

Tief sog Tom Ericson die kühle Nachtluft in seine Lungen, während er dem Navy-Hubschrauber nachschaute, der mit blinkenden Positionslichtern davonzog. Sekundenlang steigerte sich das Dröhnen von Strahltriebwerken auf der nahen Startbahn zum orkanartigen Brausen, dann stieg keine dreihundert Meter entfernt eine Passagiermaschine in den wolkenverhangenen Himmel. Der Wind trug den Geruch von verbranntem Kerosin herüber.

Tom schob sich den Hut in den Nacken und wischte sich mit der flachen Hand über die Stirn. »Die Heimat hat uns wieder«, sagte er pathetisch. »Wollen wir wetten, daß Radcliffe schon wieder vergißt, für uns den roten Teppich auszurollen?«

»Du weißt, wie knapp der Etat ist«, konterte Gudrun. »Du hättest selbst einen mitbringen sollen.«

»Für neues Gepäck wird's hoffentlich reichen.«

Denn von allen mitgenommenen Gerätschaften und ihrer persönlichen Habe hatten sie wirklich nur das retten können, was sie am Leib trugen. Der Fotoapparat, einige Dutzend Spezialfilme, ihre Meßgeräte, das Gewehr – alles vergammelte auf der Insel Gardner oder war mit dem Motorboot gesunken.

»Das Charterboot kommt ebenfalls auf die Rechnung«,

erinnerte die Anthropologin. »Und was haben wir als Gegenleistung zu bieten?«

»Uns! – Körperlich unversehrt und um einige haarsträubende Erfahrungen reicher.«

Mittlerweile hatten sie das Abfertigungsgebäude betreten, in dem trotz der mitternächtlichen Stunde reger Betrieb herrschte. Gudrun steuerte geradewegs auf eine freie Telefonkabine zu.

»R-Gespräch?« wollte sie wissen.

Ericson nickte und erwiderte ihr Grinsen. Erleichterung spiegelte sich darin wider, aber auch Sorge, was die nahe Zukunft bringen würde. Die Welt hatte sich verändert, seit sie in die Südsee aufgebrochen waren. Nicht die ganze Welt zwar, sondern nur ein kleiner Teil, aber dennoch genug, daß nichts mehr so sein würde wie es noch vor wenigen Wochen gewesen war.

Endlos lange Minuten vergingen, bis die Verbindung stand. Am anderen Ende der Leitung meldete sich ein verschlafen klingender Professor Ernest Radcliffe.

»... mitten in der Nacht und dann noch auf Universitätskosten«, schimpfte er los. »Was glauben Sie eigentlich, wer Sie sind?«

»Miss Heber«, sagte Gudrun. »Und Dr. Ericson steht neben mir.«

Offenbar bekam Radcliffe in seinem heiligen Zorn ihren Namen nicht sofort mit. Sekundenlang war nämlich Stille, und Gudrun hörte nur ein tiefes Schnaufen. Aber dann überschlug sich der Präsident förmlich: »Wo stecken Sie, verdammt? Ich erhielt Nachricht, daß Ihre Maschine vermißt wird, und befürchtete schon das Schlimmste.« Die Müdigkeit war schlagartig aus Ratcliffs Stimme verschwunden.

»Wir sind in Atlanta«, sagte Gudrun.

»Was um Himmels willen suchen Sie in Atlanta?«

»Ein Navy-Helikopter hat uns hier am Flughafen abgesetzt.«

»Die Navy?«

»Sag ihm, daß wir verhört wurden«, warf Tom Ericson ein – laut genug, daß der Professor es hören konnte.

»Verhört?« blaffte er sofort los. »Was hat dieser Höhlenmensch diesmal wieder ausgefressen?«

Gudrun schluckte überrascht und grinste noch eine Spur breiter. Sie hatte nicht gewußt, daß der Präsident Toms Spitznamen ›cave-man‹ kannte. Die Studenten benutzten ihn hin und wieder hinter seinem Rücken. Vor fünf Jahren war Ericson in einer Höhle verschüttet und erst nach einwöchiger Suche von Askaris halb verdurstet und verhungert gerettet worden.

»Es ging um die Geschehnisse in der Unterwasserstadt«, deutete Gudrun geheimnisvoll an.

Professor Ernest Radcliffe hatte allmählich Schwierigkeiten, ihren knappen Sätzen einen Sinn abzugewinnen. »Was für eine Unterwasserstadt?« wollte er wissen.

»Die Mayabauten im Bermudadreieck«, antwortete die Anthropologin.

Das war endgültig zuviel. Radcliffe ließ einen abgrundtiefen Seufzer hören und murmelte etwas von Sumpffieber und Nervenklinik. Bevor er die Verbindung unterbrach, schnaubte er: »Kommen Sie her zu mir! Beide! Egal wie!«

»Und?« fragte Tom, nachdem Gudrun ebenfalls aufgelegt hatte.

»Er freut sich«, versicherte sie treuherzig. »Du ahnst gar nicht, wie sehr.«

Von Atlanta aus hatten die beiden Wissenschaftler einen Linienflug nach New York genommen, und bis New Haven im Bundesstaat Connecticut war es dann wirklich nur noch ein Katzensprung im Vergleich zu dem, was schon hinter ihnen lag.

Kurz vor zehn Uhr vormittags betraten sie endlich das altehrwürdige Gebäude der Yale-Universität, die bereits 1701 als College gegründet worden war und 1887 die Universitätswürde erhalten hatte. Benannt war sie nach dem Philanthropen Elihu Yale, der von 1649 bis 1721 gelebt hatte.

»Doktor Ericson!« Der Aufschrei einer hellen Frauenstimme verwandelte Gudrun innerlich in einen Eisblock. Unbewußt hatte sie genau das vorausgesehen. Nur Augenblicke später waren Tom und sie von einer Schar Studentinnen umringt, die wie eine Horde wildgewordener Gänse drauflosschnatterten. Und nicht nur das – es fehlte nicht viel, und sie hätten dem Archäologen das Hemd vom Leib gerissen.

»Dr. Ericson, bin ich froh, daß Sie leben ...«

»Ich habe kein Auge mehr zugemacht, als die Nachricht mit dem Flugzeug ...«

»Sie müssen uns alles erzählen! Findet der Unterricht heute statt?«

»Bitte, meine Damen!« Gudruns Versuch, sich Gehör zu verschaffen, war von vornherein zum Scheitern verurteilt. Tief in ihrem Inneren regte sich so etwas wie Eifersucht, aber wütend auf sich selbst ignorierte sie diese Empfindung. Mühsam gelang es ihr, sich den Freiraum zu erkämpfen, um wenigstens normal atmen zu können. Tom hingegen schien es zu genießen, daß die Gänse sich an ihn drückten, als wollten sie ihn mitten in der Aula verführen.

Entschlossen ging die Anthropologin weiter.

»He, Gud äh, warten Sie doch, Miss Heber!« rief Ericson hinter ihr her.

Sie dachte nicht daran, stehenzubleiben. Die Geister, die *Mr. Ericson* gerufen hatte, mußte er schon selbst loswerden.

Die Euphorie der jungen Dinger schlug offenbar sehr schnell um. Ein enttäuschtes Raunen folgte.

»Heute abend, Doktor? Im *Holiday Inn*? Sie müssen uns erzählen, was sie erlebt haben!«

Dreh dich jetzt nicht um! ermahnte Gudrun sich selbst. Das fehlte noch, ihm Wasser auf seine Mühlen zu gießen!

Eine Hand berührte ihre Schulter, flüchtig nur, aber dennoch drückte sich in dieser Geste mehr aus, als Worte zu sagen vermocht hätten.

»Meinetwegen hättest du dich nicht losreißen müssen«, bemerkte Gudrun spitz. »Ein überwältigender Empfang, nicht wahr?« Sie schritt schneller aus. Tom beschleunigte ebenfalls sein Tempo.

»Meine Studentinnen sind nun mal so«, bemerkte er.

»Meine nicht«, erwiderte die Anthropologin.

Sie bogen in den Gang ein, der von der Aula zu den Verwaltungsräumen führte. Zwei Dozentinnen standen auf der Treppe und diskutierten miteinander. Prompt unterbrachen sie ihr Gespräch. Ein Lächeln erschien auf ihren Gesichtern.

»Hallo Tom, schön, dich wiederzusehen. Radcliffe rennt schon ungeduldig in seinem Büro auf und ab.«

»Alles gut überstanden? Du siehst aus, als hättest du abgenommen.«

Gudrun verhielt nur kurz ihren Schritt und wandte sich um. »Das würden Sie auch, wenn Sie sich wochenlang von nichts anderem als von Schlangen, Spinnen und Käfern ernähren müßten«, sagte sie bissig.

Die eine der Frauen schluckte krampfhaft, und ihre Augen quollen weit aus den Höhlen hervor, die andere ließ nur ein entsetztes »Iiiih!« vernehmen.

»Warum tischst du ihnen solche Märchen auf?« fragte Tom leise, als sie weitergingen.

»Was hast du gegen gutgemeinte Diättips einzuwenden?« fragte sie fröhlich zurück.

Sie erreichten Radcliffes Büro, klopften und traten ein, nachdem sie von einer mürrischen Stimme dazu aufgefordert worden waren. Der Präsident der Yale-Universität saß hinter seinem wuchtigen Schreibtisch und studierte irgendwelche Unterlagen. Er murmelte ein knappes »Warten Sie noch einen Moment!« und schielte über die Ränder seiner Brille.

Sekundenbruchteile später richtete er sich kerzengerade auf. »Miss Heber! Dr. Ericson!« rief er freudig aus, eilte den beiden entgegen und schüttelte ihnen die Hände. »Sie wissen ja gar nicht, welche Ängste ich ausgestanden habe.« Er schenkte jedem einen Cognac ein und verteilte die Gläser.

»Auf Ihre glückliche Rückkehr! Aber jetzt erzählen Sie: Was war los?«

»Wenn wir Platz nehmen dürfen, Professor?« fragte Gudrun.

»Aber natürlich, entschuldigen Sie. – Haben Sie Hunger? Soll ich etwas aus der Mensa holen lassen?«

»Wir haben auf dem Herflug einige Happen gegessen.«

Sie versanken fast in den breiten Fauteuils. Durch das riesige Blumenfenster fiel die Vormittagssonne auf die Sitzgruppe, und obwohl Gudrun geblendet blinzelte, fühlte sie sich sehr wohl dabei. Sie fragte sich, wie die Besatzungen von U-Booten monatelang nur in künstlicher Beleuchtung leben konnten.

Erwartungsvoll wanderte Radcliffes Blick von einem zum anderen. »Ich bin wirklich viel von Ihnen gewöhnt, Dr. Ericson«, begann er, »aber diesmal scheinen Sie den Vogel abgeschossen zu haben. Sir Ian Sutherland hat gut und gerne eine Stunde lang mit mir telefoniert. Er wollte Sie beide abwerben.«

»Alles halb so schlimm«, erwiderte Tom.

»Ich habe anderes gehört. – Kann ich das Artefakt sehen?«

Tom hatte den Lederbeutel in eine Innentasche seines Sakkos gesteckt. Wortlos reichte er ihn an Radcliffe weiter, dessen Anspannung kaum noch zu überbieten war. Tom beobachtete den Präsidenten genau. Als er den matt und grau schimmernden Kristall in die Hand nahm, verengten sich seine Pupillen ein wenig.

»Enttäuscht?« fragte Gudrun.

»Wenn ich ehrlich sein soll, ja.« Unschlüssig drehte und wendete Radcliffe den knapp faustgroßen Kristall. »Der Schliff ist meisterhaft und verrät eine technisch brillante Leistung, aber ...« Er unterbrach sich und bedachte den Archäologen mit einem forschenden Blick. »Haben Sie den Fund ungefähr datiert?«

»Nein«, sagte Tom.

»Ja«, stellte Gudrun fest.

Mißbilligend zog Radcliffe die Brauen hoch. »Könnten Sie sich vielleicht auf eine Antwort einigen?« fragte er.

Wieder redeten beide gleichzeitig los und verstummten gleichzeitig.

»Tom hatte einen Traum, oder vielmehr eine Vision«, erklärte Gudrun. »Es war in der Nacht unserer Flucht von Gardner.«

»Eine Vision, was ist das schon?« wehrte Ericson ab.

»Sehr viel«, konterte die Anthropologin. »Alles deutet darauf hin, daß sie von dem zerstörten Auge ausging.«

Radcliffe schwieg. Sein Gesichtsausdruck verriet Verwirrung. Aber dann begann Gudrun ganz von vorne. Sie berichtete von den unterirdischen Anlagen auf Gardner, von den beiden Kristallaugen und der goldenen Maske, die sie in der Pyramide gefunden hatten, und von den hünenhaften hellhäutigen Wächtern auf der Insel, deren Typus so gar nicht zu den Menschen der Südsee paßte. Sie erzählte, daß Tom eines der Augen zerschlagen hatte und im selben Moment von jener Vision überfallen worden war, in der Feuer vom Himmel regnete und sich die Wasser zu einer gigantischen Sintflut erhoben.

»Sie denken an *die* Sintflut?« fragte Professor Ernest Radcliffe skeptisch.

»Natürlich kann ich mir nicht sicher sein«, schränkte Gudrun ein, »aber es gibt in der Menschheitsgeschichte nur eine globale Katastrophe mit diesen Auswirkungen. Nach neuesten Erkenntnissen soll sie um 3000 vor Christi von einem Meteor ausgelöst worden sein.«

»Wenn ich ehrlich sein soll«, gab Radcliffe zu, »Sutherland hat mir gegenüber am Telefon schon die Möglichkeit erwähnt, das Artefakt könne aus vorsintflutlicher Zeit stammen. Aber darüber können wir später noch diskutieren. Erzählen Sie, was seit Ihrem Aufbruch von Oake Dùn geschehen ist.«

Diesmal übernahm Ericson das Wort. Er berichtete von dem Attentat auf Heathrow, von den ungewöhnlichen Geschehnissen während des Fluges bis hin zum Absturz über dem Bermudadreieck. Radcliffe hörte gebannt zu, ohne ihn ein einziges Mal zu unterbrechen. Tom schilderte das blaue Leuchten, das den Learjet eingehüllt und einen Wassereinbruch verhindert hatte. Und er berichtete von den schwarz gekleideten Fremden, von denen einer sich angeschickt hatte, durch eine massive Metallwand hindurchzugehen, als bestünde sie lediglich aus zähflüssigem Wachs.

»Sie teilen die Ansicht Captain Drakes nicht, daß diese unterseeische Station von den Russen unterhalten wurde?« fragte der Präsident, nachdem Tom geendet hatte.

»Wenn die GUS uns wirklich so weit voraus wäre, hätte die westliche Welt wenig zu lachen«, sagte Ericson vorsichtig.

»Wir haben den Vorfall mit dem Schwarzgekleideten nicht erwähnt«, gestand Gudrun. »Sonst wären wir jetzt nicht hier, sondern in einer Gummizelle.«

Ernest Radcliffe war ein Mann, der eine Tasse Kaffee oder Tee dem Alkohol stets vorzog. Jetzt aber schenkte er sich den Cognacschwenker halb voll und kippte ihn mit einer ruckartigen Bewegung.

»Ein Artefakt aus der Zeit vor der Sintflut«, murmelte er. »Dazu pyramidenförmige Bauten auf dem Meeresboden. Schwarze Männer, die durch Wände gehen.« Er blickte Ericson herausfordernd an. »Was kommt als nächstes? Daß der Kristall sprechen kann?«

Tom konnte sich ein Grinsen nicht verkneifen. »Sie treffen wie immer ins Schwarze, Professor«, sagte er.

»Das ist nicht Ihr Ernst!«

»Wenn Sie mir nicht glauben, fragen Sie Sutherland. Er kann es bestätigen.«

Der Präsident winkte ab. »Ich bin seit Jahren mit Sir Ian befreundet, und wenn er nicht seinen sündhaft teuren Hirngespinsten nachjagen würde, müßte ich ihn sogar bewundern. Zwingen Sie mich nicht, meine Meinung über ihn zu revidieren. Für einen Verrückten habe ich ihn nie gehalten.«

Tom straffte sich. »Ich weiß, es klingt unglaublich, aber wenn ich Ihnen sage ...«

»Dr. Ericson«, unterbrach ihn Radcliffe. Seine Stimme klang eindeutig ungehalten. »Was immer das Geheimnis dieses Kristalls ist, unsere Experten werden es herausfinden. Nach einer gründlichen C14-Analyse ...«

»Sie wollen ihn *zerschneiden*?« fragte Gudrun entsetzt.

»Ich denke doch, daß Sie das Verfahren kennen«, antwortete Radcliffe. »Worum sorgen Sie sich? Der Stein hat keinen materiellen Wert.« Abschätzend wog er den grauen Kristall in der Rechten. »Für Sie beide geht das Leben seinen gewohnten Gang«, wandte er sich dann wieder an Tom und Gudrun. »Das Artefakt bleibt bis zur Untersuchung im Tresor der Universität.«

»Aber das dürfen Sie nicht!« sagte Gudrun Heber nachdrücklich. »So verrückt es sich auch anhört, ich bin überzeugt davon, daß der Kristall lebt. Er wird Schaden nehmen, wenn Sie ihn zerschneiden lassen!«

Radcliffe seufzte.

»Sie sind also auch dieser Meinung?« fragte er, schien aber keine Antwort zu erwarten, denn er fuhr im gleichen Atemzug fort: »Sie wissen, daß sämtliche Fundstücke der Universität zustehen und nach Abschluß der Grabungen von ihr übernommen werden. Rein rechtlich haben Sie also keinen Anspruch auf den Kristall.« Er sah, daß die Anthropologin aufbrausen wollte, und machte eine beschwichtigende Geste. »Gemach, Miss Heber. Sagen Sie mir, was Sie mit dem Kristall vorhaben, und Sie können mit meiner Unterstützung rechnen.«

Die Anthropologin warf Tom einen flüchtigen Blick zu. »Ehrlich gesagt, ich weiß es noch nicht. Wahrscheinlich werde ich noch einmal versuchen, mit dem Auge telepathischen Kontakt aufzunehmen.«

»Telepathischen ... Das ist *absurd*!« sagte Radcliffe und schüttelte ratlos den Kopf.

Tom zuckte mit den Schultern. »Besondere Umstände verlangen besondere Maßnahmen, Professor.«

Monatelang hatte sich niemand in die Nähe seiner Insel verirrt; zumindest niemand, den Kar nicht dazu aufgefordert hatte. Zu glauben, daß die Yacht mit den jungen Leuten zufällig zwischen den Riffen ankerte, war ihm deshalb besonders schwergefallen.

Er hatte an Ian Sutherland gedacht, den Earl of Oake Dùn. Mehrmals im Laufe des vergangenen Jahres war ihm der Schotte in die Quere gekommen, aber stets war ihm, Karney, das Glück ein kleines bißchen holder gewesen. Sutherland wußte bis heute nicht, wer ihm die entscheidenden Hinweise auf die versunkene Pyramide mitten im Pazifik quasi vor der Nase weggeschnappt hatte.

Als er auf die Neugierde der beiden jungen Leute setzte und einen Zugang zu seiner Pyramide öffnete, hatte Kar noch nicht ahnen können, welch guter Fang ihm da bevorstand. Er hatte einfach seine Befürchtungen ausräumen wollen und dafür zwei der Apophis-Symbionten geopfert.

Im nachhinein erschien es ihm wie eine Fügung des Schicksals. Tammy Kennedy trug zwar einen berühmten Namen, aber Hughes und Rockefeller entstammten tatsächlich den Familien der Hochfinanz.

Die Jugendlichen konnten für ihn zum Sprungbrett in die amerikanische Wirtschaft werden – so etwas wie ein trojanisches Pferd, das er nach Belieben für unterschiedliche Zwecke einzusetzen gedachte.

Tammy Kennedy und Fred Brennon hatten das Einsetzen der Symbionten gut überstanden. Ungern dachte Kar an seine ersten Experimente zurück, als einige seiner auserwählten Opfer nach wenigen Stunden gestorben waren. Inzwischen wußte er, daß entscheidend war, wo er die Apophis-Symbionten ansetzte, und die beste Stelle für sie, sich ins Gehirn der Opfer vorzuarbeiten, lag unmittelbar hinter dem Ohr. Zugleich reduzierte sich die Ausfallquote auf ein Minimum, und die Gefahr, daß die nur schlecht verheilende Narbe auffiel, war gering.

Die Reaktion der Betroffenen auf die Symbionten blieb

individuell verschieden, in der Regel veränderte sich ihre Psyche aber nur unmerklich. Lediglich wenn Kar sich mit Hilfe eines anderen Symbionten in ihre Gedanken einschaltete, erfolgten Veränderungen der motorischen Reaktion und des Sprachzentrums.

Kar wollte auf Nummer Sicher gehen, deshalb schickte er den beeinflußten Jugendlichen zwei seiner Helfer hinterher. Daß ausgerechnet der Anblick der beiden Männer genau die Probleme provozierte, dic cr vermeiden wollte, hatte er nicht ahnen können.

Vergeblich versuchte er, die Auseinandersetzung an Bord der Yacht zu seinen Gunsten zu entscheiden, erreichte aber nur, daß die GOLDEN GOOSE mit wachsender Geschwindigkeit davonzog. Minuten später lief sie auf eine der unzähligen Korallenbänke auf, die wie tückische Fallen in diesem Seegebiet lauerten.

Sekundenbruchteile zu spät zog er sich aus Tammy Kennedys Gedanken zurück. Das Mädchen schlug sich fast den Schädel ein, als die Yacht abrupt gestoppt wurde.

Kar schrie vor Schmerz, stieß gegen die Kristallplatte und rutschte langsam an einer der silbernen Säulen zu Boden. Der Symbiont in seiner Linken, mit dessen Hilfe er überhaupt erst die Gedanken seiner Opfer erkennen konnte, krümmte sich in konvulsivischen Bewegungen.

Minutenlang war Kar wie gelähmt, und als er sich endlich wieder aufrichtete, war der Symbiont tot, halb zerquetscht zwischen der Hand und dem unbekannten Metall der Säule. Blut tropfte von Kars Handfläche auf die breiige Masse – Blut, das gar nicht so rot war, wie es eigentlich sein sollte, sondern einen eigentümlichen bronzefarbenen Schimmer aufwies. Fast wie die Schuppen, die den Arm bis über den Ellenbogen hinauf bedeckten.

Die körperliche Veränderung schritt unaufhaltsam voran. Sie war der Preis, den Kar für die Macht zahlen mußte, die er anstrebte.

Manchmal schreckte er deshalb noch vor sich selbst zurück.

Aber diese wenigen Momente wurden seltener. Richard Dean Karney hatte sich längst damit abgefunden, den Preis zu bezahlen.

So strahlend der Tag begonnen hatte, mit Sonnenschein und wolkenlosem Himmel, so trist und grau präsentierte sich der Abend. Ein böiger Septemberwind heulte durch die Straßen und peitschte feinen Nieselregen vor sich her.

Gudrun hatte es sich in ihrer kleinen Mansardenwohnung bequem gemacht. Bis zur Universität waren es nur achthundert Meter, und Tom wohnte ebenfalls in der Nähe. Er wollte noch bei ihr vorbeischauen, hatte er gesagt, weil er es nicht verantworten könne, sie mit dem magischen Auge allein zu lassen. Zuviel war schon geschehen, und falls jener mysteriöse Kar erneut versuchte, das Artefakt an sich zu bringen …

Ein flüchtiger Blick auf die Armbanduhr verriet der Anthropologin, daß es schon nach sieben war. Tom verspätete sich. Vermutlich hatten ihn einige Studentinnen mit Beschlag belegt. Gudrun hatte beinahe schon vergessen, wie der Alltag aussah.

Mit untergeschlagenen Beinen hockte sie auf der Couch und versuchte, sich auf das Auge der Göttin Khom zu konzentrieren. Es war weiß Gott nicht einfach. Ständig schossen ihr störende Gedanken durch den Kopf.

Ich will mehr über dich wissen! dachte sie intensiv. Wofür wurdest du erschaffen? Und woher kommst du?

In seinem momentanen Zustand wirkte das magische Auge unscheinbar, dennoch hatten seinetwegen schon Menschen sterben müssen. Vielleicht haftete ihm ein Fluch an, wie er manchen Mumien zugeschrieben wurde oder auch dem berühmt-berüchtigten Hope-Diamanten, dessen Geschichte im Mandalay des 17. Jahrhunderts begann.

»So wird das nichts«, murmelte Gudrun Heber unwillig und fuhr sich mit den Händen über die Stirn. Sie schaffte es nicht, sich ausschließlich auf den Kristall zu konzentrieren. Zuviel spukte in ihren Gedanken herum.

Plötzlich war da ein zartes rotes Leuchten, ein Glimmen nur, doch es zeigte, daß der Kristall reagierte. Und ganz leise regte sich die telepathische Stimme in Gudruns Kopf.

Ich verdanke meine Existenz Huanna, dem Vertrauten der Göttin Khom.

Gleichzeitig entstand auf dem braunen Holztisch jäh die Silhouette dichten Urwaldes, und das Auge wuchs zu den Umrissen eines kantigen Schädels an. Im ersten Moment glaubte Gudrun, die goldene Maske vor sich zu sehen, die auf Gardner neben den beiden Kristallaugen gelegen hatte und die ihnen später von der Crew eines altersschwachen Frachters abgenommen worden war, aber dann erkannte sie ihren Irrtum. Dieser Kopf war massiv und größer als die Maske. Im Grün des Urwaldes wirkte er mit seinem goldenen Glanz wie ein Fremdkörper.

Kaum hatte Gudrun ihre Überraschung überwunden, gewannen die Umrisse ihres Zimmers schon wieder die Oberhand. Sie sah die Regenschlieren auf dem Dachflächenfenster …

… und die ineinander verlaufende Nässe nahm Formen an! Da waren Hügel, nicht allzu hoch zwar, aber doch markant in ihrem Aussehen, zwei flache Berge, die einander glichen wie ein Ei dem anderen. Davor Dschungel, dicht und undurchdringlich.

Dumpfer Trommelklang hallte aus der Ferne heran.

Erneut verschwamm das Bild vor Gudruns Augen. Diesmal narrte sie der Regen. Sie glaubte, Wasser vor sich zu sehen, einen See oder einen großen Brunnen – und sie sah Frauen mit Wasserkrügen vor der Kulisse eines Dorfes.

Mitten auf dem Marktplatz verschwanden einige Frauen so plötzlich, als hätte der Boden sie verschluckt. Andere schienen ebenso unvermittelt aus der Tiefe emporzutauchen.

Gleich darauf erkannte Gudrun die optische Täuschung. Es gab eine Höhlung im felsigen Boden, zu der ausgetretene Stufen hinabführten. Der Weg über die Stufen narrte jeden abseits stehenden Beobachter.

Ein gewaltiges Felsendach wölbte sich über der Wasserfläche, zu der die Treppe hinabführte; es war gut und gerne zwanzig Meter hoch, und durch eine Öffnung fiel das Sonnenlicht in gleißendem Strahl in die Tiefe. Schwalben schossen dicht über das Wasser hinweg, und unaufhörlich kamen Frauen und füllten ihre Krüge ...

Der Dschungel hatte tausend Augen, und jeder Blick brannte wie Feuer auf der Seele. Gudrun fühlte sich beobachtet, wandte sich zögernd um – und erstarrte!

Hinter ihr reckte sich eine doppelt mannsgroße Kreatur, ein Monstrum aus Stein, kalt und bedrohlich. Aufschreiend warf Gudrun sich herum.

Wieder floh sie vor einer Gefahr, die sie nicht identifizieren konnte.

Da war ein Tor vor ihr – groß, düster und unheimlich. Obwohl sich alles in ihr gegen die dräuende Finsternis jenseits der Toröffnung sträubte, blieb ihr keine andere Wahl, als sich der Düsternis anzuvertrauen.

Der Verfolger hatte sie fast eingeholt. Aber im selben Moment, als die Anthropologin das Tor durchquerte, prallte die Statue gegen ein unsichtbares Hindernis. Risse durchzogen sie, und dann brach sie zeitlupenhaft auseinander. Der Kopf prallte auf den Boden und zerbrach in drei Teile.

»Komm zu dir, verdammt! Was ist los?«

Vergeblich versuchte sich Gudrun des Schattens zu erwehren, der plötzlich über ihr hing. Schläge trafen ihre Wangen, sie stöhnte und wehrte sich und war dem Gegner doch ohnmächtig ausgeliefert.

»Laß mich!« stieß sie mit sich überschlagender Stimme hervor. »Geh ... weg!« Sie bäumte sich auf, riß die Knie hoch und trat zu – aber der Schatten über ihr ließ sich nicht vertreiben. Unbarmherzig umklammerte er ihre Gelenke und zwang sie zu Boden.

Irgend etwas in ihr zerbrach. Ein unsichtbares Band ...

»Gudrun, wach auf! Ich bin es, Tom! Erkennst du mich nicht?« Eine Hand umklammerte ihr Kinn und zwang sie, in die Höhe zu schauen. Der Schatten über ihr verdichtete sich.

»Tom«, murmelte sie zaghaft. »Wie kommst du hierher?«

»Endlich!« seufzte er. »Ich dachte schon, du würdest gar nicht mehr zu Bewußtsein kommen. Was war denn bloß los mit dir?«

»Du tust mir weh!« schimpfte Gudrun anstelle einer Antwort. Und das war nicht einmal gelogen, denn immerhin drückte sie der Archäologe ziemlich unsanft zu Boden. Besorgnis und Skepsis beherrschten sein Gesicht und Zweifel darüber, ob sie den Anfall wirklich überwunden hatte.

»Wie mir scheint, bin ich gerade noch rechtzeitig gekommen«, sagte Ericson.

Gudrun folgte seinem Blick mit den Augen. »Du hast die Tür eingetreten?« stellte sie ungläubig fest.

»Mir blieb keine andere Wahl. Du hast geschrien und gestöhnt. Was war los?«

Aufmerksam hörte er zu, als Gudrun stockend von ihrer neuen Vision berichtete, die im Grunde nur ihre Wachträume an Bord der OCTOPUS fortführte. Doch eines war anders diesmal: Sie hatte eine ziemlich genaue Ortsbeschreibung parat.

»Es gibt Hunderte solcher Indiodörfer im Dschungel«, schwächte Tom schließlich ab.

»Aber nur wenige mit einer derart markanten Wasserstelle. Und vergiß nicht den Zwillingshügel.«

Tom Ericson verbrachte die Nacht in der Wohnung seiner Kollegin, aber es geschah nichts Ungewöhnliches mehr. Weder hatte Gudrun einen neuen Alptraum, noch versuchte Kar, das Auge der Göttin Khom zu holen. Und das Auge selbst schwieg sich aus. Matt und grau lag es auf dem Tisch, ein wunderbar geschliffener Kristall, aber eben nichts weiter.

Obwohl er eigentlich Wache halten wollte, fiel der Archäologe kurz nach Mitternacht in einen tiefen Schlaf.

Erst der Duft frisch gebrühten Kaffees weckte ihn. Gudrun hatte bereits den Frühstückstisch gedeckt, und sie selbst stand unter der Dusche.

Mit einem Satz war Ericson auf den Beinen. Er schlüpfte in seine Hose und klappte die Schlafcouch zurück, auf der er die Nacht verbracht hatte.

»Ausgeschlafen?« erkundigte sich die Anthropologin spöttisch. Nur mit einer sommerlichen Bluse und kurzem Jeansrock bekleidet, stand sie in der Badezimmertür. »Dich hätte man davontragen können, und du hättest es wahrscheinlich nicht einmal bemerkt.«

»Ich weiß selbst nicht, was los war«, sagte Tom und zuckte mit den Schultern.

»Du kannst dich frisch machen. Ein Handtuch liegt über der Wanne. Rasierzeug habe ich allerdings nicht; ich bin normalerweise nicht auf Männerbesuche eingestellt.«

Schon gar nicht auf solche, die bis zum Morgen bleiben, dachte Tom und fuhr sich instinktiv mit der Hand übers Kinn. Das kratzende Geräusch war unüberhörbar.

Es war 6 Uhr 30.

Genau eine Stunde später betraten beide die Universität. Da Radcliffe der Sekretärin eine Notiz hinterlassen hatte, er würde an diesem Mittwochmorgen erst später erscheinen, zogen sich Tom und Gudrun ins Archiv zurück. Inmitten von Tausenden von Büchern, handschriftlichen Manuskripten, Unmengen von Fotos sowie einer Film- und Videosammlung beachtlichen Ausmaßes begannen sie ihre Suche nach einem Ort, der identisch war mit Gudruns Vision.

Vor etlichen Jahren war die Archivverwaltung auf Computer umgestellt worden. Tom rief das Eingangsmenü mit der detaillierten Weltkarte ab.

»Eine Dschungelgegend, sagtest du?«

»Tropischer Wald und flache Hügel«, bestätigte die Anthropologin.

»Also eher der Äquator oder die Südhalbkugel.«

Eine Weile schaute Gudrun dem Archäologen über die Schulter. »Zentral- oder Südamerika dürfte richtig sein«, stellte sie fest. »Wenn ich mich recht entsinne, hatten die Frauen schwarzes, glattes Haar, und ihre Wasserkrüge waren dickbauchige, bemalte Tongefäße mit zwei Henkeln und trichterförmiger Öffnung.«

»Du bist die Anthropologin, nicht ich«, bemerkte Tom ohne aufzusehen. Der Monitor zeigte bereits das Abbild des amerikanischen Kontinents.

»Die Frauen trugen lange, einfache Röcke und Blusen. Rote und blaue Farbtöne waren vorherrschend.«

»Indianer?«

»Eher Maya!« sagte Gudrun nach kurzem Zögern.

Ericson pfiff leise zwischen den Zähnen hindurch. »Ich dachte es mir. Demnach könnte die unterirdische Wasserstelle ein Cenote gewesen sein.« Auf dem Bildschirm erschien eine Vergrößerung von Mittelamerika, die Staaten Mexiko, Guatemala, Belize, Honduras und El Salvador.

Tom tippte mit dem Finger auf den Norden der Halbinsel Yukatan. »Warum eigentlich nicht«, murmelte er gedankenversunken. »Die Unterwasserpyramide war eindeutig im Baustil der Maya errichtet.«

Die hydrographischen Verhältnisse des Mayagebietes waren auf eigentümliche Weise geprägt. Bildete im Süden die Sierra Madre eine Wasserscheide zwischen Atlantik und Pazifik und trennten die Cuchumantes auf ähnliche Weise den Golf und die Karibik, so war der nördliche Teil Yukatans ohne jegliches Oberflächenwasser.

Nördlich der Bucht von Chetumal begann das Gebiet der Cenotes. Dieser Begriff, vom Maya-Wort ›dz'onot‹ abgeleitet, bezeichnete jene typischen Bodeneinbrüche, die den Grundwasserspiegel freilegten und den Maya seit jeher als Wasserstellen gedient hatten. Dabei handelte es sich gleichwohl um Brunnen als auch um höhlenartige Zugänge zu unterirdischen Wasserläufen. Ganz Yukatan war schließlich nichts anderes als ein einziger wasserdurchlässiger Kalksteinblock.

Tom ließ einen Fundstellennachweis ausdrucken. Mit dieser immerhin recht ansehnlichen Liste durchstöberten Gudrun und er anschließend das Archiv. Eine Vielzahl von Beschreibungen und Fotos von Cenotes kam zum Vorschein. Besonderes Gewicht hatten in all dem Material natürlich die heiligen Brunnen. Allein über Chichén Itzá gab es Unterlagen im Gewicht von einigen Pfund. Ein Bischof Landa hatte über die Maya geschrieben: ›Sie hatten die Angewohnheit, in diesen Teich lebende Menschen zu werfen, als Opfer für die Götter in Zeiten großer Trockenheit …‹

Es war schon einiges dran an der Behauptung, daß Archäologen mehr Zeit mit dem Herumwühlen in staubtrockenen Unterlagen verbrachten als mit wirklichen Grabungsarbeiten. Als Gudrun Heber endlich fündig wurde, war es bereits kurz vor dem Mittag.

»Sieh dir das an, Tom!« rief sie freudig erregt aus und hielt triumphierend ein verblichenes Hochglanzfoto hoch. »Ich glaube, ich habe das Dorf gefunden!«

Die Ansiedlung hieß Telchaquillo, und der amerikanische Forschungsreisende John Lloyd Stephens hatte bereits Mitte des vorigen Jahrhunderts einen überaus anschaulichen Bericht darüber abgegeben.

»Ich bin sicher, Telchaquillo war das Dorf aus meiner Vision«, sagte Gudrun im Brustton der Überzeugung, nachdem sie das leider nicht sehr umfangreiche Material komplett gesichtet hatte. »Wann brechen wir auf, Tom?«

»Wer bricht wohin auf?« erklang unvermittelt Professor Ernest Radcliffes Stimme. Der Präsident der Yale-Universität, der gerade hinter einem Regal hervortrat, hatte offenbar noch den Rest der Unterhaltung mitbekommen. »Ich habe Sie beide gesucht«, fuhr er fort, ohne die Antwort abzuwarten. »Weil Sie heute vormittag nicht bei mir erschienen sind, fürchtete ich schon, mit dem Artefakt wäre etwas geschehen. Aber dann sagte mir Miss Dickson, wo ich Sie finden kann.« Er warf einen flüchtigen Blick auf die Unterlagen und kniff fragend die Brauen zusammen. »Yukatan?«

»Tom – äh, Dr. Ericson – und ich müssen nach Mexiko«, antwortete die Anthropologin. »Je eher, desto besser.«

Radcliffes Blick wanderte von ihr zu dem Archäologen und zurück. »Ich kann mich entsinnen«, wandte er sich an Gudrun, »daß Sie nicht gerade ein Freund von tropischem Dschungel sind.«

»Der Beruf geht vor, Professor.«

Radcliffes rechte Augenbraue wanderte ein Stück in die Höhe. »Die Gegend wimmelt von Schlangen«, fügte er hinzu. Als Gudrun nicht antwortete, wiegte er abschätzend den Kopf. »Yukatan«, wiederholte er. »Nächstes Jahr, vielleicht. Vorerst hat der Lehrbetrieb Vorrang. – Wie kommen Sie überhaupt auf die Idee?«

»Eine Vision«, gestand Gudrun. So recht wohl war ihr dabei nicht, weil sie genau wußte, wie Radcliffes Reaktion ausfallen würde.

»Geld für eine Vision?« Der Professor schnappte nach Luft wie ein Fisch auf dem Trockenen. »Glauben Sie wirklich, dafür gibt es eine Bewilligung? Miss Heber, das ist …«

»… ausgeschlossen?« fragte nun Tom Ericson. »Ich war anfangs ebenfalls skeptisch –«

»Na also.«

»… aber ich bin inzwischen der Überzeugung, daß Gudrun recht hat. Der Goldkopf ist wichtig.«

Radcliffe verschränkte die Hände vor dem Bauch und begann, die Daumenkuppen aneinanderzuschlagen. Das tat er immer, wenn er nervös war oder sein Blut in Wallung geriet. So umgänglich er sich gemeinhin gab, so schwierig konnte er mitunter werden.

»Sie sind also unter die Goldgräber gegangen?« bemerkte er spitz. »Ein Goldkopf? In Yukatan? Und Sie wissen, wo Sie ihn finden können?« Der Präsident unterbrach Ericsons Einwand mit einer schroffen Handbewegung. »Ich sehe die Notwendigkeit einer zweiten Expedition nicht ein. Holen Sie den

Goldkopf nächstes Jahr. Momentan ist nur der Lehrbetrieb wichtig. Für Hirngespinste kann Yale kein Geld ausgeben, und falls Sie wirklich eine Vision hatten, Miss Heber, dann sollen sich doch Sutherland und seine Leute der Sache annehmen. Sir Ian befaßt sich mit Mysterien.«

»Wenn Yukatan etwas für Sutherlands Leute ist«, sagte Tom Ericson unbewegt, »dann sind Gudrun und ich eben Sutherlands Leute!« Er wußte selbst nicht, was ihn dazu bewog, derart heftig zu widersprechen.

Um Radcliffes Mundwinkel begann es verhalten zu zucken. »Ich glaube, die letzten Wochen waren zu anstrengend für Sie beide«, sagte er. »Erholen Sie sich heute und morgen von den Strapazen; gehen Sie spazieren oder legen Sie sich ins Bett. Aber übermorgen nehmen Sie pünktlich Ihre Arbeit wieder auf. – Und nun darf ich Sie bitten, mir das Artefakt auszuhändigen! Ich muß wenigstens ein Ergebnis vorlegen, das die Kosten rechtfertigt.«

Tom hatte das magische Auge nach dem Frühstück wieder an sich genommen. »Sie sollten vorsichtig damit umgehen«, riet er, als er es Radcliffe in die Hand drückte. »Und was auch geschieht, geben Sie bitte nicht uns die Schuld daran.«

Der Präsident bedachte ihn mit einem langen, ebenso fragenden wie überraschten Blick. »Ich werde den Kristall behandeln wie ein rohes Ei«, versprach er. »Außerdem werde ich Ihren schriftlichen Bericht mit Begierde verschlingen. Aber vorher erholen Sie sich noch. Und vergessen Sie Ihre Ambitionen, Sir Ians Organisation beizutreten. Das wäre kein Leben für Sie beide.«

Zwei Stunden später telefonierten Tom Ericson und Gudrun Heber von Gudruns Wohnung aus. Es war ein Überseegespräch. Mit Schottland. Genauer gesagt befand sich der Anschluß in einem festungsähnlichen Schloß an der Nordküste Schottlands, etwa auf halber Strecke zwischen den Ortschaften Durness und Thurso.

Unerbittlich donnerte die Brandung gegen die Küste, und jede neue Woge riß ein größeres Stück Land aus der Böschung als die vorhergehende. Die Straße war ohnehin schon unterbrochen, weggespült von der schlimmsten Springflut seit Menschengedenken. Es gab kein Weiter, nicht einmal ein Zurück, denn die Autos stauten sich zu einer unüberschaubaren hupenden Blechlawine.

Erschreckend lautlos rutschte ein weiteres Stück der Dammkrone ab. Menschen und Fahrzeuge wurden mitgerissen und versanken in dem tosenden Mahlstrom aus Gischt und Brandung. Die Todesschreie verhallten ungehört.

Endlich wandte sich auch Winslow Rockefeller zur Flucht. Aber die Flut war schneller; Tang und Seegras verwandelten den Rest der Fahrbahn in eine tückische Rutsche, auf der es immer schwerer fiel, sich noch auf den Beinen zu halten.

Winslow taumelte gegen den Kühler eines alten Dodge, an dem er sich sekundenlang hilfesuchend festklammerte. Der Boden unter seinen Füßen schien sich aufzubäumen.

Ein Riß war entstanden. Quer über die Straße hinweg. In Gedankenschnelle weitete er sich aus. Drüben auf der anderen Seite standen Menschen und streckten ihm die Arme entgegen, aber Winslow reagierte zu langsam. Bis er sich von dem alten Dodge löste, sackte der Boden unter ihm weg. Rasend schnell, wie in einem Aufzug. Das Gefühl, daß sich sein Magen umstülpte, übertönte sogar seine Panik.

Tobend schlug die See über ihm zusammen. Winslow wurde herumgewirbelt, stieß sich irgendwo ab und kam nach Atem ringend wieder an die Oberfläche.

Aber schon im nächsten Moment wurde er unbarmherzig erneut in eine lichtlose Tiefe hinabgezerrt, in der Erde, Schlamm und Geröll über ihm zusammenbrachen und ihn einklemmten.

Vergeblich versuchte er sich zu befreien, doch Arme und Beine waren eng an seinen Körper gepreßt, und die Luft wurde ihm knapp. Der nächste Atemzug würde seine Lungen mit Wasser füllen …

Winslow Rockefeller kämpfte gegen den unwiderstehlichen Zwang an, einzuatmen …

… kühle, salzige Luft stach in seine Lungen und brachte ihn endlich aus dem Reich schrecklicher Alpträume zurück in die Wirklichkeit, die allerdings kaum weniger erschreckend war.

Er lebte noch, war nicht ertrunken, aber Arme und Beine konnte er dennoch nicht bewegen, und in seinem Schädel dröhnte ein mächtiges Mühlwerk schlimmer als jede Sturmflut.

Die Finsternis ringsum war real. Mühsam hob Winslow den Kopf. Er sah einige fahle Sterne dicht über der Kimm und, wesentlich näher, die vagen Umrisse eines Flugzeugs.

Motoren dröhnten auf, ein Tau spannte sich. Dann ein Ruck, heftig zwar, aber nicht ausreichend, um die Yacht von der Korallenbank zu lösen.

Vergeblich versuchte Winslow, sich aufzurichten. Er schaffte es nicht, weil seine Arme und Beine gefesselt waren. Deshalb also das Gefühl, hilflos von Schlammassen erdrückt zu werden. Aber wer hatte ihn gefesselt? Und vor allem, warum?

Er hörte Stimmen, die er nicht kannte. Gleich darauf sah er aus seiner unmöglichen Perspektive heraus einen der Männer, die der GOLDEN GOOSE gefolgt waren. Tammy und Fred redeten mit ihm, als würden sie ihn schon ihr Leben lang kennen.

Niemand beachtete ihn. Winslow begann an seinen Fesseln zu zerren. Sie waren naß geworden und ließen sich dehnen. Vielleicht war die Nässe auch sein Blut, weil er sich längst die Haut an den Gelenken aufgerissen hatte. Aber das interessierte ihn momentan herzlich wenig.

Irgendwann löste sich die Yacht vom Riff. Sie leckte, denn das Deck neigte sich zusehends. Winslow rutschte unaufhaltsam ab, bis ein Lukensüll seinen Sturz aufhielt.

Jede Minute wurde für ihn zur Ewigkeit, bis schließlich die Motoren verstummten. Rauhe Fäuste zerrten ihn hoch, lösten wenigstens seine Beinfesseln. Prickelnd schoß das aufgestaute Blut durch die Adern.

»Beweg dich! Du kannst selbst laufen.«

Winslow wurde von Bord gezerrt, durch hüfthohes Wasser und über den Sandstrand. Fahl lag der Mondschein über der Insel, gerade hell genug, um ihn ein wenig vom Weg und seiner Umgebung erkennen zu lassen.

Die Kerle schleppten ihn und die anderen zur Pyramide. Also waren sie doch Schatzräuber, die ihre Entdeckung fürchteten.

Mehrmals wurde Winslow vor Anstrengung schwarz vor Augen. In den wachen Momenten sah er Treppen und Gänge, rauhe Quadersteine und silbern schimmernde, spiegelnde Wände.

Die Stricke an seinen Handgelenken waren weiter aufgequollen. Unaufhörlich, mechanisch fast, ballte er die Hände zu Fäusten, und je deutlicher er spürte, daß sich die Fesseln lockerten, desto hektischer pochte sein Herz gegen die Rippen.

Durch eine dreieckige, nach oben spitz zulaufende Öffnung stießen ihn die Kerle in einen Raum, in dem eine geradezu unheilvolle Stille herrschte. Winslow glaubte plötzlich nicht einmal mehr seinen eigenen Herzschlag zu hören.

Zwei Scheinwerfer brannten. Kabel und Stative verrieten, daß sie erst nachträglich installiert worden waren.

Ein Mann trat ins Licht. Er war hager, vielleicht eins siebzig oder etwas größer, und die Geheimratsecken im schütteren Haar, die sein Gesicht seltsam länglich wirken ließen, schimmerten unnatürlich bleich.

»Du bist also Winslow«, sagte er, mehr Feststellung als Frage. Der texanische Dialekt war unverkennbar.

Für einen Moment reagierte Rockefeller erleichtert. Aber wirklich nur für einen Moment, denn dann nahm ein neuer Alptraum Gestalt an.

Die linke Hand des Mannes und sein Arm bis über den Ellenbogen hinauf waren die Gliedmaßen eines Monsters.

Glitzernde Schuppen ließen sie echsenhaft erscheinen, und die Finger krümmten sich wie Krallen. Außerdem spürte Winslow deutlich die Gefahr, die von dem undefinierbaren wurmähnlichen Ding ausging, das sich auf der ausgestreckten Handfläche regte.

Er stieß ein halb ersticktes Gurgeln aus. Von Panik erfüllt zerrte er noch einmal mit schier übermenschlicher Anstrengung an seinen Fesseln, und als sie sich endlich lösten, warf er sich blindlings herum und floh.

Die beiden Kerle, die ihn in die Pyramide geführt hatten, warteten vor der dreieckigen niedrigen Türöffnung. Winslow rammte dem einen den Schädel unter den Rippenbogen und riß das Knie hoch. Er traf genau. Der Bursche kippte lautlos zur Seite und behinderte sekundenlang den anderen. Bis der endlich freikam, hetzte Winslow schon den nächsten engen Gang entlang, keuchend, halb blind vor Anstrengung und am Ende seiner Kräfte.

Eine Rampe, Stufen, der nächste Gang – er wußte nicht wohin, torkelte blindlings weiter. Jeden Gedanken an die Sinnlosigkeit seiner Flucht schob er weit von sich.

Eine Tür … Winslow wußte selbst nicht, warum er sie aufstieß – es war nur so ein Gefühl, daß dahinter die Rettung liegen könnte. Aber der Raum in den er geriet, war klein, wenig mehr als eine Kammer und, abgesehen von einigem Gerümpel, fast leer. Einen zweiten Ausgang gab es nicht.

Die Schritte der Verfolger näherten sich. Winslows Blick streifte eine stählerne Kassette. Sie stand in einem der Regale am Ende des Raumes. Der Schlüssel steckte – vielleicht war es das, was seine Aufmerksamkeit anzog. Entschlossen öffnete er den Deckel.

Er war überrascht, eine Sichel zu sehen, golden und mit Symbolen verziert. Ein Kunstwerk, aber zugleich ein Mordinstrument. Zumindest hatte er etwas, um sich die Verfolger vom Leib zu halten.

Entschlossen griff Winslow zu.

Eine unbegreifliche Kraft sprang auf ihn über, als sich seine

Finger um den goldenen Griff schlossen. *Töte!* hämmerte es in ihm. *Vernichte deine Feinde!*

Es war wie ein Schock. Nie hatte der junge Rockefeller auch nur mit dem Gedanken gespielt, einen anderen Menschen zu töten. Seltsamerweise erinnerte er sich gerade jetzt daran, daß er vor drei Jahren eine Katze überfahren hatte. Das Tier war sofort tot gewesen, aber er hatte danach wochenlang nicht richtig schlafen können.

Töte! Setze dich zur Wehr!

Der Mann mit der Schuppenhand stürmte in den Raum. Gleichzeitig riß Winslow die Sichel hoch.

Die zweite Nacht in ihrer Appartementwohnung war für Gudrun Heber zur Qual geworden. Zwischen Mitternacht und Morgen hatte sie, von einer inneren Unruhe gequält, kaum mehr als zwei Stunden Schlaf gefunden. Sie hatte Landkarten studiert und Kopien des aus dem Archiv stammenden Reiseberichts, und je länger sie darin geblättert hatte, desto unwiderstehlicher war der Drang geworden, alles stehen und liegen zu lassen und nach Yukatan zu reisen. Sie hatte fast körperliche Schmerzen dabei empfunden.

Kurz nach 8 Uhr stand sie am Schalter ihrer Bank, aber der freundliche Angestellte erklärte ihr, daß nicht mehr als tausendachthundert Dollar und fünfundzwanzig Cents Guthaben auf ihrem Konto ausgewiesen seien. Ein größerer Eingang war seit Wochen nicht erfolgt.

Draußen auf der Straße lief sie Tom in die Arme.

»Ich dachte mir, daß du es nicht erwarten kannst«, sagte er. »Hast du wenigstens gut geschlafen?«

»Miserabel«, antwortete sie, und das war noch untertrieben. »Ich weiß nicht, was mit mir los ist, aber wenn ich nicht bald von hier fortkann …«

»Was dann?« fragte Tom besorgt.

In einer hilflosen Geste breitete sie die Arme aus. »Ich weiß nur, daß der Goldkopf wichtig ist.«

Sie verbummelten nahezu den ganzen Vormittag, schlenderten durch die Grünanlagen in Universitätsnähe und durch die angrenzenden Stadtbezirke. Im übrigen redeten sie sehr viel. Ihre Welt, das stellten sie mit Erschrecken fest, hatte sich verändert; was ihnen früher noch wichtig erschienen war, versank zunehmend in Bedeutungslosigkeit.

»Mich fröstelt bei dem Gedanken daran, daß ich morgen wieder vors Auditorium treten und den Studenten theoretisches Wissen beibringen muß, das womöglich längst überholt ist«, gestand Gudrun.

Tom erging es ähnlich. »... noch mehr quält mich allerdings mein knurrender Magen«, sagte er. Seinen Vorschlag, in einem gemütlichen Lokal zu Mittag zu essen, lehnte die Anthropologin jedoch ab. Sie hatte gestern noch eingekauft und einige Packungen tiefgefrorene Pizza im Kühlschrank. »Zurückgeben kann ich nichts«, bemerkte sie, »und zum Verschenken ist es mir zu schade.«

Sie hatten ihr Appartement kaum betreten, als das Telefon klingelte. Gudruns Bank rief an. Der Angestellte erklärte, daß er schon mehrfach versucht habe, sie zu erreichen, aber auch in der Uni hätte ihm niemand Auskunft geben können, wo sie sich befand. Vor einer Stunde war jedenfalls ein Betrag von zwanzigtausend US-Dollars telegrafisch avisiert worden. Auftraggeber war ein Sir Ian Sutherland aus Schottland.

Als Gudrun den Hörer auflegte, schaute sie Tom aus großen grünen Augen an. »Ich hätte nicht gedacht, daß Sir Ian so schnell reagiert.«

»Damit sind wir also Mitglieder in seinem Verein und künftig finanziell unabhängig«, resümierte Ericson.

Falls einer von beiden noch daran zweifelte, daß der Anruf bei Sutherland wirklich richtig gewesen war, so ließ er es den anderen jedenfalls nicht merken.

Punkt drei Uhr nachmittags standen Tom Ericson und Gudrun Heber in Radcliffes Büro. Der Präsident musterte sie erstaunt, denn instinktiv spürte er, daß der Besuch ganz und gar nicht in seinem Sinn sein konnte.

»Und?« fragte er. Nicht mehr und nicht weniger.

»Es fällt mir nicht leicht, das zu sagen, Professor Radcliffe, aber wir kündigen«, sagte Gudrun. »Mit sofortiger Wirkung.«

Radcliffes Miene wirkte wie eingefroren. »Ich hätte nicht geglaubt, daß Sie die Sicherheit des Lehramtes dem Abenteurertum opfern würden. Und am wenigsten hätte ich es von Ihnen erwartet, Miss Heber. Haben Sie sich den Schritt auch genau überlegt? Vielleicht sollten Sie noch einige Nächte darüber schlafen?«

»Es gibt nichts zu überlegen, Professor.«

»Ich verstehe nicht, warum …«

Gudruns Schulterzucken drückte ihre eigene Hilflosigkeit aus. »Fragen Sie das magische Auge der Göttin Khom.«

Radcliffes Blick wanderte zum Fenster. Staub flimmerte in den gleißenden Sonnenstrahlen. Für einen Moment schloß er die Augen und stützte das Kinn auf. »Ich werde das Artefakt untersuchen lassen«, sagte er.

»Die C14-Analyse? Das dürfen Sie nicht!« begehrte Gudrun erschrocken auf.

Radcliffe schaute sie an. »Nun seien Sie nicht albern. Glauben Sie denn noch immer, das Ding würde leben?« So etwas wie Belustigung schwang in der Stimme des Präsidenten mit.

»Das Auge *lebt*«, sagte Gudrun nachdrücklich. »Und vielleicht kann es uns in Yukatan den Weg weisen.«

»Das wird es ganz sicher nicht tun«, erwiderte Radcliffe, »weil es nämlich im Tresor der Universität bestens aufgehoben ist. Sie vergessen die Besitzrechte.«

»Und Sie wissen nicht, was Sie sich damit antun!« brauste Gudrun auf. Zugleich erkannte sie, daß sie im Begriff war, weit übers Ziel hinauszuschießen, und breitete entschuldigend die Arme aus. »Verzeihen Sie, Professor, so drastisch wollte ich es nicht sagen.«

»Mir scheint, Sie haben eine Erholung wirklich nötig, Miss Heber. Halten wir es doch einfach so, daß das Kristallauge in meinem Besitz bleibt und Sie sich in genau zwei Wochen zum Dienstantritt melden. Natürlich können Sie bei der Untersuchung des Artefakts dabeisein. Dasselbe gilt auch für Dr. Ericson, dessen Zurückhaltung ich momentan sehr schätze.«

Gudrun schüttelte den Kopf. »Sie akzeptieren unsere fristlose Kündigung?« wollte sie wissen.

»Habe ich eine andere Wahl?«

»Und das Artefakt?«

»Ist unwiderruflich Besitz der Universität.«

»Dann wünsche ich Ihnen viel Glück damit. Sie werden sehen, was Sie sich aufhalsen. Leben Sie wohl, Professor.«

Ericsons Miene drückte Bedauern aus. Trotzdem folgte er der Anthropologin, als sie auf dem Absatz kehrtmachte und das Büro verließ.

»Leben Sie ebenfalls wohl«, murmelte Ernest Radcliffe gedankenversunken, als die Tür hinter den beiden Dozenten ins Schloß fiel. In ihren letzten Telefonaten miteinander hatte Sutherland schon angedeutet, daß es Umwälzungen geben würde, aber Radcliffe hätte nie geglaubt, daß ausgerechnet die Anthropologin Yale verlassen würde. Und Ericson, dem er schon etliche Aufregungen verdankte, hatte weitgehend geschwiegen und sich im Hintergrund gehalten. Eine verdrehte Welt.

Wie lange werden sie wohl durchhalten? dachte Radcliffe. In einer, spätestens in zwei Wochen kehren sie doch reumütig in den Schoß der Universität zurück.

Er wußte noch nicht, daß er sich irrte.

Während der Präsident wieder zur Tagesordnung überging – alles Dinge, die dringend erledigt werden mußten –, wollte die Anthropologin von Ericson wissen, weshalb er sich nicht mit wesentlich mehr Nachdruck eingesetzt hatte.

»Mich interessierte, wie weit deine Abenteuerlust wirklich geht«, erwiderte Tom mit einem Grinsen. »Deine ersten Schritte im Dschungel von Gardner waren ja nicht eben ermutigend – am liebsten hätte ich dich eigenhändig zum Boot zurückgetragen.«

»Du mußt mich nicht begleiten. Ich finde schon einen Führer …«

»Den Gefallen werde ich dir nicht tun.«

Tom dachte nicht daran, Gudrun die Tür aufzuhalten, als sie das Universitätsgebäude verließen. So energisch wie jetzt gefiel sie ihm noch besser als früher. Nur ihre Träume hatten etwas Bedrückendes.

Kar wußte, daß ihm der junge Rockefeller nicht entkommen konnte. Wohin hätte Winslow sich auch wenden sollen? Von der Insel kam er nicht weg; die Yacht war leckgeschlagen, und mit den Flugzeugen kannte er sich bestimmt nicht aus.

Schützend barg Kar den Apophis-Symbionten in seiner linken Hand. Er hatte eine dieser unbegreiflichen Kreaturen versehentlich getötet; ein zweitesmal durfte das nicht geschehen. Nicht, solange er keine neuen Exemplare züchten konnte. Was sie wirklich waren, wußte er noch immer nicht: Lebewesen aus einer anderen Welt oder Genzüchtungen? Die erste Vermutung war zu phantastisch, aber die zweite fiel in eines seiner Fachgebiete. Immerhin hatte er vor Jahren federführend bei gentechnischen und biochemischen Forschungsarbeiten mitgewirkt und sich Wissen erworben, das er bald für seine Ziele einzusetzen gedachte.

Winslow Rockefeller schlug einen Weg ein, der niemals ins Freie führte. Offenbar hatte er keine Ahnung, wohin er sich wenden mußte.

Aber dann verspürte selbst Kar ein Schaudern. Der Verfolgte betrat zielstrebig den Raum, in dem die goldene Sichel von Stonehenge lag. Das konnte kein Zufall sein. Die Sichel strahlte eine Kraft aus, die sogar ihm, Kar, unheimlich war. Wut und Haß und das Verlangen, Blut zu vergießen, waren Empfindungen, die sich untrennbar mit ihr verbanden.

Rockefellers Gesicht verzerrte sich, als er das Mordwerkzeug an sich nahm.

»Gib sie mir!« Verlangend streckte Kar die Rechte aus.

Sein Gegenüber zögerte. Er starrte Kar an, dann die Sichel, hob sie zum Schlag – und hielt den Arm zitternd ausgestreckt.

Kar sprang vor und packte zu. Seine Finger schlossen sich um das obere Ende des Sichelgriffes und entrissen das Artefakt dem jungen Mann.

Sofort war da wieder dieses unbeschreiblich heiße Gefühl, das seinen Körper wie eine Flutwelle durchpulste und das mit jedem Mal stärker zu werden schien. Obwohl Kar darauf vorbereitet war, schlug das animalische Verlangen, Blut zu vergießen, beinahe schmerzhaft über ihm zusammen. Gequält stöhnte er auf.

Rockefeller starrte ihn entsetzt und hilflos zugleich an. In einer schwachen Abwehrbewegung hob er die Arme, wollte sich ducken, doch Kar war schneller.

Kraftvoll schnitt die Sichel durch die Luft, biß sich durch Fleisch und Sehnen und durchtrennte mit ihrer Rasiermesserschärfe sogar Knochen.

Kar wollte nicht töten. Ein toter Rockefeller nützte ihm wenig. Aber er konnte nicht anders. Der Einfluß der Sichel auf ihn war aggressiver als ein starkes Rauschgift, und sich ihm zu entziehen, hätte bedeutet, sich selbst zu entleiben.

Wie durch einen dichter werdenden Schleier hindurch nahm Kar wahr, daß sein Opfer wimmernd zu Boden sank, ihm die Armstümpfe anklagend entgegenreckte. Noch einmal schlug er zu. Das Wimmern wich der Stille des Todes.

Kar handhabte die Sichel so geschickt, wie es wohl nur ein heidnischer Opferpriester in grauer Vorzeit vermocht hatte. Er führte das Artefakt nach einem genau festgelegten Ritual.

Irgendwann wichen Wut und Haß einem Gefühl satter Zufriedenheit. Die dämonische Kraft der Sichel zog sich zurück.

Entgeistert starrte Kar auf das, was er unter ihrem Einfluß angerichtet hatte. Sekundenlang schloß er die Augen, kämpfte gegen das drängende Würgen an, das in ihm hochstieg, und konnte es doch nicht zurückhalten. Er mußte sich übergeben. Danach fühlte er sich jedoch kaum besser.

Die Sichel hatte gemordet, nicht er. Sie war gefährlicher als alles, was er bisher in Händen gehalten hatte. Auch wenn sie sich momentan wie ein ganz normales Werkzeug anfühlte, konnte ihr dämonischer Hunger jederzeit von neuem erwachen.

Erst als er sie wieder in der Stahlkassette verstaut und die Kassette abgeschlossen hatte, atmete Kar auf. Den Schlüssel zog er diesmal ab.

Ein letzter Blick auf den Toten festigte seinen Entschluß, die Kassette und ihren heimtückischen Inhalt außerhalb der Pyramide zu deponieren. Je weiter entfernt, desto besser – aber andererseits doch in der Nähe, um das Artefakt jederzeit untersuchen zu können, sobald er eine Möglichkeit gefunden hatte, sich vor dem mörderischen Einfluß zu schützen.

Eine Viertelstunde später hatte er einen geeigneten Platz ausgemacht, eine kleine Höhlung in den Klippen, hoch genug gelegen, daß die Flut sie nicht erreichen konnte, und zugleich so versteckt, daß selbst jemand, der unmittelbar daran vorbeiging, die Kassette nicht entdecken würde.

Wieder in der Pyramide, befahl er seinen Helfern, den Leichnam wegzuschaffen und den Raum zu säubern. Das Geschehene, und war es noch so entsetzlich, mußte er vergessen. Nur die Zukunft zählte.

Noch während der Nacht flogen die beiden Wissenschaftler nach Mérida im Nordwesten der Halbinsel Yukatan. Im Morgengrauen landeten sie auf dem Flughafen der ›Weißen Stadt‹. Mérida, im Jahre 1542 gegründet, ist das Zentrum Yukatans und zugleich touristischer Ausgangspunkt für Besichtigungen der zahlreichen Mayakultstätten auf der Halbinsel ebenso wie für Fahrten an die karibischen Strände.

Gleich nach Abschluß seines Studiums hatte sich Tom Ericson mit einer sechswöchigen ›Pilgerreise‹ zu den Sehenswürdigkeiten der Mayakultur beschenkt. Deshalb kannte er Mérida, und sehr viel hatte sich inzwischen nicht verändert. Innerhalb von zwei Stunden charterte er ein Flugzeug, eine kleine einmotorige Cessna, und besorgte, trotz noch geschlossener Geschäfte, für Gudrun und sich eine dschungeltaugliche Ausrüstung – wadenhohe Stiefel, Insektenschutzmittel, Schlaf- und Rucksack, Machete und was der nützlichen Dinge mehr waren.

Die Sonne stand gerade zwei Handbreit über dem Horizont, als die Cessna startete und nach Osten abdrehte. Der Pilot folgte dem Verlauf der Straße von Mérida nach Chichén Itzá im Osten. Nach nicht einmal achtzig Kilometern bog er nach Süden ab, und nach ungefähr der gleichen Zeit überflog er die Stadt Mani, die am Rand ausgedehnter tropischer Wälder liegt. Weiter südlich erstrecken sich die Ruinen von Labná. In dieser Region gibt es auch die höchsten Erhebungen der nördlichen Halbinsel.

»Sieht vielversprechend aus«, bemerkte Gudrun, die angestrengt aus dem Seitenfenster in die Tiefe spähte. Die spärlichen Straßen und hin und wieder mitten im Dschungel schimmernde Ruinenstätten waren die besten Orientierungshilfen. Oberirdische Gewässer sucht man in diesem Teil der Halbinsel vergebens.

Nur ein paar Flugminuten von Mani entfernt liegt Telchaquillo. Der Pilot überflog das Dorf mehrere Male, konnte aber beim besten Willen keine Wiese oder Feldfläche finden, die für eine Landung geeignet gewesen wäre.

Als Gudrun die Augen schloß und ihr Gesicht in den Händen vergrub, fürchtete Tom schon das Schlimmste.

»Mir geht es gut«, erwiderte sie jedoch auf seine besorgte Frage, »besser als während der letzten Tage. Das unerträgliche Gefühl innerer Unruhe ist endlich erloschen.«

»Keine Statue mehr, die dich jagt?«

»Nein.«

Der Pilot landete am Stadtrand von Mani. »Wann soll ich Sie abholen, Mister?« wollte er wissen.

»In vier, fünf Tagen vielleicht.«

»In Mani gibt es genügend Telefone.« Ein geschäftstüchtiges Lächeln huschte über das Gesicht des Mannes. »Rufen Sie mich einfach an.«

Gudrun wartete bereits auf der Piste, den Rucksack und die Machete neben sich. Die Sonne brannte erbarmungslos herab, und nicht ein Windhauch regte sich. Dabei war der September keineswegs der heißeste Monat.

Sie schauten der Cessna hinterher, die nach kurzem Rollweg abhob und wie ein zornig brummendes Insekt im Blau des Himmels verschwand.

»Gehen wir«, sagte Tom. Er schulterte seinen Rucksack und schritt kräftig aus. Gudrun hatte anfangs Mühe, mit ihm Schritt zu halten.

Schon nach kurzer Zeit waren sie schweißgebadet und hatten mit Schwärmen lästiger Insekten zu kämpfen. Die Sonne verschwand hinter dem üppigen Grün des Dschungels, aber die Blutsauger blieben. Das Dickicht war eine Mischung aus dichtem Buschwald, der kaum höher als zehn Meter wurde, und einzelnen Edelhölzern wie Mahagoni, Ebenholz und Guanacaste.

Regelmäßig zog Tom den Kompaß zu Rate. Blindlings durch den Wald zu stürmen, nur mit der vage durch das Laubdach schimmernden Sonne als Orientierungshilfe, hatte wenig Sinn.

Nach zweieinhalb Stunden stießen sie auf einen schmalen Pfad, den zweifellos Indios angelegt hatten. Sie kamen nun wesentlich rascher voran. Aber so oft Gudrun sich auch umsah, die beiden Zwillingshügel aus ihrer Vision entdeckte sie nicht.

Bleich, wie ein Haufen aufgeschichteter Knochen, stachen Kalksteine vom allgegenwärtigen Grün ab. Es handelte sich um verwitterte, längliche Steine, deren eingemeißelte Rinnen noch an einigen Stellen zu erkennen waren.

»Überreste des einstigen Kanalsystems «, bemerkte Ericson. »Es ist kaum zu glauben, daß die Spanier einst bei ihrer Ankunft ein blühendes Land vorfanden und der Regenwald damals noch kultiviertes Ackerland war.«

»Dreitausend Jahre Kultur der Maya sind vom Urwald überwuchert«, sagte Gudrun. Sie verstummte und lauschte einen Moment. Leise und kaum die vielfältige Geräuschkulisse des Waldes übertönend, war der Ruf eines Vogels zu vernehmen.

»Ein Quetzal!« behauptete sie.

»Keine Ahnung«, gestand Tom. »Ich verstehe nichts von Vogelkunde. Aber ich erkenne einen Quetzal, sobald ich ihn sehe.«

Erst nach ein paar Schritten bemerkte er, daß Gudrun ihm nicht mehr folgte. Irritiert wandte er sich um – und sah sie zur Reglosigkeit erstarrt.

»Was …?« begann er. Da erst bemerkte er die Liane, die sich über einen Ast rankte, als wolle sie jeder botanischen Beschreibung spotten. Und der Ast befand sich kaum eine Armlänge vor Gudruns Gesicht.

Die Liane war auch keine Liane, sondern eine ausgewachsene Boa constrictor.

»Komm schon!« drängte Tom. »Das Vieh lebt nur von Ratten und Mäusen.«

Gudrun schwieg beharrlich, und allmählich wurde es Ericson doch mulmig. Möglich, daß nicht nur die Schlange an ihrem Zustand schuld war. Er machte einen Schritt auf die Anthropologin zu, und noch einen – und erstarrte beinahe ebenso erschrocken wie sie.

Das zweite Biest hätte er aus seinem bisherigen Blickwinkel nicht sehen können. Mit einer Boa hatte es wenig gemeinsam, es war tödlich gefährlich.

Eine Lanzenschlange! In Sekundenbruchteilen schoß Tom durch den Kopf, was er über diese Unterart der Grubenotter wußte. Bohrt sich ihr Giftzahn in eine Vene, tritt der Tod innerhalb einer Minute ein. Die Maya hatten sich durch Opfergaben und Gebete vor der Nauyaca genannten Lanzenschlange zu schützen versucht und sie im übrigen, wie den Jaguar, zur Gottheit erhoben.

»Ganz ruhig!« murmelte er, während er den rechten Arm millimeterweise hob. Das Biest, gerade zwei Meter vor ihm, richtete sich angriffslustig auf. Tom konnte die beiden Gruben zwischen den Nasenlöchern und den Augen der Schlange erkennen, denen sie ihren Namen verdankte.

Gudrun begann verkrampft nach Luft zu ringen. Tom sah ihr an, wie sehr sie bereits mit sich kämpfte. Lange würde sie nicht mehr durchhalten, und wenn erst ihre panische Furcht vor Schlangen die Oberhand gewann ... Endlich spürte er die Griffschalen seines 45er Colts unter den Fingern. Entschlossen packte er zu, spannte mit dem Daumen den Hahn. Das leise metallische Knacken dröhnte überlaut in seinen Ohren.

Die Schlange züngelte, ihre Giftzähne waren aufgerichtet. Höchstens noch zwei, drei Sekunden, dann hatte Tom den Revolver aus dem Holster.

Gudrun begann erstickt zu keuchen. Der Schlangenschädel ruckte herum, verharrte für den Bruchteil eines Augenblicks hoch aufgerichtet, um gleich darauf zuzustoßen.

Tom riß die Waffe hoch und drückte ab. Mehr als diesen einen Schuß hatte er nicht; bis er den Hahn erneut spannen konnte, hatte das Reptil längst zugebissen.

Der Knall der Pulverexplosion ließ Schwärme von Vögeln kreischend aufstieben. Gudrun stieß ein ersticktes Gurgeln aus. Blut rann über ihren linken Stiefel.

Im ersten Entsetzen glaubte Tom, daß die Lanzenschlange doch zugebissen hatte, aber dann sah er, daß ihr Schädel verschwunden war, zerfetzt von dem aus nächster Nähe verheerend wirkenden Projektil. Lediglich die Muskelreflexe hatten sie nach vorne schnellen lassen, und nun wand sie sich in wilden Zuckungen auf dem Waldboden.

Gudruns Gefühlsregung war irgendwo zwischen hysterischem Lachen und hemmungslosem Schluchzen angesiedelt, aber Tom ließ ihr keine Zeit, von einem Extrem ins andere zu fallen. Er zog sie mit sich, weiter auf dem Pfad, der nahezu schnurgerade durch den Dschungel führte.

Minuten später hörten sie vor sich Stimmen. Gleich darauf tauchten aus dem Dickicht Kinder auf, unverkennbar Nachkommen des einstmals stolzen Volkes der Maya.

Fremde bekamen sie wohl höchst selten zu Gesicht. Die

Art, wie sie die beiden Weißen musterten und schließlich an ihrer Kleidung zupften, ließ keinen anderen Schluß zu.

»Telchaquillo?« fragte Ericson.

Sie antworteten in ihrer Sprache, von der er nur Bruchstücke verstand. Aber ihr Nicken sagte genug.

Alles war so, wie Gudrun es in ihrer Vision gesehen hatte, und sogar der Bericht des amerikanischen Forschungsreisenden John Lloyd Stevens, der aus der Mitte des vorigen Jahrhunderts stammte, erwies sich noch als überraschend genau. Die Jahrzehnte waren weitgehend spurlos an der Indiosiedlung vorübergegangen.

Dreihundert, vielleicht sogar vierhundert Einwohner, mehr Seelen zählte das Dorf bestimmt nicht. Die Nachkommen der Maya waren freundlich, aber auch bestimmt. Es schien, als hätten sie mit Weißen nicht gerade die besten Erfahrungen gemacht. Viele der Hütten von Telchaquillo waren noch in der typisch ovalen Bauweise errichtet, aus Balken und Stroh, aber der Einfluß des 20. Jahrhunderts ließ sich nicht leugnen. Über kurz oder lang würden die Indios ihre eigene Identität verlieren und im Schmelztiegel der Völker und Rassen untergehen. Die Alten und die ganz kleinen Kinder trugen noch die Trachten, deren Symbole und Farbenpracht sich über Hunderte von Jahren hinweg weitgehend unverändert erhalten hatten. Die Heranwachsenden kleideten sich eher in Jeans oder trugen T-Shirts mit dem aufgedruckten Konterfei von John Wayne oder Mickeymaus.

»Jeden, der einem Indio ein solches Hemd verkauft, könnte ich in der Luft zerreißen«, schnaubte Gudrun wütend.

»Der Fortschritt ist eben nicht aufzuhalten«, erwiderte Ericson.

»Fortschritt?« Sie funkelte ihn zornig an. »Bald existiert die große Vergangenheit der Indios nur noch in den Museen. Das Gewinnstreben der Zivilisation wird zum Totengräber jeder Kultur.«

»Gerade deshalb ist unsere Arbeit so wichtig«, sagte Tom und blickte langsam in die Runde, über die Dächer der Hütten und den nahen Dschungel hinweg. »Siehst du die beiden markanten Hügel? Ich kann sie nirgends entdecken.«

Sie standen am Rand des Marktplatzes von Telchaquillo. Die Hütten duckten sich hier zwar nicht ganz so eng aneinander wie am Dorfrand, dennoch dominierte bei ihrem Anblick ein Gefühl der Verlorenheit. Die Bedrohung durch den nahen Dschungel war unverkennbar.

»Der Zwillingshügel …« Gudrun drehte sich einmal um die eigene Achse, dann zuckte sie mit den Schultern. »Wahrscheinlich von einem anderen Standort aus.« Sekundenlang schloß sie die Augen, lauschte tief hinein in ihr Innerstes, aber da war nichts, was ihr weiterhalf, keine Stimme, die ihr verriet, wo sie sich hinwenden mußte.

»Ich weiß, daß wir hier richtig sind!« beharrte sie trotzig. »Dein skeptischer Blick ist fast schon eine Beleidigung.«

Tom ging weiter zum Zentrum des Platzes.

»Von da aus siehst du nicht mehr!« rief die Anthropologin ihm hinterher. »Wir brauchen einen erhöhten Aussichtspunkt.«

»Ich will mich nur davon überzeugen, daß der Cenote der richtige ist.«

»Zweifelst du an deinen eigenen Nachforschungen?«

»Wir haben ein paar Bücher gewälzt, na und. Dörfer wie Telchaquillo gibt es mehrere.«

»Wir *sind* hier richtig«, beharrte Gudrun. »Nur die beiden verflixten Hügel fehlen.«

Sie fragte ein junges Mädchen, das mit einem vollen Waserkrug an ihr vorbeihastete. Die Mayafrau schien erst nicht zu verstehen, was die Anthropologin von ihr wollte, antwortete schließlich aber in gebrochenem Spanisch: »*No, Señora, no puede ser*.«

»Das geht nicht?« wiederholte Gudrun irritiert, erhielt aber keine weitere Antwort. Außerdem hatte Tom inzwischen die in die Tiefe führenden Stufen erreicht und winkte ihr.

»Was hältst du davon?« wollte er wissen, als sie endlich zu ihm aufgeschlossen hatte. Gudrun nickte knapp. »Ich kann mich nur wiederholen. Wir sind richtig.«

Eine große Öffnung, dem Eingang zu einer Höhle keineswegs unähnlich, gähnte im Boden. Unregelmäßige, aus dem Felsen gehauene Stufen führten in die Tiefe.

Tom folgte einer Wasserträgerin, und Gudrun schloß sich ihm an. Mehr als dreißig Meter weit führten die Stufen nach unten. Kalksteinadern durchzogen die Felswände; Moose und Flechten hatten sich in ihnen festgesetzt und bildeten dünne, welke Vorhänge wie gigantische Spinnweben.

Nicht einmal zweihundert Meter vom Eingang entfernt erstreckte sich ein großes Wasserreservoir. Ein gewaltiges Felsendach wölbte sich in der Höhe, übersät mit Schwalbennestern, deren Bewohner auf der Jagd nach Insekten pfeilschnell über dem Wasser dahinschossen.

Gleißend fiel ein mehrfach mannsdicker Lichtstrahl durch eine Öffnung in der Decke. Wo er das Wasser traf, schimmerte es golden; die Tiefe des Höhlenbrunnens ließ sich dennoch nicht abschätzen. Gudrun nahm den Rucksack ab, brachte Schreibblock und Kugelschreiber zum Vorschein und setzte sich auf einen flachen Stein neben dem Wasser. Während Ericson ihr über die Schulter schaute, begann sie mit schwungvollen Strichen das Bild zu skizzieren, das sich unauslöschlich in ihr Gedächtnis eingebrannt hatte.

Innerhalb weniger Minuten entstand eine Landschaft, die sich durchaus sehen lassen konnte.

»Nicht übel«, murmelte Tom. »Ich wußte gar nicht, daß du so vielseitig begabt bist.«

»Kunst kommt eben von Können«, antwortete Gudrun spitz. Sie war recht zufrieden mit dem, was sie zu Papier gebracht hatte. Das Bild stellte eine Lichtung im Dschungel dar, und im Hintergrund waren deutlich zwei nahezu identische Hügel zu sehen. Das war das Bild aus ihrem Traum. So und nicht anders hatte sie es gesehen. Auch den Goldkopf hatte sie skizziert.

Sie zeigte das Bild einer der Frauen, die mit Cantaros und Krügen das Brunnenwasser schöpften. Die Reaktion fiel jedoch gänzlich anders aus, als sie es erwartet hatte.

Die Indiofrau starrte erst die Zeichnung an, danach Gudrun. Dann stieß sie einen Laut des Entsetzens aus, ließ ihren Wasserkrug fallen, der klirrend zersprang, und hastete davon, wobei sie irgendwelche Gesten machte, als gelte es, sich böse Geister vom Leib zu halten.

»So schlecht ist die Zeichnung auch wieder nicht«, sagte Tom.

Gudrun, die der Frau aus weit aufgerissenen Augen hinterher starrte, wandte sich ruckartig zu ihrem Begleiter um. »Mach keine dummen Witze!« stieß sie schnaubend hervor. »Sie weiß, was ich gezeichnet habe.«

»Picasso hatte auch nicht nur Bewunderer.«

Jedes weitere Wort war überflüssig. Gudrun raffte ihre Sachen zusammen und schickte sich an, ebenfalls die Höhle zu verlassen. Manchmal, dachte sie, war Tom richtig arrogant. Aber das würde sie ihm schon austreiben.

Die Treppen ... Der Marktplatz ... Die Sonne brannte unvermindert heiß herab, dennoch schien ein Schatten über dem Platz zu liegen. Gudrun hatte das unerträgliche Gefühl, von allen Seiten feindselig angestarrt zu werden. Selbst die Kinder lärmten nicht mehr so laut wie vorher, und ein Hund verkroch sich mit eingekniffenem Schwanz hinter der nächsten Hütte.

»Was ist los?« rief sie in die Runde. »Was habe ich euch getan?«

Alle Gespräche waren verstummt. Eine Mauer des Schweigens hatte sich aufgebaut.

»Hier!« Gudrun hielt das Bild hoch. »Was ist daran schlimm? Warum sagt ihr es mir nicht?«

Die wenigsten verstanden, was sie von ihnen wollte. Aber jeder, auf den sie das Blatt richtete, wich verstört einige Schritte weiter zurück.

»Sie haben Angst«, sagte Tom hinter ihr.

»Vor mir? Aber …«

»Vielleicht vor dem Kopf.«

Sie hielt das Bild noch einmal hoch. »*Dónde?*« fragte sie auf spanisch. »Wo?«

Die Phalanx der Indios wirkte abweisend. Da war kein freundliches Lächeln mehr, nur noch starre Gesichter. Irgend jemand hob eine Hand voll Dreck auf und warf sie in Richtung der beiden Weißen.

Ein solches Beispiel konnte sehr schnell Schule machen. Falls jäh offene Feindseligkeit ausbrach, half auch der 45er herzlich wenig.

Zweifellos hatte etwas auf dem Bild die Indios gegen sie aufgebracht. Vielleicht die Statue, möglicherweise aber auch der Zwillingshügel.

»Wir sind Freunde …«, begann Tom und drehte vorsichtshalber die leeren Handflächen nach außen. Er wurde sofort unterbrochen.

»Geht!« erklang die unmißverständliche Aufforderung aus der Menge. »Geht schnell und weit!«

Die Mauer aus dunkelhäutigen, bunt gekleideten Leibern teilte sich. Einer der jungen Männer in Jeans und mit nacktem Oberkörper schob sich nach vorne. Er sprach recht gut verständliches Englisch.

»Was haben wir getan?« wollte Tom wissen.

»Ihr beleidigt Kukulcán. Der Heilige Ort ist tabu.«

»Meinst du die beiden Hügel?« fragte Gudrun schnell.

»Meine Gefährtin ist unwissend«, sagte Tom in dem Moment. »Kukulcán wird ihr verzeihen, wenn sie den Heiligen Ort aufsucht und um Vergebung für ihren Frevel bittet.«

Kukulcán war der Mayagott, der der Gefiederten Schlange Quetzalcoatl bei den Azteken entsprach. Zur Zeit der Conquista war sie in Mesoamerika als Gott der Weisheit und des Windes verehrt worden.

»Kukulcán selbst sandte meiner Gefährtin einen Traum, in dem er sie den Ort so sehen ließ, wie sie ihn gezeichnet hat«, fuhr Tom fort. Er erntete Skepsis und Unglauben.

»Du lügst«, schleuderte ihm der Indio verächtlich entgegen.

»Dann zeige uns den Heiligen Ort, und wir werden dir beweisen ...« Tom wußte zwar selbst noch nicht, wie er irgendeinen Beweis beibringen sollte, den die Maya akzeptierten, aber darüber brauchte er sich weder jetzt noch später den Kopf zu zerbrechen, denn sein Gegenüber fiel ihm schroff ins Wort.

»Wählt zwischen Tod und Leben! Nie darf eines Menschen Hand die Statue berühren, oder Feuer wird die Welt verbrennen und Wasser alles Land in die Tiefe reißen!«

»Er spricht von einer Statue, Tom«, raunte Gudrun. »Damit kann nur der Goldkopf gemeint sein. Wahrscheinlich steckt der Rest im Boden.«

»Verbrennt das Bild!«

Die ersten Bewaffneten erschienen. Ihre Haltung war eindeutig. Sie würden nicht zögern, die Weißen zu töten. Eines Bildes wegen. Die Furcht vor der Statue schien tief in ihnen verwurzelt zu sein. War es dieselbe Statue, von der Gudrun in ihren Alpträumen gejagt worden war? Und das Tor? Existierte es wirklich, und wenn ja, wohin führte es?

Flüchtig schätzte Tom seine Chancen ab. Sechs Patronen steckten in der Trommel des 45er – ausreichend für ein Blutbad, aber zu wenig, wenn er die grimmige Entschlossenheit in den Gesichtern der Indios sah.

Er zog sein Feuerzeug aus der Tasche und schnippte die Gasflamme an. Auffordernd nickte er Gudrun zu, und auf arabisch, das gewiß keiner der Maya verstand, fügte er hinzu: »Du kannst später ein neues malen. Jetzt ist es besser, das Blatt zu verbrennen.«

Sekundenlang züngelten die Flammen über das Papier, bevor es in großen Aschefetzen verwehte.

»Geht!« Unfreundlicher konnte die Aufforderung kaum sein.

»Aber die Nacht bricht bald herein«, widersprach Gudrun.

»Geht und vergeßt, daß ihr jemals in Telchaquillo gewesen seid. Der Heilige Ort ist für jeden tabu.«

Die GOLDEN GOOSE hatte nur während einer Nacht und der Hälfte des folgenden Tages vor Kars Insel gelegen – Zeit genug, den aufgerissenen Rumpf im Vorschiff notdürftig abzudichten. Danach war der Anker wieder gelichtet worden. Auch Jill Hughes trug inzwischen einen Symbionten im Schädel, der sie zur willigen Befehlsempfängerin machte.

Mit Kurs Ostnordost näherte sich die Yacht den Cook-Inseln. Die See war nur leicht bewegt, und Delphine und für kurze Zeit sogar ein Schwarm Thunfische begleiteten das Schiff.

Die drei jungen Leute an Bord hatten allerdings keinen Blick für die Schönheiten der Südsee. Die unbesorgte Fröhlichkeit der letzten Tage und Wochen war einer gedrückten Stimmung gewichen.

Südöstlich von Mangaia änderte Jill Hughes den Kurs auf Tahiti. Einige Stunden später, im Morgengrauen des neuen Tages, leerte Fred Brennon zwei Benzinkanister in die Bilge und verschüttete den Inhalt zweier weiterer Kanister in der Kombüse und den Schlafräumen.

Die Yacht sollte Tahiti nie erreichen.

Jill schickte einen Notruf in den Äther, unterbrach aber noch während der Positionsangabe. Offizielle Stellen würden mit dem verstümmelten Funkspruch während der nächsten Stunden eine harte Nuß zu knacken haben.

Das kleine Schlauchboot trieb bereits außenbords. Tammy Kennedy und Fred Brennon gingen als erste von Bord der Yacht, Jill folgte ihnen Minuten später. Inzwischen vermengten sich die Benzindämpfe mit der Luft zu einem hochexplosiven Gemisch.

Keine vierhundert Meter hatte sich das Schlauchboot entfernt, als die GOLDEN GOOSE von einer verheerenden Explosion zerrissen wurde. Ein gigantischer Feuerball blähte sich auf, gefolgt von dichtem schwarzen Rauch, und dann prasselte ein Trümmerhagel auf das Wasser herab. Auch das Schlauchboot wurde getroffen und sank schneller als die brennende Yacht. Die drei jungen Leute waren gezwungen, um ihr Leben zu schwimmen.

Aber schon Sekunden später erschien ein kleiner silberner Punkt am Horizont. Er wurde rasch größer und entpuppte sich schließlich als eines der Flugzeuge, die vor Kars Insel gelegen hatten.

Der Pilot setzte dicht neben den Schwimmern auf und nahm sie an Bord.

Alles war genau vorausberechnet.

Winslow Rockefeller, würde es heißen, war bei dem tragischen Unglück ums Leben gekommen. Um so größer die Freude der anderen Familien, ihre Sprößlinge unversehrt, wenngleich sichtlich mitgenommen, wieder in die Arme schließen zu können.

Jill Hughes würde dem vermeintlichen Lebensretter, dem Piloten des Flugzeugs, einen Job im Chemiewerk ihres Vaters verschaffen. Immerhin konnte der Australier eine Ausbildung als Chemielaborant vorweisen.

Die Nacht hatte sie mitten im Dschungel überrascht, nur wenige Kilometer von Telchaquillo entfernt, Richtung Mani. Es war nahezu übergangslos dunkel geworden, und die verbleibende Zeit hatte nicht ausgereicht, einen geeigneten Lagerplatz zu suchen.

»Du paßt auf?« fragte Gudrun, als sie sich im Schein ihrer Taschenlampe den Schlafsack bis über die Schultern zog. Sie dachte nicht daran, sich lang auszustrecken. Der Gedanke, womöglich Auge in Auge mit einer Schlange aufzuwachen, ließ sie schaudern. Obwohl das auch keine sichere Methode war, lehnte sie sich mit dem Rücken an den Stamm eines Baumriesen. Es war eine der in dieser Region noch seltenen Ceiba, von den Maya als Symbol des Lebens und Mittelpunkt der Welt betrachtet. Es hieß, daß an den Wurzeln der Ceiba die Menschen bei ihrer Geburt zur Erde hinaufkletterten, und an ihren Ästen nach dem Tode zum Himmel empor.

»Wir wechseln uns ab«, sagte Tom Ericson mit entwaffnender Offenheit. »Wenn es dir recht ist, übernehme ich die erste Wache.«

Gudrun nickte knapp. Schon kurze Zeit später verrieten ihre gleichmäßigen Atemzüge, daß sie allen möglichen Gefahren zum Trotz eingeschlafen war.

Die Nacht barg vielfältige Geräusche. Ein Rascheln im Unterholz erschreckte Tom, aber es war nur ein Gürteltier, das sich neugierig näherte, kurz verharrte und danach ebenso schnell wieder verschwand.

Fledermäuse mit beachtlicher Spannweite huschten durchs Geäst.

Es ging auf zwei Uhr zu, als Tom die Augen kaum noch offenhalten konnte und er die Anthropologin weckte. Gudrun hatte traumlos geschlafen – wie sie es sagte, schwang fast ein wenig Enttäuschung in ihrer Stimme mit.

Tom gab ihr den Revolver. »Eine Raubkatze ist in der Nähe«, sagte er. »Ein Puma, oder ein Ozelot. Mir war ein- oder zweimal, als hätte die Tierwelt den Atem angehalten.«

»Danke für den Tip«, erwiderte Gudrun. »Du verstehst es, einem Mut zu machen.«

Tom grinste schräg, lehnte sich zurück und zog sich den Hut ins Gesicht. Von da an war nicht zu erkennen, ob er schlief oder die Augen offen hatte.

Nach einer Weile erklang ein schreckliches Rasseln, fast wie das Warnzeichen einer gereizten Klapperschlange. Gudrun zuckte jäh zusammen, bevor sie Tom mit einem bitterbösen Blick bedachte. Sie hatte Mühe, den Revolver ruhig zu halten, während er selig schnarchte. Das sah ihm wieder einmal ähnlich.

Es knackte, knisterte und raschelte im Unterholz. Tausend Stimmen flüsterten, und noch mehr Augen glühten im Dunkel und starrten die Anthropologin an. Es dauerte lange, bis sie die winzigen roten Lichtpunkte als Käfer identifizierte, von deren Hinterleib die helle Aura ausstrahlte. Erleichtert atmete sie durch – und erstarrte erneut.

Das Fauchen war aus allernächster Nähe erklungen. Vergeblich versuchte sie mehr zu erkennen als nur die Umrisse der nächsten Büsche.

Das Fauchen wiederholte sich. Dumpf und kehlig.

»Tom!« flüsterte die Anthropologin. »Tom, wach auf!« Aber er schnarchte seelenruhig weiter.

Waren da nicht zwei schmale Lichter? Die Augen einer Raubkatze?

»Tom! Verdammt!«

Das Fauchen war nicht nur Einbildung. Jetzt hörte sie es deutlich. Ein schwerer Körper brach durch das Unterholz.

Gudrun drückte ab. Überlaut dröhnte der Schuß durch die Nacht. Das 45er Projektil zerfetzte Laubwerk und Äste.

Sie hatte auf die funkelnden Lichter gezielt, aber ob sie getroffen hatte, wußte sie nicht.

Hinter ihr fuhr Tom wie von der Tarantel gestochen in die Höhe.

»Was ist los? Gib mir den Colt!«

Aber Gudrun hatte ihren Stolz. Und außerdem war das Vieh wahrscheinlich zu Tode erschreckt geflohen. Oder hatte sie es wirklich mit dem ersten Schuß erlegt?

»Schlaf ruhig weiter«, sagte sie, bemüht, ihrer Stimme einen festen Klang zu verleihen. »Es war nur ein kleiner Puma. Vielleicht ein Jaguar.«

»Ach so«, murmelte Tom gähnend und zog sich den Hut schon wieder in die Stirn.

Ein Jaguar? dachte Gudrun über ihre eigenen Worte nach, und der Gedanke fraß sich unbarmherzig in ihr fest und trieb ihren Blutdruck in neue Höhen. Warum, um alles in der Welt, erwähnte sie ausgerechnet das gefährlichste Raubtier der Neuen Welt? Das hatte sie nun davon.

Zum Glück brach eine halbe Stunde später die Dämmerung an. Und dann wurde es sehr schnell hell.

Am späten Vormittag erreichten sie die Straße von Ticul nach Bacalar im Südosten. Staubig wand sich die Piste durch den Dschungel, zur Regenzeit nicht mehr als ein einziges Schlammloch, aber sie ermöglichte immerhin ein rasches Vorwärtskommen.

Vergeblich hofften Tom und Gudrun auf ein Fahrzeug, das sie mitnahm. Während der mehr als zwei Kilometer bis zur Abzweigung nach Mani blieben sie allein, und danach hörten sie nur einmal aus der Ferne Motorenlärm.

Erstickender Brandgeruch lag in der Luft. Farmer aus der Stadt verschafften sich mit Rodungen neues Ackerland. Das war hier nicht anders als in anderen Teilen der Welt, und auch hier würde der Boden in wenigen Jahren seine Fruchtbarkeit verloren haben und verkarsten. Wie ein Moloch fraßen sich Feuer und Kettensägen durch die grüne Lunge der Erde.

Die ersten Häuser von Mani grüßten in hellem Weiß. Aus der Nähe wirkte die Stadt weit weniger unfreundlich als aus der Luft. Ziemlich schnell stießen die beiden Wissenschaftler auf ein kleines Hotel – ein zweistöckiges Holzhaus im Kolonialstil, ohne Vorhänge an den Fenstern, aber mit einem rostigen Emailleschild neben dem Eingang, das in verblichenen Lettern ›*teutsches Bier*‹ verkündete.

Wo sie die nächsten Tage verbrachten, war ihnen egal. Sie hatten sich vorgenommen, den Heiligen Ort der Maya aus Telchaquillo zu finden und hofften in Mani auf Hinweise. Zweifellos gehörten die Zwillingshügel zu dem Hügelkamm, den die Indios Puuc nannten und der sich mit einer Ausbuchtung nach Norden von Campeche bis ins zentrale Yukatan hinzog.

Das Hotel mit dem stolzen Namen *Tierra Caliente*, was übersetzt soviel bedeutet wie ›heißes Land‹, gehörte einer leicht rundlichen Indiomama unbestimmbaren Alters. Alles an ihr glänzte fettig, sogar ihr breites Lächeln, und sie schien Besitzerin, Empfangschefin und Zimmermädchen in Personalunion zu sein – was die Kosten auf einem niedrigen Niveau hielt.

»Meine beiden besten Zimmer sind vergeben«, eröffnete sie mit entwaffnender Freundlichkeit. »An Amerikanos. Aber der Señor und die Señora können das drittbeste haben.«

Über den Preis wurde man sich schnell einig. Nur staunte die Mama nicht schlecht, als Tom zwei Zimmer verlangte. »Nicht verheiratet? Dabei passen Señor und Señora gut zusammen.«

Eine halbe Stunde später fühlte Tom Ericson sich wieder wie ein zivilisierter Mensch. Mit frischem Quellwasser hatte er sich Schweiß und Dreck abgewaschen und anschließend sein Hemd eingeweicht und zum Trocknen ins Fenster gehängt. Gudrun hatte offenbar nichts anderes getan, denn auch sie hantierte in der Fensteröffnung, und als Tom sich grinsend einige Zentimeter vorbeugte, bedeckte sie ihre nackten Brüste mit den Händen.

»Was unternehmen wir heute noch?« wollte er wissen.

»Bestimmt nicht das, was du meinst!« widersprach Gudrun, ohne sich jedoch aus seiner Sichtweite zurückzuziehen. »Bis meine Sachen trocken sind, werde ich versuchen, eine neue Zeichnung anzufertigen.«

Tom nickte bedächtig. »Das solltest du tun, Schatz. Ich sehe mich inzwischen unten um.«

»Bring mir ein Bier mit! Oder noch besser zwei. Die Hitze bringt einen fast um den Verstand.«

Wem sagst du das? dachte Tom. Aber daran waren weniger die hochsommerlichen Temperaturen schuld als der aufreizende Hüftschwung, mit dem sich die Anthropologin abwandte.

Die Indiomama stand wie angewachsen am Empfangstresen und lächelte. Tom begann ein unverfängliches Gespräch, in dessen Verlauf er aber ziemlich schnell auf Telchaquillo zu sprechen kam. Als er den Heiligen Ort erwähnte, wurde Mamas Lächeln eine Spur unfreundlicher.

»Kein Maya wird es wagen, seinen Fuß auf dieses Land zu setzen«, warnte sie. »Böse Geister wohnen dort.«

»Und Weiße?« bohrte Tom weiter.

Mit einer unwirschen Geste bedeutete sie ihm, daß das Thema für sie erledigt war. »Wenn Sie nur deshalb hier sind, gehen Sie wieder!« sagte sie schroff. »Und gehen Sie schnell!«

»Keine Sorge, ich bleibe«, erwiderte Tom. »Und meine Begleiterin auch. Eigentlich wollte ich vier kühle Bier.«

»Vier?« Die Mama hielt ihre Wurstfinger in die Höhe, als müsse sie sich erst vergewissern, daß der Mann wirklich vier gesagt hatte. Tom nickte bestätigend, woraufhin sie schulterzuckend in einem der hinteren Räume verschwand.

Sage und schreibe zehn Minuten vergingen, bis sie mit vier triefend nassen Flaschen im Arm zurückkehrte. Daß ihr Kleid naß wurde, störte sie herzlich wenig. »Richtig so?« Sie reihte die Flaschen vor Ericson auf.

Vergeblich suchte er nach einem Etikett. Sie schob ihm einen Öffner zu, der nicht weniger rostig war als das Emailleschild draußen vor der Tür. »Das Kühlaggregat ist kaputt«, erklärte sie seufzend. »Deshalb stehen die Flaschen im Cenote, der zum Haus gehört.«

Tom mußte sich eingestehen, daß er angenehm überrascht wurde. Das Bier war gut und angenehm temperiert.

Hinter ihm kam jemand von der Straße herein.

»*Bueños tardes, Señor*«, sagte die Mama.

»High, Kolibri!« erwiderte eine rauhe männliche Stimme.

Tom hätte sich beinahe verschluckt. Weniger des amerikanischen Slangs wegen, sondern weil schlagartig Erinnerungen in ihm wach wurden, die seit Jahren in irgendeinem hinteren Winkel seiner kleinen grauen Zellen verstaubten, zwischen all dem Gerümpel und Ballast aus früherer Zeit, den er nicht mehr brauchte.

Trotzdem wußte er alles noch, als wäre es erst gestern gewesen.

Die High-School ... Und Irma Madison, eine ausgezeichnete Lehrerin, aber zugleich ein Zweizentnerweib, eine Mischung aus Amazone und Walküre.

Ihr Spitzname war *Kolibri* gewesen.

Jack Warden hatte ihr diesen Namen verpaßt. Weil es kaum

einen größeren Gegensatz geben konnte. Und Jack war Toms bester Freund gewesen.

Wieviel Zeit war seither vergangen?

Ericson stellte die halb geleerte Flasche ruckartig auf den Tresen zurück. Zufall, dachte er, mehr nicht. Jack Warden hatte keineswegs das Monopol auf zynische Spitznamen gepachtet, und dann noch in dieser gottverlassenen Gegend mitten auf Yukatan …

Trotzdem wandte Tom sich um. Der Mann, der zielstrebig auf die Treppe zusteuerte, war groß, schätzungsweise um die einsfünfundachtzig. Sein sonnengebräuntes Gesicht wirkte hart, und die Stoppeln eines Dreitagebartes paßten zu dem schwarzen, fettigen Haar, das ihm in Strähnen in die Stirn hing. Eine Narbe zog sich über die linke Kinnseite, fast parallel zu seinem Haarscheitel.

Er trug ein weit geöffnetes khakifarbenes Hemd, eine Hose, die früher einmal zu einem militärischen Kampfanzug gehört hatte, und Springerstiefel.

Für einen Moment trafen sich ihre Blicke. Aber der Fremde ging ungerührt darüber hinweg.

Er wirkt zu jung, dachte Tom. Warden ist heute vierunddreißig.

Trotzdem schaute er dem Mann hinterher, der jetzt die Treppe erreichte und gleich zwei Stufen auf einmal nahm. Jack war immer sportlich gewesen; er hätte das Zeug gehabt, einer der ganz großen Baseballstars zu werden, hätte er seinerzeit nicht den Mist mit dem Rauschgift angefangen und sich auf so hirnrissige Weise seine Zukunft versaut. Seit er damals mit dem Gesetz in Konflikt gekommen war, hatten sie nichts mehr voneinander gehört.

»Jack?« sagte Ericson verhalten. »Jack Warden?«

Der Mann hatte den Treppenabsatz erreicht. Ruckartig hielt er inne und fuhr herum. Aus zusammengekniffenen Augen starrte er zum Tresen. In dem Moment wirkte er aufs äußerste angespannt.

»Was ist?«

Tom konnte förmlich sehen, wie es hinter der Stirn des anderen arbeitete. »Erkennst du mich nicht mehr?« fragte er. »Wie war das damals, auf der High-School?«

Ein Aufleuchten huschte über Wardens Gesicht, sekundenlang klappte sein Unterkiefer herab. »Tom!« stieß er überrascht hervor. »Bist du es wirklich, du altes Haus?«

»Weißt du noch, wie du während des Unterrichts ein *full house* hattest?«

»... und der Kolibri dich dafür hergenommen hat. Du mußt damals Blut und Wasser geschwitzt haben.« Der Jack Warden, der sich jetzt grinsend am Treppengeländer nach unten schwang und Ericson kraftvoll auf die Schulter schlug, daß der Archäologe beinahe in die Knie ging, das war der alte Jack Warden, wie Tom ihn in Erinnerung hatte.

»Was hat dich in dieses gottverdammte Kaff verschlagen, Tom?«

»Dasselbe könnte ich dich fragen.«

»Ich wohne hier.«

»Ich auch.«

Sie lachten.

»Bist du allein?« wollte Warden wissen. »Was treibst du? Wenn ich richtig vermute, hast du Archäologie studiert. Das wolltest du doch immer – so werden wie dein Onkel Jeremiah.«

»Ich bin Archäologe«, sagte Ericson und deutete kopfnickend auf den Tisch und die Sessel, die halb unter der Treppe standen. »Setzen wir uns. Den Zufall müssen wir begießen.«

Sie prosteten sich zu, tranken aus den Flaschen.

»Erzähl schon!« drängte Warden.

»Erstens: Ich bin nicht allein. Eine Frau begleitet mich. Eine Anthropologin, Gudrun Heber.«

»Ist sie wenigstens hübsch?«

»Sie ist eine Kollegin.«

»Auch Kolleginnen haben ihre Reize.« Wardens Grinsen wurde herausfordernd. »Erzähle mir nicht, du wärst plötzlich Kostverächter geworden.«

Tom Ericson wechselte das Thema. »Zweitens«, sagte er, »sind wir wirklich beruflich auf Yukatan. Und von meinem Onkel habe ich lange nichts mehr gehört. Er verschwand vor einigen Jahren spurlos. Wahrscheinlich ist er tot. – Aber nun heraus mit der Sprache! Was hast du die ganze Zeit über getrieben?«

»Gelegenheitsarbeiten. Was Rechtes habe ich nie angefangen. Du weißt schon, die Jahre im Knast hängen einem nach. – Ich bin runter von dem Zeug«, beantwortete er Toms fragenden Blick. »Frag mich nicht, was für eine Quälerei das war, aber ich hab's geschafft.«

»Wovon lebst du?«

Jack schnappte sich die letzte Flasche. »Kolibri!« rief er. »Noch zwei Bier! Auf meine Rechnung.« Er trank, wischte sich mit dem Handrücken über die Lippen. »Ich verdiene mein Geld als – sagen wir – Expeditionsleiter und schreibe nebenbei Reiseberichte. Man sieht viel und kommt weit herum in der Welt. Vor allem ist es kein knochentrockener Job.«

»Expeditionsleiter ...«, sinnierte Ericson.

»Ich führe reiche, gelangweilte Snobs durch den Dschungel. Oder auch durch die Wüste – was sie eben wollen. Und«, fügte er leiser und in verschwörerischem Tonfall hinzu, »wenn einer einen Jaguar schießen will, dann kriegt er eben sein Tier.«

Irgendwo über ihnen klappte eine Tür. Tom achtete nicht darauf. »Es gibt Artenschutzgesetze ...«, sagte er.

»Dr. Ericson!« wurde er jäh unterbrochen. »Hast du mich völlig vergessen?«

Warden stieß einen anerkennenden Pfiff aus. »Ist das deine Anthropologin?« fragte er frei heraus.

»Nein!« sagte Gudrun spontan. »Ich bin nicht *seine* Anthropologin.«

Jack Warden deutete eine knappe Verbeugung an. »Tut mir leid«, erwiderte er. »So meinte ich es nicht. Bitte, setzen Sie sich doch zu uns.«

Gudrun wandte sich an Ericson: »Willst du uns nicht miteinander bekannt machen?«

Tom stellte die beiden einander vor, dann erst setzte sich Gudrun zu ihnen. Die Indiomama kam und brachte die beiden Flaschen Bier. »Bitte noch ein Fläschchen, Kolibri«, bestellte Warden.

»Kolibri?« fragte Gudrun verblüfft.

»Das ist eine etwas längere Geschichte«, erwiderte Warden. Interessiert betrachtete er das zusammengerollte Blatt Papier, das die Anthropologin in der Hand hielt. Eigentlich hatte sie es, da Tom nicht wiedergekommen war, der Hotelbesitzerin zeigen wollen, aber jetzt breitete sie es auf dem Tisch aus.

»Lediglich eine Landschaftsskizze«, sagte sie. »Damit werden Sie wenig anfangen können, Jack.«

Warden warf nur einen Blick darauf und kniff überrascht die Brauen zusammen. »Woher haben Sie das?«

»Selbst gezeichnet.«

»Sie?«

»Bin ich aussätzig, oder was?« Jacks Tonfall ließ Gudrun überaus sauer reagieren, und wahrscheinlich wäre sie aufgestanden und gegangen, hätte Warden sie nicht sofort zurückgehalten.

»Es tut mir leid. Ich wollte Sie nicht kränken. Es ist nur – wissen Sie, was Sie da gezeichnet haben?«

»Ich denke schon.«

»Heraus mit der Sprache!« verlangte Tom.

»Die beiden Gipfel«, Jack Warden tippte mit dem Finger auf das Bild, »gehören zu den Puuc-Hügeln. Angeblich sieht man sie nur von einer bestimmten Stelle aus, so daß sie wie Spiegelbilder wirken. Die Maya nennen den Platz den ›Heiligen Ort‹.«

»Ich habe bislang nirgends davon gehört«, wandte Ericson ein.

»Weil höchstens ein paar tausend Indios den Ort kennen. Er ist für sie tabu. Es heißt, daß eine Statue aus Gold den Platz bewacht. Sie könnte so aussehen, wie sie da gezeichnet ist – zumindest der Kopf.«

»Woher wissen Sie das alles?« fragte Gudrun.

Warden lächelte. »Die Mayafrauen waren seit jeher besonders keusch. Aber wenn sie sich einmal verlieben, dann tun sie das mit Haut und Haaren. Genügt die Erklärung?«

»Ich denke schon«, sagte Tom. »Wo liegt der ›Heilige Ort‹?«

Jack schüttelte den Kopf. »Ich weiß es nicht – zumindest nicht genau.«

»Aber du könntest uns führen?«

»Natürlich könnte ich. Die Gruppe, auf die ich warte, kommt erst in zwei Wochen hier an. Das ist mehr als genug Zeit.«

»Über die Bezahlung werden wir uns einig.«

»Wir sind doch alte Freunde, da feilscht man nicht.«

Tom hielt Jack die Hand hin, in die er spontan einschlug. Gudrun zögerte etwas länger. Sie wurde aus dem Mann nicht schlau; er wirkte auf sie ein bißchen zu glatt. Andererseits war ihr klar, daß sie Jack Warden brauchten, um rasch ans Ziel zu gelangen. Und das gab letztlich den Ausschlag.

Ungefähr hundert Meter unter dem Meeresspiegel, im Zentrum seiner Pyramide, hatte Kar das Ende der Yacht mitverfolgt. Ein Stück Langzeitplanung realisierte sich für ihn.

Zufrieden berührte Kar einige Symbolschaltungen, woraufhin die holographische Darstellung über der ovalen Kristallplatte erlosch. Er war müde und erschöpft, und der Zwischenfall mit den Jugendlichen hatte ihn Zeit gekostet, die er ursprünglich mit der Suche nach den beiden Yale-Wissenschaftlern und dem magischen Auge hatte verbringen wollen. Aber alles zugleich ließ sich nicht durchführen, und Ungeduld war schon immer der größte Feind des Erfolgs gewesen.

Kar sehnte sich nach einigen Stunden Schlaf. Sein linker Arm brannte wie Feuer, und sein Gesicht juckte. Zögernd fuhr er sich mit der Rechten über die Wangen. Daß auf den Fingerkuppen anschließend einige winzige Schuppen schimmerten, nahm er mit der Gelassenheit des Mannes hin, der sich mit dem Schicksal abgefunden hatte.

Irgendwann bevor er seinen Schlafraum aufsuchte, meldete sich Suzy Duvall über Funk. Die attraktive Halbchinesin hatte offenbar noch immer nicht vor, in den nächsten Tagen zur Insel zurückzukehren. Nach dem letzten mißglückten Versuch spürte Kar allerdings stärker als zuvor das Verlangen, ihr seine Männlichkeit zu beweisen.

»Wo bist du?« fragte er schroff.

»Auf der LAOTSE«, antwortete sie völlig überflüssig. »In den nächsten Tagen werde ich neue Helfer rekrutieren, Piraten, die zu kämpfen gewöhnt sind ...«

»Das ist nicht so wichtig wie die goldene Maske von Bord der SEA QUEEN«, unterbrach Kar.

»Die Maske ist bei mir in Sicherheit. Morgen und übermorgen treffe ich Leute, die mir weitere Artefakte verkaufen werden.«

»Wertloser, gestohlener Plunder. Mir wäre es lieber, du würdest dich weniger um die kleinen Gauner kümmern, die in den Küstenstädten Touristen bestehlen.«

Obwohl die Funkverbindung schlechter wurde, hörte Suzy die Eifersucht in Kars Stimme. Sie hatte Mühe, ein Lachen zu unterdrücken. Geliebt hatte sie Karney nie, er war für sie immer nur Mittel zum Zweck gewesen, aber je intensiver sie darüber nachdachte, desto überzeugter war sie davon, daß sie eines Tages ganz gut selbst zurechtkommen würde – mit dem Wissen, das sie sich in seiner Nähe angeeignet hatte.

»Manchmal«, sagte sie, und die Zweideutigkeit dieses Ausspruchs wurde nur ihr bewußt, »findet auch ein blindes Huhn ein Korn.«

Sie beendete von sich aus die Funkverbindung.

Der Typ sah aus wie ein normannischer Kleiderschrank mit den Schultern eines Preisboxers und Muskeln, die jeden Moment sein Tropenhemd zu sprengen drohten.

Sein Blick war starr und stechend wie der einer Schlange, die soeben ihr Opfer erspäht hat. Überhaupt wirkte sein Gesicht kantig, wie aus grobem Stein gehauen, und der kurze Stoppelhaarschnitt paßte dazu.

Es dauerte lange, bis er sich zu einer Äußerung hinreißen ließ.

»Okay«, sagte er langsam, gedehnt, als stünde ihm alle Zeit der Welt zur Verfügung. In Wirklichkeit war eher das Gegenteil der Fall. Hank MacGilli war verdammt nervös, und wer ihn nur ein bißchen näher kannte, wußte, daß er in diesem Zustand über Leichen ging. »Du schuldest dem Boß sehr viel Geld, und deine Ausreden ziehen nicht mehr. Wo ist der reiche Kerl, den du in den Dschungel führen sollst? Sein Pech, wenn er zufällig von einem Jaguar zerfleischt wird; er hätte eben besser schießen sollen.«

MacGilli redete von einem kaltblütig geplanten Mord wie andere von einem Sonntagsausflug. Nicht einmal sein Gegenüber brachte so viel menschliche Kälte auf. Trotzdem – wenn es nur eine Wahl gab, und die hieß du oder ich, dann war jeder sich selbst der Nächste.

»Gib mir nur noch zwei oder drei Tage, Hank, dann lande ich den Coup meines Lebens.«

»Wenn nicht ...« Die Bewegung mit der Handkante zur Kehle war eindeutig.

»Der Boß kriegt sein Geld. Weißt du, wie schwer eine Statue aus Gold ist? Eine mannsgroße Statue meine ich.«

MacGilli schüttelte den Kopf.

»Das sind einige Zentner, Mann, mehr als wir zu dritt schleppen können.«

Allmählich dämmerte es dem Kleiderschrank, welche Ungeheuerlichkeit sein Gegenüber da von sich gab. »So eine Statue gibt es nicht. Wenn du versuchst, mich hinters Licht zu führen ...«

»Jack weiß, was ihn erwartet, falls er versucht, uns zu betrügen«, erklang eine andere Stimme vom Bett her. »Der lügt nicht. – Nicht wahr, Jack?«

»Nein, diesmal nicht«, versicherte Warden, bemüht, seiner Stimme einen festen Klang zu verleihen.

»Das will ich dir geraten haben«, knurrte Hank MacGilli. »Andernfalls breche ich dir jeden Knochen einzeln …«

»Die Statue liegt im Dschungel, höchstens drei Tagesmärsche von hier«, erklärte Warden schnell. »Ich führe euch hin.« Dann begann er zu erzählen. Hank MacGilli und Will Thornten hörten ihm schweigend zu.

Fünf Minuten später verließ er das Zimmer der beiden, huschte quer über den Gang und verschwand in seinem eigenen. Er wußte noch nicht, daß er soeben sein Todesurteil besiegelt hatte. Schulden zurückzuzahlen war eine Sache, die Gier nach Gold zu wecken eine andere.

Mit dem ersten Morgengrauen brachen sie auf. Jack Warden führte die beiden Wissenschaftler nach Süden. Sie ließen das staubige Band der Urwaldstraße hinter sich und marschierten auf Labná zu, das sie nach einigen Stunden erreichten.

Die Stadt, die ehemals zum Städtebund von Uxmal gehört hatte, lag in einem flachen Talkessel im Schatten des Waldes. Der Tempel von Labná, ein Kleinod altamerikanischer Steinmetzkunst, gehörte zu den phantasiereichsten Bauten Yukatans. Seine Vorderfront wurde von gewaltigen Steinkulissen überragt.

Auch der große freistehende Torbogen hätte unter anderen Umständen Toms und Gudruns Interesse gefunden, doch Warden dachte nicht daran, länger als unbedingt nötig zu verweilen.

Weiter ging es mit der Hauptrichtung Süden, durch dichter werdenden tropischen Regenwald. Farbenprächtige Orchideen schimmerten im Schatten des Waldes, doch waren sie keineswegs so häufig, wie man gemeinhin annahm. Und undurchdringliches Dickicht gab es nur dort, wo sich in Senken Sumpfboden gebildet hatte. Die Kronen der Baumriesen, manche von ihnen bis zu fünfzig Meter hoch, ließen zu wenig Sonnenlicht durch, als daß Unterholz entstanden wäre.

Sie kamen gut voran und hatten bis zum Abend des ersten Tages einige Kilometer mehr zurückgelegt als ursprünglich geplant. Eine Tapirherde floh erschreckt vor den Zweibeinern, die in ihr Gebiet eindrangen, Brüllaffen tobten in den Baumwipfeln, und Papageien stoben kreischend auf.

Auf einer kleinen Lichtung, die allem Anschein nach durch Blitzschlag entstanden war, denn ringsum reckten Copal-Bäume verkohlte Äste in den Himmel, schlugen die drei ihr Nachtlager auf. Warden inspizierte den Platz einige Dutzend Meter im Umkreis.

»Was ist das?« wollte Gudrun wissen, als er hellbraune Klumpen zwischen den Fingern zerrieb. Es konnte ebensogut Erde sein wie der vertrocknete Rest von Pflanzen.

»Das ist Pumadung«, erklärte Warden, »zwei oder drei Tage alt. Sieht so aus, als hätte die Katze hier ihr Revier. Seien Sie auf der Hut, Miss Heber, und gehen Sie nicht zu weit weg.«

Gudrun erwähnte nicht, daß sie das auch keinesfalls vorhatte. Während die beiden Männer ein kleines Zelt aufbauten, ließ sie die Umgebung nicht aus den Augen. Aber nur eine Opossumfamilie wagte sich nahe genug heran.

Tom übernahm die erste Wache. Bis er von Warden abgelöst wurde und sich neben Gudrun im Schlafsack ausstreckte, schlief die Anthropologin tief. Danach hatte sie Schwierigkeiten, wieder in Morpheus' Arme zu sinken. Das Wissen, dem Ziel ihrer Visionen endlich nahe zu sein, erfüllte sie mit Zuversicht, aber auch mit Besorgnis. Was würden sie vorfinden? Die Maya mieden den ›Heiligen Ort‹ furchtsam, und der weiße Mann hatte ihn offenbar noch nicht aufgespürt. Aber irgendwann würden Abenteurer, Jäger oder Straßenbaumaschinen sogar den verborgensten Flecken Erde erreichen.

Gudrun lauschte in die Nacht hinaus. Sie erschrak. Eben

noch hatte sie Wardens Schritte gehört, nun war nichts mehr. Hatte er ein Raubtier bemerkt und war stehengeblieben? Ihr Herz begann schneller zu schlagen, und sie atmete nur noch gepreßt.

Endlos lange Minuten vergingen. So lange hatte Warden zuvor nie innegehalten. Das Gefühl einer nahen, unheimlichen Gefahr sprang die Anthropologin an. Für einen Moment war sie versucht, Tom zu wecken, aber er würde sie wohl nicht ernst nehmen. Deshalb wälzte sie sich herum und öffnete den Zelteingang ein paar Zentimeter weit.

Nichts.

»Jack!« hauchte Gudrun. Hinter ihr stöhnte Tom im Schlaf.

Im selben Moment erklang ein durchdringendes Knacken, wie es entsteht, wenn ein morscher Ast zerbricht. Gudrun zuckte zusammen. Bevor sie allerdings reagieren konnte, bemerkte sie den Lichtkegel einer Taschenlampe zwischen den Bäumen. Warden kam mit schnellen Schritten näher und nahm seinen Platz vor dem Zelt wieder ein, als wäre nichts gewesen.

Flüchtig spielte Gudrun mit dem Gedanken, ihn anzusprechen, aber dann entschloß sie sich, es nicht zu tun. Mindestens zehn Minuten war er weggewesen. Er mochte seine Gründe dafür haben.

Irgendwann schlief Gudrun wieder ein – und erwachte vom Aroma frisch gebrühten Kaffees. Ein kleiner Gaskocher sorgte für die Annehmlichkeiten der Zivilisation, obwohl er eigentlich unnötiger Ballast war.

»Irgendwelche Vorkommnisse?« erkundigte sich Tom.

»Keine«, antwortete Warden. Vergeblich wartete die Anthropologin darauf, daß er sagte, weshalb er so lange seinen Posten verlassen hatte.

Es regnete leicht, und die Luft roch nach Moder und feuchtem Erdreich. Die dampfende Schwüle ließ die Kleidung am Körper kleben. Mehrmals bemerkte Gudrun, daß Warden sie mit begehrlichem Blick musterte. Sie nahm es schweigend hin, aber ihr Mißtrauen wuchs. Was wußte sie denn schon über den Mann? Daß er einer Jugendtorheit wegen im Gefängnis gesessen hatte, sprach jedoch nur bedingt gegen ihn. Rauschgift war ein Teufelszeug.

Aber Gold! Jack hatte zu schnell Bescheid gewußt. War er ebenfalls hinter der Statue her?

»Jack«, hörte sie sich sagen und erschrak selbst über den lauernden Klang in ihrer Stimme, »was wurde eigentlich aus der Eingeborenen, mit der Sie liiert waren?«

Warden wandte sich nur kurz zu ihr um, seine Miene wirkte abweisend. »Ein Jaguar hat sie getötet«, sagte er. »Vor nicht einmal zwei Monaten.«

Die Erklärung stellte Gudrun keineswegs zufrieden.

Am Nachmittag fiel ein Schuß. Zumindest hörte es sich so an. Die Richtung war jedoch nicht festzustellen. Von da an wandte sich Jack häufiger um, und Gudruns Mißtrauen wuchs. Gold, dachte sie, verdirbt den Charakter.

Die zweite Nacht begann mit einem heftigen Gewitter und einem Platzregen, wie die Anthropologin ihn noch nicht erlebt hatte. Vorübergehend war der Waldboden zentimeterhoch vom Wasser bedeckt. Jack übernahm diesmal die erste Wache. Gudrun nutzte die Gelegenheit und eröffnete Tom ihren Verdacht.

Der Archäologe schaute sie nur verblüfft an. »Jack ist mein Freund«, sagte er. »Du hörst mal wieder die Flöhe husten.«

»Wie du willst«, erwiderte sie wütend. »Aber denke wenigstens darüber nach. Oder ist das zuviel verlangt?«

Will Thornten hatte geschossen. Auf eine Schlange, die sich ausgerechnet ihn als Opfer ausgesucht hatte.

»Bist du verrückt?« herrschte MacGilli ihn an. »Deine Ballerei weckt sogar Tote auf.«

»Laß du dich doch von so einem Vieh beißen«, blaffte Thornten zurück.

»Und wenn die Wissenschaftler mitkriegen, was läuft? Was machst du dann, he?«

Der Hagere grinste schräg. »Es sind Wissenschaftler.« Damit, glaubte er, war alles gesagt. Eine besonders hohe Meinung hatte er von den Leuten nicht, die ihr Leben mit der Suche nach Altertümern verbrachten. Das heißt, solange diese Altertümer nicht gerade aus purem Gold bestanden oder mit prächtigen Klunkern verziert waren.

»Frag mich lieber, was wir mit Warden anstellen«, fügte er hinzu.

»Sobald er uns zu dem Gold geführt hat, brauchen wir ihn nicht mehr.« Gedankenverloren spielte MacGilli mit seiner Pistole. »Oder hast du vor, ihm Wechselgeld rauszugeben?«

»Ich?« machte Thornten überrascht. »Wieso?«

»Der Boß auch nicht. Und Tote reden bekanntlich nicht mehr.«

Ein Aufleuchten huschte über Thorntens Miene. »Eigentlich ist es schade um die Frau«, sagte er heiser.

»Sobald wir die Statue haben, kannst du dir einen Harem zulegen. Also mach keinen Blödsinn.«

Sie folgten den Wissenschaftlern im Abstand von knapp zwei Kilometern. Warden hinterließ ihnen deutliche Zeichen. Hier war es ein geknickter Ast, dort ein in den Boden geritzter Pfeil. Sie brauchten wirklich nichts anderes zu tun, als im richtigen Moment zuzuschlagen.

Der dritte Tag im Dschungel war angebrochen. Während der Nacht hatte Gudrun wieder von dem Goldkopf geträumt, ihren Traum aber für sich behalten. Sie traute Jack Warden nicht, und mit Tom unter vier Augen zu reden ergab sich keine Gelegenheit.

Alles an Gudrun war angespannte Erwartung. Mit jeder Faser ihres Körpers glaubte sie zu spüren, daß die nächsten Stunden eine Entscheidung bringen würden.

Am späten Vormittag lichtete sich der Wald. Zwischen den Bäumen hindurch war ein naher Höhenzug zu erkennen, der aber kaum über hundert Meter hinaus anstieg.

Warden änderte die Richtung nach Osten. »Es ist nicht mehr weit«, sagte er zuversichtlich. »Der Beschreibung nach muß der Zwillingshügel bald vor uns auftauchen.«

»Jack«, sagte Tom. Er war stehengeblieben, die Arme vor der Brust verschränkt. Forschend musterte er seinen Freund, der sich langsam zu ihm umwandte.

»Ja?«

»Du wußtest vor uns von der goldenen Statue.«

»Ich sagte doch schon, woher ...«

»Das interessiert mich weniger. Ich frage mich, warum du nicht schon eher versucht hast ...«

»... das Gold zu holen?« Warden zuckte mit den Schultern. »Das liegt doch auf der Hand. Zwar kannte ich die Legende, aber ich hatte keinen Orientierungspunkt wie die Zeichnung deiner Kollegin. Außerdem: Was hätte ich allein schon ausrichten können? Ich hätte Träger gebraucht – und die Gefahr, mit einem Messer im Rücken aufzuwachen, ist bei einem solchen Fund zu groß. Bist du zufrieden damit, oder fürchtest du, ich könnte euch in die Irre führen?«

»Unsinn«, wehrte Tom ab.

»Schon gut, du brauchst dich nicht zu entschuldigen. Mir ist keineswegs entgangen, daß Miss Heber mir einiges Mißtrauen entgegenbringt. An ihrer Stelle würde ich vielleicht kaum weniger vorsichtig sein.«

»Wir sind nicht hier, um zu palavern«, unterbrach Gudrun ärgerlich. Daß Jack sie durchschaut hatte, behagte ihr herzlich wenig. Dabei war sie sicher gewesen, ihre Abneigung hinter einem Deckmantel der Gleichgültigkeit gut verborgen zu haben.

»Warum arrangieren wir uns nicht, Gudrun?« Warden streckte ihr seine Rechte entgegen. »Wir beide schätzen Tom als feinen Kerl. Das ist doch schon eine Gemeinsamkeit.«

Die Anthropologin wurde aus ihm einfach nicht schlau. Trotzdem ergriff sie die ihr dargebotene Hand; so knapp vor dem Ziel wollte sie keinen Ärger provozieren. Jacks Händedruck war fest, ein wenig fordernd sogar.

»Das Schlimmste liegt erst noch vor uns, Gudrun«, sagte er.

Stellenweise wurde der Boden morastiger. Dichtes Gras dämpfte den Schritt, und Farne nahmen überhand. Unübersehbar erstreckte sich die Hügelkette jetzt zur Rechten.

»Gib mir die Zeichnung!« wandte Jack sich an die Anthropologin.

Immer öfter blieb er stehen, um die Skizze mit der tatsächlichen Perspektive zu vergleichen.

Endlich lagen zwei Hügel vor ihnen. Jack wandte sich zu seinen Begleitern um und deutete auf das Blatt: »Seht ihr! Diese Erhebungen könnten es sein – die Höhe, ihre Lage zueinander ...«

Kurz darauf stießen sie auf eine übermannsgroße Skulptur. Von Schlingpflanzen umwuchert stand sie zwischen zwei Bäumen, eine bleiche, klobige Gestalt aus Stein – ein stummer Wächter!

»Hier beginnt der ›Heilige Ort‹«, sagte Warden im Brustton der Überzeugung.

Die Statue war menschlicher Gestalt, wenngleich ihre Proportionen plump wirkten. Der unbekannte Steinmetz hatte gute Arbeit geleistet – und sich bei der Gestaltung des Schädels selbst übertroffen. Es war der Schädel eines Jaguars, der aus der Gesichtspartie herauswuchs, das Maul aufgerissen und die tödlichen Reißzähne gefletscht.

»Kein Wunder«, sagte Tom, »daß die Maya vor diesem Ort zurückschrecken.«

»Der Jaguar galt als Symbol des Regengottes und der Fruchtbarkeit«, erwiderte Gudrun. »Was soll daran schlimm sein?«

»Du scheinst nie etwas von den Tolteken gehört zu haben.«

»Ach, was du nicht sagst.«

»Jaguare waren die Schutztiere der toltekischen Kriegerorden. Mit Vorliebe wurden sie beim Verzehr menschlicher Herzen abgebildet.«

»Denkst du, das weiß ich nicht selbst?«

»Ich hatte den Eindruck.«

Gudrun funkelte ihn zornig an. »Jeder Hobbyarchäologe kennt die Reliefs der Kriegertempel von Chichén Itzá. Wenn du glaubst, hier mit Allgemeinbildung glänzen zu können, hast du dich gewaltig getäuscht.«

»Bravo«, sagte Warden. »Die Wissenschaft ist wie stets einhellig einer Meinung.«

»So ist es«, bestätigte Gudrun.

Tom Ericson fügte hinzu: »Denk dir nichts dabei. Gudrun und ich hatten uns schon wegen geringerer Anlässe in den Haaren. Manchmal fühlt sie sich eben benachteiligt, weil sie ihr Studierzimmer so gut wie nie verlassen hat. Bis vor einigen Wochen war sie ein reiner Bücherwurm.«

Gudrun hörte schon gar nicht mehr hin. Sollten die Männer reden was sie wollten – sie ging jedenfalls entschlossen weiter.

»Sei nicht so unvorsichtig!« rief Tom hinter ihr her.

»Hier gibt es keine Fallen«, erwiderte sie.

»Das kannst du nicht wissen.«

»O doch. Die Vision hätte mich davor gewarnt.«

Sie hörte hastige Schritte hinter sich. Sekunden später umfaßte Tom ihre Schulter und zwang sie zu sich herum. »Ich will nicht, daß dir etwas zustößt.«

»Was kommt nun? Die große Beschütz-das-schwache-Weib-Nummer?« fragte sie bissig und ging weiter. Tom murmelte etwas, das sich wie ›Flintenweib‹ anhörte, und beeilte sich, den Anschluß zu halten. Jack Warden grinste breit.

Er grinste auch dann noch, als Gudrun nach einigen hundert Metern abrupt stehenblieb.

»Hört ihr?« fragte sie leise.

»Was?« wollte Warden wissen. »Da ist nichts.«

»Eben.«

Tom legte die Stirn in Falten. Mit Zeigefinger und Daumen massierte er sich die Nasenwurzel. Das tat er oft, wenn er nachdachte.

Gudrun fuhr sich mit der Zunge über die Lippen. »Seit wir die Steinfigur passiert haben, schweigen die meisten Stimmen des Waldes. Es ist, als hätten wir eine unsichtbare Grenze überschritten.«

Tom nickte zögernd. »Irgend etwas hat die Tiere erschreckt.«

»Schau lieber auf die Skizze!« mahnte Warden. »Wir müssen die Stelle fast erreicht haben.«

In der Tat; der linke Hügel wirkte beinahe schon wie ein Spiegelbild des rechten, oder umgekehrt. Einige hundert Meter noch, dann mußte die Perspektive stimmen.

Ericson drehte sich einmal im Kreis. Suchend schweifte sein Blick durch das üppige Grün. Und tatsächlich, keine dreißig Schritt entfernt, von Schlingpflanzen, Farnen und blühenden Orchideen umrankt, ragte ein Fremdkörper aus dem Boden.

Eine zweite Statue war es nicht, dazu wirkte das Gebilde zu schmal.

Mit der Machete schlug Tom die Pflanzen beiseite. Rötlicher, poröser Stein kam zum Vorschein. Die Säfte abgestorbener Pflanzen und die Wurzeln hatten ihn unaufhaltsam erodiert.

Trotzdem waren die Vertiefungen im Stein noch einigermaßen gut erkennbar. Vorsichtig legte Tom eine größere Fläche frei.

»Das sind Schriftzeichen!« stieß er überrascht hervor. »Lateinische Buchstaben.«

Gudrun unterdrückte ihr Lachen im letzten Moment. Ericson hatte recht. Die Schriftzeichen entstammten tatsächlich dem lateinischen Alphabet.

»Die Spanier haben als erste das Land betreten«, erinnerte sie.

Ein Symbol war über den Buchstaben angebracht, ein achtspitziges Kreuz, und die Inschrift darunter lautete:

Tecplantlaca
Gérard de Villers
lapsit exillis

Tom las laut vor. Während Warden sich irritiert mit dem

Handrücken über den Mund wischte, fragte Gudrun verblüfft: »Ein französischer Name? Wie alt mag die Säule sein?«

»Dem Grad der Verwitterung nach einige Jahrhunderte«, antwortete Ericson.

Die Anthropologin hörte nur mit halbem Ohr hin. »Lapsit exillis«, wiederholte sie den letzten Satz. »Stein von außerhalb. Was ist damit gemeint?«

Tom zuckte mit den Schultern. »Es gibt wahrscheinlich einige Deutungen dafür. Mich interessiert eher das achtspitzige Kreuz. Es sieht aus wie ein Tatzenkreuz.«

»Das würde den französischen Namen erklären«, sinnierte Gudrun.

»... und die Zeit, in der die Säule errichtet wurde, auf irgendwann nach der Mitte des 12. Jahrhunderts datieren.«

»Pah«, machte Gudrun. »Kolumbus segelte ...«

»Ich weiß, wann das war. Weshalb streiten wir eigentlich jedesmal über die Datierung eines Fundes?«

»Warum gehen wir nicht weiter?« fragte Warden ungeduldig.

»Weil wir uns erst einigen müssen«, erwiderte die Anthropologin. »Das ist eine Frage des Prinzips.«

Tom holte die Polaroidkamera aus seinem Rucksack und schoß einige Fotos aus verschiedenen Blickwinkeln, jeweils mit und ohne Blitz.

»Du wirst damit auf die Nase fallen«, bemerkte Gudrun. »Die Säule ist keine vierhundert Jahre alt.«

»Das Tatzenkreuz war das Zeichen der Tempelritter«, widersprach Ericson. »Ich glaube, im Jahr 1146 übernahmen sie das Symbol und folgten König Ludwig VII. von Frankreich zum zweiten Kreuzzug.«

»Willst du die Geschichtsbücher über die Entdeckung Amerikas neu schreiben?« fragte Gudrun spöttisch.

»Das hatte ich nie vor. Ich sagte nach 1150, ich habe nie behauptet vor 1500.«

»Soviel zur Logik der Archäologie«, wandte Jack Warden ungeduldig ein. »Können wir endlich weitergehen?«

Toms verdrehte Augen sprachen Bände. Die Anthropologin bahnte sich allein einen Weg durch Farne und kniehohes Gras. An Schlangen dachte sie momentan offenbar überhaupt nicht.

Jack Warden folgte ihr. »Worauf wartest du eigentlich?« rief er Tom zu. »Ist dir ein verdreckter Stein wichtiger als eine Statue aus purem Gold?«

Wortlos verstaute Ericson die Kamera und die Fotos der Säule in seinem Rucksack, bevor er den beiden folgte. Nur Minuten später rief Gudrun überrascht aus: »Das ist es! Hier muß es sein!«

Der Blickwinkel, der sich ihr auf die Zwillingshügel bot, war tatsächlich mit der Ansicht auf der Skizze identisch.

Die drei Abenteurer befanden sich auf einer natürlichen Lichtung. Wegen des leicht sumpfigen Untergrunds standen die Bäume hier wesentlich weiter auseinander als für gewöhnlich, andererseits wucherten Farne und Gräser überaus üppig.

»Seht euch um!« kommandierte Jack Warden. »Seht euch genau um! Irgendwo muß die Statue sein!«

Mit der Machete schlug er auf die Pflanzen ein, führte die scharfe Klinge wie eine Sense über den Boden und wurde dennoch nicht fündig. Enttäuschung spiegelte sich auf seinen Zügen wider.

Ihm fiel nicht einmal auf, daß Gudrun Tom zu sich winkte und ihm etwas zeigte, was er von seinem Standort aus nicht sehen konnte.

Ericson nickte knapp, ließ seinen Rucksack zu Boden gleiten und holte erneut die Kamera hervor. Erst als der Elektronenblitz aufleuchtete, wurde Warden aufmerksam.

Ruckartig richtete er sich auf. »Sagt bloß, ihr habt das Ding gefunden und laßt mich unnötig weitersuchen?« fragte er entgeistert.

»Gudrun hat den Kopf gefunden«, erwiderte Ericson. Er schoß etliche Fotos, während die Anthropologin damit begann, das hohe Gras rings um den Fund auszureißen.

Der goldene Kopf mit der hohen Stirn und den Henkelohren saß auf zwei wuchtigen Schultern. Was da aus dem dichten Grün zum Vorschein kam, schien tatsächlich eine komplette Statue zu sein, die lediglich im Laufe von Jahrhunderten weit im weichen Untergrund versunken war. Der Größe des Schädels und der Schultern nach zu schließen war sie ungefähr drei bis dreieinhalb Meter groß. Ihr Gesicht wirkte streng, aber nicht kantig.

Ericson zog den Kompaß zu Rate. »Südsüdost«, überlegte er, »das ist die Richtung, in die die Statue schaut.«

Mittlerweile hatte Jack Warden zu ihnen aufgeschlossen. Mit großen Augen starrte er den Fund an. »Osten ist Sonnenaufgang«, sagte er, offenbar nur aus dem Zwang heraus, überhaupt etwas zu sagen.

Gudrun streifte ihn mit einem flüchtigen Blick. »Die Erklärung ist zu einfach«, behauptete sie. Im nächsten Moment weiteten sich ihre Augen in ungläubigem Erstaunen. Jäh wurde ihr Mißtrauen bestätigt – nur leider viel zu spät.

Jack hatte eine Pistole aus dem Hosenbund gezogen. Es war eine dieser wuchtigen Waffen, wie man sie in Krimis oft sah, eine Beretta, wenn Gudrun sich nicht täuschte.

»Tut mir leid, Tom, alter Kumpel«, sagte Warden. »Ich bin da in eine ziemlich miese Sache hineingerutscht.«

Ericsons Gesicht verzerrte sich. Für einen Moment sah es so aus, als wolle er mit der Kamera zuschlagen, doch die auf ihn gerichtete Pistole hinderte ihn daran.

»Du willst das Gold?« fragte er tonlos.

»Ich will, daß du mir hilfst.« Jack blickte gehetzt um sich. »Sie werden gleich da sein, und dann ...«

»Wer? Wen hast du uns auf den Hals gehetzt?«

»Zwei Geldeintreiber, üble Burschen. Ich schulde ihrem Boß ziemlich viel. Glaub mir, Tom, für mich geht es um Leben oder Tod.«

»Du läßt andere für dich die Kastanien aus dem Feuer holen.« Ericson hätte sich am liebsten selbst geohrfeigt für seine Dummheit. »Und ich Idiot bin auf dich hereingefallen.«

»Versteh doch, Tom. Es ist nichts verloren. Wir sind zwei gegen zwei und haben die Überraschung auf unserer Seite.«

»Sie sind verrückt, Warden«, sagte Gudrun.

»Die Kerle kennen keine Skrupel. Sie werden uns alle drei umlegen ...«

Weiter kam er nicht. Am Rand der Lichtung erschienen in diesem Moment zwei Männer. Sie wirkten alles andere als vertrauenerweckend. Der eine war ein Kleiderschrank, so massig wie man sich einen Bodyguard vorstellt, der andere eher schmächtig und ein schmieriger Typ.

»Es war ein Fehler, dir zu vertrauen.« Tom griff unter seine Jacke, wo der 45er im Schulterholster steckte, aber Warden war schneller und zog ihm den Lauf der Pistole über die linke Schläfe. Ein ersticktes Ächzen auf den Lippen, ging der Archäologe zu Boden.

Jack ließ sich neben ihm in die Hocke nieder. »Ich wollte dir nicht weh tun«, raunte er, »aber du hast mir keine andere Wahl gelassen. Die Burschen sind gefährlich. Ich muß sie glauben machen, ich stände auf ihrer Seite!« Lässig winkte er Gudrun mit der Pistole zur Seite. »Keine Dummheiten!« sagte er laut. Und fügte kaum hörbar hinzu: »Tun Sie, was ich von Ihnen verlange, dann haben wir eine Chance.«

Ericson stemmte sich stöhnend hoch. Der Pistolenlauf hatte ihm die Haut über dem Wangenknochen aufgerissen, und Blut rann über sein Gesicht.

Der Kleiderschrank kam näher, starrte den goldenen Schädel an. »Gute Arbeit, Jack«, lobte er.

Sein Begleiter grinste überheblich. »Mach schon, Hank«, herrschte er ihn an, »schnapp dir einen Klappspaten und sieh zu, wie tief die Statue im Boden steckt. – Und du, Jack, gib mir die Knarre! Bei Geld und Gold hört jede Freundschaft auf.«

Bevor Warden reagieren konnte, spürte er die Mündung von Thorntens Waffe an der Schläfe. Zähneknirschend mußte er sich die Pistole abnehmen lassen.

»Mach dich nützlich, Jack! Da ist noch ein zweiter Spaten!«

MacGilli hatte bereits zu graben begonnen. Kräftig trat er

das Spatenblatt in die verfilzte Grasnarbe und warf den Aushub ins Dickicht. Seine Augen hatten einen eigentümlichen Glanz angenommen, und je weiter er den Oberkörper der Statue freilegte, desto begehrlicher starrte er auf das matt schimmernde Gold.

»Das Ding ist sogar eingeschmolzen -zig Millionen wert!« stieß er abgehackt hervor.

»Die Statue gehört der Wissenschaft!« stöhnte Tom. Der Schmächtige bedachte ihn mit einem mitleidigen Blick. Ihm war anzusehen, daß er Ericson für leicht verrückt hielt.

Ein dumpfes Gurgeln war zu vernehmen. Es kam aus dem Erdboden, wo sich rund um die Statue brackiges Wasser sammelte. MacGilli hatte plötzlich nur noch triefenden Dreck auf dem Spaten.

Entgeistert starrte er auf seine Füße. Er war ohne es zu bemerken mehrere Zentimeter tief eingesunken, und das Naß schwappte bereits über seine Schuhspitzen.

Auch die Statue versank. Da sie um einiges schwerer war als er, verschwand sie naturgemäß rascher im Boden.

Hank MacGilli stieß eine deftige Verwünschung aus, warf den Spaten zur Seite und umklammerte mit beiden Händen die Henkelohren des goldenen Kopfes.

»Los doch! Helft mir!«

Was nun geschah, ging wahnsinnig schnell. Alles spielte sich innerhalb von Sekunden ab, und weder Tom Ericson noch Gudrun Heber hätten später eine eindeutige Auskunft über die Reihenfolge der Ereignisse geben können.

Will Thornten war für einen Moment abgelenkt. Als Warden den Spaten hochriß und mit aller Kraft zuschlug, reagierte er zu spät. Allerdings brüllte er auf wie ein Stier, als das Blatt seine Hand traf und ihm die Pistole aus der Hand schmetterte.

MacGilli stand bereits bis zu den Waden im Schlamm, als ein Ruck durch die Statue ging. Wahrscheinlich begriff er in dem Moment selbst nicht, daß sich der goldene Kopf vom Rumpf gelöst hatte. Der eigene Schwung ließ ihn taumeln.

Blasenwerfend versank der Torso. Auch MacGilli wurde von einer unwiderstehlichen Kraft nach unten gezogen. Schon schloß sich der Morast um seine Knie, stieg an den Oberschenkeln hoch …

»Gib her!« schrie Jack ihn an, hin- und hergerissen zwischen der Gier nach dem Gold und dem Drang, aus der Gefahrenzone zu fliehen.

MacGillis Gesicht verzerrte sich in grenzenlosem Erstaunen. Er begann zu begreifen, daß er dem zähen Schlamm nicht mehr entrinnen konnte. Mit beiden Armen stemmte er sich gegen den Untergrund, erreichte aber nur, daß er noch schneller einsank.

»Gib mir den Kopf!« krächzte Jack. Gleichzeitig schlug er zu, ließ den Spaten fallen und griff mit beiden Händen nach dem Gold.

MacGilli wehrte sich nicht mehr. Er hatte inzwischen wahrlich andere Sorgen. Bis zum Brustkorb steckte er bereits im Boden, und während Jack Warden mit der erbeuteten schweren Trophäe stürzte und sich mit ungelenken Bewegungen zur Seite rollte, erreichte der Schlamm sein Kinn, dann den Mund. Der Tod kam schnell.

Gudrun hatte noch versucht, ihm einen knorrigen Ast zuzuwerfen. Verzweifelt und entsetzt zugleich starrte sie auf die blasenwerfende Brühe, die sich über dem Mann schloß.

Ein Schuß schreckte sie auf.

Tom hatte ihn abgefeuert. Sekundenbruchteile bevor der zweite Gangster, der inzwischen seine Pistole wieder aufgehoben hatte, abdrücken konnte.

Du oder ich – eine andere Wahl hatte es für Ericson wirklich nicht gegeben. Doch er hatte gut gezielt und nur die Schußhand des Mannes getroffen.

Mit einem Schrei ließ der Hagere die Waffe fallen und starrte fassungslos auf seine Hand. Die Kugel hatte sie glatt durchschlagen. Ein Keuchen kam über seine Lippen.

Und dann schnellte er blitzschnell herum und rannte auf das Dickicht zu.

Tom, der seinen Gegner schon kampfunfähig geglaubt hatte, war auf diese Reaktion nicht gefaßt. Er riß den Revolver hoch. »Halt! Stehenbleiben, oder ich schieße!«

Natürlich blieb der Gangster nicht stehen, und natürlich drückte Tom nicht ab. Er hatte noch nie einem Menschen in den Rücken schießen können. Der grüne Vorhang schlug hinter Thornten zusammen. Eine Sekunde war Tom noch versucht, ihm zu folgen, dann aber sah er ein, daß er Jack und Gudrun in dieser Situation nicht allein lassen konnte. Sollte der Kerl ruhig entkommen. Verletzt und ohne Waffen würde er gewiß keinen Angriff riskieren.

»Wir haben es wirklich geschafft«, brachte Jack Warden ungläubig hervor, als er sich gleich darauf mühsam aufrichtete. Ein besorgter Blick galt seinen Füßen, aber zwei, drei Meter von der Stelle entfernt, wo eben noch die Statue gestanden hatte, zeigte sich der Untergrund nur ein wenig schwammig.

Fest umklammerte er den Goldkopf an einem der Henkelohren.

»Was war das?« wollte er wissen.

»Eine Falle«, sagte Gudrun. »Und soll ich Ihnen außerdem sagen, was ich von Ihnen …?«

Sie schwieg verblüfft und starrte auf den Goldkopf. Tom trat neben sie. Und dann sah er es auch: Der vom Rumpf getrennte Kopf war innen hohl!

Und nicht nur das. In der Halsöffnung steckte ein zusammengerolltes Pergament.

Jack Warden war ihren verblüfften Blicken gefolgt. Er grinste plötzlich. Mit zwei Fingern zog er die Schriftrolle heraus. »Ein Liebesbrief«, kommentierte er spöttisch. »Oder der Lageplan noch größerer Schätze.«

»Unsinn«, sagte Ericson. »Zeig her!«

Jack reichte die Rolle weiter. Das Material wirkte tatsächlich wie brüchiges Pergament, wenngleich eine wachsartige

Schicht seine Oberfläche überzog. Wahrscheinlich wäre das Papier ohne diesen Schutz längst zu Staub zerfallen.

»Laß sehen!« drängte nun auch Gudrun.

Vorsichtig rollte Tom das Pergament auf. Es war eng beschrieben – zum Teil mit den Symbolen der Maya, aber da waren auch Buchstaben, die wohl dem griechischen Alphabet entstammten.

»Sieh dir das an!« entfuhr es der Anthropologin verblüfft. »Hast du eine Erklärung dafür?« Aufgeregt deutete sie auf einige Worte, die sie auf Anhieb zu erkennen glaubte.

T*or* stand da, wenn auch aus dem Zusammenhang gerissen. Und daneben das Wort O*rakel.*

»Okay!« sagte Jack Warden einschneidend scharf. »Das genügt dann wohl!«

Sie hatten nicht mehr auf ihn geachtet. Ein Fehler, den sie nun bitter bereuten. Jack hatte seine Pistole wieder an sich genommen und zielte auf Ericson, der das Pergament fallen ließ.

»Tut mir leid, Tom, aber Gold wiegt etwas schwerer als alte Freundschaft. Zwing mich nicht, auf dich zu schießen!« Eine unmißverständliche Bewegung ließ Ericson innehalten. »Nimm nur zwei Finger, Tom. Und nun wirf dein Schießeisen weg! Mach schon!«

Fünf, sechs Meter entfernt fiel der Colt ins Gras. Warden grinste breit. Die Mündung seiner Waffe ruckte herum, richtete sich auf Gudrun.

»In den Rucksäcken sind Kunststoffschnüre. Binde Tom die Hände auf den Rücken!«

Der Anthropologin blieb keine andere Wahl. Mißtrauisch überprüfte Jack, ob sie wirklich fest zugezogen hatte. Dann war sie selbst an der Reihe. Für einen Moment war sie versucht, ihm die Fäuste ins Gesicht zu schlagen, aber damit hätte sie sich wohl nur selbst geschadet.

»Eigentlich sollte ich euch ja töten«, sagte Warden spöttisch. »Aber der alten Zeiten wegen bin ich großzügig. Sicher werdet ihr euch über kurz oder lang befreien können.«

Aufreizend langsam verstaute er den Goldkopf in seinem

Rucksack. Er konnte von Glück sagen, daß der Kopf hohl war; einen massiven Goldklumpen dieser Größe hätte er ohne mechanische Hilfsmittel nicht transportieren können. »Mach's gut, Tom. Vielleicht kann ich mich eines Tages revanchieren. Schade nur, daß du Thornten nicht erledigt hast. Ich hoffe in deinem Interesse, daß er nicht mitkriegt, wie hilflos ihr jetzt seid.«

Gleich darauf verschwand er im Grün des Dschungels.

Sie hatten Glück im Unglück. Thornten tauchte nicht mehr auf. Nach zwei Stunden hatte sich Tom Ericson endlich von den Fesseln befreit. Mit tauben Fingern löste er die Stricke um Gudruns Handgelenke.

Jack Warden zu folgen war sinnlos. Sie würden ihn nicht einholen, wußten ja nicht einmal, in welche Richtung er sich letztlich gewandt hatte. Bestimmt würde er den Norden Yukatans demnächst wie die Pest meiden.

Tom bückte sich und hob die Pergamentrolle auf, die im hohen Gras gelegen hatte. Jack mußte rasch erkannt haben, daß er die Schriftzeichen darauf ohnehin nicht hätte entziffern können und das Interesse an ihr verloren haben. Oder hatte er sie in seiner Aufregung und Gier schlicht und ergreifend vergessen?

Sowohl Tom als auch Gudrun hätten das Pergament liebend gerne einer näheren Untersuchung unterzogen. Doch die Vernunft sagte ihnen, daß jetzt keineswegs der richtige Zeitpunkt dafür war. Erst mußten sie den Dschungel hinter sich bringen, dann würden sie weitersehen.

Drei Tage bis Mani …

Von dort aus war es nur ein Katzensprung nach Mérida. Zumindest mit dem Flugzeug. Der Pilot der Cessna hatte ihnen zugesichert, daß er sie abholen würde.

ENDES DES ACHTEN BUCHES

NEUNTES BUCH

DAS TOR DER RÄTSEL

von Marten Veit

Es war dunkel, als der Ruf sie erreichte, und es blieb dunkel, während sie ihre Kleidung anlegten. Gemeinsam traten sie aus ihren Kammern und schritten einen Korridor entlang, in dem dieselbe Schwärze wie überall in dem unterirdischen Gewölbe herrschte.

Wäre ein Beobachter zugegen gewesen, und hätte er Licht gehabt, so hätte er sich vielleicht an einen amerikanischen Kriminalfilm der Schwarzen Serie erinnert gefühlt. Acht Männer in schwarzer Kleidung und mit schwarzen Hüten gingen mit ausdruckslosen Gesichtern durch einen kahlen Gang, der aus dem Felsgestein herausgehauen worden war. Sie betraten einen kreisrunden Raum mit kuppelförmiger Decke, der etwa fünfzehn Meter durchmaß, und blieben vor einem altarförmigen Felsblock in der Mitte des Kuppelgewölbes stehen. Keiner sprach ein Wort.

Auf dem Felsblock ruhte eine Schale aus einer kristallinen Substanz, die schwach zu schimmern begann. Das Licht schien nach wenigen Schritten schon wieder zu versickern, als würde irgend etwas in der Schwärze es gierig aufsaugen.

Ein Beobachter der Szene hätte kein Wort vernommen. Es herrschte vollkommene Stille in dem kreisförmigen Raum, nicht einmal ein leiser Atemzug war zu hören, und doch erhielten die acht reglosen Gestalten genau in diesem Augenblick ihre Instruktionen. Aber die Stimme, die zu ihnen sprach, klang nur in ihren Köpfen auf.

Ich grüße euch, meine Diener. Es ist das erste Mal, daß ich mich direkt an euch wende, um euch einen Auftrag zu erteilen. Aber ich ersehe aus den Aufzeichnungen, daß ihr euch nicht zum erstenmal in die Welt der Menschen begebt.

Dieser Auftrag wird anders sein als die, die ihr bisher gemäß eurer Bestimmung ausgeführt habt. Denn diesmal werdet ihr nicht ausgeschickt, um zu beobachten und Wissen zu sammeln, diesmal sollt ihr etwas vernichten.

Wenn die schwarzgekleideten Männer bei diesen Worten etwas empfanden, so zeigten sie es jedenfalls nicht. Ihre Gesichter blieben weiter unbewegt und ausdruckslos, ihre

Augen blickten starr auf die Kristallschale, die ihr mildes rötliches Licht verströmte.

Die feindlichen Kräfte der Vergangenheit sind wieder erwacht, fuhr die lautlose Stimme fort. *Noch sind sie schwach und wirken im verborgenen, aber die Gefahr droht jederzeit auszubrechen. Das muß verhindert werden. Ein Unbekannter bedient sich einer Vorrichtung, die ihn zur Zeitlosen Ortsversetzung befähigt. Auch benutzt er die Würmer, die unseren Feinden als Symbionten dienten, und macht sich damit Menschen als willenlose Sklaven gefügig. Noch kenne ich seine Ziele nicht, aber sein Handeln ist eigennützig und gegen die Interessen der Menschheit gerichtet. Ihr werdet ihm seine Machtmittel nehmen.*

Selbst wenn ein anwesender Beobachter die lautlose Stimme hätte hören können, hätte er die folgenden Anweisungen doch nicht verstanden. Die Atolle östlich des Kermadec-Tonga-Grabens waren den Erbauern der Anlage unter einem anderen Namen bekannt gewesen, und die Koordinaten unterlagen einem gänzlich anderen System. Die schwarzgekleideten Männer jedoch brauchten die Ortsangaben und Bezeichnungen nicht zu übersetzen, denn trotz ihrer Kleidung, die in den fünfziger Jahren hergestellt zu sein schien, entstammten sie einer Zeitepoche, die bereits vor Jahrtausenden nach einer Katastrophe gigantischen Ausmaßes zugrunde gegangen war.

Nach einer unbestimmbaren Zeitspanne erlosch das Leuchten der Kristallschale mit einem letzten Flackern, und wieder herrschte pechschwarze Finsternis. Die schwarzgekleideten Gestalten verließen das kuppelförmige Gewölbe und schritten zügig, doch ohne Hast durch einen weiteren Korridor. Ihr Ziel war eine Kammer, in der die Ausrüstungsgegenstände lagerten, mit denen sie ihren Auftrag erfüllen würden. Und dieser Auftrag lautete:

Zerstört die Energieanlage der Pyramide, in der sich ein größenwahnsinniger Wissenschaftler namens Professor Richard Dean Karney aufhält!

Gegen Nachmittag schlief der Wind ein, und es wurde drückend heiß. Die Luft war vom Regen des vergangenen Tages feuchtigkeitsgesättigt. Die ersten Moskitos krochen aus ihren Schlupfwinkeln und umschwirrten blutrünstig die beiden Wissenschaftler. Zum Abend hin würden sich dichte Wolken bilden. Abgesehen von ihrem nervtötenden Summen herrschte eine nahezu beängstigend wirkende Stille in dem von Waldinseln durchsetzen Buschland.

»Wir sollten langsam aufbrechen, Tom«, schlug Gudrun Heber vor. Sie saß im Schatten eines blühenden Hibiskusstrauches am Rande einer Waldinsel, ohne allerdings einen Blick für die farbenprächtigen roten Blüten zu haben. Mechanisch schlug sie nach einem aufdringlichen Moskito, der ihre Stirn als Landeplatz auserkoren hatte. Angewidert betrachtete sie das zerquetschte Insekt auf ihrer Handfläche und wischte es an ihren Jeans ab.

»Ja, ja«, erwiderte Thomas Ericson abwesend. Der Archäologe hockte mit untergeschlagenen Beinen auf dem ausgedörrten spärlichen Gras, den Hut tief in die Stirn gezogen, und brütete über einem alten vergilbten Pergament. Auf seinem rechten Oberschenkel lag ein aufgeschlagener Notizblock. Hin und wieder kritzelte er ein paar Buchstaben auf die fleckigen Seiten.

Gudrun ließ den Blick über die Lichtung schweifen. Die Bäume, die sie einrahmten, standen weit auseinander. Ein Angreifer würde es schwer haben, sich unbemerkt anzuschleichen. Trotzdem war die Anthropologin nervös. Die Vorkommnisse der letzten Stunden steckten ihr noch in den Knochen.

Seit fünf Tagen befanden sie sich nun in Yukatan. Vor drei Tagen hatten sie in der kleinen Stadt Mani im Landesinneren Jack Warden getroffen, einen alten Schulfreund Toms. Zuerst war ihnen das Treffen wie ein glücklicher Zufall erschienen, denn Jack kannte sich in der Gegend gut aus und war sofort bereit gewesen, Tom und Gudrun zu den Zwillingshügeln im Hinterland zu führen, die die Deutsche in ihren Visionen mehrfach gesehen hatte. Doch dann hatte sich das Zusammentreffen als ausgesprochenes Pech herausgestellt, denn Jack hatte ihnen nicht nur ihr kostbares Fundstück geraubt, den goldenen Kopf einer gut drei Meter großen Statue, er hatte die beiden Wissenschaftler auch noch gefesselt und sie in der Wildnis allein zurückgelassen.

Bei der Erinnerung daran knirschte Gudrun mit den Zähnen, und ihre Hand schloß sich fester um den Perlmuttgriff des Revolvers Kaliber .45, den Tom stets mit sich herumschleppte. Manchmal ging ihr seine Leidenschaft für Waffen gehörig auf den Geist, aber sie mußte auch zugeben, daß der alte Colt ihnen schon öfters aus der Bedrängnis geholfen hatte.

Erst vor wenigen Stunden noch, nachdem sie die Goldstatue gefunden hatten, die Gudrun aus ihren Visionen kannte. Sie hatten das Artefakt kaum entdeckt, als auch schon zwei zwielichtige Gestalten aus dem Dschungel aufgetaucht waren, die die beiden Wissenschaftler und Jack Warden verfolgt hatten.

Bei dem anschließenden Gerangel um die Statue war einer ihrer Verfolger, Hank MacGilli, ein hünenhafter Kleiderschrank von einem Mann, zusammen mit der Goldstatue im Morast versunken. Und den anderen Galgenvogel, Will Thornten, hatte Tom durch einen Schuß in die rechte Hand entwaffnen und verjagen können. Thornten war geflohen, aber Gudrun befürchtete, daß sich der Mann immer noch in der Gegend herumtreiben und ihnen auflauern könnte.

Zwar war die Statue im morastigen Boden versunken, aber sie hatten wenigstens den goldenen Kopf retten können. Doch auch der war ihnen nicht lange geblieben. Jack Warden hatte sich als skrupelloser Zeitgenosse erwiesen, seinen ehemaligen Schulfreund und dessen Begleiterin überwältigt und sich mit dem Goldkopf aus dem Staub gemacht.

Somit hatte sich ihre Expedition als völliger Fehlschlag erwiesen, und Gudrun fragte sich nicht zum ersten Mal, ob es wirklich ein kluger Entschluß gewesen war, ihre sichere Stellung bei der Yale-Universität zu kündigen, um sich in die Dienste von A.I.M. zu begeben.

Ihr Leben war aus den Fugen geraten. Angefangen hatte alles mit ihrer Expedition zur Insel Gardner im Pazifik, wo sie und Tom auf die Relikte einer uralten unbekannten Zivilisation gestoßen waren und nach allerlei Abenteuern mit einem kinderfaustgroßen Kristall hatten entkommen können, der wie ein menschliches Auge geschliffen war. Gleich darauf hatte sich ihnen ein unbekannter Gegner an die Fersen geheftet, der sich hinter dem merkwürdigen Namen oder Kürzel ›Kar‹ verbarg und mehrfach versucht hatte, ihnen den Kristall abzujagen. Und damit nicht genug: Auch der Kristall selbst hatte sich als phantastisches Gebilde entpuppt, das einen eigenen Willen zu besitzen schien und hin und wieder telepathischen Kontakt mit ihnen aufgenommen hatte. Jetzt lag er in einem Tresor der Universität Yale, und der Himmel mochte wissen, wo der Goldkopf der versunkenen Statue landen würde. Also Mißerfolg auf der ganzen Linie.

Bis auf das Pergament, das Tom gerade studierte, als gäbe es nichts Wichtigeres auf der Welt. Es war in einer Höhlung im Kopf der Statue verborgen gewesen. Der Archäologe war so in die Aufgabe vertieft, die teilweise lateinischen und griechischen Buchstaben zu entziffern, daß er alles um sich herum vergessen hatte. Er bemerkte nicht einmal, daß ihm der Schweiß in Strömen vom Gesicht lief und vom Kinn tropfte.

Gudrun konnte ihn sogar verstehen. Unter etwas entspannteren Umständen hätte sie sich ebenfalls über das Papier hergemacht, war doch schon allein seine Existenz, unabhängig von seinem Inhalt, eine kleine wissenschaftliche Sensation. Vieles deutete darauf hin, daß sein Verfasser ein Templer gewesen war, ein Mitglied jenes Ordens, der im zwölften Jahrhundert in Europa aufgeblüht war, sich in kürzester Zeit zu einer der mächtigsten und finanzkräftigsten Organisationen des Mittelalters entwickelt hatte und schon Anfang des dreizehnten Jahrhunderts wieder blutig zerschlagen worden war.

Ein Tempelritter in Mittelamerika, rund zweihundert Jahre, bevor Christoph Kolumbus den amerikanischen Kontinent erreicht hatte? Ein weiterer Fund, den sie an diesem Tag noch vor der Entdeckung der Statue gemacht hatten, schien diese Vermutung zu stützen. Es war eine verwitterte Stelle gewesen, in die drei Begriffe in lateinischen Schriftzeichen eingemeißelt waren:

Tecplantlaca
Gérard de Villers
lapsit exillis

Fast zwangsläufig waren Tom und Gudrun über die Datierung des Fundes wieder in Streit geraten. Manchmal erschien es der Anthropologin, als würden sie einander schon aus Prinzip ständig widersprechen. Wie zwei pubertierende Jugendliche, die ihr gegenseitiges Interesse aneinander durch unablässige kindische Sticheleien zu verbergen versuchten. Sie schüttelte ärgerlich den Kopf, daß die Schweißperlen flogen. Irgendwann einmal würde sie sich mit Tom aussprechen müssen. Aber nicht gerade jetzt. Im Augenblick hatten sie Wichtigeres zu tun. Zum Beispiel, sich endlich auf den Rückweg nach Mani zu machen, um sich von der Cessna nach Mérida zurückbringen zu lassen.

Sie erhob sich entschlossen, ging zu Tom hinüber und baute sich breitbeinig vor ihm auf. »Dein Forschungseifer in Ehren, aber dafür ist auch später noch Zeit. Wenn wir nicht bald aufbrechen, kommen wir heute keine zehn Kilometer mehr weit. Und ich habe keine Lust, bei Dunkelheit durch den Dschungel zu laufen.«

Tom sah zu ihr auf und blinzelte. »Wir gehen nicht zurück«, stellte er fest.

Im ersten Moment glaubte Gudrun, sich verhört zu haben, aber dann bemerkte sie seine leuchtenden Augen. »Was hast du gesagt?«

»Wir gehen weiter. Kurs Südsüdost, genau in die Richtung, in die der Kopf der Statue geblickt hat.« Er hob den Arm und deutete auf eine niedrige Hügelkette.

»Hast du den Verstand verloren?« fragte Gudrun fassungslos. »Erstens habe ich da auch noch ein Wörtchen mitzureden, und zweitens haben wir gefunden, wonach wir gesucht haben. Auch wenn dein *guter alter* Freund Jack Warden mit dem Kopf verschwunden ist«, fügte sie bissig hinzu.

Tom überhörte den Ärger in ihrer Stimme.

»Sieh her«, sagte er eifrig. »Während du Löcher in den Dschungel gestarrt hast, habe ich mich mit dem Pergament beschäftigt. Ein paar Worte waren direkt verständlich, der Rest ergab auf den ersten Blick keinen Sinn. Aber es handelt sich dabei keineswegs um eine fremde Sprache. Es ist nur ein codiertes Gemisch aus Latein, Altgriechisch und Französisch, bei dem teilweise Buchstaben verschiedener Alphabete benutzt wurden. Der Trick bestand nur darin, herauszufinden, wie der Schlüssel beschaffen ist.«

Er hielt ihr den Notizblock entgegen, und Gudrun sah wider Willen hin. Tom hatte mehrere Buchstabenreihen untereinandergeschrieben und die einzelnen Buchstaben mit Linien verbunden.

»Wie du wahrscheinlich weißt, haben die Templer einen Code benutzt, dem das hebräische Alphabet zugrunde liegt. Du schreibst die ersten elf Buchstaben in der richtigen Reihenfolge auf und die zweiten elf in verkehrter Reihenfolge darunter. Nach diesem simplen Schlüssel vertauschst du die Buchstaben der Worte, die du codieren willst. Genau das habe ich bei den Worten getan, die absolut unverständlich waren. Einen Teil davon konnte ich so entschlüsseln. Die lateinischen und griechischen Begriffe konnte ich übersetzen, für die französischen bist du zuständig.«

Gudrun hatte sich in die Hocke niedergelassen und den Revolver aus der Hand gelegt. »Und was kommt dabei heraus?« fragte sie mit plötzlich erwachtem Interesse.

Tom riß eine Seite aus seinem Notizblock heraus und reichte es ihr zusammen mit einem Bleistift. »Übersetz erst diese Worte«, forderte er sie auf. »Stör dich nicht daran, wenn sie nicht hundertprozentig exakt geschrieben sind. Anscheinend hat der Verfasser des Pergaments den Code leicht verändert.«

Gudrun nahm die Seite und den Stift entgegen und betrachtete die Worte. Plötzlich hatte sie die Umgebung und eine mögliche Gefahr durch Will Thornten vergessen.

Wie Tom gesagt hatte, waren die Worte nicht unbedingt richtig geschrieben, aber mit ein bißchen Phantasie waren sie zu erkennen. Gudrun übersetzte sie und gab Tom das Blatt zurück.

»Sag schon«, drängte sie aufgeregt. »Was steht auf der Schriftrolle?«

»Einen Moment noch, ich muß die Worte nur noch an der richtigen Stelle einsetzen ... So, das wär's!« Mit leuchtenden Augen betrachtete er den Text. »Das ist nur der Teil der Schriftrolle, der nach dem Code der Templer verschlüsselt wurde. Der Rest ist weiterhin unklar. Aber was wir haben, ist schon starker Tobak.«

Er legte eine dramatische Kunstpause ein, bevor er den Text vorlas. Der größte Teil bestand aus einer skizzenhaften Reisebeschreibung, aber dann folgten zwei rätselhafte Ratschläge, bei denen Gudruns Augen größer wurden:

Wisse, daß sich das Tor nach Atlantis *in einem Berg unter den Blicken des Bruders befindet.*

und

Das Orakel kennt die Lage des Schlüssels.

Eines mußte man Jack Warden lassen: Er hatte Tom und Gudrun zwar gefesselt und war mit dem Goldkopf verschwunden, aber er hatte ihnen ihre Ausrüstung und den Revolver gelassen. Zusammen mit der 38er Automatik von Will Thornten verfügten Thomas Ericson und Gudrun Heber jetzt sogar über zwei Waffen. Tom hatte die Automatik überprüft und festgestellt, daß nur zwei Patronen im Magazin fehlten. Er hatte sie behalten und Gudrun seinen alten Colt überlassen, da sie mit ihm schon Schießübungen absolviert hatte.

Die Sonne berührte gerade den Horizont, als die Bäume wieder dichter zusammenrückten und sie die unsichtbare Grenze zum ›Heiligen Land‹ der Eingeborenen überquerten. Sie merkten es nur daran, daß der bis dahin unnatürlich stille Dschungel plötzlich wieder zum Leben erwachte. Als hätte jemand einen Schalter umgelegt, waren auf einmal wieder die Laute der Tierwelt zu hören, das Schrillen und Zirpen von Zikaden und Grillen, das Schnattern einer durch die Baumwipfel streichenden Affenfamilie und die Rufe von Vögeln. Nach der Stille der letzten Stunden erschienen ihnen die Geräusche unnatürlich laut. Gudrun zuckte immer wieder zusammen, wenn es ganz in der Nähe im Unterholz raschelte, und jedesmal fuhr ihre Hand an den Kolben des Revolvers, den sie sich in den Hosengürtel geschoben hatte.

»Tom?« fragte sie zaghaft. »Laß uns einen Platz für das Lager suchen. Spätestens in einer halben Stunde ist es stockdunkel.«

»Eben«, gab Tom zurück, ohne sich zu ihr umzudrehen. Im Gehen warf er einen kurzen Blick auf den Kompaß und deutete nach vorn. »Wir sind genau auf Kurs Südsüdost, und das Gelände steigt an. Bald müßte der Wald wieder lichter werden. Ich möchte aus dem Dschungel raus sein, bevor es völlig dunkel ist.«

Gudrun verschluckte einen Protest. Im Grunde wußte sie, daß Tom recht hatte, aber das Dämmerlicht unter dem Blätterdach machte sie nervös. Jeden Augenblick erwartete sie, auf eine Schlange zu treten, die ihr die Giftzähne in die Waden schlug.

»Schlangen sind in der Regel äußerst scheue Tiere«, hatte Tom ihr ungerührt erklärt, »die die Erschütterungen im Boden spüren und flüchten, wenn du dich ihnen näherst. Es wundert mich sowieso, daß wir schon so vielen über den Weg gelaufen sind. Seit ich mit dir zusammen bin, habe ich mehr gesehen als in allen Jahren zuvor. Statistisch gesehen müßten wir bis zum Ende des Jahrhunderts unser Soll an Schlangen erfüllt haben.«

Die Dunkelheit brach schnell herein, aber tatsächlich traten die Bäume immer weiter auseinander. Gudrun hatte so dicht zu Tom aufgeschlossen, daß sie gegen ihn prallte, als er plötzlich stehenblieb.

»Was ist denn …?« begann sie, aber er brachte sie mit einer kurzen Handbewegung zum Schweigen und deutete nach vorn. »Da ist jemand«, flüsterte er.

Gudrun spähte über seine Schulter. Jetzt bemerkte sie es auch, ein schwaches Flackern, den Widerschein von Feuer. Ganz leise waren Stimmen zu hören.

»Meinst du, es könnte Jack sein?« wisperte sie.

Tom schüttelte den Kopf. »Der ist in Richtung Norden nach Mani verschwunden«, gab er leise zurück. »Thornten dürfte dieselbe Richtung eingeschlagen haben. Aber wir sollten trotzdem vorsichtig sein. Bleib ganz dicht hinter mir und paß auf, wohin du trittst.«

»Worauf du dich verlassen kannst«, erwiderte Gudrun.

Vorsichtig schlichen sie näher. Tom hatte die Automatik gezogen. Obwohl sie behutsam auftraten, hatte Gudrun den Eindruck, man könnte ihre Schritte meilenweit hören.

Nach etwa fünf Minuten wichen die Bäume zurück und gaben den Blick auf eine kleine Lichtung frei, in deren Mitte ein Lagerfeuer brannte. Mehrere Gestalten saßen um das Feuer herum. In der Nähe lag ein dunkler Haufen, der wie eine große zusammengefaltete Plane aussah.

Tom und Gudrun schoben sich hinter ein Gebüsch und spähten durch die Zweige. Sie zählten insgesamt sechs Menschen. Vier schienen Indios zu sein, die beiden anderen, ein Mann und eine Frau, europäischer oder nordamerikanischer Herkunft. Die Szene machte einen friedlichen Eindruck. Über dem Feuer, in dem ein Indio mit einem Stock herumstocherte, hing ein Kessel. Der Mann und die Frau unterhielten sich. Wortfetzen drangen zu den beiden Wissenschaftlern herüber.

Gudrun stieß Tom an. »Das sind Landsleute von mir«, hauchte sie ihm ins Ohr. »Sie sprechen Deutsch.«

Tom nickte. »Scheint harmlos zu sein«, flüsterte er zurück.

»Aber warte trotzdem hier auf mich und halte den Revolver schußbereit. Ich werde nachsehen.«

»Sei vorsichtig«, warnte Gudrun.

Tom schob sich auf Händen und Knien zurück, bevor er sich wieder aufrichtete, einen kleinen Bogen schlug und die Automatik so im Hosenbund verstaute, daß sie von seiner Lederjacke verborgen wurde. Dann schob er sich den Hut in den Nacken und trat auf die Lichtung.

»Guten Abend«, sagte er laut. »Haben Sie etwas dagegen, wenn ich Ihnen Gesellschaft leiste?«

Das kleine Atoll lag friedlich da, als die Sonne über den Horizont kletterte und den Südpazifik der Dunkelheit entriß. Leise rollten die Wellen an den weißen Sandstrand, über den hier und da Krabben auf der Suche nach Nahrung huschten. Der Strandhafer wogte in der leichten Morgenbrise, die Baumwipfel im Inneren der Insel bewegten sich schwach. In der Ferne brach sich die Brandung gischtend an den vorgelagerten Korallenriffen. Nur eine Piper-Aztec, die auf ihren Schwimmkufen in der geschützten Bucht träge dümpelte, verriet, daß die Insel nicht völlig menschenleer sein konnte.

Erst bei genauerem Hinsehen konnte man die Spitze einer pyramidenförmigen Struktur entdecken, die von Sträuchern und Büschen beinahe überwuchert war. Eine halb zerfallene Mauer und kaum noch erkennbare Steinstufen führten von der Pyramidenspitze zur Bucht hinunter.

Niemand sah die Delphinschule, die sich von Norden her der Insel näherte. Zielstrebig steuerten die Meeressäuger die Öffnung an, die sich in dem das Atoll umgebenden scharfkantigen Korallenriff auftat. Sie erreichten die kleine Bucht und hielten in Keilformation auf das Ufer zu. Erst knapp zehn Meter vom Sandstrand entfernt fächerten sie sich zu einer langgezogenen Reihe auf und verharrten auf der Stelle, die Köpfe hoch aus dem Wasser gestreckt. Es sah so aus, als musterten sie das Eiland eingehend.

Fast eine Minute lang geschah nichts. Dann schien es, als würden große Blasen aus dem Wasser zwischen der Delphinreihe und dem Strand aufsteigen. An mehreren Stellen tauchten schwarze Hüte aus dem Meer, gefolgt von Köpfen mit dunkelhäutigen Gesichtern. Wie von einem unsichtbaren Fahrstuhl hochgehoben, schoben sich Hälse, Schultern und Oberkörper aus den Fluten und näherten sich dabei weiter dem Strand. Sie waren von einem schwachen bläulichen Flimmern umgeben, das das Wasser zu verdrängen schien. Als die schwarzgekleideten Männer gänzlich aufgetaucht waren und das Ufer erreicht hatten, erlosch das Flimmern übergangslos. Trockenen Fußes betraten sie den feinkörnigen Sandstrand.

Die Fremden blieben eine Weile stehen, als müßten sie sich orientieren, und wandten sich dann wie auf ein Kommando der verwitterten Mauer zu. Mit sparsamen, seltsam ungelenk wirkenden Bewegungen schritten sie längs der Mauer die zerfallene Steintreppe hinauf. Wie eine Prozession ferngelenkter Roboter näherten sie sich der Pyramidenspitze und bildeten einen Kreis um sie herum.

Wieder verharrten sie eine unbestimmte Zeitlang reglos. Man hätte glauben können, sie wären im Stehen eingeschlafen oder zu Stein erstarrt. Erst als sich eine Öffnung in den schräggeneigten Kalksteinwänden der Pyramidenspitze auftat, kam wieder Bewegung in sie. Nacheinander verschwanden sie in dem gähnenden schwarzen Loch. Kurz darauf schloß sich die Öffnung wieder.

Jetzt löste sich auch die Reihe der Delphine auf. Mit einem kurzen Schnattern warfen sie sich herum und strebten geschmeidig durch die geschützte Bucht dem offenen Meer entgegen. Kurz darauf waren sie verschwunden.

Wieder lag das kleine idyllische Eiland unberührt und friedlich unter der goldenen Morgensonne. Aber plötzlich war kein Krebs mehr auf dem weißen Sandstrand zu sehen, und auch die Vogelrufe waren verstummt. Es schien, als hielte die Tierwelt den Atem an. Nur der Strandhafer und das Laub der Bäume raschelten leise im schwachen Wind.

Bei den beiden Deutschen handelte es sich um ein Wissenschaftlerehepaar, das schon seit Jahren in Mittel- und Südamerika arbeitete. Günter Reinhard war Geologe und Paläontologe, seine Frau Annette Archäologin. Sie hatten sich darauf spezialisiert, die alten Straßen und Verbindungswege präkolumbianischer Kulturen zu entdecken und zu kartographieren.

»Sie würden staunen, wie umfangreich das Straßennetz der Maya war, obwohl sie das Rad als Transportmittel nach unserem Wissensstand nicht kannten«, erzählte Günter gutgelaunt. »Wir unterschätzen immer noch die Leistungen der amerikanischen Frühkulturen. Als die Konquistadores über das Land herfielen und es verwüsteten, waren die alten Kulturen teilweise schon erloschen.«

Tom und Gudrun saßen entspannt vor dem Lagerfeuer, jeweils eine Blechtasse mit dampfendem Kaffee in den Händen.

»Und Sie benutzen tatsächlich den Heißluftballon für Ihre Erkundungen?« vergewisserte sich Gudrun zweifelnd. Sie deutete auf die zusammengefaltete Kunststoffplane, die in sicherer Entfernung vom Feuer lag.

»Ja, damit haben wir die besten Erfahrungen gemacht«, bestätigte Annette. Sie war eine zierliche Frau Mitte Vierzig, sah aber mit ihrem sommersprossenübersäten Gesicht und dem blonden Pferdeschwanz beinahe mädchenhaft aus.

»Flugzeuge bewegen sich zu schnell, Helikopter sind zu teuer«, erklärte sie. »Mit unserem Ballon können wir, je nach Windverhältnissen, mehrere Stunden lang über einem bestimmten Gebiet stehen. Bei Höhen bis zu einem Kilometer können wir uns am Boden anleinen und so die Position halten. Und mit dem Propeller sind wir bei Windstille sogar begrenzt manövrierfähig.«

Tom betrachtete nachdenklich den Ballonkorb. An seinen Rand war ein schwenkbarer Rotor montiert, der von einem zweckentfremdeten 40-PS-Außenbordmotor angetrieben wurde. Die Konstruktion wirkte abenteuerlich, funktionierte nach Günters Angaben aber einwandfrei – wenn man damit umzugehen verstand. Mit dem Rotor konnte der Ballon trotz seiner riesigen Fläche angeblich Geschwindigkeiten von bis zu zwanzig Stundenkilometer erreichen.

»Unser Angebot besteht nach wie vor«, warf Günter ein. »Sie können uns morgen gern auf einem Flug begleiten. Unser Ballon kann leicht vier Personen tragen.«

»So sehr uns das reizen würde«, kam Tom einem Einwand Gudruns zuvor, »wir haben leider nicht die Zeit.«

»Jetzt haben wir die ganze Zeit nur über uns geredet«, protestierte Annette, »aber fast noch nichts über Sie erfahren. Warum haben Sie es so eilig, und wo wollen Sie eigentlich hin?«

»So genau wissen wir das auch noch nicht«, gab Ericson zu. »Auf jeden Fall Richtung Südsüdost. In diese Richtung wies der Blick der Statue, und die Inschrift besagte etwas von einem Tor.«

Aus den Augenwinkeln heraus warf er Gudrun einen prüfenden Blick zu. Sie waren übereingekommen, ihr Wissen vorerst für sich zu behalten. So, wie ihre Loyalität zuvor der Universität Yale gegolten hatte, waren sie jetzt ihrem neuen Arbeitgeber verpflichtet, dem Schotten Sir Ian Sutherland, Kopf und Gründer der Privatorganisation A.I.M., dem *Analytic Institut for Mysteries* mit Sitz auf Oake Dùn, einem Schloß an der Atlantikküste Nordschottlands.

»Sie sind aus dem Norden gekommen, aus der Richtung des ›Heiligen Landes‹ der Maya«, stellte Günter stirnrunzelnd fest.

»Richtig«, bestätigte Gudrun. Sie musterte ihren Gastgeber. »Ihrem Tonfall nach scheint Sie das zu überraschen.«

»In der Tat«, bekräftigte Günter Reinhard. »Das ›Heilige Land‹ ist tabu. Kein Eingeborener würde es betreten, und die Ausländer, die die Gegend kennen, machen einen Bogen darum. Das Gelände ist tückisch. Dort sind schon einige Menschen spurlos verschollen. Einige andere, die wieder zurückgekommen sind, sollen kurz darauf eines unnatürlichen

Todes gestorben sein. Und die wenigen Forscher, die diesen Landstrich untersucht und den Ausflug überlebt haben, haben ihn als gänzlich uninteressant beschrieben.«

Sein Blick forderte die Abenteurer auf, sich dazu zu äußern.

Tom zuckte die Achseln. »Abgesehen von der Statue, die vor unseren Augen im Sumpf versunken ist, haben wir auch nichts Bemerkenswertes entdeckt«, log er. Daß sie aus purem Gold gewesen war, verschwieg er ebenfalls.

»Der Südosten ist archäologisch unergiebig«, stellte der Deutsche fest. »Zumindest die nähere Umgebung, die Sie von hier aus zu Fuß erreichen könnten«, schränkte er ein. »Wie hat die Statue denn ausgesehen?«

»Wir haben Bilder von ihr gemacht«, sagte Gudrun, bevor Tom sie daran hindern konnte.

»Lassen Sie doch mal sehen«, bat Annette.

Widerstrebend holte Tom die Bilder aus einer Seitentasche des Rucksacks hervor und reichte sie der Frau. Er beobachtete sie aufmerksam. Auf den Bildern war deutlich zu erkennen, daß die Statue aus einem goldenen Metall bestand.

»Interessant«, murmelte Annette. Sie betrachtete die Fotos genau, bevor sie sie an ihren Mann weitergab. »Wenn Sie die Bilder nicht hier gemacht hätten, würde ich die Statue, zumindest den Teil, den man davon sehen kann, den Inkas zuordnen.«

»Oder ihren Vorgängern, den Aymara, oder wiederum deren Vorgängern«, fuhr Günter fort, nachdem er die Fotos ebenfalls betrachtet hatte. »Der Kopf der Statue erinnert mich an *El Frayle* aus Tiahuanaco in Bolivien. Man nennt sie *der Bruder*.«

Tom konnte ein Zusammenzucken nicht unterdrücken. Südsüdost! Tiahuanaco lag genau in dieser Richtung, und er mußte blind gewesen sein. Natürlich, die Statue war eine exakte Kopie jener im fernen Bolivien. Und wie jeder Archäologe wußte auch Tom, daß die ersten Wissenschaftler, die die Ruinenstadt auf der bolivianischen Hochebene untersucht hatten, sie in Verbindung mit Atlantis gebracht hatten. Die

Spekulationen waren schnell wieder verschwunden, als man die Funde in das bereits existierende Vorstellungsgebäude des klassischen archäologischen Weltbildes eingepaßt hatte. Aber Toms Weltbild war während der letzten Tage gehörig ins Wanken geraten. Nach seinen letzten Erlebnissen konnte er die Möglichkeit einfach nicht mehr ausschließen, daß die alten Legenden doch einen größeren Wahrheitsgehalt besaßen als allgemein angenommen.

»Halten Sie es für möglich, daß eine Verbindung zwischen den frühen Andenkulturen Südamerikas und denen von Mittelamerika bestanden hat?« erkundigte er sich wie beiläufig.

Günter Reinhard lächelte. »Wenn Sie meine private Meinung hören wollen, ich schließe es nicht aus. Es gibt eine Menge Parallelen zwischen den amerikanischen Kulturvölkern der vorchristlichen Zeit, die nicht alle durch Zufall erklärt werden können. Aber ich würde mich hüten, so etwas öffentlich zuzugeben. Durch solche Spekulationen sind schon viele fähige Wissenschaftler als unseriöse Spinner verschrien worden.«

Tom und Gudrun wechselten einen stummen Blick. Sie wußten beide, daß ihr nächstes Reiseziel feststand. Es hieß Tiahuanaco.

Will Thornten lehnte keuchend am Stamm eines Baumes und betrachtete seine zerschossene rechte Hand. Er hatte sie provisorisch mit einem Fetzen seines durchgeschwitzten Hemdes verbunden. Die Blutung war zum Stillstand gekommen, und auch die Schmerzen waren mittlerweile erträglich, aber er wußte, daß er sich schnellstens in medizinische Behandlung begeben mußte, wollte er keine lebensgefährliche Infektion riskieren. Ganz abgesehen davon, daß die Hand für immer unbrauchbar sein würde, wenn sie nicht bald versorgt wurde.

Hastig blickte er sich um. Gerade hatte er die Grenze zum ›Heiligen Land‹ überquert. Vor hundert Metern war er an der Statue mit dem Jaguarkopf vorbeigekommen, die das Gebiet seit Urzeiten bewachte. Er wußte sehr gut, daß kein Mensch diese Gegend betreten durfte. Die Maya, Nachkommen der ehemaligen Herrscher großer Teile von Mittelamerika, verstanden in dieser Beziehung keinen Spaß. Angeblich sollten sie schon manchem Eindringling die Kehle durchgeschnitten haben.

Aber das war nicht seine größte Sorge. Thornten fragte sich vor allen Dingen, wie er seinem Boß das Debakel erklären sollte. Sein Kumpel Hank MacGilli war im Morast versunken, und die beiden Wissenschaftler sowie Jack Warden waren am Leben geblieben und hatten den Goldkopf erbeutet. Womöglich waren sie ihm jetzt auf den Fersen. Zumindest was Warden betraf, gab sich Thornten keinen Illusionen hin. Hank und er hatten den Amerikaner ausschalten wollen, und Warden war nicht der Mann, der so etwas einfach vergaß.

Nein, er durfte sich nicht ausruhen, er mußte Mani so schnell wie möglich erreichen, den Boß warnen und sich medizinisch versorgen lassen. Thornten stieß sich vom Baumstamm ab und wollte weiterlaufen, verharrte dann aber, als sei er gegen eine unsichtbare Wand geprallt.

Direkt vor ihm, wie aus dem Nichts aufgetaucht, stand ein großgewachsener hagerer Indianer unbestimmbaren Alters und starrte ihn mit steinernem Gesicht an.

Thornten schluckte krampfhaft. Zwar war der Mann unbewaffnet, aber er strahlte eine beinahe körperlich spürbare Bedrohung aus. Sofort gingen dem Amerikaner die Gerüchte durch den Kopf, die über die Maya in diesem Landstrich kursierten.

»Du hast das verbotene Land betreten«, sagte der Indianer kalt. Es war eine Feststellung, die keinen Widerspruch duldete.

Will Thorntens Gedanken rasten. Er wußte, daß sein Leben in diesem Augenblick an einem seidenen Faden hing. Verzweifelt hielt er die rechte Hand hoch. »Ich wurde gezwungen«, stieß er hastig hervor. »Sieh her, man hat sogar auf mich geschossen. Ich hatte keine andere Wahl.«

»Wo sind deine Freunde?«

»Freunde?« Es gelang Thornten, einen fassungslosen Gesichtsausdruck aufzusetzen. »Es waren nicht meine Freunde. Es waren meine Feinde, wie es auch deine Feinde sind. Sie haben mich gezwungen. Sie waren auf der Suche nach Gold. Sie haben sogar das Heiligtum entweiht.«

Das Gesicht des Indianers blieb ausdruckslos. Es war nicht zu erkennen, ob er dem Amerikaner glaubte oder nicht.

Thornten redete schnell weiter. Er berichtete von seiner angeblichen Gefangennahme, vom Fund der goldenen Statue, von ihrem Versinken und dem Raub des Kopfes. Er staunte selbst über seine Phantasie, als er schilderte, wie er noch versucht hätte, den Frevel zu verhindern, und dafür angeschossen worden war. Den Bericht beendete er mit einer Beschreibung Jacks, Toms und Gudruns.

Der Indianer starrte ihn weiterhin an. Thornten blickte gehetzt um sich. Er konnte keine weiteren Männer entdecken. Zwar war der Alte vor ihm unbewaffnet, aber in seiner augenblicklichen Verfassung wollte es Thornten nicht auf einen Kampf ankommen lassen. Ohne Waffe fühlte er sich hilflos.

Nach einer Zeit, die ihm wie eine Ewigkeit vorkam, wandte sich der Indianer wortlos ab und verschwand zwischen den Büschen. Er verursachte dabei nicht das leiseste Geräusch.

Will Thornten blieb noch minutenlang reglos stehen und lauschte angestrengt, konnte jedoch nur die vertrauten Laute der Tierwelt hören. Erst dann atmete er erleichtert aus. Anscheinend war er noch einmal mit dem Leben davongekommen. Ob der Alte ihm geglaubt hatte, wußte er nicht. Aber eins wußte er mit Sicherheit: Trotz seiner zerschossenen Hand hätte er jetzt um nichts in der Welt mit Jack und den beiden Wissenschaftlern getauscht.

Tom und Gudrun waren schon kurz nach Sonnenaufgang wieder auf den Beinen. Die Reinhards und ihre Helfer waren bereits damit beschäftigt, den Ballon für den ersten Flug des

Tages vorzubereiten. Gudrun sah interessiert zu, wie sich die schlaffe Ballonhülle langsam blähte und aufrichtete, als die heiße Luft aus dem Brenner in die untere Öffnung geblasen wurde.

Tom stand etwas abseits mit Günter und studierte eine Geländekarte Yukatans.

»Am besten halten Sie sich von hier aus genau in östlicher Richtung«, erklärte der Deutsche. »Sie müssen nur diesen Höhenzug überqueren. Ein paar Kilometer weiter auf der anderen Seite liegt Tekax. Von dort führt eine Straße direkt nach Mérida. Mit etwas Glück erwischen Sie heute noch einen Bus. Gegen ein kleines Entgelt können Sie sich auch von einem Lastwagen mitnehmen lassen. Und ich würde Ihnen raten, die Gegend schnell zu verlassen. Es könnte unangenehme Folgen für Sie haben, wenn sich herumspricht, daß Sie und Gudrun das ›Heilige Land‹ durchquert haben.«

»Was bedeutet diese rote Linie?« wollte Tom wissen und deutete auf die entsprechende Stelle auf der Karte.

»Das ist eine Hängebrücke, die über eine Schlucht führt. Der kürzeste Weg nach Tekax. Sonst müßten Sie einen großen Bogen um die Hügelkette schlagen.«

Zehn Minuten später verabschiedeten sich Tom und Gudrun von dem deutschen Ehepaar. Sie hatten beschlossen, Günters Ratschlag zu befolgen und sich zu beeilen. Aus diesem Grund ließen sie auch ihr Gepäck zurück, das sie in Bolivien ohnehin nicht brauchen würden. Die mißtrauischen Blicke der Eingeborenen waren ihnen nicht entgangen. Die Indios schienen zu ahnen, daß die beiden Wissenschaftler das uralte Tabu verletzt und das ›Heilige Land‹ betreten hatten.

Sie kamen zügig voran. Je weiter sie den Höhenzug hinaufstiegen, desto dünner wurde der Wald und ging in eine Buschlandschaft über. Nach der Hitze der vergangenen Tage war es beinahe kühl.

Sie hatten kaum einen Kilometer zurückgelegt, als Gudrun zum erstenmal stehenblieb. »Ich glaube, wir werden verfolgt«, sagte sie.

Tom blickte sich aus schmalen Augen unauffällig um.

»Halt die Augen offen, aber laß dir nichts anmerken«, warnte er. »Und behalte den Revolver schußbereit.«

»Du erwartest doch wohl nicht im Ernst von mir, auf einen Menschen zu schießen!« protestierte Gudrun.

»Ich will nicht hoffen, daß es dazu kommt«, erwiderte Tom und beschleunigte seine Schritte. »Aber ich habe nicht vor, mich ohne Gegenwehr irgendwelchen Fanatikern zu ergeben.«

Gudrun verzichtete auf eine Antwort. Dies war wirklich nicht der richtige Zeitpunkt, wieder einen Streit von Zaun zu brechen.

Kurz darauf hatten sie den Höhenzug erklommen und gönnten sich eine kurze Rast. Zwar hatten sie niemanden entdecken können, aber das Gefühl, permanent beobachtet zu werden, war noch stärker geworden.

»Sieh mal, dort!« rief Gudrun plötzlich und streckte den Arm aus. »Der Ballon der Reinhards!«

Tom folgte ihrem ausgestreckten Arm. Langsam und majestätisch stieg der gelbe Heißluftballon in die Höhe. Er schien kaum zwei Kilometer entfernt zu sein. In der klaren Luft konnte man sogar zwei winzige Gestalten im Korb erkennen. Gudrun winkte ihnen zu.

Zehn Minuten später machten sich die beiden Wissenschaftler wieder auf den Weg. Sie stießen auf einen ausgetretenen Pfad, dem sie folgten, und es dauerte nicht lange, da hatten sie die Schlucht erreicht, über die sich eine Hängebrücke spannte.

Gudrun beäugte das Gebilde mißtrauisch. Die Schlucht war vielleicht hundertfünfzig Meter tief und siebzig Meter breit. Die Hängebrücke schien recht neu zu sein und machte einen zuverlässigen Eindruck. Trotzdem hatte die Anthropologin bei dem Gedanken, sich ihr anzuvertrauen, ein mulmiges Gefühl in der Magengrube.

»Na, nicht schwindelfrei?« fragte Tom grinsend und betrat die Brücke betont sorglos. Er rüttelte kräftig an einem der unterarmstarken Hanfseile, die etwa einen Meter über den Bodenbrettern entlangliefen. »Sieht stabil aus und fühlt sich auch so an. Du solltest mal die wackligen Dinger im Himalaya sehen.«

Gudrun folgte ihm vorsichtig einige Schritte weit. Sie zwang sich, nur direkt auf die Bohlen vor ihren Füßen zu blicken. Tom hatte recht; sie war wirklich nicht schwindelfrei. Zwar ging nur ein leichter Wind, aber sie hatte trotzdem das Gefühl, daß die Brücke bedenklich schwankte, und mit jedem Schritt wuchs ihr Unbehagen.

»Nun komm schon!« rief Tom ihr ungeduldig zu. Er war etwa zwanzig Meter weit gegangen, als er sich umdrehte. »Wir haben nicht den ganzen Tag Zeit. Tekax ist ...«

Er unterbrach sich mitten im Satz, und seine Hand fuhr zum Griff der Automatik, die in seinem Hosenbund steckte.

»Was ist los, Tom?« wollte Gudrun wissen.

»Nichts, gar nichts«, beeilte sich Tom zu sagen. »Los, beeil dich!« Er zog die Waffe aus dem Gürtel. Sein Blick hatte sich auf einen Punkt hinter Gudrun gerichtet.

Gudrun spürte, wie sich ihr die Nackenhaare aufstellten. Gegen ihren Willen drehte sie sich langsam um – und erstarrte.

Hinter ihr, direkt am Rande der Schlucht, waren ein paar dunkel gekleidete Gestalten aufgetaucht und hatten sich vor dem Ende der Brücke aufgebaut. Sie hielten große blitzende Buschmesser in den Händen, die wie Säbel aussahen.

»Gudrun, verdammt noch mal!« rief Tom. »Jetzt geh endlich weiter! Oder möchtest du die Herrschaften persönlich kennenlernen?«

Gudrun biß sich auf die Lippen und drehte sich vorsichtig wieder um. Zögernd setzte sie einen Fuß vor den anderen. Tom entfernte sich rückwärts gehend von ihr. Er hatte die Automatik erhoben und zielte über ihre Schultern hinweg.

»Kommen sie näher?« fragte Gudrun heiser. Sie mußte sich zwingen, weiterzugehen und den Kopf nicht zu wenden.

»Nein, sie bleiben stehen«, beruhigte Tom sie. »Vielleicht wollen sie uns nur vertreiben.«

Gudrun hatte das Gefühl, sich schon eine Stunde lang auf der Hängebrücke aufzuhalten, als sie endlich die Mitte erreichte. Ihre Hände waren schweißnaß, und ihre Beine fühlten sich seltsam taub an.

Sie schloß für eine Sekunde die Augen und atmete tief durch. Als sie sie wieder öffnete, konnte sie einen leisen Schrei nicht unterdrücken.

»Jetzt ist nicht der richtige Zeitpunkt für einen hysterischen Anfall!« rief Tom scharf. »Reiß dich zusammen!«

Sein grober Tonfall wischte ihre Angst plötzlich weg und ließ eine Woge von Ärger durch ihren Körper laufen.

»Dreh dich doch mal um, du Held«, sagte sie schneidend und zog Toms Colt.

Toms Augen wurden groß. Er warf einen kurzen Blick über die Schulter zurück und zuckte zusammen. »Na, großartig!« stieß er hervor. »Ich hatte schon Angst, es würde langweilig werden.« Auch am anderen Ende der Hängebrücke waren Indios mit Buschmessern aufgetaucht.

»Und wie geht es jetzt weiter?« erkundigte sich Gudrun. Tom stellte erleichtert fest, daß ihr Ärger noch immer die Oberhand über ihre Angst hatte.

»Komm erst mal zu mir rüber«, forderte er sie auf. »Im Augenblick sind wir noch nicht in Gefahr. Anscheinend haben die Kerle keine Schußwaffen.«

»So weit, so gut«, stellte Gudrun fest, als sie Tom erreicht hatte. Sie standen Rücken an Rücken. Jeder behielt eine der Eingeborenengruppen im Auge. Die Männer machten keine Anstalten, sich ihnen zu nähern. Sie schienen auf irgend etwas zu warten.

»Ich könnte die auf meiner Seite erledigen«, sagte Tom. »Soweit ich es erkennen kann, sind es nur drei. Ich habe noch sechs Schuß in der Automatik, und die Trommel des Revolvers ist voll.«

»Kommt nicht in Frage«, protestierte Gudrun mit Nachdruck. »Solange die uns nichts tun, wäre das Mord.«

»Wenn sie uns hier verhungern lassen, ist das auch Mord«,

stellte Tom grimmig fest. »Mach mir einen besseren Vorschlag.«

Gudrun dachte fieberhaft nach, aber ihr fiel nichts ein. »Wir sollten erst einmal abwarten«, murmelte sie schließlich. »Vielleicht geben sie ja auf, oder es kommt jemand vorbei.«

»Vielleicht sterben sie ja auch an Altersschwäche, bevor wir verhungert sind«, sagte Tom bissig. »Aber vielleicht kommen sie auch auf die Idee, die Trägerseile zu kappen.«

Gudrun warf einen Blick in die Tiefe und erschauderte.

Professor Richard Dean Karney wurde von einem jaulenden Geräusch aus dem Schlaf gerissen. Er schreckte hoch und hatte einen Augenblick lang Schwierigkeiten, sich zu orientieren.

Das Jaulen schien von allen Richtungen gleichzeitig zu kommen. Es war das erste Mal, daß er es hörte. Bisher hatte in der halbversunkenen Pyramide stets eine fast vollkommene Stille geherrscht.

Der Texaner sprang auf, eilte aus der Kammer, die er sich als Schlaf- und Wohnraum hergerichtet hatte, und betrat einen schmalen Korridor. Hastig sah er sich um, konnte jedoch nichts entdecken. Auch hier hielt das nervenzermürbende Jaulen an.

Ohne zu überlegen, wandte sich der Wissenschaftler nach links und folgte dem Korridor bis zu einer Gabelung. Wieder hielt er sich links und schlüpfte kurz darauf durch eine dreieckige niedrige Türöffnung in den Raum, den er ›Bibliothek‹ getauft hatte.

Zwar war hier kein einziges Buch zu sehen, aber die schräg geneigten Wände im Inneren der Pyramidenspitze waren mit fremdartigen Schriftzeichen und Symbolen übersät. Normalerweise war dies der ruhigste Raum der Pyramide, die die Hinterlassenschaft einer längst untergegangenen Kultur war, aber jetzt war auch er von dem lauten Heulen erfüllt.

Karney trat an die Stelle, die sich im Zentrum der ›Bibliothek‹ erhob, und berührte eine Symbolfolge. Sofort öffnete sich eine bis dahin verborgene Klappe im Stein und gab einen Hohlraum frei. Er griff hinein und zog ein seltsames Lebewesen daraus hervor, eine etwa zehn Zentimeter lange beinlose Mischung aus Wurm und Kakerlake.

Das farblose Geschöpf nahm einen rötlichen Schimmer an, als sich die Hand des Mannes darum schloß, und sein zuckender Körper entspannte sich. Nur die hauchdünnen Fühler fuhren tastend durch die Luft.

Die Hand schien nicht zu einem Menschen zu gehören. Die Finger wirkten zu lang, liefen in scharfen Krallen aus und waren von kleinen metallisch glänzenden Schuppen übersät, die sich bis über den Ellbogen des linken Armes hinaufzogen. Aber Professor Karney wußte, daß dies erst der Anfang einer Metamorphose war, die er nicht kontrollieren konnte. Er verwandelte sich langsam, aber unaufhaltsam in ein echsenhaftes Geschöpf. Seit er sich damit abgefunden hatte, nannte er sich selbst nur noch Kar.

Er schloß die Augen und begann, sich auf den Symbionten in seiner Hand einzustimmen. Mit seiner Hilfe konnte er mentalen Kontakt mit den Menschen aufnehmen, die einen ähnlichen Symbionten im Hirn trugen. Kar hatte im Laufe des letzten Jahres eine ganze Reihe von Menschen mit den Würmern ›geimpft‹ und sie so zu willenlosen Sklaven gemacht. Zwei davon, australische Piloten, befanden sich zur Zeit in seinem geheimen Stützpunkt.

Er spürte sie mühelos auf. Die beiden Männer befanden sich in einer kleinen Kammer, wo sie wie Kar von dem Alarm überrascht worden waren. Ratlos hockten sie auf ihren Pritschen.

Auf Kars geistigen Befehl hin erhoben sie sich, betraten den Gang vor der Kammer und folgten ihm, bis dieser vor einer Treppe endete. Sie stiegen die Stufen hinauf und erreichten einen weiteren Korridor. Dort trennten sie sich; der eine ging nach links, der andere nach rechts.

Kar verfolgte ihren Weg. So wie er die Männer geistig steuern konnte, konnte er auch ihre Wahrnehmungen mitverfolgen. Zwar blickte er nicht direkt durch ihre Augen oder hörte durch ihre Ohren, aber er konnte ihre subjektiven Eindrücke quasi gedanklich abrufen. Das Bild, das er auf diese Weise von ihrer Umgebung erhielt, unterschied sich teilweise erheblich von dem, das er selbst wahrnehmen würde, aber die nackten Fakten blieben. Auf zwei Menschen mit unterschiedlichem Geschmack mochte eine bestimmte Frau zwar beispielsweise einmal schön und einmal abstoßend wirken, aber ein Korridor war für beide ein Korridor, eine Treppe blieb eine Treppe.

Es dauerte nicht lange, da hatte Kar die Ursache des Alarms entdeckt. Einer der beiden Australier war im oberen Teil der Pyramide auf eine Gruppe von Eindringlingen gestoßen. Kar befahl ihm stehenzubleiben und die Fremden zu beobachten.

Das Bild, das er über das Gehirn des Piloten empfing, war verwirrend. Er ›sah‹ acht schwarzgekleidete Männer mit schwarzen Hüten. Ob ihre Kleidung wirklich so altmodisch war, wie sie dem Australier vorkam, und ob ihre Bewegungen tatsächlich so knapp und seltsam ungelenk ausfielen, konnte Kar nicht sagen. Er mußte sich mit dem begnügen, was der Symbiontenträger bei ihrem Anblick empfand.

Doch eines konnte keine subjektive Empfindung sein: Die acht Männer waren an einer bestimmten Stelle stehengeblieben und tasteten in der Luft herum, als stünden sie vor einer unsichtbaren Barriere. Sie machten beinahe den Eindruck von ungeschickten Breakdancern. Anscheinend kamen sie tatsächlich nicht weiter. Sie fuchtelten mit kleinen, ebenfalls schwarzen Gegenständen in der Luft herum.

Kar befahl dem Australier, die Stellung zu halten und notfalls auf die Fremden zu schießen, falls sie tiefer in die Pyramide eindringen sollten. Dann machte er sich eilig auf den Weg in den tiefer gelegenen Bereich des Bauwerks. Der Mann würde seinen Befehl mit der Beharrlichkeit eines Roboters befolgen und dabei notfalls auch sein Leben einsetzen. Sein freier Wille war ausgeschaltet.

Wer sind die Kerle, woher kommen sie, und wie sind sie auf

die Pyramide gestoßen? fragte sich Karney, während er eine spiralförmig gewundene Treppe hinablief. Ich habe sämtliche Eingänge versiegelt. Wie konnten sie die Sperren umgehen?

Die andere Frage war, wieso die unsichtbaren Mechanismen des uralten Bauwerks Alarm geschlagen hatten. Das war bisher noch nie geschehen, auch nicht damals, als Kar es selbst zum erstenmal betreten hatte.

Eine weitere Überraschung erwartete ihn, als er den ›Maschinenraum‹ der Pyramide erreicht hatte, der mindestens hundert Meter unter dem Meeresspiegel lag. Außer einer Anzahl metallischer nahtloser Walzen, in denen Kar Generatoren zur Energieversorgung der Pyramide vermutete, befand sich hier eins seiner wichtigsten Hilfsmittel: eine ovale dünne Kristallscheibe, die auf sieben silbernen Säulen ruhte.

Mit der Hilfe dieser Anlage konnte Kar wie mit einer futuristischen Kamera dreidimensionale Abbildungen beliebiger Orte auf der Erde projizieren und mit einer Technik, die er aufgrund teilweise entzifferter Schriften ›Zeitlose Ortsversetzung‹ nannte, Menschen und Gegenstände über größere Entfernung transportieren.

Jetzt flimmerte die Luft über der spiegelnden Kristallplatte. Wie von Geisterhand war ein plastisches Abbild des oberen Pyramidenbereichs erschienen, das die acht schwarzgekleideten Männer zeigte. Und im Gang vor ihnen schimmerte tatsächlich eine grünliche Barriere. Auf der anderen Seite war der australische Pilot zu sehen, ein hünenhafter weißhaariger Mann.

Die Pyramide schien über Selbstverteidigungsmechanismen zu verfügen. Hilflos blickte Kar über eine verwirrende Fülle leuchtender und blinkender Symbole und Flächen. Noch nie zuvor hatte die Bedienungstafel der Kristallscheibe eine derartige Aktivität gezeigt. Offensichtlich wartete sie darauf, von einem Fachmann bedient zu werden.

Aber Kar war beileibe kein Fachmann. Er hatte gerade erst einen Bruchteil ihrer Funktionen entschlüsseln können. Und noch während er hilflos zusah, begann die grüne Barriere im Gang vor den Schwarzgekleideten zu flackern und dünner zu werden.

»Ich könnte versuchen, sie kampfunfähig zu schießen«, schlug Tom vor. Sie standen erst fünf Minuten lang Rücken an Rücken auf der sacht schwankenden Hängebrücke, aber beiden kam es wie eine Ewigkeit vor. »Aus dieser Entfernung könnte ich sie in die Arme oder Beine treffen ...«

»... und sie dadurch erst recht wütend machen«, führte Gudrun den Satz zu Ende.

»Verdammt noch mal!« stieß Tom ungeduldig hervor. »Hast du dir schon mal überlegt, daß die vielleicht nur auf die Artillerie warten?« Er visierte eine Stelle kurz vor den Füßen des ersten Indios an. »Erschrick nicht«, warnte er. »Das ist nur ein Warnschuß.«

Er drückte ab. Der Schuß peitschte trocken auf, und direkt vor den Füßen des Indios spritzten Staub und Steinsplitter auseinander.

Der Mann machte einen Satz zurück, trat dann aber sofort wieder vor und hob drohend die lange Klinge. Er grinste sogar. Anscheinend war er überzeugt davon, daß Tom nicht ernst machen würde.

Tom stieß Gudrun mit der linken Hand an. »Laß uns die Waffen tauschen«, verlangte er. »Wenn es hart auf hart geht, verlasse ich mich lieber auf den Revolver. Außerdem habe ich keine Ersatzpatronen für die 38er.«

Widerstrebend drehte sich Gudrun halb um und wollte ihm den Revolver reichen, hielt dann aber mitten in der Bewegung inne. »Hörst du das?« fragte sie.

Von schräg oben klang ein durchdringendes Geräusch auf. Tom hatte es schon länger wahrgenommen, aber in der Anspannung nicht darauf geachtet. »Die Reinhards!« rief er. Er ergriff seinen Colt und reichte Gudrun die Automatik.

Der Heißluftballon trieb knapp fünfzig Meter über ihnen

und dreihundert Meter entfernt langsam auf sie zu. Jetzt wurde das Motorengeräusch schnell lauter. Anscheinend steuerte Günter das Luftgefährt mit Hilfe seines patentierten Rotors.

Auch die Indios waren aufmerksam geworden. Sie bewegten sich nervös, und der Mann vor Tom setzte einen Fuß auf die Brücke. Sofort drückte der Archäologe wieder ab. Holzsplitter flogen aus der Brückenbohle und schwirrten durch die Luft. Der Indio zuckte zurück. Sein Blick pendelte zwischen der Hängebrücke und dem Ballon hin und her.

»Miss Heber, Mr. Ericson!« klang eine helle Frauenstimme von oben auf. »Wir lassen Ihnen ein Seil runter. Halten Sie sich daran fest!«

Tom schielte kurz nach oben. Der Ballon befand sich jetzt fast genau über ihnen. Ein Seil mit einer Schlaufe hing über den Korb herab und pendelte hin und her. Hinter Tom peitschten zwei trockene Schüsse auf.

»Sie kommen näher!« schrie Gudrun.

»Versuch, das Seil zu erreichen!« schrie er zurück. »Und wenn es nötig wird, dann schieß gezielt.«

»Ich habe es!« rief Gudrun triumphierend. »Komm, Tom, der Ballon treibt weiter!«

In diesem Augenblick stürmte der Indio auf Toms Seite mit erhobenem Buschmesser los. Zwei weitere Männer folgten ihm.

Der Archäologe drückte zweimal ab. Eine der Kugeln traf den Angreifer in den Oberschenkel und ließ ihn stürzen. Einer der Verfolger stolperte über ihn und blockierte so kurz den Weg für den dritten Mann.

»Tom, ich kann das Seil nicht länger halten!« schrie Gudrun verzweifelt.

Tom wirbelte herum. Der Ballon war bereits über die Hängebrücke getrieben. Gudrun hielt das Seil mit der einen Hand fest und umklammerte eines der Handseile der Brücke mit der anderen. Ihre Arme wurden unerbittlich auseinandergezogen. Jeden Augenblick mußte sie das eine oder das andere loslassen.

Sie tat das einzig Richtige, ließ das Brückengeländer los und krallte sich auch mit der anderen Hand am Seil fest. Jetzt hing sie nur noch mit den Oberschenkeln auf dem Handlauf der Brücke.

Tom stopfte sich den Colt in den Hosenbund und sprintete los. Hinter ihm hatten sich die gestürzten Indios erhoben, und auch von der anderen Seite kamen die Eingeborenen näher. Doch als er Gudrun gerade erreicht hatte und die Hände ausstreckte, rutschte sie weg.

Das Seil schwang mit Gudrun von der Brücke fort. Durch das zusätzliche Gewicht sackte der Ballon langsam ab. Annette Reinhard fuhr den Brenner hoch, um ihm Auftrieb zu verleihen, während ihr Mann verzweifelt versuchte, die Drift des Ballons mit dem Propeller aufzuhalten.

Gudrun war es mittlerweile gelungen, den Fuß in die Schlaufe zu stellen. Sie war rund zehn Meter weit mit dem Seil von der Brücke fortgeschwungen und befand sich nun gut vier Meter tiefer als der Boden der Hängebrücke. Der Ballon kam zum Stillstand, und das Seil pendelte zurück. Aber Tom erkannte sofort, daß es die Brücke nicht mehr erreichen würde.

Ohne zu überlegen, zwängte er sich zwischen den vertikalen Halteseilen hindurch. Seine Fußspitzen ragten über die Bodendielen hinaus. Mit der linken Hand umklammerte er den Handlauf und beugte sich so weit wie möglich vor. Unter ihm gähnte die Schlucht.

Er schickte ein kurzes Stoßgebet zum Himmel. Die Schritte der heranstürmenden Eingeborenen ließen die Brücke erzittern. Tom wußte, daß der Boden beim Absprung nachgeben würde, aber ihm blieb keine andere Wahl. Die Angreifer machten nicht den Eindruck, als wollten sie ihn nur gefangennehmen.

Er wartete, bis das Seil nach dem Rückschwung fast zum Stillstand gekommen war. Gudrun befand sich jetzt mindestens sechs Meter direkt unter ihm, aber aus Toms Sicht lief das Seil nach schräg oben von ihm weg. Es war mindestens drei Meter entfernt.

Auch gut, schoß es ihm durch den Kopf. So werde ich wenigstens nicht auf sie stürzen, wenn ich es verfehle.

Hinter sich hörte er eine scharfe Klinge pfeifend durch die Luft schneiden. Er atmete tief durch und stieß sich mit aller Kraft ab.

Kar hatte sich über das Bedienungsfeld der Kristallplatte gebeugt. Hektisch huschten seine Finger über die Symbole und Zeichen, deren Funktion er entziffert hatte. Das schrille Jaulen hielt unvermindert an und raubte ihm den Nerv.

Im Hologramm direkt vor seinem Gesicht sah er, wie sich in dem Gang mit den Schwarzgekleideten ein Transportfeld aufbaute. Aber irgend etwas schien den Mechanismus zu stören. Der dichte wallende Nebel, der das Feld anzeigte, wogte unkontrolliert hin und her und zog sich zusammen.

Bevor er sich ganz auflösen konnte, schlug der Texaner verzweifelt auf die Transporttaste, ohne einen Zielort bestimmt zu haben. Übergangslos verschwand der Nebel, und mit ihm einer der Fremden.

Kar stieß einen Triumphschrei aus, aber im gleichen Moment löste sich die grünlich schimmernde Barriere auf.

Die schwarzgekleideten Männer zögerten einen Augenblick, bevor sie weitergingen. Sie schienen es nicht einmal eilig zu haben.

Karney konzentrierte sich auf den Symbionten und schaltete sich damit in das Gehirn des infizierten Australiers ein. Er zwang den Mann dazu, die Pistole zu heben, den vordersten der Fremden anzuvisieren und abzudrücken.

Der erste Schuß traf den Schwarzgekleideten mitten in die Brust, zeigte aber keine Wirkung. Er zuckte nicht einmal zusammen. Wieder und wieder ließ Kar den Piloten abdrücken, doch erst nach dem vierten Schuß wurde der Fremde endlich langsamer. Und erst als der Australier das gesamte Magazin verschossen hatte, blieb der Schwarzgekleidete stehen. Dann sackte er ganz langsam in die Knie und kippte um. Reglos blieb er liegen.

Kar befahl dem Australier zu fliehen, bevor er den mentalen Kontakt abbrach und sich wieder auf das Hologramm konzentrierte, aber da war es bereits zu spät. Einer der Eindringlinge hatte ihn erreicht und streckte die Hand nach ihm aus. Der Australier wurde plötzlich stocksteif und stürzte wie vom Blitz getroffen zu Boden.

»Nun gut, zumindest habe ich zwei erwischt«, knurrte Kar. »Wer auch immer ihr seid, ihr seid nicht unbesiegbar.«

Ohne sein Zutun veränderte sich das dreidimensionale Abbild über der Kristallplatte und zeigte einen anderen Abschnitt des Korridors. Auch hier war wieder eine flirrende grüne Barriere zu sehen. Karney fragte sich, warum die Pyramide nur über Defensivwaffen verfügte. Bei den technischen Fähigkeiten, über die ihre unbekannten Erbauer zweifellos verfügt hatten, müßte es ein leichtes gewesen sein, auch ein paar Angriffswaffen zu installieren.

Aber vielleicht, schoß es ihm durch den Kopf, gab es die ja auch, nur waren sie von den unbekannten Eindringlingen neutralisiert worden.

Er vertrieb diesen Gedanken. Spekulationen waren jetzt fehl am Platz. Er mußte seinen zweiten Helfer aktivieren. In einer Kammer hatte er neben anderen Ausrüstungsgegenständen auch eine Uzi mit ausreichend Munition verstaut. Damit würde er die Angreifer ausschalten, und wenn er sie mit Kugeln buchstäblich durchsieben mußte.

Tom hatte das Gefühl, endlos durch die Luft zu fliegen.

Wie befürchtet, hatte der Boden der Hängebrücke unter seinen Füßen nachgegeben. Sein Flug ging sofort in eine steile abwärts geneigte Parabel über.

Dort vor ihm war das Seil, kaum noch einen halben Meter

entfernt. Seine linke Hand stieß dagegen und glitt ab, aber die rechte packte zu.

Tom spürte, wie ihm das Seil durch die Hand rutschte und die Haut aufriß. Er griff mit der linken nach und rutschte einen Meter weit durch, bis es ihm schließlich gelang, das Seil auch um die Fußgelenke zu winden. Endlich konnte er das Abgleiten aufhalten. Seine Handflächen brannten wie Feuer.

Das Seil war wieder von der Brücke weggeschwungen. Durch ihr Gewicht zogen Tom und Gudrun den Ballon weiter in die Tiefe. Über ihnen fauchte unablässig der Brenner, aber es würde noch eine Weile dauern, bis die heiße Luft die Hülle weit genug anschwellen ließ, um dem Ballon den nötigen Auftrieb zu geben.

Tom riskierte einen kurzen Blick nach unten. Gudrun stand knapp zwei Meter unter ihm in der Seilschlaufe und blickte mit geweiteten Augen zu ihm empor. Ihr Gesicht war kreidebleich. Sie versuchte, irgend etwas zu sagen, brachte aber nur ein Krächzen hervor.

Erst jetzt richtete der Archäologe seine Aufmerksamkeit wieder auf die Hängebrücke. Die Eingeborenen hatten die Stelle erreicht, an der er seinen Sprung gewagt hatte, fuchtelten mit ihren überdimensionalen Brotmessern in der Luft herum und schrien sich vor Wut und Enttäuschung die Kehlen heiser. Einer schleuderte sein Buschmesser voller Wut hinter ihnen her. Wirbelnd flog es gefährlich nahe an Gudruns Gesicht vorbei.

»Miss Heber, Mr. Ericson? Wir ziehen Sie jetzt mit der Winde hoch!«

Tom legte den Kopf in den Nacken und erblickte Annette Reinhards Gesicht. Die Frau hatte sich weit über den Rand des Ballonkorbes gebeugt. Auch ihr Gesicht war schreckensbleich.

»Aber das wird ein paar Minuten dauern«, fügte sie hinzu. »Die Winde hat eine ziemlich große Übersetzung. Halten Sie durch!«

»In Ordnung«, gab er zurück.

Fünf Minuten später saßen sie am Boden des Korbes. Der Ballon war gefährlich tief gesunken, hatte die Schlucht aber unbeschädigt passiert und trieb jetzt ostwärts auf Tekax zu. Günter Reinhard beschleunigte ihn noch zusätzlich mit dem Rotor. »Wir müssen dafür sorgen, daß Sie möglichst schnell aus der Gegend verschwinden können«, hatte er gesagt. »Ich habe die Maya noch nie so aufgebracht erlebt.«

Annette Reinhard kümmerte sich um Toms aufgerissene Handflächen. Während sie sorgfältig die Wunden mit einem sauberen Tuch abtupfte, berichtete sie, wieso sie und ihr Mann nach Tom und Gudrun Ausschau gehalten hatten.

»Sie waren kaum gegangen, da sind auch zwei unserer Helfer verschwunden«, erzählte sie. »Sie stammen hier aus der Gegend. Alle vier verhielten sich schon so merkwürdig, als Sie aus dem Norden auftauchten. Zwar haben wir sie als Helfer angeheuert und bezahlen sie auch gut, aber wir hatten schon immer den Eindruck, daß sie vor allen Dingen dafür sorgen sollten, uns davon abzuhalten, ihr ›Heiliges Land‹ zu betreten.«

»Also sind wir mit dem Ballon aufgestiegen, ohne ihn anzuleinen, obwohl ein leichter Ostwind wehte«, fuhr Günter fort. »Wir haben Sie auf dem Kamm der Hügelkette gesehen und dann ein paar Gestalten entdeckt, die Ihnen in sicherem Abstand folgten. Also habe ich den Motor angeworfen und den Ballon in Ihre Richtung gesteuert.«

»Gott sei Dank!« seufzte Gudrun. »Ich weiß nicht, was wir ohne Sie getan hätten.« Nach einem Schluck Whisky aus einer Feldflasche, die Günter – wie er sagte – aus ›medizinischen‹ Gründen mitführte, hatte ihr Gesicht wieder Farbe angenommen.

»Mir ist fast das Herz stehengeblieben, als Sie nach dem Seil gesprungen sind«, versicherte Annette.

»Mir auch«, gestand Tom grinsend. »Aber wenn ich geblieben wäre, hätten mich die Brüder mit ihren Brotmessern verhackstückt.«

»Da drüben ist Tekax!« rief Günter aus.

Zwei Stunden später gingen sie am Rand der Stadt nieder. Das Propangas, mit dem der Ballon aufgeheizt wurde, war ohnehin fast verbraucht. Aber in Tekax hatten die Reinhards ein Depot angelegt.

Tom und Gudrun hatten Glück. An diesem Tag fuhr tatsächlich ein Bus nach Mérida, und obwohl das klapprige Gefährt völlig überfüllt war, zögerten sie nicht eine Sekunde lang und lösten zwei Karten.

Der Abschied von den Reinhards fiel herzlich aus. Die Deutschen hatten ihren neuen Freunden versichert, daß sie von den Eingeborenen nichts zu befürchten hatten.

Tom und Gudrun waren sich da zwar nicht so sicher, behielten ihre Befürchtungen aber für sich. Günter und Annette Reinhard lebten schon seit Jahren in Mittelamerika und kannten Land und Leute gut. Sie würden wissen, wie die Situation einzuschätzen war.

Trotz der drangvollen Enge im Bus schliefen Tom und Gudrun bald ein und erwachten erst wieder, als sie am späten Nachmittag in Mérida angekommen waren.

Während sich die schwarzgekleideten Eindringlinge noch mit der nächsten Barriere abmühten, hatte Kar den zweiten Piloten mit der Uzi durch die Gänge dirigiert. Nun stand der Mann auf der anderen Seite der für ihn unsichtbaren Wand und wartete darauf, daß die Fremden durchbrachen.

Kar hatte erfolglos versucht, das Transportfeld erneut aufzubauen und die Schwarzgekleideten damit zu entfernen. Anscheinend besaßen sie irgendwelche Hilfsmittel, die das Feld neutralisierten.

Als die im Hologramm sichtbare Barriere zu flackern begann, schaltete sich Kar in das Gehirn des Australiers ein. Der Mann hob die Maschinenpistole und zielte auf einen der Eindringlinge. Zeitgleich mit dem endgültigen Zusammenbruch der Barriere krümmte er den Finger.

Aber es hatten höchstens fünf Kugeln den kurzen Lauf der

Uzi verlassen, als die Waffe plötzlich blockierte und heiß wurde. Kar schrie gequält auf. Die Schmerzen des Australiers übertrugen sich auf ihn, und in einer Reflexbewegung öffnete er die Hände. Der Symbiont fiel zu Boden, und im selben Moment brach der mentale Kontakt ab. Gleichzeitig erloschen die Schmerzen.

Reaktionsschnell richtete Kar den Blick wieder auf das Hologramm und konnte gerade noch erkennen, wie der Australier nach einer flüchtigen Berührung durch einen der Fremden zusammenbrach und bewegungslos liegenblieb.

Karney bückte sich nach dem Symbionten, konnte aber keinen Kontakt mehr mit dem Infizierten aufnehmen. Er empfing nur verworrene Eindrücke, wie von einem Schlafenden. Zumindest schien der Mann nicht tot zu sein.

Jetzt war Kar auf sich allein gestellt. Er führte lediglich eine kleine 25er Automatik mit sich, und wie er miterlebt hatte, waren die geheimnisvollen Fremden durch Kugeln kaum aufzuhalten und konnten die Waffen darüber hinaus auch irgendwie ausschalten.

Kar fluchte vor sich hin, während er den Weg der sechs schwarzen Gestalten verfolgte. Sie schienen sich zielstrebig seinem Standort zu nähern, der offensichtlich das Herzstück der Pyramide bildete.

Die Fremden waren keine normalen Menschen, so viel war ihm klar. Flüchtig erinnerte er sich daran, schon in Verbindung mit UFO-Sichtungen von geheimnisvollen schwarzgekleideten Männern gelesen zu haben, aber nach diesen Berichten hatten sie nie aktiv gehandelt, sondern nur Warnungen an die Zeugen von angeblichen UFO-Landungen ausgesprochen, ihr Wissen für sich zu behalten.

Kar verdrängte die Gedanken. Vordringlich war es jetzt, die Eindringlinge abzuwehren. Aber wie?

Einer der sechs noch Verbliebenen fiel hinter seinen Kollegen zurück. Wahrscheinlich war es der, den die ersten Kugeln aus der Uzi erwischt hatten. Kar suchte vergeblich nach Blutflecken. Vielleicht verfügten diese Wesen nicht einmal über einen normalen Blutkreislauf. Aber der angeschossene ›Schwarze‹, wie Kar die Fremden spontan nannte, schien zumindest angeschlagen zu sein.

Nach etwa zehn Minuten wurden auch die Bewegungen der restlichen Männer zunehmend langsamer. Hoffnung keimte in Kar auf und verwandelte sich in Triumph, als die fünf plötzlich auf der Stelle kehrtmachten und denselben Weg zurückgingen, den sie gekommen waren. Ihre Bewegungen, die die ganze Zeit über schon merkwürdig sparsam und ungelenk gewirkt hatten, schienen jetzt kraftlos.

Karney konnte ihren Weg ohne eigenes Zutun durch die Holographie über der Kristallplatte verfolgen. Als sie die Pyramide verlassen hatten, erstarb auch endlich das gräßliche Jaulen, aber die Holographie blieb auf die ›Schwarzen‹ fixiert.

Sie folgten dem ausgetretenen Pfad und gingen über den Strand zum Ufer. Gespannt sah Kar zu, wie sie ohne zu zögern ins Meer marschierten und langsam darin untertauchten. Um sie herum schien sich ein bläuliches Leuchten auszubreiten, das das Wasser verdrängte, und plötzlich waren sie verschwunden.

Trotzdem verspürte Kar keine Erleichterung. Aus irgendeinem Grund war er sich sicher, daß die fünf wiederkommen würden …

Fünf! Erst jetzt fiel ihm auf, daß einer der ›Schwarzen‹ fehlte.

Eilig beugte er sich über die Kristallplatte und steuerte die holographische Darstellung den Weg zurück, den die Fremden genommen hatten. Als er den sechsten entdeckte, stockte ihm der Atem.

Der Mann stand genau an der Stelle vor den Felsen, wo Kar die geheimnisvolle Stonehenge-Sichel verborgen hatte. Mit unsicheren Bewegungen tastete er über die Felsen und griff schließlich in eine Nische. Als er die Hände wieder hervorzog, umklammerte er die Stahlkassette.

Im selben Augenblick schien ein Ruck durch seinen Körper

zu gehen. Seine gebeugte Haltung verschwand, seine Schultern strafften sich, der Kopf richtete sich wieder auf.

Gebannt beobachtete Kar, wie der ›Schwarze‹ die Kassette öffnete und ihr die Sichel entnahm. Der Texaner zerbiß einen Fluch zwischen den Zähnen. Ihm war rätselhaft, wie der Schwarzgekleidete den verschlossenen Kasten ohne Schlüssel hatte öffnen können.

Karney wußte sehr wohl um den Einfluß des Artefakts – deshalb hatte er es ja auch außerhalb der Pyramide verborgen. Von der Sichel ging eine geheimnisvolle, mörderische Kraft aus, im wahrsten Sinne des Wortes. Unter ihrem Einfluß hatte Kar einen jungen Mann getötet, ohne daß eine Veranlassung dazu bestanden hätte.

Er war eher zufällig in den Besitz des uralten Artefaktes gekommen, als er versucht hatte, Tom Ericson das ›Auge der Göttin Khom‹ abzujagen. Der Archäologe hatte die in Stonehenge gefundene Sichel in das von Kar aufgebaute Transportfeld geworfen und es damit zum Zusammenbruch gebracht.

Jetzt wandte sich der Schwarze ab und folgte dem Weg, den seine Artgenossen eingeschlagen hatten, hinunter zum Strand. Sein Verhalten hatte sich verändert. Er wirkte nicht nur kräftiger und lebendiger, er schien auch irgendwie ... selbständiger, sah sich fortwährend um und nahm auch nicht den kürzesten Weg. Wie die anderen verschwand auch er im Wasser.

Kar verlor keine Zeit. Solange die Eindringlinge buchstäblich untergetaucht blieben, mußte er seine Vorkehrungen treffen. Er konnte sich weder auf Schußwaffen noch auf die Abwehreinrichtungen der Pyramide verlassen. Aber Professor Richard Dean Karney hatte nicht zufällig die Macht erlangt, die er zur Zeit besaß. Neben seinem Größenwahn und seiner Machtgier verfügte er über einen brillanten Geist.

Er hatte genügend Gerätschaften und Materialien in dem alten Bauwerk deponiert, mit denen er den ungebetenen

Besuchern einen angemessenen Empfang bereiten konnte. Vorausgesetzt, sie ließen ihm die Zeit für die nötigen Vorbereitungen …

Tom und Gudrun hatten sich in Mérida ein Hotelzimmer genommen und nach einem ausgiebigen Bad die Nacht durchgeschlafen. Aber schon am nächsten Tag war die Ruhepause vorbei. Während Gudrun Einkäufe für die Weiterreise tätigte und zwei Flüge nach La Paz buchte, suchte Tom das Postamt auf, um Sir Ian Sutherland über die Ergebnisse der Expedition zu informieren.

Von der Schriftrolle hatte er eine Abschrift angefertigt und mehrere Fotos gemacht, das alte Pergament sorgfältig verpackt und nach Oake Dùn geschickt. Gegen eine beachtliche Gebühr durfte er sogar das Telefaxgerät benutzen und übermittelte so die Bilder von der versunkenen Goldstatue und zur Sicherheit auch noch eine Kopie der Schriftrolle ins ferne Schottland. Danach telefonierte er mit seinem und Gudruns neuem Brötchengeber.

»Tiahuanaco ist schon seit Jahrzehnten von einer Unzahl Wissenschaftlern untersucht worden«, sagte Sutherland, nachdem Tom geendet hatte. »Ich kann mir kaum vorstellen, daß Sie dort auf die Schnelle etwas finden können, was den anderen entgangen ist. Zumindest nicht ohne die nötige wissenschaftliche Ausrüstung.«

»Wir haben unseren Kollegen eins voraus«, gab Tom zu bedenken. »Wir wissen, wonach wir konkret suchen.«

»Das Tor nach Atlantis.« Tom konnte die Skepsis aus der Stimme des Earls heraushören. »Das kann nur symbolisch gemeint sein. Atlantis, wenn es tatsächlich einen solchen Kontinent gegeben hat, kann nicht in dieser Gegend liegen. Sämtliche Quellen und Legenden legen nahe, daß es in der Nähe von Europa zu suchen ist.«

»Wollen Sie damit andeuten, daß Gudrun und ich nicht nach Bolivien fliegen sollen?« erkundigte sich Tom.

»Nein, nein«, beeilte sich Sutherland zu erwidern. »Reisen Sie nach Tiahuanaco. Wir werden unterdessen versuchen, Ihre Daten auszuwerten. Auch der Hinweis auf das Orakel klingt interessant. Ich werde dieser Sache nachgehen. Und ich glaube, ich kenne auch genau die richtige Person, die ich mit der Angelegenheit betrauen kann.«

»Jemand, den ich bereits kenne?« wollte Tom wissen.

»Das glaube ich kaum. Aber ich kann mir durchaus vorstellen, daß Sie sie irgendwann kennenlernen werden. Sie hat das gleiche Talent wie Sie, in die haarsträubendsten Situationen zu geraten.«

»Sie?«

»Valerie Gideon, auch wenn Ihnen der Name nichts sagen wird. Eine überaus interessante junge Frau. Und darüber hinaus auch noch ausgesprochen intelligent und attraktiv.«

Tom konnte das Schmunzeln in der Stimme des Schotten hören. Sir Ian Sutherland war für zahlreiche Damenbekanntschaften auf der ganzen Welt berühmt. Manche seiner Kritiker bezeichneten ihn als den größten Playboy seit Casanova, was Tom für reichlich übertrieben hielt. Auf ihn hatte Sutherland einen seriösen und distinguierten Eindruck gemacht.

»In Ordnung«, sagte er. »Sie kümmern sich um die Sache mit dem Orakel, Gudrun und ich suchen nach dem Tor. Wir halten Sie auf dem laufenden.«

»Rufen Sie mich an, wenn Sie irgend etwas benötigen sollten«, bat Sutherland. »Und bestellen Sie Ihrer charmanten Kollegin herzliche Grüße von mir.«

Tom verabschiedete sich und legte auf.

Eine Stunde später traf er Gudrun in der Lobby des Hotels. Die Deutsche hatte zwei Flüge nach Mexico City mit Weiterflug nach La Paz gebucht. Sie würden die Hauptstadt Boliviens in den Vormittagsstunden des nächsten Tages erreichen. Bis zum Abflug aus Mérida blieben ihnen noch sechs Stunden. Zeit genug, einige Einkäufe zu tätigen, ein gutes Essen zu sich zu nehmen und sich noch ein wenig zu entspannen. Nach den letzten Erlebnissen hatten sie ein paar Stunden Ruhe verdient.

Die Ruinenstadt Tiahuanaco lag in erschlossenem Gebiet. In der gleichnamigen Ortschaft gab es Hotels, Restaurants und Geschäfte. Dort würden sie unter zivilisierteren und entspannteren Bedingungen arbeiten können. Ihr Bedarf an Aufregung war fürs erste gedeckt.

Sein Name war Cahuna, auch wenn man ihn früher anders gerufen hatte. Aber er hatte nicht nur seinen Geburtsnamen verloren, sondern auch sein Volk, seine Zeit und seinen Körper.

Cahuna war ein reines Geisteswesen. Seine Existenz hing von den Hinterlassenschaften der Kultur ab, der er entsprungen war. Mit ihrem Erlöschen würde auch sein Leben enden, würde wie eine Kerzenflamme ausgeblasen werden. Nicht viele Einrichtungen seines Volkes hatten die Zeit unbeschadet überdauert, aber die verborgene Station, in der er nach einem jahrtausendelangen Schlaf erwacht war, gehörte dazu.

Die ersten Tage nach seinem Erwachen hatte Cahuna damit verbracht, die Welt, die sich so sehr verändert hatte, auf geistigem Wege zu erkunden. Er wußte, daß der Menschheit Gefahr drohte, denn sonst wäre er nicht erwacht. Das war sein Existenzgrund und seine Lebensaufgabe: die Menschheit zu schützen und vor den Kräften zu bewahren, die sein Volk beinahe ausgelöscht hätten.

Und diese Kräfte rührten sich wieder, auch wenn es diesmal ein Mensch war, der sich ihrer bediente.

Cahuna hatte festgestellt, daß seine Vorfahren ihm eine Truppe von Helfern zur Seite gestellt hatten. Das war geschehen, nachdem er seinen Körper aufgegeben und sich in den äonenlangen Schlaf begeben hatte. Schon vor seinem Erwachen waren diese Diener tätig geworden und hatten gemäß ihrer Bestimmung immer dann in das Leben der Menschen eingegriffen, wenn diese mit Relikten und Artefakten in Berührung gekommen waren, deren Handhabung eine Gefahr darstellte. Denn das Wissen der Alten war längst erloschen, und die Kräfte, die in manchen ihrer Hinterlassenschaften schlummerten, waren zu gewaltig, als daß sie in die Hände von Unwissenden, Selbstsüchtigen und Machthungrigen fallen durften.

Unwissenheit, Selbstsucht und Machtgier waren schon immer die Gründe für den Niedergang ganzer Kulturen gewesen.

Nun hatte Cahuna die Diener zum erstenmal mit dem Auftrag ausgesandt, zu zerstören. Er wußte, daß die Aktion eine große Gefahr in sich barg, denn so, wie er durch die Aktivierung der Einrichtungen der alten Feinde erwacht war, konnte ihre Zerstörung auch die Widersacher der Menschheit wieder auf den Plan rufen.

Die Feinde sind geschlagen, aber nicht vernichtet, wisperten die Stimmen in seinem Geist, die sich immer dann meldeten, wenn er ihren Rat benötigte. *Sie haben sich in Bereiche zurückgezogen, die uns nicht zugänglich sind. Wir haben alles getan, ihnen die Rückkehr zu verwehren, aber unsere Kräfte haben ihre Grenzen. Setze deine Möglichkeiten behutsam ein, denn sie sind ein zweischneidiges Schwert. Wie jede Waffe können sie sich auch gegen ihren Besitzer wenden. Darum prüfe jeden deiner Schritte sorgfältig, damit du in deinem Bemühen, Gefahren abzuwenden, nicht noch größere schlummernde Gefahren weckst.*

Cahuna hatte die Entscheidung, die Diener in die alte Pyramide der Feinde zu schicken, nicht leichtfertig getroffen, und seine Befürchtungen hatten sich bewahrheitet. Sobald sie das Bauwerk betreten hatten, war die Verbindung zu ihm abgebrochen. Er hatte keinerlei Möglichkeit mehr, auf sie Einfluß zu nehmen.

Und noch etwas erschwerte die Sache. Die Diener besaßen nur eine begrenzte Aktionsdauer, nach der sie in ihre Sphären zurückkehren und quasi neu ›aufgeladen‹ werden mußten. Aber irgend etwas in dem Bauwerk der alten Feinde schien ihnen die Kraft zu entziehen. Sie hatten es bereits nach einer knappen Stunden wieder unverrichteterdinge verlassen müssen.

Doch das war noch nicht alles gewesen. Acht Diener hatten die Pyramide betreten, und nur sechs waren wieder daraus hervorgekommen. Zwei hatten ihr Leben verloren. Und ein dritter …

Cahuna wußte nicht genau, was mit dem dritten geschehen war. Wie er von den anderen erfahren hatte, war der Diener angeschossen worden, hatte die Pyramide aber wieder verlassen können. Doch dann, bevor er seine Sphäre erreicht hatte, war er von einer Quelle angelockt worden, die eine mächtige Ausstrahlung besaß. Der Diener hatte den magischen Gegenstand an sich genommen und war von einer bösartigen Kraft durchflutet worden, die Cahuna beinahe betäubt hätte.

Danach hatte er den Kontakt zu diesem Diener verloren, und auch die anderen konnten nicht sagen, was mit ihm geschehen war. Er war einfach mit seiner Sphäre verschwunden.

Und doch mußte Cahuna seine Diener noch einmal ausschicken. Durch ihre Gedanken wußte er jetzt, wo sich die Kraft in der halbversunkenen Pyramide konzentrierte.

Er hielt eine stumme Zwiesprache mit den Schwarzgekleideten und gab ihnen ihre Anweisungen. Wie er wußten auch sie, daß ihre Existenz auf dem Spiel stand, aber dieses Wissen rief keine Emotionen in ihnen hervor. Sie waren geschaffen worden, um zu dienen, und sie würden diese Aufgabe auch ohne zu zögern um den Preis des eigenen Lebens erfüllen.

So verharrten sie in ihren Sphären und ließen sich von der geheimnisvollen Kraft durchfluten, die ihr Lebenselixier war. Der nächste Angriff mußte die Entscheidung bringen.

»Was ist das, Señor Ericson?« fragte der bolivianische Flughafenbeamte und starrte Thomas Ericson über den auf dem Tresen liegenden Revolver hinweg an.

»Ein Colt-Revolver, 45er Single Action«, erwiderte Tom wahrheitsgemäß.

»Und Sie sind der Besitzer dieser Waffe?« erkundigte sich der Beamte mit hölzernem Gesicht.

Tom seufzte. »Das habe ich Ihnen doch gesagt. Ich habe die Waffe ordnungsgemäß angemeldet und von meinem Handgepäck getrennt im Frachtraum transportiert. Sie ist nicht geladen. Hier ist mein Waffenschein.«

Der Bolivianer warf nur einen flüchtigen Blick darauf. »Der ist hier nicht gültig. Aus welchem Grund wollen Sie in unserem Land eine Waffe tragen?«

Tom spürte Gudruns Blick in seinem Nacken und hörte ihren unausgesprochenen Vorwurf: Ich habe dir ja schon immer gesagt, daß uns dein dämlicher Ballermann eines Tages Schwierigkeiten machen wird.

»Als Archäologe habe ich öfters in der Wildnis zu tun«, erklärte er geduldig. »Ich benutze die Waffe zum Schutz gegen wilde Tiere und manchmal als Werkzeug. Neben meinem Waffenschein liegt eine Ausnahmegenehmigung des amerikanischen Außenministeriums, die mich berechtigt, in den Staaten, mit denen wir ein Kulturabkommen getroffen haben, eine Waffe mit mir zu führen. Das Dokument ist unter anderem vom Botschafter Ihres Landes in den USA unterzeichnet worden. Als Angestellter der Universität Yale soll ich hier im Auftrag meines Landes archäologische Forschungen betreiben.«

Das letzte war gelogen. Vor einigen Tagen hatten Tom Ericson und Gudrun Heber den Dienst an der Universität gekündigt und sich der privaten Forschungsorganisation A.I.M. von Sir Ian Sutherland angeschlossen, aber das brauchte er diesem Bürokraten ja nicht auf die Nase zu binden. Zum Glück hatte Professor Ernest Radcliffe, der Präsident der Yale-Universität, nicht daran gedacht, die Ausnahmegenehmigung zurückzufordern – der Bruch war ziemlich plötzlich und unter einer gespannten Atmosphäre erfolgt.

»Sie halten unser Land also für eine unzivilisierte Wildnis, Señor Ericson«, stellte der Flughafenbeamte fest. »Ihren Angaben zufolge wollen Sie und die bezaubernde Señorita« –

bei diesen Worten ließ er ein Lächeln aufblitzen – »die Ruinenstadt Tiahuanaco aufsuchen. Das einzige, was Sie dort erschießen könnten, wären Touristen und Wissenschaftler. Verstehen Sie das unter wilden Tieren?«

Gudrun Heber trat einen Schritt zur Seite und sah sich in der Abfertigungshalle des Flughafengebäudes um. Hinter ihr diskutierten Tom und der Flughafenbeamte weiter. Einige Fluggäste und Angestellte des Flughafens waren auf den Wortwechsel aufmerksam geworden und beobachteten die beiden Männer interessiert.

Tom Ericson bot in der Tat einen auffälligen Anblick. In seiner derben Hose, den abgetragenen Lederstiefeln, der alten Lederjacke und dem breitkrempigen Hut erinnerte er eher an einen zwielichtigen Glücksritter als an einen Archäologen und Wissenschaftler. Das Mißtrauen des Beamten war verständlich.

Auch Gudrun Heber entsprach in ihrer legeren Jeanskleidung nicht gerade dem Bild einer Universitätsanthropologin auf Forschungsreise. Die Strapazen der vergangenen Tage hatten ihre Spuren im Gesicht der jungen dunkelhaarigen Deutschen hinterlassen. Liebend gerne hätte sie sich einen Tag lang in einem guten Hotel ausgeruht und einen Friseur aufgesucht, aber sie wußte, daß sie mit diesem Vorschlag bei Tom auf Granit beißen würde. Den Archäologen hatte mal wieder das Forschungsfieber gepackt, und er würde nicht ruhen, bis er das Tor zum sagenhaften Atlantis gefunden hatte. Außerdem hegte er die nicht unbegründete Befürchtung, daß ihm Jack Warden oder seine Spießgesellen auf der Spur sein könnten. Nach den turbulenten Ereignissen in Yukatan hielt auch Gudrun das für nicht ausgeschlossen.

» … muß ich Sie bitten mitzukommen«, hörte sie den Flughafenbeamten gerade sagen. »Über Ihren Fall wird mein Vorgesetzter entscheiden.«

»Und was ist mit mir?« wollte Gudrun wissen.

»Was Sie angeht, habe ich keine Befürchtungen, Señorita Heber«, erwiderte der Bolivianer galant. »Sie können solange dort auf der Bank Platz nehmen oder das Flughafenrestaurant aufsuchen, bis wir mit Ihrem Kollegen fertig sind.«

Tom nickte ihr aufmunternd zu, als Gudrun zögerte. »Geh schon«, sagte er. »Mach dich frisch, ruh dich aus oder iß etwas. Und miete schon einmal einen Wagen. So verlieren wir keine Zeit. Ich hole dich im Restaurant ab, sobald das hier geklärt ist.« Er streckte die Hand nach seinem Revolver aus.

»Nein, Señor, den nehme ich«, erklärte der Flughafenbeamte. »Sie erhalten Ihre Waffe erst wieder, wenn mein Vorgesetzter sein Einverständnis gibt.«

Mit einem bedauernden Blick zog Tom die Hand zurück, winkte Gudrun beruhigend zu und folgte dem Bolivianer.

Gudrun zuckte ergeben die Achseln. »Du findest mich im Restaurant!« rief sie ihm hinterher.

Im Gedränge, das in der Abfertigungshalle herrschte, war der dunkelhäutige, seriös gekleidete Mann, der Tom und Gudrun aufmerksam beobachtet hatte, nicht weiter aufgefallen. Er folgte Gudrun in sicherem Abstand, bis er sich vergewissert hatte, daß sie tatsächlich im Flughafenrestaurant verschwand, eilte dann zu einer Telefonkabine und wählte eine Nummer.

»Paco, hier Simon«, meldete er sich, als die Verbindung zustande gekommen war. »Ich glaube, wir haben Glück. Ja, zwei Gringos, ein Mann und eine Frau, die nach Tiahuanaco wollen ... Ja, sie sind aufgefallen. Aber es kommt noch besser. Der Mann ist bewaffnet. Er ist der ideale Kandidat. Man wird sich sofort an ihn erinnern, wenn der Zwischenfall stattgefunden hat. Ich gebe dir die Beschreibung der beiden durch und melde mich wieder, sobald sie aufbrechen ... Nein, sie nehmen nicht den Bus, sie werden mit einem Leihwagen fahren. Und jetzt hör zu. Der Mann ist schlank, recht groß, Mitte Dreißig, blondes Haar, sieht aus wie ein Rumtreiber, ziemlich abgerissen ...«

»Okay, Gudrun, wir können weiter«, klang Toms Stimme neben ihr auf.

Gudrun zuckte zusammen und blickte hoch. Sie hatte ihn gar nicht kommen hören.

»Setz dich erst mal«, sagte sie. »Jetzt kommt es auf ein paar Minuten auch nicht mehr an. Ich habe dir ein Truthahnsandwich bestellt. Laß uns das weitere Vorgehen besprechen.«

Widerwillig nahm Tom Platz. »Ich weiß nicht, was es noch zu besprechen gibt«, maulte er. »Außerdem habe ich schon im Flugzeug gegessen. Laß uns aufbrechen, wir können uns noch auf der Fahrt unterhalten. Hast du einen Wagen besorgt?«

Gudrun zog einen Schlüssel hervor und hielt ihn ihm vor die Nase. »Ein Peugeot 504. Nicht das neueste Modell, aber wir haben es ja auch nicht weit. Außerdem sollten wir unseren Etat ein bißchen schonen. Hast du deinen geliebten Revolver wieder?«

Tom nickte, ohne die Ironie in ihren Worten zu bemerken. »Sie haben sämtliche Patronen gezählt und auch markiert«, beschwerte er sich und schnüffelte an seinem Sandwich herum. »Vor der Ausreise muß ich mich bei der Flughafenpolizei melden und den 45er und die Patronen vorzeigen. Sollte auch nur ein Schuß fehlen, werden die mir die Hölle heiß machen.«

»Wunderbar«, stellte Gudrun erleichtert fest. »Dann werden wir ja vielleicht zur Abwechslung einmal ein paar Tage ohne Schießereien überstehen. Oder hast du Angst, daß deine Susi dann einrostet?«

»Susi?« fragte Tom irritiert und runzelte die Stirn.

»Hast du ihr keinen Namen gegeben?« erkundigte sich Gudrun mit einem süffisanten Grinsen. »Sprichst du nicht mit ihr?«

Tom biß von seinem Sandwich ab und musterte seine Begleiterin verständnislos. »Ich habe keine Ahnung, wovon du redest«, sagte er mit vollem Mund.

Gudrun schüttelte ergeben den Kopf. »Wie konnte ich auch nur auf die Idee kommen, ein Doktor der Archäologie könnte sich in die Niederungen der trivialen Fernsehunterhaltung herabbegeben«, murmelte sie. »Na schön, laß uns das Thema wechseln, bevor du dir noch deinen wertvollen Kopf zerbrichst. Wie geht es jetzt weiter?«

»Wie geplant«, sagte Tom kauend. »Wir fahren nach Tiahuanaco und sehen uns die Statue ›El Frayle‹ und das Sonnentor an. Ich verwette meine Pension darauf, daß die Statue tatsächlich das größere Ebenbild der goldenen Statue ist, die wir in Yukatan gefunden haben.«

»Na klar, und dann marschieren wir einfach durch das Sonnentor und landen in Atlantis«, fuhr Gudrun fort, als Tom eine kurze Pause machte, um sich den Rest des Sandwichs in den Mund zu schieben.

»Ich habe nie behauptet, daß es so einfach werden würde«, entgegnete er ärgerlich. »Wenn wir da sind, werden wir weitersehen. Wer sich einen Weg pflastern will, der legt immer einen Stein nach dem anderen.«

»Nach diesen weisen Worten siehst du mich sprachlos«, stellte Gudrun fest und trank ihren Tomatensaft aus. »Wir sollten uns wirklich auf den Weg machen, bevor du mich noch mit deiner Brillanz erschlägst.«

Tom grinste unverschämt, als er aufstand. »Mädchen, ich wußte doch, daß du irgendwann meine wahre Größe erkennen würdest.«

Die Fremden ließen sich Zeit.

Kar hatte die beiden Australier untersucht und festgestellt, daß sie wirklich nur bewußtlos waren. Wie lange die Ohnmacht anhalten würde, wußte er nicht, aber mit etwas Glück würden seine Helfer beim nächsten Angriff der ›Schwarzen‹ wieder einsatzfähig sein.

Er hatte geahnt, daß die Eindringlinge keine normalen Menschen waren, seine Vermutung aber erst bestätigt gefunden, als er den Erschossenen untersucht hatte.

Der Mann lag immer noch an derselben Stelle, an der er

nach den Schüssen zusammengebrochen war. Kar hatte sich vorsichtig über ihn gebeugt und ihn mit der Fußspitze angestoßen. Dabei hatte er das Gefühl gehabt, in eine zähe gallertartige Masse zu treten.

Der ›Schwarze‹ hatte ausgesehen, als sei er regelrecht zerlaufen, als sei sein Fleisch von den Knochen geflossen. Körper und Gesicht waren eine formlose Masse, die nur durch die darunterliegenden Knochen an ein menschliches Wesen erinnerten. Normalerweise hätte sich der Professor auf ein solches Studienobjekt gestürzt, aber im Augenblick hatte er andere Sorgen. Er mußte ein paar Überraschungen für seine ungebetenen Gäste vorbereiten.

Anscheinend konnte man sie immer nur einmal mit einer bestimmten Methode angreifen. Also mußte Kar variieren.

Seine erste Falle hatte er direkt nach der Biegung des Eingangskorridors installiert, kurz hinter der Stelle, an der die erste Barriere erschienen war.

Es handelte sich um eine simple Sprengladung, die an beiden Seiten des Ganges in Kopfhöhe angebracht war. Die explosive Mischung war mit Stahlmuttern und Schrauben durchsetzt und würde durch einen hauchdünnen, fast unsichtbaren Stolperdraht ausgelöst werden.

Da Kar nicht wußte, wann der nächste Angriff erfolgen würde, hatte er sich mit der zweiten Falle beeilt. Sollten die Fremden die Sprengvorrichtung überwinden können, würde sie im Eingang zum ›Maschinenraum‹ eine weitere Überraschung erwarten. Dort hatte Kar ein Netz aus Kupferdraht verlegt und es mit einer feinen Staubschicht getarnt. Die Drähte waren an seine Generatoren angeschlossen und würden unter Strom gesetzt werden, sobald die ›Schwarzen‹ sie betraten. Kar hatte die Spannung zugunsten einer hohen Stromstärke reduziert. Auch wenn die Elektrizität die Eindringlinge nicht tötete, würde sie sie nach menschlichem Ermessen doch zumindest so lange paralysieren, daß er sie mit anderen Mitteln erledigen konnte. Zu diesem Zweck hatte er seine Schuhe und Kleidung so gut er konnte isoliert. Wenn er zuschlagen mußte, würde er den Strom nicht leiten.

Die unsichtbare Alarmeinrichtung der Pyramide war während seiner Arbeit stumm geblieben. Als Kar die Vorbereitungen abgeschlossen hatte, waren auch die beiden Australier wieder erwacht. Anscheinend hatten sie keine Verletzungen oder bleibende Schäden davongetragen.

Kar lächelte verächtlich. Es wäre für die ›Schwarzen‹ ein leichtes gewesen, die wehrlosen Männer zu töten. Daß sie es nicht getan hatten, erklärte er sich nicht mit Nachlässigkeit, sondern mit sentimentaler Rücksichtnahme. Nun gut, wenn das die Schwäche der Eindringlinge war, dann würde er sie ausnutzen. Er selbst gedachte nicht, sich durch überflüssige Gefühlsduseleien zurückzuhalten.

Obwohl er sämtliche Eingänge des Bauwerks wieder verschlossen und mechanisch blockiert hatte, postierte er doch einen der beiden Australier mit einem Sprechfunkgerät und einem Karabiner vor der Pyramide. Wenn er auch nicht damit rechnete, daß der Mann die ›Schwarzen‹ würde abwehren können, konnte ein Sicherheitsposten nicht schaden.

Damit hatte Kar sämtliche Schußwaffen verteilt, über die er verfügte. Trotz mehrfacher Versuche hatte er Suzy über Funk nicht erreichen können. Aber sollte er das hier überstehen, würde er sich ein größeres Waffenarsenal zulegen und die Pyramide durch ein paar Kämpfer zusätzlich sichern.

Jetzt konnte er nur noch abwarten. Beinahe freute er sich auf die Konfrontation. Er hatte sein ganzes Leben lang gekämpft und sich immer wieder durchgesetzt. Sollten die Angreifer nur kommen. Er war bereit.

In La Paz war es kühl und bedeckt. Eine trübe Dunstglocke hielt sich im Tal des Rio de la Paz und ließ die bolivianische Hauptstadt grau und wenig einladend aussehen. Auch Gudrun bedauerte es nicht mehr, daß sie die Andenmetropole in dreitausendsiebenhundert Meter Höhe hinter sich ließen. An hohen Eukalyptusbäumen vorbei, die trotz der Höhe und der zunehmenden Luftverschmutzung prächtig zu gedeihen schienen, fuhren sie den westlichen Höhenzug hinauf und gelangten auf die karge Hochebene, den *Altiplano*.

Hier, in rund viertausend Meter Höhe, zeigte sich ihnen ein eintöniges und wüstenartiges Panorama. Hinter ihnen in der Ferne waren undeutlich die schneebedeckten Gipfel der *Cordillera Real* zu erkennen, vor ihnen verschwamm die Hochebene im Dunst. Normalerweise gestattete die trockene klare Höhenluft eine ausgezeichnete Fernsicht, jetzt jedoch reichte der Blick keine zwanzig Kilometer weit.

»Laut der Straßenkarte müßten wir nach rund zehn Kilometern auf den Pan-American Highway stoßen«, sagte Gudrun und faltete die Karte wieder zusammen. »Von da ab sind es keine fünfzig Kilometer mehr. In einer Stunde werde ich in der Badewanne liegen.«

Hinter ihnen klang wütendes Hupen auf. Tom steuerte den Peugeot näher an den rechten Straßenrand heran und ging etwas mit der Geschwindigkeit herunter. »Na los, Ben Hur!« rief er. »Überhol mich, mach schon, fahr dich tot!«

Links neben ihm tauchte ein museumsreifer Bus auf, der mit atemberaubender Geschwindigkeit und ohrenbetäubendem Rasseln an ihnen vorbeizog. Als das völlig überfüllte Fahrzeug auf gleicher Höhe mit ihnen war, ließ der grinsende Fahrer wieder seine Hupe ertönen, die *La Cucaracha* spielte, und zog den Bus gefährlich nahe vor ihnen nach rechts. Das abenteuerliche Gefährt schwankte und schlingerte bedenklich.

»Idiot!« schimpfte Tom. »Mögen tausend Kamelflöhe deinen dreckigen Arsch heimsuchen!«

»Ts, ts«, machte Gudrun. »Wenn dich jetzt deine Studentinnen hören könnten. Was ist das da vorn?«

»Sieht wie eine Straßensperre aus«, sagte Tom und nahm den Fuß vom Gas. Der Bus, der sie gerade erst überholt hatte, bremste scharf. Das Kreischen der malträtierten Bremsen mußte meilenweit zu hören sein.

Tom schüttelte den Kopf. »Das Relikt muß schon aus der Mode gewesen sein, als die ersten Inkakönige regierten«, stellte er fest. Er kurbelte die Seitenscheibe herunter. Die Zugluft ließ sein Haar flattern. »Kram mal unsere Pässe raus.«

Auch Gudrun kurbelte das Seitenfenster herab und starrte hinaus. Rechts und links neben der Straße standen Militärfahrzeuge mit aufgepflanzten Maschinengewehren. Mehrere schwerbewaffnete Männer in Polizei- und Militäruniformen versperrten die Straße, andere durchsuchten Fahrzeuge, die neben der Fahrbahn standen.

Tom stoppte den Wagen direkt hinter dem Bus, der mit einer krachenden Fehlzündung zum Stehen kam. Eine blaue Qualmwolke hüllte den Peugeot sekundenlang ein.

»Irgendwie habe ich den Verdacht, der Kerl haßt uns«, stieß Tom hustend hervor. Er streckte den Kopf aus dem Fenster.

Ein Militärposten mit geschulterter Maschinenpistole kam auf sie zu und winkte sie weiter. Tom fuhr vorsichtig an und steuerte den Wagen langsam an dem Bus vorbei, bis er von zwei weiteren Kontrollposten nach rechts gewunken wurde. Er fuhr auf eine Schotterfläche neben der Straße, zog die Handbremse und schaltete die Zündung aus. Ein Soldat trat an sein Fenster und salutierte nachlässig, während ein Polizist ein paar Meter entfernt mit seiner Maschinenpistole sicherte.

»*Passaportes, por favor*«, sagte der Soldat knapp, aber nicht unfreundlich.

Tom reichte ihm die Dokumente. Der Mann blätterte sie durch, überprüfte die Visa und gab sie Tom zurück. Dann forderte er ihn mit einer Kopfbewegung auf, auszusteigen.

Während Tom den Kofferraum öffnete, betrachtete Gudrun aufmerksam die Umgebung. Die Soldaten und Polizisten machten einen wachsamen Eindruck, als warteten sie auf irgend etwas. Besonders gründlich untersuchten sie die Reisebusse und das auf den Dächern festgeschnallte Gepäck. Einige Pkw wurden nach der Überprüfung der Papiere gleich durchgewunken, die anderen nur relativ oberflächlich durchsucht. In denjenigen, die gründlicher gefilzt wurden, saßen in der Regel Menschen, die vom Aussehen her keine Südamerikaner zu sein schienen. Auch bei den Kontrollposten standen einige Männer in Zivil, die wie Nordamerikaner oder Europäer aussahen.

Als die Inspektion des Kofferraums beendet war, schob sich der Polizist in den Wagen, entschuldigte sich kühl, aber höflich bei Gudrun, musterte kurz den Raum unter den Sitzen, durchsuchte flüchtig die beiden Reisetaschen und bedeutete Tom, wieder einzusteigen und weiterzufahren. Gudrun atmete erleichtert auf, weil der Soldat darauf verzichtet hatte, im Handschuhfach nachzusehen, wo Toms Revolver lag. Zwar hatte er einen vorläufigen Waffenberechtigungsschein bekommen, aber der Himmel mochte wissen, wie die Kontrollposten auf den Anblick der Waffe reagiert hätten.

»Hast du eine Ahnung, was das sollte?« wollte Gudrun wissen, als sie die Straßensperre hinter sich gelassen hatten.

Tom zuckte die Achseln. »Vielleicht suchen sie Terroristen. In Bolivien gibt es einige Guerillaorganisationen, wie fast überall in dieser Gegend. Oder sie erwarten eine größere Kokainlieferung. Schließlich gehört Bolivien zu den größten Herstellerländern.«

Zehn Minuten später bogen sie rechts auf den Pan-American Highway ab. Schon einige Kilometer später entdeckten sie den nächsten Kontrollposten. Diesmal handelte es sich jedoch nur um einen Militärjeep. Tom fuhr langsam heran, wurde aber von einem Soldaten weitergewunken.

Gudrun drehte den Kopf nach hinten, als Tom langsam beschleunigte. Sie entdeckte einen zweiten Soldaten im Jeep und einen dritten Mann in Zivil.

»Ich glaube, da mischen auch deine Landsleute mit«, sagte sie.

»Wie kommst du darauf?« erkundigte sich Tom.

Sie ließ ein kurzes Lächeln aufblitzen. »Vergiß nicht, daß ich Anthropologin bin. Ich kenne mich nicht nur mit Naturvölkern aus. Deine Landsleute erkenne ich aus hundert Metern Entfernung auch noch in Verkleidung.«

Tom grinste säuerlich und murmelte etwas Unverständliches.

»Was hast du gesagt?« fragte Gudrun.

»Eine nicht druckreife Beleidigung, die gegen die Deutschen im allgemeinen und dich im besonderen gerichtet war.«

Gudrun gähnte. »Ich werde mir Zöpfe wachsen lassen und ein Dirndl tragen«, versprach sie. »Das ist doch das Bild, das ihr Amis von deutschen Frauen habt.«

»Danke, Miss Sauerkraut.«

»Keine Ursache, Mr. Popcorn. Weck mich, wenn wir da sind.« Sie kippte die Rückenlehne zurück und schloß die Augen.

Kurz darauf schreckte sie auch schon wieder aus dem Halbschlaf hoch, als sie Toms Hand an ihrer Schulter spürte. »Wach auf, Gudrun.«

»Was ist denn? Sind wir schon da?«

»Nein, noch so eine Straßensperre. Und wieder jede Menge Soldaten und Gewehre. Da scheint tatsächlich etwas Größeres im Busch zu sein.« Er nahm den Fuß vom Gas und bremste.

Gudrun rieb sich die Augen und stellte die Rückenlehne wieder aufrecht. »Wahrscheinlich hat sich herumgesprochen, daß ein schießwütiger Archäologe durchs Land zieht«, vermutete sie.

Tom verzichtete auf eine Antwort. Sie waren etwa noch zweihundert Meter von der Straßensperre entfernt, als Bewegung in die Soldaten und Polizisten kam. Eine Gruppe von etwa zehn Männern rannte auf die Straßenmitte und richtete die Gewehre auf den Peugeot.

Schlagartig war Gudrun hellwach. »Meinen die etwa uns?« flüsterte sie mit unwillkürlich gesenkter Stimme.

»Quatsch«, entgegnete Tom unwirsch, aber Gudrun konnte die Anspannung aus seiner Stimme heraushören. »Wieso sollten die sich für uns ...«

Er brachte den Satz nicht zu Ende, denn in diesem Augenblick durchschlug eine Kugel die Windschutzscheibe und riß den Rückspiegel mit. Ein Netz feiner Linien lief über das Glas.

»Verdammt, sind die wahnsinnig geworden?!« stieß Tom hervor, als eine zweite Kugel mit schrillem Kreischen über das Dach schrammte. Instinktiv trat er auf die Bremse, aber die Soldaten feuerten weiter.

Wieder durchschlug eine Kugel die Frontscheibe und verfehlte Gudrun nur knapp. Eine Reihe von Einschüssen ließ den Peugeot erzittern.

Tom warf einen kurzen Blick auf seine Begleiterin. Gudrun hatte die Augen weit aufgerissen und die Hände in ihren Sitz verkrallt, brachte aber keinen Laut hervor. »Halt dich fest!« schrie er ihr zu und trat das Gaspedal voll herunter. Mit quietschenden Reifen machte der Peugeot einen schlingernden Satz nach vorn.

»Hast du den Verstand verloren?!« schrie Gudrun zurück.

»Mein Revolver, hol ihn aus dem Handschuhfach!« Mit zusammengekniffenen Augen versuchte Tom, durch die zersplitterte Scheibe etwas zu erkennen. Er schaltete in den zweiten Gang und beschleunigte weiter voll.

»Willst du hier einen Kleinkrieg führen?« fragte Gudrun entsetzt, holte die Waffe aber trotzdem hervor.

»Quatsch!« erwiderte Tom. »Festhalten!« Er riß das Steuer nach links, und Gudrun wurde gegen die Beifahrertür gepreßt. Gleich darauf hatte sie das Gefühl, der Magen würde ihr in den Hals steigen, als der Wagen über die Straßenböschung schoß.

»Pack den Revolver am Lauf und schlag das Glas aus dem Rahmen!« befahl Tom, während der Wagen noch durch die Luft segelte. »Ich kann kaum etwas erkennen!«

Gleich darauf kam der Wagen mit den Vorderrädern auf, und Gudrun wurde in ihren Gurten nach vorn geschleudert. Ein Krachen und Knirschen lief durch die gesamte Karosserie, als auch die Hinterräder wieder den Boden berührten. Die durchdrehenden Reifen schleuderten Fontänen von Sand und Steinen auf.

Mehrere Kugeln durchschlugen das Heckfenster und die hintere Seitenscheibe der Fahrerseite und heulten bösartig durch die Kabine, doch wie durch ein Wunder wurden weder Tom noch Gudrun getroffen.

Die Anthropologin hämmerte mit dem Colt auf das zersplitterte Sicherheitsglas ein, während Tom weiter beschleunigte. Der Wagen jagte neben der Straße auf dem unebenen Boden dahin. Glassplitter fielen in die Fahrerkabine und übersäten den Boden und die Sitze.

»Und wie soll es jetzt weitergehen?« rief Gudrun durch den heulenden Fahrtwind.

»Ich habe nicht die geringste Ahnung«, gab Tom gepreßt zurück. »Erst einmal weg von hier. Alles weitere überlegen wir uns später. Werden wir verfolgt?«

Gudrun warf einen Blick zurück. In der von Kugeln zersiebten Heckscheibe klafften mehrere größere Löcher, durch die hindurch sie aber nur eine gelbe Staubwolke erkennen konnte. »Ich kann nichts sehen, aber es würde mich wundern, wenn die uns einfach entkommen lassen würden.«

Der Wagen sprang über kopfgroße Geröllbrocken und Bodenwellen und flog mehr durch die Luft, als daß er sich auf dem kaum erkennbaren Schotterweg hielt, der von dem Pan-American Highway wegführte.

»Fahr doch um Gottes willen etwas langsamer!« beschwor Gudrun Tom.

»Damit die uns einholen? Gegen die Geländefahrzeuge haben wir keine Chance. Wir brauchen einen größeren Vorsprung, bevor wir die Karre stehenlassen können.«

»Willst du zu Fuß weiter?« fragte Gudrun entgeistert. »Hier auf dieser gottverlassenen Hochebene?«

»Natürlich. Mit dem Wagen sind wir kilometerweit zu sehen, und außerdem kommen wir damit nicht weit. Wenn wir uns nicht irgendwo festfahren, bleiben wir spätestens nach ein paar Kilometern mit einem Achsenbruch, platten Reifen, einer aufgerissenen Ölwanne oder allem auf einmal liegen.«

Er nahm den Fuß vom Gas, als der Feldweg eine Biegung beschrieb und eine kleine Erhebung hinaufführte. Der Peugeot drohte auszubrechen, aber Tom gelang es, ihn unter Kontrolle zu behalten. Irgend etwas schrammte mit einem häßlichen Geräusch über den Unterboden.

»Schneller, Tom, gib Gas!« schrie Gudrun plötzlich. »Da kommen zwei Jeeps hinter uns her, und sie holen verdammt schnell auf!«

»Zum Teufel, *Commandante*!« herrschte Bill Cadwell den Bolivianer an. »War das wirklich notwendig? Wir hätten die beiden lebend festnehmen können. Tot nützen sie uns nichts mehr.«

»Sie haben zwei meiner Leute kaltblütig erschossen«, gab der Offizier gereizt zurück. »Und auch einer Ihrer Männer ist tot. Erwarten Sie da von mir, daß ich sie mit Samthandschuhen anfasse?«

Der Amerikaner unterdrückte einen Fluch. »Darum geht es nicht. Aber wir hätten sie problemlos überwältigen können, wenn Ihre Männer nicht gleich aus allen Rohren gefeuert hätten. Wir brauchen Informationen über Zeitpunkt, Umfang und Weg der Kokainlieferung. Und die hätten wir von den beiden bekommen können.« Falls sie überhaupt irgend etwas mit dem Überfall zu tun haben, fügte er in Gedanken hinzu, sprach es aber nicht laut aus.

Seit zwei Wochen arbeiteten Bill Cadwell und seine Spezialeinheit mit den bolivianischen Behörden zusammen, um eine größere Kokainlieferung abzufangen, die für die nordchilenische Hafenstadt Arica bestimmt war, von der sie in die Staaten verschickt werden sollte. Überall auf den Straßen, die vom bolivianischen Hinterland zur Pazifikküste führten, waren Kontrollposten aufgestellt worden. Sollten die Kokainbosse versuchen, den Transport trotzdem über die Straßen abzuwickeln, würden sie wohl kaum einen der kleineren Kontrollposten überfallen. Aber genau das war geschehen.

Vor zehn Minuten war über Funk die Meldung hereingekommen, daß ein weißer Peugeot 504 am Kontrollpunkt direkt hinter der Ortschaft Viacha angehalten und dessen Insassen plötzlich das Feuer auf die beiden bolivianischen Soldaten und den amerikanischen Spezialisten eröffnet hätten. Die drei Männer waren tot.

Die Meldung war von einem Bolivianer durchgegeben worden, der laut eigener Aussage den Überfall aus nächster Nähe beobachtet hatte. Er hatte noch versucht, den Männern zu helfen, aber es war bereits zu spät gewesen. Also hatte er einfach auf die Sprechtaste des Funkgeräts in dem Militärjeep gedrückt und den Vorfall gemeldet.

Was Cadwell dabei gleich stutzig gemacht hatte, war die Detailfreudigkeit des Berichts. Der Anrufer hatte nicht nur Fahrzeugtyp, Farbe und Nummernschild gemeldet, sondern auch gleich eine genaue Beschreibung der Insassen geliefert. Das war ein bißchen viel auf einmal. Wäre der Zeuge wirklich so nahe am Tatort gewesen, um alles genau mitverfolgen zu können, hätten ihn die Attentäter mit Sicherheit nicht am Leben gelassen.

Nein, das Ganze roch stark nach einem eingefädelten Ablenkungsmanöver. Entweder würde der Kokaintransport in der nächsten Stunde vorbeikommen, oder er wurde auf einem Feldweg oder einer Nebenstraße abgewickelt, solange sich die Aufmerksamkeit auf die beiden Flüchtigen konzentrierte. Commandante Cañez hatte ihnen zwei Jeeps hinterhergeschickt, und der größte Teil seiner Männer hing jetzt an den Funkgeräten, um die Verfolgung mitzuerleben.

Cadwell kehrte zu seinem eigenen Fahrzeug zurück und stellte über das mobile Funktelefon eine Verbindung mit seiner Botschaft her. Er gab dem diensttuenden Botschaftssekretär alles durch, was er über den Vorfall hatte in Erfahrung bringen können, und schloß mit der Bitte, in La Paz Recherchen anstellen zu lassen.

Als er zu Commandante Cañez zurückkehrte, erlitt der gerade einen Tobsuchtsanfall. Einer seiner Jeeps war ausgefallen, und die beiden Verdächtigen waren immer noch auf der Flucht.

Einen Vorteil hatte der holprige Feldweg, wenn man ihn überhaupt so bezeichnen konnte. Durch die vielen Schlaglöcher, Bodenwellen und Unebenheiten wurden die Jeeps dermaßen durchgerüttelt, daß die Soldaten keinen gezielten Schuß anbringen konnten. Ein Treffer wäre reiner Zufall gewesen. Außerdem wirbelte der Peugeot so viel Staub auf, daß die Verfolger ihn nur schemenhaft zu Gesicht bekamen.

»Wie dicht sind sie hinter uns?« fragte Tom, ohne den Blick vom gezackten Loch in der Windschutzscheibe zu nehmen.

»Höchstens fünfzig Meter!« rief Gudrun zurück. Sie hatte sich auf ihrem Sitz umgedreht und starrte mit zusammengekniffenen Augen durch die zerschossene Heckscheibe. Der Fahrtwind ließ ihr schwarzes Haar flattern. Hin und wieder tauchten die Umrisse der Geländefahrzeuge im wirbelnden Staub auf.

»Sie halten den Abstand und warten darauf, daß wir den Wagen in den Graben fahren oder uns überschlagen«, knurrte Tom. »Früher oder später wird es auch dazu kommen. Wir müssen uns etwas einfallen lassen. Streng deinen Kopf an!«

Gudrun sagte nichts dazu. Das Leben mit Tom war schon immer recht abenteuerlich gewesen, aber seit sie auf einer kleinen Südseeinsel in einer halbverschütteten Ruine diesen geheimnisvollen magischen Kristall in Form eines faustgroßen menschlichen Auges gefunden hatten, schien die Welt aus den Fugen geraten zu sein. Seither war kaum ein Tag vergangen, an dem sie nicht von einer Gefahr in die andere gestolpert wären. Und das schlimmste daran war, daß sie ständig nur reagieren und kaum einmal selbst agieren konnten. In diesem Augenblick fragte sich Gudrun, wie sie nur ihre sichere Stellung an der Yale-Universität hatte kündigen und sich A.I.M. anschließen können.

»Ja …«, sagte Tom gerade, »… das könnte funktionieren.«

»Was hast du vor?« wollte Gudrun wissen.

»Siehst du den Felsblock da vorne, mitten auf der Fahrbahn?«

»Ja, aber …«

»Keine Zeit für Diskussionen. Halt dich fest, es könnte ein bißchen rauh werden.«

Gudrun verschluckte eine weitere Frage und musterte Tom kurz. Der Archäologe hatte die Hände so fest um das Steuerrad gekrallt, daß die Fingerknöchel weiß hervortraten. Seine Augen waren schmal, und die Lippen bildeten einen dünnen Strich. Trotzdem sah es beinahe so aus, als würde er grinsen. Machte ihm das Ganze am Ende sogar noch Spaß?

Sie riß den Blick von ihm los und starrte durch die zersplitterten Reste der Windschutzscheibe nach vorn. Direkt in Fahrtrichtung versperrte ein großer Felsblock die Fahrbahn, als sei er vom Himmel gefallen. Tom hielt direkt darauf zu.

»Um Gottes willen, Tom!« schrie Gudrun auf. »Du wirst uns ...«

In diesem Augenblick riß Tom das Steuer nach links, trat voll auf die Bremse, nahm den Fuß gleich darauf wieder vom Pedal und riß statt dessen die Handbremse nach oben. In einer gewaltigen Kies- und Staubfontäne drehte sich der Wagen um neunzig Grad und rutschte mit der Querseite auf den Felsbrocken zu.

Gudrun hielt die Luft an, als Tom das Gaspedal bis zum Anschlag heruntertrat und leicht gegenlenkte. Die Vorderräder drehten durch und wirbelten noch mehr Staub auf, der sich wie eine undurchdringliche Wolke über den Peugeot legte. Dann endlich fing sich der Wagen, und im selben Moment nahm Tom den Fuß kurz vom Gas, bevor er das Steuer nach rechts riß und wieder beschleunigte.

Widerwillig gehorchte der Wagen der Lenkbewegung. Im Staub sah Gudrun den Felsblock beängstigend schnell näher kommen und schloß in Erwartung des Aufpralls instinktiv die Augen. Aber sie verspürte nur einen schwachen Ruck und hörte ein dumpfes Geräusch vom Heck her, dann waren sie vorbei.

»Dreh dich um, sieh nach hinten!« befahl Tom zwischen zusammengebissenen Zähnen.

Gehorsam wandte Gudrun den Kopf und versuchte, die

gelbe Staubwolke hinter ihnen mit den Blicken zu durchdringen. Da waren verschwommene Schemen, doch plötzlich vernahm sie trotz des Motorlärms, des Fahrtwinds und der Reifengeräusche hinter sich ein lautes Krachen, und dann schoß einer der Schemen aus der Staubwolke heraus schräg in die Luft und wurde zu einem Jeep, der sich mit verbeulter Schnauze wie in Zeitlupe um die Längsachse drehte, bevor er wieder dem Boden entgegenstürzte und sich überschlug.

»Da war es nur noch einer …«, sagte Gudrun leise auf deutsch.

»Was?« fragte Tom.

»Einen sind wir los«, erklärte sie. »Tom, die werden verdammt sauer auf uns sein.«

Der Archäologe lachte kurz auf. »Noch saurer? Die haben versucht, uns zu erschießen! Was, glaubst du, werden sie jetzt mit uns vorhaben? Uns pfählen …? Scheiße!«

»Was ist denn jetzt schon wieder?«

»Die Ölleuchte! Sie flackert. Wenn der Ölfilm reißt, sitzen wir bald mit einem Kolbenfresser oder einer blockierten Kurbelwelle fest.«

Von hinten klang Maschinengewehrfeuer auf. Die Verfolger mußten wirklich außer sich sein. Es war der reine Wahnsinn, sich bei dieser Jagd hinter das aufgepflanzte Maschinengewehr zu klemmen und zu schießen.

Vor ihnen tauchte ein kleiner Hügel auf. Die Ölkontrolleuchte glühte jetzt in einem gleichmäßig drohenden Rot.

»Wenn du an Gott glaubst, Gudrun, dann solltest du jetzt beten«, schlug Tom mit plötzlich ruhig klingender Stimme vor.

Gudrun versteifte sich und klammerte sich an ihrem Sitz fest. Sie kannte diesen Tonfall. Tom plante irgend etwas Gefährliches.

Bevor sie aber noch weiter darüber nachdenken konnte, bremste er kurz vor dem Hügel plötzlich ab und schaltete herunter. Der Motor brüllte gepeinigt auf. Tom lenkte den Wagen nach links, der Peugeot schoß über den Rand des Feldwegs hinweg und segelte durch die Luft. Eine Sekunde lang fühlte sich Gudrun schwerelos, dann prallten sie am Fuß des Hügels wieder auf, und von vorn ertönte ein häßlich knirschendes Geräusch, als sei etwas zerbrochen.

Tom schlug die Lenkung bis zum Anschlag ein, riß die Handbremse fast aus ihrer Halterung und gab gleichzeitig Vollgas. Der Wagen drehte sich zur Hälfte um die eigene Achse. Als Tom die Handbremse wieder losließ, schoß der Peugeot schlingernd und bockend vorwärts, genau auf den Weg zu, den sie gerade verlassen hatten.

Gudrun sah den Jeep erst im letzten Moment hinter dem Hügel auftauchen, und sie hatte nicht einmal mehr die Zeit, Atem zu holen. Wieder sprang der Peugeot über eine Bodenwelle und flog im rechten Winkel auf den Jeep zu. Hätte das Geländefahrzeug nicht ebenfalls abgebremst, wären sie daran vorbeigeflogen, so aber erwischte die Schnauze des Peugeots noch das Heck.

Er wurde zur Seite gewirbelt, und Tom und Gudrun wurden in die Gurte gepreßt. Dem Jeep aber erging es schlimmer. Durch den Aufprall stellte er sich quer zur Fahrbahn, und seine Geschwindigkeit war noch groß genug, um ihn abheben und sich überschlagen zu lassen. Er drehte sich noch immer, als der Peugeot schon längst stand, Tom den Sicherheitsgurt löste, die Fahrertür aufstieß und ins Freie sprang. Mit einem letzten gequälten Husten erstarb der Motor.

Tom nahm sich nicht die Zeit, nach seiner Begleiterin zu sehen, sondern sprintete sofort los. Die Staubwolke hing immer noch in der Luft, als er den Jeep erreichte.

Das Geländefahrzeug lag auf der Seite. Das aufmontierte Maschinengewehr war aus der Halterung gerissen worden und hing mit verbogenem Lauf herab. Aus ihm würde nie wieder ein Schuß abgegeben werden.

Zwei Soldaten lagen in dem zerbeulten Wagen. Der eine war entweder ohnmächtig oder tot, der andere bewegte sich. Seine Hand fuhr zitternd zu seiner Hüfte, als er Tom erblickte, aber er erreichte seine Pistole nicht mehr. Tom ergriff das

Handgelenk des Soldaten, bog seinen Arm ohne Mühe zur Seite und zog ihm die Pistole mit der anderen Hand aus dem Holster. Er steckte sie in seinen Gürtel, sah sich schnell in der Fahrerkabine um, entdeckte noch eine Maschinenpistole und warf sie hinter sich. Dann zog er den Soldaten, der keinen Widerstand leistete, vorsichtig hinter dem Steuer hervor und legte ihn neben den Jeep auf den Boden.

Er wollte sich gerade um den zweiten Mann kümmern, als eine Gestalt auf der anderen Seite des Jeeps auftauchte und eine Pistole auf ihn richtete.

Der Mann blutete heftig aus einer klaffenden Stirnwunde, und die Waffe zitterte in seiner Hand, aber seine Stimme klang entschlossen, als er heiser hervorstieß: »Die Hände über den Kopf, und dann keine Bewegung!«

Tom erstarrte.

Der Soldat schob sich langsam an dem umgestürzten Jeep vorbei und mußte sich dabei mit der freien Hand abstützen. Er warf nur einen kurzen Blick auf seinen Kameraden im Jeep und den Verletzten, den Tom aus dem Geländefahrzeug gezogen hatte, hielt die Pistole dabei aber weiter auf den Archäologen gerichtet.

»Ziehen Sie die Pistole mit der linken Hand aus dem Gürtel und lassen Sie sie fallen«, befahl er, als er den Wagen umrundet hatte und zwei Schritte vor Tom stehenblieb.

Gehorsam ergriff Tom die Pistole mit den Fingern der linken Hand und zog sie langsam aus dem Gürtel. Dabei schätzte er seine Chancen ab. Der verletzte Soldat zu seinen Füßen machte keine Anstalten, sich zu erheben, und der andere mit der Waffe wirkte kraftlos und mitgenommen. Wenn er sich blitzschnell hinter dem Jeep in Deckung warf, hatte Tom wahrscheinlich die besseren Karten. Aber das würde bedeuteten, daß er es auf einen Schußwechsel ankommen lassen würde, und der Soldat hatte offensichtlich nicht vor, ihn zu erschießen, sonst hätte er längst schon abgedrückt.

Tom war gerade so weit mit seinen Überlegungen gekommen, hatte die Pistole vollends aus dem Gürtel gezogen und hielt sie mit ausgestrecktem Arm von sich weg, als ihm plötzlich Gudrun wieder einfiel. Wo steckte sie nur?

»Lassen Sie die Waffe fallen, Señor!« klang ihre Stimme wie aufs Stichwort auf. Der Kopf des Soldaten ruckte herum, aber seine Pistole blieb nach wie vor auf Tom gerichtet. Auch Tom wandte den Kopf.

Gudrun stand nur ein paar Meter hinter dem Bolivianer, den Colt in der Hand. Ihre Stimme hatte vollkommen ruhig und beinahe kalt geklungen, und die Waffe zitterte kein bißchen.

»Sie machen einen großen Fehler«, begann der Soldat. »Meine Kameraden ...«

»Vielleicht machen *Sie* den Fehler«, unterbrach ihn Gudrun schneidend. »Ich wiederhole es nur noch einmal: Lassen Sie die Waffe fallen!« Sie spannte den Hahn. In der Stille klang das Klicken, mit dem er einrastete, unglaublich laut.

Der Soldat starrte sie ungläubig an, dann sackten plötzlich seine Schultern herab, und er ließ den Waffenarm sinken. Mit zwei Schritten war Tom bei ihm und nahm ihm die Pistole aus der kraftlosen Hand.

»Setzen Sie sich!« befahl er. »Wenn Sie sich ruhig verhalten, wird Ihnen nichts geschehen. Wir sind keine Verbrecher, und erst recht keine Mörder.«

Der Bolivianer setzte sich widerstandslos in den Staub und lehnte sich mit dem Rücken gegen die Motorhaube des Jeeps. Er wirkte beinahe erleichtert.

»Gut gemacht, Gudrun«, sagte Tom, der erst jetzt die Zeit fand, sich wieder seiner Begleiterin zuzuwenden.

Gudrun wirkte auf einmal bleich. Von der Selbstsicherheit, die sie ausgestrahlt hatte, war nichts mehr zu sehen. Sie hatte den Revolver sinken lassen und starrte Tom wortlos an.

Tom trat zu ihr, faßte sie an den Schultern und schüttelte sie. »He, alles in Ordnung mit dir?« erkundigte er sich. »Mach jetzt bloß nicht schlapp. Die restlichen Pfadfinder können jeden Augenblick aufkreuzen. Wir müssen verschwinden.«

»Die Verletzten ...«, murmelte sie. »Wir müssen uns um die Verletzten kümmern.«

Einen Moment lang wurden Toms Augen schmal, aber dann verschluckte er die hitzige Bemerkung, die ihm auf der Zunge gelegen hatte.

»In Ordnung«, gab er nach. »Sieh du nach den Männern, ich kümmere mich um das Funkgerät.«

Er wartete keine Antwort ab und zwängte sich in den umgestürzten Jeep. Das Funkgerät hatte den Unfall unbeschädigt überstanden und rauschte leise. Anscheinend hatte sich der Sender verstellt.

Tom drehte den Frequenzwahlknopf langsam, und plötzlich ertönten laute Stimmen aus dem Lautsprecher. Der Archäologe hörte kurz zu und erfuhr, daß die Besatzung des zweiten Jeeps den Unfall überlebt hatte. Ein Soldat war allerdings schwer verletzt worden und hatte sich beide Beine gebrochen. Hilfe war bereits unterwegs.

»Die Männer scheinen Glück gehabt zu haben«, klang in diesem Augenblick Gudruns Stimme auf. Sie wirkte erleichtert und schien sich wieder gefangen zu haben. »Schürfungen, Prellungen und Platzwunden. Der Bewußtlose hat sich wahrscheinlich das linke Schlüsselbein und ein paar Rippen gebrochen, aber die Lunge scheint nicht verletzt zu sein. Er atmet regelmäßig und hat kein Blut auf den Lippen.«

»Schön«, kommentierte Tom knapp. »Dann können wir ja auch verschwinden.«

»Aber ...«, begann Gudrun, doch Tom schnitt ihr das Wort mit einer heftigen Handbewegung ab.

»Zum Streiten haben wir später noch genug Zeit. Die Leute sollen sich erst einmal beruhigen. Wenn sie ihre Kameraden gefunden haben, werden sie wissen, daß wir keine skrupellosen Banditen oder Terroristen sind.«

Er erwartete Widerspruch, aber als er den Kopf hob, lief Gudrun schon zum Peugeot hinüber.

Tom warf einen Blick auf die Soldaten, die sich nicht vom Fleck gerührt hatten. Dann drückte er auf die Sprechtaste und sagte auf spanisch in das Mikrofon:

»Hier spricht Tom Ericson, der Mann, den Sie erschießen wollten. Ich bin amerikanischer Staatsbürger und befinde mich gerade erst seit drei Stunden in Ihrem Land. Ich und meine Begleiterin haben nichts verbrochen, was Ihr Verhalten rechtfertigen würde. Ich verlange von Ihnen, daß Sie unverzüglich meine Botschaft informieren. Ericson Ende.«

Er ließ die Sprechtaste los. Das hektische Geschnatter auf dieser Frequenz verstummte für einen Augenblick, dann klang eine Stimme auf.

»Wer spricht da? Ich habe Sie nicht verstanden. Könnten Sie wiederholen, was Sie gerade gesagt haben?«

»Geben Sie sich keine Mühe, mich hinzuhalten. Nach dem, was Sie und Ihre Männer getan haben, traue ich Ihnen nicht drei Schritte weit.«

»Señor Ericson, das Ganze war ein großes Mißverständnis. Ich bitte Sie …«

Aber Tom hörte nicht weiter zu. Er riß das Funkgerät aus seiner Halterung und schmetterte es zu Boden. Die Soldaten sollten keine Gelegenheit haben, ihre Kameraden über die Richtung zu informieren, in die er und Gudrun verschwinden würden.

Tom sah sich noch einmal genau um, ob er eine Waffe übersehen hatte. Als er keine entdecken konnte, schob er sich das Ersatzmagazin der Maschinenpistole in den Gürtel, zog den Erste-Hilfe-Kasten aus dem Jeep und stellte ihn neben dem Soldaten, der ihn mit der Pistole bedroht hatte, auf den Boden.

»*Hasta luego, compañero*«, sagte er und hob die Hand. »Ihre Freunde werden bald hier sein. Aber ich und die Señorita haben nicht vor, so lange zu warten.«

Er drehte sich um, nahm die Maschinenpistole an sich und lief zum Peugeot, wo Gudrun bereits mit den Taschen wartete.

»Behalt du die Richtung im Auge, aus der wir gekommen

sind«, verlangte er und öffnete seine Tasche. »Die Verfolger können jeden Augenblick auftauchen.«

»Was hast du vor?« wollte Gudrun wissen.

»Ein bißchen ausmisten. Wir reisen mit leichtem Gepäck.«

Achtlos warf er den größten Teil des Inhalts der Tasche hinter sich und verstaute die Waffen darin, die er den Soldaten abgenommen hatte. »Gib mir den Revolver.«

Gudrun reichte ihm den 45er.

Tom riß ein Päckchen mit Patronen auf, klappte die Trommel aus und lud die Kammern.

»Wozu soll das gut sein?« erkundigte sich Gudrun gereizt. »Hast du nicht schon genug Waffen dabei?«

Tom klappte die Trommel wieder zu, spannte den Hahn zur Hälfte und ließ die Trommel rotieren.

»Sicher ist sicher«, erklärte er. »Im Notfall verlasse ich mich lieber auf meinen bewährten Revolver. Er hat mich schon mehr als einmal gerettet, wie du dich vielleicht erinnern wirst. So, und jetzt pack das in die Tasche, was du unbedingt brauchst. Wir verschwinden.«

Zwei Stunden später waren sie sicher, den Soldaten zumindest vorläufig entkommen zu sein. Das Gelände war zu uneben, als daß die Jeeps sie hätten verfolgen können. Felsen und Erdspalten boten ihnen immer wieder Schutz vor möglichen Verfolgern.

Tom und Gudrun hatten sich zuerst nach Süden gewandt und etwa drei Kilometer in Richtung auf eine Hügelkette zugehalten, bevor sie nach Westen abgebogen waren. Beide waren sie so erschöpft, daß sie eine kurze Rast einlegen mußten.

Sie kauerten in einer Senke, in der etwas borstiges Gras und ein paar niedrige Sträucher wuchsen.

»Wir können nicht ewig weglaufen«, sagte Gudrun. Langsam beruhigte sich ihr Atem wieder. Sie hatte die Beine weit von sich gestreckt und massierte ihre verkrampften Oberschenkel.

»Natürlich nicht«, gab Tom zu. Er lugte über den Rand der Senke hinaus und hielt nach möglichen Verfolgern Ausschau. »Aber wir sollten zumindest einen Tag vergehen lassen, damit sich die Gemüter etwas beruhigen. Sonst laufen wir Gefahr, auf der Stelle erschossen zu werden, sobald uns die Typen erblicken. Morgen werden wir versuchen, uns unbemerkt in Tiahuanaco einzuschleichen. Von dort aus werde ich unsere Botschaften anrufen.«

»Einverstanden«, stimmte Gudrun zu. »Aber was sollen wir in der Zwischenzeit machen?« Sie deutete mit einer unbestimmten Geste um sich. »Sollen wir hier die Nacht verbringen?«

Tom schüttelte den Kopf. »Nein, wir sind noch zu nahe an der Straße. Wir müssen weiter. Ich schlage vor, wir gehen bis zum Fuß dieser Hügelkette. Dort finden wir ein besseres Versteck und sind außerdem vor dem Wind geschützt.«

Kurz darauf brachen sie wieder auf. Wortlos marschierten sie durch die Einöde, sorgfältig jede Deckung ausnutzend.

Bis zum Abend sahen sie keinen Menschen. Nach kurzem Suchen hatten sie einen überhängenden Felsen in einer schmalen Schlucht gefunden, unter dem sie ein provisorisches Lager aufschlugen.

»Schade, daß wir nicht einmal ein Feuer anzünden können«, meinte Gudrun fröstelnd. Es wurde schnell kälter. Trotz eines zweiten Pullovers, den sie übergezogen hatte, fror sie jetzt schon. Tom ging es nicht besser.

»Wir können uns gegenseitig wärmen«, schlug er vor. »Rück näher an mich heran.«

Gudrun kuschelte sich an ihn, und er legte ihr den Arm um die Taille. »Man kann auch dem größten Pech noch seine positiven Seiten abgewinnen«, stellte er fest.

»Ja, wirklich sehr romantisch«, gab Gudrun ironisch zurück. »Genau so habe ich mir ein Rendezvous mit dir immer gewünscht.«

»Es ist nicht meine Schuld, und das weißt du auch«, verteidigte sich Tom ungewohnt friedfertig. »Laß uns nicht wieder aufeinander einhacken. Durch diese Sache müssen wir gemeinsam durch.«

»Ja, du hast recht«, erwiderte Gudrun versöhnlich. Sie blickte Tom an und lächelte sogar ein wenig. »Ich verstehe auch nicht, warum wir uns immer in den Haaren liegen. Vielleicht sind wir einfach zu unterschiedlich.«

»Oder zu dickköpfig.«

»Oder auch beides.«

Sie schwiegen eine Weile, und jeder hing seinen Gedanken nach. Trotz der Vorkommnisse des Tages fühlten sie sich merkwürdig entspannt. Die Dunkelheit senkte sich schnell über das Hochland. Der Dunst war verflogen, und es wurde klar. Mit einemmal waren die Sterne der südlichen Hemisphäre zu sehen.

»Sieh mal, das Kreuz des Südens!« sagte Tom und streckte den Arm aus.

Gudrun folgte seinem Arm. Ihr Kopf lag an seiner Schulter. »Weißt du eigentlich, daß du wie ein nasser Fuchs stinkst?« fragte sie gedankenlos, und im selben Moment hätte sie sich ohrfeigen können. Sie spürte, wie sich Toms Körper versteifte, aber er verzichtete darauf, ihr das Kompliment zurückzugeben. Gudrun wußte, daß sie auch nicht besser roch; nach ihrer Flucht war sie schweißüberströmt gewesen, und jetzt trocknete der Schweiß unter ihrer Kleidung.

»Du hast dich wirklich gut gehalten«, sagte Tom nach einer Weile, und sie war dankbar, daß er das Thema wechselte. »Wie du den Soldaten mit dem ungeladenen Colt bedroht hast, das war klasse.«

Gudrun lächelte still vor sich hin. Es war schon merkwürdig, daß sie dabei völlig kalt und beherrscht gewesen war. Im nachhinein wunderte sie sich über sich selbst. Vielleicht färbte der Umgang mit Tom ja langsam auf sie ab.

»Oder hast du mich etwa gar nicht gewußt, daß der Colt nicht geladen war?« fragte er plötzlich.

»Für wie dumm hältst mich eigentlich?« erkundigte sich Gudrun ärgerlich. »Natürlich habe ich das gewußt, du hast es mir schließlich lang und breit erklärt, als du von der Flughafenkontrolle zurückgekommen bist. Oder glaubst du wirklich, ich hätte es riskiert, einen Menschen zu erschießen?«

»Schon gut, schon gut«, beschwichtigte Tom sie eilig. »Tut mir leid, daß ich dich gefragt habe.«

Sie hatte ihn schon wieder verletzt. Was, zum Teufel, ist eigentlich mit mir los? fragte sie sich verwirrt und unbehaglich. Kann ich nicht ganz normal auf ihn reagieren? Wieso sehe ich in seinen Äußerungen und Fragen immer gleich eine Provokation? Wieso habe ich das Gefühl, mich immer verteidigen und beweisen zu müssen?

»Hast du es bequem?« fragte sie lahm, als das Schweigen unbehaglich zu werden drohte.

»Es geht so«, erwiderte er, und seine Stimme klang ganz sachlich. Keine Spur von Vorwurf.

Natürlich, dachte sie. Das berührt ihn doch gar nicht. Immer ganz der Souveräne. Alles unter Kontrolle. Nur nicht die Fassung verlieren. Nur keine Gefühle zeigen …

Sag mal, spinnst du eigentlich? rief sie sich gleich darauf zur Ordnung. Was erwartest du eigentlich? Wieso machst du ihn für alles verantwortlich, was nicht in deinem Sinn läuft?

»Wir sollten versuchen zu schlafen«, schlug sie schließlich vor. »Wenn dir der Felsen nicht zu hart ist …«

»Nein, das ist schon in Ordnung«, versicherte Tom.

Er saß so entspannt wie möglich mit dem Felsen im Rücken da. Gudrun wärmte seinen Oberkörper. Ihr Kopf lag auf seiner linken Schulter, seine Nase berührte fast ihr Haar. Er hatte die Arme um ihre Taille gelegt und die Hände vor ihrem Bauch verschränkt.

Obwohl Gudrun nichts mehr sagte und ihr Atem ruhig und gleichmäßig ging, spürte Tom doch, daß sie nicht schlief. Aber er versuchte nicht mehr, sich mit ihr zu unterhalten.

Irgend etwas ging fast zwangsläufig immer schief, wenn ihr Verhältnis persönlich zu werden drohte. Tom zermarterte sich vergeblich den Kopf, woran das lag. Was machte er falsch? Schon die harmloseste Bemerkung konnte sie auf die Palme bringen.

Sicher, er wußte selbst, daß er es manchmal an dem nötigen Feingefühl mangeln ließ, aber auch Gudrun konnte eine ziemliche Kratzbürste sein. Dabei bemühte er sich gerade ihr gegenüber ständig, etwas mehr auf sie einzugehen und sie wie einen Kumpel zu behandeln. Gudrun verlangte von ihm, daß er sie ernst nahm, und das tat er auch. Er behandelte sie so, wie er auch beispielsweise einen guten Freund behandeln würde, mit dem er zufällig an derselben Sache arbeitete.

Oder lag genau da das Problem? Verlangte Gudrun von ihm, daß er mehr die Frau in ihr wahrnahm? Weiß Gott, sie reizte ihn. Er war lange genug mit ihr zusammen und hatte genug mit ihr durchgemacht, um sie gut kennengelernt zu haben. Und was er erfahren hatte, gefiel ihm. Sie war nicht nur sehr attraktiv, sie war intelligent, lebenslustig und – wenn sie wollte – auch einfühlsam und warmherzig.

Vielleicht war genau das das Problem. Sie wollte gar nicht warmherzig und einfühlsam sein. Vielleicht befürchtete sie, dadurch in die Defensive zu geraten. Dabei wollte sie lieber selbst den Ton angeben.

Aber vielleicht täuschte er sich auch und machte sich nur selbst etwas vor. Vielleicht lag die Schuld wirklich einzig und allein bei ihm.

Irgendwann, dachte er, muß ich mich mit ihr aussprechen. Diese ständigen infantilen Reibereien müssen aufhören, schließlich sind wir erwachsene Menschen. Aber nicht gerade jetzt, nicht heute. Im Augenblick haben wir wirklich größere Probleme.

Nach einiger Zeit spürte er, wie sich Gudruns Körper in seinen Armen entspannte. Jetzt war sie tatsächlich eingeschlafen.

Tom dagegen blieb noch lange wach. Er hatte es nicht allzu bequem, und er fror. Aber vor allem hinderten ihn seine Gedanken daran, einzuschlafen. Sie steckten in der Tat in großen Schwierigkeiten. Trotzdem drehten sich seine Gedanken in erster Linie um Gudrun.

Das Summen des Funkgerätes weckte ihn.

Kar schreckte von dem Feldbett hoch, das er im ›Maschinenraum‹ aufgestellt hatte. Er war sofort hellwach.

»Boß, sie kommen«, quäkte es aus dem kleinen Lautsprecher.

»Gut. Wenn ich dir ein Zeichen gebe, nimmst du den ersten aufs Korn.« Er eilte zur Kristallplatte und schlug auf ein bestimmtes Symbol. Sofort baute sich über der Platte ein Hologramm auf, das den Strand und den Weg zur Pyramide zeigte. Fünf schwarze Gestalten näherten sich dem alten Bauwerk. Hinter einem Felsen erkannte Kar den muskulösen Australier, der den Karabiner im Anschlag hatte und auf die Ankömmlinge zielte.

»Jetzt!« rief Karney in sein Funkgerät, als die ›Schwarzen‹ höchstens noch dreißig Meter von dem Schützen entfernt waren. Fast im selben Augenblick klang der erste Schuß aus dem Lautsprecher des Funkgerätes auf. Die holographische Darstellung selbst übertrug keine Geräusche.

Kar sah den vordersten der Angreifer zusammenzucken, doch dann ging der Mann scheinbar unbeeindruckt weiter, während sein Kopf langsam hin- und herwanderte. Drei weitere Kugeln trafen seinen Körper, dann schien er den Schützen lokalisiert zu haben, denn sein Blick blieb in die Richtung des Australiers fixiert, und Kar hörte den Piloten aufschreien. Auch ohne nachzufragen wußte er, was geschehen war. Das Gewehr in den Händen des Australiers war glühend heiß geworden, und die beweglichen Teile blockierten. Die Waffe war unbrauchbar.

Vier Gestalten marschierten unbeeindruckt weiter, nur der fünfte fiel langsam zurück, derjenige, der getroffen worden war.

Mit fliegenden Fingern tastete Kar über die Symbolleiste

der Kristallplatte. Vielleicht gelang es ihm noch einmal, einen oder zwei der Angreifer mit dem Transportfeld ins Nichts zu schicken.

Wie er es erwartet hatte, war das Transportfeld instabil und schrumpfte schnell zusammen. Er richtete es auf den letzten der ›Schwarzen‹ und berührte die Aktivierungstaste. Der Nebel, der die Lage des Feldes anzeigte, verschwand, und mit ihm die schwarzgekleidete Gestalt.

Nicht zum erstenmal fragte sich Professor Karney, was mit Menschen oder Gegenständen geschah, die transportiert wurden, ohne daß ein Zielort angegeben wurde. Verschwanden sie einfach unwiderruflich aus dem Hier und Jetzt, lösten sie sich auf, oder tauchten sie an irgendeinem weit entfernten Ort wieder auf? Wenn ja, dann mußte dieser Ort wirklich sehr weit entfernt oder gut abgeschirmt sein, denn Kar hatte einmal versuchsweise einen weitreichenden Signalgeber abgestrahlt, ihn aber nicht mehr anpeilen können.

Nun hatten die verbliebenen vier ›Schwarzen‹ die Spitze der Pyramide erreicht und standen vor dem verschlossenen Eingang. Wegen der hereingebrochenen Abenddämmerung konnte Kar nicht genau erkennen, was sie da taten, aber offensichtlich hantierten sie mit irgendwelchen Gegenständen herum, ohne das Bauwerk selbst zu berühren. Kurz darauf öffnete sich der Zugang.

Sofort war die Pyramide wieder von dem durchdringenden Jaulen erfüllt, und die Holographie folgte automatisch den Eindringlingen. Kaum eine Minute später hatten sie die Stelle erreicht, an der sich die erste Barriere befand. Doch diesmal benötigten sie nur kurze Zeit, die Sperre zu überwinden.

Kar biß die Zähne zusammen. Hätte er in diesem Augenblick in einen Spiegel geschaut, wäre er selbst erschrocken, denn sein Gesicht wirkte kaum noch menschlich.

Gleich mußten die ›Schwarzen‹ seine erste Falle erreichen. Sie marschierten wie im Gänsemarsch hintereinander, die Blicke auf die unidentifizierbaren Gegenstände in ihren Händen gerichtet. Nur der erste blickte geradeaus. Jetzt ging er um die Biegung herum …

Der Lärm der Explosion war noch im Maschinenraum zu hören. Gebannt betrachtete Kar die holographfische Abbildung der Szene. Kopf und Oberkörper des ›Schwarzen‹ waren von einer Qualm- und Staubwolke verhüllt, die sich langsam auflöste.

Der Mann stand stocksteif da. Als sich der Qualm verzogen hatte, erkannte Kar, daß dem Fremden der halbe Kopf weggerissen worden war. Eine weißlich graue Substanz lief ihm über die Brust. Wie ein gefällter Baum stürzte er schließlich um. Die Sprengladungen und die improvisierten Schrapnellgeschosse hatten ganze Arbeit geleistet.

Kar schrie triumphierend auf. Von den ehemals acht Angreifern waren nur noch drei übriggeblieben. Seine Chancen stiegen.

Aber sein Mut sank, als er mit ansehen mußte, wie schnell die verbliebenen drei die nächsten Barrieren ausschalteten. Nach einer halben Stunde schon hatten sie die Ebene des Maschinenraums erreicht, und das Heulen der Alarmanlage wurde noch schriller und lauter. Kar hatte das Gefühl, als müßte ihm jeden Augenblick der Kopf zerspringen.

Auch der zweite seiner Helfer, der in einem Nebengang lauerte, hatte nicht die geringste Chance. Im selben Augenblick, als er mit einer erhobenen Brechstange in den Gang sprang, schoß die Hand eines der ›Schwarzen‹ mit einer so schnellen Bewegung, wie Kar sie ihm niemals zugetraut hätte, vor, umklammerte die Brechstange und riß sie dem Australier mühelos aus den Händen. Achtlos warf er sie hinter sich, berührte den Angreifer leicht, bevor dieser zurückweichen konnte, und der Mann sank leblos zu Boden.

Kar machte sich bereit. Die ›Schwarzen‹ waren höchstens noch zwanzig Meter vom Eingang des Maschinenraums entfernt und beschäftigen sich mit der vermutlich letzten Barriere. Allmählich wurden ihre Bewegungen langsamer, aber diesmal machten sie keine Anstalten, umzukehren.

Im selben Moment, als die Barriere fiel, schloß sich der Eingang zum Maschinenraum. Kar zuckte zusammen. Er hatte nicht einmal gewußt, daß der Eingang verschlossen werden konnte. Wie aus dem Nichts war plötzlich eine massive Steinwand erschienen. Kar atmete auf.

Er mußte jetzt nur noch ausreichend Zeit gewinnen. Über die Holographie konnte er mitverfolgen, wie die ›Schwarzen‹ anscheinend ratlos die fugenlose Felsentür untersuchten. Sie schienen stumm miteinander zu beraten. Dann berührten zwei von ihnen den dritten an der Stirn und verharrten einige Sekunden lang reglos in dieser Stellung. Als sie die Hände sinken ließen und einen Schritt zurücktraten, bewegten sie sich wie in Zeitlupe. Dafür wirkte der dritte auf einmal viel agiler.

Er fuhr mit den Händen die Umrisse des Eingangs ab. Kar hörte Stein auf Stein reiben, als kämpften zwei entgegengesetzte Kräfte miteinander. Millimeterweit glitt die Steintür zur Seite. Vergeblich versuchte Kar noch einmal, das Transportfeld aufzubauen und auf den Angreifer zu richten. Dann ergriff er die kleine Automatik-Pistole und zielte auf den sich langsam erweiternden Türspalt.

Aber er kam nicht mehr dazu, abzudrücken. Die Waffe glühte schon in seiner Hand auf, als die Tür sich erst eine Handbreit geöffnet hatte. Kar ließ die Pistole fallen. Keinen Augenblick zu früh, denn die Patronen explodierten im Magazin und rissen den Kolben auseinander. Scharfkantige Metallfetzen sirrten durch den Raum.

Kar wich zurück, den Blick starr auf den Türspalt gerichtet, durch den sich der ›Schwarze‹ jetzt zwängte. Als er den Maschinenraum betreten hatte, blieb er stehen und sah sich um. Sein Kopf wanderte zwischen Kar und der Kristallplatte hin und her. Offensichtlich konnte er sich nicht entscheiden, wohin er sich zuerst wenden sollte. Dann trat er einen Schritt vor.

Karney beobachtete ihn gebannt, während er gleichzeitig die Holographie über der Kristallplatte im Auge behielt, die immer noch die beiden fast reglosen Eindringlinge im Gang zeigte. Seine Hand schwebte in der Nähe des Schalters, mit dem er die Metalldrähte vor dem Eingang unter Strom setzen würde. Hoffentlich verfügte der ›Schwarze‹ nicht über so etwas wie eine Distanzwaffe.

Komm schon, beschwor er ihn in Gedanken. Nur noch zwei Schritte!

Als hätte der unheimliche Besucher die stumme Aufforderung vernommen, ging er weiter in den Raum hinein. Plötzlich richtete er den Blick nach unten, aber Kar ließ ihm keine Gelegenheit mehr, zu reagieren. Seine Hand fuhr auf den Schalter herab.

Der ›Schwarze‹ blieb wie angenagelt stehen. Sein Körper begann zu zucken, die Haare richteten sich auf, und aus dem schwarzen Anzug kräuselten Rauchfäden hervor, aber der Fremde brachte keinen Laut über die verzerrt aufgerissenen Lippen. Er bog den Rücken unwahrscheinlich weit zurück, und als er schon nach hinten zu kippen drohte, machte er einen mühsamen Schritt nach vorn.

»Los, stirb!« tobte Kar völlig außer sich. »Fall schon um!«

Aber der ›Schwarze‹ tat ihm den Gefallen nicht. Wieder setzte er einen Schritt und dann noch einen. In seinen Augen war nur noch das Weiße zu sehen, die Adern in seinem Gesicht traten weit hervor.

Schließlich hatte er den Bereich mit den Kupferdrähten überwunden und fiel auf Hände und Knie. Seine Stirn berührte den Boden, die Füße zuckten unkontrolliert. Doch dann ging ein Ruck durch seinen Körper, er richtete den Kopf auf und kroch weiter auf die Kristallplatte zu.

Tom erwachte im Morgengrauen, als sich Gudrun unruhig an seiner Brust bewegte.

Es war bitter kalt, und er fühlte sich steif. Der harte Felsen hatte sich ihm tief in den Rücken gebohrt, und seine Beine waren fast taub. Er wackelte versuchsweise mit den Füßen. Das Kribbeln in den Beinen ließ ihn aufstöhnen.

»Was is' denn?« nuschelte Gudrun undeutlich.

»Frühstück«, krächzte Tom und mußte sich räuspern.

Gudrun löste sich von ihm, strich sich die zerzausten Haare aus dem Gesicht und sah ihn verwirrt an. Dann klärte sich ihr Blick. Sie reckte sich, gähnte ausgiebig und rieb sich die Schultern und Oberarme. »Gott, ist das kalt.«

»Hast du Durst?« wollte Tom wissen. Er kramte in der Reisetasche.

Gudrun nickte eifrig. »Und wie. Meine Kehle ist ganz ausgedörrt. Haben wir denn etwas zu trinken?«

»Ein kleines Fläschchen Mineralwasser, 0,2 Liter«, erwiderte Tom. »Laß mir etwas übrig.«

Er reichte Gudrun die Flasche. Die Anthropologin gurgelte mit dem ersten Schluck und spuckte ihn wieder aus. Dann trank sie langsam in winzigen Schlucken, bevor sie Tom die Flasche zurückgab.

»Ein Himmelreich für eine große Kanne heißen schwarzen Kaffee«, seufzte Tom, nachdem er seinen Teil getrunken hatte.

Fröstelnd und frierend machten sie sich wieder auf den Weg. Sie konnten nicht mehr weit von Tiahuanaco entfernt sein. Tom orientierte sich an seinem Kompaß.

Bald darauf ging die Sonne auf, aber es würde noch einige Zeit dauern, bis es wärmer wurde. Tom und Gudrun bewegten sich vorsichtig und suchten weiterhin Deckung, während sie nach Westen gingen. Die Landschaft wirkte wie ausgestorben.

Rechter Hand erstreckte sich die trostlose Geröllebene, linker Hand stieg die felsige Hügelkette an. Es war unverständlich, daß sich eine vorkolumbianische Zivilisation ausgerechnet diese karge Gegend ausgesucht hatte, um eine der größten Städte ihrer Zeit zu errichten. Lediglich der nahe gelegene Titicacasee erlaubte an den Uferrändern eine bescheidene Landwirtschaft und bot mit seinem Fischreichtum eine Nahrungsquelle.

Tom und Gudrun diskutierten leise über Spekulationen zu

diesem Thema, als die Anthropologin plötzlich stutzte. »Hörst du das?« fragte sie und legte den Kopf schief.

Tom lauschte ebenfalls. Von Osten her klang ein regelmäßiges hämmerndes Geräusch auf, das schnell lauter wurde.

»Ein Helikopter!« stieß er hervor und blickte sich hastig um. Einige Meter entfernt lagen zwei hausgroße Geröllbrocken. »Dorthin!« Er schubste Gudrun unsanft in die Richtung und lief los. Kurz darauf zwängten sie sich in den Spalt zwischen den Felsen und verharrten bewegungslos.

Im Tiefflug tauchte der Helikopter hinter der Hügelkette auf und strich dicht über ihrem Versteck hinweg. Ein paar hundert Meter weiter blieb er auf der Stelle stehen und drehte sich langsam einmal um die eigene Achse.

»Also haben sie die Suche noch nicht aufgegeben«, stellte Gudrun resigniert fest. »Tom, wir sollten uns ihnen ergeben. Wenn wir weiter fliehen, machen wir uns in ihren Augen nur verdächtig. Und sie wissen, daß wir bewaffnet sind. Wir ...«

»Still!« fuhr Tom ihr dazwischen und hob die Hand, aber die Aufforderung war überflüssig. Gudrun konnte es auch hören. Ein paar hundert Meter entfernt, dort, wo der Helikopter auf der Stelle schwebte, mischten sich Gewehrsalven in den Motorenlärm.

»Die meinen gar nicht uns«, sagte Tom. »Wahrscheinlich sind sie auf die Kerle gestoßen, denen die ganzen Kontrollposten gegolten haben.«

»Dann sollten wir uns ihnen zeigen«, schlug Gudrun vor, »oder den Weg zurückgehen, den wir gekommen sind.«

»Bist du verrückt?« erkundigte sich Tom und starrte sie mit gerunzelter Stirn an. »Wie sollen die von oben erkennen, daß wir nicht zu den Banditen gehören? Nein, wir warten erst einmal ab.«

Er beobachtete den Helikopter weiter, an dessen Seiten zwei Maschinengewehre montiert waren und der irgendein Ziel unter Beschuß nahm. Anscheinend wurde das Feuer von unten erwidert.

»Tom«, flüsterte Gudrun eindringlich und rüttelte ihn an der Schulter. »Sieh da!« Sie deutete auf die Ebene hinaus.

Aus einer Erdspalte waren zwei Männer gekrochen und liefen geduckt in ihre Richtung. Sie hielten Gewehre in den Händen. Knapp zehn Meter von Tom und Gudrun entfernt verschwanden sie hinter einem Felsblock außer Sicht.

Tom kramte in der Tasche und zog die Maschinenpistole hervor.

»Ich will jetzt nichts hören«, zischte er, bevor Gudrun etwas erwidern konnte. »Das ist nur eine Vorsichtsmaßnahme. Ich habe nicht vor, mich in diesen Krieg einzumischen.«

Gudrun preßte die Lippen zusammen und schwieg.

Kurz darauf tauchten die beiden Gestalten hinter ihrer Deckung auf und rannten in Richtung des Helikopters, der jetzt wild schaukelte und hin und her tanzte, um den unsichtbaren Schützen kein leichtes Ziel zu bieten. Wieder kauerten die Männer sich hinter einen Felsblock und visierten den Hubschrauber an. Sie wandten Tom und Gudrun den Rücken zu.

»Los, da hinauf!« raunte Tom und deutete auf einen Einschnitt in der Hügelkette. »Wenn die beiden losballern, kann sich das Gefecht in unsere Richtung verlagern. Womöglich hat der Hubschrauber Bomben oder Granaten an Bord. Du trägst die Tasche.«

Er wartete keine Antwort ab und sprintete los. Gezwungenermaßen mußte Gudrun ihm folgen.

Sie hatten rund dreißig Meter zurückzulegen, bevor sie außer Sicht der beiden Bewaffneten und des Helikopters gerieten, aber Tom lief weiter. Er drehte sich immer wieder kurz um, und erst als er sah, daß Gudrun völlig außer Atem war, hielt er an.

»Verdammt, wo willst du hin?« keuchte Gudrun. »Wir entfernen uns immer weiter von Tiahuanaco.«

Tom nickte. Auch er atmete schwer. Er deutete nach vorn, wo der Einschnitt weiter anstieg und schmaler wurde. »Ich möchte versuchen, auf die andere Seite der Hügelkette zu gelangen. Von dort können wir einen großen Bogen schlagen und der Schießerei aus dem Weg gehen.«

»Das heißt, wir erreichen Tiahuanaco erst am Abend, wenn überhaupt«, gab Gudrun zu bedenken.

»Möchtest du lieber den direkten Weg nehmen?« erkundigte sich Tom säuerlich und deutete zurück. »Ein bißchen Wildwest spielen?«

Gudrun wollte gerade zu einer bissigen Antwort ansetzen, als ein Schuß aufklang und ein Querschläger direkt vor ihren Füßen davonjaulte.

»Deckung!« brüllte Tom, wirbelte herum und hechtete zur Seite. Die Maschinenpistole in seinen Händen hämmerte schon los, bevor er noch den Boden erreicht hatte.

»Thomas Ericson und Gudrun Heber«, stellte Cadwell fest, »sind Wissenschaftler der Universität Yale. Es stimmt zwar, daß Ericson bewaffnet ist, aber die Kontrollposten wurden nicht mit einem Colt-Revolver Kaliber .45 erschossen, sondern mit Schnellfeuergewehren. Die ganze Meldung des angeblichen Augenzeugen ist von vorne bis hinten getürkt.«

»Ich weiß«, gestand Commandante Cañez ruhig. Sein Gesicht blieb ausdruckslos.

Cadwell starrte den Bolivianer ungläubig an. »Sie wissen es?« vergewisserte er sich schließlich. »Warum haben Sie mir nichts davon gesagt?«

»Weil ich es selbst erst vor kurzem erfahren habe«, erklärte Cañez. »Der Überfall wurde tatsächlich von zwei Indios aus der Ferne beobachtet, die auf dem Weg zum Markt waren. Verständlicherweise hatten die beiden Angst und haben sich versteckt. Wir sind mehr durch Zufall heute morgen auf sie gestoßen.«

»Und was haben sie ausgesagt?« wollte Cadwell wissen.

»Dieser Ericson und seine Begleiterin haben den Kontrollposten unmittelbar vor dem Anschlag passiert. Gleich darauf hielt ein zweiter Wagen. Zwei Männer stiegen aus und eröffneten sofort das Feuer. Danach stiegen sie wieder ein und fuhren Richtung La Paz zurück. Leider konnten die Augenzeugen keine genaue Beschreibung des Wagens und der Männer liefern. Oder sie halten den Mund aus Angst.«

»Ich kann sie verstehen«, murmelte Cadwell. »Aber was gedenken Sie jetzt in bezug auf die beiden Wissenschaftler zu tun?«

»Ich habe meine Leute über die wahren Hintergründe informiert«, erklärte Cañez. »Den beiden droht keine Gefahr mehr von unserer Seite. Sollten sie einen Schaden erlitten haben, wird man sie großzügig entschädigen. Wahrscheinlich werden sie irgendwann in Tiahuanaco auftauchen. Jedenfalls war das laut eigener Aussage ihr Ziel.«

Cadwell nickte. »Gut. Ich werde meine Botschaft bitten, zwei Leute dorthin zu schicken, die den Irrtum aufklären. Ich könnte mir denken, daß die Wissenschaftler um jeden bolivianischen Soldat oder Polizisten einen großen Bogen machen. Und was wollen Sie sonst unternehmen?«

Cañez zuckte die Achseln. »Vorerst nichts. Ich habe die Suchmannschaft zurückbeordert und einen Helikopter in die Gegend geschickt, in der wir die beiden vermuten. Leider …«

»Was, leider?« fragte Cadwell, als der Bolivianer schwieg.

»Leider ist der Helikopter auf ein Lager von Banditen gestoßen, wahrscheinlich Mitglieder des Kokainkartells, und beschossen worden. Das Gefecht dauert zur Zeit noch an. Ich habe einen zweiten Helikopter angefordert.«

»Ich verstehe, was Sie meinen«, sagte Cadwell und seufzte. »Ihre Männer werden auf alles schießen, was sich bewegt. Und sollten Ericson und Heber in der Nähe herumlaufen, dann könnten sie in den Kugelhagel geraten.«

»So ist es«, bestätigte Cañez, doch dann lächelte er dem Amerikaner aufmunternd zu. »Vielleicht müßte ich mir eher Sorgen um meine Leute machen. Schließlich hat dieser Ericson schon zwei Jeeps und sechs Soldaten ausgeschaltet, und das, ohne eine Waffe zu benutzen. Wer weiß, was passiert, wenn er erst einmal anfängt zu schießen …«

Tom hörte den Aufschrei und nahm im selben Moment den Finger vom Abzug. Die Maschinenpistole war auf Dauerfeuer gestellt gewesen und hatte binnen zwei Sekunden das halbe Magazin leergeschossen. Anscheinend hatte eine Kugel getroffen.

Der Mann, der auf sie geschossen hatte, lag reglos mit dem Gesicht auf dem Boden. Tom überzeugte sich nicht, ob der Angreifer tot war, sondern sprang auf und sicherte rückwärts gehend mit der Maschinenpistole.

»Los, weiter!« rief er Gudrun zu, ohne den Blick von dem Getroffenen abzuwenden.

Gudrun raffte sich auf und schnappte die Tasche. »Ich gehe nach Yale zurück, wenn wir aus dieser Sache heil herauskommen«, versprach sie mit Inbrunst. »Oder ich verbarrikadiere mich auf Oake Dùn. Ich habe genug von dieser Macho-Scheiße.«

Anscheinend wurden sie nicht verfolgt, aber in der Ferne waren noch immer Schüsse und der Lärm des Helikopters zu hören.

Der Einschnitt verengte sich weiter zu einer schmalen Schlucht, die sich den Hügel hinaufwand. Als sie eine weitere Biegung hinter sich gebracht hatten, gesellten sich die Rotorgeräusche eines zweiten Hubschraubers zu denen des ersten und schwollen schnell an.

Tom sah sich hastig nach Deckung um. Die Felswände ragten zu beiden Seiten steil auf.

»Tom, da ist eine Höhle!« rief Gudrun plötzlich.

»Dann nichts wie rein!« gab Tom zurück.

Der Eingang der Höhle war erst zu sehen, wenn man direkt davor stand. Es war nur ein schmaler Spalt, durch den man sich gerade hindurchzwängen konnte, der sich jedoch schnell verbreiterte.

Tom und Gudrun krochen ein paar Meter weit hinein und kauerten sich dann zu Boden. Der Helikopter schien genau über der Schlucht zu schweben; das Dröhnen des Motors und das Flappen der Rotoren hallte von den Felswänden wider.

»Riechst du das?« fragte Gudrun unvermittelt und schnüffelte in der Luft herum.

»Wenn du den Schweißgeruch meinst ...«, begann Tom, aber die Deutsche schüttelte schnell den Kopf.

»Nein«, sagte sie. »Es riecht nach Rauch.«

Tom sog die Luft tief durch die Nase ein, konnte aber nichts feststellen. Dafür fiel ihm etwas anderes auf. Durch den Felsspalt drang von draußen genug Licht in die Höhle, so daß man den Boden und die Wände sehen konnte. Auf dem felsigen Boden waren Kratzspuren zu erkennen, die nicht alt sein konnten.

Ericson legte einen Finger an die Lippen. »Es sieht so aus, als wäre vor uns schon jemand hiergewesen«, flüsterte er Gudrun zu. Gebückt, die Maschinenpistole im Anschlag, schlich er tiefer in den Felsspalt hinein. Daß ihm Gudrun folgte, bemerkte er erst, als er sich umdrehte. Sie bewegte sich mit der lautlosen Geschmeidigkeit einer Katze.

Schon bald verdämmerte das Licht hinter ihnen, dafür wurde es voraus heller. Sie verharrten kurz, um zu lauschen, konnten aber nichts hören außer dem Lärm von draußen, der mit jedem Schritt weiter abnahm.

Als sie die letzte Biegung hinter sich gebracht hatten, erweiterte sich der Felsgang plötzlich zu einer domartigen Halle, und sie erkannten die Lichtquelle. An den Felswänden hingen drei Glühbirnen, die die Höhle schwach ausleuchteten. Im Mittelpunkt des etwa dreißig Meter durchmessenden Hohlraums befand sich eine Feuerstelle, von der sich ein dünner Rauchfaden in die Höhe schlängelte. Dort oben mußte es einen unsichtbaren Abzug geben, sonst wäre die ganze Höhle verräuchert gewesen.

Und neben der Feuerstelle lag ein friedlich schlafender Mann mit einer Maschinenpistole in den Händen, der leise vor sich hin schnarchte.

Tom sah sich um. Die Glühbirnen, die von einer Autobatterie gespeist wurden, spendeten gerade genug Licht, daß er die Höhle überblicken konnte. Der Mann war offensichtlich allein. Am anderen Ende der domartigen Halle schien sich der Felsspalt fortzusetzen.

Lautlos gab Tom Gudrun Zeichen zu warten und schlich vorsichtig weiter. Die leisen Geräusche, die er dabei verursachte, gingen im Schnarchen des Bewaffneten unter. Als Tom den Mann erreicht hatte und sich über ihn beugte, roch er seinen säuerlichen Atem.

Der Mann war betrunken, aber er schien einen sechsten Sinn zu besitzen, denn plötzlich öffnete er die Augen und ruckte hoch.

Tom ließ ihm keine Zeit, die Waffe zu heben, und schlug ihm den Kolben der Maschinenpistole gegen die Schläfe. Mit einem erstickten Gurgeln sackte der Mann zusammen.

»Sieh dir das an, Gudrun«, sagte Tom und deutete in die Runde. »Ein richtiges Waffenlager, wahrscheinlich ein geheimer Stützpunkt von Terroristen.«

»Oder von Drogenschmugglern«, erwiderte Gudrun. Sie stellte die Tasche ab und hob ein Päckchen mit einem weißlichen kristallinen Pulver hoch. »Oder glaubst du, die Kerle süßen damit ihren Kaffee?«

Tom suchte bereits in diversen Kisten und Beuteln herum. »Handfeuerwaffen, Munition, Handgranaten, Sprengstoff. Genug, um einen kleinen Krieg anzuzetteln. Ah, und da sind ja auch Seile. Halte du den Eingang im Auge, während ich unseren bewußtlosen Freund fessele.«

Eine Minute später war der Mann verschnürt und geknebelt. Dann stocherte Tom in der Feuerstelle herum und warf ein paar dünne Zweige in die Glut. Als die Flammen hochzüngelten, stapelte er die Waffen-, Munitions- und Granatenkisten neben dem Feuer auf.

»Was hast du vor?« erkundigte sich Gudrun, die noch immer den Höhleneingang überwachte.

»Ein kleines Ablenkungsmanöver, falls die Besitzer dieser Waffen zurückkommen«, erklärte Tom, ohne in seiner Arbeit innezuhalten. Er stellte einen Benzinkanister zwischen den Kistenstapel und das Feuer. »Ein Schuß in den Kanister, das

Benzin läuft ins Feuer, und dann gibt es hier ein hübsches Feuerwerk.«

»Und wir sitzen mitten drin«, stellte Gudrun fest. »Tom, das ist Selbstmord.«

Der Archäologe schüttelte grinsend den Kopf. »Wir warten, bis sich die Lage wieder beruhigt hat. Aber wenn die Kerle doch noch zurückkommen sollten, nehmen wir den Hinterausgang. Da hinten ist ein weiterer Felsspalt, durch den Luft streicht. Also muß es da auch einen Ausgang geben.«

»Wie der da oben«, meinte Gudrun und deutete an die Decke, wo der Rauch abzog. »Tom, das ist ein unkalkulierbares Risiko. Wenn wir da hinten festsitzen, sind wir geliefert.«

»Wenn du natürlich lieber ...«, begann Tom, hielt aber sofort den Mund, als Gudrun die Hand hob.

»Da kommt jemand«, flüsterte sie.

»Dann nichts wie weg«, flüsterte Tom zurück. »Oder möchtest du die Angelegenheit ausdiskutieren? Hier, pack das ein.« Er warf ihr ein paar Dosen zu, die Gudrun schnell in der Tasche verstaute, ohne sie näher zu betrachten. Außerdem schob er sich ein paar Handgranaten in die Taschen und unter das Hemd.

Sie hasteten zum anderen Ende der Höhle und schoben sich durch den Felsspalt. Das matte Licht der Glühbirnen erhellte nur die ersten Meter. Dahinter gähnte undurchdringliche Finsternis.

Tom drückte Gudrun zu Boden und kauerte sich ebenfalls nieder. In der Dunkelheit geschützt, konnte er die Höhle gut beobachten, ohne selbst gesehen zu werden.

»Nimm die Taschenlampe, aber mach sie noch nicht an«, hauchte er.

Die Männer hatten es eilig und gaben sich keine Mühe, leise zu sein. Einer rief irgend etwas, das ein Name oder ein Losungswort sein mochte. Kurz darauf kamen sie in Toms Blickfeld.

»*Cuidado*!« schrie der erste, der eine großkalibrige Automatik in der Hand hielt, als er seinen gefesselten und bewußtlosen Kameraden entdeckte.

Der Mann reagierte unglaublich schnell. Er hechtete über den Gefesselten hinweg, rollte sich geschickt ab und schoß im selben Augenblick, als er wieder auf die Füße kam, in die dunkle Felsspalte. Er konnte Tom unmöglich gesehen haben, aber der Gang war der einzige Ort, an dem sich ein Eindringling verbergen konnte.

Die Kugeln rissen Gesteinssplitter aus dem Fels und heulten als Querschläger davon. Tom riß die Maschinenpistole hoch und feuerte ohne zu zielen auf den Benzinkanister. Aus dieser Entfernung konnte er gar nicht danebenschießen.

Als die Waffe verstummte, ließ er sie fallen, warf er sich herum und schrie: »Lauf, Gudrun!«

Hinter ihm flammte es hell auf. Das Feuer leuchtete die nächsten Meter des Ganges aus. Als sie eine Biegung umrundet hatten, ertönte die erste Explosion. Im Schein der Taschenlampe schienen die Felswände zu tanzen.

Der ersten Explosion folgte eine zweite und eine dritte, und dann brach die Hölle aus. Eine Druckwelle fegte durch den engen Stollen und ließ Steine und Staub auf Tom und Gudrun herabregnen. Fast blind stolperten sie weiter.

Dann erstarb der Lärm. Nur ein Rumpeln und Prasseln wie von einem Erdbeben hallte noch eine Zeitlang nach, bevor Totenstille einkehrte.

Sie wußten nicht, wie weit sie gerannt waren, als Tom plötzlich stehenblieb und Gudrun gegen ihn prallte. Bevor sie stürzen konnte, krallte sie sich an ihm fest und spürte, wie sich seine Arme um sie schlossen.

»War das so geplant?« erkundigte sie sich keuchend.

»Ich hatte es mir nicht ganz so dramatisch vorgestellt«, gab Tom zurück. Er löste sich von Gudrun. »Gibst du mir mal die Taschenlampe? Ich glaube, die Wände hier sind geglättet worden.«

»Berührt es dich denn gar nicht, daß wir vielleicht gerade mehrere Menschen getötet haben?« fragte Gudrun fassungslos – und zuckte erschrocken zusammen, als er plötzlich herumfuhr und gequält aufschrie:

»Glaubst du etwa, mir macht das Spaß?! Aber was hätten wir denn tun sollen? Die Arme heben und uns ergeben? Die Typen haben sofort geschossen, die hätten uns nicht die geringste Chance gelassen.«

Er verstummte genauso abrupt, wie er losgeschrien hatte. Eine Weile standen sie einander schweigend gegenüber, und in diesen Augenblicken sah sich Gudrun einem ganz anderen Tom Ericson gegenüber. Das Licht der Taschenlampe ließ seine Konturen so scharf wie einen Scherenschnitt hervortreten, und trotzdem erschien ihr sein Gesicht auf einmal so verletzlich, von einer inneren Pein erfüllt, daß sie ihn am liebsten umarmt und …

Ein fast unhörbares Scharren und Kratzen hinter ihr ließ sie zusammenzucken. Die Geräusche waren weit entfernt, aber sie waren keine Einbildung. Irgend jemand folgte ihnen immer noch. Und Gudrun wußte nur zu gut, daß die Verfolger ihnen kein Pardon geben würden.

»Soviel zum Thema Schuldgefühle«, sagte Tom hart. »Willkommen in der Wirklichkeit.«

Gehetzt blickte Kar sich um. Er hatte keine Waffe mehr, nicht einmal ein Messer. Im Maschinenraum gab es keine beweglichen Gegenstände, alles war fest mit Wänden und Boden verbunden.

Die Eingangstür war halb geöffnet, doch in der holographischen Abbildung konnte er erkennen, daß die beiden anderen Fremden nach wie vor reglos auf der Stelle standen.

Der ›Schwarze‹ im Maschinenraum kroch dagegen weiter wie ein defekter Roboter auf die Anlage zur ›Zeitlosen Ortsversetzung‹ zu. Mit einer Hand hielt er einen länglichen, von einer bläulichen Aura umgebenen Gegenstand umklammert, die immer heller leuchtete, je näher das Objekt der Kristallplatte kam.

Obwohl die Bewegungen des ›Schwarzen‹ schwächer wurden, wußte Kar, daß er sein Ziel noch erreichen würde. Mit einem verzweifelten Aufschrei warf er sich vor und umkrallte das Bein des Fremden. Die Klauen seiner linken Hand schlossen sich um seine Wade und drangen durch den schwarzen Stoff in das Fleisch.

Kar spürte, wie ein Schock durch seinen Körper raste. Eine Woge der Übelkeit überflutete ihn. Das letzte, was er sah, war die Hand des Fremden, die den geheimnisvollen Gegenstand gegen eine der silbernen Säulen preßte. Ein grellweißes Licht wie von einem Schweißbrenner flammte an der Kontaktstelle auf und verzehrte die Hand des ›Schwarzen‹.

Dann verlor Kar das Bewußtsein.

Die Verfolger holten auf. Das war Gudrun schon klargeworden, bevor Tom sie darauf hingewiesen hatte. Deshalb hatte sie sich mit seiner Idee einverstanden erklärt. Ihr war alles lieber als eine erneute Schießerei.

Tom wollte den Gang zum Einsturz bringen. Er hatte eine Stelle ausgewählt, an der die Felswände und die Decke so weit zusammentraten, daß sie nur einen schmalen Durchgang offenließen. Dort hatte er Posten bezogen und Gudrun weitergeschickt.

Gudrun hatte sich widerspruchslos gefügt. Sie wußte, daß es sinnlos war, in seiner Nähe zu bleiben, wenn er die Handgranaten warf.

Trotzdem hatte sie das irrationale Gefühl empfunden, ihn im Stich zu lassen, aber er hatte es wieder einmal geschafft, dieses Gefühl zu zerstören und sie statt dessen wütend zu machen, als er die Handgranaten spielerisch in die Luft geworfen und grinsend gesagt hatte:

»Das ist gute deutsche Wertarbeit, Gudrun. Also bring dich in Sicherheit, damit du der Nachwelt überliefern kannst, daß deine Leute Qualität liefern.«

In dem Moment hatte es sie wirklich wütend gemacht, aber

jetzt, da sie auf den Explosionsdonner wartete, wußte sie, daß Tom sie ganz bewußt vor den Kopf gestoßen hatte, um sie außer Gefahr zu bringen.

Ich werde es wieder gutmachen, Tom, schwor sie sich. Ich weiß, daß ich oft überempfindlich reagiere. Ich …

Das dumpfe Dröhnen der Explosion zerriß ihre Gedanken. Wie Tom ihr geraten hatte, hatte sie den Mund weit geöffnet, um einen Druckausgleich zu den Gehörgängen zu schaffen. Zwei weitere Explosionen folgten in kurzem Abstand, dann kehrte Stille ein. Gudrun hörte nur noch ihren eigenen Herzschlag. In ihren Ohren klingelte es.

»Tom?« fragte sie nach einer Weile zaghaft.

Keine Antwort. Sie leuchtete mit der Taschenlampe in den Gang, durch den Staubschwaden wallten.

»Tom?« wiederholte sie lauter. Er hätte längst wieder bei ihr sein müssen. Zögernd erhob sie sich. Der Staub ließ sie husten. War es möglich, daß Tom verschüttet worden war? Oder hatte ihn die Druckwelle in dem engen Gang getötet?

»Tom!« schrie sie laut. »Sag doch was!«

Noch immer keine Antwort.

Gudrun tastete sich vorwärts. Der Schein der Taschenlampe reichte kaum drei Meter weit, so dicht wallte der Staub und ließ ihre Augen tränen. Oder war das vielleicht gar nicht der Grund, warum ihr die Tränen über die Wangen rannen?

»Tom, laß mich jetzt nicht allein!« schrie sie weiter, nur, um ihre eigene Stimme zu hören. »Ich weiß ja, daß ich oft ungenießbar bin. Ich verspreche dir, ich werde mich bessern. Ganz bestimmt! Ich werde mich nicht mehr beschweren.«

Die Dunkelheit schien ihre Stimme zu verschlucken. Die Stille lastete wie ein Zentnergewicht auf ihr.

»Tooom!« rief sie wieder mit brechender Stimme, und die Tränen in ihren Augen ließen sie blinzeln. »Auch wenn ich es dir nie gesagt habe, weißt du denn nicht, daß ich dich …?«

Ein grauer Schemen tauchte urplötzlich vor ihr auf und ließ sie verstummen. Fassungslos starrte sie in ein rußgeschwärztes Gesicht mit zerzausten Haaren.

»Tom?« fragte sie zaghaft.

»Was?« schrie er sie aus einem halben Meter Entfernung an. »Hast du etwas gesagt? Ich kann nichts hören. Die Druckwelle ...«

»Hast du gar nicht gehört, was ich ...?« begann sie schwach.

»Was??!!« unterbrach er sie noch lauter und grinste über das ganze Gesicht. »Ich kann nichts verstehen. Die Granaten, mußt du wissen ...«

Und dann machte sein Grinsen einem Ausdruck völliger Verblüffung Platz, als sich Gudrun auf ihn stürzte und mit den Fäusten auf seine Brust einschlug.

Nach vier Stunden hatten sie die Batterien wechseln müssen. Sie wußten nicht, wie weit sie gegangen waren, aber der Gang schien sich endlos fortzusetzen. Er führte in nördliche Richtung, und es gab keinerlei Abzweigungen. Zumindest konnten sie sich nicht verirren, aber das war nur ein schwacher Trost, denn der Rückweg war ihnen versperrt. Die Handgranaten hatten ganze Arbeit geleistet.

Mittlerweile funktionierte auch Toms Gehör wieder. Eine Zeitlang hatte er schon befürchtet, taub geworden zu sein. Noch immer rätselte er darüber nach, was Gudrun dazu bewogen hatte, plötzlich wie eine Furie auf ihn loszugehen. Er hatte eigentlich mit einer anderen Begrüßung gerechnet, nachdem er von dem einstürzenden Stollen fast verschüttet worden war, aber Gudrun weigerte sich standhaft, ihm ihre heftige Reaktion zu erklären.

Der Gang, dem sie folgten, war zwar natürlichen Ursprungs, aber er war auch eindeutig nachträglich bearbeitet worden. An einigen Stellen war er künstlich erweitert, und die Wände waren geglättet. Hier und da fanden sich sogar in den Fels geritzte Zeichen und Symbole, vielleicht Wegmarkierungen, die Tom und Gudrun aber nicht entschlüsseln konnten.

Die Büchsen, die Tom Gudrun zugeworfen hatte, entpuppten sich als Getränke- und Konservendosen. Zumindest konnten sie so ihren Durst und Hunger stillen. Aber die Zeit lief ihnen davon. Sie mußten bald einen Ausgang finden, bevor auch der zweite – und letzte – Satz Batterien den Geist aufgab.

Gegen Abend beschlossen sie, ein paar Stunden zu schlafen. Wie in der Nacht zuvor kuschelten sie sich aneinander, aber diesmal forderten die Strapazen ihren Tribut. Bereits nach wenigen Augenblicken fielen ihnen die Augen zu.

Die Fremden waren spurlos verschwunden. Wie Kar von dem stämmigen Australier draußen vor der Pyramide erfahren hatte, waren die beiden Überlebenden wie in Zeitlupe zum Strand geschlurft und im Wasser untergetaucht. Kurz darauf war eine Schule von Delphinen erschienen, hatte sich in der Bucht versammelt und die Pyramide eine Zeitlang beobachtet. Dann waren die Meeressäuger in Keilformation wieder verschwunden, und nach den Worten des Australiers hatte es so ausgesehen, als würden sie einem U-Boot Geleit geben.

Kar konnte sich durchaus vorstellen, daß die ›Schwarzen‹ in einer Art U-Boot gekommen waren. Anscheinend betrachteten sie ihre Mission als abgeschlossen – zumindest vorläufig.

An einer der silbernen Säulen, die die Kristallplatte trugen, fehlte ein etwa unterarmlanges Stück. Das fehlende Metall war zu Boden getropft und zu einer mattglänzenden Lache erstarrt. Der tote ›Schwarze‹ lag verkrümmt davor. Die Hitze hatte ihm den Unterarm verbrannt und das Gesicht bis zur Unkenntlichkeit versengt. Als Kar wieder zu sich gekommen war, hatte der Verfall des Fremden bereits eingesetzt. Wie bei seinen Artgenossen schien das Zellgewebe zu einer zähen, amorphen Masse zu zerlaufen. Nur das Skelett blieb stabil. Es wirkte hundertprozentig menschlich.

Kar hatte die Kleidung der drei Männer, die er getötet hatte, gründlich untersucht, aber nichts Ungewöhnliches entdecken können. Es schien sich um gewöhnlichen Stoff zu handeln, und die Taschen waren leer gewesen. Auf seinen Befehl hin hatten die beiden Australier die drei zerfallenden Körper nach draußen geschafft. Kar würde sich später mit ihnen befassen.

Im Augenblick war die Kristallplatte wichtiger.

Die Beschädigung war weitaus gravierender, als sie auf den ersten Blick aussah. Die Energiezufuhr der Platte schien gestört zu sein. Zwar konnte Kar sie immer noch benutzen, um ferne Orte in der holographischen Darstellung abzubilden, aber der Empfang war erheblich schlechter geworden, und bereits nach kurzer Zeit begann das Bild zu flackern.

Weitaus schlimmer jedoch war, daß er die Vorrichtung anscheinend nicht mehr zur ›Zeitlosen Ortsversetzung‹ benutzen konnte. Er hatte es mehrfach versucht und war kläglich gescheitert. Vielleicht, so hoffte er, lud sich die Platte mit der Zeit wieder auf. Die Zukunft würde es zeigen. Auf jeden Fall hatte er einen herben Rückschlag einstecken müssen.

Zumindest war Kar jetzt gewarnt. Er würde die Pyramide zusätzlich absichern. Vielleicht konnte Suzy ihm ein paar erfahrene Kämpfer besorgen. Sie leitete eine kleine Triade im asiatischen Raum, und ihre Männer besaßen keinerlei Skrupel.

»Nun gut, mein unbekannter Feind«, murmelte Kar im Selbstgespräch und kratzte sich geistesabwesend die juckende Stirn. Daß er mit den winzigen, metallisch glänzenden Schuppen seiner Hand die Haut aufriß, nahm er gar nicht bewußt wahr. »Du hast mir den Krieg erklärt, und ich nehme die Herausforderung an. Diese Schlacht war erst der Anfang.«

»Endstation«, stellte Gudrun resigniert fest.

Sie waren erst gegen fünf Uhr morgens nach einem bleiernen Schlaf wieder erwacht und hatten sich nach einem Frühstück aus kalten Dosenbohnen auf den Weg gemacht. Bereits eine Stunde später waren sie auf die kreisrunde Kammer gestoßen, in der der Gang endete.

»Es *muß* hier irgendwo einen Ausgang geben«, sagte Tom beharrlich und ließ den schwächer werdenden Lichtkegel der Taschenlampe durch den kahlen Raum wandern. »Wenn dies keine Grab- oder Schatzkammer ist, worauf nichts hindeutet, ergibt das Ganze keinen Sinn. Warum sollte irgend jemand einen kilometerlangen Gang bearbeiten, der einfach in einer Sackgasse endet?«

Gudrun zuckte ratlos die Achseln, setzte sich auf den staubigen Boden und lehnte sich mit dem Rücken gegen eine glatt geschliffene Felswand. Müde sah sie Tom zu, der verbissen umherlief und jeden Quadratzentimeter der Höhle ausleuchtete.

»Da, das Symbol der gefiederten Schlange«, sagte er. »Und da ist ein Jaguarkopf. Eine Schildkröte … ein Fisch. Und das hier sieht wie eine Sternenkonstellation aus.«

»Wir sollten die Batterien schonen«, sagte Gudrun nach einer Weile.

»Wozu?« erkundigte sich Tom gereizt. »Für den Rückweg reichen sie sowieso nicht mehr. Und ich bezweifle, daß wir den eingestürzten Gang freiräumen könnten. Nein, wir müssen hier einen Ausgang finden.«

Eine Weile suchte er schweigend weiter, dann zuckte er plötzlich zusammen. »Gudrun, komm her! Sieh dir das an!«

Irgend etwas in seinem Tonfall durchdrang ihren Panzer aus Müdigkeit und Gleichgültigkeit. Sie stand auf und trat neben Tom, der vor einer Felswand kniete und ein paar Konturen mit der Hand freiwischte. Langsam kristallisierte sich ein Bild heraus: die Darstellung einer Statue, die sie bereits kannten.

»Die Goldstatue aus Yukatan«, flüsterte Gudrun. »›El Frayle‹ aus Tiahuanaco. Die Statue aus meinen Träumen.«

»Das kann kein Zufall sein«, sagte Tom aufgeregt. »Wir müssen uns ganz in der Nähe des Tores nach Atlantis befinden.«

»Nur haben wir ein paar tausend Tonnen Felsgestein über uns«, dämpfte Gudrun seinen Eifer. Ihre Lebensgeister kehrten langsam zurück. »Tom, mach die Taschenlampe aus. Wir müssen die Batterien schonen, und nachdenken können wir genausogut in der Dunkelheit.«

Wieder hüllte die Finsternis sie ein. Schweigend saßen sie nebeneinander und suchten nach einem Ausweg. Irgendwie mußte die Lösung mit der Statue zusammenhängen. Gudrun versuchte, sich an alle Einzelheiten ihres Traumes zu erinnern. Die Statue hatte sie verfolgt und auf ein Tor zugejagt. Dann war ihr Kopf in drei Teile zerfallen. War vielleicht dieses Abbild hier das Tor? Bestand es aus drei Teilen, die man entfernen konnte? Lag dahinter der Ausgang?

Während sie grübelte, hatte sie den Kopf in den Nacken gelegt und den Blick nach oben gerichtet. Wahrscheinlich hatte sie es schon eine ganze Weile gesehen, es aber nicht bewußt wahrgenommen. Als sie begriff, schrie sie plötzlich auf.

»Tom! Licht! Da oben ist ein Felsspalt!«

Etwa drei Meter über ihr sickerte ein schwacher Lichtschimmer in die Höhle.

Der Spalt war knapp einen Meter lang, aber nur wenige Millimeter breit. Er lag rund drei Meter über dem Höhlenboden.

Jetzt, da draußen die Sonne aufgegangen war, drang genügend Licht in die Felsenkammer, um Einzelheiten erkennen zu lassen. Offensichtlich hatte es dort einen Eingang gegeben, der durch einen Felsquader verschlossen worden war. Vielleicht war er durch ein Erdbeben verrutscht. Von außen mußte er unsichtbar sein.

»Hast du es?« fragte Tom. »Der Bügel der Handgranate darf nicht eingeklemmt werden, sonst geht sie nicht los.«

»Ja, ja, das habe ich langsam begriffen«, gab Gudrun zurück. Sie stand auf Toms Schultern und befestigte die Granate an der Höhlendecke, indem sie die Zipfel ihres Taschentuchs, in das sie das stählerne Ei gelegt hatte, mit Toms Messer in den Felsspalt stopfte. Dann sprang sie zu Boden. »Besser geht es nicht. Laß es uns versuchen.«

Sie zogen sich so weit zurück, wie die Schnur reichte, die Tom am Abzugsring der Granate befestigt hatte. Hinter einer Felsnase gingen sie in Deckung.

»Drück uns die Daumen«, sagte Tom und riß an der Strippe. Sekunden später explodierte die Granate.

Als sich die Staubwolken verzogen hatten, fiel eine breite Lichtbahn in die Höhle. Der Ausgang war frei.

Über Toms verschränkte Hände und die Schultern kletterte zuerst Gudrun ins Freie. Tom stapelte ein paar Felsbrocken vor der Wand auf, bis auch er die Kante erreichen und sich daran hochziehen konnte. Sie waren an einem steilen Geröllhang herausgekommen.

Zehn Minuten später hatten sie sich den Hang hinaufgearbeitet. Verdreckt, erschöpft, mit aufgeschürften Händen, aber unendlich erleichtert standen sie am Rande der Ruinenstadt Tiahuanaco.

Um diese frühe Morgenstunde waren noch keine Touristen zu sehen. Mit etwas Glück würden sie es in zwei Stunden unbemerkt bis zur Ortschaft schaffen und von dort aus ihre Botschaften anrufen können. Und dann wollten sie nur noch eins: ein ausgiebiges Bad, ein gutes Essen und mindestens zehn Stunden Schlaf in einem weichen Bett.

Sie liefen gerade zwischen zwei Mauern aus quadratischen Basaltblöcken entlang, als ihnen eine schwarzgekleidete Gestalt in den Weg trat. Tom und Gudrun blieben stehen, als wären sie gegen eine Wand geprallt.

»Nicht schon wieder«, stöhnte Gudrun. »Jetzt nicht auch noch diese Typen!« Die Erinnerung an die Geschehnisse in der unterseeischen Pyramide waren noch allzu frisch.

»Mr. Ericson, Miss Heber?« erkundigte sich der Schwarzgekleidete. »Mein Name ist Henry Cagney. Ich bin Mitarbeiter der Botschaft der Vereinigten Staaten von Amerika in Bolivien.«

Zwei Tage waren vergangen, seit Tom und Gudrun in Tiahuanaco angekommen waren. Der Überfall der bolivianischen Soldaten auf sie hatte sich als Mißverständnis herausgestellt, und mittlerweile lag sogar eine offizielle Entschuldigung des bolivianischen Außenministeriums vor, allerdings unterhalb der diplomatischen Ebene. Als Entschädigung für die entstandenen Unannehmlichkeiten hatte das Kultusministerium ihnen die Erlaubnis zu weiteren Grabungen erteilt, die es normalerweise nicht ohne weiteres vergab.

Aber für Grabungen war es noch zu früh. Abgesehen davon, daß Tom und Gudrun nicht über die erforderliche Ausrüstung verfügten, hätten sie auch nicht gewußt, wo sie graben sollten.

Sie saßen zu Füßen der steinernen Statue ›El Frayle‹, die eine größere Kopie der Goldstatue aus Yukatan war. Eine Touristengruppe stand mit einem Führer in der Nähe und verschoß meterweise Film.

»Ein Tor in den Bergen unter den Blicken des Bruders«, zitierte Tom nachdenklich den Text der Schriftrolle. »Wenn es nur den kleinsten Hinweis auf einen Eingang geben würde. Aber wahrscheinlich ist er längst von den spanischen Eroberern weggeschafft worden, wie so vieles in Tiahuanaco.«

Sie hatten sämtliche Tore untersucht, die, meistens aus einem einzigen massiven Felsblock gearbeitet, zwischen den Ruinen standen und ins Nichts führten. Vielleicht hatten ja die Forscher recht, die in Tiahuanaco die Hauptstadt von Atlantis vermuteten, auch wenn die von Plato beschriebenen charakteristischen Ringkanäle fehlten. Das würde den Text der Schriftrolle erklären. Durch die Tore betrat man symbolisch das legendäre Reich des prähistorischen Zeitalters.

Natürlich hatten sie auch den *Templete* aufgesucht, einen halb unterirdisch gelegenen Tempel, in dem es neben einigen riesigen Statuen eine weitere Besonderheit gab: Aus den Wänden ragten verschiedene stilisierte Köpfe aus rotem Sandstein. Bisher hatten die Wissenschaftler noch keine befriedigende Erklärung für diese Mauern gefunden. Handelte es sich dabei vielleicht um eine Darstellung des gesuchten Tores? Fast machten die Gesichter den Eindruck, als würden dort Menschen versuchen, aus einem verborgenen Raum durch die Wände ins Freie zu gelangen. Nur gab es hinter den Wänden keinen Hohlraum.

»So kommen wir nicht weiter«, sagte Tom schließlich. »Wir brauchen einen Anhaltspunkt, sonst sitzen wir hier noch wochenlang fest.«

Gudrun lächelte. »Langweilst du dich schon wieder?« erkundigte sie sich spöttisch. »Haben dir die Ereignisse der letzten Wochen nicht gereicht? Mein Bedarf an Aufregungen ist fürs erste gedeckt. Von mir aus können wir hier in aller Ruhe Feldstudien betreiben. Ich war noch nie in Tiahuanaco. Es gibt noch so vieles, was ich mir ansehen möchte. Und für die nächsten zwei Bände kann ich gerne auf Abenteuer verzichten.«

Ihr Blick war in die Ferne gerichtet, wo die tundraartige Hochebene in Hügel überging. Dort waren sie zwischen zwei Hügeln den Geröllhang hinaufgeklettert. Sie hatten die Felsenkammer, in der der Gang endete, noch einmal untersucht, aber nichts Aufschlußreiches herausfinden können. Trotzdem hatten sie den Fund verschwiegen. Obwohl sie den Felsquader herausgesprengt hatten, war der Eingang nur dann zu erkennen, wenn man direkt davor stand. Sobald Sutherland und seine Mitarbeiter hier eintrafen, wollten sie die Kammer noch einmal mit einer besseren Ausrüstung erforschen.

Auch der Blick ›El Frayles‹ ging in diese Richtung, fiel Gudrun plötzlich auf. Nachdenklich runzelte sie die Stirn. Gemäß der Textstelle in der Schriftrolle hatten sie in seiner Blickrichtung gesucht, waren aber nur bis zu den Rändern der Ruinenstadt gegangen. Der Text sagte aber nichts von einer Stadt. Es war lediglich von der Blickrichtung die Rede, unter der das Tor in einem Berg liegen sollte. Bezeichnete man die Hügel aber als Berge …

»Tom?« fragte sie. »Hast du den Kompaß dabei?«

»Sicher«, erwiderte er. »Wieso?«

»Stell doch mal fest, in welche Richtung ›El Frayle‹ schaut.«

Zwei Stunden später waren sie unterwegs. Der Weg führte sie fast zu der Höhle zurück, aus der sie herausgekommen waren – aber eben nur fast. Sie lag rund dreihundert Meter seitlich der Blickrichtung von ›El Frayle‹.

»Der ganze Fels könnte unterhöhlt sein«, vermutete Tom. Mit einem Seil gesichert kletterten sie den Abhang hinab. Immer wieder traten sie Geröll los, das in die Tiefe polterte. »Und wenn der Eingang genauso gut verschlossen ist wie der zu unserer Höhle, ist es kein Wunder, daß ihn noch niemand gefunden hat.«

Erst als sie das Ende des Abhangs erreicht hatten, machten sie die erste Entdeckung. Ein Teil der Felswand wirkte zu regelmäßig, um natürlichen Ursprungs zu sein. Glatt und senkrecht ragte sie empor. An ihrem Fuß hatten sich Geröllbrocken abgelagert und bildeten einen meterhohen Haufen.

Tom erkletterte den Hügel und begann, die Brocken hinter sich zu werfen. Unter seinen Füßen löste sich weiteres Geröll und polterte zu Boden.

Gudrun setzte sich in sicherer Entfernung auf einen Felsen und sah Tom zu. Es wäre zu gefährlich gewesen, zu zweit auf dem Steinhügel herumzuturnen.

Der Archäologe arbeitete wie ein Berserker, sein Gesicht war rot angelaufen. Gudrun verzichtete darauf, ihn daran zu erinnern, daß er in der sauerstoffarmen Höhenluft einen Kreislaufkollaps riskierte. Wenn er diesen Gesichtsausdruck zeigte, war er keinen vernünftigen Argumenten mehr zugänglich.

Plötzlich schrie er triumphierend auf. »Volltreffer! Ich bin auf einen Hohlraum gestoßen! Wirf mir doch mal die Taschenlampe hoch!«

Eine Minute später kniete er auf dem Geröll. Sein Kopf verschwand bis zu den Schultern in einem Spalt, der sich zwischen der senkrecht abfallenden Felswand und den Felsbrocken gebildet hatte.

»Ein Höhlengang!« vernahm Gudrun seine undeutliche Stimme. »Wenn ich noch ein Stückchen …«

Der Rest des Satzes ging in einem Poltern unter, und Tom verschwand aus ihrem Blickfeld. Das letzte, was sie von ihm sah, waren seine wild strampelnden Beine.

Eilig kletterte Gudrun ihm nach. Tom hatte den Sturz durch ein etwa anderthalb Meter durchmessendes Loch unbeschadet überstanden. Er ging bereits tiefer in den Gang hinein. Gudrun rutschte die niedrige Böschung hinab und folgte ihm.

Nach hundert Metern wichen die Seitenwände und die Decke zurück und bildeten einen großen Raum, in dem mehrere mannsgroße Felsblöcke verstreut herumlagen, als hätten die unbekannten Erbauer ihre Arbeit nicht mehr beendet. Und den Abschluß der Höhle bildete ein massives, mit Ornamenten reich verziertes Steintor, das direkt aus dem Fels herausgemeißelt zu sein schien.

»Das Tor nach Atlantis!« flüsterte Gudrun ehrfürchtig und strich mit den Fingern über das steinerne Portal. »Genau so, wie ich es in meinen Träumen gesehen habe.«

»Aber wie soll man es öffnen?« murmelte Tom ratlos. Er fuhr mit der Taschenlampe die Konturen nach. »Es sieht wie aus einem Stück aus. Keine Ritzen oder Fugen. Es muß Tonnen wiegen. Um diese Massen bewegen zu können, müßte es über hochmoderne Lager laufen. Kannst du irgend etwas ...?«

Er drehte sich zu Gudrun um und brach mitten im Satz ab. Die Anthropologin stand wie in Trance da. Ihr Blick ging durch ihn hindurch, und ihre Lippen murmelten unhörbare Worte. Sie reagierte auch dann nicht, als Tom ihr mit der Taschenlampe direkt ins Gesicht leuchtete. Trotz der Helligkeit blieben ihre Pupillen unnatürlich geweitet.

Tom kannte diesen Anblick. Noch vor kurzem hätte er sich über Gudruns Visionen lustig gemacht, aber ihre Vorahnungen hatten sich schon mehr als einmal als richtig erwiesen. Also wartete er mit mühsam beherrschter Ungeduld ab.

»Der Kopf der Statue«, flüsterte Gudrun schließlich. Ihr Blick klärte sich, und sie schüttelte verwirrt den Kopf.

»Was ist damit?« drängte Tom.

»Siehst du diese Aussparungen neben dem Tor?«
»Ja, aber was haben die mit dem Kopf zu tun?«
»In meinen Träumen zerfiel der Kopf immer in drei Teile, nachdem mich die Statue bis zu diesem Tor gejagt hatte«, erklärte Gudrun.
Tom starrte sie verständnislos an. »Ja, und?« fragte er ungeduldig. »Laß dir doch nicht jedes Wort einzeln aus der Nase ziehen. Was hat der Kopf mit dem Tor zu tun?«
»Verstehst du denn immer noch nicht, Tom?« rief Gudrun. »Diese drei Teile passen genau in die Aussparungen. Der Goldkopf ist der Schlüssel – der Schlüssel zum Tor nach Atlantis!«

HIER ENDET DER ERSTE BAND UM DIE ABENTEURER.

Band 23 176

William Shatner

TEK

William Shatner, bekannt als Captain Kirk aus der Kultserie STAR TREK, einmal anders: als Autor spannender Cyber-Tech-Romane, die in den USA auf den Bestseller-Listen erscheinen, inzwischen in sechs Sprachen veröffentlicht werden und erfolgreich verfilmt wurden.

Jake Cardigan war der beste Cop, den man sich denken konnte – bis er von Drogenhändlern hereingelegt wurde. Weil er angeblich mit TEK gedealt hat, einer gefährlichen Computer-Droge, wird er zu fünfzehn Jahren Koma in einer Strafstation im Orbit verurteilt. Doch schon nach vier Jahren wird Cardigan aus mysteriösen Gründen entlassen – und als Detektiv angeheuert, um die schwierigsten Aufträge zu übernehmen.

BASTEI LÜBBE

Sie erhalten diesen Band im Buchhandel, bei Ihrem Zeitschriftenhändler sowie im Bahnhofsbuchhandel.